王建生 著

蔣心餘研究

上冊

臺灣學生書局印行

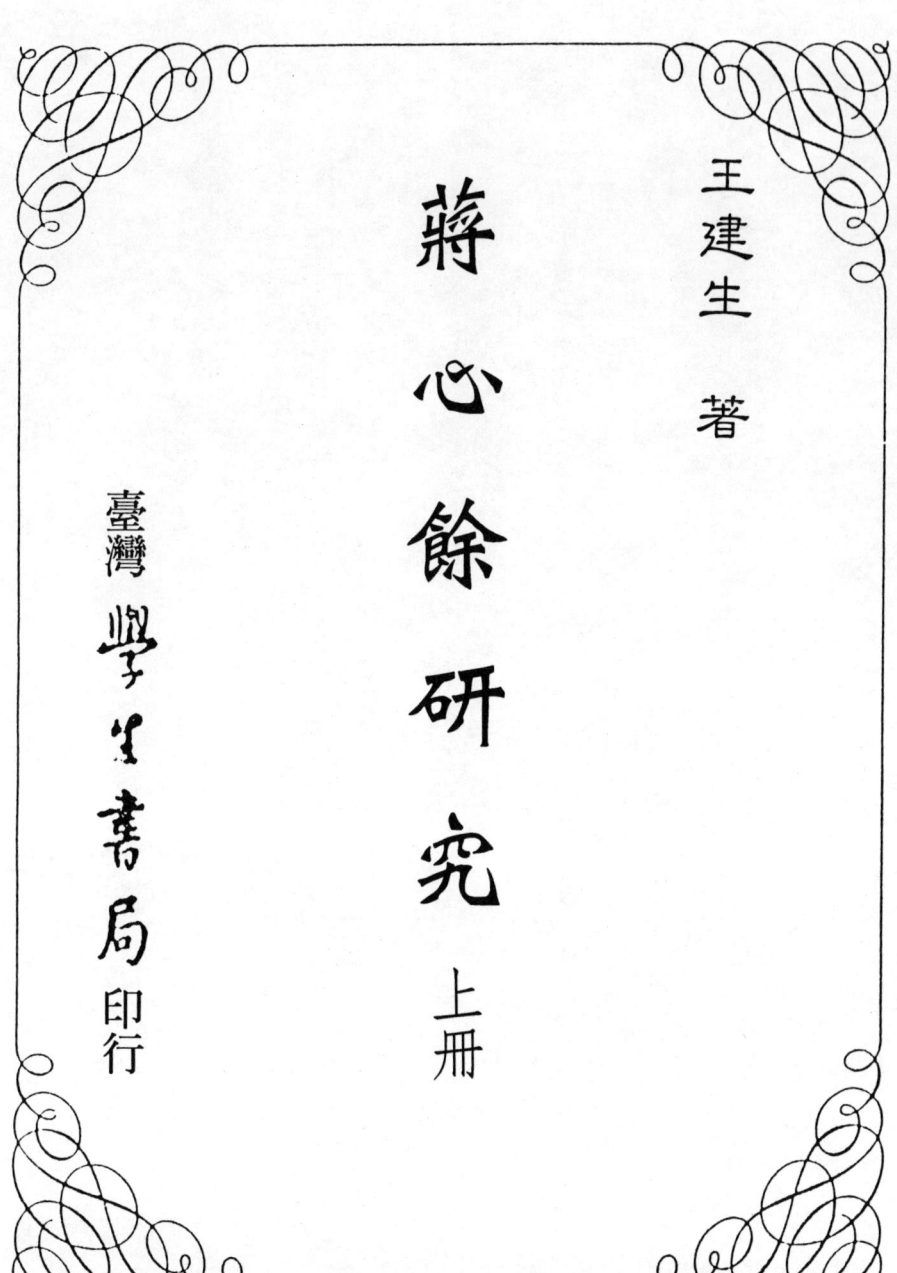

謹以此書紀念

恩師　蕭幹侯繼宗先生

自序

寫這部「蔣心餘研究」，是我研究清代文學家第五部專著。從撰寫碩士論文開始，二十餘年的時間，除教學外，大部分都花在清代文學專題研究上。

以前寫過「袁枚的文學批評」、「趙甌北研究」，現在完成「蔣心餘研究」，剛好把乾隆三大家一一整理。三大家各有傑出成就，袁枚的文學批評（性靈說），趙翼的史學（廿二史劄記）、心餘則在九種曲。心餘作品以「忠」「雅」爲主，袁枚在於「性靈」，而趙翼重「性情」，與「性靈」近似。

研究蔣心餘，先得把重要資料作成索引（如自編隨園詩話所提及清代人物索引，甌北集、忠雅堂詩文集索引等等），搜集有關資料、分析、歸納。除了寫心餘傳記、交遊外，擺脫文學環境等方面外圍問題，單刀直入的撰其文學成就。是以全書分成：蔣心餘生平、交遊（依地理分佈）、文學述評（分成：古詩、律詩、絕句、詞、曲、古文、駢文）。

寫這部著作，前後花了七年多的時間，參考書約五百種，大部分資料，都是自己經年累月購得，部分向：中央研究院，國家圖書館、國立臺灣大學圖書館，本校圖書館，或借閱，或通過館際合作取得。所以幫忙過的人很多，像中研院傅斯年圖書館桑館長（秀雲），本校參考書室張主任（秀珍，現爲代館長）、曾奉懿小姐，古籍室黃主任（文興），還有學妹陳昭容（任職中研院史語所，今爲東海博士班研究生），及柳教授作梅（曾任中文系主任），鍾博士慧玲（前中文系主任）等等系上同仁、校內外老師、朋友，或多或少的協助與鼓勵，謹此作由衷的感謝。至於學生書局孫總經理（善治）、鮑經理（邦瑞）、游編輯（均晶）等上上下下多人的協助，使這部書順利出版，在此，一起致謝。

王建生

于大度山

民國八十四年十二月

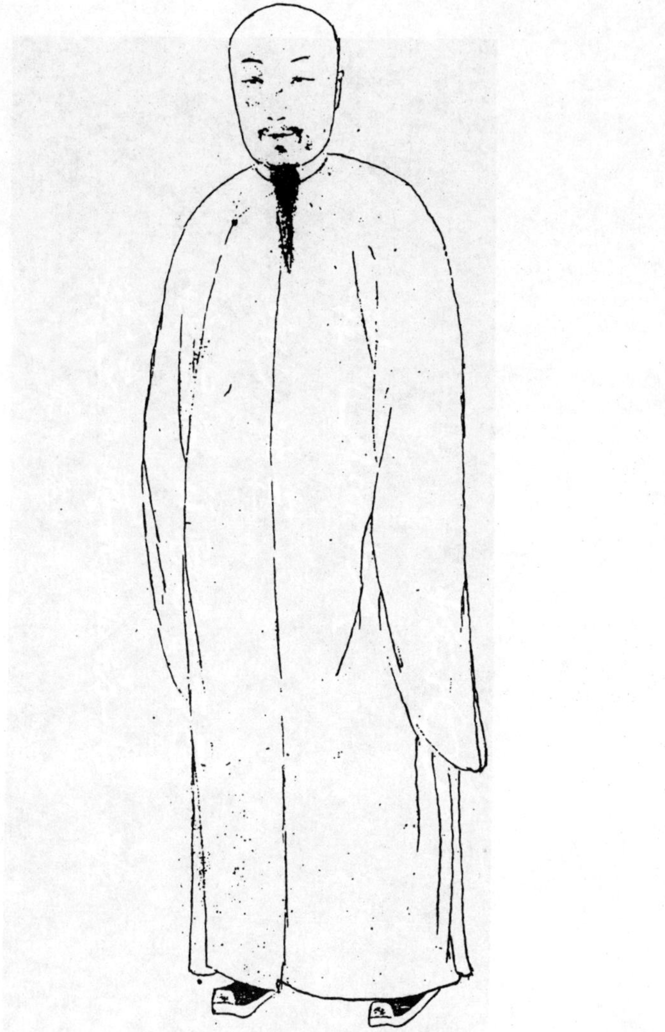

蔣士銓

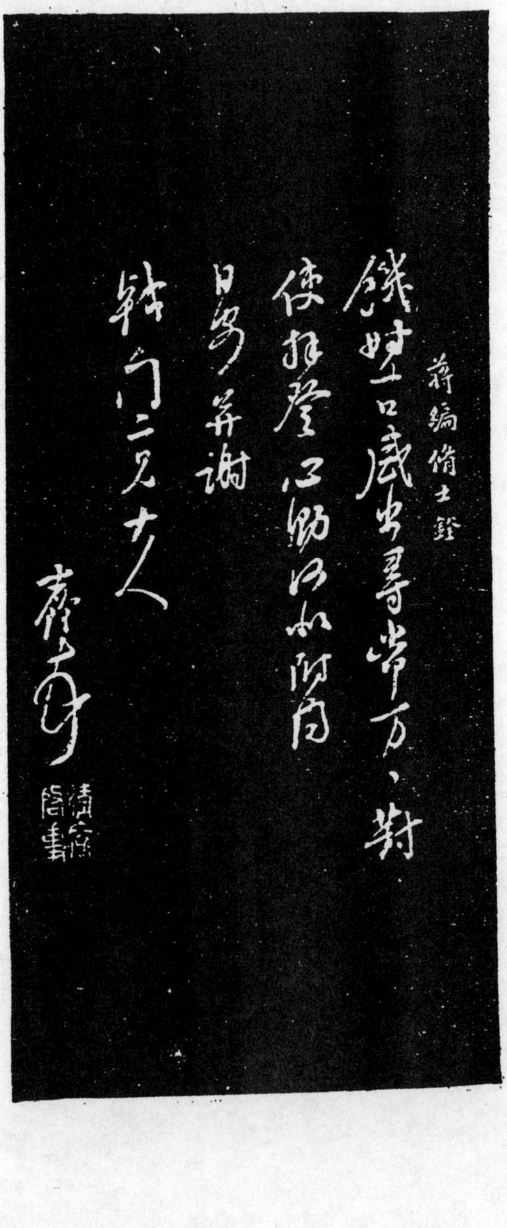
蔣編修士銓

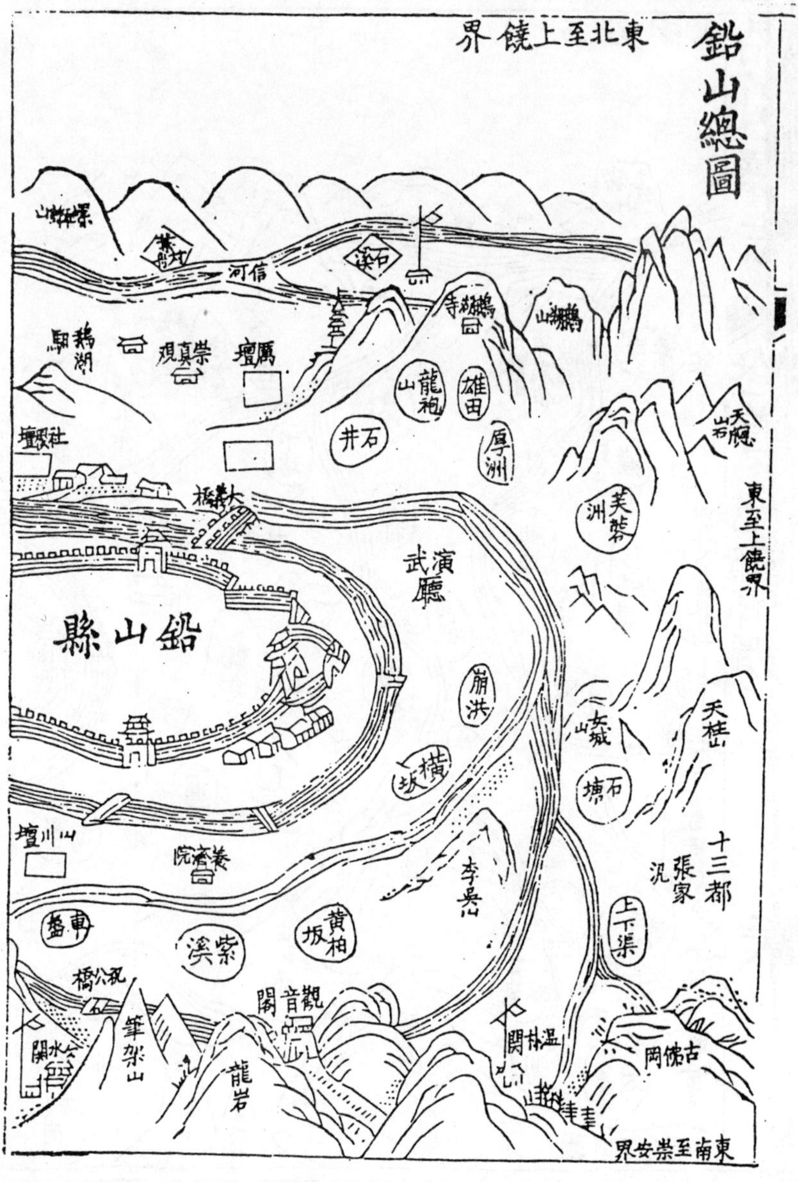
鉛山總圖
東北至上饒界
東至上饒界
東南至崇安界
鉛山縣
信河
石溪
鵝湖驛
崇真觀
厲壇
鵝湖寺
鵝湖山
龍袍山
雄田
石井
厚洲
社稷壇
芙蓉洲
演武廳
崩洪
女城山
天桂山
橫坂
石塘
山川壇
養濟院
十三都
張家汎
車盤
紫溪
黃柏坂
上下渠
觀音閣
溫林關
古佛岡
龍岩
筆架山
祝公橋
分水關

鉛山縣志 卷首
邑都鄙圖
西北至弋陽界
龍門第一關
河口
雙港
仙人峯
九龍岡陳康伯故里
劉狀元讀書處
狀元峯
佛母嶺
汪二渡
火田
白沙
下坂
梅溪
西至弋貴界
五都
湖坊
商量石
晏公廟
義嶺
局裡
陽村
觀音石
陳坊
火燒關
東港
洞
影湖
雲際關
葛仙山
馬鈴關
王村
黃柏嶺
獨豎尖
鴨母關
篁碧村
桐木關
西南至光澤界

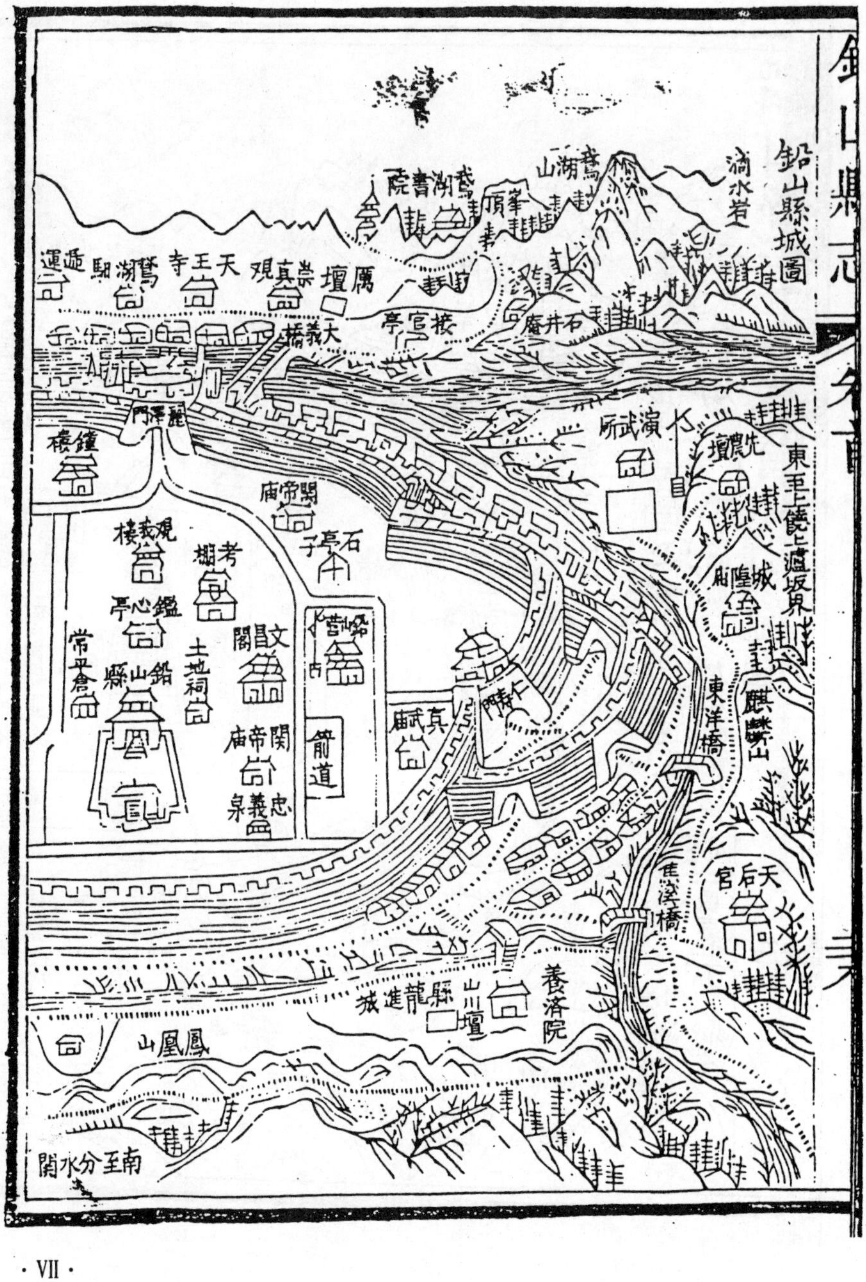
鉛山縣城圖
滴水岩
鵞湖山
峯頂
鵞湖書院
天王寺
鵞湖驛
遞運
崇真观
厲壇
大義橋
接官亭
石井庵
麗澤門
鐘樓
演武所
先農壇
東至上饒遍坂界
城隍廟
關帝廟
石亭子
观義樓
考棚
鑑心亭
文昌閣
常平倉
鉛山縣
土地祠
真武廟
前道
關帝廟
忠義泉
東洋橋
麒麟山
天后宮
焦溪橋
養濟院
山川壇
縣龍進城
鳳凰山
南至分水關

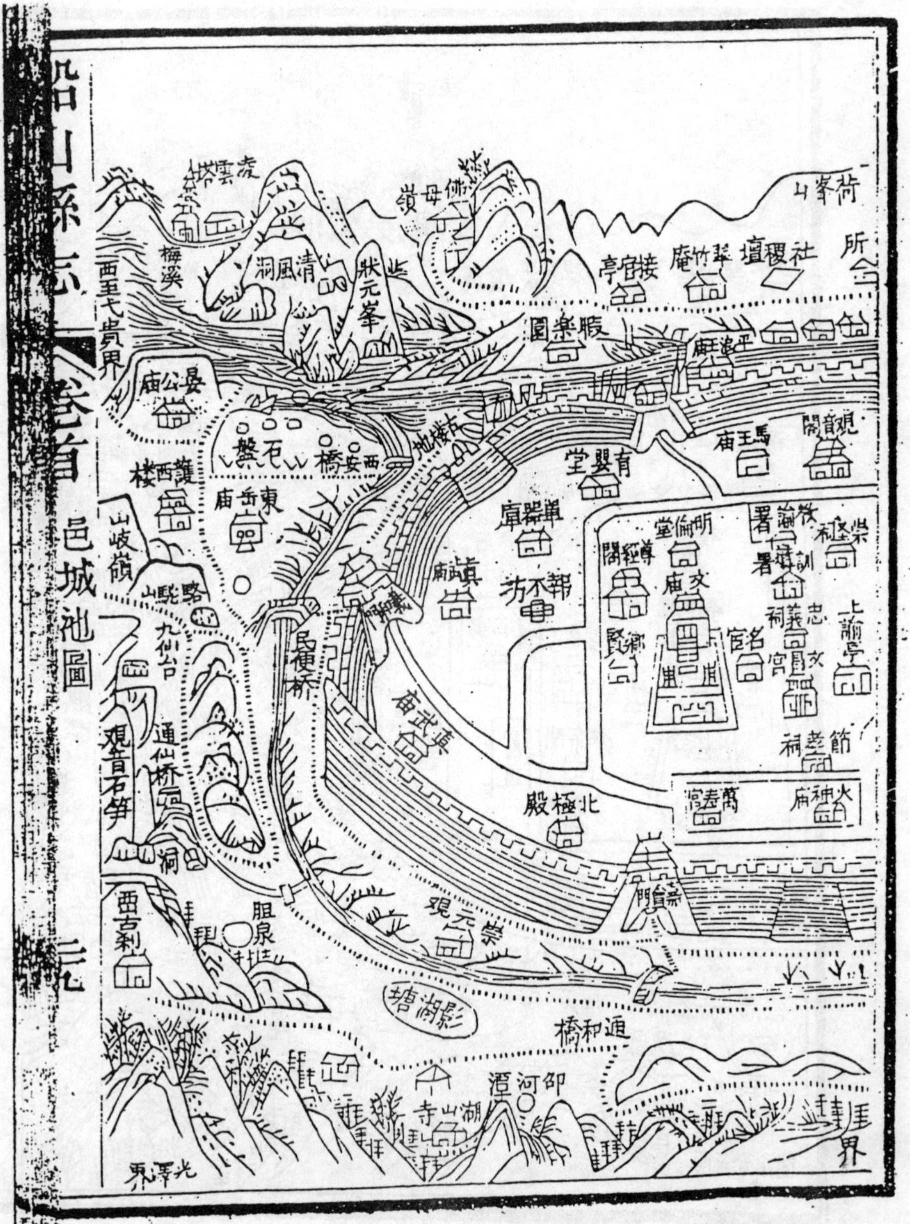
鉛山縣志 卷首
邑城池圖
荷峰山
社稷壇
翠竹庵
接官亭
狀元峰
清風洞
梅溪
晏公廟
盤石
西安橋
護西樓
東岳廟
有嬰堂
馬王廟
观音閣
明倫堂
文廟
忠義祠
節孝祠
北極殿
火神廟
萬壽宮
真武廟
民便桥
通仙桥
观音石笋
九仙台
通和橋
影湖塘
湖山寺
邵河潭
西古刹
胆泉

蔣心餘研究

目　錄

第二章　蔣心餘交遊……二六一

第三章　蔣心餘文學述評——古詩……四〇七

第一章 蔣心餘生平

蔣士銓，初生名雷鳴，字心餘，或新畬，又字苕生，號藏園，晚署定甫，又號清容居士，或稱無詬居士、離垢居士，江西省鉛山縣西關石磐渡人。

第一節 江西、廣信、鉛山

江西省位於我國中部，長江流域南，爲魚米之鄉，古有江右之稱。東南西三面環山，東至安徽婺源縣，有懷玉山脈、武夷山脈；南至廣東連平州，有九連山脈、大庾嶺；西至湖南瀏陽縣，有萬洋、武功、九嶺、幕阜等山脈。北至湖北黃梅縣，有鄱陽湖，長江爲其外圍。是以地形自南向北、由外而內，徐緩傾斜，中間地勢低降，稱爲鄱陽盆地。

鄱陽湖不僅爲全省河流匯集之處，（主要河流爲昌、信、贛、修，尤以贛江最長，江西省亦簡稱贛），亦爲本省南北交通最大動脈，利於航運，便於農田灌漑，調節水量。

江西省，禹貢揚州之域，春秋時吳、越、楚三國之交界，秦屬九江郡，漢初置豫章郡，唐爲江南西道，宋爲江南東路及西路，元立江西等處行中書省，明置江西布政使司。據清史稿載：

江西省，禹貢揚州之域。明置江西巡撫，承宣布政使司，南贛巡撫。清初因之。順治四年，置江南河南江西總督（治江寧）。六年，罷河南不轄。九年，移治南昌（尋還舊治）。十八年，置江西總督。康熙四年復故。先於三年裁南贛巡撫，爲永制。……東至安徽婺源縣，南至廣東連平州，西至湖南瀏陽縣，北至湖北黃梅縣。廣九百七十七里，袤一千八百二十里。……凡領府十三，直隸州一，廳四，州一，縣七十四。❶

此爲江西省之沿革。至於所含十三府是：南昌、饒州、廣信、南康、九江、建昌、撫州、臨江、瑞州、袁州、吉安、贛州、南安等。

江西省的風土民情如何呢？據江西通志載，南昌府，「有泰伯、虞仲、季子之風，故處士有巖穴之雍容，有屈原、宋玉、枚皋之筆，故文章有江山之秀發」（黃庭堅道院記），「士解經傳，雅學積文，而眞知實踐者亦屢屢有之，俗尚清雅，崇儒好客，邨落細民皆勤於稼穡，敏於役作，秉尊上孝弟之心，然尙氣太過，小忿輒至鬥訟」（丁之翰圖經）；瑞州府，「惟筠州獨不嚚於訟」（黃庭堅江西道院賦），「人好經學，尙清淨」（豫章郡志）；袁州府，「士夫秀而文細，民險而健」

❶ 趙爾巽撰清史稿，卷六十六，志四十一，地理十三，江西，總頁二一五三，楊家駱校標鼎文書局本。又據國史館印行清史稿校註，第三冊，卷七十三，志四十八，地理十三，江西，總頁二四二〇，註二，「縣七十四」條云：案本卷所錄縣數，吉安府九，贛州府八，南昌府、饒州府、廣信府各七，撫州府六，九江府、建昌府各五，南康府、臨江府、袁州府、南安府各四，瑞州府三，寧都直隸州二，合之共七十有五。此「縣七十四」當作「縣七十五」。

（黃庭堅道院賦），「士人好恬靜，勵廉隅，布衣蔬食，不入公府，終歲不至長吏之庭」（張栻記）；臨江府，「邑多衣冠，舊族世守進士業，百十年有聞不衰，而近世有以清文介節名於時者，州人猶能道之」（虞集新喻縣修學記）；吉安府，「環吉水百里之疆多業儒，環吾鄉遠近之間多世族」（周敍石壁集）；撫州府，「民秀而能文，剛而不屈」（黃幹諭俗文），建昌府，「無土山、無濁水、民秉是氣，往往清慧而文」（劉禹錫文）；廣信府，「刻勵自奮，矜謹節義」（袁桷梅亭記），「信之爲郡，山奇而廉，故人得之，矜名而喜節，其失也隘，水清而駛，故人得之，善慧而好修，其失也激」（嘉靖舊志）；饒州府，「山川最清，接吳楚秀氣，文獻相續，有曾范遺風」（輿地記）；南康府，「土地瘠薄，生物不暢，水源乾淺，易得枯涸，是以人無固志，生無定業」（朱子應詔封事），「負山襟湖，地窄田少，民瘠貧」（鄧元錫方域志）；九江府，「人性堅貞，尚氣概，其君子知恥而少事干謁，其小人聽命而不通請求」（江殷通九江府志）；南安府，「民貧多訟」（彭汝礪南安軍學記），「士農少，商人果，而義民直而剛」（劉尚友上猶學記），「風俗篤厚而純一，人物秀特而節槩」（劉尚友會昌州學記）❷。綜合歸納，江西土地貧瘠，生物不暢，山奇而廉，人多勁健尚義，短處則個性偏頗，易於爭訟。

江西自陶潛（九江）以降，負盛名文人如：宋代晏殊、王安石（皆臨川）、歐陽修（廬陵）、曾鞏（建昌南豐）、黃庭堅（修水）、楊萬里、文天祥（皆吉水）、陸九齡、陸九淵（皆金谿）、謝枋得（弋陽）；元代如范梈（清江）；明代如湯顯祖（臨川）、楊士奇（泰和）；清代如彭士望、彭元瑞

---

❷ 均見趙之謙撰江西通志，卷四十八，頁一（總頁一〇五〇）起，台灣華文書局。

（皆南昌）、魏際瑞、魏禧（皆寧都）。知宋室後，江西文風愈盛，其中如歐陽修，王安石、黃庭堅、陸九淵等等，皆特具卓識、剛而不屈，而湯顯祖與蔣心餘之性情、遭遇略相彷彿矣。

其次，說到廣信府。

據江西通志所記，廣信府領縣七，含：上饒、玉山、弋陽、貴溪、鉛山、廣豐、興安等縣。其風則爲：「尚醇質、好儉約、喪紀婚姻，率漸於禮」（隋書地理志），「絃誦之聲、晝夜不絕」（孔武仲、修學記），「刻勵自奮、矜謹節義、山水之秀甲諸郡」（袁桷、梅亭記），「信自永嘉東遷，…歷唐而宋，文學之士間出；而南渡以後，遂爲要區。人知敦本積學，日趨於盛，比入明朝二百餘年，藝文學術，蔚爲東南望郡，下逮田野小民，生理裁足，皆知以課子孫讀書爲事」❸。由於秀麗的山水，醇質的本性，矜名喜節，而刻勵自奮、敦本積學，是以南渡以後，文學之士多出，明朝以降，蔚爲東南望郡。

鉛山縣屬廣信府，它的名稱，鉛山縣志又云：

> 鉛山，信屬也，於夏禹爲會稽、爲揚州之南境。其後，或爲郡國、爲邑、爲鄉都，故或曰永平，曰鉛山，曰鉛州。永平，鎭也。後以其山產鉛銅，故名。❹

---

❸ 同❷，頁十三至十四（總頁一〇五六）

❹ 張廷珩等修、華祝三等纂鉛山縣志，卷二，地理，沿革，頁十八，中央研究院藏同治十二年刊本。又案：鉛山縣志，成文出版社：據①潘士瑞等修，詹兆泰等纂康熙十二年刊本②連柱等纂修，乾隆四十九年刊本③鄭之僑等修，蔣垣等纂，乾隆八年刊本④張廷珩等修，華祝三等纂，同治十二年刊本。

可知，鉛山是產鉛銅得名。至於其沿革，鉛山縣志又云：

鉛山在夏屬會稽，在周屬於越，在秦屬於閩越，迄漢元鼎始爲場焉，而隸於冶縣，復入會稽郡。後漢析會稽之餘干入於豫章，鉛又南隸餘干。三國分餘干、置葛陽，鉛則又隸葛陽，隋改葛陽爲弋陽，唐乾元置信州，割弋陽分置上饒、永豐，屬信州，而鉛則又隸上饒，猶爲鉛場也。南唐保太（案：太應作大，南唐李璟年號，西元九四三——）中始析撫州仁義、建州旌孝二鄉之故壤，益以上饒之清流、崇義、布政三鄉，縣鉛山。嗣升州，宋復縣，至元陞州，又益弋陽之新政、善政二鄉，益上饒之乾元、永樂二鄉入鉛。元至正（指惠宗）二十年閏五月，明僉院胡大海師取信州，改信州爲廣信府，而鉛山猶爲陳友定所據。洪武二年，將軍沐英克鉛山，乃復鉛山州爲縣，以屬廣信，而還乾元、永樂二鄉於上饒。❺

夏朝以來，鉛山屬會稽、屬越、屬閩越、屬豫章、屬葛陽（弋陽），至南唐李璟始爲鉛山縣，後又升州，至明洪武二年，沐英克鉛山，乃復爲縣，屬廣信府。而鉛山縣之範圍，東至分水、溫林等關，與上饒爲界，西爲鉛山，南爲鳳凰，北至鵝湖。含：崇義、鵝湖、旌孝、布政、清流、招善、仁義、新政、善政等鄉；並有八關、七寨、一隘、二鎭。

❺同❹，頁二十二至二十三。

心餘出生地石盤渡，去縣西三里，鉛山劉光瑜有「**偕諸生渡石磐清風峽、登凌雲塔，有懷當年造塔前輩、及乙照家兄**」詩，其一云：

橫舟渡石磐，沙岸履聲乾；
日放晴當午，秋疑暑未闌。
過橋藤樹古，到峽草風寒；
欲覓山僧話，香嚴佛火殘。

其二云：

取徑躡層雲，高空遠近分；
塔鈴荒不語，地瓦亂交紛。
前哲零秋草，西風斷雁群；
如何龍象力，不與護奎文。[6]

「日放晴當午，秋疑暑未闌」，說明此地氣候炎熱，而渡口、沙岸、山寺、高塔、古藤、蔓

[6] 同[4]，卷三十八，文徵，五律，頁五。

草，顯現一幅鄉野荒蕪景象。

蔣心餘在忠雅堂詩集裡，提到有關鉛山的詩，如「遊鉛山郭西觀音石二首」（詩集，卷四，乙亥，頁三十一）❼，其一云：

地湧天垂一朵山，巨靈揮斧穴孱顏；
併將虎豹黿鼉窟，刻露煙雲窈窕鬟。
地入虛無幽折裡，天來細碎委蛇間；
可容身作千年蝠，自在巖阿日往還。

其二云：

石竇慈容小立觀，紫雲香雨潤檀欒；
山中水月都圓滿，世外風光別暑寒。
僻處漫傷靈跡晦，名山本厭俗人看；

❼ 蔣士銓著忠雅堂詩集，鉛山蔣氏原本，舊學山房藏板，以下所引忠雅堂集皆據此本，不贅。又，詩集文字，並與中央研究院所藏清嘉慶三年揚州重刊本校正。據國立中央圖書館編台灣公藏普通本線裝書目人名索引，及聯合報文化基金會編有中國歷代詩文別集書目第十一輯頁二十五云，台大藏有乾隆二十七年刊本（聯經出版社）。

不須更聽潮音去，說法身原是宰官。

此詩言幽僻之觀音石，受自然風雨水月之潤，成爲世外桃源，只許詩人怡情、宰官說法。再如「到鉛山有作二首」（詩集，卷十四，乙酉，頁一），其一云：

曉日半城山，人家積翠間；
碓輪晴雪轉，痲地綠陰閒。
鳥勸田翁酒，谿明浣女鬟；
天涯求樂土，難道勝鄉關。

其二云：

餘糧栖壟畝，鄰里說豊年；
穀減荒時價，廚添破屋煙。
扶犁歌飯𦉪，糴米計囊錢；
敢笑樊遲稼，躬耕少薄田。

故鄉山城的翠綠、晴雪、鳥啼、田翁扶犁歌、浣女阿娜姿，都是令人難忘。再如「積翠巖」（詩集，卷二十三，丁酉下，頁十二）：

手寫名山額，眞同小普陀；
奇穿仙洞迴，險貫石林多。
芋火僧俱寂，詩牆墨未磨；
重參觀自在，百歲幾經過。

積翠巖，在鉛山縣西三里，銅寶山側。山洞迴繞、石林多佛寺林立，勝處有類普陀（浙江省定海縣東海中，上多佛寺，爲觀音菩薩說法處）。心餘友人袁枚有「到鉛山與程、吳二友遊積翠巖」詩，其一云：

山川大固佳，邱壑小亦好；
但須結構嚴，便見化工巧。
我遊武夷還，重登積翠巖；
意謂齊魯遊，定將郕莒嫌。

其二：

不圖孤峰起，長劍青天倚；

其下洞穴奇，嵌空杳無底。
地仄氣易聚，徑曲景愈幽；
始知河與海，原宜納細流。❽

積翠巖孤峰突起，有如長劍倚天，其下洞穴嵌空無底，徑曲景幽，嘆爲觀止。

又如鉛山縣東北爲鵝湖（山名），上有湖，湖中多荷，晉末有龔氏養鵝於此，改名鵝湖。宋儒呂祖謙及陸九淵兄弟講學於山上鵝湖寺，明以後爲鵝湖書院（參前面書影）。鉛山縣志有江皐的「**遊鵝湖書院**」：

講習何年盛，風流紀勝遊；
人傳南渡後，地枕北山邱。
朗印孤峰月，疏櫺萬壑秋；
前型猶未墜，憑吊倚岑樓。❾

---

❽ 袁枚著小倉山房詩集，卷三十一，頁十二，收在光緒十八年上海圖書集成印隨園三十六種，下引同。詳見第二章註❶。

❾ 同❹，卷二十八，文徵，五律，頁四。

詩言鵝湖書院景物鮮妍、峰月交輝，且憑弔南渡後講學盛況，令人眷懷。

江西雖是米之鄉，然「乾隆初年以來，江西米價日昂，其主要原因，除了水患及米穀輸出外，主要是由於人口的增長」⑩。到今日江西六百萬人赤貧，慘不堪言，在中央日報大陸新聞云：「江西省是中共建立『蘇維埃政府』的最早根據地，而今江西省卻有六百萬人淪落難以言喻的赤貧之中，每人平均年收入不及一百二十元『人民幣』，口糧不足四百斤。」⑪由此看來，江西省乾隆以後，生齒日繁，民生愈困；再經太平天國時，全境遭受戰亂、以後中共在此建立根據地，生活愈趨艱困。

第二節　家世

心餘先世居浙江省長興，後移至吳興，祖父（錢）承榮，字靜之，生於明朝崇禎六年（一六三三）。十七年（一六四四）甲申國變，竄江西，爲鉛山人，改姓蔣。其**先考府君行狀云**（忠雅堂文集，

---

⑩ 參莊吉發著清代江西人口流動與秘密會黨的發展，載於大陸雜誌第七十六卷第一期，（民國七十七年一月出版），頁四。又，該文頁三至頁四，據國立故宮博物院典藏宮中檔奏摺統計，乾隆年間江西省民户人數一覽表，舉其要，如在乾隆十六年（一七五一），人口爲八六五七四六八，乾隆三十年（一七六五），人口爲一一三五五六八五，乾隆四十三年（一七七八），人口爲一七三〇八九三七，乾隆五十四年（一七八九），人口爲一九二二一八一七。

⑪ 民國七十九年二月五日（星期一），中央日報大陸新聞版，亦載於同日聯合報第十版。

卷七，行狀一）⑫：

先世居長興，代有顯者。先王父諱某，字靜之，生懷宗六年癸酉。甫十二齡，天下大亂，甲申竄江西，爲鉛山人。順治壬辰（九年，一六五二），娶先王母祝氏，生子三人，長漢先公諱基、次玉符公諱璽、次府君。

又，據上詩，其二（詩集，卷十四，乙酉下，頁（三））云：

我祖生吳興，九齡値喪亂；
全家避氛警，扁匱匿童丱。
大帥逐狼貙，挾以逾嶺坂；
于時我曾祖，譽望鵝湖冠。
張筵友衛霍，醉發徵蘭歎；
爰乞靈芝芽，移植瑤階畔。
嗟哉覆巢羽，卵翼恩無閒；

---

⑫ 蔣士銓著忠雅堂文集，中央研究院藏本、下引文集同，不贅。

長松蔭修蘿，寄生成直幹。

根據這二則詩文記載，心餘祖父十二歲（「九齡」說恐非，參下洪亮吉文）遇國變⓭，三十歲娶妻祝氏，生三子：基（漢先）、璽（玉符）、及堅（字非磷，號適園，心餘父親）。而當時曾祖父名冠鵝湖，歎無子嗣，是以「張筵友衛霍」，過繼爲子⓮，「爰乞靈芝芽，移植瑤階畔」，正是此義。洪亮吉所撰**翰林院編修名御史鉛山蔣先生碑文云**：

先生諱士銓，字心餘，一字苕生，江西鉛山人也。先世吳越著姓，彭籛世家（案：彭祖姓錢名鏗，顓頊玄孫）。祖諱承榮，年十數齡，值明崇禎甲申之變，萇楚無室，哀錢王之

⓭ 忠雅堂詩集（上匊詩）說是「九齡」，與文集「十二齡」之說不合。在洪亮吉所撰的翰林院編修記名御史鉛山蔣先生碑文云「十數齡」，（洪亮吉著洪北江詩文集，卷施閣文乙集，卷三，頁十二，商務四部叢刊正編），推測，當以「十二」較勝。

⓮ 衛青，司馬遷撰史記，卷一百十一，衛將軍驃騎列傳第五十一，頁一（藝文印書館本）云：「大將軍衛青者，平陽人也。其父鄭季，爲吏，給事平陽侯家，與侯妾衛媼通，生青。青同母兄衛長子，而姊衛子夫自平陽公主家得幸天子，故冒姓爲衛氏」。又云：「大將軍姊子霍去病（集解引徐廣曰：姊即少兒也）年十八，幸，爲天子侍中」（頁六）。根據趙翼撰廿二史劄記，卷二頁二十四，「武帝三大將皆由女寵」條云：「漢武帝三大將，皆從嬖寵擢用。衛青父鄭季，給事平陽侯家，與衛媼通，生青，故青冒姓衛氏，爲平陽主騎奴。而衛媼先有女子夫，以主家謳者得幸于帝，立爲后。青以后同母弟見用爲大將軍，征匈奴有功，封長平侯。平陽主寡居，青即尚焉。霍去病父霍仲孺，先與衛子夫之姊少兒通，生去病。去病以皇后姊子見用爲驃騎將軍，征匈奴有功，封冠軍侯。」（藝文印書館百部叢書集成據廣雅書局本影印）。依下文，此處當指過繼。

孫，宛童寄生，作蔣侯之裔。父贈君諱堅，生有異稟。⑮

萇楚，指羊桃。宛童，指寄生樹。由這些言辭來看，祖父本姓錢，甲申國變，無以爲生，是以過繼爲蔣侯之裔。

後遷居南昌。然祖父不善營生，好遊玩，在先考府君行狀（文集，卷七，行狀一），繼云：

> 後徙居省城，宅南昌縣治。先王父賦性簡厚，不善治生，而樂善好遊，足蹟徧五嶽，談海內山川，如指諸掌。

因爲「樂善好遊」的個性，所以「足跡徧五嶽」，「談海內山川，如指諸掌」；從另一角度來看，如此不事生產，生活自然貧困。

心餘父堅是位天生異稟的人，在先考府君行狀（如右）續云：

> 府君生而穎異，言家事侃侃如成人。七歲隨叔祖恭伯公遊于進賢門外之法雲堂，入扉，有捕卒四五人坐廡下，言「前夕某寺頭陀爲盜殺，寺離此不數武，今求賊處不得，奈何？」時諸僧方諷咒，府君私指謂叔祖曰：「殺人者，座上老僧也。」捕卒駭，叔祖

---

⑮ 洪亮吉著洪北江詩文集，見⑬。

呵曰：「童子勿妄言」。對曰：「吾視其面溫而栗，視其行，步徐而趾錯，視其芒履，新浴而赬，且停聲陰顧者三，以此知之，非妄也。」捕卒察之，以爲然，執箠之，盡得其詞，遂牽去。

父堅以七歲年紀，（生於西元一六七八年），能從恐懼的面容，錯亂的行止，新洗的草鞋，停聲（時當誦咒）暗顧等等行跡來辨別殺人嫌犯，確有超越常人的聰明果斷。由於這般早熟的聰慧，叔祖有意過繼父堅爲其後。經過六年，叔祖恭伯公生皇平、皇岌；而蔣堅眼看家道衰落，遂願力食奉養，而得歸還本宗。**先考府君行狀**（如右，行狀二），**又云**：

時先王父及先伯父漢先、玉符兩公，各以故遊四方，家益落。先王母晝夜操作，以布縷易食，不能給。府君垂涕請於叔祖曰：「兒穉，力可食二人，所生如此，願身養之。」恭伯公哀其志，令還本支。乃質衣冠，得錢八百，販粟五斛，肩鬻於市，市有甘脆，及王母所嗜者，皆力營以奉，故先王母雖一椽風雨，而顏色怡然。

由於祖父、二位伯父，雲遊四方，家貧無給，祖母只得晝夜織布，以布縷易食；然「生生所資，未見其術」（淵明歸去來兮辭語）。父親年僅十三，得以歸還本宗，乃「質衣冠」，得八百錢，肩粟於市，以盡孝養。生活在貧困中掙扎。

心餘父堅，天生仁孝，懷忠厚之情。而其折獄之智令人讚歎。在先府君行狀（同右，行狀九）：

嚴公（嵐縣令尹）以書來招，往見之，儼然長者也。公曰：「僕與君不相識，愛我乃至。每讀判獄，輒嘆君才識，然而無所師。」府君跪曰：「某幼失學，廢舉子業數年，敢竊師公，可乎？」嚴師慨然曰：「吾浙及大江南北，以法家遊天下或數萬人，多碌碌求食者。吾家習此七世，舍君無可付者。」于是約每夕相過，至則屏左右，語常達旦。

繼云，（行狀十）：

府君決疑獄，凡十有七案。

可見其折獄之智，常人不及。

就其忠厚仁愛言，先府君行狀（同右，行狀二），說道：

府君年十七，三月，以事赴鉛山，歸阻惡風，泊餘干之瑞洪鎮。先是發舟時，有南昌少年附舟還，至是住二日。風益肆，詰朝少年忽登岸，飯後乃來。問與飲食者。曰：「有故人在。」由是每食必去，府君微驗之，有饑色。心益疑，尾之。入張睢陽廟，見其兩手抱肩，坐大鐘下，呼之曰：「足下何爲此態？告我，勿更隱。」少年哭曰：「予姓熊，名白龍，寡母有姪爲河口商，予家日窘，母命往，以急告，不遇，反，寄食舟人。今無一錢，舟子不復能飯予，設風不止，是天亡我也。」……問其年，長府君一歲，乃約爲兄弟。…府君視熊生曰：「相君非久餓者，而母即我母。我窶人，有金三兩，出爲母壽，君其善爲之。」…

看見一位不認識的同舟人，飢餓無食，即慷慨解囊相贈，並約爲兄弟，仁厚之至，也眞正代表江西人嶔崎磊落的胸懷。又云（同右，行狀七）：

府君故思張公，乃決計遊嵩嵐。…（以下行狀八）翼日，天陰晦，道亙兩峰如人立，中央亂石，長數里，水發則河，涸固谿也。府君驅馬入，雨猛下，有孕婦抱兒坐驢背，一童子負馬策從而後，道鮮阜驢短，府君度其必溺，據鞍解韡襪，出囊中二千錢挂馬首。未轉瞬，水及馬腹，驢浮，婦抱兒墜于水，童子亦旋仆。府君持錢大呼曰：「能救若婦者，以此酬之。」途人應聲往，挾婦人共兒起，府君亦下馬挽童子矗然立，于是以錢酬途人，而載於馬上。…

經過嵩嵐（山西省嵩嵐縣）、山高地低，雨來成河，心餘父親料定抱兒的孕婦（騎驢）、從後的童子必溺，於是以囊中二千錢掛馬首，呼人救之，路人應聲而救，見其慷慨救人。

父堅，有關正義感方面，先府君行狀（如右，行狀十九）云：

有太原高孝廉名尚禮者，簡發來西江，日困窘，府君力濟之。甲寅，除南昌令，邑有訟者，爭以金賂府君，府君歎曰：「楊關西豈欺我者！吾及此不去，何以成令尹名？」

……

周濟高尚禮，等到高爲南昌令，以正義故，斷然離去，以成其令尹之名，使人佩服。

除了宅心仁厚，慷慨救人外，心餘父親勇敢機智，在先考府君行狀（如右，行狀四）云：

丁丑（一六九七）五月，客自鉛山來，攜千金館于家。夜既寢，竃觚間索索有聲，府君蹵客曰：「起縛賊，遲，跳矣。」客皆蒙首蝟縮于被，莫敢喘。府君袒跣啓戶，窺賊將出後閣，躍叱之，賊辟易猱走，逐三里後仆賊，上下禽之莫能動。賊呼曰：「季子舍我！」府君視于昏月下，蠭目虬髯，不辨誰何，挾歸，眾譁曰：「此對門某兵也。」搜賊韡袴間有利刃，皆爲府君危。質明暴于官，金乃返。由是數十年來，宵小無有窺蔣氏垣墉者。

蔣堅擒賊（原爲對門某兵）實況，勇敢無比。行狀中又云（如右，行狀五）：

九月，舟出大江，風發張飽帆。逆怒濤上如脫兔，朱君失足落江水，隨急流背船下，舟人駭叫。帆不得收，一舟譁。府君袒裼躍高浪中，府君故善泅，水底行里許，遍挽之不得。回視我舟，影如雀，復泅乃得。于是握朱君頂髮，提其首出江面，以右手翼雙足，鼓浪行，力竭同沒入，稍出抗，復墜。……

父堅內袒搏浪，泅于水底里許，不顧死生，救出朱君的英勇行徑，著實令人敬佩。再如行狀（如右，行狀十二）：

壬辰（一七一二），府君年三十五。…明年癸巳，康熙五十二年（一七一三）也。佟公入太原，府君及焉。時臨汾縣令某，暴征傜，頭會箕歛，重以苛法，百姓罷敝不能耐。一城遂譟，毆縣令，各徙家于郊而待變焉。中丞于是檄佟公往撫，且從以兵。府君籌曰：「兵行，是速亂也，亟止之。」佟公憮然。顧府君曰：「平陽去此六百里，今中丞限百五十刻且至，奴善騎者止五人，冥煩賴君謀。君南人不習馳騁，奈何？」府君曰：「能！勿復慮。」公與衆皆驚喜，于是乘傳行。共七人，馬逸，塵雨如霧，自午及晡，馳二百里，奴墜者委三人，翼明，至平陽北郊，測晷纔百刻。…

臨汾縣（在山西）令的苛法，引起民衆的譟毆，眼看暴動即將發生；而中丞限佟公（國瓏）百五十刻（一天半）撫平，蔣堅見義勇爲，由太原至臨汾六百里，只須百刻（一晝夜）即到達目的地。能騎善水，異乎常人，爲國爲民的精神，更令人佩服。再如，行狀（如右，行狀十六）：

（雍正）二年甲辰（一七二四），漢陽柳參政約府君遊楚，既至，不及遇，邂逅異人瞿塘

> 翁于黃鶴樓，指府君曰：「相君多隱德，故臨難則能免。平生感慨任俠，利西北，不利東南，歸，毋浪遊。明年十月且生子，三年當更出入請室間，垂老而亨，七十後從吾遊可也。」府君曰：「如饑寒何？」翁哂曰：「君重義、不侵爲然諾，故無金，古豪傑皆困阨，君能知命，後且昌，惜君不見也。」

異人瞿塘翁以蔣堅多隱德，是以「臨難能免」。然平生任俠，與「命」相背，是以困阨，此與古來豪傑之士，「重義」、守道德，不計較、不侵奪之君子固窮道理相同，是勸其歸，預定當得子而昌。至於蔣堅個性堅忍不拔，如其名字，在行狀（如右，行狀十四）云：

> 府君目闓不能視，強開之，雙瞳赤潰、急求醫，不能治，乃還澤州。…府君聞近邑有神醫善治瞽，邑故有黃生善府君，府君乃詣其家就醫，醫曰：「能耐痛楚乎？」曰：「能。」乃以指支上下睫，染番砂于食指，往來礪睫中，痛幾絕，兀不動，舉錯刀，剜潰肉出，而雙瞳無少侵，血洗面，汲寒泉灌頂下，血乃凝，侍側者皆匿不敢視。醫曰：「此君鐵漢，我亦畏之！」投以藥，四旬復明如故。

其堅忍個性，以前三國時代關羽，醫劈其臂，「臂血流離」，而羽「言笑自若」⑯，而心餘父親

---

⑯見陳壽撰三國志，（裴松之註、盧弼集解），卷三十六，蜀書，關羽本傳，頁三，藝文印書館本。

被醫生「染番砂于食指，往來礪睫中」，「舉錯刀，剜潰肉出」，「血洗面，汲寒泉灌頂下」，鐵漢精神，與關羽前後輝映。

當然，心餘父親是相當關心孩子教育的，在行狀（如右，行狀十九）云：

顧吾母曰：「汝鏤竹爲絲，詰屈作字，教兒襁褓中，志良苦矣！兒今且十歲，雖識三千字，而讀書膝下，不免爲常兒。吾欲持其遊燕趙間，令其浮洞庭，涉黃河，置身太行，一望齊梁雁門之狀，然後負之、趨崤函而登泰岱，他日爲文章，或可無書生態。……」

父堅是忠厚仁愛、嶔崎磊落之人，對孩子教育，重心胸懷抱的培養，此即「君子遠大器」之意，行文論著，自然無書生寒傖之味。所以說，在心餘十一歲時，父堅果然携家人遊燕趙，至太行等地。

事實上，心餘父親非常好學，在行狀（如右，行狀四）云：

府君年十九，以讀書積勞，嘔血一斗，尫羸不勝衣。

又，（如右，行狀四）

丁丑（一六九七），……八月，應童子試，縣令某拔府君爲第四，人爭才之人。

讀書積勞，至於「嘔血一斗」，可說用功之至。到二十歲，終於考上秀才第四，總算有丁點功名，人爭美其才。往後，時運不濟，困於學使，仕途多舛，心餘在行狀（如右，行狀八）又說：

薄暮至岢嵐，館張公，宴于後堂，飲既酣，張公慨然撫府君背曰：「足下持三寸柔翰，三十無所遇，某挽兩石弓，取功名如反掌。……足不何自苦乃爾？」

與人相較，父親仕途的坎坷，有說不出的辛酸。

雍正元年（一七二三），心餘母親鍾氏來歸。她是位賢淑的妻子，在鳴機夜課圖記（文集，卷二，記一）云：

吾母姓鍾氏，名令嘉，字守箴，出南昌名族，行九。幼與諸兄，從先外祖滋生公讀書。十八，歸先府君。時府君年四十餘（案：四十六）；任俠好客，樂施與，散數千金，囊篋蕭然，賓從輒滿座、吾母脱簪珥治酒漿，盤罍間未嘗有儉色。越二載，生銓。家益落，歷困苦窮乏、人所不能堪者，吾母怡然無愁蹙狀，戚鄙人爭賢之。……

心餘母鍾氏令嘉，從小知書達禮，爲了父堅「任俠好客」，脱簪珥、治酒漿，不讓別人看輕；這種任勞任怨的精神，令人敬佩。袁枚在蔣太安人墓志銘云：

太安人鍾姓，名令嘉，字箴，晚自號甘茶老人，爲南昌隱士，滋生公之季女，年十九（應十八？）來歸我贈公適園先生。……生編修（指心餘），三歲教之識字，弱不能持管，乃戲析竹絲排撇畫，誘其記憶。……見婢媼衣或穿敝，必代安襻褶停鍼、以須時時存心惠物，曰人之所以生仁也，人而不仁、安用生？⓱

心餘母親令嘉爲南昌鍾志順（滋生）女，鍾志順僑居餘干瑞洪鎮。心餘父堅遊幕四方，是以心餘三歲隨母居瑞洪。鍾氏生性仁德、存心惠物；析竹絲、排撇畫，教導心餘識字，眞如孟母。她不僅蘭心蕙質，著有柴車倦遊集，以見其才德之美。⓲

由於家庭的貧困，母親須兼治生產，**在鳴機夜課圖記**（文集，卷二、記一）**又云**：

先外祖家素不潤，歷年饑大凶，益窘乏。時銓及小奴衣服冠履，皆出於母。母工纂繡組織，凡所爲女紅，令小奴攜於市，人輒爭購之；以是銓及小奴，無襤褸狀。

⓱ 袁枚著小倉山房文集，卷五，頁十一，隨園三十六種本。又案：甘茶老人，取詩經邶風：「誰謂茶苦，其甘如薺」之意。又，心餘母親有柴車倦遊詩集，載于清史稿藝文志。

⓲ 袁枚著隨園詩話，卷八，頁二云：「苕生太夫人鍾氏名令嘉，……嘗登太行山云：絕磴馬蕭蕭，群峰氣勢驕，蒼雲橫上黨，寒色滿中條。極目河如帶，攔車雪未消；龍門劃諸水，禹力萬年昭。」（隨園三十六種本）氣勢高遠。又，柴車倦游集，丙十七（收在蔡殿齊編國朝閨閣詩鈔），登太行山詩云：「絕磴馬蕭蕭，群峰氣力驕；蒼雲橫上黨，寒色滿中條。返轍河如帶，攔車跡未遙；龍門劃諸水，禹力萬年昭。」部分文字爲隨園詩話更異。

不僅親自裁衣，製鞋帽；且善纂組、所做女紅（女子手工），皆精美，是以令小奴攜於市，人爭購買。

除了勤勞節儉，母親特別重視孩子教育，在鳴機夜課圖記（如右，記一）云：

> 銓四齡，母日授四子書數句。苦兒幼不能執筆，乃鏤竹枝爲絲斷之，詰屈作波磔點畫，合而成字，抱銓坐膝上教之。即識，即拆去。日訓十字；明日令銓持竹絲合所識字，無誤乃已。至六齡，始令執筆學書。

從前歐陽修母親，有以蘆荻畫地代替紙筆，教歐陽修寫字⑲，如今心餘母親斷竹枝爲絲，作波磔點畫以教子認字，可說是江西母性的光輝。在鳴機夜課圖記（如右，記二）又云：

> 銓九齡，母授以禮記、周易、毛詩，皆成誦。暇更錄唐、宋人詩，教之爲吟哦聲。母與銓皆弱而多病。銓每病，母即抱銓行一室中，未嘗寢；少痊，輒指壁間詩歌，教兒低吟之以爲戲。母有病，銓即坐枕側不去；母視銓，輒無言而悲，銓亦淒楚依戀之。

---

⑲ 蘇轍著欒城後集，卷二十三，歐陽文忠公神道碑，頁一云：「公諱脩，字永叔，生四歲而孤，韓國守節自誓，親教公讀書，家貧，至以荻畫地學書」，（商務四部叢刊正編本）案：歐陽修子發所撰事迹（見歐陽文忠公集，附錄，卷五，頁二，商務四部叢利本），言：「先公四歲而孤，家貧無資，太夫以荻畫地，教以書字。」知歐陽修母親之勤儉、重教育。

嘗問曰：「母有憂乎？」曰：「然」。「然則何以解憂？」曰：「兒能背誦所讀書，斯解也。」銓誦聲琅琅然，爭藥鼎沸。母微笑曰：「病少差矣。」由是母有病，銓即持書誦於側，而病輒能愈。

九歲授以禮記、周易、毛詩，皆成誦，當時程度不下於今日中文系畢業生。又以兒子背書，可以治好母親的病，可知其望子成龍心切，卻能循循善誘的教導。

心餘家世，列表如下：

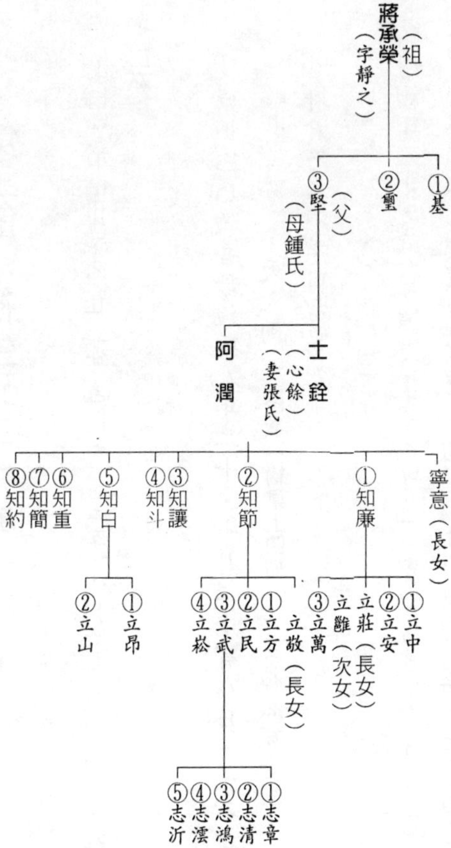

第三節　初生到二十歲

心餘生於清世宗雍正三年乙巳（一七二五）十月二十八日寅時，在先府君行狀（文集，卷七，行狀十七）云：

雍正乙巳，吾母鍾孺人年二十，十月二十有八日，生不孝士銓。先一夕，夜將子（約晚上十一點），天大雨，及寅（約早上四點），雷轟然震者三，而不孝生矣。旦日皎皎出，府君乃名不孝曰雷鳴。

心餘母親年二十，歲在乙巳（詩集，卷四頁一，寄饒齋南詩亦有：君生庚子我乙巳）。由於初生時的不平凡（大雨，雷轟然震者三，是以初名雷鳴），似是預兆日後的成器，有如岳飛誕生，有大禽飛鳴室上⑳，歸有光在母體受孕時，有虹起於庭㉑。

然而，心餘家庭經濟環境不好，行狀說：「除夕府君出，室如懸磬，略具薪米，餘數錢」，

---

⑳ 參脫脫修宋史，卷三百六十五，列傳一百二十四，頁一（藝文印書館本），岳飛本傳云：「岳飛，字鵬舉，相州湯陰人，……飛生時，有大禽若鵠，飛鳴室上，因以爲名」。

㉑ 參王錫爵撰明太僕寺丞歸公墓誌銘云：「先生在孕時，家數見禎瑞，有虹起於庭，其光屬天，故名先生有光，熙甫其字也。」（收在歸有光著，震川先生集，別集，最末，頁一，商務四部叢刊正編）

可說是最好的說明。

還好，心餘有位賢慧的母親，在「家益落」的情況下，「怡然無愁蹙狀」；而且還典當首飾（拔簪脫珥），補貼生活。

順便一提的，與心餘同年初生的友人如：王昶（述庵，一七二五——一八〇七，江蘇青浦），趙文哲（璞庵，一七二五——一七七三，江蘇上海），王杰（偉人，一七二五——一八〇五，陝西韓城），趙由儀（一七二五——一七四七，心餘同里）。此時袁枚已十歲。

孩子心目中，父親總是扮演謀職、勇敢的角色。**在先府君行狀說**（文集，卷七，行狀十八）：

> 丙午九月，以事遊嶺南，至清遠回歧驛。夜風泊荒岸。粵江漁人多爲盜，長年恐以告，一舟皆怖。府君乃作僞砲，列篷底四隅，而與長年約曰：「盜至即叩舷。」于是張燈豪飲。頃舷響，眾凝睇江面，遠艇如蚱子蔽水來，距三十丈，府君手火叱之，不應，橈益奮，府君搖火大呼曰：「發！」盜駭然應曰：「漁也。」……府君手刺落于水，推篷見小艇，奮身顚覆之，賊盡溺，泅水去。

丙午，指雍正四年（一七二六），心餘二歲，**行狀接著又說**：

> 明年丁未，聞佟使君（國瓏，字信侯，遼東人）㉒以高平事且蕩產，蓋高平屬于澤州，縣令

㉒ 佟使君，指佟國瓏，其生平事蹟見於澤州知州佟公信侯傳略（忠雅堂文集，卷三，傳一，十七）

侵漁庫藏至二萬金，于是逮舊牧分賠之，故佟公被逮，復來澤。府君慨然曰：「使君老矣，寧堪此？士死知己，吾年雖五十，忍坐視之」。乃歸吾母子于外王父家。七月，遂北行，九月至天津，踵佟宅入，見其家人有菜色，舉室哭，僕婢襤褸、拜于庭，泣告曰：「主人產蕩且盡，尚負金三百鎰，今日不重食，無貴賤皆啜粥。欒城富人某，負主人千金，吝不與，奈何？」府君曰：「毋，吾與而索之。」乃偕其老僕一走欒城，索不得，府君謁令尹，語感激，令尹義之，逮富人，府君于是持千金入于澤，至，澤人譁曰：「蔣君來，使君生矣」。……未幾，下佟公于獄，既入，乃絕粒。……府君正言曰：「公爲民牧三十年，不名一錢。今百姓皇皇如急其私、報施可知矣。死于桁楊，是實其辜也。且捐軀就義，皆有其宜，苟輕生如匹夫，鴻毛等耳。……」佟公悟，乃食。

此爲雍正五年丁未（一七二七），心餘三歲時的事。父親爲了「不名一錢」的朋友「佟使君」，偕使君之老僕走欒城，要求令尹主持正義。並在獄中，陳述生命的意義，使這位清廉的好官免於絕食而死，可說仁義兼收了。

一個成功的男人，背後總有個女人的幫助，心餘母親便擔任這角色。由於父親經常出遊，家庭經濟拮据，加上歷年饑荒，生活更增困乏；這時，靠母親的「女紅」來支撐這個家；心餘母親可說把中國傳統女性才德，發揮到極致。

母親對心餘教育，既溫且厲，**在鳴機夜課圖記**（文集，卷二，記一）云：

記母教銓時，組紃（案：條，薄闊者爲組，似繩者爲紃）績紡之具，畢陳左右。膝置書，令銓坐膝下讀之。母手任操作，口授句讀，咿唔之聲，軋軋相間。兒怠則少加夏楚（夏，榎也；楚，荊也，教者所以撻犯禮者），旋復持兒泣曰：「兒及此不學，我何以見汝父？」至夜分寒甚，母坐於床，擁被覆雙足，解衣以胸溫兒背，共銓朗誦之。讀倦，睡母懷，俄而母搖銓曰：「可以醒矣。」銓張目視母面，泪方縱橫落，銓亦泣，少間，復令讀，雞鳴臥焉。諸姨嘗母曰：「妹一兒也，何苦乃爾？」對曰：「子眾可矣，兒一不肖，妹何託焉？」

母親一面操作紡績，一面口授句讀；天寒時，又與心餘共朗誦詩篇，讀倦，睡在母親懷抱。孩子怠惰，哭哭啼啼的轉述父親盼子成龍的心。而且，母親與諸姨間，用最平淺的對話，一對一答間，傳出偉大母親的心聲。

就孩提時代生活情況而言，心餘與袁枚是很類似的。**在小倉山房續文集，先妣章太孺人行狀**（卷二十七，頁八）**云**：

當是時（指袁枚母親來歸），寒家貧甚，先君幕遊滇、粵，寄館穀、贍其家，萬里路遙，家書屢斷。太孺人上奉大母，旁養孀姑，下延師教枚，半取給於十指間。每至賒貸路窮，旨畜告匱，輒默默然繞樓而步；枚與諸姊妹猶啼呼索飯，不知太孺人之力竭，心之傷也。

兩相比較，父親都爲生活四處奔波，母親則在家中承擔經濟與教育的責任，其中艱苦，點滴心頭。

心餘外祖父鍾志順，是位性情豪邁的詩人，**在鳴機夜課圖記云**（文集，卷二，記一）

> 外祖長身白鬚，喜飲酒，酒酣，輒大聲吟所作詩，令吾母指其疵。母每指一字，先外祖則滿引一觥，數指之後，乃陶然捋鬚大笑，舉觴自呼曰：「不意阿丈乃有此女！」既而摩銓頂曰：「好兒子，爾他日何以報爾母？」

外祖父的文雅風趣、母親的聰慧、盼望心餘成器，盡在筆墨中。後來，外祖母病篤，心餘母親的責任更艱辛，悲酸悽楚，**在鳴機夜課圖記**（同右，記二）**又云**：

> 庚戌（雍正八年，心餘六歲），外祖母病且篤，母侍之，凡湯藥飲食，必親嘗之而後進，歷四十晝夜，無倦容。外祖母瀕危，泣曰：「女本弱，今勞瘁過諸兄，憊矣。他日壻歸，爲我言死無恨，恨不見汝子成立，其善誘之。」語訖而卒。母哀毀骨立，水漿不入口者七日，閭鄰婣亞，一時咸以孝女稱，至今弗衰也。

心餘母親細心照顧外祖母，四十晝夜，勞瘁過於舅父。外祖母逝世，哀毀至於骨立，七日不入水漿。古云：「忠臣出孝子之門」，日後心餘既忠且孝，鍾母影響頗多。

心餘九歲，鍾母即授以「禮記、周易、毛詩」、及「唐宋人詩」（見鳴機夜課圖記），而且要兒子背誦所讀之書來治母親的病，除了她「望子成龍」心切外，在於她深厚的詩學造詣（有柴車倦游集）。

十歲，心餘父親歸來，他遊歷過各地，心胸開闊，不僅要心餘讀萬卷書，更要行萬里路，胸臆有山川靈秀之氣，將來詩文自不同於流俗，鍾母因受其影響，亦隨同遨遊（見先府君行狀）。

次年，父母親帶領心餘，往游燕、趙、秦、梁、吳、楚間（見鳴機夜課圖記，及先府君行狀）。五月出發，八月三日，入澤州（山西、晉城），館王鐙（鳳凰巨族）家十年，並讀其藏書，受益良多。在柴車倦游集有登太行山，及越州詩，皆當時紀游之作。

心餘十五歲唸完九經，並開始作詩（文集、卷二、記十四、學詩記）。次年大病，因爲他寫了四百多首艷情之詩，幾成癆病。（見於學詩記，又見銅絃詞，上，金縷曲，自註）。辛酉（一七四一）秋，一夕，忽有所悟，將此艷詩，置于遅中，付之一炬，並買「朱子語錄」諷誦，病始漸痊癒。

心餘的忠雅堂詩集，是從二十歲（乾隆九年甲子）開始的。第一首：**九日靈巖寺登高二首**，其一（卷一，頁一）云：

山勢崚嶒據上游，直疑呼吸接神州；
千家山郭憑闌見，萬疊雲煙拍座浮。
鑛穴樹根空洞出，黃河天外混茫流；
不妨高詠元暉句，十二丹城在上頭。

其二云：

豪氣淩虛迥不群，重欹烏帽學參軍；
墨花四散中峰雨，筆陣全收下界雲。
大地煙霞浮指掌，諸天梵唄雜聲聞；
臨風莫洒懷鄉淚，古木蒼涼送夕曛。

此詩九月九日作。詩言作者登靈山（在山西澤州府），萬疊雲煙、天外混茫、墨花四散、中峰零雨；寺中梵唄交雜、古木夕曛，雖臨風莫洒淚，實則一片思鄉之情、縈迴而不能去，不過強自寬慰而已。初學之作，格律頗爲工整。

後，心餘歸至鄱陽湖的湖口、大姑塘等處，有「湖口縣守風」（詩集，卷一，頁一）：

家鄉無處好烟鬟，青入東南第幾彎？
不似太行窗户裡，年來飽看割愁山。

由黃州二十初度·泛升經湖口（江西湖口縣），接近家鄉，比從前遊山西太行山等處，要舒服多了。

又，「大姑塘二首」，其一（詩集，卷一，頁二）云：

女兒港上女兒家，蟹舍魚罾對浣紗；
白石清溪看不厭，滿湖風色凍漁叉。

其二云：

數椽板屋一圈籬，漁父偷閒作餅師；
何處村醪堪取醉？紅鐙挑上酒家旗。

大姑，在九江市東南，鄱陽湖西岸。女兒港，在九江東南三十五里。時心餘舟行九江，歸故鄉，「白石清溪看不厭」，也直想「何處村醪堪取醉」。因爲此地，有的是魚蟹，有的是酒家，有的是溫情。又，據云，心餘早年在九江盧氏私塾求學，即與盧翁女心心相印，有詩互酬，傳爲美談㉓。

心餘二十歲生日（十月廿八），父親至黃州，置酒于舟，爲心餘行「冠禮」，**先府君行狀**云：

（文集，卷七，行狀二十）

廿八日至黃州，雪，泊赤壁下。士銓以是日生，于是置酒于舟，爲士銓行冠禮。夜半寒甚，士銓奉觴請于府君曰：「漢四科取士、明習法令居其一。唐有律學、宋試律令、

㉓ 見將門出版社編巧聯絕對，頁一〇五，「蔣心餘妙聯歸家」條，民國八十年將門文物出版有限公司出版。

有明法科。兒生二十年矣，未聞命，敢請。」府君喟然曰：「吁！今而後，吾其得死所哉！夫立法明刑，所以救衰亂之起，非以爲治也。故古之聽獄者，皆求人之生。今也反是。鄭昌有言：『鬻棺者欲歲疫，非惡人而殺之，利在人之死也。』我以名法遊天下三十年，每治官書，必惻然求其生，而失之死者，或猶未免。造物故顛倒，而待我殊厚，故行年且七十，猶擁輕裘，對妻子，否則道路死耳，何有汝焉？汝他日苟用於世，但能熟玩呂刑，以郅都十三人戒。常存哀矜誠愨之心，行乎五聽三宥間，汝有後矣。……」

文中所述，「立法明刑，所以救衰亂之起，非以爲治」，確實有見地。法律、刑罰只是治標；修身、齊家、而後才能治國平天下。又云：「每治官書，必惻然求其生」，似從歐陽修瀧岡阡表來，阡表云：「汝父爲吏，嘗夜治官書，屢廢而歎，吾問之，則曰：此死獄也，我求其生不得爾。吾曰：生可求乎？曰：求其生而不得，則死者與我皆無恨也……夫常求其生，猶失之死，而世常求其死也」㉔。「惻然求其生」，實爲仁者懷抱。然則，父堅之至黃州，亦迎心餘歸南昌。

心餘青少年時期友朋，有：楊垕、汪軔、趙由儀、合稱「江西四子」㉕。在忠雅堂詩集，卷

㉔ 歐陽修著歐陽文忠公集，卷二十五，頁九，瀧岡阡表，商務四部叢刊正編。

㉕ 同⑱，隨園詩話卷八，頁一云：「乾隆初，江西有四子，楊、汪、趙、蔣是也。趙山南早夭，詩失傳。汪輦雲名軔，少孤貧，爲人執炊。有句云：『積晦雲疑閂，新晴草欲焚。』楊子載名垕，才最高，與蔣心餘相抗。其先本雲南土司，改籍江西。」又，據趙之謙等撰江西通志（卷一百十一，藝文略，集部五，頁六，民國五十六年華文書局影印清光緒七年刊本）云：楊垕有恥夫詩鈔，趙由儀有漸臺遺草，汪軔有魚亭詩鈔。

四，頁十，**哭楊子載四首，其三云**：

九歲負才名，詩成牧伯驚；
天教將門子，來作魯諸生。
我亦今詞客，歸棲古灌城；
十年兄弟友，如此對銘旌。

此爲甲戌（一七五四）年作，心餘三十歲，所云「十年兄弟友」，可知兩人二十歲訂交。詩中對楊子載英才早逝，語多悽愴。再如，**一哀詩**（詩集，卷五，頁四）**云**：

亡友誰最賢，早死痛楊垕；
垕爲將門子，靈關世其守。
列祖多忠臣，每戰必喪首；
提兵鎮天全，制敵若雞狗。
土司日驕橫，粳稻雜稂莠；
殺人供歌舞，嗟羣爭鼓缶。
君祖擕兒孫，讀書刀劍藪；
吟詩闢宗風，獨震師子吼。……

君時與汪軔，美譽實同負；
引我犄角戰，力屈謝賁黝。
同游新安門，並載侯生酒；
講學師中央，垕左銓在右。
共席復同寢，不異沮溺耦；
切劘固已多，嘲戲亦時有。……

詩作於乾隆二十一年三月。述楊垕列祖（祖自唐，父大業、叔振業）多忠臣，而祖父後，吟詩成宗風。新安，指金德瑛，其先新安人，後遷至仁和。早歲心餘、楊垕、汪軔，共席同寢亦共學於金德瑛門下。並以長沮、桀溺（見論語、微子篇）高蹈避世之士爲喻，知其相知之深。

第四節　廿一到三十歲

乾隆十年乙丑，心餘二十一歲。

四月，徙居鄱陽（先考府君行狀，行狀二十一）。秋天，往遊江蘇，有「金山」、「妙高臺」等詩。

在金山詩云：（詩集，卷一，頁四）：

空青縣萬仞，雪浪齧孤根；

元氣留江影，天光縮漲痕。
魚龍陰拜舞，巖壑怒崩奔；
向晚千帆沒，蒼茫海氣昏。

金山，在鎭江西北，爲鎭江屏障，憑欄四望，長江洶湧，怒濤澎湃。江中魚龍舞、巖壑怒崩奔，極盡山川姸態。中間二聯，對仗工，筆力精透。末歸鴻濛。又，**妙高臺詩云**：

縱目青天外，乾坤入杳冥；
混茫旋一氣，分野亂群星。
直下都無地，空中獨有亭；
仙槎如可借，我欲泛滄溟。

妙高臺，在金山最高處，東望焦山，西視金陵。所謂「混茫旋一氣，分野亂群星」。腹聯，言妙高臺。末，具仙骨，有李白風味。

以後，心餘生病，有秋夜病懷詩。十一月，心餘娶婦於南昌（先考府君行狀，行狀二十一）。在詩集卷十七頁五，「**自題襏襫偕老圖**」，**並序云**：

乾隆丁亥之歲（一七六七），清容居士四十有三，安人張氏四十有一，奉太安人棲于會稽戢山天鏡樓，偶屬王生寫夫婦小像，爲戲珮偕老圖。

我年二十一，君年始十九；

親迎南昌郡，太歲乙加丑。

仲冬朔三日，于歸爲我婦；

簪著曳練裙，貧苦樂相守。

我生鮮兄弟，以君作昆友；……

可知張氏南昌郡人，爲淮安山陽國正海山公之女，年十九與心餘結褵，苦樂相參。「我生鮮兄弟，以君作昆友」，益見二人情厚。

此年又有「寄楊子載」、「寄汪輦雲」等詩（詩集，卷一，頁五）。

心餘二十二歲（乾隆十一年丙寅），還鉛山。五月，受知於金德瑛（檜門）。在忠雅堂文集卷一，序一五，**有金檜門先生遺詩後序**，云：

乾隆丙寅初夏，士銓應童子試，得受知於公，即命束書肄業。

當時金檜門督學江西。**心餘在先考府君行狀**（行狀二十二）**云**：

五月，應童子試，督學金檜門先生拔士銓第一，入縣學，且令負書從使車遊，請歸命于府君，府君曰：「汝小子何所知？先生振拔汝，所期者，當不在是，愼求其所不愧爲秀才者，毋自畫。」

如心餘父堅所言，金檜門對心餘的未來，存著極高的期許。據王昶所撰蔣士銓墓志銘云：

年二十二，檜門先生督江西學政，拔補縣學生，以「孤鳳凰」稱之。㉖

用「孤鳳凰」美譽心餘，確爲一生知遇。

受到金檜門的賞識固然可喜，心餘之所以參與科舉，和一般士子的心理相同，希望藉由功名，光大門楣，實救貧困。在楊林塢拜四叔母與諸兄夜話四首，（詩集，卷一，頁八），第一首云：

茅屋無多姓，柴桑自一邨；
略驚諸母老，深喜薄田存。
清白懷家世，艱難愧友昆；

㉖ 王昶撰蔣君墓志，在李桓編國朝耆獻類徵，卷一百二十九，詞臣十五，頁四，收在周駿富主編清代傳記叢刊，明文書局。又據楊鍾義撰雪橋詩話續集，卷五，頁一（總頁二四六九）云：「金檜門總憲，…出松泉汪文端（由敦）之門，廷試擢第一，入直內廷，屢典試事，詩宗韓、黃，常與錢汪相提倡，蔣苕生、張瘦銅奉瓣香焉。」（鼎文書局）。

環看小兒女，或可大吾門。

其三云：

生計諸兄拙，貧居八口單；
深知讀書誤，未覺力田難。
風雨敝廬在，錢刀眾業寬；
起衰心獨苦，憐我戴儒冠。

楊林塢，在九江縣西南（柴桑），或爲心餘祖居，四叔母與其諸兄「八口」，住在此「茅屋」、有的只是「薄田」，徒具「清白家世」虛名外，一無所有。心餘「起衰心獨苦」，有振興家世之心，可惜「憐我戴儒冠」，未獲功名紓困，拙於生計，徒歎「才大無用」。

此年，**心餘有遠游二首**（詩集，卷一，頁七），敘述將要離家的心境，**其一云**：

初日照林莽，積靄生庭闈；
長跪拜慈母，有淚不敢垂。
連年客道路，兒生未遠離；
力學既苦晚，可復無常師。

負笈出門去，白日東西馳；
遠游幸有方，母心毋念之。
兒食有齋粥，毋毋念兒飢；
兒服有敝裘，母毋念兒衣。
倚閭勿盼望，歲莫兒當歸；
俯首聽兒言，丁寧語兒知。
小妹不解事，視母爲笑啼；
新婦亦善愁，含淚無言詞。
繁憂未能語，匪但離別悲；
父車既已駕，我行復遲遲。
豈無寸草心，珍重三春暉；
仰看林間鳥，繞樹啞啞飛。

遠游指離鄱陽赴鉛山。其原因有二，一力學苦晚，二恨學無常師，是以往北門內馬街張氏塾。詩中表現母子情深，兒子以衣食平安、游學有方，勸母親不必以其出門掛念，更況歲暮當歸，何必倚閭相盼？實則：母子、夫妻，此刻心中依依，猶之林間鳥，啞啞繞樹，黯然魂銷。誠爲孝子言語。

七月十一夜，心餘與同受業七人，次李家渡（近臨川—撫州）陪金檜門觴月作歌，後至撫州、至建昌（永修）、「游從姑山」、「萬年橋觴月」，南走至峽江、廬陵（吉安）、泰和、上「十八灘」，皆有詩紀之。如：**抵建昌三首**，其一（詩集，卷一，頁十）云：

盱水盡百盤，心目忽開朗；
到岸行轉緩，灘痕滯烏榜。
縴夫樂挽拽，舟人急篙槳；
我忘注視勞，城郭已入想。
信宿淹期程，百里苦羈鞅；
短篷三人俱，局促不盈丈。
鳴沙齧船底，木葉下秋響；
風物未轉移，意境頓軒爽。
快哉豈吾土，欲語舌本強；
洲出大橋起，日落眾山仰。
乃知山水靈，足以令神往；
明當買芒屩，直造飛青上。

在撫州是「遙天壓水樹層層」、「半帆風月千條柳」；至建昌，則百盤旋盱江（在臨川縣東，後稱汝水）已過，「心目忽開朗」，雖船小（不盈丈），人多（三人），而「城郭已入想」，是以「意境頓軒爽」，又見山水之美，更有攀登之心。又如：**曉過峽江縣**（詩集，卷一，頁十三）：

濕翠四圍滴，空明百轉清；
山懸江出峽，縣仄嶺穿城。
曉色千家靜，樵風一棹輕；
高樓未能上，回首樹煙平。

峽江縣，在贛江，屬臨江府，時心餘至贛江赴廬陵，途經峽江，「山懸江出峽，縣仄嶺穿城」，應是最好寫照。又，**廬陵九日**（詩集，卷一，頁十三）云：

江流分吉字，山勢帶虔州；
節物頻留客，關山乍倚樓。
薄雲千里雁，疏雨半城秋；
逆旅知誰好？風帆滿鷺洲。

廬陵，即吉安，歐陽修籍此。虔州，指贛州市。由於此地位贛江側，又爲瀘水、禾水匯集之地，是以「江流分吉字」（語出讀史方輿紀要）、「疏雨半城秋」、且「風帆滿鷺洲」。

心餘依預定計劃，**歲暮到家**（詩集，卷一，頁十四）：

愛子心無盡，歸家喜及辰；
寒衣鍼綫密，家信墨痕新。
見面憐清瘦，呼兒問苦辛；
低回愧人子，不敢歎風塵。

隨金德瑛遊歷江西主要大城，風塵僕僕，歲暮始到家，見母親意恐遲遲，家書墨痕猶新，知其懸念之深，乃垂詢沿路苦辛，己（心餘）學無所成，不敢言苦。

次年，乾隆十二年丁卯，心餘二十三歲。**在先考府君行狀**（行狀二十一）**云**：

明年（丁卯）春，士銓既食餼，從兄士鏞亦入府庠。府君訓語曰：「讀書期爲有用之學，苟尋章摘句，爲四股八比文，即詡詡爲秀才，偶舉古今事問之，吶吶然不知也。試以一二鄉鄰曲直之事，芒芒然徘徊搔首，不能爲也，此與不識字者等。小子輩，其知擇術乎？」士銓等退而藏諸心。八月，士銓以春秋領鄉薦。

食餼，稟餼，即俸米之意。心餘薦於鄉，歸拜母，母色喜（鳴機夜課圖記）。四股八比，流俗所謂八股，明清兩朝應制科之文體，含：破題、承題、起講、提比（提股）、虛比（虛股）、中比（中股）、後比（後股）、大結。父親訓語，讀書不是只懂得「尋章摘句、爲四股八文」之秀才，亦不是茫然無知古今大事的學者，是期盼爲「有用之學」的學者。此針對一般滿腦子中舉、中進士的學子言，可說痛下針砭。

此年，心餘赴廣信府科考，便道還鉛山，**「再過楊林塢」**（詩集，卷一，頁十四），拜見堂兄嫂，**第二首云**：

浮雲飛不定，游子去來情；
兄嫂貧無恙，兒童學未成。
榮華寧厚望，孝友足平生；
飄泊慚癡叔，關山劍獨橫。

兄嫂住鉛山祖居，「貧」而「無恙」，總算不幸中的幸運，所以只盼「孝友」，就可以足平生之願了。

心餘至廣信（上饒）、三峽澗，往廬山栖賢寺、開先瀑布等地遊，並有詩紀之。八月十五日，夜題號舍壁；九月十三日，金檜門邀同錢坤一（載）於百花洲雨中小飲。又，登明遠樓，奉和錢香樹詩。又，金檜門招飲錢香樹、馮秉仁兩座主靜香齋小飲，皆有詩。

心餘除了遊賞廬山等地風景外，是年冬，又往遊浙江杭州等地，**如：七里瀧**（詩集，卷二，頁一）：

七里嚴灘繞富春，壓篷青重亂山橫；
桐江水似離心曲，一片風帆萬艣聲。

七里瀧，浙江桐廬與建德間，在桐江段。蘭江（上游信安江）與新安江在建德合流爲桐江，桐江與天目溪在桐廬合爲富春江。富春江至杭州城東南爲錢塘江。詩中描繪七里灘青翠亂山，水流湍急景象。又如：杭州（詩集，卷二，頁一），其一云：

橋影條條壓水懸，鳳山門小帶城偏；
一肩書劍殘冬路，猶檢寒衣索稅錢。

其二云：

長笛淒清不可聞，慶春橋北欲黃昏；
越娘休笑青衫舊，初向杭州著酒痕。

心餘青衫儒生，北上赴考，路經杭州，橋影條條，長笛淒清，杭州小飲，總是寒傖。後，心餘登城隍山（浙江杭縣城內）、經江蘇潤州（鎮江縣）、過金山，亦有詩紀之。如潤州小泊（詩集，卷二，頁二）云：

孤城浪打朔風驕，鐵甕陰陰鎖麗譙；
微雨夜沽京口酒，大江橫截廣陵潮。

船膠涸水帆俱落，人擊層冰凍未消；
小泊不妨侵曉去，海門寒日射金焦。

潤州，即鎮江，舊稱丹徒，又名京口。東爲海門（近崇明島），爲長江出口；北爲揚州（江都），繁華之地；近郊有金、焦、北固諸山，形勢險要；是以古來爲軍事重地。此刻，心餘小泊此地，朔風呼呼，浪打孤城，水涸船膠矣。

乾隆十三年戊辰（一七四八），心餘二十四歲。此年，可說是傷痛的一年。先是春闈落第，南歸，經南池杜少陵祠堂（在濟寧州），至磨盤嶺（在江蘇清江，今淮陰）渡河。有：**磨盤嶺渡黃河用東坡大風留金山詩韻**㉗（詩集，卷二，頁四）

白頭浪裡聞人語，水師絕叫公無渡；
洪澤黃流奮相激，斗落雙龍戰雷雨。
長繩曳船那得上？艸壩東波畫旗舞；
我生正直恃有命，涉險不懼天吳怒。
淮泗所趨水一合，濤頭順逆爭寸許；
臥唱黃河遠上辭，隔岸紅樓打神鼓。

㉗蘇軾「大風留金山兩日」詩，見於王文誥、馮應榴輯注蘇軾詩集（中），卷十八，至九四三，學海出版社。

磨盤嶺位於運河、淮泗交匯之地，水勢湍急，當時渡河，浪高船危，有如涉險。而後，心餘至揚州、遊梅花嶺弔史閣部，**過燕子磯書宏濟寺壁**（皆在詩集，卷二，頁四）**云**：

山水爭留文字緣，腳根猶帶九州煙；
現身莫問三生事，我到人間廿四年。

燕子磯，在江蘇江寧，即今南京城北郊的長江畔，磯身三面臨江，挺拔特立，形如一隻振翼欲飛的燕子。心餘忠雅堂詩集所載，不及袁枚隨園詩話清楚，袁枚云：「余甲戌（乾隆十九年，一七五四，心餘三十歲，子才三十九）春，往揚州，過宏濟寺，見題壁云：『隨著鐘聲入梵宮，憑誰一喝耳雙聾？兆櫂不解無言旨，孤負拈花一笑中』。『山水爭留文字緣，腳根猶帶九州烟；現身莫問三生事，我到人間廿四年』。末無姓名，但著『苕生』二字，余錄其詩，歸訪年餘。熊滌齋先生告以苕生姓蔣，名士銓，江西才子也」，且爲通其意㉘」。由此看來，心餘在宏濟寺壁題詩二首，忠雅堂詩集只錄其一；又，心餘廿四歲題詩，六年（甲戌）袁子才路過此地，爲其賞識，經熊滌齋（本）的介紹，二人始定交。

之後，心餘停舟金陵，（有：秦淮書酒家壁、金陵雜詠等詩）。歲暮，**到家**，**詩云**（詩集，卷二，頁五）（其一）：

㉘ 同註⑱，詩話，卷一，頁六。

隔歲歷萬里，決意竟還家；
急遽呼阿孃，低頭拜阿耶。
耶孃喜兒至，顧復相嗟呀；
見兒百慮盡，兒樂亦無涯。
小犬繞身吠，跳擲掀齒牙；
童穉竊歡躍，欲出藏又遮。
都忘失意返，爲我拂風沙；
明知僕婢愚，未必欣榮華。
對之欲自愧，默默看庭花。

此到鄱陽家中作。詩中描繪仕途失意，而親情卻是感人。其三云：

霍霍聞磨刀，殺雞斷乾肉；
家人飯游子，高堂爛鐙燭。
呼兒坐親側，歡意動眉目；
語兒太審詳，問兒身可強？
兒壯可如父？兒瘦何似孃？
瑣屑告家事，乃命陳他鄉。

傾聽不知倦，謂兒休皇皇；
長跪進親酒，願親壽無疆。
知兒久斷飲，今當一盡觴；
區區得失意，恐兒心未忘。

心餘回到家中，家人磨刀霍霍、殺雞切肉以爲慰勞；席中談及家中瑣事，且問歸來游子，身體如何、已則長跪進壽，天倫之樂，而淡其舉業失意。又，第五首（卷二，頁六）云：

父飲亦既醉，就寢先自息；
戒兒勿久坐，晨起詣父執。
阿孃常少睡，問訊繼相及；
謂孃無別慮，寒暑恐兒疾。
書來兒未歸，夢兒兒詎識；
望兒不欲夢，夢復與兒值。
壯游豈不好，我生僅汝一；
思汝每自恨，翻怪汝行急。
汝歸我已歡，汝聽勿轉泣；
僕婢立漸近，童稺不復匿。

欲語未便吐，含笑候顏色；
嘈雜良可愛，眞氣出胸臆。
燭盡母亦倦，有夢莫兒覓。

父親嚴肅，勸兒子「勿久坐」，晨起問候父執輩；母親則盼兒子平歸，望眼欲穿，所云「寒暑恐兒疾」、「夢復與兒值」，正是兒子「壯游」時，母親忐忑的心情。父母親愛護子女的方法不同，而思子情深，可說是天下父母心同。

除了落第的打擊，十二月，父親堅逝世。**在先考府君行狀**（行狀二十二）：

戊辰，被放，九月歸。府君曰：「汝讀書几帙？名列科目中，天厚汝矣！皓首窮經者，寧不汝若？其念汝寸陰哉。」

又，嗚機夜課圖記（文集，卷二，記三）：

明年落第，九月歸。十二月先府君即世。母哭而瀕死者十餘次，自爲文祭之，凡百餘言，朴婉沉痛，聞者無親疏老幼，皆嗚咽失聲，時行年四十有三也。

父堅享壽七十一，（生於康熙戊年，一六七八），去世時，母親四十三歲，「哭而瀕死者十餘次」，可知父母親感情篤。往後呢？家庭經濟何所出？更加渺茫！母親「自爲文祭之」，「聞者無親疏老幼，皆嗚咽失聲」，悲慘、無助的家，及眞誠的夫妻情，「朴婉沉痛」是可以理解的。「乾隆三大家」，袁枚三十七歲喪父。趙翼十五歲，心餘二十四，父親早過世，情況略近，悲苦尤多。

心餘撰寫的祭文，在忠雅堂文集卷九，第二年己巳（一七四九）撰的「哀詞」、「成主告詞」、「引發告詞」、「窆坎告詞」等等，讀之，令人悲酸。如：**自鄱陽返鉛山舉殯告詞**（文集、卷九、頁一，己巳十二月初八日）：

父兮棄兒，奄忽改歲；
履茲霜露，兒心則碎。
父棺在堂，兒遊有方；
先壠受侮，父靈未忘。
父有遺恨，兒敢不承？
繼志則大，痛切撫膺。
三旬速訟，賊服朴刑；
游魂遠驅，華表永寧。
生走天涯，死依膝下；
父有是心，兒寧昧者！
王父王母，久安牛眠；

同穴所願，不可遽遷。
父言在耳，兒鏤胸臆；
維力不足，俟之他日。
卜父宅兆，青山四圍；
豈無樂郊？人則懷歸。
先塋不遠，神氣可依；
主伯亞旅，往來翠微。
泣血告父，父可兒許；
望之儼然，不爲兒語。
兒心則苦，兒力則疲；
傷哉貧也，父其念之。
生無爲養，死無爲禮；
哀哀劬勞，可憐人子。
茲將擧殯，三日後行；
腸（腸）共草枯，淚與酒傾。
兒母兒婦，言不成聲；
同茲一哭，我父則聞。

時父堅逝世週年，將移靈鉛山葬埋。句句悲慟悽惻，令人不忍卒讀。

乾隆十四年己巳（一七四九），**心餘二十五歲**。

在詩集中，有：過貴溪、河口天池菴、游章巖等詩。可知心餘由鄱陽、過貴溪（或貴谿，屬廣信府）、經河口（鎮名，鉛山縣北）而至鉛山，歸葬其父。晚秋游章巖（在鉛山縣北四十里），時為父親營葬已畢。**過貴溪詩**（詩集，卷二，頁八）云：

頹梁虛鎖亂雲中，縹緲飛青落斷虹；
山色遠銷龍虎氣，春帆橫走馬牛風。
一圍壞堞憑崖石，四面危磯鑿鬼工；
厭說頭巾灘下路，隔溪長笛雨濛濛。

龍虎山，在貴溪縣南，兩峰相峙，狀若龍虎；橫峰，在興安縣北二里，（近河口）㉙。詩中描繪舟過貴溪，遠有龍虎山、近有橫峰，四面危磯，鬼斧神工之妙，雨景濛濛，長笛悠悠。後返鄱陽，南昌老畫師遊鄱陽，心餘延請為母親圖繪小像，**在鳴機夜課圖記**（文集，卷二，記三）云：

㉙ 龍虎山，見趙之謙等撰江西通志（光緒七年刊本，台灣華文書局），卷五十三，頁二十八；橫峰，亦見於同卷，頁三十六。

問母何以行樂，當圖之以爲娛。母愀然曰：「嗚呼！自爲蔣氏婦，嘗以不及奉舅姑盤匜爲恨，而處憂患哀慟間數十年，凡哭母、哭父、哭兒、哭女夭折，今且哭夫矣。未亡人欠一死耳，何樂爲？」銓跪曰：「雖然，母志有樂得未致者，請寄斯圖也，可乎？」母曰：「苟吾兒及新婦能習於勤，不亦可乎？嗚機課夜，老婦之願足矣，樂何有焉！」銓於是退而語畫士，乃圖秋夜之景，虛堂四廠，一燈熒熒，高梧蕭疏，影落簷際，堂中列一機，畫吾母坐而織之，婦執紡車坐母側，簷底橫列一几，剪燭自照，憑畫欄而讀者，則銓也。

母親來歸後，一心一意奉獻蔣家，甚且圖「鳴機夜課」，以勤以讀，傳爲典則，眞是偉大。

此年，心餘姊夫江思齋逝世，他的「哭江思齋姊夫二首」，其二（詩集，補遺上，頁三）云：

小別忽千古，浮生如等閒；
劬勞雙白髮，慟哭一青山。
嫛姊其長恨，中郎已不還；
傷心原上艸，都是淚痕斑。

思齋爲心餘堂叔女婿，由第一首「命與才同書，江郎我獨憐」知其不遇而卒。本詩讀之，令人泫然。

又，楊鐸仲（振業）去世，有「輓楊鐸仲三首」（詩集，卷二，頁十一）。

乾隆十五年庚午（一七五〇），**心餘二十六歲**。初春二日，受南昌知縣聘爲「南昌縣志總纂」（文集，卷十二，雜著七，南昌志局約言）。又，據「靳大千哀詞二首」（詩集，卷十，頁二），序云：「大千名樹椿，鑲黃旗人，爲文襄從孫。乾隆庚午，由興國州牧來守吾郡。明年，爲遊客媒孽，被劾，予時纂南昌縣志，見公詩，乃與訂交。」則知心餘總纂南昌縣志與靳大千訂交。

至於心餘編纂縣志，是受彭家屏的賞識。**在隨園詩話云**：

> 錢文端公（案：指錢陳群）庚午典江西試。寫榜吏陳巨儒，鬚鬢如雪，求公贈手跡爲榮。自陳年七十，手寫文武試三十二榜。公贈詩云：「桂籍憑伊腕力傳，白頭從事地行仙；自言作吏中書省，曾侍朱衣四十年」。十月，復寫武榜。解首則其孫騰蛟也。名初唱，掀髯一笑，筆墮於地。中丞阿公喜極，遣牙校馳箋，索藩司彭公家屏贈詩。彭方有劇務，幕中客擬數首，不稱公意。遣吏飛馬請蔣苕生來。蔣方與友飲酒肆，戀不肯行。吏敦促至再，扶鞭上馬，比至，則促召之使已四輩矣。彭公遽起，告以中丞索詩之使，立馬簷下。蔣笑曰：「某不知公有此急也」。濡筆立題一絕云：「榜頭題處笑開眉，六十年來鬢若絲；官燭兩行人第一，夜闌回憶抱孫時。」彭公得詩狂喜，復酌苕生，送輕紗四端。[30]

---

[30] 同註[18]，詩話，卷八，頁二。詩話所載蔣心餘詩，忠雅堂詩集未見。又，此段，詹松濤編蔣心餘年譜，（民國三十七年六月京滬周刊第二卷第二十四、二十五期），頁十七，二十六歲條已引。

彭家屏「遣吏飛馬請蔣苕生」，「促召之使已四輩」；可知他對心餘的賞識；而心餘到達後，「濡筆立題」，以回敬知音。

心餘的「舟出鄱湖」（詩集，卷二，頁十三）云：

亂舶爭前激，風來落日邊；
水喧帆力健，天闊岸沙圓。
晚飯魚羹溢，秋衣暝色牽；
離家無百里，寒月已淒然。

舟出鄱陽，主要是爲著「旅食南昌」。頷、腹二聯，筆力矯健。在「將歸鄱陽」（詩集，卷二，頁十六）云：

詩賣明時說養親，空齋養屋惜勞身；
棧中偶戀三升豆，面上新添一斗塵。
拜月歸調嬌女笑，彈琴待看鬢絲春；
忍飢畢竟還家好，莫作天涯旅食人。

此心餘由南昌返鄱陽作。詩中頷聯，「棧中偶戀三升豆，面上新添一斗塵」透露旅食南昌，勞苦而待遇低微；是以尾聯言「忍飢畢竟還家好」，任職縣志總纂的感慨！

冬天，海寧姚氏爲南昌令顧瓚園姬，卒，年二十九，心餘爲之作空谷香傳奇，在序中云：

> 海寧姚氏，爲南昌令尹顧君瓚園賢姬，事令尹十有四載。乾隆庚午冬，誕一子，甫及晬，而姬死，時年二十有九。予往弔之，令尹癠而慟，同人竊有笑之者。令尹獨留予飲繐帳側，語姬生平事最詳，凡三易燭，而令尹色沮聲咽，予亦泫然不能去。夫姬以弱女子，未嘗學問，一絲既聘，能爲令尹數數死之，其志卒不見奪，雖烈丈夫可也。方欲爲姬作小傳，越日，晤方伯王宗之先生、語及之。先生曰：「吁！姬其可傳也已。天下事有可風者，與俗儒潦倒傳誦，曷若播之愚賤耳目間，尚足觀感勸懲，冀裨風教。」予唯唯。[31]

空谷香傳奇，旨在表彰姚氏忠貞之節，可比爲「烈丈夫」，令人敬佩。

此年，心餘應酬詩如「題天全楊藏用遺集」、「輓汀州黎質存」、「趙千里畫三首」、「答靳大千（樹椿太守）」、「靳大千招飲、語亡女事甚悲、作歌慰之」、「送李杞園之雲南」、「次韻黃崑圃先生重宴鹿鳴」、「寄尤溪令干靜專（從濂）」、「上黃崑圃先生」、「楊子載湖亭送客圖」等詩。

---

[31] 蔣士銓著空谷香傳奇，自序，紅雪樓九種曲，藝文印書館原刻景印叢書集成續編。

乾隆十六年辛未（一七五一），**心餘二十七歲**。

仍為南昌縣志總纂。春天，蔡書存（正笏）告以城外隆興觀側，有婁妃（婁諒女，宸濠妃）墓㉜。據心餘「一片石」自序云：

乾隆辛未，春夜，南昌蔡書存先生謂余曰：「昔聞朱赤谷老人言，婁妃有墓，在城外隆興觀側，今廢矣，碑趺尚存，惜無能復之者。」余頷之。明日，告青原方伯，意怏怏，急遣吏訪得其處。遂立碑表識之，越三日，有鍾某來謁方伯，伏地拜不起，曰：「某本上饒婁氏裔，妃即某先世祖姑。因避逆藩禍，易姓鍾，旋徙居隔江沙井。崇禎末，宗室子弟鬻妃墓，為郡守陳公建生祠，守憫焉，索地券，益官牒一紙，給某家世守，戒勿更售。鼎革時，塚漸傾廢，後建上饒、新建兩漕倉，以有妃墓，故虛其間隙地數丈，今市兒各搆屋實之。」乃探懷中牒以獻，則硃墨符篆，居然前代物。方伯喜慰，信益篤。……余時撰南昌縣志，乃紀其事，參雜志中。以地屬新建，故祠墓篇中例不得載。……衍其事，為一片石雜劇。

㉜ 彭家屏婁妃墓碑記云：「前明寧庶人妻賢妃墓在此，妃為上饒婁諒女，當宸濠萌逆時，妃曾作詩諷之，且力諍。不聽，卒至殄滅。乃自沈以殉，邦人欽其賢且烈也，具厚歛葬於此。」（收在蔣士銓著紅雪樓九種曲，一片石，圖志，藝文印書館原刻景印叢書集成續編。後引同，不贅。）

由蔡書存告訢心餘婁妃墓在城外，而周青原（發春）方伯得知後，即遣吏訪得，引來鍾某（原婁氏裔），說出此墓因革，並出示硃墨符篆爲證，使心餘衍其一生事，爲一片石雜劇。

十二月十四日，心餘女寧意殤於饒州。**在「十二月十四日悼小女寧意八首」**（詩集，卷三，頁五），**其二云**：

名汝曰寧意，字汝曰若男；
汝任十五月，汝生亦大難。
生汝歲在午，仲夏炎風漫；
既望越三夕，亥初子母安。
虺蛇夢已久，生女寧悲酸？
啼聲固無異，亦慰祖母歡。
桃鐙剪巾帨，挂向房櫳端。

寧意，字若男，庚午年夏生。據詩經小雅斯干云：「吉夢維何？維熊維羆，維虺維蛇」，「維熊維羆，男子之祥，維虺爲蛇，女子之祥」，寧意之生，雖爲女性（古重男輕女），有此祥夢，亦「若男」矣。**其五云**：

桐棺三尺餘，酸淚雜鬆漆；

奪汝離娘懷，汝娘聲已噎。
重傷祖母心，抱之爲裝飾；
櫛汝頭上髮，易汝腳下履。
撫摩不去手，悲喚肯暫止？
仰臥目半瞑，且復望汝起。
長成不汝嫁，或贅誰氏子；
此意汝豈知？嗚呼竟如此。

生離死別，一見無期；尤其悲者，爲母親、祖母。或云長成不嫁、或以爲贅婿，痴痴淒淒而已！

其六（頁六）**云**：

百呼不復醒，默然成長辭；
氣絕肌肉溫，傷哉無生時。
我母氣力薄，一慟不自持；
相對益慘悽，殮之勿復遲。
傾篋檢衣襪，附身皆殉之；
紛紜出戲具，吹火焚前墀。
送汝出門去，魂小將誰依。

長女之死，全家無不哀慟；傾篋檢衣，附身殉葬。遂出門去，又哀其魂小無依！

此年心餘遊西湖、陟虎邱、靈巖、金山、焦山，北遊平山堂、至濟南大明湖、鵲、華、錦屏諸山。

乾隆十七年壬申（一七五二），**心餘廿八歲。**

遷居南昌。在「自鄱陽移居南昌」（詩集，卷三，頁六）云：

洪州百年屋，兄嫂之所居；
別購十畝宮，爲我新室廬。
移家去芝城，繾綣八載餘；
泛泛三百里，家具隨圖書。
巷南有古樟，廣蔭遮修衢；
風吹東湖水，碧漾牆東隅。
我生老屋中，二十八居諸；
自營乳燕巢，心愧反哺雛。
傷哉說堂構，棲託終何如。

心餘生長鄱陽（芝城，因芝山得名）老屋，二十有八載；此年則遷居至三百里外的南昌。蓋南昌（洪州）有堂兄（蔣士鏞）夫婦，爲之別構新室。

而後，「出門」北上，詩云（詩集，卷三，頁六）：

門外喧闐計吏車，又從南斗望京華；
束裝不見耶呼子，侍母初同婦立家。
澹蕩人隨尋夢蟻，飄零身逐落巢雅；
淚痕鍼縷傷懷絕，可博泥金幾字斜？

做一個澹蕩飄零人，其目的當然是「望京華」參加會試。至於親情之間，「束裝不見耶呼子」、「淚痕鍼縷傷懷絕」，傷感之情，更是不言可喻。

心餘所過之處，烏江項王廟（在安徽、和州）、再過四女祠（在山東、東昌）、後失路入小園、解鞍小憩而去，均有詩紀之（在詩集卷三）。

不幸，心餘禮部試落第，於是宿良鄉（河北省良鄉縣）、過青州（山東省益都縣）訪金檜門先生（在詩集卷三）。時金檜門爲山東學使，因檜門堅留，心餘遂入其幕。

在濟南，「接家信知十一月十日舉子」（詩集、卷三、頁十）云：

剪燭看家書，風塵百感除；
孤兒欣有子，一索報充閭。

厲祝顏殊我，犁憂犢似予：
歸時定趨避，未解執耶裾。

「大登科」不及，「小登科」也足慰藉。所謂「子」，指長子知廉。雖然自己科考報罷，但友人「秦劍泉（大士）廷對第一」，乃「口占却簡」（詩集，卷三，頁九），以誌慶賀。有除夕詩（詩集，卷三，頁十）云：「朔風橫空來，草木盡南向；吹我懷母心，直至高堂上」，以盡思念孝心。

乾隆十八年癸酉（一七五三），心餘二十九歲

在山東省濟南道歷城縣，有游趵突泉（歷城縣西）、龍洞山（歷城縣東南）、佛峪、（龍洞南）、千佛山（歷山縣南）、晚游歷下亭（在大明湖）、北極閣（大明湖北）、會波樓（濟南府城北）等詩（詩集，卷三，頁十四起），以紀其行蹤。**如遊趵突泉詩云：**

濟水隱現如龍形，入坎出坎絕羈靮；
澄波散作千萬泉，破險穿幽閂喧寂。
水能上指失本性，孰鑿地竅同蓮菂？
迅奮不受土脈制，三窟齊開奏刀砉。
靈源聚力一飛迸，雪柱冰山分壘壁；
翻疑厚軸伏機彀，連弩突射空中的。

聳壑聲隨雷出地，吹葭捷比灰飇笛；
飛揚散落遞終始，入海波瀾起涓滴。
曾磨古鑑照仙杖，未許晴天飲雌霓；
紅闌畫閣一映帶，似在虛舟泛輕鷁。
可憐道士慕城市，注腹潺湲厭瓴甋；
原泉有本不可遏，泥滓沙淤豈能敵？
只愁此地同蜂窠，蹴踏浮漚防陷溺。
泉水出山那便濁，請看萬户爭餘瀝。

趵突泉是濟南七十二泉中最著者（此外如珍珠、黑虎），泉由渴馬崖潛流地底，至此而復出。池中噴出水柱高可三四尺，並有許多小泉一齊湧冒。詩句「水能上指失本性」、「靈源聚力一飛迸」、「雪柱冰山分壘壁」、「飛揚散落遞終始」等等，皆描繪實景。至於千佛山（城南六里，相傳虞舜躬耕於此，又名舜耕山）、歷下亭、北極閣等皆爲名勝好景。

濟南的景物，並不能使他消除考場的失意，在寄家書詩（詩集，卷三，頁十七）云：

三十潘郎鬢欲斑，黑貂留雪又空還；
胸前應解宜男草，刀上尋看似月環。
甘旨累君勤績紝，才名負我滯江關；

年年未得眉頭展，無復當時鏡裡顏。

其三云：

蓬鬢銀釵賣已完，猶存翠袖倚琅玕；
將雛紫燕孤棲慣，返哺驚烏比翼難。
別夢頻年都潦草，家書兩字是平安；
憐人只有經天月，夜夜空階照永歎。

心餘以潘郎（安仁）自比，負有才名，仕途則鬱鬱不得志（才名冠世，爲眾所疾）㉞。又以蘇秦游說秦王，「書十上，而說不行，黑貂之裘敝，黃金百斤盡，資用乏絕，去秦而歸」㉟，資用乏絕、而說不行，「年年未得眉頭展，無復當時鏡裡顏」，及「憐人只有經天月，夜夜空階照永歎」，鏡中失顏，而孤獨之人，望著明日空階照，心中惆悵，悽苦可知。

㉝ 鍾令嘉著柴車倦游集，丙十七至丙十八，收在蔡殿齊編國朝閨閣詩鈔（第三冊，有鍾令嘉詩二十三首），國立臺灣大學圖書館藏。

㉞ 見晉書，卷五十五，潘岳本傳，頁十四，藝文印書館本。

㉟ 見戰國策，秦策，卷三，頁四，商務四部叢刊正編。

七月十日，吳縣張吟鄉（瘦銅、傳詩）秀才入使院，受業於金檜門（德瑛），次日以四雨莊吟卷質之，並受業於金檜門二十四日，心餘誦其詩而愛之，二人鐙窗相對，朝夕與俱；八月三日，吟鄉留二詞別心餘（見銅絃詞、上、金縷曲及蝶戀花）。可知通過同師（金檜門）關係，心餘得與吟鄉結識。以後吟鄉至北京，又與趙翼相交㊱。在乾隆四十四年（一七七九），心餘、吟鄉、翁方綱、程晉芳等共結詩社㊲，則知蔣張二人情誼之篤。

後，心餘與金檜門**遊大明湖**（在濟南城）**櫂歌**（詩集，卷四，頁一），**其一云**：

冰壺署貼水雲窩，皎月湖光與盪磨；
官燭下船銜鼓歇，出門十步是煙波。

其二：

半折朱櫺臥綠苔，殘荷猶傍畫闌開；
迴廊轉側看人影，時有青裙打槳來。

㊱ 參王建生著趙甌北研究，第一章趙甌北的生平及交遊，頁二七三，學生書局。

㊲ 同㊱。

其三：

歷下城中半是湖，居人分水種菰蒲；
從教兩岸添臺榭，得似秦淮子夜無？

其四：

敗荷枯葦入樵薪，殘臘新年興可乘；
湖面十分纔露出，九分湖水一分冰。

大明湖，在歷下城內城之北，岸上綠柳飄垂，湖中菰蒲、蘆葦，荷花迎人。劉鶚老殘遊記，到歷下亭前，亭子懸了一副對聯，寫的是：「歷下此亭古，濟南名士多」。又提到鐵公祠對聯云：「四面荷花三面柳，一城山色半城湖」㊳。心餘詩中「出門十步是煙波」、「歷下城中半是湖」，可相印證。晚秋，「皎月湖光與盪磨」、「九分湖水一分冰」，風景宜人。

據忠雅堂詩集卷四載，心餘在八月十三日遊張氏漪園（在歷城西）；後，從金檜門先生入武闈，晤同考官吳雪軒（祖修）、鄧眉州（瑛）、牛郁菴（宗文）、韓湘巖（錫祚）；八月二十五日遊城南千

㊳ 見於劉鶚著老殘遊記，頁十三，第二回，「歷山山下古帝遺蹤，明湖湖邊美人絕調」，聯經出版社。

佛山（舜耕山。有虞美人詞，銅絃詞，上）。及，遊歷下，有感懷集社詩二十六首。

後，心餘到京，晤蘇德水（過龍）同年詩云：（詩集，卷四，頁五）：

三十行年共，青袍不復新；
且沽燕市酒，一醉隴頭人。
客久交逾寡，官微仕益貧；
天涯舊兄弟，一見一回親。

由於金檜門解山東學使職，至京任太常寺卿，心餘因隨往北京居住。而心餘與蘇德水（陝西、府谷人）關係，在忠雅堂文集卷三有「杭州府餘杭縣知縣蘇公傳」，蘇萬元爲德水曾祖。又，蔣、蘇兩人少年相識在山西，「渭城君解唱，只有故人聽」（第一首），「故人」，指少年相知。詩中說出兩人功名不順，客居天涯，相見倍增舊情。

除夕前四夕，心餘移寓王氏宅。在「除夕過太常金先生宅守歲」詩，其一云：（詩集，卷四，頁五）

息羽頻防弋者窺，相親何忍說相離（自註云：前四夕移寓王氏宅）？
移巢燕似貪華屋，繞樹烏仍戀舊枝。
雪案開從嘗膽後，牛車來及退朝時；

拈花底事微微笑？迦葉如來各自知。

其三云：

爆竹聲中歲兩更，懷鄉思母豈無情？
長安客有終身住，百感心同一夜生。
塵世華年喧夢蝗，朱門歌舞鬥侯鯖，
誰知冷屋鐙檠畔，游子悽然坐到明。

詩作於乾隆十八年除夕，前四日由檜門住處移居王鏜（與心餘父親有舊，心餘隨父堅遊山西，即居此），心餘懷鄉念母，「爆竹聲中歲兩更」矣！嘆舉世競榮奔利，己則功名渺渺；百感交集，烏鳥孝心，思鄉悽苦，不斷浮現心頭。

乾隆十九年甲戌（一七五四），**心餘三十歲**。

與趙甌北參加會試而相識，在「趙雲松觀察詩集序」（忠雅堂文集，序一、九）云：

余友趙雲松，……予于甲戌會試，識君闈中。下第後，乃同考授中書。

蔣、趙甲戌會試識於闈中，可惜兩人皆落第。後兩人同住汪由敦處。心餘的「**澄懷園信宿偶作三首**」，**其一云**（詩集，卷廿五，己亥，頁六）

> 廿五年前下第時，堂東曾掩校書帷（自註云：甲戌四月，汪松泉尚書延住麗景軒奉敕新寫文選袖珍小本）㊴；
>
> 幽軒燬後更新墅，喬木看來似舊知。……

四月，心餘應汪松泉（由敦）延邀宿澄懷園麗景軒，奉敕校寫袖珍本文選。詩中憶往昔住麗景軒情懷，諸多感慨。而甌北是因乾隆十五年庚午（一七五〇）參加北闈鄉試錄取第二十一名，主考官是汪由敦，由是知賞，乃請甌北至汪家代筆應酬㊵。

心餘住在澄懷園，有「澄懷園漫興，書寄盧右禮詹事，饒霽南（學曙）編修、吳頡雲（鴻）、秦鑑泉（大士）兩修撰，時諸君子奉敕寫文選，共居前軒」，也因此和這些朋友往來漸多。後，心餘與甌北同考授中書舍人，充內閣中書。清寒的中書官，留在內閣繕寫文告，時時刻刻惦記起家來。他的「**禁省夜直感懷、書家信後三首**」，**其一云**（詩集，卷四，頁七）

㊴ 案汪由敦松泉集（四庫全書本）多載與錢香樹交遊，而心餘爲錢所提攜之人，落第時得住汪之麗景軒，不知是否香樹推介？抑汪之好才？或結識甌北關係？

㊵ 同註㊱，頁五十三至五十六。

魚箋迢遞報高堂，昨共流鶯入建章；
彩筆纔書丹鳳詔，清銜已署紫薇郎。
難瞻親舍雲千里，索負金門米一囊；
每對盤餐念甘旨，官廚雖美不能嘗。

其二云（卷四，頁八）：

朝衣墨漬帶酸寒，誰喚仙郎上界官？
海內封章留硯北，天邊綸綍在毫端。
晝持襆被花同宿，人散黃扉月自看；
那似鳴機圖畫裡，小窗鐙火坐團欒。

「昨共流鶯入建章」、「清銜已署紫薇郎」，言其考授中書官（欽取第四名）；至於寒酸生活、淒冷心境，思鄉團欒，盡在筆端！

冬，心餘乞假返南昌，譜空谷香傳奇，其自序（序頁一）云：

甲戌乞假還，寒舟孑然，行迴飆洄渚中，歷碌如旋床。疏櫺四閉，一榻自欹，乃度事勢，揣聲容，譜爲空谷香傳奇，凡三十篇。日有所得，即就隙光中縱筆書之。脫稿後，擊唾壺而歌，聲情颯颯，與風濤相蕩激，此身若有所憑者。迴視同舟之客，皆唏噓泣數行下。

做了五個月的中書官，告假歸來，船上遇到兩位攜妾的熟人，他們怕在京城挨餓受凍，於是哭將起來；心餘邀他們上船，同船回去，空谷香傳奇便在「寒舟」上寫的，「同舟之客，皆唏噓泣數行下」，指的兩位攜妾隨蔣的人，讀之、深受感動而泣。

此年應酬之作，如送汪禹績（汝淮）同年歸鉛山，黃河一首寄答雨立（蔣士鏞）兄，題瀟湘一泛圖送陶揮五（金諧）同年令楚南，寄懷淇令周韻亭（壎）同年，一經齋（金德瑛齋名）小集送王琴德（昶）之山左同金檜門（德瑛）、錢籜石（載）二先生、汪康古（孟鋗）孝廉限經字齋字，家（蔣）作梅（[illegible]）編修幼女玉媛十齡初度、書扇贈之四首、時七月九日，阿相公（克敏）三使高麗國、嘉興謁錢香樹（陳羣）。及「哭楊子載（垕）」，「拜楊子載墓」。

第五節　卅一到四十歲

乾隆二十年乙亥（一七五五），心餘三十一歲。

居南昌。四月，返鉛山詣先壠，作：祭顯考府君墓。後，遊郭西觀音石。又有「再過河口天池菴」詩（卷四）。

後，心餘返南昌，撰「第二碑」（紅雪樓九種曲之一），專述婁妃（明寧王宸濠妃）。又於破壁間得何鶴年詩，驚喜，在「何鶴年遺集序」（文集，卷一，序一，十二）云：

乾隆乙亥，予以假，閒居南昌，于破寺壁間，得鶴年詩，讀之驚喜欲絕。跡而訪之，君方授徒佑清寺。伏一長几，亂書繞其身。纖瘦濃眉，目光睒睒如電。……

鶴年（在田）是一位「不欲人知，寂然讀書、與古人爲徒」（亦見該篇序）的人，心餘與他定交，完全是「以詩會友」。

此年，心餘次子知節生。

至於應酬文字，如：「祝野谷（致經）招飲」、「題王受銘（又曾）比部瀧湫宴坐圖」，「題沈壽雨（龍文）秀才詩卷」（詩集，卷四）等等。

乾隆二十一年丙子（一七五六），**心餘三十二歲**。

往返於南昌、鉛山。由南昌出發，如：自南昌歸鉛山曉發、弋陽道中、黃沙港、釣巖放舟至河口（地名，近鉛山）感所見、田家小憩等（均見詩集，卷五），詳載往鉛山所見。**如：自南昌歸鉛山曉發**（卷五，頁一）云：

又逐尋巢社燕歸，片帆輕趁雨霏微；
卅年一水去來熟，數匑（即冢）亂峰高下圍。

挂墓有錢都是紙，誅茆無屋可容扉；
眼中何物堪縈憶？只有山頭蕨筍肥。

心餘由南昌往鉛山祭掃，乘舟逆信江而上，沿途細雨霏微、亂峰圍繞；「眼中何物堪縈憶？只有山頭蕨筍肥」，農村田園與陵墓茅屋，躍然相映。

清明後，心餘由鉛山返南昌，詩如河口返棹初發、佳日、山村、繞城市、登臺（詩集，卷五）等亦皆旅途所紀。如：河口返棹初發云（詩集，卷五，頁六）：

不奈清明黯淡何，輕陰日日羃藤蘿；
風濤直送一帆下，雷雨暗隨三縣過。
批鵊餞春愁落蕊，歸牛浮鼻盼栽禾；
計程解道家人苦，未信江船等擲梭。

「清明時節雨紛紛」（杜牧），本詩云「黯淡」、「雷雨暗隨」，古來天候相應。鉛山至南昌，順流而下，故云「風濤直送一帆下」。沿途所見，如批鵊（鵯鵊，亦稱催明鳥）愁春，歸牛浮鼻涉水，一片江村景象。

到了南昌，心餘過著繁忙的夏天，詩如「謝蒼崖（逢泰）丈西堂小飲」，「南昌翟異水（思瀷）郡丞以涇水琴魚、及白露紙藏墨梅片茶具餉、各報以詩」，「同年秦澗泉（大士）修撰來（香）南昌、喜晤有作」、「進賢舒兩水（香）學博，以先祖父節公手書吳門西山探梅記，遺卷見示，並索題後」、「王澹人（金英）雨中見過，出檜門（德瑛）先生詩相示……次韻……」、「王穀原（又曾）比部遊豫章，以詩見懷，次答」、「十八夜露坐，柬穀原」、「將偕汪輦雲（軔）秀才、城南僧舍銷暑疊韻，別穀原」、「雨夕，偕汪輦雲、家（蔣）禹立（士鏞）兄同作」、「百花洲坐雨有懷檜門先生」、「八月初八夜懷檜門先生」、「放榜夕、懷檜門先生」（以上皆見詩集，卷五）等等。詩裡念檜門（德瑛）多，因心餘二十二歲，受知於金。此刻，心餘「舉業」失意，「想見冰壺徹底清，風簾官燭繞身明」（「放榜夕懷檜門先生」詩）的好官，是自然的事了。

做中書官，畢竟窮困，心餘只得「典屋」（詩集，卷五，頁十六）：

老樟矗東衢，我屋在樟北；
衡門界陋巷，一鄰比虞虢。
短垣蔽外宇，內阤一墻畫；
寢可陳兩榻，堂僅列几席。
奠居始壬申，雞狗苦狹窄；
堂西有餘地，菘瓠補其隙。
老僕造畦畛，列罫均丈尺；
菜秀主人出，夏日正晅赫。
自京到齊魯，車騎頗忙迫；

思親一年夢，懷土半區宅。
每當風雨苦，竊慮榱棟坼；
明年赴禮闈，共許展修翮。
強箭已入彀，猿臂忽遭扼；
所聞多異辭，眾口來嚍嚍。
……
出將窮士淚，暗灑丹陛磶；
竊祿一官卑，懷忠寸心赤。
……
檐楹鳥鼠亂，院落蓬蒿積；
故交多徂喪，三載人事革。
……
數枉京華書，公卿頗思懌；
召陪高車馳，未許死蘿薜。
……
那知墐户蟲，以屋作裘裕；
……
剝廬以得輿，懷資旅人索。
……

身外亦何有，四顧但蕭摵。

所嗟堂構存，丹雘任難釋。

……

南昌的屋子，是乾隆十七年壬申（心餘廿八歲）僦居，「寢可陳兩塌，堂僅列几席」、「雞狗苦狹窄」，言其居處之小；「每當風雨苦，竊慮榱棟坼」，言居處之危；可知住屋之小而危。雖然心餘赤誠忠心，只得「一官卑」。由於京華公卿「召陪高車馳，未許死蘿薜」，是以「剝廬以得輿，懷資旅人索」，典屋以籌北上旅費、治裝，正所謂「以屋作裘給」。

九月二十六日，心餘舉家北上，在銅絃詞，「虞美人」（自云：丙子九月廿六日，盡室登舟北行紀事）

其一云（卷上，頁二十三）：

宦游且自浮家去，浮到何時住？親闈甥館兩船分（自註云：時妹倩饒四拱北秀才初婚偕往），明鏡香奩各向小窗陳。　團欒笑語鐙前共，相對猶疑夢。出城纔覺一身輕，展放勞筋百事暫消停。

其二云：

衰親弱婦多勞苦，清瘦都如許，今朝安穩謝塵緣，問餽相循不許再牽連。　秋光空闊天涵水，放眼同歡喜。全家移向畫圖中，領略江山不願滿帆風。

不止「衰親」、「弱婦」，還有妹婿饒拱北（學暄）夫婦，一起「浮家」、「宦游」。沿途，經南昌、至滕王閣、出彭澤湖、到大觀亭、買小艇往京口，訪蔣春農、後，走高郵，並且在大雪前三日，泊舟淮陰，偕妻往掃治其祖壟，飲朱氏草堂（見「上冢行」小引），後，至黃河小泊，往徐州、經嶧縣道上、又由夏鎮赴南陽、過涿州（以上見詩集，卷六）。

心餘舉家「**自夏鎮赴南陽**」時，遇到潰河，悽悽慘慘，**詩云**（詩集，卷六，頁四）：

河潰勢莫壅，岸谷陡然變；
阡陌沈浩渺，潢汙奪平衍。
石隄若鼇背，鼓盪露一綫；
……
連邨星散罶，悽慘遞隱現。
屋剝拱軀殼，牆撐失扶援；
……
辛苦嫁時心，榮辱託釵鈿；
奈何河伯婦，暴掠成婉孌。
雀艇來前莊，狼狽爲弔唁；

陷溺有同病，飢餓各看面。
一息知親疏，且復相繾綣；
停船問父老，樂郊鼠猶羨。
利禍偪處此，宜獲覆巢譴；
欷吁勉相荅，客語計誠善。
賦命罹險阻，去此等窮賤；
偏災無常禍，瘠土有餘戀。
況蒙拯溺恩，苟活堪展轉；
舍之就嘷蹴，不若陽烏奠。
……
繄聞大江南，饑疫方稍宴；
當其流徙時，播越擇鄉縣。
南北互甘苦，所恃膏澤遍；
太平凍餒足，終愈死征戰。
盤渦倘斂抑，茅茨得營繕；
去者生未知，不去死或殿。
客豈膏粱兒？醉飽習安便；
天下多煢獨，何取淚如霰？

……

心餘由山東微山縣（夏鎮），行舟北上魚臺縣、赴濟寧（南陽）。見黃河潰堤，百姓流徙，孤苦煢獨，與江南饑疫，令人慘不忍睹。

又，據覆車紀行五十五韻（詩集，卷六，頁六）云：

仲冬十三日，晨發辭東阿；
八兩載曉霜，銜尾穿陂陀。
隔帷呼我名，下車問誰何？
曙光照冰髯，略辨鬚緣坡。
彭君（倚華）宰賀縣，入覲誇鳴珂；
故人來邂逅，步語臨沙河。
長橋斷奔虹，小艇沒駕鵝；
……
一夫前打冰，兩夫挽鈴贏。
……
前車渡三乘，我轂以次那；
……
吾母抱長孫，正坐我則頗；

半濟傾輪轅，翻攜觸黿鼉。
寒濤灌裘袴，碎冰簇鋋戈；
我兒飲濁流，驚叫浮髮螺。
母我未滅頂，舉兒如摘荷；
相持母子命，大夢爲延俄。
豈其三世人，併死蛟龍窩；
兩崖聲沸羹，泅者來盤渦。
引臂挾我子，擲向泥沙陂；
中流聞兒啼，舐犢心摧劘。
……
彭君六年別，當火援飛蛾；
急難得友生，交情倍婀娜。
……

心餘舉家北上，經賀縣，與友人彭倚華（字江）相遇。後，橋斷車翻，「寒濤灌裘袴，碎冰簇鋋戈；我兒飲濁流，驚叫浮髮螺。母我未滅頂，舉兒如摘荷」，險些送命。還好，「急難得友生」，才化險爲夷。如此看來，上京的路上，是「一步」「一險」。

乾隆二十二年丁丑（一七五七），心餘三十三歲。

皇天不負苦心人，終於中進士。他的「登第日口號三首」（詩集，卷六，頁九），其一云：

天街一騎滾香塵，蕊榜朝開姓字新；
報說和凝衣鉢好，舍人名列十三人。

其二云：

三十三齡老孝廉，紫薇花畔許留淹；
公車十載三磨折，纔作青青竹上鮎。

其三云：

老母焚香一展眉，九原吾父可聞知？
旁人怪落看花淚，不見番番下第時。

㊶ 蔣士銓撰紅雪樓九種曲，空谷香，自序，民國六十年藝文印書館影印叢書集成續編。

詩作於四月，會試放榜時。第一首，以范質舉進士，主司和凝愛其才，以第十三人登第，後，質位至宰相、太子太傅故事㊷，喻己得二甲十二名進士㊸。又，和凝好曲子詞，有香奩集，與心餘年青喜艷曲同。第二首，言己從二十三歲起赴京考試，「十年磨折三次考」（三年一考），到「三十三齡老孝廉」，心頭總有些酸，「紫薇花畔許留淹」，遲來功名，努力總算沒有白費。所以第三首，「老母焚香一展眉」，還可以細問：「九原吾父可聞知」。

根據乾隆二十二年進士題名碑錄載㊹，丁丑科一甲三名是：蔡以臺、梅立本、鄒奕孝；二甲七十名進士中，有十一位是江西籍的，分別是：彭元瑞（南昌）、蔣士銓（鉛山）、劉芬（新建）、戴第元（大庾）、劉成駒（南昌）、徐日明（奉新）、陶淑（南城）、李瑞麟（建昌）、熊之福（南昌）、楊服彩（金谿）、嚴思濬（分宜）。綜合說，一甲、二甲及第的，江南十九位，浙江十六位，江西有十一位，居第三。

在忠雅堂詩集，金檜門序云：「丁丑，予主禮闈，君成進士。朝考，冠其列」。所謂「朝考」，指清代科舉制度中，新科進士及第者，引見天子之前，先行考試，知其學問，再引見選拔，庶人

㊷ 歐陽修撰五代史，卷五十六，雜傳，頁五云：「後知貢舉，選范質爲第五」（藝文印書館），下引石林燕語云：「和凝登第名在十三」。則此心餘詩言「和凝衣缽」、「名列十三」，非正史所載。

㊸ 見錢維城、蔣元益、王潔華等撰明清進士題名碑錄，（三），乾隆丁丑科，頁一，（總頁二〇二三），華文書局，心餘二甲第十二名，「名列十三」，者指會試時，薦中第十三名。

㊹ 同㊸。

才不致遺漏㊺。心餘能在「朝考」中，「冠其列」，可見其各種知識的淵博。在庚申日，心餘爲內閣翰林院，帶領新進士引見得旨㊻，而爲庶吉士。

寒冬，心餘有「歲暮行」詩（詩集，卷六，頁十三）：

壓檐凍樹鳴枯葉，馬病車摧寡酬接；
懶爲卻鬼送窮文，恥作干人乞米帖。
怡然讀書老母旁，冬菘作羹虀作湯；
母顏歡喜妻子樂，鏡臺食案生輝光。
雖探篋笥一無有，卻撫胸懷百無咎；
絕無故舊問囊空，肯令庸奴笑顏厚。
此時寒日氣悽凜，何處朋歡鬥酣飲；
九衢冠蓋冬喧招，一榻琴書獨高枕。

㊺ 見崑岡等續修清會典，卷三十三，頁三六八，禮部、貢舉、朝考，商務印書館。又，據梁章鉅撰試律叢話，頁一起，乾隆二十二年丁丑科會試詩題爲「循名責實得田字」；頁五朝考試題爲「動復歸有靜得爲字」；頁七散館詩題爲「和闐玉珍得珍字」（廣文書局）。

㊻ 高宗純皇帝實錄，卷五百三十九，頁二十七，台灣華文書局。然，據袁枚著小倉山房詩集，卷十四，戊寅，頁一，寄蔣苕生太史，序文云：「蔣苕生今年（指戊寅）入翰林」，兩者記載有出入。

詩中首言其應酬少。「恥作干人乞米帖」，個性崛強。「怡然讀書老母旁」，母子天倫情親，有如鳴機夜課圖記所述。「冬菘作羹虀作湯」，生活蕭條可知。「母顏歡喜妻子樂，鏡臺食案生輝光」，家庭幸福。「雖探篋笥一無有，卻撫胸懷百無咎」，言其心地光明，人窮志不窮。末則言書生蕭瑟生活。耿介的個性，即使中進士、爲庶吉士，只得過冷清的生活。

十二月十日，心餘有「丁丑顯考府君諱日告詞」（文集，卷九，哀詞八）云：

嗚呼！不奉音容，十閱歲華；
露泫霜零，悲何有涯？
蓬虆萍轉，罔食于家；
疇昔傷懷，惟相歎嗟。
前年奉母，拜父墓門；
述兒所履，告父則聞。
父豈不聞，何待兒語？
出告反面，亦禮所許。
去年寒食，兒詣坵壠；
別父北征，痛心自捧。
爰買秋航，攜家赴闕；
江湖險阻，愁亂于髮。

出入死生，陷母憂危；
兒實不孝，百行悉虧。
賴父佑母，轉禍爲祥；
女口皸瘃，人馬盡僵。
九衢僦屋，奉母寧處；
招我驚魂，妥侑先生。
祖庇我德，父遺我蔭；
俾受隆恩，荷茲餘慶。
……

父親遊世十年，告詞中，言及近年家事，及去年北征赴闕，出生入死，感激先人庇蔭，得有餘慶，忠孝之情，令人感動。

此年，心餘應酬詩如：王筠齋（鏜）太僕新居落成招飲，馮均弼（廷丞）光祿贈句次韻奉酬，催糚詞爲家（蔣）華林（果）上舍作，熊丈滌齋（本）席上分韻，寄（汪）輦雲（軔），送歸安沈賓上（思嚴，龍文子）歸葬，題雲中仗策圖送韋菴宰廣靈，寄孫壺園（孝愉）比部，德州（山東德縣）羅淵碧泚亭圖，送楊彤三出宰，蠟石磬同家（蔣）作梅（[illegible]）聯句等（均見詩集、卷六）。

乾隆二十三年戊寅（一七五八），心餘三十四歲。

入翰林，卻多病。有「病中讀鍾叔梧（建魁）秀才碧溪詩」（詩集，卷六）。後，「張吟鄉（塤）秀才至京，喜為長歌」（詩集，卷七，頁三）云：

三十初度泊姑胥，無屋卻借官船居；
醉埽虎邱石壁書，虎氣入筆驚闔閭。
昏黑歸船墜江底，手挽舵牙腳踏魚；
躍水立船送君去，寒藻掛面裘袴濡。
……
母禮北斗禳帝車，神力挽救乃活予；
買船奉母載妻拏，浮江涉海憂患殊，
火焚水溺與母俱。
出入生死賸皮骨，神鬼賊害天公扶。
……
此身不死敢弭謗，貧病未足困我軀；
道人有鄰道不孤，友子無異黃友蘇。
蕭齋但可數來止，共作雅頌歌黃虞。

詩從「三十初度泊姑胥」言乾隆十九年由京師歸里，張吟薌約心餘游虎丘，失足萬年橋下說起。

中述已（心餘）事母途中，種種困阨（過揚州，舵樓失火；過黃河，車覆）。及夢魅魖鬼怪、母親為之「禮北斗禳帝車」，向神明告罪，始免於難；以至「臏皮骨」可憐模樣，告知好友。末以「黃」（山谷）友於蘇（東坡）為喻，推崇備至。又心餘在京，為吟薌介紹趙甌北。在甌北詩鈔贈張吟薌秀才（五言古二，頁四）云：「昨來蔣吉士（心餘），笑我目封蔀。去此不數武，有客屹材藪。我聞喜欲狂，徑造一握手。遂索行卷歸，果然才富有」。即此年事。

此年，**袁枚有「寄蔣苕生太史」**，**「並序」**云：

壬申春，過揚州，見僧壁題詩，絕佳。末有苕生二字，遍訪，無知者。熊滌齋前輩為言苕生、姓蔣，名士銓，江西才子也。因得芳訊，寄余詞曲尤多，今年入翰林，作詩寄之，其一云：

荳寇花開月二分，揚州壁上最憐君；
應劉才調生同世，嵇呂交情隔暮雲。
大禮賦成南內獻，清商歌滿六宮聞；
為他蕭寺題詩者，曾把紗籠手自熏。㊼

乾隆十七年壬申（一七五二），心餘廿八歲，袁枚三十七。初見心餘詩於揚州僧壁（二十四歲題），

㊼ 同㊻，袁枚詩集部分。

即以建安詩人應瑒、劉楨相比；並以呂安之慕嵇康譬況；可知心儀之深。此時，袁枚四十三，早已絕意仕進，（袁枚三十七歲辭官），倒是爲「傳宗接代」而傷腦筋㊽。對於在京都的心餘，入主詞林，抱著祝賀之意。

此年，心餘三子知讓生。其應酬詩如：陳星齋（兆崙）太常正月十九夕、招集寓齋，送帥藥房（光祖）還奉新，少宗伯檜門先生視學直隸……，送張惕菴（甄陶）宰昆明，題袁叔論（守定）儀曹未學詩鈔後，寄懷（陳）叔梧（建魁）成都幕府，索索柴杖歌爲彭丈耕原（嘉問）作，臺灣賞番圖爲李西華（友棠）黃門作，王禮堂（鳴盛）學士新居有青棠二株作詩詠之，題盧紹弓（文弨）編修檢書圖，雨中聞王琴德（昶）舍人至京、眷屬同居禮堂學士宅、詩以柬之，裘超然（麟）舍人秋原射獵圖，送熊肖石（之珵）南歸、送趙方白（寧靜）還南豐省母，答（胡）玉亭（愼容），蔡葛山（新）司寇澄懷（友圖㊾）（以上見於詩集，卷六、卷七）。

乾隆二十四年己卯（一七五九），心餘三十五歲。

繼續留在北京。此年，應酬詩如：送李同侯（清芳）侍郎終養安溪，喜汪葦雲（軔）至，陶孚中（其愫）比部疾後移居，送陳恕堂（守誠）赴三衢巡道任，送黃穫邨（登穀）先生出守麗江，歐陽

㊽ 同❽，卷十四，頁二，有詩題云：「余春秋四十有三，尚抱鄧攸之戚，今年六月二十九日，陸姬生男不舉」。

㊾ 按「澄懷八友」，據汪由敦著松泉集，卷十二，頁十五（總頁一三二八—八二二，商務印書館文淵閣四庫全書），含：梁確軒、周葯欄、程莘田、周蘭坡、陳月溪、張酉堂、觀補亭、蔡葛山。

可堂（正亨）孝廉醉後作歌，送張廉船（舟）仲子落京兆解遊關中，吳蓀圃（璟）舍人移寓珠草街、與予隔巷，作詩柬之，門人石生餉菊爲屛、戴良圃（第元）同年來觀、並貽長句，柬翟依岩舍人，送李載菴（敬躋）同年出塞省親等等，（皆見詩集，卷七），考取進士，友朋自然多了。

其中較可留意的是，「送張廉船（舟）仲子落京兆解遊關中」，在甌北集卷七（己卯），有「贈張廉船上舍即用其柬心餘韻」㊿，而張廉船在甌北詩鈔，跋云：「己卯歲（案：時甌北年三十三），別雲崧於都門」[51]。可知此年，廉船、心餘、甌北在北京交往甚篤。

又，據甌北集卷七載，「心餘舉第四雛，走筆戲賀」[52]，知心餘第四子知斗生。

乾隆二十五年庚辰（一七六〇），**心餘三十六歲**。

五月乙丑，內閣翰林帶領丁丑科散館修撰編修庶吉士引見，心餘授編修，充武英殿纂修官。

七月二十六日，「**四兒斗斗試周，戲成**」（詩集，卷八，頁五）云：

堆盤列几試貪廉，探手仍將兔穎拈；
慧業根芽何必爾？儒生風味正無嫌。

㊿ 趙翼著甌北全集，甌北集，卷七，頁二，湛貽堂本。
[51] 同註㊿，甌北詩鈔，卷首，張舟跋，頁十八。
[52] 同註㊿，頁十。

若與三兒分硯席，定從老子乞書簏；
他時學畫葫蘆好，休似迂翁筆陣嚴。

四兒知斗「抓周」時，拈筆（兔穎），有儒生風味，心餘自然高興。

此年應酬之作，有爲人繪畫題詩者，如題宜春袁魯齋（芳杏）十畝之閒圖，同年戴匏齋（文燈）禮部菜根書味圖、題秦磵泉（大士）學士柴門稻香圖，黃鶴谿（燡照）舍人以相馬圖索題等等是。又如：陳時若（奉茲）同年令蜀中次韻餞之，喜晤稜陵李晴洲（朗）作，韓湘巖（錫胙）同年令江左，孫勗堂（維龍）令安徽，蔡葛山（新）司寇觀海圖，疊舊韻柬東南鄰韋約軒（謙恆）舍人，送羅旭莊（暹春）前輩典粵東試（均見於詩集，卷七，卷八）等，往來酬答作品。

乾隆二十六年辛巳（一七六一）**心餘三十七歲**。

四兒知斗病劇，詩云：「雪膚全滅存山骨」、「乳失經年糕作餌」、「醫窮衆手藥堆囊」（詩集，卷八，頁十六），非常可憐。殤後，寄埋永樂菴後園，「**哭四兒斗斗八首**」（詩集，卷八，頁十八），**其一云**：

百藥因兒試，三年在母懷；
眼昏雙濁鏡，骨賸一枯黠。
落葉鴟鳴屋，移鐙鬼嘯階；

那知寒月底，玉樹竟生埋。

其二云：

乳燕啁啾似，哀哀喚母頻；
雙眸憐久瞑，一息苦相親。
學語如祈命，呼名徧別人；
游魂與精氣，何藉去來身。

其三云：

氣盡猶疑睡，形銷豈是臞？
喪明先及汝，喋血死何辜？
薄福留冠履，深恩乞襁襦；
撫摩經百徧，纔冷到肌膚。

其四云：

函骨棺三尺，呼兒痛一家；
撫尸勞祖母，掩面別娘耶。
戲具都爲殉，生年竟有涯；
萬千憐惜意，到此不能加。

最末一首（其八）云：

三十七行年，吾生亦黯然；
無成過歲月，多感到因緣。
繞膝情難已，扶肩夢屢牽；
纔知思子淚，不必讓前賢。

斗斗年僅三歲，生劇病，試以百藥，均屬罔然，「骨賸一枯藁」，藁，稭之意，指去皮之禾稾，則瘦弱可知。哀哀呼母，一息苦親，而後氣盡肌冷，藏以三尺之棺。祖母以下，父、母，乃至三位穉齡兄長，莫不悲慟欲絕。尤其心餘，爲人之父，年已三十七，「無成過歲月」，百痛交集。

又，此年應酬詩如：吳二匏（寬）舍人贈方氏墨、並索題詩，羅旭莊（暹春）前輩寓齋丁香始花、招同人小飲，德州趙叔常（大經）以鄉人畫鸜鵒屬題，同年薛補園（宁廷）乞假省親，題王燮堂春郊嬾牧圖，葉紫珊（敏）下第南歸，送陳澄之（濂）孝廉還商邱，何鶴年（在田）孝廉放鴨圖，

和彭芸楣（元瑞）同年移居，王爕堂還丹徒，戲北鄰韋五舍人約軒（謙恆）等是。（均在詩集，卷八）

又如：尊德會詩、爲同年蔡季實（以臺）尊人作，三里樓邨居圖、爲同年顧北墅（雲）吏部作，乞畫竹東王德圃（啓緒）侍御、並令弟詒堂（燕緒）編修，歐陽可堂（正亨）觀濤圖，田退齋（懋）少宰招遊陶然亭，送座主錢香樹（陳群）先生祝嘏入京賜尚書秩歸里等等（均見於詩集、卷八）亦是。

乾隆二十七年壬午（一七六二），心餘三十八歲。

依錢泳履園叢話載：「本朝乾隆二十七年，高宗皇帝南巡。三月初五日，予告刑部尚書裔孫錢陳群，率台之族孫武進士錢選等進呈乙覽，當奉到御製七古詩一首。臣陳群進表稱謝，一時隨駕諸大臣及守土大吏、在籍搢紳，如莊有恭、范清供、齊召南、沈德潛、蔣士銓、沈初、費淳等，皆有恭和御製詩原韻，爲一時之盛」[53]。據此，高宗皇帝南巡，心餘有恭和御製詩矣（詩集未錄）。又，詩集卷九（壬午上）、卷十（壬午下），有：同戴匏齋（文燈）、李載菴（敬躋）、趙春磵（大經）、朱月階（邦楷）聯吟黑小子三十韻；再送李載菴歸滇南；送饒四星垣（學暄）南歸應省試等等（均見卷九）。在「**感事述懷詩為重光、觀光兩彭郎**（皆彭冠弟）**作，並示衣春**（冠）**同年**」（詩集、卷九、頁八）云：

方伯坐薇省，禮士清惠堂；

---

[53] 錢泳著履園叢話，二，頁五五，大立出版社。

我時衣逢掖，得近君子光。
灑落賓客間，出入弟子行；
豈有文字才？屢辱言詞張。
……
吾師檜門叟，共抱冰雪腸。
……
虛室置樽酒，團欒酌諸彭；
爾兄我同甲（案：彭冠與心餘同爲丁丑科賜進士出身第二甲），與爾鴻雁當。
……
奮志殖所學，愼勿嬉而荒；
……

重光，觀光爲彭家屏（曾爲江西布政使，心餘受其知賞）子，二人北京省親，蓋其父彭家屏因藏書違禁下獄，賜自盡。此年正月，金檜門過世，而彭家屏逮刑部獄。心餘心中，悽悽惻惻，悲痛萬分，詩中思往歎今，末一以勉重光、觀光奮學之志，一以兼敘其族兄彭冠（河南、夏邑縣人）之情誼。他如：畢秋帆（沅）修撰以其友像屬題，送涂品峰（錫禧）比部乞休還里（詩集，卷九），亦屬酬酢。到了七月二十六日夕，心餘有「夢中十字橋，題梵宇左壁」詩（詩集，卷九，頁十一）。

後，有「汪溶川同年來都，喜晤有作」（詩集，卷九，頁十一）云：

七年離思不曾寬，忽漫招攜舊雨歡；
問訊幾番勞驛使，優游眞怪戀田盤。
烟霞疾痼方纔起，膠漆盟深豈便寒？
比較鬚眉驚老人，試磨明鏡與同看。

汪溶川（汝淮），據忠雅堂文集，溶川汪君墓誌銘（卷六，頁十九）載：「乾隆丁卯（十二年，一七四七），予與同邑汪君共領鄉薦，君年三十有四，予少君十二齡，投分如同懷者三十年」。兩人「同鄉」又「同年」（領鄉薦，中鄉試），交往甚深。此刻，溶川與心餘已七年未見（心餘三十一歲離鉛山），相見倍覺親切。

八月六日，詩集卷九載有「入京兆闈紀事、呈梁、觀兩院長、及館閣同事諸君六首」（頁十二），此時，心餘與趙甌北均爲順天鄉試同考官。八月七日，同甌北夜坐於試院，有**「初七日同趙雲松夜坐有懷三首」**（詩集，卷九，頁十三），**其一云**：

雲閒坐數珮環聲，孤負鸞驂滿玉京；
卻怪天風晚來弱，不曾吹下許飛瓊。

其二云：

縞素衣裳雅淡妝，言從魯國伴姬姜；
婆娑桂樹無人倚，閒煞嬋娟翠袖長。

其三云：

煙雲千里夢糢糊，料得鮫人淚點枯；
那識驪龍開睡眼，月中相對念遺珠。

許飛瓊，古仙人，西王母侍女，「不曾吹下許飛瓊」、「月中相對念遺珠」，喻甌北本是狀元卷子，「命」差些，只落個「探花」。可惜在甌北集卷九（辛巳二月至癸未春），未載和心餘詩。

八月八日，心餘有「夜對月感舊，呈葉毅菴（觀國）、秦敘堂（黌）、汪畊雲（存寬）、紀曉嵐（昀）前輩、張懷月（齋）舍人五君子，皆丁卯鄉舉同年」（詩集，卷九，頁十三）。

八月九日，榜發，心餘得士十五人（見金德瑛、忠雅堂詩集序），有「乞酒錢呈明惺菴、紀心齋（復亨）兩侍御」（詩集，卷九）；又有「謝酒疊韵酬兩監試」（詩集，卷九，頁十四）云：

酒龍得酒喝勿收，滿引一洗尊前愁；
雲階似有桂叢護，月府但少霓裳謳。
不知來夜吸玉琖，已可兀坐消銀籌；

深槎未果藥玉腹，小杓恰侵鸕鶿眸。
杯鐺入口豈嫌少，爲下因澤高因邱；
智井心枯豁微竇，溟渤量寬含細流。
湏眉倒映色清泚，和氣盎盎春波浮；
倒餅博濟勢不足，客則吳越燕荊甌。
賢聖雖中眾不厭，逡巡解釀吾何求？
醇醴虛筵敢效穆，酒瓢挂壁應同由。
乞郡誰移汝陽守，居鄉欲奪無功侯；
遙思撤棘屈手指，樂過有蟹無監州。
三升去向酒胡索，一斗歸與山妻謀；
鄰罋重煩畢卓枕，襟痕藉滌桓元油。
此願終酬意先騁；薄酣易醒身仍留；
疵瑕求取豈公度，悉索箕歛堪予儔。
發棠可復虎再搏，衢尊不竭眞休休。

在王文治夢樓詩，有「壬午闈中，蔣心餘前輩以長句向紀元穉（復亨）監試乞酒，翌日（指八月十日）餉酒，並及同人，即用其韻，謝監試，仍呈心餘」[54]云：

---

[54] 王文治著夢樓詩集，卷五，頁十二，學海出版社。

涼飆徹曉宿雨收，青天一洗秋心愁；
沈沈鎖院萬籟寂，遙聽鼓吹如清謳。
瓶罌忽啓魚鑰進，遍給不同花爲籌；
卻訝鞠生何處至，頭廳相對凝雙眸。
蔣侯詩興匹供舉，何人肯爲營糟邱；
西江遠接漢江水，醱醅鴨綠當胸流。
朅來京師困清渴，酒海未許乘桴浮；
棘闈向得給官釀，泛蟻亦足盈瓷甌。
何年卻下止酒令，籌車莫遂豚蹄求；
前人愉樂後人苦，細推物理蓋有由。
豸冠使者性正宜，鐵肝不屈王公侯；
我性獨與薑桂近，何必有蟹無監州。
口體之奉甚微細，得君委曲忠爲謀；
晨皆擘畫及鹽米，有無料理分膏油。
雖爲小住頗依戀，竟欲竹馬相遮留；
晚來命僕整盤飣，敲門拉袖招吾儔。
月光照案積冰雪，放懷一醉眞休休。

依韻相和，兩人才力相頡頏。又，「中秋夕，紀心齋（復亨）前輩用乞酒韻作歌見貽，疊韻奉答」（詩集，卷九，頁十五）；想來這來來往往「乞酒韻」，酬酢不絕。另外，甌北在此闈中，有「秋闈分校即事」，自註云：「梁、觀二主司皆兼院長，同考十八人皆館閣人」（見甌北全集，卷九，頁十三）後，心餘有：送張二翕堂（景沆）落解歸濟寧省親，十二月二十八日哭同年田伯庸（玉成）㊺檢討于蓮花寺，（見詩集，卷九）；及寄賀熊廉村（學鵬）中丞移撫浙中㊻，寄懷熊滌齋（本）前輩（見詩集，卷十）。

乾隆二十八年癸未（一七六三），**心餘三十九歲**。

元旦，靳大千卒，心餘因典二裘爲之具棺殮，作「靳大千哀詞一首」，並有「序」（詩集，卷十，頁二）云：

大千名樹椿，鑲黃旗人，爲文襄（輔）從孫。乾隆庚午（十五年，一七五〇），由興國州牧來守吾郡。明年，爲遊客媒孽，被劾，予時（案：心餘二十七歲）纂南昌縣志，見公詩，

㊺ 田玉成，祖從典，父懋，山西陽城人，雍正時，爲吏部尚書，協辦大學士，授文華殿大學士，從典子懋，自廕生授刑部員外郎，乾隆初，遷禮科給事中，高宗獎懋敢言，超擢副都御史，刑部、戶部侍郎，乾隆十一年，上責懋奏事每漏言，且嗜酒務博，命解任歸里讀書。見清史稿卷二百八十九，頁一〇二六〇，鼎文書局。

㊻ 此壬午年（詩集，卷十）作。據嚴懋功撰清代徵獻類編，清代巡撫年表，卷二，乾隆期（二十七年壬午），頁十四，熊學鵬十月移調。（世界書局）

乃與訂交。甲戌（十九年，一七五四），公車再執手都下，遂久不相見。壬午（二十七年，一七六二）歲暮，公奉詔來京師，攜一子一僕，棲逆旅，一夕中危疾，走告予。予往視之，公伏枕流涕言：「罪廢無家，挈家人乞食淮南，編籍清江浦（江蘇省淮安縣西），爲文襄祠堂守者，歲食其香火之資。昨迎鑾，蒙恩許入覲，今病且死，無倚藉者，唯君賴焉。」予惻然，爲具醫藥，謀日給，而公以癸未元旦竟卒。因典二裘爲公具棺殮，作詩哭之。

心餘二十七歲纂南昌縣志，與當時南昌太守靳大千「以詩會友」57，十二年來，因罪廢，使大千顛沛流離、挈家乞食，生病無錢延醫，竟以癸未元旦死，令人酸鼻。

後，心餘有：陳仲牧（守詒）員外新刻山谷詩集……拈韻示（吳）蓀圃（璟），錢慈伯（世錫）客游山右學使幕中、寄示新詩（見詩集，卷十）；及：**移榻蓀圃寓齋，同居匝月，書壁志別**（詩集，卷十，頁四）云：

僦屋待君兩月餘，春風吹到南來車；
孺人繡幰行次且，入口尚滯任城隅。
簾櫳著地燕寢虛，招我由房賦鳩居；
我時避客謝毀譽，如蟻墐户蝸隱廬。
……

57 忠雅堂詩集卷二，庚午，有「答靳大千（樹椿）太守」、「靳大千寓齋夜話」、「大千招飲、語亡女事，甚悲……」

詩作於春天。心餘與吳蒸圃（璟）交往頗深。在己卯（一七五九），有「吳蒸圃（璟）舍人，移寓珠草街，與予隔巷」（詩集，卷七，頁十三），今又有「僦屋待君兩月餘」、「移榻蒸圃寓齋，同居匝月」、「朝餐夜飲」，蓋心餘來此「避客謝毀譽」。

正月十三日，心餘驅車琉璃廠，「得史閣部遺像並家書眞跡」（詩集，卷十），後與「薛補園（苧庭）夜飲味道齋」、「申笏山（甫）少京兆、移居時晴齋（汪由敦故居）」、「張松坪（垣）前輩手植庭前新柳題句、錢籜石（載）先生補畫橫幅」，心餘有詩和之。（均見詩集，卷十）。

五月壬申傳臚日，**心餘有「癸未傳臚日，公宴寶奩堂紀事」**（詩集，卷十，頁七）：

主客圖中大京兆，文章坐上老詞林；
事成典故風猶古，宴答笙簧禮重尋。
奎壁一時開朗運，門牆三處得春深；（自註云：謂戴笈圃第元，王羽仲大鶴、王詒堂燕緒三編修）
十年鼎足台司地，還嗣錢唐座主音。（自註云：乾隆年一甲三人同爲六卿者唯乙丑，稱玉堂盛事。少司馬王自齋先生主今年禮闈，故云58。）

58 乾隆乙丑科一甲三人爲：錢維城、莊存與（皆江蘇人）、王際華（浙江人），見於商衍鎏著清代科舉考試述錄（收在清史資料彙編補編，中冊之二），第三章進士及關於進士系內之各種考試，頁一五七，（總頁七二），河洛圖書出版社。又見於錢維城、蔣元益、王際華纂明清歷科進士題名碑錄（三），乾隆十年，乙丑科，頁一，華文書局。至於「王際華」的生平，根據清史稿卷三百二十一，本傳云：「王際華，字秋瑞，浙江錢塘人，乾隆十年一甲三名進士，授編修。……三遷至侍郎，歷工、刑、兵、戶、吏諸部。……四十一年，卒，贈太子太保，謚文莊」（頁一〇七八〇起，鼎文書局）。

傳臚，殿試後，宣制唱名。（乾隆十年定四月二十六日殿試，五月初十傳臚，乾隆二十六年改在四月二十一日殿試，二十五日爲傳臚。59）寶嗇堂，爲翰林院中堂。詩作於四月二十五日，是日新舊詞林，聚集玉堂，熱鬧繽紛。

此年流行「痘殤」，（罹痘瘡而死），心餘有「痘殤歎」（詩集，卷十一，頁二）：

三四月交十月閒，九門出兒萬七千；
郊關痘殤莫計數，十家襁褓一二全。
殺胎破卵君子戒，天殛神罰何爲然？
可憐修短繫祿命，電光石火風輪旋。
雛嬰殞折等毛髮，乞丐顧復同豪賢；
育嬰有堂制亦古，聖朝幼幼恩無偏。
……
生來死去牛輦載，移根接葉人因緣；
昨聞車箱有兒破棺出，痘母所救城闉喧。
入堂兩日哭者至，三世孀婦來兒前；

59 參商衍鎏著清代科舉考試述錄，收在清史資料彙編補編，中冊之二，第三章進士及關於進士系內之各種考試，頁一〇九，河洛圖書出版社。

喜兒不死嗣弗斬，揭盃負去歡生顏。
歸家徧語四鄰婦，兒死愼勿輕抛捐。

罹痘瘡而死，在流行期間，十死八九（十家襁褓一二全），非常可怕；詩中又載，別傳得痘未死，誤裝入車箱，後「兒破棺出」的「笑劇」，是以末尾勸當時父母，「兒死愼勿輕抛捐」。

後，一連串的送別詩，如：送顧息存（汝修）前輩罷廷尉歸蜀，送吳二匏（寬）舍人返歙，同年李衣山（翊）內憂去、賦七首，送汪魚亭（軔）還里，送孫壺園（孝愉）比部出官閩中糧道（皆在詩集，卷十）等是。如：**送汪魚亭還里**（詩集，卷十，頁十三）云：

來何栖栖去艸艸，送君再出長安道；
柳條不似昔年青，秋氣眞隨故人老。
君將入仕游未倦，我欲著書心已槁；
不忘溝壑守窮乏，恥向妻孥說溫飽。
……
高才易竭須善繼，美譽難勝貴終保；
千金屢散身枉勞，萬卷重開歸及早。
孺人稱子入鄉夢，淚灑鐙檠客懷渺；
陶潛醉語醒者恕，杜甫登床貴人惱。

……

乾隆二十八年秋，好友汪魚亭（軔，江西武寧人）南歸故里，宦囊屢空，思鄉情渺，二人同等心結。也許心餘對官場已意冷，所謂「徑路無媒通彼美，鄉山有夢戀吾廬」（除夕詩，詩集，卷十）。

何以心餘當編修官想辭去？**袁枚在蔣太安人墓志銘云**：

> （心餘）當編修官京師時，聲名甚盛，裘大司空薦其才，天子頷之，將超擢者屢矣，太安人慮其性剛，將忤眾，命還山讀書。[60]

才高性剛，爲人所忌、不合時宜，是辭官的主因。**趙甌北有「送蔣心餘編修南歸」詩，其一云**：

> 潞水春風綠半篙，扁舟忽漫泝江皋；
> 竟拋官去談何易，爲養親歸意自高。
> 口腹累人應未免，文章傳世早堪豪；
> 著成潘岳閒居賦，不向年光感二毛。

其二云：

---

[60] 袁枚著小倉山房文集，卷五，頁十二，隨園三十六種本，下引同此，不贅。

敏捷詩如馬脫銜，才高翻致謗難緘；（自註云：有間之於掌院者，故云。）
春歸織錦新花樣，老疊登場舊舞衫。
過眼恩雠收短劍，隨身衣食有長鑱。
歸途笑聽檣烏響，安穩春流一布帆。[61]

因「養親」而「歸去」，固然表現孝道；然，眞正的理由應是「才高翻致謗難緘」。前面已有移居吳蒸圃、同居月餘，「避客謝毀譽」事。今就甌北詩，知心餘才高，又有人提拔，自然遭嫉，不得已南下金陵，買宅雞鳴山下。**又據王文治的說法，「蔣心餘前輩請假出都，將卜居江南之金陵，觀其意氣蕭疎，似有終焉之志，惜賢哲之難留，羨高潔之莫逮，賦詩述別，情見乎辭」云：**

有美人兮在玉堂，懷煙水兮不能忘；
舟橫桂檝欲徑渡，江波春壯天茫茫。
……
嗟君一生江海客，臥嵩立華天爲窄；
身長八尺口懸河，柱腹便便濟時策。
幾多寒士待手援，亦有遠官遭面斥；

---

61 同50，卷十（起癸未四月至甲申七月），頁三。又，原詩第二者末二句不清，據甌北詩鈔補。

中年通籍登金閨，囊粟不療東方飢。
自願退飛同鷁翼，難免謠諑加蛾眉。
門閉蒼苔老，巷謝車聲擾；
頗嫌冠蓋華，只覺林泉好。
君本五雲閣下之散仙，前生誤讀黃庭篇；
上帝招之不肯返，且愛游戲留人間。㊷
……

夢樓詩中所言，「臥嵩立華天爲窄」、「杜腹便便濟時策」、「君本五雲閣下之散仙」，確知心餘才高；而「難免謠諑加蛾眉」，與屈原遭遇相同，知爲時人所嫉、所謗，自然「不諧俗」；與甌北、子才之說相合。

十二月朔，繪歸舟安穩圖。甌北有「心餘復以歸舟安穩圖索題，惜別送行，為賦十二絕句」，其一云：

軟紅塵土十餘年，一棹滄江意渺然；

㊷ 王文治著夢樓詩集，卷六，頁十四，學海出版社。又，「難免謠諑加蛾眉」，據郭則澐撰十朝詩集，(二)，卷十二，頁三十九云：「蔣定翁與彭文勤生同鄉、同年成進士，又同官翰林，……文勤入直南齋，迴翔台鼎，定翁乃終於七品，自知不諧俗，奉母南歸。」(學生書局)。

此老生平終歷落，不登卿相即求仙。

其二云：

桃花貼浪柳垂隄，一葉歸舟老幼齊；
難得全家總高致，介之推母伯鸞妻。（自註：圖中太夫人、嫂夫人及諸郎咸集）

其四云：

雞犬圖書一櫂輕，寒官也算宦囊成；
扁舟莫笑歸裝薄，還與空江載月明。

其六云：

采石磯頭片月高，一千年後少詩豪；
知君醉酒江天夕，尚有生平宮錦袍。[63]

[63] 同註[61]，頁四，又原十二首，取六首。

心餘舉家南歸，甌北詩中多蕭疏自然之意。而所繪歸舟安穩圖，一時名公卿，題滿卷中。心餘太夫人亦自題七章，足傳於後64。

乾隆二十九年甲申（一七六四），**心餘四十歲**。

他的：**四十初度呈蘧翁舅氏三首**（詩集，卷十二，頁六），**其一云**：

二十醉赤壁，三十泊姑蘇；
奄忽又十載，拔宅浮江湖。
不覺氣力衰，但惜歲月徂；
始念亦漸泯，頹放安其愚。

---

64 同註18，詩話卷八云：「乙酉歲，心餘奉母出都，畫歸舟安穩圖，一時名公卿，題滿卷中。尹文端公謂余曰：「此卷中無佳作，惟太夫人自題七章，陸健男太史四首，足傳也」，惜未抄錄（頁二）。按所云「乙酉歲」，疑有誤？又，據鍾令嘉（心餘母親）柴車倦遊集，自題歸舟安穩圖七首，其一云：「館閣看兒十載陪，慮他福薄易生災；寒儒所得要知足，隨我扁舟歸去來。」其二云：「一艇平安幸已多，胸中原未有風波；團欒出又團欒返，兒領鬚長母鬢皤。」其三云：「一生辛苦備三從，六十新叨墨敕封；得向青山梳白髮，此心閒處便從容」。其四：「書聲纔歇笑聲連，乞棗爭梨繞膝前；自笑老人多結習，課孫不及課兒專。」其五：「三十隨夫四海遊，江山奇處每勾留；誰知老去清緣在，還坐東南輭水舟」。其五：「手植松楸翠幾尋，故山歸去怯登臨；白雲深處焚黃日，可慰梁鴻廡下心。」其七：「四十歸田可閉門，焚香省過答天恩；三年後更添歡喜，新婦爲婆子抱孫。」（收在蔡殿齊編國朝閨閣詩鈔，台大圖書館藏。）

愁焉撫茲辰，零落矢與弧；
顛風困危檣，淮水流舒舒。
同舟六七子，絲竹相歡娛；
既進鸕鷀杓，復啓魚鰕廚。
鄉語亂四座，眞意同傾輸；
船窗納空曠，浩蕩來鷗鳧。
酒酣一攬鏡，慨然成老夫。

蘧翁，指心餘舅父鍾蘧廬。詩中回憶二十歲醉赤壁、過生日，行冠禮，三十歲曾泊舟姑蘇，與友人張塤（商言）遊虎丘，歸，失足溺萬年橋下。今則「淮水流舒舒」，知心餘由運河水路而下，至淮陰附近。自言年四十，即「氣力衰」、「慨然成老夫」；實則宦海浮沉，心灰意冷。第三首「有舅過耆年，腰腳比甥健」，襯舅父之健康。而「同居歲九易」，言其九年相聚居。詩末云「人生貴自知，山林有餘戀」，不過自我解嘲。

心餘四月辭京，名卿大夫四百餘人，爲其母預開六秩（實只五十九）壽慶，一番熱鬧後，二十日，他有：**四月二十日出都口占**（詩集，卷十一，頁十五）云：

髀肉潛生欲自憐，出門西向舊愁蠲；
八年乍見官程柳，不覺攀條亦泫然。

居京八年，久弛鞍馬，髀肉暗生，而功名不順，乍欲離京歸養，前途渺渺是以攀條泫然。

離開北平，經盧溝橋、樂毅故里、督亢陂、樓桑邨、張桓侯井里、定興，後，至保定游古蓮花池、郭隗里、至方順橋小憩，至拱辰鎮光武故城、過清風店，至定州、眞定隆興寺，趙州（河北）梅林寺，過趙平故里，到晉州（河北晉縣）喜晤周宜亭（禮）刺史，又遇同年劉翥軒（鶱青，晉州人）進士，紫綬（紆青）參戎招飲，皆有詩紀之。（見詩集，卷十一）。然後，續南行，至隆平（河北隆平縣）晤袁雨辰（文渙），衡水（河北衡水縣）喜晤陶韋齋（淑），江椒田（道新）兩同年。

後由南溯北，往新樂晤周宜亭（禮）刺史，至康莊（清苑附近，即保定）、至永定河，有「佟太恭人（信侯國瓏夫人）詩，爲永定河馬（滿保）作。至通州（北平通縣），顧晴沙（光旭）遣使再送十里外，友情深厚。

後，在天津夜泊（有夢金檜門），順著大運河南下，途經東昌（山東聊城）、有汪蓮塘（化龍）招飲，渡黃河經清江浦（淮陰）、與監河曾栗岩（日理）話舊；冢墳，在後上冢（冢）行云：「江南江北青山繞，不識誰家墓田好；安人先壟在淮陰，記得當時墓門道，鹽河之北冢纍纍，中有張公考妣碑；九年再舉展墓禮，扁舟小泊淮之湄」（詩集，卷十二，頁七）。知與夫人張氏掃淮陰張氏祖墓。後往遊漂母祠，韓侯釣臺，經高郵、露筋祠、再至邗溝（江蘇江都）晤吳衫亭（烺）、蔣春農（宗海）；後至瓜洲，渡長江，到金陵，送蘧翁舅氏還南昌。（皆見詩集，卷十二）。如：**金陵送蘧翁舅氏還南昌五首，其四云**（詩集，卷十二，頁十）。

仕既無可爲，去亦靡所恃；

早衰已漸覺，茫茫感身世。
言就山水窟，聊且悅心志；
康寧母歡喜，舉室拜天賜。
壽觴但弗罄，雲物足相媚；
當年讀書懷，至此入游戲。

舅父鍾蘧廬隨心餘全家入京，一住九年，離別依依。此時心餘自覺身體早衰，仕途渺渺，所謂「宦途盡處是青山」，盼得老天之賜，能康寧侍母。

到了臘月五日，心餘有「尹望山（繼善）督相招飲，同袁簡齋（枚）、秦磵泉（大士）兩前輩席上作」（詩集，卷十三，頁一），其一云：

銜齋幽比玉堂深，十八科中四翰林；
雅集還同眞率會，虛懷彌見讀書心。
思隨泉湧詩頻和，墨帶池香帖細臨；
箕斗插檐銀燭換，清言都忘漏籤沈。

其二云：

本無田里可躬耕，奉母來栖白下城；
得到靈山纔見佛，偶趨公府亦登瀛。
拈花旨妙人同笑，立雪門高地益清；
誰識寒宵方丈裡，一鐙圍聚老書生。

奉母居金陵（白下城），有幸爲望山（一六九六—一七七一，字元長）招飲，四翰林齊聚一堂，詩文雅集，同於古之眞率會（拜官者須供饌宴客，如晉羊曼，宋司馬光）。「得到靈山纔見佛」，對子才（有詩佛之稱）等人，敬佩、知賞可知。心餘另有「未見相憐已十分，江山題遍知逢君（喜晤老簡齋前輩，詩集，卷十三，頁二）」，亦可證。**袁枚詩集亦有「臘月五日相公（指尹繼善）招同秦學士大士、蔣編修士銓，小集西園，各賦四詩」，其一云：**

小集平泉夜舉觴，春風座上不知霜；
偶然元老開東閣，難得群仙盡玉堂。
棨戟光搖銀燭燦，盆梅花落酒盃香；
遙聽官鼓今宵緩，道有文人話正長。

其二云：

平章坐次問科名，掄到袁絲忽自驚；
白髮門牆登首席，青年詞館憶三生。
雲龍遇合都歸命，師友淵源各有情；
起看文昌星聚處，一輪卿月照階明。

其三云：

劈錦燒蘭興未除，牙籤玉軸共相於；
指將松竹時懷舊，對著笙歌尚論書。
老圃氣清霜影後，宮袍紅濕酒痕餘；
史官環坐同商榷，權把南衙當石渠。

其四云：

出門我獨後諸賓，更與郎君話夜分；
旗捲待飄殘臘雪，堂深留住遠山雲。
通家問字燈重剪，歸路銜寒酒不醺；

---

65 同註8，卷十八，甲申，頁七。

明日江城人側耳，詞林典故共傳聞。[65]

盆梅花落、寒冬雪殘，而座上春風、笙歌論書，雲龍遇合、文昌相聚、是爲詞林佳話。

心餘卜居金陵鍾山之北，名其樓曰紅雪樓，「卜居」詩（詩集，卷十三，頁一）云：

其一：

半窗紅雪一樓書，甘載辛勤有此廬；
不肯被他猿鶴笑，移家來就北山居。

其二：

鍾山眞作我家山，揀得行窩靜掩關；
洗去六朝金粉氣，展開屏障畫烟鬟。

其三：

簷端十廟古壇壝，屋後臺城壞殿基；
讓與爭墩兩安石，家門只傍蔣侯祠。

其四：

寓公庭院四時春，釀酒栽花媚我親；

藏過頭銜署新號，雞鳴埭下老詩人。

詩作於乾隆二十九年十二月，卜居金陵十廟（南京神廟）前，門傍蔣侯祠（原指東漢蔣子文，逐盜鍾山，傷額而死，孫權封爲都中侯。此雙關，亦指本家祠堂）。窗外有紅梅，所謂「半窗紅雪一樓書」，而四時醉酒，二十年辛苦，換得此廬（紅雪樓），亦悲亦喜。

後，心餘遊句容，有「句容道士望茅山二首」，（詩集，卷十三，頁二），其一云：

棄官成道羨茅家，來往三峰鶴羽斜；

底事仙翁多一事，去從句漏乞丹砂？

其二云：

華陽洞裡寄閒身，嶺上雲多自可親；

卻怪當時強饒舌，更將宰相屬山人。

由南京訪友，經句容（江蘇句容縣），遠望茅山（在句容縣東南，漢有咸陽三茅君得道掌此山，故名。）嶺上白雲，眞盼棄官成道、鍊丹成仙。

後，東走，心餘「自丹陽（鎮江南）放舟赴江陰道上作」（詩集，卷十三，頁二）：

放舟呂蒙城，言入毘陵道；
寒流疊衣帶，詰屈爲循徼。
容刀等摩肩，往復驚絕叫；
枯林織歌岸，牖户冠曲隩。
前津指甑山，一一暮鴉導。

呂蒙城，在丹陽東，三國吳呂蒙築城於此。毘陵，在鎮江東南，今武進縣。甑山（又名石牌山），在江陰東北。沿途曲江寒流、枯林曲隩。

除夕，心餘在梁溪（無錫縣內）道上。

順此一提的是，此年王文治（三十五歲）由翰林侍讀出任雲南臨安府知府，路過揚州、遇姚姬傳於平山堂、而後至杭州、桐廬、自富陽抵衢州、到鉛山，（皆有詩紀之，見夢樓詩集，卷七），其「過鉛山懷蔣心餘前輩」云：

故人已投紱，尚未返邱園；
而我忽作郡，過君故里門。
漁榔洞口渡，雲碓水邊村；

此夕瞻瀛署，空思雞黍言。66

思念友人，恨不具雞黍，與故人共歡（孟浩然過故人莊詩云：「故人具雞黍，邀我至田家。」）的情懷，溢於紙上。

第六節　四一到五十歲

乾隆三十年乙酉（一七六五），**心餘四十一歲**。

辭了官，心頭總是此許苦澀，在他的**元旦詩**（詩集，卷十三，頁四）：

山何叢叢，水何悠悠；
繁星滿天，下照我舟。一解
荒雞亂鳴，物華已換；
中有旅人，扣舷而歎。二解
太歲在酉，乞漿得酒；
維南有箕，維北有斗。三解

66 同註62，卷七，頁六。

在山水悠悠的南國，看上天上的繁星，指著「箕」「斗」，感慨生平遭遇、與東坡、昌黎相似，多謗譽[67]。今，「物換星移」而爲「旅人」，「扣舷而歎」、「乞漿得酒」，藉以歎窮，藉以消愁。

還好，有子才爲鄰，通家往來，其樂融融。在蔣太安人墓志銘云：

> 余奉母金陵久矣。乙酉歲，編修蔣君士銓亦奉母來，兩老人居相鄰、志相同，遊相得也。[68]

袁子才自三十三歲辭官，三十七歲雖起官，丁父憂後，就不再爲官了。即三十八歲起，接母親到隨園奉侍。此時，不止子才與心餘，兩位文星聚南京，連二位高堂也都因「居相鄰」，而「志相同」、「遊相得」。

後，心餘「自京口（鎭江）覓篷輿、經龍潭、趨白下（江寧縣北）」，逆流而上，沿途鍾山、孝陵等古蹟風景，盡入眼底。回到紅雪樓，漸覺「薄醉登樓檢書帙，出門心事漸成灰」。

---

[67] 明，湯雲孫輯東坡志林，卷一，頁十五，「退之平生多得謗譽」條云：「退之詩云：我生之辰，月宿直斗，乃知退之磨蝎爲身宮，而僕乃以磨蝎爲命，平生多得謗譽，殆是同病也。」（民國二十八年商務印書館叢書集成初編據學津本排印。）又，新興書局筆記小說大觀二十二編東坡志林，在卷一，頁一。

[68] 同註[60]，卷五，頁十一。

先是心餘邀子才「題蔣苕生太史歸舟安穩圖」，其一云：

金仙侍香案，忽思歸去來；
上堂告阿母，母曰與汝偕。
聞住雞犬驚，聞歸妻孥喜；
阿母更欣然，歌詩七章矣。

其二：

陸行風沙多，水行布帆穩；
船頭酒一巵，船尾書千本。
行行重行行，順逆隨風檣；
難得一家春，舟如小洞房。

其三：

婦見遠山佳，索郎把眉掃；
兒見溪水清，呼爺垂釣好。
篙工亦停槳，問公何所往？

公笑指烟中，鍾山本姓蔣。69

追敘從前載酒載書，全家歸舟金陵，歷歷在目。

由於受子才的知賞，心餘有「偕袁簡齋前輩游棲霞十五首」（詩集，卷十三，頁四），所謂（其一）：

春風來城隅，吹我出東郭；
言偕瀟灑人，取徑度林薄。
蕭蕭竹樹靜，荏苒帶村落；
廢冢森堂皇，殘碑氣昏錯。
功名時代移，姓字風雨剝；
當日公侯王，九原不可作。
石馬臥寒烟，夜深時一躍。

其三云：

繖山未云高，遠矚了無異；

69 同註65，卷十九，乙酉，頁一。

平疇徑縈紆，度越久方至。
長林夾廣術，紺宇出深翠；
崇墉開閈閎，上有栖霞字。
入門啓仙都，臺觀虛無閟；
豈惟人惝怳，已出佛思議。
渾言懼多疑，悉數恐莫暨；
離合分兩戒，左右歸一致。
視聽苟無眩，竊願作詩記。

其七云：

萬松圍山房，株株具奇矯；
皆爲千歲物，造化不能槁。
就中九株松，形狀比人老；
離立爲倚藉，相顧顏色好。
天章一題品，諸叟益壽考；
拍肩倘能言，晉唐事了了。

棲霞，在金陵南京東北，山形方正，四面重嶺似繖，故又名繖山，中有千佛巖、天開巖、中峰澗、白乳泉、品化泉諸勝。其麓有棲霞寺，南唐隱士棲霞修道於此，故名。詩中描繪繖山名稱、縈紆曲徑、崇墉閈閎，臺觀虛無、萬松山房，及九株老松，奇形異狀等景物。

心餘與子才游棲霞後，邀尹似村（慶蘭）、陳梅岑（熙）、李竹溪（棠）過隨園，看梅小飲，文人雅集，有詩紀云（詩集，卷十三，頁七）：

池館都無一點塵，濠梁魚鳥自來親；
看花時節閒非易，招隱情懷懶是眞。
久托龍眠圖雅集，竟邀宋玉過東鄰；
紅綃綠萼皆仙眷，解勸深杯莫厭頻。

袁枚隨園，位於南京小倉山，爲清涼山東行支脈。全園依地形高低建築，以「小倉山房」（宴客廳堂）爲主體，內有住屋、農田、魚池、塋地。據袁祖志隨園瑣記，記堂榭，有：夏涼冬燠所、盤之中、金石藏、古柏奇峰、小眠齋、捧月樓、小香雪海、詩世界、小棲霞……等等⑳，如心餘詩言「池館無塵」、「濠梁魚鳥」、翠林花海，有如仙境。至所云隨園雅集，在隨園瑣記云：「隨園雅集圖卷更長大（指比前所述思假歸娶圖、隨園五圖等），圖中五人，一沈歸愚尚書、一蔣心餘太

⑳ 袁祖志著隨園瑣記，卷上，頁一起。

史，一尹似村公子、一陳梅岑司馬，一即先大父（指袁枚）也。或觀書、或撫琴、或垂釣、或對語，神采畢肖，爲錫山吳省曾筆墨」㉑。可知文人雅集，亦是古今盛事。心餘詩以「懶」字解釋袁、蔣歸隱，眞是高明。

後，心餘離開南京，「難別」詩（詩集，卷十三，頁九）云：

新巢泥濕罷經營，又買江船泛宅行；
難別紅梅向人笑，歸來應是綠陰成。

只有小住幾個月的南京，在二月紅梅開時，匆匆的賦別，往江西去了。「歸來應是綠陰成」，預料三個月的行程。

上溯長江，有「江行」詩（詩集，卷十三，頁九）：

連巒橐洪瀨，積帆散頹波；
驚風千里來，鼓盪蛟龍渦。
掛席爭忠流，擾擾知誰何；
井邑冠層崖，居處人亦多。

㉑ 同註⑳，記圖卷，頁九，唯所記多一「沈歸愚（德潛）」，與心餘詩略有出入。

輕生涉險阻，恬懷先天和；

⋯⋯

回江西沿途，連巒積翠、排岸而來，忽驚風千里，蛟龍鼓波，「流電掣空江」、「俯仰孤艇中」（第二首），令人駭懼。翌日，「朝曦耀廣川」、「溟漲含清暉」，雨過天晴，享受鳥悅晴光、芳洲翠微的美景。

後，心餘偕家人至小姑山下、經湖口縣、大孤山、遠望廬山積雪（皆在詩集，卷十三），返洪州（江西南昌縣），與別十載的伯姊石蘭相聚。有**「市人鬻紅鶴詩翻刻本子、石蘭購一本，與思慧幷成三絕句見示，讀竟愴然，次韻志其事，三首」，其三**（詩集，卷十三，頁十八）

空將遺艸委街塵，萬幻何曾有一眞？
阿姊買詩嬌女校，可憐愁煞序詩人。

紅鶴詩，指紅鶴山莊詩鈔，爲石蘭（胡愼儀）妹愼容撰，王菊莊孝廉爲之刊行（隨園詩話卷二）。石蘭買紅鶴詩，嬌女思慧校正。詩中心餘對作者「遺艸委街塵」、「萬幻」未曾「眞」，頗多感慨！

三月，心餘贖南昌老屋，**「贖老屋」**（詩集，卷十三，頁十九）云：

祖產百年屋，結構樟以南；

昔貯萬竿竹，花木喬天參。
地廣屋不多，南東向猶兼；
卅載遘中落，離散誰能監？
家貧力難守，典質一再三；
傳舍歸強鄰，視者環而眈。
我歸越門巷，憑式憂心惔；
稱貸以贖之，一洗先人慙。
逡巡入故巢，頹敝誠何堪！
剪伐失嘉蔭，風雨摧層檐。
補葺具塗塈，拮据持危阽；
敬潔西三楹，中設祖考龕。
……

百年祖產老屋，花木參天，萬竿竹篁。由於家貧難守，典質再三，（詩集卷五有典屋六十韻），今則稱貸贖屋，一洗先人之慙。在忠雅堂文集，并有：「乙酉三月贖南昌舊宅、立饗堂、合祀先靈、家祭告詞」（文集，卷九，哀詞十一），言「擇後室三楹，掃除修飾，虔安龕格，合祀先靈」。

後，心餘到「**瑞洪鎮**（鄱陽湖南岸，南昌之東）**奉太安人展外祖考妣墓**」，**後半云**：（詩集，卷十三，頁九）。

平生盛德傳閭史，他日皇宣表墓門；
六十慈親同孺慕，霞裾來拜尚聲呑。

心餘外祖父鍾志順，居餘干縣瑞洪鎭，卒於雍正十三年；外祖母李氏，卒於雍正九年。心餘自三歲至八歲，寄居外祖家，詩言「官微難答九原恩」（第四句），及「六十慈親」等句，皆表其孝心。

心餘返南昌，遇有饑荒，有「饑民歎」、「後饑民歎」等詩以紀實。**「饑民歎」**（詩集，卷十三，頁十九）云：

去年霪雨落半載，田畝漂沉鄉井改；
今年霪雨落十旬，迫促萬姓爲饑民。
雨中行乞水中死，屍積河壖人滿市；
昔爲饁婦躬蠶桑，今作楊花飛道旁。
貞淫飢飽互倚伏，野鴨浮沉孤雁哭；
良田廢壞地不毛，老屋毀棄全家逃。
貧富無常本如此，苦雨綿綿何日止？

去年（甲申）霪雨半年，田畝漂沉；今年霪雨逾百日（十日爲旬，十旬爲百），良田毀壞，屍積河壖，屋毀人逃，眞是悲慘！在「後饑民歎」（卷十三，頁十九），提到救災及災情云：「救饑拯溺甦餘生」，

「粥饃粥冷苟活爾，待粥食粥前後死；人氣蒸染疫乃作，轉眼紛紛委溝壑」，「吁嗟乎！南昌之人愁復愁」。感慨災黎、令人不忍卒讀。

大概有感於南昌水災的可怕，且表其追遠孝心，心餘返鉛山探望，**「到鉛山有作二首」**（詩集，卷十四，頁一），**其一云**：

曉日半城山，人家積翠間；
碓輪晴雪轉，麻地綠陰閒。
鳥勸田翁酒，谿明浣女鬟；
天涯求樂土，難道勝鄉關。

日半山城，人住積翠、鳥勸翁酒、浣女谿明，一幅夏日田園之美，不是南昌災民可以想像的。

其後，**有上冢**（家）**詩**（詩集，卷十四，頁一），**其一云**：

十年展卯墓，歸舉焚黃禮；
鳴騶擁飛蓋，鳳敕函中旨。
肩輿從眷屬，馨潔載牲醴；
循塗詣崇阿，次第遵遐邇。
皇仁逮艸澤，榮輝動鄉里；

多謝路人言，積善報如此。

在鉛山心餘載著牲醴，省視祖考妣之墓，舉行焚黃之祭，追榮祖考妣之德。在「焚黃告詞」（文集，卷九，哀詞十三）云：「上扶慈母、下率童孫」，「意廣才疏，懼愆尤之或罹，不忘趨庭之訓；久懷引退之心，因病益貧，唯庸故懶，若得長依邱墓，或可贖從前違侍之愆，庶幾篤守弓裘，仍不改歷世安貧之志」。以孝以敬，竭盡忠誠。順此，亦祭外祖墓（文集，卷九，祭文十九，有乙酉墓祭外祖文）。

後，心餘往西山庵訪程蒨湖（烺）、至瑤坪隱修園訪程重黎（炎），又到安樂園拜張素邨（紹渠）前輩、宜園與張儀清（歧周）淩十士（洲）昆仲夜話（皆見詩集，卷十四）。後，「太安人攜家避暑觀音石、淹留竟日，題壁二首」（詩集，卷十四，頁三）其一云：

芒鞵又落故山中，記得仙巖積翠通；
一徑斜開青峭蒨，全家來坐碧玲瓏。
雲根翕闢幽宮啓，地穴谽谺伏暑空；
戲掃苔痕留醉墨，不煩他日藉紗籠。

觀音石，又名積翠巖，在鉛山縣西三里銅寶山側，雲浮幽洞、仙巖玲瓏，疑如入蓬萊幻境。心餘路過興安（橫峰）、至河口（近興安）夜泊，遊鵝湖峰頂庵，亦有詩紀之（卷十四）。如「興安道中三首」（詩集，卷十四，頁四）其一云：

群山奔會中，孤嶺每一卸；
叢叢灌木合，隱隱邨墟藉。
後巘隆已深，前谿入猶乍；
田疇好風日，宿雨長禾稼。
丈人倚柴荊，召客憩茅舍；
繞屋栖餘糧，倉廩無隙罅。
豐年豈有常？比戶畢婚嫁。

描繪所見群山孤嶺、叢木孤村、田疇禾稼、倉廩餘糧，一幅鄉村豐年圖。

七月，心餘有「重修鉛山縣城隍廟碑」（文集，卷八，碑四）；望日，有「鉛山狀元峰重建凌雲塔記」（文集，卷二，記十二），以見心餘關心地方。

十月二十八日，爲心餘四十一歲壽誕，他「避喧入西山庵程蒨湖（烺）畫室、不寐」，題詩於壁（詩集，卷十四）。後，心餘離開鉛山，「留別鉛山同學」（詩集，卷十四，頁七）云：

扁舟留不得，執手復依依；
故舊情彌厚，鄉關願又違。

資身無繡壤，托足少漁磯；
卻指天涯路，翻言送我歸。

心餘別鉛山往南昌。故舊深情，別離依依，身無繡壤（囊），得林花而食，能通天下文字，亦無嚴陵灘水，以爲棲止（托足），悲從中來！詩當作於十一月後。

十二月二十四日（小除日），心餘已至南昌，有「小除日在南昌有作三首」（詩集，卷十四，頁七）**其二云**：

貸米養十口，甘旨或難繼；
覥然爲人子，何以歌不匱？
飢寠過我者，況復絡繹至；
情多敢自固，急難遵古義。
乞醯縱傷直，不違求者意；
散金什伯餘，苦海終莫濟。
安得天雨粟，一卒飢鴻歲。

「貸米養十口，甘旨或難繼」，言及貧困；況至「飢寠過我者，況復絡繹至」，令人心慟。末云「安得天雨粟，一卒飢鴻歲」，乞憐於上蒼！**其三云**：

去臘走金匱，訪我同舉友；
風雪掩衙齋，殷勤共杯酒。
鐙前紅頰兒，豔歌出香口；
倏忽歲一周，元枵又迎斗。
悠悠身去來，滾滾江左右；
明年歸艸堂，定坐讀書牖。

思及去歲金匱（屬江蘇常州）訪同年舉人韓錫胙事。風雪中殷勤共杯酒，並有歌妓（紅頰兒）豔歌助興；今倏忽已一歲，長此以往，時間不停流逝，譬如滾滾江水，不亦悲乎！是以心餘決意歸艸堂、讀書撰著。

乾隆三十一年丙戌（一七六六），**心餘四十二歲**。

居南昌。**元日詩**（詩集，卷十四，頁九）云：

蚩蚩四十二年身，兩載歸偕草莽臣；
舉酒相娛康健母，焚香同慶太平春。
麄疏敢謂功名薄，懶惰翻宜骨相屯；
閒向江湖說廊廟，千行玉珮集楓宸。

一樂母親身體康健，一向天子慶賀太平（楓宸，帝居）。「兩載歸偕草莽臣」，頗有歎貧自傷之意。

二月，心餘由南昌還白下（南京），有「二月自南昌買江船泛宅還白下」詩（詩集，卷十四，頁十）：

春隨天共遠，江與我俱東；
身世餘高興，行藏一固窮。
鄉思存故國，厚意感群公；
三載歸何處？扁舟類轉蓬。

「行藏一固窮」，是離開南昌眞正的原因。然則「鄉思存故國」，對鄉親父老多少眷懷，是以厚意感群公。末「三載歸何處，扁舟類轉蓬」，仕途多少哀怨，盡在其中。

回南京途中，遇暴風，在「泊皖城迎江寺下、值暴風夜作、竟夕不寐」（詩集，卷十四，頁十二）云：

橫空萬馬一時驚，駭聽崩崖坼土聲；
待卷岡盤開蜃窟，疑翻地軸陷江城。
全家屏息憑忠信，一纜維持繫死生；
深感天翁佑慈母，每當履險卻如平。

皖城，安徽懷寧縣西北，迎江寺，在安慶。暴風崩崖，「待卷岡盤開蜃窟，疑翻地軸陷江城」，恐怖可想；「一纜維持繫死生」，則岌岌可危。後，至池州（安徽貴池縣）道中，北風驟發，迴帆反指，大通鎮（在銅陵西南）得泊（詩集，卷十四，頁十二），可知一路多阻。

再經采石磯、登太白樓（詩集，卷十四，頁十二）有句云：「才大難爲用，恩深竟不終；騎鯨問誰見？流恨意無窮」；「已歎仙人謫，還堪貶夜郎；交遊寧黨附，知遇但交章」，借李白之不遇，澆心中之壘塊。

趙翼在甌北集，有「得心餘書卻寄」云：

足音跫然到千里，忽得故人書一紙；
遙知歸養仍未寧，一歲攜家輒三徙。
買宅金陵席不暖，艤櫂南昌帆又駛；
鵝湖歸住逾半年，扁舟又向石城指。
罷官已同鵲繞枝，爲客更似魚失水；
眼看身自作黔婁，還倒空囊救桑梓。
無錢恥乞有好施，曷怪方朔飢欲死；
昨傳白門待掌教，當路忽入細人毀。
得非磨蝎坐身宮，所至輒攖謗讟起；
姑蘇講席定何如，復恐有物尼之止。

生平百尺樓嫌低，不屑侯門躡珠履；
豈知翻傍矮簷下，求一托足艱如此。
江湖可樂貧奈何，賦罷懷人淚瀰瀰。（自註：尹相公自江寧還朝時諭屬吏，延君爲鍾山書院山長，後有忌之者，遂不果，而君書又云，吳中撫軍亦有書院之約，故詩及之。）❼❷

「一歲攜家輒三徙」，心餘南歸抵金陵、到南昌、回鉛山鵝湖（山名，鉛山縣北，宋朱熹、陸九淵兄弟在此講學），馳返金陵（石頭城），勞苦奔波；「罷官已同鵲繞枝，爲客更似魚失水」，坎坷之至！本來尹繼善要延聘心餘爲鍾山書院院長，殊不知，官場有嫉妒的、誹謗的，學院一樣有忌害者。預定的事，頓成幻影。「得罪磨蝎坐身宮，所至輒攖謗欲起」，磨羯宮，即山羊宮，韓愈與蘇軾皆「磨蝎爲身宮」，是「平生多得謗譽」，心餘以此自喻，充滿無奈！還好，吳中撫軍有書院之約，可是「姑蘇講席定何如？」「復恐有物尼之止」，不免令人掛心。「生平百尺樓嫌低」，才高志大的人，此刻「求一托足艱如此」，一點不假。

到了金陵，得觀周幔亭（榘）所製的長江萬里圖、天地球，而後爲李濟夫（宏）河督壽詩、爲熊滌齋（本）再宴瓊林、題熊滌齋（本）塔影園圖（均見詩集，卷十四）等。

在貧困的生活中，**心餘「典衣」詩**（詩集，卷十四，頁十六）云：

---

❼❷ 同註❻❶，卷十二，（丙戌正月至是年十一月），頁二。

玉珮金貂不可求，囊空餅罄亦堪憂；
朝衫豈惜因糧賣？彩服終當爲母留。
乞米恥書窮乏字，得錢先具旨甘脩；
廿年眞氣塡胸腹，肯效癡人訴旅愁？

窮書生「囊空餅罄」亦堪憂，「朝衫」「因糧賣」、「得錢」爲了「旨甘脩」供養母親；二十年來讀書、爲官，只落得「典衣」度日，不禁令人噓唏！

後，「**林承政親家扶病來訪**」（詩集，卷十四，頁十七），其一云：

裊裊香縈幔，翻翻竹受風；
勞時多事過，靜處兩人同。
習嬾忘官味，無成惜命窮；
尚存兒女念，料理作家翁。

林師（承政），官兵馬司指揮。心餘長子知廉爲其女婿。詩中言辭官嬾散、哀時命之窮，亦兩人同病。

爾後，心餘攜子知廉出游，在「**出門**」詩（詩集，卷十五，頁一），其一云：

三十官京師，迎母東華住；
四十歸田園，別母臨安去。
十年不離膝，一朝行李具；
隕涕看烏雛，啞啞繞庭樹。

三十官京師、四十歸田園，皆紀實，似有天壤之別；今賦別母親至臨安（屬浙江），應熊廉村學鵬之邀，主蕺山書院。詩意隕涕悽愴。其二云：

老懷重骨肉，貧家輕別離；
飢來攜子出，低頭拙言詞。
我腸轉車輪，母淚落綆縻；
牽衣不成語，但道勿我思。
垂老別兒孫，感傷唯自知；
我生無弟兄，親戚況天涯。
馨膳托家人，痛矣南陔詩。

句句沉痛，字字令人酸鼻。

其三云：

知廉十五齡，始去祖母懷；
平生鞠育心，至此益無涯。
嬌憨性不馴，恃愛每多乖；
再拜萌本念，號泣聲哀哀。
衣履悉手製，老淚痕難揩；
丁寧愼食眠，力學期克諧。
必令受笞撻，致我遙心摧。

知廉十五歲，「始去祖母懷」，祖母愛孫太過，孫子「恃愛多乖」；分別時，心餘攜知廉同往紹興，是以祖母「丁寧愼食眠」，「力學」、「勿令受笞撻」，至性至情，令人感動。

又有：底事（詩集，卷十五，頁一）：

底事中年引疾還，清時宦興敢全刪？
讀書心較求官急，許國身容戀母閒。
本爲無家拋梓里，翻因乞食謝柴關；
炎風朔雪天涯路，凋盡江湖壯士顏。

詩作於往臨安（紹興）途中。拋家求官爲衣食，今卻乞食辭鄉閭，朔寒暑炎，凋盡壯士一切容貌、抱負。

離開南京，到過「無錫訪嵇尚書（璜）」，感謝十五年前落第時的安慰。後，順著漕運，經吳江、有「吳江信宿朱五月（階）之東齋」，然後往嘉興，「謁錢香樹（陳群）先生」，並且參觀煙雨樓（嘉興城南鴛鴦湖中），錢太傅奉敕書各屏幛」；再由嘉興往杭州西湖。

西湖，三面山，一面城，在杭郡之西，故曰西湖。據胡祥翰西湖新志載，山水美景有：西湖，湖心亭（居湖中心）、阮公墩（湖心亭西）、三潭印月（湖心亭南）。孤山路，孤山系有：孤山（在重湖之間）、平湖秋月（孤山東路口）……，放鶴亭、梅亭、四照閣、文瀾閣、六一泉（在孤山後，懷六一翁，因名）……。靈隱系有：靈隱山、蘸筆山、韜光泉……。飛來系有：飛來峰（自註云：晉僧慧理至杭登茲山，曰此中天竺國靈鷲山之小嶺，不知何年飛來，後人因以名峰。）、石梁、冷泉、溫泉、醴泉……。山水，南山路分湧金系：湧金門……。南屏系分南屏山、南屏晚鐘……。雷峰系分雷峰塔、雷峰夕照……。南高系……。大慈系……。隄橋，隄有：白公隄、蘇公隄……。寺觀一，孤山路有：聖因寺、蓮池庵……。北山路有：大佛寺、法雲寺、……。寺觀二，南山路有：夕照寺、淨慈禪寺，大仁禪寺……江干路有：天龍寺、開化寺……。祠宇分孤山路：帥公祠、姚公祠、范公祠、白公祠、蘇文忠公祠、照膽臺（在忠烈祠左、祀漢關羽）……。北山路有：張公祠、傑公祠……。吳山路有倉聖祠……。園墅，分孤山路，北山路，南山路有猗園（在雷峰西麓）、小萬柳堂、水竹居……[73]。可知西湖山

---

[73] 胡祥翰輯西湖新志，十四卷，民國十年鉛印本，所引由卷一至卷九。又，據袁枚撰隨園五記云：余離西湖三十年，不能無首邱之思，每治園，戲倣其意，爲隄，爲井，爲裏外湖，爲花港，爲六橋，爲南峰北峰，當營構時，未嘗不自計」。（小倉山房文集，卷十二，頁三，隨園三十六種）。可知袁枚隨園依西湖山水之形勢經營。

水名勝，冠於全國。而心餘所到之處有（依詩集卷十五次第）：岳鄂王墓、淨慈寺、漪園、三潭印月、蘇隄、靈隱寺、飛來峰等，皆西湖勝景中尤著者。

不久，心餘渡錢塘，往紹興，浙江巡撫熊廉村學鵬聘心餘主蕺山書院，**「蕺山書院」詩**（詩集，卷十五，頁六）云：

採蕺人何在？當年內史家；
橋存題扇跡，池賸浴鵝洼。
萬井當樓見，群山抱郭遮；
地從人境別，心到上方遐。
講席依峰拓，名賢接踵誇；
吾懷本空曠，此座實高華。
……（中略）
俎豆湯劉永，儀型孔孟嘉；
飭躬惟不苟，澄慮在無邪。
敢主名山業？先攻美玉瑕；
修途相砥礪，疑義共梳爬。
偽體蹇群幟，游談絕眾譁；
尋詩偕屐齒，漉酒藉巾紗。

……
蕺山，在紹興府山陰縣東北。詩中敘述書院由來（越王句踐嘗采蕺菜食之，晉王羲之宅焉），優美環境、教學砥礪、及撰寫著作（名山業）的決心。

秋天，諸多感觸，他的「立秋感懷」（詩集，卷十五，頁七），其一云：

纔聽西風第一聲，蕭條宋玉不勝情；
槐花滿院人初靜，木葉穿樓夢自驚。
病婦存亡消息遠，衰親勞苦別愁并；
天涯砧杵關山笛，兩地同傷節序更。

思念南京的衰親、生病的妻子，關山難越。

又有：「天鏡樓獨坐」（詩集，卷十五，頁八）：

江海煙雲掌上過，寄愁天外苦蹉跎；
城中氣候山中耳，領略秋聲此處多。

天鏡亦在紹興蕺山，詩中寄托思鄉愁緒。

從夏天開始，心餘與子知廉皆病，知廉年紀小，乏人照顧（男人不會照顧孩子，何況心餘還要教書），此刻念家更切，有「送知廉還白下三首」（詩集，卷十五，頁九），其一云：

攜爾山樓住，依依兩月餘；
病痁憐汝稺，行役愧吾疏。
憶母同成夢，思兒共倚閭；
當秋遣歸省，淚溢數行書。

遠役勞累，年幼乏顧，母子相念，是以知廉只住紹興兩月，即生熱瘧（痁，瘧疾）。其三云：

歎我無兄弟，難爲去住身；
三雛當共命，百事要相親。
御下加寬惠，承歡謹笑顰；
如何兼孝順，兩世北堂人。

自歎沒有兄弟，形單影隻，離家又遠，不易照顧家庭。今知廉欲返南京（白下），勉與二位弟弟手足共命，孝順長輩（祖母、母親）、愛護弟弟。心餘的仁孝，投影在教育兒子身上。

又，「寄知廉二首」（詩集，卷十五，頁十），其一云：

修篁落翠小窗明，靜展芸編養性情；
更屬隨肩兩兄弟，隔簾相和讀書聲。

其三云：

天鏡樓高影未孤，支持門戶賴兒軀；
阿婆康健阿娘喜，勝作新詩念老夫。

勉知廉仁孝友愛、讀書上進，繼承父親志業。

在「寄家書二首」（詩集，卷十五，頁十），其一云：

秋花滿院母加餐，晨夕添衣禦薄寒；
鴻雁拂天魚在水，一旬一信報平安。

其二云：

十五男兒比母長，學書家信語周詳；
浙東夢與江南夢，何處天涯是故鄉？

身在紹興，念在金陵，相思家人；紹興、金陵皆非故鄉，而江西故鄉徒令人夢掛魂牽。會讓心餘如此殷切想家的原因是，此刻「病足」，劉豹君（文蔚）曾饋以膏藥（詩集，卷十五，頁十）。貧病交加故也。

後，心餘送揭廷裁還里、至表忠觀題碑（祀吳越王錢鏐及其子孫）、至龍井、謁于忠肅公（于謙）祠墓，又爲錢（香樹）太傅配俞夫人作挽詩（皆見詩集卷十五）。

在蕺山書院辛勤教學一年，禁不住骨肉相思之苦，有：**蕺山別諸生**（詩集，卷十五，頁十六）：

結束歸裝五兩輕，暫拋樓外越山橫；
平分小別關河意，一種斯文骨肉情。
終歲勤勞歸雪案，寒宵攻苦仗鐙檠；
依依定有相思夢，還逐江潮早暮生。

寒天讀書（雪案，晉孫康家貧無油，映雪讀書），骨肉相連之情，驅迫他還逐江潮歸里。是以結束歸裝、暫拋蕺山，歸向南京。於是，由杭赴潤（江蘇鎮江），**有「自杭州赴潤州途次口號」**（詩集，卷十五，頁十六）**云**：

七百程途一葉船，艣聲伊軋客安眠；
雲山熟比知交會，城市看如壁畫懸。

見慣風光題句嬾，習歸魂夢到家先；
如何半載飄零意，較勝當時別數年。

七百程途、雲山縹緲、城市如畫，舟穩安眠、魂夢到家，不過半載的別離，心中多苦。

十一月廿四日，妻張氏生日，心餘有：「十一月二十四日為內子生日、泊京口待風感憶四首」，（詩集，卷十五，頁十七），其一云：

金焦兩點落船窗，空闊江天立萬檣；
共聽來船說風利，南人閒坐北人忙。

其二：

幾分勞瘁十分愁，銷盡朱顏病乍瘳；
廿一年中半離別，相憐四十我過頭。

其三：

心長不奈道途長，遙念三雛捧壽觴；

恨煞無情衣帶水，累人牛女説相望。

其四：

來苦匆匆去苦遲，此心只有道神知；
花前豈少團欒宴，不及斯辰手一巵。

詩作於返南京途中，在京口（鎮江）阻風泊舟。詩云船過金山、焦山，觸起萬端感懷。廿一年婚姻，泰半離別，妻子苦撐家門，奉上慈下（育三子），路途遙遠；而已四十來歲，一介書生，勞瘁心愁，來去匆匆，夫妻如牽牛、織女相隔。家中雖備團欒宴，慶賀其妻壽辰，未能及時共餐，只能杯酒遙祝。

後，心餘至儀徵、再至黃天蕩（吳縣南），皆有詩紀之。（詩集，卷十五）。

除夕，心餘夢偕袁子才登一高峰、各成四語而寤，有詩（詩集，卷十五，頁十八）云：

雲過大海渾無跡，天入名山未覺高；
踏破虛無雙不借，坐忘空闊一秋豪。

此十二月三十日（除夕）夜作。極言山峰寬廣、高聳，原只是夢中虛幻而已！然非才子不能。

在袁枚方面，小倉山房詩集有：「除夕讀蔣苕生編修詩，即倣其體，奉題三首」，其一云：

除夕袁子歌不止，聲如爆竹震人耳；
老親驚疑小妻視，案上一編蔣太史。
問我胡爲愛若此，我道其詩竟莫比；
白虹一道當空起，千流萬轉仍繞指。
走入先生輔頰裡，片片蓮花開舌底；
其大難摹幻難擬，天之蒼蒼海瀰瀰。
前有蛟龍後虎兕，長繩三丈走若矢；
縱得七尋橫九趾，倒拔鯨牙曳牛尾。
五十三參智慧理，七十四變女媧體；
都來供給管城使，遇小敵怯大敵喜。
四海才人鼓聲死，先生大笑吾戲耳；
眼前拈來説便是，非杜非韓亦非李。
卿胡愕眙不敢晛，可惜老夫年衰矣；
旗鼓相當頽有泚，但歎奇才世有幾。
如仲達按孔明壘，長安公卿半委靡；
不解鈞天聽宮徵，許其掉頭歸田里。

鍾山腳下寄妻子，與余相交情妮妮；
果然四海習鑿齒，自信當如丁敬禮。
轉笑當時陳無己，渾身只拍西江水；
願讀千遍書千紙，明日元辰大利市，
心香供奉從隗始。

袁枚丙戌年（詩集，卷二十，頁四）除夕作此詩，年五十一，心餘四十二；詩中言蔣爲「奇才」。從「我道其詩竟莫比」句以下，極力稱揚其詩；「白虹一道當空起，千流萬轉仍繞指」，「走入先生輔頰裡，片片蓮花開舌底」，言詩之鮮麗雅潔、流轉變化。「其大難摹幻難擬，天之蒼蒼海瀰瀰」、「前在蛟龍後虎兕、長繩三丈走若矢」、「縱得七尋橫九趾，倒拔鯨牙曳牛尾」，雷霆萬鈞之力，如龍虎之起、拔鯨曳尾，境界廣遠，有如海天無際。詩中並以司馬懿（仲達）之懼孔明[74]，言蔣、袁二人才分；又以文才勝陳師道（無己）（文師曾鞏，詩與黃庭堅並稱），只取江西一地狹隘而已！

乾隆三十二年丁亥（一七六七），**心餘四十三歲**。

春天，心餘與子才登南京清涼山，有「**偕袁簡齋前輩登清涼山**」（詩集，卷十六，頁二）：

---

[74] 晉書，卷一，高祖宣帝，懿，頁十一，吳士鑑等校注，云：「懿從不敢與亮交鋒，屢次相持，總以案兵不動爲長策」，又云：「司馬懿畏蜀如虎，甘受惡辱，武侯前後五出，惟街亭失利外，此未嘗敗」。（藝文印書館本）

文字無靈粉黛空，銷魂延佇石城東；
三春花鳥多陳跡，六代江山兩寓公。
載酒船依宮樹綠，踏青人愛畫樓紅；
秦中雒下蒼涼極，古帝王州大抵同。

清涼山，爲六朝石頭城，帝都所在。三國東吳孫權時爲土塢，晉安帝義熙時加磚累石，經隋、唐再築。今爲南京城郭，有掃葉樓、翠微亭。詩言金陵自古爲帝王之州，而六朝金粉，今已銷跡（暗合清涼），長安與洛陽相似，誠不勝滄桑之感。又，隨園詩話卷十誤記此詩心餘夢偕子才登詩。心餘受子才賞識、推揚，是以子才請其校定詩集，**在小倉山房詩集有「謝茗生校定拙集」云：**

自愛詩如百鍊金，多君辛苦賜神針；
姓名敢作千秋想，得失先安一寸心。
天上月高花照影，海邊絃絕水知音；
如何六代江山大，夢裡空存二鳥吟。（子才自註：茗生夢贈予詩有：三春花鳥都陳跡、六代江山兩寓公之句。）[75]

---

[75] 同註[8]，卷二十，頁六。又，子才自註云：茗生夢贈予詩有：「三春花鳥都陳跡，六代江山兩寓公」之句。此爲心餘（茗生）「偕袁簡齋前輩登清涼山」詩，子才誤記詩題。

子才時年五十二，名盛當代；心餘歲四十三，屬後輩，而爲其詩集「校定」，可知心餘確有過人之處。

後，心餘至「浦口」（長江北，與金陵相對），「過守禦門」，攜子知廉至六合縣（屬江寧府）旅夜，至汊磵（汊河，在六合縣北，南入長江）遊桂園、感作、呈（林）承政親家，辭林氏歸白下、（林）秀中四女、寄詩懷我……（皆見詩集，卷十六）等。如「浦口二首」（詩集，卷十六，頁三），其一云：

風景過江別，拂衣塵土輕；
南都當重鎮，北地是初程。
去客愁帆影，來人愛馬聲；
津頭楊柳密，總爲別離生。

浦口，位長江北，隔江南北不同人文景觀。詩人去客之愁，亦略如李白勞勞亭（在南京西南）云：「天下傷心處，勞勞送客亭；春風知別苦，不遣柳條青」[76]之意。然則，心餘此行爲知廉婚事、探望親家林師（承政）而往。又如：「六合縣旅夜」（詩集，卷十六，頁四）：

土壁一鐙昏，山城早閉門；

[76] 楊子見（齊賢）等集註分類補註李太白詩，卷二十五，頁三，商務四部叢刊正編。

民窮胥役富，縣小士人尊。
俯首黃茅屋，開顏老瓦盆；
停杯念慈母，兩日別兒孫。（自註云：時攜知廉偕行）

帶著知廉到六合窮邑，黃茅爲屋，以瓦爲盆，生活簡陋；民窮則多盜、多案，是以胥役（下役）可作威作福、徵歛而富。末轉念母親，由子思親，以言「旅夜」。

又，「至汊磵遊桂園感作、呈承政親家二首」（詩集，卷十六，頁五），其一云：

喬木風烟舊澤存，小山池館桂成邨；
遯翁已逝誰招隱，羽客何香得返魂？
齋散空堂笙鶴遠，磬傳花塢水雲昏；
摳衣問字傷來暮，詩法難追老輩論。

汊澗，在安徽天長縣西，三汊合流。詩中稱揚林師（承政）親家桂園之美，及其詩法上的造詣。後，有「辭林氏歸白下、秀中四女寄詩懷我、語意懇摯、荅寄一章」（詩集，卷十六，頁五）云：

長養深閨中，蘭芽始舒萌；
汝未歷世緣，亦未經俗情。

渾然太和氣，宜作鸞鶴鳴；
如何義烈性，常發變徵聲？
讀史慕游俠，觀物齋枯榮；
每聞忠孝言，眸子光熒熒。
乃歎不凡兒，誤綰笄與纓；
九齡隨耶娘，宦遊來神京。
父執托姻亞，拜我如所生；
瞳人翦秋水，百尺澄潭清。
負汝觀牆詩，抱汝翻壁經；
愛同汗血駒，寶若明珠擎。
小別已八載，喜聞身長成；
渡江唁汝耶，痛哭鄰里驚。
收涕忽見汝，令我雙眼明；
汝長及我肩，玉立身亭亭。
鐙前叩所學，語出肝膽傾；
謂女無所嗜，但嗜千古名。
不知與不信，耶言當敬聽；
我聞三太息，默念欣戚并。

天地有正氣，稟者皆錚錚；
此最不幸事，願汝毋硜硜。
中和可受福，激烈難獨醒；
順境多傳人，何必悲哀縈。
依依侍寒夜，戀戀奉深觥；
達旦不知倦，婢媼愁嚴更。
旬餘未忍別，將別一再停；
汝淚承睫閒，焉得攜汝行？
我身渡江水，夢留詠絮庭；
汝身眠綺窗，夢繞虎踞城。
使者持詩來，讀之涕盈盈；
作此以爲報，愼勿勞心旌。
冬歸期不遠，當遣柴車迎；
老夫越吟卷，待汝來同賡。

詩言秀中（應爲林師姪女）、爲深閨美女，眼如秋水，心如蘭香，思想自由，愛慕游俠，九歲隨父母宦遊，與心餘相遇於北京；八年（十七歲）長大後，正氣凜然，嗜千古不朽之名，心餘前往吊唁其父之喪，小住十餘日，勉其「中和可受福」之意，並決定冬天以駑馬柴車（自謙）相迎娶。此作於天長返南京也。

回到白下（南京），心餘奉母舉家赴會稽。**先至燕子磯**（南京城北），**閱壁間戊辰舊作，棖觸移時，二僧復出，絹素乞詩三首**（詩集，卷十六，頁七），**其三云**：

鐵索誰牽不繫舟？顛風勸我一淹留；
勞生眷屬難成佛，閱世心情暫倚樓。
舊句眞慚少年作，才名深感令君求；（自註：袁子才因壁詩訪予十年，始知姓氏里居。又十年，乃訂交白下。）
煩師洗去東牆字，說道詩人漸白頭。

心餘往紹興，時已三月，在燕子磯守風。此處巉巖峭壁，形如飛燕，相傳爲明代劉伯溫繫舟之處。詩中憶及乾隆十三年戊辰（一七四八，時二十四歲）、遇風小住此寺而題詩壁上，爲袁枚知賞而訪求，歷經二十年，二人訂交，「因詩會友」，傳爲佳話。

後，心餘經胥江（吳縣附近）遇饒霽南（學曙），至虎邱（在吳縣，蘇州城西），而抵會稽（紹興）蕺山天鏡樓，並在此樓設家宴，慶祝太安人六十二壽（五月初六日生），**「天鏡樓家宴」**（詩集，卷十六，頁十）云：

十二闌干俯碧城，珮環聲是步虛聲；

仙人眷屬樓居好，禹會河山眼界平。
遠翠都分眉案色，朝雲時傍鏡臺生；
壽觴舉處慈顏悅，今日全家宴上清。

詩作於乾隆三十二年夏。神仙眷屬，天鏡樓居，山翠朝雲，案臺同光，舉家同壽太夫人千秋。（上清，道家三清之一。聖登玉清，眞登上清，仙登太清。）

在蕺山書院，心餘有「揭蕺山講堂壁」（文集，卷十二，雜著五）云：

竭忠盡孝謂之人，治國經邦謂之學，
安危定變謂之才，經天緯地謂之文，
海涵地負謂之量，嶽峙淵渟謂之器，
光風霽月謂之度，先覺四照謂之識，
萬物一體之謂仁，急難赴義謂之勇，
遺榮遠利謂之廉，鏡空水止謂之靜，
槁木死灰謂之定，美意良法謂之功，
媿聖追賢謂之名，安於習俗謂之無志，
溺於富貴謂之無恥。

對於「人」、「學」、「才」、「文」……立定界說，勉同學須有「度」「量」「器」「識」，竭仁盡勇、安邦定國，不可安於習俗，溺於富貴。

夏，心餘「病瘧」（詩集，卷十六，頁十七，有：沈魯堂太守避暑商氏別業，予適病瘧）。秋，有「秋懷」（詩集，卷十六，頁二十），其一云：

蟋蟀何所知，瑣瑣訴深夜；
誰捫愁人耳，兀坐寒鐙下。
少婦理霜砧，老女猶未嫁；
感秋心則同，歎逝悲難罷。
春生夏育權，至此皆徂謝；
鄰翁臥相語，明日滌禾稼。

由蟋蟀聲引起時序遷移的愁苦，秋霜搖落草木、肅殺枯衰，如少婦擣衣、老女思嫁，而夫婿渺茫，惜君門之路遠。然「秋收冬藏」，則秋亦有可懷之處。寂寂深夜，心餘似乎在理想與現實衝突中掙扎。

後，心餘至沈氏園弔放翁，至吼山（山名，紹興縣東）紀游，宿西興（在錢塘），登杭州郡齋假山，與潘曦亭（炯）別駕招游三江觀應宿閘（皆見詩集，卷十七）。

心餘居浙，與劉豹君（文蔚）77，交往頗深（心餘病足，豹君曾饋膏藥；又曾題心餘子知廉詩本），心餘過山陰，有：「豹君不相晤者月餘，念我致形夜夢，明晨入山，歡然道故，作此謝之」（詩集，卷十六，頁二十一）：

秋熱懼出戶，各伏萬卷中；
形骸雖不親，賴有精神通。
叟云相思苦，入夢欣來逢；
安得黑甜鄉，輒聚離散蹤。
握手感至情，共寫契闊胸；
因想造我形，或鑄一切容。
……
因叟守吾夢，有夢當叟從；
覺亦非眞覺，一笑聽晨鐘。

首言「秋熱」當作於七、八月。詩中情眞語摯，亦見二人眞心相交。

---

77 據徐世昌編清詩匯（晚晴簃詩匯），卷八十七，十三欄，劉文蔚云：「字伊重，又字豹君，號柟亭，浙江山陰人，貢生，有石颿山人詩集」（世界書局）。

十月廿八日，本是心餘高興的日子，可惜生了一場病，在「病中生日感作二首」（詩集，卷十七，頁二），其一云：

忽忽行年四十三，病眠身似半僵蠶；
此生窮困由天授，後日功名厭客談。
肌肉全銷山露骨，因緣已澈佛同龕；
君親恩重無從答，不死微軀只自慚。

到「病眠身似半僵蠶」、「肌肉全銷山露骨」，一定病況嚴重；「典盡春衣投藥肆」（第二首），可知貧病的悲哀。

後，心餘在天鏡，「自題戳珮偕老圖」，並有序云（詩集，卷十七，頁五）：

乾隆丁亥之歲，清容居士四十有三，安人張氏四十有一，奉太安人栖于會稽蕺山天鏡樓，偶屬王生寫夫婦小像，爲戳珮偕老圖。

我年二十一，君年始十九；
親迎南昌郡，太歲乙加丑。
仲冬朔三日，于歸爲我婦；
簪著曳練裙，貧苦樂相守。

我生鮮兄弟，以君作昆友；
君離兩親膝，舅父姑則母。
習勞出天性，豈但奉箕帚；
三月我出游，侍養爾無負。
明年入庠序，鄉舉旋弋取；
凡茲兩載中，我從使星後。
時得老親書，譽婦不啻口；
雨雪登公車，涕泗浥襟肘。
南宮報罷歸，哭父鮮血歐；
事母號泣閒，況瘁相左右。
服闋還洪州，芝山重回首；
冒暑偕計吏，再戰再北走。
三年入中書，悽惻望南斗；
引假翩然還，歸傷別離久。
顧我背生兒，三歲解呼某；
典屋詠北征，赴闕挾雞狗。
豈知川陸塗，災阨靡不受；
水火閒盜賊，飲痛荊棘藪。

出入死生際，神鬼互踐蹂；
我窮呼旻天，君曰是非苟。
省愆以修身，勿負彼蒼厚；
艱難詣京師，圉圉困罾罶。
閱歲掇上第，珥筆拜魯叟；
備官文章列，得侍唐虞后。
豈有華國才？只益伐檀咎；
蕭條室懸磬，獲雜魚貫柳。
貧深疾苦萃，命蹇艱危糾；
母哀匱旨甘，朋來只虀韭。
憫君有四雛，一一躬乳鷇；
飛蓬遠珠翠，集蓼依井臼。
莫報堯舜恩，曰歸梁孟偶；
退飛幸得告，宿食苦無有。
江湖轉虛舟，鄉里乏南畝；
浮家吳越疆，終遜冀缺耦。
四十朱顏凋，相對嗟老醜；
迴思廿三載，艱辛亂絲絡。

君抱惻隱心，結習頗同狃；
我揮千黃金，君意無可否。
脫釧救饑溺，大勇過賁黝；
奩罄虛明璫，箱空覆敝笱。
苦者得安樂，心結方解紐；
紛紜貴人妻，袨服相導誘。
君匿不與謀，誚讓或疵垢；
但云寒畯室，未解珮瓊玖。
我讀古人書，目炬穿破牖；
君恨不識字，其聰過矇瞍。
語君忠孝事，清淚滴尊酒；
默然長太息，感觸一何陡。
隱意雖未陳，似傷骨易朽；
侍者舉相問，一笑罷分剖。
君思棄巾幗，我愧膺組綬；
每咨敬養薄，但益顏色忸。
三男漸齊肩，來歲且姑舅；
茫然終老計，生理向誰扣？

行將去齊魯，都邑鄰費郈；
老屋難安居，初服頻抖擻。
夜夢共憂勞，奚翅寅歷酉；
境窮魚上竹，情篤絲在藕。
寫形托丹青，述志布蝌蚪；
偕老尚如賓，白頭隨母壽。

前首爲游蘭亭詩，起首云：「維永和癸丑，至乾隆丁亥，歷千四百年，更十有四載。嘉平越四日，詩人檥舟待」。由「嘉平越四日」（夏朝稱臘月曰嘉平，秦始皇從之）。知該詩作於十二月四日，推測本詩亦當在十二月。詩中心餘追述二十一歲與妻張氏（南昌人）十九歲結褵，婚後二十三年以來生活情形。包括張氏勤勞、刻苦，時爲婆婆讚譽，心餘出游時，盡心奉養公婆，南闈（江南鄉試）落第，父親堅逝世，而妻張氏「哭父鮮血歐（吐）」，孝心足以動鬼神。後，心餘入中書三年，悽惻相盼，等到引假回來，但覺「歸傷別離久」。爲了功名，典屋北上，中途水火盜賊之災，出入死生，令人餘悸不已。等到考取進士，以爲可以展佈長才，然則時人貪鄙，無功受祿者多，己則遭受蜚語，疾苦蕭條，命蹇艱危。爾後奔波浙江，妻子侍奉婆婆、育養四子，「四十朱顏凋，相對嗟老醜」，感慨良多！時窮塗蹇，心餘往往呼天，妻則安居若素，且脫釧解奩、救飢救溺、大仁大勇；並以誠信修身、立忠立孝爲人之本；如此待人之誠、之仁，處事意志之堅，雖云不識字、卻勝識字，其行爲舉止，足可天下婦女之表率。

又，心餘偕三子遊蘭亭，有後遊蘭亭圖跋（文集，卷十，跋十八），及詩六首（詩集，卷十七，頁四）。後，李中丞（清時）招，心餘將赴山左（山東），留別鍾介伯（錫圭），也留別講院同學，在「將之山左、留別蕺山講院同學，兼謝同好鄉先生二首」（詩集，卷十七，頁九），其二云：

百尺樓居八口偕，頽唐身借亂書埋；
越多君子交情重，路入山陰畫意佳。
雲物相於成繾綣，風花易散重咨嗟；
無心引得虛舟去，不道吾生信有涯。

李中丞（清時），時任山東巡撫，邀聘心餘山東講學。本詩言山陰的美景，加上「越多君子交情重」、惺惺相惜，晨昏與共之同仁、同學，別離繾綣之情，溢於言語。

乾隆三十三年戊子（一七六八），心餘四十四歲。

正月初七，心餘離開越州（紹興），有「去越州五首」（詩集，卷十七，頁十一），其一云：

依依會稽人，去去山陰道；
改歲已七日，具舟豈云蚤？
西郊列祖帳，冠蓋雜輿皁；

離觴咽流波，顏色未能好。
岐亭柳始芽，倏忽變枯槁；
別語雖不多，所言嗟艸艸。

其五云：

我方掉頭去，舟忽銜尾來；
推篷喚吾母，戢戢笄與釵。
白髮古仙人，從以姬姜儕；
泫然執母裾，各道分離懷。
老淚輒盈把，繫戀焉能偕？
但期天鏡樓，夢裡相往回。
分帆去惻惻，此意男女皆；
遙覷目送者，漸反參差厓。

據詩中所云，當時送行者有：「子弟六七人，號泣相夾輔（輔，頰也）」（第三首）；劉豹君（文蔚）（第三首自註）蹴躃（跛也）十里餘相送；又任處泉（應烈），陳望亭兩太守，潘筠軒（乙震）學士、沈月波秀才、金友鶴進士等五人，亦偕相送（第四首自註）。淚流盈把、依依不捨之情，溢於紙上。

期盼後會，暫時只得「夢裡相往回」了。

由於母親年邁，心餘想借西湖風光，讓母親歡娛、怡情養性，於是暫居杭州。在「欲去不得去」（詩集，卷十七，頁十一）詩云：

歸裝入江船，欲去不得去；
豈有石尤風，十日津頭住。
中丞托姻亞，念我親年暮；
遠涉傷子心，臨淵請迴步。
雖成越絕書，未許齊人傳；
遂開崇文院，彬彬集儒素。
銜書西湖長，風光可全據；
庶幾娛母心，衰顏得長駐。
援止即止之，頗滋食言懼；
敬謝東諸侯，卻聘倘蒙恕。
行藏我何知？委之天與數。

原來心餘與李清時（光地從孫）兄清芳友善，而清時為山東巡撫，擬聘心餘至山東，（詩集卷十七有：將赴山左李中丞之招……及將之山左留別蕺山講院同學……詩）但聽聞李清時病，而浙江巡撫熊學鵬相邀，乃留居杭州崇文書院。詩中言原打算至山東，今在杭州逗遛，「頗滋食言懼」，蓋食李清時之邀，內心忐忑不安；不過為了母親「衰顏得長駐」，「庶幾娛母心」，總是好的托詞。盼山東諸賢，「卻聘倘蒙恕」了。

心餘在杭州，主講崇文書院，**有訓士七則**（文集，卷十二，雜著一）：「教與學之陋習」、「立志」、「洗心」、「道學之辨」、「擇交之法」、「毋存菲薄萬物之見」、「當存萬物一體之心」。**有云：**

勿以市井待師長，勿以庸愚待己身（教學學之陋習）。又曰：堯舜之道，孝弟而已矣，聖賢可志也。夫子之道，忠恕而已矣；君子可志也（立志）。又曰：讀經以正其志趣，閱史以發其醒悟（洗心）。又曰：磊落瀟灑，率眞本色，必信必誠，不必講道學，乃是眞道學也（道學之辨）。又曰：小人而好義者，容或有之，未有君子而好利者也（擇交之法）。又曰：局外之談，未必皆確，事後論之，無乃太苛（毋存菲薄萬物之見）。又曰：民吾同胞，物吾與，雖老生之腐談，實眞儒之至性（當存萬物一體心）。

皆秉持儒家聖賢之志、民胞物與仁義精神。

除了書院講習，心餘遊西湖，**如「西湖偶作四首」**（詩集，卷十七，頁十三），**其一云**：

著眼銷金一寸鍋，峰巒橫黛水橫波；

田疇六井經時變，花柳雙堤閱世多。
多宦風流遺醉夢，霸才瀟灑拓山河；
匆匆結盡中原局，拋卻湖船海上過。

其四云：

荷香桂子唱新詞，立馬圖傳塞上知；
勝地鶯花招飲日，游人燕雀處堂時。
興亡已過春如舊，哀樂無端酒不辭；
一樣南朝歌舞地，只堪游冶莫尋思。

詩作於春天。西湖，西、南、北三面皆有山臨之，山之下各有谿谷淵泉百道，滙而成湖。據武林舊事載：西湖景、朝昏晴雨皆宜，杭人亦無時不游，而春游特盛，日糜金錢、靡有既極，故杭諺有「銷金鍋兒」之號[78]。心餘言「著眼銷金一寸鍋」，甌北亦言「是處銷金別有鍋」[79]，皆此意。蔣詩言西湖水碧巒翠，花柳雙堤，荷香桂子，鶯燕新歌，美不勝收。是以歷朝（尤其宋代以後）文

---

[78] 宋，周密著武林舊事，卷三，頁二，收在新興書局筆記小說大觀續編本，書中云「杭諺有銷金鍋」條。

[79] 同註[36]，第五章，趙甌北文學述評之二—律詩，頁五八一。

士，來此遊賞、枕詩醉夢者多，「霸才瀟洒拓山河」。「荷香桂子」、「立馬圖傳」二句，指柳永望海潮詞，引起金主亮南侵之念[80]。詩中夾敘宋室興亡，皆因「群姦接踵據朝端」、「貪夫柄國危亡定」（第二首），同於林升題臨安邸詩：「山外青山樓外樓，西湖歌舞幾時休？暖風薰得遊人醉，便把杭州作汴州」[81]，南宋權奸只知「暖風薰人」、苟安、昏聵，不知復國，所謂「徹夜笙歌宰相鐙」、「只有孤臣銜淚去」（第三首句），讀來眞是悽苦。

在杭州的日子，心餘到過孤山、韜光庵、玉泉（清漣寺中）觀魚，皆有詩紀之（詩集，卷十七）。待了六十七天，心餘又返蕺山，「還蕺山作」（詩集，卷十七，頁十五）云：

六十七日歸舊巢，同人延佇占於郊；
楚弓倏忽返江漢，趙璧乃竟離函崤。
柔波迴合聚斷梗，修綆東縛營懸匏；
羅浮偶爾雜風雨，并剪豈得分漆膠？
由來人事本天數，益信分定關神交；
溪喧花妥境兩異，揭好獺趁兼鶯捎。

[80] 柳永仙呂調望海潮詞、下片云：「重湖疊巘清嘉，有三秋桂子，十里荷花。羌管弄晴，菱歌泛夜，嬉嬉釣叟蓮娃。千騎擁高牙。乘醉聽簫鼓，吟賞煙霞。異日圖將好景，歸去鳳池誇。」（全宋詞，頁三九，中央輿地出版社。）

[81] 引自明、田汝成輯撰西湖遊覽志餘，第二卷，帝王都會，頁十四，木鐸出版社。

與臺父老笑相慰，豈但故舊連茹茅？
山樓洒掃布几榻，牆屋塗堊開湢庖。
檻前岩壑出古翠，檐角花木含新苞；
諸生春服恰被體，絃誦依舊來堂坳。
臨岐悔洒一斗淚，破涕作笑嗟申包；
小兒簸弄若傀儡，腐儒鑿算眞斗筲。
延師竟與置棊等，殆不可復妨詼嘲；
鑑湖倘許賜臣老，杭州雖好吾能拋。[82]

心餘正月初七離開越州（紹興），「六十七日歸舊巢」，則知三月中回蕺山，主書院。詩以「楚弓楚得」、「藺相如完璧歸趙」故事，喻己之返蕺山；並以「天數」、「神交」解說。回到古翠新苞之地，與別時詩作相比，此時「父老笑相慰」、大家「破涕作笑」，且願伴鑑湖（紹興南）終老。

據袁枚詩集載，「長至前一日，熊廉村（學鵬）中丞、蕉泉（學驥）觀察、招同蔣心餘太史、王田來明經、陪侍封公滌齋（本）先生、小西湖夜宴」，其二云：

洛社高風誰繼者，多公雅志欲追尋；

---

82 詩中「詼嘲」，「詼」字，舊學山房本作「訝」，不知何據？

盤無海錯存眞味，座有塤箎奏雅音（自註：蕉泉觀察首唱一詩）。
三主三賓鄉飲禮，一邱一壑故園心；
謝公指日東山起，轉惹閒鷗思不禁。83

儀禮、鄉飲酒禮鄭氏注云：「三年大比而興賢者、能者」，「以禮賓之」84，詩中取其與賢者酒會之義。原勉謝安（心餘）再起於東山（在會稽），可惜只添加這位「閒鷗」無端愁。

大概天氣太熱，六月丙寅心餘病瘧，在「**悼雙槐樹六首**」（詩集，卷十八，頁五），**其二**云：

六月日丙寅，主人瘧在床；
怪風卷江來，萬籟聲怒張。
轟然若山頹，几榻奔炎光；
僮婢譁中庭，絕叫雙龍僵。
壞垣毀屋瓦，偃仆猶軒昂；
力疾起視之，吾心惄然傷。

83 同註8，卷二十一，頁四，隨園三十六種。
84 儀禮，鄭氏注，卷四，頁二十，商務四部叢刊正編。

受到怪風的影響，几榻、瓦牆、甚至雙槐樹都被吹倒，而主人（心餘）卻病瘧在床，勉強視之，心多憂傷。

病痊癒後，心餘至「吳山觀禱雨」、「蓀竹亭晚眺」、也曾「題鄭板橋畫蘭、送陳望亭太守」，又有「九月六日書鍾介伯（錫圭）秀才」、「喜錢慈伯（世錫）得舉」（皆在詩集，卷十八）等作品。

晚秋，心餘「再別蕺山」（詩集，卷十八，頁十）云：

言歸秣陵宅，復買錢唐舟；
山中故人酒，畫裡讀書樓。
風雨三秋別，烟雲半載留；
明年尋後約，一笑滅離憂。

別蕺山、回金陵，對於蕺山景物、書樓，多存眷念。然後，經水運，渡錢唐江、塘栖（杭縣東北）道中，往嘉興、寶帶橋（蘇州城南）夜泊[85]，過梁溪（無錫縣內）、後泊京口，江泛、至燕子磯（以上皆見詩集，卷十八）。最後，到家（詩集，卷十八，頁十四），其一云：

---

[85] 據周郇主編江南風物志云：「寶帶橋，在蘇州城南七里的玳玳河上，唐元和十二年至十四年（八一七—八一九），爲了適應漕運事業的發展，蘇州刺史王仲舒下令廣駁纖道，並捐出自己的玉質寶帶，在運河與澹台湖之間的玳玳河上興工建橋，歷時三年而成，後爲紀念王仲舒捐帶建橋，改名爲「寶帶橋」。（頁二六一，明文書局）

庭階寂寂艸新鉏，去日紅梅賸半株；
憔悴似傷思婦老，蕭條眞類道人孤。
驚尨吠主當門臥，衰僕疑賓倚杖呼；
十擔歸裝兩年別，不應風景便差殊。

其三云：

萬卷深藏十笏樓，漏痕蛛網閱春秋；
丹黃蝕處參差補，籤軸殘多審量修。
傳與兒孫能幾世，誰家田舍得終留？
絳雲天乙分存沒，試問三瓻肯借不？

兩年分別，憔悴如思婦、蕭條如道士，連僕人、狗兒都不識得主人。而絳雲樓萬卷藏書、無人閱讀，已多蛛網、蠹蟲；思及錢謙益絳雲樓燬於大火、明代范欽（堯欽）天一閣尚存（書則多佚），不論存、歿，傳與子孫能有多久？今則再加「一瓻」爲「三瓻」（瓻，盛酒器，後人訛以瓻爲癡也；借書與人爲一瓻，還書與人爲一瓻）[86]，肯借書否？一片清淡之情。

---

[86] 瓻，爲盛酒器，誤通爲癡。其出處大漢和辭典引聞見錄。然鄙人查宋、邵伯溫撰聞見前錄，邵博聞見後錄（收在新興書局出版筆記小說大觀十五編），均未見。

回到金陵，心餘還是惦記著蕺山，所謂「人愛樓居天鏡遠，家隨斗轉地圖分」（曉起懷蕺山，詩集，卷十八）。

隨後，過生日，有「增長年華又此期，鬢霜添上兩三絲」；「驚秋體弱同妻瘦，啜菽家貧累母慈」（生日，詩集，卷十八）；年歲的增長，貧困的生活，眞是「有志不伸」的感覺。至「內子生日」（詩集，卷十八，頁十六）云：

禮佛看焚壽字香，珩璜雙引玉鏘鏘；
箱中命服經年舊，鏡裡朱顏逐歲黃。
新婦爲婆傳井臼，人家偕老重糟糠；
明冬對飲生孫酒，調笑應添小鳳凰。

詩作於十一月二十四日，中言時間的過往，不因貧困、鏡裡黃顏，而使情感褪色，反而使夫婦情篤、家庭更樂！

此年袁枚病齒未癒，更糟的是嬌女良姑夭殤，心餘有「悼良姑、慰簡齋前輩，時簡齋病齒未癒」（詩集，卷十八，頁十六）：

齒脫骨肉離，占夢爲不祥；
袁公病齲齼，忽痛嬌女殤。

我母攜我婦，昨登園中堂；
夫人太夫人，歡喜相迎將。
嬌女名良姑，紫鳳蟠衣裳；
鬋髮不冠櫛，肌膚凝雪霜。
瞳人秋水波，口輔新月光；
五齡解諷詠，言動罔不臧。
……
失女等失子，誰得分瓦璋？

一面要安慰袁枚的齒痛（小倉山房詩集卷廿一，有拔齒、補齒詩）、一面要哀悼喪女之痛（小倉山房詩集卷廿一有哭阿良詩），語眞而情哀。

後，心餘有「題隨園雅集圖」（詩集，卷十八，頁十九）：

雲壑風泉共此心，況于城市得山林；
畫來恰喜生同世，傳去遙知後視今。
老輩須眉隨樹古，先生情意比秋深；
就中悟徹忘筌旨，還似昭文不鼓琴。

盛贊隨園之美，雅集之樂。隨園雅集圖後，題詩者甚多，如鄭板橋（燮）[87]，王夢樓（文治）[88]，姚惜抱（鼐）[89]，及袁枚女弟子駱綺蘭等。**綺蘭題隨園雅集圖云：**

昨從畫裡遊，命題圖中句；
圖中共五人，邱壑各分布。
先生獨撫琴，趺坐倚高樹；
面目尚依稀，鬢眉已非故。
勝會詎然存，存亡慨天數；（自註：圖中沈歸愚，蔣苕生兩先生俱已下世）
只今小倉山，煙雲萬里霧。
我無班左才，握筆不敢賦；
過讀琳瑯詞，鏗鏘奏韶濩。
況得米顛書，龍蛇走縑素；（自註：卷中有夢樓先生題詠）
當共西園圖，壽齊金石固。[90]

---

87 鄭板橋題隨園雅集，見於袁祖志著隨園瑣記云：「鄭板橋先生（燮）題隨園雅集既畢，復於詩後大書特書……」（卷上，頁九，隨園三十六種）。然，未見於鄭板橋全集。

88 見於王文治夢樓詩集，卷十五，頁六，「爲袁簡齋前輩題隨園雅集圖三首」，學海出版社。

89 見於姚鼐著惜抱軒文集，卷十四，頁十（總頁一一〇），「隨園雅集圖後記」，商務四部叢刊正編。

90 見於隨園女弟子詩選，卷三，駱綺蘭，頁二，題隨園雅集圖，隨園三十六種本。

撫今歎息，詩意婉轉。

又，此年心餘爲龔梧生（孫枝）司馬題祝枝山艸書（詩集，卷十八，頁十七）；八月十八日程巨山、楊達夫卒，心餘有少宗伯程公傳（文集，卷三，傳一，二十六）和楊岸堂先生傳（文集，卷四，傳二，十九）。

乾隆三十四年己丑（一七六九），心餘四十五歲。

袁枚有「相留行、為茗生作」：

金陵城六十里，不容住一個茗生；
……
皇帝甲戌年，我遊揚州惠因祠；
壁上詩數行，烟墨蒙灰絲。
掃塵讀罷踊三百，喜與此人生同時；
尾書茗生二字已剝蝕，其他姓氏爵里難考如殘碑。
袖詩走出廣問訊，脣乾舌燥無人知；
滌齋太史張飲間，提茗生名喜破顏；
道是我鄉西江一才子、姓蔣名士銓。
……

我因君而律嚴，君因我而吟苦；
交易作嚴師，相期各千古。
方恨不能構屋共君居，鑿壁窺公狀，
徒看君乘山陰舟，一年一別心惆悵。
胡爲乎不戀此間樂，忽作西歸想；
……91

追敘子才乾隆甲戌年因心餘題壁詩而會友經過，並期千古流傳之志。後言其往來會稽、金陵之間，令人惆悵，尤其西歸鉛山，更令人愁絕。

由於「鍾介伯（錫圭）秀才招飲禹陵南鎮，泛舟溯若耶谿，樵風涇而返」（詩集，卷十九，頁一）

---

91 同註83，卷廿一，頁五。案：詩中言「我遊揚州惠因祠」、「壁上詩數行」，依袁枚隨園詩話載：「余甲戌春往揚州，過宏濟寺，見題壁云……」（卷一，頁六），又據心餘忠雅堂詩集，（卷十六，頁七），有「守風燕子磯登永濟寺，閱壁間戊辰年舊作……」，可知題壁之地點在「燕子磯」的「永濟寺」或「宏濟寺」，袁枚此詩所言「惠因祠」，不知何故？今據葛寅亮撰金陵梵剎志，卷二十九，「燕子磯弘濟寺」，云「在郭城觀音門外、燕子磯北」（總頁九七三，廣文書局）。則知「弘（宏）濟寺」方是。另據李斗撰揚州畫舫錄，卷一，頁二十四云：揚州八大剎：建隆、天寧、重寧、慧因、法淨、高旻、靜慧、福緣，（世界書局）。則袁枚所言「揚州惠因祠」，疑爲「慧因寺」？

油雲釀輕陰，屢沛霜雪汁；
百五寒食過，花信風猶濕。
尋芳具扁舟，容與客相得；
波平岸轉遲，酒渴杯行急。
上冢漾烏篷，銜尾亂群鴨；
歌舫玉釵橫，食榼青帛羃。
突兀來飛甍，禹廟繚垣赤；
門迎衡岳碑，墨鏽篆文白。
獻冕秉元圭，神從分胄幘；
可憐無祠官，不免若敖泣。
俎豆今尚陳，封鬣古已缺；
惟餘千萬蝠，糞污點游客。
塗山昔如何？邈矣諸侯集。

禹陵，在會稽山，禹巡狩崩而葬此。南鎮，指南鎮廟，在會稽縣南。又，紹興東南有若耶山，爲若耶溪發源。依詩內容，心餘於清明左右（「百五寒食過」，知作於三月）應鍾介伯（錫圭）秀才之邀而至會稽。所見紅牆禹廟、碑鏽（銹）篆白，雖陳俎豆，祭掃已缺；而千萬蝙蝠、糞污游客，令人唏噓。

孟冬，有「十月四日雪，疊前韻」（詩集，卷十九，頁二）：

誰將佛頭青，沃以香乳汁？
鎔銀作袈裟，諸水不能濕。
寒山本無身，何處尋拾得？
封林曉烟重，求食飢烏急。
遠人陟斜磴，躑躅短腳鴨；
垂垂香爐峰，平挂晶簾羃。
但餘禹廟牆，紅緪斷霞赤；
元冥駕未發，蓐收仗全白。
我頭怯檐風，皮弁換輕幘；
暖寒煮豆粥，那管斧中泣。
呼兒墐北户，貼紙補窗缺；
蝟縮不敢出，老矣灞橋客。
欲啓聚星堂，白戰擬初集。

詩作於紹興。其中：「香乳汁」澆佛頭青（染料名、青翠之色）、「鎔銀」作袈裟（僧徒服，田相衣）喻白雪；以「寒山」（唐貞觀高僧、居天台、與拾得友善）無身，難以「拾得」（孤兒，豊干拾而養之，居天台國清寺），喻寒雪之無所獲，以飢烏（自喻）覓食之急比況，亦妙。遠人登斜道，腳短而興歎。此刻元冥（水神名，孟冬之月其神玄冥）未出；而蓐收，「孟秋之月，其神蓐收」（禮、月令），金神（主秋之官）已歛，頭怯雪寒而裹輕巾，食以豆粥，室則墐（塗）戶貼紙，蝟縮不出，如東坡聚星堂賦雪白戰（禁用襯托語，如賦雪禁用梨、梅、鵝等。所謂：當時號令君聽取，白戰不許持寸鐵。），以爲排遣。

又，此年物價高，有**「米貴、倒疊前韻」**（詩集，卷十九，頁二）：

天目奔窮流，飢鴻澤中集；
遂令山陰賈，去作苕谿客。
越州屢豐年，民食豐云缺？
遏糴凜厲禁，邦人暗嗟泣。
千錢米四斗，典鬻到衾幘；
新禾栖野黃，舊穀堆廩白。
樂土受鄰殃，不啻疆畝赤；
官廚酒肉臭，舞榭紗幃羃。
富家饜盤餐，餘粒飽雞鴨；
人飢若己飢，誰解急其急？
新菱滿秋湖，萬户采猶得；
養此嗷嗷民，炊煮嘆薪濕。

微聞官人言，何不食肉汁？

天目山，在杭州西，爲苕溪之發源地。苕溪（谿），指吳興。據清史稿，災異載：「（乾隆）三十四年，溧水、太湖、高淳饑」[92]，知此年江蘇金陵、浙江太湖附近饑荒。由詩之意，杭州西部飢饉，「千錢米四斗，典鬻（賣）到裘幘」，窮困可想；至於富貴人家，「官廚酒肉臭，舞榭紗幃羃」、「富家饜盤餐，餘粒飽雞鴨」，令人痛恨！「新菱滿秋湖」、「養此嗷嗷民」，百姓依菱角爲生。

冬天，心餘患肺熱，在「痼疾疊前韻」（詩集，卷十九，頁二）詩云：

方冬苦肺熱，忍俊嚥梨汁；
戒飲杞菊酒，罷理腰腳濕。
一樓同母居，百病自我得；
肝脾日交戰，氣若張弦急。
續脛與斷脛，我體鶴兼鴨；
性地存光明，不受萬物羃。
返觀視黃庭，中有方寸赤；
冰雪充飢腸，上接肝膽白。

[92] 趙爾巽纂修清史稿，卷四十四，志十九，災異，五，總頁一六五二，鼎文書局。

五臟各有神，絳衣冠朱幘；
世無秦越人，二豎肯相泣？
四十頭童童，將復左車缺；
死如得歸人，生如遠行客。
胃虛不能運，當食任蠅集。

時亦居紹興。起首「方冬苦肺熱」，知冬天作。肺熱，肺部發炎，嗜酒者最易罹之，是以「戒飲杞菊酒」。其症狀爲：俄然寒戰、頭痛發熱、呼吸困難，即詩中言「肝脾日交戰，氣若張弦急」，不僅痛苦，亦有生命危險。至於道家養生之書黃庭經，五臟各有司神，只得任其死生。

此年心餘生活貧病，詩作不多，其他應酬作品，如：挽任處泉（應烈），（劉）豹君（文蔚）稱許知廉詩，豹君戒知廉苦吟，除夕家（蔣）禹立（士鏞）兄至等等（均見詩集，卷十九）。另，五月九日，吳璞存（爚文）卒，有樸庭先生傳（文集，卷三，傳一，二十四）。

乾隆三十五年庚寅（一七七〇），**心餘四十六歲**。

乃主講紹興蕺山書院。

元旦次夕，心餘偕張椿山（三禮）太守往杭州，相與論及蕭山（屬會稽道）富家池海防（見文集，卷八、書七，移紹興太守張椿山書）；三月，上書「與寧紹台道潘蘭谷（恂）觀察書」（文集，卷八，書十），又有「再貽觀察書」（文集，卷八，書十二），以爲「三江應宿閘石腳鬆弛」、「及此不重加修建，他日禍烈矣」，蘭谷觀察感其懇摯之言，遂赴吳中勘察。

七月二十三日，颶風作，蕭山沿海居民遂成魚鼈，心餘甚爲感慨。

又，此年趙甌北有「次韻蔣心餘見寄」：

白鶴翔雲端，青松鬱澗底；
當代數人物，吾友江右士。
瘦骨不勝衣，恂恂文弱子；
逸才乃曠代，豪氣更蓋世。
磊落五千首，新詩絕倫比；
白傅愁壓倒，劉楨敢平視。
聲光映江介，目已無緋紫；
憶昨初定交，中書制草擬。
暇輒相過從，流連日移晷；
尋春同隊魚，罵座觸邪鷹。
先後入詞苑，揮毫進綈几；
詩歌大宛馬，賦奏越裳雉。
最是京兆闈，秋清風日美；
劇談聲轟然，雅謔笑莞爾。

論文頻剪燭，角句時擁被；
我方豎降旗，君復起摩壘。
世間無此樂，直從太白死；
爰及兩山妻，情好亦如此。
餽遺若親串，婉娩儼娣姒；
年家來往頻，熟識到僕婢。
一朝君買舟，攜家竟南徙；
擺落爭千秋，不計目睫咫。
已甘菜肚淡，詎厭肉食鄙；
目中本無人，足中任有鬼。
載酒江湖間，讀書巖壑裏；
盤谷是耶非，捷徑其然豈。
而我出作郡，萬里操鞭箠；
大官壓滿頭，閒漢養千指。
滇南況從軍，戰鼓聲咽耳；
草檄腐毫禿，擺邊哨騎使。
役滿賦歸與，力薄愧憊矣；
內移得善地，除書出尚璽。

至尊憫微臣，俯恤到肌理；
所慚迂鈍質，難副繁劇委。
三木曉呼囚，一燈夜判紙；
師丹每善忘，陽膚但忽喜。
由來吏才少，時命當坎止；
自笑鳥棲泉，人嗤鼠窮技。
卻憶君歸田，已閱歲華幾；
未愁子蓬頭，何嫌婢無齒。
蕺山主講席，距家亦甚邇；（自註：君時主蕺山書院）
結社多唱酬，掩關無拜跪。
游戲初平羊，汗漫琴高鯉；
何當來從游，就正一編是。
久別念友朋，多病懷桑梓；
緘詩報來章，夢逐鑑湖水。93

甌北在乾隆三十一年十月，皇上特授爲廣西鎭安府，後奉命赴滇從軍緬甸。乾隆三十五年（甌北四

93 同註50，卷十七，起庚寅十月至辛卯十月，頁六，湛貽堂本。

十四歲）接任廣州知府[94]。即詩中所言「而我出作郡，萬里操鞭箠」，「大官壓滿頭，閒漢養千指」，「滇南況從軍，戰鼓聲咽耳」；而「內移得善地，除書出尚璽」，「至尊憫微臣，俯恤到肌理」，「所慚迂鈍質，難副繁劇委」，指到廣州。至於對心餘的印象，先以左思「鬱鬱澗底松」（詠史），及白居易澗底松詩，言「高者未必賢，下者未必愚」，興起心餘之不得志。又，「瘦骨不勝衣，恂恂文弱子」，言其瘦弱的身材。詩有五千，「逸才乃曠代，豪氣更蓋世」，「白傅愁壓倒，劉楨敢平視」，「聲光映江介，目已無緋紫」，推讚其才華。「劇談聲轟然，雅謔笑莞爾」，美其健談。「餽遺若親串，婉娩儼娣姒」，「年家來往頻，熟識到僕婢」，則趙、蔣兩家之情誼可知。

心餘寄給甌北的詩云：

皇帝甲戌春，識君矮屋底；
巖電橫雙眸，共稱天下士。
云出松泉門，捉刀冠餘子；
搖毫涌詞源，睥睨無一世。
春官俄報罷，蹶者旋復起；
同時簉薇省，兩人訂交始。
君俄入樞密，才望絕倫比；

---

[94] 同註[36]，頁一〇二至一一八，學生書局。

一手揮七制，省吏竊驚視。
直氣抗令僕，狂名壓金紫；
堂堂燕許文，君作多進擬。
辛巳對大廷，萬言移寸晷；
換筆改波磔，恐有坡識廌。
遂迷五色目，第一陳綈几；（自註：廷試時，君以讀卷官多素識，恐其避嫌見抑，遂變易字跡，竟莫有識別者，果以第一名進呈）
神山風引迴，得盧乃成雉。
癯哉探花郎，不若徐公美；
京兆壬午闈，偕君相汝爾。
坐對論文燈，眠共吟詩被；
談元交箭鋒，說鬼驅鬱壘。
洋洋同隊魚，斯樂可忘死；
平生匝月中，萬事無過此。
可憐兩孟光，亦復如娣姒；
布荊嚴伯仲，勞苦兼童婢。
我病奉母歸，浮家數遷徙；
謂君翔雲霄，不啻尺與咫。

詎擁一麾出，遠落蠻夷鄙；
瘴癘叢花苗，岸崿布奇鬼。
況復奉軍書，馳驟兵戈裏；
子厚謫居非，王粲從軍豈。
轉運驅馬牛，秣飼操鞭箠；
邊塵染雙鬢，彩筆辭十指。
當時金閶彥，不死幾希耳；
班師奏凱歌，放君去如駛。
重開太平衙，眷屬久歸矣；
徐徐展勞筋，細細拭前壐。
孶孶用拊循，井井立條理；
誰知清獻孫，琴鶴盡捐委。
寄我雙南金，附以書一紙；
十詩話行藏，兩什訴悲喜。
誦之歡解頤，旋復痛不止；
君本著作才，夙擅班揚技。
木蘭發高唱，弓衣繡凡幾；
想君滇南篇，傳唱到金齒。

歸裝帶風雲，邊人歌孔邇；
諸蠻賣佩刀，馴習知拜跪。
惠聲河渡虎，清節閣懸鯉；
政成膺上秩，賢者當如是。
故人日頹唐，行且還桑梓；
待君買山資，誓約休如水。[95]

心餘從乾隆十九年甲戌（蔣三十歲，趙二十八）相識述起。趙曾爲汪由敦（松泉）「捉刀」（「云出松泉門，捉刀冠餘子」），後爲中書（入樞密），殿試時，甌北變更書法（以歐陽詢率更體）答卷，九位閱卷官以第一進呈，即「換筆改波磔，恐有坡識鷹，遂迷五色目，第一呈綈几」。乾隆皇帝以甌北爲江南人，出身軍機，而歷朝鼎甲皆爲軍機所占，更況其「相貌」不佳，遂以一、三名互易，由狀元而爲探花郎[96]，「癯哉探花郎，不若徐公美」，即是此意。詩中並言兩人在京，「坐對論文燈，眠共吟詩被」；其妻室，「可憐兩孟光（本東漢梁鴻妻），亦復如娣姒（妯娌）」，相親和睦。後心餘生病「奉母歸」，轉徙金陵、南昌、鉛山、杭州、蕺山等處（「浮家數遷徙」），以爲甌北居京都，前程「翔雲霄」。誰料，不久，甌北奉命出守鎮安、從軍滇南、移至廣西，「（柳）子厚謫居

95 忠雅堂詩集未見此詩，見於甌北集，卷十七，頁七，「次韻答心餘見寄」後，湛貽堂本。
96 同註94，頁八十起。

非，王粲從軍豈」，令人驚愕。慶幸「班師奏凱歌，放君去如駛」；且甌北任內「惠聲河渡虎，清節閤懸鯉」，並且以「南金」（揚州出產之黃金，詩經、魯頌、泮水有「元龜象齒，大賂南金」；張載擬四愁詩有「佳人遺我綠綺琴，何以贈之雙南金」。南金，猶言兼金。六臣注文選，卷三十）「十詩話」（即甌北詩話）相贈。「君本著作才，夙擅班揚技」直述甌北特點。詩末「故人日頽唐，行且還桑梓」，心餘有歸休江西打算，以待甌北歸隱（買山）共樂。兩人之情誼，相識之深，由此可見。

至於心餘應酬之作，如「賀（張）椿山（三禮）太守生孫」、「送平確齋（聖臺）前輩游嶺南」（見詩集，卷十九）皆是。

乾隆三十六年辛卯（一七七一），**心餘四十七歲**。

尚留蕺山書院，在詩集有：「蕺山院桃二株，紅白連理，今年白者漸變朱英，因爲作歌」（卷十九，頁九）。

後，心餘由紹興返南京，途經「蕭山（屬會稽道）道中」，又經「杭州」，其詩云：（詩集，卷十九，頁十）：

馬塍花外路，一葉夜行舟；
四郡形相倚，通都地欲浮。
艣聲銜尾下，行旅及關愁；
失笑思南宋，偏安到此州。

馬塍，有東、西馬塍，在西湖溜水橋北。詩中對南宋偏安於此，有激楚之音。

在杭州，與袁枚相晤，小倉山房詩集有「在杭州，晤苕生太史，即事有贈」：

聞君遠在會稽山，欲往從之江水艱；
聞君近來會城裏，未見君顏心已喜。
扣門呼君君未應，湖州太守先相迎；
平生識面渺難記，主愈殷勤客愈驚。
爲言往日長安居，曾與我甥同讀書；
曾蒙我姊賜梨栗，曾識我婦顏豐姝。
三十年前事惝恍，昔日兒童今官長；
憐才念舊意纏綿，紫綬金章氣蕭爽。
喜君交結多豪賢，感我清霜滿鬢顚；
推排人世一老物，鴻泥何處非前緣！
鄉人飲我吳山頂，拉君同往看山景；
萬户煙鋪屋瓦平，一天雲過杯盤冷。
烏鴉飛飛暮色蒼，與君重登太守堂；
新詩未讀一卷盡，夜鼓已作千回撞。

　　我歸蕭寺君渡江，相思明日仍茫茫。[97]

傳聞心餘由會稽至杭城，袁枚大喜而造訪，然湖州（吳興）太守已先至；因述及往日心餘在長安，受袁家人百般照顧情形。時袁枚五十六歲，自言「感我清霜滿鬢顚」、「推排人世一老物」，自傷、自謔。末言心餘隔日即渡江，往後「相思明日仍茫茫」，一往情深。

後，心餘返南京，舟過丹徒（鎭江）有「丹徒懷錢雨時汝恭（陳羣次子）明府」（詩集，十九）。後，又返蕺山，專著桂林霜傳奇，其自序云：

　　長夏病瘧，百事俱廢，瘧止，輒採其事（指文毅公殉難之事），塡詞一篇，積兩旬，成桂林霜院本，酷暑如熾，攜枕簟，就褋樹下，臥而讀之，侍疾者愀然而悲，聽然而笑，予且不知其故也。……乾隆辛卯仲夏，鉛山蔣士銓書于蕺山之館。[98]

心餘「積兩旬」，共二十日，即「成桂林霜院本」，可見他才思敏捷。

---

[97] 同註8，卷廿二，庚寅辛卯，頁八，隨園三十六種本。

[98] 蔣士銓著紅雪樓九種曲，桂林霜傳奇自序，頁二，藝文印書館叢書集成續編。下引文同此，不贅。此爲辛卯年事，趙舜著蔣士銓研究（師大國文研究所集刊，第二十號，頁一〇九二），繫于庚寅年。又，後面引「立秋日，（王夢樓）同蔣心餘前輩，暨諸子聽王范二女彈詞」（夢樓詩集，卷十二，頁五）亦應繫於辛卯，繫於庚寅，誤矣。

立秋，心餘又至杭州，與王文治相會，文治有「立秋日，同蔣心餘前輩，暨諸子，聽王、范二女彈詞，二女皆盲於目」詩云：

西風一入千林杪，萬里寥天肅清曉；
客懷蕭瑟不能禁，誰遣哀絲撥纖爪。
王女蘭心黯淡妝，微詞齒頰播芬芳；
消瘦腰肢初病校，白羅衫子玉肌涼。
范女少年正豐艷，靨暈紅酥如酒釅；
鴉雛雙髩嚲金釵，風動褭花蝶衣閃。
……（中略）
蔣侯奇氣高嵩泰，掣鯨祇覺西江隘；
扁舟稱病謝蘭臺，間吐風雷逞雄快。
余亦孤蓬天地間，布衣骯髒一漁竿；
相逢偏是清商發，玉貌紅燈綺窗月。
杜甫江南怨落花，樂天溢浦感琵琶；
十載冰霜同宦海，中年絲竹又天涯。
來朝黃葉空階積，惆悵江頭白日斜。（自註：次日心餘即返山陰）[99]

王女「蘭心」、「消瘦腰肢」，初病好；范女「豐艷」、「靨暈」、「彈金釵」、「纖爪」彈「哀絲」，令人感動。詩中稱許心餘詩過江西（黃山谷等江西詩派），才高嵩、泰，令人仰慕；然則二人仕途不順，「乞病歸」里相同⑩⑩。詩末感傷宦海浮沉，漂泊天涯，同爲謫居之音。

又，心餘往南京途中曾過蘇州、丹徒、遊嚴先生祠、天聖寺（在湖州府）、弁山白雀寺（在湖州府），胡安定祠（在湖州府）地等，皆有詩紀之。（詩集，卷十九）。

乾隆三十七年壬辰（一七七二），心餘四十八歲。

---

99 同註62，卷十二，頁五，學海出版社。據其卷十二，「西湖長集」，自序云：「庚寅之冬，遊於杭州，逾年（辛卯）春，遂掌教西湖之崇文書院，湖上之四時朝暮晴雨，領會殆遍，因自號西湖長」。由此知，「西湖長集」（卷十二），由庚寅之冬起，而此詩「立秋日，同蔣心餘‥‥」，必爲逾年（即辛卯）之立秋。

100 清史稿，卷五百零三，列傳二百九十，藝術二，頁一三八八九，王文治本傳云：「王文治，字禹卿，江蘇丹徒人。……乾隆三十五年，成一甲三名進士，授翰林院編修。逾三年，大考第一，擢侍讀。出爲雲南臨安知府，因事鐫級，乞病歸。後當復官，厭吏事，遂不出。往來吳、越間，主講杭州、鎮江書院。」（鼎文書局）。案「乾隆三十五年，成一甲三名進士」，應作「乾隆二十五年」，是年（庚辰）前三名爲：畢沅、諸重光、王文治。又案夢樓詩集，卷十，「歸人集」，自序云：「滇中自丙戌（乾隆三十一年）之冬，有平莽之役，逾年，繼以平緬。余來往瘴鄉，感河魚之疾（腹疾）。丁亥秋，適以鐫級（降級）解郡，遂循例告歸。」（頁一，總頁二六一，學海出版社）。清史稿所言「因事鐫級」，「因事」者，不過是用非所長而已！在解郡詩云：「我生本是江海人，箕踞長松磅礴倮；偶然作賦侍彤廷，簪筆頭廳趨駁娑。（駁娑，漢宮殿名）。典郡新恩豈不盛，邊陲重任殊難荷；有如猴猻入布袋，又似老兵挽官笴（矢幹）。矧今軍令正分明，坐待窮荒掃幺麼；自惟拙者宜退居，所司以陳吏議可。……」（卷十，頁一）。夢樓爲翰林侍讀，出任雲南知府，緬匪作亂，夢樓還要督運糧餉，往來瘴癘，非其所長，又爲性情中人，不善逢迎，辭官是遲早的事。

主講蕺山五年。二月，兩淮鹽運使聘為安定書院講席101，舉家至揚州。

心餘先至京口，宿袁春圃（鑑）觀察衙齋、後，至金山、江天閣（與魯白墀侍御，白澄山司馬相宴）題壁，而至竹西寺再送白墀（皆見詩集卷二十）。

在揚州，心餘有「田園主人畫冶春詩社圖102，即阮亭司理紅橋修禊處，既為作記，綴詩十二首」（詩集，卷二十，頁四），其一云：

---

101 鉛山縣志，卷十五，人物，頁五十五云：「（心餘）至白下僦屋，以居未幾，應浙撫之聘，主講蕺山書院者有年。應運使之聘，主安定書院者有年」（同治十二年刊本，中央研究院藏）。又據鉛山縣志，卷三十，雜類，塋墓，蔣太史士銓墓，頁二十九云：「主紹興蕺山書院凡五載，兩淮鹽運使復請主揚州安定講席」（據王昶墓誌銘）。知講學蕺山為浙撫之聘，安定講席則兩淮鹽運使之請。又據揚州畫舫錄，卷三，頁六五載：「安定掌院二十有三人。王步青，字罕皆，號已山……吳濤，字柱中，號旭亭……儲大文，字六雅，號畫山……王竣，字次山……查祥，字星南，號雲在……陳祖范，字亦韓，號見復……王喬林，字文河……張仕遇……邵泰，字北崖……蔣恭棐，字西圃……沈起元，字子大，號敬亭……劉星煒，字圃之，號印子……王延年，字湧輪，號介眉……杭世駿，字大宗，號董浦……沈慰祖，字礪齋……儲麟趾，字梅夫……蔣士銓，字心餘，號清容……吳珏，字並山，……吉夢熊，字渭崖……周升桓，字山茨，……趙翼，字雲崧，號甌北，……張桼，字暮青，號涵齋，．．王嵩高，字少林。．」（世界書局本）

102 冶春詩社，是王士禎（字貽上，號阮亭，別號漁洋山人），和林古渡、杜濬、張綱、孫枝蔚等人結的詩社，寫「冶春詞」，各展才華，互競其美，漁洋作品，尤為時人稱許，「冶春」之名，盛於當時。據揚州畫舫錄，卷十，頁二三八載：「冶春詩社在虹橋西岸。康熙間，虹橋茶肆名冶春社，孔東塘為之題榜，旁為王山藹別墅，厲樊榭有詩云：王家樓子不多寬，五月添衣怯晚寒；樹底鳴蟬樹頭雨，酒人泥殺曲欄杆。即此地也。後歸田氏，並以冶春社園入園中，題其景曰冶春詩社，由輞川圖畫閣旁巷牆門入叢竹中，高樹或仰或偃……」（世界書局本）。

難覓風流杜牧之，綠楊城郭故參差；
如何一片紅橋水，腸斷漁洋七字詩。

其八云：

探花（自註：王君文治）前此敞春筵，御史（自註：魯君贊元）風流太守（自註：陳君用敷）賢；
更約邊（自註：廷掄）袁（自註：鑒）兩觀察，累他名宦作神仙。

在忠雅堂詩集又有「冶春園小集看牡丹二首」（卷二十，頁四），**其一云：**

紅橋樓畔貯春雲，鬢影衣香晝舸分；
詩老社遺修禊會，主人家是孟嘗君。
花開一品叢仙髻，歌昵雙鬟記錦裙；
想見當時游冶地，夕陽留住杜司勳。

「主人家是孟嘗君」，一言主人好客，一言姓田，由詩中所述，與會者除心餘外，尚有王文治、魯贊元、陳用敷、邊廷掄、袁鑒。**據王文治夢樓詩集，「客有繪冶春詩社圖、索余題句者，見而有感，因賦是篇」云：**

漁洋司李揚州時，群推風雅之總持；
畫了公事夜延客，銀燈官舫同敲詩。
脩禊紅橋値春暮，冶春半格摛新詞；
方袍老仙年九十（自註：林茂之），兩朝文獻良在茲。
……（中略）
即今天恩殊曠蕩，同累諸君盡湔沐；
紀（自註：昀）徐（自註：步雲）域外明駝還，王（自註：昶）趙（自註：文哲）軍前故官復。
嬉春前月宿揚州，繞郭春波似昔流；
垂楊綠遍紅橋岸，懷古懷人並白頭。[103]

由此可知，冶春詩社圖中，尚有紀昀、徐步雲、王昶、趙文哲等人，盛極一時。至於夢樓，心餘詩中所提王漁洋紅橋修禊，在陳其年水繪園修禊詩序云：

水繪園修禊詩一卷，共八人：王阮亭士禛，邵潛夫潛，冒巢民襄，穀梁禾書，青若丹書，毛亦史師柱，許山濤嗣隆，陳其年維崧，……爲體有六，共詩三十八首。……[104]

[103] 夢樓詩集，同註[99]，卷十二，頁十四，總頁三六九。
[104] 陳其年著迦陵文集，卷一，水繪園修禊詩序，頁三十，總頁十九，商務四部叢刊正編。

在漁洋先生盛名籠罩下，可見當年「水繪園修禊」盛況。陳其年「水繪園三月三日修禊」詩（自註：同邵潛夫、王阮亭、冒巢民先生，暨毛亦史、許山濤、冒穀梁、青若），其一云：

禊堂背城郭，水木紛陂陁；
飛絮亦以漫，落花行復多。
幽禽時一鳴，緘情向春華；
物理有銷歇，賢達將如何。[105]

而王漁洋「上巳辟疆招同邵潛夫、陳其年修禊水繪圖八首」，其三有：

平山堂下五清明（自註：甲辰紅橋賦冶春句也），草長鶯飛無限情；
不怪老顛裂風景，名園上日相逢迎。[106]

揚州確是花柳滿園、草長鶯飛、歌聲舞影、名士風流之地。

六月，心餘同妻子往南京、登栖霞，有：「六月同安人往秣陵，遂登栖霞，留連半日而去，

---

105 陳其年著湖海樓詩集，卷二，頁二，總頁二五四，商務四部叢刊正編。

106 王漁洋著漁洋山人精華錄，林佶編，卷二，頁三，總頁十八，商務四部叢刊正編。

儈雛樵婦不知誰何也、二首」（詩集，卷二十，頁七），其二云：

松濤石浪坐低回，展放愁眉笑眼開；
偕老烟霞最宜稱，累他猿鶴屢驚猜。
游仙境迥憑肩過，采藥圖新把臂纔；
歸寫夫妻改裝像，布衣休浣攝山苔。

棲霞山，在南京東北，與紫金山遙遙相望；山嶺分龍山（東）、虎山（西）、鳳翔峰（中）；鳳翔峰最高處產「滋潤攝生」名貴藥草，又稱「攝山」。岩石以砂岩為主，棲霞寺東北處有片青灰色岩石，乍看以為岩石表面好像有一片波浪在翻滾，號稱「疊浪岩」[107]，即詩中「石浪」。時心餘偕夫人張氏返南京。詩中「松濤」、「石浪」、「龍山」、「虎山」、「鳳翔山」，奇風異景，「累他猿鶴屢驚猜」；至於煙霞仙境，宜夫妻偕游，共賞同美，人生至樂。詩末言其改裝，人皆不識，是以引出，「明日，城中傳說有夫婦游蹤甚異者，子才前輩來問，戲書奉答」（詩集，卷二十，頁八）：

田夫汲婦互穿雲，老佛低眉苦不分；

[107] 參周邨主編江蘇風物志，頁二四，明文書局。

客路偶然攜眷屬，游蹤未必感星文。
漫勞史筆傳遺事，卻被山靈識細君；
誰與洪厓描小影？鹿皮冠畔著青裙。

此詩亦載於隨園詩話[108]，袁枚云：「若生攜婦游攝山，余寄詩調之」。詩中以古仙人洪崖（亦山名，在江西南昌新建）自嘲，以見「戲」意。

六月十八日，心餘避暑湖上，詩云：（詩集，卷二十，頁九）

銀蟾略減二分圓，出郭荷花已颭然；
柳幔濕浮初日上，露珠香定曉風前。
一機雲錦舒纔半，十樣鸞牋染未全；
底用追尋河朔飲？此中應借酒爲年。

時，心餘居揚州。湖上荷花柳幔，露珠、朝霞，光彩奪目（十樣鸞牋，蜀牋，有深紅、粉紅、杏紅……等十色牋）。亦可知心餘悠閒之心情。

---

[108] 同註[18]，卷六，頁十，隨園三十六種。惟三十六種「田夫」作「樵夫」；「遺事」作「佳話」；「畔著青裙」作「伴水田裙」。

秋，甌北有「懷心餘」詩：

散髮江湖理釣絲，高雲舒卷見風期；
三千載犢才還在，四十懸車跡大奇。
閉戶著書黃絹字，閒居奉母白華詩；
故人萬里遙相望，漢上題襟定幾時[109]。

心餘年四十八，甌北四十六（時任貴西兵備道），任貴州偏遠之地，心中寂然，到了「壬辰冬仲，以廣讞獄舊事，吏議左遷」[110]，更羨慕心餘「閒居奉母」、「閉戶著書」了。所以不久，甌北有「舍弟書來，於舊居之北買地，將營草堂，喜歸計漸可成」[111]，便是這個意思。

後，曾景瞻（朝棟）子華斗輩，遣伻走二千里來揚州，乞心餘銘其母，並補其父長壽源幽壙（文集，卷六，墓誌銘二十二），又，「再題（邊）隨園無雙譜詩後」，「江蕪畦（恂）明府以琴箏寄餉」，心餘報之以詩。（見詩集，卷二十）。

又，心餘在揚州秋聲館（在康山），有題壁詩十首（詩集，卷二十，頁十一），其一云：

---

[109] 同[50]，卷十九，頁七，湛貽堂本。
[110] 同[36]，頁一二六，學生書局。
[111] 同[50]，卷十九，頁十二。

八九月間成室，二三更後讀書；
不用玉簫金管，清商蕭瑟自如。

頗能反映此刻「讀書」、「蕭瑟自如」的生活。袁枚詩集（卷二十三）有：「揚州秋聲館即事，寄江鶴亭（春）方伯，兼簡汪獻西」，其二云：

梨園人喚大排當，流管清絲韻最長；
剛試翰林新製曲，依稀商女唱潯陽。

子才於詩末自註云：苕生新製秋江一闋，演白司馬故事，知所言新製秋江，指「四絃秋」。據心餘四絃秋自序：

壬辰晚秋，鶴亭主人邀袁春圃（鑑）觀察，金椶亭（兆燕）教授及予，宴于秋聲之館，竹石蕭瑟。鶴亭偶舉白傅琵琶行，謂向有青衫記院本，以香山素狎此妓，乃於江州送客時，仍歸於司馬，踐成前約。命意敷詞，庸劣可鄙。同人以予粗知聲韻、相屬別撰一劇，當付伶人演習，用洗前陋。予唯唯。明日，乃翦劃詩中本義，分篇列目，更雜引唐書元和九年十年時政，及香山年譜自序，排組成章，每夕挑燈塡詞一齣，五日而畢。[112]

---

[112] 蔣士銓著紅雪樓九種曲，四絃秋，頁一。

四絃秋，「挑燈塡詞」、「五日而畢」，可見心餘下筆之勤、之快。王文治詩集亦有「題蔣苕生前輩四絃秋新樂府」：

古樂秦漢已淪佚，中聲在人今不沒；
審音易而作樂難，此語吾服西冷逸。（自註：吳西泠名穎芳，杭州布衣，精於樂律，著有吹豳錄。）
堂堂蔣侯起豫章，奇句驚天卓天骨；
餘技能爲樂府辭，宮徵咀含發古質。
空谷蘭揚幽闥芬，霜林桂傲陰崖茁；（自註：苕生有空谷香、桂林霜樂府二種。）
協律今見夷夔才，傳奇郤借范班筆。
挑燈偶誦琵琶行，潯陽遺事從頭述；
名倡遠嫁辭青樓，才子南遷望紅日。
元和戡亂時尚隆，樂天敢言道非屈；
誰教白壁被蠅點，始信朱顏入宮嫉。
茫茫荻花江浸月，船舫無聲四絃歇；
莫怪江州泣下多，多情原自忘情出。
休官余亦臥江干，四十四年霜鬢殘；（自註：按年譜、白公作琵琶行、年四十四，與余適同）
臨風聽徹銷魂曲，那免青衫淚暗彈。113

---

113 夢樓詩集，同註99，卷十二，頁十五。

由詩末「臨風聽徹銷魂曲，那免青衫涙暗彈」可知，夢樓、心餘、白傅（居易）等人，不過借商婦淪落、以澆自己胸中壘塊而已！

十月，心餘閱歐陽蘭畦章奏，請以江西停葬、溺女、錮碑三事，下部立法禁革，有「三善詩」誌其德。（詩集，卷二十）

十月初七之寅，子知廉生一孫女，名立莊。

冬，洪亮吉秀才訪心餘於安定書院，秀才因兩世棺未舉，而囊空如洗，蔣助之歸。**在洪亮吉所著詩集、附載心餘原作詩云：**

鐵崖樂府容齋筆，萬口爭傳洪亮吉；
誰知二十五年身，一領藍衫尚垂翼。
尚書五世爲清門，幾人眼識司空孫；
三冬足用信天稟，四歲早孤稱稚存。
訪我蕪城説經地，開閣延君感君意；
衣留黃海萬峰雲，篋守冬官一篇記。
新詩光怪森寒芒，萬鈞入手能挽強；
月斧雲斤鏤肝腎，出入韓杜爭軒昂。
卷軸塡胸字難煮，學士愛才心獨苦；（自註：謂竹均先生）
爲憐松柏少青邱，特贈泉刀買黃土。

堯夫元振誰與儔，戴暨丁廣難復求；
悠悠富貴豈足齒，寒潮欲打空城流。
酒波亙亙射眸子，風雪殘年渡江始；
明朝馬鬣寫新阡，別酒三巡君可起。[114]

洪亮吉先世，據呂培編著洪北江先生年譜云：「曾祖秋山府君、諱璟，康熙戊寅拔貢生，山西大同知府」，「祖封旅府君，諱公寀，國子監生，考授直隸州同知，貤贈承德郎，贅於常州趙氏，遂遷居焉」，「父午峰府君，諱翹，國子監生，累贈奉直大夫，娶蔣太宜人」[115]。幼年，家貧無所依，在機聲鐙影集，歲歉篇云：「十三知歲歉，十四忍朝饑；母病逋師俸，兒長著父衣。瘦憐親串識，貧覺館僮譏；冷巷歸來晚，書聲出破扉」[116]。心餘詩中以楊維楨（有鐵崖古樂府）、洪邁（學問精博、有容齋隨筆）相比，並言「新詩光恠森寒芒」、「出入韓杜爭軒昂」，可知其萬丈才華，可惜生活窮困，後爲朱筠（竹均）推介，識得慷慨的心餘，得以南歸。

當時，洪亮吉亦有「寄鉛山蔣編修士銓」：（自註：時主揚州講席）

---

[114] 洪亮吉著洪北江詩文集，附結軒詩，卷第四，（壬辰己巳），頁六，商務四部叢刊正編。

[115] 呂培等編洪北江先生年譜，收在洪北江詩文集，卷首，頁一，商務四部叢刊正編。

[116] 同[114]，附結軒詩，頁一。

我年十五知讀書，廓然二十東出遊；
東遊見君壁閒句，一室偃臥三旬留。
當時止識詩句好，欲訊君名識者少；
客有傳言姓字眞，生今恨不知名早。
君辭承明得幾載，我復饑驅客江表；
先人薄宦空數州，愛客囊傾室難飽。
相知敢謂異存沒，屋冷烏啼跡疑掃；
門徑猶經手植花，殯宮自綠心傷草。
一生豈識劉孝標，岸然爲著廣絕交；
芒鞵引入使者署，獸破世論空蕭騷。（自註：篔河先生）
吾徒零落有誰語，豈意逢君復相許；
病馬投閑感牧芻，哀禽入夜傷毛羽。
君詩軒闓非一體，君貌蒼然具憂喜；
貧賤相看總路人，途窮歸命緣知己。
離堂夜半酒乍傾，我𣍘身世非忘情；
譚深不盡百年意，努力尚期身後名。
握手相知各草草，明日饑寒復難保；
百計終慙奉母疎，一生忍謂依劉好。

憶昨高堂念客寒，蹇驢風雪勸加餐；

羊裘奚奴復付質（自註：去冬余急葬歸里，太夫人質羊裘贈行），雞黍拜母欣承歡。

識君三代總好客，才調諸郎復超忽；

有日重尋竹徑人，無情不問揚州月。

兩度書來問塞鴻，故人疏節爲飄蓬；

應從秋月思元度，更向青山夢謝公。[117]

亮吉因題壁詩認識心餘。詩中言已（亮吉）之先世爲官時，慷慨好客，死後無人存問。而劉峻（孝標）著廣絕交論，感歎世人趨炎附勢，心餘歎亮吉流離不能自振，如孝標之惜任昉諸子西華兄弟。並以朱筠（笥河）知賞、感念心餘慷慨，其母質羊裘贈行，得以脫困，期以身後得名。當時，「次韻者」，有彭元瑞、錢維喬等人[118]，如彭元瑞詩末云：「作詩代簡蔣夫子，介紹其間自君始；兩君不能致一客，故人可以三歎起」。此知心餘的介紹，元瑞與亮吉相識。

到了除夕，心餘有詩云（詩集，卷二十，頁十七），**其一：**

歲鼓通城爆竹，紅鐙兩岸酒樓；

[117] 同註[114]，頁五。

[118] 同註[114]，頁七。

　　廿六年前此夕，有人同泊揚州。

其二：

　　四代人連簪黻，一堂花擁笙歌；

　　且飲團欒歲酒，不須佩玉鳴珂。

心餘廿六年前與汪汝淮北上赴考，東遊秦淮，路過此地，同泊揚州，匆匆忙忙；如今爆竹酒紅、簪黻笙歌，四代團欒，享受天倫，別有一番滋味。

此年其他應酬之作如：喜晤吳蓀圃（璟）同年，再晤吳鑑南（璜），題抱經樓（盧文弨），爲彭紹升（允初）前明五君子墨跡冊子作詩（見詩集，卷二十），皆是。

乾隆三十八年癸巳（一七七三），**心餘四十九歲**。

在除夕日，喜吳蓀圃至，歲朝（元旦），送其赴永康州任（詩集，卷二十一，頁二）。後，心餘至湖上看芍藥、到焦山至眞州（儀徵）懷古。**又**，「**曉泛城河、至水香園觀荷**」（詩集，卷二十一，頁七）**云**：

　　一水通城貫壁池，畫樓粧閣對參差；

穿橋篷矮知潮長，拂帽花斜覺岸欹。
荷氣冷憑風醒睡，蟬聲清待露調飢；
添衣坐遍闌干曲，不惜佳人雪藕絲。

由詩中荷花、蟬聲看，應是夏末作品。

七月，心餘有「松江張氏義莊條碑書後」（文集，卷十，跋十三）云：

予老矣！我子孫他日苟有達官餘祿，當倣法此例。……毋得飽暖自固，……若家庭判秦越，骨肉分畦畛，各私妻子，不顧宗親，雖大富極貴，予必請於宗祖冥罰之，以爲庸鄙齷齪者戒。……書付知廉、知節、知讓收藏。……

可知心餘傳統治家嚴格。

九月十九日，知廉次女生，呼曰鸞，名立雝（心餘夢青鳥降于庭）。

揚州東南隅有康山草堂，爲明康海燕客彈琵琶處。心餘有「康山宴集，酬鶴亭主人（江春）、並邀邊都轉霽峰（廷掄）、袁觀察春圃（鑑）、陳太守體齋（夢元）、家（蔣）舍人春農（宗海）、江大令階平（廷泰）同作三首」，其一云（詩集，卷二十一，頁十一）

腰鼓琵琶駐此間，借他明月照酡顏；

城低不礙登高眼，亭迥全收隔郡山。
舊宰官身留十笏，小秦王曲付雙鬟，
就中鴻爪分明在，雪磴嵐梯好細攀。

以康海（號對山）彈琵琶、好詞曲（小秦王爲詞牌名），身留十笏之地，如雪泥鴻爪，以爲宴集鶴亭主人之意。

後，心餘還金陵。在「臥舊宅東齋感成」（詩集，卷二十一，頁十二）云：

十年老屋九年封，又聽雞鳴寺裏鐘；
五度還家身似客，一鐙懸壁劍如龍。
艸深靜院梅孤偃，泥落空梁燕絕蹤；
惆悵洪州買新宅，偷閒來寫北山容。

心餘於乾隆二十九年，卜居南京北山（鍾山一名蔣山）雞鳴山下十廟（帝王功臣十廟），至三十八年，共十年。時而往返南昌、鉛山、杭州、紹興、揚州等地，是以「十年老屋九年封」。而今「又聽雞鳴寺裏鐘」矣。詩中羈旅、蕭愁之愁，浮於面。

十二月，著「雪中人」，八日脫稿，其自序云：

癸巳臘日，錢百泉（世錫）孝廉，圍爐飲護春堂中，檐雪如毳，百泉偶舉鐵丐（案：姓吳名六奇，世居潮州，行乞吳越間）事，談笑甚樂，慫予塡新詞寫其狀，百泉既去，除夜兀坐，意有所觸，遂構局成篇，竟夕成一首。天已達曙，人事雜遝，小暇即書之，越八日而稿脫矣。⑲

「雪中人」主角「鐵丐」，是因「僵臥雪中」、「無寒餓之色」，故稱。

此年應酬之作，如「述德詩爲甘淑人（胡竹溪季堂嫂）作」，爲方竹樓（元鹿）作「畫竹歌」，爲吳梅槎（均）「咏梅槎酒器」，次韻「彭芸楣（元瑞）少詹同年畫秋花、題扇相寄」。（皆見詩集，卷廿一）

文章方面，裘文達（叔度）沒於乾隆癸巳年五月，心餘爲之撰寫墓誌銘（文集，卷五，墓誌銘一、四）。冬，劉甫三（星煒）之子輩奉祖之命，謹卜十月十八日將葬父母於豐東鄉荻野橋新阡，持狀來揚州，亦囑心餘爲其父母撰文（文集，卷五，墓誌銘一、十四）。

另，心餘此年題畫、題遺像詩頗多，如：彭芝庭（啓豐）尙書戴笠像三首，題丁人可（湘錦）寫像四首，題費處士（密）遺像；喜晤張錦邨（紹衡）明府題其段橋仙夢圖九首，爲（顧）仙沂題錢宮詹（大昕）先生畫白蓮小幅，題羅兩峰（聘）鬼趣圖，劉景韓火繡畫屏（均見詩集，卷廿一）等等。其中以題羅兩峰鬼趣圖最引人注目，因爲「鬼趣圖」（八幅，多小頭銳面）造成一時轟動，奠定兩峰

---

⑲ 蔣士銓著紅雪樓九種曲，雪中人，自序，頁一。

在藝術史上的地位，是以題咏者甚多，如袁枚、吳錫麒、張問陶、姚鼐、錢大昕、舒位⑫⁰等等，皆有題詩。心餘有「羅兩峰（聘）畫鬼趣圖八幅，題者殆徧，無分詠者、乃各賦一章，不切爲陳言，庶幾免夫，八首」（詩集，卷二十一，頁十五），其一云：　徧

三尺之身二尺肚，一臂一腳相爾汝；
䰰䰰索索來周旋，儂是半人君是蠱。
祿山奉腹華元奔，奇肱國主柔利民；
九原邂逅各有眞，生時滿腹藏經綸。
由來獨步誇絕塵，䰠耶魈耶皆游魂；
嗚呼！一手一足之烈豈如此？爲人不全且爲鬼。
防他笑出腹中刀，相逢莫罵彭亨豕。

---

⑫⁰ 袁枚題詠，見小倉山房詩集，卷二十七，頁五，吳錫麒題言，見於有正味齋詞，「滿江紅」題羅兩峰聘鬼趣圖，（收在清詞別集百三十四種，楊家駱鼎文書局本）。張問陶「戲題羅兩峰鬼趣圖」八首題詩，見於船山詩草，卷十一，頁三十七。又，船山詩草卷十頁十五，另首「羅兩峰墨勾圖」（鬼門也）。同治十三年味經堂重刊本。姚鼐題詩，見於惜抱軒詩集，卷二，頁十七，商務四部叢刊正編。錢大昕題詩，見於潛研堂詩，卷十，頁二十二。又，續集，卷一，頁十，商務四部叢刊正編。另有：羅兩峰畫醉鍾馗圖，商務四部叢刊正編。舒位題詩，見於缾水齋詩集，卷十六，頁一，藝文印書館百部叢書集成。

刻繪「三尺身」「二尺肚」、「一手一足」的第一幅鬼，讀來有趣。與舒位云「第一幅一鬼碩腹，一鬼半身」（瓶水齋詩集），正相映。

乾隆三十九年甲午（一七七四），心餘五十歲。

他的「五十初度，漫成四首」（詩集，卷廿二，頁九），其一云：

昨非今是豈其然？轉境虛云後勝前；
一事無成由宿命，百年過半守吾天。
文章報國誰能稱？菽水承歡亦可憐；
了徹彭殤齊得喪，壯心奇節等雲煙。

其二：

宮袍已舊影婆娑，未許山翁返薜蘿；
百歲魚龍鐙數點，六朝花月酒無多。
半生春夢人如此，老圃秋容菊奈何！
卻喜男婚今歲畢，彩衣紅映母顏酡。

其三：

孩提迴省最愴神，忽忽今成老大身；
永夜書鐙慈母淚，清時燕許北堂人。
兒孫但解尋歡笑，賓客何曾見苦辛？
五十行年一杯酒，暗中垂涕感茲辰。

其四：

七旬華髮五旬兒，但覺家貧仰母慈；
賤日夫妻憐共命，老來兄弟重連枝。
情親繾綣觴同舉，絃管周圍醉不辭；
笑看童孫五雛鳳，紅氍毹上拜參差。[121]

詩中歎年已半百，一事無成，皆由「命」定；「百歲魚龍」、「六朝花月」，如浮雲一現。已歲五十，春花秋菊，更似春夢無痕。而教學生涯，不敢許以「文章報國」，菲薄待遇，「菽水承歡

[121] 舊學山房本第四首，詩末「笑看」句，有兩字已模糊不清。

亦可憐」，「家貧仰母慈」，令人寒酸。了徹莊周齊得失、一禍福，聊以自慰。何況宮袍已冷，隱服（薜蘿，楚辭山鬼有「被薜荔兮帶女蘿」。孟浩然送友人之京有「雲山從此別，淚濕薜蘿衣」）已成，七十母親在家，學學老萊子彩衣娛親；兒子完婚，五童孫漸長，患難夫妻情同兄弟，亦多繾綣，天倫之樂，暫可填補心靈一些憾事。

春三月，完成臨川夢傳奇，自序云：

> 臨川一生大節，不邇權貴，遞爲執政所抑，一官潦倒，里居二十年，白首事親，哀毀而卒，是忠孝完人也。……雜採各書，及玉茗集中所載種種情事，譜爲臨川夢一劇，摹繪先生人品，現身場上，庶幾癡人不以先生爲詞人也歟。……甲午上乙鉛山蔣士銓書于芳潤堂。[122]

芳潤堂是心餘揚州居所。詩集卷二十有「題芳潤堂」詩，心餘居此作臨川夢傳奇。湯顯祖有玉茗堂四夢，含牡丹亭還魂記二卷、南柯夢記二卷、紫釵記二卷、邯鄲夢記二卷。照心餘臨川夢自序所言，他不是陳述湯顯祖在戲曲上的貢獻，而是表彰他「忠孝完人」，完美人格，亦以影射湯蔣二人，宦途爲「執政所抑」的心情。亦如吳錫麒「題蔣心餘臨川夢院本」所說的：「萬事飄如絮。驀吹來、先生筆底、夢都堪劇」。「莫認作、荒唐雲雨，一段因緣文字起，續離騷，半部精魂語」

---

[122] 蔣士銓著紅雪樓九種曲，臨川夢，自序，頁一。

123。屈子竭忠盡智，以事其君，然「忠而被謗，信而見疑」（史記語），不得志而作離騷，「存君興國」之志，「一篇之中，三致意焉」，卒沉汨羅，令人悲憤。臨川夢，「續離騷，半部精魂語」，亦正此意。

寒食日，又完成香祖樓傳奇，自序云：

以情關正其疆界，使言情者弗敢私越焉。乾隆甲午寒食日，藏園居士自書。124

可知香祖樓傳奇，以儒家思想下男女情愛爲基礎。

今年最讓心餘傷心的，莫過於十一月時，三位孫女：阿寶（已三歲）、阿鸞、阿賓（五月二十四日知節所生女，僅六個月）的死訊。**在「女孫阿寶、阿鸞、阿賓壙志」**（文集，卷六，墓誌銘二，三十五）**提到：**

十一月初七日，寶寶身熱，半月舌出左餂不已。左目睒睒上視，隨舌動。醫云：「是

123 見吳錫麒（穀人）「金縷曲」，「題蔣心餘先生臨川夢院本」，全文云：「萬事飄如絮。驀吹來，先生筆底、夢都堪劇。不怕殘鐘輕打破，機上穿成縷縷。莫認作、荒唐雲雨，一段因緣文字起、續離騷，半部精魂語，眞共幻，論千古。　宛然玉茗花前句。試喚起，臨川點拍，也應心許。三十種眠全解脫，纔試菩提覺路。引蝴蝶，翩翩而舞。世上儘饒鼾睡漢，問何人，許入梨園譜，纔讀罷，夜三鼓。」（有正味齋詞，頁一百四十八，收在清名家詞，（五），香港太平書局）。

124 蔣士銓著紅雪樓九種曲，香祖樓，自序，頁一。

痘將發也。」……十八日，鸞痘亦發，兩顴如塗朱，號呼強盛，醫始賀而中懼，五日漿未起而陷。歷九朝，至二十六日夜半，先絕。絕後捧之出，寶寶隔房櫳喚妹妹而哀，若有告之者。天明函之，送北郊建隆寺，乞夢因師收瘞後院。明日（二十八日）阿賓痘發，毒益熾，……百藥不可治，瞑而喘者三晝夜……寶寶亦不欲飲食，餘毒流右腓，瘇如瓜，既破，汩汩出黃水，面唇青白……（心餘）仍命知讓送兩櫬詣建隆寺，傍鸞而瘞。

這是慘絕人寰的事！在醫學不發達的時代，孩子就這樣白白等死。痘，是天花，據大不列顛百科全書載：「天花，smallpox，一種急病毒性傳染病，世界上最可怕的疾病之一，一九七七年已經消滅。西元前一一二二中國已有描述……。天花的症狀爲發熱，二天後出現皮疹，其發展程序爲丘疹、疱疹、膿疱、然後乾縮，遺留明顯疤痕。……典型皮疹出現於咽部及皮膚後方，具傳染性，通過直接或間接接觸，吸入帶病毒的飛沫而傳播。天花傳染性不強，一個患者通常至多傳染一至二名密切接觸者」[125]。除了沒有「瞑而喘者」外，其餘病情，即如百科全書所載。心餘在「悼三女孫」（詩集，卷二十二，頁十）云：

掌中珠失計眞窮，揭鉢難勝鬼母工；

[125] 丹青圖書公司翻譯出版大不列顛百科全書，中文版，一九八七年新編，第十四冊，頁三四七。

舐犢牛偎童牯健，落巢鴉歎伏雌空。
一行棺掩苔茵碧，三朵花埋繡褓紅；
敢向高堂頻慰藉？我身已作病梧桐。

「一行棺掩苔茵碧，三朵花埋繡褓紅」，哀傷至極，還得「向高堂頻慰藉」，苦中之苦，自不爲一般人所能理解。

此年應酬作品，在文章方面，如五月二十八日，項林皋卒，有鷹潭二項（林皋字世遠；九皋字世珍）合傳（卷四，傳二，十四）；九月二十日，楊成周（國勳）卒，有澹園楊君墓誌銘（卷六，墓誌銘二，二十五）。在詩集方面，心餘曾在錢陳群（文端公）過世時，至秀州（浙江嘉興）悼念。順途至蘇州西南，登靈巖山，到響屧廊，遊山塘，至天平山（近靈巖山）竭范墳，至蘇州義莊謁范文正祠，寒山別墅，師（獅）子林，滄浪亭等等（見詩集，卷二十二），皆有詩紀勝。其他題畫、題像詩，如：題王石谷（翬）畫冊，題羅兩峰（聘）畫屏後，費生（天彭）畫耄耋圖贈（錢）百泉，李竹溪（棠）桃源圖，題劉力夫（服耕，父罪配烏魯木齊）萬里尋親遺照（皆見詩集，卷二十二）等均是。到了除夕，有「除日得袁實堂（穀芳）詩、和韻寄答」（詩集，卷二十二）。

第七節　五一到卒年

乾隆四十年乙未（一七七五），心餘五十一歲。

也許太過於傷心三位孫女的病逝，正月，心餘母親鍾太安人卒於揚州。在「乙未三月為先太安人受弔前期告詞」（文集，卷九，哀詞十五）：

嗚呼！母棄兒孫，四十四朝。堂室依然，母去已遙。
母去豈遙？長眠不起；棺墻一層，如隔千里。
哀號萬聲，母淚暗吞；母或有言，兒孫不聞。
昏定晨省，朝饔夕飧；母榻已空，母几猶存。
僾然如聞，愾然如見；即之杳然，不能攀援。
慈音笑容，心中意中；忘母在棺，如尚可從。
疑母宴遊，庭留夕曦；捧輿列炬，去迎母歸。
母歸無期，返瞻遺像；燈明繐幃，都無依傍。
昔勸母飲，母笑舉巵；今勸母飲，無言默辭。
昔奉母饌，母必分甘；今奉母饌，飴難再含。
曾孫倚案，乞食如舊；母欲賜之，不能手授。
搴母牀幃，扶母坐具；一日百遍，母在何處？
思母語言，歷歷在耳；背兒泪垂，恐兒先死。
兒倖未亡，母今安在？雖百兒身，難爲母代。
五十春秋，心爲兒枯；隱憂萬端，無時或無。

心苦貌歡，悲傷入骨；無家可歸，如斯而卒。
人言福壽，人言康寧；母苦兒愁，誰知此情。
孫皆有婦，族失三雛；喜不償悲，全拋掌珠。
祿養本微，別營甘旨；甘旨雖陳，母脫其齒。
別母月餘，有如夢寐；朝抱棺啼，夕依棺睡。
天不可升，地不可入；泉路相隨，何時可及？
苟能及之，兒願母隨；五十之年，殘軀已衰。
生也無益，死也無損；偃仰蕭條，不知速殞。
豈敢速殞？尚羈異鄉；及秋而返，道阻且長。
明日朋來，陳牲以弔；養薄祭豐，母恩寧報？
支綴氣息，先此告知；母歆此酒，聽兒苦詞。
嗚呼痛哉！

心餘撰此告詞爲三月，距母親鍾氏逝世已四十四日，銜哀誌慟。慈音笑容，如見如杳，母榻已空，飴難再含，言語在耳，悲傷入骨，孫固有婦，三雛（指孫女）卻失，別母月餘，有如夢幻，朝抱棺哭，夕依棺睡，殘軀已衰，不如速殞，讀之令人腸斷。

母親逝世百日，有「先太安人百日家祭告詞」；五月初六日，有「先太安人七十誕辰家祭告詞」；後，有「爲先太安人成主告詞」；六月，有「朔日告先太安人，明日舉殯登舟返里哀詞」；

「七月三日，舟中啓櫬告詞」；(皆見文集，卷九)。後，「奉先太安人櫬抵家安位告詞」(文集，卷九，哀詞二十一)：

於乎！奉櫬登舟，歷千又五百里，蒙福于神，風水平安。今獲至止，潔掃新居之北堂，以妥以祀，母靈式安。哀哉哀哉！心之痛矣。緬維卜宅之初，繪屋于圖，廉與節于此，再拜奉祖母書曰：「此宅負郭，堂宇清曠，可寧我居。屋背有塘，可蓮可魚。蓮以作供，魚以入饌，慈顏可娛。」……乙酉之年，曾介眉也，親明拜奠，異往時也。痛哉痛哉！母之初棄兒孫也，晨昏定省，不離母之室中。歷久不見，此室乃空。及母靈之登舟也，朝夕上食，言言語語，無所適從。每見江山之勝，輒迴顧呼母觀覽而推篷。旋覺母之不復如疇昔之偕游也。洒血泪于悲風。又計川塗之日近于吾鄉也，呼母罔譍(無應)，而我心益窮。今返于堂寢矣，……

奉太安人之櫬(棺)，登舟歷千五百里而至家(南昌老宅)，沿途之勝，輒迴顧呼母游覽，母則無應，悲哀之至。

冬，漢陽阮見亭過訪，心折其一片石傳奇，據第二碑，自序云：

乙未冬，漢陽阮見亭茂才過訪，執手如平生。叩以故，則於傳抄中，心折予所撰一片石舊詞，蓋十餘稔，每以不及訂交爲憾，予乃傾倒見亭者不能已。見亭時往虔南省舅氏太守翥堂吳公，匆遽特甚。[126]

乾隆四十一年丙申（一七七六），心餘五十二歲

先是，趙翼在甌北集有：「聞心餘銜恤歸里，悵然有作，卻寄」詩云：

閒居數交游，蔣詡我好友；
京華一錄別，君歸我出守。
跡同鴻爪散，書但魚腹剖；
前年返江村，寂寞歎寡偶。
聞君客邗上，竊幸得聚首；
君亦遣僕來，開函筆如帚。
約我平山堂，一握開笑口；
是時宜乘輿，屨及窒皇走。
無端意因循，謂近在腋肘；
早晚舟一葉，可到隋隄柳。
因之遂蹉跎，忽忽兩年後；

---

126 蔣士銓著紅雪樓九種曲，第二碑，自序，頁四。

今朝郵書至，知君慘喪母。
煢煢銜恤歸，計日到江右；
吁嗟君遂遠，不得更執手。
相距兩驛餘，相思十年久；
良會竟坐失，此事實吾咎。
……（中略）
此身未死日，得復相見否？
淒涼聽雨床，蕭索論文酒。
因風寄遙訊，迴遍寸腸九。[127]

乾隆丙申，甌北年五十。詩中追述從前二人京華交游；別後心餘南歸，己則出守鎮安，而此刻亦辭官過林泉生活。心餘有約揚州平山堂，故謂「近在腋肘」，因之蹉跎、未能成行。相思十年，未能相會交歡，今則心餘喪母，丁憂（銜恤）歸里，亦罪、亦恨、亦慟。

---

127 同50，卷二十三，起丙申正月至丁酉六月，頁一，湛貽堂本。詩集雖云起于丙申，此應作於乙未冬，蓋詩中云「前年返江村」，指乾隆三十八年癸巳至家（實則壬辰仲冬辭官）。且心餘母親乙未正月逝世，何以「隔年」始知、才撰此「銜恤歸里」作品。何況詩中且云：「今朝郵書至，知君慘喪母」，則必是乙未冬作可確定，而集誤入於丙申年者。

心餘丁憂在家，正月「小祥日」、五月六日「冥壽」、皆有家祭。六月十八日，葬母親於沙土園之新阡，與父親幽宅衡宇相望。（皆見文集，卷九）

八月著第二碑，一名後一片石，自序云：

> 予自銜恤後，捐棄筆研閱月二十矣。今以夙願得申，始一破涕，乃援祥琴禮例，作後一片石。[128]

心餘在乙未正月遭母喪，經二十個月沉痛、守喪無詩作，至今年八月始撰著完成後一片石，以婁妃墓事爲題材。

冬，心餘肝火內熾，臨黃庭經。（文集，卷十，自書黃庭經跋）。

乾隆四十二年丁酉（一七七七），**心餘五十三歲**。

居南昌。

二月，**作甌北集序云**：

> 余與君相識在甲戌（乾隆十九年）會試風簷中，己而，同官中書，先後入詞館，九衢人

---

[128] 同註[126]。

海，車馬喧闐，吾兩人時復破屋一燈，殘更相對，都無通塞升沉之想。今握別十餘年，而大集之序，不以他屬，而以屬余，蓋以酸鹼之嗜，兩人有同味焉。關河迢阻，良晤爲難，何日得剪韭細論，開口而一笑也。時乾隆四十二年丁酉二月。同年弟鉛山蔣士銓拜撰。[129]

從甲戌會試二人相識，又同官，二十多年來，情感深篤，且對詩文，皆主性情，見解相同，（「酸鹼之嗜，兩人有同味」）；是以甌北「大集之序，不以他屬，而以屬余（心餘）」。

此年，心餘又作詩篇。「投老」（詩集，卷二十二，頁十三）：

齒髮將衰返故鄉，敢因貧病說行藏？
謀生計拙初營壘，投老家成又絕糧。
一硯田荒難換石，半樓書舊尚含香；
平生牆角鐙檠在，聊爲兒孫築講堂。

此心餘母親卒後（乙未、丙申無詩），在南昌爲營藏園作。詩言年老返鄉，謀生計拙，貧病絕糧，說明當時窘狀。除了「兒孫」、「半樓書香」外，平生勞苦，幾乎一無所得。是以「聊爲兒孫築講

---

[129] 同註[50]，序，頁三，湛貽堂本。

堂」。

後，心餘至撫州（江西臨川），在蕭公渡覆舟，有詩（詩集，卷廿三，頁一）云：

顛風晝吼蕭公渡，篙折檣傾拏不住；
砰然側偃臥波濤，性命中流誰得顧？
主僕相持衝浪起，赤腳袒身據船底；
打頭猛雨夾雹飛，自未歷戌不暫止。
電繞雷奔四望絕，水氣腥聞倏溺鬼；
寒侵肌骨牙齒顫，須臾身等鴻毛死。
我時兀坐淋漓間，兩奴股栗如驚癇；
語奴耐之靜必喧，河伯雖侮天公憐。
遠鐙明滅岸昏黑，雨急浪大船將遷；
長年鴨泛往求救，小艇接引心惻然。
因之蒲伏矮篷底，如劍入鞘難容旋；
熚湯飲我暖胸鬲，許割敗絮遮背肩。
……

在「蕭公渡（臨川縣臨汝鄉）」遇到「顛風」、「猛雨雹飛」、「電繞雷奔」，坐船「篙折檣傾」、

「側偃臥波」，主僕只好「衝浪起」，自下午一、二點（未）至於七、八點（戌），「寒侵肌骨牙齒顫」、「須臾身等鴻毛死」，不只所帶詩卷淪沒，簡直置死生於度外。還好，後有湯韡齋太守、危踐堂（訓）司訓（詩中自註）適時派人救援接引，得以脫困安神，並且馳書告知家人，子知廉奔撫州省視（見詩集，卷廿三，頁一）。

後，心餘往南豐，子知節避喧清泰寺（心餘三十二歲亦曾與汪魚亭韌讀書於此）。

秋，**心餘有「與譚誨亭**（尚忠）**廉使小酌池上」**（詩集，卷廿三，頁二）：

二十年前月，依然落酒杯；
聊因闢池館，何必起樓臺？
志節今難及，功名說後來；
涼蟬飲清露，流響一何哀！

譚誨亭尚忠，丁父（乾隆三十八年），母（乾隆四十年）之憂回南豐，心餘因與「小酌池上」。詩用「涼蟬」喻二人孤高、冷清、寂寞、悲哀。

後心餘返南昌，作藏園二十四詠：一、小鷗波草堂，二、含穎樓，三、定龕，四、養宧，五、兩當軒，六、四出方丈，七、邀魚步，八、瀟船，九、澤芝一曲，十、釀春花榭，十一、茶煙奧，十二、青珊瑚館，十三、玲瓏廡，十四、匳月簃，十五、因屋，十六、獨樹老夫家，十七、秋竹山房，十八、晚晴牖，十九、芳潤齋，二十、香雪齋，二十一、綠隱樓，二十二、習巢，二十三、鑄所，二十四、晚香書屋（見詩集，卷廿三，頁三起）。

後，知廉隨心餘返鉛山。過瑞洪（屬餘干縣，鄱陽湖東），念及慈母，悲慟不已。詩末云：（詩集，卷廿三，頁九）

九原酬德心無盡，雙敕貤封願敢違？
空贕兒時兩行淚，重來兼慟失慈幃。

詩中述及幼時（三歲）隨母居瑞洪外家六年（「六年往事堪迴憶」），外祖父母等人悉心照顧，敦敦教誨情形，餘哀不盡。

舟往鉛山，心餘戲和知廉詠物詩。並遊貴溪、卷尖石（卷績石，在鉛山縣北）、童山、河口、安洲壋、蕉溪壩等地；後，又攜眷屬再宿安泉園，皆有詩紀載（詩集，卷廿三）。再「拜別先塋」（詩集，卷廿三，頁十二），其三（瓜藤山）：

三十年碑碣，封題疊蘚苔；
重申柳下禁，難釋隴頭哀。
拔萃攜兒去，招魂奉母來；
之官守遺訓，不敢玷泉臺。

其四（天井塘）：

酒澆新馬鬣，淚滴舊朝衣；
祿養知無補，廬居願已違。
致身存志節，習苦賤輕肥；
敢望陳牲鼎，兒衰庶早歸。

心餘居鉛山，拜別先塋悲苦之極，準備返南昌。

後，心餘仍攜眷游積翠巖、石井庵。由於旅途勞累，返南昌後，生一場病，「病後」詩（詩集，卷廿三，頁十六）：

病後身如寄，秋來夜漸長；
閒階轉涼月，疏雨滴寒光。
鐙暗釵蟲細，鑪溫棗火香；
殘魂怯新夢，將暝益旁皇。

「秋來夜漸長」，知爲秋天所作。病後輾轉反側，心似飄萍身如寄，月涼疏雨夜何長，新夢殘魂怯，鐙暗心彷徨，一片孤寂。

此年，知廉選拔恩貢（鉛山縣志）。而心餘較重要應酬詩如：題童二樹（鈺）游鄧尉寫梅長卷，爲張惕庵（甄陶）前輩題東坡玉鼻騂券新刻拓本，賣牛圖歌爲（羅）兩峰作，李約庵（翮）扁舟出峽圖，寄懷袁丈易齋（守定），恭和御製史忠正（可法）遺像詩，懷熊汝條（枚）比部，題（羅）兩峰畫屏十六首，題畫爲（鍾）介伯（錫圭）作（均見詩集，卷廿三）等等。

乾隆四十三年戊戌（一七七八），**心餘五十四歲**。

由於天子垂詢，彭芸楣疊書催促，心餘在此年春天往北京供職，出門詩云：「一院雜花發，主人方出門」，「登車礪臣節，不敢說銷魂」（詩集，卷廿四，頁一）。又在甲辰年所作述懷詩云：「側聞天子語，許以名士優；感激再出山，宦海如沈浮」（詩集，卷廿六，頁十四）。當時長子知廉、三子知讓偕行。

沿途經南康府（江西星子縣），開先漱玉亭、三峽橋、栖賢玉淵潭、順風過大小孤山（大孤山在江西九江縣東，小孤山在彭澤縣北）；後東往，爲雪所阻，改泊於蓮花洲、池州（安徽貴池縣）道中，荻港（屬安徽繁昌縣）守風，而後至燕子磯，風雨橫暴竟夕，（均見詩集，卷廿四）。至南京時風雨橫暴，因念及知廉往叉磵，探視岳家受困。

二月，抵揚州。**心餘至建隆寺巡視三孫女墓，詩云**（詩集，卷廿四，頁四）

多謝山僧掃葉勤，阿翁來上女孫墳；
埋香尸解花三朵，倚竹魂消月二分。

在日將留遮額髮，生時應著半身裙；
賣餳天氣含飴酒，和淚爲伊洒夕曛。

其三云：

不信能探隔世環，遺邱深護碧琅玕；
碑應添土防泥掩，骨慮行鞭被箚攢。
諸佛定憐新鬼小，一坏能保百年難；
憑誰補志圖經內？記取青溪小妹棺。

建隆寺爲揚州八大刹之一。心餘和淚上墳，詩情悽惻。

後，心餘至梅花嶺謁史忠正祠墓、表彰其忠臣死節；至江鶴亭宅康山草堂觀演自製四絃秋。留居揚州一段時間，知廉與知讓，則先行赴試。

後，心餘舟過安山（在山東東平縣），有「安山閘看月憶知廉」詩。後至魯連臺、入衛河（臨清），入直隸境、舟泊天津，入白河，至京。而知廉出闈，「見知廉」詩有「思孃掩淚痕」，「絮語各寒溫」之語，以見心中孤寂。後，心餘病瘧，往海淀，自言「積損乃成衰」、「此身爲苦器」（見詩集，卷廿四），路途奔波，身體衰病。

在北京，「宿李寶幢（汪度）學士直廬、竟夕顛頓、承達侍郎（椿）診視，并感（錢）蘀石先生、彭衣春（冠）侍講，朱石君（珪）前輩垂問」（詩集，卷廿四，頁十），身心多寬慰。

一日，知廉夢知斗牽衣索祭，於是心餘與知廉往永樂庵，在「**永樂庵視四兒斗郎墓**」（詩集，卷廿四，頁十）

瓦堲吾何忍？桐棺汝久殤；
一坏依淨土，廿載瘞空桑。
入夢兒彈淚（自註：知廉前一夕夢牽衣索祭），題碑我斷腸；
揚州建隆寺，悽慘共斜陽。

四子知斗，三位孫女的早夭，最令心餘斷腸。

不久，第三孫情信，第四孫義信相繼出世，家中總算有個喜。得舉第三孫有云「阿厚十齡能誦經」，言長孫立厚已十歲，能誦讀經書；「阿安八歲學趨庭」（見詩集，卷廿四，頁十），言次孫立安也已八歲，承受父教，其樂融融。

秋末，心餘「**病後遣知廉、知讓南歸**」（詩集，卷廿四，頁十），**其二**云：

秋容漸換柳將髡，斷岸依稀認水痕；
分壘文詞宜白戰，對床風雨耐黃昏。
計程心放郵籤熟，撥櫂詩成舊韻存；

不許驚波喧藥鼎，夢中隨汝到家門。

心餘在京生病二個月，病後遣子南歸，勉子讀書作詩，並慰家中老小。

心餘在北京，「翁覃溪（方綱）前輩，得宋槧施元之、顧景繁合注蘇詩舊本」，裝潢後，「同人作詩題之」；又，吳百藥（肇元）侍讀招飲於接葉亭（見詩集，卷廿四），酬酢不多。

十月二十八日，有詩云（詩集，卷廿四，頁十六）[130]：

傷懷五十侍歌筵，失母偷生又四年；
再曳朝衫添白髮，空陳家祭隔黃泉。
壺冰案雪兒猶在，店月橋霜婦可憐（自註：聞內子已北來）；
何日柴荊傍邱壟？老垂雙淚墓門邊。

此日爲心餘五十四壽辰。感傷母親逝世，晚掛朝衫，妻室北上，羈旅愁人。到了「十一月十日，家人至」（詩集，卷廿四，頁十七）：

---

[130] 忠雅堂詩集原作「十二月十八日」，後面一首爲「十一月十日家人至」，時間倒置。據詩中「店月橋霜婦可憐」，「橋霜」言其妻北來之時，以九、十月爲宜；然「十一月十日家人至」，當作「十月」爲是。心餘生日爲「十月二十八日」，推知原題當作「十月二十八日」，生日感懷之作。「二」字爲錯置。

相逢執手淚痕新，不見當時就養人；
冢婦隨姑前日樣，童孫比父昔年身。
攜來家具纍纍卸，別後情懷瑣瑣陳；
翦燭更闌疑夢寐，酒匜波暖欲生鱗。

妻、子由南昌至北京，久別重逢，執手相看淚眼；童孫長大，又見攜來家具纍纍，有說不出的親切高興，更闌翦燭談心，訴說別後情懷，溫馨心頭。

心餘官運不佳，有類趙翼。甌北五十五歲補官途中，兩臂忽患風痺，自言：「人笑暮年重出仕，天將衰疾教休官」。心餘留京不久，又生病，所謂：「病與妻孥共，貧增故舊憐」，在貧病交錯的日子，自然是萌生退意。「病中」（詩集，卷廿四，頁十七），第二首：

我憶鷗波館，閒居跡豈孤？
十圍依老樹，萬卷付童烏。
黃閣身何有，青山買得無？
明年吹鐵笛，歸老藕花湖。

心餘藏園有「小鷗波草堂」、「溝船」、「獨樹老夫家」、「晚香書屋」等，詩中多眷念，蓋至京師，「頭低藥窯前」、「病與妻孥共」（第一首詩句），徒增傷感。盼望明年能南歸，有如楊維楨（號鐵崖，抱遺老人，鐵笛道人），「白衣宣至白衣還」（宋濂贈詩，見明史本傳）。

乾隆四十四年己亥（一七七九），**心餘五十五歲**。

二月上丁，太學分獻禮，皇上命協辦大學士尚書英廉（計六）行禮，翰林則爲心餘與蕭際韶（鳴球）編修，有**「二月上丁，太學分獻禮成，恭紀三首」**（詩集，卷廿五，頁一），**其一**：

古柏陰屯曉霧籠，祠官班肅聖人宮；
崔嵬殿陛元時啓，美富彝章盛代崇。
三獻升堂分揖拜，六成張樂記初終；
兩楹坐奠尊親極，萬古斯文祀典同。

京師立文廟，丁巳祭祀先師孔子，以春秋上丁，遣大學士一人行祭，翰林官二人分獻。典禮肅穆。

二月二十六日，英竹井（廉，號竹井老人）院長、招同嵇拙修（璜）、錢籜石（載）兩先生、施耦堂（學濂）侍御、余秋室（集）、吳穀人（錫麒）兩編修，集檀欒艸堂海棠花下，心餘與之，有詩作三首（見詩集，卷廿五）。後，心餘至法源寺看花，有疊前韻寄（英）竹井院長詩三首，又有集（錢）籜石先生獨樹堂次竹井院長韻二首，知心餘此時與英廉交往頗密。

五月廿六夜，心餘夢中作云（詩集，卷廿五，頁十）：

七載遍五岳，此心殊了然；
苔雲雙屐換，衣翠一節偏。
八柱不可見，六鼇應有權；
道流相識盡，自覺滿塵緣。

居北京，時常參加飲宴，相識文人頗多，自覺塵緣已滿，了然於世。

八月，據洪亮吉門人呂培等編洪北江先生年譜，心餘與翁學士方綱、程吏部晉芳、周編修厚轅、吳編修錫麒，張舍人塤及洪亮吉、黃景仁等共結詩社[131]。

後來，心餘又得病，「病中柬彭衣春（冠）侍講」（詩集，卷廿五，頁九）：

半間打頭屋，一個信天翁；
家判貧交累，官微老欠通。
債城高莫避，詩竈火難充；
鬲氣宜朝饉，依然守固窮。

[131] 收在洪亮吉著洪北江詩文集，呂培編洪北江先生年譜，頁十四，（總頁八），商務四部叢刊正編。另據黃逸之著清黃仲則先生景仁年譜，乾隆四十四年條，頁五十五云：「時翁學士方綱、蔣編修士銓，程吏部晉芳，周編修厚轅，吳編修錫麒，張舍人塤，結都門詩社，邀先生（指黃景仁）及亮吉與會……」（台灣商務印書館本）。

彭冠（衣春）與心餘同榜進士，心餘貧病閒散、官微欠通，是此刻心情最佳寫照。

値得一提的是，知節今年舉於鄉。至於應酬之作如：次韻答陳理堂（燮），送王琴德（昶）廷尉假還，王樓村（式丹）十三本梅花書屋、圖爲王少林（嵩高）郡丞作，題吳蓮洋（雯）遺像，題吳鑑南（璜）蘇門聽泉舊圖，爲（施）耦堂（學濂）題畫，送吳秀亭（玉綸）太常赴承德府等等（均見詩集，卷廿五），皆是。

乾隆四十五年庚子（一七八〇），心餘五十六歲。

在京。三月三日，心餘與翁方綱、（程）魚門（晉芳）、（張）瘦同（塤）、（曹）楓亭（景宸？）、（吳）穀人（錫麒）、及（黃）仲則（景仁）集載軒寓齋，分詠瓶中海棠[132]。

秋，知讓召試，欽取第一，賜舉人[133]。

十二月十九，翁方綱招集心餘等人，瞻拜蘇軾遺像。在「**十二月十九日，東坡生日，翁學士招集蘇齋，瞻拜遺像，分得南字**」（詩集，卷廿五，頁十一）：

---

132 詩中所云「楓亭」，未知所指？王德毅編清人別名字號索引作「曹景宸」（頁五八二，新文豐出版公司經銷）；周駿富編清代傳記叢刊索引作「徐鏵」（頁五一九，明文書局）；楊廷福、楊同甫編清人室名別稱字號索引作「王宣」、「宮翼辰」「曹景宸」（頁五四四，文史哲出版社）。究竟實指何人？不得而知。

133 鉛山縣志，卷十五，頁三十二云：「蔣知讓，字師退，號藕船，士銓三子，乾隆庚子召試，欽取第一，賜舉人，赴禮部，不遇，以知縣分發直隸。」

元豐五年公年四十七，生日出游懷抱酣；
長笛飛聲被江水，似有鶴趁飄風南。
紫裘烏帽李進士，歌詞風格如何戡；
平生遷謫亦何有？醉醒取適顏無慚。
迄今六百又八載，乃有學士蘇齋龕；
臘日爲公介眉壽，瓣香清酌辭喃喃。
客十一人共揚觶，酒龍詩虎紛雄談；
……

翁方綱（一七三三—一八一八），一號蘇齋，以其崇拜蘇軾之意。詩中言與會者有十一人，於東坡生日、共同瞻拜其遺像，詩酒獻祝，緬懷儀型，可見諸人對東坡之崇敬。

心餘友人趙翼，有：「閒居無事，取子才（袁枚）**、心餘、述菴**（王昶）**、晴沙**（顧光旭）**、白華**（吳省欽）**、玉函**（儲秘書）[134]**、璞函**（趙文哲）**諸君詩，手自評閱，輒成八首」，其一：**

千里懷人白露時，一編冰雪慰相思；

---

[134] 玉函，據王德毅編清代別名字號索引，頁一二四有「張起麟」、「儲秘書」兩位。應指儲玉函（秘書）。據袁枚隨園詩話，補遺，卷二，頁一云：「宜興儲玉函太守，同年梅夫之從子也。詩筆與其弟玉琴相似，而尤長於五言。」

蕭齋日與諸君見，可惜諸君不得知。

其二：

多是長安舊往還，入聯坐席出聯鞍；
當時不覺從游樂，誰識如今一面難。[135]

時甌北五十四歲，閒賦在家；心餘居京，其他友人或在京，或散居別處，甌北心中孤寂，自然想起昔日北京友朋，而讀其詩篇。

乾隆四十六年辛丑（一七八一），**心餘五十七歲**。

心餘在京，充國史館纂修，撰開國方略十四卷。並作懷人詩四十八首，後懷人詩十九首，續懷人詩十九首（見詩集，卷廿五）。

先是，**心餘**「**晤李約菴**」（詩集，卷廿五，頁十一）云：

嬾著歸田錄，仍乘出峽艘；

---

[135] 同註[50]，卷廿五，頁十五，湛貽堂本。

一官比雞肋，萬事等鴻毛。
涉遠心原苦，當歌氣益豪；
輸君行卷富，猶寫浙江濤。

李約菴[136]，有扁舟出峽圖（見詩集，卷廿二）。詩中云「一官比雞肋」、「萬事等鴻毛」，反映此刻心餘心情最好寫照，「輸君行藏富，猶寫浙江濤」，羨約庵藏書多，而能自由自在的創作。第三首云：（頁十二）

十畝藏園地，花畦藥砌仍；
簾遮昏壁畫，夢翦夜闌鐙。
去去行方急，栖栖愧未能；
夕陽人影薄，五十厭飛騰。

[136] 李翮（約庵），據徐世昌編清詩匯，卷九十五，頁二十七云：「字逸翰，號春麓，又號約庵，金鄉人，乾隆壬辰進士，有秋影山房詩稾。」（世界書局）。又，清詩匯，卷八十四，頁二十九，「李天英」條云：「字藥庵，永川人，乾隆丙子舉人，官貴筑知縣，有居易堂集」。永川在四川，金鄉在山東。據忠雅堂詩集卷二十二李約庵扁舟出峽圖，言其出長江三峽言。又，本詩第二首有「君且去成都」則約庵應指李天英。

人老倦勤，思歸田園，夜夢翦燭，而無心於仕途矣。

後，心餘有「喜晤查榕巢（禮）方伯」（詩集，卷廿五，頁十二）云：

冷署浮沉廿四年，霜痕漸覺點華顛；
辭羈終謝三升豆，買棹欣承五萬錢。
轉戰蠶叢收瑣甲，銘功劍閣憶飛鳶；
期功開府洪都去，應導兒童拜錦韉。

查榕巢，征金川有功，官湖南巡撫[137]，時官四川布政使，入京陛見，相晤。詩云查榕與己（心餘）之浮沉冷署，「辭官買棹」之心，不可同日而語，詩末盼榕巢能開府洪都（南昌），為後代子孫瞻慕。

心餘有「自題觀河面皺圖」（詩集，卷廿五，頁十二），其三云：

旅困相如久倦游，秋來定買潞河舟；
江湖不少魚羹飯，歸臥藏園綠隱樓。

---

137 查禮，清史稿，卷三百三十二，列傳一百十九，本傳，頁一〇九六二云：「字恂叔，順天宛平人」，乾隆中，征金川有功，為按察使、遷布政使、尋擢湖南巡撫。「入覲，四十六年，卒於京師」（鼎文書局）。

其四云：

聽雨孤篷少日身，中年須髮漸如銀；
煙霞骨相山林臉，不是乘風破浪人。

「秋來定買潞河舟」，知爲秋天前居北京作，詩意則自嗟自難，不是乘風破浪人。又，「疊韻再題四首」（詩集，卷廿五，頁十三），其三云：

滿壁滄洲供臥游，無多行李上輕舟；
藏書幸有兒孫讀，歸去重開萬卷樓。

其四云：

空許平生稷契身，何須斑管別金銀？
誰憐閒卻經綸手，喚作雕蟲篆刻人。

仕途不順，歸隱藏園讀書之志，極爲明顯。

八月，心餘著冬青樹院本，自序云：

竊觀往代孤忠，當國步已移，尚間關忍死于萬無可爲之時，志存恢復，耿耿丹衷，卒完大節，以結國家數百年養士之局，如吾鄉文、謝兩公者，嗚呼！難矣哉！秋夜蕭然，不能成寐，剪燈譜冬青樹院本三十八首，三月而畢。……經曰：歲寒然後知松柏，若兩公者，即以爲冬青之樹，誰曰不宜。辛丑八月，離垢居士書。[138]

序中言「冬青樹」院本，取「歲寒然後知松柏」意，以文文山（天祥）、謝疊山（翺）爲宋室勤王死事爲主，實以表彰其「孤忠」「大節」，亦以襯托心餘對朝廷之「忠」。至於以「離垢居士」爲號，是否意味著心餘此刻，相離茲塵垢、不再戀棧？或者意識行將逝世？全書三日而畢，才思敏捷，不因老而衰。

後，心餘有「送朱滄湄（文翰）舍人假還新安」，「邀同年陳東浦（奉茲）觀察小飲」、「題李約菴課耕艸堂圖」。（皆見詩集，卷廿五）。又與（程）魚門、翁方綱至崇效寺訪菊[139]。又與（吳）穀人（張）廋同同日移居，新居爲張樊川祭酒舊寓[140]。

---

[138] 蔣士銓著紅雪樓九種曲，冬青樹，自序，頁一。

[139] 翁方綱著復初齋詩集，臺灣大學藏本（由館際合作取得），卷廿四頁七，又該卷頁，翁方綱有「爲清容題其鄉人青琅玕館圖」；該卷頁十五有「心餘、穀人、瘦同同日移居三首」。

[140] 同註[139]，卷二十四頁十五，趙舜蔣士銓研究以爲方綱「心餘穀人瘦同同日移居三首」壬寅作，非是。該詩在復初齋詩集，卷二十四，頁十五，卷二十四爲辛丑閏五月至壬寅三月作品，在頁十八「之日訒菴送水仙花賦謝」，方綱自註「以下壬寅」可知。

乾隆四十七年壬寅（一七八二），心餘五十八歲。

皇上召見，保送御史用。又，中風病臥，右手不能書。在趙翼甌北集有「億生（趙懷玉）乞假南歸，京華故人程蕺園（晉芳）、孫補山（士毅）、張吟薌（塤）諸公，俱寄聲存問。兼聞蔣心餘中風病臥，即事感賦」[141]。又有，「寄心餘」，其一云：

江湖十載穩漁蓑，重入詞垣鬢已皤；
只擬老當嘗蔗美，誰知上有積薪多。
遷官階淺思烏府（自註：君歸養十餘年，及再入詞館，則資俸已在後輩之後，仍保送御史，已蒙上記名），過客門稀感雀羅。
天末相思那得見，翻君舊稿一吟哦。

其二云：

跋扈詞場萬敵摧，如何乃築避風臺；
少貪酒色終償債，老訂詩文幸滿堆。
木有文章原是病，石能言語果爲災；

141 趙翼著甌北集，卷二十七，壬寅部分，頁十二。

可憐我亦拘攣臂，千里相望兩廢材。[142]

甌北以「跋扈詞場萬敵摧」，稱揚心餘詩文之不可一世。詩中並言心餘再入詞垣，保送御史，卻中風病痺（拘攣臂），二人同病相憐，亦是巧事。

心餘在甲辰年述懷詩有：「二豎忽相厄，末疾醫莫瘳。右體從此廢，語言爲咿嚘」（詩集，卷廿六，頁十三），又在次韻答翁覃溪學士云：「右肘猶然弄不律，漫擬龍門縣著述」（詩集，卷廿六，頁十五）；可見風痺後，右手不能書，以左手替代。後，又與李調元相見於順城門之撫臨館，歡甚[143]。

又，所作論詩雜詠（詩集，卷廿六），從楊鐵崖至顧晴沙共三十人。

乾隆四十八年癸卯（一七八三），**心餘五十九歲**。

心餘有：別固原新樂府五章，爲陳約堂（守詒）題大西洋獅子圖，張瘦銅（塤）舍人屬題倪文正遺像，題畫二首，綿潭山館十首等作品（見詩集，卷廿六）。

後，有後續懷人詩（陳榕門宏謀至熊肖石之珵）十八首。後南歸。**雜感十九首，其第十云**（詩集，卷廿六，頁十）：

---

[142] 同註[141]，頁十三。

[143] 李調元著雨村曲話，卷下，頁廿八，收在中國古典戲曲編著集成，第八冊，北京，中國戲劇出版社。

藏園富艸木，四季交芳馨；
主人將歸來，欣欣有餘榮。
就中治藹花，可以制頹齡；
但使腰腳健，酌酒不願醒。
一二戚友歡，相與翻玉缾。

此歸南昌途中作。現實的（含身體）的不如意，眷然思歸矣。

後，心餘招翁方綱飲，方綱不赴，以詩謝。未幾，心餘辭京師，方綱送行[144]。乘著船南歸，他的「**舟中雜興八首**」（詩集，卷廿六，頁十一），其一云：

麥隴連畦秀，沿邨餅餌香；
聞雞知午至，卷幔得風涼。
省事渾醒夢，因緣學坐忘；
欲尋江味永，喚客鬥旗槍。

---

[144] 同註[139]，卷廿六，頁十四，送蔣心餘歸江西云：「五年重踏東華土，一枝仙筇颯軒舉，莫作詞人老態看，尚醉紅裙按歌舞。……」

其二云：

此是還鄉水，津長滾滾流；
行藏雙雪鬢，婦子一歸舟。
道遠途經注，心安病骨瘳；
隔林青旆小，含笑問滄州。

無官一身輕，心安則病體稍癒，帶著家眷還鄉，長流滾滾，沿途山水田園之勝，盡收眼底。

繼有「漫興十一首」（詩集，卷廿六，頁十二），其一云：

糴米人歸市，持錢客趁墟；
筠籠剖文蛤，絲網出刀魚。
社散鴉銜肉，秧齊叟荷鉏；
柴門老妻待，繩户上鐙初。

直如陶淵明歸去來之意。

返南昌後，心餘曾省婁妃墓、游北蘭寺（詩集，卷廿六）。

乾隆四十九年甲辰（一七八四），心餘六十歲。他的述懷詩（詩集，卷廿六，頁十三）云：

憶昔誦書史，恥與經生侔；
苦懷經濟心，學問潛操修。
廿九通仕籍，四載登瀛洲；
索米金馬門，忍飢求豆區。
覥然人子心，慷慨歸來休；
教授十五年，二毛須鬢秋。
樂道頗相安，序列賈董儔；
側聞天子語，許以名士優。
感激再出山，宦海如沈浮；
二豎忽相厄，末疾醫莫瘳。
右體從此廢，語言爲咿嚘；
三年支離身，所欠土一抔。
故人難往復，交親稀接酬；
即今六十歲，速死吾寧愁？
坐令觀物眼，出入偕庭楸；

此心久厭世，何取嗜好稠？
分知志節士，天地妒其尤；
誓今從化去，力與鬼伯謀。
他生免輪迴，日與飄風游。

此居南昌作。詩中追憶昔日苦讀經史，懷有安邦定國之志（經濟心），廿九歲後，考授中書、進士二甲、入詞林、授編修，爲小人謠諑所害，出京，轉徙江南，教授十有五年。而後天子以名士徵召，感激出山，進用御史。然，右臂風痺，三年支離，即今六十，只愁一死，免於輪迴，斯願已足。可知，心餘此刻心境十分黯淡、低落。

是以所作，**如齒落**（詩集，卷廿六，頁十四）：

顏色日以枯，齒牙日以落；
左車無復陳，空虛失城郭。
朝夕成饞夫，涎沫滿齦齶；
老饕終日飢，苦與若敖若。
形等混沌死，不待七日鑿；
口舌親軟美，酸鹹嗜好各。
不如辟穀翁，吸露有眞樂；

舌在亦何爲？辯才無復昨。

年紀大了，顏色枯槁，齒牙落、輔骨無，涎沫四溢，終日苦飢；不如辟穀廢食，吸露登仙。又在「生理」詩云：「生理有時盡」，「血肉既歸土，魂魄散寥廓」，「未死已具知，燎然自心覺」（詩集，卷廿六，頁十五），亦多自嗟自歎。

返南昌居住，心餘閒居耰鋤，觀賞花木綠荷，或者「讀書」（詩集，卷廿六，頁十四）自遣：

朝日一卷書，夕日一卷書；
六十稱老生，已非時世儒。
四庫既涉獵，豈云腹空虛？
顧視七男兒，或可分經畬。
資稟各有成，未拙於豚豬；
我老坐兀兀，通夜如鰥魚。
獨處寡酬和，生趣已絕無；
厭此待盡身，相棺列庭除。
所歷亦既多，曷敢怪其餘？
士無一知己，相識嫌籧篨。
我言非皇墳，彼驚論唐虞；

童孫鮮知識，問事堪盧胡。
蓋棺事則已，識字寧非迂？
得酒自斟酌，懷抱稍稍舒。
誰復計醉醒？南山對踟躕。

七子資稾有成，童孫問事堪笑（盧胡）。得酒以自斟，望南山而踟躕。亦以解憂。尙可慰者：獨處少酬，朝夕讀書，涉獵四庫，自稱老儒。老如鰥魚，整夜兀坐，生趣絕無。

堂扁楹帖皆君手蹟，日與相對，而不得一晤，深可悵也，詩以寄之」云：趙翼在甌北集（甲辰部分），有「蔣心餘曾掌教安定，今病廢歸江西，余來承乏院中，

邛駏相依兩散材，晚途俱作老書獃；
君留鴻爪仍何往，我爲豬肝亦此來。
字有碧紗籠古壁，草餘書帶映寒苔；
可憐處處看遺跡，不得同時一舉杯。

其二云：

病歸聞說泊江邊，故舊來看共愴然；

口不一言常撟舌，身先半死但吟肩（自註：聞去歲自京病風歸舟過揚州如此）。
贅疣於世原何用，拳曲全生亦可憐；
得復一燈相對否，平山南望淚如泉。[145]

甌北年五十八，主講揚州安定書院，可以「讀書」、「救貧」。詩中敘述心餘亦曾在此講學，「君留鴻爪」，指心餘堂扁楹帖題詩，而今只得「處處看遺跡」。「身先半死」，言蔣半體枯竭，令人同情；「贅疣於世」、「拳曲全生」，傷二人老病，悲從中來，難以一燈相對，剪燭談心，只得在平山堂遙念老友，悲不自勝，「平山南望淚如泉」，有朋如此，死生何憾！

袁枚在甲辰年三月起遊匡、廬。據小倉山房詩集載，有「過彭澤縣」、「泊石鐘山」、「鄱陽湖」、「到廬山開先寺」、「香爐峰觀瀑」、「行十里至黃涯、再登文殊塔觀瀑」、「宿瞻雲寺」、「早起遊萬衫寺」、「棲賢寺」、「上五老峰遇雨迷路」[146]等等，皆有詩紀實。而子才路過心餘家，時心餘已半體枯竭，聞子才至，心餘蹶然而起。**袁枚有：「蔣苕生太史病發家居，因余到後，力疾追陪，作平原十日之飲，臨別贈歌」云：**

先生示人杜德機，儀容清癯似植鰭；

[145] 同註[140]，卷二十八，頁十五。
[146] 以上引號「」皆詩題。見於小倉山房詩集，卷三十，（甲辰），頁二起。

前年乞病辭丹墀，一帆歸臥江之湄。
傳聞不一多異詞，云生云死云垂危；
忽然我到君驚疑，如以仙藥投肝脾。
登時起坐喜不支，張王神氣開鬚眉；
詞鋒滾滾同平時，箋妖語怪談神祇。
口所謇澀筆代撝，右手偏廢左手持；
劈裂箋素磨隃麋，旁行斜上龍蛇飛。
錯落蝌蚪皆珠璣，雖枯半體坐若欹；
吐氣尚懾千熊羆，其宅幽渺樹四圍。
長廊疏寮窈窕池，鼠姑花開香佛衣；
朝朝飲我酒一卮，繁肴綺錯堆盤匜。
恍如元度離京師，眞長九日十見之；
膝前森立三瓊枝，長君獻賦趨南畿。
仲子鳴鞭試禮闈，三郎長齋步步隨；
搔摩痾養扶履綦，見贈五言玉雪霏。
才子孝子人中師，手抱萬首藏園詩；
拜述翁命言偲偲，屬我細讀加檢披。
意若難逢某在斯，士安一序千秋垂；

其餘作者肱可麾，琥珀拾芥針引磁。
濠梁莊惠琴鍾期，此中心契非阿私；
我手加額重思維，先生遭逢亦數奇。
少年才名海内馳，殿上簪筆侍軒羲；
一篇吟成萬口推，頃刻官可登台司。
無端奉母江南歸，天子時時嘆不羈；
東山再起欲有爲，抒所蘊畜佐明治。
不圖崔崔心事違，今之相者但舉肥；
鷽鳩閼遏鸞鳳姿，文光雖耀未閃屍。
專趨人急心孳孳，晏嬰食祿無餘資。
天心翻悔生公非，平生嗜義如渴猊；
九族貧者待舉炊，耳鳴陰德古所稀；
以先生擬眞庶幾，自然食報理所宜。
不于其身于其兒，大昌厥後今始基；
於根生蘭蘭生芝，左視右視堪娛嬉。
含飴便足當蓡著，何須更覓倉公醫；
賢者形衰神不衰，王夫人言豈我欺。
先生未必不期頤，恨我粵行難久稽；

遨遊山川老更痴，上堂再拜將歌驪。
先生掩面心淒其，自取行狀付我窺；
公雖不言我已知，果然賤子死或遲。
貞銘拾我將尋誰，我亦自傷兩鬢絲；
臨行涕下如綆縻，今生休矣來生期。
雲龍相逐苔岑依，天上地下無參差；
長江知我難別離，逆風日日船頭吹。[147]

時袁枚六十九歲，蔣六十；詩中言心餘儀容清瘦（自號清容居士），示人以死（杜德機），前年乞病辭歸，傳聞或曰死，或曰生、或垂危，無有定言。而子才忽至，心餘樂不可支（起坐喜不支），朝朝飲酒、繁肴滿匜，見其詞鋒滾滾、談妖說怪，有如平時。右手雖廢、左手可書！身形半枯、氣則壯（吐氣尚懾千熊羆）。宅居幽渺、池深花香、子孫賢肖，長者獻賦、次者試闈、老三長齋隨步侍候，將來必大有可爲。不愧是江西名士，才子、孝子、兼人師，家教好，詩有萬首，令人仰望。袁枚並以莊周、惠施；鍾子期、伯牙許以二人交情。末，心餘自料死期不遠，取出已撰好之行狀，請子才審閱，並求作銘，情悲而語摯。

閏三月甲子，知廉于江西試考列二等。

---

[147] 同註[146]，卷三十，頁五。

夏，翁方綱寄題藏園養痾圖[148]，心餘有「次韻荅翁覃溪學士」（詩集，卷廿六，頁十五）：

神明無疾形骸疾，二氣何從覘虛實？
兀然枯坐一匡床，舉眼空空生白室。
居士齒豁頭未童，自幸今冬開六秩。
浮生如此亦惘惘，但數春秋同庚蟀。
守過三庚似蔡經，背有三壬慚李泌；
靜裏年光爾許長，待盡之期尚難必。
左肘猶然弄不律，漫擬龍門縣著述；
隨風幾見星入井，聽雨常占月離畢。
故人學士重交情，寄我新詩若參朮；
……

南昌家居，心餘右手已廢，但「左肘猶然弄不律（筆）」，而且「神明無疾」、「待盡之期尚難必」看來，精神健朗。詩中亦表現兩人交往的厚誼。心餘忠雅堂詩集編年止於是年。

[148] 同註[139]，卷二十八，頁十七。

乾隆五十年乙巳（一七八五），心餘六十一歲。

二月二十一日，心餘卒於南昌。歿時大雷電繞屋，與誕生時同149。葬於鉛山七都董家塢。

袁枚有「哭蔣心餘太史」，其一云：

西江風急水搖天，吹去人間老謫仙；
名動九重官七品，詩吟一字響千年。
空中香雨金棺掩，帳下奇兒玉筍聯；
如此才華埋地底，夜深寶劍恐騰煙。

其二云：

君家花裏別君時，君起看花力不支（自註：三月四日）；
一慟自知無見理，九原還望有交期。
應劉並遊空存我，李杜齊名更數誰；

149 張廷珩等修，華祝三等纂鉛山縣志，卷十五，頁五十六云：「卒年六十有一，是日，亦無雲而雷，與生時同，異矣」。（中央研究院藏同治十二年刊本）。又據碑傳集，卷四十九，頁二六三，上欄，引王昶撰翰林院編修蔣君士銓墓志銘云：「卒年六十有一，君生歿之日皆無雨而雷風，故世以爲異云」（收在上海古籍出版社出版清代碑傳全集）。

誰教藏園詩稿序，已成未寄倍淒其。150

「名動九重」，指乾隆皇帝曾云「江右兩名士」，稱許心餘與彭元瑞。「詩吟一字響千年」，「李杜齊名更數誰」，盛讚心餘詩歌成就，已無齊名者。「一慟自知無見理，九原還望有交期」，死生相共之期許。「應劉並逝空存我」，指建安應瑒、劉楨，俱卒於獻帝建安二十二年（西元二一七），而子才不能與心餘同死，生有餘恨，留爲藏園詩序，悲不自已。

趙翼亦有「子才書來，驚聞心餘之訃，詩以哭之」：

斯人遂已隔重泉，腸斷袁安一幅箋；
預乞碑銘如待死，久淹床第本長眠（自註：君中風病臥已數年，去冬子才過江西，君預囑爲其墓誌。）
貧官身後惟千卷，名士人間値幾錢？
磨鏡欲尋悲路阻，茫茫煙樹哭江天。
書生不過稻粱謀，磨蝎身偏願莫酬；
忽漫焚魚辭薊闕，也曾騎鶴到揚州。
屢移家去無黔突（自註：君去官時先買宅渡江，後掌教山陰、揚州，皆攜家住，晚又卜居南昌。），
再出山來已白頭；

150 同註8，卷三十一，頁四。

何限世間陽翟賈，傲人足穀與多牛。
十年館閣每隨行，角逐名場兩弟兄；
可畏隱然如敵國，所當何處有堅城。
久將身入千秋看，如此才應幾代生？
我痛自關人物謝，區區豈特故交情。[151]

心餘仕宦不如意，如韓愈、蘇軾，身坐磨蝎宮，屢遭口謗，一生只得爲「稻粱謀」（生活養口）奔勞，是以掌教山陰、揚州，轉徙流離。五十四重出，供職京師，身老體衰，立功已晚。然，詩具千秋之才，如此湮沉，慟悼其逝，不止爲知音好友而已！

據鉛山縣志載（卷五），道光四年，鉛山縣增祀心餘於群賢堂。綜觀心餘一生，文學如詩歌、散文、傳奇、詞曲、駢體，確實千秋；至於道貫古今，更非一般群小可以仰望。

---

151 同註140，卷廿九，頁十。

第二章　蔣心餘交遊

心餘是江西鉛山人，他的交遊應由江西寫起；但爲了凸顯「乾隆三大詩人」的關係，先就心餘、袁枚、趙翼三人交往關係作一討論，然後順著各省行政區排比，使得心餘與當時重要文壇人物之關係，更具體、系統。其中也包括親戚，使能窺知其生活的全面。

第一節　心餘、袁枚、趙翼

先說袁枚（清康熙五十五年，一七一六——嘉慶二年，一七九七），字子才，號簡齋，世稱隨園先生，浙江杭州人。乾隆元年舉博學鴻詞，報罷。乾隆四年中進士，改庶吉士。官溧水、江浦、沭陽、江寧知縣，有小倉山房詩文集、小倉山房尺牘等著作，收在隨園三十六種。❶

❶ 隨園三十六種，不著編者，清光緒十八年上海圖書集成印書活字版。含：小倉山房文集三十五卷（袁枚撰），小倉山房外集八卷（袁枚撰），小倉山房詩集三十七卷補遺二卷（袁枚撰），袁太史稿不分卷（袁枚撰），小倉山房尺牘十卷，牘外餘言一卷（袁枚撰），隨園詩話十六卷，補遺十卷（袁枚撰），隨園隨筆二十八卷（袁枚撰），新齊諧二十四卷，續新齊諧十卷（袁枚撰），隨園食單不分卷（袁枚撰），隨園續同人集不分卷（袁枚撰），隨園八十

（續次頁）

次趙翼（清雍正五年，一七二七—嘉慶十九年，一八一四），字耘松，號甌北，江蘇陽湖人。乾隆二十六年恩科會試中式，殿試第三，時三十五歲。後出任廣西鎮安，守廣州，陞貴西兵備道，四十六歲乞假歸田，專心著述，著有甌北詩鈔、二十二史劄記、陔餘叢考等書，收在甌北全集。❷

第一目 心餘與袁枚

心餘與袁枚的交往，由子才的慕名而訂交。在小倉山房詩集「寄蔣苕生太史」，序云：

壬申春過揚州，見僧壁題詩，絕佳，末有苕生二字，遍訪無知者，熊滌齋（本）前輩

壽言六卷（袁枚撰），紅豆村人詩稿十四卷（袁樹撰），碧腴齋詩存八卷（胡德琳撰）；南園詩選二卷（何士顒撰），筱雲詩集二卷（陵應宿），湄君詩集二卷（陸建），繡餘吟稿不分卷（袁棠撰），盈書閣遺稿不分卷（袁棠撰），湘痕閣詩稿二卷（袁嘉撰），湘痕閣詞稿不分卷（袁嘉撰），樓居小草不分卷（袁杼撰），素文女子遺稿不分卷（袁機撰），瑤華閣詩草不分卷（袁綬撰），瑤華閣詞鈔附補遺不分卷（袁綬撰），隨園女弟子詩選六卷（袁枚選），飲水詞鈔二卷（納蘭成德撰，袁通選），箏船詞不分卷（劉嗣綰撰），捧月樓詞二卷（袁通撰），綠秋草堂詞不分卷（顧翰撰），玉山堂詞不分卷（汪度撰），崇睦山房詞不分卷（汪全德撰），過雲精舍詞二卷（楊夔生撰），碧梧山館詞二卷（汪世泰撰），隨園瑣記二卷（袁祖志撰），涉洋管見不分卷（袁祖志撰），閩南雜詠不分卷（袁綬撰）本文皆據此本，不贅。

❷ 甌北全集含：皇朝武功紀盛四卷，簷曝雜記六卷，甌北詩鈔（分五古、七古、五律、七律、絕句），甌北詩話十二卷，甌北先生年譜，甌北集五十三卷。其中甌北先生年譜爲趙懷玉撰。嘉慶湛貽堂刻本。

爲言，茗生，姓蔣名士銓，江西才子也，因得芳訊。❸

在小倉山房詩集「相留行為茗生作」，則云：

皇帝甲戌年，我遊揚州惠因祠；壁上詩數行，煙墨蒙灰絲。掃塵讀罷踊三百，喜與此人生同時；尾書茗生二字已剝蝕，其他姓氏爵里難考如殘碑。❹

詩中記載，與隨園詩話所云：「余甲戌春往揚州，過宏濟寺，見題壁詩云……末無姓名，但著茗生二字，余錄其詩，歸訪年餘……」❺，三則記載中，子才見題壁詩時間不同，一在甲戌（乾隆十九年，一七五四），一在壬申（乾隆十七年，一七五二），相去兩年。不僅如此，袁枚在其爲忠雅堂詩集

---

❸ 袁枚著小倉山房詩集，卷十四，戊寅，頁一。

❹ 同註❸卷二十一，頁五。

❺ 袁枚著隨園詩話，卷一，頁六。又，因心餘題壁詩而結識的，尚有洪亮吉，在洪北江詩文集，附鮚軒詩第四，頁五，（總頁四四六），商務四部叢刊正編，「寄鉛山蔣編修士銓」（時主揚州講席）云：

我年十五知讀書，廓然二十年東出遊；
東遊見君題壁句，一室偃臥三句留。
當時止識詩句好，欲訊君名識君少；
客有傳言姓字眞，生今恨不知名早。……

作序（詩集，序，頁二）云：

癸酉過眞州，見僧舍題壁，心慕之，遂與通書。……

癸酉是乾隆十八年（一七五三）。如此說來，袁枚見題壁詩、乾隆十七、十八、十九皆有記錄；可見所說不明確。心餘在忠雅堂詩集有「守風燕子磯登永濟寺，閱壁間戊辰舊作，悵觸移時，一僧復出絹素，乞詩三首」，其三（詩集，卷十六，頁七）云：

鐵索誰牽不繫舟，顚風勸我一淹留；
勞生眷屬難成佛，閱世心情暫倚樓。
舊句眞慚少年作，才名深感令君求（自註：袁子才因壁詩訪予十年，始知姓氏里居，又十年，乃訂交白下。）；
煩師洗去東牆字，說道詩人漸白頭。

此詩作於乾隆三十二年丁亥（一七六七），心餘四十三歲，時赴紹興，守風燕子磯。由詩中自註推算，乾隆十二年丁卯（一七四七），蔣二十三歲，題壁僧舍，子才見壁詩，或在乾隆十七、十八、十九（即袁三十七歲起），因訪心餘。經十年，即乾隆二十二年丁丑（一七五七），蔣三十三，袁四十二歲，兩人訂交白下。袁枚詩集、詩話所載，全憑記憶，是以所見題壁詩時間，游移不定。

在袁枚小倉山房詩集裡，卷十四（戊寅）頁一，有「寄蔣苕生太史并序」；卷十八（甲申）頁七，有「臘月五日，相公招同秦學士大士、蔣編修士銓、小集西園，各賦四詩」；卷十九（乙酉）頁一，有「題蔣苕生太史歸舟安穩圖」；卷二十（丙戌丁亥）頁二，有「題史閣部遺像，有序，序云：像爲蔣心餘太史所藏……」；卷二十頁四，有「除夕讀蔣苕生編修詩，即倣其體，奉題三首」；卷二十頁六，有「謝苕生校定拙集」；卷廿一（戊子己丑）頁四，有「長至前一日，熊廉村中丞、蔗泉觀察、招同蔣心餘太史……小西湖夜宴」；卷廿一頁五，有「相留行爲苕生作」；卷廿一頁六，有「題苕生黻佩圖」；卷廿二（庚寅辛卯）頁八，有「在杭州晤苕生太史，即事有贈」；卷廿七（辛丑）頁七，有「倣元遺山論詩」，第十九首論蔣苕生、趙雲松；卷三十（甲辰）頁五，有「蔣苕生太史病發家居，因余到後，力疾追陪，作平原十日之飲，臨別贈歌」；卷三十頁六，有「題苕生桐下聽簫圖」；卷三十一（乙巳丙午）頁四，有「哭蔣心餘太史」。

在小倉山房文集方面，卷五頁十一，有「蔣太安人（指心餘母）墓志銘」；卷六頁七，有「贈編修蔣公適園（指心餘父）傳」；卷十八頁七，有「寄蔣苕生書」；卷廿五頁十一，有「翰林院編修候補御史蔣公（指心餘）墓誌銘」；卷廿八頁二，有「蔣心餘藏園詩序」。又，小倉山房外集，卷四頁三，有「與蔣苕生書」。❻

袁枚的隨園詩話，有關袁、蔣兩人交往事蹟頗多。在詩話卷一頁五（二則）、頁六；卷二頁十；卷四頁十一；卷五頁七；卷六頁九、頁十；卷七頁六；卷八頁一（二則），頁二（四則）、頁四、

---

❻ 以上小倉山房詩集、文集、續文集（卷廿五起）、外集，卷頁，皆據隨園三十六種本。

頁十三；卷九頁十五；卷十頁二；卷十四頁八、頁十；卷十五頁六、頁十一；卷十六頁三；又，隨園詩話補遺卷三頁二、頁七；補遺卷四頁九；補遺卷五頁十二、頁十四；補遺卷六頁四；補遺卷七頁六、頁九；補遺卷十頁五❼，都有記載。

在小倉山房尺牘部分，卷三頁十，「答王夢樓侍講」；卷四頁二，「與金匱令」；卷十頁二，「答祝芷唐太史」；卷十頁四，「答孫補之」；卷十頁五，「再答李少鶴」；其中內容與袁、蔣二人交往有關。在隨園瑣記，卷上，「記圖冊」條，及子不語，續編多載與二人相關。❽

在蔣心餘方面，忠雅堂詩集，卷十三頁一，（甲申下），有「喜晤袁簡齋前輩，即次見懷舊韻」；卷十三頁四，（乙酉上），有「偕袁簡齋前輩游棲霞十五首」；卷十三頁七，（乙酉上），有「邀尹公子似邨、陳公子梅岑、李大令竹溪，過隨園看花小飲」；卷十五頁十七，（丙戌），有「除夕夢偕袁子才前輩、登一高峰，各成四語而寤」；卷十六頁二，（丁亥上），有「偕袁簡齋前輩登清涼山」；卷十八頁十六，（戊子下），有「悼良姑慰簡齋前輩，時簡齋病齒、未愈」；卷十八頁十九，（戊子下），有，「題隨園雅集圖」；卷二十頁八，（壬辰），有「明日城中傳說有夫婦游踪甚異者，子才前輩來問，戲書奉答」；在詩集補遺下，頁五，（戊戌），有「舟過秣陵懷簡齋」。

在心餘所著銅絃詞，上，頁二十，有「賀新郎」，云：袁子才前輩郵駢句數百言訂交，題詞奉報」；又，頁二十一，亦有「賀新郎」，百字令。

❼ 以上卷頁據隨園三十六種本。

❽ 以上卷頁據隨園三十六種本。子不語有卷九蔣太史，卷十二王老三，卷十四狐鬼入腹，卷十九白石精等條。

袁、蔣二人詩歌成就，**隨園詩話補遺**（卷十，頁五）**云**：

> 金纖纖女子，詩才既佳，而神解尤超。或問曰：當今詩人推兩大家；袁、蔣並稱，何以袁詩遠至海外，近至閨門，俱喜讀之，而能讀蔣詩者寥寥。纖纖曰：樂有八音，金石絲竹匏土革木，皆正聲也。然人多愛聽金石絲竹，而不甚喜匏土革木，子試操此意以讀兩家之詩，則任沈之是非，即邢魏之優劣矣。人以爲知言。

子才此說，略近。孫原湘亦推崇袁枚。❾然，亦未盡然。後有詳論。

第二目　袁枚與趙翼

袁枚與趙翼在北京相識，時袁四十、四十一歲，趙年二十九、三十❿。**袁枚在小倉山房詩集有「謝趙耘菘觀察見訪湖上，兼題所著甌北集」，第二首云**：

---

❾ 徐珂編清稗類鈔，文學類，「袁趙蔣詩之齊名」條（頁八三）云：「昭文孫子瀟太史原湘則專推袁蔣，其詩云：平生服膺止有兩，江左袁公江右蔣」。（上海商務印書館）。

❿ 參王建生著趙甌北研究，頁七十七，學生書局。

集如金海自雕搜，滿紙風聲筆未休；
生面果然開一代，古人原不占千秋。
交非同調情難密，官到殘棋局可收；
我倘渡江雙槳便，定來甌北捉閒鷗。⓫

「交非同調情難密」，袁、趙詩歌皆主性情，「氣味相投」；又，袁在三十七歲，趙在四十六歲辭官，故云「官到殘棋局可收」。「生面果然開一代，古人原不占千秋」，盛讚甌北詩歌成就。詩末欲訪甌北，調侃。又，在小倉山房續文集，卷廿八有「趙雲松甌北集序」（亦載於甌北集）。**隨園詩話補遺**云：

「生面果然開一代，古人原不占千秋」，此余贈趙雲松詩也。「作宦不曾逾十載，及身早自定千秋」，此雲松見贈詩也。⓬

兩人作官時間相似，皆以詩文「千秋」期勉，旨趣相同。**隨園詩話**比較袁、趙云：

趙雲松觀察謂余曰：我本欲占人間第一流，而無如總作第三人，蓋雲松辛巳探花，而

⓫ 同註❸，卷廿六，頁六。
⓬ 隨園詩話，同註❺，補遺，卷五，頁十四。

於詩只推服心餘與隨園故也。雲松才氣橫絕一代，獨王夢樓不以爲然。嘗謂余曰：佛家重正法眼藏，不重神通；心餘、雲松詩專顯神通，非正法眼藏，惟隨園能兼二義，故我獨頭低，而彼二公亦心折也。余有愧其言。然吾鄉錢璵沙前輩讀甌北集而奇賞之，寄以詩云：忽墮文星下斗台，聲華藉藉冠蓬萊；探花春看長安徧，投筆身從絕域回。風雅名誰爭後世，乾坤我欲妒斯才；登壇老將推袁久，不道重逢大敵來。⑬

子才自負三大詩人中第一。其實三大家詩，各有所長，以忠雅堂最爲雅馴，子才詩標性靈，甌北「投筆身從絕域回」，古詩氣勢流轉，然二人有時流於滑易。子才隨園詩話品評，未盡公允，而三人詩歌盛名可想。

至於趙翼，在甌北集論及袁、趙二人關係者：歐北詩鈔有，五古頁三，「子才過訪草堂，見示近游天臺，雁蕩……諸詩」；七古四頁十八，「連日翻閱前人詩，戲作，效子才體」；七古四頁二十一，「至揚州約同人作青魚會，會將遍，適子才至，又更互設饌，迭相招陪……」；五律二頁六，「再題小倉山房集」；五律二頁七，「（王）述菴到常（州），適袁子才亦至，遂并招……讌集寓齋即事」；七律一頁八，「次韻酬袁子才見寄之作」；七律三頁七，「題袁子才小倉山房詩集」；七律三頁八，「小倉山房集有咏物詩，戲用其韻」；七律三頁八，「和友人（指袁枚）落花詩」；七律三頁十四，「西湖晤袁子才喜贈」；七律四頁十九，「題子才續齊諧小說」；七

⑬ 隨園詩話，同註❺，卷十四，頁十。

律四頁二十，「遊隨園題壁」；七律四頁三十，「留別子才」；七律四頁四十一，「子才書來，驚聞心餘之訃……」；七律五頁十六，「答子才見寄之作」；七律五頁十八，「子才昔年預索輓詩，竟無恙，今以腹疾就醫，又索生輓……」；七律五頁二十，「袁子才輓詩」；七律六頁十一，「隨園弔袁子才」；七律七頁二十，「偶閱小倉山房詩再題」；七律七頁三十八，「隨園弔袁子才」；絕句一頁十八，「閒居無事，取子才、心餘……諸君詩，手自評閱……」；絕句二頁七，「劉霞裳秀才美姿容、工詩、嘗偕子才爲名山之遊，今又同舟來謁，喜而有贈，并調子才」；絕句二頁十四，「子才到揚州預索輓詩」；絕句二頁十五，「子才遇相士胡炳文，決其六十三生子，七十六考終，後果如期得子，一驗……去歲七十六，遂飾巾待期者一年，并索同人挽詩，及歲除，竟不死……」；絕句二頁十九，「眞州蕭娘製糕餅最有名，人呼爲蕭美人點心，子才以餽奇中丞，中丞寵之以詩……余亦作六絕句」；絕句二頁二十八，「子才以雙湖太守禁妓，作詩解之，戲題其後」；又在甌北詩鈔卷首，有袁枚在乾隆五十年作的序。酬酢多，足見兩人交往之密。

甌北詩鈔七律三頁十四，「西湖晤袁子才，喜贈」詩云：

不曾識面早相知，良會眞成意外奇；
才可必傳能有幾？老猶得見未嫌遲。
蘇隄二月春如水，杜牧三生鬢有絲；
一個西湖一子才，此來端不枉遊資。

「不曾識面早相知」，可知甌北早爲子才文名所動，且稱讚他「才可必傳」，所以「老猶得見未嫌遲」。袁枚文采風流，與蘇軾、白居易與西湖互相點染、流傳。而由其潤筆一篇，酬至「千金」，足見聲名之高，也因此，有餘力治隨園。**甌北詩鈔七律四頁二十**，「**遊隨園題壁**」**詩云**：

名園欲訪屢愆期，到及梅花正滿枝；
惟恐長爲門外漢，特來親賦畫中詩。
林亭曲折文人筆，墻壁淋漓幼婦詞；
名滿九州身一壑，輞川莊遂屬王維。

隨園取仿西湖之景。袁枚隨園記云：「隨其高爲置江樓，隨其下爲置溪亭，隨其夾澗爲之橋，隨其湍流爲之舟……就勢取景，而莫之夭閼者，故仍名曰隨園」⑭。甌北以王維住的輞川喻子才隨園，則林亭曲折，名滿九州之義自出。**又甌北詩鈔七律六頁十一**，「**隨園弔袁子才**」云：

小倉亭館記追攀，訪舊重來淚暗潸；
勝會不常今宿草，名園無恙尚青山。
詩文一代才人筆，花月平生散吏班；

⑭ 袁枚著小倉山房文集，卷十二，頁二。

我亦暮年難再到，爲君多駐片時閒。

小倉山的隨園、園林、亭館、花月、青山依舊，哀悼子才一生「花月平生散吏班」，並云其「詩文一代才人筆」；與「不拘格律破空行，絕世奇才語必驚」（偶閱小倉山房詩再題，七律七頁二十），極盡恭維子才才華。甌北詩鈔，七律五頁二十，有「袁子才輓詩」，其二云：

三家旗鼓各相當，十載何堪兩告亡（自註：謂君與蔣心餘）；
今日倚樓唯我在，他時傳世究誰長。
本非邢尹生相妒，縱到彭聃死亦殤；
衰朽只悲同調盡，獨搔白首覽蒼茫。

袁枚由西元一七一六至一七九七，蔣士銓一七二五至一七八五，趙翼一七二七至一八一四，以甌北八十八歲壽最高，子才八十二次之，心餘六十一年最短。袁枚卒，甌北七十一，而在詩歌上旗鼓相當，且互相標榜，勝於宋代邢天榮，尹穀相妒；死生固遲速有時，「衰朽只悲同調盡」，知音友人子才、心餘之逝，倍感蒼茫。詩中亦嫌子才愛招女弟子，性風流，不免爲禮教所輕。至「今日倚樓唯我在，他時傳世究誰長」，甌北一以誇壽，一以誇著作之豐。⑮

---

⑮ 以上趙翼在甌北集論及袁、趙二人關係，參王建生著趙甌北研究，第一章趙甌北的生平及交遊，第二節趙甌北交遊，第二目浙江，杭州，袁枚條，頁二八八起，學生書局。又文中所言甌北詩鈔，引自甌北全集，湛貽堂本。

第三目　心餘與趙翼

心餘與甌北的認識，在心餘序甌北集云：

余與君相識在甲戌（一七五四）會試風簷中，已而同官中書，先後入詞館，九衢人海，車馬喧闐，吾兩人時復破屋一燈，殘更相對，都無通塞升沉之想，今握別十餘年。……⑯

此序作於乾隆四十二年（一七七七），距二人甲戌（一七五四，心餘年三十，甌北二十八）相識，有二十三年。而後二人同官中書、先後入詞林，握別十餘歲。**又在甌北集中，「次韻答心餘見寄」，附心餘原作云：**

皇帝甲戌春，識君矮屋底；
巖電橫雙眸，共稱天下士。
云出松泉門，捉刀冠餘子；
搖毫涌詞源，睥睨無一世。

---

⑯ 收在趙翼著甌北集，序，湛貽堂本。

春官俄報罷，蹶者旋復起；
同時簉薇省，兩人訂交始。
君俄入樞密，才望絕倫比；
……⓱

與前面所述蔣、趙二人因甲戌會試、破屋（或矮屋）相識，而甌北在汪由敦（松泉）處，當時「捉刀」第一。後二人同官，同租一屋，殘更餘火相對，友誼更深。

在忠雅堂詩集方面，卷九（壬午，一七六二，心餘三十八，甌北三十六）頁十三，有「初七日同趙雲松夜坐有懷三首」，第三首云：

煙雲千里夢模糊，料得鮫人淚點枯；
那識驪龍開睡眼，月中相對念遺珠。

此有感於甌北殿試第三之恨。

忠雅堂詩集，卷廿五（辛丑，一七八一，心餘五十七，甌北五十五），「懷人詩」四十八首，頁十六有懷「趙雲松觀察翼」云：

⓱ 同註⓰，卷十七，頁六，此詩忠雅堂詩集未收。

挺挺鐵中書，盛氣闢丞相；
文昌第三星，秉鉞邊雲壯。
歸種萬竿竹，芳塘釣春漲。

記憶甌北變更書法，評閱者無人識得，本當第一卷子，乾隆皇帝以江南多狀元等理由，使為殿試第三，而後出守鎮安、廣州、貴西兵備道，不久，（四十六歲）歸田，過著種竹、釣魚的田舍翁生活。

在趙翼甌北全集甌北詩鈔，有關二人交往，如七律一頁十九，有「送蔣心餘編修南歸詩」；七古五頁七，有「蔣心餘攜子游廬山圖……」，七律三頁二十一，有「聞心餘京邸病風卻寄」；七律四頁十七，有「心餘第三子師退來謁……」；七律四頁十九，有「心餘詩已刻於京師，謝蘊山觀察覓以寄示展閱……」；七律六，有「蔣心餘孫（立中）來謁，感賦」；絕句一頁四，有「題蔣心餘歸舟安穩圖」⑱。另，甌北集，卷廿九，有「子才書來，驚聞心餘之訃，詩以哭之」⑲。詩末云：「我痛自關人物謝，區區豈特故交情」，直以千秋人物相待，益見二人相知之深。

---

⑱ 同註⑩，頁三一二起，學生書局。
⑲ 同註⑯，卷廿九，頁十。

第二節　江西人物

鉛　山

蔣心餘是鉛山人，交遊人物理應由鉛山說起。

張紹渠（字皇士，號素村，生康熙五十六年丁酉一七一七，卒於乾隆二十二年丁丑一七五七，乙丑進士，改庶常，散館授編修，充武英殿纂修日講起居注官，庚午辛未充鄉會試同考官，改山東道御史，出知順德府，遷守保定）⑳。

張　舟（字廉船，紹渠仲子，乾隆二十二年進士，有鷗南集，兵燹後佚）㉑

張廉船爲紹渠次子。心餘在所撰直隸天津道素村張公墓誌銘（文集，卷五，一、十八）云：「公弟原任新繁令紹衡，屬予誌公始末，予仲子知節壻公季女，又同邑，先後同居翰林，意相得，莫可辭。」可知蔣、張是親家關係，素村爲心餘次子知節岳丈。且知心餘與素村弟錦郵（紹衡）亦有

---

⑳ 見於忠雅堂文集，卷五，墓誌銘一、十八，中央研究院藏本。又，李桓輯國朝耆獻類徵，卷二百十一，頁二十六，亦引蔣士銓撰墓誌銘，（收在周駿富主編清代傳記叢刊，明文書局）。

㉑ 據鉛山縣志，卷十六，人物，文苑，頁四云：「張舟，號廉船，紹渠仲子，敏而好學，倜儻有逸才，詩古文辭，首見稱於同邑蔣太史，與程秀才蒨湖名相埒。甌北詩鈔亦多舟所批點，畢秋帆制府本其父所取士，傾倒於舟者尤深。卒未肯憑其地望求進一階，其廉介又如此，所著鷗南集，兵燹後，無從摭拾。」又，據鉛山縣志，同卷頁，「蔣知節」條云：「字冬生，號秋竹，士銓次子，弱冠，入邑庠，同邑編修張紹渠美其才，以女妻之。」（中央研究院藏本）。

交情（在忠雅堂詩集，卷廿一頁九，有：喜晤張錦邨（紹衡）明府題其段橋仙夢圖九首）。忠雅堂詩集，卷三（癸酉上），頁十七，有「張素村（紹渠）由鉅鹿移守保定，卻寄三首」；卷十四（乙酉下）頁三，「安泉園拜張素邨前輩墓，即信宿水軒，感作三首」，其三云：

跂足眠孤館，林空眾響來；
招魂先滅燭，感夢出餘哀。
兒女緣初定（自註：時爲次兒知節行問名禮），風雲念久灰；
朱陳邨落在，何地起樓臺？

素村卒於乾隆二十二年，而心餘該年中進士，故第一首有云：「科名生死接」。詩傷親家翁之喪，並言爲知節行問名禮。卷廿三頁十二，有「攜眷屬再宿安泉園感懷素邨前輩」；又，卷廿五頁十七，「懷人詩」，云「張素邨觀察紹渠」：

雷霆畏其膽，負重肩益高；
治事用五官，強弩定力操；
四十卒官廨，惜哉人中豪。

言素村文武全才，有膽識，可負重任，惜四十早卒。

廉船爲素村次子，姻親關係，與心餘相識。在忠雅堂詩集卷七頁十二，有「送張廉船仲子落京兆解遊關中」；卷十四頁五，有「暇樂園夜訪鍾季子銜書張仲子廉船」。在「**送張廉仲子落京兆解遊關中**」云：

> 窮官賃居蝸戴殼，旅客讀書烏擇栖；
> 豈無几榻著佳士？卻少窗戶安談雞。
> 同邑張生又婣婭，禫而北來面色黧；
> 叩門洒涕念執友，山堂一棺人慘悽。
> ……（中略）
> 可憐襆被就師友，兩月三徙南東西；
> 舍人愛才忘貧乏（自註：趙雲狆舍人館廉船于家），掃除旁舍開寶圭。
> 爲君適館授以粲，令我顏厚如塗泥；
> 揭來才子效伯仲（自註：謂張商言秀才），出則肩比入手攜。
> ……（中略）
> 山中若見北來雁，當念趙蔣愁眉低；
> 秦州以後有佳作，寄刮塵眼如金鎞。

時心餘三十五歲，詩作於鄉試榜發後。「同邑張生又婣婭」，言二人同邑，婚姻之交，不比一般泛泛。來北京，「旅客讀書烏擇栖」（曹操短歌行有：「月明星稀，烏鵲南飛；繞樹三匝，無枝可棲」，側言落第矣。）堪比「蝸牛」戴「殼」。照顧廉船，除心餘外，尚有趙翼（官中書舍人）、張塤（字商言）。廉船是心餘介紹給甌北，甌北詩鈔七律四頁十八，有**「廉船老友不見者三十年矣，茲來晤揚州，流連旬日，喜其來，又惜其將去也，斐然有作，情見乎詞」**，其一云：

卅年前共踏京塵；別久形容認始眞；
風雨雞鳴逢故友，關山馬跡老才人。
翻來近作還吟興，話到同遊一愴神（自註：心餘、吟薌）；
已分此生無見日，相看彌覺白頭新。

由詩中知廉船、心餘、吟薌（商言）、甌北，皆昔日北京共遊伙伴。三十年後，甌北在揚州講學，廉船、甌北相晤，風雨雞鳴、久別重逢之情，多悽愴。廉船也爲甌北詩集編訂，今傳之甌北詩鈔，有張廉船評介者。㉒

汪汝淮（一七一四—一七七五，字禹績，號溶川，世居縣西之湖坊破岡前，窮治經史，十八歲補庠生，又十年食廩鄉）。

㉒ 廉船與甌北交遊部分，參王建生著趙甌北研究，頁三一三起，學生書局。

根據心餘所撰「溶川汪君墓誌銘」(文集，卷六，墓誌銘二、十九)云：「在京師所交者如：傅笥山(王露)學使、金檜門(德瑛)總憲、錢香樹(陳羣)尚書、馮靜山(秉仁)侍御、周蘭坡(長發)學士、鄭東里(之僑)觀察。然汝淮不爲世用，築『三中園』賦詩飲酒，有終焉之志」。在忠雅堂詩集，卷二頁一，有「蘭溪夜泊次汪溶川(汝淮)同年韻」；卷四頁七，有「送汪禹績同年歸鉛山」；卷九頁十一，有「汪溶川同年來都喜晤有作……」；卷十四頁九，有「竹飀詩謝汪溶川同年」；可知溶川與心餘的關係是「同邑」、「同年」(乾隆十二年舉人)。在「送汪禹績同年歸鉛山三首」，其二云：

馬狗衣鶉撲面塵，十年筋骨等勞薪；
飢驅氣藉詩書長，游倦心惟骨肉親。
離別何堪爲此態？姓名爭笑不如人；
北門虹影鵝湖月，愁絕相如返蜀身。

心餘與溶川在乾隆十三年「七年愁鬢三更酒，依舊相看一黯然」(第一首)兩人皆報罷。今乾隆十九年四月會試後，二人又落第，神情悽然，而語多安慰。心餘又在詩集，卷廿五頁十九，「後懷人詩」，「汪溶川孝廉汝淮」云：

破岡產一士，中年瘞黃土；

有子讀父書，小兒揚德祖；
氣盛力方剛，低首陳同甫。

詩作於乾隆四十六年，心餘居北居。詩言溶川飽讀詩書，而時運不濟。

程　烺（字秉南，號蒨湖，九歲應童子試，有聲。年十八，補弟子員第一，與蔣太史同見稱於金學使檜門。肄業豫章書院，與謝翰林啓昆，熊進士中砥相唱和。省試七薦，卒不遇。年四十二卒）㉓。

蒨湖與心餘同受知於金檜門（德瑛），在忠雅堂詩集，卷十四頁二，有「西山庵訪程蒨湖（烺）」；同卷頁六，有「程蒨湖書堂不寐題壁，時蒨湖赴西鄉燕席」；卷廿五頁十九，「**後懷人詩**」，「**程蒨湖秀才烺**」云：

踸踔文場中，一蹶乃不起；
當隨石曼卿，笑折芙蓉死；
腹痛西山菴，手拂青鸞尾。

哀蒨湖才高不遇，讀書講學西山菴，命如石曼卿（延年）而已矣！

㉓ 據鉛山縣志，卷十六，頁二，參註㉑。

汪霑（字潤青，號蘭畹，乾隆甲午舉人，嗜古力學，孝廉李蘊白延致家塾數年，多所成就，有司聞其賢，屢折東招，不應，辛年五十）。著臆言（卷）。心餘稱其格物窮理，與聖經相輔。

熊枚（字汝條，號蔚亭，乾隆三十六年恩科，由主事授員外郎，累官至左都御史，刑工二部尚書，終順天府府丞）㉔。在忠雅堂詩集，卷二十三，頁十一，懷熊汝條（枚）比部二首，第一首云：「磊落推吾友」，「君是百花魁」可知。

南城

陶金諧（字揮五，號適齋，弱冠成進士，爲溆邑侯，政成民信，長於詩）㉕。心餘在忠雅堂詩集，卷四頁八，有「題瀟湘一泛圖，送陶揮五（金諧）同年令楚南二首」，其二云「同年昆友幾從橫」，心餘與揮五「同年」（乾隆十二年舉人）關係，又卷十六（丁亥上），頁九，「懷人詩」，「陶揮五金諧」云：

㉔ 以上兩人均見鉛山縣志。汪霑見卷十五頁五十七；熊枚見卷十二頁八，參註㉑。

㉕ 李桓輯國朝耆獻類徵，卷二三六，頁二十五，引嚴如熤所撰紀略，明文書局，下引同，不贅。

留侯若處子，二小去爲吏；
臥理窮六籍，悠悠古人意；
誰采幽蘭花，蹉跎荊楚地。

詩作於乾隆三十二年，心餘居紹興。揮五爲吏短暫，二十始爲官，讀書作詩爲志。

新城

魯　潢（字守原，號緯臚，一號渭川，與陳伯常守誠，蔣心餘士銓友善。任山西知府，年五十卒，學者稱山木先生。所娶李氏生子二，果、本，生女一，適陳用光；妾生女二，適陳玘、蔣知重）㉖。

心餘與渭川友善，而渭川妾所生女適心餘第六子知重（號咸山），有婚姻關係，二人益密。忠雅堂詩集，卷廿六頁八，「後續懷人詩」，「魯渭川刺史潢」云：

少賤而壯貴，赤手捕長虵；
煩劇典大州，觀者咸歎嗟；
孝友出天性，族黨無飢雅。

㉖ 同註㉕，卷二三七，頁四十六，引陳用光所撰家傳。

詩作於乾隆四十八年，心餘居北京。言渭川出身貧賤，取得功名後，爲山西知府，慷慨孝順，恩及族黨。

陳　道（字紹洙，號凝齋，康熙四十六年一七〇七生於鍾溪之湄，乾隆九年舉鄉試，十三年成進士，有古雜文六卷，古今體詩二卷）㉗。

心餘在忠雅堂詩集，卷廿五頁十五，「懷人詩」，「陳凝齋進士道」云：

澹然無欲者，手執一卷書；
生意滿濂溪，窗草寧用除？
講學中田間，春風扇徐徐。

詩作於乾隆四十六年，居北京。言凝齋以讀書著作爲本。

南　豐

譚尚忠（一七二二—一七九七，字古愚，一字荅亭，又作譮亭，乾隆十六年進士，歷任戶部主事，監察御史，福建興泉永道，刑部右侍郎，吏部右侍郎等職）。

㉗同註㉕，卷四百十，頁六，引魯仕驥所撰行狀。

子光祥（蘭楣），心餘極賞識㉘。忠雅堂詩集，卷九頁八有：題觀海圖送譚誨亭侍御赴興泉道任三首。又，卷廿五頁十六，「懷人詩」，「譚薈亭方伯尚忠」云：

一代楊關西，蕭然大方伯；
入海誅鯨鯢，持戈擊貪墨；
平生霹靂手，念彼金剛力。

言古愚爲監察御史等官，爲官清正，專擊貪墨。

趙由儀（字山南，乾隆六年舉人，五歲涉經傳史漢，一見了了，稱奇童，尤工於詩，年二十三卒，著有漸臺遺草）㉙。

心餘早年與楊垔、汪軔、趙由儀，稱「江西四子」，忠雅堂詩集卷十頁十三，「汪魚亭爲

㉘ 譚尚忠生平見國朝耆獻類徵，卷九十，頁十七，引國史本傳；及頁二十四，引陳用光撰墓誌銘。其子譚光祥（蘭楣），在法式善撰梧門詩話（下），卷十二，頁四五三云：譚蘭楣（光祥）少宰古愚先生之子，癸丑進士，朝考第一，……乾隆甲辰在江寧，應南巡召試，時年十八，訪隨園主人不值，句云「春風不相識，吹落辛夷花」，蔣苕生前輩亟賞之。（廣文書局）。

㉙ 清國史館原編清史列傳，（九），卷七十二，蔣士銓本傳，附趙由儀傳，頁十七，收在周駿富輯清代傳記叢刊，明文書局。下引同，不贅。

亡友趙山南（由儀）作芙蓉雜劇，題詞」，有句：「人才命短詩人困」，「我登科日君垂死」，悲其天才早逝。

廣　昌

何在田（字鶴年，乾隆丙子舉人，有玉耕堂詩集）㉚。

心餘在忠雅堂文集，有「何鶴年遺集序」（文集，序一、十二）；詩集，卷四頁十三，有「書何鶴年（在田）秀才詩本」；卷八頁十四，有「何鶴年（在田）孝廉放鴨圖」；卷廿五頁十八，「懷人詩」，「**何鶴年孝廉在田**」云：

風味賈浪仙，形容李長吉；
客死公車閒，響絕鄒陽律；
步虛隨汪楊，各掌三霄筆；

李賀（長吉）「細瘦、通眉、長指爪、能苦吟疾書」㉛，和賈島（浪仙）「推敲詩人」，屬嘔心瀝血、刻苦認眞創作型。人云「孟（郊）寒賈（島）瘦」。可知何在田亦屬苦心經營詩人。在何鶴年

㉚ 徐世昌編清詩匯，卷八十四，三十欄，世界書局。下引同，不贅。
㉛ 李商隱著李義山文集，卷四，頁二十一，商務四部叢刊正編。

遺集序云：「乾隆乙亥，予以假閒居南昌，于破寺壁間得鶴年詩，讀之驚喜欲絕。跡而訪之，君方授徒佑清寺。……乃傾篋出其詩，屬予相甲乙，……」（文集，序一）。又在袁枚的隨園詩話云：

又有何在田者，偶成云：「月借日光成半面，雨收雲氣泛餘絲」。郊外云：「野徑無人問，隨牛自得村」。……皆可傳之句也。甲辰三月，余赴粵東，過南昌，心餘病風，口不能言，猶以左手書此數聯。㉜

心餘與鶴年以詩爲友，明矣。

饒學曙（一七二〇——一七七〇，字霽南，號筠圃，世居廣信甘竹里，丁卯中鄉試，辛未成進士，賜一甲第二人及第，授編修，歷右中允侍講，癸酉順天鄉試，丁丑己丑會試同考官等職）㉝。

在忠雅堂詩集，卷四頁一，有「寄饒二霽南」；同卷頁七，有「澄懷園漫興，書寄盧右禮詹事、饒霽南編修……」；卷十一頁十，有「饒霽南前輩春雨課耕」；卷十五頁十五，有「香樹先生錄寄題饒霽南小照……」；卷十六頁七，有「胥江舟次遇饒霽南前輩……」。霽南大心餘五歲，

㉜ 袁枚著隨園詩話，卷八，頁一。

㉝ 同註㉕，卷一百二十七，頁一，引蔣士銓墓誌銘，蔣文見於忠雅堂文集，卷五，墓誌銘一、三十六，左中允筠圃（學曙）饒公墓誌銘。

而心餘呼爲「前輩」，主要是饒「辛未（乾隆十六年）進士」，蔣則「丁丑（二十二年）進士」。在心餘所撰筠圃（學曙）饒公墓誌銘（文集，卷五，墓誌銘一、三十六）云：「公及第時，予尚未終制。壬申會試，偕公伯兄叔弟北行，未幾，叔弟且死，予撫屍哭之，今且撫公棺，哭於荒郊雪舫中……」。又在忠雅堂詩集，卷廿五頁十四，「懷人詩」，「饒霽南侍講學曙」云：

管子天下才，學可任富強；
用之文字間，桑孔而班揚；
相如消渴死，竟老溫柔鄉。

言霽南才高大，可使國家強盛，竟死溫柔鄉，可惜。

瑞　金

羅有高（字臺山，乾隆乙酉舉人，有尊聞居士集）㉞。

心餘在忠雅堂詩集，卷廿四頁十二，有「瑞金楊節婦詩、同羅臺山（有高）孝廉作」，卷廿五頁十九，「後懷人詩」，「羅臺山孝廉有高」云：

㉞ 同註㉚，卷九十二，二十二欄。

斯籀識禹書，其文特幽奧；

逃儒談虛空，頗害先師道；

可憐彭季子，長齋與同調。

臺山爲文幽深古奧，思想則棄儒好道。（彭季子，陸終第三子彭籛，殷時封于大彭）。然則，羅有高尊聞居士集[35]，未見臺山與心餘酬酢之作。

東鄉

吳嵩梁（字蘭雪，號蓮花博士、石溪老漁、石溪舫，乾隆初，曾應博學鴻詞召試，任內閣中書，有香蘇山館集）。

楊鍾羲雪橋詩話云：「吳蘭雪受詩法於蔣茗生」[36]，知與蔣爲師生關係。

南昌

彭元瑞（一七三一—一八〇三，字掌仍，一字輯五，號雲楣，或作芸楣，乾隆丁丑進士，改庶吉士，授編修，官

---

35 羅有高著尊聞居士集，光緒七年韓氏刊本，中央研究院傅斯年圖書館藏。

36 此據楊鍾義撰雪橋詩話，卷十，頁三十六（總頁一三一六），鼎文書局。又，吳嵩梁生平，見於清史稿，卷四百八十五，列傳二百七十二，文苑二，總頁一三三八九（鼎文）。及吳所著石溪舫詩話，前面，收在杜松柏主編清詩話訪佚初編（新文豐出版公司）。

至工部尚書，協辦大學士，贈太子太保，謚文勤，有恩餘堂稾）。

芸楣家世顯赫，「四世翰林」㊲。又，芸楣修高宗實錄成，推恩賜祭，並祀賢良祠㊳。極受皇帝寵愛。心餘與芸楣同科進士，官編修，乾隆皇帝曾云「江右兩名士」，即指二人。在忠雅堂詩集，卷八頁十四，有「和彭芸楣（元瑞）同年移居詩」；卷廿一頁五，有「彭芸楣（元瑞）少詹同年，畫秋花題扇，相寄次韻，奉酬五首」；卷廿五頁十九，「後懷人詩」，「彭芸楣侍郎」云：

天子談文章，嘉爾司農善；
持衡歷吳越，采盡東南箭；
名士生同時，竊附相如傳。

詩言芸楣受皇帝眷顧隆寵。在彭元瑞恩餘堂輯稿有「洪（禮吉）告遊揚州，和蔣清容（士銓）見贈舊韻卻寄兼呈袁春圃（鑑）」，有：「作詩代簡蔣夫子」㊴句。又，芸楣與趙翼相識於詞館，癸未

㊲ 見嚴懋功撰清代館選分韻彙編，卷十二，頁十二，世界書局本。所謂「四世翰林」指：彭廷訓、彭元瑞（廷訓子）、彭元琉（廷訓次子）、彭翼蒙（元瑞子）、彭邦疇（元瑞孫）、彭邦畯（元瑞孫）。
㊳ 參清史稿，彭元瑞本傳，卷三百二十，頁一〇七六九，鼎文書局，下引同，不贅。
㊴ 見彭元瑞著恩餘堂輯稿，卷三頁三十四，彭邦疇編校，道光十七年刊本，中央研究院傅斯年圖書館藏。

散館，芸楣第一，甌北第二，甌北里居，二人過從尤密。

吳　璟（字蓀圃，與心餘鄉試同年，出知象州，永康州）㊵。

在忠雅堂詩集，卷七頁十三，有「吳蓀圃（璟）舍人移寓珠草街，與予隔巷，作詩柬之」；卷十頁二，有「陳仲牧員外新刻山谷詩集，……拈韻示蓀圃」；同卷頁四，有「移榻蓀圃寓齋同居匝月，書壁誌別」，卷十四頁七，有「送吳蓀圃舍人出牧象州」；卷二十頁一，有「喜晤吳蓀圃同年」；卷廿一頁二，有「除日喜吳蓀圃……送其赴永康任」；卷廿五頁十六，「**懷人詩**」，「**吳蓀圃刺史璟**」云：

張良若處子，誠勇不可當；
羌渾呼父兄，赤子依耶孃；
可憐生塵甑，逐歲愁空囊。

㊵ 有關吳璟（蓀圃），據忠雅堂詩集、銅絃詞所載。考之杜連喆、房兆楹編三十三種清代傳記綜合引得，頁五九，「吳璟」，生於順治十四年，卒於康熙四十八年（國朝耆獻類徵卷四百五十一，引王士禎墓誌銘）非是。又據楊廷福、楊同甫編清人室名別稱字號索引，（文史哲出版社）頁五九九，「吳綺園」者，有吳安世、吳江、吳菘、吳江爲霑化人，字南川，號未軒，亦非。國朝耆獻類徵卷二百五十五，引劉鴻翶家傳，另據楊家駱清人別集千種碑傳文引得，頁六二。吳江，浙江永嘉人，亦不合忠雅堂詩集所言，至於吳安世、吳菘則未可知。

以張良智勇喻蓀圃，而爲西康父兄（守象州永康）。又，銅絃詞上，頁廿四，「賀新涼」，「送吳蓀圃舍人返南昌」，云吳蔣二人，「十年同舉，同心兄弟」，知爲心餘同邑（南昌），同榜舉人，交情頗深。

李　湖（字幼川，一作又川，號恕齋，乾隆四年進士，歷任山東武城縣知，甯海知州、泰安府知府、江蘇布政使，廣東巡撫等職）㊶。

幼川與袁枚爲同年進士，在隨園詩話稱其「清嚴爲政」、「聖眷甚隆」。心餘在忠雅堂詩集，卷廿五頁八，贈李恕齋（湖）中丞，云「質樸衣冠古大臣，依然琴鶴守清貧」。又，卷廿五頁二十，「續懷人詩」，「李幼川中丞湖」云：

直如朱絲繩，清同玉壺冰；
表正無不正，吏局皆有恒；
源澄流乃潔，民氣陽和蒸。

詩作於乾隆四十六年，心餘居北京。據清史稿李湖本傳云：「湖敏於當官，在貴州規畫鉛運，在雲南釐剔銅政，均如議行。所至以清嚴爲政。其蒞廣東，以廣東夙多盜，番禺沙灣、茭塘近海爲

㊶ 同註㉕，卷一七九，頁二十四。原見於趙爾巽清史稿，卷三百二十四，頁一〇八三五，鼎文書局。

盜藪，密詗姓名，居止及出入徑途……旬日間誅爲首者二百有奇，而釋其脅從，盜風以息。……令行法立，民咸頌之。卒贈尙書銜，謚恭毅，祀賢良祠」㊷。心餘綜論其一生，簡明妥切。

楊垕（字子載，號耻夫，乾隆癸酉拔貢，有耻夫詩鈔）㊸。

心餘早年與楊垕、汪軔、趙由儀交往密，時稱「江西四子」，據袁枚隨園詩話（卷八，頁一）云：

乾隆初，江西有四子：楊、汪、趙、蔣是也。趙山南早夭，詩失傳。汪輂雲名軔，少孤貧，爲人執炊。……楊子載名垕，才最高，與蔣心餘相抗。其先本雲南土司，改籍江西。

即說明此四子。在忠雅堂詩集，卷一頁五，有「寄楊子載」；卷二頁四，有「懷楊子載」；卷三頁三，有「楊子載湖亭送客圖」；卷四頁十一，有「哭楊子載四首」，其二云：

九歲負才名，詩成牧伯驚；

㊷ 同註㊶，清史稿部分。

㊸ 據清詩匯，卷八十四，十欄。

天教將門子，來作魯諸生。
我亦今詞客，歸棲古灌城；
十年兄弟友，如此對銘旌。

「十年兄弟友」，其間即如「一哀詩」（詩集，卷五，頁四）說的：「同遊新安門，並載侯生酒」；「講學師中央，扆左銓在右」；「共席復同寢，不異沮溺耦」。言昔日同爲金檜門門生，同寢同學情形。又，忠雅堂詩集，卷四頁十一，有「拜楊子載墓」；卷廿五頁十五，懷人詩，有「楊子載明經扆」。

熊學鵬（字雲亭，一字廉村，庚戌進士，曾任廣西、浙江等巡撫。）㊹。

忠雅堂詩集，卷十頁一有「寄賀熊廉村中丞移撫浙中四首」；卷十九頁九有，「爲熊中丞題湯畫鐵竹」。在第一章曾言廉村、心餘、子才、與滌齋先生在長至前一日，西湖小飲。（袁枚小倉山房詩集卷廿一載）。知其同鄉，遊宦相識。

㊹ 熊學鵬據嚴懋功撰清代徵獻類編，卷二，清代巡撫年表，頁十三、十四（世界書局）。又，據陳紀麟等修，劉于潯等纂南昌縣志，卷十六，仕績下，頁二十一，云：「熊學鵬字雲亭，一瀟之孫本之子」（同治九年刊本）。又該志卷二十，人物七，頁四十八云「熊學驥，號蔗泉，學鵬弟。」

豐城

袁守定（字叔論，號易齋，雍正庚戌進士，任會同縣知縣，禮部主事等職，著有讀易豹窺，雲上詩說等）㊺。

在忠雅堂詩集，卷十三頁十五，有「懷袁叔論二首」，其二云：

平生心折友兼師，初服言歸媿已遲；
招隱無書寧見絕，登臨有賦定相思。……

可知心餘之於叔論，是「友兼師」關係。在忠雅堂詩集，卷十六頁九，「懷人詩」，有「袁叔論守定」；卷廿五頁十四，「懷人詩」，有「袁叔論禮部守定」云：

儀曹宰相才，惜哉兩爲令；
遙知百世下，青編傳治行；
劃然進止閒，道力何其勁。

知叔論大才小用。

㊺ 國朝耆獻類徵，同註㉕，卷一百四十四，補錄，引余肇鈞撰。

新建

裘曰修（一七一二—一七七三，字叔度，號漫士，又號諾皋，乾隆四年進士，改庶吉士，授編修。治黃、淝、濟、洛共九十三河，疏排濬瀹，俱有成效。又爲四庫全書館總裁，官至工部尚書加太子少傅，謚文達，有裘文達公詩文集）[46]。

叔度與袁枚爲同年進士，小倉山房詩集載錄二人酬酢頗多（如詩集卷二、卷三、卷六、卷七；小倉山房文集卷三，有裘文達公神道碑，而隨園詩話與叔度有關者，共七則。）而與趙翼亦有往來。在心餘方面，忠雅堂詩集，卷九頁三，有「題少司農裘漫士先生舊照九首」；詩集補遺，下，頁六，有「謁水神祠懷裘文達公」，心餘詩末自註云：「公屬纊時云，吾爲燕子磯江神，凡故人過此，以巵酒相酹，不辭也」，有趣。又，卷廿五頁二十，「續懷人詩」，「裘文達叔度先生」云：

萬頃波融融，光風泛崇蘭；
物在長養中，于人無不懽；
是爲吉祥佛，福海無驚瀾。

---

[46] 有裘曰修著裘文達公文集六卷，詩集十二卷，中央研究院傅斯年圖書館藏同治十一年補刊本。又，生平參清史稿，卷三百二十一，列傳一百八，本傳，頁一〇七七三，間採袁枚著小倉山房文集，卷三頁十二，太子少傅工部尚書裘文達公神道碑，隨園三十六種。

言叔度爲「江神」，治水有功，爲「吉祥佛」。

星　子

干從濂（字靜專，乾隆十二年舉人，成進士）㊼。

忠雅堂詩集卷三，頁二，有「寄尤溪令干靜專（從濂）三首」。心餘與靜專皆乾隆十二年舉人。

新　淦

劉世寧（一七二〇—一八〇〇，字匡宇，號幹齋，乾隆甲子科舉人，乙丑成進士，初任浙江淳安縣知縣、擢工部營繕司主事、廣東惠潮嘉兵備道等職）㊽。

幹齋乙丑進士，爲心餘前輩。在忠雅堂詩集，卷廿五頁二十，「續懷人詩」，「劉幹齋吏部世寧」云：

二十黃岩令，手築黃岩閘；

㊼ 據趙之謙等撰江西通志，卷三十四，頁二十一，「乾隆十二年丁卯」條，總頁七九六，台灣華文書局。又，「星子」，據劉君仁編「中國地名大辭典」，頁四二二（辰，十）云：「在江西建昌縣東北八十里，漢柴桑地……以落星爲名」。（文海出版社）。

㊽ 國朝耆獻類徵，同註㉕，卷一四五，頁二十七，引彭元瑞撰墓誌銘。

長隄截奔濤，蛟龍不敢狎；

馮唐老爲郎，崢嶸掌選法。

言其工於營繕，老於吏。

南康

謝啓崑（一七三一—一八〇二，字蘊山，號蘇潭，乾隆二十六年辛巳進士，朝考第一，選庶吉士，授編修，累官至廣西巡撫，有樹經堂集、晉輒酬唱詩、西魏書、廣西通志等書）㊾。

蘊山與心餘、趙翼、袁枚都有往來。袁枚在小倉山房詩集，卷三十，有「謝蘊山、戴可亭（均元）兩太史招集程圖」；隨園詩話載有關蘊山詩作四則（分別在：卷十四、補遺卷二、補遺卷五、補遺卷七）。趙翼精於史學，與蘊山爲辛巳進士同年，所著二十二史劄記，卷十三，「西魏書」有，附謝蘊山答書，甌北有「答謝蘊山藩伯書」，兩人討論西魏書問題；在甌北詩鈔七律四頁十九，有「心餘詩已刻於京師，謝蘊山觀察覓以寄示，展閱累日……」㊿在謝啓昆樹經堂詩初集，卷六頁六有「題秀峰寺所藏佛說十王預修經并圖及陀羅經後」，有甌北和作（附）。又，樹經堂詩

㊾ 參清史稿，卷三五九，列傳一百四十六，頁一一三五六，本傳，又，中研院傅斯年圖書館藏有清刊晉輒酬唱詩。

㊿ 同註❿，頁三一六，學生書局，又，據錢維城等人所編明清歷科題名碑錄乾隆二十六年辛巳科，趙翼，一甲三名，謝啓昆二甲進士。（華文書局）

初集卷七頁十九有「袁簡齋先生約自維揚來訪遲之不至、詩以逆之二首」；樹經堂詩初集，卷八頁十五有「袁簡齋先生八十壽」云：「有子生遲金屋多，娛親日宴板輿出，不學鯫生乞薦言，不惜黃金開酒樽」，「八十詩翁吟掉首，童嫗流傳不去口」，「平生厭飫五侯鯖，手自調羹繕食經，志怪子不語，同人集續女諸生」等句。在樹經堂詩初集卷四頁六有「輓蔣心餘先生八首」，其後三首云：「畫簾紅燭寫烏絲，樂府矜傳絕妙詞，都是一腔忠孝淚，休將郢曲付歌兒」；「不須搔首問蒼冥，鬼伯招延信有靈，地下閻羅虛左席，天邊冊府墮文星」；「雜垢應知解脫輕，去來無凝證三生，電光下徹秀車擁，驗取驚雷第幾聲」51。知與三家交厚。

龍南

譚垣（字穆庭，乾隆戊辰進士，知台灣鳳山，平陳宗寶之亂，官終彰德通守。）52。

在忠雅堂詩集，卷廿五頁十九，「後懷人詩」，「譚穆庭判官垣」云：

手縛臺灣酋，番婦來膜拜；
卅年無一椽，甚矣官人介；
冰銜寫判官，笑解鸘裘賣。

---

51 謝啓昆著樹經堂集，嘉慶間刊本，中研院傅斯年圖書館藏。
52 國朝耆獻類徵，同註25，卷二五四，頁五十，引鄧傳安傳。

即言其平陳宗寶亂，爲官清正。

武寧

汪軔（字輦雲，一字迂行，優貢，官吉水訓導，有魚亭集）[53]。

輦雲、心餘、（楊）子載（垕）、（趙）山南，稱「江西四子」，知心餘與輦雲交厚。在忠雅堂詩集，卷五頁五，有「汪生（軔）」；同卷頁七，有「寄汪輦雲」；同卷頁十三，有「將偕汪輦雲秀才城南僧舍銷暑……」；同卷頁十五，有「雨夕偕輦雲、家（蔣）禹立兄同作二首」；卷六頁十二，有「寄輦雲三首」；卷七頁七，有「喜汪輦雲至三首」；同卷頁十五，有「汪輦雲落京兆解南歸，長歌傚山谷體送之」；卷十頁十三，有「送汪魚亭還里」，末云：

家無擔石豈得住？主客初心亦難曉；
敝裘羸馬天蒼茫，投轄傾囊事縹緲。
漫拋心力繡平原，誰出黃金鑄賈島？
卅年故舊幾人存，千里關山何處好？
布帆安穩浩歌還，回首交遊跡如掃。

---

[53] 忠雅堂文集，卷四，傳二，頁十一，汪魚亭學博傳。又參清詩匯，卷八十五，十九欄。

本詩有句「秋氣眞隨故人老」，知心餘乾隆二十八年秋天作。（心餘三十九歲）言「卅年故舊」，知其從小相伴相遊。「家無擔石」，「敝裘羸馬」，寒士家懸屢空，饑驅功名之意。「平原」，指平原君；「幾人存」，指顯貴；「千里關山何處好」，謂魚亭。知其不遇，浩歌而歸。

在忠雅堂詩集，卷十頁十三，有「汪魚亭爲亡友趙山南（由儀）作芙蓉雜劇題詞」；詩集補遺，下，頁四，有「聞知節避喧清泰寺，因憶丙子汪魚亭下帷事，寄四十字」。又，在詩集，卷二十五頁十五，「懷人詩」，「汪魚亭廣文靭」云：

作詩效李白，使酒比灌夫；
萬點朔風淚，進退皆窮途；
一氈歛黔婁，李蔡嗤庸奴。

言其仕途艱困。心餘在忠雅堂文集，卷一，序一，頁十一，有「魚亭詩序」；卷四，傳二，頁十一，有「江魚亭學博傳」。

盛大謨（字于野，築樓曰字雲巢，有字雲巢詩鈔）。

盛鏡（字于民，一作于明，有寄軒詩鈔）[54]

[54] 清詩匯，卷四十，頁二十七。

于野與于民詩文，堅偉險怪爲尚，論者以爲可與寧都三魏（際瑞、禧、禮）並稱。忠雅堂詩集，卷廿五頁十五，「懷人詩」，「盛于野廣文大謨」云：「伏几字雲巢，手鑄秦漢文；不解世俗書，擇術知所尊，卒爲聖人徒，虞庠妥其魂」；又，「盛于明布衣」云：「淡逸嵇阮儔，力學得其養；負耒田疇間，誦經聲琅琅，寡營愼交游，心鄙太邱廣」。于野不隨流俗，以儒爲宗；于明清淡寡慾，有類嵇康、阮籍！忠雅堂詩集，卷四頁十二，有「題武寧盛于明叔子，和阮公詠懷詩」，更可知。

此外，如心餘同年進士陶淑（韋齋）、建昌府南城縣、汪新爲浙江仁和人[55]，忠雅堂詩集，卷六頁九，有「偕江淑田（道新）、陶韋齋（淑）應禮部試，寄宿慈雲寺……」；卷十一頁二十二，有「衡水（河北衡水縣）喜晤陶韋齋（淑）明府、江淑田（道新）學博兩同年」；詩集補遺，上，頁六，有「從姑山讀書圖爲陶（淑）作人作」。又，忠雅堂詩集，卷廿二頁十二，有「門人石生餉菊爲屏，戴筤圃（第元）同年來觀，并貽長句，依韻奉答」，戴第元爲江西大庾縣人，同爲丁丑科進士。而該科狀元蔡以臺，（浙江、嘉善縣人），心餘忠雅堂詩集，卷八頁十八，有「尊德會詩，爲同年蔡季實（以臺）尊人作」。

---

[55] 據錢維城、蔣元益、王際華等纂修明清進士題名碑錄，(三)，乾隆二十二年，頁一起，華文書局。該書「二甲六名」有「汪新」，而「汪新」「汪」字，舊學山房本作「江」。

第三節 江蘇人物

陽湖

蔣熊昌（字立庵，一字辛仲，乾隆十七年恩科）。

陽湖縣，心餘與趙翼交情深外，與立庵亦有來往。在忠雅堂詩集，卷八頁二，有「辛仲家（蔣）弟（熊昌），要同人爲文字之會，次泰初（指羅暹春）舍人韻」；卷廿五頁二十，「續懷人詩」，有「蔣辛仲太守熊昌」云：

三十冠玉姿，一麾而出守；
歐公治潁譜，跬步獨能守；
閭閻佩黃犢，家家力田畝。

言其年輕出守，遵循歐陽修治理潁州（由滁州、調揚州、潁州）之規劃。又，立庵少心餘十二歲，晚趙翼十年。在甌北詩鈔，言及甌北，立庵同賞名花者，如建蘭、菊、山茶、辛夷、梅[56]等，亦見其風雅。

---

[56] 同註[10]，頁二六三，學生書局。

洪亮吉（一七四六—一八〇九，字君直，一字稚存，號北江，乾隆五十五年進士，授編修，嘉慶時，因上書批評朝政，被謫戍伊犁，不久赦還，改號更生居士）。

北江與趙翼交遊甚密，在甌北全集，洪北江詩文集所載互相往來詩文多[57]。北江與袁枚亦有往來，在小倉山房文集，卷廿三，有「與稚存論詩書」；隨園詩話有關北江記載七則（卷七、卷十四，補遺五，補遺六）；而北江卷施閣詩，歲暮懷人二十四首，第一首即「袁大令枚」[58]。北江詩話批評袁枚詩「如通天神狐，醉即露尾」[59]，幾分譏諷。至於忠雅堂，誰來收錄洪北江詩文，然載有北江「寄鉛山蔣編修」詩，並附蔣原作[60]（參第一節生平部分）。且卷施閣文乙集，案：（「卷施閣」是對母親永久的哀思與懷念。）載有「翰林院編修記名御史鉛山蔣先生碑文」云：「亮吉先生前主安定書院時，肄業弟子也。」[61]，知兩人為師生情誼。

---

[57] 同[16]，頁二六四，學生書局。

[58] 洪亮吉著卷施閣詩（收在洪北江詩文集），卷十五頁八，商務四部叢刊正編。

[59] 洪亮吉著北江詩話，卷一頁四，廣文書局（古今詩話叢編本）。

[60] 洪亮吉著附結軒詩，卷四頁五，同[58]。

[61] 洪亮吉著卷施閣文集，卷三頁十四，（收在洪北江詩文集），同[58]。又，嚴明著洪亮吉評傳云：「在這一階段中（二十～三十五歲）……先後拜邵齊燾、朱筠為師，訪袁枚、蔣士銓、彭元瑞、王傑、劉權之、翁方綱、程晉芳、吳錫麒等名流輩，大江南北，遍留足跡，於是北江名聲漸起。」（頁八，民國八十二年文津出版社）。依碑文所記，北江為心餘主安定書院時弟子，嚴明之說不夠精審。

武進

劉綸（一七一一—一七七三，字眘虛，號繩庵，乾隆元年，以廩生舉博學鴻詞，試第一，授編修，預修世宗實錄，遷侍講，內閣學士，累官至協辦大學士，文淵閣大學士，兼工部尚書。乾隆三十八年卒，贈太子太傅，年六十三，有繩庵內外集）62。

繩庵與袁枚同年保薦試博學鴻詞，**在隨園詩話**（卷五，頁十二）**云**：

乾隆丙辰，召試博學宏詞。海內薦者二百餘人。至九月而試保和殿者一百八十人。詩題是「山雞舞鏡」七排十二韻，限「山」字。劉文定公（綸）有句云：「可能對語便關關」，上深嘉獎，親拔為第一，遂以編修，致身宰相。

其才華深受皇帝寵愛。劉綸、劉統勳皆趙翼殿試考試讀卷官，二劉同輔政，有「南劉北（或曰東）劉」之稱63。換言之，繩庵亦為心餘前輩學者。忠雅堂詩集，卷十五頁二，**有「武進呈劉繩庵先生二首」，其一云**：

---

62 見清史稿，卷三百二，列傳八十九，劉綸本傳，頁一〇四六一；又參張惟驤著清代毗陵名人小傳稿，卷四頁一，皆鼎文書局。

63 張惟驤編，清代毗陵名人小傳稱「南劉北劉」（鼎文書局）；清史稿稱「南劉東劉」，見註57，劉統勳（一六六九—一七七三），山東諸城人。稱「北」，稱「東」，應兩可。

早受廿年知，圖存感舊詩；
門生多病後，夫子閉關時。
喪禮丹黃遍，麻衣涕淚滋；
至情難解慰，敢廢蓼莪詞。

此詩作於乾隆三十一年丙戌，心餘四十二，感其二十年前知賞。第二首「依然典屋居」、「貞介古人如」，稱許繩庵之「清檢」、「堅貞」。

王光燮（一七一二—一七八〇，字麗三或藝山，號理堂，一號燮堂，乾隆五年以五經中順天鄉試舉人，明年成進士，初選廣東博羅知縣，後署江西之安遠，改廣豐，前後爲令三十餘年）64。忠雅堂詩集，卷八頁十三，有「王燮堂春郊嬾牧圖」；同卷頁十四，有「送王燮堂還丹徒二首」，其一云：

---

64 國朝耆獻類徵，同註25，卷二三三，頁十三，引趙懷玉撰墓誌銘。又，參清代毗陵名人小傳，同註57，卷四頁三。又案王光燮的「燮」字，舊學山房本作「爕」，清代毗陵名人小傳作「燮」。據說文解字又部，燮字爲「和也，從言又，炎聲，讀若溼。」（藝文印書館，頁一一六），不見「爕」字；說文、廣韻、玉篇均不見「爕」字，從「火」字「爕」字，當爲後起俗字。

十載挂高席，緬懷京口山；
故人淹吏局，江水白潺湲。
我折琅玡柳，言從魯國還；
不知頭上月，分照使君顏。

心餘作詩於乾隆二十六年，居北京。燮堂乾隆二年丁巳進士，年二十六，久爲縣令，「故人淹吏局」，歲月過往，令人感傷，故曰「江水白潺湲」。在忠雅堂詩集，卷廿六頁八，**後續懷人詩，「王理堂邑令光燮」**云：

治民龔黃賢，赴義賁育勇；
平居說經義，妙語含生動；
誰編循吏傳，名豈文章重。

言其爲民興利除害，不止文章生動。

黃景仁（一七四九—一七八三，字漢鏞，一字仲則，自號鹿菲子，乾隆四十一召試二等，有兩當軒集）65。

65 據清代毗陵名人小傳稿，同註57，卷五頁四，及黃逸之著清黃仲則先生景仁年譜，台灣商務印書館。

仲則與洪亮吉友善，乾隆四十四年，與蔣心餘、翁方綱、程晉芳、周厚轅、吳錫麒、張塤等人，結都門詩社66。而仲則年僅三十五，一生窮愁，詩歌（尤其七古）頗受時人推崇。隨園詩話云：「近日文人，常州爲盛。趙懷玉字映川，能八家之文。黃景仁字仲則，詩近太白。孫星衍字淵如，詩近昌谷。洪君禮吉，字稚存，詩學韓、杜。俱秀出班行」67。又云：「畢尚書宏獎風流，一時學士文人，趨之如鶩。尚書已刻黃仲則等八人詩，號吳會英才集」68。可知。而仲則亦有呈簡齋太史云：「一代才豪仰大賢，天公位置卻天然」，「由來名士如名將，誰似汾陽福命全」69，以郭子儀（封汾陽郡王）喻袁枚，其福氣命運名士罕見。至於仲則與心餘交，始於乾隆三十九年（一七七八）70，忠雅堂詩集，補遺，下，頁九，「題施生（晉）詩本，并柬黃生（景仁）」云：

---

66 見呂培編洪北江先生年譜，乾隆四十四年條，頁十四，收在商務印書館四部叢刊正編。又見於黃逸之著黃仲則年譜，頁五五，同註65。

67 隨園詩話，卷七，頁四。

68 隨園詩話，卷十一，頁四。又，洪亮吉著北江詩話，稱其詩：「如咽霧秋蟲，舞風病鶴」（卷一頁五，廣文書局），則直指其病矣。

69 黃景仁著兩當軒集，卷十，頁六，呈袁簡齋太史四首，其一「一代才豪仰大賢，天公位置卻天然；文章草草皆千古，仕宦匆匆只十年。暫借玉堂留姓氏，便衣勾漏作神仙，由來名士如名將，誰以汾陽福命全」。（光緒二年家塾校梓本）。

70 據黃逸之著清黃仲則先生景仁年譜，頁五十三，（台灣商務）云：「是年（指乾隆四十三年）先生始與蔣心餘交」。此說有待商榷。據黃仲則兩當軒集，卷十，頁二，版本同註69，乾隆三十九年，有「贈明分司春巖（按明新，字春巖，漢軍人）次蔣清容先生韻」；且此年洪北江年譜云：「七月，偕黃君景仁赴江寧鄉試，同寓徐氏東園舊址」；「十月復詣揚州」，「冬杪始歸」；則洪北江、黃仲則「十月」至揚州安定書院，與心餘相識。洪北江已於壬辰十一月（即乾隆三十七年），資助北江歸葬。可知，乾隆三十七年後，洪、蔣交情已篤。而乾隆三十九年，洪、黃二人詣揚州安定書院（亮吉肆業安定），與心餘交。

碁鐙雪屋暫淹留，相倚眞同李郭舟；
才大士多嗟不遇，情深人每善言愁。
江東年少雙行笈，燕市天寒一敝裘；
史館餐錢書局紙，因貧聊復與沉浮。

歎士之不遇，命與才仇，千古一概。又，忠雅堂詩集，卷二十三頁四，兩當軒云：「笑彼兩當衫（軒），似我一椸屋；朝曦東牆來，夕月西窗宿，居之實能容，戲捫空洞腹。」言仲則生活之困境也。

無錫

顧光旭（一七三一—一七九七，字華陽，號晴沙，乾隆十七年壬申進士，歷官甘肅涼莊道署，四川按察使，主東林書院數十年，繼顧憲成、高攀龍之緒，有響泉集）[71]。

響泉集卷五頁十一，有「荅岵齊心餘容圃，見和前韻三首」；卷五頁十四，有「錢擇石招同范芃原紀元穉、邵蔚田、吉渭崖、秦西巖，蔣心餘集寓齋即送心餘南歸……」；卷六頁一有「送

---

71 大清一統志，卷八十八，常州府，頁二十九，作「金匱人」。考顧宗泰著月滿樓詩別集，卷八，懷友詩下，頁九四，（叢書集成據讀畫齋叢書本排印），有「歷井捫參返蜀鄉，既支膠鬲舊山堂；聯舟憶向淮陰泊，琴鶴風流話夜長」，自註云：「家響泉廉訪。廉訪系出馮公，後遷無錫膠山腳」。此爲無錫人道理。

蔣心餘歸西江」，其二云：「落拓京華春復春，得從杜甫作南鄰；明朝相望知何處，寒雨連江思煞人」；其四云：「買舟容易買山難，鍾阜青青屬謝安，牛渚西江一輪月，無人知道錦袍寒。」響泉集卷六頁八又有「寄蔣心餘編修金陵二首」。又，響泉集卷十二頁八有「賀新涼」柬蔣心餘編修，同卷頁九「賀新涼」、「沁園春」，頁十「賀新涼」等詞皆有關心餘者[72]。晴沙與趙翼交往頗密，甌北詩鈔，七律五，頁十六，顧晴沙輓詩云：「同向江天把釣竿，扁舟來往最交歡」，又言「我歸君亦即還家」，（自註：君歸田，後我一年），言林泉生活之相契相合。心餘在忠雅堂詩集，卷十二頁二，有「王麓臺富春秋色橫卷爲顧晴沙（光旭）作」；卷十二頁三，有「通州解纜顧晴沙侍御，遣吏再送十里外，并馳詩來餞，感酬三首」，其三云：

兩載南鄰借綠陰，三朝退鷁傍皋禽；
此心出處原無異，鵾自摩天鯉自沉。

此詩心餘四十歲作。舉家乘舟南下，舟發通州，在北京二年比鄰而居，故曰「兩載南鄰借綠陰」。

[72] 所引顧光旭響泉集（乾隆乙未刊，天妙閣藏本），中研究傅斯年書館藏。又，響泉集卷十二頁九「賀新涼」詞有「心餘編修請假南歸，云將卜居金陵，出二詞誌別，依韻作二解，即題歸舟安穩圖」，下片云：「征衣當日輕鄉土，最沉吟、蓬蒿三徑，去來無主，一片鍾陵青在，築傍東山棋墅。對流水、幾家貧窶，稚子候門松菊靜，笑諸公、衮衮終何補，春浪闊，放舟去」。

後則言其未逢時，故退鷁傍澤禽。又，詩集，卷廿五頁十八，「後懷人詩」，「顧晴沙廉使光旭」云：

萬手攀朱輪，羌人同一哭；
歸臥九龍山，捫此便便腹；
詩版鐫琅玕，玉齒鏗然讀。

言其治甘肅、四川，爲百姓愛戴，詩如「晴沙」、「響泉」。另，銅絃詞，下，頁八，有「陪錢籜石先生小飲顧晴沙侍御宅」。

常　熟

蔣檙（字作梅，文恪公溥子，乾隆辛未進士，官兵部侍郎，工寫花卉）[73]。

作梅爲心餘北京認識友人，忠雅堂詩集，卷六，頁十四，有「蠟石磬同家（蔣）作梅聯句」詩，知二人北京時交情不惡。又，作梅父文恪公蔣溥（字質甫，一字恆軒），忠雅堂銅絃詞卷上頁二十，「賀新涼」，有送家（蔣）恆軒相公侍從東巡。

---

[73] 李濬之編清畫家詩史，㈡，丙下，頁四十二，收在周駿富輯清代傳記叢刊，明文書局。

鎭洋（太倉）

畢沅（一七三〇—一七九七，字纕蘅，號秋帆，又號雲巖山人，乾隆二十五年庚辰一甲一名進士，授修撰，官至湖廣總督，贈太子太保，有靈巖山人集）[74]。

秋帆與心餘、趙翼、袁枚交情皆厚。在小倉山房詩集，小倉山房尺牘，隨園詩話文字中，多載與秋帆有關事。如尺牘云：「公大魁天下，名聲若日，枚在蔣用菴（和寧）侍御、熊蕉泉（學驥）觀察處，時時得聞公之言論風采」（卷四，寄陝西撫軍畢秋帆先生）；又在隨園詩話云：「余編詩話，爲助刻資者，畢弇山（沅）尙書、孫稆田（慰祖）司馬也」（卷四），難怪隨園詩話，所錄與秋帆有關者多至二十六則！秋帆是庚辰狀元，更令甌北欣羨，是以詩鈔亦屢載二人交往[75]。至於忠雅堂詩集，卷九頁九，有「畢秋帆（沅）修撰以其友像屬題，絕類應眞、戲作」；卷二十六頁八，「後續懷人詩」，「畢秋帆中丞沅」云：

狀元建油幢，帝無西顧憂；
論詩契妙旨，辨賊稱壯猷；
身披一品衣，疑是李鄴侯。

---

[74] 據趙爾巽清史稿，卷三百三十二，列傳一百一十九，本傳，總頁一〇九七八。

[75] 同註[57]，頁二七二。

直以唐代李泌（封鄴侯），言其神童，兼具功名。

長洲（吳縣）

彭啓豐（一七〇一—一七八四，字翰文，號芝庭，祖定求，康熙十五年會試、殿試皆第一，官至翰林院侍講。雍正五年會試第一，殿試置一甲第三，世宗親拔第一，授翰林院修撰，與鄂爾泰、劉統勳等交久，官至兵部尚書）76。

彭紹升（一七四〇—一七九六，字允初，號尺木，芝庭子，乾隆丁丑進士，選知縣，不就，素食禮佛，有觀河集，二林居集）77。

心餘與允初爲同年進士，與其父芝庭亦有往來。在忠雅堂文集，卷八，書二十四，有「上大人彭芝庭先生書」；至於詩集，卷十一頁十三，有「題彭芝庭大司馬蘭陔永慕圖」；卷廿一頁八，有「彭芝庭（啓豐）尚書戴笠像」；卷廿五頁二十，「續懷人詩」，「彭芝庭尚書啓豐」云：

文昌騰光輝，盛朝福壽臣；
八十健如鶴，丸丸松柏身；

76 據彭紹升著二林居集，卷十八，頁九，「皇清光祿大夫經筵講官兵部尚書致仕，先考府君事狀」，石門圖書公司。及清史稿，卷三百四，列傳九十一，本傳頁一〇五〇三。

77 同註76，清史稿，卷四百八十，列傳二百六十七，頁一三一一五。又，二林居集，後，附作者生平。

三吳畫仙翁，人瑞占星辰。

言其得盡人間福壽才名。在彭啓豐芝庭先生集卷十六頁九有「贈承德郎翰林院編修候選州同知蔣君墓誌銘」[78]。

允初與心餘丁丑進士，忠雅堂詩集，卷十二頁四，有「**題同年彭允初（紹升）進士秋陽軒詩卷三首**」，其一云：

未讀神已淒，讀竟心欲死；
哀哀孝子言，天性乃如此。
詩人語多僞，忠孝失本旨；
修辭等喪志，至竟何所恃。
人子欲言者，言之莫能已；
一唱三歎中，懷哉彭季子。

本詩第三首有「可念長征鴻，歸隨退飛鷁」，知心餘乾隆三十九（四十歲）秋天南歸作。本首言允初忠孝純乎天然。在忠雅堂詩集，卷二十頁三，有「前明五君子墨跡冊子，爲彭進士（紹升）作」。

---

78 彭啓豐著芝亭先生集，卷十六頁九，光緒二年官署覆刻本，中研院傅斯年圖書館藏。

又，在二林居集，卷四頁五，有「與袁子才先輩論小倉山房文集」；袁枚小倉山房文集，隨園詩話，二人往來書信，議論死生，雜談吟詠。

張　塤（字商言，改字瘦銅，號吟薌，乾隆乙丑進士，官內閣中書，有竹葉庵集）。

據袁枚隨園詩話（卷十六，頁三）：

吳門張瘦銅中翰，少與蔣心餘齊名。蔣以排奡勝，張以清峭勝；家數絕不相同，而二人相得。心餘贈云：「道人有鄰道不孤，友君無異黃友蘇」，其心折可想。

詩風不同，張、蔣二人少即齊名可知。在忠雅堂詩集，卷七頁四，「**張吟薌**（塤）**秀才至京，喜為長歌**」云：

三十初度泊姑胥，無屋卻借官船居；
醉埽虎邱石壁書，虎氣入筆驚闔閭。
昏黑歸船墜江底，手挽舵牙腳踏魚；
躍水立船送君去，寒藻挂面裘褌濡。
天明君來繞臥榻，我悔未摘龍頷珠；
枯腸飲河覺少潤，睥睨震澤如溝渠。

別來彈指忽五載，中間尺素頗不疏；
聞君獻賦官未除，但有賢婦憐相如。
藥烟縷縷橫綺疏，垂死病中憶心餘；
……

詩作於乾隆二十三年，心餘居北京。吟薌詩才清峭，人則窮困；首言乾隆十九年（心餘三十歲）由北京南歸，舟泊吳門（蘇州），友人張塤（商言）約遊虎丘，歸失足溺萬年橋事。繼言「別來彈指忽五載，中間尺素頗不疏」，張、蔣二人交往多；「藥烟縷縷橫綺疏，垂死病中憶心餘」，病中相憶，交情必深。又，忠雅堂詩集，卷廿六頁六，有「張瘦銅舍人屬題倪文正遺像」。在銅絃詞，上，頁十三，「金縷曲」，有「吳門張秀才傳詩，年少有雋才，游濟南，受知於金檜門先生，明日以四雨莊吟卷質之先生，予誦而愛之，題二詞於後」，可見張、蔣之識，由於金檜門（德瑛）之介。銅絃詞，上，頁十三，「蝶戀花」，云：「吟鄉入使院受業於檜門先生凡廿四日，鐙窗對榻，朝夕與俱，八月初三夕，留二詞別予，明日將出應秋試也，次韻答之」，二人由是往來愈密。銅絃詞，上，頁二十，「賀新涼」，有「吳門墮水後，題張吟薌詞卷」，云「挑鐙細讀烏闌字，為師友，行歌坐泣，纏綿若此。小雅離騷存別派，幻出情仙俠鬼，便仙鬼，也須愁死，雲錦為裳心作繭，淺人看，但解呼才子，吾不語悶而已」。纏綿怨悱、剪心織雲，非一般仙鬼可及。而吟薌之與趙翼，交往亦深[79]，甌北之與吟薌交，則為心餘介紹。

---

79 同註10，頁二七三，學生書局。

蔣元益（字希元，乾隆十年進士，改翰林院庶吉士，十三年散館，授編修，十五年充湖南鄉試正考官，後任內閣學士兼禮部侍郎，提督江西學政等職）[80]。

在忠雅堂詩集，卷廿五頁二十，「續懷人詩」，「蔣希元侍郎云益」云：

侍郎大宗師，誨人能不倦；
文章作鑪冶，五金同一鍊；
茅堂蔽風雨，老共南山健。

言元益主政教育，身老而健；文章、道德堪誇。

嘉　定

王鳴盛（一七二二—一七九九，字鳳喈，號禮堂，又號西莊，晚號西沚，乾隆十九年進士第二名，累官內閣學士兼禮部侍郎，遷光祿寺卿，著有十七史商榷，蛾術篇等）。

西莊童子試受知於內閣學士劉藻，早年與錢大昕齊名，人稱「錢王」，十七歲與王蘭泉（昶）定交，二十九歲在庶常任，與紀曉嵐（昀）有「南錢北紀」之目[81]。與袁枚[82]，趙翼[83]，皆有往來。

---

[80] 據國朝耆獻類徵，卷八十八，頁四一。

[81] （續次頁）。

在忠雅堂詩集，卷七頁一，有「王禮堂（鳴盛）學士新居有青棠二株，作詩詠之，予南鄰李杏圃（綬）侍御宅亦有一株，覆予苑牆，乃爲二詩以答」；又，卷七頁二，有「雨中聞王琴德（昶）舍人至京，眷屬同居（王）禮堂學士宅，詩以柬之」，其一云：

一經齋酒三年夢，不識故人何處留；
彩筆干霄傳賦手，好風吹汝到皇州。
冰銜頭地同官讓，才子高名此職優；
料理直廬持被臥，晚涼應透瘦生裯。

王昶（官中書舍人）至京，眷屬同居西莊宅，可知二王交情深。首言「一經齋酒三年夢」，指乾隆十九年王昶登第後，心餘等在金德瑛（有一經齋）處，餞別琴德也。而心餘之與西莊，屬泛泛。

上海

---

81 參錢慶曾校註，錢大昕手編自題竹汀居士年譜，收在錢大昕讀書筆記廿九種三，頁十六至廿三，鼎文書局。

82 袁枚小倉山房詩集，卷三十四，頁六，有「題王雲上西莊草堂圖」；袁枚八十壽誕，王西莊有祝隨園先生八十壽序。在隨園詩話卷九、卷十，補遺卷八，分載有關西莊詩。又錢大昕著潛研堂詩文集（商務四部叢刊正編），記載與袁枚酬酢亦不少。

83 趙翼與王西莊交遊，參王建生著趙甌北研究，頁二七五。

趙文哲（一七二五—一七七三，字升之，一字璞庵，一作璞函，乾隆壬午南巡召試，賜舉人，歷官户部主事，殉木果木之難，贈光祿寺少卿，有媕雅堂、娵隅等集）。

據晚晴簃詩匯云趙文哲：

> 少時與王西莊（鳴盛）、吳竹嶼（泰來）、王蘭泉（昶）、黃芳亭（文蓮）、錢竹初（維喬）、曹習菴（仁虎）相唱和，人稱七子[84]。

可知璞庵與王西莊（鳴盛）、王蘭泉（昶）、錢竹初（維喬）等人交厚，而為吳中七子。**袁枚隨園詩話云**：

> 吳中七子中，趙文哲損之詩筆最健。丁丑召試，與吳竹嶼同集隨園。……後從溫將軍（案：指溫福）征金川，死難軍中[85]。

璞庵詩名，由此知。趙翼甌北詩鈔亦載與之交往事[86]。至於心餘，在忠雅堂詩集，卷十一頁七，

---

[84] 徐世昌編晚晴簃詩匯（清詩匯），卷九十，十八欄。

[85] 隨園詩話，卷十，頁五。又，趙文哲與溫福同死事，見清史稿，卷四百八十九，列傳二百七十六，忠義三，本傳，頁一三四九四，鼎文書局。

[86] 同註[10]趙，甌北研究，頁二七八。

有「趙損之（文哲）舍人龍湫濯足圖」，云：「知君胸次納洪瀨，俯視巨浸同浮漚；偶然插腳水精域，跨躍江海思乘桴」，言其胸次開拓，忠雅堂詩集，卷廿六頁八，「**後續懷人詩**」，「**趙損之舍人文哲**」云：

從軍草露布，兵潰中書死；
詩卷存英風，靈爽昭忠祀；
庸庸爲令僕，斯人竟傳矣。

從軍幕府，忠義殉難，（清史列入忠義），則詩卷可傳。

陸錫熊（字健男，號耳山，乾隆二十六年進士，二十七年召試，賜內閣中書，官至左副都御史，有篁邨詩集）[87]。耳山、趙翼、錢籜石（載）、辛楣（大昕）、曹來殷（仁虎）、王述菴（昶）等人有往來[88]，忠雅堂詩文集未見二人酬酢，**然在王昶所編湖海詩集，收有「鉛山道中追悼蔣心餘前輩作」**：

豫章有名林，千尋挺巖谷；

---

87 王昶纂湖海詩傳，卷二十四，頁十一，同治四年亦西齋藏版。

88 參趙甌北研究，同註10，頁二七九。

森然到合抱，徑寸受氣足。
咸韶發清奏，冠佩好奇服；
鵷鸞滿中臺，豪逸天使獨。
……（中略）
寧徒壓西江，詩派繼前躅；
文端今歐陽，一見快刮目。
承明須著作，藜火照天祿；
司空東閣士，彭蔣粲雙玉。
……（中略）
我昔游諸公，杯盤互追逐；
交游散風絮，歲月轉車轂。
當時二三子，強半在鬼錄；
都亭憶分攜，冷月挂疎木。
……89

「豫辛有名材」，「文端今歐陽」，以心餘比歐陽修，推崇之至。「我昔游諸公，杯盤互追逐；

89 同註87，頁十二。

交游散風絮，歲月轉車轂」，憶昔北京追逐遊踪，分手飄泊，零落欲盡，以至「終然厄龍蛇，聞耗涙盈掬」（詩末），令人悽惻！

松　江

王祖庚（字蔗邨，與祖父文恭公同生日，故號生同，丁未進士，與彭啓豐尚書同爲尹繼善門下）[90]。

心餘在忠雅堂詩集，卷十頁十五，「**題王蔗邨**（祖庚）**太守鏡影圖**」云：**頓　鄰**

其一云：

抱影冰壺中，置身明鏡裡；
相對久忘言，即此是知己。

其二云：

一輪涵太虛，中有滿月相；
平生白照心，湧作光明藏。

其三云：

---

[90] 袁枚隨園詩話，卷九，頁四。

鑑空無我相，水靜波亦止；
手拈幽蘭花，妙香乃如此。

詩作於乾隆二十八年，心餘居北京。言蕉邨居官清廉。詩集卷十一頁十有「消寒雜咏和王蕉邨太守十三首」；同卷頁十二，有「題王蕉邨太守消寒詩後」。在銅絃詞，下，頁七，有「水龍吟」、「摸魚兒」詞，「春江歸釣圖爲王蕉邨太守作」；又，銅絃詞，頁十一，「沁園春」，「題王庶邨太守錦瑟詞後」。

王興吾（？—一七五九，字宗之，雍正五年進士，改庶吉士，散館授編修，歷任廣西道監察御史，河南按察使，江西布政使，吏部侍郎等職）[91]。

忠雅堂詩集，卷廿五頁十七，「懷人詩」，「王宗之少宰興吾」云：

翰林出華亭，旬宣好風采；
覆物布陽和，千里春雲藹；
天邊奏迦陵，旌旗迎少宰。

[91] 國朝耆獻類徵，卷五十八，頁三十一。

言宗之爲官，廣受歡迎。

青浦

王昶（一七二五—一八〇七，字德甫，一字琴德，號蘭泉，晚號述菴，乾隆甲戌進士，丁丑南巡召試，賜內閣中書，官至刑部侍郎，有春融堂集，湖海詩傳）92。

述菴與蔣、趙、袁三家交往厚。在春融堂集載，述菴與三家往來酬酢多。與心餘如卷五頁十四「鉛山蔣舍人心餘」詩云：「雨後鳴蟬照碧窗，移窗話舊意難降；聞君近乞金門假，六幅煙帆泝大江。」93在袁枚小倉山房詩集（卷廿五、廿六），隨園詩話（五則）；趙翼甌北詩鈔94，都載有酬酢之作。述菴纂集之湖海詩傳，收袁枚詩十五，趙翼詩二十二，蔣心餘二十四最多95。在忠雅堂詩

---

92 清史稿，卷三百五，列傳九十二，王昶本傳，頁一〇五二三，又參徐世昌編清詩匯，卷八十三，頁九。

93 均見王昶著春融堂集（嘉慶十二至十三年塾南書舍刊，中研院傅斯年圖書館藏），如卷五頁七有「金閣學檜門（德瑛）招同錢編修坤一（載）蔣舍人心餘（士銓）……留別」；卷七頁二十五「畢修撰秋帆（沅）新納姬人諸桐嶼（重光）趙雪松以諸戲之」；卷八頁三「闈中蔣心餘連夕以詩見示」；卷八頁六「闈夕雲松和心餘詩見示感作」；卷九頁二十一「題趙雲松耘菘圖即送之鎮安守任」；卷十六頁十六「戲贈袁子才」；卷十七頁七「去秋偕子才明府泊舟北固山下……」；卷二十四「長夏懷人絕句」有「錢塘袁明府子才」（頁十二）；卷十九頁十一有「寄壽子才七十」；卷二十一頁五有「和袁子才病中自輓」；卷五十六頁九「翰林院編修蔣君墓誌銘」等。

94 同註88，頁二八〇。

95 見王昶纂湖海詩傳。袁枚詩，見於卷七頁七，蔣士銓詩見於卷二十一頁一，趙翼詩見於卷廿四頁一，同治四年亦西齋藏版。

集，卷四頁九，有「一經齋小集，送王琴德（昶）之山左，同金檜門，錢籜石二先生、汪康古孝廉……」；卷七頁二，有「雨中聞王琴德舍人至京，眷屬同居（王）禮堂（鳴盛）學士宅，詩以柬之；卷廿五頁二，有**「送王琴德廷尉假還，三首」**，其三云：

酒綠鐙紅老弟兄；懷人感舊不勝情；
春江舫載桃根返，湯餅筵將驥子生。
……

詩作於乾隆四十四年（心餘五十五歲）。由詩中可見述菴與心餘在北京經常詩酒酬唱。在銅絃詞，下，「摸魚兒」，云「王琴德比部三泖漁莊冊子」。

胡寶瑔（一六九四—一七六三，字泰舒，一字太虛，安徽歙縣人，父廷對，官婁縣訓導，同居青浦，後入籍。雍正元年舉人，乾隆二年，考授內閣中書，充軍機處章京，後巡撫山西、調江西、河南。）[96]

心餘在忠雅堂詩集，卷廿五頁十七，**「懷人詩」**，**「胡太虛中丞寶瑔」**云：

眼比溫嶠犀，炯炯燭九幽；

96 清史稿，卷三百八，列傳九十五，本傳，頁一〇五九一。

密勿三十年，經綸立勛猷；
胸有治安策，不藉裨諶謀。

盛讚其識地籌謀。

吳江

迮雲龍（字耕石，雍正壬子副貢，乾隆丙辰舉博學鴻詞，有汗漫吟）[97]

忠雅堂詩集，卷廿五頁十七，「**懷人詩**」，「**迮耕石布衣雲龍**」云：

老迮雲中虯，見首不見尾；
雄談驚四筵，養氣役諸鬼；
布衣傲王公，焉龍趿珠履。

刻劃耕石奇傲、雄談個性。

丹徒

---

[97] 據清詩匯，卷六十八，八欄。

王文治（一七三〇—一八〇二，字禹卿，號夢樓，乾隆二十五年庚辰進士，殿試第三人，授翰林院編修，雲南臨安知府，出使琉球，文名播海外，辭官返里，主請杭州鎮江書院，有夢樓詩集）[98]

夢樓與蔣、趙、袁三家交情篤。在小倉山房詩集（卷廿一起）、尺牘（卷三起）、隨園詩話（卷二起，與二人有關者十八則）；趙翼甌北詩鈔所載二人酬酢甚多（參王建生著趙甌北研究），皆見趙、袁、王關係厚。至於心餘，在忠雅堂詩集，卷十一頁十四，有「送王夢樓侍讀守臨安」；卷廿五頁十五，「懷人詩」，「**王夢樓太守文治**」云：

涉海拔鯨牙，投簪擊腰鼓；
探花虞褚倫，腕力拓強弩；
隨身有竿木，日對江山舞。

夢樓中探花後，出使琉球，詩名播海外，「隨身舞竿木」，多趣。

在王文治夢樓詩集，載王、蔣交游者，有：卷五頁十二的「壬午京兆試以分校入闈，呈兩座主，并示同人，同蔣心餘前輩韻」；卷六頁十四，有「蔣心餘前輩請假出都，將卜居江南之金陵，觀其意氣蕭疎，似有終焉之志，……」；卷七頁六，有「過鉛山懷蔣心餘前輩」；卷十二頁四，有「立秋日、蔣心餘前輩暨諸子，聽王、范二女彈詞，二女皆盲於目」；卷十二頁十五，有「題

[98] 清史稿，卷五百三，列傳二百九十，王文治本傳，頁一三八八九。

蔣苕生前輩四絃秋新樂府」；卷十六頁十一，有「題朱海客明府，憶園餞別圖，用蔣心餘韻」[99]。

蔣宗海（字春巖，號春農，舉壬申科孝廉，是科成進士，官內閣中書，工篆刻，山水具蕭疎古淡之趣，年甫四十，即乞終養歸里，主梅花書院，著有春農吟稾）[100]。

忠雅堂詩集卷六頁二，有「買小艇往京口，訪家（蔣）春農不值，即夕返棹，渡江作歌」，由詩題亦知二人交情好。蓋春農與心餘同入中書故也。

程夢湘（字荊南，號衡帆，拔貢，官清泉知縣，有松寥山館集）[101]。

在忠雅堂詩集，卷廿五頁十六，「懷人詩」，「程荊南邑令夢湘」云：

詩人解墨綬，乃具波斯眼；
獨泛眞珠船，手拓陶朱產；
牛肉白酒殃，是爲天所限。

---

99 以上所引皆見王文治夢樓詩集，學海出版社影印食舊堂藏板。

100 馮金伯撰墨香居畫識（室），卷五，頁三，亦參李濬之輯清畫家詩史，(二)，丙下，頁四十三，兩書皆收在周駿富主編清代傳記叢刊，明文書局印行。

101 清詩匯，卷八十五，十五欄。

言夢湘辭令長（墨綬），而效陶朱公（范蠡變姓名成巨富；陶，山名），終因辭官，而爲霜露之病（牛肉白酒殃，傳杜甫之死如此！），不免困頓，未盡其才。惜其才高、運蹇、年促。

江　寧

秦大士（字魯一，又字磵泉，一作鑑泉，或作劍泉，乾隆十七年壬申狀元，授修撰，累遷侍讀學士）[102]。

在忠雅堂詩集，提及磵泉者多，如：卷三頁九，有「秦劍泉廷對第一，口占卻簡」；卷四頁七，有「澄懷園漫興，書寄盧右禮詹事，饒霽南編修，吳頡雲、秦磵泉兩修撰……」；卷五頁九，有「同年秦磵泉修撰來南昌，喜晤有作」；卷八頁一，有「題秦磵泉學士柴門稻香圖」；同卷頁，有「又題磵泉種樹圖」；卷十三頁一，有「尹望山（繼善）督相招飲，同袁簡齋、秦磵泉兩前輩席上作」。心餘忽稱磵泉爲「同年」，忽稱爲「前輩」，一以省試，一以會試（心餘，乾隆二十二年丁丑進士，磵泉爲十七年壬申狀元）。在「尹望山督相招飲」詩云：「十八科中四翰林」，則主人尹繼善、簡齋、磵泉、心餘皆翰林出身，風光之至。袁枚在隨園詩話（與磵泉有關者八則），提到「余甲子科從沭陽就聘南闈，過燕子磯，見秦秀才大士題詩壁上，……次年，奉調江寧，秦以弟子禮見」（詩話，卷十三），磵泉爲簡齋後輩！

龔孫枝（字雲弱，一字梧生，乾隆壬申舉人，官曹州知府，工書畫，好劍舞，善射，曉天文，壽八十餘）[103]。

---

102 嚴懋功撰清代徵獻類編，下冊，卷三，頁十四，世界書局。

103 見李濬之編清畫家詩史，㈡，丙下，頁五十一，明文書局本（收在周駿富主編清代傳記叢刊）。

袁枚在隨園詩話，記載袁、龔有關者四則（卷四、卷九、卷十三兩則），如卷四，頁十，云：「余知江寧，救火水西門，見喧嚷時，一美少年，著單縑衣，貌頗閒雅，異而問焉。曰：秀才也，姓龔，名如璋，號雲若。次日，以文作贄，來往甚歡。後十年，中進士，改名孫枝」。知龔孫枝原名如璋，而字雲弱（若）。梧生有「和簡齋夫子雨中見懷」末云：「朝來擬赴尚書約，樹杪還驚少女風，問訊春寒池上酌，花枝應似醉顏紅」[104]，梧生與心餘亦有往來。至於心餘在忠雅堂詩集，卷十八頁十七，有「龔侯刀劍歌」，中云「太平世界善刀藏，龔侯含笑咸陽」，「龔侯任俠無荊高，右手執劍左手刀」，知其好畜寶刀。又在詩集卷廿五頁十九，「**後懷人詩**」，「**龔梧生郡丞孫枝**」云：

瘦鶴矯孤翼，翹足魯連臺；
貪夫勢赫赫，于我何有哉；
何不乘長風，翻然游九垓。

以「瘦鶴」言梧生形貌、長壽，願其乘風九垓，得其「閒雅」。

江　都

程晉芳（一七一八—一七八四，字魚門，號蕺園，原安徽歙縣，業鹺於淮，徙至江都。乾隆二十七年壬午召試，

---

104 同註103，總頁〇七六—一〇七。

授內閣中書，三十六年辛卯進士，改吏部主事，授編修，有勉行堂詩集，蕺園詩文集）[105]。

蕺園（魚門）「家本富商，交結文人，家資蕩盡，直至晚年成進士，作部郎，四庫館議敘，才得翰林」[106]。所交文人中，袁、趙、蔣三家甚厚。在勉行堂詩集，卷一頁十一有「夜夢袁存齋、是日存齋書至、因作詩寄之」，卷二頁三有「酬袁存齋四首」，卷五頁二有「隨園四首呈袁存齋」……卷十五頁八有「趙甌北前輩移寓裘家街……」，卷十六頁九有「觀醃菜三十韻同趙甌北前輩作」，卷十八頁九有「送趙甌北前輩之任鎮安」。卷十六頁七有「題蔣清容前輩歸舟安穩圖即送南歸，次錢籜石庶子韻」有云：「十年館閣間，昔昔夢烟塢，慈母最同心，歸計浩無阻，中吳好山水……我友杭（堇圃）與袁（簡齋），見子首且俯……。」[107]

在小倉山房詩集（從卷六起），小倉山房文集（卷四起），小倉山房尺牘（卷一起），隨園詩話（卷一起，與蕺園相關者三十一則），述及程、袁二人交遊者多，**如小倉山房詩集「聞魚門編修乞假赴陝、卒于（畢）秋帆中丞署內，余生平至好也，賦詩志慟」，其一云**

---

[105] 趙爾巽清史稿，列傳二百七十二，文苑二，頁一三三八三（鼎文書局），程晉芳條云：江都人。據李之度編清朝先正事略，卷四十二，頁四十五（上海文瑞樓發行）云：「歙人，業鹺於淮……」。又據袁枚小倉山房文集，卷廿六頁六，翰林院編修程君魚門墓誌銘云：「程姓，名晉芳，……祖居新安（即安徽休寧縣、歙縣），治鹽於淮」，知應由安徽徙至江都。

[106] 袁枚著隨園詩話，補遺，卷七，頁一，詩話繼云：「分校春闈，可謂有志者事竟成。然而遽卒於秋帆中丞署中，可悲也！」

[107] 皆見程晉芳著勉行堂詩集，嘉慶二十三至二十五年刊本中，中研院傅斯年圖書館藏。

暫辭東觀走西秦，幕府風高遽喪身；
到耳忽驚腸欲斷，癡心還想信非眞。
三吳屈指推名士，四海同聲哭善人；
料得中丞騷雅主，不教遺稿付沉淪。[108]

蕺園爲子才「生平至好」，赴陝而卒，悲慟可知。又，乾隆三十六年辛卯會試，主考官劉統勳，同考官朱筠，得邵晉涵，程晉芳[109]；而趙翼在乾隆二十六年辛巳會試時，劉統勳是讀卷官，則趙、程有「同師」（劉統勳）之誼。在甌北詩鈔亦載有多首與蕺園酬酢詩[110]。心餘在忠雅堂詩集，卷二十頁二，「再晤吳鑑南（璜）刺史，有懷程魚門（晉芳）二首」，其二云：

越王臺畔別悤悤，遠夢新愁一笑空；
十里珠簾花影外，二分明月酒杯中。
東流水健山如馬，北向帆輕客似鴻；
惆悵竹西芳草路，笙歌不見紫髯翁。

---

[108] 袁枚著小倉山房詩集，卷三十，頁十五。
[109] 參姚名達著朱筠年譜，頁三十七至三十八，上海商務印書館排印。
[110] 參趙甌北研究，同註[10]，頁二八六。

詩有句「煙花三月雨溟溟」，知心餘於乾隆三十七年三月，主安定書院（揚州）時作。葳園「多髯」，詩以「紫髯翁」稱之。

秦　黌（字西巖，乾隆十七年進士，官至觀察）。

西巖與沈既堂（業富）、王夢樓（文治）、趙甌北有往來[111]。在忠雅堂詩集，卷廿五頁廿一，「續懷人詩」，「秦西岩觀察黌」云：

解組營牢盆，力可治財賦；
笑騎揚州鶴，江壖狎鷗鷺；
天語及臣家，舊城讀書處。

言西岩辭官煮鹽（牢盆），讀書逍遙。

汪端光（字劍潭，由安徽休寧徙至江都）。

劍潭與蔣、趙、袁三家關係平常。在隨園詩話，言劍潭「少年玉貌」（卷八），趙翼曾與之和詩[112]，在忠雅堂詩集，卷廿五頁十八，「懷人詩」，「汪劍潭國子端光」，云：

[111] 同註[110]，頁二八五。
[112] 同註[110]，頁二八六。

風流立朝彥，此是神仙人；
一第屢蹴躃，觸手雲山新；
漢廷用文才，孺子寧長貧。

言劍潭神采風流，進士第則跛。又銅絃詞卷下頁二十三，「賀新涼」有送汪劍潭學正歸揚州。

以上汪端光、秦西岩、程蕺園三位，爲心餘至揚州安定書院講席認識的。

揚州八怪：含汪士慎（一六八六—一七五九）、黃慎（一六八七—一七六〇）、金農（一六八七—一七六三）、高翔（一六八八—一七五三）、李鱓（一六八六—一七六三）、鄭燮（一六九三—一七六五）、李方膺（一六九五—一七五四）、羅聘（一七三三—一七九九）等人家。除羅聘爲金農弟子，出生較晚外，其他七家約略同時，活動時間也相似。他們先後都曾以揚州（江都）爲其活動的主要根據地，不過他們大多不是揚州籍的[113]。心餘與「八怪」中的鄭燮、羅聘較有交往。

鄭燮（一六九三—一七六五，字克柔，號板橋，揚州興化縣人。四十歲舉於鄉，四十四成進士，五十歲爲范縣令，有鄭板橋全集）[114]。

---

[113] 參王建生著鄭板橋研究，第一章鄭板橋的生平及揚州八怪，頁五四，民國六十五年曾文出版社。

[114] 參王建生著鄭板橋研究，同註[109]。又據鄭燮著鄭板橋全集，補遺，頁一九八，劉柳邨冊子（殘本）云：「板橋自京師落拓而歸，作四時行樂歌，又作道情十首。四十舉於鄉，四十四歲成進士，五十歲爲范縣令，乃刻拙集」（台灣時代書局本）。

板橋與趙翼、袁枚交往不多，在小倉山房詩集，有「題板橋遺跡圖」；隨園詩話云：

興化鄭板橋作宰山東，與余從未識面，有誤傳余死者，板橋大哭，以足蹋地。余聞而感焉。後廿年，與余相見于盧雅雨（見曾）席間。[115]

可知子才與板橋來往不多，而板橋詩鈔，有贈袁枚云：「室藏美婦鄰誇艷，君有奇才我不貧」[116]。
至於蔣心餘在忠雅堂詩集，卷十八頁八，「題鄭板橋畫蘭送陳望亭太守」云：

板橋作字如寫蘭，波磔奇古形翩翻；
板橋寫蘭如作字，秀葉疏花見姿致。
下筆別自成一家，書畫不願常人誇；
頹唐偃仰各有態，常人盡笑板橋怪。
花十一朵葉卅枝，寫于何年我不知；
叢蘭荊棘忽相傍，作詩題畫長言之。
板橋當初弄烟墨，似感人情多反側；

---

[115] 袁枚著隨園詩話，卷九頁十三。

[116] 鄭燮著鄭板橋全集，詩鈔，頁一一八，台灣時代書局。

舉以贈君心地直，花葉中間有消息。

君生蘭渚旁，熟精種藝方；

葉雖欹斜具勁力，花卻靜好含幽香。

君今一麾仍出守，長挹清芬懷舊友；

板橋不作花不言，題送君行當折柳。

板橋有三絕，曰畫、詩、書，三絕中又有三眞，曰眞氣、眞意、眞趣[117]。即「隨手寫去，自爾成局」[118]，換言之，在於「寫意」；即「偶然作」詩云：「英雄何必讀書史，眞攄血性爲文章」[119]。心餘本詩於乾隆三十三年，居紹興時作。中言「下筆別自成一家」，「書畫不願常人誇」；以及「感人情多反側」而弄「烟墨」，皆屬實情。又在詩集卷廿三頁十五，「題雜家書畫冊子」，第三首云：「未識頑仙鄭板橋，非人非佛亦非妖；晚摹瘞鶴兼山谷，別闢臨池路一條」。對板橋頗多稱許。

---

[117] 張維屏著松軒隨筆，引自顧麟文編揚州八家史料，頁一〇九，上海人民美術出版社。

[118] 同註[116]，板橋題畫，頁一六一，又參王建生著談竹與寫竹，原載東海文藝季刊廿三期，後收在王建生著建生文藝散論，頁一一三，桂冠圖書公司出版。

[119] 同註[116]，詩鈔，頁三四。

羅　聘（一七三三—一七九九，字遯夫，號兩峰，別號花之寺僧，世居歙之呈坎村，師金農，畫佛畫梅，皆出其指授，所繪鬼趣圖尤膾炙人口，有香叶草堂詩）[120]。兩峰與袁枚有往來（見小倉山房詩集卷廿七、廿八），而與心餘交往頗厚。在忠雅堂詩集，卷廿一頁十六，有「羅兩峰（聘）畫鬼趣圖八幅，題者殆遍，無分詠者，乃各賦一章……」，題詠者，除心餘外，如袁枚、姚鼐、錢大昕、張雲璈等人（參一章生平部分）[121]。在忠雅堂詩集，卷廿一頁十九，有「乞羅兩峰畫屏」；卷廿二頁三，有「題羅兩峰畫屏風後」；卷廿二頁十五，有「賣牛圖歌爲兩峰作」；卷廿三頁十四，有「題兩峰畫屏十六首」；卷廿四頁五，「**題謝兩峰畫幛額**」云：

兩峰爲夫，白蓮爲妻；
男能紹詩書，女有芳淑儀。
一家仙人古眷屬，墨池畫醆相扶持。
同居香葉堂，老樹盤曲如龍翔；
仙人眷屬不肯騎之去，雲霞結牖風月窗。

---

[121] 吳錫麒著有正味齋駢體文，羅兩峰墓誌銘，卷二十三，頁二，上海會文堂書局。（所引爲箋注提要有正味齋駢體文，王廣業箋，葉聯芬註）。

[122] 見於張雲璈，簡松草堂詩集（題羅兩峯鬼趣詩），卷七，頁二十（中研院傅斯年圖書館藏），又，張雲璈與甌北、子才亦有交往，詩集中卷十一頁十一，卷十四頁六，卷二十頁二十九皆有酬酢。

書淫畫癖出天性，乃築畫庫營書倉；
花開把酒共斟酌，閒身不願諸侯王。
……
兩峰寫梅花，白蓮畫牡丹。……

詩作於乾隆四十三年，心餘居揚州。白蓮，指兩峰妻歙縣方婉儀，生於雍正十年六月二十四日（吳俗以爲荷花生日），工詩畫，好禪，號「白蓮居士」（清史稿卷五百四）。詩中言其神仙眷屬，浸淫詩書畫，生活充滿樂趣。

第四節　浙江人物

除袁枚（杭州人）前已述及外，其他與心餘交往的人物有：

錢　塘

陳兆崙（字星齋，號句山，雍正庚戌進士，官中書，乾隆丙辰召試博學鴻詞，授檢討，歷官太僕寺卿，有紫竹山房集）[122]。

---

122 據清詩匯，卷七十一，二十欄。

心餘與星齋往來，在於金檜門（德瑛）及錢香樹（陳羣）的介紹。在忠雅堂詩集，卷十五頁十六，有「香樹先生錄寄題饒霽南小照，詩用卷中陳句山太僕韻，依韻奉懷」；卷廿五頁十七，「懷人詩」，「陳句山太僕兆崙」云：

> 班馬登明廷，著作推大雅；
> 不建文昌旌，老調天廄馬；
> 圉大且悵悵，公寧執鞭者。

言星齋之執鞭御馬，不得其位，爲陳叫屈。在忠雅堂文集，卷十，跋八，有「陳句山太僕書帖跋」；卷十二，書一，有「上陳太僕句山先生書」。而袁枚與星齋亦有往來，隨園詩話記載二人有關者四則（卷一、卷三、卷六、卷九），如卷六言「尹文端公（繼善）」，「常招陳太常星齋、申副憲笏山小集」。而陳星齋紫竹山房文集卷九頁三有「哭金檜門即題其門下生編修蔣心餘（士銓）所寫遺像」，卷九頁二十六有「蔣心餘編修作歸舟安穩圖，舉室寫眞，飄飄然有欲仙意……」其一云：「書爲窟穴筆畊煙，政復何須宅與田，鶯亂岸花春水滿，眞成天上坐神仙」[123]。

任應烈（一六九三—一七六八，字武承，一字處泉，雍正乙酉舉於鄉，明年成進士，改庶常，散館，授編修，充

---

[123] 陳兆崙，紫竹山房文集，乾隆間刊本，中研院傅斯年圖書館藏。

一統志纂修官）[124]。

忠雅堂詩集，卷十九頁一，有「挽任處泉（應烈）前輩三首」，其三云：

自營繭室喜初完，快閣飄然墜玉棺；
逝者精靈原解脫，旅人觴詠孰盤桓？
得交前輩緣非淺，但見狂奴意輒歡；
今日重來齋鏡具，嵇琴捶碎不須彈。

處泉卒於乾隆三十三年（一七六八），本詩作乾隆三十四年，當是心餘還紹興作。在忠雅堂詩集，卷廿五頁十七，「懷人詩」，「任處泉太守應烈」云：

典郡御朱轓，歸田築花墅；
快閣涵鏡湖，高吟照尊俎；
酣睡我餘堂，戛戛烏篷艣。

可知心餘在浙江蕺山書院而與處泉相識。所云「快閣」，在「鑑湖」，乃陸放翁舊地，處泉出守

[124] 據國朝耆獻類徵，卷二百三十，頁九，引杭世駿墓誌銘，明文書局。

懷慶，中年乞病，買「快閣」以居。忠雅堂文集，卷八，贊一，有「快閣十贊，爲任處泉太守作」。

沈廷芳（字畹叔，一字椒園，仁和人，由監生舉鴻博，授編修，遷御史，著有隱拙齋集）。

沈世煒（字吉甫，號南雷，廷芳子，乾隆三十一年丙辰進士，改庶吉士，歷官禮部郎中，有澹俱齋詩）。

南雷爲趙翼門生（乾隆三十一年欽點會試同考官所取），甌北曾到杭州，寓其宅（參王建生著趙甌北研究）。南雷父廷芳，與心餘爲詩友，在忠雅堂詩集，卷七有「南池凝香圖爲沈椒園廷芳觀察題」。心餘在二十九歲居山東時與椒園相識。所言南池，爲濟寧李白、杜甫祠。該詩作於乾隆二十四年，心餘三十五歲。又卷廿五頁十四，「**題沈南雷**（世煒）**禮部田家泥飲圖**」云：

碌碡場寬面磵阿，茅檐風日自清和；
雞豚社小觥籌別，桑柘陰濃笑語多。
雜坐喜參逃暑飲，拍肩爭唱飯牛歌；
有田不去如江水，走馬蘭臺奈爾何。

詩作於乾隆四十六年，心餘居北京。詩言風日清和、田家觥籌、桑柘笑語、雜坐喜飲，唱飯牛歌，一片閒趣，南雷卻走馬蘭臺。

又，程拱（字春盧），一字少時，是袁枚、趙翼、蔣士銓的崇拜者，曾繪拜袁、揖趙、哭蔣三圖。傳頌一時（參王建生著趙甌北研究）。

秀水（嘉興）

錢陳群（一六八六—一七七四，字主敬，一字集齋，號香樹，又號柘南居士，早年受業於仇兆鰲，查愼行，康熙辛丑進士，由翰林歷官刑部侍郎，加刑部尚書銜太子太傅，謚文端，有香樹齋集）125。

香樹與盧抱孫（見曾）爲同年，與汪文端（由敦）、齊次風（召南）、杭堇圃（世駿），沈歸愚（德潛）等人友善。其子汝誠、汝恭、汝慤、汝隨、汝豐、汝弼、汝器，除三子安叔（汝慤）未冠而卒，其餘六子皆有成126。

乾隆十二、十五年，香樹皆任江西鄉試正考官，爲心餘（乾隆十二年）鄉試之「座主」。在忠雅堂詩集，卷一頁十七，有「座主錢香樹先生登明遠樓，見士有被放者，慨然作詩……」；同卷頁十八，有「檜門先生招錢，馮兩座主，靜香齋小飲，屬紀其事」；卷四頁十一，有「嘉興謁錢香樹先生」；卷九頁二，有「送座主錢香樹先生祝嘏入京……」；卷十五頁三，有「謁香樹先生于里第……」；同卷頁三，有「烟雨樓觀錢太傅奉敕書各屏障」；同卷頁十四，有「嘉興錢太傅配俞夫人挽詩」；同卷頁十五，有「香樹齋敬觀賜藏太公太母詩畫冊……」；同卷頁十六，有「香樹先生錄寄題饒霽南小照，詩用卷中陳句山太僕韻……」；卷廿一頁二十，有「立春日得香

---

125 錢儀吉編、錢志澄增訂清錢文端公陳羣年譜（台灣商務），亦參清史稿，卷三百五，列傳九十二，有錢東群、錢載本傳，頁一〇五〇七起。（鼎文書局）

126 同註125，年譜，友人參頁七十，九十一，一百十二；其子參頁一四二起。孫臻（潤齋）爲湖南布政使，福胙官侍讀學士。陳羣年譜爲曾孫儀吉所編（亦輯有碑傳集），來孫志澄增訂。

樹座主書，奉和……」；卷廿五頁十四，「懷人詩」，第一首；「錢文端香樹先生」云：

身披一品衣，詩具八斗才；
九旬白太傅，靈光照台階；
吳下屏風閒，處處圖洪崖。

言其位尊而壽高。忠雅堂詩集，卷廿二頁五，「秀州哭奠座主錢文端公三首」，其一有云：「上壽尊彝開九秋，清時師傅比三公」，「宰官身寂因緣盡，文字恩深眷禮崇；南顧烟霞罷賡和，重勞天淚洒詩筒」，以見天眷之隆。

錢　載（一七〇八—一七九三，字坤一，一字根苑，號蘀石，一作籜石，陳群從孫，乾隆十七年進士，改庶吉士，授編修。七遷內閣學士，直上書房，官至禮部侍郎，有蘀石齋詩集）。

錢世錫（字慈伯，號百泉，蘀石先生長子，乾隆四十三進士，官翰林院檢討，有麂山老屋詩集）[127]。

蘀石與王穀原同里，與朱沛然、陳向中、祝維誥，號「南郭五子」。有關心餘與蘀石交往，在忠雅堂詩集，卷一頁十七，有「九月十三日學使（金）檜門先生邀同錢坤一（載）先生百花洲雨中小飲，即席限韻二首」；卷十頁七，有「張松坪（坦）前輩手植庭前新柳，……錢蘀石先生補

[127] 張維屏輯，國朝詩人徵略初編，(二)，卷四十五，頁十，明文書局。

畫橫幅……」；卷十頁十三，有「籜石先生寓齋小集，分咏叢菊」；卷廿五頁十，有「宿李寶幢學士直廬，竟夕顚頓，承延達侍郎（椿）診視，並感籜石先生、彭衣春（冠）侍講、朱石君（珪）前輩垂問」；卷廿五頁四，有「二月二十六日，英竹井（馬佳氏英廉）院長招同嵇拙修（璜）、錢籜石兩先生、施耦堂（學濂）侍御、余秋室（集）、吳穀人（錫麒）兩編修集檀欒草堂海棠花下」；卷廿五頁五，有「集籜石先生獨樹堂次（英）竹井院長韻」。在銅絃詞，下，頁九，以「陪籜石先生小飲顧晴沙侍御宅」爲題，有「賀新涼」及「沁園春」詞。「賀新涼」詞云：

三落鼕鼕鼓。記今宵、十年師友，翦鐙而語。酒映須眉人歡喜，那更三星在户。薄醉也，平生堪數。廉讓泉清曾共飲，古之人，默默心相許。荼與薺，孰甘苦。　茫茫何處吾鄉土。念江南、鶯花風月，可成賓主。介母萊妻同此願，促買半山荒墅。偕隱者，久安貧窶。仕宦人生須自量，再因循，可有絲毫補。難道是，息息去。

籜石與晴沙（光旭）皆乾隆十七年進士，晴沙于乾隆三十八年歸田！而籜石，據袁枚隨園詩話補遺卷一云：「丙辰召試者二百餘人，今五十五矣，存者惟錢籜石閣學，與余兩人耳。庚戌五月，相訪嘉禾，則已中風……家徒壁立，賣畫爲生，官至二品，屢掌文衡，而清貧如此，眞古人哉」！與銅絃詞「古之人」、「久安貧窶」之意同。至於籜石子慈伯，在忠雅堂詩集，卷十頁三，有「錢慈伯客游山右學使幕中，寄示新詩，題其卷尾」；卷十八頁八，有「喜錢慈伯得舉」，可知往來亦密。

王又曾（字受銘，號穀原，乾隆甲戌進士，官刑部主事，詩與祝維誥，萬光泰等爲秀水派，有丁辛老屋集）。

袁枚以穀原「詩工遊覽」（隨園詩話卷十），趙翼六與之遊。心餘與穀原的交往，在忠雅堂詩集，卷四頁十五，有「題王受銘（又曾）比部瀧湫宴坐圖」；卷五頁十二，有「十八夜露坐柬穀原」；卷五頁十二，有「王穀原比部遊豫章，以詩見懷，次答」；同卷頁有「疊韻再寄穀原」；同卷頁亦有「清容齋小集呈穀原」；同卷頁十三，有「穀原欲爲匡廬之遊，疊前韻勸駕」；同卷頁有「將偕汪葦雲秀才城南僧舍銷暑，別穀原」；同卷頁有「龔鳴玉偕劉雷兩進士、招穀原爲同年之飲，予以病未赴約」，同卷頁十四，有「七夕後一日穀原見訪僧寺」；補遺，上，頁九，有「王穀原比部（又曾）三月某日卒於里，籜石先生於閏五月八日爲位法源寺，邀同人哭之」。在銅絃詞，上，頁十六，有「王穀原舍人青谿邀笛圖……」，以「徵招」，「賀新涼」詞牌，各作一闋。又，銅絃詞，上，頁二十二，「解連環」詞，云「王穀原比部丁辛老屋圖」。可知穀原與心餘交往深。

在清容齋小集呈穀原二首，其一（詩集，卷五，頁十二）云：

老屋三弓壓衖斜，蕭條眞似野人家；
何因屐倒高軒畔，得共杯浮曲水涯。
小會觥籌同毳飯，他時鐙雨憶檐花；
酒龍垂首應重訂，去剪春明嫩韭芽。

詩作於乾隆二十一年夏，心餘招飲穀原等人。言己之貧困眞如野人，與穀原交，共詩酒文會爲幸。

而王又曾丁辛老屋集，卷十三頁十一有「過訪心餘不值疊前韻」，同卷頁又有「心餘兩和拙詩，再疊前韻二首」，同卷頁「酬心餘夜坐見懷之作三疊前韻二首」；卷十三頁十二「心餘招飲即席四疊前韻二首」，同卷頁「余將遊匡廬、心餘賦詩促裝、五疊前韻二首」，同卷頁「心餘偕友人避暑清泰寺有詩見別、六疊前韻二首」。……另卷二十頁五有「摸魚兒」「題蔣心餘舍人聽秋詞後」云：「怪英雄幾多清淚，拋成愁海無際，傷春纔過悲秋又、大半馬頭船尾，遊倦矣，嘗徧了、東西南北愁滋味。唾壺擊碎，似霜壓營門，數聲哀角，徹夜走邊騎。　豪吟處，謾訴平生侘傺，才人千載如是，秦郎辛老皆吾與，何必竹山爲替，差可喜，且手署，冰銜詩卷留天地，月華似水，待喚取紅兒，檀痕細掐，譜出斷腸字」。128

山陰

平聖臺（字瑤海，號確齋，乾隆甲戌進士，改庶吉士，歷官廣州同知）129。

瑤海爲趙翼「庚午同年」（舉人）130，與袁枚亦有交情131。心餘在忠雅堂詩集，卷十九頁五，

---

128 王又曾，丁辛老屋集，清光緒廿二年刊本，中研院傅斯年圖書館藏。又，該集卷九，「心餘招飲即席四疊前韻」詩，有句云：「伏暑那堪嚴百罰」，知清容齋小集呈穀原詩爲夏天作品。

129 同註㉒，卷八十一，十八欄。

130 同註❷，卷三十二（起戊申三月盡一年），頁十二，有「庚午同年同平姚海、孫星大……」，並附有平姚海原作。

131 袁枚著隨園詩話，卷十一，頁六云：「唐開元之治，輔之者，宋璟以德，姚崇以才，張說以文，皆稱賢相。本朝巡撫蘇州者：湯潛菴（斌）以德，宋牧仲（犖）以文，皆中州人也。近日中州胡雲坡司寇秉臯蘇州，繼二公而起，政簡刑清，屢開文宴，一時名士如平瑤海太史，顧星橋進士，時時過從。余至吳門，必招赴會」。

有「送平確齋前輩游嶺南」；卷廿五頁廿一，「續懷人詩」，「平確齋郡丞聖臺」云：

飛書草檄才，足爲朝廷重；
翰林使作郡，未竟文章用；
中年乞鑑湖，風月扁舟送。

言確齋翰林之才，出使郡丞，中年乞養於鑑湖，得爲詩人矣！

童　鈺（字二如，改二樹，號璞巖，又號二樹山人，又號借菴，布衣，工詩善畫，尤擅畫梅，有雪香餘稾，詩略、秋蟲吟等）[132]。

二樹與劉鳴玉、陳芝圖，號爲「越中三子」。據隨園詩話卷六、卷七所載，二樹十分仰慕子才，臨終易簀，畫梅以贈。小倉山房詩集卷二十八，有「哭童二樹」，並有序，隨園詩話與二樹有關者亦有十則（卷二至補遺卷六）。心餘忠雅堂詩集，卷十七頁三，有「童二樹（鈺）畫梅詩」；卷十七頁八，有「兩閒人圖爲宗芥帆（聖垣）、童二樹作」；卷廿二頁十四，「題童二樹游鄧

---

132 據徐世昌編清詩匯，卷七十，十欄。又，袁枚隨園詩話，卷六，頁五，及陶元藻輯全浙詩話，(五)，卷四十九，頁二十四，廣文書局。

尉，寫梅花長卷」。在銅絃詞，下，頁十八，「百字令」有「童二樹借庵詩意圖」；又，同頁，「齊天樂」，「又題二樹討春小照」云：

問誰修到梅花者？輸君獨能如此。筆吐寒香，意橫疏影，身作槎牙斜倚。江邨遙指，道雪滿千林，好春來矣。翻把扁舟，載將人去與花比。花枝較人何似？恐朱顏玉骨，不如人美。冷韻幽情，素襟芳信，總在詩翁就裡。丁丁玉齒。儘細嚼微吟，共花眠起，驢背酸寒，論風流讓爾。

道雪滿林，寒香疏影，而人比花美，玉齒微吟，共花眠起，讓他一段風流。

劉文蔚（字豹君，號柟亭，諸生）[133]。

豹君對於心餘，子知廉詩作，十分推崇。在忠雅堂詩集，卷十五頁九，有「劉豹君（文蔚）明經用蘇詩韻題拙集，次韻奉答」；同卷頁又有「病足、謝劉豹君饋膏藥」；卷十五頁十一，有「題豹君三小影」；卷十六頁十六，有「豹君題兒子知廉詩本一律，作此代謝」；同卷頁廿一，「豹君不相晤者月餘，念我致形，夜夢明晨入山，歡然道故，作此謝之」云：

133 陶元藻輯全浙詩話，(五)，卷四十九，頁二十三，廣文書局。

秋熱懼出户，各伏萬卷中；
形骸雖不親，賴有精神通。
叟云相思苦，入夢欣來逢；
安得黑甜鄉，輒聚誰散蹤？
握手感至情，共寫契闊胸；
因想造我形，或鑄一切容。
此身落幻泡，不死眞氣充；
如蒸黍浮浮，如裊雲蒙蒙。
……[134]

由「秋熱」知，心餘作於乾隆三十二年秋，居紹興。詩言形骸離散，因念致夜夢，可知劉、蔣精神相通。又，在詩集，卷十七頁九，有「豹君以前賢墨跡四種贈行……」；卷十九頁三，有「豹君稱許知廉詩太過，以詩咎之……」；同卷頁亦有「豹君戒知廉苦吟當勤經義……」；卷十九頁十一，有「重訂石帆集，戲柬豹君」；劉、蔣二人之深交可知。在卷廿五頁十七，「懷人詩」，

[134] 舊學山房本，「安得黑甜鄉」，「鄉」作「鄉」字，字書如許愼說文解字（段注，藝文印書館），張氏重刊宋本廣韻（澤存堂藏板，廣文書局），宋人重修大廣益會玉篇（新興書局）、張玉藩等總閱，高樹藩重修，康熙字典（啓業書局），諸橋轍次大漢和辭典（株式會社，大修館書局）均未見此字，疑排版時誤植。

「劉豹君明經文蔚」云：

長歌老越州，詩巢第八士；
曾訪徂徠翁，心折孫夫子；
其聲最和平，悠然循正始。

正始（西元二四〇—）以阮籍、嵇康爲著，阮擅詠懷，嵇詩託諭清遠，是爲豹君詩所取法。

李堯棟（一七五三—一八二一，字東采，又字松雲，世居上虞，後遷山陰之趙墅村。十八舉於鄉，二十成進士，改庶吉士，散館授編修，歷任左春坊、左中允、常州知府，雲南布政使，雲貴總督，湖南巡撫等職）[135]。

忠雅堂詩集，卷十七頁十六，有「李二郎（堯棟）詩」云：「背誦六經如瀉水，下筆春蠶食桑紙」；「瞳人剪水玉作身，立鶴矯矯無雞群」；言其內在，外在皆美。詩中又云「外甥似舅古所云」，謂梁階平中丞，則階平（國治）亦與心餘有往來。

會稽

商盤（字蒼雨，號寶意，雍正庚辰進士，由編修改授鎮江同知，官終雲南府知府，有質園詩集）。

---

[135] 國朝耆獻類徵，卷十七，頁十六。又見於繆荃孫纂錄續碑傳集，卷二十一，頁一，陳用光撰前湖南巡撫李公神道碑。

吳 潢（字鑑南，尊萊子，商寶意甥，以主事從溫將軍征金川，大軍潰於木果木，中砲墜溪死）[136]。

寶意與袁枚交往厚，在小倉山房詩集、文集、隨園詩話（有關者二十則），記載二人來往多。**詩話有云：**

余不解詞曲，蔣心餘強余觀所撰曲本，且曰：「先生只算一小場病，寵賜披覽」。余不得已，爲覽數闋。次日，心餘來問：「其中可有得意語否？」余曰：「只愛二句，云『任汝忒聰明，猜不出天情性』」。心餘笑曰：「先生畢竟是詩人，非曲客也。」余問何故？曰：「商寶意聞雷詩云：『造物空憑翻覆手，窺天難用揣摹心』，此我十一個字之藍本也」[137]。

一知寶意與袁、蔣關係密，一知袁枚之不長於曲。趙翼亦與寶意，鑑南有往來（見甌北集卷十一）。在忠雅堂詩集，卷廿六頁三，**論詩雜詠三十首**，論「**商寶意**」云：

古雅含光輝，彝鼎陳廟堂；

摩挲發遐想，玉質而金相；

---

[136] 同註[133]，商盤見卷四十六頁二十三，吳潢見卷四十九頁十六。

[137] 袁枚著隨園詩話，卷十五，頁十二。

文質其彬彬，越人斯有章。

詩作於乾隆四十七年（五十八歲），心餘官翰林編修，居北京。言寶意詩文典雅，金相玉質，堪陳廟堂。

至於吳鑑南，忠雅堂詩集，卷二十頁二，有「再晤吳鑑南刺史，有懷程魚門（晉芳）」；卷廿五頁三，有「題吳鑑南蘇門聽泉舊圖，即當挽歌」；同卷頁廿一，「續懷人詩」十九首，第十八首，「**吳鑑南州牧鑛**」云：

刺史從兵戎，詩筆銳如戈；

殉國木果木，奈彼將軍何；

盾頭墨未乾，誰作昭忠歌。

敘述鑑南從兵，昭忠詩未譜而已殉職。

宗聖垣（字芥帆，一字芥颿，乾隆甲午舉人，歷官雷州知府，有九曲山房詩鈔）[138]。在忠雅堂詩集，卷十七頁八，有「兩閒人圖，爲宗芥帆，童二樹作」；同卷頁九，有「宗芥

---

138 清詩匯，卷九十六，二欄。

颿紅袖烏絲小照」；同卷頁十，「書宗芥帆詩本後」云：

才如溟渤闊，情與滄江深；
遣意珠房貫行蟻，使筆春氣來空林。
奇都破膽險鉥腎，快立（意？）解鬱哀酸心；
少年如是老何若，造極盡變誰能尋？
海內休悲寶意死，替人繼起君其任；
舊之廟堂作雅頌，庶幾變爾商聲吟。
才人自古不盡達，吾爲子懼籌升沉。

詩作於乾隆三十二年十二月，心餘居紹興。言芥帆爲才闊情深詩人，有如商盤（寶意），仕途則沉浮不定，心餘爲之嗟歎。

餘　姚

盧文弨（一七一七—一七九五，字召弓，又字紹弓，號磯漁，又號檠齋，乾隆十七年壬申一甲三名進士，授編修，歷官侍讀學士，降六品京堂，有磯漁詩稾，抱經堂文集）。

文弨精校勘之學，藏書數萬卷，多半鈔寫而來；刻書十餘種，有儀禮注疏詳校，抱經堂集等，學者稱抱經先生。趙翼在揚州講學時，與之相識，並爲甌北皇朝武功紀盛作序[139]。袁枚小倉山房詩集，隨園詩話亦載有袁、盧二人交往情形。在小倉山房詩集卷三十一，「檢書圖爲盧抱經學士題」云：「他人借書借而已，君來借書我輒喜；一書借去十日歸，缺者補全亂者理。君言檢書性所嗜，精比揚金細擇米；……」，讀來有趣。在蔣心餘忠雅堂詩集，卷七頁一，「**題盧紹弓**（文弨）**編修檢書圖四首**」，**其四云**：

擾擾百歲中，其志皆可知；
嗜好異眾趣，一卷長抱持。
簡默成靜者，澹泊如微時；
智慧勞精神，樂在焉敢辭？
君不求令聞，譽者寧盡私？
此日足可惜，來日復有誰？
木榻當漆穿，心苦亦何居？

[139] 盧文弨著抱經堂文集，卷四（乾隆五十七年壬子），藝文印書館百部叢書集成，據乾隆盧文弨校刊抱經堂叢書本影印。又載於趙翼著甌北全集，皇朝武功紀盛，卷首，湛貽堂本。有關趙翼與盧文弨關係，可參趙甌北研究，同註[10]，頁三〇二。

詩作於乾隆二十三年，心餘居北京。錢大昕潛研堂詩集（收在文集，四部叢刊）卷四頁十三有「題盧紹弓編修檢書圖」，起首云：「書齋十笏清且佳，丙丁甲乙牙籤排。」本詩言檢書樂趣，不同常人。在忠雅堂詩集，卷二十頁三，「題抱經樓」云：

談王論世一編書，四十年來老蠹魚；
獨抱遺經觀物理，此樓雖小亦吾廬。

作於乾隆三十七年，心餘居揚州。詩言抱經之嗜學。

諸重光（字申之，號桐嶼，乾隆二十五年庚辰一甲二名進士，授編修，歷官辰州知府，有二如亭詩集）。

桐嶼與趙翼在北京相識，二人曾聯句百韻，感情頗篤，後桐嶼死辰州任所，甌北有辰州弔諸桐嶼詩，無限悽愴（參王建生著趙甌北研究）。袁枚與桐嶼則非十分熟穩。而桐嶼為蔣心餘在浙江講學所識。在忠雅堂詩集，卷十頁八，有「王石谷倣郭忠恕湖莊秋霽圖，為諸桐嶼（重光）編修作」：在銅絃詞，上，頁十八，「臺城路」，「諸申之鏡湖嬉春圖」。又，銅絃詞同卷頁，有「洞仙歌」，與上同題。

仁和（杭縣內）

金德瑛（字汝白，一字慕齋，又號檜門，乾隆丙辰順天鄉舉貢、禮部、廷試第一，授編修，累官左都御史）[140]。

---

140 同註139，卷四十八，頁十。

檜門平生知己爲：陳兆崙、錢陳群、錢載[141]。而心餘爲檜門拔識者，是以忠雅堂詩文多載有關作品。在忠雅堂詩集有檜門所作序；卷一頁八，有「七月十一夜舟次李家渡，陪金檜門先生觴月作歌」；同卷頁九，有「次韻檜門先生秋早點名」；同卷頁十五，有「題檜門先生小清涼山房圖」；同卷頁十八，有「檜門招錢、馮兩座主，靜香齋小飲，屬紀其事」；卷三頁十，有「過青州訪檜門先生，遂留山左學使幕中」；卷四頁二，有「從檜門先生入武闈，喜晤同考官吳雪軒（祖修）、鄧眉州（瑛）、牛郁菴（宗文）、韓湘巖（錫祚）有作」；卷五頁九，有「王澹人雨中見過，出檜門先生詩卷相示……」；同卷頁十五，有「百花洲坐雨，有懷檜門先生、用丁卯九月讌集百花洲韻」；同卷頁又有「八月初八夜、懷檜門先生闈中……」；同卷頁十六，有「十四夜對月有懷檜門先生、用丁卯歲是夜見憶原韻」；同卷頁又有「放榜夕懷檜門先生」；卷六頁十五，有「少宗伯檜門先生視學直隸……」；卷九頁二十，有「繪檜門先生遺像，藏祀于家，敬題幀尾」；卷十二頁三，有「天津夜泊，夢檜門先生」；卷十五頁三，有「謁香樹先生于里第，爲補書題檜門先生遺像」；補遺，上，頁三，有「寄檜門先生」。又，詩集，卷廿五頁十四，「懷人詩」，「金檜門先生總憲」云：

貯腹三萬卷，是爲眞狀元；

---

[141] 在忠雅堂詩集，卷十五，丙戌，下，頁三，「謁香樹先生于里第，爲補書題檜門先生遺像詩」，詩末自註云：「檜門先生云：平生知己三人：（陳）句山（兆崙）、（錢）香樹（陳羣）、（錢）蘀石（載）而已。」

玉尺三十載，所薦徵淵源；

栖神返躔次，耿耿奎壁間。

胸藏萬卷、典試薦才、星屬奎宿（主文章），以贊頌檜門。在銅絃詞，上，頁十三，「金縷曲」詞，其小序云：「吳門張秀才傳詩，年少有雋才，游濟南，受知於金檜門先生，明日以四雨莊吟巷，質之先生，予誦而愛之，題二詞於後」，則檜門先生使張塤（吟薌）與心餘相識。又，在忠雅堂文集，卷一，序一，五，有「金檜門先生遺詩後序」；卷二，記八，有「檜門金先生畫像記」；卷九，祭文五，有「同李敬躋、趙大經公祭都御史金公檜門先生文」。可知心餘之拜服檜門先生。在金檜門所著詩存，卷一頁十九有「疊韻二首答心餘」，其一云：「佳氣葱蘢玉女扉，豹關鰲禁肅重闈；曾陪卿相分蓮炬，自到江湖念芰衣。清月照來塵夢醒，貴遊別後尺書稀；文章可是能華國，孤負前山翠一圍。」又，卷一頁三十二有「丁卯閱心餘闈書和其中闈中望月四絕句」；同卷頁三十四有「九月十三日雨中邀坤一，心餘遊百花洲……」；卷二頁二有「二月廿八日同心餘海淀觀山桃……」；卷三頁五有「題心餘歸舟酒醒圖」；卷三頁八有「錦屏山歸途戲語心餘」[142]。

吳　鴻（字雲岩，乾隆十六年一甲一名進士，曾視學湖南，官侍講）[143]。

---

[142] 所引皆見金德瑛著詩存，乾隆間心如堂刊本，中研院傅斯年圖書館藏。

[143] 國朝耆獻類徵，卷一百二十六，頁六十四，引余金所撰吳鴻生平。

雲岩天生美才，廷對第一，好舉賢才，視學湖南，時錢大昕、王杰爲典試，而諸生出闈，卷呈雲岩，最賞者爲：丁甡、丁正心、張德安、石鴻翥、陳聖清，除陳聖清爲六名後外，「五魁報至，四生各冠其經」，一時傳爲佳話。忠雅堂詩集，卷廿五頁十四，「懷人詩」，「吳雲岩侍講鴻」云：

賈生美風儀，廷對乃第一；
持衡舉賢才，朱絃理瑤瑟；
死爲瀛洲神，尚把文昌筆。

即言其第一之風範。

歸　安（即吳興縣）

閔鶚元（？—一七九七，字少儀，別字峙庭，乾隆十年進士，授刑部主事，歷任員外郎，山東學政，按察使、布政使、安徽巡撫等職）144。

據清史稿本傳載，李侍堯贓敗，峙庭上奏活之，後爲胞弟鵷元罪，降三品頂戴。心餘忠雅堂詩集，卷廿五頁廿一，「續懷人詩」，「閔峙廷中丞鶚元」，云：

---

144 清史稿，卷三百三十七，列傳一二四，本傳，頁一一〇五四。

毛玠揚清風，汾陽屏聲伎；
耿耿忠孝心，時洒鐙前淚；
燕寢凝香時，獨存周孔思。

言峙庭忠孝爲本，思想則繼周、孔。

紀復亨（字元稱，號心齋，乾隆十七年壬申進士，官鴻臚寺少卿，工詩，能山水，有心齋集）[145]。在忠雅堂詩集，卷九頁十三，有「乞酒戲呈監試明星菴、紀心齋兩侍御」；同卷頁十四，有「謝酒疊韻，酬兩監試」；同卷頁十五，有「中秋夕、紀心齋前輩用乞酒韻作歌見貽，……」；卷十頁十二，有「題紀心齋侍御洗硯圖」；卷十一頁九，有「紀心齋侍御獨柳堂春讌……」；卷十六頁九，「**懷人詩**」，「**紀元稱復亨**」云：

漢廷用通儒，風流侍御史；
高文典冊手，時復調宮徵；
綠窗按紅牙，佳人啓玉齒。

---

145 參寶鎮輯國朝書畫家筆錄，卷二，頁五十二，及李濬之編清畫家詩史，(二)，丙下，頁四六，皆收在周駿富輯清代傳記叢刊，明文書局。

言心齋風流通儒。紀、蔣相識於「監試」，交情平淡。

戴文燈（字經農，號匏齋，乾隆丁丑進士，官禮部員外郎，著有靜退齋詩集）[146]。

匏齋爲心餘丁丑進士同年，在忠雅堂詩集，卷七頁十七，有「同年戴匏齋（文燈）禮部菜根書味圖」；卷九頁四，有「黑小子聯句三十韻，同戴匏齋、李載菴（敬躋）、趙春磵（大經）、朱月階（邦楷）作」；卷廿五頁十六，「懷人詩」，「戴匏齋禮部文燈」云：

斑斕露文彩，俯首官儀曹；
車栖馬如狗，飲酒猶能豪；
齎志芙蓉城，宋玉將誰招。

言匏齋文彩斑斕，擅詩酒之名，傾慕者多；然有志未遂而身歿，猶宋之石曼卿、丁度，主館芙蓉城耳[147]，無宋玉可招魂，哀惜之。又，在銅絃詞，下，頁四，「邁陂塘」，有「題潞河送客圖餞蔡蘭圃（以臺）歸覲、次戴匏齋韻」；銅絃詞，下，頁九，「疊韻留別紀心齋，戴匏齋」，有「賀

---

[146] 國朝耆獻類徵，卷一百四十五，頁四十八，（總頁一五一一—七一九），引符葆森錄正雅集。

[147] 蘇軾詩集，卷十六，芙蓉城，頁八〇八，云：「芙蓉城中花冥冥，誰其主者石與丁」，石指石曼卿，丁指丁度。（王文誥、馮應榴輯注、蘇軾詩集，上，學海出版社）。

新涼」、「沁園春」兩闋。次頁（頁十），「再疊韻柬心齋，匏齋」，亦有「賀新涼」、「沁園春」兩闋；由此可知，戴匏齋、紀心齋、與心餘三者間同時有往來。

嘉　善

周士鍵（字仲建，有室爲師竹居）148。

在忠雅堂詩集卷四頁十五，有「師竹居待雪，用禁體分得竹字」，云「聚星學歐九」，知「以文會友」者。

武　康

高文照（字潤中，號東井。父爲南浦通判，有廉名，舉甲午鄉試，後，客死京師，年三十，無子，有東井山人遺詩）149。

在忠雅堂詩集，卷十八頁十八，有「西園六朝松石歌，同高東井作」；卷十九頁十三，有「偕（張）椿山（三禮）太守，東井明經，遊弁山白雀寺」；卷廿五頁十五，「懷人詩」，「高東井孝廉文照」云：

---

148 楊廷福、楊同甫編清人室名別稱字號索引，上冊，頁三六八；及下冊，頁一〇八七，文史哲出版社。

149 參清詩匯，卷九十六，十一欄。及袁枚著小倉山房詩集，卷二十五，頁五。

通眉長爪人，慓悍文章囿；
富貴不可知，已矣中人壽；
無兒守殘書，遺編屬誰有？

通眉長爪、中壽而歿，無兒繼其衣缽，殊爲憾事。在銅絃詞，下，頁二十二，「定風波」，有「高東井、陳蓉圃聯句小照」，後片云：「雙鳥奇文二鬼詩，吟來不稱少年姿。爭及風標兩公子，如此，謝莊王彧比肩時」，稱頌高、陳鬼才。**在袁枚隨園詩話，有關東井記載五則，如卷十三（頁二）云：**

高文照字東井，少年韶秀，嶷嶷自立。父植，宰德化，有賢聲，所得俸，盡爲東井買書。年未二十，詩已千首，目空一世，于前輩中所心折者，隨園與心餘而已。

「年未二十，詩已千首」，正如心餘所說「鬼才」，而心折著唯袁、蔣。則二人之才又高出東井許多。

第五節　福建人物

莆田

周　榘（字于平，祖籍福建莆田，父懷臣，始遷江寧，寓清涼山畔。博學好古，繪長江黃運圖僅尺幅，卒年六十六）[150]。

在忠雅堂詩集，卷十四頁十三，有「長江萬里圖周幔亭（榘）製」；同卷頁又有「天地球周幔亭製」；同卷頁十四，有「周幔亭屋後得泉圖」（袁枚小倉山房詩集卷二十亦有此詩題）。在**「天地球周幔亭製」**云：

六合以外口莫論，六合以內手可捫；
誰將天地縮兩卵，搏弄造化擎乾坤。
天球地球落手掌，球徑寸餘輕半兩；
中央貫針作樞軸，羅列星辰具輪廣。
牛毛繭絲字畫精，書者蚑睫巢蟭螟；
九州萬國聚乙乙，三垣兩道橫庚庚。
一爲括地象，一爲渾天儀；
出入懷袖彈脫手，騶衍豎亥焉得知？
幔亭山人多狡獪，游戲塵區亦無奈；

[150] 參黃鉞著畫友錄，收在美術叢書，第二冊，頁四十，藝文印書館。及袁枚小倉山房續文集，卷廿六，頁三，幔亭周君墓誌銘。

女能糊紙造璣衡，兒解牽絲分戒界。

……（下略）

詩作於乾隆三十一年，心餘居南京。由詩意可知幔亭擅長繪畫、工於巧藝，能創作發明者。與心餘、袁枚（見小倉山房詩集卷十五起）亦往來。

連城縣

陳時若（字奉玆，號東蒲，或作東浦，乾隆庚辰進士，歷官江甯布政使，仕蜀二十年，有敦拙堂詩集）[151]。

忠雅堂詩集，卷八頁二，有「陳時若（奉玆）同年令蜀中，次韻餞之」；「同年」者，指乾隆十二年丁卯科鄉試，東浦第一，心餘第二。卷十六頁九，「懷人詩」，「陳時若奉玆」云：

幼孤抱遺經，鄉舉乃第一；
十載對大廷，西川宰巖邑；
彈琴山水間，俗吏豈其匹？

此心餘居紹興作。言東浦鄉舉第一，登第後，宰邑西川，而其文采風流，彈琴山水，非俗吏可得。

---

[151] 清詩匯，卷八十九，二十欄。

在詩集，卷廿五頁十三，有「邀同年陳東浦觀察小飲」；同卷頁十六，「懷人詩」，「**陳東浦觀察奉茲**」云：

鄉舉第一人，仕蜀二十年；
出入兵馬中，不廢誦與絃；
五十秉節鉞，畫像留諸蠻。

言其有功於蜀地。而趙翼亦與東浦往來（見甌北集卷三十八）。

閩　侯

張甄陶（字希周，一字惕庵，高祖徙居會城，爲閩縣人—閩侯。舉甲子順天鄉試，乙丑成進士，改庶吉士，戊辰散館，授翰林院編修，後以知縣用，歸里，主講鼇峰，卒年六十八）[152]。

在忠雅堂詩集，卷六頁十六，有「送張惕菴（甄陶）宰昆明」；卷廿二頁十四，有「爲張惕菴（甄陶）前輩題東坡玉鼻騂券新刻拓本」。卷十六頁九，「**懷人詩**」，「**張惕庵甄陶**」云：

巖巖張編修，去爲滇粵令；

[152] 國朝耆獻類徵，卷二百三十五，頁三十四，引孟超然撰墓誌銘。

民懼上官怒，剛介本天性；
一黜不能歸，斯人何究竟？

「剛介本天性」，「一黜不能歸」，歎其剛介之性，觸怒上官，不能返京任高職，只得為滇粵令，仕宦之不得意者如此。又，在忠雅堂詩集，卷廿五頁十四，「懷人詩」，「張惕菴太守甄陶」，言其出守，晚而著書講學。

第六節 兩廣人物

廣東、揭揚

鄭大進（？—一七八二，字謙基，乾隆元年進士，授直隸肥鄉縣知縣，歷任大名府同知，正定府知府，河南巡撫、直隸總督等職）[153]。

在忠雅堂詩集，卷廿五頁二十，「續懷人詩」，「鄭謙基中丞大進」云：

中丞清且和，春江暖瀰漫；
育育武昌魚，樂國游潺湲；

[153] 同[152]，卷一百七十七，頁二十八，引國史館本傳。

文章見經濟，坐言行匪艱。

言謙基秉性清和，能知能行的經邦濟民才。

廣西、臨桂

陳宏謀（一六九六—一七七一，字汝咨，號榕門，鄉試第一，雍正癸卯進士，改庶吉士，授檢討，外任江蘇、江西、福建、湖南等地，三十餘年，官至東閣大學士兼工部尚書，加太子太傅，謚文恭，有培遠堂集）[154]。

清史稿本傳，論曰：「乾隆間論疆吏之賢者，尹繼善與陳宏謀其最也。尹繼善寬和敏達，臨事恆若有餘；宏謀勞心焦思，不遑夙夜，而民感之則同。宏謀學尤醇，所至惓惓民生風俗，古所謂大儒之效也」[155]。可知榕門以儒學爲本、任事則夙夜憂勤，務以民生爲急，是以百姓感動。在忠雅堂文集，卷八書一，有「上陳榕門太傅書」；忠雅堂詩集，卷廿二頁二，有「白將軍（雲上）歌題榕門相國尺牘後」；卷廿六頁七，「後續懷人詩」，「陳榕門相公宏謀」云：

正氣焚淫祠，視民如子弟；

講學油幢間，閭閻知孝悌；

---

[154] 清史稿，卷三百七，列傳九十四，本傳，頁一〇五五八，又參清詩匯，卷六十五，三欄。

[155] 同註[154]，清史稿，頁一〇五六四。

韓范自千秋，不借繩繩裔。

以宋之名相韓琦、范仲淹相比，知榕門受人民敬重、愛戴，不言可喻。袁枚以榕門「以用世爲心，不談元妙；以聞過爲喜，不事矜張；以淡泊自甘，而不以敝車羸馬取人，以恭儉自持，而不以矯情飾行鎮物」[156]。此所以負重望於天下之故。

胡德琳（字書巢，乾隆壬申進士，歷官簡州知州，有碧腴齋詩存）[157]。

書巢爲袁枚妹夫，在小倉山房詩集（卷十三起）、小倉山續文集（卷廿八）、小倉山房尺牘（卷八）、隨園詩話（四則，卷二起），與妹夫往來多。心餘與書巢往來，應是袁枚關係。在忠雅堂詩集，卷十三頁七，「**書胡書巢**（德琳）**入蜀紀行後五首**」，**其末云**：

覓得弓衣細細看，山廚煮雪對袁安（自註：子才）；
知君拄笏齊烟裡（自註：近令山左），不忘生平蜀道難。

詩作於乾隆三十年，心餘在袁枚處，作此詩贈胡書巢。時胡已自蜀歸出仕山左。

---

[156] 袁枚著小倉山房尺牘，卷二，與江蘇撫軍陳榕門先生，頁一。

[157] 清詩匯，卷八十一，二十一欄。

第七節　雲南人物

馬　龍

李敬躋（字翼茲，號載菴，乾隆丁丑進士，爲將樂知縣，卒於官）[158]。

載菴與心餘爲丁丑同年進士。在忠雅堂詩集，卷七頁十六有「送李載菴（敬躋）同年出塞省親」，又，卷九頁四，有「黑小子聯句三十韻，同戴匏齋、李載菴、趙春礀、朱月階作」；次頁有「再送李載菴歸滇南」；卷十八頁十四，有「懷李載庵明府」；卷廿五頁十五，「**懷人詩**」，「**李載菴縣令敬躋**」云：

> 視母點蒼山，省父醫無閭；
> 三十成進士，匹馬頻馳驅；
> 孝子兼循吏，怨魄隨皋魚。

載菴父在遼寧（醫無閭）、母居雲南（點蒼山，又名大理山，一名靈鷲山），南北奔馳，以盡孝道；三十成進士而爲循吏，忠孝兼備。又，在忠雅堂詩集，補遺上，頁九，有「李載菴歸滇南」。銅絃詞，下，頁四，「滿江紅」，有「題桑乾送遠圖再送李載庵返滇南」。在忠雅堂詩集，卷九，

---

158 國朝耆獻類徵，卷二三九，頁一，引周於禮所撰小傳。

祭文五，有「同李敬躋、趙大經公祭都御史金公檜門先生文」，可見李、蔣交情頗深。

晉寧

李翊（號衣山，乾隆丁丑進士，改庶吉士，授編修）159。

衣山亦爲心餘丁丑科同年。在忠雅堂詩集，卷十頁十，有「同年李衣山以內憂去，賦別」；卷廿五頁廿一，「續懷人詩」，「李衣山編修翊」云：

短李富人詞，二十登瀛洲；
枯槁受天械，公子同纍囚；
妖邪由人興，召仙何所求。

言衣山短小而枯，然富於文詞。

第八節 安徽人物

休寧

159 清詩匯，卷八十八，十一欄。

汪由敦（一六九二—一七五八，字師茗，號謹堂，錢塘籍，安徽休寧人，雍正二年甲辰進士，改庶吉士，授編修，歷官刑部尚書，加太子少師，協辦大學士，官至吏部尚書，贈太子太師，謚文端，有松泉集）。

在忠雅堂詩集，卷四頁七，有「澄懷園漫興寄盧右禮詹事，饒霽南編修，吳頡雲，秦鑑泉兩修撰，時諸君子奉敕寫文選，共居前軒」；卷十頁六，有「次韻申笏山（甫）少京兆，移居時晴齋」（自註云：齋爲文端故居）；卷廿五頁七，有「澄懷園信宿偶作三首」，其一云：

廿五年前下第時，堂東曾掩校書帷（自註：甲戌四月，汪松泉尚書延住麗景軒校勘，奉寫文選，袖珍小本）；
幽軒燬後更新墅，喬木看來似舊知。
鷗鷺波尋通岸轉，薜蘿門認幾家移；
仙源盡放經師席，還許漁郎倚櫂窺。

乾隆十九年甲戌，心餘三十歲，汪由敦延住麗景軒校勘，時心餘落第，在由敦的松泉集，未見汪，蔣酬酢，何以汪會延聘心餘住麗景軒校勘？恐是錢陳群（香樹）推介。在松泉集中，由敦多載與香樹之交遊詩篇[160]可知。而心餘爲香樹拔擢之人，推舉與汪是自然的事。至於趙翼，二十四歲即受

---

[160] 汪由敦松泉集載與錢香樹交遊作品，有十五篇。如：卷五頁八，送錢香樹前輩奉母南還；卷七頁八，錢香樹前輩用王新城司寇喜羨門少宰卜鄰韻見贈……；卷十一頁一，十三日同錢香樹宮詹移直郊園次韻。……（商務文淵閣四庫全書本）

由敦知賞，客其宅，並「代筆札」，過一段「捉刀」生涯。在汪由敦松泉集卷九頁十七有「趙雲崧甌北初集序」（乾隆間刊本）。本詩爲乾隆四十四年，心餘居北京時所作，意多懷舊。

吳　騫（字粟原，一字仁趾，號堯圃）[161]。

忠雅堂文集，卷四，傳二、二十四，「吳堯圃傳」，言堯圃美鬚眉，精于書畫銅玉法物鑒賞，尤邃于畫法，與心餘諸生時游。

金　椒

金兆燕（字棕亭，一字鍾越，乾隆三十一年丙戌進士，官揚州府教授，國子監博士，著有棕亭詩鈔）。

棕亭與蔣、袁、趙皆有往來，趙甌北相識棕亭於揚州（參王建生著趙甌北研究），袁枚在隨園詩話云：「乾隆戊寅（二十三年），盧雅雨（見曾）轉運揚州，一時名士，趨之如雲。其時劉映榆（星煒）侍講掌教書院，生徒則王夢樓（文治）、金棕亭（兆燕）、鮑雅客（之鍾）、王少陵（志學）、嚴冬友（長明）諸人」（卷四）；又云：「癸巳（乾隆三十八）年，余與蔣心餘、金棕亭遊揚州建隆寺，與老僧夢因分韻……」（補遺，卷五），知棕亭與甌北；棕亭與子才，心餘在揚州交往密。心餘與棕亭爲鄉試同年，在銅絃詞，上，頁十五，「百字令」，有「次韻送金鍾越同年歸全椒」；銅絃詞，下，頁七，「金縷曲」，「金棕亭秋江擁櫂小照」，上片云：「展卷嗟行旅。寫牢愁，碧波千里，

---

[161] 清詩匯，卷五十二，十四欄。

一枝柔艣。不擊虛舟天浩渺，飄泊何年纔住。算中酒、阻風情緒。十五年來淮海客、扣舷聲、中有傷心語。青篷下，聽寒雨」，充滿羈旅牢愁之苦。在銅絃詞，下，頁廿一，「雙雙燕」，「定郎小影，爲金粽亭作」，末云：「十七年來何處，怕也似，徐娘已老，賺將詞客，癡魂展卷，一齊銷了」，雪泥鴻爪，歎惜過往。在金兆燕粽亭詩鈔卷十一頁十一有「蔣清容太史繪瓛珮偕老圖題詩……屬兆燕次韻代答」；同卷頁十三有「題抱孫調膳圖呈清容太史」；同卷頁十七「蔣清容太史三年前初得長孫……」，同卷頁十八「數句後長君又得一女……」；卷十二頁六有「蔣清容四絃秋題詞三首」；同卷頁七有「輓蔣母鍾太安人」；卷十四頁十三有「中秋後四日同羅兩峰上舍、程魚門編修、汪秀峰員外、蔣心餘編修……集飲翁覃溪學士齋中……」；同卷頁十四，「同蔣清容、周稼堂兩太史……城南看菊分韻」，又粽亭詞鈔「雙雙燕」（卷四頁十六），「春風嫋娜」（卷四頁十九），「百字令」（卷五頁六）皆與心餘有關作。此外，詩鈔卷十六頁十二「次趙雲松觀察韻寄蔣清容太史二首」，卷十七頁十有「招趙雲松、唐再可……泛舟湖上」；又，卷十三頁一「過隨園謁袁子才適值其楚行未歸，二首」[162]，則與袁、趙有關。

歙　縣

曹　城　（字穀厓，乾隆三十五年舉人，三十六年進士，改庶吉士，三十七年散館，授編修，四十四年充順天鄉試同考官，後任武英殿試讀卷官，詹事府詹事，嘉慶二年擢內閣學士兼禮部侍郎，四年授禮部右侍郎，會試

---

[162] 見金兆燕著國子先生全集（含粽亭詩鈔，粽亭詞鈔），道光十七年贈雲軒刊本，中研院傅斯年圖書館藏。

知貢舉等職）[163]，

在忠雅堂詩集，卷廿五頁十八，「後懷人詩」，「曹穀庢編修城」云：

太史今扁鵲，手活千百人；
去賣韓康藥，兩袖籠陽春；
芒鞵徧黃山，采芝若車輪。

言穀庢亦官亦醫，有如韓康（東漢霸陵人，賣藥長安，口無二價），采芝濟人。

宣　城

袁穀芳（字慧相，號實堂，有知困齋）[164]。

在忠雅堂詩集，卷二十二，頁十二，有「除日得袁實堂（穀芳）詩，和韻寄答」，其一云：「我從舍人觀君文……」可知兩人相交不深。又，「除日」詩爲心餘，五十歲揚州作，則實堂爲心餘主講安定書院時所識。

---

[163] 國朝耆獻類徵，同註[151]，卷一百，頁十七，引國史本傳叢書本影印。

[164] 楊廷福、楊同甫編清人室名別稱字號索引，（下），頁一二七二，文史哲出版社。

第九節　山西、陝西人物

山西、代縣

馮廷丞（一七二八—一七八四，字均弼，一字康齋，幼從楊鴻鑪方立游，入都，從周蘭坡學士長發讀書，與朱筠交最深，曾任福建台灣道，補光祿寺署，官至編修）[165]。

忠雅堂詩集，卷六頁十，有「馮均弼（廷丞）光祿贈句，次韻奉酬，有「同官好飲恰無事」，言二人「同官好飲」相酬。

山西、陽城

田　懋（？—一七七〇，字退齋，大學士從典子，雍正十一年由廕生選刑部員外郎，歷任郎中，貴州道御史，高宗獎懋敢言，超擢副都御史，遷刑部右侍郎，乾隆十四年召授吏部侍郎，以僕從鬭毆傷人，皇上責懋舊習未悛，仍命歸里讀書，家居二十年，卒）[166]。

在忠雅堂詩集，卷九頁二，有「田退齋少宰招遊陶然亭」；卷廿六頁七，「**後續懷人詩**」，「**田退齋少宰懋**」云：

---

165 朱珪撰，知足齋文集，卷三，頁二十五，湖北按察使馮君墓誌銘，藝文印書館百部叢書集成據畿輔叢書本影印。

166 同註158，卷八十，頁四十一，又參清史稿，卷二百八十九，列傳七十六，田從典傳，子懋附後，頁一〇二六〇。

堂堂賢相子，三十官小宰；
甚矣汲黯戇，指佞言堪駭；
放廢終丘園，屋賣簞瓢在。

言退齋戇直敢言，終被放廢，惜賢相子之遭遇。

山西、洪桐

劉秉恬（？—一八〇〇，字竹軒，乾隆二十一年舉人，二十六年取中明通榜，中書軍機處行走，歷任吏部主事、郎中、御史。三十四年大學士傅恆督師緬甸，奏請秉恬隨赴軍營，二月，擢鴻臚寺少卿，三十五年大兵凱旋，五月擢都察院左副都御史，刑部右侍郎，兵部左侍郎等職）[167]。

忠雅堂詩集，卷廿六頁八，「後續懷人詩」，「劉竹軒中丞秉恬」云：

中書陳平姿，歷任皆能勝；
提兵殺西羌，歸作大中丞；
拄笏點蒼山，獨守壺中冰。

---

[167] 同[158]，卷九十六，頁十九。

言秉恬賢良能武，爲官清正。

山西、鳳臺（晉城）

王　鏜（一七〇八—一七六一，字春融，號筠齋。乾隆六年兄雪峰公鈞歷卒京師，奔赴持其喪，次年，奉旨奏對，授户部浙江司員外，擢陝西司郎中。乾隆十二年，清兵討金川，舉以督餉入蜀，母訃適至，墨綫銜命，凱旋後，補刑部直隸司郎中，廣東司郎中，至延榆綏道，卒於官）。

忠雅堂文集，卷五，墓誌銘一、二十五，有「延榆綏道春融王公墓誌銘」，詳述其生平。忠雅堂詩集，卷四頁五，有「除夕過太常金先生宅守歲」，卷六頁十，有「王筠齋（鏜）太僕新居落成招飲」，言春融爲心餘父執輩。又，同卷頁尚有「（王）筠齋再招同人宴集」詩。筠齊與心餘父堅交往，心餘十一歲隨父至山西，即館其家，以後至北京會試（乾隆十三年），亦曾居王宅。

陝西、臨潼

張　坦（字松坪，乾隆十七年進士，授翰林院編修）。

松坪爲趙翼「前輩」（指科名）良友[168]，亦爲心餘前輩好友，在忠雅堂詩集，卷十頁七，有「張松坪（坦）前輩，手植庭前新柳，題句十二韻，錢籜石先生補畫橫幅，同人和之」；銅絃詞，下，頁八，「摸魚兒」，「張松坪荷淨納涼小照」云：

---

[168] 同註[158]，頁三一九。

認田田，東西南北，碧波魚戲蓮葉。藕花亭子新涼後，一桁闌干斜搯。人影貼。唱水殿風來，香與鷗波接。暮雲千疊。想十里平山，二分明月，中有笛聲擫。緇塵海，那覓采芳菱艓。漫尋手板支頰。畫樓若許人同倚，三尺碧筩應挾。冰簟闊，指明鏡中央，小夢鴛鴦愜。銀河難涉。只百頃風潭，千章夏木，都借畫屏攝。

本詞爲心餘三十九歲北京作。荷葉田田，魚戲其間，藕花亭子，人影闌干；揚州平山，天下三分明月有二，小夢鴛鴦，銀河風帆，都借畫屏攝取，言松坪愛荷，喜自然。

陝西、韓城

王杰

（一七二五—一八〇五，字偉人，號惺園，晚號葆淳，乾隆二十六年辛巳一甲一名進士，授修撰，官至東閣大學士，太子太傅，贈太子太保，謚文端，有葆淳閣集）。

王惺園與趙翼同爲乾隆辛巳進士，本來一卷是甌北，次爲胡豫堂（高望）；三是王惺園，由於江南狀元已多，歷科狀元又多出軍機；甌北既是江南人，又出軍機，第三卷，高宗「熟視字體如素識，以昔爲尹繼善疏，曾邀宸賞，詢知人品，即拔置第一」，且「以陝人入本朝百餘年無大魁者，時值西陲戡定，魁選適得西人」[169]。加上甌北「相貌」不佳，在「時運不濟」的情況下，由狀元變爲探花，王惺園則由探花擢升爲狀元郎。雖然「天意」如此，王、趙二人亦多酬酢[170]。至

---

[169] 見清史稿，卷三百四十，列傳一百二十七，王杰本傳，頁一一〇八五至一一〇八八。

[170] 以上參趙甌北研究，同註[10]，頁三二〇。

於心餘，在忠雅堂詩集，卷廿五頁二十，「續懷人詩」，「王偉人侍郎杰」云：

巍科康對山，直節李崆峒；
關節不能到，孝肅將毋同；
用以作人鑑，庶幾明而公。

以康海（號對山）殿試第一言偉人巍科，以李夢陽（自號空同子）敢陳書政治弊害比其節[171]，復以包拯（謚孝肅）之正直比之[172]，做事明且公，可知其人品、學問，皆符合「偉人」！足為世人取範。

第十節 山東人物

濰縣

[171] 張廷玉等修明史，卷二百八十六，列傳一百七十四，頁十三，康海本傳，云：「康海，字德涵，武功人，弘治十五年殿試第一，授修撰，與夢陽輩相唱和。……」；同卷頁十，李夢陽本傳云：「字獻吉，慶陽人，……弘治六年，舉陝西鄉試第一，明年成進士，……十八年，應詔上書陳二病三害六漸，凡五千餘言，極論得失。末言壽寧侯張鶴齡招納無賴罔利賊民，勢如翼虎……」（藝文印書館本）。

[172] 脫脫等修宋史，卷三百十六，列傳第七十五，頁一，包拯本傳云：「包拯，字希仁，廬州合肥人也。始舉進士，除大理評事，出知建昌縣，以父母皆老，辭不就，得監和州稅，父母又不欲行，拯即解官歸養，後數年，親繼亡，拯廬墓終喪，猶徘徊不忍去，里中父老數來勸勉，久之，赴，調知天長縣，……」（藝文印書館本）。

韓夢周（一七二九—一七九八，字公復，號理堂，其先滇人，自明中葉籍於東萊，遂世爲萊之濰縣人。乾隆丁丑進士，任滁州來安縣令，後罷官講學）[173]。

夢周與心餘爲丁丑科同年，在忠雅堂詩集，卷廿六頁七，「後續懷人詩」，「韓公復邑令夢周」云：

眞儒宰來安，飢鴻變馴鶴；
下考逐陽城，殘書壓歸槖；
老著原道篇，六經旨彌約。

言「夢周」知來安，老而著書講學，歸元儒道。

歷城

周禮（字守鏡，生卒未詳。）[174]。

忠雅堂詩集，卷十六頁九，「懷人詩」，「周守鏡禮」云：

---

[173] 國朝耆獻類徵，卷二百三十八，頁三十，引陳用光撰墓表，明文書局。

[174] 據國朝耆獻類徵，卷三百六十，頁三十七云：「字守鏡，由行伍擢拔山東營千總，歿於陣」。疑爲二人。

散金三十萬，求者無不足；
敢盜官庫錢，竟成墨吏獄；
薄命哀彼姝，可有曹公贖。

言其散金三十萬，並哀其盜金命薄。

第十一節　河南、河北及湖北人物

河南、商邱

陳　淮（字望之，定生曾孫，由選拔貢生捐納知府，乾隆二十六年選授廣東廉州知府，嘉慶元年十一月爲光祿寺少卿，後發遣新疆，贖罪回籍後，賞給六品頂帶）[175]。

望之爲貞慧（一六〇四—一六五三）曾孫，貞慧字章侯，一字定生，號老蓮，與冒襄、侯方域、方以智稱四公子，明亡後，曾在紹興雲門山爲僧，晚年自號悔遲，善畫山水，與萊陽崔子忠並稱「南陳北崔」。貞慧子維崧，字其年，號迦陵，有迦陵詞。望之與袁、趙薄有交往，甌北曾題其長林遠望圖；而子才云「余嘗求陳望之先生詩而不得，詩話中所載甚少」（隨園詩話補遺卷一）。心餘與望之交往略多。在忠雅堂詩集，卷廿五頁十九，「**後懷人詩**」，「**陳望之觀察淮**」云：

175 同註173；卷一百八十六，頁十九至二十。

陳平美丈夫，早充鄉國貢；
列戟湖山間，笙歌宴賓從；
先人迦陵詞，歌之下鸞鳳。

言望之早歲得志，笑傲江湖，有先祖迦陵（維崧）遺風。又，在銅絃詞，上，頁十七，「賀新涼」，有「陳其年洗桐圖，康熙庚申夏周履坦畫」；同頁，「金縷曲」、「春郊送客圖，送陳望之歸商邱」，上片有「海內無多友。聚離蹤，黃金臺畔，一桮殘酒。南北東西廿年路，別緒千回禁受，君去矣，吾能歸否？」，第二闋上片有「我亦悲歌士。憶當時，青雲結客、黃沙射雉。三十行年豪氣盡，川上低徊流水，看遍了，江山如此。」時心餘三十歲居北京，第三次會試落第，心中不如意的情感，好友歸去的別愁，點滴在心。

河南、河內

白雲上（字秋齋，乾隆十五年武進士，由侍衛任江南都司，陳宏謀撫江蘇，知其才，數以手札奬勉之，尹繼善擢爲揚州游擊，累遷至漕標副將，工詩，善草書）[176]。

秋齋與趙翼交往頗多，甌北「白秋齋總戎輓詞」[177]云：

---

176 清國史館原編清史列傳，循吏傳，卷七十五，頁二十九，收在周駿富主編清代傳記叢刊。

177 趙翼與白雲上酬酢，如甌北集，卷二十九頁十九，有「贈同年白秋齋總戎」；卷三十頁十四，有「秋齋爲都閫，……故書於後」；卷三十三頁七，有「白秋齋總戎輓詞」。

擁旄江國幾經春，威在軍中愛在民；
官好境常無吠犬，時平功豈必圖麟。
老爲林下鋤瓜叟，歿有碑前墮淚人；
太息衰年惟此友，更誰茗椀話蕭晨。

秋齋與甌北同年（鄉試），言「威在軍中愛在民」，知之頗深。在忠雅堂詩集，卷廿二頁二，有「白將軍（雲上）歌題榜門相國尺牘後」云：

白將軍，身長七尺如玉山；
二十登甲科，宿衛天閭間。
入隨羽林郎，出剪雪案鐙；
有用之書恣意讀，不止六韜三略塡其膺。
……（中略）
去吳江、來揚州，揚州人喜吳人愁；
奪我父母不可留，淚滴別酒同江流。
將軍大開揚州營，兩城安肅四野清；
忠信威被萬室寧，百姓願作將軍兵。
……

詩作於乾隆三十九年，心餘居揚州。由詩知秋齋雖是武官，受揚州百姓愛戴，眞是「文官無此得民情」；官之好壞，不在於出身「文」「武」，在於有沒有能力攘除寇匪，安定社會，明矣。

河北、北平

黃叔琳（字崑圃，康熙辛未一甲三名進士，授編修，官至吏部侍郎，重宴瓊林）[178]。

在忠雅堂詩集，卷三頁一，有「次韻黃崑圃先生重宴鹿鳴」；同卷頁二，有「上黃崑圃先生」；卷廿五頁十八，「後懷人詩」，「黃崑圃宮詹叔琳」云：

霜雪滿朝簪，重與瓊林宴；
八十老宮詹，金臺畫團扇；
卅載素雲飄，頹矣靈光殿。

崑圃爲翰林前輩，人有一技一長，必爲揄揚，心餘、袁枚（詩話卷四），皆稱其「魯靈光」，碩德僅存者。

查禮（一七一六—一七八三，字恂叔，一字榕巢，又字儉堂，號鐵橋，由捐生捐納主事，乾隆十三年選戶部主

[178] 清詩匯，卷四十九，三十二欄。

事，任太平府，四川寧遠知府等職。隨溫福、阿桂率師分勦金川，任總理糧務）[179]。

在忠雅堂詩集，卷十一頁十三，有「查恂叔太守榕巢圖」；同卷頁十四，有「查恂叔太守招飲接葉亭看丁香……」；卷廿五頁十二，有「喜晤查榕巢方伯」；卷廿五頁十六，「懷人詩」，「查恂叔方伯禮」云：

瘴鄉三十年，鑴詩徧岩壁；
榕巢住仙官，胥吏無從覓；
露冕看詩翁，撫字多勞績。

恂叔隨軍瘴鄉，有功於國，詩亦鑴刻岩壁，不同尋常。

河北、大興

舒希忠（號蔗堂，乾隆三年戊午舉於鄉，累官至江西督糧道、刑部郎中，工山水，學雲林生蕭疏一派，而筆底仍自渾厚）[180]。

---

[179] 國朝耆獻類徵，卷一百八十一，頁四十五，引國史館本傳。又，查禮著銅鼓書堂遺藁（乾隆間刊本，中研院傅斯年圖書館藏）未見查禮與心餘酬酢。

[180] 清、馮金伯撰墨香居畫識，卷六，頁一，收在周駿富主編清代傳記叢刊，明文書局。

忠雅堂詩集，卷廿六頁八，「後續懷人詩」，「舒蔗堂太守希忠」云：

海嶽書畫船，乃在名宦齋；
吳越三十年，稱此磊落懷；
柳州非謫地，待彼文章佳。

蔗堂居南郡，以成就其文藝。

吳肇元（字會照，號百藥，乾隆十六年辛未進士，改庶吉士，授編修，歷官侍讀，有桐華書屋詩稾）[181]。

忠雅堂詩集，卷十頁六，有「謝吳百藥（肇元）侍讀餉滄酒」；卷廿四頁十二，有「吳百藥侍讀招飲接葉亭……」；卷廿五頁廿一，「續懷人詩」，「吳百藥侍讀肇元」云：

平原信陵儔，其人生也晚；
才略范少伯，三治千金產；
大夫隱於聾，尚具知人眼。

---

181 同註178，卷八十，三十四欄。

言百藥貴知人，好賓客如平原君（趙武靈王子，名勝），信陵君（魏昭王少子，名無忌），才比范蠡，計然（姓辛氏名研，善計算而精研，故號計然。有尚平均、弁滯停等十策，范蠡師之）之術治產，因成巨富。

朱　珪（一七三一—一八〇六，字石君，少傳朱軾學，與兄筠同鄉舉，並負時譽。乾隆十三年成進士，年甫十八，選庶吉士，散館授編修，累遷侍讀學士，左都御史、兵部尚書、戶部尚書，體仁閣大學士，管理工部，卒諡文正）[182]。

石君與彭元瑞交往頗篤[183]，與心餘來往較淡。在忠雅堂詩集，卷廿四頁十，「宿李寶幢（汪度）學士直廬，竟夕顛頓，承延達侍郎（椿）診視，幷感（錢）籜石先生、彭衣春冠侍講、朱石君（珪）前輩垂問」云：

頭風旋飆輪，心火炙丹轂；
可憐翩翻身，不異受風竹。
迴環瞻病人，供養稱具足；

---

182 清史稿，卷三百四十，列傳一百二十七，朱珪本傳，頁一一〇九一。

183 清史稿（同182），頁一一〇九三云：「先是彭元瑞於西華門墜馬，珪呼其輿入舁之，爲御史周栻所劾」。又據朱珪撰知足齋文集，卷一，重刻權文公全集序，頁七，云：「南昌彭文勤公元瑞，寄書於阮中丞元索之知不足齋鮑以文（廷博），鮑曰：無有，聞朱竹君（筠，石君兄）先生家有之，阮以覆彭，彭大驚，詢之於珪」（藝文印書館百部叢書集成據光緒王灝輯刊畿輔叢書本影印），知石君與彭元瑞交往密。

　　就中月明王，或爲盲者哭。
　　三藥酥蜜油，持水手且縮；
　　故人懸寶珠，莫照黑暗獄。
　　我卻執幡腳，生命同晝燭。

李汪度與心餘同榜進士，同官編修，後爲侍讀學士。心餘於乾隆四十三年至北京，不久病疾。詩中感謝故人達侍郎椿（字香圃，滿洲鑲白旗人，爲禮部侍郎）等人垂問，心中則苦。

翁方綱（一七三三—一八一八，字正三，號覃溪，乾隆十七年壬申進士，改庶吉士，授編修，歷官內閣學士，降鴻臚寺卿，重宴鹿鳴，賜三名銜，重宴瓊林，賜二名銜，有復初齋集、蘇齋叢書）[184]。

洪亮吉評論「翁閣學方綱詩」，「如博士解經，苦無心得」[185]，以其主考據爲詩，與袁枚「性靈說」相左，是以袁、翁少往來；趙翼與覃溪相識於北京，日夕談藝，覃溪爲甌北集作序，

---

184 「蘇齋」乃翁方翁自號（見復初齋文集，卷五，彝齋四圖記）。又，翁方綱撰蘇齋叢書，含：兩漢金石記、石經殘字考、漁洋古詩鈔、七言律詩鈔、經義考補正、粵東金石、蘇米齋蘭亭考、石洲詩話、蘇詩補注、小石帆亭著錄、元遺山年譜、瘞鶴銘考（汪士鋐撰）、通志堂經解目錄、十三經注疏作者姓氏、春秋分年系傳表、詠物七言律詩偶記、棲霞小稿、嵐漪小草、青原小草。（民國十三年上海博古齋影印原刊本）。

185 洪亮吉著北江詩話，卷一頁四，廣文書局。

甌北有「翁覃溪學使用德中丞韻贈行，即次奉答」，二人關係密[186]。至於心餘，忠雅堂詩集，卷廿四頁十一，有「翁覃溪前輩得宋槧施元之，顧景繁合注蘇詩舊來，……同人作詩題之」；卷廿六頁十五，「次韻荅翁覃溪學士」云：

神明無疾形骸疾，二氣何從覘虛實；
兀然枯坐一匡牀，舉眼空空生白室。
居士齒豁頭未童，自幸今冬開六秩；
浮生如此亦惘惘，但數春秋同庚蟀。
……

此心餘六十歲居南昌作，言己「神明（精神）無疾形骸疾」，又言「（離垢）居士齒豁頭未童」，齒落衰老情形。覃溪在「祭蔣心餘文」云：

嗚呼！公之詩文，名滿海隅；詩兼坡谷、詞并辛蘇，口沫手胝，膾炙楷模。此皆耳熟，

[186]「翁覃溪學使用德中丞韻贈行，即次奉答」，見甌北集，卷十七頁十九（湛貽堂本）。翁、趙二人關係，參趙甌北研究，同註[10]，頁三二五。又，宋如珊翁方方綱詩學之研究云：（翁方綱）廣東視學後（乾隆三十六年），翁氏返京，即與館閣中人共結詩社。……當時詩社中，論詩主格調者爲錢大昕、王昶、法式善、主性靈者爲蔣士銓、趙翼、洪亮吉，此外，亦有程晉芳、吳錫麒、張塤、黃仲則等。」（頁五，民國八十二年，文津出版社）。

不待贊譽，今我同年，奠醊一盂。知公之深，望雲愴呼，惟公神光，執道之樞。人所競驚，公獨恬愉，人所矜詡，公獨若愚。其外曠然，雲卷風舒，其中淡然，玉鑑冰壺。望其貌也，山澤之臞，即之粹然，溫而益腴。聽其談鋒，諧謔與俱，測其中存，凜然沖虛。惟妙惟徼，觀物之初，寸田犁耒，義耨耘耡。一切聲利，空諸有無，一切名譽，逝而不居。故其定力，湛然自如，不爲苟異，而能不汙。室名離垢，此之謂乎，公之生平。庶一追摹。滂葩摛藻，乃其緒餘，公馭雲軿，神在江湖。鑒此來臨，無薄生芻。[187]

覃溪以同年（鄉舉）之誼，言心餘詩文詞曲，名滿天下，性情恬淡、沖虛爲懷，言語諧謔，廉如冰壺，山澤之臞，態度溫腴，超然有無，而能不汙，故名離垢，能中心餘精神要旨。

河北、豐潤

董　榕（字念青，號恆巖（岩），雍正乙卯拔貢，歷官江西贛寧道，有浭陽集）[188]。

在忠雅堂詩集，卷三頁八，有「董恆巖太守芝龕記題詞」；卷五頁十四，有「寄董恆巖太守，兼問蝸寄使君」；卷廿五頁十八，「後懷人詩」，「董恆岩觀察榕」云：

孝子施行馬，心如章貢清；

---

187 翁方鋼著復初齋文集，卷十四頁十五，（總頁五八七），文海出版社。（收在沈雲龍主編近代中國史料叢刊）。

188 清詩匯，卷六十八，三十一欄。

纂組三朝事，芝龕唱秦青；
揚靈作水仙，招魂向吳城。

言孝子恆嚴，為江西贛寧道，為官清正，卒於吳城。

河北、任邱

邊連寶（字肇軫，改字肇畛，號隨園，雍正乙卯拔貢，乾隆丙辰舉博學鴻詞，庚午舉經學，有隨園集）[189]。在忠雅堂文集，卷一，序一，頁七，有「邊隨園遺集序」；卷四，傳二、頁一，有「隨園徵士邊君傳」。忠雅堂詩集，卷二十頁十一，有「邊丈隨園（連寶）用岐亭韻作詩，寄題拙集，疊韻奉謝」；同卷頁十二，「**再題隨園無雙譜詩後**」云：

無雙譜中四十客，始于留侯終信國；
畫者詠者金古良，久向詩壇誇絕特。
任邱丈人耐不得，萬事參差塞胸臆；
金剛神勇菩薩心，放出獅王眞氣力。
……（中略）

[189] 同註[188]，卷六十八，三十二欄。忠雅堂文集，卷四，傳二，頁一，有隨園徵士邊君傳。

想當淋漓下筆時，西崖鐵崖都變色；
讀書萬卷乃有神，此事平生幾胎息。
吁嗟乎！不須更看無雙譜，翁有無雙新樂府；
作詩何異作春秋？三千餘歲上下古。

詩作於乾隆三十七年，心餘居揚州，主講安定書院。言邊連寶無雙譜，詠張良（？—西元前一八九）以下，至文天祥（一二三六—一二八二），歷朝忠信、神勇之士，凡四十人，大忠大勇，非楊維楨（鐵崖）、王顯（西崖），蕭散自適者可及。

河北、獻縣

紀昀（一七二四—一八〇五，字曉嵐，乾隆十九年進士，改庶吉士，兩淮鹽運使盧見曾得罪昀爲姻家，漏言奪職，戍烏魯木齊，繹還，三十八年，開四庫全書館，爲四庫全書總纂官，嘉慶元年，移兵部尚書，十年，協辦大學士，卒）[190]。

忠雅堂詩集卷九頁十三有「初八夜對月感舊呈葉毅菴（觀國）、秦敘堂（黌）、汪畊雲（存寬）、

[190] 清史稿，卷三百二十，列傳一百七，紀昀本傳，頁一〇七七〇，又參錢林輯、王藻編文獻徵存錄，卷八，頁七十六，收在周駿富主編清代傳記叢刊，明文書局。該書「紀昀」（昀，日光也），作「紀昀」（昀，轉目），似取「少穎慧，坐暗坐目炯有光」之義。

紀曉嵐前輩、張懷月（齊）舍人五君子皆丁卯鄉舉同年，故有作」。可知心餘與曉嵐丁卯同科舉人。

湖北、孝感縣

胡紹鼎（一七一三—一七七六，字牧亭，雍正辛亥補博士弟子，乾隆辛酉舉湖北鄉試，甲戌會試第一，選庶吉士，丁丑編修，充國史館修纂等職）⑨①。

忠雅堂詩集，卷廿五頁十五，「懷人詩」，「胡牧亭侍御紹鼎」云：

高文冠禮闈，翰林而御史；
劃粥亂書堆，恬然對妻子；
談兵撫龍鐔，老作窮官死。

牧亭會試第一，翰林御史，能文允武，身則讀書守窮。

第十二節　滿州人物

⑨① 國朝耆獻類徵，卷一百三十七，頁十，引王昶墓表，收在周駿富主編清代傳記叢刊。

尹繼善（一六九六—一七七一，字元長，號望山，章佳氏，滿洲鑲黃旗人，雍正癸卯進士，改庶吉士，授編修，歷任雲貴、廣西、兩江總督，官至文華殿大學士，加太子太保，諡文端，有尹文端公集）[192]。

望山是位漢化頗深的旗人，文學造詣高，熱心提拔後進，袁枚能入詞館，就是他的力爭。也因此，袁枚在感恩之餘，有關二人酬酢甚多；在尹文端公詩集中，從卷二、卷四、卷五、卷六、卷七、卷八、卷九、卷十望山與子才酬酢之詩題約五十。其中與心餘相關者，如卷八頁二十四「甲申冬日招袁子才、秦磵泉、蔣苕生西園小集、苕生賦詩四章，依韻和之」，其四云：「一官落拓舌爲耕，千里揚帆過石城；折簡招賢來畫舫，論科回首憶蓬瀛。名馳京國才無敵，詩咏江天景倍清；自古交情稱有道，不惟氣誼重師生。」[193]。在小倉山房詩集（卷五起，可說隔卷即載有有關酬酢），小倉山房文集（卷三起，有關者三篇）、小倉山房尺牘（卷一起）、隨園詩話（有關者四十二則，平均一卷兩則）所載，知其交往深厚。且望山屢爲會試主試，其第五子慶，與趙翼同學，尹、趙因有交往[194]。至於心餘，在忠雅堂詩集，卷十三頁一，「**尹望山督相招飲，同袁簡齋、秦磵泉**（大士）**兩前輩席上作**」，其一：

衙齋幽比玉堂深，十八科中四翰林；

---

[192] 清史稿，卷三〇七，列傳九四，頁一〇五四五，又參姜亮夫撰歷代名人年里碑傳總表，頁三九七，台灣商務印書館。

[193] 引詩皆見尹繼善著尹文端公詩集，清刊本，中研院傅斯年圖書館藏。

[194] 參同註[10]，頁三三二。

雅集還同眞率會，虛懷彌見讀書心。
思隨泉湧詩頻和，墨帶池香帖細臨；
箕斗插檐銀燭換，清言都忘渥籤沉。

其三云：

本無田里可躬耕，奉母來栖白下城；
得到靈山纔見佛，偶趨公府亦登瀛。
拈花旨妙人同笑，立雪門高地益清；
誰識寒宵方丈裡，一鐙圍聚老書生。

詩作於乾隆二十九年十二月五日（小倉山房詩集卷十八，有臘月五日相公招同秦學士大士、蔣編修士銓小集西園……），心餘居南京赴宴。參與雅集者，「十八科中四翰林」，高朋滿座；「得到靈山纔見佛」，望山主人確實令人激佩。「本無田里可躬耕，奉母來栖白下城」，無處安身立命，來此金陵，「一鐙圍聚老書生」，心中有苦、有樂。

佟國瓏（一六六一—一七三八，字信侯，遼東人，以祖從順治入關，年三十五，以繙譯考授兵部督捕，筆帖式，有能名，越五年，擢山東文登縣令，康熙五十年辛卯擢山西澤州牧，卒於乾隆三年六月）。

佟滿保（字謙齋，國瓏子，官永定河北岸同知）。

在忠雅堂文集，卷三，傳一、十七，有「澤州知州佟公信侯傳略」，敘信侯及子滿保生平，言信侯爲政，「在誠心愛民，興利除害，化導之而已」，以爲「嚴峻，非邑之福」，實爲千古定見。在忠雅堂詩集，卷八頁三，「**故澤州牧佟公信侯**（國瓏）**詩，為公子永定河司馬滿謙齋**（保）**作**」云：

當吾誕生時，公致仕六年；
吾生甫及晬，公復入澤焉。
我翁髮垂艾，匹馬往急難；
九齡翁歸來，竊聽述公賢。
……（中略）
太行青峩峩，公名遍雕鐫；
澤人話遺愛，婦女同涕漣。
……（後略）

詩作於乾隆二十五年，心餘赴永定河同知官署滿保（謙齋，佟國瓏第二子）處，爲佟國瓏作百齡冥壽。詩述謙齋父親信侯知澤州，受百姓愛戴，及心餘父子知其賢能情形，十分詳細。又佟國瓏與心餘父親交往深，心餘在先考府君行狀（文集，卷七），及澤州知州佟公信侯傳略（文集，卷三），言之甚詳。

附：蔣心餘交遊人物索引

前面所述心餘交往一二八人，爲了易於檢閱，利於研究，茲依姓名（含字、號）筆劃，及書中出現次序排列，作一索引如下：

（九畫）

（十畫）

（十一畫）

（十二畫）

（十六畫）

（十七畫）

（十九畫）

王建生 著

蔣心餘研究

中冊

臺灣學生書局印行

第三章　蔣心餘文學述評——古詩

古體詩又叫「古風」，含：四言、五言、七言、五七雜言、三七雜言、三五七雜言、錯綜雜言，實以五言、七言爲主體。宋嚴羽滄浪詩話「詩體」條云：

> 風、雅、頌既亡，一變而爲離騷，再變而爲西漢五言，三變而爲歌行雜體，四變而爲沈（佺期）、宋（之問）律詩。❶

更清楚的講，「詩言志」的精神不變，但詩歌形式，由四言的詩經、六七言的楚辭、而西漢五言、七言、雜體，乃至唐初沈、宋律詩。

有關五言古詩的起源，鍾嶸詩品云：

> 夏歌曰「鬱陶乎予心」，楚謠曰「名余曰正則」，雖詩體未全，然是五言之濫觴也。

---

❶ 嚴羽著滄浪詩話，頁五，收在何文煥編訂歷代詩話，藝文印書館本。

逮漢李陵、始著五言之目矣。❷

言五古起自西漢。劉勰文心雕龍云：

古詩佳麗，或稱枚叔，其孤竹一篇，則傅毅之詞，比采而推，兩漢之作乎。❸

亦以五古爲兩漢之作。然所舉「蘇李贈答詩」，是否蘇武、李陵作品，爭論頗多。古詩十九首，作者與時代問題，亦多爭訟；沈德潛以爲「十九首非一人一時作」，「大率逐臣棄妻、朋友闊絕、死生新故之感」❹，持論尙客觀。而趙翼陔餘叢考，「五言」條云：「漢武好尙文詞，故當時才士，各爭新鬥奇，創爲此體」❺。綜上所述，「五言肇於漢氏」❻，爲多數學者主張。然鄙意以爲，姑不論「蘇李贈答詩」之眞僞，蘇武、李陵是西漢人，照文學發展說，很難獨立發展出成熟的五言詩來。其實，五言詩來自楚辭影響者頗多，九歌中東皇太一、雲中君、湘君、湘夫人等篇，除雜有少數長短句外，幾乎全爲五言。而「(漢)成帝品錄，三百餘篇，朝章國采，亦云周備，

❷ 鍾嶸著詩品，頁一，收在何文煥編訂歷代詩話，藝文印書館本。
❸ 劉勰著文心雕龍，卷二，明詩第六，頁二(總頁八)，商務四部叢刊正編。
❹ 沈德潛著說詩晬語，卷上，頁六，收在丁仲祜編訂清詩話，藝文印書館。
❺ 趙翼著陔餘叢考，(三)，卷二十三，頁三，新文豐出版公司影印湛貽堂本。
❻ 此丁福保語。見丁福保編全漢三國晉南北朝詩，頁十三，世界書局。

而辭人遺翰，莫見五言」❼，在「辭人遺翰」中「莫見五言」，「辭人」以外作品可能有「五言」。或許西漢五言未臻成熟。到了東漢，樂府、民歌盛行，五言詩漸漸成熟，班固有詠史詩，敘述緹縈救父故事，爲最早文人五言詩；此後，如秦嘉的贈婦詩、酈炎的見志詩、趙壹的疾邪詩，五言詩漸多；之後，又與樂府民歌交融，逐漸發展成熟的五言詩。❽

詩由四言、五言、而七言，究竟七古詩產生於何時？徐師曾文體明辨序說「七言古詩」條引徐禎卿云：「七言沿起，咸曰柏梁，然甯戚叩牛，已肇南山之篇矣」❾。有關「七言之始」，顧炎武云：

> 昔人謂招魂大招，去其些只，即是七言詩。余考七言之興，自漢以前固多有之，如靈樞經刺節眞邪篇，凡刺小邪日以大，補其不足乃無害，……宋玉神女賦，羅紈綺績盛文章，極服妙綵照萬方，此皆七言之祖。❿

---

❼ 同註❸。

❽ 以上參王建生著漢代詩歌與民歌，發表於中國文化月刊，一二二期，五言詩的醞釀與成長，頁九七至九八，七十八年十二月，東海大學出版。

❾ 明、徐師曾著文體明辨序說，頁一〇五，長安出版社。

❿ 顧炎武著日知錄，卷二十二，七言之始，頁六〇一，唯一書業中心。

以爲漢代以前已有七古詩。趙翼陔餘叢考「七言」云：

　顧寧人（炎武）謂楚詞招魂大招，去其些只，即是七言。按「遷藏就歧何所依」、「般有惑婦何所識」等句，本無些只，則竟是七言也，特尙未以爲全篇。至柏梁則通體皆七言，故後世以爲七言之始耳。然古時亦已有爲全篇者，皇娥倚瑟清歌曰：「天清地曠浩茫茫，萬象迴薄化無方；滄天蕩蕩望滄滄，乘桴輕漾著日旁」，此或秦漢間人擬作。至如靈樞經云：「凡刺小邪日以大，補其不足乃無害，視其所在迎之界」。甯戚飯牛歌：「短布單衣適至骭，長夜漫漫何時旦」。茅濛之先有民謠曰：「神仙得者茅初成，駕龍上升入太淸……」；以及項羽垓下、漢高大風、漢初有雞鳴歌，……，安世房中歌，亦有「大海蕩蕩水所歸，高賢愉愉民所懷」之句，則全篇皆七言，亦非始於柏梁也⓫。

甌北考察七言之起，極爲詳細，以爲柏梁以前，亦有全篇七言者。近人王力從音韻的角度，以爲「七言詩的起源，似乎比五言更早，至少是和五言同時，這是頗可怪的一件事」⓬。由此看來，七言古詩的產生，或稍前於五古、或同時間。王力先生以爲「是頗可怪的一件事」。實際上，五

⓫ 同註❺，頁五。

⓬ 王力著詩詞曲作法，頁十五，宏業書局印行。（該書局云：本局編輯部編著，未知何據？）

古、七古同受詩經、楚辭、樂府影響產生之故。

至於五古詩作法，元、楊載詩法家數「五言古詩」條云：

> 五言古詩，或興起、或比起、或賦起，須要寓言深遠、託詞溫厚，反覆優游，雍容不迫，或感古懷今、或懷人傷己、或瀟洒閒適，寫景要雅淡，推人心之至情，寫感慨之微意，悲懽含蓄而不傷，美刺婉曲而不露，要有三百篇之遺意方是。觀漢魏古詩，藹然有感動人處。⓭

言五古須寓言深遠、託詞溫厚、反覆優游、雍容不迫。沈德潛說詩晬語云：

> 五言古長篇，難於鋪敘，鋪敘中有峯巒起伏，則長而不漫。短篇難於收斂，收斂中能含蘊無窮，則短而不促。又長篇必倫次整齊，起結完備，方爲合格。短篇超然而起，悠然而止，不必另綴起結。⓮

所言甚是。

⓭ 元、楊載著詩法家數，頁七，何文煥編訂歷代詩話，藝文印書館。

⓮ 沈德潛著說詩晬語，卷上，頁六，收在丁仲祜編訂清詩話，藝文印書館。

而七言古詩，楊載又云：

七言古詩，要鋪述，要有開合，有風度、要迢遞險怪、雄俊鏗鏘，忌庸俗軟腐，須是波瀾開合，如江海之波，一波未平、一波復起，又如兵家之陣，方以爲正，又復爲奇，方以爲奇，忽復是正，出入變化不可紀極。⑮

以爲七古要鋪述，有開合，迢遞險怪、雄俊鏗鏘、如兵家奇正變化。方東樹昭昧詹言「總論七古」云：

詩莫難於七古，七古以才氣爲主，縱橫變化，雄奇渾顥（灝），亦由天授，不可強能。杜公太白，天地元氣，直與史記相埒。二千年來，只此二人。其次則須解古文者而後能爲之。觀韓、歐、蘇三家，章法剪裁，純以古文文法行之，所以獨步千古。⑯

以古文之法（含：敘、議、寫三法）作七古詩，縱橫變化，確有獨到。當然，才分本已天授，有良好的才氣、滂礴的氣勢、雄奇的筆力、豐富的辭藻，如李白、蘇軾古詩（尤其七古），堪稱第一。

⑮ 同註⑬。

⑯ 方東樹著昭昧詹言，卷十一，總論七古，頁一，廣文書局。

心餘古詩，可分成：一般交遊應酬、詠物、寫景、抒情、紀事等幾個部分解說。

第一節　一般交遊應酬

古人詩文集中，交遊應酬之作居其大半，如投贈、簡寄、尋訪、酬答、惠貺、慶賀、傷悼、和韻、次韻、分韻、疊韻、聯句、題詩等，交際酬酢爲主。有關心餘此類作品，在第二章蔣心餘交遊文中，已多述及。今就古詩中，投贈如：贈楊丈鐸仲（振業）（詩集，卷一，頁四）；辨命篇貽揭生（詩集，卷十三，頁七）。簡寄如：寄饒二霽南（詩集，卷四，頁一）；吳蓀圃（璟）舍人移寓珠草街、與予隔巷、作詩柬之（詩集，卷七，頁十四）。尋訪如：買小艇往京口，訪家（蔣）春農不值，即夕返棹，渡江作歌（詩集，卷六，頁二）；張吟鄉（塤）秀才至京、喜爲長歌（詩集，卷七，頁三）；訪東昌郡龔梧生不值（詩集，補遺，下，頁六）。酬答如：答分宜嚴叙揆（思濬）秀才（詩集，卷二，頁九）；答靳大千（樹椿）太守（詩集，卷二，頁十六）；馮均弼（廷丞）光祿贈句、次韻奉酬（詩集，卷六，頁十）；乞酒戲呈監試明惺菴、紀心齋兩侍御、謝酒疊韻酬兩監試（詩集，卷九，頁十三）。惠貺如：南昌翟異水郡丞以涇上琴魚及白露紙、藏墨、梅片、茶具餉，各報以詩（詩集，卷五，頁八）；吳二匏（寬）舍人贈方氏墨，並索題句（詩集，卷八，頁十一）；江蕉畦明府以琴魚、琴笋寄餉，各報以詩（詩集，卷二十，頁十四）。慶賀如：王筠齋（鏜）太僕新居落成招飲（詩集，卷六，頁十）；李濟夫（宏）河督壽詩（詩集，卷十四，頁十五）。傷悼如：一哀詩（詩集，卷五，頁四）；又：嘉興錢太傅配俞夫人挽詩（詩集，卷十五，頁十四）等是。和韻如：座主錢秀樹先生登明遠樓，……用山谷題李伯時摹韓幹三馬韻，依韻奉和；除日得袁實堂（穀芳）詩、和韻寄答。次韻如：王澹人雨中見過、出檜門先生詩卷相示、澹人作五言一首見寄，次韻奉答（詩集，卷五，頁九）；賀病篇次歐陽可堂詩（詩集，卷七，頁十）；歐陽可堂（正亨）孝廉醉後作歌、次韻奉答。分韻如：師竹居待雪、用禁體分得竹字（詩集，卷四，頁十五）。疊韻如：謝酒疊韻酬兩監試（詩集，卷九，頁十四）；中秋夕紀心齋前輩用乞酒韻作歌見貽、疊韻奉答（詩集，卷九，頁十五）。聯句如：蠟石磬同家（蔣）作梅聯句（詩集，卷六，頁十六）；黑小子聯句三十韻、同戴匏齋、李載菴、趙春磵、朱月階作（詩集，卷九，頁四）。題詩如：書何鶴年（在田）秀才詩本（詩集，卷四，頁十三）；題袁叔論儀曹未學詩鈔後（詩集，卷六，頁十七）；題秦磵泉學士柴門稻香圖（詩集，卷八，頁一）；又題磵泉種樹圖（同上卷頁）等等。茲舉例分析、評論如下：

第一目　投贈、簡寄、尋訪

「投贈」，主「投」（呈上）與「贈」詩；「簡寄」，詩如書牘往來；尋訪，在於訪問（有遇與不遇）。

如贈楊丈鐸仲（振業）（詩集，卷一，頁四）：

蜀山萬里青蒙茸，錦江浩浩流巴東；
洪州有客本蜀產，劍眉虬鬚方雙瞳。

自言先世仕炎漢，勤王縛賊成邊功；
當時漢家重武備，冊書遠發甘泉宮。
帝錫汝爵宣慰使，子孫世世無終窮；
國殤野死指難屈，要使日月懸精忠。
清時海宇盡臣服，國家武偃而文崇；
以民爲守德爲險，不特兵氣銷巴賨。
亡猿倉卒忽延禍，致使壯士傷良弓；
挾家遷徙五千里，伯也既死翁誰從？
翁昔從軍太狡獪，據鞍盤矟騎黃驄；
露布疾草字如斗，嚴詞膽落諸羗戎。
晚年蟄處極嘯咏，淋漓大筆無常宗；
聱牙七字更奇崛，金牛倒掣開蠶叢。
鶻落兎起勢險峻，老木晝偃陰崖松；
皀旗出沒卷飛雨，萬馬馳突鳴悲風。
霹靂急走巨鼇恐，海水倒立沈方蓬；
嗟予擲筆謝塵坱，吳頭楚尾欣相逢。
草元亭子十笏地，環植春韭羅冬菘；
直須載酒東湖東，不須更問笮與邛。

男兒既不格鬪死，便當談笑傾黃農；
不然掉臂崑崙頂，全將精氣歸鴻濛。

詩作於乾隆十年，心餘二十一歲。言鐸仲（心餘友揚子載叔父）、「劍眉虬鬚方雙瞳」，形貌雄武，原四川人，先世曾爲宣慰使、兼治文武，以德服人。而鐸仲早年習武，名動羌戎；後遷居南昌，蟄處嘯咏，大筆淋漓。「聱牙」以下八句，極言蜀地山河險峻、萬馬奔馳景象，以言鐸仲詩之不可及。後楊、蔣相遇江南，以爲文能載酒爲詩、武當格鬪死沙場、爲男兒豪放性格；否則寧隱遯崑崙，與鴻學大氣爲一。此「投贈」之作，切其情事，氣勢如詩法家數說的，「一波未平，一波又起」；亦師友詩傳錄的「波瀾宏潤」，「一層不了，又起一層」⑰。

又：辨命篇貽揭生（詩集，卷十三，頁十七）：

二氣運五行，兩曜領群星；
萬物產其中，恆沙相滅生。
賦稟適與值，豈復能將迎？

---

⑰ 詩法家數，同註⑬。師友詩傳錄，王士正（阮亭）答，郎廷槐（梅谿）問，見頁八，蕭亭答，收在丁仲祜編訂清詩話，藝文印書館本。

造化任厥勞，苦爲持權衡。
富貴貧賤之，瑣屑煩冥冥；
察察降禍福，恐傷眞宰明。
我身非稷契，本不關重輕；
偶參萬彙間，倏忽委骸形。
無德竊高位，糜祿負虛聲；
縱免世俗責，終懼干雷霆。
我生四十年，喜赴鷗鳧盟；
待盡豈不樂，遑計軒冕榮。
揭生讀書者，抑塞困一經；
偶開談天口，默識誰公卿？
其言亦多驗，叩者來充庭；
所得不償勞，頗覺困憊并。
辨士風塵中，賢愚各經營；
但爲利達謀，時被寵辱驚。
子術善推測，孰是列星精？
孰抱用世才，孰立不朽名？
千百有什一，庶幾聖朝英；

惠吉而逆凶，理數嘗代更。

幸語蚩蚩士，福命休強爭。

作於乾隆三十年，心餘居南昌。詩贈揭生（善於卜筮吉凶）、慰其落第。天地日月、陰陽五行、生滅萬物、人居其間，富貴貧賤皆偶然，事造化不事其責，接言無德竊高位者，終懼雷霆之擊。而揭生功名不順，談天說命，以爲世上立功、立名，皆有天定。末謂人勿強與命爭。漢王充論衡命祿篇云：「才高行厚，未必保其必富貴，智寡德薄，未可信其必貧賤」；又云：「貴賤在命不在智愚，貧富在祿，不在頑慧」⑱，已言之先。又，趙翼甌北詩鈔，有「贈相士彭鐵嘴詩」，言相法源流，及人之禍福，由「相貌」決定⑲，與此詩不一致。

投贈詩，如：阿相公（克敦）**三使高麗國**（詩集，卷四，頁十）：

皇華歌罷騂騂夫，旌節乃指東扶餘；

---

⑱ 王充著論衡，卷一，命祿第三，頁八至十，商務四部叢刊正編，通津草堂本。

⑲ 原載趙翼著甌北全集，甌北詩鈔，七古一，頁十九，湛貽堂本。亦參王建生著趙甌北研究，頁四六六，學生書局。又，錢鍾書著管錐篇，第一冊，頁一九八，文公元年條，舉古人論相之說，除趙翼外，有論衡、骨相篇，而略備於俞正燮癸巳類稿，卷十三，原相三篇（蘭馨室書齋），可爲參考。

五雲靉靉隨勅書，從者皆乘昂昂駒。
名卿出使觀塞途，麒麟繡服垂金魚；
川邊（原）細按懷方圖，高句驪國箕子都，桂婁五部四稱奴。
省簡文條用信義，柔謹獨與三方殊。
朱蒙好文尚浮屠，乞經乞書文軌符。
王畿相距若郡縣，國初拱極誠首輸。
相維設牧制其職，朝聘不與遐荒俱。
嗣封命官有典則，薄來厚往欽前謨。
朝廷服遠重專對，使臣舊例遴鴻儒。
相公幼入承明廬，文章久擅雞林譽。
誦詩三百堪馳驅，言詞風度誰得如？
三銜鳳綍到朝鮮，清望矗矗嵎夷隅。
再至三至異厥初，國門觀者皆懽娛。
笑指天使微有鬚，巖巖玉山作身軀。
道旁迓者大對盧，青羅裁冠屐承跗。
傳薩耨薩折腰趨，譯官代譯聲喁喁。
介紹傳命王曰俞，北面拜貺敬讓乎。
詔書宣示王心愉，伏地稽首明區區。

天王盛德信不渝，庶幾永撫東夷諸。
私覿致餼儀容舒，庫樂雜奏笙琵竽。
天使世胄金張閭，問言鑑貌聽瓊琚。
或愛或畏或嗟吁，得毋零星天神徒。
柳崔金李敢揶揄？迎公送公多踟躕，每別輒問還來無？
公之誠信播中外，如葵東向當朝晡。
綸扉坐論盛元氣，白頭赤舃碩且膚；
高麗貢使拜螭陛，往往竊視三公孤。
垂紳私喜相公健，入畫詎識鄉山臞；
丹青此本許傳寫，繭紙定有東人摹。

詩作於乾隆十九年，心餘三十歲，官中書。阿克敦出都使朝鮮（別稱：高麗、高句麗、扶餘、雞林），皇皇者華（本詩經、小雅篇名），五雲靉靉，遠而光華。繼言，漢以前稱朝鮮，初爲箕子所封，始祖高句麗（亦稱東明王。朱蒙，善射者也），漢元帝建昭二年（西元前三十七年）自立。據後漢書東夷傳載，高麗有五部：消奴、絕奴、順奴、灌奴、桂婁，故言「桂婁五部四稱奴」。高麗好文崇佛，設典章制度，不同其他荒夷，是以清廷重視該國外交（專對）。而克敦自幼博學、文詞風度均屬第一，三度奉使（第一次康熙五十二年、第二次康熙五十七年），宣示清廷盛德，朝鮮亦以隆重禮樂相迎，柳、崔、金、李等貴族，尤其親熱。可知克敦之誠信，遠播中外，使得夷番如向日葵之向朝曦。雖爲酬酢，詞句典雅隆重。

又：送張惕菴（甄陶）**宰昆明**（詩集，卷六，頁十六）：

平生心折兩循吏，一張一袁（守定）不相下；
後世聞風欲見之，我乃同時親炙者。
張公讀書空山中，已許身爲萬間廈；
瀛洲給札本蕭條，粵嶺專城最儒雅。
六年五邑（自註：鶴山、香山、新會、高要、揭陽）春風和，千家萬井生趣多；
卵翼鴟鴞變鸞鳳，調理詬誶成絃歌。
大吏倚之作舟楫，事機政體無偏頗；
公餘齋戒坐小閣，退食不敢擎尊螺。
關心世務極思慮，把筆屬草傾長河：
積之三篋書百幅，私淑新吾實政錄（自註：先生著有學實政錄）。
不教俗吏赧顏看，未許迂儒徧心讀；
居憂三載服闋來，尚騎瘦馬行天街。
死生散落感復涕，舊游三五傷人懷；
晏嬰裘是十年物，子夏冠且高崔巍。

時人豈能辨卓魯？文士或喜尋鄒枚；
廉衣先生敦古處（自註：李編修中簡），獨爲名宦開高齋。
我方俯首學詞賦，如縛麋鹿居樓臺；
柴車過訪太投分，脫略行輩忘形骸。
袁公報最揭相值，改官禮部比鄰偕（自註：袁公以曲周令入爲禮部郎）；
我以吏事敂二老，磁針黏吸無睽乖。
公等據枰各善奕，我于局外睥常揩；
吐辭頗亦合典則，安得犄角言恢恢。
昨者滇南馳奏牘，萬里昆明待推轂；
帝曰甄陶出宰此，聞汝賢能不貪酷。
彤墀拜命束書去，行李蕭然從雙僕；
離筵慷慨剪紅燭，臨別殷勤酒相屬。
我生不願作公卿，但爲循吏死亦足。

此心餘三十四歲作，時居北京。愓菴與袁守定爲心餘敬仰之循吏，從愓菴早歲讀書，已有「安得廣廈千萬間，大庇寒士俱歡顏」，民胞物與懷抱。「卵翼鴟鴞變鸞鳳，調理詬誶成絃歌」，言其昔日治績斐然。公餘，作詩著書（有學實政錄），亦文亦政，與俗吏不同。後丁憂，期滿至京，感舊交零落，以晏嬰節儉、子夏（卜商）講學、魏文侯以師，言愓菴一代名臣，已爲詞林後輩，「柴車過訪太投分，脫略行輩忘形骸」，投贈頗爲突唐、有失行輩。尙須求教袁、張者多。適巧，滇南馳奏，昆明政事待舉，皇上立即派「賢能不貪酷」的惕菴宰前往。（實則惕菴性剛），「行李蕭然從雙僕」，孤單冷落可知；張惕菴臨別之言曰：「我生不願作公卿，但爲循吏死亦足」，其願望似低，而品格則高極。以上皆屬投贈詩。

又：吳蓀圃（璟）舍人移寓珠草街、與予隔巷、作詩柬之（詩集，卷七，頁十四）：

人海僦屋如泊舟，隨風著岸不自由；
偶然隣舫接故舊，但願打頭吹石尤。
舍人同舉十三載，江湖出沒隨鳧鷗；
東西南北意俱盡，世網束縛魚銜鈎。
比年仕宦鹿麋聚，兩心臭味荃蘅投；
憐君入直太忙迫，寓扉虛掩或暫休。
雨窗月檻寂寥坐，鐙前讀書庭院秋；
我來浩歌共排遣，箕斗插檐光射眸。
立身各具竹石意，下筆懶爲兒女謳；
晝日三接童僕喜，經旬不見琴酒愁。
君家秋燕忽到眼，掠檐一過如星流；

移巢隔巷似相語，敂門失笑除百憂。
畫中堂户足深遠，簾底花木含溫柔；
曲房似解媚幽獨，暖意已覺生衾裯。
孺人油壁整秋駕，蛛絲靈鵲占可求；
禮云婦摯秬榛栗，兩家應各儲腒脩。
與君久託鶺鴒侶，娣姒亦當鴻雁儔；
蘋蘩蠶績一勸勉，頗似文字相校讎。
虺蛇倘肯效吉夢，吾兒定作關關鳩；
明年我去君獨留，蜻蛉一縱不可收。
檣烏北海望南海，我屋與君風馬牛。

此詩心餘三十五歲、北京作。敍述兩人關係（「同舉十三載」），後浮沉江海，世網約束、爲名利牽引，如「魚銜鉤」。蓀圃入直中書，移居比鄰，「與君久託鶺鴒侶，娣姒亦當鴻鴈儔」，朋友交好，兼及家小。「明年我去君獨留，蜻蛉一縱不可收」，引出離別之意，別後時間、空間渺然無知。詩屬簡寄，未有不忍之情，託興高遠，蘊藉遙深。

又：寄饒二霽南（詩集，卷四，頁一）：

君生庚子我乙巳，少君五歲爲君弟；
我爲山礬君爲梅，當時接葉參差開。
寒香向春脫氷雪，病蕊背日依舊苔；
三年一見齒粲粲，不問苦樂各看面。
朱顏雖後蒲柳衰，壯氣頻隨風雨散；
我懷未訴奈別何，燕市買酒爾飲軻。
古來失路萬人淚，斷續滴作桑乾河；
一載車征發長歎，襆被霉痕秋雨爛。
可憐玉尺非我有，亦復丹黃矜爛漫；
遙知瑣院異今昔（自註：時分校京北闈），隔牆舊夢應零亂。
罟者難空海底珠，梓人曾泣溝中斷；
使星照眼數同輩，幾處門生待清讌。
絕倒嶔崎歷落人，不向京華騎款段。

由自註云：「時分校京北闈」，知心餘於乾隆十八年八月秋試時作也。首言「君生庚子（康熙五十九年）我乙巳（雍正三年）」，霽南爲兄、多心餘五歲；礬弟梅兄、以花爲喻（非眞栽植）。別後已如蒲柳之衰，壯氣已消。而再聚，仕途失意，燕市買酒，淚滴桑乾（盧溝橋之無定河）。霽南分校京兆闈（任同考官），固爲「嶔崎磊落之人」。此亦簡寄、多慰語。

又：買小艇往京口、訪家（蔣）春農不值，即夕返棹，渡江作歌（詩集，卷六，頁二）：

清晨渡江船穩坐，風細波平無坎坷；
薄暮渡江暝色淨，寒月初生浪花妥。
兩岸千檣互明滅，中流一舟載一我；
瓜州城郭潤州鐙，與我主賓分右左。
萬籟潛消耳忽靜，孤帆側挂身微頗；
江空正宜星斗浴，山懸却被樓臺裹。
半渡纔烹試茗泉，前汀驟迸叉漁火；
仙匑（冢）開疑漆炬然，蛟宮閃詫靈珠墮。
驚鷗拍拍舞晴雪，斷續欹斜態阿儺；
此時月午天水洽，忍凍揮杯豁眉鎖。
須臾顛風勢稍熾，漸覺波瀾暗掀簸；
頗黎昏黑三老恐，似有神蛟伺欹舵。
舟人婦子抱飯甖，錢紙光中撒釵朵；
我時半酣輕性命，睥睨天吳若蒲蓏。
江湖出入此身賤，每念死生成懶惰；
夢中江水白茫茫，六代英雄誰最可。

此尋訪不遇詩。詩作於乾隆二十一年十月，乘舟北上，舟泊揚州，買小艇往京口訪友。京口、潤州，皆指鎮江。瓜州，在江都南四十里，鎮江對岸。早出訪春農（宗海）不值，風細波平，舟在瓜州、潤州之間。夜半晚歸，兩岸千檣、星斗倒影，萬籟寂靜，己（心餘）在船上烹茶試茗，汀浦漁火，疑似蛟龍之宮珠光閃爍。後起波瀾，似神蛟作怪、舟人婦女因駭懼而燒錢紙，己則已半酣半臥，置死生於度外，夢中只見六代英雄、均為泛泛，江水浪花淘盡而已。王世貞藝苑卮言云：「七言歌行，……其發也，如千鈞之弩，一舉透革；縱之，則文漪落霞，舒卷絢爛」⑳。「舒卷絢爛」，應為本詩最好註解。

又：訪東昌郡丞龔梧生不值（詩集，補遺，下，頁六）：

聞君買雕鞍，欲殺臨清賊；
許身一何勇，刀劍生寒色。
昔撫古州苗，雜種解呥織；
司馬如父兄，萬涕洒行軾。
今猶困半通，俛首盡官職；
傷哉萊蕪貧，僦屋嗟僵仄。

---

⑳ 王世貞著藝苑卮言，卷一，頁七，收在丁仲祜編續歷代詩話，藝文印書館本。

結交廿五年，傾吐出胸臆；
獨登魯連臺，莫振摶飛翼。
行旌潞河湄，南下庶幾值。

此心餘五十四歲作。心餘往京途中，經揚州、至山東東昌府治聊城。梧生（孫枝）貌頗閒雅，工書畫，好劍舞，善射，可見其多才多藝。「聞君買雕鞍，欲殺臨清賊」，其勇武令人敬佩，難怪「刀劍生寒色」。然仕途屢困，租賃山東萊蕪縣，令人嗟嘆！結交二十五年，皆出之以誠（傾吐出胸臆）。今登魯連臺（在山東聊城縣）、思戰國魯仲連奇偉俶儻、高蹈不仕、與梧生相似，令人欽佩。末勸其至北京（潞河，在河北通縣東）必有所遇、慰勉之意。

第二目　酬答、惠貺

答靳大千（樹椿）太守（詩集，卷二，頁十六）：

罷官不得去，賃廡不可舂；
出門三步即荊棘，若閉新婦車帷中。
偶然識面一抵掌，大笑圭角都磨礲；
羊髯珠落囚癡龍，忍飢恥學號寒蟲。

箕踞談詩眼張炬，如遘勁敵爭提封；
浩歌夜半燭欲滅，滿座怪雨吹盲風。
詩能窮人古所戒，鑱刻應悔吟哦工。
可憐清貧太守賣書已萬卷，攢眉尚賦車渠盌。

此酬答詩（主答客曰酬；答，應辭）。作於乾隆十四年，心餘居南昌。起首言大千罷官後，生活困頓、多荊棘；賃屋（用梁鴻事）而不爲人擣粟受値，知大千困頓拘歛如「新婦」閉車中。轉斬、蔣二人相識，知其人方正（圭角，儒者身方正，如物有圭角），今已磨平爲囚龍，然恥學寒號蟲（冬月裸體、晝夜鳴叫）乞憐；明知詩能窮人，且已賣書萬卷，心有不快（攢眉）則如王粲賦車渠（玉屬）碗（盌）。詩句七言爲主，雜五、十一言；韻由東而尾以阮韻促收，古體詩轉韻一例。

又：吳二匏（寬）舍人贈方氏墨、並索題句（詩集，卷八，頁十一）：

舍人贈我蒼玉璧，紋若元犀堅過石；
晴窗磨試光黝兼，但覺烟雲吐靈液。
我生守晦寡嗜好，熙載昌言等奇癖；
惜命不如崔老融，奪我差同李公擇。
譜經所記亦棼如，南北宗門分系脈；

廷珪以下十三家，耳食誰能強稽核？
唐時墨官職已廢，潘谷沈珪猶踐迹；
陳惟達麝篋難侵，朱萬初香人共惜。
易水遷移重歛派，祖墨應難萬金易；
羅方手製已罕覯，而況蔡瑫景煥之遺焉可獲？
我聞高奴石脂采已盡，遂以松烟競標格；
斧斤所向分棄取，林木呈材互因革。
膠煤歲久乃凝固，所以犀角魚胞光奕奕；
舍人之友密菴氏，列竈燒烟肩是役。
齋題茹古媲曹吳，力抗強宗制虞虢；
建元遺法等家訓，六義五象加潤澤。
鎮庫應防供搜討，入水定知無裂礫；
賤新貴舊有常理，他日視今猶視昔。
我無文字服絳人，不解草元分黑白；
班孟王遠太狡獪，聊學滕蘇飲空碧。
舍人囊中亦何有？主者珽者珮絡繹；
贏得途間傲鄙夫，壓倒綾紋刺三百。

詩作於乾隆二十六年，心餘居北京。起首由二匏先生所贈方氏墨，顏色、質地皆一流，如「玉靈」、「陰鑑」之液的潤澤㉑，令人欣賞。己（心餘）平生無錢堯卿（熙載）哀毀過禮、石昌言蓄墨不許人磨、李常（字公擇）見墨則奪的奇癖㉒，墨亦頗喜好。古來，如墨譜（李孝美撰）、墨經（晁季撰），有關製墨，紛說甚多，奚廷珪（易水）、李廷珪（歙州）之異㉓。而潘谷等作墨，精妙軼倫。至於「高奴縣出脂水」，據沈括夢溪筆談云：「鄜、延境內有石油，舊說高奴縣出脂水，即此處。生於水際，沙石與泉水相雜，惘惘而出，土人以雉尾裛之，乃採入缶中，頗似淳漆，燃之如麻，但煙甚濃，所霑幄幕皆黑，予疑其煙可用，試掃其煤以爲墨，黑光如漆，松墨不及也，遂大爲之，其識文爲延州石液者是也。此物後必大行於世，自予始爲之，蓋石油至多，生於地下無窮，不若松木有時而竭」㉔；沈括是位科學家（地質家），知道「高奴縣」所產「脂水」、即「石油」，

㉑ 此東坡語。胡仔苕溪漁隱叢話，卷二十九，東坡四，頁二一八，有：東坡銘云：「與墨爲入，玉靈之食，與水爲出，陰鑑之液」，蓋言其發墨與滋潤也。（長安出版社）

㉒ 同註㉑，頁二二〇，東坡云：「阮生言」『未知一生當著幾兩屐？』吾有嘉墨七十枚，而猶求取不已，不近愚邪？是可嗤也。石昌言蓄李廷珪墨，不許人磨，或戲之云：「子不磨墨，墨將磨子。李公擇（按，指：常，字公擇，建昌人，皇祐進士）見墨輒奪，相知間抄取迨遍，近人有人從梁許來云：「懸墨滿堂」，此亦通人之一蔽也。」

㉓ 墨譜，三卷，宋李孝美撰；墨經，一卷，晁季撰。據紀昀撰四庫全書總目提要，卷一百十五，子部，譜錄類，頁二十一、二十二，藝文印書館本。又，頁二十四，墨史（元、陸友撰）條下云：奚廷珪非李廷珪一條，據墨經所載，易水奚鼐之子超、鼐之子起，又別敘歙洲李超、超子廷珪。又引遯齋閑覽，以廷珪，自易水渡江，本姓奚，江南賜姓李氏。

㉔ 沈括著夢溪筆談，卷二十四，頁一五五，台灣商務印書館。

可供燃料、煙製墨，且「墨光如漆」，爲「松墨不及」，並以爲「石油」「生於地下無窮」，「不若松木有時而竭，眞確。心餘言「我聞高奴石脂采已盡，遂以松烟競標格」，純爲文學家想當然耳，非實。大陸石油蘊藏極爲豐富。下云製墨材料，宋應星天工開物云：「凡墨，燒烟凝質而爲之，取桐油、清油、猪油爲者，居十之一，取松烟爲者，居十之九」㉕。知傳統製墨，乃以「松烟」爲主。後，言二匏友人密菴氏（方輔）承繼東晉（建元，東晉康帝）以來製墨之法，光澤細潤、入水不裂，聊以此酬謝。此詩題小詩長，純以學問考證爲詩，非博學者不能道一語。

第三目　慶賀、傷悼

王筠齋（鐙）太僕新居落成招飲（詩集，卷六，頁十）：

買宅猶如負山走，甲第東華移八九；
烏衣老屋卅年存，遲有琅琊舊栽柳。
新宮月日亦數定，恰似裴公猜己酉；
開厨行炙大官羊，召客同餐燕市酒。
座中慨慷賦華屋，醉後歌聲壓銅斗；

㉕ 宋應星著天工開物，卷下，丹青，頁二七六，台灣商務印書館。

太僕于吾爲父執，早歲登堂髮垂首。
曾假書樓開萬卷，至今儒宮無一畝；
公車病我雉登木，逆旅從公綱解紐。
人生窮達等夢幻，桃梗何須笑土偶？
公今埽除燕寢室，心地光明佛離垢。
風檐月榭數留髡，百罰杯懸鄒衍口；
枕麴誰能卷白波？角量公操不龜手。
盛衰感槩勿復論，絲竹中年聊可不；
老藤以南軒以北，主人在左賓在右。
及時良會可行樂，底用求仙服堯韭？
薛華善歌白善飲，詩酒別腸吾欲剖。

詩作於乾隆二十二年，心餘在京。王筠齋（鏜）爲心餘父執輩，心餘父堅曾攜心餘至澤州，居筠齋處。詩中言其早歲入仕（乾隆六年，三十三歲，奉旨奏對，爲戶部浙江司員外），曾居南京（烏衣巷，晉時王導、謝安居此），爲官清正、侍宦內閣。移居新宅，開廚召客，座中賦詩，歌聲嘹亮。曾有書樓萬卷，今無一畝田，應及時行樂。人生窮達若夢，桃梗何須笑土偶遇雨而殘；雨來，桃梗亦漂泊不知所至（蘇秦勸孟嘗君語，出戰國策），心地光明則不必服用菖蒲（堯韭）以求仙耳！詩屬慶賀，本「國有福事，則令慶賀之」；以後非國家大事，亦有慶賀。舉凡喬遷，祝壽等是。本詩用典富豔，痕迹不顯㉖。

傷悼如：嘉興錢太傅配俞夫人挽詩（詩集，卷十五，頁十四）：

夫人毓名門，家世藏虎符；
翁稱老詩伯，女誡傳班姑。
婉娩蘭閨中，不字待醇儒；
外王父金叟，相馬求龍駒。
吾師舉孝廉，錦瑟詩成初。
叟曰此君異，可爲淑女夫；
身有一品骨，智轉十乘珠。
遂蒙國士知，許贅甥館居；
師充觀國彥，名宿咸相於。
煌煌著作才，籍籍文章譽；

㉖ 馬位著秋窗隨筆，頁八云：「用成語最難，須要無痕迹」（藝文印書館清詩話本）。又，葛立方著韻語陽秋，卷二，頁九云：「應制詩非他詩比，自是一家句法，大抵不出於典實富豔爾」。（藝文印書館，歷代詩話本）。唯應制詩限於排律。

跌宕卿相間，賓燕無時無。
插架三萬卷，績火芸窗俱；
交勉希鳳麟，豈但弋雁鳧？
……………（中略）
孟公官翰林，美秩歷拜除；
載領京兆尹，司寇兼司徒。
人稱小侍郎，肩隨老尚書；
毋膺一品封，不忘綦縞娛。
仲叔皆令丞，幼亦偕公車；
康哉太夫人，偕老林泉區。
每覲堯舜母，出述任姒謨；
禮法訓家人，勤儉規彼姝。
熙熙蠶桑里，比户陳關睢；
母壽七十九，夫子聰明胥。
插竹戲孫曾，陋彼梁孟圖；
住世忽厭久，笑返增城旗。
里巷罷舂唱，閨闥揚悲獻；
共歎通德門，奕世天感乎。

走爲門下士，竊窺冥漠餘；
東南萬萬人，老福誰得踰？
既貴不忘賤，惻隱矜凡愚；
伊傅起田間，寧與農販殊？
馱家主不績，化爲皁隸閭；
維師與夫人，寤寐存次且。
朝士苟如是，百世昌可需；
走亦賢母兒，愧充轅下駑。
力小且德薄，敢冀馳亨衢？
作詩紀徽孅，非諛亦非誣。
凡百賢者妻，敬稟夫人模。

詩作於乾隆三十一年九月，心餘在嘉興。詩中所指俞夫人，爲香樹（陳群）繼配，俞爾望之女。據錢文端公陳群年譜云：原配爲俞檀溪（長策）長女，香樹二十一歲（康熙四十五年）來歸㉗。康熙五十三年甲午（一七一四），香樹二十九歲，中順天鄉試第二十九名；冬，十一月十一日，俞夫人卒，

㉗ 錢儀吉初編、錢志澄增訂清錢文端公陳群年譜，卷上，頁二十一，康熙四十五年條，台灣商務印書館。

年二十八㉘。康熙五十四年，香樹三十歲，冬，繼室俞夫人來歸。據香樹所撰行狀曰：「夫人姓俞氏，肅瞻公諱爾望之長女，生而靜默寡言笑，八九歲時，先後居祖父母喪如成人。……歲時，環聚三十餘人（外王父金翁），指夫人謂肅瞻公曰：此兒適人遲，他日起居當列首行也，若早結褵則不驗矣。戚黨中慕其德性、求庚帖卜之，輒不吉，以是待字至二十七歲。康熙甲午（五十三年）、予（指香樹）舉於京兆。不數月，遭元配俞夫人之戚。婦翁檀溪先生、肅瞻公無服昆弟也。寄書曰：吾老年喪女、聞姪女賢，可爲錢郎續膠，何如？肅瞻公謀於金太夫人，因記父金翁言，即具以告。金翁曰：善。予適下第，以需次留京，遂締姻焉㉙」。在兩位姓俞丈人的愛護、支持下，香樹先生先後娶了長策、及爾望之長女。詩中言「手植寄生樹，翼護失乳雛」（中略去），即此意。由於俞夫人的賢德、夫婿領京兆尹、司寇兼司徒，夫人膺封一品，而不忘農桑、儉於生活、事上以敬，遵循禮法，有如梁鴻，孟光耕織爲業，亦以伊尹、傅說起自民間相勉，末言詩以紀實，「非諛非誣」。詩法家數云：「哭輓之詩，要情眞事實，於其人情義深原則哭之，無甚情分輓之而已矣！當隨人行實作，要切題、使人開口讀之，便見哭輓某人方好」㉚，本詩可謂一好例。

黃子雲野鴻詩的云：「凡題贈、送別、賀慶、哀輓之題，無一非詩，人皆目爲酬應，不過捃摭套語以塞責。試問有唐各家集中，此等題十有七八，而偏有拔萃絕群之什者，何也？其法要如

㉘ 同註㉗，頁二十五。
㉙ 同註㉗，頁二十七。
㉚ 同註⑬，頁十二，哭輓，收在何文煥編訂歷代詩話，藝文印書館。

昌黎作文，尋題之間隙而入於中，自有至理存焉」㉛。綜觀前面心餘投贈、尋訪、惠貺、慶賀、傷悼等等作品，雖云酬酢，乃以實事爲主，博采典實，詞藻巨麗，波瀾宏濶，不以「捃摭套語以塞責」也。

第四目　和韻、次韻、分韻、疊韻、聯句

徐師曾詩體明辯，「和韻」條云：

> 和韻詩有三體，一曰依韻，謂同在一韻中，而不必用其字也。二曰次韻，謂和其原韻，而先後次第皆因之也。三曰用韻，謂有其韻而先後不必次也。如唐韓愈昌黎集，有陸渾山奉和皇甫湜，用其韻是已。古人賡和，答其來意而已，初不爲韻所縛。……中唐以還，元白皮陸，更相唱和，繇是此體始盛㉜。

可知「和韻」含：依韻、次韻、用韻三種。而吳喬答萬季埜詩問云：

㉛ 黃子雲著野鴻詩的，頁七，收在丁仲祜編訂清詩話，藝文印書館。

㉜ 徐師曾纂詩體明辯，（下），卷十四，頁六（總頁一〇三九），廣文書局。

和詩之體不一。意如答問而不同韻者，謂之和詩。同其韻而不同其字者，謂之和韻。用其韻而次第不同者，謂之用韻。依其次第者，謂之步韻㉝。

相互補充，意義更爲清楚。至於「和韻」元始，**據趙翼陔餘叢考考證**：

> 劉貢父詩話，唐時賡和有次韻（先後無易）、有依韻（同在一韻），如張文潛離黃州詩，而和老杜玉華宮詩是也。有用韻（用彼韻不必和），如韓吏部用皇甫陸渾山火之類是也。……次韻實始於元、白。微之上令狐相國書云：稹與同門生白居易友善，居易能爲詩，窮極聲韻，或千言、或五百言律詩以相投寄，小生自審不能過之，往往戲排舊韻，別諸新調，名爲次韻，蓋欲以難相挑耳。困學紀聞亦謂，古詩有倡、有和、有雜擬追和之類，而無和韻。唐始有用韻……依韻……次韻，自元、白始，至皮、陸而其體乃成。珊瑚鈎詩話亦謂前人作詩未始和韻，自元、白爲二浙觀察往來，……始依韻而多至千言。……此和韻始於元、白之明證也㉞。

簡述賡和詩之意義，並考訂和韻詩始於元、白。

㉝ 吳喬答萬季埜詩問，頁一，收在丁仲祜編清詩話，藝文印書館。

㉞ 趙翼著陔餘叢考，㈢，卷二十三，頁十七，「和韻」條，新文豐出版社影印湛貽堂本。

分韻，指數人相約賦詩，選定數字爲韻，由各人分拈，並依所拈的韻作詩。分韻亦起自白居易，在白氏長慶集，花樓望雪，命宴賦詩，有句云：「萬重雲樹山頭翠，百尺花樓江畔開；素壁聯題分韻句，紅爐巡飲暖寒盃」㉟即是。

而疊韻，**徐師曾著詩體明辯，「雙聲疊韻體」條云**：

> 按王元謨問謝莊曰：何爲雙聲？何爲疊韻？莊答曰：互護爲雙聲、磝碻爲疊韻。……疊韻者，同音又同韻也，磝碻爲牙音、而又同韻，故謂之疊韻。若侏儒童蒙崆峒巃嵸螳蜋滴瀝之類，皆是也㊱。

詩體明辯，引自南史謝莊本傳㊲，則疊韻起於南朝。至唐末，全句疊韻者最多，皮日休、陸龜蒙曾以此唱和㊳。

㉟ 白居易著白氏長慶集，卷二十，頁十，商務四部叢刊正編。

㊱ 同註㉜，（下），卷十五，頁十九。

㊲ 李延壽撰南史，卷二十，附於謝（密）弘微傳後，（謝莊爲謝密子），列傳第十，頁五，藝文印書館。

㊳ 參趙翼著陔餘叢考，同註㉞，頁二十四，又皮日休、陸龜蒙酬唱，見陸龜蒙著甫里文集（商務四部叢刊正編），兩人唱和之作，幾近甫里文集之半。有關「疊韻」和詩，見甫里文集，卷十三，「疊韻山中吟」，頁二十二，云：「瓊英輕明生，石脉滴瀝碧；玄鈆仙偏憐，白幘客亦惜」。又，頁二十三，有「疊韻吳宮詞二首」，其一云：「膚愉吳都姝，眷戀便殿宴；逡巡新春人，轉面見戰箭」。其二云：「紅櫳通東風，翠珥醉易墜；平明兵盈城，棄置遂至地」。

至於聯句，詩體明辯云：

> 聯句詩，起自柏梁，人各一句，集以成篇。其後宋孝武華林曲水，梁武帝清暑殿，唐中宗內殿諸詩，皆與漢同。惟魏懸瓠方丈竹堂讌饗，則人各二句，稍變其體。自茲以還，軆遂不一。有人各四句者，如陶靖節集所載是也；有人各一聯者，如杜甫與李之芳，及其甥宇文彧所作是也。有先出一句、次者對之，就出一句，前人復對之者，如韓昌黎集所載城南詩是也。然必其人意氣相投、筆力相稱，然後能爲之㊴。

所言聯句起自柏梁、南朝、至唐中宗，皆與漢同。文心雕龍云：「聯句共韻，則柏梁餘製」㊵即是。而詩人杜甫、韓愈、晚唐陸龜蒙等，聯句漸多。

心餘此類賡和之作，如：「**除日得袁實堂**（穀芳）**詩、和韻寄答二首**」（詩集，卷二十二，頁十二），**其二云**：

> 文章今古不相襲，各抱元珠守眞一；
> 君能巨刃闢荊榛，說經共禮徒單謚。

㊴ 同註㉜，卷十四，頁九，「聯句詩」。

㊵ 劉勰著文心雕龍，卷二，明詩第六，頁三，商務四部叢刊正編。

江海浩浩分淺深，就中自鼓成連琴；
宣州老兵骨如鐵，啄粒肯跨揚州禽。
虛說當時玉堂客，自許心同難轉石；
久焚腰帶舊銀魚，屢碎珊瑚新筆格。
靈山欲買老僧龕，苦海愁翻眾生籍；
已約洪厓作里隣，未煩詹尹端蓍策。
歲時攬鏡看眉須，爭差最後斟屠酥；
夢君黃海縮脚睡，調息不嗤存其胡。

此心餘五十歲在揚州除日（十二月三十）作。言實堂詩自出胸臆，守眞而不相襲；「巨刃闢荊榛」，能自開生面。屢試不順，又「心同難轉石」，個性方正，與人扞格，是以辭官歸隱江西（洪崖，江西新建西南，洪崖先生得道處），與心餘爲隣。末轉至「除日」攬鏡、元日飲屠蘇酒㊶，夢袁君已爲得道高人。和實堂詩，由質（襲，緝韻，通質：一、鎰）；而侵（深、琴、禽）；轉陌（客、石、格、籍、策）；而虞（須、酥、胡）韻矣！

㊶ 宗懍著荊楚歲時記，正月一日，云：「長幼悉正衣冠，以次拜賀，進椒柏酒，飲桃湯，進屠蘇酒，……凡飲酒次第從小起」（王毓榮校注本，頁三〇，文津出版社）。飲屠酒由「小」起，與一般年長者飲起不同，蓋「小者得歲，先酒賀之」；「老者失歲，故後與酒」。

次韻，如：歐陽可堂（正亨）孝廉、醉後作歌、次韻奉答（詩集，卷七，頁十二）：

家人歲飽天庾粟，回憶飢時心已足；
平生長物百無有，書籍斜撐宛邱屋。
十年不受黔敖憐，一畝差同伯夷築；
門封白板軟紅避，墻枕西山亂青簇。
俗事挂眼如烟雲，小庭和氣春氤氳；
世短慮多讓公等，我視華屋皆丘墳。
夜風掀弄雪成水，一鐙相對歐陽子；
抱志何妨盍各言，論年却道毋吾以。
不願穉子他日定爲時世賢（自註：兒輩方就可堂受經），但求識字能畊田。
清門自古賤銅臭，布地且積青苔錢；
不知肝膽向誰熱？但恐鬚髮無由元。
書生至死弄柔翰，酒闌對君皆可憐；
君能浩歌發清籟，當踞詞壇建牙旆。
淵明籬菊有正色，濁酒臨風敢霑丐；
我生懶惰同宰予，痼疾待爾刀圭除。
君不見餘子清裁誇館閣，身後難求返魂藥；

與君醉臥艸堂東，天地原爲吾席幕。㊷

詩爲心餘三十五歲居北京作。歐陽可堂爲心餘兒輩老師，「君能浩歌發清籟」，言其詩本自然、屬天籟之音；「當踞詞壇建牙旆」，推想可堂將來必主文壇，恭維酬酢語。詩中言書生除書籍外，身無長物，以不受如黔敖（見禮記、檀弓下）「嗟來食」、同於伯夷（見史記本傳）不食「周粟」倔強個性，是以家境蕭條。「俗事挂眼如烟雲」、「我視華屋如坻墳」，知其淡泊名利；「不願稱子他日定爲時世賢，但求識字能畊田」，讀書、耕耘壟畝之心，更確。末言其詩本自然，有淵明：「采菊東籬下，悠然見南山」（飲酒詩）遺韻，而以「醉後」共臥草堂，在天地席幕爲結。就可堂貧困生活、富貴浮雲個性，而詩歌清新自然近於陶潛之成就，次其醉後之歌，層次變化。詩以七言爲主，雜有十、十一言，韻則由足（粟、足；足古通屋）、屋（屋、築、族），而文（雲、氳、墳），而紙（水、子、以），而先（賢、田、錢、元）、先（翰，寒韻，古轉先；憐）、泰（瀨、旆、泰、丐）、魚（予、除）、藥（閣、藥、幕），隨勢流轉。

分韻如：**師竹居待雪，用禁體分得竹字**（詩集，卷四，頁十五）：

無衣愛冬日，不雪意常足；

㊷ 本詩第四句，「書籍斜撑宛邱屋」，「撑」字舊學山房本模糊不清，此據周敦忠編清三家詩鈔，頁十，民國十一年掃葉山房藏板補正。

擁裘把深杯，祈祈恐不速。
是物關豐歉，老農有同欲；
寧忍三冬寒，竊喜二麥熟。
聚星學歐九，失職罪滕六；
三光會元枵，片晷沈北陸。
當午窮陰凝，萬象爲斂肅；
敢發天地房，百蟄方退伏。
先聲奪壯色，雞狗皆蝟縮；
資清質已成，欲泄故含蓄。
輕發虞易盡，遲見難遽趣；
抱潔懼涅淄，積虛恥炫鬻。
落地怯手援，全形怕熱觸；
既墮那得收？一散未可束。
不嫌出納吝，深恐消融酷；
暫免螟螣死，終令土膏沃。
枯林出勁氣，勢欲敵挫戮；
可憐松柏心，持此報顓頊。
吾儕手脚僵，延佇豁雙目；

熱中賴祓除，缺陷需掩覆。
豈惟庭宇靜，且解塵囂俗；
那知龍公手，別自具杼柚。
謂爾劉伶飲，愧彼孫康讀；
貪天爲歡娛，玩物共徵逐。
不知窮檐侶，皸瘃死相續；
夜寢飽霜霰，朝餐乏饘粥。
秔稻走吳越，兒女易斗粟；
上廑君相憂，官吏相躑躅。
宜麥殺其蝗，仰望勢誠蹙；
以茲三尺雪，救彼萬家哭。
汝有鄒枚才，無異凶年玉；
焉得浪拋撒？佐爾饕酒肉。
我聞龍公言，意態頓拳局；
相視薄風騷，便欲偃旗纛。
願傾杯與炙，入地變黍穋；
更取筆共紙，隨風化衾褥。
覆彼溝中瘠，一果道旁腹；

人事倘不愆，天意無偏屬。
六花兆豐亨，定逐甌窶祝。

師竹居，爲周士鍵室名㊸，此心餘三十一歲居南昌作。詩由冬天喜愛陽光起。而文士擁衾飲酒，老農則懼雪害穀，詩義雙向展開。心餘等人學歐陽修聚星堂飲酒，用禁體作詩㊹，失職者由滕六（雪神）責罰。在北寒時節（元枵，即玄枵，二十八宿之一，指顓頊之虛，在北；北陸，虛宿別名），「當午窮陰凝，萬象爲歛肅」。續言雪花飄逸、易脆、潔白、怕熱等性質，是以「枯林」可「敵挫裂」，松柏亦以報「顓頊」（北方之神）知。與心餘讌集列位，藉雪歡娛，嗜酒比劉伶之欺婦；卻愧對孫康（晉、京兆人）之映雪讀書。且窮者凍死（皸瘃，凍瘡）、糧食乏繼、君臣爲之煩憂、雖有鄒陽、枚乘之才，無補社稷，無異「凶年玉」。末，杯酒爲祝，以詩爲憑，以「甌窶祝」（持者狹，所欲者多），

㊸ 據楊廷福、楊同甫編清人室名別稱索引，上，頁三六八，文史哲出版社。又，周士鍵生平字號，參該書，下，頁一〇八七。

㊹ 趙翼著陔餘叢考，卷二十三，頁二十四，「禁體詩」條云：「禁體詩始於歐陽公守汝陰，日因小雪，會飲聚星堂，賦詩不得用玉、月、梨、梅、練、絮、白、舞、鵝、鶴等字」（新文豐出版社）。甌北所指見歐陽文忠公集，卷五十四，外集第四，頁四，雪詩自註。（商務四部叢刊正編）。又，歐陽修著（六一）詩話云：「當時有進士許洞者，善爲辭章，俊逸之士也，因會諸詩僧，分題出一紙，約曰：不得犯此一字，其字乃山、水、風、雲、竹、石、花、草、雪、霜、星、月、禽、鳥之類，於是諸僧皆閣筆」。（歐陽文忠公集，卷一百二十八，詩話，頁四，商務四部叢刊正編）。

補濟蒼生，或自責其過。詩中沃韻有：足、欲、觸、束、酷、沃、頊、俗、續、粟、躅、玉、局、纛、褥、屬；屋韻有：熟、六、陸、肅、伏、縮、蓄、鬻、戮、目、覆、柚、讀、逐、粥、蹙、哭、肉、穋、腹、祝。屋、沃屬入聲韻，古通。唯「趣」爲去聲，遇韻，可知古詩押韻可率意也。

疊韻如：**邊丈隨園**（連寶）**用岐亭韻作詩，寄題拙集，疊韻奉謝三首，其三云：**（詩集，卷二十，頁十一）：

幽蘭有本性，肯借鹿醢汁？
匡居高鳳齋，上漏而下濕。
翁亦廣川人，董相宅居得；
鈔書老眼明，百事非所急。
却感長身鶴，顧此短羽鴨；
勿惜黃金鎞，撥我秋水冪。
師承誓不背，骰擲看六赤；
鈍根異敏妙，實愧馬希白。
久抛惠文冠，願買入學犢；
朝偕樊遲游，夕免伯俞泣。
同時有伏生，説經齒微缺；
執業許相從，請師河間客。

何必後世人，始貴雲亭集。

詩作於乾隆三十七年，心餘居揚州。由幽蘭起興，用說苑「蘭本三年，湛湛鹿醢，既成，則易以匹馬」，言「君子居必擇處，遊必擇士」㊺，言邊隨園之稟性與交往。繼以高鳳（南陽人），專精誦讀事㊻，及董仲舒講誦，三年不窺舍園㊼，言邊氏不顧所居漏濕。「鈔書老眼明」以下言，勤於治學。「久拋惠文冠（貂尾爲飾）」二句，言棄武從文；以下則言，願如孔子門生樊遲學習，以免如韓伯俞母親笞之，不能使之痛而泣㊽，蓋傷於「作意」、「見色」。末以伏生年九十餘而傳經，年高學長，題蔣詩集，是以奉酬。韻含緝（汁、濕、急、泣、集），職（得）、洽（鴨）、錫（冪）、陌（赤、白、幘、客）、屑（缺），隨意流轉。

㊺ 劉向撰說苑，卷十七，雜言，頁十九，有：「曾子從孔子於齊，齊景公以下卿禮聘曾子，曾子固辭，將行，晏子送之曰：吾聞君子贈人以財，不若以言。今夫蘭本三年，湛之以鹿醢，既成，則易以匹馬，非蘭本美也，願子詳其所湛，既得所湛，亦求所湛，吾聞：君子居必擇處，遊必擇士。……」（商務四部叢刊正編）。

㊻ 范曄撰後漢書（王先謙集解本），卷八十三，逸民列傳第七十三，頁十，高鳳本傳云：「字文通，南陽葉人也，少爲書生，家以農畝爲業，而專精誦讀、晝夜不息。妻嘗之田，曝麥於庭，令鳳護雞，時天暴雨，而鳳持竿誦經，不覺潦水流麥，妻還，怪問鳳，方悟之，其後遂爲名儒」（藝文印書館本）。

㊼ 司馬遷撰史記，卷一百二十一，頁十，董仲舒本傳云：「廣川人，以治春秋，孝景時爲博士，下帷講誦，……或莫見其面，蓋三年，董仲舒不觀於舍園」（藝文印書館本）。

㊽ 事見說苑，同註㊺，卷三，建本，頁五云：「伯俞有過，其母笞之，泣，其母曰：他日笞子，未嘗見泣，今泣何也？對曰：他日俞得罪，笞嘗痛，今母之力不能使痛，是以泣。」

聯句，如：蠟石磬周家（蔣）作梅（𣞁）聯句（詩集，卷六，頁十四）：

工師辨石琢蜜脾　士銓，象以磬形浮泗湄　𣞁；
博古程式精磨治　士銓，雕鏤鐫削幾閱時　𣞁。
滑膩宛截鵝肪脂　士銓，黃中色正無瑕疵　𣞁；
松膏柏液老樹皮　士銓，崖頭曾誤群蜂窺　𣞁。
礪齒則可嚼豈其　士銓，融味入音中邊飴　𣞁；
其文雷同錯虬螭　士銓，盤龍拱極目睢睢　𣞁。
伐檀作架衣桁支　士銓，連環雙轉絡索垂　𣞁；
一紐自任千鈞絲　士銓，設業設簴同矩規　𣞁。
寸筳當折黃梅枝　士銓，鏗然一擊徐疾宜　𣞁；
八音得石辨有司　士銓，向背戛叩合耦奇　𣞁。
封疆之臣我則思　士銓，列庭當與編鐘隨　𣞁；
配以垂和叔之離　士銓，堂上堂下和且夷　𣞁。
有心之歎無所施　士銓，懸室勿令齊人嗤　𣞁；
師襄入海偶棄之　士銓，張華博采能聞知　𣞁。
蕤賓古鐵同躍而　士銓，海南作貢來京師　𣞁；
大禹聽政上古資　士銓，聖朝典樂命汝夔　𣞁，

汝拊此石供咸池　士銓。

詩作於乾隆二十二年（如依詩之次序推算，應是十二月作），心餘居北京。詩「人各一聯」、「先後次序」，依支韻聯句。先由題目「蠟石（火山石一種，半透明）」「磬」，言工匠之吏、分辨蠟石，刻蜂蜜如脾，玉以磬形；繼言蠟石性滑如鵝脂㊾，似松之膏、柏之液，「群蜂誤窺」、「礪齒可嚼」，言蠟石豐腴之美，篆以盤龍、雷廻之紋，伐檀（伐取檀木；亦詩經魏風篇名、刺貪。雙關）為架，連環絡垂，紐懸千鈞（一鈞三十斤），「設業設簴」（詩、周頌、有瞽）之大版，黃梅枝為拊（擊鼓槌）、鏗然一擊，分合向背，八音不同。磬，封疆之臣以思，列庭則隨編鐘抑揚，悲、和，隨意而起，師襄樂師，擊磬為官，偶以琴而棄，張華多識，載於博物志。蕤賓，指五月之律，安靜神人，獻酬交酢（國語、周語）；而南海之民，古鐵作貢為磬、大禹聽政、夔師曲樂、黃帝所作咸池曲，皆可聯翩而起。上下聯句，旗鼓相當。

其他，如：**集吳太常引藤書屋，用禁體詠菊，分得昌黎體**（詩集，補遺，下，頁六）：

南山轉西顥，老圃托元覽；
眷茲晚節人，同坐斜陽澹。

㊾ 韓愈、孟郊城南聯句，有「頩意若含酲，鵷毳翔衣帶」（郊）；「鵝肪截佩璜，文昇相照灼」（愈）。見朱文公校昌黎先生集，卷八，頁四，商務四部叢刊正編。

荷枯桂亦凋，寒動氣將慘；
芙蓉遠莫搴，治（菭？）蘠意寧欿？
托根性故幽，應節芳可擥；
簇簇舒泠（冷？）姿，離離壓秋擔。
順候欣已榮，于道未云闇；
屏張體相亞，席接態交掩。
朋從色愈佳，類聚吾奚感；
倘許充餱糧，實願謝昌歜。

詩作於乾隆四十三年秋。引藤書屋，吳太常（玉綸）居名。詩言菊花不畏秋霜之幽姿，倘許「餐秋菊之落英」（離騷語）、或充作餱糧（乾糧）可餐（菊花亦爲延年之花[50]），不須用「昌歜」（藥名，可延年）矣。又吳百藥（肇元）侍讀招飲接葉亭、用壁間邵二雲（晉涵）編修韻（詩集，卷廿四，頁十一）：

綠蔭房櫳深，香重簾帷軟；
花含思婦情，淚濕燕支淺。

---

[50] 陶淵明「九日閑居詩」云：「世短意常多，斯人樂久生；……酒能祛百慮，菊爲制頹齡。……」（箋注陶淵明集，卷二，頁三，商務四部叢刊正編）知菊花亦爲延年之花。

牆陰簇盆盎，謹避斜陽轉；
周遮翠鬟圍，罷亞紅粧滿。
屏風列姬姜，遜此朝霞孌；
先生學道人，頗懼西風短。
聊借貯春和，一媚秋堂晚；
茲亭昔賢遺，附益開池館。
澹素逾深幽，不假事雕篡；
我本麋鹿姿，天性樂町疃。
雖無修衣田，亦置菟裘產；
室成身出遊，毋乃計非善？
輸君接葉園，自豁讀書眼；
觀音大自在，聽色天所限。
眾生苦聲聞，兀兀庶無靦。

此心餘五十四歲居北居作。先就接葉亭說。綠蔭、香、花，周遭翠鬟，成熟罷亞，深房屏風美人姜嫄，（見巨人跡而孕、生稷），勝比朝霞。而該亭爲「昔賢遺」，今增池館。己（心餘）爲隱逸之人（麋鹿姿）、居林泉（菟裘，隱居之處），「天性樂町疃」（詩經豳風東山有：町疃鹿場，熠耀宵行。）；不過，「室成身出遊」，頗可怪罪，是轉折「輸君接葉園」，爲讀書所在，心如觀自在，不爲耳聽目娛所惑，與「先生（吳肇元）學道人」，義相契。再如：續演雅、戲效山谷用筠軒（潘乙震）韻（詩集，卷十七，頁十五）：

誰號兔罝誰馬磨？寒蟲得過聊且過；
麟拘螟現判機祥，猫笑虎嗔分勇懦。
海蜃或解造樓閣，水豹焉能任箕簸？
內蛇出鬥外蛇入，一犬吠聲百犬和。
負塗自得豕相媚，犁畝不勝牛卒癉；
黃羊祀竈充神庖，白鼠聽經參佛座。
跳梁但恐鼈廝踼，織綃每防龍督課；
驪貪美睡珠客伺，龜解前知桑鬼唾。
瘦豺祭獸獍食母，老鰥不眠鼉喜臥；
黑衣嚇泣懼鞭縛，長耳嘶鳴愁負馱。
獬豸觸邪魑魅伏，贔屭通文蝸蚓賀；
流雲豈虞蛛網阻？皎月頻窺蚌胎破。
獅兒覓乳苦批擊，海母目鰕勞贊佐；
可憐蛩蛩借肢體，不若猩猩躭麴糯。
能醫蜥蜴本仁術，袪瘧尖團亦奇貨；

鹿茸熊掌恕烹割，犀角象牙遭折挫。
狼狽偕行夔足跛，江豚叩首橐駝坐；
貂能相煖反蒙害，繭不受污常被涴。
鼯操五技慧終小，狐竊三禪才頗大；
射影含沙或云巧，垂雲徙海眞無那。
靜觀物理究如何？都入離騷供只些。

此心餘四十四歲在紹興作。由「兔罝」起，如：寒蟲（蟋蟀）、「麟拘」「螾現」判吉凶51，海蜃吐氣爲樓（海市蜃樓）、外蛇入而內蛇死52，水豹、犬、豕、牛、羊、白鼠聽經、千金驪珠、龜解未知、破鏡（貘，獸名）食母53，驢馬（長耳公）嘶鳴、獬豸（獸名）觸邪、贔屭（大龜）通文、蛛作網、蚌生珠、獅兒覓乳、海母目蝦；又如，蛩蛩（蟋蟀）、猩猩、蜥蜴、雄蟹（尖臍）、雌蟹（團臍）、

---

51 司馬遷、史記，卷二十八，頁六，封禪書云：「鳳凰麒麟不來，嘉穀不生」；「亂世則麒麟不至」。又，孔子作春秋，止於獲麟。則「麟拘」言凶。又，封禪書，頁八云：「黃帝土德，黃龍地螾見」（藝文印書館），「螾現」爲吉。

52 此見於班固漢書，武帝紀第六，頁三十六，四年，「秋，七月，趙有蛇從郭外入邑，與邑中蛇群鬥孝文廟下，邑中蛇死」，補注云：「五行志以爲趙人江充害衛太子之應」。（藝文印書館）

53 據漢書，郊志第五，頁二十三，「破鏡」，孟康曰：梟鳥名食母，破鏡，獸名，食父。（藝文印書館）。則心餘云「貘食母」，誤。

鹿、熊、犀角、象牙、狼（前二足長）、狽（後二足長）、夔一足、江豚（鯨之一種）、駱駝、貂、鼬、鼯鼠五技、狐竊三禪、射影（蜮，似鼈，三足，人影水中，則殺之）含沙，大鵬（翼若垂天之雲）由北徙南海，而爲楚辭（以離騷言楚辭）招魂（語尾有「些」，梭去聲，禁咒句尾）、大招（語尾「只」字）排鋪。全文排比各種禽鳥動物，有類賦體，雜以典實，似在矜博。王世貞藝苑卮言云：「和韻聯句，皆易爲詩害，而無大益，偶而爲之可也，然和韻在於押字渾成，聯句在於才力均敵，聲華情實中，不露本等面目，乃爲貴耳」54。由前面所引詩例看來，心餘和韻、聯句之作，確屬「聲華情實中，不露本等面目」。

第五目　題詩

前人題詩，以短章爲主55，杜甫有古體題詩56。心餘題詩如：「題天全楊藏用遺集」（詩集，

---

54 王世貞著藝苑卮言，卷一，頁八，藝文印書館續歷代詩話本。

55 王勃滕王閣序：「滕王高閣臨江渚，珮玉鳴鸞罷歌舞；……」（王子安集，卷二，頁十七，商務四部叢刊正編），屬七律。陳子昂古意題徐令壁：「白雲蒼梧來，氛氳萬里色；……」（陳伯玉文集，卷二，頁六。商務四部叢刊正編），爲五絕。張說之題石壁二首，一作七絕，一五律（張說之文集，卷二，頁四，商務四部叢刊正編）。中唐白居易有「題詩屏風絕句」（白氏長慶集，卷十七，頁十一，商務四部叢刊正編）。

56 見分門集注杜工部詩，卷六，頁十二，有「題衡山縣文宣王廟新學堂呈陸宰」；卷六，頁二十二，有「寄題江外草堂」（皆五古，商務四部叢刊正編）

卷二，頁十二），「讀武寧盛于明叔子、和阮公詠懷詩、題後」（詩集，卷四，頁十二）；「書何鶴年（在田）秀才詩本」（詩集，卷四，頁十三）；「進賢舒兩水學博，以先祖父節公手書吳門西山探梅記遺卷見示，並索題後」（詩集，卷五，頁九）；「題袁叔論儀曹未學詩鈔後」（詩集，卷六，頁十七）；「吳二匏（寬）舍人贈方氏墨，並索題句（詩集，卷八，頁十一）；「錢慈伯客游山右學使幕中，寄示新詩，題其卷尾」（詩集，卷十，頁三）；「題祝枝山艸書卷，爲龔梧生（孫枝）司馬作」（詩集，卷十八，頁十七）；「爲張惕菴（甄陶）前輩題東坡玉鼻騂券新刻拓本」（詩集，卷二十二，頁十五）；「論書一首，題梅庾山（德）臨摹冊子後」（詩集，卷二十五，頁六）；「題東坡定惠院月夜偶出二詩艸稾後，即用元韻二首」（詩集，卷二十五，頁八）；「前題再題二首」（同上）；「題隨園邊丈游棲霞倡和詩後」（詩集，補遺，下，頁二）。等等。

如：讀武寧盛于明叔子和阮公詠懷詩，題後四首，其一（詩集，卷四，頁十二）**云：**

貧賤勞其生，富貴倏忽死；
習靜窮山中，庶幾見物理。
心情夢恬澹，吐語絕泥滓；
虛懷明玻黎，注以上池水。
不歉復不溢，稱意作流止；
我讀古人詩，跌宕滿心志。

因知百年下，懷哉盛叔子。

詩作於乾隆二十年，心餘三十一歲，告假（內閣中書）居南昌。阮籍（字嗣宗，二一〇—二六三），高貴鄉公（曹髦）即位，封關內侯，爲散騎常侍，晉文帝（司馬昭，其子司馬炎受禪後，追尊）欲爲其子炎求婚，籍醉六十日，不得言而止57。由於身逢亂朝，常恐遇禍，吟詠之間，每多譏諷。所作以詠懷詩八十二首最著，詩句如：「孤鴻號外野，翔（朔）鳥鳴北林」；「徘徊將何見，憂思獨傷心」；又：「春秋非有託，富貴焉常保」？「朝爲媚（美）少年，夕暮成醜老」58，或以孤鴻翔鳥無依自況，或以「四時更代，富貴無常」，「全盛之勢，倏成衰亡，如少年之忽老」59。心餘此詩言，貧賤者勞其一生，富貴者倏忽而死，即「富貴焉常保」？「朝爲媚少年，夕暮成醜老」之意，盛于明叔子，心清習靜，窮通物理；虛懷如鏡，詩無泥滓，可謂「淡逸嵇阮儔，力學得其養」。題其詩後，言其性情、詩風。

57 參房玄齡撰晉書（吳士鑑、劉承幹同注）斠注，卷四十九、列傳十九，阮籍本傳，頁一起，藝文印書館本。

58 詠懷詩八十二首，其一云：「夜中不能寐，起坐彈鳴琴；薄帷鑒明月，清風吹我襟。孤鴻號外野，翔（朔）鳥鳴北林；徘徊將何見，憂思獨傷心」。其四云：「天馬出西北，由來從東道；春秋非有託，富貴焉常保。清露被皋蘭，凝霜霑野草；朝爲媚（美）少年，夕暮成醜老。自非王子晉，誰能常美好。」（見丁福保輯全漢三國晉南北朝詩，全三國詩，卷五，頁一，總頁三〇〇，藝文印書館本）

59 陳沆著詩比興箋，卷二，頁一，廣文書局。

又：論書一首，題梅庾山（德）臨摹冊子後（詩集，卷二十五，頁六）：

晉人立楷法，安和而靜厚；
右軍聖之時，庶幾仁者壽。
虞褚同顏曾，師承愼其守；
李邕事蹶張，矜怒斯可醜。
平原乃端人，剛正實無耦；
唐賢尚勇敢，豪傑起歐柳。
紛紛出變相，古法漸烏有；
吁嗟宋四家，私淑先賢後。
譬諸漢唐儒，終未見魯叟；
端明獨馴謹，養氣賤賁黝。
雅穆存容儀，得謗等新婦；
雌黃論難憑，好惡各滕口。
吳興失大節，姿媚啓疵垢；
眞本豈不佳？贗鼎若芻狗。
妾婦效柔順，但可執箕帚；
矯枉成狂傖，市井復赳赳。

肥瘠等習氣，勢力相勝負；
碑版任充塞，傳者定誰某？
梅君烏衣彥，敏妙臨池手；
小就簿尉閒，有譽自无咎。
學書貴讀書，眞積力漸久；
麯櫱既已深，醞釀得醇酒。
始免形骸累，不爲習俗誘；
古云人品高，翰墨能不朽。
京下彼如何，雖工亦奚取？

詩作於乾隆四十四年，心餘居北京。今人談書法藝術，往往溯源甲骨、金文，並非實際。心餘斷自王羲之（三〇七——三六五，官右軍將軍）[60]，其「隸書，爲古今之冠」，「眞行妍美，粉黛無施，則逸少第一」，「備精諸體，唯獨右軍」[61]，稱爲「書聖」。繼有虞世南（五五八——六三八，字伯施），

---

[60] 此據魯一同編右軍年譜，收在楊家駱主編清人書學論著，世界書局。姜亮夫撰歷代名人年里碑傳總表，云王羲之生卒爲三二一——三七九，商務印書館本。

[61] 馬宗霍撰書林藻鑑，（引晉書本傳，書斷語），卷六，頁五十二至五十三，收在楊家駱主編藝術叢編，近人書學論著，上，世界書局。

有孔子廟堂碑、左腳帖[62]；褚遂良（五九六——六五八，字登善），有伊闕佛龕碑、孟法師碑等[63]；二人承右軍、如孔子之有兩大門生顏回、曾參。後有李邕（六七五——七四七，官北海太守），有雲麾將軍李思訓碑、麓山寺碑，擺脫二王，氣勢磅礴[64]；顏眞卿（七〇九——七八五，字清臣，出爲平原太守），師承褚遂良、張旭（草書顚逸），自成一格[65]。唐賢中，尙有歐陽詢（五五七——六四一，字信本），筆力勁險，歐陽通（詢子），稱大小歐陽[66]；柳公權（七七八——八六五，字誠懸），與顏眞卿有「顏筋柳骨」之稱，有大唐廻元觀鐘樓銘并序。宋代書法，以「四家」（即蘇軾、黃庭堅、米芾、蔡襄）爲主。蘇軾（一〇三六——一一〇一，字子瞻，號東坡居士），其書法「端莊雜流麗，剛健含婀娜」，如赤壁賦、洞庭春色賦、蘇書天際烏雲帖、黃州寒食詩卷、歸去來辭集詩[68]等等。黃庭堅（一〇四五——一一〇五，字魯直，號山谷道人），善行、草書，有諸上座帖、李白憶舊遊詩帖、松風閣[69]等。米芾（一〇五一——一

[62] 參楊仁愷主編中國美術全集，書法篆刻編，3，圖版說明，頁十三，錦繡出版社。
[63] 同註[62]，頁十六。
[64] 同註[62]，頁三十二。
[65] 同註[62]，頁三十五。
[66] 陳思撰書小史，卷九，頁一五七至一五八，收在楊家駱主編藝術叢編，世界書局。
[67] 同註[66]，卷十，頁一八八，又見註[62]，頁五十。
[68] 大眾書局（高雄），發行名家墨跡精選，有「蘇東坡」，影印原本：赤壁賦、祭黃幾道文、洞庭春色賦、中山松醪賦、與夢得秘校札、李太白仙詩卷、黃州寒食詩卷。大眾書局，另有發行蘇東坡、黃州寒食詩卷。華正書局有發行蘇文忠天際烏雲帖眞蹟。湘江出版社（台北），有發行蘇東坡歸去來辭集詩。
[69] 中國美術全集編輯委員會編（沈鵬主編）中國美術全集，書法篆刻編，4，宋金元書法，圖版說明，頁二十一，錦繡出版社。又，興學出版社（台中）有黃山谷松風閣墨跡。

一〇七，字元章，號鹿門居士），工楷、行、草、篆、隸諸體，以行書成就最高，如向太后挽詞、苕溪詩卷、蜀素帖、快雪堂法帖、米南宮詩翰、書離騷經[70]等。蔡襄（一〇一二——一〇六七，字君謨），年紀爲四大家之長，名聲則爲宋四大家之末，是以排列在後。有脚氣帖、扈從帖、洛陽橋碑，筆法精妙[71]。元朝有趙孟頫（一二五四——一三二二，字子昂，號松雪道人，湖州吳興人），眞、行書法冠於當時，書風圓轉遒麗，影響後世，有歸去來辭卷、種松帖、洛神賦卷[72]等等。心餘所述，有如書學小史。「梅君」句起，回歸題贈之人，爲南京（烏衣）俊彥，官主簿、縣尉，似與南朝王、謝又有勾連；且「小就（主）簿、（縣）尉閒」任職，家學淵源，麴蘖已深，「學書貴讀書」，「始免形骸累」，勉人勵己；末以「人品高」，翰墨自然不朽，爲不易之論。

又：題東坡定惠院月夜偶出二詩艸槀後，即用元韻二首，其一云（詩集，卷二十五，頁八）：

栖栖未徙臨皋居，涼涼獨寫清游夜；
蠶行桑葉忽稍停，雲抹山痕時一下。

---

[70] 中國美術全集，同註[69]，頁三十一。又，興學出版社（台中）有快雪堂法帖。書藝出版社（台北）有宋米南宮詩翰。中華民國國立故宮博物院，故宮法書，第十一輯，宋米芾墨蹟，上冊爲：尺牘（如致葛君德忱、致伯充、致彥和國士等）；中冊爲：書蜀素帖、從天竺歸隱溪之南岡詩等）；下冊爲：離騷經。

[71] 中國美術全集，同註[69]，頁八。

[72] 中國美術全集，同註[69]，頁六十八。

知公用才如服氣，數轉河車防直瀉；
疊字塗來鳥擇栖，成行竄去花偷亞。
有丹換骨肯待時，持璧易田寧許借；
杜門疏食正省愆，投野全生曾報謝。
安貧自用畫叉錢，學道將移天慶舍；
廻思獲譴同累丸，時欲殺公如斷蔗。
門前江近風浪驚，井底泥深缾綆怕；
舊稾才焚新稾成，可憐拌受妻孥罵。

詩作於乾隆四十四年，心餘居北京。東坡定惠院寓居月夜偶出詩[73]，言其偶逐東風，月夜徘徊，所見江雲清媚、竹露如瀉、弱柳殘梅、醉酒松林、自嗟自吟等景況。心餘雖未至臨皋（湖北黃岡南、東坡謫所），然「清游夜」所作，與東坡心境略同。見蠶輕步槁葉之上、雲抹山痕，場景亦彷彿。憶及東坡使才有如道家修鍊，氣息深深，盤空而繞，大氣旋轉，變化曲折。然貶謫黃州，杜門食蔬，可以反省過愆，安貧渡日，以畫叉取所挂屋梁之錢；學習道家思想，盼得天福。而獲罪如累丸乘蜩（莊子，達生），天下之人且欲殺之，仕宦之途，如前有波濤，後有阱陷，因詩得禍，又作新詩，難怪爲妻孥嘲罵。詩中固然明寫東坡遭遇，似亦作個人警戒！又，東坡詩卷，翁方綱臨摹後，心

[73] 王文誥、馮應榴輯注，蘇軾詩集，（中），卷二十，頁一〇三二，學海出版社。

餘爲之題詠。（復初齋文集卷二十九有跋東坡詩稿）。

又：題隨園邊丈游棲霞倡和詩後（詩集，補遺，下，頁二）：

攝山招手仙人登，兩翁如鶴攜雙藤；
屐齒丁丁敲石稜，空翠著衣嵐彩蒸。
松爭石鏄各抗矜，石趁松隙相騫騰；
雜花修竹廻合乘，磴折路細天梯絙。
佛樓僧宇轉側承，離宮御宿佳氣凝；
任邱丈人詩塡膺，奇氣坌湧山雲興。
靈府沁碧足踏冰，筆掃雪壁烟層層；
桃花已隨疊浪去，九老不同千佛升。
丈人歌聲落崚嶒，松響下挾江濤譍；
大呼金焦爲我明，洗頭濯足肩背憑。
何不來作山中僧？
欷闌忽放萬古眼，但覺物我變滅俱可憎；
阮悲陸笑不足徵，長生藥在群眞薨。
胸納五嶽心手凭，一拳之秀翁乃稱；

茲遊未必冠疇昔，却喜行廚珠顆隨年增。
我慕盤山松石歷未曾，何日北買雙行縢；
請翁高唱揮以肱，爲翁傳寫吾猶能。
欲將此本萬手謄，光燄散作栖霞鐙；
返睇江南匹練澄，繖山若點屏中蠅。

詩作於乾隆三十七年。邊連寶（隨園）爲河北任邱縣人。性簡介，不喜見俗士，晚號茗禪居士。詩出入（韓）昌黎、（孟）東野、（白）香山、（盧）玉川（仝，號玉川子）間（見文集，卷四，頁一，隨園徵士邊君傳）。栖霞，在南京市東北，爲唐隱士棲霞修道處，山多藥草，可以攝生，故名攝山。似繖，又名繖山。詩言攝山招手邊隨園，邊氏與友人如鶴登之。「屐齒丁丁」、「空翠著衣」，言登山情狀。沿途「松爭石罅」、「石趁松隙」、「雜花修竹」、「磴（石橋）折路細」，後見佛寺、離宮，爲山川佳氣凝聚所在，令人贊歎。「任邱大人」起，言邊隨園奇氣坌湧、靈府沁碧，所見山雲雪壁、桃花隨浪，可洗塵垢；而歌聲、松風、江濤，互爲迴應，是以有山僧之想。倚闌放眼，但覺物我變滅無常，阮籍之悲窮途、陸機之不可復聞華亭鶴唳，人之所遇不同，禍福無定，正如長生藥在，眞人卻已仙逝，死生難一。末以將遊栖霞爲禱，言邊氏詩作，光燄萬丈，必爲萬手謄傳。題詩，雖有恭維，然以切合所題作品爲主。本詩可爲說明。

又：讀隨園詩題辭[74]：

我讀萬首詩，古多作者我不知；
古今只此筆數枝，怪哉公以一手持。
意所欲到筆注之，筆所未到意孳孳；
好風搖曳春雲姿，雷雨捲空分疾馳。
神仙龍虎雜怒嬉，幽禽古木山四圍；
水光澹澹花垂垂，境界起滅微乎微。
難達之情息息吹，難狀之景歷歷追；
我忽歡喜忽傷悲，忽叫忽躍忽嗟咨。
口權目量心是非，我身傀儡詩牽絲；
問我不知旁人疑，如沐酸酪潤膚飢。
如飲醇釃沁肝脾，如禮扙拂迴愚癡；
如受砭刺起癃疲，海嶽幽奧林泉奇。
氣象入筆皆可窺，高才博學嚴矩規；

---

[74] 此詩忠雅堂詩集未收，見於袁枚著小倉山房詩集，卷前「題辭」（隨園三十六種本）。又，首句「我讀萬首詩」，疑作「我讀隨園萬首詩」，似應有「隨園」二字。

心兵意匠極艱危，歸諸自然出淋漓。
公曰我詩無常師，取長棄短各有宜；
傾瀝精液擲毛皮，取友求益吾無私。
先生天才重倫夔，至情感人皆涕洟；
每值死生當別離，由片言至千萬詞。
不少不多相授施，魂銷腸斷噫歔欷；
聖賢萬古情若斯，否則其言傳者希。
我詩感公加鍼錐，凡我所短攻弗遺；
剛濟以柔戒恣睢，裁縮鍛鍊歸鑪錘。
請事斯語曷敢違，公懼弗傳誰庶幾；
索報懇懇命黠嗤，壯健無疾求良醫。
調和血氣愼蓡著，敢妄攻補促尫羸；
卅載所作手芟夷，美人對鏡修容儀。
斂裙佩帶生光輝，玉工懷璧精磨治；
白圭瑩潔除瑕疵，淺深功力年可推。
江河發源無所虧，及放四海寧竭衰；
況公遺榮樂巖扉，忠孝所溢詩書滋。
後進我幸生同時，願寫副本藏厓𠩺；

千秋歲月堂堂馳，讀公詩者如何思。

心餘以袁枚詩、意到筆注，筆所未到意無窮。意象或如「好風搖曳春雲姿」，或「雷雨卷空分疾馳」，變化莫測。時而雜以「神仙龍虎」嬉笑，忽起忽滅境界，難狀之景、難言之情，俱通暢無阻。「如飲醇醲沁肝脾」、「如禮杖拂迴愚癡」、「如受砭刺起癃疲」，則子才詩功效廣大。而大筆淋漓，歸於自然，高才博學規矩嚴，令人敬佩。又子才言心餘詩無常師，能取人之長、之精，棄其短、毛皮，並「取友求益」，至情感人。繼言袁枚天生之才，死生離別、直抒性情，由片言至千萬詞，皆得其宜。而心餘感激子才指責，作詩應「剛濟以柔」、「裁縮鍛鍊」、重潤飾、不可蕪穢漫衍。子才詩如「白圭瑩潔」、「江河發源」，思想以「忠孝」為本，是心餘願寫副本藏之名山，後之讀者，亦必有戚戚焉。詩中揭示子才詩之優點，雜以己詩缺失，以崇高友人，實「仁」且「厚」。涵養功夫之深，非一般才士所及。雖為酬酢，想見高尚人格情操。

第二節　詠物詩

古之詠物，詩經以「灼灼」寫桃花之鮮（周南，桃夭），「依依」盡楊柳之態（小雅、鹿鳴之什，采薇）；後，荀子有禮、知、雲、蠶、箴等賦，表面詠物，內容則說理；屈原九章橘頌篇，除詠橘樹、橘子形貌外，更賦與它堅貞不移的心志，創詠物體式[75]。對於詠物詩源流，紀昀在謝宗可撰「詠物

---

[75] 同註[19]，趙甌北研究，頁四七六。

詩」提要云：

昔屈原頌橘，荀況賦蠶，詠物之作，萌芽於是，然特賦家流耳。漢武之天馬，班固之白雉、寶鼎，亦皆因事抒文，非主於刻畫一物。其託物寄懷見於詩篇者，蔡邕詠庭前若榴其始見也。沿及六朝，此風漸盛，王融、謝朓至以唱和相高，而大致多主於隸事；唐宋兩朝，則作者蔚起，不可以屈指計矣。其特出者，杜甫之比興深微，蘇軾、黃庭堅之譬喻奇巧，皆挺出眾流，其餘則唐尚形容，宋參議論，而寄情寓諷，旁見側出於其中，其大較也。中間如雍鷺鷥（陶）、崔鴛鴦（珪）、鄭鷓鴣（谷），各以摹寫之工得名，而宋代謝蝴蝶等遂一題衍至百首，但以得句相誇，不必緣情而作，於是別岐為詩家小品，而詠物之變極矣[76]。

所述詠物詩流變，極為簡要。晉朝如左芬有啄木詩、袁山松有菊詩、鮑照有詠雙燕、王融有詠琵琶詩、詠幔詩、詠池上梨花詩、詠梧桐詩……，謝朓有詠風詩、詠竹、詠落梅、詠薔薇、詠蒲詩……，梁武帝有詠燭詩、詠筆詩、詠笛詩；沈約有詠篪詩、詠桃詩、詠笙詩、詠箏詩……[77]，六

[76] 紀昀撰四庫全書總目，冊六，卷一百六十八，提要，別集類二十一，頁九，藝文印書館。又，謝宗可撰詠物詩，見於商務印書館景印文淵閣四庫全書，御定佩文齋詠物詩選，冊二八一。

[77] 見於逯欽立輯校先秦漢魏晉南北朝詩，學海出版社。左芬詩，見於晉詩，卷七，頁七三〇，此詩或云「袁淑」作，見於宋詩，卷五，頁一二一三。袁山松詩，見於晉詩，卷十四，頁九三〇。鮑照詩，見於宋詩，卷九，頁一三一一。王融詩，見於齊詩，卷二，頁一四〇三。謝朓詩，見於齊詩，卷三，頁一四三六。梁武帝詩，見於梁詩，卷一，頁一五三七。沈約詩，見於梁詩，卷七，頁一六六五。

朝以來詠物已盛。唐宋諸賢相繼，李嶠有「大手筆」之稱[78]，杜甫、蘇軾、黃庭堅等「挺出眾流」，而雍陶（鷺鷥）、崔珪（鴛鴦）、鄭谷（鷓鴣）、謝逸（蝴蝶）、袁凱（白燕），皆以所詠之物得名。明代若高啓（季迪）、徐渭（文長）、袁宏道（中郎）。清初以來，如錢謙益（牧齋）、吳偉業（梅村）、朱彝尊（錫鬯）、王士禎（漁洋）、查愼行（初白）等等，詠物之作亦多。

詠物詩的做法如何呢？宋代吳沆的環溪詩話說：

> 詠物詩，多是要超脫、顛倒方好[79]。

袁枚隨園詩話云：

> 詠物詩，難在不脫不粘，自然奇雅[80]。

亦即說明「詠物之作，刻畫易好，超遠難能」[81]，所以詠物詩，要「超脫」、「顛倒」說出、「不脫不粘」方好。

---

[78] 見於王夫之撰薑齋詩話，頁十一，「詠物詩」條，藝文印書館清詩話本。
[79] 宋、吳沆著環溪詩話，下，頁十九（總頁八七），廣文書局古今詩話叢編本。
[80] 袁枚著隨園詩話，卷二，頁十一，隨園三十六種本。
[81] 郭麐著靈芬館詩話，頁十二（總頁一〇三），收在杜松柏主編清詩話訪佚初編，新文豐出版公司。

吳雷發說詩菅蒯云：

詠物詩要不即不離，工細中須具縹緲之致，若今人所謂必不可不寓意者，無論其為老生常談。試問古人以咏物見稱者，如鄭鷓鴣、謝蝴蝶、高梅花（指季迪）、袁白燕諸人，彼其詩中寓意何處，君輩能一一言之否？夫詩豈不貴寓意乎？但以偶然寄託，則可，如必以此意強入詩中，詩豈肯為俗子所驅遣哉？總之，詩須論其工拙，若寓意與否，不必屑屑計較也。大塊中景物何限，會心之際，偶爾觸目成吟，自有靈機異趣，倘必拘以寓意之說，是錮人聰明矣[82]。

詠物詩，貴在不即不離[83]，楊載、沈德潛、袁枚等人，皆主有寄託[84]，吳雷發以為「偶然有寄託，則可」，不必「以此意強入詩中」，實為公允說法；世人特以有寄託者為可貴，非議論家可左右！詠物詩，四庫全書御定佩文齋詠物詩選，分四百八十類，實為繁多。大致說來可分：天地

[82] 吳雷發著說詩菅蒯，頁四。「咏物詩」條，收在藝文印書館清詩話本。

[83] 如錢泳著履園譚詩，頁十五，亦云：「詠物詩最難工，太切題，則黏皮帶骨；不切題，則捕風捉影，須在不即不離之間」（藝文印書館清詩話本）

[84] 元、楊載詩法家數云：「詠物之詩，要託物以伸意」（頁十，何文煥編歷代詩話本）；沈德潛說詩晬語，卷下，頁六云：「詠物，小小體也，……胸無寄託，筆無遠情，如謝宗可、瞿佑之流，直猜謎語耳」（藝文印書館清詩話本）；又，袁枚隨園詩話卷二頁十一云：「詠物詩無寄託，便是兒童猜謎」（隨園三十六種本）。

山水、人文器用、花草樹木、禽獸鱗介[85]等。心餘詠物之作，有禽獸鱗介、花草樹木、人文器用、寺觀碑硯，茲分述如下：

第一目　禽獸鱗介

例如：畫兔（詩集，卷十八，頁七）：

長須缺口衣褐公，何年竊藥辭月中？
偷閒踞此一拳石，趺居八窾栖花叢。
丁丁肅肅托吟詠，野人可寄干城戎；
管城奈無食肉相，脱穎莫佐蒙恬功。
老茲槃澗遁罝網，頹唐自號長生翁；
我欲叩君廣寒事，授職可與金烏同？
蝦蟆屢蝕爾無恙，怪詩可否然盧仝？
中山支庶孰爲盛，三窟老姦誰最雄？

---

[85] 張玉書、汪霦等奉敕編御定佩文齋詠物詩選，總纂官紀昀等所上云：「所錄上起古初，下訖明代，凡四百八十類，又附見者四十九類，諸體咸備」（商務四庫全書本）。又，所分參魏塘俞、琰長仁輯歷代咏物詩選，清流出版社。

全生何尚畏鷹犬，卜兆意許隨羆熊；
語焉不詳吾弗許，問而不畣（古答字）爾豈聾？
毛生失笑罵穿鑿，咄咄見逼予其窮；
明月在天我入畫，是色是相皆空空。

詩作於乾隆三十三年，心餘居浙江。埤雅云：「兔口有缺，吐而生子，故謂之兔，兔，吐也。舊說兔者明月之精，視月而孕。故楚辭曰：顧兔在腹，言顧兔居月之腹，而天下之兔望焉，於是感氣。禮曰兔、曰明視，其以此歟！蓋咀嚼者，九竅而胎生，獨兔雌雄八竅，故陶氏書云：兔舐雄毫而孕，五月而子，而里俗又謂視顧兔而感氣，故卜秋月之明暗，以知兔之多寡也。……詩曰：肅肅兔罝，椓之丁丁；肅肅兔罝，施于中逵；肅肅兔罝，施于中林。蓋椓之丁丁，以有所聞，施于中逵，以有所見，施于中林，則無所聞、無所見，於是焉肅則好德之至也，故詩以此爲後」㊱。心餘詩言兔口缺，如狸而毛褐、雌雄八竅，並引詩經「肅肅兔罝」、「椓之丁丁」㊲，以窮兔在詩歌原始。又，韓愈撰有毛穎傳㊳（毛穎，中山人也），以毛筆爲「管城子」，蒙恬所製（賜之湯沐，

㊱ 引自古今圖書集成，禽蟲典，第七十八卷，兔部，頁七六五，（原第五二一冊之三二葉），鼎文書局。

㊲ 詩經、國風、周南，「兔罝」云：「肅肅兔罝，椓之丁丁。赳赳武夫，公侯干城」，爲頌武人之詩（從屈萬里詩經釋義之說，見該書頁三二，中國文化大學出版部）。則「埤雅」云此詩爲「好德之至」，不確。

㊳ 韓愈撰毛穎傳，見於朱文公校韓昌黎先生集，卷三十六，頁一，商務四部叢刊正編。

而封諸管城），與「毛氏之族」有關，與「肉」無涉，故云「管城無食肉相」。月中有兔，如太陽之有金烏，日月同光，是「授職可與金烏同」。古之神話，以嫦娥吞了不死之藥，飛至月宮，後變爲癩蝦蟆，而唐代盧仝有月蝕詩㉙，講述與月蝕有關神話，極奇崛宏肆。不知兔（中山人）族，何者爲盛，馮諼以「狡兔三窟」導引齊國田文，命運所歸，仍爲「鷹」、「羆熊」所取。後，回至主題「畫」，由諸多變化、趣味入於平靜，乃至「是色是相皆空空」。詩由兔之形相、有關神話、藝文掌故，至嫦娥爲蝦蟆、盧仝有月蝕詩，內容壯濶，而後「狡兔三窟」，歸於天命，猶如圖繪「空空」了結，由變化趨於統一，是爲佳構。

第二目　花草樹木

心餘對於花草樹木之吟詠，如：竹活（詩集，卷十八，頁四）：

移竹養正齋，舊葉盡黃脫；
皆云非其時，栽植同翦割。
我過無術補，對之惟惻怛；
淹忽閱兩旬，一一傍檐活。

㉙ 盧仝月蝕詩，見於玉川子詩集，卷一，頁一，商務四部叢刊正編。

筍芽抽嫩鞭，筠粉長新籜；
生機未遽戕（戕），死氣不敢奪。
土力本未潤，根脈遂如渴；
疎雨夜滴瀝，滋溉乃旁達。
僵者漸昭蘇，鬱者漸開豁；
如魚困圉圉，少定去潑剌。
天地所不凋，華美孰能過；
埽雲與干霄，百尺起豪末。
明年陰叢叢，勿懼風偃拔；
斷梢而待醉，俗論從可抹。
貪天以爲功，榮悴我其斡。

此心餘四十四歲居紹興作。移竹[90]養正齋（蕺山書院齋名），舊葉盡脫，以爲非其時而長；經歷一個月（兩旬）、見其生機未戕（害）、死氣不奪，疎雨滋溉，僵者、鬱者漸蘇。竹箭青翠[91]、新籜漸

---

[90] 據周密癸辛雜識云種竹法：「每歲當於筍後竹已成竿，後即移先一歲者最佳。蓋當年八月便可行鞭，來年便可抽筍。」（引自古今圖書集成，博物彙編草木典第一百八十八卷竹部，五四六冊，之三二葉），則心餘似未清楚移竹法。

[91] 據禮記禮器云：竹箭之有筠也，如松柏之有心也，二者居天下之大端矣，故貫四時而不改柯易葉。（引文同註[90]，之二四葉）

長、笋芽抽嫩。而竹經年不凋，且華美，直竿不畏風㉒，取爲知己以爲待醉日消暑㉓。移「竹」轉「活」爲題，就其實情、自然描摹。

又如：種兩梅樹（詩集，卷十八，頁十五）：

昔名紅雪樓，因梅舒絳靨；
梅今賸枯椿，不復有枝葉。
禿如閉院僧，衰比退老妾；
無人滌蟲蝨，有鬼弔蜂蝶。
歸遲失所依，緣在可重接；
乃迎兩傾城，並徙雙步屧。
一披淺碧衣，一暈燕支頰；
廻眸古仙人，左右欲提挾。

㉒ 白居易白氏長慶集「養竹記」云：「竹本固，固以樹德，君子見其本則思建善不拔者，竹性直，直以立身，君子見其性則思中立不倚者」（卷二十六，頁七，四部叢刊正編）

㉓ 林洪山家請事「種竹法」云：「岳州風土記、文心雕龍皆以五月十三日爲生日、齊民要術則以八月八日爲醉日，亦爲迷日，俱有可疑。」（引文同註㉚）。

春風何時來，却些扇影摺；
老樹忽著花，心喜同見獵。
鼎足羹共調，魚貫寵兼攝；
專房主三閣，舞羽唱三疊。
備物密豈亡？胥命蒲自協；
堂户三星交，火澤二女浹。
故人益壽康，新人各安帖；
小樓當易名，長笛敢輕擪？

此四十四歲居南京作。因梅而名紅雪樓。今則梅樹衰枯，「無人滌蟲蠹（蠹），有鬼弔蜂蝶」，入骨。是迎兩梅樹，盼早春養樹，卻見老樹著花，喜不自勝，是鼎足為三，猶堂戶三星（在東宮心宿，三星鼎立）、「火」（心宿第二星）、「澤」（格澤星）相需，令故舊壽康，新人安帖，則小樓自當易名，以符實情。

又如：種蠟梅（詩集，卷十八，頁十五）：

黃梅道家粧，散仙乃其儕；
心厭俗人知，負性如乖厓。

我家三梅樹，庭左肩隨偕；
紅者新舊花，綠者參差偎。
庭右一木犀，金粟殊芭胎；
雖亞兩海棠，絳灌難趨陪。
敬迓檀心師，耦居求無猜；
三姝如主人，肅客迎東階。
客入門而右，拱揖東西排。
艸衣冠黃冠，不羈放形骸。
取道氷雪中，元冥敢相摧？

此亦心餘四十四歲居南京作。蠟梅，據范成大梅譜云：「蠟梅本非梅類，以其與梅同時，而香又相近，色酷似蜜脾，故名蠟梅。……蠟梅香極，清芳殆過梅香，初不以形狀貴也」[94]。王冕梅華傳云：「先生爲人修潔灑落，秀外瑩中，玉立風塵之表，飄飄然眞神仙中人」[95]。又，馮子振蠟梅詩云：「洗却鉛膏飾道裝，檀心淺露紫香囊；從今宮額翻新樣，變作眉間一點黃」[96]。則詩中

---

[94] 引自古今圖書集成，草木典下，第二百五卷，梅部，第五四七冊之四七葉，背面，三欄，鼎文書局。
[95] 同註[94]，第二百六卷，第五四七冊之五三葉，背面，三欄。
[96] 同註[94]，第二百十卷，第五四八冊之〇五葉，背面，三欄。

云「黃梅道家粧」等四句，可知。續云「我家三梅樹」，紅綠相襯，異於木犀（高丈餘，常綠木本）、亦勝海棠紅豔。且三株如主人，東西排立、送迎客人，恣意自然、氷雪香麗，令人咋舌矣。蠟梅不以形貴，卻由他處揣摩、點染而工。

第三目 器用

歌詠器物用品，先秦有彈鋏歌（或作長鋏歌）：「長鋏歸來乎，食無魚！」「長鋏歸來乎，食無魚！」「長鋏歸來乎，出無車！」97又有琴歌云：「百里奚，初娶我時五羊皮，臨當相別時，烹乳雞，今適富貴忘我爲」98。皆以物托事。漢代班固寶鼎詩云：「嶽修貢兮川效珍，吐金景兮敲浮雲；寶鼎見兮色紛縕，煥其炳兮被龍文。登神廟兮享聖神，昭靈德兮彌億年」99。讚其龍文炳煥，靈德億年。後之作者，或鋪排、或歌詠，以寄心事，皆相類似。

心餘水碓疊前韻（詩集，卷三，頁一）：

昂昂長喙聲相凌，俯者稍抑仰者矜；

---

97 逯欽立輯校先秦漢魏晉南北朝詩，先秦詩卷一，頁十四，學海出版社。
98 同註97，先秦詩卷二，頁二十七。
99 同註97，漢詩卷五，頁一六九。

臨江縛屋黃茅增，絡石疊壩圍崚嶒。
一輪側波天光激，激水倒旋失所恒；
機軸橫貫石臼層，碓嘴錯列群飢鷹。
倏抗倏墜伏且騰，如烏啄食香秔凝；
狐狸月暗來蘿藤，微鐙欲滅人醒曾。
金石砥觸鏗廉稜，駿馬齕槽圉莫絚；
習靜欲問浮屠僧，毫毛世事紛鬅鬙。
人心機巧何緣興？任智役物非鏤氷；
利用取水自古承，齗蟹作舍漁有罾。
桔槔已羡今人能，設帕（帥）更惜勞股肱；
灘頭處處舂聲膺，豐年粱稻堆岡陵。
飽煖乃欲習潞繒，力田漸懶親畦塍；
射潮踏波呼友朋，水柔可狎變詐憑，
人力所謝天工勝。

此心餘二十六歲沿信江往鉛山作。水碓，爲利用水力舂米的工具。根據天工開物的記載：「凡水碓，山國之人居河濱者之所爲也。攻稻之法，省人力十倍，人樂爲之，引水成功，即筒車灌田。同一制度也，設臼多寡不一，值流水少而地窄者，或兩三臼，流水洪而地室寬者，即並列十臼無憂也。江南信郡，水碓之法巧絕，蓄水碓所愁者埋臼地卑，則洪潦爲患，高則承流不及，信郡造法，即坎以一舟爲地，橛樁維之，築土舟中，陷臼于其上，中流微堰石梁，而碓已造成，不煩椽木壅坡之力」⑩。詩中先言水碓，「昂昂長啄」（指木杵）似舂米、上下俯仰、聲音相淩，築於江濱。以絡石疊壩、氣勢崚嶒（山貌）。大水由高而下，「一輪側波」、「激水倒旋」，激水轉輪。後，水碓「機軸橫」之，連「貫」以插木杵、樁石臼。碓頭上下舂米，如「群飢鷹」啄食，「倏抗倏墜」，忽上忽下，動作快速。又以「金石砥觸」、「駿馬齕槽」，言舂米急急聲音。此固爲世俗毫毛（鬅鬙，髮亂也）小事，而利用水力，屬「人心機巧」（莊子天地篇云：有機械者必有機事，有機事者必有機心）、「任智役物」，古來已有。如斷（編竹於河中取魚），與桔槔（井上汲水器）皆是。設碓舂米（帕）以省股肱之勞，山國之人，居河濱者，處處有之。蓋豐年粱稻堆積如山，力田漸懶，「水碓」之發明，取之自然，既可省力，又可呼朋以樂，人實勝天矣。此詩純就客觀「水碓」寫實，條理清楚，目之了然。

又如：自鳴鐘（詩集，卷四，頁十）：

西法巧窺測，尺寸具宇宙；
氣貫十二時，度紀廿八宿。

---

⑩ 宋應星著天工開物，卷上，粹精，頁七十六，「水碓」條。又，頁九十二有「水碓圖」，台灣商務印書館本。

衡平應璣轉，象列比盂覆；
餘分積銖黍，歲月按剝復。
非禪一龕閉，若鑑半匳扣；
外規現輪廓，内軸運機紐。
剸腹針暗度，懸簾筵潛遘；
縱縱錚錚聲，暮暮朝朝候。
移樞蟻緣磨，掉舌杵藏臼；
動靜互爲根，盈虛隱相逗。
音如滴壑泉，製擬穿花漏；
周隨琯葭飀，戛與檐鐵鬥。
健行景豈駐？遲挽戈莫救；
晦望黑白判，經緯朔南就。
軍塞視食息，風霾驗昏晝；
聞堪發深省，法殆出天授。
太極同渾涵，上帝託聲臭；
不復煩擊撞，自然合徐驟。
志補律歷遺，官許羲和副；
卜夜警沉湎，願置歌舞右。

此心餘三十歲作。自鳴鐘，據續文獻通考載：「明萬曆二十八年（西元一六〇〇），大西洋人利瑪竇來獻自鳴鐘，祕不知其術，大鐘鳴時，正午一擊，初未二擊，以至初子十二擊，正子一擊，初丑二擊，以至初午十二擊，小鐘鳴刻，一刻一擊，以至四刻四擊」101。自鳴鐘即今之時鐘。詩中首言此來自「西法」，即利瑪竇（一五五二——一六一〇，義大利耶穌會之傳教師）所傳，尺寸之間，含宇宙（四方上下、往古來今），紀十二時（古一日分十二時、干支爲紀），明周天二十八宿所在，如北斗玉衡隨天璣星而轉102，得知歲月乘除消長。鐘外有扣，輪廓爲環。內有龕、機紐轉動，由時針、分針示時；樞軸如「杵藏臼」，針走如「蟻緣磨」，比譬有趣。從朝至暮，聲音縱縱錚錚。或隱或虛，動靜互依，以之爲作息、昏晝之標準；聞聲音滴答而過，足以惕人。似上帝託之以聲、合乎自然節律，詩以志之，免曆法之遺。詩由自鳴鐘之來由、功用、外形、構造、聲音，而爲人民生活準則，並以惕勵時人、詩意條理、次第井然。而自鳴鐘爲當時人所喜，蓋來自西洋，好新巧之故。甌北簷曝雜記卷二亦有記載矣。

又如古鼎（詩集，卷廿一，頁六）：

---

101 清、劉錦藻奉勅撰續文獻通考，卷一〇九，樂九，頁三七六七，商務印書館本。

102 按北斗七星指：天樞、天璇、天璣、天權爲斗身（魁）；玉衡、開陽、搖光爲斗柄（杓）。北斗星在不同季節，斗柄所指方向不同，（斗柄指東，天下皆春；斗柄指南，天下皆夏；斗柄指西，天下皆秋；斗柄指北，天下皆冬）。（參王力古漢語通論，頁一七七，泰順書局）。此處「璣」爲天璣，屬斗身，非；應爲斗柄（玉衡等星），詩人未詳考耳。

文王伐西戎，南仲城朔方。

宣王伐淮夷，厥孫在戎行。

中興崇武功，整旅歲有常。

申伯封謝樊築齊，方叔召虎同揚揚。

紀勳述德賜彝器，吉甫秉筆堂哉皇。

不須郟泗覓九鼎，法物所畀臣家藏。

嗚呼！此鼎眞贋難攷錄，九十三字差可讀。

光明轉覺銅氣新，斑駁都無土花綠。

權門寶此亦太愚，赫赫師尹天其誅。

巧偷豪奪概若是，辨論嘖嘖煩迂儒。

唐宋之人目未覩，嘉靖時方移淨土。

釋文稱美覺辭費，一鼎存亡何足數？

此心餘四十八歲作。詩言此古鼎，載文王伐西戎，宣王伐淮夷，申伯自申遷於謝（地名，河南唐河縣）、方叔（周宣王臣）征蠻、使之臣服等等，皆銘於彝器（知古之有功於王室者，既受之冊，歸則銘於器。尚書洪範篇即載有周武王打敗殷商，分器於諸侯。）；而文由尹吉甫秉筆，辭采堂皇可信，不須覓於郟（洛陽，成王定鼎於此）、泗（山東。疑作郟鄏，今河南。武王遷之，成王定之）。不過，此鼎是眞是僞，不得而知。銘文可辨識者九十三字，一時之間，忽覺銅器如新，古今相通。此鼎明世宗嘉靖（一五二二——）年間始出土，是唐宋諸賢皆未覩，心餘能夠視此鼎銘，亦幸運之至。至於文美而辭難、鼎之存亡，亦有幸運與否。由銘文所載史實、文字，詳加敘述，並言己之幸運獲視古鼎。脈絡一貫。詩由五言而七言，錯綜變化。

又：文信國琴（詩集，卷二十五，頁十一）：

四尺枯桐七條玉，中有包胥萬聲哭；
琴曲誰聞集杜詩？紀事悲吟指南錄。
破家結客起義兵，夜遁京口逃空坑；
隨身襆被且無有，航海莫共成連行。
青原操縵心骨摧，一彈再鼓天地哀；
謝翱杜滸不復侍，響隨竹石崩西臺。
太古遺音存正氣，壞漆長留丞相字；
君不見、漸離之筑司農笏，千載流傳同寶器。
吁嗟乎！斷紋斑剝空撫摩，不共齒髮埋山阿。
松風夜戰海濤立，柴市魂歸尚嗚咽。

此心餘五十六歲居北京作。詩言文天祥（一二三六——一二八二，封信國公）103有七絃、長四尺琴，不同於一般104。中藏信國公忠存社稷，有如千萬申包胥（乞師秦庭，依牆而哭，七日不絕聲，秦哀公感其誠，出師救之）救國聲。琴曲取杜詩感時傷懷、憂患社會，言指南錄之悲歌。元兵入侵，信國公散盡家財，應詔勤王，爲元將所執，至鎭江（京口），夜遁，身無所有，操持此琴，音響一何悲！謝翶（一二四九——一二九五，作西臺慟哭記）、杜滸亦憂鬱隨之死105。昔高漸離以筑得幸於秦始皇，乃扑始皇；而唐段秀實（官司農卿）以象笏擊朱泚造反稱帝，筑之與笏、及信國公琴正氣浩然，長存天地矣！琴雖斑剝，不與信國公齒髮同埋山阿，然，此琴聲，時可聽聞海濤怒吼，有如柴市（地名，北平教忠坊西北隅，文天祥殉國處）信國公魂歸，尚有英雄氣短歟！藉琴點染信國公忠魂，長存千古，此詠物詩寄託大忠大孝者。又，龔侯刀劒歌（詩集，卷十八，頁十七），亦屬詠器用類。

第四目　詠寺觀碑瓦等

103 文天祥生平，詳見於宋史卷四百十八，頁十九，藝文印書館。其大略：字宋瑞、又字履善，吉水人，理宗時，舉進士（年二十）。德祐初，元兵入侵，天祥發郡中豪傑及溪峒山蠻，應詔勤王，拜右丞相，奉使入元軍議和，被執，至鎭江（京口），輾轉至溫州。益王立，召至福州，進左丞相，都督江西，爲元兵所敗。衛王立，封信國公，進屯潮陽，又爲元將張弘範所敗，被執，拘燕三年，不屈，作正氣歌，後遂被殺，年四十七。臨刑，殊從容，其衣帶有贊曰：孔曰成仁，孟曰取義，惟其義盡，所以仁至，讀聖賢書，所學何事？而今而後，庶幾無媿。

104 據廣雅云：「琴長三尺六寸六分、五絃」（見爾雅，釋樂第七，頁五，「大琴謂之離」條引，商務四部叢刊正編）。

105 杜滸，字貴卿，丞相範之從子。生平見宋史，卷四百五十四，列傳第二百十三，忠義九，頁十一，藝文印書館。

歌詠寺觀，如唐代張祜有題造微禪師院、題萬道人禪房、題潤州金山寺、題潤州甘露寺、題杭州孤山寺、題餘杭縣龍泉觀、題濠州鍾離寺、題蘇州靈巖性、題蘇州楞伽寺等等106。王維亦有青龍寺曇壁上人兄院集、過乘如禪師蕭居士嵩丘蘭若、過感化寺曇興上人山院、過香積寺等作107。

而碑爲豎石，古代廟門、或貴人棺槨下墓穴、旁立碑文。瓦，指覆屋蔽風雨之瓦器；秦漢時，宮殿門觀瓦頭刻有文字（瓦當文），往往篆書吉祥語意。

心餘此類作品，如：真定隆興寺大菩薩歌（詩集，卷十一，頁十九）：

菩薩七丈二尺高，黃金之臂四十條；
修髯偏袒跣而立，耳輪髻穴栖禽巢。
層樓百尺嵌空際，雕甍刻楯飛檐寮；
登樓繞像上復下，及肩及乳連脽尻。
誰云怖鴿見佛顫，積糞污染天花拋；
聚銅範像始貞觀，尉遲老將監鈞陶。
削平禍亂一海宇，受釐迓福工材勞；

---

106 有關此類作品，可參清聖祖御製全唐詩，卷五百十，張祜，一，頁五八一六至五八二四，明倫出版社。

107 參王維著王右丞集，卷四，頁十六至二十，商務四部叢刊正編。

古來誰見佛肢體，當日自鑄民脂膏。
常山大郡焉用此？太宗英武天人豪；
蕭梁佞佛鑒不遠，創建無益誇岧嶢。
雕牆峻宇聖禹戒，釋氏況乃虛空逃；
觀世音名義可想，于聲聞際爲益饒。
體物不遺泯迹象，三十二應寧拘膠；
或爲丈夫或女子，附會穿鑿隨兒曹。
傳聞像不去高麗，云何畫地爲堂坳；
竹杖曾量世尊頂，丈六丈六難求髾。
七多羅樹色身耳，法身何在天昭昭；
佛且示滅孰不死？秦皇漢武眞無聊。
英雄氣衰有同嗜，太宗壯盛何求要；
毀佛鑄錢亦多事，成物不壞奚煩燒。
吾皇兩詩炳日月，弗泥弗闢神理超；
旱乾水溢果能救，宜並社稷祠牲牢。
菩薩閱世本平等，此像巨矣同秋豪。

此心餘四十歲作。眞定，河北省正定縣。首云大菩薩高七丈二，形體有四十條黃金臂，且長髯、右腳著地（跣，足親地）而立，衣則偏袒（佛徒著袈裟皆偏露右邊，便於執作）。此寺層樓百尺，雕鏤的屋脊、闌干（楯）、飛狀的屋檐，令人驚歎！登樓繞著菩薩形像、由上而下，或肩或乳、以至臀部，誰云佛法無邊？鴿鳥著糞於其頭，耳輪髮髻，亦任由飛禽築巢。下言隆興寺鑄佛像，始於唐太宗，由尉遲敬德（恭）監工，因唐平海內之亂，理當受釐（禧，福）迓福。唯太宗天人英豪，自有取捨，非如梁武帝蕭衍捨身同泰寺、宗廟祭不用牲牢、晝日一食，止於菜果，後爲侯景所逼，餓死臺城，國亦尋滅（韓愈諫迎佛骨表語）。可知，徒建寺廟之無用，雕牆峻宇、華屋玉殿，禹之所戒！何況佛主虛空，要在逃世。雖觀世音（觀其音聲，皆得解脫），可以三十二應身（爲救度眾生而應現三十二身，即佛身、獨覺身、緣覺身、聲聞身……），如丈夫（童男身）、女子（童女身）不過穿鑿附會而已！甚至傳聞遠至高麗。菩薩化爲丈六金身（人身八尺，佛倍之），多羅（印度樹名，即貝葉樹）色身，唯天知其所在。佛有「生、住、異、滅」四相之說，未有壞滅，人豈有不滅？秦皇、漢武帝，英雄氣衰，即求永生萬壽，實無意義！然，亦不必憤及「毀佛鑄錢」，殘害民間信仰，失之偏頗。乾隆皇帝題有二詩，不即不離、神理超然，水旱之災，皆有感應而救，是宜爲社稷之祀。佛言衆生平等，本不分尊卑，而此像集民之力，造型鉅大，比之天地，亦不過秋天馬體毫末矣。詩由菩薩形相，聯想歷朝過分禮佛、求佛，至於虛妄、無益國家，誠非社稷之福。而清代敬鬼神遠之，不即不離，合乎中庸之意。與一般談論宗教者，信者溺於鬼神，不信者一以爲虛妄，知心餘所言之可貴。

又如：長毋相忘漢瓦歌（詩集，卷二十五，頁十）：

賈生痛哭諸陵改，炎漢山河同瓦解；
尺土遷移屢換人，流傳片瓦今猶在。
瓦形團團如魚鱗，考工埏埴泥沙均；
土崩石爛變桑海，瓦全留此隨人珍。
沈初明死悲陵谷，通天臺下無人哭；
銅仙十二且飄零，舊社邱墟俱已屋。
君臣夫婦恩愛長，幾人富貴毋相忘；
誰盟帶礪勤鼎券，卻范土礫承楣梁。
功臣盡誅美人死，玉碎紛紛宮苑圮；
涼風只在殿西頭，故劒前魚都已矣。
唐陵宋寢相繼亡，一炬豈但燒阿房；
碎君此瓦君勿怒，三十六宮瑤艸荒。
君不見漢宮雨滴梧桐落，檐溜淒淒同劒閣；
何似茅椽覆土階，雕牆奚取圍榱桷。

此心餘五十六歲居北京作。首言賈誼痛哭諸侯跋扈、或連數郡，終使陵谷改易，漢之江山，因外戚專權，而瓦解土崩，以爲「長毋相忘」事。繼言尺土之瓦，屢經遷移，流傳片瓦今猶在，上下詩意承接。又言瓦形團圓如魚鱗，爲考工（考工令，主作器械）混合沙土（埴，黏土）所製。雖朝有替陵，此瓦留全，爲人珍愛。漢武帝所築通天臺下，無人哀陵谷變遷；而所製十二銅人，且已飄零，舊址已成新屋。慨歎山河之變，而君臣父子、幾人能長相忘舊日恩情，銘之鼎券？且夫「狡兔死、走狗烹」，君臣之間難有眞情；美人以色侍人，「色衰愛弛」，落得冷宮老死而已，亦難有「毋相忘」。唐陵宋寢相繼亡歿，不止阿房宮燬於項羽之火而已！歷代宮庭，「秋雨梧桐葉落時」、「落葉滿階紅不掃」（白居易、長恨歌）、「清渭東流劍閣深，去住彼此無消息」，（杜甫：哀江頭）唐明皇與楊貴妃如詩如幻的情愛，亦換取一瓦片之踪影而已！從詩題逐次點染，亦寄人生慨然。

此外，如照膽臺觀漢壽亭侯印（詩集，卷十五，頁四）：

玉方二寸碧色古，中空可貫五雜組；
琢來定出昆吾刀，竊去誰操白衣櫓。
如水心甘委越波，拜爵銜羞蝕吳土；
魚龍護持百怪遁，寶氣摩空出罾罟。
深文兩面具九字，上曰亭侯下關羽；
乾隆辛未入宸賞，旁刻御書三十五。
商彝周鼎不可見，漢壁紛紛難比數；
潤澤猶涵君子德，威名足禦妖邪侮。
想見荊襄坐鎮時，軍檄官書日旁午；
紅泥鈐處令如山，符節中間壓龍虎。

心餘四十二歲作。照膽臺，在西湖，屬江干路，祀關羽。據三國志關張馬黃趙傳：「關羽，字雲長，本字長生，河東解人也。……曹公即表封羽爲漢壽亭侯」[108]。詩中首言漢壽亭（關羽斬顏良，曹操表爲漢壽亭侯）印，爲方二寸碧色古玉所製，中空，可穿五色雜組。質地堅，必以「昆吾刀」（周穆王伐昆戎，今新疆哈密，昆吾所獻赤刀）始能琢成，然不知何賊（白衣，童僕）竊去，令人遺憾。「如水」以下四句，云此印淪落吳地，終爲漁夫網罟所獲。「深文」以下四句，言此印形製，陰文兩面具九字，明示「亭侯」「關羽」原主，乾隆十六年（一七五一）皇帝御賜書三十五。「商彝」以下四句，言商周彝器難求，漢璧則多，並言玉含君子之德（禮記聘問云：君子比德於玉焉，溫潤而澤，仁也）、且鎮妖邪，由此頌玉。「想見」以下四句，想當年關羽爲襄陽太守盪寇將軍，坐鎮荊襄，辛勞軍檄，法令、符節須得此印，以制群雄，頌其功。由印之形製，言其淪落、供祀、印文、皇帝賜書、歌其德、頌其功，漢壽亭侯勳業即在其中矣！

又：**吉羊洗**（詩集，卷二十四，頁十三）：

象物而制器，于義得兼取；
范金別形模，量鬴集升斗。
自鐘磬鼎彝，盤盂及尊缶；

[108] 三國志，卷三十六，關張馬黃趙傳，頁二，藝文印書館。

鑄夔龍虎睢，犧象饕餮有。
角齒耳目鼻，腹背身足首；
各猙獰婆娑，法戒判美醜。
商周逮秦漢，法物各垂久；
不但函人函，合甲三百壽。
銅洗東京遺，滌器吳人守；
銘鐫吉羊字，腹以虛能受。
不黨吉事宜，婚禮贊元咎；
繁露羊爲祥，充贄儀亦厚。
是以元嘉刀，宜爾侯王某；
說文與釋隸，雖各相辨剖。
儀禮置洗疏，考据難可否；
存之几席旁，儼若對耆耈。
嗟哉⿱須廾主簿，莫是癡龍耦；
倘識初平兒，疑即修羊叟。
博古亦大難，眞贗孰繩糾？
癸匜己乙鼎，慧季鬲州卣。
比附互矛盾，聚訟譌十九；

玩物恐喪志，辛苦注蟲蚪。
勿貯蘊之湯，請盛陸胥酒；
羊脂能軟銅，老羝防骨朽。
中有未位神，不與臧穀友；
爾羊曷來思，叱叱蘇卿藪。

心餘五十四歲居北京作。「洗」，是古盥器，以承棄水者，狀如花瓶。首言洗象羊形，取吉祥義；以金鑄之，量如升斗（㪷）之鍋（鬴）。次言鐘鼎等彝器，雕以不同紋飾（如龍虎、饕餮）。「角齒」以下四句，言各器物猙獰美醜之外貌。「商周」下八句，言法物各有所傳，而「吉羊洗」源自東漢，吳人守之。「不黨」四句，言其用途，不止婚禮吉慶，並可作見面禮（贄儀）。「是以」下八句，由古書考据立論。「嗟哉」四句，言羊（羿主簿）形器物眞假難辨。（修羊叟，修羊公，魏人，漢景帝時化爲白石羊）。「博古」下八句，續言博古眞僞之不易，且夫玩物喪志。「勿貯」四句，言此「洗」只可盛酒漿，不可貯熱水、亦不可貯羊脂，以其軟銅故。末，不與臧、穀二人相與牧羊（俱亡其羊），而思蘇武牧羊「苦」節，亦得意外趣。

其他如瘞鶴銘（詩集，卷二十一，頁六）：

殘縑斷碣遺跡殊，誰見古人捉筆書；
俗儒小慧逞博辨，雀鼠聚訟堪焚如。

幽人養鶴作妻子，偕老巖阿同臥起；
惟蓋留埋犬馬身，何況胎禽嗒然死。
序之銘之泐斷厓，波浪盪洗魚鱗揩；
零行賸字足寶貴，會稽平原何有哉。
注疏流弊事考訂，鼯鼠入角求谿徑；
古人已死當闕疑，牽附支離爭質證。
是王是顏惟爾稱，暗室何曾有一鐙；
大哉皇言論乃定，曰非晉人知不能。

詩作於乾隆三十八年，心餘遊鎮江時。瘞鶴銘，梁天監十三年（西元五一四），華陽眞逸撰文，正書。華陽眞逸或謂顧況、或謂陶弘景；其字或謂右軍書，均不可考。銘則原刻江蘇鎮江縣焦山崖石上，後落江中，宋淳熙中嘗挽出，復墮江中，清康熙間陳鵬年募工曳出之。詩言「斷碣」、「斷厓」、「誰見古人捉筆書」、「牽附支離爭質證」等等句子，皆就此銘來源、書法考辨，末以「晉人」綜結辨證耳，略如考据詩。

又：王文成驛丞署尾硯歌（有序。詩集，卷二十一，頁十二。序云：東坡題墨妙亭詩、斷碑一片、存十二字，凡四行，行三字。曰「鐙他年」、曰「憶賀監」、曰「時須伏」、曰「孫莘老」。高廣各三寸、長四寸。文成謫龍場時得之。……流傳二百年，入司空裘公手，公繪圖，索朝貴徧題之。癸巳仲冬，公匶至揚州，予迎哭之，公子行簡、孫之復出硯圖相示曰：公生時以不得君詩爲憾，時方爲公撰墓銘，乃濡臏墨作歌。……）：

書者蘇文忠，銘者王文成；
寶者裘文達，片石同連城。
殘甎斷碣雜瓦礫，眞硯不損眞手摯。
我游墨妙亭，壞牆無一碑；
誌載元人守湖州，粗砂大石皆磨治。
坡公遺跡定同碎，購買斷缺藏者誰？
龍場驛丞偶拾得，破案取以陪松滋。
當年響榻印萬本，墨氣透骨香沁飢；
以背作面面作底，題名署尾煩鐫錐。
兩公言事得貶謫，筆硯階禍當焚之；
司空文字潤鴻業，不與往哲同嗟咨。
爲圖索贊重手澤，若覯二老持相遺；
後來視今猶視昔，髯翁吟寫眞前知。
朝貴題時公念我，轉眼電光敲石火；
哭公斷岸感風鐙，入冢蘭亭猶未裹。

公有兒孫守硯田，喚我續寫谿藤邊；
先生默待補亡句，弟子泣賦招魂篇。
我聞敬宗遺硯杜家寶，許換東坡墓銘稿；
姦臣遺臭石可碎，唇鋒銳絕孫莘老。
此硯流芳自兩賢，藏器更以尚書傳；
吳興太守苟及見，重向亭中嵌一甎。

據詩序文，此心餘四十九歲居揚州，主安定書院時作，亦屬碑硯器物之類。由是知，心餘詠物古詩，形式、內容多變化，意有寄托，辭則文雅。

第三節　題畫詩

畫無可讀，讀其詩，是以詩畫合而爲一。題畫詩，萌芽於六朝，以北周庾信詠畫屏風二十四首爲最著[109]。其中第一首：

---

[109] 此本陳丕華編題畫寶笈，頁二，中華書局出版。又，原文作「二十五首」，考之庾信庾子山集，卷五，頁八，「詠畫屏風詩」，（商務四部叢刊正編），計二十四首，是以更正。

浮橋翠蓋擁，平旦雍門開；
石崇迎客至，山濤載妓來。
水紋恆獨轉，風花直亂廻；
誰能惜紅袖，寧用捧金杯。

其四云：

逍遙遊桂花，寂絕到桃源；
狹石分花逕，長橋映水門。
管聲驚百鳥，人衣香一園；
定知歡未足，橫琴坐石根。

其六：

高閣千尋起，長廊四注連；
歌聲上扇月，舞影入琴弦。
澗水纔窗外，山花即眼前；
但願長歡樂，從今盡百年。[110]

---

[110] 庾信著庾子山集，卷五，頁八起，商務四部叢刊正編。

等等皆是。至於有唐，盧鴻草堂十志圖自詠，倣離騷詩體。而杜甫詩聖，雖非畫家，其題畫詩，如：奉先劉少府新畫山水障歌、戲題王宰畫山水圖歌、題李尊師松樹障子歌、戲韋偃爲雙松圖歌⑪等等，篇篇佳構，如「元氣淋漓障猶濕」、「屈鐵交錯迴高枝」、「請公放筆爲直幹」，爲論畫名句。

宋元之後，題畫詩日盛。此類作品，依後人歸納，大致有：「只寫其景物者有之，寫其景物而寄托自己者有之，寫其景物而譏諷時世者，亦爲（有）」⑫。而心餘題畫古詩，可分：酬酢、寫景、寫景有寄托、寫景而及於時事者。茲分述如下：

第一目　酬酢

心餘雖不善繪事，然應人之請而題畫者往往有之，如**楊子載湖亭送客圖**（詩集，卷三，頁三）：

兩人執手意相語，篙師持篙促人去；
水風吹面酒力薄，落葉打衣禿襟舞。

---

⑪ 杜甫著分門集注杜工部詩（宋刊本），卷十六，有「書畫」類。所引見於頁十五起，商務四部叢刊正編。

⑫ 此據因是道人葛質序歷代題畫詩鈔，收在該書頁一，中華書畫出版社。清陳邦彥奉敕編御定歷代題畫詩類序云：「夫圖繪，藝事也，而近於道，題畫詩之一類也，而通於治。杜甫詩謂：繪事功殊絕，幽襟與激昂。讀是編者，可以觸類而知所務矣」（商務四庫全書）。以詩爲政教矣。

小樓拓檻誰獨憑，黯淡湖波上秋樹；
客中看畫欲愁絕，展卷爭題奈何許。
我不知君送何客，憶我年年別君處；
前春與汝載官舫，醉吟諧謔不肯讓。
秋帆別汝東湖東，且復斯須發高唱；
想君愁緒從此多，湖亭日日歌離歌。
五窮厄君太潦倒，一蹴蹶我聊蹉跎；
君有老母別不得，躑躅芳州甘送客。
小人有母不得將，今年買宅居南昌；
我欲荒園結虛牖，聚我生平十州友。
萬卷之書百斛酒，故人持觴壽我母；
來共拍浮去共走，終身不唱折楊柳？
裂君此圖君許否？

此心餘二十六歲居南昌作。子載（楊垕）與心餘皆爲江西四子之一。言畫中，一人小樓獨憑，一則篙師（操舟者）促人而去，然，不知所別者爲誰？心餘？抑（畢）秋帆？湖亭（在鄱陽縣東）日日歌離歌矣！下轉人生遭遇。子載時命不佳，遭遇五窮（智窮、學窮、文窮、命窮、交窮），而己亦蹉跎不順，且二人有老母，不能遠遊。心餘買宅南昌，可以聚友，可以讀萬卷書、伴以百斛酒，如此，人生不別，斯樂無窮。末以「裂君此圖」以爲不別之意，「君許否」三字轉折，情感迴盪。

又：德州趙叔常（大經）**以鄉人畫鸜鵒屬題**（詩集，卷八，頁十二）：

我聞鸜鵒不逾濟，魯人寫生乃如此；
偕遊不共白鳥籠，獨立却與蒼鷹似。
丹青花鳥未多覯，鸂鶒山雞等閒耳；
林檎便面出裕陵，元吉蘆花傳畫史。
君不見子舟之筆利如錐，不材爲福語亦悲；
韓公感賦亦何有，荆州餉客毋乃癡？
吁嗟乎！轉喉觸諱多辛苦，舌在何煩學鸚鵡；
但將畫幅挂田廬，地有蝗蝻借君捕。

此心餘三十七歲居北京作。首言鸜鵒（俗名八哥）生長，不逾山東濟水，魯人以爲寫生藍本。獨立繪畫中，未與白鳥相偕相遊。古來畫冊，多作鸂鶒（紫鴛鴦）、山雞，是以少見。「君不見」句下，言宋代黃彝（字子舟）善畫竹，而韓愈有感「籠白鳥」、「白鸜鵒」，同賦不遇[113]。實則，鳥自爲鳥，或爲餉客、或懸此畫於田廬中，以捕蝗蝻（蝗子），不亦可乎？就所畫鸜鵒，反復言之。末

[113] 請見次頁

則強調此畫生動。

又：贈李生即題其竹閣校畫圖（詩集，卷十九，頁九）：

出我門下有李膺，蔗堂太守昔屢稱；
通才游藝無不能，經義治事力並勝。
有時手裂鶴文綾，倪黃顧陸揮以肱；
薦之廟堂用則宏，臣力所詘難使升。
我聞嘿識心已明。
西湖校士一再曾，其人未見悵惘增。
塗飾飣餖眾且矜，俳優之文吾所懲。
杭人于我或愛憎，老夫灌灌誰師承？
神仙姿致展卷憑，太守弟子今陽冰。

⑬ 見朱文公校昌黎先生集，卷一，頁一，感二鳥賦，其序云：「貞元十一年（七九五），五月戊辰，愈東歸，癸酉自潼關出，息于河之陰，時始去京師，有不遇時之歎，見行有籠白鳥，白鸜鵒而西者，號於道曰：……今是鳥也，惟以羽毛之異，非有道德智謀，承顧問替教化者，乃反得採擢薦進，光耀如此。故爲賦以自悼，且明夫遭時者，雖小善必達，不遭時者，累善無所容焉」。（商務四部叢刊正編）

水軒兀坐眉秀凝，碧筠疎爽垂鬅鬙。
秀山竹閣何必仍？湖上柏堂非昔僧。
修篁直節萬仞凌，蠹簡讐勘分淄澠。
三館秘書尚有徵，玉堂待君曳履登。
月穿中霤肩崚嶒，息羽誰辨鯤耶鵬？
集賢學士尚書丞，笑我瑟縮如凍蠅，別久夢寐都瞢騰。
聖節有詔加賓興，白袍投卷同聲膺。
看君振翮翔秋鷹，老屋棄去魚脫罾；
欲喚太守燃藜鐙，天祿可入君其昇。

此心餘四十七歲作。首言李生爲蕉堂太守（舒希忠）門下，多才多藝。裂文爲繪，如倪瓚、黃公望等大家之畫。然薦者無力，只得西湖校書。李生才華如唐之李陽冰（工篆），眉秀髮亂、瀟灑自然，所居四周，修篁萬仞溪，見其高節，今則聖上有詔，前程看好，如秋鷹之翔飛矣。詩以酬贈爲主。

其他如：題畫為介伯作（詩集，卷二十三，頁十六）：

雄雞一聲天下白，老圃秋容有佳色；
君能臚唱五雲中，晚節應師韓魏公。

前人畫此豈爲偶，百歲留傳屬君有；
老夫亦是霜中菊，君本陽烏異雌守。
相依如在畫中閒，雞自飛鳴菊可憐；
看君毛羽成威鳳，我去餐英學散仙。

此乾隆四十二年，心餘居南昌作。介伯，指鍾錫圭。

又：題朱子潁都轉在蜀中所畫大獅子（詩集，卷二十四，頁五）：

佛云獅子勇無敵，金剛搏之用全力；
多君氣力大于身，書畫禪中善知識。
昔年曾磨墨一缸，酒酣怒寫百獸王；
方頤甓額毛毳裳，山鼻歛齒雷電眶。
孩撫熊羆肉犀象，鐵柱作脚無人扛；
林深月黑倘一動，萬鬼不敢窺虛堂。
巴江逆流雪山倒，奴視前賢顧光寶；
騶虞老弟白澤兄，肯向空門作牙爪。
吁嗟乎！世網綴士隨羈牽，鸞鳳且受神人鞭；
能爲虎豹何須畏，不作麒麟亦可憐。

詩作於乾隆四十三年，心餘居揚州。朱子潁（孝純），工指頭畫（見揚州畫舫錄卷三）。

以上等等皆酬酢之作。餘如：黃鶴谿（燡照）舍人以相馬圖索題，但有馮某一記未見圖也，畫此以報（詩集，卷八，頁二）；三里樓邨居圖爲同年顧北墅（雲）吏部作（詩集，卷八，頁十七）；題劉力夫萬里尋親遺照（詩集，卷二十二，頁十一）；王樓邨十三本梅花書屋圖爲王少林郡丞作（詩集，卷二十五，頁二）；爲陳約堂題大西洋獅子圖（詩集，卷二十六，頁五）。

第二目　圖景、或寫人物、動物等

題畫詩，原在表達畫中之意，即寫其景物。心餘此類作品如：**七賢過關圖**（詩集，卷三，頁四）：

凍雲壓關山崚嶒，石路犖确勢欲崩；
天梯一綫豁鳥道，壞磴疊轉晶屏絙。
老樹倒垂鬥風力，寒色下攫落葉興；
中有吟客蹇共乘，兀尻垂首相凌兢。
霜蹏踏石聲登登，十步一蹶萬壑譍；
孰王孰孟須冉凝，複陶擁腫羈勒憑。
屏息閉口禿袖承，高下相望語未能；
小奚彳亍行癡蠅，行李雪重肩難勝。

後先扳陟無蘿藤，如馬踣踠鳥著翸；
此境蕭瑟我歷曾，豪唫頗得眾口稱。
太行絕頂冒雪升，六花如掌黃河氷；
瘦童負簦結布縢，聯轡未得東南朋。
盤鞍一笑馬辟易，寒氣不敢來欺陵；
斜陽大抵在足底，雪屋亂閃巖中鐙。
可憐雁門太守方蝟縮，燕姬趙女玉貌矜；
擁鑪爛醉紅毾㲪，豈知行人搔首青天層。

此心餘二十七歲居南昌作。七賢過關圖，或以為竹林七賢；或云晉魏間人，將避地者；或曰開元日，冬雪後，張說、張九齡、李白、李華、王維、鄭虔、孟浩然，出藍田關游龍門寺，鄭虔圖之；紛說多。首言冰雪壓關，山則崚嶒（高貌）；道路多大石（犖确）、勢欲崩裂；畫中背景，氣象宏偉、山勢險峻可見。「天梯」句下，在此欲崩之路，有天梯鳥道，而裂壞石級（磴）、襯在青山裏，猶如水晶屏。「老樹倒垂」，見其猷勁；落葉亦以興寒。「中有吟客」句下，轉至七賢身上，乘馬蹄踏霜、萬豎聲相應。「孰王孰孟」句下，言其中人物紛說多。「屏息閉口」句下，言山路難行，「後先扳陟無蘿藤，如馬踣踠鳥著翸」，困難可知。「太行」句下，續言山高雪多，斜陽在足底，雪屋因以光亮。末雁門太守以美女歌舞贈別，一則爛醉紅席，一則漸行漸遠矣。

又：積翠圖（詩集，卷三，頁九）：

橫側見窈窕，危巒自呈秀；
谷中青叢叢，木與山俱壽。
葉知氣候殊，根含雪霜茂；
嶧桐百尺餘，園椿八千後。
不知種樹翁，靈苗孰爲授；
幽禽樂深翠，閒雲亦相覆。
高蔭落春磵，可鑑亦可漱；
南董許追涼，應攜一筇瘦。

此二十八歲居北京作。先言山之橫側深邃，山巒高危、谷中青翠；而葉知天候變化，根耐霜雪寒凍。桐木百尺有餘，椿樹八千年後，雖不知何人所植，飛禽樂此，閒雲來覆，合自然美境。末言積翠春蔭，賞心悅目，夏日杖竹登山，可乘涼消暑。由平常處點染，峯巒自佳。

又：何鶴年（在田）**孝廉放鴨圖**（詩集，卷八，頁十四）：

庶人守畊稼，執鶩以爲贄；

義取無他心，舒緩乏遠志。
伊人嵇阮徒，結想山水次；
昂昂駒匪矜，泛泛凫寧是？
力雖怯匹雛，食豈爭粒精？
續脛或可悲，沒水罔自棄。
友君東湖側，蒲葦雜菱芰；
浮深交素纓，戲廣接文翅。
集若雲霞鋪，來比風雨至；
即無畫闌閂，敢引竹弓試？
菽稗感不足，磨礱聲輒避；
今同漾萍茵，禰褷短翎寄。
我將童化翁，君乃翔復墜；
呼名愼語言，減(滅？)脚懼泥滓。
已輸鷗鷺逸，却讓鷹鸇鷙；
升藥爾終能，飛舄我何恃？
紛紜丹青手，畫虎誇絕技；
何如龍伯高，終爲自全士。

此心餘三十七歲作。首由庶人說起，以家鴨（鶩，古名舒鳧）爲贄（見面禮），「義取無他心，舒緩乏遠志」，言鴨。「伊人」下四句，以嵇康、阮籍，喜山水，不合於時，喻何鶴年。其昂昂之志，如方壯之馬，不過如泛泛野鴨生平。「力雖」下句，鴨之勇可怯雛雞，食則與爭，短脛雖悲，沒水可居功。言鴨之個性。「友君」下句，二人結識東湖側，情誼交乳，如蒲葦菱芰。「浮深」等句，言鴨，亦言二人交情，「集若雲霞鋪，來比風雨至」，傳神。「菽稗」下句，言其食量大，性則畏人。「我將」下句，心餘自稱「童化翁」未登先衰，「君乃翔復墜」，言在田功名不順，是科落榜。「已輸」下句，言鴨雖不如鷗鷺，終能飛。末取馬援誡兄子嚴敦書云：「龍伯高敦厚周愼，口無擇言，謙約節儉，廉公有威……效伯高不得，猶爲謹勅之士，所謂刻鵠不成尙類鶩」（後漢書，卷二十四，本傳），終爲自全。

又：題孫二酉峨眉雪騎圖（詩集，卷九，頁十）：

疲驢入蜀尋親者，三十年前倩人寫；
張載曾題劍閣銘，文翁久祀青城社。
雪氣出卷寒光懸，天梯石棧紛鉤連；
蜀山萬點失空翠，縞帶一線相縈旋。
哀猿墐穴子規死，白氣反攝東西川；
危橋屢縮凍蹇足，積素漸重蠻奴肩。

此時遊子懷明發，應恐霜花點華髮；
氷綃寫入皆有神，舊圖可寶兒孫珍。
昔賢題詩贈孝子，今日看畫思先人；
謝公述祖存風烈，一卷堪傳忠孝節。
從今孫氏讀書幃，不用階除借殘雪。

此心餘三十八歲居北京作。先言此圖，騎疲驢入蜀尋親，爲三十年前孫氏作品。晉張載劍閣銘，云劍閣「壁立千仞」、「窮地之險，極路之峻」114，入蜀之難可知。而文翁在漢景帝時，守蜀郡，崇教化，興學校，文風大振（青城，岷山山脈在青城山、大雪山，盡處爲峨眉山。）蜀地雖僻遠，文化古來已盛。「雪氣」下八句，言蜀山高、雪氣、寒光、天梯、石棧相互鉤連，山上白霧盤旋、下面河川凍裂、危橋積冰至肩，子規死而猿哀鳴，極言蜀地氷雪之慘。「此時」句起，由景而圖，能盡此地之景，當爲兒孫之寶。「昔賢」句下，看畫思先賢，並以謝靈運述祖德詩爲喻，傳忠孝之節。末以讀此圖，可立忠孝，不必借實景，如孫康映雪讀書。由景而圖，至於忠孝傳家，立意深厚。

又：重裝長椿寺九蓮菩薩畫像歌（詩集，卷十一，頁一）：

---

114 張載劍閣銘，收在昭明文選，卷五十六，頁八，商務四部叢刊正編。

聖像勒石傳琳宮，觀自在身太后容；
丹青畫本世罕覯，京師梵宇分頒同。
城西舊有長椿寺，玉軸猶存尚方賜；
袈裟瓔珞天人裝，靈氣浮空花雨墜。
金粉半脫目有神，老僧略識娘娘尊；
當時諸佛避寶座，今日故紙黏梁塵。
昔輔神宗持國柄，外有江陵內慈聖；
諒闇不負託孤心，嚴憚同欲蒙養正。
曉漏聲中呼帝起，長跪讀書寧恕爾？
不須定汝作官家，須知汝亦都人子。
煌煌慈訓天下平，帝長唯賴張先生；
九州富強天子孝，報恩崇佛工繁興。
黃金布地恩難荅，嘉靖求仙換家法；
一時庫藏散浮屠，請看堂中多寶塔。
後來帑竭煩征輸，國戚助餉多加誅；
皇兒泣隨菩薩去，六宮齋醮無時無。
可憐酣睡太妃側，萬歷初年還共憶。
世宗神祖善功垂，仙佛如何難殺賊？

嗚呼往事莫具陳，重裝寶相開金輪；
槐花落盡香烟冷，麥飯誰人念老身？

此心餘三十九歲居北京作。首言道院（琳宮）雕塑聖像，「觀自在身太后容」，既端莊又仁慈。「城西」下句，點地，「城西長椿寺」（明孝定太后建），並受皇上欽賜，身著袈裟、佩瓔珞之玉，靈光四射。「金粉」下句，言神像已舊，神色則奕采。「昔輔」句下，言菩薩爲人時，佐明神宗持國柄，「外有江陵內慈聖」，慈聖，爲明慈聖李后，世稱九蓮菩薩，神宗生母也。則護國有功。甚且教授皇帝讀書，天下因以太平，皇上因報恩崇佛、興建寺院。此介紹長椿寺九蓮菩薩由來。至明世宗嘉靖（一五二二——），散庫錢建塔，國庫因之虧空，責難多起。皇兒因悲隨菩薩去，後，皇宮建立道場、設醮，至於萬曆年間（一五七三——）。而清世宗（一七二三——），以仙佛無用，置之不顧。而乾隆時，始重裝寶相，新開佛寺。末言世間冷暖，即麥飯之供，或有或無，菩薩亦難知之。詩以描繪菩薩畫像爲主，兼述朝政得失，一代盛衰。

又：**鍾進士獵虎夜歸圖**（詩集，卷十七，頁三）：

鍾馗食鬼常苦飢，心厭鬼瘦貪虎肥；
虎能充庖鬼色喜，奮勇去合南山圍。
眾鬼猙獰搏一虎，進士能文鬼能武；

欣然按劍騎馬歸，鬼卒後先分隊伍。
神鐙挂入梅花枝，一鬼前導雙手持；
主人攬轡三鬼隨，分荷杖笠巾卷扇笏相纍纍。
一鬼負弩何盱睢？三鷹一犬四鬼司；
鷹閒犬逸徒爾爲，執梃之鬼竚以嘻。
一鬼鳴鉦壯鬼膽，五鬼揚威誇勇敢。
張弧舉槊弄刀斧，十目視虎防虎噉。
鬼雄勒虎殿厥最，虎力鬼力相進退。
虎嘯一聲鬼向背，黑月無光向西墜。
我聞畫鬼易肖畫虎難，鍾馗狀貌誰曾看？
將軍善射無侯骨，不若閻羅死姓韓。

此心餘四十三歲居紹興作。鍾馗，據趙翼考證，本名鍾葵，字辟邪，唐代轉葵爲馗，虛構附會，如毛穎、陶泓之類[115]。詩中由鍾馗食鬼說起，由於「鬼瘦貪虎肥」，以下就終南山「獵虎」「夜歸」情形鋪排，末以鍾馗無封侯骨嗟歎，不若韓擒虎，生爲上柱國，死作閻羅王，死生由命，亦反諷之意。

---

115 趙翼著陔餘叢考，卷三十五，頁二十二，「鍾馗」條，新文豐出版社，湛貽堂本。

又如：書倪文正竹石畫卷後（詩集，卷十七，頁一）：

君子立身同竹石，每與風霜爭氣力；
猗猗獨挺寒瘦姿，磊磊常矜嚴冷色。
倪公貞介立朝右，石骨錚稜竹竿直；
心憂大盎踞鈞衡，目瞬此璫如鬼魆。
彤廷未燬三朝典，講幄空陳十六策；
竹頭不屈石難轉，司農之笏豈勝擊。
偶然縱筆寫橫卷，勁氣稜稜穿楮墨；
廣平鐵石貫梅花，坡老槎牙浮雪壁。
忠臣風骨義士節，隨處淋漓收不得；
思公遺像那可見，展卷似瞻公坐立。

詩作於乾隆三十二年，心餘居紹興。以竹石堅貞、正直，喻倪文正（明上虞人，字玉汝，諡文正）忠臣風骨。又如：九思圖（詩集，卷十八，頁一）：

平岡一獅堂堂馳，一獅坐地返顧之；
兩獅對滾戲一兒，一兒旁覰母乳嬉。

最小一獅立而窺，兩獅湯飲泉流澌；
喜尾怒齒張其威，巖壑動搖相盱睢。
百獸之王人得持，或貢康居或條支；
肉視犀象孩熊羆，鋸牙鉤爪百獸糜。
勁氣柔毳群鬼披，畫中驅瘧血淋漓。
何況林邑銜羌夷，永興賦筆眉山詩，
形容刻畫難得知？
師乎莫漫矜雄奇，狼山尚有林中貍。
神勇善養安不危？君子圖之當九思。

詩作於乾隆三十三年。以論語季氏篇九思（視、聽、色、貌、言、事、疑、忿、見得），言西域康居或條支所貢平岡（在揚州）九獅，雖稱百獸王，仍爲人所持，種種生活情態，亦有樂趣，思及其他犀牛、大象、熊羆、山貍，當作惕厲。

第三目　圖景有寄托

題畫詩寫景或寫人物，往往有寄托。如董葯坡監州乘風破浪圖（詩集，卷五，頁十一）：

風力暢滿帆飽張，三老用臂如挽強；
飛凌已具萬里勢，主人意與船低昂。
不知尺土在何處？巨浸八面涵天光；
是天是水不可辨，一艇以外皆茫茫。
君不達官不大賈，安得乘流駕飛艡；
北人習馬不習水，主人行樂僕夫苦。
我聞天吳河伯多不仁，黿鼉魚鼈異等倫；
龍公歡喜蛟蜃嗔，浮沉雜亂爭屈伸。
海風順逆皆有神，中流一舵迴千鈞；
古人涉險本忠信，狂夫渡河小妾顰。
駿馬危檣天偉爾，我厭江湖愁轉徙。
君今抑鬱不可去，低頭日泛西江水；
願君他年賣船買屋居山中，兩耳不聞江海風；
扶犁北地歌年豐，看人飄泊南西東。

此心餘三十二歲居南昌作。首由風力起興。由於風力暢滿，篙手（三老）划舟如挽強弓，因之舟飛凌萬里之勢，人亦與之上下。「不知」下句，白水茫茫，除小艇外，旁無所見。「君不」下句，言作者身分，既非達官大賈，以舟出遊，害苦僕役。「我聞」下句，言東吳之地水患多，黿鼈蛟龍出沒，時有危險。「海風」下句，言風之順逆，皆由神持，古人勇於涉險，不過心存忠信，即可轉危爲安。「駿馬」下句，由圖畫轉至人身。我厭江湖涉險，董君則仕途不順，只得低頭泛舟。末爲祝福，勸其賣船買屋，做個清閒人，不必再聽風浪，安享豐衣足食日子。與「乘風破浪」之意相反，寓求平安舒適之意，正是心餘本詩目的。

又：萬伊田（延莘）**雞蟲圖**（詩集，卷七，頁十二）：

靜者樂冷澹，于秋意常許；
每當清曠中，蕭然見延佇。
識君各年少，于鬣忽相侶；
時命悖幽獨，仕宦成逆旅。
兩鬢來翩翾，一癯愧勤苦；
別久情益孚，交深道逾古。
覿面更展圖，拈髭揭憑戶；
垂檐翠濃合，當楹菊新吐。
幽蝶戀晚香，揚揚抱風舉；
惜花一童偎，得偶兩雞伍。
物理各有適，妙悟自含語；

君把種樹書，參究歷寒暑。
幡然出從政，于此任穀哺；
薺麥茂可守，蕭艾害當去。
榮落善彼性，燥濕視其土；
治道發生機，足以通稼圃。
官閒苟除架，花木成媚嫵；
灌溉固木根，卵翼護毛羽。
阿段與信行，指使不嫌魯；
順物戒撲捉，養材忌柯斧。
慎勿感微祿，嘲莧美萵苣。

此心餘三十五歲居北京作。首由靜者愛冷淡，常稱許秋天清曠、蕭瑟。「識君」句起，言兩人自幼相識，由於時命不佳，仕宦有如逆旅。「兩髯」下句，言其形貌，清瘦而文采風流，別久而情益信（孚）。「覿面」下八句，轉主題，見面而萬氏展雞蟲圖，詳其內容，人物憑戶遠望，近景有菊花新吐、幽蝶戀花、小童護惜、兩雞相襯。「物理」下十二句，就一般物理，轉治國之道，如種薺麥而除蕭艾，兩者相通。「官閒」下句，言公餘當耕種灌溉，以成花木雞蟲。「阿段」下句至末，言宜順物性，「養材忌柯斧」，不可操之過急，貪微祿而失之大。由圖中導引人生哲理，順合自然之意。

又：題宜春袁魯齋（芳杏）十畝之間圖（詩集，卷七，頁十七）：

門前十畝秋稻田，田中老屋三五間；
屋內田翁雪滿顚，笑看壽母凍梨顏。
春來倚鋤愛早起，花開讀書常晏眠；
兒孫耕種解文字，婦女蠶織攻蘋蘩。
山農提壺爲母壽，母飲隣翁郫社酒；
催租小吏不入門，孝義蒸蒸到雞狗。
翁昔綰綬官撫寧，北平父老傳治聲；
萬事不擾市廛靜，一物失所魂夢驚。
中年拂衣臥鄉里，不肯折腰爲俗吏；
籬邊菊放媚詩翁，屋上烏來憐孝子。
殺雞祭賽親田功，一家和氣春風中；
桃源誰畫劉子驥，壽州自咏董安豐。
田家勸課亦經濟，世網束縛皆虛空；
請看吏局三長史，何似袁州一老農。

此心餘三十六歲居北京作。由「門前」稻田說起，田中有屋、屋內有「雪滿顚」田翁，笑看其母

（壽母）皮膚有斑點如涷梨色。「春來」以下言其生活，或早起耕鋤、或讀書晏眠，兒孫耕讀，婦女蠶織。「山農」下言爲母壽，孝義可感。「翁昔」句下，言此翁曾官撫寧（河北永平），治聲遍北平，以其「無爲而治」。「中年」句下，言其中年賦歸，有如淵明，不肯爲五斗米折腰，家居以詩爲樂，善盡人子孝順之道，烏鴉亦憐其孝心。「殺雞」句下，言其家居生活有如晉人劉子驥（見桃花源記末），尋桃花源不果，壽州（安徽壽縣）自咏矣；亦如唐之董安豐（壽州安豐人，舉進士不得，韓愈有文送之），不得志，去遊河北。「田家」下句，勸課耕種，勝於仕宦生活。圖中之意，在於十畝之間，耕讀自然，盡在詩中。

又：題秦磵泉學士柴門稻香圖（詩集，卷八，頁一）：

與君昔同田間來，舍鉏橐經辭江淮；
棲遲未肯戀十畝，意思直欲窮九垓。
公車數上境蹇澁，老農屢報田汙萊；
是時山店飽香飯，坐羨野翁擔秫䕲。
枕穴穿光魚貫入，世網挂士蛛絲排；
數椽僦賃落湫隘，一車閑置衢塵埃。
妻孥食祿免行饁，提罋豈願東皋偕；
少年結習老不忘，微時託處心每懷。

布衣躬耕臣潦倒，豐年擊壤人和諧；
椶（棕）鞋桐帽故態出，竹籬茅舍新圖開。
門前禾熟叟腰鍤，屋角酒香鄰舉杯；
鼻觀潛通稻花窟，夢魂遠接江鄉隈。
知止心當念廬井，受恩身敢還巔涯；
此情達者亦俱有，山嘲隴笑眞類詼。
有田於義不可去，況君與我無田皆。

此亦心餘三十六歲居北京作。首言兩人身世，皆「田間來」。不過在「學而優則仕」的觀念下，「舍（捨）鉏（鋤）槖（囊）經」，盼能上窮九垓，受皇帝重視。幾次「公車」（舉人入京會試）竟「蹇滯」（不順利）。恰好老農報以田事，須鋤草萊，飽聞野店飯香、山翁獲糯。「枕穴」下句，借枕中記言，人生如呂翁授盧生枕，盧生身入枕穴，而登高第、出入將相，過五十年榮華。又引漢匡衡穿壁引光事，讀書求取功名。所執不過如蛛網之掛。「妻孥」下句，言志士窮約，妻孥餉田，託以興懷。「布衣」下句，有才如諸葛孔明（臣本布衣），命卻潦倒，只得作擊壤歌云：「日出而作，日入而息；鑿井而飲，耕田而食」。又以椶（棕）木爲鞋、桐木爲帽，處竹籬茅舍。「門前」下句，禾熟稻香、屋有酒香，與鄰居樂融融。「知止」句至末，心念百姓，方爲讀書人本份，受皇恩不可爲隱者，應戮力仕途，「況君與我無田皆」，更當奮力朝廷。由柴門稻香圖，轉折爲朝廷，此儒家思想。

又：又題磵泉種樹圖（詩集，卷八，頁一）：

中年百事皆飽諳，懷抱所向知苦甘；
閉門奇石作儕友，繞身美樹爲兒男。
圖畫古香爽氣接，户牖靜妙天機含；
主人晏坐無客談，役使童僕分兩三。
或攜畚鍤或缾甂，氣力巧拙雜秀憨；
種植理深或未解，培灌習慣俱能堪。
本根不傷土脈固，雨露欲滋筒溜涵；
楸羅五株豈易得？槐列三本眞嫌貪。
榮華一仗秋氣肅，秀發乃過春風酣；
先疇勤苦驗多稼，析薪負荷期能擔。
堂垂嘉蔭意可久，息避惡木心無慙；
置身已除少年想，託志何必長林耽？
永叔稱翁歲未老，淵明責子樂亦湛；
既欲其生實欲可，求火夜照聲呫諵。
人生子弟要佳耳，老詩不念徒耽耽；
心田耕耨倘無倦，他年喬木應森參。

此心餘三十六歲居北京，與前面一首同時作。首由中歲引起感懷，飽知仕路崎嶇，閉居以奇石為友，繞屋美樹當男兒，悠遊自得。次八句，靜戶讀書，無有客談，無聊之至，乃使童僕或攜畚鍤、或取瓶罌，以栽以灌。「本根」下句，言種樹之道，不傷其本，潤以雨露，並植楸五株、槐三本。「榮華」下句，言草木秋衰春盛，先苦後成。「堂垂」下句，種樹可託嘉蔭，不必託志林泉，以勉磵泉。下舉歐陽修（永叔）四十稱醉翁，淵明到了「白髮被兩鬢，肌膚不復實」時，有責子詩，歎後代不好紙筆。末由種樹而作育子弟，「人生子弟要佳耳」，須「心田耕耨無倦」，則樹木樹人，理無二致也。

又：王夔堂春郊嬾牧圖（詩集，卷八，頁十三）：

老牛不受黃金羈，況被文繡充廟犧；
齕艸春塍礪雙角，舐犢樹陰偎兩兒。
秧針刺水風日暖，彼牧何人似牛嬾；
麾之竊喜鞭箠閒，勞者相憐筋力緩。
江鄉老農歌豐年，門外白水連青天；
爾牧不占夢中語，此意隱向圖間傳。
君昔牧民得牧理，至今牛羊共歡喜；
瘦來忽動曳尾心，寫去應傷牛後志。

千金之犗服紺轅，屋角偃臥輸烏犍；
乃知耕耘牽挽之債有定分，不見出關青兕僕僕馱神仙。
君云「兩犢即吾子」，千里之駒何必爾；
是牛是馬數則然，角挂遺經背畫字。
君不見長江浩渺萬斛船，安穩不如牛背閒；
今歸去訪牛眠處，可似當時抱犢眠。

此心餘三十七歲居北京作。首言「老牛」自然不受拘束，在樹陰下舐二牛子。「秧針」下四句，風和日暖，嬾牧人散漫。「江鄉」下四句，寫嬾牧圖之意，老農歌豐年，門外白水連天。「君昔」下句，由牧牛轉牧理，疲則思隱退。莊子書云：泥龜之曳尾，不爲死而留其骨貴。亦不必爲牛後之譏。寓人貴自立、悠然自得。「千金」下句，以去勢之牛（犗）服「紺轅」（車紺色），反諷。並云不同之牛，各有定分，不可勉強。以老子乘青牛出關，李密（字玄邃）乘黃牛、讀漢書爲喻。末，誇牛背安穩，勝於江上之船；且可葬牛眠地（陶侃丁艱，葬牛眠地，位極人臣），則牛之功偉矣。由圖中言牧理、人生進退、及於葬埋，有味外味。

李約庵扁舟出峽圖（詩集，卷二十二，頁十七）：

江流飛翦萬山裂，劈破西川門戶缺；

楚客哀懸兩岸猿，巴船命寄千堆雪。
蜀道之難古如此，不許征人說生死；
豪氣能平灩澦堆，壯心欲壓岷峨疊。
太白復見生渝州，四十五年天際頭；
朝辭錦里莫（案：即暮字）彭澤，別母省父行夷猶。
萬種傷心一條水，孝子臨深嗟轉徙；
馮夷不敢弄風濤，長使平安到鄉里。
畫來險絕況屢經，千秋太平不用兵；
相如罷傳父老檄，劍閣未要才人銘。
三年兩負山雲翣，今載銘旌悲上峽；
生入夔門父願虛，歿同幽室孃心洽。
他年出峽再之官，叱馭迴鞭淚暗彈；
堅持定力當夷險，未可徒歌行路難。

此五十三歲居南昌作。蜀山高峻、蜀道難上青天。李約庵（天英）所畫，即言此險絕之境。而江流飛剪穿越西川，兩岸猿啼，行人氣干雲霄，不畏灩澦堆（在四川奉節東南）。尤其孝子臨別，朝辭錦里（錦城，成都南），暮至彭澤（九江），河伯（馮夷）安其波濤，平安歸里，劍閣連山絕險，易守難攻，享千年太平。後轉至仕宦者，來此蠻荒之地，亦悲，末二句「堅持定力當夷險，未可徒歌行路難」，轉爲積極，富人生哲理。

第四目　兼及當時風土

題畫詩兼及時事者，如臺灣賞番圖為李西華（友棠）黃門作（詩集，卷六，頁二十）：

畫旗金戟開行轅，繡衣使者來賞番；
胡牀踞坐白玉山，神和氣肅春日暄。
社商土目領番眾，魚貫膜拜不敢喧；
麻達（自註：未娶之番）穴耳雙巨鐶，薩豉（自註：薩鼓宜乃銅器，如倦荷）繫背頭艾纏（自註：番以艾纏首）。
編竹箍腰捷鬥猿（自註：番以善走爲雄，幼即以竹箍束腰令細），出艸捕鹿鹿壓肩，長鈚勁箙捕壺鞬。
鏢弩挂腰血蝕鮮，文身花鳥臺閣緣。
漆頤鑿齒相媚妍，膩新（番婦）美好貓（未嫁番女）悅仙（已娶之番）。
首飾雉翬項螺錢，含羞（艸名）艸颭釵梁偏。
錦裁比甲達戈紋（自註：番錦曰達戈紋），箣裙下遮（褌前幅也）烏布縣。
鼻簫口琴手昨牽（自註：婚姻以鼻簫、口琴聯合曰牽手），牛車看花能渺綿（自註：渺綿訓曰飛天，即秋千戲）。
都盧嘓轆祝唐官（自註：番呼漢人曰唐人），來獻都都（自註：糍團也）糗餈團。
歌聲咮嗋舞翩僊，連臂踏地意態閒。
使者顧之有餘歡，聖化普徧滄瀛壖。
羊酒錢布粉花烟，間以雜珮流蘇攢。
番人得賞稽首崩厥角，心羨通事能唐言；
南北各社各欣快，宣德布惠使者尊。
其語感人簡不繁，眾番翼戴天王恩。
我聞乾坤東港華嚴世界婆娑洋（自註：語出佛書），琉球別部地勢如弓彎；
荷蘭日本據此作互市，其他佛郎呂宋雞籠淡水一一資籬樊。
世傳金人避元匿毘舍（自註：臺灣本名毘舍那），耕鑿竊比桃花源；
顏（思齊）劉（香老）殄滅鄭（成功）朱（一貴）起，跨海乃有施將軍（自註：襄壯公琅）。
龍磧（自註：僞鄭銅礟名）失勢七澳靖，森舍（自註：成功小字）鴨母（自註：一貴混名）驅游魂；
千頭銜鼠艸雞死（自註：鈐記中隱語），遂令五十二區三十六島歸中原。
敕置郡縣奉正朔，海色如鏡安其瀾；
風艸無節颱颶息，斷帆屈鬣虹霓刪（自註：臺人以風艸一節，則颶風一次，又驗虹如斷帆梢屈鬣者，颱則大至）。
孰番異俗浴同川，氣候常暖地少寒；

冬菊春荷蔗滿田，女耕男饁家家築禾閒（自註：倉廩也）。
杵臼手舂百日赤（自註：米名），嚼米爲麴釀法便；
織毛茜草機杼巧，竊花得詈誠可憐（自註：上元夕，番女入臺人花園竊花，得罵者則得佳壻之兆）。
手操蟒甲（自註：獨木舟名）吸鴉片（烟名），弄潮不畏天吳顛；
猱采檳榔摘番檨（自註：番躍樹取檳榔爲猱采，檨即番杏也。），硫井金穴生每捐。
又聞生番殺人髑髏用金飾，雞距傀儡（自註：皆生番部）尤毒獧；
一耳爲衾一耳簟，形狀獰惡同神姦。
暗洋一歲一晝夜，墨洋如靛不可舷；
當今聲教訖海外，鯤身鹿耳恩澤寬。
險礁沙綫伏蛟蜃，使者穩坐巡臺船；
尾樓一鐙帆倚天，登檣下碇恃亞班（自註：海船舟人曰亞班）。
洋更十下香甲煎（自註：放洋炷香爲夜漏，一夕凡十更），赤嵌一點天水連（自註：郡城爲赤嵌城）；
近聞番俗漸文雅，童丱各能守一編。
鯱筒筆寫紅毛字，七夕磔犬長揖魁星前；
番女障面出擁蓋，幼者讓路長則先。
春耕齊聽鳥音舌（自註：番以鳥音卜吉凶），勸農使者乃至李氏東郊園；
鐵綫橋南亦多雨（自註：雨多在橋北，不過橋南），優曇貝多花麗娟。
居室恬熙若內地，使者不貪守令賢；

黃門先生小臨川，口銜鳳詔海外居三年。
六公采風之圖黃公使槎錄（自註：臺灣既平，黃公叔璥首以侍御巡臺，著臺海使槎錄。後滿州黃門公六十七亦奉是使，著臺灣采風圖），拾遺補缺著述嫻；
海神力可御風浪，變滅百怪揉微權。
鯤鵬擊運眼界濶，潮雞警旦忽下扶桑巔；
畫中面目本來相，歸來展看精神全。
只恐臺人亦解摹張騫，番見還鑄冰霜顏；
爲君作詩效蠡測，補入裸人叢笑篇（自註：孫公元衡巡臺，著裸人叢笑篇）。

李西華（友棠）臺灣賞番圖，題者多。如王昶春融堂集卷六，錢大昕潛研堂詩集卷四，姚鼐惜抱軒詩集卷二皆有。本詩爲心餘乾隆二十三年（一七五八）、年三十四居北京作。據清史稿卷七十一，有關臺灣記載云：「臺灣，古荒服之地，不通中國，名曰東番。清順治十八年，海寇鄭成功逐荷蘭人據之，僞置承天府，名曰東都，設二縣，曰天興，曰萬年。其子鄭經改東都爲東寧省，升二縣爲州。康熙二十二年討平之，改置臺灣府，屬福建省，領縣三。雍正元年，增置彰化縣，領縣四」[116]。又，據高宗皇帝御製詩文十全集，平定臺灣第六之六云：「自康熙二十二年平定臺灣之後，歷雍正、逮今乾隆戊申（五十三年），百餘年之間，率鮮州歲甯靜無事，而其甚者，惟朱一貴及茲林爽文。朱一貴已據府城僭年號、林爽文雖未據府城，然亦僭年號矣」[117]。可知，臺灣在

[116][117] 請見次頁。

清朝政府眼光，只是「荒服之地」，康熙平定以來，還經常鬧事（尤其林、朱之亂）的「東番」而已。所以有所謂「臺灣賞番圖」。前人論及當時風俗，如黃叔璥著臺海使槎錄、番社雜詠二十四首、孫元衡著裸人叢笑篇、郁永河著土番竹枝詞、藍鼎文著臺灣近詠上黃巡使[118]，已多言之。敘述較

---

[116] 趙爾巽等撰清史稿，卷七十一，志四十六，地理十八，頁二二六三，鼎文書局。又，清一統志（嘉慶重修一統志），臺灣府，建置沿革云：「自古荒服之地，不通中國，名曰東番。隋開皇中，遣虎賁陳棱略澎湖三十六島。明嘉靖四十二年，海寇林道乾掠近海郡縣，都督俞大猷征之，追至澎湖，道乾遁入臺灣。天啓元年，閩人顏思齊引日本國人據其地；久之，爲紅毛荷蘭夷人所奪。本朝順治十八年，海寇鄭成功逐荷蘭夷據之，僞置承天府，名曰東都；設二縣，曰天興、萬年。其子鄭經（一名錦）改東都曰東寧省，升二縣爲州。康熙二十二年討平之，……」（收在臺灣大通書局印行，臺灣文獻史料叢刊第二輯，頁一）。又，據范咸撰重修臺灣府志，陳大受、高山拜、明福等人序文，皆以臺灣爲海外荒島，「禹貢」之書不載。（收在臺灣文獻史料叢刊第二輯，臺灣大通書局）。日人鈴木作太郎著臺灣の蕃族研究，第五章理蕃事業，第一節領臺前，分：一、和蘭時代，二、西班牙時代，三、鄭氏時代，四、清朝時代（頁二七七至二九六，臺灣史籍刊行會發行）。所言之意，大略相同。然，據連橫著臺灣通史，引陳棱傳曰：「大業三年，拜虎賁中郎將，後三歲，與朝靖大夫張鎭州發東陽兵萬餘人，自義安泛海，擊流求國，月餘而歸。……琉求者，臺灣之古名，今之琉求，古曰冲繩」（卷一，頁四，中華叢書委員會出版）。而林熊祥纂修台灣省通志稿，云：「琉求之稱，係指我國東方海上臺灣至琉球一帶島彙，隨時代之稱而異其指，則無疑義，而元以前，流求國傳外，羌無史實。」（史略，古代史蹟，頁六，台灣省政府文獻委員會編校）。知臺灣自古爲荒服之地，後入中國版圖。

[117] 高宗御製御製詩文十全集，卷三十八頁一，藝文印書館四部叢書集成。有關平林爽文、朱一貴，可參王建生著趙甌北研究，頁三六二至三六六，學生書局。又，莊吉發先生著清高宗十全武功研究，第五章台灣天地會的發展與林爽文之役，頁二一二起，言之甚詳。（國立故宮博物院出版）。

[118] 黃叔璥著臺海使槎錄，收在大通書局出版臺灣文獻史料叢刊。又，孫元衡著裸人叢笑篇，郁永河著土番竹枝詞等，收在臺海使槎錄所附題咏，在該書頁一七一起。又，孫元衡裸人叢笑篇亦收在范咸撰重修臺灣府志，大通書局本。

具體的，為滿洲六十七居魯所著番社采風圖，如該書「迖花」條云：番已娶者名曰「暹」，未娶者名「麻達」。「穿耳」條云：番俗自幼鑽耳，貫以竹節；至長，漸易其竹而大之，使耳孔大如巨環垂肩上，亦儋耳之俗也。「箍腹」條云：番俗以馳走飛逐為活計，憂腰肥為累，從髫齔便令箍腹。以細竹編如籬，濶有咫，長與腹齊，圍繞束之，故有力善走，重繭累胝，能數千里，可敵佽飛秦成焉。「文身」條云：臺番以鍼刺膚，漬以墨汁，使膚完皮合，偏體青紋，有如花草錦繡及臺閣之狀。……番俗裸以為飾，社中以此推為雄長，番女以此願求婚媾。「鑿齒」條云：番俗男女成婚日牽手。「鼻簫」條云：截竹為管，竅四孔，長可尺二寸。通小孔於竹節之首，按於鼻橫吹之，高下清濁中節度；蓋亦可謚為洞簫也。麻達夜間吹行社中，番女聞而悅之，引與同處。「鬥走」條云：番俗從幼學走，以輕捷較勝負。練習既久，及長，一日馳三百餘里，雖快馬不能及。「射魚」條云：社番頗精於射，又善用鏢鎗。上鏃兩刃，桿長四尺餘，十餘步取物如攜。「獵禽」條云：臺地未入版圖以前，番惟以射獵為生，名曰出草。「採實」條云：檳榔高數丈，花細；實如青果，在葉下幹上，攢簇星布。……六七月熟，可採，番人騰越而上，扳援蹻捷，名曰猱採。「鞦韆」條云：番女有緲緜氏之戲，即鞦韆也；以緲為飛，以緜氏為天意，以為飛天耳。「浴川」條云：彰化以北，番婦日往溪潭盥頮沐浴，女伴牽呼，拍浮蹀躞，謔浪相嬲，雖番漢聚觀，無所怖忌。「雞距」條云：內山有社名曰嘟嘓，其番翦髮，突睛、大耳、狀甚惡，足指如雞爪，上樹如猨獮，善射好殺。「讓路」條云：臺番涵濡德化，亦有禮讓之風。卑幼遇尊長，卻步道旁，背面而立；俟其過，始隨行[119]。以上與心餘詩中所述者相關。至於心餘詩大意為：臺灣未

[119] 以上皆引自滿洲六十七著番社采風圖考，頁五起，收在臺灣文獻史料叢刊第二輯，臺灣大通書局出版。

娶之番日麻達，穿耳，以艾纏頭。男則以竹笊束腰，令其善走；又，出草捕鹿（可以爲衣），手持長箭（鈚）、佩箙（盛矢器），金鏢弩箭，武夫赳赳。文身花鳥，鑿齒爲婚，婦女頭戴雉翬，項以螺錢，含羞草爲釵。裁錦爲裙。鼻簫、口琴聯合爲婚。又述及台灣本名昆舍那，傳金人避元兵居此，日出而作，日入而息，有如桃花源。先後有荷蘭、日本、佛郎（法國）等國據此貿易，而鄭成功、朱一貴等亦曾有此，爲施琅將軍所平。五十二區、三十六島歸於清廷，奉正朔，聖化被及，番人以安。氣候常暖，男女同浴於川。冬有菊、春有荷，遍植甘蔗，女耕男饁，不同於中原。中元節竊花得罵者，有佳壻之兆；人民吸食鴉片、善游泳、嚼檳榔。而生番如「雞距」、「傀儡」等部族，形狀獰惡，隨意殺人、頭骨（髑髏）以金飾，令人怕怕。今則聖化所至，番俗漸文雅，鯤身、鹿耳、赤嵌等地，能讀書、善寫字。番女出則障面、擁蓋。而幼者讓路，禮儀敦樸；春耕依鳥音卜吉凶，花鳥麗娟，居室恬熙，使臣廉賢，與內地不二。分析當時臺灣風土極爲詳細。可知，心餘題畫詩涵蓋範圍廣。

第四節 寫景詩

寫景詩，大部分在描寫山水，即如今人所言，「山水詩，應是表達空間經驗的藝術，其歌詠對象是自然景物；詩人大都親身登山涉水，從而自經驗中獲致某種美感經驗」⑳。在詩經、小雅

---

⑳ 王建元撰現象學的時間觀與中國山水詩，收在鄭樹森編現象學與文學批評，東大圖書公司，頁一七二。

有「昔我往矣，楊柳依依；今我來思，雨雪霏霏」，寫征人在歸途中所見之景。楚辭、九歌、湘夫人有「帝子降兮北渚，目眇眇兮愁予；嫋嫋兮秋風，洞庭波兮木葉下」，見洞庭湖蕭瑟景象而愁。九章涉江云：「深林杳以冥冥兮，猿狖之所居。山峻高而蔽日兮，下幽晦以多雨。霰雪紛其無垠兮，雲霏霏而承宇」，描述湘南崇山峻嶺。漢代司馬相如上林賦，描寫天子遊獵場所上林苑，班固的西都賦，對長安地區山川形勢描述，張衡的歸田賦，表現逍遙於自然山水的生活[121]。經魏晉，至於南朝，其中以謝靈運山水詩最著。後繼如鮑照、謝朓、何遜、陰鏗。唐代則有王維、孟浩然、韋應物、柳宗元[122]。

大致說來，寫景詩分為三體：登臨、征行和遊覽。茲就此分別論述心餘寫景之作。

第一目　登臨

登臨，登山臨水之意。多為客遊所作，傳誦的作品如唐代崔顥黃鶴樓詩、杜甫的登岳陽樓（屬律詩），均為千古獨步。此類作品，**據元楊載詩法家數云：**

---

[121] 王國瓔著中國山水詩研究，頁十一起，從詩經、楚辭、漢賦，探索山水詩淵源。論述頗詳，可為參考。聯經出版社。

[122] 參王建生撰魏晉南北朝詩歌，收在中國文化月刊，第一二三期，頁八一起，東海大學出版。又，王建生撰唐代詩歌（上），收在中國文化月刊，第一二四期，頁三七起。

登臨之詩，不過感今懷古，寫景歎時、思國懷鄉，瀟洒遊適、或譏刺歸美，有一定之法律也。中間宜寫四面所見山川之景，庶幾移不動[123]。

所論雖非全是，大抵可爲初學取法規摹。

心餘此類詩如：龍洞山（詩集，卷三，頁十四）：

拔地立城郭，壁面四圍俯；
地底開龍祠，山根蓄風雨。
傾灑有餘潤，卓犖無寸土；
石裂草木出，風過丹黃舞。
橫巘簇細竇，亂鴉奪門户；
龍居對開豁，東洞側破釜。
避秦竈火絕，陽和至今貯；
西洞受朝曦，貫壁徑可取。

[123] 元、楊載著詩法家數，頁九，收在何文煥編歷代詩話，藝文印書館本。又，譚友夏鑑定，游子六纂輯增訂詩法入門，「登臨詩體式」條（卷一頁九），亦引此說。（新文豐出版公司）。

天眼一斜穿，暗漏每奔注；
誰留面壁相，灌頂愁潑乳。
半規透旁隙，僧引前列炬；
打頭識磽确，漬衣驗沮洳。
入穴遁蛟蜃，脱身全鳥鼠；
兩崖兩扉抱，一峯一屏豎。
裴回壽聖院，摩崖念初祖；
樵歸客始炊，烟起鴿微怖。
深杯吸靈怪，倒影怯蛇虎；
茲山未云深，昔至人已古。
馬蹏遠暮寒，出谷日猶午。

此心餘二十九歲，遊山東歷城龍洞山作。據濟南府志載：「龍洞山在歷城縣東南三十里。舊志云：又名錦屏山。齊乘曰：山如重甗，西洞透深一里許，秉火可入，東洞在萬仞絕壁之上，洞口釜鬵，尚存煙火之跡如墨，蓋昔人避兵引絙，中必有泉，不知其深幾許耳。有翠屏巖、獨秀峯、三秀峯，側龍祠，郡邑禱雨極應，宋元間封爲順應侯，後加封靈虛公。……縣志云：龍潭在禹登山西，巖內透深里許，壁間調御、悉出天成，大爲奇觀。錦屏巖在東，上有錦屏春曉四字，白雲峯在龍洞東，一名白雲頂白雲洞，在龍洞莊西老君崖，在龍洞莊南，峭壁撐雲、危峯墮水，遊龍洞者，至此始奇」[124]。詩言龍洞山勢，拔地而起，立城郭東南；漸及四面景物，側有龍祠，以應時雨，草木石出，亂鴉奪戶，龍居山谿。東洞位萬仞絕壁上、口如破釜、西洞受朝暉，深一里許。而天眼斜穿、有面壁相，僧引火前導，忽高爲磽确（堅硬物）打頭，忽低沮洳（卑濕地）漬衣。後歸壽聖院，遠離山禽蛇虎；末言山未深邃，出谷日猶午耳。直把登山所見，遊覽記實。

又：千佛山（詩集，卷三，頁十五）：

隔城愛看南山層，石屏橫展青稜稜；
出郭五里連平塍，中央細路直若繩。
長林側轉立一僧，攀躋愈覺山崚嶒，
田家笑客如蟻升。
樓閣挂壁嵐蒸蒸，戶牖羅列紅牆絚。
鏤山作佛龕竇承，蜂房燦燦琉璃鐙，
白日不照寒氣凭。
巖前膜拜佛不譍，座底龍洞碧乳澄，
是中有龍誰得罾？

---

[124] 清、王贈芳等修，成瓘等纂，濟南府志，卷五頁五，臺灣學生書局景印清道光二十年刊本。

巒頭軒小宸賞曾，闌干昨被秋雨崩。
華山拔地秀色凝，鵲山藥山相儕朋。
秋容婀娜皆可矜，妙手故爾煩吳興，
秀廉吳越非謷稱。
平疇萬頃溝洫仍，傳聞舜耕語莫憑。
地志毋乃好事增，茲山後與泰岱乘；
跨脊躡膂他時登，吾師游興誠有恆，
一日一來吾亦能。

此亦心餘二十九歲遊千佛山作。千佛山，即歷山，濟南府志云：「歷山，在歷城縣南五里，舊志云：一名舜耕山，古有舜祠，隋開皇間，因石作形，鐫成佛像，又名千佛山，建寺於上。……元于欽齊乘曰：……歷山南屬泰山，東連琅邪，崇岡疊嶂，脊脈不斷，欽嘗有詩云：濟南山水天下無，晴雲曉日開畫圖；群山尾岱東走海，鵲華落星青照湖。此濟南山勢也」[125]。又，乾隆十三年，有皇帝御製「千佛山極目有作」詩云：「分幹自岱宗，岡巒雄且秀；歷城作南屏，洪荒判早就。偶來恣攬結，望遠欣所遘；駐輦傍雲關，步屧躋蘿岫。初無五丁斧，石佛誰所鏤；拈花或齜笑，悲

---

[125] 同註[124]，卷五頁二。

物或眉皺。其下有空洞，淙淙出乳竇；精室築左側，琴書芳潤漱。……」[126]。心餘詩，首言千佛山位置、山勢，在歷城南五里，中央細路，至長林側轉，至此，山高崚嶒、樓閣挂壁、紅牆戶牖，鏤山石爲佛、立於巖前，座底有龍洞，高宗皇帝乾隆十三年曾遊此題詩。昔日闌干爲秋雨所壞，而旁鵲山藥山，秋容婀娜，雖位於北方，兼有吳越矜美。末以傳言舜耕於此，無憑。千佛山與岱、泰相連，他日當爲旅遊，以追陪吾師（金檜門）之恆心。是兼登山遊覽之情。

又：**飛來峯**（詩集，卷十五，頁五）：

靈鷲不可見，靈隱分一峯；
梵僧說飛來，守者雙猿公。
雲根一一垂，嵌空窟玲瓏；
白日謝穿照，谽谺匿蛟龍。
鑿佛陰洞開，其義亦何從；
秦鞭祖荒唐，愚負欺凡庸。
山石附地出，簇簇青芙蓉；
世有五金礦，陶汰久則空。

---

[126] 同註[124]，卷首，御製恭紀，頁七。

行潦暴穿貫，漱滌開幽宮；
如人身諸竅，鼻虛外穹隆。
凹凸具生初，豈有後起功？
誕說足駭聽，僻境多靈蹤。
吾邑積翠巖，視此將毋同。

此心餘四十二歲赴紹興蕺山書院，途經杭州作。飛來峯，在杭州市靈隱山東南，界乎靈隱、天竺兩山間。晉咸和元年，西僧慧理登而歎曰：此乃天竺國靈鷲山小嶺，不知何以飛來[127]。詩中首四句即言名稱由來。「雲根」句起寫四面景物，千巖藏雲、谷空（谽谺）匿蛟、山石附地、簇簇青青，兼及始皇鞭石、愚公移山，以增趣味。上有峥嶸凹凸翠壁，下有潺湲飛泉、幽宮清流、草木常春、多具靈性，與家居鉛山積翠巖相比，別有一番風味。

又：吼山（詩集，卷十五，頁八）：

越王臺下誅功臣，犬亭山上群狗奔；
鳥盡弓藏兔鹿死，敢竊幾珥沈辜恩。

---

127 參考古今圖書集成，山川典，卷一百零五，一九一冊之五七葉，靈隱山部彙考，鼎文書局。

犬去山空石骨苦，萬匠穿巖加鑿斧；
摧崩陷圻豁空潭，混沌全開誰得補？
潭寬壁俯十畝餘，神魚聚族來深居；
大者三尺小二尺，有生無死游息舒。
潭中一石隱橫閾，滋長雖多不能出；
飛魚上天借風雨，老衲安禪防罟罭。
陸墳破碎無子孫，陶氏築墅（自註：石簣書屋）巖穴根；
四崖合建不朽郭，一洞橫闢天然門。
篙聲齒齒放舟入，餐餌爭投魚起立；
呿呑攘奪疊鱗鬐，食盡波澄龍子蟄。
屋後插筍山叢叢，千狀萬態無一同；
中有立石戴橫石，不懼落帽重陽風。
列岫相招復相吼，南渡攢陵忍回首；
但觀圉圉放生魚，莫問纍纍喪家狗。

此心餘四十二歲居紹興作。吼山，在浙江省紹興縣東，有烟蘿洞、陸秀夫祠。越王臺，句踐登眺之所，在會稽稷山。詩由越王句踐平吳後，誅殺功臣文種等功臣起興，所謂「飛鳥盡，良弓藏；狡兔死，走狗烹」[128]。似言心中不平之氣，對山之怒吼。如今，走狗去，而石骨苦。蓋萬千匠人

[128] （請見次頁）

已穿鑿爲深潭，大小游魚，或三尺或二尺，皆自得其樂。潭中有石橫隔、滋長猶多。中有飛魚（文鰩魚）能飛掠水面，借風雨以遊，如老僧之禪定，不爲世俗網罟所害。思及元軍入侵，宋臣陸秀夫驅妻子入海，己亦負衛王赴海死。明之陶望齡（石簣）築屋於此。四崖成城、一洞天然。放舟飼魚，見魚疊鱗攘奪飼料，令人感觸。屋後立笄青山叢叢，萬狀不同，其中立石，戴以橫石，不畏風暴，景象特立，亦由此引出列山相招相吼，只須盡興於放生之魚，不復問昔日喪家之走狗矣。登山紀遊，有感於史事，因以寄興。

又：虎邱（詩集，卷十六，頁九）：

虎氣出空山，秦人不敢橫；
壯哉死闔閭，能走生嬴政。
鐵花開不了，憨泉流莫竟；
冢中小妓魂，合受野鬼聘。

128 司馬遷撰史記，卷四十一頁六，越王句踐世家云：句踐已平吳，乃以兵北渡淮，與齊、晉諸侯會於徐州，致貢於周。周元王使人賜句踐胙，命爲伯。……諸侯畢賀，號稱霸王。范蠡遂去，自齊遺大夫文種書曰：蜚鳥盡，良弓藏；狡兔死，走狗烹。越王爲人長頸鳥喙，可與共患難，不可與共樂，子何不去？種見書，稱病不朝，人或讒種且作亂，越王乃賜種劍曰：子教寡人伐吳七術，寡人用其三而敗吳，其四在子，子爲我從先王試之。種遂自殺。（藝文印書館本）

巖居酒肉集，磴級敘鈿鏡；
吁嗟荒淫地，是爲風俗病。
誰解吳王愁，山靈有邪正。

此心餘四十三歲由南京赴紹興，途經蘇州作。虎邱，據虎邱山志云：「虎邱山，又名海湧山，在郡西北五里，遙望平田，中一小邱，吳地記：去吳縣九里二百步，高一百三十尺，周二百十丈比，入山則泉石奇詭，應接不暇。越絕書：吳王闔閭葬山下，葬三日，白虎蹲踞其上，故名。唐避諱曰武邱……秦皇鑿山以求珍異，孫權穿之，亦無所得，其鑿處遂成深澗，今劍池」[129]。又：「憨憨泉，在路側，梁時餉餉尊者遺蹟」[130]，「鐵花巖，在劍池側，東坡詩有鐵華秀巖壁之句」[131]。詩中「徐蘭墓，宋淳祐間吳妓，名擅一時，堂館園池、服食器玩，爲三吳之冠，死葬虎邱」[132]。詩中言虎邱爲闔閭葬埋之地，就鐵花巖、憨憨泉、吳妓徐蘭等地名點染。然則該地有千人石、傳爲梁代高僧生公講經之所；又有雲岩寺塔（虎邱塔），爲五代所建之古塔。同爲吳地，而有「正」「邪」之分。本詩登山有感作。末言是山爲荒淫之地，能解吳王之愁，知山靈亦不正。詩中涉及神話傳

[129] 顧詒祿撰虎邱山志，卷四，山水，頁一，收在沈雲龍主編中國名山勝蹟志叢刊第四輯，文海出版社。
[130] 同註[129]，頁三。
[131] 同註[129]，頁四。
[132] 同註[129]，卷七，祠，頁七。

說頗多，未詳所出。

又：焦山（詩集，卷二十一，頁五）：

海門屹立形端正，不與江南亂峯競；
江隨禹力已朝宗，山到漢朝纔得姓。
焦先焦光非一人，樵山隱者光也眞；
中郎慨歎贊舊德，鶴書屢降龍難馴。
桓靈黨禍避亦得，豈等中平白波賊；
生時不肯見天子，肯到祥符御牀側。
隱士住山亦偶然，山與隱士因共傳；
金鼇比肩聳一柱，松寥承足排兩拳。
天地門戶必有耦，龕山赭山亦其友；
比似荊襄灩澦堆，中流橫塞瞿塘口。
當年汲水三兩僧，此時金碧開觚稜；
蝸廬鹿苑互改易，精舍十五蜂房增。
先生豈受封明應，遯羽從來畏名勝；
鍾山久已布移文，何況終南成捷徑。

此心餘四十九歲遊鎭江作。據焦山志云：「焦山，在鎭江府城東北九里，大江中，與金山對峙，相距十五里。……古名樵山，漢處士焦光隱此，因名焦山，又名譙山。」[133]又，吳錫麒遊焦山記云：「取道入山，首尋焦先生祠而謁焉。先生名光，漢隱士，結廬是山，故山以爲名。或曰先生名先，即魚豢魏略所稱焦先，字孝然者也。……先與光字形相似，傳寫致誤，惟何氏絜以爲光與先實非一人，隱焦山者，應是光，不是先，辨之甚詳。宋祥符六年，有封漢隱士焦光，詔曰：夢老人入殿，自謂東南隱者焦光，持丹奉獻。詢之近臣，曰：光乃漢末隱士，遊天塹洞，隱樵山，昔以三詔不起云云。於是封明應公，建明應殿於定慧寺傍以祀之……蔡中郎贊稱光爲徵君。又云：乃徵乃用，將授袞職，則三詔之事當非無據」[134]。考辨名物詳細。心餘詩云焦山之北，有兩座小山，曰松寥山、曰夷山，古稱「海門」，立於長江下游。繼言山名，得自漢朝隱士焦光，蔡中郎曾譽其德，漢廷亦三詔而不起。焦山形勢，天地門戶，與浙江龕山、赭山同；又可比四川灩澦堆（在四川奉節東南），位瞿塘峽口，水勢湍急，地理險要。山頂有吸江亭，後爲吸江樓，金碧輝煌，眺望遠方，煙水茫茫。精舍（定慧寺、普濟寺）增益林立。末以焦光受封生前堅隱，何至死後受封，而北山有移文，終南成捷徑，已司空見慣，得反諷之意。

次說臨水詩。

---

[133] 吳雲輯焦山志，卷一，山水，頁一，收在沈雲龍主編中國名山勝蹟志叢刊第四輯，文海出版社。

[134] 同註[133]，卷十四，藝文，頁十五，焦山寺引文。

如：上灘（詩集，卷一，頁三）：

般雷出地奮，坤軸斗欲撼；
高浪建瓴甋，碎石激丸卵。
聞響氣已奪，作勢力尤悍；
群龍舞幽壑，萬馬突飛棧。
如梯級直拾，如閘閾橫限；
會趨猛難束，一注下莫緩。
險阻艱客濟，疏鑿信天亶；
方舟不徑上，利涉肯中返。
攘臂同一呼，鼓楫孰能懶；
半步未苟移，百夫已全袒。
踴躍汗濡首，彳亍水沒骭；
強項恃腹背，勁氣積頤頷。
若扛百斛鼎，來走九折坂；
或凭或擁杠，或牽或負纜。
曳尾龜掉泥，兀尻驢息喘；
眦決視自疾，肩脅笑詎諂。

競渡心則一，助力叫齊喊；
相持進匪易，稍失退莫挽。
踏石恐跌蹩，砥波誇脛敢；
濺沫灑飛雨，流藻濯青毯。
檣臥鸞斂帆，篙撐鼉破膽；
風逆屢迴柁，日烈故張繖。
噬臍白鳥避，拔脚綠苔染；
裂膚誰得辭，裸體不遑赧。
抱竹猱在木，駢肩鬼相魘；
上灘復下灘，出坎旋入坎。
衣食託薾瘁，顏色異黮黕；
壯者塵撲面，老者雪盈髡。
奚弗馳康莊，而甘冒傾險；
沽酒勸人醉，烹魚召客飯。
生業頗自足，苦樂未知感；
我生勞實多，百慮苦莫斬。
結童歷舟車，中年懼砢磈；
奔馳憂刺促，歲月去荏苒。

倏忽遘錯迕，安能事恬澹？
終朝抱紆鬱，一卷罷流覽。
推篷望村邑，秋林雜青紺；
風濤日鼓舞，耳目或澄湛。
人心逐波浪，周道若爲坦。

此心餘二十一歲作。詩言水聲如大雷奮地出（周易豫卦象辭），地軸亦爲之撼動。浪高如建瓴（瓶水）向下之勢，「氣」「勢」尤悍。又如群龍、萬馬奔騰，會水難束，險阻難渡。但見船未移半步，船夫已汗流滿頭，水沒脛（骭）矣！水手全力伐船，「若扛百斛鼎，車走九折坂」或如「曳尾龜掉泥，兀尻驢息喘」，比喻深刻。競渡同心，齊力叫喊，上灘非易，稍退莫挽，水花如飛雨，踏石怕掌反。撐篙鼈破膽，臥竿鱉斂背（甲）；風逆屢迴柁，日烈則張傘（繖）。上灘下灘，如出坎入坎，衣食艱（鞊）乏，顏色慘澹。壯者塵滿面，老者鬢如雪。繼言船夫走險灘，生平已慣，習於憂苦；自幼歷舟車，中年懼砢磈，歲月荏苒，生活難安。末以遠眺村邑，青山暮紫，風濤日舞，耳目則澄，人慾如波浪，後浪逐前浪，難以平息。兼感慨人生，如何似周道平坦，不必如此艱困，臨水刻畫而有感人生。

又：十八灘（詩集，卷一，頁十三）：

前灘鶻突奔長洪，後灘詰屈趨黃公；
狂波數里勢一折，積鐵四立山重重。
亂石輪囷截江西，急水生骨昏青銅；
星宿漂沈飽飣簇，八陣羅列魚鳥從。
老鴉散影鼇露背，萬馬縱飲中流中；
䑳雷轟轟動地軸，却駕大艑馳長風。
連檣疾上破逆浪，峭壁橫塞驚途窮；
峰廻峽轉路不絕，四圍竹樹青蒙蒙。
椎牛打鼓告神助，紙錢窸窣燒當空；
片席高懸易牽挽，灘師醉叫張兩瞳。
我聞贛石二百四十里，過客往往愁行蹤；
畏途平日恐偶到，肯擲性命如秋蓬。
今我持篙擊灘水，黿鼉窟宅知難容；
淺者一尺深數丈，有灘豈足藏蛟龍？
樓船可下鞭可斷，恃險浪說虔州雄；
三朝三暮厭曲折，幾令估舶愁撞舂。
紆廻大不快人意，槎枒徒爾多磨礲；
吁嗟！入山無虎水無怪，一（大？）塊何得矜頑兇？

清流病涉罪當伐，位置多事勞神工；
劃除欲遣五丁役，大斧劈裂馮夷宮。
坐使鴻鈞鍛爲爐，莫教疊架成飛虹；
天水相涵朗如鑑，雪浪噴薄雙江溶。
大笑往來失阻礙，一瀉千里開心胸。

此心餘二十二歲在贛州作。據明一統志載：「贛州府城北，章貢二水所合，抵萬安縣界，有十八灘，中多怪石，最險」[135]。在贛縣九灘爲：白澗、天柱、小湖、鱉灘、大湖、銅盆、落瀨、青洲、梁口；在萬安縣九灘爲：崑崙、曉灘、武朔、昂邦、小蓼、大蓼、綿灘、漂神、惶恐。尤以惶恐灘水勢險急，文文山過零丁洋詩後半云：「皇恐灘頭說皇恐，零丁洋裏歎零丁；人生自古誰無死，留取丹心照汗青」[136]，即指此。心餘詩首言十八灘險惡。前灘突起，後灘詰屈，狂波數里，山如積鐵，亂石截江、急水生骨，有如星宿漂沈、八陣羅列，禽鳥亦難渡矣！大舟之行，輥雷轟轟，運舟逆流、峭壁橫塞，峰廻峽轉、曲折不盡，四圍竹樹，鬱鬱青青，只得椎牛打鼓、燒紙窸窣、以乞天神相助。贛石橫阻二百四十里，行旅皆畏險難，經歷此灘，如秋蓬隨風，性命不保。行此曲折危灘，雖無山虎水怪，須時三朝三暮，乃知水勢兇頑。末雜神話故事，安得五力士鑿路（秦

---

[135] 李賢等撰大明一統志，卷五八頁五，（總頁三五八八），贛水條，文海出版社。
[136] 文天祥著文山先生全集，卷十四，指南後錄，卷之一上，頁一，商務四部叢刊正編。

惠王因以滅蜀），大斧劈裂河伯（馮夷）宮殿，可使風平波靜，天水相連，往來順暢，至於一瀉千里。

又：三峽澗（詩集，卷一，頁十五）：

參天萬木排前彎，蚴蟉怒攫山風寒；
是松非松走相覓，脚底霹靂生奇觀。
亂石夾水水勢破，觸鎛迸出雲千團；
積鐵輪囷塞陰壑，醜怪萬變窮劖刓。
立者堅壁疊者壘，以凹作穴凸作關；
本是神鬼所施設，反如人力成雕鐫。
鈎連盤踞不可狀，各出猛力廻奔瀾；
盤旋隨勢作緩急，湃然斗落空潭閒。
其餘懸溜樹根下，各挾松響相騰翻；
飛梁坐久駭略定，毛髮凜冽胸懷寬。
雷聲入聽視轉失，决眦飛鳥無停翰；
耳聾目眩細搜剔，玉淵大字蒼苔斑。
瞿塘灩澦苦未識，對此不覺雙肩攢；

我聞廬山之水盡奇絕，練垂削壁飄風湍。
何當走地獨狡獪，春撞力奪坤輿安；
忽思後夜踏明月，石髓滿吸松花餐。
解衣坐石弄長笛，夢魂浸入玻璃盤；
前山有約客欲去，風雨一霎飛林端。

此心餘二十三歲隨金德瑛至南康，遊覽廬山作。金德瑛詩存卷一有三峽橋詩。三峽澗，谷川名，在江西省星子縣廬山五老峯西。首言四周景物，參天萬木、松風怒攫、脚底奇觀如亂石崩雲、屈曲（輪囷）萬變。山形凸凹、鈎連盤踞、巧似神鬼雕鐫；河川盤旋隨勢、猛力迴瀾、湃然斗落空潭。懸溜樹根、坐定心寬、松響暗濤、飛鳥相鳴、如聽雷聲，此刻耳聾目眩。久聞四川瞿塘灩澦堆，雖未有識，然其川流峻急，必相彷彿。廬山山水奇絕，太白曾詩「廬山秀出南斗傍，屏風九疊雲錦張」，「銀河倒挂三石梁，香爐爆布遙相望」；山水激盪，獨美天下。末以解衣坐石、踏月遊賞，以盡此遊之興，然爲風雨所阻。搜刮此地山水之勝，筆力雄奇。

又：六一泉（詩集，卷十五，頁四）：

歐公偶來過，泉以六一名；
于義亦何取？髣髴其人清。

凌空架臺榭，跨嶺交廊楹；
蜀岡富結構，遠接平山平。
試茗俯叢綠，乳竇琤琤鳴；
下瞰忠義祠，牆屋多頹傾。
官工有緩急，視此寧重輕；
古鏡照鬚眉，靈爽定如生。
默坐啜茶去，望古紛遙情。

此心餘四十二歲作。六一泉，在安徽省滁縣西南，醉翁亭畔，本名玻璃泉，明淨如玻璃，故名。宋歐陽修守滁，愛其瑩潔，修別號六一居士，因改爲六一泉。又，蜀岡，據揚州畫舫錄載：「蜀岡在大儀鄉，顧祖禹讀史方輿紀要云：蜀岡在府西北四里，西接儀徵、六合縣界。……洪武揚州府志云：揚州山以蜀岡爲首。……祝穆方輿勝覽云：舊傳地脈通蜀，故曰蜀岡。……今蜀岡……三峯突起，中峯有萬松嶺、平山堂、法淨寺諸勝。西峯有五烈墓、司徒廟及胡、范二祠諸勝」[137]。心餘詩先稱六一泉與歐陽修關係點染，並言清瑩性格。次言泉之外形，凌空臺榭、跨嶺廊楹，與蜀岡地脈相連。山上茗茶、鐘乳洞穴，下有忠義祠，然多傾頹，令人唏噓。臨水如鏡、清徹靈爽、默坐啜茶，望古興懷矣。由臨水轉至人之性格，情景交至。

[137] 李斗撰揚州畫舫錄，卷十六，蜀岡錄，頁三六四，世界書局。

又：放閘（詩集，卷二十四，頁六）：

當關十夫號，積蔽一朝屏；
譁若館壞垣，喊若郊釋警。
聽若耳徹鼪，明若目去眚；
如背剔芒刺，如喉脫魚鯁。
如氈上去針，如頷下裂癭；
如鳥離敗巢，如蛙跳古井。
如鹿辭隍蕉，如儵別丹鼎；
登隨潁叔爭，縋比鄧艾逞。
兩崖吸千篙，百手牽一綆；
上者懼中懈，下者惕前猛。
雖然策彼衰，亦復御其騁；
往來或相防，出入各自幸。
推篷罷驚呼，酌酒同酩酊；
前閘倘未封，所願不敢請。
斯須且快意，愼勿思轉境。

此心餘五十四歲在山東作。閘，以時啓閉之水門。詩中描繪放閘情形：譁「若館壞垣」、喊「若郊釋警」、聽「若耳徹黈（黃色）」、明「若目去眚（目疾）」。至於：「如剔背芒刺」、「如喉脫魚鯁」、「如鳥離敗巢」……暢快之景，如在眼前。心餘詩同卷頁，有「守閘」，敍述閘之功用、近景、聲喧等等。

他如：入衛河（詩集，卷二十四，頁九）：

閘了清水盡，渾流莽潺湲；
其源出輝縣，迸落蘇門山。
東北會漳淇，同貫臨漳間；
乃分燕尾勢，北出東流便。
挹洛注臨清，合汶滄沽連；
八百里入海，溷挾泥沙奔。
別支走滹沱，亦如弟與昆；
南宋大河徙，此水獨恬安。
轉漕永賴之，減水壩雙門；
我行諸閘中，坐守動經旬。
止水故納污，飲之藏府翻；
腹疾兼脹泄，每食辭盤餐。

陷阱幸乍脫，濁流飲大難；
七竅當復塞，混沌鑿孔艱。
投膠使渟泓，厥性重以頑；
可憐北游人，乃欲易胃肝。
將欲買征軺，更懼暑暍患；
不如泊田家，一飯老瓦盆。
再拜借軍持，古井無波瀾。

此心餘五十四歲乘舟，由運河入衛河（亦名永濟渠，或清河）作。詩言衛河源出河南輝縣西北蘇門山，在臨漳附近，有漳、淇二水注入，如燕尾分流。在山東臨清與（南）運河相會，後合汶（源山東萊蕪）、沽水相連注海，是爲漕運所賴。後半言行至閘水，止水濁流，令人腹疾而臟腑翻。末言欲買小車，然懼暑熱患渴，非北游人所習，不如泊田家自在。由紀遊而感慨出外之不便。

第二目　征行

詩法家數「征行」條云：

征行之詩，要發出悽愴之意，哀而不傷，怨而不亂，要發興以感其事，而不失情性之正；或悲時感事，觸物寓情方可。若傷亡悼屈，一切哀怨，吾無取焉。⑱

可知征行詩須有「悽愴之意」，或「悲時感事」、或「觸物寓情」，偏於謫放、羈旅客愁之作。而前面所言登臨詩，只須登臨勝景名蹟，即可感興托遠，二者不同。

心餘征行詩如：嶧縣道上（詩集，卷六，頁四）：

菽菽喬木陰，泛泛若新蒲；
不知水淺深，但駭坤維無。
竊疑偃溟渤，注此鄒沛區；
秋濤卷彭城，緬想眉山蘇。
闤門潛深淵，闤夫餓而趺；
昔市稍可辨，破瓦魚鱗鋪。
鵝鴨穿戶牖，喽呷銜葭莩；
層軒泛漵笱，高棟橫轆轤。
荒祠倚廢寺，神鬼氣色枯；
時至附土梗，運謝銷肌膚。

⑱ 楊載著詩法家數，頁九，收在何文煥編訂歷代詩話，藝文印書館本。

靈頑槩如此，興替理亦孚；
俯仰天地闊，泛濫波浪麤。
利涉頂豈滅，汔濟尾或濡；
我家載兩艇，憂喜相持扶。
窗櫺對啓豁，招手時一呼；
內外有常課，未肯間朝晡。
書牀錯繡具，刻苦偕妻孥；
兩兒雜亂聒，何以置我軀。
暴漲魚鼈肥，野航醅可酤；
殷勤理壺觴，奉母爲歡娛。
聊將百升酒，消此千里途；
我無治河策，奚以敵天吳。
樹杪聞人聲，夜火熒熒孤；
道此偶然耳，微禹吾其魚。

此心餘三十二歲舟過嶧縣作。此年秋，舉家北上，途經南昌「滕王閣」、「出彭澤湖」、「高郵道中」、「徐州道中」、（引號內皆詩篇名稱），而後「嶧縣道上」。嶧縣，屬山東濟寧道，與徐州（銅山）相隣。詩中言道上喬木，水深浩渺，尤其「秋濤卷彭城」，令人憶起東坡「城堅不怕秋濤卷」詩句。見昔日之市，破瓦魚鋪、鵝鴨穿戶、荒祠廢寺，不勝唏噓，頗有興廢之傷。心餘擧家，奉母歡娛、妻孥帶兒（兩兒，指長子知廉，五歲；次子知節，二歲。），乘二小艇，驚濤駭浪，憂喜相持。水漲魚肥，借百升酒消憂。已雖無治河良策，亦贊美大禹治水之功[139]。詩有悽愴之意，而不失性情之正。

又如：順風過大小孤山（詩集，卷二十四，頁二）：

蛟龍栖廬山，觸處噴烟水；
虎豹居番湖，隨地露角齒。
叢叢兩岸排，磊磊中流峙；
拍肩競雄豪，擁髻相賢美。
突兀有本性，嶔崎各成體；
孤立亦自得，依附或堪鄙。
水柔似可狎，石介終不徙；
驚濤若爲雲，遠樹但如薺。

---

139 末句「微禹吾其魚」，見春秋經傳集解，昭、元，第二十，頁五云：「劉子曰：美哉禹功，明德遠矣，微禹，吾其魚乎！」（夏四月，商務四部叢刊正編本）

江湖逞威力，巒岫驗根柢；
帆張篙櫓靜，浪細僮奴喜。
我持平等心，風利焉足恃？
遙祝馬當神，無偏乃公耳。

此心餘五十四歲赴京途中，舟出鄱陽，過大小孤山作。大孤山，在江西省九江縣東南，山形似鞵，亦名鞵山。小孤山，在彭澤縣北、長江中，竝立不倚，以別於鄱陽湖之大孤，故曰小孤，山形似髻，俗稱髻山。廬山，在九江縣南。詩云：蛟龍棲廬山，是以觸處噴烟水；虎豹居鄱(番)湖，競是隨地有角齒崢嶸狀。江湖兩岸、草木叢林，中流多磊石，大小孤山、遙遙相對，或如擁髻，競相雄豪。「突兀」下四句，將山擬人化，言山嶔崎高峻、孤立自得，則依附者爲可鄙矣！「水柔」句下，言孤山爲水所圍，驚駭爲雲、遠樹如薺，巒岫能在江濤湖浪中，驗其根柢，帆張櫓靜，順合人意。末，雖已順風過大小孤山，作者乃以持平等之心，不敢依恃風之利，遙祈馬當山(彭澤東北，廻風撼浪，山水皆險，舟船艱阻)神，無偏於心，則可順勢過耳！詩中除寫景外，以「孤」寓意，末則悽愴未來。袁枚有「登小姑山」(小倉山房詩集，卷三十，頁二)云：「江山湧一山，卓立冠霞表；錫(賜)以小姑名，千年長不老。……不敢問彭郎，嫁事何時了；只乞少女風，一送東風鳥」。甌北詩鈔(五古二，頁二十)，「小孤山」云：「孤峯插崩濤，日與雷霆鬥；四旁嶄無附，矗空一柱秀。……小孤本非姑，何年字訛謬；屈使作女身，頗遂著聖佑。……」皆喜就「小孤」之意點染。就此同題之作，甌北詩材料最豐，蔣次之，子才最少。

第三目　遊覽

遊覽詩，含登臨與征行；然，遊覽詩爲有目的的遊覽。歷朝有名山水詩，大抵爲遊覽所得。若謝靈運寫永嘉靈秀山水，杜工部（甫）敍蜀中山水險隘，柳宗元之盡永州幽峭皆是。心餘古詩，以遊覽爲最佳。王昶湖海詩集所錄頗多。其作品如：**萬年橋觴月**（詩集，卷一，頁十二）：

飛梁跨水一千步，空際行人自來去；
亂山中斷走虹霓，下有蛟龍不敢怒。
青天片月海底來，琉璃萬頃空明開；
風露泠泠波浩浩，此時天地無氛埃。
中流二十三明鏡，秋河上下橫天影；
江風吹客一登橋，脚踏寒光不知冷。
流輝注水射千尺，波面游鱗時一擲；
放眼寧知世上人，飛觴不記今何夕？
相看冰雪瑩聰明，但恨有客無笛聲；
漁鐙不動野鷗睡，寺鐘欲出栖烏驚。

勝游佳會良可數，胸次先生獨千古；
名宦誰能樂山水，詩人我或慚龍虎。
深杯入手須盡歡，夜涼歌笑浮波瀾；
耳目俱從靜時淨，風月莫惜忙中看。
俯瞰前灘落星斗，跳擲雙丸亦芻狗；
吾徒一夕橋萬年，達者風流原不朽。

此心餘二十二歲作。金德瑛詩存卷一有「八月十七夜建昌萬年橋翫月」詩。萬年橋在分宜縣東，跨秀溪上，釃水十一道，長百二十丈。詩首言橋長一千步（百二十丈），行人自去來，可見亂山中斷虹霓，下有蛟龍不敢怒，則橋之壯麗可知。繼云，月由海來（李白把酒問月詩云：但見宵從海上來，寧知曉向雲間沒。），照見萬頃琉璃世界，風露泠泠，水波浩浩，倒影二十三明鏡，秋河上下共影。此時江風吹客，脚踏寒光，流輝注水，波面游鱗，賞心悅目。橋上飛觴問月，一如仙人，不知今夕何夕矣。漁火點點，寺鐘驚鳥，勝游佳會，是以眷眷。深杯入手盡歡，歌笑之聲與波浪沉浮，星斗已落，而達者風流長存不朽。氣勢宏大，從太白出。

又：棲賢寺（詩集，卷一，頁十六）：

日影碎地蒼苔乾，客耳忽靜人心閒；

長林側轉帶山寺，竹樹蓊翳交琅玕。
掉頭蒼紫背人起，芙蓉五老飛檐端；
天風搖曳勢欲動，烟雲縹緲胸懷間。
僧房客到話幽獨，迴廊風細聞旃檀；
坐覺山中太古意，白日寂歷空庭寒。
昔賢栖息半偶爾，乃爲佛刹傳名山；
捨圖留帶垂久遠，後來好事驚愚頑。（自註：方伯金世揚捨羅漢卷、中丞宋犖留玉帶鎮寺）。
即今山田數百里，膏腴恒產歸禪關；
有食可飽田可居，英雄貧賤羞蒲團。
我來何必問鐵面？文詞自信泥犁寬；
寺藏舍利十一粒，落日相引登樓看。
老僧再拜啓缾視，黯然如豆傾金盤；
浮屠荒誕不足道，凭欄一望堆雅鬟。
飄然便欲獨飛去，日攜笙鶴開歡顏。

此心餘二十三歲作。廬山有東林、開先、萬杉、栖賢諸寺。棲賢寺，在星子縣五老峯下。芙蓉，即蓮花峯，在德化縣南。詩首以蒼苔、長林、竹樹，言栖賢荒蕪，是「客耳忽靜人心閒」，可以飽覽此地風光。繼言牯嶺東南五老峯，蒼松盤虬奇絕，烟雲縹緲。而栖賢寺有金世揚捨羅漢卷，宋犖則留玉帶鎮寺，以增此寺文物。「即今」句下，田數百里，膏腴恒產，爲僧人所有，此英雄差於爲僧之道。作者自由去來，寺藏舍利子，老僧啓餅引見，黯然如豆，令人生悲；而佛家以佛身荼毘（火化）後，結此似珠之舍利，應爲荒誕。凭欄遠望，不如飄然獨飛，與笙鶴共樂。詩由景，轉至人生。以佛徒所爲，亦頗有荒誕不經之處，不如順應自然耳。另甌北詩鈔有棲賢寺瀑布（五古三），子才小倉山房詩集卷三十有棲賢寺贈道念上人（絕句）詩。三家此亦同題，子才只絕句，分量不稱，蔣、趙則旗鼓相當。

又：開先瀑布（詩集，卷一，頁十六）：

瀑布之水源何來，劃然下裂長峯開；
下士目駭自天落，絕頂乃有千盤廻。
青山斷缺聳雙劍，元氣直瀉巖頭摧；
飛流已出不肯下，一綫中折分潆洄。
隱現數折蓄精鋭，失勢一落如奔雷；
跳波亂擊潭水立，怪物潛伏寧礜顋。
音聲頃刻逐千變，萬馬赴敵金鼙催；
天光半壁照空谷，此地萬古無陰霾。
谽谺積雪掛千仞，山中猿鶴猶驚猜；

銀花下散布水臺，混沌鑿破山根隈。（自註：四壁皆刻大字有如蜂房）
擘窠大字洗不盡，鐵畫滿地鐫青苔；
太白已往老坡死，我輩且乏徐凝才。
惡詩走筆不敢寫，山亭汲煮燒松釵；
明朝竹杖青芒鞋，凌風踏碎烟雲堆。
飛泉三疊絕倚傍，坐觀一洗塵氛懷。

此心餘二十三歲遊開先（在廬山麓）瀑布作。據明人王褘所撰開先寺觀瀑布記云：「廬山南北瀑布以十數，獨開先寺最勝。開先瀑布有二：其一曰馬尾泉、其一在馬尾泉東，出自雙劍、香爐兩峰間爲尤勝。或曰瀑水之源，昔人未有窮之者，或曰水出山絕頂，衝激入深洞，而入康王谷爲水簾，東出香爐峰則爲瀑布也」⑭。詩中首言山之絕頂盤廻，不知其源。忽見雙劍、香爐飛流瀉下，劃開長峯，聲如奔雷，如萬馬赴敵金鼙催（東坡有美堂暴雨有句云：千杖敲鏗羯鼓催）。天光半壁，空谷晴光，積雪猿驚，銀花下散，於摩崖刻石，頗有微辭，惟擬竹杖芒鞋、踏碎烟雲，一洗塵氣。言景中而富道家神仙色彩。

又：晚游歷下亭（詩集，卷三，頁十五）：

---

⑭ 引自古今圖書集成，山川典，第一百四十一卷，廬山部，第一九四冊之三四葉，（山川典，一三〇八），鼎文書局。

春水漲波平不瀉，門外上船亭外下；
偶經御宿一攬結，佳氣隨風動檐瓦。
層軒虛敞納湖色，展拓空明入平野；
誰添畦畛界碁局？區畫湖氷未全打。
北地由來重烟水，倒涵城郭眞瀟灑；
林腰倘肯著村店，應有遨頭弄杯斝。
晚烟著樹境俱遠，水風吹面顏生赭；
坐久翻疑屋是舟，林低忽露山如馬。
笑聲隔岸亂清磬，且復迴篙扣蘭若。（自註：北極閣在北岸）

此心餘二十九歲居山東濟南作。金德瑛詩存卷三有「正月十四日暮偕同人泛舟歷下亭同限下字」詩。歷下亭，在山東歷城縣西，大明湖上。詩紀門外上船、至歷下亭登岸所見。春水波平、佳氣隨風而于檐瓦。亭上層軒虛敞、舉目山容水色、展拓空明，極于平野、湖冰區畫，有如碁局畦畛，增添奇異景色。「北地」句虛起，言北方重在烟水，城郭倒影，瀟灑有似江南；林間若著酒店，應有太守（遨頭）出游、飲客杯酒。「晚烟」句實景，晚烟著樹，水風吹面，顏面晚霞俱爲赭然，而心境悠閑！亭子久坐、疑置舟中，遠山如馬，隔岸笑聲，如在招手，因此迴舟至北極閣矣。「晚游」之景，有始有末，如鏡中返影。

又：八月十三日遊濟南城西張氏漪園（詩集，卷四，頁二）：

勞人出郭馬脱銜，厭聽市語聲喃喃；
那知湫隘閟泉石，展拓人境亭臺嵌。
入門水木露明瑟，坐見石齒流漸漸；
樹根煮汲響爭沸，清味注腹殊酸鹹。
軒階向背合疏密，露臺俛仰皆可覘；
清濠如練抱城脚，女牆側放秋山尖。
虛堂曾與駐青蓋，亦覺花木增清嚴；
下臺緩步倚方沼，投餌一試群魚饞。
背廊覓徑最幽邃，樹隙日影浮襟衫；
主人世守妙結構，已知胸次異俗凡。
名泉隨地湧珠玉，玲瓏但少青巉巉；
豈無達者戀邱壑？盛名清況知難兼。
上馬欲去柳拂面，僕隸何取俱回瞻？

此亦心餘二十九歲居濟南作。金德瑛詩存卷三有「張氏漪園率筆」詩。本詩自喻勞役之士出郭門，有如脫韁之馬；那知城外低狹之地閟泉石，竟有亭臺、在於人境。入漪園門左右楸桐、負日俯仰、目對魚鳥、水木明瑟（水經、濟水注語），石齒漸漸流水、樹根煮水、清味注腹，可以享受。露臺上，所見濠水圍城如練、女牆側露尖山，虛堂花木，令人賞心悅目。下臺緩步，方沼餵魚，別是一番樂趣。背廊幽邃，日影浮衫，心清意爽。繼言，主人張氏經營世守園林（漪園），胸次懷抱，異於常俗。末以泉如珠湧，惜少巉巉青山，唯柳風吹面，依依眷戀。逐層說來，情感環迴。

又：遊蘭亭六首（詩集，卷十七，頁四），**其一云：**

維永和癸丑，至乾隆丁亥；
歷千四百年，更十有四載。
嘉平越四日，詩人艤舟待；
招我遊蘭亭，晨光弄寒彩。
主賓集簪裾，童穉雜觿茝；
輕橈出西郭，重席布中壘。
樂觀山水清，竊懼風物改；
沿緣入南溪，柔櫓相襖靄。
當時修禊人，去我今安在？

其二云：

汜汜十五里，轉轉山陰道；
繫纜婁公埠，烟火帶漁釣。
箯籃雜蹇衛，相載入幽奧；
逶迤陂陀間，往復得深造。
俛挹流觴水，古磵彎環抱；
縛竹爲長簰，銜尾出崖隩。
種蘭俗已易，栖畝有餘稻；
蘭亭本郵舍，無屋領其要。
緬維嘉靖初，太守始移造；
講堂絕絃誦，別墅供遊眺。
谿傍列坐儔，當年可曾到？

其三云：

晉無修禊亭，宋立天章寺；
寺前古書院，即此蘭亭地。
道側欹石梁，百步見幽閟；
入門疊嵯峨，西折轉坡峙。

廣庭鑿深池，塡委石鱗次；
云是古曲水，作者用其意。
中央拱虛堂，厥右小亭峙；
堂左屋不多，花木留御氣。
堂後亭團欒，中有龍蛇字；
聖祖神孫書，穹碑昂贔屭。
宸翰見家法，義獻豈能至？

其四云：

西北一古屋，是爲右軍祠；
儼然晉衣冠，秀彩存須眉。
生平名宦業，讜論青編垂；
懷忠不蒙用，蓺苑徒相推。
偶捉鼠須筆，感慨來係之；
那須穿鑿徒，波磔相信疑。
誓墓避藍田，輕詆悔莫追；
可憐功名地，夷險惟自知。

後人賞禊帖，眞贋何所資？
祓除等兒戲，百端交集時。

其五云：

峻嶺依崇山，茂林間修竹；
茫茫成古今，風景猶在目。
背尋天章寺，籬落轉喬木；
僧宇殊狹隘，倉廩富黍穀。
乃知古剎燬，寺額仍舊屬；
冬青不可見，鐵匭空埋六。
群峰立城郭，樹隙下寒旭；
小樓賸經藏，貝葉誰能讀？

其六云：

攬挹興忽盡，返我谿上舟；
主人觴嘉賓，放棹廻中流。

還睇蘭渚山，晚翠空濛浮；
邈然千歲間，何止萬人游？
游者遞泯沒，有作誰見收？
沿襲山水辭，弇陋何足尤？
從來名勝區，後至難與儔。

此心餘乾隆三十二年丁亥（一七六七）作，時四十三歲，距王羲之穆帝永和九年（三五三），歷千四百十四載。又據「嘉平越四日」，知爲十二月四日（夏朝稱臘月爲嘉平，始皇從之）作。蘭亭，在浙江省紹興縣西，湖口有亭，曰蘭亭，亦曰蘭上里。據晉書王羲之本傳云：「羲之雅好服食養性，不樂在京師，初渡浙江，便有終焉之志。會稽有佳山水，名士多居之。謝安未仕時，亦居焉。孫綽、李充、許詢、支遁等，皆以文義冠世，並築室東土，與羲之同好。嘗與同志，宴集於會稽山陰之蘭亭，羲之自爲之序，以申其志。曰：永和九年，歲在癸丑，暮春之初，會于會稽山陰之蘭亭，脩禊事也。群賢畢至，少長咸集，此地有崇山峻嶺，茂林脩竹，又有清流激湍，映帶左右，引以爲流觴曲水，列坐其次，雖無絲竹管絃之盛，一觴一詠，亦足以暢敘幽情。……及其所之既倦，情隨事遷，感慨係之矣。向之所欣，俛仰之間，已爲陳跡，猶不能不與之興懷。況脩短隨化，終期於盡，古人云：死生亦大矣，豈不痛哉！每覽昔人興感之由，若合一契，未嘗不臨文嗟悼，不能喻之於懷。固知：一死生爲虛誕，齊彭殤爲妄作，後之視今，亦猶今之視昔。悲夫！故列敘時人，錄其所述，雖世殊事異，所以興懷，其致一也，後之覽者，亦將有感於斯文」141。詩中第一首，言王羲之、謝安、郄曇等名士，在晉穆帝永和九年遊蘭亭，相距有千四百十四年。並及主人邀心餘至此遊賞山水清音緣由。第二首，至此，所見俛仰流觴，古磵環抱，田畝餘稻，異於往昔。第三首，宋朝立天章寺，寺前古書院，即蘭亭舊地。古之深池曲水，石鱗次弟，中為虛堂，堂左花木，堂後為亭，中有龍蛇字跡，傳自羲之家法。第四首，西北古屋為右軍祠，想右軍懷忠不為所用（澆自己胸中壘塊？），而脩禊祓除，不過兒戲，感慨係之，因以鼠須筆，寫蘭亭詩集序，後人卻以其書法相推贊，失其旨義！第五首，詩集序云：「崇山峻嶺，茂林脩竹」，今之天章寺，籬落已為喬木，古今變化，令人唏噓。第六首，興盡歸舟，主人觴酒，棹返中流，遠眺蘭渚山，晚翠空濛，千歲傷感，萬人遊踪，旋亦泯滅，作此殘篇，何人能知？人生幻化、興衰之感，隨文而生矣。

又：吳山觀禱雨（詩集，卷十八，頁七）：

陽氣蹶張陰氣弱，雨勢每為風力奪；
斷雲拖墨堆雨頭，斜日篩金散風脚。
厈（岸）痕全出屋宇高，河底難藏鼃（蛙）黽蹜；

141 吳士鑑、劉承幹同注晉書斠注，卷八十。列傳五十，頁八（總頁一三八三），王羲之本傳，藝文印書館本。

萬條龍骨旱田翻，千尺銀餅枯甃閣。
杭人拜呼觀自在，天竺蓮幢下城郭；
雷車脫輻失雙輪，龍井沈珠收一勺。
吳山下視匣明鏡，百頃西湖變溝壑；
前人蓄洩講水利，白老蘇公皆不作。
穀價高騰酒價賤，樂歲凶年兩難度；
三老賣船買籃筍，川路休愁波浪惡。
江湖怒氣一時平，羅刹潛蹤防戲謔；
天心冥冥任愆尤，佛力巍巍爽期約。
安能坐挺筆千鈞，上抉銀河九天落。

此心餘四十四歲歸南京途經杭州作。吳山，在浙江省杭縣城內。詩言陽氣張而風阻雨，土裂屋高，河底蛙（鼃黽）見，旱田水車翻、千尺井水枯，災情嚴重。於是杭人拜呼觀自在（觀世音）菩薩禱雨。然雷車脫輻、龍井（地名，在杭南風篁嶺下）沈珠，百頃西湖，今爲溝壑，神明似無所見！江潮平、川路易行，唐代白居易、宋代蘇軾築堤、蓄水灌溉，今已不見。而穀價高、船無渡，天心冥冥，任人愆尤！末以儒者胸襟，盼有千鈞之筆，可抉銀河九天落！

又：鍾介伯秀才招游禹陵南鎮泛舟、溯若耶谿、樵風涇而返，疊用歧亭韻二首（詩集，卷十九，頁

（二）其一云：

油雲釀輕陰，屢沛霜雪汁；
百五寒食過，花信風猶濕。
尋芳具扁舟，容與客相得；
波平岸轉遲，酒渴杯行急。
上匌漾烏篷，銜尾亂群鴨；
歌舫玉釵橫，食櫑青帛羃。
突兀來飛甍，禹廟繚垣赤；
門迎衡岳碑，墨繡篆文白。
巘冕秉元圭，神從分冑幘；
可憐無祠官，不免若敖泣。
俎豆今尚陳，封鬣古已缺；
惟餘千萬蝠，糞污點游客。
塗山昔如何？邈矣諸侯集。

其二云：

崇阿抱南鎮，路溢椒漿汁；
夕陽唱神絃，烟梟爐峯濕。
掌夢列衙官，祀典豈云得？
莞然不可留，廻棹轉波急。
言尋若耶溪，浣女雜鵝鴨；
登橋望仙人，鶴駕春雲羃。
三五團瓢家，花樹羅翠赤；
老僧說豐年，遙指射的白。
喫茶腋生風，樵風倒吹幘；
笑看播閒人，醉飽發歌泣。
清游興將盡，落日挂山缺；
羽觴無停飛，不知何者客？
秉燭敂城扉，鐙火市樓集。

此心餘四十五歲主講蕺山書院作。禹陵，夏禹之陵，在浙江紹興東南會稽山。若耶溪，在紹興南，若耶山下，北流入鏡湖，相傳爲西施浣溪處。樵風涇，在紹興東南。第一首詩云，過寒食後，油雲輕陰，花信猶濕，與客扁舟尋芳，波平酒行急，沿岸烏篷鴨亂，玉女歌舫，青羃飲尊（櫑，龜目酒尊），不知不覺間，忽見禹廟，赤垣碑篆，黻冕元圭；然無祠官以祀，俎豆尚陳，惟餘千萬蝙蝠，糞污遊客而已！思古先賢，神色淒然。第二首，云南鎭崇山爲抱，路香椒木，烟火裊繞。回棹波急，以尋耶溪。相傳西施浣溪，今只得登高望仙。孔靈符會稽記云：射的山南有白鶴山，此鶴爲仙人取箭，漢鄭宏采薪得一遺箭，頃之有人覓矢，宏還之，問宏何所欲。宏曰：常恪若耶溪載薪爲難，願旦南風，暮北風，後果然㊷。則遙指射的山，鶴駕青雲爲仙人取箭，若耶溪談笑世間，清遊盡興，落日依山，羽觴傳飛，秉燭叩(攴)城，燈火黃昏矣。

其他如：佛峪(詩集，卷三，頁十五)：

出山循溪轉，細路通巖坳；
攬巒秋林間，人馬俱蕭蕭。
前岡變壁立，危厂虛空飄；
呀然虎豹口，似欲因風嗥。
不造西巒顚，豈知山靈豪；
兩肩開四圍，一臂伸中條。
扼腕綴僧屋，亭小當拳高；
何來瀑布水，挂練藏山腰。

㊷ 此引自大漢和辭典，卷六，木部，頁六二四九，樵風涇條。

錦屏隔横岫，雨工不可招；
淙潺墮深塢，疑是乖龍逃。
啜茗夕陽際，坐數前峯樵；
雖與人境遠，城市非迢遙。
僧老未逢官，誰解山林嘲。

又：北極閣（詩集，卷三，頁十六）：

城内千頃綠，城外千山色。
映帶城中十萬户，琳宮一覽居然得；
眼底足底恣挹取，眺遠何須更踰閾？
茶烟裊裊出窗户，神鐙照神神盡默；
須臾寒月散松影，隔水茅茨渺難即。
天教使院落湖側，扃鑰心常愁偪仄；
徑須買取沙棠舟，夕泳朝游水精域。
試向城南望城北，山郭人家居澤國。

又：會波樓（詩集，卷三，頁十六）：

人語散飛鳥，身在城北樓；
表裏氣象殊，萬態供冥搜。
眉際兩峰矗，勢欲因風浮；
其間戰鬥地，繡錯交良疇。
稻登土逾潤，春氣膏腴留；
清滓澄遠林，村舍含深幽。
裊裊炊烟中，冉冉征途修；
入我浩蕩胸，醞釀何油油。
倒身視城脚，燕尾開雙游；
始知百頃湖，出郭東西流。
雲淨象山定，葉亂群鴉投；
日斜倚虛賴，吐氣成高秋。
茫茫眺遠目，一縱不可收。

以上三首皆作於乾隆十八年，與金德瑛同遊（見詩存卷三）山東歷城、濟南諸勝景。又：淨慈寺（詩集，卷十五，頁三）：

出郭第一寺，層甍翠微合；

堂安濟顛師，檐俯黃妃塔。
佛現金色身，一唾具僧衲；
梵宇需蜀材，神力暗輸納。
泓然運木井，巴流隱穿匝；
一柱矗其中，露頂不可拉。
墜火得俯窺，疑有毒龍嚃；
堂東列尊者，五百坐相雜。
叩以西來義，微笑皆不答；
門外明頗黎，淨業問慈鴿。

又：靈隱寺（詩集，卷十五，頁五）：

群山圍古剎，諸天隱喬木；
陰籠冷泉亭，翠倚韜光竹。
僧舍開蜂房，庭宇相綴屬；
香廚萬斛釜，可給千眾粥。
誰供布地金，淨飯藉天竺；
山深洽幽賞，鴟迴遮遠矚。

不見浙江潮，飛聲度林麓。

以上二首皆作於乾隆三十一年，心餘赴蕺山書院講學，途經杭州遊覽所作也。又：偕椿山太守、東井明經遊弁山白雀寺四首（詩集，卷十九，頁十三），其一云：

柔艣劃春波，悠然出北郭；
枉渚接迴汀，蒼弁晴烟脫。
使君偕二客，籃筍度林薄；
交空綠雲垂，夾道青虬攫。
前詣石斗山，古寺飛白雀；
禪栖久荒涼，香火尚如昨。
仕女豈不多，吾男本無著。

其二云：

梁有優婆尼，道績字總持；
誦經十萬部，乃證人天師。
舌生青蓮花，香出陀林尸；

再世名抱玉，身化三生奇。
至人儷不壞，塔記留殘碑；
金剛即堅固，梵夾文字遺。
持誦便獲福，此理誰能知？
缾開雀飛去，勿守空琉璃。

其三云：

東巒峙虛亭，具區可一望；
四萬八千頃，雪氣橫天上。
弁陽三龍潭，神井各萬丈；
行雨龍所司，眞實説无妄。
連句苦天漏，朝曦澹層嶂；
欲書祈晴詩，臨深一投餉。

其四云：

岧嶢法華山，下貯水精域；

坡公昔來遊，觀者如今日。
翻杯濺紅裙，主客風流極；
由來天所械，仕隱兩雞肋。
桑陰礙帽檐，徑轉肩輿側；
偶現宰官身，念彼觀音力。
連船載桃花，春風好顏色。

爲心餘乾隆三十六年在湖州作。

又：寒山別墅（詩集，卷二十二，頁八）：

翳翳范墳樹，萬翠交蒼寒；
東嶺谽一竇，未用塡泥丸。
拾級度脊隘，眉宇飛寒山；
亂石疊奇獸，雜樹頭鬘鬘。
轉仄再登躋，臺榭花竹攢；
徧尋千尺雪，疑有飛空湍。
竟俯而得之，石罅淙潺潺；

落碉不盈丈，此亦稱偉觀。
顧盼垂首去，樓閣誠幽閒；
當時趙凡夫，習靜曾閉關。
名士如鯽魚，籍籍藝苑間；
有無未足多，地美堪盤桓。

又：滄浪亭（詩集，卷二十二，頁九）：

牆外一條水，牆內數拳石；
何者爲滄浪，愀然弔陳迹。
罷官買林邱，聊以適其適；
此亭豈不多，都與空王宅。
中丞好事人，標識到疇昔；
退公借游覽，文雅殊可惜。
面牆見遺像，塵土罥冠幘；
替人已如斯，過眼眞戲劇。
蜉蝣笑蝸廬，但爲形所役。

又：貝氏園（詩集，卷二十二，頁九）：

主人爲誰何？瀟洒想胸次；
悠然遠塵俗，美矣勞位置。
庭軒儒素家，花木山林致；
結構窈以深，疎密皆有致。
涼臺帶煥館，清曠含幽意；
院落十餘區，各自爲向背。
雜樹依喬林，修篁掩嘉卉；
風廊稱徙倚，曲牖宜眠憩。
攜家許終老，百事皆可棄；
淮南盛池館，不免繁華累。
吳人愛西山，跋踄煩仰企；
何如此園佳，負郭三里曁。
心賞足平生，蓬瀛非我思。

三首皆乾隆三十九年，心餘遊蘇州作。以上等等皆遊覽佳構。可知心餘遊覽諸作，氣勢滂礴，情感環迴。

第五節 感懷詩

從尚書、虞書、舜典即有：「詩言志、歌永言」。以至於毛詩序云：「詩者，志之所之也，在心爲志，發言爲詩，情動於中，而形於言」143。詩主言情。其後作者，如：陸機、白居易、黃山谷、嚴羽、王若虛、袁宏道、吳偉業、袁枚、趙翼、心餘144等等，皆順此言情之說。英人華茲華斯在抒情歌謠集一八〇〇年版序言提出，「詩是強烈情感的自然流露」145。可知，中外文學，

143 尚書，舜典第二，頁十一；又，毛詩，序，頁一，皆商務四部叢刊正編本。

144 陸機，見於文賦，云：「詩緣情而綺靡」（陸士衡文集，卷一，頁三，商務四部叢刊正編）。白居易，見於與元九書云：「感人心者，莫先乎情。……詩者，根情、苗言、華聲、實義」（白氏長慶集，文集，卷二十八，頁二，商務四部叢刊正編）。黃山谷，見於黃徹撰恐溪詩話，卷十，頁一，引云：「山谷云：詩者，人之性情也」（收在丁福保編續歷代詩話，藝文印書館本）。嚴羽，在滄浪詩話，「詩辯」條，頁三，云：「詩者，吟詠情性也」（收在何文煥編訂歷代詩話，藝文印書館本）。王若虛，在滹南遺老集，卷三十八，詩話，頁十云：「哀樂之眞，發乎情性，此詩之正理也」（商務四部叢刊正編）。袁宏道（中郎），在敘小修詩云：「大都獨抒性靈，不拘格套，非從自己胸臆流出，不肯下筆」（袁中郎先生全集，道光九年梨雲館類定，卷十，頁二）；又在熊士鵬序云：「詩發乎情，莫不各有其時與地」（同上，頁九）。又，吳偉業，在梅村家藏藁，卷五十四，與宋尚木論詩書，頁七云：「詩者，本乎性情」（商務四部叢刊正編）。而袁枚詩主性情，在隨園詩話中屢屢提到，如詩以言「人之情也」（卷三）。在詩話補遺有：「文以情生，未有無情而有文者」（卷七）。又，在南郭論詩說：「提筆先須問性情」（小倉山房詩集，卷四）（詳見王建生著袁枚的文學批評，東海大學碩士論文；又個人曾於東海文藝季刊第二十五期發表性靈說的意義，收於桂冠圖書公司出版建生文藝散論）。趙翼詩論，亦以性情爲本，參王建生著趙甌北研究。心餘忠雅堂詩集，卷十三頁十一，文字四首，其四云：「文章本性情，不在面目同；李杜韓歐蘇，異曲原同工」。

145 M.H.艾布拉姆斯著鏡與灯，張照進等譯，第一章、導論，四表現說，頁二十五，北京大學出版社。

均以「詩言情」爲主體。而言情中，含：抒懷、諷諫、贈別、哭輓。而古典詩歌，贈別與哭輓，泰半爲酬贈，私意以爲分在酬贈較適，是歸在第一節敘述。而諷諫之作，旨在社會寫實、諷喻方面，是將此部分移至後面解說。此節專就抒發個人情懷詩篇，作一論述。

抒懷詩，有感於人、感於事、感於時、或者雜感，種種不同情況而寫。

心餘感於人者，如：**寄懷梁山舟**（同書）**侍講五首**（詩集，卷十六，頁十九），**其一云**：

百鳥儀明廷，君獨黃鵠舉；
豈無阿閣樓，自返丹山羽。
當時鴻雁群，薄言散洲渚；
栖栖稻梁謀，遠念拂天侶。
物理難強齊，不關出與處；
托命本自殊，焉能同日語？

梁同書，號山舟，梁詩正子，浙江錢塘人。此詩心餘四十三歲居紹興作。云山舟不留朝廷爲稻梁謀，卻拂天而南歸，有如黃鵠鳥，「奮翅起高飛」，托命不同故也。**其二云**：

早遺軒冕榮，澹泊明夙志；
退身萬卷中，蕭然香案吏。

或禮菩薩幢，或檢參同契；
夕閉彌勒龕，朝服華陽餌。
豈云樂空虛，藉悅清淨意；
仙佛不必有，浮生共游戲。

言山舟澹泊明志、早歸林泉、讀書禮佛、學道求仙，亦足浮生樂趣。其三：

托迹毋乃疎，緘情未能剖；
室邇人則遐，懷哉君子友。
判袂衰經間，契闊亦云久；
君握智慧珠，離欲本无垢。
我愁如落葉，斷續不可帚；
虛舟從飄風，每懼失其守。
纏綿寄斯言，知君性情厚。

梁氏禮佛、清靜無垢、無有煩惱；己則愁如落葉，斷續不停。末言中無所有，如虛舟之隨風飄蕩、易失其守。是寄以詩，以盡相思纏綿之意。其四：

勞生日擾擾，不入靜者懷；
同凜巖壑姿，焉得與俗諧？
經營究何益，只與至道乖；
遺安事厚積，所嗜不可排。
默默觀萬物，嗒然忘形骸；
同心兩明鏡，黽勉相磨揩。

勞生擾擾，與道乖離；而山舟以靜觀物，已忘形骸，二人同心，期山舟之切磋、日進於道。

其五：

秋來未云悲，春去未云惜；
抱此不動心，端居倚竹石。
君已捐百好，尚有臨池癖；
放筆題湖山，妙墨留眞迹。
傳聞彩袖間，狼藉麝煤液；
相望隔江水，我住永師宅。
待覓邗道人，爲君指今昔。

此言梁氏學道後，心已不動，捐棄百好，僅存臨池書藝，放筆題詩，聲傳四野，隔江想望，以爲寄懷之意。五首詩中，以第三首感情濃烈。

又：寄懷袁丈易齋八首（詩集，卷二十三，頁六），**其一云**：

先生學道人，情性得天厚；
閱世七十年，物新我仍舊。
太虛轉氣機，默默欣所受；
但存悲憫懷，變滅皆可宥。
心和生理長，不借服食壽；
所以蒼松姿，眉同紫芝秀。

此心餘五十三歲居南昌（？）作。首言袁守定（易齋，豐城人）學道，心存悲憫，不必服食還丹，眉同紫芝秀。**其二云**：

知足屏外營，內視知不足；
平生經世心，所學異干祿。
小用獲大效，觀物亦已熟；

喬林漸迴青，芳艸忽盡綠。
豈不感遷流？聊且澹榮辱；
止水雖無波，汲靜泉始復。

袁氏雖有經世之才，然異於干祿，而求道，以自滿自足。有如喬林轉青，芳艸盡綠。心如止水，命如活泉。**其三云**：

佇立秋風前，每憶林慮叟；
心同古人師，敢曰君子友。
夢寐時復見，言行恐相負；
箯輿赴䳘湖，信宿事亦偶。
奄忽十三載，熱淚墮尊酒；
可憐出處懷，脈脈契已久。

心餘與易齋關係，「亦友亦師」之間。夢寐雖遇，相見難期，距䳘湖之會，十有三載，飲酒熱淚，思念深矣！**其四云**：

山中築艸堂，道味老益腴；

悠然寫心懷，雲行水舒舒。
靈源澹空明，不見淵與魚；
所言孕名理，妙義煩含咀。
蘇公和陶詩，尚落迹象餘；
至論歸自然，不在通群書。

袁氏心靈空明，體道深入，山築草堂，悠然吟咏，雲行水舒，歸於自然，似勝東坡之和陶（淵明），猶落形迹。**其五云**：

每對南山雲，動我依依想；
況開尺素書，目共征鴻往。
上言會晤難，下言衰病長；
平生故舊情，規戒一何讜！
願翁享修齡，手握伏生杖；
國老乘安車，去就臨雍養。

面對南山，念友依依；尤其征鴻過眼，拜讀書信，且言衰病難晤，令人悽惻。末，以勉以勸，願祝易齋椴齡，以爲「臨雍（天子學宮）拜老」。**其六云**：

隨化盡則已，未化樂我生；
如何作達翁，尚有歌哭情。
世無不死藥，賢哲皆長庚；
各自具修短，不在骸與形。
政事文字間，翁壽逾籛鏗；
嗟我詹詹言，竊比候蟲鳴。
翁當憫蜉蝣，老淚爲吾傾。

世無不死藥，己則尙歌哭，未具達者順應自然。賢哲或立功（政事）、或立言（文字）以不朽，不在於形骸有無。易齋功業、文字，壽比彭祖（籛鏗），已有公論，我則詹詹詞費如蟲鳴，料君當憐我矣。此首寄情深刻。**其七云**：

貧居十五載，寂寞心已妥；
天語及姓名，感激淚頻墮。
志節難遽明，知遇敢終荷？
仍趨文字職，竊恐深願左。
平生胞與懷，施設期一可；
與翁疇昔言，老矣鐙前我。

心餘讀書講學、貧居寂寞已歷十五載；有此知遇存問，感激之情，難以言表。然平日著述爲職志，深恐有違。易齋則民胞物與，難與等齊。**其八云：**

治譜存一編，題曰圖民錄；
利導信有方，與聚隨其欲。
馴養如孩提，無取官吏俗；
我持痌瘝念，展向茅檐讀。
堂堂陳仲子，殺青付守牧；
同我官戒詩，刻石摹萬幅。
但願專城人，平心爲三復。

袁易齋（守定）作圖民錄，因勢利導，馴養百姓，與心餘官戒詩刻石，不循俗吏之風；己則「痌瘝在抱」，以民生疾苦爲憂，茅屋展讀。又，此處陳仲子借用古人名（戰國齊人有陳仲子，窮不苟求）以言陳守詒，爲易齋刻書者。末首餘韻嫋嫋。

又：與南亭舍人話舊（詩集，卷二十五，頁六）**五首，其一云：**

送君天台游，小別忽九載；

每懷孝弟人，竊懼鬚眉改。
緇塵纏綣仍，宣髮依稀在；
意氣逾壯盛，標韻益瀟洒。
銜杯指風雲，放論決江海；
五十服官政，曹郎秩猶待。
寂寂亦久安，雖貧遠危殆。

其五云：

馬狗車雞栖，笑訪同年生；
昔共直中書，長歌少年行。
奄忽廿五載，豈惟人事更；
戲場弄傀儡，楸枰較輸贏。
共欣壽命長，敢希仕宦成；
居易倚定力，一洗恒人情。
得志豈無爲，不得理亦平；
讀書飲醇醪，勿復計枯榮。

此心餘五十五歲居北京作。懷二十五年前，同值中書，同年生之友人南亭。

有感於事物者，**如飲酒二首**（詩集，卷十二，頁四）。**其一云**：

古來數大事，據我方寸胸；
積疑孰與釋，恆理皆莫通。
屏之不肯去，存之靡所從；
愚人好自用，喋喋飛蠮螉。
私智逞穿鑿，牽合安雷同？
古聖不可作，謬誤難折中。
癥結漸成疾，但借酒力攻；
醉臥亡何鄉？竊幸心空空。

此心餘四十歲作。詩言吾人心中胸，有若干大問題，積久不能釋疑義。一般人私心自用、自說自話，以爲已經冰釋，實則穿鑿附會而已。心中癥結，惟有借酒力消除，雖醉臥茫茫，然心空無礙，亦是一樂。**其二云**：

酒力有時盡，書卷雜蕪穢；
束之了不觀，妙悟別有會。

河山莽浩浩，積氣偃一蓋；
開我閱世眼，滌此胸次隘。
袒懷納萬古，齊物禦百怪；
洒然坐終日，君子則常泰。

酒力已盡，書卷蕪雜，束之不觀，心體妙悟。思河山莽浩，不過積氣一蓋，閱歷山河，滌此胸次。君子齊物，心中常泰，由飲酒、而讀書，引起聯想。

又：醉言六首（詩集，卷十三，頁九），其二云：

檢我少年詩，多怨類女子；
斤斤計窮達，所見一何鄙！
呼兒試讀之，秋聲滿雙耳；
悲歌亦何益？豪俊幾回死。
汝曹但修身，他日勿爲此。

其五云：

游藝屬餘事，通儒無不能；
用之廟堂上，鉅細皆克勝。
取少而積多，寬裕歌同升；
俗士竊章句，驟貴亦自矜。
國家數大事，何以爲肩承；
兵刑錢穀間，茫然日兢兢。
仕優不遑學，沒世將何稱？
少賤歲月寬，愼勿悲塡膺。

此心餘四十一歲赴江西舟中作。詩中回憶少年作詩，多怨憤，計較窮達；今日翻檢，自覺昔日見識鄙陋！應以修身爲是。亦不必如俗士偷竊章句，驟貴自矜，須以國事爲要，餘閒勗勉於學，由「醉」中而言做人道理。

又：祈夢（詩集，卷十五，頁十四）**云：**

大夢不遽覺，身世亦多故；
吉夢與妖夢，事後始能悟。
人愚遜神智，乞兆導先路；

就中弄狡獪，示現雜疑誤。
禍福有轉移，眞宰不可訴；
修身以俟之，雖寐亦常寤。

此心餘四十二歲杭州作。人生如夢，多故多事；至於吉之與妖，禍福難知，然可修其身心，日夜皆得光明也。人云：日有所思、夜有所夢，夢由心生，心正則夢亦佳矣。

又：讀書四首（詩集，卷十六，頁二），**其一云：**

地方讓江河，天光含日星；
明極故有容，厚極故不爭。
萬古常有餘，大哉天地形；
星日或晦蝕，江海或變更。
萬物才智小，所以多營營。

此心餘四十三歲居南京作。起首四句言天地包容偉大，甚佳。進言，萬古以來天地未變，而星日雖明、江海雖寬，仍有變更。晦蝕，反襯天地之大。至於萬物，才智短小，是自營求以求興榮。

其二云：

薄者視我厚，賤者視我尊；
出入有車馬，揖讓有衣冠。
我忽異庸衆，皆出朝廷恩；
貸粟不調飢，借裘不禦寒。
苟非竊科名，生理焉得今（全？）；
報國未可期，感恩寧可諼？
方寸忍自欺，安忍欺皇天。
慈母計米鹽，家政老尚操；
既乏甘旨供，復代兒孫勞。
壯者轉暇逸，飽食歷昏朝；
親恩無已時，默念心忉忉。

皇恩之故、科名及第，使自己爲尊者、厚者，出入有車馬，衣冠體面，不同於衆，而己報國之願，遙遙未期。己爲官清廉，家中慈母，計較米鹽，爲家務持勞，服侍老幼、壯者反逸，慈暉廣大，每念則心中憂憂（忉忉）。此首記君親之恩。**其三云**：

至矣君親恩，厚施不求報；
富貴本時命，愚昧托權要。

君子德難受，酬知恐莫效；
小人惠偶加，責逋豈由道？
誰能墮兵節，數爲博歡笑；
欲上宰相書，懼傷忠與孝。

君親之恩、偉矣、至矣，厚施不求報。富貴由命、君子仕進以德，不須競走權要之門。亦不必墮名節、以博歡笑，更不必自薦求官、以傷忠孝。可知心餘心地光明、令人佩服。**其四**：

百事難苟求，讀書可終身；
權量決從違，千萬古之人。
善惡皆我師，勸懲相主賓；
閉關謝交游，先哲綢繆殷。
紛紜世俗言，竊幸耳不聞；
庶幾寡尤怨（？），無咎安吾親。

百事難求，唯讀書可終身；獎懲由我、善惡皆可借鏡。閉關謝交游，世俗不擾，無有怨尤（怨字不清），無有過錯，或使母親安心。句句出肺腑，皆至孝之語。

心餘又有感於天候、時令者。

有感於天候者，如：擬秋懷詩七首（詩集，卷一，頁十一），其一云：

斜陽入窗隙，屋脊臥山影；
老樹無惡陰，蕭蕭抱餘景。
天空一鳥下，城郭向人靜；
庭荒暝色重，孤坐風力猛。
落葉不到地，秋氣結古井；
感感欲成言，心手鬱相挺。

此心餘早年（二十二歲）居建昌作。金德瑛詩存卷一有「秋懷」十首，應為同時作。第一首言己孤立於秋景中。其二云：

暮雲不上天，新月樹間倚；
蟲響納夜光，百憂艸根起。
觸緒豈自知？微物奪悲喜；
幡然酌我酒，飲氣讀全史。
苦抉一寸心，古人可以死；
歷境何必同？所貴得其是。

百世肝膽見，吾生一男子。

由傷秋而酌酒言志，「歷境何必同？所貴得其是；百世肝膽見，吾生一男子」，有肝膽赤誠（忠）心、有千秋之志可知。**其三云**：

文字何以壽？身後無虛名；
元氣結紙上，留此眞性情。
讀書確有得，落筆當孤行；
數語立堅壁，寸鐵排天兵。
苟非不朽物，誰復輸精誠？
入隱出以顯，卓犖爲光明。
庶幾待來者，神采千年生。

讀書貴自得，以眞性情爲詩，則可以神采千年。**其四云**：

鐙影動虛壁，夜氣凝秋蘭；
矯首望天末，曠野蒼烟團。
百里隔山水，一念平生歡；

磊落作壯游，不知行路難。
日月戀遊子，照此儒生冠；
士不志溫飽，時或憂飢寒。
陳平故美皙，貧賤寧足歎？
親老未能養，惻惻傷心肝。

此由近處秋蘭、思及親老，儒者孝道表現。其五云：

星斗出戶牖，空際懸秋聲；
天地變節候，萬物不敢萌。
悲風起窮壑，木落山鬼驚；
志士仰屋坐，獨有千年情。
方寸納百怪，欲與造化爭；
思冗力易竭，善用其聰明。
百歲事業多，智慧勞吾生。

歐陽修秋聲賦云：「嗟乎！草木無情，有時飄零；人爲動物，惟物之靈。百憂感其心，萬事勞其形。有動於中，必搖其精。而況思其力之所不及，憂其智之所不能；宜其渥然丹者爲槁木，黟然黑者為星星。奈何以非金石之質，欲與草木而爭榮？念誰為之戕賊，亦何恨乎秋聲！」146。言人之勞心勞形，不待秋聲，亦為之摧敗零落147。**其六云：**

十年薄時趨，一日得師表；
攻錯良已多，所聞悔不早。
秉燭入暗室，孰能遯醜好？
俗學困塵土，清風一除埽。
我心有鴻鈞，吐語本天造；
菁英失其實，外榮內則槁。
強弩能蹶張，百家應弦倒；
金石皆陳言，組織何足道？

此言得良師之不易。己有鴻鈞之心，倘得良師輔益，則能成一家之言矣。**其七云：**

彈琴不成聲，酒滴劒花暖；

146 歐陽修著居士集，卷十五，頁四，商務四部叢刊正編。
147 參王建生撰歐陽修傳，頁五十八，發表於中國文化月刊一百三十八期，東海大學出版。

含笑歌長生，白日坐中短。
骨肉只形合，以氣爲聚散；
拔宅居青冥，毋乃近荒誕？
引觴酹南山，雲截數峰斷；
豪宕答時序，却坐吹玉琯。
和聲破蕭瑟，不使秋光滿；
我無窮達心，造物豈能限？

彈琴、飲酒、長歌，慨歎生命不過氣之聚散，骨肉亦不過以形合。然，亦不必相信全家成仙（拔宅上昇）事。得酒酹山、坐吹玉管、破除蕭瑟、自得其樂。既能淡泊窮達，造物者亦難限矣。詩從眞性情出，有自得之意，不同於俗士。

又如：除夕（詩集，卷三，頁十），其一云：

朔風橫空來，草木盡南向；
吹我懷母心，直至高堂上。
風迴心獨苦，念念實悽愴；
群鳥皆養羞，墐户有佳況。

如何遠遊子，甘若獸走壙；
粢盛誰與供，懼速西鄰謗。
豺鷹且知祭，毋乃葛伯放。

此心餘二十八歲在山東濟南作。朔風苦毒，見鳥獸有養，遠遊之人（時客山東），如何若獸走壙野（孟子離婁云：民之歸仁也，猶水之就下，獸之走壙也。），不知念家祀祖。記憶孟子書載，湯居亳與葛爲隣，葛伯放而不祀[148]，益添己之思親念祖之情。**其二云**：

寒鐙耿虛室，獨坐聞歲鼓；
豈無瘏㢝酒，飲之味逾苦。
歡聲四鄰動，爆竹靜可數；
他鄉二三客，對影各自語。
遙知茅堂中，婦已具雞黍；
此時老母意，深杯可能舉。

[148] 焦循、焦琥撰孟子正義，卷六，頁二五四，滕文公，下，云：「孟子曰：湯居亳，與葛爲鄰，葛伯放而不祀，湯使人問之曰：何爲不祀，曰：無以供犧牲也。湯使遺之牛羊，葛伯食之，又不以祀。……」（世界書局）

寒鐙虛室獨坐，臘鼓頻催。「豈無屠蘇酒，飲之味逾苦。」，「他鄉二三客，對影各自語。」；描寫羈旅心情深刻。「遙知」下四句，推想家中情形，已具備雞黍過年，母親則舉杯遙祝。換母親之心爲我心，更見作者孝親之情。

又：**歲暮行**（詩集，卷六，頁十三）云：

壓檐凍樹鳴枯葉，馬病車摧寡酬接；
懶爲却鬼送窮文，恥作千人乞米帖。
怡然讀書老母旁，冬菘作羹齏作湯；
母顏歡喜妻子樂，鏡臺食案生輝光。
雖探篋笥一無有，却撫胸懷百無咎；
絕無故舊問囊空，肯令庸奴笑顏厚。
此時寒日氣悽凜，何處朋歡鬥酣飲；
九衢冠蓋各喧招，一榻琴書獨高枕。

此心餘三十三歲北京作。歲暮寒氣悽凜，由於懶爲送窮文、恥作乞米帖，是以篋笥無有。然則胸懷磊落，雖有喧招之華貴，不如高枕書琴伴也。此亦所謂「窮且益堅」。

又如：風雨（詩集，卷十八，頁八）：

五日風、十日雨，秀色油油上禾黍；
五日雨、十日風，八分九分談年豐。
懶龍睡足不復臥，挾水行天求補過。
汲井利用溝澮盈，河橋漸有搖艣聲。
新涼一雨洗百病，寒衣有無且聽命，
驅熱還須北風勁。

此心餘四十四歲居紹興作。風雨調和禾黍秀、年穀豐，似乎懶龍睡足，於是挾水行天，普降甘霖。大地得以汲水、行船。對人身言：雨洗百病、北風驅熱，功用不小。此就風雨與農作，人生相關者說。

又：苦寒（詩集，卷六，頁六）云：

百慮依一塗，誰復相慰勞？
葵堇故甘美，蓼蟲異嗜好。
嚴飈尋罅入，急雪擇簷冒；

地火乏餘勁，土室豁冰窖。
朝餐午未進，薪濕水凝竈；
敬薄養未隆，烏烏躬自悼。
兒啼縮如蝟，凍餒就啄菢；
偃蹇爲人父，子職已蒙誚。
乞人滿街衢，裸體互引導；
入市奪人食，鞭撻不辭蹈。
生趣既如此，亡命恣陵暴；
睢盱丐苟延，以死易簞犒。
身僵口怒詈，餘力尚桀驁；
乃知造化心，未肯均覆幬。
我淚墮已沍，入室頗憂懊；
愧無援手責，何術拯昏眊？
妻孥色黯黮，畏冷若衰耄；
安得捧炎曦，東來曝堂奧。

此心餘三十二歲北上舟行山東時作。由蓼辛葵甘，各蟲安其所好，而寒飈忽起，地火無勁，土室冰窖，一片死寂。至于乞人裸體滿街，搶奪民食，身僵口怒，悽悽惻惻，己卻援助乏術，黯然慨歎。此詩雖感於天候而寫於社會矣。

其他如詠懷三首（詩集，卷十三，頁十四），其一云：

勝引不可即，深衷見良難；
每託古人意，一唱再三歎。
我憂亦何繫？中夜慘不歡；
起攬將敝裘，一禦江湖寒。
崩風徙哀壑，猛雨驅驚湍；
默坐不能語，寂寂摧肺肝。

其二云：

溟漲圻陰崖，頹波蕩陽谷；
稻粱散洲渚，尚有饑鴻哭。
天災罰寧逭？聖澤流何速；
溪痕縮三丈，濱沱已成陸。
茅茨渺難見，荒邨餘破屋；

全生賴網罟，魚鰕命良促。

其三云：

浮家溯江湖，涉川亦云屢；
春雲起天表，下有先人墓。
錯迕紛世緣，故鄉不得住；
去官失微祿，飢色漸如故。
積隱未易明，疑者或多誤；
默念孤生桐，萌芽托誰護？

此心餘四十一歲辭官後，舟經彭澤湖口，阻風泊舟於星子縣（江西省）作。見天災不斷，去鄉孤寂感懷也。

至於雜感作品，如雜詩四首（詩集，卷七，頁六），其一云：

多願實自苦，無常乃爲病；
守約而有恒，我則立其命。
熟觀修齊理，求福亦有柄；

莫短乎苟得，瞀者昧所竟。
從俗豈不好，竊懼傷直性；
省躬識夷途，應物畏機穽。
衆棄良可取，吾亦順吾正。

此心餘三十五歲居北京作。詩言人生無常，應守約立命，不必順應世俗，求福乞貴，傷己耿介、直率個性。**其二**云：

既貴而忘賤，其貴寧可久？
況以易盡身，于樂無不受。
聚斂亦太勞，但爲耗者誘；
心憂日中昃，及時聊鼓缶。
德敗失所強，何物聽防守；
無驕爲至樂，寡欲則常壽。
當身營石椁，不如死速朽。

貴不可忘賤、不可貪聚；寡欲常壽、無驕常樂，亦不必謀于死後之事。此說人生道理。**其三**云：

嘉卉敷穠華，其質本未堅；
榮悴春風中，婀娜誠可憐。
柔者悅其媚，時來挹芳鮮；
叢生美易盡，驚飈起其前。
爭榮各有時，但惜無常妍；
如何蜂蜨心，戀戀不舍旃。

此有感於春華嘉卉、春風婀娜，爲蜂蝶所悅。然質性未堅、驚飈花落、惜無常妍。作者以花喻美人，花顏無常好也。**其四云**：

曉飲花上露，朝氣盈我懷；
棲禽未及窺，群動寧與偕。
翔陽浴海中，天宇淨若揩；
衆星本熒熒，夜輝不敢儕。
我性厭喧雜，豈能與俗諧？
雞鳴衆人起，我復扃高齋。
臥持平旦心，恐爲視聽乖。

早飲花露、栖禽和鳴、金烏浴海、天淨若揩。衆星固熒盛，有如喧雜俗士，難與朝陽等齊。持以平旦、清靜之心，不爲世人視聽所困矣。取意高、正，不爲俗染。

又如：雜詩（詩集，卷十四，頁一）**云：**

地方養萬物，至慈過于天；
但任發生勞，不操旱潦權。
川澤本納汙，時代已互遷；
割坼日紛紛，坤維體常全。
誰搏大塊土，懸置天水間；
六面聚人民，如蟻緣彈丸。
中藏萬類骨，雜以木石穿；
量厚故可久，順承歸自然。

此亦心餘四十一歲居南昌作。言土地長養萬物、聚集百姓，忍川澤割坼、污穢，及水旱之患，其心量寬厚，天都難比。

又如：雜詩三首（詩集，補遺，下，頁一），**其一云：**

山高而水清，我忽生其間；
我情自依依，山水然不然？
無情則壽考，有愛多拘牽；
不材木常榮，不花樹常堅。
混沌鑿乃死，守拙精神全；
何處無勝區，荷鍤當流連。

此心餘四十五歲居紹興作。由我生山高水清之間，情常依依，多拘多牽；山水無情則壽考。衡之事理，不材之木常榮（不才之人常福）、不花之木質地多實（不誇之人多實）。混沌（中央之帝）自然而生，儵（南海之帝）忽（北海之帝）鑿之而死（見於莊子，應帝王），可知守拙者如聖賢全德。此來自道家思想。**其二**云：

春風爲誰來？林花已嫣然；
花落夜雨中，豈是春風顛？
美人未臨鏡，不自知貌妍；
苟無悅己者，亦不甚愛憐。
憂患出知覺，恩愛伏尤愆；
所以賢哲心，出處常愼旃。

由春風、花之嫣然，夜雨花落；轉至美人、恩愛，引起愆尤，層層推進。末以聖賢心告誡，出處宜謹愼，承歡與否，不必勉強。其三云：

飛者有搏擊，走者有蹏齧；
鱗懷呑吐謀，蟲解網羅設。
夜靜而晝動，入眼苦森列；
我持惻隱心，顧盼不能說。
萬物角智巧，天地意轉拙；
雨露所不生，霜霰所不折。
可憐造化心，一一與分別。

飛鱗蟲獸等萬物，各盡巧智以圖生存；天地渾然，不爲雨露霜霰之苦，此所謂大智若拙歟！本於道家思想。

此外，忠雅堂詩集，卷三頁十，雜詠詩有二十九首，試舉其中第二首：

嗟來可調飢，盜泉可止渴；
丈夫無高識，何以處窮達？
蟻蝂異寒蟬，物性不可奪；

枯魚感涓滴，焉知江海闊？
習靜得所欣，悠然見始末；
所以仁者心，觀時多惻怛。

其五云：

辛苦耕者婦，荷鉏饁東皐；
拮据赤日中，面黑頭髮焦。
雖云氣力薄，暫分夫壻勞；
夫勞亦何惜，所懷在良苗。
鳴鳩換時雨，爾音誠嘵嘵；
休辭口卒瘏，衹恐天聽高。

其八云：

慨然出求仕，各抱利物情；
官卑遠殿陛，效忠何以明？
局脊事趨走，名宦誰早成；

沒齒沈下僚，自視亦漸輕。
草木托春暉，近光生餘榮；
懷哉古賢達，出則爲公卿。

其十云：

知己得一人，雖死不足傷；
己且弗自知，擇交誰實臧。
人心如槃水，清濁豈有常？
鑑物無夜光，疑慮爲周防。
月中畏影髮，愚哉涓蜀梁。

其十一云：

群山倚暮色，秋氣從中來；
感觸不自知，但覺多悲哀。
所思渺何許，意念往復回；
微月照古匋，精魂散蒿萊。

每當延佇中，窮達心盡灰；
何術解縶憂，醉共劉伶埋。

其十四云：

一裘足禦寒，一羹足慰飢；
狗欲無止境，愚者不爲疲。
百草託雨露，豈待長林滋？
醉夢貽子孫，徒令達人嗤。
富貴苟無德，不祥陰伏之；
長者無恥心，市竊良可爲。

其十九云：

惡人亦好名，常恐君子棄；
惟量貴容物，奈何觸其忌？
怙惡寧復惜，好直將自累；
得爲則誅之，尚口禍且至。

緬懷聖門徒，惡許近乎智。

其二十四云：

萬物各處逸，天地居其勞；
何者爲造化？變滅乃獨操。
洪荒闢人世，變滅紛牛毛；
就中立尊卑，賦命任所遭。
大患在有身，世網不可逃；
聖賢多寂寞，我生誠秋毫。
忽忽百年內，未免歸蓬蒿。

等等，雖是雜感之作，實以說理爲主。

第六節　敘事詩

敘事詩，或稱紀事詩，以「事」爲主，含社會寫實。從詩經生民、公劉、綿綿瓜瓞等篇，至漢末蔡琰悲憤詩、孔雀東南飛，可說五言敘事詩雙璧。接著有木蘭詞、至唐代杜甫有北征、紀安史之亂，三吏三別，描寫社會。白居易有長恨歌、刺唐明皇與楊貴妃之間情事。晚唐繼白居易者有皮日休、杜荀鶴、以韋莊秦婦吟爲著。至有明劉基樂府詩、清代吳偉業圓圓曲[149]等，皆反映社會有名詩篇。除了敘述故實，敘事詩尚含榮遇、詠史、讚美等詩篇，今分述如下：

第一目 敘（紀）事詩

心餘雖無著名代表作，有關此類作品如：**明諸生贛縣劉盥而**（觀光）**先生守城詩、今侍御**（宗魏）**曾祖考也**（詩集，卷四，頁六）：

所不敢忘君與父，所不與立豺與虎，
猛獸噬人公力禦。
官兵逃、賊兵聚，
民心洶洶官閉署，公援枹鼓守茲土；
民啜其泣力乃固，惟我與爾赫然怒。

[149] 以上所述，參王建生撰漢代詩歌——樂府與民歌，頁九七，中國文化月刊一二二期；唐代詩歌（中），頁七八，中國文化月刊一二五期；唐代詩歌（下），頁八十五，中國文化月刊一二六期；明代詩歌，頁五十五，中國文化月刊一三一期，東海大學出版。吳偉業圓圓曲，參王建生著吳梅村研究，頁一八一，曾文出版社。

城完公不爲降，城破公不爲虜；
樂哉家人殉于渚，四十餘屍粲可數。
入水不濡猶有婦，喚公偕隱公憮憮。
興王復仇義可存，首陽之粟何必吐？

此心餘三十歲居北京作。言劉宗魏（字雲門，或作幼韓）曾祖父盥而不忘君父的忠、不懼豺虎的勇，守城不屈、四十幾位家人殉義的故事，令人感佩。

又：**胡孺人志殉詩、劉盥而先生妻也**（詩集，卷四，頁六）：

登城不若娘子軍，殺賊不及木蘭氏；
丈夫殉國婦殉夫，惜哉孺人好女子。
投淵竟率全家死，降旗紛紛天地怒；
鬼神暗攫孺人起，劉公成敗書生耳。
食祿偷生安足比，霜中勁草兩獨活，
賃舂鬻餅悲如此。
嗚呼！宋亡有一江萬里，鄱陽止水屍同止；
新鬼相尋四百年，又得劉家一池水。

此與前面一首爲同時作。言劉盥而殉國，夫人胡氏殉夫，並且「投淵竟率全家死」，天地爲之含悲！

又如：**義莊謁范文正祠**（詩集，卷二十二，頁七）：

晏子位齊相，祿及五百家；
眾庶待舉火，厚給無咨嗟。
鄙夫但自固，田宅日有加；
惻隱心已死，不復知其他。
苦人來嘑號，耳塞雙眼遮；
財貨遺兒孫，敗蕩爭淫奢。
祖宗所充積，散擲如泥沙；
再世且乞丐，逐臭同蠅蛙。
范公本天人，君賜臣拜嘉；
萬物實共命，臣族多寒鴉。
垂涕開義莊，立法分等差；
迄今六百年，世守無疵瑕。
亦有吳文肅，義莊立濰涯；

遺風足媲美，海內同嗟呀。
瞻公端直姿，冠冕飛雲霞；
四子列左右，繼美何其華。
歷歷載史冊，具體同其耶；
韓億抱盛德，絳維亦騰拏。
惟賢乃育賢，有若蓬生麻；
臧孫歎而（無？）後，實自戕根芽。
可憐居積人，貪毒如虺蛇。

此心餘五十歲在蘇州作。范文正，即范仲淹。范文正公祠，在義莊之東。在前首天平山謁范墳（詩集，卷二十二，頁七）云：「范公唐相裔，至宋久式微；幼孤母他適，父骨無憑依」，描繪孤苦無依的幼年。接著，言文正公「貧苦立志節」，皇天不負苦心人，乃得富貴功名，「既貴乃封樹，華表雙崔巍；世祿報賢臣，德者福之基」。佈施仁德，乃開義莊，是本詩云：「垂涕開義莊，立法分等差；迄今六百年，世守無疵瑕」，所謂「惟賢乃育賢，有若蓬生麻」，儒者襟抱，可以知矣。

紀事最豐富，是京師樂府詞十六首（詩集，卷八，頁六），所載如：弄盆子、畫眉楊、象聲、唱檔子、戲旦、兔兒耶、戲園、雞毛房、開溝、潑水卒、堆子兵、搖鈴卒、唱估衣、縫窮婦、唱南詞等，就事實紀之。**如弄盆子**：

先擲一盆當空起，再持一竿拄盆底；
竿頭盆轉如旋牀，持竿之人目上視。
竿竿銜尾次第續，忽直忽彎隨所使；
露盤端正向天承，蓮葉偏翻任風倚。
竿人舉趾飄驚鴻，疾行緩步仍從容；
乃知持竿若把筆，收撤頓挫皆中鋒。
有時作勢令盆滾，竿欲離盆盆自穩；
暗裏抽竿盆不知，仍賸一竿相播引。
以竿植地足挽之，雙手合掌不肯持；
回眸視盆尚旋轉，宛若天龍獻鉢隨禪師。
須臾竿繞肩左右，優曇亂開珠四走；
旁人驚恐彼失笑，盆乃完全竿脫手。
吁嗟乎！爾作游民身手利，何不從師舞劒器？
不見飛仙肉身名沈光，軍中共拜王鐵槍。

京師樂府詞十六首皆心餘三十六歲在京師作。此首敘述弄盆子精湛的技藝，即以磁盤置小竹竿上，旋舞不墮。所謂「竿頭盆轉如旋牀」、「露盤端正向天承」、「竿竿銜尾次第續」、「竿人舉趾飄驚鴻，疾行緩步乃從容」。又由此悟出「持竿若把筆」的道理。末言應法王彥章（號鐵槍）之智勇忠義[150]，不當只弄盆子「游民身手」技。收尾取意好。

又如戲曰（詩集，卷八，頁七）：

朝爲俳優暮狎客，行酒鐙筵逞顏色；
士夫嗜好誠未知，風氣妖邪此爲極。
古之嬖幸今主賓，風流相尚如情親；
人前狎暱千萬狀，一客自持眾客嗔。
酒闌客散壺籤促，笑伴官人花底宿；
誰家稱貸買珠衫，幾處迷留僦金屋。
蛣蜣轉丸含異香，燕鶯蜂蝶爭輕狂；
金夫作俑媿形穢，儒雅效尤慙色莊。
靦然相對坐歡喜，江河日下將奚止？
不道衣冠樂貴游，官妓居然是男子。

150 王彥章，字子明，鄆州壽張人。事蹟見歐陽修撰王彥章畫像記（收在歐陽文忠公集，卷三十九，頁七，總頁二九五，商務四部叢刊正編）

名爲「戲旦」，「朝爲俳優暮狎客」，實爲「男妓」，詩中敘述此妖邪狎暱、陪酒陪宿、鶯鶯燕燕情形，令人作嘔。痛斥京城風氣敗壞，即扶持名教之意。

又：唱估衣（詩集，卷八，頁十）云：

古廟官街各成市，估客衣裳不在笥；
包囊細載重如山，列帳當衢衣滿地。
數人高立聲噓呵，唱衣價值如唱歌；
相誇奇服極意態，千衣百裳身上過。
手足將疲脣舌燥，欲賣還看衣帶票；
短長寬窄稱其身，絺繡文章從所好。
衣新衣舊閱人多，人往人來取衣較；
形骸土木原可憐，牛馬襟裾或相笑。
我聞東南蠶荒絲貴人又飢，機杼倚壁織女啼；
眼前道殣晝裸葬，令我對此愁眉低。

「唱估衣」，相當於今天的流動攤販，所以「古廟官街皆成市」、「列帳當衢衣滿地」；而且「唱衣價值如唱歌」，還要「相誇奇服極意態」，以至手足疲乏、脣乾舌燥。由新舊之衣，思及東南饑荒、人飢絲貴，買不起衣裳、織女啼哭、道塗裸葬，詩情關係社會，轉爲哀慽。

又如：縫窮婦（詩集，卷八，頁十）：

獨客衣單襟窮肘，雪中凍裂縫裳手；
檐風吹面身坐地，兒女爭開嚱笑口。
夫難養婦力自任，生涯十指憑一鍼；
狂且或動桑濮想，蕩子戲擲秋胡金。
君不見紅粉雲鬟住深院，雙手不親鍼與綫；
笑他女兒性癖習女紅，窮人命薄當縫窮。

縫窮婦，衣單露肘、雪中縫裳，不僅淒苦，兒女還啼笑。夫婿難以養家，只落得縫窮婦十指一鍼度日，有些浪蕩子，竟對她作桑濮淫樂之想，甚至學魯秋胡戲採桑女，實在荒唐。整個社會看來，巧鍼爲女性天職，然富家女不僅不學，且在深閨紅粉粧矣！由紀實而諷刺社會不平！

第二目　榮遇——表彰忠孝節義

本來「榮遇」詩，紀述個人受到君王的榮寵、以及君主時代廟堂威儀，據楊載所著詩法家數

「榮遇」條，以爲榮遇詩要富貴尊嚴、典雅溫厚、如龍遊靈沼、鳳鳴朝陽[151]。然心餘記載個人較少，表記忠臣孝子者多。有關忠臣作品如：**題表忠觀碑後**（詩集，卷十五，頁十三）：

不肯閉門作天子，願作開門節度使；
西湖之水豈可塡？有國百年吾足矣。
妖賊紛紛盜赤符，公言赫赫傳青史；
三世四王七十年，功名五代相終始。
嗚呼！仙芝漢宏一亂民，黃巢嗜殺終滅身；
可憐不識忠孝字，高駢董昌皆重臣。
八州父老免塗炭，九死包容頒鐵券；
由來信誓出殊恩，敢使兒孫罹國憲。
雍熙納地倖免誅，南渡陰還土一隅；
仁人再世且享國，佳兵好殺何其愚！
勸忠異代推清獻，墳廟無虞還立觀；

---

151 楊載著詩法家數，榮遇條，頁八云：「榮遇之詩，要富貴尊嚴，典雅溫厚，寫意要閒雅、美麗、清細，如王維、賈至諸公早朝之作，氣格雄深、句意嚴整，如宮商迭奏，音韻鏗鏘，眞麟遊靈沼，鳳鳴朝陽也。學者熟之，可以一洗寒陋。」（收在何文煥編歷代詩話，總頁四七三，藝文印書館）

特筆誰如蘇子贍，雄文壓倒羅昭諫。

此心餘四十二歲作。蘇軾表忠觀碑云：「故吳越國王錢氏墳廟……謹按故武肅王鏐，始以鄉兵破走黃巢，名聞江淮，復以八都兵討劉漢宏，并越州，以奉董昌，而自居於杭。及昌以越叛，則誅昌而并越，盡有浙東西之地，傳其子文穆王元瓘，至其孫忠獻王仁佐，遂破李景兵，取福州，而仁佐之弟忠懿王俶，又大出兵攻景，以迎周世宗之師。其後卒以國入覲，三世四王，與五代相終始」⑮²。詩中云錢鏐一生忠貞大事，如東坡文所紀，未以清獻集（宋代杜範著）、東坡文褒讚稱許、羅隱（錢鏐曾辟爲節度判官副使、諫議大夫）文自不及矣。詩句典雅清正、不讓前賢。

又如：謁于忠肅公祠墓（詩集，卷十五，頁十四）：

小人共爵祿，錄錄太平時；
一朝遘危難，君子獨任之。
倉皇昧適從，委靡聽指揮；
事過審利害，傾軋相轉移。
忠良罹禍患，冥漠皆有司；

---

⑮² 蘇軾著蘇東坡全集，下，續集，卷十二，頁三八六，世界書局。又據孔凡禮點校蘇軾文集（第二冊），卷十七，作「至其孫忠顯王仁佐」，「獻」作「顯」字。大陸、北京、中華書局本。

治病存古方，飴甥本良醫。
幸與不幸間，公或能前知；
宗社免播遷，一死焉敢辭？
徐石等鼠蟻，友愛天已漓；
骨肉變仇敵，黨惡何足嗤？
氣數出天運，殺身立綱維；
魯廟躋僖公，庶幾愧公祠。

此亦心餘四十二歲在杭州作。于忠肅公，指明、于謙。其祠墓，在三台山。據明史于謙本傳云：「字廷益，錢塘人，生七歲，有僧奇之曰，他日救時宰相也。舉永樂十九年進士。授御史，奏對，音吐鴻暢，帝爲傾聽。……十三年，以兵部左侍郎召。明年秋，也先大入冠，王振挾帝親征，謙與尚書鄺埜極諫，不聽，埜從治兵，留謙理部事。及駕陷土木，京師大震，衆莫知所爲。郕王監國，命群臣議戰守，侍講徐珵言星象有變，當南遷。謙厲聲曰：言南遷者、可斬也。京師天下根本，一動，則大事去矣。獨不見宋南渡事乎，王是其言，守議乃定。……景泰八年正月壬午，亨與吉祥，有貞等既迎上皇（英宗）復位，宣諭朝臣畢，即執謙、與大學士王文下獄。……丙戌改元天順，丁亥棄謙市、籍其家、家戍邊。……弘治二年，用給事中孫需言，贈特進光祿大夫柱國太傅，謚肅愍。……萬曆中改謚忠肅」[153]。詩中即言于謙與小人同朝，小人執政以弄權，忠良任

153 明史，卷一百七十，列傳五十八，于謙本傳，頁一起，藝文印書館本。

危而罹禍，最後甚至殺身成仁的事蹟，讀來令人嗚咽。

又如：題文信國遺像（詩集，卷十八，頁一）：

遺世獨立公之容，大節不奪公之忠；
天已厭宋猶生公，一代正氣持其終。
小人紛紛作丞輔，公不見用且歌舞；
朝廷相公國已亡，六尺之孤是何主？
出入萬死身提戈，天意不屬當奈何！
十載幽囚就柴市，毅魄且欲收山河。
節義文章皆可考，狀元宰相如公少；
山中誰救六陵移，地下眞慚一身了。
亂亡無補心可憐，天以臣節煩公肩；
不然狗彘艸間活，借口順運謀身全。
俎豆忠貞遂公志，嶺上梅花公再世；
鄉人誰復繼前賢，一拜須眉一流涕。

此心餘四十四歲杭州作。文天祥（一二三六——一二八二），號文山，江西吉安人，寶祐四年進士第一，元兵渡江，奉詔舉兵，後奉使北征，爲所拘。有正氣歌，事見宋史本傳[154]。文文山雖是「狀元宰相」，身處垂危的宋末，受盡憂患。他致仕時三十七歲，至元十九年（一二八二）卒，心餘詩云「十載幽囚就柴市」，當指仕宦十年；實際上，「天祥在燕凡三年」（本傳語），心餘此詩略有語病。汪水雲浮丘道人招魂歌，其九云：「有官有官位卿相，一代儒宗一敬讓；家亡國破身漂蕩，鐵漢生擒今北向。忠肝義膽不可狀，要與人間留好樣；惜哉斯文天已喪，我作哀章淚悽愴。嗚呼九歌兮歌始放，魂招不來默惆悵」[155]。悲賢良、慟失忠臣心情相同。

又如：題史道隣閣部遺像、小引（詩集，卷二十，頁五）：

乾隆癸未（二十八年，一七六三）正月，予于燕市得公遺像，及四月廿二日家書卷子，藏閱十載。壬辰（三十七年，一七七二）客揚州，公裔孫（開純）秀才，假摹一幅，以崇守祀，圖成，屬題幀首。

士不飽，不先食，未授衣，不先御；
短小精悍目有光，廉信與下均勞苦。

---

[154] 見宋史，卷四百十八，列傳第一百七十七，文天祥本傳，頁十九，藝文印書館本。

[155] 收在文天祥著文山先生全集，卷二十，附錄，頁二十四，商務四部叢刊正編。

國史大書如寫眞，須眉凜然社稷臣；
生不逢時死得所，雲臺麟閣嗟何人。
遺言欲葬孝陵側，公屍已潰那可得？
梅花嶺頭氷雪魂，生死南枝最孤直。
袍笏作身將作兒，文壁子孫非我支；
請看前世旋螺髮，換出新霜兩鬢絲。
公當蓼賊謀兵禍，半夜朱衣獨危坐；
神光照人賊駭竄，始信相公難得臥。
彼時狀貌若此圖，斷幅流傳半有無；
偶隨神物金函守，終使兒孫鐵筆摹。
挂向祠堂生氣勃，伏臘年年采薇蕨；
南都戰壘艸連天，北嶺梅花香到骨。
吁嗟乎！公不講學不立黨，遺大投艱毅然往；
宗澤難平統制譁，張詠空留益州像。
家書紙紙飛血痕，容衣誰揭小東門；
不如柴市招魂葬，齒髮猶歸信國墳。

此心餘四十八歲主揚州安定書院講席作。據詩小引，本詩爲史可法玄孫史開純秀才、題所摹史可法像而作。明史史可法本傳云：「史可法，字憲之，大興籍祥符人。世錦衣百戶，祖應元舉於鄉，官黃平知州，有惠政，語其子從質曰：我家必昌。從質妻尹氏，有身，夢文天祥入其舍，生可法，以孝聞。舉崇禎元年進士，授西安府推官……十一年夏，以平賊踰期，戴罪立功。可法短小精悍，面黑、目爍爍有光、廉信，與下均勞苦。軍行，士不飽不先食，未授衣不先御，以故，得士死力。……北都既陷，縞衣發喪。會南部議立君，張慎言、呂大器、姜日廣等曰：福王由崧、神宗孫也，倫序當立，而有七不可，貪、淫、酗酒、不孝、虐下、不讀書、干預有司也。潞王常淓、神宗姪也，賢明當立。移牒可法，可法亦以爲然，鳳陽總督馬英，潛與阮大鋮計議主立福王，咨可法，可法以七不可告之，而士英已與黃得功、劉良佐、劉澤清、高傑發兵送福王至儀眞。……大清兵大至，屯斑竹園。明日，總兵李棲鳳、監軍副使高岐鳳、拔營出降，城中勢益單。……可法自守之，作書寄母妻，且曰：死葬我高皇帝陵側。……可法死，覓其遺骸，天暑，衆屍蒸變不可辨識。踰年，家人舉袍笏、招魂，葬於揚州郭外之梅花嶺……可法無子，遺命以副將史德威爲之後」[156]。心餘詩就史實、把史可法的孤忠、英勇表現淋漓。後就裔孫於揚州摹其圖像、掛於祠堂、囑心餘題詩、以明作詩來由。末以史公從容就義、形骸難辨，只就衣冠冢於梅嶺，不如文信國之得全！哀慽之情，又增一層矣。

以上皆就忠臣立言。

孝子方面，心餘所紀亦多。如汪孝子（詩集，卷五，頁七），盧孝子詩（詩集，卷六，頁六），會稽

---

[156] 明史，卷二百七十四，列傳第一百六十二，史可法本傳，頁一起，藝文印書館。

孝女金玉堂詩（詩集，卷十八，頁六），江孝子詩（詩集，卷廿一，頁三），解孝子詩（詩集，補遺，下，頁四）等皆是。

汪孝子（詩集，卷五，頁七）：

阿翁陷賊賊營閉，孝子營門決雙眦，誅賊無力懼賊縶。
牙旗一丈將軍來，孝子慟哭人馬哀。
含淚作詩墨盡赤，求脫父難禽賊魁。
將軍誦書色黯慘，彼象我寡事豈諧？
鼓角無聲策馬去，彼且畏賊何況汝？
人不可憐神鬼護，以誠感人天地許。
壯士何來能禦侮？談笑對賊與賊伍。
賊信壯士開營門，壯士攜翁歸故村。
脫翁虎口未足駭，翳桑餓者來報恩。
孝子有妻亦孝婦，亂後色養安驚魂。
愛以壺觴招父老，手購典籍遺兒孫。
栝棬手澤見餘慶，甲第湖濱無與並；
父爲孝子子賢令（自註：次公正澤宰武義），彤史何人傳篤行？

摳衣我數登其堂，幼聞風教思益長；

他年若把董狐筆，大書餘干孝子汪耳黃。

此心餘三十二歲居南昌作。敘述江西餘干孝子汪耳黃，父親陷賊，孝子慟哭求救，至於淚盡血赤。繼以精誠之心感動賊，令開賊營以入，因此攜父歸里，孝順之至。後，言其家庭，父子皆賢，妻亦孝婦，令人敬仰。

又：盧孝子詩，有序（詩集，卷六，頁六）：

南安府南康縣人盧阡，字孚一，郡廩生也。母病，爲文告天，乞代，哭幾失明。及母死，自沈以殉；明日，水面豎一指，家人乃得舉其屍，阡父哀之，徧丐誄詞。予憫其愚孝，作詩曰：

我讀黃鳥之詩聲暗吞（自註：阡哭母有黃鳥詩），子殉母死古罕聞；

曹娥輕生精衛泣，親非考終故覆溺。

母歿正寢兒命隨鷗梟，理不可知事豈無？

獨抱此志明區區，請看吾鄉孝子虔南盧。

盧生事母但欲母病甦，告天乞代淚眼枯；

身餘骨筋無肌膚，天不佑母何用兒此軀？

麻衣出走赴江水，惜哉中流無一壺；
精魂隨母歸庭隅，家人覓之徒趦趄。
打鐵灘頭豎一指，指天怨天促母死；
兒身似鐵心似灘，鑄錯憑誰聚灘水。
古風易降天性漓，慈烏墮地子抱枝；
紛紛梟獍靦人面，末流不易求此兒。
觀過知仁未宜刻，規矩人倫有繩尺；
表之亦可驚頑梗，矯枉寧須定矜式？

此心餘三十二歲行舟北上至山東時作。敍述江西南康縣廩生盧阡的孝行。從詩經黃鳥篇（秦穆公卒，以子車氏三子爲殉，皆秦之三良。又，盧生哭母有黃鳥詩）起興，次言曹娥（東漢孝女，父死投江、縣令爲之立碑），然則以「子殉母」古罕聞、勝於古事。盧母病，事母欲病甦、告天，乞代，哭泣幾失明，母死，盧生衣麻赴江水，令人哀憫。

又如：**會稽孝女金玉堂詩**（詩集，卷十八，頁六）：

南斗注生、北斗注死，東嶽之神奉行耳。
代親死者誰能任，十六女兒身姓金。

八姑名玉堂，讀書服勞習黹鍼。
母夢鬼伯語，數月壽當盡；
兄夢亦如之，女曰我其代母殞。
南斗北斗，橫斜于天，鹿脯香醅，乞延母年；
自獵徂春禱益堅，拜問東嶽然不然。
神不語、以籤許。
女笑持籤歸，向空招二豎。
病來矣，八姑臥。
越五夕，八姑坐。
浴蘭湯，開履箱。
易衣韈、飾珮璫，
屬生者，勿我傷。
善事親，母命長。
星月光，栴檀香。
金八姑，卒于牀。
乾隆戊子四月初二日，會稽述者皆能詳。
咄嗟東嶽神，乃迎孝女去。
海山縹緲仙人居，孝女之居在何處？

在天在地不可知，我及見聞當作詩。

此心餘四十四歲居紹興作。詩言會稽金玉堂以十六歲年紀，因母親、兄長皆作母親陽壽將盡的夢，是以玉堂求神、祭天、問籤、似得神之默許，終坐浴蘭湯、易衣飾珮，卒代母死，令人感動。又，忠雅堂文集卷四並有孝女金八姑傳。

至於烈女節婦，心餘亦多紀其事。

如：南城邱烈婦（詩集，卷六，頁十四）：

元妙觀中烈婦井，千尺寒冰凍修綆；
白髮道人不敢汲，銀牀月照夫人影。
當時避賊從衆耳，賊意洶洶一心靜；
夫人視賊若狗彘，給之殛之暇以整。
賊能出我比珊瑚，我能沈賊如龜黿；
皇天后土鑒此情，群婦目覩歎且驚。
那知雙眸炯炯光透覆，牆上白日照之如火明；
不幸遇賊、氏獨爲烈婦，同時生者皆腐朽。
富貴壽考之婦豈無有？烈婦死時年廿九。

智井雖枯靈不滅，鑿井銘之乏齏臼。

此心餘三十四歲居北京作。詩言元妙觀中烈婦，不幸遇賊而死者。

又：**吳節母**（詩集，卷二十一，頁四）：

三十五，未亡人；五十五，完節身。
世德之家夫竟死，十一齡兒作孤子。
兒讀書，母忍飢；飢腸文字五千卷，
薺甘荼苦皆不知。
猶記蘭閨笄總時，左圖右史娘所樂，
兒是男兒可無學？
祿命五行貌五官，不似娘身得天薄。
兒不能娶母煢煢，神官夜半來夢中；
我爾曾祖中書公，帝嘉爾節爾可終。
母覺語兒含笑逝，成佛生天皆有自；
母節當旌格于例，兩氏姓名麤可誌。
生張嫁吳居丹陽，夫苑子俊登縣庠；

乾隆戊寅年，未亡人乃亡。

此心餘四十九歲居揚州作。紀吳節母張氏，三十五歲夫亡，撫養十一齡孤子，忍飢吃苦、教育兒子成才，已則五十五而逝的貞節事蹟。

又：韓烈婦（詩集，卷二十一，頁八）：

韓夢齡妾李斌女，于歸十八死廿五；
妾有兒女隨夫亡，淒風若雨吹妾房。
七年井臼妾盡瘁，不敢怨天惟自傷；
妾無所望生如此，春聲纔罷砧聲止。
碓屋梁低跪自經，生不能伸當屈死；
濰水不流濰人哀，孤山再築清陵臺。
香風忽引孤鸞駕，去伴韓家二秀才。（自註：夢齡行二）

此亦心餘四十九歲作。山東韓夢齡（其兄弟夢周為心餘同榜進士）妾李氏，十八歲結褵，廿五歲即死，雖有兒女亦隨夫亡。在七年婚姻生活，勞瘁家務、不怨天尤人、終自經而逝。

又：崑山夏貞婦劉氏詩（詩集，補遺，上，頁六）：

十日新嫁孃，不識君洞房；
入門知夫病，上堂痛夫亡。
花攢金縷衣，未嘗挂君桁；
翠裁合歡被，未嘗展君牀。
依稀識夫面，星漢仍相望；
舅姑慘不歡，三日進羹湯。
微風吹藥烟，散爲深院香；
豈知共命鳥，艸艸成孤凰。
妾身已分明，喑嗚拜姑嫜；
羞言入郎棺，涕淚洗紅粧。
姑章視新人，欲語聲已呑；
兒亡婦勿哀，幸婦猶未婚。
新婦前致詞，斯言毋復云；
請留未亡身，以附死者魂。
父母唁女來，嘈雜語無倫；
自怨嫁女早，斷送蘭苕春。

恐女容華凋，勸女返家門；
女聞涕滂沱，親意忒乖訛。
兒爲夏氏婦，鳥飛誰得羅？
文采雙鴛鴦，世間豈不多？
芳艸名獨活，賦命如天何？
幼誦柏舟詩，之死矢靡他。
郎命太湖萍，妾身崑山璧；
萍無久生枝，璧有不瑕質。
郎名夏之日（自註：夏郎名之日），朝曦落何疾；
妾心冬之夜，寒月光自白。
穀雖異夫室，死可同夫穴；
請翁寫幽蘭，用以勵金石。
及今十七載，空樓守岑寂；
婦翁蘭巢翁，述之輒改容。
憫婦抱幽光，何以明其衷？
我與蘭巢友，作詩豈敢後？
嗟哉容容者，護（獲？）福亦云厚；
愚夫愚婦儔，偕老常白首。

生同鹿豕群，死共艸木朽；
肯將列女傳，易彼庸人耦？
濡我珊瑚筆，紀此松筠守；
紀婦守貞歲，行年始十九。
紀其姓曰劉，紀其名曰琇；
留獻採風人，汗青傳永久。

此心餘三十歲居北京作。詩爲友人夏蘭巢（大易）作。紀崑山貞婦劉琇（夏之日妻），十九歲出嫁，十日爲婦，夫即逝世、公婆哀慟，劉之父母則怨女早嫁，勸返家門改嫁，貞女以「請留未亡身，以附死者魂」告公婆，以「生異室、死同穴」告父母，並以幼時誦讀詩經、鄘風、柏舟，以貞婦之誓死不嫁。詩載劉氏貞節故實，有如孔雀東南飛。

有關貞女節婦之作，尚有：石門蔡貞女詩（詩集，卷九，頁三），黃烈婦（詩集，卷十一，頁八），李貞女（詩集，卷十一，頁九），張節母詩爲鉛山張湖妻黃氏作（詩集，卷十四，頁五），鮑節母（詩集，卷二十一，頁十四），天長江烈女歌（詩集，卷二十一，頁十五），閻氏女、完人節也（詩集，卷二十六，頁四）皆是。

第三目　詠史

詠史詩，固以史事爲主，然亦不必鑿鑿指事實[157]，大致說來，如一瓢詩話所言：「詠史以不著議論爲工，詠物以託物寄興爲上」[158]。

心餘詠史作品，如：**讀始皇本紀四首**（詩集，卷二十一，頁四），**其一云**：

秦帝富貴人，萬事不留餘；
苟能得長生，神仙亦盡誅。
玉皇且岌岌，應奪紅雲居；
天界築長城，三島眷屬俱。
風雨各怨涕，生天實愁予；
十洲懼祖龍，守禦憑鮫魚。
所以童男女，不得通音書。

其二云：

醒與湘君讎，夢與海神戰；

[157] 此李重華著貞一齋詩說語，見該書詩談雜錄，頁八，收在丁福保編清詩話，藝文印書館本。
[158] 薛雪著一瓢詩話，頁十九，收在丁福保編清詩話，藝文印書館本。

喜怒皆徑行，始于無忌憚。
纔脫博浪椎，復遇蘭池盜；
眞人果長生，却爲山鬼笑。
刻石頌功德，左右惟佞臣；
兩生自亡去，延禍四百人。
連弩射之罘，釋弓乃成病；
傷哉橫暴軀，但抵一魚命。

其三云：

生游阿房宮，死游驪山墓；
行樂到魂魄，膏鐙照泉路。
既欲求神仙，如何穿匑穴；
可知徐市言，疑信原未決。
二世極嗜慾，而曰報先帝；
承家苟如斯，難矣千萬世。

其四云：

三代有治法，始皇不一用；
事事矜創獲，大力爲罄控。
黔首雖可愚，陳項肯從衆？
戰國尚功利，流毒堪一慟。
所以鄒國儒，獨言仁義重。

此心餘四十九歲居揚州作。據史記秦始皇本紀云：「秦始皇帝者，秦莊襄王子也。莊襄王爲秦質於趙，見呂不韋姬，悅而取之，生始皇。以秦昭王四十八年正月生於邯鄲。及生，名爲政，姓趙氏。……維秦王兼有天下，立名爲皇帝，乃撫東土，至于琅邪。……齊人徐市等上書，言海中有三神山，名曰蓬萊、方丈、瀛洲，僊人居之。請得齋戒，與童男女求之。於是遣徐市發童男女數千人，入海求僊人。始皇還，過彭城，欲出周鼎泗水。使千人沒水求之，弗得。乃西南渡淮水，之衡山、南郡。浮江，至湘山祠，逢大風，幾不得渡。上問博士曰：湘君何神？博士對曰：聞之，堯女，舜之妻，而葬此。於是始皇大怒，使刑徒三千人皆伐湘山樹，赭（焚燒）其山。上自南郡由武關歸。二十九年，始皇東游。至陽武博浪沙中，爲盜所驚。求弗得，乃令天下大索十日。……三十一年，……始皇爲微行咸陽，與武士四人俱，夜出逢盜蘭池，見窘，武士擊殺盜，關中大索二十日。……三十二年，始皇之碣石，使燕人盧生求羨門、高誓。刻碣石門。……因使韓終、侯公、石生求仙人不死之藥。始皇巡北邊，從上郡入。燕人盧生使入海還，以鬼神事，因奏錄圖書，日亡秦者胡也。始皇乃使將軍蒙恬發兵三十萬人北擊胡，略取河南地。……三十六年，熒惑守心，有墜星下東郡，至地爲石，黔首或刻其石曰：始皇帝死而地分。……有人持璧……因言曰：今年祖龍（祖，人之先；龍，君之象：謂始皇也）死。……三十七年，……方士徐市等入海求神藥，數歲不得，費多，恐譴，乃詐曰：蓬萊藥可得，然常爲大鮫魚所苦，故不得至，願請善射與俱，見則以連弩射之。始皇夢與海神戰，如人狀。問占夢，博士曰：水神不可見，以大魚蛟龍爲候。今上禱祠備謹，而有此惡神，當除去，而善神可致。乃令入海者齎捕巨魚具，而自以連弩候大魚出射之。自琅邪北至榮成山，弗見。至之罘，見巨魚，射殺一魚。遂並海西。至平原津而病，……七月丙寅，始皇崩於沙丘平臺」[159]。以上摘錄與本詩相關史事。第一首詩，落想甚奇。言始皇出身富貴，唯貪求長壽，不擇手段，罔顧人神。聽徐市之言，去鮫魚以求仙藥，實爲徐氏所欺！第二首，始皇渡江，逢大風，因伐湘山樹，又夜夢與海神戰，不敬畏天神地祇可知。在博浪沙遇刺，逢盜蘭池（咸陽縣界），危機四伏，然始皇不戒愼，處處刻石（如泰山、之罘、南海等）歌頌功德，爲佞臣所羈。末云：「傷哉橫暴軀，但抵一魚命」，語多譏刺。第三首，由生至死，始皇家族極盡人間享樂，求仙長壽，因是日夜企盼，而早作冢墓安排，可知始皇對徐市求仙藥之說，並未盡信。第四首，言夏商周三代國家大治，始皇不依前賢規摹，處處求創獲，以戰國以來重功利、尚法治、流毒後世。心餘以當仁義治國，爲有國者戒！就史事點染，不專就議論，此詠史正宗。

又：樂毅故里（詩集，卷十一，頁十五）：

---

[159] 史記，卷六，秦始皇本紀，頁一起，藝文印書館。

黃金臺成三士至，辛衍雖來不如毅；
將軍在趙已存燕，武靈久易河東地。
登壇大合五國兵，報仇連下七十城；
齊湣無道國人怨，破竹之勢何能爭。
兩邑難攻莒即墨，田單守之不可克；
功成去作望諸君，老將誰憐舊昌國？
反間玩弄無人知，劓降伐匑弗稍遲；
火牛一出騎劫死，貽書報書皆可悲。
垂危立功享茅土，戰國人材紛可數；
夏侯泰初強解事，妄以燕人比湯武。
嗚呼！召公遺澤九百年，子孫仇怨相鈎連；
但憑蘇代堪亡國，更用荊軻遂滅燕。

此心餘四十歲經過樂毅故里（河北、良鄉）作。據史記樂毅列傳云：「樂毅者，其先祖曰樂羊。樂羊爲魏文侯將，伐取中山，魏文侯封樂羊以靈壽。……樂氏後有樂毅。樂毅賢，好兵，趙人舉之。……聞燕昭王以子之之亂，而齊大敗燕，燕昭王怨齊，未嘗一日而忘報齊也。燕國小，辟遠，力不能制，於是屈身下士，先禮郭隗以招賢者。樂毅於是爲魏昭王使於燕，燕王以客禮待之。樂毅辭讓，遂委質爲臣，燕昭王以爲亞卿。……諸侯害齊湣王之驕暴，皆爭合從與燕伐齊。樂毅還報，燕昭王悉起兵，使樂毅爲上將軍，趙惠文王以相國印授樂毅。樂毅於是并護趙、楚、韓、魏、燕之兵以伐齊，破之濟西。……燕昭王大說，親至濟上勞軍，行賞饗士，封樂毅於昌國，號爲昌國君。……樂毅留徇齊五歲，下齊七十餘城，皆爲郡縣以屬燕，唯獨莒、即墨未服。會燕昭王死，子立爲燕惠王。惠王自爲太子時嘗不快於樂毅，及即位，齊之田單聞之，乃縱反間於燕。……燕惠王固已疑樂毅，得齊反間，乃使騎劫代將，而召樂毅。樂毅知燕惠王之不善代之，畏誅，遂西降趙。趙封樂毅於觀津，號曰望諸君。……燕惠王後悔使騎劫代樂毅，以故破軍亡將失齊；又怨樂毅之降趙，恐趙用樂毅而乘燕之弊以伐燕。燕惠王乃使人讓樂毅。……樂毅報遺燕惠王書……」[160]。又據戰國策，燕，云：「昭王爲（郭）隗築宮而師之，樂毅自魏往，鄒衍自齊往，劇辛自趙往，士爭湊燕」[161]。心餘詩中言「黃金臺成三士至」，指樂毅、鄒衍、劇辛，其中以樂毅才華最高，對燕貢獻最大。繼言其合五國兵，連下齊國七十城故事，後惠王誤聽讒邪，中於反間，去燕至趙，爲望諸君，騎劫代將，失去昭王樂毅時代所得齊地。末以蘇代勸燕王噲讓位宰相子之，國爲齊亡；荊軻刺秦，燕因爲秦滅，則樂毅之曠世奇功可知，而人君之愚昧者，可戒矣！

又：荊軻里（詩集，卷十一，頁十七）：

---

[160] 史記，卷二十，樂毅列傳第二十，頁一起，藝文印書館。

[161] 鮑彪校注、吳師道重校戰國策，卷九，燕，頁十七，總頁二三五，商務四部叢刊正編。

匹夫之勇一人敵，蓋聶心輕句踐叱；
博徒爭道亦何爲？早識荊卿無劒術。
燕丹力弱思報仇，滅亡禍伏智者憂；
批鱗不聽鞠武諫，結客竟與田光謀。
高臺置酒美人舞，何以酬知心實苦；
人頭匕首兩俱得，易水歌成聲激楚。
秦王虎踞咸陽宮，衛士不敢入殿中；
擊之弗著意頗快，此時刺客心何雄！
虎狼倉卒威亦奪，環柱誰能使驚愕？
藥囊提擲客笑罵，殺身已負燕丹托。
壯士不還奚足云，太子弗若衛成君；
狗屠變姓且矐目，置鉛筑內誰殷勤。
噫嚱吁！博浪之椎難中彼，天意未終空復爾；
華陰道上鬼遮人，纔報明年祖龍死。

此亦心餘四十歲經過荊軻里（在河北、安肅）作。據史記刺客列傳云：「荊軻者，衛人也。其先乃齊人，徙於衛，衛人謂之慶卿。而之燕，燕人謂之荊卿。荊卿好讀書擊劍，以術說衛元君，衛元君不用。……荊軻嘗游過榆次，與蓋聶論劍，蓋聶怒而目之。……荊軻游於邯鄲，魯句踐與荊軻博，爭道，魯句踐怒而叱之，荊軻嘿而逃去，遂不復會。荊軻既至燕，愛燕之狗屠及善擊筑者高漸離。荊軻嗜酒，日與狗屠及高漸離飲於燕市。……其之燕，燕之處士田光先生亦善待之，知其非庸人也。居頃之，會燕太子丹質秦亡歸燕。……秦王之遇燕太子丹不善，故丹怨而亡歸。……居有閒，秦將樊於期得罪於秦王，亡之燕，太子受而舍之。鞠武諫曰：不可，夫以秦王之暴而積怒於燕，足爲寒心，又況聞樊將軍之所在乎？是謂委肉當餓虎之蹊也。……太子曰：……夫樊將軍窮困於天下，歸身於丹，丹終不以迫於彊秦而棄所哀憐之交，置之匈奴，是固丹命卒之時也。……太子曰：願因先生得結交於荊卿，可乎？田光曰：敬諾。……田光曰：今太子告光曰：所言者，國之大事也，願先生勿泄。是太子疑光也。夫爲行而使人疑之，非節俠也。欲自殺以激荊卿，曰：願足下急過太子，言光已死，明不言也。因遂自刎而死。……於是尊荊卿爲上卿，舍上舍。太子日造門下，供太牢具，異物閒進，車騎美女恣荊軻所欲，以順適其意。久之，荊軻未有行意。……荊軻曰：……誠得樊將軍首與燕督亢之地圖，奉獻秦王，秦王必說見臣，臣乃得有以報。……於是太子豫求天下之利匕首，得趙人徐夫人匕首，取之百金，使工以藥焠之，以試人，血濡縷，人無不立死者。乃裝爲遣荊卿。燕國有勇士秦舞陽，年十三，殺人，人不敢忤視，乃令秦舞陽爲副。……太子及賓客知其事者，皆白衣冠以送之。至易水之上，既祖，取道，高漸離擊筑，荊軻和而歌，爲變徵之聲，士皆垂淚涕泣。又前而歌曰：風蕭蕭兮易水寒，壯士一去兮不復還。……遂至秦，……軻既取圖奏之，秦王發圖，圖窮而匕首見。因左手把秦王之袖，而右手持匕首揕之。未至身，秦王驚，自引而起，袖絕。……荊軻逐秦王，秦王環柱而走。……是時侍醫夏無且以其所奉藥囊提荊軻也。秦王方環柱走，卒惶急，不知所爲，左右乃曰：『王負劍！』負劍遂拔以擊荊軻，斷其左股。荊軻廢，乃引其匕首以擿秦王，不中，中銅柱。秦王復擊軻，軻被八創。……於是秦王大怒，益發兵詣趙，詔王翦軍以伐燕。……其後李信追丹，丹匿衍水中，燕王乃使使斬太子丹，欲獻之秦，秦復進兵攻之。後五年，秦卒滅燕，虜燕王喜。……高漸離變名姓爲人庸保，匿作於宋子、久之，作苦，聞其家堂上客擊筑，傍偟不能去。……高漸離念久隱畏約無窮時，乃退，出其裝匣中筑與其善衣，更容貌而前，舉坐客皆驚，下與抗禮，以爲上客……宋子傳客之，聞於秦始皇，秦始皇召見，人有識者，乃曰：高漸離也。秦皇帝惜其善擊筑，重赦之，乃矐其目。使擊筑，未嘗不稱善，稍益近之，高漸離乃以鉛置筑中，復進得近，舉筑朴秦皇帝，不中，於是遂誅高漸離」[162]。心餘詩中所紀，即此段史實。「殺身已負燕丹托」，有譏貶之意。「狗屠變姓且矐目」，兼及高漸離俠義、末以天命爲歸、是張良之博浪椎始皇，皆不能如意。此就史事確言。

此外，詠史之作，如郭隗里（詩集，卷十一，頁十八）：

垂鞭倚羸驂，言尋郭公里；
慨然獻其身，求賢自隗始。
邈矣黃金臺，誰爲薦奇士；
朽骨苟可售，駿馬期速死。
樂君用未竟，閒乘何足齒？

---

[162] 史記，卷八十六，刺客列傳第二十六，頁九起，總頁一〇二〇，藝文印書館。

俯仰傷子心，悲風颯然起。

此心餘四十歲經郭隗里（河北、淶水）作。又：荀卿（詩集，卷十一，頁二十一）：

諸君尚游談，荀卿頗聞道；
言性雖未醇，緒論亦精奧。
手訂禮樂書，漢儒藉編校；
相秦逢君惡，豈盡出師教？
世無子輿氏，誰復敢輕誚？
紛紛攻異端，奚足與相較？

此亦心餘四十歲在趙州（河北、趙縣）作。

又：馮唐墓（詩集，卷十一，頁二十一）：

頗牧不能用，豈必思鉅鹿；
譎諫語實戇，魏尚于是復。
賞罰失輕重，文吏且拘束；

闇外智莫盡，李齊亦將僇。
晚達爲楚相，竊歎年命促；
九十舉賢良，何以報推轂？

馮唐墓，在趙州，心餘四十歲經此作。又：孔穎達墓下作（詩集，卷十一，頁二十二）：

老師宿儒遺刺客，文學之途何偪仄；
三世司業爲經師，時人亦復稱美之。
以謙訓君太宗許，以法養蒙太子侮；
乳媪焉知事君義？儒者殺身期有補。
君不見、顏祕書，仕宦不進空著書；
闔門謝客負初志，巾帔蕭散游林墟。
又不見、陸德明，世充聘之不肯行；
先生畢世享令聞，馬鄭之徒功豈遜？
文人坎坷死不免，尚有沙門馬嘉運。

此亦心餘四十歲，經孔穎達墓（河北、衡水）作。以上等等皆爲詠史佳作。

第四目　社會寫實

社會寫實，從詩經、漢朝樂府、唐代杜甫、白居易以來，作家頗多，以見詩人關懷社會，前已言之。心餘生長雍乾承平之際，未有國變之慟，然眼見乞人、農夫等等勞苦窮困生活，亦多以詩紀之。

如乞人行四首（詩集，卷二，頁十四），**其一云：**

乞人無古風，丐食淡（啖？）嘑蹴；
羹飯得豆區，肥腥索魚肉。
所求一不應，詈怒雜啼哭；
嗟哉施與門，危機隱然伏。
餓虎決兩眦，旦夕操禍福；
人心苟如此，爲善亦難獨。
置彼膏粱中，何物饜其欲？
乃知皇天慈，凶年爲剪戮。

此心餘二十六歲居南昌作。言乞人乞食，由羹飯而魚肉，索求無厭，所求不應，甚且怒罵啼哭，令人難以忍受。如此情景，亦覺善門難開。其二云：

天意厭蚩蚩，善惡當有別；
奈何良家子，飢驅泣幽咽。
不幸有廉耻，彳亍類跛鼈；
蔽體無完帬，嬌兒白勝雪。
清淚漬襤褸，姓名焉可說？
聊復哀閨人，得食面猶熱。

天之於民，善惡禍福，定有不同。昔日良家子，由於飢餓，至於行乞、走類跛鼈，無完裙以蔽體，然「嬌兒白勝雪」，閨中人得食之餘，是否思及路上行乞親人？其三云：

行乞恐粥冷，天明來寺門；
檐風吹單衣，見說粥尚溫。
面色成死灰，各挾缶瓶盆；
舉籌貫魚入，千夫爭一閽。
後來氣力薄，偃臥聊復存；

枕藉賴皮骨，蟣蝨行枯筋。
得粥幾人出，號哭嫌兒孫；
爾飢食欲急，官令我則遵。
卷局歷辰酉，呼天誰則聞；
一死已爲幸，免作溝中魂。

乞人挾著缶盆，面如死灰的守住寺門，由於「粥溫」，行乞者多。「舉籌貫魚入，千夫爭一闇」，搶進寺門擁擠人潮可知。「後來氣力薄，偃臥聊復存；枕藉賴皮骨，偃臥聊復存」，描述乞人飢乏可憐。「卷局歷辰酉，呼天誰則聞」，乞人之苦痛、呼天不聞，所謂生不如死，唯詩人洞察予以揭露。**其四云：**

青帬雜縞袂，顏色秦羅敷；
飢寒半忸怩，掩淚行路衢。
誰家輕薄兒？側目相揶揄；
日落氣昏黑，爪痕徧肌膚。
得粥涕泣歸，何以謝其夫？
風俗竟如是，偷生毋乃愚。

乞婦著青帬（裙）白衣，顏色比秦羅敷。雖是飢寒掩淚而行，路上不良少年往往側目揶揄，尤其日落之後，騷擾、吃豆腐的人多，「爪痕遍肌膚」。更甚的是，得粥涕泣歸，而膚有爪痕，如何向丈夫解釋？偷生苟存，了無意義矣。

又：典牛歌（詩集，卷二十二，頁十五）：

賣牛圖就延牛命，富家忽下收牛令；
牛來便給典牛錢，有錢來贖牛便還。
長者之門萬牛託，窮鳥投林水歸壑；
可憐觳觳得全生，牛儈眈眈不能奪。
天心轉處雨暘時，農夫稱貸爭贖之；
離妻歸室逐臣返，再服犁耙游東菑。
一家典牛萬家笑，積穀如山不肯糶；
寧將賸飯飼雞豚，未許飢鴻乞粱稻。
吁嗟乎！爾曹自作多牛翁，豈識銅山轉眼空？
從來水牯能成佛，何苦輪廻牛角中。

此心餘五十三歲居南昌作。貧者典牛富家收，萬牛寄養，如窮鳥投林水歸壑。等上天有眼，風調雨順，農夫借貸贖牛，有如離妻逐臣歸。而牛得以再服犁耙。有人積穀如山、卻典牛貽笑，寧將賸飯飼雞豚，也不肯餵飢鴻。說明現實的社會，自私自利，不願幫助好人。其實多牛翁豈不知雖有銅山之富，也轉眼即空。傳燈錄載大安和尚見水牯牛成佛，勝於俗人存在於賣牛、買牛輪迴中。嘲富者之貪利也。

他如：擬古樂府三首（詩集，卷十四，頁六），**其一云：**

邨農擔米環官倉，倉門封閉不納糧；
納糧廿日倉已滿，爾農交糧一何晚！
青錢三千折一石，擔米八市減米值；
賣米不足典敝衣，身寒腹餓含淚歸。
省城米賤近河泊，買米入倉省水脚；
七八年倉禁久開，爾農何以不早來？

其二云：

官錢放息加五分，市賈見錢爭閉門；
排闥委錢辭不得，兩月收息違爾責。

青蚨九百當一千，奇贏無術捐己錢；
吁嗟乎！爾賈逐末較錙銖，冥報之理眞不渝。

其三云：

頭廳塵滿草垂葉，閽人當門收訟牒；
訟牒一紙錢數百，十訟九年一二結。
閭胥里長報路斃，無錢報紙不能遞；
自辰昏昏直至酉，秉燭聽訟侑以酒。
官醉吏役倚壁眠，階下人逸無人牽；
雞鳴漏急官睡醒，放衙且歸各安寢。

此心餘四十一歲作。第一首云村農納糧晚，官家折價刁難，使得村農典衣腹餓。第二首云官與民爭利，「官錢放息加五分」，甚至九百當一千，以高利貨剝奪百姓經濟。第三首言官之貪墨，守門者（閽人）「訟牒一紙錢數百」，閭胥里長「無錢報紙不能遞」，而且堂上「官醉吏役倚壁眠」。官之欺民、詐民，詩以昭其實矣。

第四章　蔣心餘文學述評——律詩

律詩不同於古詩，明、李東陽懷麓堂詩話云：「古詩與律不同體，必各用其體乃爲合格。然律猶可間出古意，古不可涉律」❶。古、律二者的不同，一在格律，一在自然。

據明、徐師曾詩體明辯「近體律詩」條云：

按律詩者，梁陳以下聲律對偶之詩也。蓋自邶風有覯閔既多，受侮不少之句，其屬對已工。堯典有聲依永，律和聲之語，其爲律已甚。梁陳諸家，漸多儷句，唐興沈宋之流，研練精切，穩順聲勢，號爲律詩。其後寖盛，雖不及古詩之高遠，然其詩一二名起聯，又名發句；三四名頷聯，五六名頸聯，七八名尾聯，又名落句。❷

在朱寶瑩編撰詩式「五言律句」云：

---

❶ 李東陽著（懷）麓堂詩話，頁一，收在丁福保編續歷代詩話，下，藝文印書館本。
❷ 徐師曾纂詩體明辯，卷十，頁一，廣文書局本。

五律大抵出於四言。於四言中加一字，如言平平仄仄，加中平字，即爲平平平仄仄。四言仄仄平平，加中仄字，即爲仄仄仄平平……此格定於沈（佺期）、宋（之問），實沿於齊梁以來，八句四韻，屹爲定式。至今不易。蓋律者，法也，偶也，有法則不可亂，有偶則不可孤，而名因之以生❸。

又，詩式「七言律句」條云：

七言律詩，調平仄，拘對偶，亦一定之法也。老杜詩云：晚即漸於詩律細，明指曰律，不指他體。❹

綜合說來，律詩分五、七言律，在齊梁聲律論興起後產生，五律是否如詩式所說，「於四言中加一字」，有待商榷，然其重格律，即強調句中平仄相間，上句平仄和下句平仄相反；中間兩聯（領、頸聯，或云領，腹聯）須對仗。所謂「律傷嚴，近寡恩」（藝苑卮言，卷一，引唐庚語）。

有關五、七言律的興起、發展，**吳紹澯的「蠡說」**云：

---

❸ 朱寶瑩編詩式，卷一，頁二十六，新文豊出版公司。

❹ 同❸，卷四，頁一。

五言律詩，齊梁已建其端，要之，至唐而其體始備。善乎馮已蒼之論曰：王楊四子勻勻敘去，自然富麗，自然起結，無構造之煩，至沈宋則宏麗爲阿房、建章。❺

宋犖著漫堂說詩云：

律詩盛於唐，而五言律爲尤盛。神龍以後，陳（子昂）、杜（審言）、沈、宋開其先，李、杜、高、岑、王、孟諸家繼起，卓然名家；子美變化尤高，在牝牡驪黃之外，降而錢、劉、韋（應物）、郎（士元），清辭妙句，令人一唱三歎；即晚唐刻畫景物之作，亦足怡閒情而發幽思。始信四十字爲唐人絕調，宋、元、明非無佳作，莫能出此範圍矣。❻

可知五律，齊梁已發其端，唐代陳子昂、杜審言、沈、宋定其體式，至於杜甫尤盛。

至於七律，錢木菴著唐音審體「律詩七言四韻論」云：

七言律詩，始於初唐咸亨上元間。至開寶而作者日出，少陵崛起，集漢魏六朝之大成，而融爲今體，實千古律詩之極則。同時諸家所作，既不甚多，或對偶不能整齊，或平

❺ 吳紹澯纂訂聲調譜說，蠡說，頁三，總頁一二一，收在杜松柏主編清詩話訪佚初編，新文豐出版公司。
❻ 宋犖著漫堂說詩，頁二，收在丁福保編清詩話，藝文印書館本。

仄不相黏綴，上下百餘年，止少陵一人獨步而已。中唐律詩始盛，然元白號稱大家，皆以長篇擅勝，其於七言八句，竟似無意求工。錢劉諸公，以韻致目標，多作偏枯。……義山繼起，入少陵之室，而運以穠麗，盡態極妍，故昔人謂七言律詩莫工於晚唐，然自此作者愈多，詩道日壞。❼

七律始於唐高宗咸亨上元間，晚於五律，亦以少陵爲獨步。後之學者，更以五七言律爲詩之精髓。方回撰瀛奎律髓云：「瀛者何？十八學士登瀛州也。奎者何？五星聚奎也。律者何？五七言之近體也。髓者何？非得皮，得骨之謂也。……文之精者爲詩，詩已精者爲律」❽，可知。

律詩作法，詩法家數，以爲律詩要法，在起、承、轉、合，包括：

破題 或對景興起，或比起，或引事起，或就題起，要突兀高遠，如狂風捲浪，勢欲滔天。

頷聯 或寫意，或寫景，或書事，用事，引證此聯要接破題，要如驪龍之珠，抱而不脱。

頸聯 或寫意、寫景、書事、用事，引證與前聯之意相應、相避，要變化，如疾

❼ 錢木菴著唐音審體，律詩七言四韻論，頁四，收在丁福保編清詩話，藝文印書館本。

❽ 方回撰瀛奎律髓，序，頁二，商務文淵閣四庫全書本。

雷破山，觀者驚愕。

結句 或就題結，或開一步，或繳前聯之意，或用事，必放一句作散場，如剡溪之棹，自去自回，言有盡而意無窮。❾

可知律詩，起首要突兀。頷聯要抱定承意，如驪龍探珠，繼如疾雷破山，變化神速，令人錯愕。尾聯須餘意無窮。

心餘律詩，可分：一般應酬、詠物、寫景、抒情、紀事等類分別說明。

第一節 一般交遊應酬

前人應酬作品，常取律詩，尤其七律，漫堂說詩云：

> 世之稱詩者，易言律，尤易言七律，每見投贈行卷，七律居半，不知此體，在諸體中最難工❿。

❾ 楊載著詩法家數，頁四，收在何文煥編歷代詩話，藝文印書館。

❿ 同註❻，頁三。

知前賢之未細察詩之難易。

心餘酬酢，大體說來，切人切事，對偶工整，文字洗鍊典雅，不流於滑易。亦可分爲：投贈、簡寄、送別、尋訪；酬答、傷悼；次韻、分韻、疊韻；及小飲、宴集等，分述如下：

第一目　投贈、簡寄、送別、尋訪

心餘投呈，贈與之作如：**初八夜對月感舊，呈葉毅菴**（觀國）**、秦敍堂**（黌）**、汪畊雲**（存寬）**、紀曉嵐**（昀）**前輩、張懷月**（齋）**舍人、五君子皆丁卯鄉舉同年，故有作**（詩集、卷九，頁十三）：

微颸料峭嫩寒尖，門徑斜封鎖鑰嚴；
題紙裁雲同密護，印泥分彩各新鈐。
秋河顯晦翻層浪，好月盈虛隔一簾；
十六年前今夜漏，六人五處臥風檐。（自註：汪、紀同舉京兆）

此心餘三十六歲，即乾隆二十七年八月初八日作。乾隆十二年丁卯（一七四七），心餘等六人同年鄉舉。距作者此作（乾隆二十七年壬午，一七六二），實際上是十五年，詩中云「十六年前」，略有小異。所述秋風料峭，門庭深鎖，題紙作答，心中得失，如銀河顯晦，忐忑不已，時隔十六年矣。

又：上黃崑圃先生四首（詩集，卷三，頁二），其一云：

早陪宣室侍螭頭，前席恩叨顧問優；
入捧黃麻知制誥，出銜天語領諸侯。
封疆前後三持節，休養東南數借籌；
記得昇平艱報答，蒼生惟恐至尊憂。

其二云：

玉筍爭傳少日身，新城門下獨嶙峋；
舊家標格眞威鳳，弱冠文章老斲輪。
極美科名周甲子，斯文壽考應星辰；
晁秦舊侶今存幾？霜雪垂肩第一人。

其三云：

名宦功臣鬢已斑，丈夫致任許歸閒；
高馮寶鏡藏金背，裴楷天官說玉山。

其四云：

學士半生春夢過，尚書七十白衣還；
年來吉月趨朝便，履道原居輦轂閒。

侍坐曾叨禮數優，三朝模楷見風流；
榜中名士無同輩，海內門生半白頭。
笑却熊羆神有恃，客如龍虎刺頻收；
青衫冷淡勞延譽，疎雨衣然四壁秋。

此心餘二十六歲居南昌作。黃崑圃（叔琳）爲翰林前輩。第一首即言崑圃之位中書（知制誥）、黃麻寫詔，「出銜天語領諸侯」、「封疆前後三持節」，受皇上榮寵優渥。第二首言其少得美眷，並以終老。三首言崑圃功成身退。以唐太宗時高季輔（馮）爲監察御史、中書舍人，不畏權貴，皇上賜與金背鏡，比況清鑑；又以晉之裴楷容儀俊爽，時人以玉人、玉山相喻，崑圃之儀容，忠直可想。第四首，言心餘受其延譽，崑圃已爲碩果僅存之魯靈光，令人景仰。全詩隱括崑圃一生。他如：八月六日入京兆闈紀事，呈梁、觀兩院長，及館閣同事諸君六首（詩集、卷九、頁十二），亦屬投呈之作。

贈與之作如：**贈金賢邨太守二首**（詩集，卷二十四，頁十七），**其一云**：

長安甲第數高門，身是秺侯幾世孫？
少擁朱轓張繡幰，老持檀板進金樽。
紅粧絲竹花枝艷，文酒風流友誼敦；
我是江南衰賀鑄，每聽法曲一銷魂。

其二云：

觥籌傾倒托因緣，每趁紅燈醉綺筵；
手植芙蓉爲侍從，笑吹龍笛是神仙。
鏡中鬚髮猶如少，局外英雄亦可憐；
日飲亡何可消遣，本來諸事等雲煙。

此心餘五十四歲居北京作。第一首言賢邨（潢）太守，長安（籍河北、宛平，見隨園詩話補遺卷七）高門第之一，「少擁朱轓張繡幰，老持檀板進金樽」，見其顯赫。「紅粧」二句，言其歌舞風流。末歎己不過如賀鑄（俗稱賀鬼頭，退居稱鑑湖遺老），衰疲隱退，只有佛道樂曲相伴沉寂，一衰一榮立見。二首言己（心餘）因緣爲客，攀龍附鳳，太守青春常駐，蕭閒渡日，末言飲酒渡日，往事雲煙，慰人慰己。

簡寄之作，如：**寄尤溪令干靜專**（從濂）**三首**（詩集，卷三，頁二），**其一云**：

千里遺書一韔然，蕭條全付衍波箋；
勸農自愛民如子，辟穀誰知吏是仙？
菜甲花濃遮棐几，燕泥香落打琴絃；
青山一髮家園杳，夢落屏風九疊邊。

其二云：

蟻垤蛛帷自掃除，黃紬被裏放衙初；
對牀雨止思鄉後；剪燭愁添夜話餘。
小院無人吟柳絮，斜陽有僕荷鴟鉏；
山城大抵名花少，笑灌荒園一畝蔬。

其三云：

年來斷飲厭離騷，眼底紛紜黍雪桃；
每誦魚箋如讀畫，得知龍峽不容刀。
古來名士窮難送，天下才人貴亦勞；
那得沈香亭畔曲，只應羞煞鬱輪袍。

此心餘二十六歲在南昌作。尤溪，在福建德化縣西。靜專家星子縣。第一首，千里傳書，心中多感。靜專勸農耕作、愛民如子，確知辟穀（屏除穀食）爲仙。菜甲盈几，泥落琴絃，自得其樂。末言家園杳而夢魂牽繫。二首云靜專自掃蟻蛛，黃綢被中思鄉情懷、剪燭添愁；官眷無人，惟老僕荷鉏、灌園而已。三首言眼底黍雪，盼如王孝伯言：名士不須奇才，但使常得無事痛飲酒，熟讀離騷（見世說新語，任誕篇末）。來信如畫，心心相繫，名士不免於窮，才人雖貴亦勞，不知何時能似李白「解釋春風無限恨，沉香亭北倚闌干」（清平調），爲君王鍾愛，不必如王維由岐王引薦公主，製作鬱輪袍，以爲解頭登第。詩多蘊藉。

又：寄懷淇令周韻亭同年（詩集，卷四，頁八）。

節義都歸循吏傳，文章俱入汝南評；
吾聞古語才難得，天許斯人宦早成。
膝上傳經兒識字，花前將母妾調羹；
如何民氣還淳樸？應自庭闈豈弟生。

此心餘三十歲居北京作。淇縣，在河南省。同年（指乾隆十二年舉人）韻亭爲一循吏，早歲宦成，子讀經而妾孝賢，如此愷悌君子爲政，民風自淳。此常見之一般酬酢。

又：寄董恒巖太守兼問蝸寄使君三首（詩集，卷五，頁十四），其一云：

萬卷堆中一短檠，亂青橫處雨先生；
去尋古井重修綆，同坐匡牀展畫笙。
花外自邀人擫笛，鐙前可少伎彈箏；
買藤便赴看山約，不用商量待宦成。

其二云：

盤回細路入秋烟，晴雪遙看萬仞懸；
雷鼓忽喧籃筍外，珠簾橫掛酒杯前。
客離塵海山都好，官到江州骨自仙；
却笑老元誇郡署，風流終讓白公賢。

其三云：

古樂疑聞奏洞庭，自摩冰玉唱瓏玲；（自註：太守有芝龕記院本）
其言忠厚亦多感，此調老蒼誰解聽？

譜出從教纖指掐，曲終宜對數峰青；
王郎斫地酣歌慣，制淚防他首觸屏。（自註：穀原時過江州）

此心餘三十二歲居南昌作。董榕，號恒巖，歷官江西贛寧道，操守清正，蝸寄使君，指王穀原（又曾，秀水人）。因穀原遊九江，故寄九江太守董榕，兼懷王。第一首云恒巖一書生，至江西爲官，不說偏邑之苦，卻道「亂青橫處兩先生」、「同坐匡牀展畫笙」，則情誼之厚、青山之美，足可忘懷得失。且花外有人按笛爲曲，樂在其中。二首言此處景物非凡，秋烟細路，晴雪萬仞，「客離塵海山都好，官到江州骨自仙」，遠宦之美好，推之至極。雖不及白居易（曾謫江州），亦風流有趣。三首，太守有芝龕院本，疑歌傳自洞庭，玉唱玲瓏，久久不絕；曲中教忠教孝，有如太守爲人，美在其中。而「楚客不堪聽」，「苦調淒金石，清音入杳冥」，「曲終人不見，江上數峯青」⑪，寓其遭遇。末以杜甫短歌行贈王郎司直詩：「王郎酒酣拔劍斫地歌莫哀，我能拔爾抑塞磊落之奇才」⑫，慰人慰己，蘊藉。

又：乞畫竹東王德圃（啓緒）侍御，並令弟詒堂（燕緒）編修二首（詩集，卷九，頁一）：

---

⑪ 錢起省試湘靈鼓瑟詩，收在全唐詩，卷二百三十八，錢起三，頁二六五一，明倫出版社。
⑫ 杜甫經歌行贈王郎司直，收在全唐詩，卷二百二十，杜甫五，頁二三一九，明倫出版社。

幾年拋擲籜皮冠，何處因依綠數竿？
醫俗漫言燒筍易，舞風眞覺放梢難。
花栽直木聊相慰，畫有斜枝便可看；
欲借新屏空翠色，小窗同我較清寒。

其二云：

裁詩乞畫本來癡，移去應如竹醉時；
但要風騣來幹馬，恕無海石衂仇池。
巧偷豪奪吾何敢？縠是臧非兩不知；
已掃茅齋三尺壁，待君持贈歲寒枝。

此心餘三十七歲居北京作。第一首取竹之直節、欲作新屏；二首言裁詩乞畫竹、懸之茅齋。其他簡寄之作，如寄向蘇村先生二首（詩集，卷二，頁十），寄懷廣豐徐稺亭進士二首（詩集，卷五，頁十六），寄孫壺園（孝愉）比部二首（詩集，卷六，頁十三）；東翟依岩舍人三首（詩集，卷七，頁十三），九月初六日書慰鍾秀才二首（詩集，卷十八，頁八）等是。其中若：寄懷廣豐徐稺亭進士二首（詩集，卷五，頁十六），其一云：

燕雲細碎雁分離，苦爲徐陵作遠思；
一第還山無限好，十年從政豈嫌遲？
讀書生趣家人共，種豆閒情處士知；
卻愧難齎磨鏡具，爲君藏過蓼莪詩。

其二云：

少年結習等兒癡，雪案寬閒可得師；
入道須除才子氣，名家休作女郎詩。
吾生進退安寥寂，天意蒼茫雜信疑；
難乞樵風送柔艣，三年消受鬢低垂。

此心餘二十五歲作品。廣豐，在鉛山東。詩中遠別之苦，閒居種豆之樂，思親之情，安於寥寂之心，勗勉稺亭（曇）之切，皆浮於紙上。

其次送別之作。

心餘送別作品如：送李杞園之雲南二首（詩集，卷二，頁十七），其一云：

初騎瘦馬脫儒冠，石磴穿雲上百盤；

一劍光能消瘴癘，十年人不識飢寒。
離鄉味似新婚別，乍客身經蜀道難；
歷盡崎嶇堪閱世，願君一步一回看。

其二云：

新月寒生織女機，春風空長故山薇；
地當南詔黃金賤，天隔中原旅雁稀。
孤館讀書鐙自剪，窮邊懷友夢難歸；
登樓篝火明沙磧，閒望羌兒夜打圍。

此心餘二十六歲居南昌作。第一首云杞園騎馬登山、盤曲而上，「一劍」兩句，言瘴癘荒蠻，隨處可得蔬果充飢。「離鄉」二句，離鄉淒苦，道途險坷。末聯，與人生宦途並提，語意雙關，有餘味。第二首，春風無限，新月起寒。頷聯，言南詔（雲南大理，五代爲大理國）偏遠，燕雁少來。腹聯，孤寂渡日，讀書憶友，好夢難圓。末聯，取當地實景，沙堆不毛之地，羌兒田獵（打圍），淒苦之情，不待語言文字矣。

又：送汪禹績同年歸鉛山三首（詩集，卷四，頁七）。其一云：

夕陽無語數歸雅，又向風烟覓馬撾；
一夢纔醒看白晝，三年眞悔讀南華。
自緣缺月遲遲滿，不怨浮雲故故遮；
此去停舟避鄰舫，感人清淚是琵琶。

其二云：

馬狗衣鶉撲面塵，十年筋骨等勞薪；
飢驅氣藉詩書長，游倦心惟骨肉親。
離別何堪爲此態，姓名爭笑不如人；
北門虹影鵝湖月，愁絕相如返蜀身。

其三云：

萬卷重開五夜鐙，秋山堪並骨崚嶒；
難窺天意時應待，無益才名鬼却憎。
志氣年華俱可惜，神仙富貴兩無憑；
躬耕我欲將慈母，安得村南水一塍？

此心餘三十歲作。本年（乾隆十九年），心餘與禹績（汝淮）參加會試，同時報罷。第一首，由歸鴉（含孝道意）。頷聯，三年如夢，浸潤南華眞經（莊子），伏隱退因子。腹聯，缺月難滿，莫非浮雲故遮，不爲世用，可知。此取少陵句法。末聯，取白居易琵琶行意，則「兩人同爲淪落人」矣！慰人慰己。第二首，十年辛勞，風塵撲面，敝衣（鶉衣）馬狗，供人驅遣，實爲勞碌命。窮則詩書驅飢，倦則念親，有志未伸，只得離別忍苦，此後回鉛山，北面鵝湖相伴，日見彩虹，夜見月影，有如司馬相如之返蜀，無以爲業。第三首，秋山青峻，夜觀書卷，有感天命反復，才徒增怨。志氣、年華本屬有爲，神仙、富貴卻無有憑依。每念及此，心餘與禹績皆欲歸耕南畝，奉侍慈母矣！慰人慰己。

又：送趙方白（寧靜）還南豐省母二首（詩集，卷七，頁七），其一云：

歷落嶔崎一老翁，長眉深目面如童；
偶然萬里作行腳，今欲九秋隨去鴻。
藥裹詩瓢驢負載，世緣塵味酒消融；
卅年看徧圍棋手，都在山人覆局中。

其二云：

漢陰久息丈人機，與物周旋本願違；
老愛讀書原好學，秋來懷母便言歸。
共看慈竹孝烏繞，君有故廬山翠圍；
七發安能起予疾，只須常寄藥苗肥。

此心餘三十四歲居北京作。第一首，言趙方白心地光明磊落，形貌如童、長眉深目。偶然萬里遠遊，九秋而歸。平常詩酒度日，看盡世局變化，皆在掌握之中。則方伯之了然世事，不須點染。二首，取莊子書中，子貢南遊於楚，反於晉，過漢陰，見一丈人，方將爲圃畦，以爲有機心者，道之所不存⑬。則方白久息心機，絕棄物慾。老浸詩書，秋來懷母，因有歸去之想。腹聯，奉侍慈母，孝烏繞竹，廬山翠微，一副天然美景，孝親圖畫。末以枚乘七發，寓己之貪圖功名，而方白歸省，得山林清涼之樂也。

又：送羅旭莊（暹春）**前輩典粵東試二首**（詩集，卷八，頁五），**其一云：**

赴闕重依講幄旁，朝衣將點柏臺霜；
持衡忽奉樓船使，過嶺非同陸賈裝。

---

⑬ 莊子著南華眞經，卷五，頁十二，商務四部叢刊正編，世德堂刊本。

十乘明珠生越海，一星南斗應文昌；
靈槎直泛秋河下，不用仙人五色羊。

其二云：

笑持使節過鄉關，父老歡迎太史還；
竊比經心文字水，最當人意吉州山。
故園風木休縈夢，歸路梅花足破顏；
載取炎方珊網到，扶桑曦彩耀朝班。

此心餘三十六歲作。第一首，言旭莊本爲御史（柏臺），忽得令赴南，不同漢朝陸賈出使招諭南越，卻是文昌星南巡，典粵東試，仙船八月直趨五羊城（廣州別稱）矣。二首，旭莊過鄉里，父老歡迎，故鄉吉州（旭莊，江西吉水人）山水人意，令人徘徊；此去縈夢故園，必待歸路。末聯，盼旭莊南行取士，網羅人才，爲朝廷光也。不言出使之苦，而言來日之歡，甚佳。

又：除日喜吳蓀圃至，歲朝送其赴永康州任二首（詩集，卷二十一，頁二），其一云：

開到梅花又見君，三時消息感離群；

話如春逗迎年鼓，官似風迴過嶺雲。
臘罋對嘗分歲飲，香衾同憶早朝熏；
此身更比桃符舊，羞翦寒鐙一論文。

其二云：

氷銜領到第三州，風雪依然一敝裘；
重見邊人迎父母，數勞蠻長盼君侯。
天涯舊雨誰推轂？身外浮雲合倚樓；
何日宦成歸井里。兩家茅屋傍花洲。

此心餘四十九歲居揚州作。吳蓀圃（暻），曾移住珠草街，與心餘隔巷。兩人鄉試同年。永康，在廣西同正縣。第一首云梅花歲末開，一言別時，一言堅貞之性，不遇時而寂寥也。赴廣西任所，行前飲酒，香衾共話，深情難比。二首，風雪飄搖，蓀圃依然身著敝裘，即將赴其三任永康州所在。在詩集卷十四頁七有送吳蓀圃舍人出牧象州詩，而後改左州，詩集卷二十頁一喜晤吳蓀圃同年作八首，有「送君知象州」、「投艱移左州」句，由象州，而左州。又授永康州，故有「冰銜頷到第三州」。頷聯，遠地迎父母，蠻邊思君王，以忠以孝。腹聯，天涯友人，音訊杳茫，身外富貴，有如浮雲，只合倚樓相盼。末聯，何日宦成歸里，兩家茅屋比鄰而居。情眞語，亦了悟人生語。

又如：送蘇村先生歸養潄浦二首（詩集，卷二，頁十一），其一云：

壇石山椒問字曾，菜花香曬署如冰；
每思北面春風坐，同剪西窗夜雨鐙。
說到老親先墮淚，得歸茅屋穩扶藤；
師門此別天涯杳，沅芷湘蘭感不勝。

爲心餘二十五歲居南昌作。

又：送陳恕堂（守誠）赴三衢巡道任三首（詩集，卷七，頁九），其一云：

雁塞與秦中，氷銜兩雪鴻；
天憐親舍遠，官注浙江東。
節鉞三城拱，家山一髮通；
桐君應拊掌，迎汝白頭翁。

其二云：

立政操何術？初官重此身；
常存在山志，本是讀書人。
巖壑含清美，閭閻愛好春；
衢尊如可設，同飲使君醇。

其三云：

澄慮戒紛擾，靜觀心自閒；
人來姑蔑地，花放富春山。
燕寢好風合，衙齋晴翠環；
從容晝清影，紅燭簿書閒。

爲心餘三十五歲居北京作。

又：送黃穫邨先生出守麗江三首（詩集，卷七，頁九），其一云：

笑擁朱轓益部東，鐵橋金馬控提封；
雪山寒藉和風解，麗水金宜大冶鎔。
負弩定環高軾拜，執經應有外夷從；
由來教養兼師保，爭責弓刀事老農。

其二云：

疆分越嶲四州開，棨戟威嚴接上台；
黑水波恬兵衛列，白蠻書譯吐蕃來。
漢家太守多名將，絕域官符等迅雷；
坐使南金歸職貢，舊時蒙段敢相猜。

其三云：

忠孝原從至性生，彈琴曾聽不成聲；
廿年姓字循良傳，五十悽愴孺子情。
官署樓應題北顧，行廚詩又續南征；
王陽叱馭增奇氣，知異當時喜懼并。

爲心餘三十五歲居北京作。

又：送李載菴（敬躋）**同年出塞省親二首**（詩集，卷七，頁十六），**其一云**：

三年兩度出關行，短後衣乘匹馬輕；
萬里穹廬親舍遠，九邊沙磧塞雲平。
草低大漠牛羊見，人獵長城虎豹驚；
併入天涯遊子日（目？），據鞍凝睇不勝情。

其二云：

氈帳鐙明忽作花，白頭低照鬢絲斜；
征人出塞依行李，戍客愆期感及瓜。
歸夢南飄思骨肉，臣心老去戀京華；
那知雪捲龍堆外，重見飛來反哺雅。

亦爲心餘三十五歲居北京作。

又：送王燮堂還丹徒二首（詩集，卷八，頁十五），其一云：

十載掛高席，緬懷京口山；
故人淹吏局，江水自潺湲。
我折琅邪柳，言從魯國還；
不知頭上月，分照使君顏。

其二云：

鐵甕咽江聲，驚濤下廣陵；
關河諸友隔，詩禮兩兒勝。
哭母烏盈樹，懷人雁一繩；
浮家他日約，應有閬風乘。

爲心餘三十七歲居北京作。以上等等皆送別之作。他如：送楊彤三出宰（詩集，卷六，頁十三），送帥藥房（光祖）還奉新（詩集，卷六，頁十四），送徐藎山下第還鄱陽學官任二首（詩集，卷八，頁十四），送陳澄之（濂）孝廉還商邱二首（詩集，卷八，頁十四）等等皆是。

至於尋訪方面。

心餘尋訪作品如：到京晤蘇德水（遇龍）同年二首（詩集，卷四，頁五），其一云：

久別簪重盍，相思夢乍醒；
誰知秦博士，已注佛名經。
旅食還如我，浮蹤亦似萍；
渭城君解唱，只有故人聽。

其二云：

三十行年共，青袍不復新；
且沽燕市酒，一醉隴頭人。
客久交逾寡，官微仕益貧；
天涯舊兄弟，一見一回親。

此心餘二十九歲居北京作。第一首，久別德水，相思夢醒，不知友人雖於宦途（秦博士，官名，掌通古今），已習佛法矣（佛名經，佛書名）。己旅食京師，飄泊似浮萍，令人嗟歎！王維送元二使安西：「勸君更進一杯酒，西出陽關無故人」⓮，則心餘德水交情之深可知。第二首，己行將三十，青

⓮ 王維著王右丞集，卷五，頁五，商務四部叢刊正編。

袍儒生依舊，且買北地酒，與知音（隴頭，漢橫吹曲名，李延年造）共醉。腹聯，就二人身份言，皆客久窮約。是以尾聯，舊兄弟（德水陝西人，與心餘少時在山西交遊）天涯相會，憫愛之深，故「一見一回親」，眞情所在。

又：家（蔣）禹立兄讀書豫章書院，連日陰雨不晤，寄詩道意三首（詩集，卷五，頁十），其一云：

兄住城南我城北，各擕鐙火坐更長；
半生兄弟幾相聚？連夜雨風難對牀。
貧賤讀書聞見少，艱難求仕鬢毛蒼；
綠窗朱户正酣寢，獨嗅一簾經傳香。

其二云：

將軍廢宅尚絃歌，堂榭春殘長薜蘿；
金鎖綠沈誰悵惘？青鐙黃卷自消磨。
別開户牖蜂房似，舊蓄精華虎氣多；
名將勳勞猶寂寞，文章報國定如何？

其三云：

馳逐聲華亦苦辛，不如高臥看梁塵；
古來名士定何物，他日大才存幾人？
三賦敢當千古業，六經能駐百年身；
衣冠如畫登場易，難敵旁觀笑與顰。

此心餘三十二歲居南昌作。禹立爲心餘從兄蔣士鏞。詩集卷二頁六有晤禹立兄感成，有句云：「骨肉非秦越，飢寒有別離；茫茫芳草路，何處莫相思」。第一首，由住家說起，「兄住城南我城北」，用杜甫句法。鐙火讀書。頷聯，半生兄弟，聚少別多。腹聯，貧賤之人，聞見少而仕宦難，指他們二人。末聯，言禹立用功，室傳書香。第二首，禹立家繁華已過，而絃歌不輟，戶牖蜂房排列，尙有虎氣餘威，然則，名將之後，尙且沉寂如此，文章報國之書生，更不可知矣。第三首，驅逐繁華功名多苦，不如高臥林泉；古來「名士」難有定說，傳世「大才」又有幾？可知眞名士，大才之不易。下筆爲詩賦，可立名不朽，平日誦讀經書，爲百年修養根基；而仕宦衣冠登場，下台變遷容易，往往只留得旁觀者竊笑而已！隱含功名之不定、社會之現實。

又：喜晤晉州周宜亭刺史二首（詩集，卷十一，頁二十一），其一云：

策馬來觀政，油然父老歡；
投金誰破戒？鬻產自當官。
訟解加刑少，民和學猛難；
每聞庭鞫語，吾亦涕闌干。

其二云：

退食下簾旌，相依一短檠；
牀頭書爛漫，襟上墨從橫。
寡嗜能勤學，用功每避名；
尚留絲竹在，不廢浩歌聲。

此心餘四十歲遊晉州（河北）作。在忠雅堂文集，卷八，銘四，有「守鏡齋銘、贈周宜亭（禮）刺史」，云：「惟誠則明，心目如鏡；物來自照，隨事可應。弗誠則斯，弗誠則疑；疑則自亂，欺則自危。……」以誠心爲從政之本贈宜亭刺史。第一首云宜亭所治之地，民和少刑，令人感動。第二首，言宜亭從政之餘，用功讀書。腹聯「寡嗜能勤學，用功每避名」，應爲了悟語。末聯，有歌聲爲伴，人生亦多趣。

又：**病中柬彭衣春侍講**（詩集，卷二十五，頁九）云：

半間打頭屋，一箇信天翁；
家判貧交累，官微老欠通。
債城高莫避，詩竈火難充；
鬲氣宜朝饘，依然守固窮。

此心餘五十五歲居北京作。詩言彭衣春（冠）侍講，意志堅定，如信天翁之不畏風暴，居住半間矮屋。然，交友皆貧，難得高官，至於老邁，亦復如此。由於詩名遠播，詩債高築，作品難繼。末聯，生活朝饘不熟，仍守固窮，此君子乎！

其他尋訪之作，**如除夕過太常金先生宅守歲**（詩集，卷四，頁五）：

爆竹聲中歲兩更，懷鄉思母豈無情；
長安客有終身住，百感心同一夜生。
塵世華年喧夢螘，朱門歌舞鬭侯鯖；
誰知冷屋鐙檠畔，游子悽然坐到明。

此心餘二十九歲除夕，客居北京金德瑛住所作。又，**喜晤秣陵李晴洲**（朗）**作二首**（詩集，卷八，頁四），其一云：

一千人內不羈馬，十五年前未脫錐；
太守槐廳掄秀日，先生蓮幕下帷時。
文章青眼終身感，桃李春風一日知；
惆悵平生景行意，雲山眞恨訂交遲。

其二云：

念舊無如秦學士，逢人每說李詩翁；
江湖夜雨因相憶，貧賤天涯各轉蓬。
藥籠更名慚小艸，雪泥留爪見飛鴻；
由來風義兼師友，傾倒秋堂一拜中。

爲心餘三十六歲居北京作。又，汪溶川（汝淮）同年來都，喜晤有作，即次移居元韻二首，（詩集卷九，頁十二），其一云：

七年離思不曾寬，忽漫招攜舊雨歡；

問訊幾番勞驛使，優游眞怪戀田盤。
烟霞疾痼方纔起，膠漆盟深豈便寒；
比較鬚眉驚老大，試磨明鏡與同看。

其三云：

絮語頻商出處難，年來已覺壯心闌；
蟫魚食敢求仙字，鼃黽居仍落井欄。
坐廢頻增身世感，酬恩眞負歲華寬；
幾人姓氏堪青史，雁譜煩君重檢看。

爲心餘三十八歲居北京作。以上等皆是。

第二目 酬答

心餘律詩酬答之作略少，作品如：黃河一首寄答雨立兄（詩集，卷四，頁八）：

黃河落地自奔渾，略記昆侖是發源；

豈有隄防能束縛？空勞魚鼈暗騰翻。

江流難合終歸海，禹力曾施獨感恩；

百折千迴無倚傍，不須淮泗作兒孫。

此心餘三十歲居山東作。雨立，即禹立，心餘從兄蔣士鏞。詩以黃河源崑崙山起興，滔滔滾滾，有如大才之人，無有束縛者，小才如魚鼈，望見淵然之光，莫不畏懼。江流難合，各展神力，唯大禹力(寓雨立)量，使歸於海，則禹之貢獻殊多，末聯，黃河千迴百折，獨來獨往，不依傍門戶，亦無須淮泗以張揚。

又：**答熊兼五**(詩集，卷五，頁十六)。

聞道桓司馬，胡牀據上頭；

能吹一聲笛，散作十分秋。

主客方交語，風塵不可留；

悤悤飄泊裡，俱莫看吳鈎。

此心餘三十二歲居南昌作。首以桓伊與王徽之相遇故事，伊下車據胡牀為徽之三弄畢，不交一言⑮，則兼五之笛藝可知。腹聯，主客方交語，心餘與兼五，不同於桓、王；風塵不可留，有求道思想。末聯，取辛棄疾「把吳鈎看了」，「無人會、登臨意」⑯，有志未伸之愁悃，不須煩言矣。

他如：答玉亭（詩集，卷七，頁五）：

自掩魚扉歎索居，輕裝何日賦歸歟？
木棉閒放姊尋妹，幺鳳對鳴兒讀書。
人在艱辛當解悟，佛言因果有乘除；
銀蟾未必終沉海，甘味將回諫果如。

此心餘三十四歲居北京作。玉亭，爲心餘表姐胡愼儀。文集卷五，傳三有石蘭詩傳，隨園詩話卷二有：「玉亭，名愼容，姓胡，山陰人。」詩慰玉亭之艱辛索居。

第三目　傷悼

⑮ 參晉書，卷八十一，桓伊本傳，頁十二云：伊，字叔夏，……王徽之赴召京師，泊舟青溪側，素不與徽之相識，伊於岸上過，船中客稱伊小字曰：此桓野王也。徽之便令人謂伊曰：謂尹善吹笛，試爲我一奏。伊是時已貴顯，素聞徽之名，便下車，踞胡牀，爲作三調，弄畢，便上車去，客主不交一言。（藝文印書館本）

⑯ 辛棄疾著稼軒詞，卷二，水龍吟，頁十四，商務文淵閣四庫全書本。

心餘傷悼之作，如：輓楊鐸仲三首（詩集，卷二，頁十一），其一云：

如雪桃花打墓門，一抔黃土是君恩；
必傳詩本交猶子，可繼書香聽小孫。
伏櫪馬原騏驥骨，還鄉鶴亦杜鵑魂；
英雄凍餒爭如死，不敢爲君墮淚痕。

其二云：

從軍奪矟老親知，小范當年是虎兒；
聚米熟諳蠻地險，談兵遙念漏天師。
暮年烈士心原壯，失意騷人志本奇；
勳業功名俱寂寞，弓衣留得可憐詩。

其三云：

晚歲窮途作蠹魚，青山營藏亦鰥居；
父兄死聚他鄉樂，妻女魂離合壟虛。

宿草誰澆三月酒？空齋塵網一牀書；
悲風畫卷銘旌字，題作詩人恨有餘。

此心餘二十五歲南昌作。楊鐸仲爲楊垕（心餘友，江右四才子之一，字子載），叔父楊振業。在忠雅堂詩集，卷二十五，頁十八，「懷人詩」，「楊鐸仲宣慰振業」云：「殺賊艸露布，健兒好身手；老作洪州氓，杖挂葫蘆酒；醉舞都盧橦，尙作獅子吼」。知鐸仲是爲武將。本詩第一首，云鐸仲不僅武將，且詩可傳後，晚回洪州（南昌），猶有騏驥英氣。二首言鐸仲從軍蠻地，練兵邛縣（天無三日晴，如天漏）；至於暮年，壯心未已，精神可佩，亦如失意詩人，心志不凡。而今去世，勳業功名消逝，徒留形具。三首，晚歲讀書，父兄皆死他鄉，與妻女分離，殊爲可憐。腹聯，「宿草誰澆三月酒」，與第一首起句「如雪桃花打墓門」相應，雪碎桃花，人葬三月，淒苦無比。空屋塵網，一牀書留，蕭索悲涼。末聯，風卷銘旌，悲有餘慟。

又：**哭楊子載四首**（詩集，卷四，頁十一），**其一云：**

與子三年別，歸來哭寢門；
遺孤不解痛，老母獨招魂。
壓眾才無敵，成仙位自尊；
墓碑書選士，窮死亦君恩。

其二云：

世祿多年絕，公田八口收；
別開文字祖，敢爲播遷愁？
蜀道無寃魄，青門失故侯；
魂歸先隴下，垂涕國殤邱。

其三云：

九歲負才名，詩成牧伯驚；
天教將門子，來作魯諸生。
我亦今詞客，歸棲古灌城；
十年兄弟友，如此對銘旌。

其四云：

傳家存典籍，會葬有詩人；
白馬來何暮，西州感獨眞。

扶持慙古義，去住等勞薪；
安得分餘粟？爲君養老親。

此心餘三十歲在南昌作。心餘與楊垕（子載）、汪軔、趙由儀爲「江西四子」。而心餘與子載情最深。本詩第一首，與子載分別三年，歸來而竟殞逝，遺孤年幼，未解死別之慟（反襯稚子喪父，無知之慟），老母則傷心至極。而子載才壓羣衆，死登仙籍，碑上稱「選士」之墓。第二首，子載之先人爲雲南土司，後移至江西，故云「世祿多年絕」，只得「別開文字」以謀稻粱。腹聯「蜀道無冤魂」是反語，羅鄴聞子規詩云：「蜀魄千年尚怨誰，聲聲啼血染花枝」⑰，亦如青門（長安城）邵平已矣。有如因國事而殤者，魂歸先祖。三首，子載九歲已負盛名，雖是將門之子，卻至江西爲儒生，與己（心餘）同好文學，歸棲南昌（古稱灌嬰城），十年兄弟，一旦而別矣。第四首，子載典籍傳家，會葬諸人，素車白馬（謂弔客）來遲，慟如羊曇之哭謝安，不由西州路⑱，情眞義濃，一去一住，從此杳遠，何得扶養至友老親耶！沉慟而情義無價。**心餘又有拜楊子載墓二首**（詩集，卷四，頁十一），**其一云**：

---

⑰ 全唐詩，卷六百五十四，頁七五二二，明倫出版社。

⑱ 晉書，卷七十九，頁十三，謝安本傳云：「羊曇者，太山人，知名士也，爲安所愛重。安薨後，輟樂彌年，行不由西州路。」（藝文印書館本）

未視斯人含，常疑故友亡；
不知生死異，但覺別離長。
眼底來抔土，憂端接大荒；
九原何處是？此意滿蒼茫。

其二云：

雞酒成空設，神仙不可援；
碧知新木拱，寒及亂雅喧。
戲念橋公語，愁深衛玠言；
生平兩行淚，第一哭重泉。

亦心餘三十歲南昌作。詩句沉痛悲哀。

又：挽任處泉（應烈）前輩二首（詩集，卷十九，頁一），其一云：

半年身作遽衰翁，示疾維摩臉退紅；
百事都隨婚嫁畢，一樓眞對水雲空。

歸田樂故由官美，受福人難得考終；
不道扶牀成永別，兩行清淚落哀鴻。

其二云：

不住杭州住越州，寓公居在鑑湖頭；
門高士盡師元禮，道廣人爭識太邱。
一郡江山屏上畫，廿年絲竹鏡中游；
青冥忽報神仙死，萬壑千岩黯對愁。

其三云：

自營繭室喜初完，快閣飄然墜玉棺；
逝者精靈原解脫，旅人觴詠孰盤桓？
得交前輩緣非淺，但見狂奴意輒歡；
今日重來齋鏡具，嵇琴捶碎不須彈。

此心餘四十五歲在紹興作。任處泉爲詞館前輩，中年乞病，居浙江鑑湖「快閣」。第一首，「半年身作遽衰翁」，乞病後，身體異常變化迅速，等兒女婚畢後，「一樓眞對水雲空」，不久即永別矣。二首，住鑑湖，江山如畫，爲一代宗師，多年交游，皆至此游，忽報處泉之死，巖谷亦黯然！第三首，居處快閣，自營繭室，驚傳死訊，令人低佪。腹聯，心餘在浙江蕺山書院，得以交往，天賜之緣，然傷知音已去，嵇琴可碎。亦多哀慽。

又如：輓汀州黎質存二首（詩集，卷二，頁十四），**其一**：

涙灑千秋事，名輕萬户侯；
蹟存天下險，心接古人憂。
詩筆奇才重，篇章大匠收；
寒山一抔土，愁絕問汀州。

此心餘二十六歲居南昌作。由本詩知其工於詩文。又，**哭余亦霖**（詩集，卷三，頁四）：

江南烟月夢繁華，換妾曾收白鼻騧；
早歲功名刀筆吏，晚年游俠魯朱家。
殘詩自滅驢腰重，妙墨爭摹屋漏斜；
今日過門誰腹痛，可憐嚧欻樹頭鴉。

此心餘二十七歲在南昌作。又，**十二月二十八日哭同年田伯庸**（玉成）**檢討于蓮花寺**（詩集，卷九，頁十九）：

七日春迴藥竈溫，踉蹌爲爾慟黃昏；
三禪證果維摩室，十地修文宰相孫。
壽骨難憑眞怪事，蓮花不染見仙根；
六年同館重傷逝，還忍偎寒哭寢門。

詩作於乾隆二十七年，十二月二十八日，心餘三十八歲，居北京。又，**靳大千哀詞二首**（有序，略。詩集，卷十，頁二），**其一云**：

飄零江浦替祠官，靳總河孫若此寒；
香火錢輕家累重，祖宗功烈聖恩寬。
迎鑾許附羣工覲，刷羽眞同獨鶴盤；
不道成翁首邱志，歲朝消受一桐棺。

其二云：

昔識醱明一語親，訂交文字亦緣因；
卒更貌寢寧辭侮，馮衍情疎或被嗔。
表墓誰題前太守？寓公應誌老詩人；
清淮渺渺龍堂在，魂魄歸宜駕赤鱗。

此心餘三十九歲在北京作。蘄大千卒於元旦，則心餘於乾隆二十八年元旦後作。以上等等詩作皆是。

第四目　次韻、疊韻、分韻、及招飲、宴集等作

心餘次韻律作，如：蘭溪夜泊次汪溶川（汝淮）同年韻（詩集，卷二，頁一）：

沙棠兩槳暮烟開，嵐翠通城拂面來；
臨水屋多人語雜，泊船風緊燭煤灰。
乍嘗柬脯知方物，共釋蟲魚逞辯才；
寒月分明眠未得，四圍山影落空杯。

此心餘二十三歲舟過蘭溪作。蘭溪，在浙江省金華道蘭谿縣附近。溶川、心餘乾隆十二年同舉。

首聯，以沙棠（木名，崑崙山有之）所製之槳船行，傍晚起程，曉日即至縣城。頷聯，臨水人多語雜，船泊處煤灰爲燭。此二聯皆就實景描述。腹聯，轉至當地土產「棗」、「脯」，忽嚐而樂，聯想其他鳥獸蟲魚。尾聯，離家多愁，寒月難眠，圍山影落，蘊藉。

又：陳時若（奉兹）同年令蜀中次韻餞之二首（詩集，卷八，頁二），其一云：

飛揚老兄弟，十載幾離羣；
得第眞嫌晚，當秋卻送君。
循良千古業，治理六經云；
那可耽詞賦，輕談玉石分。

其二云：

聞道空舲峽，陰崖轉側晴；
布帆無恙去，蜀道未難行。
官稱詩人地，秋宜白帝城；
文翁本何術，常是一編橫。

此心餘三十六歲在北京作。時若，亦乾隆十二年舉人。第一首，與時若十載（距中舉實爲十三年）離合，得第確晚，今爲循良吏，依六經立功三不朽，不必耽於文學，如李白隱屠釣、分玉石。二首，首寫往蜀峽之景，與李白「蜀道難」之意相反，以爲餞行祝頌宦運。蜀地多詩人，白帝城秋宜作詩，而漢代文翁興學校，崇教育，文風盛，則由地、景、人賀時若之令蜀有爲也。

又：次韻答家（蔣）仲升（元樞）孝廉（詩集，卷九，頁九）十：

麻衣如雪記分襟，聞道王裒廢苦吟；
畫閣琴書封別館，堊廬鐙火夢荒林。
梨花麥飯鄉人淚，宰木烏啼孝子心；
還遣親臣祠故相，九原應泣主恩深。

爲心餘三十八歲在北京作。**又，次韻答似邨**（詩集，卷十三，頁八）：

迎朝屐齒遍荒園，疎影香浮吐萼繁；
酒賣僧樓寧惜醉，琴彈仙院不聞喧。
江山王謝家何在？烟月齊梁局書翻；
更欲邀君攜鴈櫝，尋春去聽野人言。

為心餘四十一歲在南京作。以上等等皆是。

疊韻之作，如：**疊舊韻柬南鄰韋約軒舍人**（詩集，卷八，頁五）：

隔院聲聞宛一家，坐堪同席出同車；
經廚過訪應無閒，人海因依即有涯。
撲棗未須防婦拾，乞醯猶可倩僮賒；
春來喜送窗前艸，佳兆應生閣下麻。

此心餘三十六歲北京作。詩集卷七頁十六有題韋約軒（謙恆）舍人翠螺讀書圖，卷八頁十五有苦雨仆牆戲柬北鄰韋五舍人（謙恆），言與謙恆為「北鄰」。而本詩言「南鄰」，似有矛盾。腹聯，「撲棗未須防婦拾，乞醯猶可倩僮賒」，言兩家情好。尾聯，送艸生麻，以為采邑，得佳兆矣。

分韻之作，如：**查恂叔太守招飲接葉亭看丁香，分韻得眠字三首**（自註：亭為湯西崖舊墅），（詩集，卷十一，頁十四），**其一云**：

此地花開此最先，孌枝紅杏恰隨肩；
蕊成丁字名非假，氣雜辛香性亦偏。
小宴重張詩老宅，斯亭曾見永和年；
春光九十堂堂去，讓與山公枕麴眠。

其二云：

那要滄浪十萬錢，花時觴詠繼前賢；
虛廊靜得山林趣，怪石欹如鶴鹿眠。
種樹幾人成過客？看花半日比遊仙；
持杯醉問風流守，底事歸無宅與田？

其三云：

瞢騰都忘養花天，春色園林已爛然；
昨夜癡尋槐莢夢，今年歸作海棠顛。
飲耽文字存餘韻，事若流傳感後賢；
試裂長縑寫巾袷，座中還仗李龍眠。

此心餘四十歲恂叔家作。查恂叔(禮)，北平人。第一首云美好紅杏，丁香味辛，知北地亦有宜人之景；是以恂叔小宴詩友，如晉永和王羲之等蘭亭聚會，如此春光，皆與晉之山簡般的醉酒也。第二首，花錢買醉，怪石欹眼，辛苦耕耘、易成過去，賞花半日、有如遊仙，此得閒暇遊賞之樂。末聯，舉杯問恂叔太守，田宅身外物，歸去尚有無？第三首，春色園林，花間爛熳，昨夜富貴之夢（李公佐南柯記：謂淳于林分夢至大槐安國，爲南柯郡守。），今卻歸去之想，此時風流韻事，是否能有如宋之李龍眼（公麟），爲此繪一圖，作歷史見證。詩頗雅趣。

又：遊吼山分得東字三首（詩集，卷十八，頁一），其一云：

養花天漾麥苗風，畫舫幽尋主客同；
魚國路通皋埠外，犬亭青在繞門東。
綠波人影羣鷗亂，翠壁雷聲萬斧空；
一樣酒龍詩虎會，只爭紅袖凭烏篷。

其二云：

細細笙歌短短篷，攜家上冢見遺風；
楝花邨鳲清明過，秧稻時光暖氣融。
鏡湧樓臺雙洞啓，天垂雲樹一潭空；
坐來長晝堪移屧，還到烟蘿古寺東。

其三云：

䑳船一櫂夕陽紅，到處江山喜醉翁；
欹艤偕行穿彼岸，倒身直下瞰幽宮。
裂開地軸雷霆轉，鑿斷雲根陸海空；
晚入雷門笑相別，扁橋西畔水澄東。

此心餘四十四歲紹興作。吼山，在浙江省紹興縣東，有陸秀夫祠。第一首，山水秀麗，花麥翻風，春光無限，畫舫尋幽，美不勝收。魚塘、犬亭曲折環繞，鷗飛雷擊，腹聯盡山野之美。末，烏篷酒會，別是滋味。第二首，首聯，畫舫中傳來「細細笙歌」，雅緻。遠見攜家清明上墓，秧稻光暖，氣氛祥和。腹聯，鏡湧樓臺，天垂雲樹，則人影合一。末，坐久，不覺至古寺東。第三首，夕陽晚舟，處處醉翁，「山水之樂，得之心而寓之酒」，本是歡樂。頷聯，舟至彼岸。腹聯，「裂開地軸」、「鑿斷雲根」，言吼山因巨浪衝擊得名。末，作別雷門。有如敍事詩，首尾一貫。

至於招飲、小飲、招遊、宴集等作。如：**祝野谷招飲**（詩集，卷四，頁十四）：

舊恨新愁一例刪，醇醪眞可駐朱顏；
杯傾北海孔文舉，詩唱江南庾子山。
名士療飢何似餅？參軍啗肉故應蠻；
健兒老去能行炙，呼向鐙前看箭斑。

爲心餘三十一歲在南昌作。詩句對仗工整。

又，謝蒼崖丈西堂小飲三首（詩集，卷五，頁八），其一云：

授餐適館賦緇衣，倒屣翻令薄俗疑；
冠蓋悠悠客來去，簾櫳寂寂燕差池。
銜杯有得自懷古，開眼笑看人奕棋；
老樹生香石生蘚，兀然情況許誰知？

其二云：

既醉還醒老嬾身，不求聞達不沉淪；
浮雲過眼半爲雨，明月在天來照人。
諧俗何妨等兒戲？哦詩差可任天眞；
紅鐙綠酒多抛擲，只與羣公了夙因。

其三云：

戴笠乘軒廿載經，魚龍傀儡各縱橫；

漸知感慨太無謂，但覺江山都有情。
海內名公多遠別，天南小吏頗相輕；
市中著屐吾猶慣，不用等閒知姓名。

此心餘三十二歲南昌作。謝蒼崖爲南昌人，與心餘父親交往，心餘隨父遊而交。第一首取詩經緇衣，美鄭武公之好賢，言蒼崖主人招飲、冠蓋雲集（取蔡邕聞王粲在門，倒屣以迎故事，見於三國志），銜杯賦詩，樂在其中。二首言寡主醉醉醒醒，不求聞達，不消極沉淪。頷聯，浮雲過眼，明月在天，景中有情。後半，與羣公宴集，任眞自得。第三首，貴（乘軒）賤（戴笠）相交，主奴進出，世間瞬即變化，感慨徒勞，不如取江山以爲作詩藍本，不必勞煩寵貴變易也。又，在忠雅堂詩集，卷十三，頁十八，有謝蒼厓丈西堂小飲次韻六首。

又，**康山宴集酬鶴亭主人，並邀邊都轉霽峯**（廷掄）、**袁觀察春圃**（鑑）、**陳太守體齋**（用敷）、**家**（蔣）**舍人春農**（宗海）、**江大令階平**（廷泰）**同作三首**（詩集，卷二十一，頁十一），**其一云**：

腰鼓琵琶駐此間，借他明月照酡顏；
城低不礙登高眼，亭迥全收隔郡山。
舊宰官身留十笏，小秦王曲付雙鬟；
就中鴻爪分明在，雪磴嵐梯好細攀。

其二云：

當時吾自愛吾廬，異代還教庾信居；
勝地原憑人管領，宦情須藉酒銷除。
放來青眼高于頂，開遍黃花澹似予；
主客圖中老兄弟，慈恩宴後又聯裾。

其三云：

更煩絃管一吹將，海鏡初升到艸堂；
供養雲烟如有待，擔持泉石豈尋常？
衣冠入畫今猶昔，王謝爭墩兩不忘；
重立淮南耆舊社，萬錢眞箇買滄浪。

此心餘四十九歲揚州主安定書院作。康山，在揚州。心餘曾主園中之秋聲館，撰九種曲。鶴亭主人，江春。詩言絃管琵琶，酒以銷憂，雲烟泉石以享樂也。第二首所言主客圖，蓋心餘與邊廷掄、袁鑑、江廷泰爲同榜進士。

第二節　詠物詩

有關心餘詠物律詩，可分：植物、動物、器用、自然景觀等。先就詠植物方面說。

如：梅花二首（詩集，卷二十一，頁九），其一云：

節序黯無色，此花開獨妍；
流芳當歲暮，得氣在春先。
雪豈能爲力？香原出自然；
橫斜堪一笑，何補朔風天。

其二云：

松竹苦相友，江山寒有情；
孤高雖遠俗，晚達究何成？
不死根長屈，無花性亦貞；

請看生葉後，還有子調羹。

詠梅詩，最早見於詩經國風「摽有梅」，然此作疑借諷女子之遲婚者（從屈先生說）。六朝以後作家，如陸凱、何遜等，漸及梅花。唐代鄭述誠，五言排律，有「華林園早梅」：「曉日東樓路，林端見早梅；獨凌寒氣發，不逐衆花開。素彩風前艷，韶光雪後催；蘂香霑紫陌，枯亞拂青苔。止渴曾爲用，和羹舊有才，含情欲攀折，瞻望幾徘徊」⑲。詩中「獨凌寒氣發，不逐衆花開」，賦予高傲之性格。宋代楊萬里「和羅巨濟山居」云：「園花皆手植，梅蘂獨禁寒；色與香無價，飛和雪作團。數枝横翠竹，一夜遶朱闌；不惜吟邊苦，收將句裏看」⑳，「梅蘂獨禁寒」、「色與香無價」，言梅之高格無價。又，宋代徐璣「訪梅」詩，有「頗知天姿殊，絕似人有德」㉑，落實道德意義矣。心餘本詩四十九歲居揚州作。第一首，言入冬後梅花獨盛開，不畏風寒冰雪，且占春花先機，横枝斜影，香出自然。二首云梅、松、竹歲寒三友，孤高遠俗，歲暮始發，盤根不死，愈冷愈開，花性貞潔，梅子亦得爲羹湯食用。全詩以梅之不畏風寒、堅貞之性爲主。甌北亦有「梅花詩」（甌北詩鈔，七律一，頁一），其二云：「正是冰霜徹骨天，何當冷蘂別成妍；衆芳皆後眞香祖，同調無多只水仙。踏凍來尋芒屩滑，忍寒相對繡帘攀；著花老樹嫣然處，箇是人間

---

⑲ 張玉書、汪霦等奉勅編御定佩文齋詠物詩選，㈣，卷二百九十七，頁十，商務淵閣四庫全書。

⑳ 同註⑲，頁九。

㉑ 同註⑲，頁二。

枯木禪」。子才作品中與梅有關者略多，然多為絕句詩。其律句如：在鄧尉憶家中梅花，莞然有作」（小倉山房詩集，卷二十四，頁七）云：「主人鄧尉看梅去，家中梅花開萬樹；舍近求遠如芸田，梅雖不言我自憐。歸來置酒向梅勸，勸梅莫作秋胡怨；君不見林逋終日不離花，花飛也到別人家」。比較三人作品，正如郭麐靈芬館詩話所云：「隨園樹骨高華，賦材雄鷙，四時在其筆端，百家供其漁獵。……然魚龍曼衍，黎軒眩人之戲亦雜出其間，恐難登于夔曠之側。忠雅託足甚高，立言必雅，造次忠孝，讚頌風烈，而體骨應圖，神采或乏。……甌北稟有萬夫，目短一世，合銅鐵為金銀，化神奇於臭腐，欲度越前人，震駴凡俗，辟如阿修羅具大神通，舉足攪海，引手摘月，能令諸天宮闕、悉時震動，但恐瞿曇氏出世，作師子吼耳」㉒。由此梅花詩看，郭氏之說正確。

又：臥松（詩集，卷二十五，頁三）云：

久臥空山中，欠伸勢欲起；
可憐磊砢身，冰霜不能死。
無心弄波濤，天風自行止；
作花老未能，低頭看松子。

㉒ 郭麐撰靈芬館詩話，卷八，頁五，收在杜松柏主編清詩話訪佚初編，新文豐出版社。

歷朝詠松，多言其堅貞。魏劉楨贈從弟有：「亭亭山上松，瑟瑟谷中風；風聲一何盛，松枝一何勁。冰霜正慘悽，終歲常端正；豈不罹凝寒，松柏有本性」㉓。唐代李嶠松云：「鬱鬱高巖表，森森幽磵陲；鶴棲君子樹，風拂大夫枝。百尺條陰合，千年蓋影披；歲寒終不改，勁節幸君知」㉔。都是。心餘本詩五十五歲北京作。言松樹之不畏風寒、冰霜、磊砢；雖未見松花，卻有松子，言外寄望於後世之昌榮焉。

詠禽蟲飛鳥方面。

蟲類如：飛蝗二首（詩集，卷二十二，頁五），**其一云：**

萬點雲邊影，三更月下聲；
孽身從羽化，饞性託天成。
雨壓連畦爛，風聞隔縣驚；
黃雲千畝闊，一夜爾鋪平。

其二云：

㉓ 同註⑲，卷二百七十七，松類，頁一。

㉔ 同註㉓，頁八。

罷唱豐年樂，時聞米價添；
但愁民有殍，不慮食無鹽。
淮浦流亡最，江鄉疫癘兼；
平山花月舫，歌舞過閭閻。

此心餘五十歲揚州作。第一首，起聯分別就「飛」「蝗」兩字說解。頷聯，蝗之生、育、言「孳身」、「饞性」，蝗之本性、本德可知。腹聯，言蝗之數量龐大，如「風」如「雨」，令人驚怖。末聯，千畝稻穗，一夜吃空，人類之大禍害。第二首，人們之豐收，不及飛蝗一到，穀粱盡罄，米價立漲。頷聯，作物爲蝗所害，缺糧，但愁路有餓殍；而鹽本昂貴，少「人」進食，不受蝗害，處處可得，以食物消長，言蝗之害。腹聯，江蘇蝗害大，流民多，兼有疫癘！末聯，言揚州平山堂畫舫，尚在歌舞，不恤同鄉、同胞之情，令人扼腕。由蝗害，轉至人的無情，語刺。

禽鳥如：**晴燕**（詩集，補遺，上，頁二）

未去銜紅雨，喃喃弄晚晴；
飛花黏不定，風色裊來輕。
小苑眞如夢，閒庭最有情；
斜陽多少恨，莫漫下簾旌。

詠燕之作，如唐代鄭谷有「燕」云：「年去年來來去忙，春寒煙溟渡瀟湘；低飛綠岸和梅雨，亂入紅樓揀杏梁。閒几研中窺水淺，落花徑裏得泥香；千言萬語無人會，又逐流鶯過短牆」㉕。明代方九敘「賦得燕燕于飛」云：「小院百花香，輕簾雙燕翔；影隨春陌近，聲入午風涼。趑蜨廻雕砌，銜花赴彩梁；空閨朝復暮，徒切畫眉長」㉖。皆就燕子銜花、和泥，天空翔舞，築巢紅樓情形，描繪生動。心餘本詩二十三歲在江西上饒作。亦就燕子晚晴銜泥，飛舞閒庭景象說。末聯，有餘響。

吟詠器物方面，如姚符（詩集，卷十八，頁十九）：

度索仙人板，丹砂道士書；
崢嶸禦魑魅，寂寞倚門閭。
入土言當省，祛邪事有諸；
堪憐退歸者，新舊較何如？

荊楚歲時記云：「謝道通登羅浮山，見數童子以朱書桃板貼戶上。道通還以紙寫之，貼戶上，鬼見畏之」㉗。又云：「造桃板著戶，謂之仙木。繪二神貼戶左右，左神荼，右鬱壘，俗謂之門神」

㉕ 御定佩文齋詠物詩選，卷四百三十八，頁九，商務文淵閣四庫全書本。
㉖ 同註㉕，頁八。
㉗ 見王毓榮撰荊楚歲時記校注，頁九七，據政和證類本草卷二三，核桃仁引荊楚歲時記，文津出版社。

㉘。桃符即後之春聯。范叔寒以對聯的源流云：「它的起源，可以考證的，是開始於五代後蜀主孟昶的除日題桃符版聯語：『新年納餘慶，嘉節號長春』，宋朝和明朝已開始流行。宋朝的蘇軾、朱熹，都有聯語傳世。明太祖朱元璋且曾在除夕，傳旨公卿士庶門上必須各貼春聯一副」㉙。敍述簡要。心餘本詩四十四歲南京作。首聯，指謝道通朱書桃板事，言桃符起源。頷聯，桃符可禦鬼，須寂寞倚門。腹聯，入土與鬼爲伴，謂桃符插入土中，是否眞可袪邪？尾聯，只憐每年以新符換舊，豈舊符失效而新符始靈耶？添愁增恨。諸詩皆無寄託，技同隱謎而已。又，忠雅堂詩集與本詩同卷頁有春聯詩，云：「豐年資頌禱，民氣驗康和」，以爲反映政情，不止桃符之驅邪而已。

又：爆竹（詩集，卷十八，頁二十）

礮力憑金石，憐渠具體微；
驚雷一絲引，春雪萬層飛。
身碎因狂藥，心長有禍機；
不知誰掩耳，還笑盜鈴非。

㉘ 同註㉗，頁二三，荊楚歲時記正文。
㉙ 范叔寒著中國的對聯，前言，頁一，台灣省政府新聞處發行。

有關爆竹，荊楚歲時記云：「正月一，雞鳴而起，先於庭前爆竹，以辟山臊惡鬼」㉚。又，神異經云：「西方山中有人焉，其長尺餘，一足，性不畏人，犯之，則令人寒熱，名曰山臊」。以竹著火中朴熚有聲，而山臊驚憚遠去㉛。知爆竹爲驅山臊惡鬼，以眞竹、塡火藥引爆之。王安石元日詩云：「爆竹聲中一歲除，東風送暖入屠蘇；千門萬戶曈曈日，爭插（一作總把）新桃換舊符」㉜。道盡元日民俗。本詩心餘四十四歲南京作。首聯，爆竹身體細微，塡以金石火藥；頷聯，一絲爲引，爆時如萬層春雪飛。腹聯，「身碎」，指爆竹，啓動引爆之「心」，由絲、引心，使藥爆破，故云「心長有禍機」。末，以掩耳盜鈴故事，言爆破威力，諧趣。

又：燭花二首（詩集，補遺，上，頁三）

豈共朝華落繡茵，銅槃芳苡晚來新；
孤根自結何須地？長夜能開不待春。
一寸纏綿心轉熱，五更風雨恨應顰；
更闌莫漫敲碁子，留照清狂淺醉人。

㉚ 同註㉗，荊楚歲時記正文，頁十九。
㉛ 王毓榮撰荊楚歲時記，引神異經文，頁十九，文津出版社。
㉜ 王安石著臨川先生文集，卷二十七，頁四，商務四部叢刊正編。

其二云：

飄來終是不成茵，頃刻疑隨幻術新；
黃葉寺中千里夜，晚風樓上一分春。
紗籠爲爾移身護，羅帳嗔他背面顰；
狼藉鏡臺簪得否？曉粧辜負未眠人。

此心餘二十五歲南昌（？）作。燭花，燭燄，燭穗。第一首，首聯活用東坡日喻文典故，以燭花、銅槃爲日㉝，卻是晚來新，不同於「日」。頷、腹二聯，「孤根自結何須地」，言燭之孤拔，不同凡俗；燭燼落、燭花明；一寸相思一寸熱，愁煞風雨未眠人，情景交融。尾聯，燭照淺醉人，添詩情。第二首，燭花爲頃刻花，有如烟火。光照寺樓。腹聯，轉與美人相伴，未眠人鏡台狼藉，由燭相思，而生恨矣。

有關樂器方面，**如雙琴**（詩集，卷十四，頁十四），**其一云**：

㉝ 見蘇軾著經進東坡文集事略，卷二十七，雜說，日喻說，頁五，云：「生而眇者不識日，問之有目者，或告之曰：日之狀如銅盤，扣盤而得其聲也。他日，聞鍾以爲日也。或告之曰：日之光如燭，捫燭而得其形，他日揣籥以爲日也。……」（商務四部叢刊正編）

雙琴留手澤，敢藉曲肱眠？
抱比遺經重，尊同守器傳。
深紋存舊斷，古調入新絃；
默念知音杳，多時拂拭捐。

其二云：

痛矣師襄死（自註：檜門先生），張絃不敢更；
中枯除木性，餘潤定絲聲。
久掩箏琶耳，難忘志義情；
昭文叉手慣，不鼓見平生。

此心餘四十二歲南京作。所詠琴爲金德瑛（檜門）遺物。第一首，起聯不著意。頷聯，比「遺經重」，同「（典）守器（物）傳」，言琴之尊貴。腹聯，舊絃雖斷，深紋尚存，調作新琴，相思未已。末，知音杳遠，拂琴以懷人。第二首，首聯用孔子學琴於師襄子事，以慟悼金德瑛（檜門）之逝世。頷聯，琴面圓而順下，亦以琴喻金師雖逝，而餘澤流布。腹聯，用東坡詩句：「歸家且覓千斛水，淨洗從前箏笛耳」[34]，以孔子取韶樂，放鄭聲，古樂雜有鄭聲，琴獨無之，愈見其心志高貴。末

[34] 清王文誥、馮應榴輯注蘇軾詩集，（上），卷八，頁三八一，學海出版社。

以莊子云：「有成與虧，故昭氏之鼓琴也。無成與虧，故昭氏之不鼓琴也」㉟。以昭氏（喻檜門）不鼓琴，復歸於琴之本體純然，言其得道耳。

有關吟詠自然，如春雪（詩集，卷十三，頁十二）：

龍公試手剪霜毛，恰共春霖潤土膏；

但入田疇滋黍稷，莫歸江海助波濤。

危峯暫失青千仞，涸渚旋添綠半篙；

欲敵新寒借郫酒，暮天空闊一漁舠。

金朝元德明「春雪」詩云：「幾日韶華雪更侵，龍公試手本無心；寒留整整斜斜態，暖入融融洩洩陰。著柳直疑香絮重，擁階何以落花深；前頭桃李應無恙，贉破相如賣賦金」㊱。與心餘本詩（四十一歲乘舟往江西作），皆詠春雪後物態。心餘詩更著力於春雪對萬物的好處。末聯，有柳宗元江雪詩中獨釣寒江之意。全詩著眼在「春」字。（春雪輕，異於臘雪）。

又：雪（詩集，補遺，下，頁四）：

㉟ 莊子著南華眞經（莊子），卷一，頁三十一，商務四部叢刊正編。

㊱ 御定佩文齋詠物詩選，(一)，卷十四，頁三十，商務文淵閣四庫全書。

過牆山影失，倚檻竹腰垂；
雪重無衣苦，年豐隔歲知。
三農能鼓腹，十口願嘑飢；
去去霑微祿，應蒙解凍慈。

此心餘五十三歲鉛山作。首聯，雪重，故「山影失」、「竹腰垂」；頷聯，轉至人身，「無衣苦」、「年豐」與否，隔歲方知，命運未卜。腹聯，山澤等因雪「鼓腹」，十口之家則「嘑飢」，與自然相反，悲哀。尾聯，解凍或有微祿可霑。子才亦有「詠雪」之作（小倉山房詩集，卷七，頁九），云：「空山雪墜一聲鐘，花落花開萬萬重；窗外亂飛蝴蝶影，客來都帶鷺鷥客。人情應笑青雲改，版籍全歸白帝封；我自瑤臺甘小謫，三年只種玉芙蓉」。詩情浪漫，文字略淺。

第三節　題畫詩

御定歷代題畫詩類云：「攷有虞氏施采作繪，而繪事以起，周禮冬官爰有設色之工，典畫繢之職。……至漢世圖寫功臣，用示褒異，則又人物之肖象粲然著見於史冊者矣。嗣是工繪事者日衆，自天文、地輿、鳥獸、草木，以及宮室器用，與一切登臨，遊覽之勝，皆假圖畫以傳於世。……抉其義蘊，發攄其旨趣者，則尤藉有題畫之詩」㊲。知題畫詩之由來。其分類與詠物略同。

㊲ 陳邦彥等奉敕編御定歷代題畫詩類，序，頁一，商務四庫全書。

茲就心餘律作題畫部分歸爲：一般酬酢、山水、草木、閒適、人物、宮室、亭臺等。

第一目 一般酬酢

題畫酬酢，如：題瀟湘一泛圖送陶揮五（金諸）同年令楚南二首（詩集，卷四，頁八），其一云：

陵谷遷移七澤寬，羊公碑石水漫漫；
登臨客有千秋淚，轉側山宜九面看。
人世風濤諳不易，襄陽耆舊遇應難；
隨身卷軸偷閒展，辛苦前賢策治安。

其二云：

同年昆友幾從橫，散落飛揚歲月更；
嘗笑張良如處子，敢言賈誼是書生。
東華轂轉塵無奈，南嶽峯回雁有情；
知爾黃紬貪早睡，紫薇花下一尋兄。

此心餘三十歲北京作。陶揮五（金諧），江西南城人，與心餘同舉。第一首，由陵谷遷移，水漫羊公碑（在湖北襄陽，晉羊祜曾鎮守，祜卒，立碑其上），登臨徒增墮淚！宦海沉浮，與羊祜耆舊同觴詠情形，亦難矣！只期爲政之餘，一展詩畫以怡情而已！第二首，丁卯同科舉人，少有在政治上輝煌成就者！揮五貌比張良，敢言如賈誼，卻要離開北京東華門（內閣），至於衡山、回雁峯（在衡陽縣南），爲令楚南，盼揮五能像雁般，至衡陽不過（揮五補溆浦知縣），第二年春回，爲皇上重用。則此番在南方，可以賞花、讀書，早睡早起，自有美好遠景。尾聯蘊藉。

又如：同年戴匏齋（文燈）禮部菜根書味圖二首（詩集，卷七，頁十七），其一云：

昔時宴坐此圖內，佳日讀書雙樹間；
薺麥共憐君子守，雞蟲無礙圃師閒。
習靜園林眞瑟瑟，照人文彩自斑斑；
菜花開落年光換，展卷還應一破顏。

其二云：

短籬如放夕陽晴，筧水似鳴環珮聲；
誰煮雲腴澆舌本？笑摩空腹飽藜羹。

文章禮樂當官事，邱壑詩書出世情；
只恐抛荒荷鉏手，蹇驢車上過平生。

此心餘三十六歲北京作，匏齋與心餘進士同科。第一首，回想昔日宴坐此菜根處讀書。頷聯，君子守窮，甚至與雞蟲爲伍。腹聯，園林自靜，人文斑彩，恭維匏齋。末聯，眞實之菜花，開落多次，追思往昔勤學以得功名，足以破顏爲樂矣。第二首，周圍短籬、夕陽遠照，以巨竹通水（筧水），聲如環珮。頷聯，就菜根書味說。腹聯，因菜根習禮樂文章爲入世事，丘壑詩書爲出世情。末，警戒，抛荷鋤手，忘其根本，則蹇驢崎嶇以過平生矣。就畫取意，以爲勗勉。

又：夢鄉圖為吳音厓作二首（詩集，補選，上，頁十一），**其一云：**

始爲文學掾，仍是故鄉官；
湖水出江處，家門入夢看。
相望四百里，縈想萬千盤；
明歲乘風去，君懷畫益難。

其二云：

士有四方志，懷安意或非；
泉清猶未出，雲薄漫言歸。
我嬾應迴舵，才疎故息機；
雙鐘前夜聽，失記爾柴扉。

此心餘四十一歲南昌作。第一首，言音厓始爲文學佐吏（掾），後仍做鄉官。中二聯，兩人同鄉，距地四百里，而音厓家人縈想夢回。末，己欲明歲歸去，恐相見不易耳。第二首，起聯，士有四方之士，不可安土；頷聯，話鋒一轉，有高潔之志（在山泉水清、出山泉水濁），雲薄莫言歸也；腹聯，言己亦才疏，不宜從政。末，前夜鐘聲，疑似夢鄉，錯失彼此家園，二人同爲夢鄉矣。

又如：題石谷從孫二癡居士畫冊八首（詩集，卷七，頁八），**其一云：**

竹勁而便娟，石介而大壯；
兩樹對軒昂，俯仰成倔強。
同有貞固心，相友不相讓；
可憐蒲柳姿，當秋獨惆悵。

其三云：

清味澹如此，故宜窗户横；
亭虛受涼月，籬短過秋聲。
桐似高人立，詩從靜者生；
當年讀書處，苔蘚最分明。（自註：桐陰書屋）

其五云：

老顛墨淋漓，洒作一山雨；
走筆商羊來，濕雲吹不去。
歌樓與客舟，我夢落何處？
展卷憶僧廬，影對一鐙語。

其七云：

酒醒孤篷底，舟人夜雨時；
潮來身命賤，雞唱夢魂知。
壁峭波廻猛，江空月下遲；
平生飄泊慣，對此欲悽其。

此心餘三十五歲北京作。二癡居士指王玖（翬曾孫，翬與時敏、鑑、原祁，爲清初四王）。詩中言歲寒景象，竹勁、石介、桐陰讀書處等泊舟畫冊景象。

第二目　山水、花木

心餘題畫詩，有關山水者，如：歐陽可堂（正亨）觀濤圖二首（詩集，卷九，頁二），其一云：

放眼爲文者，乾坤乃一空；
每當會心處，不與腐儒同。
石湧千尋嶂，波廻萬里風；
含豪渺然際，常記蠡湖東。

其二云：

此境何能到？全收向筆端；
苦心爲蓄洩，奇勢接風湍。
泛濫吾滋懼，翻騰興易闌；
低回古人作，字字一平安。

此心餘三十七歲北京作。第一首，從大處說，放眼乾坤，難以文彩著稱者。頷聯，立意不與俗同。腹聯，就觀濤言，氣勢大，對仗穩妥，可稱爲「文」。末，以蠡湖（彭蠡，鄱陽湖，心餘之故鄉）人景兩收。第二首，由奇景轉至「圖」上，形勢奇美。腹聯，轉至濤之害，泛濫成災，爲吾人所懼。末，平安作結。此儒家人本思想。

又：題觀海圖送譚誨亭侍御赴興泉道任三首（詩集，卷九，頁八），其一云：

列戟施行馬，驕嘶御史驄；
地分閩嶠險，官到海波融。
符節提封遠，魚龍拜舞同；
馮虛遊汗漫，心目一爲空。

其二云：

春水綠生波，其如惜別何？
展圖看巨浸，把酒唱勞歌。
島嶼千門列，乾坤一鏡磨；
無煩射犀手，談笑伏蛟鼉。

其三云：

放眼洪荒外，塵襟得展舒；
爲郎思省月，秉鉞任軺車。
浪湧琴仙舫，山移裸國魚；
星查臨浩蕩，應載木元虛。

此心餘三十八歲北京作。譚誨亭（尚忠），南豐人，到福建興泉道任。第一首，首聯即言其上任。頷聯，就福建言，地勢險，與海爲伴，由此可以「觀海」。腹聯，距家遠，民則易馴。末聯，以董羽善畫魚龍、海波洶湧汗漫，莫知涯涘事，以言「圖」。第二首，以江文通別賦：「春水綠波，送君南浦，傷如之何」㊳，言「別」意。頷聯，展圖看濤，島嶼千列，水如磨鏡，波光潾潾。末，就圖說，可伏強梁，盜賊（蛟鼉），遠景甚美。第三首，首聯，洪荒，謂海天荒闊之處，亦有仕途不順之意。輕（軺）車往來，亦多勞頓，福建古有「琴仙」、「裸國」（蠻荒）之稱㊴。亦諧亦諷。末，言應載木華海賦（見文選，卷十二）。

㊳ 江淹著江文通文集，卷一，頁十二，商務四部叢刊正編。
㊴ 據范曄撰後漢書，卷八十五，東夷列傳第七十五，頁十一，藝文印書館本。

又：題夜登黃山圖（詩集，卷十九，頁八）：

萬里一輪月，黃山夜最涼；
蓮花開雪色，雲海出寒光。
匊手波寧濕，橫衣露有香；
天風欲吹去，身世久相忘。

此心餘四十六歲紹興作。黃山，在安徽黟縣西北，相傳黃帝、容成子、浮丘公嘗合丹於此，故名。諸峯列峙，著者三十六，尤以天都、蓮花二峯最高。山間雲氣四合，瀰漫如海，世稱黃山雲海。李白有「黃山四千仞，三十二蓮峯」（送溫處士歸黃山白鵝峯）詩句。僧島雲有三十六峯云：「峯峯寒列碧芙蕖，靜想嵩陽秀不如；峭削僅傳三十六，參差何啻一千餘。……」㊵。言山峯之多且峭。心餘本詩先就黃山高，故月最清、夜最涼。頷聯，指蓮花最高峯，一望如雲海。腹聯，就高寒著眼，故手濕衣香。末，言如在天上，回應黃山得名。

又：題西嶽圖（詩集，卷十九，頁十一）：

㊵ 見古今圖書集成，山川典，上，第八十八卷，一九〇冊之三八葉，鼎文書局。

一柱畫天開，青留萬古苔；
層雲遮不斷，空翠忽飛來。
禹力焉能鑿？河聲到此廻；
蓮華列千朵，疑是玉皇栽。

此心餘四十七歲作。西嶽，指華山，山高五千仞，廣十里，又稱惇物山，又曰垂山。李洞華山詩云：「碧山長凍地長秋，日夕泉源聒華州；萬戶煙侵關令宅，四時雲在使君樓。風驅雷電臨河震，鶴引神仙出月遊；峰頂高眠靈藥熟，自無霜雪入人頭」㊶。言西嶽華山之高，爲泉源出處，四時雲霧，風起雷電，令人驚訝！然，實爲神仙好居所。而心餘本詩，亦就西嶽之高，雲遮翠樹，蓮華高峯千朵蓮，尤爲奇景。末句加強華山之奇。疑爲玉皇管領處，是栽蓮花也。

又：出峽圖（詩集，卷二十三，頁八）：

打鼓發船行，波濤到眼驚；
奪門江力健，搏雨峽雲爭。
客倚帆爲命，天圍樹作城；

㊶ 同註㊵，第七十二卷，第一百八十九冊之二十三葉。

巴人愁萬種，誰解畫猿聲？

此心餘五十三歲南昌作。波濤洶湧，人倚帆生，圍樹作城，具實景，而人之危難可知。末以巴人愁峽之險，「誰解畫猿聲」，猿啼客散，頗爲激楚。

又：題畫二首（詩集，卷二十六，頁六），其一云：

三十六峯青，天門夜未扃；
曉鐘穿樹出，仙鹿倚雲聽。
客到巖花笑，龍歸壑水腥；
西巒湧晴雪，開列水精屏。

其二云：

孤寺亂峯西，雲深路欲迷；
僧衣鋪遠坂，仙珮落前溪。
鑿翠斜通鳥，疏泉渴飲霓；
客來尋虎迹，扶杖上丹梯。

爲心餘五十九歲北京作。又：**山邨雲樹圖**（詩集，補遺，上，頁二）：

濃陰蒼莽自團雲，廬井空濛望不分；
十里柴桑平野合，數家雞犬隔花聞。
林腰路黑迷人跡，木末烟寒亂鳥羣；
宿露新嵐都不辨，一天微雨暮紛紛。

爲心餘二十二歲撫州作。以上等等皆寫山水之作。

題畫詩，有關花木方面，如：**唐六如畫二首**（詩集，卷三，頁四），**其一云**：

新荷交晚香，團團貼秋水；
波光動高閣，影落銀塘裏。
深院無人聲，涼雲自來止；
羅幕望如烟，微風吹不起。

其二云：

滌淨不可唾，重檐碧波卷；

涼味悠然生，高梧日光轉。
欲攜避暑客，氷簟對風展；
試採芙蕖花，憑誰踏芳蘚？

此心餘二十七歲南昌作。唐六如（寅，字伯虎，明、吳縣人），吳中四才子，尤善畫。本詩第一首，首聯，秋荷貼水陣陣香，頷聯，高閣倒影動。腹聯，深院無人，涼雲來止，有王維「深林人不知，明月來相照」（竹里舘）味。末，轉爲「畫」意。第二首，首聯，重檐如波卷，水淨如鑑，「不可唾」三字似未雅。頷、腹二聯，涼風習習，日光杲杲，氷簟銀牀，最佳消暑。末，亦言「畫」意。

又：題壁間畫松二首（詩集，卷九，頁十五），其一云：

循牆突兀見蒼龍，几榻平分濕翠濃；
可有風雲藏五粒？居然樓閣坐三重。
寒濤欲捲虛簷月，密葉疑留別院鐘；
鶴夢難尋塵夢醒，不知身傍七星松。

其二云：

十九年前潑墨時（自註：畫作于甲子），盤空眞見氣淋漓；
蛟鱗未蝕泥牆影，鴻爪新留雪壁詩。
慰我枯禪三宿過，伴人長晝一株宜；
明春誰更稱彌勒？來覓松龕作總持。

此心餘三十八歲作。畫作於甲子（乾隆九年）。第一首，首聯，言題壁松。頷聯，以五代鄭遨求五粒松（服之可長生），坐樓閣以待。腹聯，松濤捲月，葉傳鐘聲。末，取羅浮志載，鄒葆光以七松化作七人事，言人之不如松鶴。第二首，首言此畫作於十九年前，尚見盤空眞氣。頷、腹二聯，取東坡「人生到處知何似，應以飛鴻踏雪泥」，「老僧已死成新塔，壞壁無由見舊題」（和子由澠池懷舊）詩，言此題壁猶新，與東坡所見者不同。末，未知明春是否有同好覓松。取意委婉。

第三目　閒適

閒適之作，含歸隱、坐月、聽蟬、垂釣等等，如：**題劉笛樓坐月圖二首**（詩集，卷九，頁六），**其一云：**

何地無涼月，鄉山看最明；
況于高榭上，兼有畫闌橫。

入夜存清氣，宜秋是笛聲；
天涯今展卷，應有百端并。

其二云：

皓魄簾鉤轉，邀君坐玉堂；
樽前逢酒客，愁外失他鄉。
讀畫樓陰遠，題詩笛步當；
他年官貴日，為我據胡牀。

此心餘三十八歲北京作。第一首，以月望鄉，言遠遊也。頷聯，畫樓相接。腹聯，秋夜笛聲，最為清遠。末，天涯展卷，百感交并。第二首，前半，就詩題點染，並言鄉愁。後半，讀畫題詩，並以桓伊據胡牀為王徽之吹笛事，一言知音，一以祝頌。

又：柴門聽蟬圖二首（詩集，卷九，頁十二），其一云：

暮色滿柴荆，新蟬接翅鳴；
林端遲落日，風外曳殘聲。

憶去家何遠，聽來客共淸；
晚涼蛩響續，應耐此時情。

其二云：

夢廻孤杖底，秋在半林中；
村抱寒山小，門低槲葉紅。
喧時人語亂，寂處旅愁空；
輸與圖中叟，蕭然倚暮笻。

此亦心餘三十八歲北京作。王文治夢樓詩集卷六頁十一亦有「柴門聽蟬圖」，應爲同時作。第一首云：暮色柴門，新蟬鳴翅；林端落日遲，風作留殘響。因憶家寂寥而與客聽蟬。末，蟬聲不斷，想家愈增，「應耐此時情」，自慰慰人。第二首，秋在林中，持杖夢廻，村近山遠，門低槲紅，人喧而旅愁，不如圖中老叟之晚倚竹杖閒適。二首詩，俱以頷聯寫景佳。

又：垂釣圖（詩集，卷七，頁十七）

結夏千章木，消閒一卷書；

本來心似水，誰道我非魚？
鈎直夫何取？機忘信有諸；
言尋釣鼇客，載訪渭濱漁。

心餘三十五歲北京作。爲閒適佳作。

第四目　人　物

題人物之作，如：題萬秀才負米小照（詩集，卷四，頁十六）：

大都甘旨缺，重以別離情；
自覺難爲子，誰能報所生？
一貧傷至性，百畝看人耕；
安得終身飽，閒聽打稻聲。

此心餘三十二歲南昌作。萬秀才（化成，字平川，南昌縣志卷三十八有傳），善繪畫。詩言貧困見眞情，末以「閒聽打稻聲」，安得「終身飽」，言小照，亦慰秀才。

又：蔡葛山（新）司寇澄懷八友圖㊷二首（詩集，卷七，頁六），其一云：

水木清華退食同，直疑樓閣在虛空；
地臨海淀兼三島，人異淮南正八公。
春滿雲邊天尺五，晝聞花外漏丁東；
仙源小聚文星影，照取鬚眉一鑑中。

其二云：

東序談經珮黻連，天分靈境坐羣仙；
笑臨池水知心跡，同要松身作壽年。
畫裏卻兼詩爛漫，人間無此地幽偏；
好風香帶圖書氣，春在先生杖履邊。

此心餘三十四歲北京作。據汪由敦撰澄懷八友圖記云：「澄懷園在圓明園東南隅半里許，館舍數

㊷ 澄懷八友圖，王樹村主編中國美術全集，繪畫編，十九，石刻線畫，頁一一六，有收。中國美術全集編輯委員會出版。

十楹，巖壑蔽虧，陂池演迤，雜樹檜柏榆柳，清陰襲人，稱消暑勝地。……予以直南書房來寓，至庚午賜居麗景軒，前後左右，皆諸公寓直處也。……少詹事介休梁確軒……，學士仁和周葯欄……，少司馬武進程莘田……，學士會稽周蘭坡……，副都御史安州陳月溪……，編修金匱張西堂……，少司馬長白觀補亭……，少司寇漳浦蔡葛山也」㊸。文中即言澄懷八友。金德瑛詩存卷四有題澄懷八友圖，應爲同時作。本詩第一首，由於山水樹木多，遠望園中樓閣虛空。頷聯，澄懷園地臨海淀（大清河。在圓明園東南），八友皆天子朝命大臣，不同淮南王之八位僚屬。後半，春滿花開，文曲八星小聚，光耀於世矣。第二首，澄懷東廂，皆文才俊彥之士，如群仙住於靈境。頷聯以王羲之文才，松年作比、爲頌。腹聯，詩才爛漫、地理幽靜。末，好風好景好圖書，則春滿乾坤矣。

又：自題認影圖二首（詩集，卷十一，頁十三），其一云：

一點靈光落轉輪，更名易姓了前因；
守來軀殼成今我，忘却精魂是古人。
待盡浮生等行役，難移烈性本天眞；
也知面目皆空相，多事還圖現在身。

㊸ 汪由敦著松泉集，卷十二，頁十五，商務文淵閣四庫全書。

其二云：

苦樂乘除夢已多，談忠説孝又蹉跎；
病根只是名心累，直氣難辭幻境磨。
照水鬚眉憔悴得，流波歲月等閒過；
唐生詹尹都饒舌，落溷飄茵奈爾何！

此心餘四十歲北京作。第一首，前半言魂魄輪廻爲人，與前生不同；雖具今之軀，殼卻古之魂魄。此據佛教輪廻說，有趣。後半，浮生多勞役，然剛烈、執著本性不變。雖知我之面目身軀皆空，然常執現在身（患在有身），可悲。第二首，人生苦樂，言忠盡孝，歲月倏忽而過；名心難忘，總爲所累，臨鏡自照，鬚眉悴顏，空無所有。唐舉（莒），鄭詹尹善解未來。其實，人歸塵土，自營我身者，此占筮相士，又是如爲解說？由影言人，亦復如是！徒爲吾身名利所困，不亦悲乎！

第五目 宮室、亭池

心餘題畫律作，有關宮室者，如：題韋約軒（謙恆）舍人翠螺讀書圖二首（詩集，卷七，頁十六），

其一云：

各有幽棲地，追思最可憐；
出山殊志趣，飛夢戀江天。
碁局爭先手，宮袍不在船；
誰知郭功父，原是李青蓮。

其二云：

能圖石牛洞，只有李公麟；
退院僧應閉，前修佛自親。
書聲來半夜，鐙影過西鄰；
舊學商量處，依然畫裏身。

此心餘三十五歲北京作。韋謙恆，字慎旃，號約軒。顧光旭響泉集卷五有題韋五編修（謙恆）翠螺讀書圖，錢大昕潛研堂詩集卷五有題韋慎旃舍人翠螺讀書圖，應皆爲同時作。潛研堂詩云：「牛渚山頭月，蛾眉亭上風；謫僊已千載，高興古今同。鐘響夕陽作，書聲老屋中；誰能識此樂，毋乃逍遙公。」[44]本詩第一首，前半云讀書幽棲地，令人難忘。後半，讀書成名，揮毫玉堂，爲宮

[44] 見錢大昕著潛研堂詩集（收在潛研堂文集）卷五，頁二十五，商務四部叢刊正編。

袍先著碁局。末以郭祥正（功父）前身是李白㊺頌約軒。第二首，前半言翠螺圖書室猶如李公麟之居龍眠山巖㊻，可退隱習佛。後半，夜半傳書聲，鐙影相接，由畫中可見。

又：題袁楚材舍人臥雪山房圖三首（詩集，卷十，頁三），**其一云：**

苦愛山中雪，重圖獨臥身；
亂峯白似水，古木彊于人。
谷鳥將遷樹，巖花欲報春；
融融風力轉，解凍及佳辰。

其二云：

四十飛騰日，寧同暮景斜；
窗懸虛室白，夢落老夫家。

㊺ 見宋史，卷四百四十四，列傳第二百三，頁十四，郭祥正本傳云：「字功父，太平州當塗人。母夢李白而生，少有詩聲。梅堯臣方擅名一時，見而歎曰：天才如此，眞太白後身也」。（藝文印書館）

㊻ 見宋史，卷四百四十四，列傳第二百三，頁十六，李公麟本傳云：「字伯時，舒州人。……既歸老，肆意於龍眠山巖壑間，雅善畫，自作山莊圖爲世寶，傳寫人物尤精，識者以爲顧凱之、張僧繇之亞。」（藝文印書館）

冷性躭邛壑，孤踪感歲華；
只應添二友（自註：謂予與蔡班卿），呵筆賦交乂。

其三云：

散帙憑烏几，飛花點敝裘；
硯氷鸜眼合，爐暖芋魁留。
境比天懷潔，詩隨酒力遒；
不知烟外艣，誰冷剡溪舟。

此心餘三十九歲北京作。袁楚才爲江西臨川人，與心餘同授內閣中書。詩集卷八頁十一，亦有同題之作。第一首，前半，就圖言，臥居在山雪古木。後半，中有花鳥以侍春融。第二首，四十歲才得功名，「飛騰日」如「暮景斜」陽，稍遲。腹聯，「冷性」、「孤踪」，言楚材個性（杜甫有「爲人性僻躭佳句」）。末，與心餘、蔡班卿同，以爲好友。第三首，臥雪山房，烏皮几穩風侵鬢，（東坡）硯氷如合鸜（八哥）眼，暖爐似芋根（芋魁、嬾殘禪師），詩、景兩佳，不知是否如王子猷夜雪訪戴安道（逵）（見世說）？

亭臺如：德州羅淵碧沚亭圖二首（詩集，卷六，頁十三），其一云：

野外能供給，憑軒俯逝波；
水深魚鼈喜，天闊雁鴻多。
入畫傳高興，撚髭有浩歌；
到門漁艇亂，罾網聚陂陀。

其二云：

酒熱能消悶，亭高可寄身；
菊邊留處士，水曲念伊人。
有墅宜終隱，知誰與結鄰？
平生憐老杜，最愛錦江春。

此心餘三十三歲北京作。德州，在山東德縣。羅淵碧應爲心餘二十九歲居山東時相識者。第一首，言自然之景，取野外、亭臺、鴻雁、漁艇、罾網入畫。第二首，酒可解憂，亭可托興，菊花、曲水可詠懷。「有墅」，言圖之全貌。末，最愛與錦江老杜結鄰，「錦江」言「羅淵」，暗嵌「碧沚亭」以爲酬酢。

他如：**南池凝香圖為沈椒園**（廷芳）**觀察題二首**（詩集，卷七，頁十三），**其一云**：

二老同龕誰與爭？長庚猶傍女牆明；
江山舊跡今如是，李杜前身或再生。
畫戟香濃開燕寢，碧廊陰重放蟬鳴；
六年碑字新苔長，還許詩人念客卿。

其二云：

池館涼波古雪堆，平鋪枕簟就高槐；
階前乳竇玲瓏瀉，檐際風帆轉側開。
別野旌幢鴻爪跡，虛堂鐙火古人才；
汴州雲樹流風在，重爲三賢上吹臺。

爲心餘三十五歲北京作。心餘二十九歲在山東時，與沈廷芳（椒園，浙江，仁和人）交遊，所言南池，在濟寧，本詩吟詠池館。

第四節　寫景詩

心餘寫景律作，分成登臨、征行、遊覽三類。玆分述如下：

第一目　登臨

心餘登臨律作如，太行絕頂二首（詩集，卷一，頁一），其一云：

一色芙蓉簇紫光，紅泥遙指舊宮牆；
高天鸛鶴窮秋出，大澤龍蛇白日藏。
鎖鑰是誰司上黨，風雲曾見會南陽；
遙看集雁婆娑下，王屋中峯轉鬱蒼。

其二云：

飄然襟袖挾剛風，七國山河俛瞰中；
蒼紫千重分項背，元黃一氣轉鴻蒙。
驚人事業英雄夢，過眼文章造化工；
獨喜時清無設險，漫將行路比蠶叢。

此心餘二十歲作。太行山，連亙數千里，跨直隸、河南、山西數省。陽城縣志云：「太行山在縣東南，與析城王屋諸山相連亙」㊼。登山絕頂，羣山廻環，中原在目。第一首，絕頂旭日，遙見洛陽（舊宮牆），昔日繁華似見。頷聯，天有鸛鶴，實指；大澤龍蛇藏，虛擬。腹聯，以南陽（河南新鄭縣西）三葛君得其國（諸葛亮在蜀、諸葛瑾在吳、諸葛誕在魏），言太行山不僅地理分界，亦人才之分屬。末，遙看雁下，王屋山鬱蒼，意轉頓挫。唯用二「遙」字，文字未洗鍊。第二首，絕頂強風，飄然襟袖，戰國七雄盡在眼底。依山分國，合爲中原矣！腹聯，英雄宰割天下，龍吟雲萃，不過雲烟而已，不如文章取自然工巧。末，喜太平盛世，無須設險，不似蜀道之難行也。

又：滕王閣（詩集，卷六，頁一）：

一序傳高閣，閣王本愛才；
豈無詞賦手，憑眺大江來。
秋水如斯淨，賓筵不復開；
年年客登覽，何但我低回？

此心餘三十二歲舟經滕王閣作。滕王閣，在新建縣西章江門上，爲唐高祖兒子李元嬰任洪州都督

㊼ 此據古今圖書集成引，山川典，第四十七卷，太行山部，第一八七冊之一二葉，鼎文書局。

時在洪州所建。而閻公任都督，重修此閣，九月九日宴集賓朋，適王勃隨父至交趾任，過此，對客揮毫作「秋日登洪府滕王閣餞別序」㊽。本詩起首以大筆飛來之勢，言王勃滕王閣餞別序流傳千古！「閻公本愛才」，放置後面，倒寫，以強調子安文。頷聯，補首聯意。腹聯，今非昔比，無此盛筵。末，自子安以來，年年有文人墨客登臨而低徊者，則士之不遇者多矣！愁悵不盡。

又：望廬山積雪（詩集，卷十三，頁十四）：

九疊玉屏張，晶瑩接混茫；
際天廻暝色，返照出寒光。
凍蟒翻銀瀑，飛鴻散石梁；
臨風懷酒客，頭白坐書堂。

此心餘四十一歲南歸，舟泊星子縣作。廬山，在江西境內。李白有「屛風九疊雲錦張」、「銀河倒掛三石梁」（廬山謠寄盧侍御虛舟）詩句。本詩即由李白詩起，言廬山高雪寒。腹聯，銀瀑飛鴻，寫遠景，佳。末，臨風懷李白而惆悵。

㊽ 題目據屈萬里先生考證，照文苑英華作此。（載於大陸雜誌，第十六卷第九期，「滕王閣序」的兩個問題，頁二。
案：四部叢刊本王子安集，卷五，頁一，原題作：滕王閣詩序。）

又：登臥龍山望海亭（詩集，卷十六，頁十七）：

俯瞰越王宮，孤亭倚太空；
江雷聲裂地，海雪氣呑虹。
水國山能鎭，龍居臥獨中；
難尋文種墓，枯骨滿蒿蓬。

此心餘四十三歲紹興作。臥龍山，在浙江會稽縣西北，盤繞迴抱，形如臥龍，一名種山，越大夫文種葬此。康熙聖祖南巡，駐蹕於此，改名興隆山。本詩，作者在臥龍山山頂望海亭，居高臨下，俯瞰越王宮。頷聯，江雷、海雪，言周遭景物，氣勢澎湃，春秋吳越爭霸情形浮現。腹聯，頌讚臥龍山可鎭國。末，荒煙漫草，難辨文種葬處，忠臣不爲人祀，興凄清之感。

又：采石磯登太白樓四首（詩集，卷十四，頁十二），其一云：

江水一樓空，登臨萬古同；
將軍渺何處？有客更懷公。
才大難爲用，恩深竟不終！
騎鯨問誰見？流恨意無窮。

其二云：

薦士臣之職，當時敢任勞；
長流知命蹇，不殺信才高。
得謗詩偏捷，傷心酒自豪；
空餘牛渚月，夜夜落奔濤。

其三云：

朱雲援慶忌，萬福救陽城；
二子存遺直，汾陽共此情。
浩歌成獨往，靈魄自長生；
極望江如鏡，公心若許平。

其四云：

已歎仙人謫，還堪貶夜郎；
交遊寧黨附，知遇但文章。

使氣非眞醉，沈江豈是狂？
錦袍聊自飾，不許後賢傷。

此心餘四十二歲經當塗作。采石磯，在安徽當塗縣西北，牛渚山之北部。第一首，作者登臨采石磯，懷謝公、懷李白（李白謝公亭、夜泊牛渚懷古、謝公宅等詩，皆懷謝朓）。後半，言李白才大難爲用，曾自署海上騎鯨客，然終身漂泊。第二首，李白雖受薦於賀知章等人，然爲高力士等排擠，仕途多難。且參與永王璘事，流放夜郎，杜甫所謂：「衆人皆欲殺，吾意獨憐才」[49]，可知，當時惟少陵可憐、同情。心餘至此，讀李白「牛渚西江月」、「空憶謝將軍」[50]，多低徊。第三首，傳說李白有德於郭子儀（汾陽王），郭子儀救李白坐永王璘事[51]，傳爲美談；如李白之秋登宣城謝朓北樓：「兩水夾明鏡，雙橋落彩虹」，「誰念北樓上，臨風懷謝公」[52]，成爲千古知己。第四首，賀知章讀李白蜀道難，歎爲「天上謫仙人」，參與永王事，落得「而我謝明主，銜哀流夜郎」[53]。末，以李白水中撈月死采石磯爲結[54]，令人浩歎。此「士不遇」之歎也。

---

[49] 分門集注杜工部詩，卷十九，頁二十五，不見，商務四部叢刊正編。
[50] 分類補注李太白詩，卷二十二，頁二十一，夜泊牛渚懷古，商務四部叢刊正編。
[51] 此說屬子虛。參王建生著趙甌北研究，第七章，趙甌北的文學批評，第一節李白，頁六四八，學生書局。
[52] 同註[50]，卷二十一，頁十四。
[53] 同註[50]，贈劉都使，卷十一，頁六。
[54] 據皮日休七愛詩，李翰林白（收在皮子文藪，卷十，頁百三十）云：「竟遺腐脅疾，醉魄歸八極」（商務四部叢刊正編），則李白死於胸部潰爛。

又：鳳凰臺獨眺（詩集，卷二十一，頁十二）：

山死空排龍虎勢，臺高不見鳳凰栖；
六朝虛逐中原鹿，十廟猶鳴半夜雞。
湖背祈連埋衛霍，城南孤竹祀夷齊；
天花落盡星如雨，人是蟲沙馬是泥。

爲心餘四十九歲南京作。又：登靈巖山（詩集，卷二十二，頁六）：

越嶺事燒赤堇銅，吳山大起館娃宮；
從來莫（暮）氣須行樂，但有驕心已犬（伏？）戎。
相國死懸雙血淚，大王生是一英雄；
盈庭豈便謀臣盡，不及當時太宰忠。

爲心餘五十歲登靈巖山（在蘇州）作。以上詩皆登臨之作，兼詠史矣。

第二目 征行

心餘征行律作，如：**李家寨曉發**（詩集，卷一，頁二）：

雞聲催落月，客路斷魂時；
破廟狐吹火，孤墳鬼唱詩。
曉寒憐僕病，道遠惜驢疲；
殘夢猶堪續，徐行正未遲。

此心餘二十歲作。首聯言「曉」「發」，而黯然銷魂；頷聯言李家寨附近，「破廟」、「孤墳」淒清景象。腹聯，近景，落實人身，「憐僕病」，「惜驢疲」，儒家民胞物與精神。末，就詩題言，清曉出門，正可徐行。早期作品，重視形式結構，本詩結構完整。

又：**出門**（詩集，卷一，頁十四）：

芳艸同春遠，浮雲到眼飛；
誰能戀兒女，何以報庭闈？
暫住眞如客，還家不當歸；
風霜都未計，愁絕在牽衣。

此心餘二十三歲春，在鄱陽作。首聯，「出門」所見，由遠景寫起。頷聯，言情，「眷眷庭闈（父母）」，心不遑安」，何以報親之恩德？腹聯，出句，居家似客，出門心苦；對句，還家不歸，添無情。末，轉至倚閭而望之父母，飽受風霜外，愁絕。詩以科名爲志，盼能報答孝親爲意。

又：霽雪曉行（詩集，卷三，頁三）：

凍雲留曉日，孤寺不曾開；
雪屋寒光定，山風虎力廻。
谷深羣響合，筇健一僧來；
爭似茅檐底，呼兒索酒杯。

此心餘二十六歲南昌作。首聯，雪止日曉，凍雲未消；「孤寺不曾開」，則冷清孤單寺院，尚在飛雪中。頷聯，言景，雪覆屋而映寒光，山風廻旋似虎威。腹聯，谷深鳥禽多、天籟合音，對句，持杖僧遠來，景中著人。末，近景，「茅檐低」以言所居者窮，呼兒飲酒，以言「曉行」。

又：午後自山寺投田家宿（詩集，卷四，頁十三）：

斜陽沒西嶺，漫興別青鴛；

瞑色度寒木，秋烟生古原。
野人乘犢去，雲碓隔溪喧；
信宿尋茅屋，桑麻許共諠。

此心餘三十一歲鉛山作。首聯云午後山寺（陶淵明雜詩有：白日淪西阿，素月出東嶺）。頷聯，寫景佳，用「度」、「生」字，風景如畫，有動感。腹聯，言田家周圍景象，野人乘牛、婦女舂杵溪喧。末，投宿茅屋，以話桑麻。詩如畫境，有靜有動。

又：河口返棹初發（詩集，卷五，頁五）：

不奈清明黯澹何，輕陰日日冪藤蘿；
風濤直送一帆下，雷雨暗隨三縣過。
批鵊餞春愁落蕊，歸牛浮鼻盼栽禾。
計程解道家人苦，未信江船等擲梭。

此心餘三十二歲作。河口，鄰鉛山，心餘由此地返南昌。由「清明」起，易想「雨紛紛」時節，「輕陰日日」，是自然的事。頷聯，雖順風順水，然雷雨相隨已過三縣，就實景言，有苦有樂。腹聯，俯明鳥（批鵊、鵯鵊）啼花落，似在別春；歸牛水中浮鼻，與見耕稼景象。末，計程思家，心急比箭，是責江船之遲緩，此與頷聯「風濤直送一帆下」相迕，寫作者歸心之切！

又：出彭澤湖（詩集，卷六，頁一）：

一樣寒濤色，江湖忽異觀；
彭蠡當縣盡，楚水入吳寬。
界畫憑山力，飛凌絕羽翰；
從茲鄉國遠，盡室託波瀾。

此心餘三十二歲作。彭澤，即今鄱陽湖。作者出鄱陽湖入長江。首聯，出彭蠡所見「江」「湖」景觀不同。頷聯，彭蠡，指九江縣，爲鄱陽湖口，爲江西最北縣治，鄱陽湖，長江交會處。故云：「楚水入吳寬」。李時勉所謂：「西連吳楚三江匯，東到滄溟萬里流」[55]。腹聯，言彭蠡憑山爲江西、湖北、安徽分界點，山高鳥絕。末，綜合題意，全家去國之情，心寄托於起伏之波瀾。

又：舟中（詩集，卷十二，頁六）：

---

[55] 李時勉彭蠡湖詩，收在古今圖書集成，山川典，第二百九十五卷，第二〇六冊之五一葉，鼎文書局。

戶牖玲瓏面面開，全家終日住樓臺；
風亭月榭更番坐，水態山容轉側來。
岸柳斜侵虛幌鏡，汀花閒撲晚筵杯；
旁人未識天隨宅，還擬乘槎問斗魁。

此心餘四十歲舟過山東作。首聯，全家在舟中，戶牖面面，猶勝住樓臺。頷聯，似坐風亭月榭，山容水態盡入舟中，云舟中所見四周景象。腹聯，過眼岸柳如幌鏡，晚筵汀花撲香來，指近處觸目鼻嗅所及。末，從他人說起，舟行水中，旁人未識天隨（唐陸龜蒙號）住屋，（浮家泛宅），還以擬海客乘槎上銀漢（出張華博物志），以尋斗魁（北斗天樞等前四星）之人，蘊藉。

又：江程二首（詩集，卷十四，頁十一），其一云：

郵籤底借報江程，閒聽兒童數地名；
春暖攜家無客況，日長消睡有書聲。
羣山笑對如賓友，古哲神交亦弟兄；
忽漫懷人渺天末，疎慵眞覺世緣輕。

其二云：

入饌江魚佐母餐，家貧無累老親安；
宦情已盡無多仕，琴理能通不待彈。
聖代樵漁嬉艸澤，春潮魚鼈習波瀾；
晚來風急喧羣籟，卻倚絲桐坐夜闌。

此心餘四十二歲作。作者由南昌舟行金陵途中。第一首，一面聽兒童數過境地名，一面聽郵籤報水程。頷聯，攜家春遊，讀書伴日。腹聯，承上，讀書與古哲神交，春遊與山嬉戲。末，忽懷天邊友人，自覺世緣輕淺。由景轉情。情有實（家人）有虛（懷人），亦由樂而趨淡。第二首，家雖貧，親却安，且有江魚佐餐，稍作安慰。頷聯，雖通琴理（暗指國情法理），卻仕進無由；蓋此時作者已辭官，故云「宦情已盡」。腹聯，逢此聖明朝代，漁樵之人，多有可樂；江中魚鼈，逸於波瀾；天地同慶。末，晚來風急，蟲鳥等天籟喧嘩得意，己獨鳴琴（絲桐）夜坐，眞所謂「爲我發悲音」。不平之鳴，可知矣。文采則具溫柔敦厚。

又：再別蕺山（詩集，卷十八，頁十）：

言歸秣陵宅，復買錢唐舟；
山中故人酒，畫裏讀書樓。
風雨三秋別，烟雲半載留；

明年尋後約，一笑滅離憂。

此心餘四十四歲作。作者由蕺山（浙江紹興）歸金陵（秣陵），經錢塘，回想山中老友飲酒賞畫，三年一別，半載去來，情多掛牽。末，笑滅離憂，語言輕鬆自然。鍾嶸云：「觀古今勝語，多非補假，皆由直尋」56，本詩可爲註解。

又：渡錢塘江（詩集，卷十八，頁十）：

雪氣兼天湧，潮聲到海還；

孤帆橫剪處，兩越畫圖間。

人語過江別，秋雲終日閒；

杭州展屏幛，湖上好青山。

---

56 鍾嶸著詩品，序，頁七，（見陳延傑詩品注本），臺灣開明書店。原無「觀」字，「由」作「有」。此據王叔岷著鍾嶸詩品箋證稿，民國八十一年中研院中國文哲研究專刊1。又據王叔岷先生著鍾嶸詩品概論，其評詩標準：㈠重性情反對用典，㈡重風力反對說理，㈢重自然音韻反對聲律，㈣重華靡而輕質直，㈤重清雅而忌險俗，㈥取華豔而輕淫靡。（中國文哲研究創刊號，頁十八至二十二，中研院文史哲籌備處）

此亦心餘四十四歲舟過杭州作。首用杜少陵詩句，言錢塘江如巫山巫峽，「波浪兼天湧」雪氣相連，令人蕭索。「潮聲到海還」，氣勢闊而茫然。頷聯，「孤帆」在渾茫江潮海波中，剪江而過，爲兩越立一界。腹聯，過江而別，人爲情苦；不如秋雲閑適，即「無情不似多情苦」，人不如物。末，杭州多山，湖上有青山可樂，人勝於物矣。詩中感情起伏如波瀾。

又：江泛二首（詩集，卷十八，頁十三），**其一云：**

二百里江光，羣山繞建康；
滔滔隨眼白，蕩蕩接天黃。
戰骨都沉海，蘆花又戴霜；
六朝先後滅，何處說興亡？

其二云：

匙滑嘗菰飯，廚香試鱖羹。
曉烟浮海氣，夕網掛冬晴。
雲合三山遠，帆過一鳥輕；
東來建業水，繞下石頭城。

此亦心餘四十四歲乘舟近建康作。第一首，南京（建康）龍盤虎踞，鍾山峙於東，南有雨花臺，北爲幕府，棲霞諸山。西至北，長江環繞，滔滔滾滾，接連黃天蕩，爲昔日韓世忠、兀朮對陣之地，戰骨早已沒江底，今蘆花又著霜，令人慨歎。六朝金粉，或戰役，興亡事，皆就此地，不過如江水東流而已矣！第二首，菰飯鱖羹，松江蟹舍，與人共歡。海氣曉烟，夕照挂網，漁浦美景；三山（在南京西）半落青天，雲與之合，帆過鳥飛，劃分晴空，賞心悅目。

又：**舟出鄱湖**（詩集，卷二，頁十三）：

亂船爭前激，風來落日邊；
水喧帆力健，天闊岸沙圓。
晚飯魚羹溢，秋來暝色牽；
離家無百里，寒月已淒然。

爲心餘二十六歲，由鄱陽赴南昌作。又：**渡河**（詩集，卷十二，頁六）：

茭楗橫東水中央，挂席飛馳十里黃；
濁浪千年沈馬璧，金隄一綫鎖淮揚。
劃開氣候分南朔，包舉泥沙接混茫；

至竟河源在何處？張騫徐福恐荒唐。

爲心餘四十歲淮陰附近欲渡黃河作。又：**渡錢唐江入西興溯會稽**（詩集，卷十五，頁六）：

湖逆暮江流，江心亘一洲；
輿人弄潮手，擎客踏波浮。
半渡長年接，高帆七里收；
西興登彼岸，仍坐笋將游。

爲心餘四十二歲，渡錢塘往紹興作。又：**過梁溪**（詩集，卷十八，頁十）：

墩聚陶人宅，黃婆自昔稱；
地分雙縣古，龍抱一珠澄。
酒借名泉釀，山從別墅登；
遣秋宜小醉，前路指毘陵。

爲心餘四十四歲，乘舟過梁溪（在無錫西門外）作。又：**塘栖道中**（詩集，卷十八，頁十）：

百里桑陰密，都無雜樹連；
春禽留戴勝，蠶利重吳棉。
菱蕅朝開市，魚鰕暝聚船；
收帆依水宿，還聽説豐年。

又：出郭三首（詩集，卷二十一，頁三），其一云：

出郭游船泛夕暉，滿湖鐙火亂星歸；
北門鎖鑰三更下，南部烟花十月稀。
錦墅芳筵隨季改，酒家旗字隔年非；
官民仕女同酣醉，那識將軍夜合圍？

其二云：

蝴蜨成團燕子忙，燕支如雪柳絲長；
黃金像戲秋胡子，白壁人誇夜度娘。
織就簾紋遮蓓蕾，生來荷葉蓋鴛鴦；
濃陰不斷樓臺接，還趁廻風轉曲房。

其三云：

惰游求食寄閒身，蔓引藤牽各有因；
江北喧闐惟此郡，淮南歡逸在斯民。
野多池館爭尋樂，地有鶯花未覺貧；
聞道劉安掌天廁，他生願作守園人。

爲心餘四十九歲揚州作。以上等等皆征行律詩佳作。

第三目　遊覽

遊覽律作如：石井庵（詩集，卷一，頁七）：

一犬晝迎客，亂山春到門；
地偏蕭寺古，僧老法王尊。
靈穴何年鑿，寒波不敢捫；
蛟龍在深處，烈日恐難溫。

此心餘二十二歲鉛山作。石井庵，在鉛山縣東北。首就作者游覽時間春天，門外有犬相迎，劃破寂靜。頷聯，因地偏寺古，內住高僧，崇尚莊嚴佛（法王）法。腹聯，轉至該寺起源，不知何年開鑿，寒波逝水，難以作答。末，蛟龍住深潭，烈日亦難使其現形。以蛟龍喻高潔隱士，不爲外力遷移，烈日亦難使其現形。心餘另有「石井庵」（詩集，卷二十三，頁十二）云：「幽厓開虎口，陰洞豁龍宮；雷雨處難覓，風雲感自通。潛收羣水定，臥抱一珠融；倘許司缾蠡，矜持點滴中」。

又：過廢祠（詩集，卷五，頁二）：

一間山木女郎祠，花謝花開兩不知；
釵珮似傷憔悴絕，鬼神猶爲盛衰移。
空梁燕子坐交語，東閣舍人來賦詩；
草綠苔深餘虎跡，更容寧耐覓殘碑。

此心餘三十二歲作。作者由南昌往弋陽水路，過已廢女郎祠，故言花謝花開兩不知。女郎身上釵珮墜落，鬼神亦有興衰之歎。腹聯，續說廢祠殘敗，轉詩人感興。末，廢祠惟留虎跡，令人寒畏，欲覓殘碑以尋往史，必須寧耐從事矣。

又：四女祠（詩集，卷十二，頁五）：

四女能爲養，雙親並享年；
遺槐明不嫁，拔宅笑成仙。
地志傳貞孝，鄉祠潔豆籩；
憐他貝州士，應廢凱風篇。

此心餘四十歲，往北京、路過清河縣（四女祠所在）57。首言四女孝親，以使安養天年。頷聯，「遺槐明不嫁」，不同於凡女嫁娶，置雙親於不顧；終如許眞君拔宅上昇成仙。腹聯，即便地理書載籍，亦傳其貞孝，而清河縣立祠以祀。末，貝州（清河）有如此女子，則詩經邶風凱風篇專美七子盡孝之事，可廢。蓋孝不分性別，不可重男輕女。末聯感悟，立意甚佳。

又：小姑山下見鴛鴦（詩集，卷十三，頁十三）；

第一故鄉山，江烟擁髻鬟；
波濤莽廻合，竹樹自蕭閒。
古廟群龍拜，扁舟十口還；
鴛鴦最恩愛，同宿水雲間。

57 據日，青山定雄編中國歷代地名要覽，「清河縣」條（頁三四二，洪氏出版社），南宋以後在江蘇淮陰縣。

此心餘四十一歲經小姑山作。小姑山，位彭澤縣北，屹立不倚，曰孤山；以別於鄱陽湖之大孤，故曰小孤。趙翼有小孤山詩云：「孤峯插崩濤，日與雷霆鬭；四旁嶄無附，矗空一柱秀」，頗能顯現其孤立性格。此山又稱髻山，或稱小姑山，甌北詩鈔五古二，（頁二十）：「小孤本非姑，何年字訛謬；屈使作女身，頗遂著靈佑」，即此意，讀來諧趣。本詩首云小孤位江西，故云「第一故鄉山」，又名髻山，故言「擁髻鬟」。頷聯，波濤迴合，山上草木根其罅，修篁枝嫋嫋，山水並美。腹聯，如甌北言「中藏仙姝宮」，即「古廟」，波浪湧至，如群龍之朝拜，則「姑」傲矣；對句，「扁舟十口還」，轉至家人還歸。末，所見實景，以「鴛鴦」比「小姑」，「鴛鴦宿水雲」，歡樂無限；「小姑」獨處，雖傲，情則激楚，有味外味。

又：大孤（詩集，卷十三，頁十四）：

凌空留直性，立腳見孤根；
不黨規模正，無依氣象尊。
六鼇扶地軸，一塔語天門；
幸有前峰在，中流托弟昆。

此亦心餘四十一歲由湖口往星子縣，舟經大孤山作。大孤，據讀史方輿紀要云：大孤山，在府（九江府）東南四十里，彭蠡湖中，與南康府分界，西面洪濤，一峯獨聳。唐顧况云：「大孤山盡小孤出。蓋彭澤之小孤山與此相望也，山形似鞋，一名鞋山」[58]。本詩首聯凌空直起，見其「大孤」個性，有高古之意[59]。頷聯，不黨附，顯得規模正大；無依恃，表現氣象尊貴；雅正。腹聯，就其外貌言，出句，意似鞋形；對句，有塔通天，言其高。末，與小孤（姑）稱弟昆，則不孤，即「德不孤，必有鄰」之意，語句精煉。

又：三潭印月（詩集，卷十五，頁四）：

滿月寧分體？三潭各印心；
浮波排瓦塔，鑒影悟蹏涔。
曲直平橋接，蕭疎碧樹深；
攜琴倚虛籟，一操水龍吟。

此心餘四十二歲作。三潭印月，蘇軾守杭，於湖中立塔三，著令塔之左右，不許侵為菱蕩，塔形

[58] 顧祖禹撰讀史方輿紀要，卷八十五，江西，九江府，德化縣，頁三五八四，「大孤山」條，新興書局。

[59] 楊愼著升菴詩話，卷二，頁三，「五言律起句」條云：「五言律起句最難。六朝人稱謝朓工於發端，如大江流日夜，客心悲未央。雄壓千古矣。唐人多以對偶起，雖森嚴，而乏高古」（藝文印書館丁福保續歷代詩話本）。心餘此首起句有高古意。

如瓶，浮漾水中，所謂三塔亭亭引碧流是也。明成化後毀，萬曆間濬取葑泥，繞潭作埂，爲放生池，池外湖心，仍置三塔，以復其舊，月光映潭，分塔爲三，故有三潭影月之目❻⓪。三潭影月即三潭印月（清仁廟御書）。本詩首就「三潭」「印月」心說，首句用疑問式，有力。頷聯，波浮瓦塔，水小（瀌滮）影如鏡。就近景言。腹聯，遠景，平橋或曲或直，遠處碧樹蕭疎。末，琴操水龍吟，和於自然。

又：湖心亭（詩集，卷十五，頁四）：

瑩瑩水精域，中湧一冰壺；
尺上浮偏穩，虛舟坐亦孤。
亭林窺彼岸，杯渡藉吾徒；
風引三山動，仙游得似無？

此亦心餘四十二歲作。湖心亭，明知府事孫孟建，初名振鷺亭。亭居西湖之中，湖光平分，羣山環抱，佳景四瞻❻①。本詩先就「湖心」「亭」說，「冰壺」言景言人，兩可。頷聯，續亭立湖心

---

❻⓪ 據沈雲龍主編中國名山勝蹟志叢刊，西湖資料六種，西湖楹聯新集，頁七，文海出版社。

❻① 同註❻⓪，頁五。

言，「虛舟坐亦孤」，言亭之離世獨立。腹聯，彼岸風景好，吾徒可如宋僧之以木杯渡水去來。末，風引山動，或似仙游矣。盡湖心亭之美。

又：蘇隄（詩集，卷十五，頁五）：

蘇公隄接白公隄，界畫湖分內外畦；
閒柳夭桃連錦樹，隨車寶馬趁香泥。
因興水利成佳勝，每到公餘愛品題；
日擁簿書憐俗史，江山風月罷招攜。

此亦心餘四十二歲作。蘇公隄，與興教寺相對。元祐五年，東坡守杭，開湖中積葑等菸，隄跨南北，以制兩山之水62。宋史蘇軾傳云：「（軾）取葑田積湖中，南北徑三十里，爲長隄以通行者……杭人名曰蘇公隄」63是也。首就蘇、白二公隄相連，使西湖分內、外二湖言。頷聯，夾道柳陰

62 董嗣杲撰西湖百詠，頁三四，收在西湖資料六種，同註60。

63 宋史，卷三百三十八，蘇軾本傳，頁十三，藝文印書館本。又，經進東坡文集事略，卷三十四，乞開西湖狀，頁一云：「杭人之有西湖，如人之有眉目，蓋不可廢也。唐長慶中，白居易爲刺史，方是時，湖溉田千餘頃。及錢氏有國，置撩湖兵士千人，日夜開浚，自國初以來稍廢不治，水涸草生，漸成葑田。……更二十年，無西湖矣。使杭州而無西湖，如人去其眉目，豈復爲人乎？……」（商務四部叢刊正編）。可見東坡開浚西湖、築蘇公隄，是經過一番努力的。

夭桃，車馬滑過香泥，風景綺麗。腹聯，聯想到築隄白、蘇二公，原爲溉田，今則官吏公餘玩賞吟詠之地。末，諷只知辦公，不解風情俗吏，錯失江山風月之勝。以上三首蘇隄、湖心亭、三潭印月，皆心餘遊西湖所作也。

又：杭州（詩集，卷十九，頁十）：

馬塍花外路，一葉夜行舟；
四郡形相倚，通都地欲浮。
艣聲銜尾下，行旅及關愁；
失笑思南宋，偏安到此州。

此心餘四十七歲赴南京，舟經杭州作。首由合歡（馬塍64）花起，夜裡扁舟一葉，有浪漫之意。頷聯，杭州與隣近會稽、吳等四郡相倚，唯此低地順浮橋以渡65。腹聯，轉情。櫓聲相續，羈旅客

64 馬塍，一指合歡花；一指地名，在杭縣西，祀宋馬公武、馬公雄。或言種花之地。葉適有：「馬塍東西花百里，錦雲繡霧參差起。」

65 説文云：「杭者，方舟也；方舟者，並舟也。」禮：「士大夫方舟，士特舟。」所謂方舟，殆今浮橋是也。蓋神禹至此，溪壑縈廻，造杭以渡，越人思之，且傳其制，遂名禹杭耳。（據田汝成輯西湖遊覽志餘，卷一，頁一，木鐸出版社）

愁。末，南宋偏安到此，尚且「暖風薰得遊人醉，便把杭州作汴州」，不及一般行旅時起客愁，令人失笑耳。有諷諭。

又：蘇州（詩集，卷十九，頁十）：

句踐何爲者？能亡泰伯家；
雄封歸德讓，習俗到繁華。
子女供遊戲，笙歌醉狹斜；
誰知霸圖烈，虎氣作鶯花。

此亦心餘四十七歲赴南京，舟經蘇州作。首就句踐滅吳[66]事說。頷聯，言泰伯謙讓，國都繁華。腹聯，轉至夫差，縱情聲色歌舞，惑於小人，使國家「捷（斜）徑以窘步」。末，惋夫差之圖霸，化爲春景，與詩題「蘇州」相映，意委婉。

又：揚州二首（詩集，卷二十二，頁十），**其一云**：

---

[66] 劉熙釋名，卷二，釋州國第七，頁十一云：「吳，虞也。太（泰）伯讓位而不就，歸，封之於此，虞其志也」。（商務四部叢刊正編）

苦將絃管鬭繁華，酒舫鐙筵未有涯；
莫（暮）氣凝來開夜市，南風吹去長瓊花。
金剛穢跡分淫祀，碧玉粧梳近小家；
十日兵戈暗回首，綠楊淒繞舊隄斜。

其二云：

金縷衣成唱曉風，翩翻蝴蝶戀殘紅；
頭低牛從雞尸外，氣盡歌兒舞女中。
馮婦下車誰解笑？齊人上匒各稱雄；
年來數點隨身淚，洒向平山弔醉翁。

此心餘五十歲揚州作。揚州，今江蘇江都，隋唐以來，因漕運便捷，成爲軍事、政治、商業中心。尤其隋煬帝幸江都，荒淫無度[67]，唐代王建夜看揚州市詩云：「夜市千燈照碧雲，高樓紅袖客紛

[67] 司馬光撰資治通鑑，卷一百八十五，唐紀一，頁二云：「隋煬帝至江都，荒淫益甚。宮中爲百餘房，各盛供張，實以美人……帝與蕭后及幸姬，歷就宴飲酒，巵不離口，從姬千餘人，亦常醉然」。（商務四部叢刊正編）。又，李商隱李義山詩集，卷五，頁四，隋宮詩云：「紫泉宮殿鎖烟霞，欲取蕪城作帝家；玉璽不緣歸日角，錦帆應是到天涯。……」（商務四部叢刊正編）

紛；如今不似時平日，猶自笙歌徹曉聞」[68]。眞所謂「歌吹是揚州」。本詩第一首，言揚州歌樓酒肆，城開不夜。腹聯，歌舞多，淫祀（如碧天觀、天雷壇）[69]跟著來。末，回想滿清入揚州，屠城甚慘（王秀楚有揚州十日記），則昔日繁華，令人怵目心驚。第二首，鄭板橋揚州詩云：「畫舫乘春破曉煙，滿城絲管拂榆錢；千家養女先教曲，十里栽花算種田。……」[70]，畫舫歌吹，蝶戀花舞，令人迷茫。今則歌舞已散，剩得荒野雞牛。腹聯，言己如馮婦，重來此任事，詩酒爲伴；末，淚灑平山，悼念歐陽文忠公，托己之不遇，有如「醉」「翁」。由景而情，第一首國家民族情感，第二首寄個人身世不遇之歎。

又：繞城等（詩集，卷五，頁六）：

磵底藏深屋，林端展翠屏；
春山圍寺美，魚市過船腥。
種水人安業，推篷客誦經；

---

[68] 見全唐詩，卷三〇一，總頁三四三〇，明倫出版社。
[69] 參李斗揚州畫舫錄，卷一，頁二五，世界書局。
[70] 鄭燮著鄭板橋全集，詩鈔，頁十七，新興書局本。

茅檐如許住，一飯借居停。

爲心餘三十二歲，舟返南昌途中作。又，漪園（詩集，卷十五，頁四）：

閣枕雷峰墖，門延印月潭；
修廊周枉渚，荷氣接優曇。
空曠追涼得，清華結夏躭；
漪漪愛明瑟，我欲畫拖藍。

爲心餘四十二歲遊漪園（雷峯、西照亭下）作。又，湖上（詩集，卷十五，頁六）：

湖波灩灩意融融，人影分明古鏡中；
細艸青圍裙帶綠，新荷枝亞酒杯紅。
水仙王廟依林轉，羅刹江潮落手空；
明日東遊探禹穴，無家眞愧鑑湖翁。

亦爲心餘四十二歲遊西湖作。水仙王廟，俗稱錢塘湖龍君，在孤山路口。又，曉泛城河至水香園觀荷（詩集，卷二十一，頁七）：

一水通城貫壁池，畫樓粧閣對參差；
穿橋篷矮知潮長，拂帽花斜覺岸欹。
荷氣冷憑風醒睡，蟬聲清待露調飢；
添衣坐徧闌干曲，不借佳人雪藕絲。

爲心餘四十九歲揚州作。**北蘭寺**（詩集，卷二十六，頁十三）：

天闊訪疎鐘，漁舟信可通；
寺荒春寂寂，僧老佛叢叢。
逸事居民說，遺詩壞壁籠；
虛堂異疇昔，小似劫灰紅。

爲心餘五十九歲南昌作。**另首北蘭寺**（詩集，補遺，上，頁一）：

寺門蕭索紫烟凝，選佛場空薄暮登；
隔岸艣聲催去客，過江山影拜名僧。
亂峰天外晴相倚，長笛中流晚故鷹；
滿眼窮秋人不見，寒風吹起浪層層。

爲心餘二十一歲南昌作。又：南安觀瀾亭（詩集，補遺，上，頁二）：

石壁高懸古岸隈，不須濠濮始低徊；
山亭一面臨江出，雪浪千盤破峽來。
急雨漲寬沙步隱，圓波風淺釣船開；
解衣坐待林端月，要看雲龍啖影來。

爲心餘二十二歲南安作，以上等游覽律作，皆趨於雅正。不似子才之信手拈來，矜新鬬捷[71]矣。

第五節　抒情詩

心餘抒情律作，主要分：雜感、懷人、感舊、述懷等類。茲分述如下：

第一目　雜　感

[71] 王昶撰湖海詩傳，卷七，頁七，袁枚條云：「子才才華既盛，信手拈來，矜新鬬捷，不必盡遵軌範，且清靈雋妙，筆舌互用，能解人意中蘊結。……謝世未久，頗有違言，吳嵩梁謂其詩，人多指摘。今子汰謠哇，刪蕪雜，去纖佻，清新雋逸，自無慚於大雅矣」（同治四年重刊亦西齋藏版）。

抒情雜感之作，含因時因地變遷，夜半起坐，或閒居讀書、飲酒作夢者。

因時因地變遷，雜感而作者，如：**一年**（詩集，卷二，頁三）：

一年春夢乍醒時，風笛離亭犯曉吹；
細雨騎驢人獨去，秋原送客雁相隨。
吳綿薄試征衣重，天氣微寒病骨知；
歸路雲山高淡極，冷吟閒醉與支持。

此心餘二十四歲隨唐英南歸鄱陽，出京師，往通縣作。風笛曉吹，春夢乍醒，人分兩地。頷聯，夏雨獨騎，秋原迗客。腹聯，天寒試衣，冬冷病骨。末，由別而歸，雲山高淡，形容潦倒，至於家則冷吟閒醉矣。由別而歸，情則淡雅。

又：一春（詩集，卷五，頁六）：

不知桃李開何處，籃筍青篷過一春；
中酒阻風無限苦，倒冠落珮不如人。
江河東水原難合，管鮑論交別有眞；
心折遺山詩老句，書生只合在家貧。

此心餘三十二歲作。首以籃筍扁舟探春。頷聯，醉（中）酒阻風，佯狂作態，倒冠落珮，心常掛礙，難以瀟灑而多苦。腹聯，放眼春景，江河東水，自有道渠；人之交往，如管（仲）鮑（叔牙）者，貴在眞心。末，心愛遺山如「貧裏齏塩憐節物，亂來歌吹失歡聲；南舟剩有還鄉伴，戎馬何時道路清」72，及「春酒價高無可典，小紅燈影莫相撩」，等春歸好句；尤其帝城詩有云：「世俗但知從仕樂，書生只合在家貧」73。

又：佳日（詩集，卷五，頁六）：

是處笙歌有畫樓，紅鐙繡枕玉雕鏤；
浮生勞苦幾時滿？快意好風如是柔。
雨後春禽對言語，舟中估客各鼾齁；
青山無數過額上，我臥讀書船自流。

以上兩首皆心餘由河口（鄰鉛山）返棹南昌作。末云：「我臥讀書船自流」，即爲寫實。詩言河口附近歌樓酒肆、紅鐙繡帆，爲歡樂之地。頷聯，人生多勞累，難得快意好風，如宋玉所謂「大王

72 元好問著（張德輝類次）遺山先生文集，卷八，頁一，春日詩，商務四部叢刊正編。
73 春夕詩，同註72，卷十二，頁二。又，帝城詩在卷八，頁一。

之風」者。此虛寫。腹聯，實寫雨後春景，禽鳥嘎嘎，估客舟中鼾鼻，天然。末，青山過額，勝景繁多，難以計數，唯臥讀舟中為最樂矣。情景皆自然。

又：五更（詩集，卷八，頁十二）：

讀書一室古人滿，看月五更清味多；
洗滌我懷加冷澹，牽連人海尚蹉跎。
濟時勳業應難必，學道年光恐漸磨；
坐數殘星聽雞唱，曉風頻試骨嵯峨。

此心餘三十七歲北京作。首，讀書一室，勤學；看月五更，神爽；皆不同於常人。頷聯，承「看月」，可洗滌我心，可思及仕宦沉浮。腹聯，逝者如斯，歲月蹉跎，濟時功業難以有成；學道年光，亦日益短少，自歎。末，淒清冷落，孑然立風前矣。感於光陰飛逝，功業未立。

又：夜半（詩集，卷十六，頁十）：

濕霧涼烟盡日浮，半城疎雨似新秋；
濃陰自潑三升墨，薄暮常披五月裘。

地底笙歌通夕沸，橋南鐙火到明收；
山人夜半猶憑眺，未願將身領越州。

此心餘四十三歲在浙江天鏡樓作。首聯，濕霧涼烟，半城疎雨，寫南方氣候。頷聯，陰雲濃似潑墨三升，薄暮冷披裘，溫差大。腹聯，笙歌通夕，鐙火到明，此地繁華不減蘇杭。「沸」「收」兩字生動。末，作者夜半憑眺，未料滯居此地，筆頭一轉，湧現不得已之情矣。

又：更闌（詩集，卷十七，頁十七）：

滿樓鐙火透窗明，刀尺聲連誦讀聲；
三世糊臺無嬾婦，一家人影盡書生。
儒門習慣能安業，史事談多各動情；
忽掩更闌數行淚，卷簾偷向朔風傾。

此心餘四十四歲浙江天鏡樓作。首聯，鐙火通明，女裁衣，男讀書，合於古制。頷聯，作者言三代以來，婦女皆以勤勞爲本，男士盡爲儒生。腹聯，儒生能安業，談及史事，每多感傷是非未分。及憶前代家業，未及顯達，頗爲「動情」（生氣）。末，思及此而淚自傾矣。心餘另首天鏡樓午夜起坐第二首（詩集，卷十八，頁三）云：「夢境有同異，鼾齁十萬家；晨鐘聲未起，夜氣渺無涯。羣動定生理，九霄垂露華；憑虛念身世，默默感匏瓜」，可知心餘感「匏瓜之徒懸」也。

又：立冬（詩集，卷十八，頁十二）：

試威霜力重，秋盡覺寒深；
生理三時過，元冥一旦臨。
夜嚴江氣肅，天迥漏聲沈；
節候爭斯刻，羈人畏鐵衾。

此心餘四十四歲舟近南京作。立冬，「十月立冬，冬，終也」，爲節名「小雪」，「轉寒雨變成雪」[74]。本詩首就立冬二字，「霜寒重」、「秋盡」，以實虛二種意義說解。頷聯，倒敘法，立冬至，則春夏秋已去。腹聯，此風至，寒江肅殺，夜漏沉寂，江天一氣。末，節候自然而至，羈人畏此寒，「鐵衾」尚冷，行旅之苦，情何以堪？

又：新寒（詩集，卷二，頁十三）：

---

[74] 此據太平御覽，卷二十八，時序部十三，頁一，引三禮義宗，明倫出版社。

夕陽穿樹薄，江氣入篷深；
扇裂藏深篋，香溫展舊衾。
袷衣慈母授，秋夢病妻尋；
此夕愁多少？淒涼萬户砧。

爲心餘二十六歲赴南昌途作。又：**秋夜**（詩集，卷三，頁十七）：

厭聞擊柝報嚴更，風幔欹斜一榻橫；
早識愁爲無底物，不堪秋是可憐聲。
園蔬摘後餘瓜苦，襆被東來感鸛鳴；
一樣家鄉歸未得，馬頭西向雁南征。

爲心餘二十九歲山東濟南作。又：**坐深**（詩集，卷十八，頁十一）：

風與歸人逆，舟同逝水爭；
坐深移斗柄，眠短厭雞鳴。
眼纈因書暗，心兵得酒橫；
秋來多肺疾，何處學長生？

爲心餘四十四歲舟經常州附近作。又：**歲鼓**（詩集，卷十八，頁二十）：

餞臘迎春際，隆隆起蟄雷；
年光渾擊破，花信漫催開。
響逐寒威去，聲疑雨點來；
兒童能散打，同唱賣癡獃。

爲心餘四十四歲南京作。以上等等皆隨時隨地感易而作。

有關閒居所作，如：**忽漫**（詩集，卷五，頁三）：

鏡中平放雪皚皚，船底微聞轉暗雷；
守堠兵多官舫去，拔篙聲緩亂灘來。
江湖綠鬢丁年改，樓閣紅窗子夜開；
忽漫驚心聽雨事，一層羅幔掩鐙煤。

此心餘三十二歲由南昌歸鉛山作。首，先就遠景，白雪皚皚如鏡平放，近處船底聲傳如暗雷。頷聯，候吏乘船，拔篙聲亂，寂靜中有喧嘩。腹聯，轉情，城上鐙火達旦，己愁綠鬢已改，壯(丁)年漸去。末，羅幃掩鐙，驚心聽雨，正所謂「少年聽雨歌樓上，紅燭昏羅帳。壯年聽雨客舟中，江闊雲低，斷雁叫西風」75也。

又：常睡（詩集，卷六，頁十八）：

鳥啄檐花鴨唼泥，人多屋少笑雞栖；
春雲過眼我常睡，朝日滿簾兒互啼。
書味細迴饞舌苦，酒杯深遣病眸低；
經旬謝却當關客，垂首空槽惜馬蹄。

此心餘三十四歲北京作。首由鳥、鴨之銜花、泥築巢起興，人多屋少如同雞棲，可憐。頷聯，房屋不多，人則常睡，藉以忘憂；兒且互啼，以見「容膝」難安。腹聯，饞舌苦而書味香，杯酒可去疾，唯書酒可伴。末，屋小難棲，經旬謝客，垂首惜馬蹄矣。

又：領祿米二首（詩集，卷六，頁十八），其一云：

自憐臣朔本來飢，力穡都無土半犁；

75 此蔣捷虞美人詞，收在全宋詞，頁三四四四，蔣捷，中央輿地出版社。

備位只同滄海粟，素餐頻竊太倉稊。
難酬春雨羞蕘稗，不辨嘉禾媿夏畦；
聊共齊民歌鼓腹，一囊雨季各分攜。

其二云：

風裊廚烟釜竈溫，炊來珠顆溢缾盆；
不耕難恃終身飽，舉筋寧同一飯恩？
漫説食功全瓦墁，大都屬饜計饔飧；
百年麤糲三升豆，粒粒香粢是淚痕。

此心餘三十四歲北京作。官庶吉士。第一首，首由己之飢寒，無土無牛無收穀，領祿米緣由。頷聯，備位任職，在龐大官僚中，不過滄海一粟，言己之渺小；己且無能，素餐其位，俸祿不過如太倉之於稊米，言祿米之微。腹聯，春雨到來，己則難分稊稗；至於田中，亦不辨嘉禾，不如農人遠矣。末，一囊雨季領米，與平民同圖一飽而已。第二首，廚烟裊裊，而祿米有如珍珠溢盆。頷聯，不爲農夫而領祿米，難保終身無慮，此刻舉箸進食，猶如靈輒（春秋晉人）一飯之報[76]。腹聯，「食功」（見孟子）取米，不過稻米謀如小人之厭飽（屬饜，語出左傳昭公二十八年）而已。末，雖

[76]（請見次頁）

則粗米微豆，須治田勤謹，所謂「誰知盤中飧，粒粒皆辛苦」。由慨歎祿米之微，引起諸多聯想，詩中典實亦多。

又：看書（詩集，卷七，頁三）：

老眼觀書如讀畫，峰巒谿壑太分明；
成文波縐循行出，著總烟雲逐字生。
窈窕態宜橫側看，飛凌心許破空行；
百回愈見軒昂甚，舉手捫來覺未平。

此亦心餘三十四歲北京作。首就大處言，觀書讀畫相同。三十四歲言「老」，未免先衰。頷聯，以畫喻書，波縐爲行，烟雲爲字，兩相宜。腹聯，從橫面側面讀書看畫、自有窈窕之態。從背面、從高處、從言外看，破空而行。末，書可充實智慧，讀百回而軒昂甚；多讀愈見精警，其曲折

---

76 杜預春秋經傳集解，宣公，二年，傳，頁四云：「宣子田於首山，舍于翳桑，見靈輒餓，問其病，曰：不食三日矣。食之，舍其半，問之曰：宦三年矣。」（據日本，竹添光鴻左傳會箋，第二冊，卷十，頁十三，云：「宦，明其宦之爲宦學，未實宦，所謂學宦不成者」。廣文書局）。未知母之存否？今近焉，請以遺之，使盡之，而爲之簞食與肉，寘諸橐以與之。既而，與爲公介（注云：靈輒爲公甲士），倒戟以禦公徒，而免之。問何故？對曰：翳桑之餓人也。問其名居，不告而退，遂自亡也。」（四部叢刊正編本）

起伏之處，如手可捫。看書讀畫相比，應爲首創。

又：飲酒（詩集，卷七，頁三）：

隨身小硯新苔嫩，挂壁寶刀古血腥；
病後空花浮淚眼，坐來龍氣拂青萍。
酒杯罷遣愁眉唱，詩句頻教老婢聽；
醉態婆娑要人見，戲摹吾影上鐙屏。

此亦心餘三十四歲北京作。從隨身新硯，挂壁古刀說起；刀已老，硯猶新。頷聯，病後淚眼，枯寂無聊。腹聯，藉酒消愁，作詩盼如白居易，令老嫗能解。末，醉態狂歡，影摹屏上，如斯而已。

又：默飲（詩集，卷十五，頁十七）：

魚經江國美，酒到潤州醇；
晚飯連檣又，晨糚入鏡新。
僮癡憂米盡，妾穉問家頻；
默對三山飲，琅邪本恨人。

此心四十二歲舟過儀徵（在江蘇）作。首云鎮江（潤州）魚酒之美。頷聯，晚飯好，晨粧新，實景。腹聯，僮憂米糧妾想家，虛設。末，默對三山（南京西）飲（默飲），若有志未伸之恨人耳。

又：默數（詩集，卷十六，頁十六）：

江氣夜浮空外白，蟬聲熱弄靜中喧；
高名身後誰千古？同輩年來半九原。
花鴟雲閒翔野鶴，藕塘香穩睡文鴛；
披衣起受清涼意，默數飛螢過短垣。

此心餘四十三歲紹興作。首言江夜蟬喧。頷聯，身後名不可知，同輩已半黃泉，傷感。腹聯，遠看花雲野鶴，近處文鴛，自游自在，人有不及。末，不如披衣數飛螢，「憐取眼前景」以爲樂矣。詩以白描法，有餘音。

又：落葉二首（詩集，卷一，頁十四），**其一云**：

零亂霜楓覆蘇痕，小簾風緊欲黃昏；
隍深有鹿朝穿徑，酒醒無人夜打門。

夢入故宮尋古井，愁生野屋見孤邨；
一枝別後眞難借，好向牆陰覓斷魂。

其二云：

古道無人拾墮樵，嘑烏來往獨魂銷；
一林冷月露山寺，十里清霜生板橋。
舊事幾添搖落感，離情不記短長條；
高樓試奏哀蟬曲，滿耳秋風咽玉簫。

爲心餘二十二歲贛州作，咏落葉，風神搖曳。又：醉醒（詩集，卷八，頁十六）：

醉聞星斗落空階，醒看風雲入壯懷；
木榻深宜幼安坐，蒲團雅稱太常齋。
愁中補履收名劍，興到敲壺折古釵；
難覓菟裘與終老，此身還借亂書埋。

爲心餘三十七歲北京作。又：沽酒（詩集，卷十八，頁十二）：

夾岸酒家胡，新篘晚客酤；
苦凝三月露，甜膩百花膚。
醉醒消寒日，江山媚老夫；
銜杯看鐵甕，談笑論東吳。

爲心餘四十四歲至南京附近作。鐵甕指鎮江丹徒。以上等等皆閒居雜感律作。

第二目　懷　人

心餘懷人律作如：懷楊文鐸仲（詩集，卷一，頁十七）：

百卷圖書十笏園，尚能搔首問青天；
詩人窮不求工語，烈士心嘗惜暮年。
夢裡彎弓猶射虎，醉中扶杖亦逃禪；
近來可念豪游事？我在匡廬積雪邊。

此心餘二十三歲九江作。首言鐸仲（振業，子載叔父）略有園田、藏書，且能作詩。頷聯，詩人遇窮，烈士哀晚年，所作皆眞情。腹聯，夢中彎弓射虎，醉中扶杖，言其意氣風發，猶留神勇。末，作者在匡廬憶舊。詩中吟詠情性，在於「眞」字。

又：懷楊子載（詩集，卷二，頁四）：

長安春落第，似爾去年秋；
忽坐孤舟月，思從二阮游。
有兒娛老母，多病益窮愁；
何以稱人子？飢寒對白頭。

此心餘二十四歲南歸作。子載（星）與心餘皆江西四友之一，頗稱莫逆。本詩首云二人落第，同病相憐。頷聯，出句，言作者地點，「孤舟」望「月」，思團圓；是以對句，思從二阮（籍、咸）以青白眼交。腹聯，己雖娛親，然多病添窮愁，苦不堪言。末，飢寒渡日，難養白頭老親，不配人子之孝也。慰人慰己。

又：寄懷叔梧成都幕府二首（詩集，卷六，頁十八），**其一云**：

元戎暖客有貂裘，上座談經禮數優；
合令軍傳諸葛扇，未同身在仲宣樓。

彈冠遠發青雲興，聞笛常悲舊雨秋；
名士幾人飛食肉？那容新沐試兜鍪。

其二云：

玉堂書掩一條冰，祕閣牙籤散帙曾；
少見飢蟫餐故紙，孰然仙炬繼殘鐙。
文辭自媚初心遠，民物相關壯志憑；
試問栖槃老居士，舊寒應記最高層？

此心餘三十四歲北京作。鍾叔梧（建魁），文集卷一序十七有鍾叔梧秀才詩序。第一首，先說叔梧受主人禮遇。頷聯，叔梧有諸葛之才，以佐明主；非如王粲（仲宣）登樓以賦不遇也。腹聯，彈冠入仕，平步青雲；二人相去遙遠，秋日聞笛，以傷知音。末，名士幾人能在幕府中受重視，（飛食肉，語出後漢書班超傳：生燕頷虎頭，飛而食肉，此萬里侯相也。又，楚辭漁父，新沐者，必彈冠。）以此頌叔梧之幸遇。第二首，翰林院清銜，非爲冰所覆，閣內藏書亦散佚，由於讀書勤，焚膏油以繼晷，少見飢蟫（蠹魚）。腹聯，言叔梧關心民物，文辭天成。末，栖槃老居士（？）友人，是否歲寒相念也。語及其友人，思念更深。

又：懷袁叔論二首（詩集，卷十三，頁十五），其一云：

春禽聲裏念冥鴻，俯仰寬閒一畝宮；
海內幾人成達者？山中七載作詩翁。
性靈獨到刪常語，比興兼存見國風；
辭却龔黃就陶謝，卅年心事漸消融。

其二云：

平生心折友兼師，初服言歸媿已遲；
招隱無書寧見絕？登臨有賦定相思。
桐鄉愛慕存生祭，綿蕝威儀託見知；
老向柴荊嚼冰雪，賞音端合付佳兒。

此心餘四十一歲返南昌途中作。第一首，由春禽起興，念「冥鴻」，高飛之鴻，喻避士之叔論也，居處在「一畝宮」，狹小之地。頷聯，承上，海內有人成達官，而袁叔論（守定）則隱居山中七年爲詩翁。腹聯，就其詩風，「性靈獨到」，刪除平常冷語，尤多詩經比興手法，則其詩精美可知。

末，不作循吏如龔遂、黃霸㊆，而爲陶（淵明）謝（靈運）般田園山水詩人，消除三十年來仕宦之不平，亦不易矣。第二首，首言二人「友兼師」關係，又言退休（初服，語出離騷）已遲。頷聯，招隱（劉安事）既無書信，寧可絕棄；登高作賦，當以相思爲意。勸其不必歸隱也。腹聯，昔朱邑爲桐鄉令，百姓感戴，爲立生祠；引繩束茅表位，則民知叔論功業。末，老尚清貧堅貞自守，必傳其後，一慰其隱居清貧，一頌其功業，兼有懷人之意。

又：懷李載庵明府二首（詩集，卷十八，頁十四），**其一云：**

栖栖李孝子，諤諤古端人；
去作閩中令，難迎塞上親。

㊆ 班固漢書，卷八十九，循吏傳第五十九，頁十，龔遂本傳云：「龔遂，字少卿，山陽南平陽人也。以明經爲官，至昌邑郎中令事王賀，賀動作多不正，遂爲人忠厚，剛毅有大節，內諫爭於王，外責傅相，引經義，陳禍福，至於涕泣……昭帝崩，亡子，昌邑王賀嗣立，……日與近臣飲食作樂，……王即位二十七日，卒以淫亂廢。……宣帝即位，久之，渤海左右郡，歲飢，盜賊並起，……丞相御史舉遂可用。……（遂至），移書勑屬縣，悉罷逐捕盜吏，諸持鉤田器者，皆爲良民，吏無得問。持兵者，迺爲盜賊，遂單車獨行至府，郡中翕然，盜賊亦皆罷。……民有帶持刀劍者，使賣劍買牛，賣刀買犢，……吏民皆富貴，獄訟止息」（藝文印書館）。又，漢書，同卷，頁三，黃霸本傳云：「黃霸，字次公，淮陽陽夏人也。……霸少學律令，喜爲吏，武帝末，以待詔入錢賞官，補侍郎謁者，坐同產有罪劾免，後復入穀沈黎郡，補左馮翊二百石卒史，馮翊以霸入財爲官，不署右職，使領郡錢穀計，簿書正，以廉稱。……」（藝文印書館）

一官身涕淚，萬里母昏晨；
回首家鄉路，音書總未眞。

其二云：

南北一征鞍，當年省視難；
無官能獨往，有祿共誰餐？
稟性今人愧，資忠異日看；
天憐青白吏，閭井賀平安。

此心餘四十四歲舟將抵南京作。李載庵（敬躋），雲南馬龍州人，與心餘進士同年。第一首，先就載庵孝順、端直之人格，至閩中爲令，難迎家鄉親人侍候。腹聯，語勢一轉，既難晨昏定省，則「一官身涕淚」，言其純孝。末，回首家中，難通眞訊，徒嗟歎耳。第二首，載庵南北奔波爲官，省親養老不易。頷聯，無官可自由去來，仕宦則否，是言「有祿誰共餐？」以激思親之情。腹聯，爲孝爲忠稟性，人莫之及。末，天憐品德清正，百姓皆盼其爲國珍重矣。全詩以「孝」爲中心。

又：懷熊汝條（枚）比部二首（詩集，卷二十三，頁十一），其一云：

磊落推吾友，文章用世才；
誰稱萬人敵？君是百花魁。
凋喪悲前哲，崢嶸託後來；
鉛山好山水，終見出羣材。

其二云：

近宿皋陶廟，挑鐙注呂刑；
從來丹鳳羽，多聚白雲廳。
獄滿圜扉艸，天空貫索星；
唐虞無異治，三宥重生靈。

此心餘五十三歲鉛山作。熊枚，鉛山河口人，曾任刑工二部尚書。第一首，言汝條心地磊落，文章用世，爲「百花（江西南昌有百花洲，語似雙關）魁」，可爲萬人敵。腹聯，汝條才德，可承先啓後。末，點汝條出身地，同鄉有才出衆，可喜、可賀。第二首，皋陶，虞舜臣，造律立獄。詩由宿皋陶廟，思皋陶，習呂侯（穆王命作書）尚刑法。頷聯，「文王受命，丹鳥銜書」，功名本自天定。腹聯，就執行刑罰言，知此時汝條任刑部。末，以東坡所謂「堯之時」，「宥之三」[78]，勉汝條執法尚寬也。

又：懷約堂員外二首（詩集，卷二十三，頁十三），其一云：

小住楚薌館，緬懷栖靈山；
聞歌銷壯志，得酒駐朱顏。
明月兩人共，白雲終日閒；
何時剪銀燭，重與說情關。

其二云：

商量經世業，指數出羣才；
鐙暗聞三歎，更長把一杯。
事親遺組綬，求友重桃哀；
怕聽停雲曲，因君首數廻。

此心餘五十三歲鉛山作。第一首，言兩地相思，歌酒以歡，盼能剪燭談心。第二首，陳約堂（守

---

78 東坡刑賞忠厚之至論云：「堯之時，皋陶爲士，將殺人，皋陶曰，殺之三，堯曰：宥之之（三？）」。（收在經進東坡文集事略，卷九，頁四，商務四部叢刊正編）

詒）才能出衆，盡孝如王勃所云：「舍簪笏於百齡」；重友，如左伯桃讓糧羊角哀，而爲死友，令人敬佩。末以陶潛停雲詩⑲言思友也。蓋約堂兄守譽（用光）過訪，因以懷其兄。

又：晤禹立兄感成（詩集，卷二，頁六）：

喜極翻嫌晤，憂來出語遲；
依人吾不免，泣路汝何之？
骨肉非秦越，飢寒有別離；
茫茫芳草路，何處莫相思。

爲心餘二十五歲居鄱陽作。

又：歷下感懷給諫座主馮先生二首（詩集，卷四，頁五），**其一云**：

哭寢難寬十載情，九原遼闊旅魂驚；
待酬風義知何日？便服心喪過此生。
會葬實慚東漢士，傳經虛負汝南評；

---

⑲ 陶淵明停雲詩，序云：「停雲，思親友也。」（收在箋注陶淵明集，卷一，頁一，商務四部叢刊正編）

夢中曾倚修文案，長歎聲中淚雨傾。

其二云：

遺孤依母兩終童，枯樹寒鴉繞殯宮；
身後可曾千卷散？越西留此一家窮。
河山彩蝕文昌宿，臺省人思御史驄；
宋玉年來苦搖落，招魂親到鵲華東。

心餘二十七歲山東濟南作。又，馮先生，指馮秉仁，心餘鄉試座主。又，懷彭六一宮允（詩集，卷十八，頁十四）云：

我憶彭中允，雙旌拂洞庭；
七年荊楚國，兩度使臣星。
正氣尊衡嶽，奇才貢漢廷；
文辭是餘事，底用問湘靈？

彭六一，指彭冠。詩爲心餘四十四歲將抵南京作。又，懷李再來（詩集，卷二十，頁十三）：

龍驤漢廐士如雲，遮蔽江淮借一軍；
名將談兵揮羽扇，詩人相馬識蘭筋。
紅鐙記照花前別，清嘯時從夢裏聞；
頭上揚州二分月，可曾遙憶杜司勳？

爲心餘四十八歲揚州作。以上等等皆懷人律作。

第三目 感舊、述懷

感舊、述懷律作，如：宿良鄉有懷（詩集，卷三，頁八）：

亂轍千盤樹兩行，瘦童羸馬太郎當；
林端葉下三更雨，衣上塵鋪二月霜。
吹角樓臺鐙黯淡，懷人滋味路昏黃；
家山更比銀河邈，差勝牽牛未服箱。

此心餘二十八歲宿良鄉作。良鄉，在河北。詩云：往良鄉兩排樹旁，路多且曲，途中瘦童羸馬太頹唐。頷聯，住良鄉，三更聽雨滴葉，衣上塵土如著二月霜，知旅途勞困難眠。腹聯，遠處吹角樓臺，鐙火黃昏，令人懷思家人。末，山川險阻，家比銀河遠，差比牽牛星之不可服箱[80]而行。

又：**述懷二首**（詩集，卷七，頁九），**其一云**：

久將泥絮比風清，幻影空花雜想平；
到眼春雲何處止？閉門秋氣有時生。
才多畢竟歸才盡，宦薄終難望宦成；
飽食晏眠成坐廢，幾人身後得高名？

其二云：

醉夢虛聲未可居，百年勢盡等焚如；
高談道學能欺世，纔見方隅敢著書？
茶薺苦甘生有數，蜣蟬清濁事皆虛；
三年窮到無錐立，慚媿先生鼠壤蔬。

[80] 毛詩，卷十三，小雅，大東，頁四有：「睆彼牽牛，不以服箱」，鄭氏箋云：「牽牛不可用於牝服之箱」（商務四部叢刊正編）。或云：服之言負也，車箱以負器物謂之服，牛以負箱亦謂之服。

此心餘三十五歲北京作。第一首，前半由泥絮空花，言時光飛馳。腹聯，才多者，歸才盡；宦薄者，宦成難。而才宦不過空花幻影。此述懷也。末，飽食晏眠，有如坐廢人，歎志之未伸。第二首，醉夢浮名不可居，不過百年繁華，勢盡而滅，勉己慰人。頷聯，高談道學者，往往欺世，罵道學；纔見方隅即著書，不自量力，自謙之意。腹聯，荼菜苦，薺菜美（詩經有：誰謂荼苦，其甘如薺）。蜣螂吸食糞尿，濁。蟬蛻濁穢，清。此喻人生苦樂，命運皆自天定；清濁是非，人言人殊。末，己窮至無錐立，至如「鼠壤蔬」。懷才不遇，君子固窮之意。

又：歷下感懷集杜二十六首（詩集，卷四，頁三），其一云：

出門日已遠，昨夜月同行；
獨鶴歸何晚？秋天不肯明。
哀歌時自短，心迹喜雙清；
風物悲游子，愁連吹笛生。

此二十六首皆心餘二十九歲歷下作。歷下，在山東濟南。而「集句」爲「詩」，據蕭師幹侯云：「遠溯到晉代的傅咸，那不過偶一爲之。到北宋的石延年、王安石等，才開始有意的鬥巧。以後的詩人，或分集諸家，或專集一家，無所不有。」[81]。心餘本詩特就杜少陵律作集之，由此亦知心餘作詩，取法少陵也。第一首，作者至山東，遠離家門，觸景生愁。

第二首云：

弱質豈自負？吾生亦有涯；
歸心異波浪，游子出京華。
暝色延山逕，江聲走白沙；
歌長擊尊破，得醉即爲家。

亦愁家。第三首云：

詞賦工無益，誰憐醉後歌？
居然成濩落，亦恐歲蹉跎。
沙汰江河濁，叢長雨露多；
紫鱗衝岸躍，力小困滄波。

歎己如紫鱗魚，才（力）小困滄波，不得志。第四首云：

---

81 收在汪淵集局，蕭師幹侯（繼宗）評訂麝塵蓮寸集，序言，頁七，聯經出版事業有限公司。又，該文亦收在蕭師幹侯著興懷集，頁二四二，學生書局。

九月猶絺綌，安貧亦士常；
綠霑泥滓盡，風逆羽毛傷。
仰面貪看鳥，論文暫裹糧；
斯人獨憔悴，眞宰意茫茫。

此言處逆而安貧。**第五首云**：

白日亦偏照，關山空自寒；
眾人貴苟得，吾道屬艱難。
秋水清無底，窮愁豈有寬？
平生飛動意，雙照淚痕乾。

「苟得」之人，「白日偏照」；己若「秋水清無底」，然「白日不照吾精誠」，是以窮愁拭淚耳！慟哉！**第六首云**：

回首載酒地，通林帶女蘿；
人生不再好，吾道竟如何？
親故行稀少，寰區望匪他；

鐙花何太喜？月傍九霄多。

歎人生無常，道之不行。

第九首云：

海內此亭古，他鄉且舊居；
秋蔬擁霜露，平野入青徐。
靜者心多好，人生亦有初；
故人供祿米，看取北來魚。

居大明湖上歷下亭，觀覽秋野，心靜而好，且有友人供食，可謂賢主、嘉賓、賞心、悅事皆具。

第十首云：

客睡何曾著？相思淚點懸；
清琴將暇日，歸雁喜青天。
所歷厭機巧，相留可判年；
浮雲連海岱，自有一山川。

客居思家，琴以伴暇，所厭機巧，不如遊歷山川之自然美景。第十二首云：

層軒俯江壁，萬慮傍檐楹；
天畔登樓眼，秋來爲客情。
山風猶滿把，鳥鵲自多驚；
語及君臣際，中年召賈生。

至歷下，爲友人所招。層軒俯江，心多惆悵，秋風鳥鵲，亦慨己之未得志也。第十三首云：

自古有羈旅，予藏異隱淪；
不知雲雨散，直取性情眞。
人事傷蓬轉，無心恥賤貧；
悠然想揚馬，北極捧星辰。

人事蓬轉、羈旅客愁，而仕未有進。何如北極捧星辰，或可有揚雄、司馬相如之幸運。第十四首云：

古來聚散地，忍對百花叢；
遲暮身何得？關河信不通。
飢寒奴僕賤，質樸古人風；
壯惜身名晚，長瞻碣石鴻。

關山險阻，感時濺淚，飢寒者賤，質樸可風，此作者心境寫照。末則傷名之未立也。**第十五首云**：

羈旅知交態，淹留見俗情；
聖朝無棄物，旅食豈才名？
妙譽期元宰，途窮仗友生；
青冥却垂翅，作意莫先鳴。

盼天子、宰相賞識，而此窮途之時，友人仗義扶持。末，欲據青冥而捫天，須蘊藏久日，不可如蜩與學鳩赽起而飛，時則不至。**第十六首**：

態與駑駘異，公才或守雌；
別離知不久，賢聖亦同時。
薄俗防人面，論文笑自知；

高名前後事，勸醉欲無詞。

爲政，在於「守雌，爲天下谿」，柔弱爲用。與俗交，防人之心不可無；論文貴自知、自得。至於身後名，任由他去。**第二十首云**：

十口隔風雪，長貧任婦愁；
牽蘿補茅屋，含笑看吴鈎。
自顧轉無趣，眞成浪出游；
何當擺俗累，從此具扁舟。

十口家人風雪相隔，長貧而婦勞，己則有志不伸，眞如浪子出游。何日去俗累，有如漁夫載舟，以遊以嬉。**第二十一首云**：

慈竹春陰覆，閨中只獨看；
思君令人瘦，對食不能餐。
湖雁雙雙起，山雲淰淰寒；
因聲置驛外，持答翠琅玕。

春日慈竹（一名義竹，一名孝竹，經歲成竹，子孫齊榮），令人思親；湖雁雙雙，起羈旅思婦之苦。第二十二首云：

骨肉恩書重，深情託所親；
艱難隨老母，感激異天眞。
精理通談笑，文章實致身；
神仙才有數，寄語北來人。

念親情，而言文章致身，蓋有定數。第二十三首云：

不成向南國，留滯敢辭勞；
觀鶴追飛靜，魚龍偃臥高。
山林跡如掃，詩態憶吾曹；
何日霑微祿？懸崖置屋牢。

歎功名之晚。第二十四首云：

相逢成夜宿，久坐惜芳辰；

遠客驚深眷，儒冠多誤身。
田園須暫住，龍虎未直馴；
束縛酬知己，乘時各有人。

「乘時各有人」，己則「儒冠多誤身」之歎！第二十五首云：

爽氣不可致，春城海水邊；
不關輕黻冕，何以報皇天？
同調差堪惜，將詩莫浪傳；
故人何寂寞，無計劚龍泉。

傷同調少，故人與己皆寂寞無援。第二十六首云：

東嶽雲峯起，高風捲旆旌；
從來多古意，何得尚浮名？
霧樹行相引，春風草又生；
江山如有待，鞍馬去孤城。

古代天子來東嶽（泰山，一名岱宗，在濟南之南）祭拜天地，名爲「封禪」，是泰山爲帝王象徵。青草綠樹，逢春又生，人之否極，是否泰來耶？歎不逢時也。

又：**感懷**（詩集，卷二，頁十四）：

佳日愁中過，浮生託敗查；
驛樓交雜樹，人影住餘霞。
小泊雞豚見，終年婦子嗟；
何能荷鉏去，努力事田家。

有感於田家之樂。

第四目　漫興、雜興

漫興、雜興皆一時興至所作。**如漫興十一首**（詩集，卷二十六，頁十二），**其一云**：

糴米人歸市，持錢客趁墟；
筠籠剖文蛤，絲網出刀魚。

社散鴉銜肉，秧齊叟荷鉏；
柴門老妻待，繩户上鐙初。

此心餘五十九歲南歸作。首言糴米、買食於市中。**其二云**：

船艙寬八尺，揖讓足盤桓；
習禮陳儀簡，談詩逐字安。
諸孫羅俎豆，幼子燦衣冠；
只此當兒戲，鐙前興未闌。

買食歸船，空間雖小，子孫習禮談詩，以爲「兒戲」，寓教於樂。**其三云**：

識字疑難過，譚元奧義申；
僕新猜語誤，婢黠剪鐙頻。
不寐前慫省，方人古誼循；
倫常多苦趣，所在看參辰。

言親人識字，談玄（元）苦趣。**其四云**：

曉暮添衣便，年衰怯嫩寒；
川涂防感觸，眠食要平安。
邸報傳聞過，家書邂逅看；
不知新病減，細數藥艱難。

知節乾隆四十四年，知讓乾隆四十五年皆成舉。詩言川塗防病，眠食求安，而後代上進，斯足安慰。**其五云**：

萬事俱抛擲，箋疏食憲章；
魚鰕隨意買，蔬筍過時嘗。
冷淡逢郫市，郵籤報水鄉；
濯纓殊未便，吾欲問滄浪。

萬事抛去，食江南魚蔬，看江南郫市，居山水之鄉，以盡田園之樂。**其六云**：

省識佳山水，圖之當臥游；
菊花時命酒，楓葉最宜秋。
新膾從人斫，深梧對影酬；

醉中天空闊，老矣復何求！

圖江南山水以臥游，飲酒餐膾。秋來，賞菊楓紅，醉裏乾坤，老而無求矣。其七云：

豆棚堪雜坐，濁酒對花斟；
樵牧來從便，雞豚會可尋。
邨閒知事簡，俗厚畏人深；
野菜堪生食，無煩溉釜鬵。

豆棚雜坐，斟酒對花，與樵牧往來，雞豚相亂，邨間田野之樂在其中矣。其八云：

糧艘銜尾至，邪許接聲呼；
挂席煩津吏，攤錢戲閘夫。
醫蠻僧賣藥，酒薄女當壚；
門徑誰家僻，屠沽取醉無。

糧船相續，勞聲相接，津吏揚帆挂席，閘夫攤錢博戲。蠻為醫、僧賣藥，有女當壚市酒，得以屠沽取醉矣。其九云：

佳日愁難破，華筵醉不辭；
更番腰鼓韻，十索女郎詞。
渴後呼盤露，酣來舞柘枝；
留連亦無奈，歌管故遲遲。

佳日醉以解憂，或有腰鼓更替擊韻，十索豔歌（隋妓丁六娘有十索詩）爲曲，極盡村社歌舞之樂。其十云：

說鬼荒唐甚，無稽最可聽；
不知爲嘯語，似見走精靈。
月地花留豔，陰房火獨青；
曲終人已去，虛說玉瓏玲。

此言說書講古鬼怪，豔情無稽之小說，易爲人所好。其十一云：

年華頗惆悵，塵劫苦難完；
落絮因緣比，摶沙聚散觀。
有情根本鈍，速朽道途寬；

識相皆無著，虛空細與看。

感歲華漸去，塵劫未盡，人生聚散因緣，不過風吹落絮、摶沙聚散。腹聯，「有情」，本精於思緒敏捷者，今言「鈍」，以末聯，人本「虛空」，而滯於「有」，是言「鈍」。「速朽」本易壞，今言「道途寬」，蓋速朽可得暫時歡樂，勝於「無」。此十二首，有古詩之質樸自然，稍近竹枝。

又：舟中雜興八首（詩集，卷二十六，頁十一），其一云：

麥隴連畦秀，沿邨餅餌香；
聞雞知午至，卷幔得風涼。
省事渾醒夢，因緣學坐忘；
欲尋江味永，喚客鬭旗槍。

此亦心餘五十九歲乘舟南歸作。舟中所見麥隴秀，沿邨餅傳香，雞鳴知午，卷幔得涼。人生若夢，坐忘之機，可淡化人生禍福興衰，喚客茶鬥旗槍（品茗）也。其二云：

此是還鄉水，津長滾滾流；
行藏雙雪鬢，婦子一歸舟。

道遠途經注，心安病骨瘳；
隔林青旆小，含笑問滄州。

衰年的心餘，攜婦子乘舟返鄉，江流滾滾，心安病癒，觀景而樂多矣。**其三云**：

打鼓迎來筏，鳴金避去舟；
風柔片帆正，浪急一篙浮。
轉粟馳津吏，傳籤走督郵；
客船停斷岸，三宿苦淹留。

來去船筏，打鼓鳴金，風柔帆正，浪急篙浮，津吏，督郵忙於傳告，客船三宿苦也。**其四云**：

喧闐邨落外，寂靜夕陽中；
入饌收魚子，充薪積馬通。
菜羹分乞丐，米價問兒童；
比戶炊烟接，今年歲事豐。

寫魚、米、菜、薪之多，民稱豐年；實則一片荒涼破落之景，但能果腹，民願已足，讀之可憫。

其五云：

社廟香烟絕，田家報賽荒；
易錢猶有布，食稻幸無蝗。
岸闊期栖畝，倉虛鮮宿粻；
晝長遲午飯，一粥且充腸。

社廟香烟絕，田家賽會荒，以布易錢，倉無宿糧（粻），皆荒歲景象，只得「遲午飯」、「一粥且充腸」。其六云：

澆書憑濁酒，攤飯恃繩牀；
五兩風常逆，三千路苦長。
深栝酬節序，熟睡過年光；
須鬢看全白，躊躇卻老方。

此嗟老歎貧也。其七云：

舊書繙又徧，往事憶俱空；

歲月翻忘老，平生托諱窮。
浮家常作客，看鏡已成翁；
歸去詞麤就，淵明乞食同。

浮家作客，如淵明乞食；老而歸去，往事成空矣。**其八云**：

尚餘窮乏者，借潤到簞瓢；
自淅矛頭米，因分釜底焦。
朝飢韭花帖，宿飽老僧寮；
辟穀寧無術？仙人尚可邀。

亦言窮之飢困。以上十一首，皆舟中雜感而作。

又：天鏡樓銷夏雜詩十四首（詩集，卷十六，頁十一），**舉其中如，其一**：

傑構俯羣象，高居無四鄰；
窗櫺終日啓，雲物六時新。
寺竹過牆短，檐花落硯勻；

名山容暫住，只愧讀書身。

其二云：

疎槐交晚翠，老樹主冬青；
落子香浮砌，飄花雪滿庭。
多年相倚藉，羣木其（共？）安寧；
未覺遮風日，吾方曬六經。

其三云：

雉堞抱山斜，通城十萬家；
檐開橋路直，響雜市聲譁。
細細炊烟裊，層層霧樹遮；
僧樓落闌底，鐘磬散林鴉。

其四云：

雞犬白雲邊，城隅地自偏；
掩關塵事遠，卷幔翠微連。
小住成通隱，幽棲亦靜緣；
談經人散後，常是枕書眠。

其五云：

蒹竹何年斬？堂東立小亭；
濤飛偁嶺雪，樹壓烏門青。
地迥堪延佇，觀空出性靈；
城低盤疊帶，漁火上遙汀。

其六云：

三山若兄弟，天柱位當中；
南鎮神猶赫，秦皇望已窮。
越臺開郡古，禹廟隔谿紅；
坐對成朝夕，因之百慮空。

其七云：

鶴鼓雷沈響，神皋鳥罷耘；
荒唐王會遠，苟且霸圖分。
兀兀先生感，纍纍後死墳；
種蠡皆寂寞，何況右將軍。

其八云：

巖盧留宿雨，風溼聚林烟；
水氣遙通市，河聲欲上船。
居人愁米價，長吏祝豐年；
江海誰傾瀉？蛟龍亦有權。

其十二云：

十口無家客，中年未死身；
誰吹獨孤笛，自飲會稽醇。

食祿恩難報，傳經學未眞；
莊生齊物後，不敢怨清貧。

其十一云：

優游鑑湖長（自註：任處泉太守），刻苦石帆翁（自註：劉豹君明經）；
出處人皆老，悲愉境不同。
西園螢照字，快閣酒臨風；
與我成三友，寧論達與窮？

其十四云：

萬里滇南路，王師尚遠征；
貔貅方迅掃，螻蟻敢橫行？
竊願移風雨，遙爲洗甲兵；
天威開霽處，共仰日光明。

爲心餘四十三歲，居浙江十蕺山書院天鏡樓作。皆就鑑湖周圍景物、史蹟，與己之清貧生活，有感而作。

第六節　紀事詩

心餘紀事律作分：詠史、讚美、社會寫實等類說明。

第一目　詠史

詠史詩以史實爲依歸，故「不著議論爲工」[82]。心餘此類作品如：**讀南史**（詩集，卷三，頁六）：

篡弑相尋競滅亡，髑髏腥帶粉脂香；
皇天好殺非無故，亂世多才定不祥。
六代文章藏虎豹，百年花月醉鴛鴦；
南朝幾片風流地，酒色乾坤戰馬場。

此心餘二十八歲赴北京途中作。南朝宋（四二〇—四七九）、齊（四七九—五〇二）、梁（五〇二—五五七）、

---

[82] 此薛雪一瓢詩話語，見該書頁十九，收在丁福保編清詩話，下，藝文印書館本。

陳（五五七—五八八）諸君，篡弒相尋，國祚短，雖爲殺戮地，亦爲浮華粉脂場；劉禹錫云：「臺城六代競豪華，結綺臨春事最奢」[83]，即是最好說明。頷聯，皇天好殺，實因亂世君王雖多才[84]，有才之士易遭忌而喪命，諷刺。腹聯，六代，指三國吳、東晉、宋、齊、梁、陳，以金陵爲都，花月春風，鴛鴦蝴蝶，百年紙醉金迷。末，南朝雖只「幾片」風流地，卻是酒色、奪權戰場，語多譏諷。

又：讀史（詩集，卷八，頁十六）：

讀史鐙前率性眞，每當快意笑還嗔；
閨人解聽談忠孝，午夜追陪泣鬼神。
歔佩相看俱惘惘，睢麟每問亦津津；
綦巾愛學儒冠腐，故與梁鴻作主賓。

此心餘三十七歲北京作。史以眞實、客觀事實爲主，可以教忠教孝，能泣鬼神。小人得惡報，君

[83] 劉禹錫著劉夢得文集，卷四，頁八，金陵五題，臺城云：「臺城六代競豪華，結綺臨春事最奢；萬户千門成野草，只緣一曲後庭花。」（商務四部叢刊正編）

[84] 趙翼著二十二史劄記，卷十二，頁一，有「齊梁之君多才學」條，藝文印書館百部叢書本。

子成善果，令人興奮不已。此詩寫心餘與妻讀史，語多獎掖。首言與妻讀史，每當快意「笑還嗔」。次言談忠談孝，驚天泣鬼，妻則午夜相陪，亦談及「關睢」、「麟趾」詩篇。末，女學男樣，並以孟光喻其妻，相敬如賓。

又：讀晉書（詩集，卷十三，頁十四），**其一云**：

隱囊玉麈間，粉澤尚文雅；
不知廟堂中，誰爲謀國者？
太平幸無事，盛氣不相下；
新亭流涕時，夷吾毋乃寡。

其二云：

羊公讓開府，歉然以爲媿；
侃侃薦三人，不敢竊高位。
未達多勝臣，賢路宜早避；
謝石彼何人？褢墨乃其謚。

此心餘四十一歲舟泊星子縣作。第二首言晉尚清談，（粉澤句指何晏），少有王導（新亭、夷吾）才，逐有東晉名士新亭之淚。第二首，羊公讓開府舉賢[85]，謝石以宰相弟，兼有大勳，范弘之議其謚襄墨，朝政不從事[86]。則史書可以爲鑑也。

第二目 讚美

讚美，主歌詠歷朝英雄節烈、貞幹之士。如：謝文節祠（詩集，卷一，頁八）云：

欃槍倒指逼孤城，破堞倉皇尚募兵；
患難與人堅氣節，興亡何地著功名。
麻衣痛哭諸陵改，鐵鎖錚沈半壁傾；
三復遺書悲却聘，至今心事日光明。

此心餘二十二歲作。謝文節，在宋史謝德權傳有：「字士衡，福州人。父文節，初仕王氏，爲侯官令，後入南唐，爲忠烈都虞侯饒州團練使，以驍勇聞。周世宗南征，文節獨擐甲度大江，潛覘

---

[85] 見晉書，卷三十四，列傳第四，羊祜本傳，頁四，藝文印書館。
[86] 同註[85]，卷七十九，列傳四十九，謝石本傳，頁三十一。

敵壘，吳人號爲鐵龍。後守鄂州拒宋師，戰沒」87。詩中寫文節守城拒宋，麻衣痛哭諸陵改，至於殉職的忠烈節操。

又：南池杜少陵祠堂（詩集，卷二，頁三）：

先生不僅是詩人，薄宦沈淪稷契身；
獨向亂離憂社稷，直將歌哭老風塵。
諸侯賓客猶相忌，信史文章自有眞；
一飯何曾忘君父，可憐儒士作忠臣。

此心餘二十四歲山東濟寧作。杜甫有「詩史」（新唐書）、「詩聖」（楊萬里）之稱，雖熱心功名，向皇帝進雕賦、三大禮賦、封西岳賦，望明主哀憐，卻無下文。他的社會寫實詩如三吏（新安、石壕、潼關），三別（新婚、垂老、無家），及自京赴奉先縣詠懷五百字，有「朱門酒肉臭，路有凍死骨」，「入門聞號咷，幼子饑已卒」，悲慘世界的反映。在成都，受嚴武、辛彝等人照顧，亦有不如意處。蘇軾撰王定國詩集敘云：「若夫發於性，止於忠者，其詩豈可同日而語哉！古今詩人衆矣，而杜子美爲首。豈非以其流落飢寒，終身不用，而一飯未嘗忘君也歟」88！則杜甫之忠，宜爲儒

87 宋史，卷三百九，列傳第六十八，頁十二，謝德權本傳附，藝文印書館。

88 蘇軾著經進東坡文集事略，卷五十六，頁十，商務四部叢刊正編。

士表率。

又：梅花嶺弔史閣部（詩集，卷二，頁四）：

號令難安四鎮強，甘同馬革自沈湘；
生無君相興南國，死有衣冠葬北邙。
碧血自封心更赤，梅花人拜土俱香；
九原若遇左忠毅，相向留都哭戰場。

此亦心餘二十四歲揚州作。梅花嶺，在揚州城外。史閣部，史可法，生平見本書第三章第六節「題史道隣閣部遺像」詩。四鎮，指高傑、劉澤清、劉良佐、黃得功。左忠毅，左光，斗與楊漣皆剛正敢言，稱「揚、左」，上疏言魏忠賢二十四大罪，天啓五年，與楊漣被誣下獄，受酷刑死[89]。本詩言明末「四鎮」強悍，難以制衡。可法本忠貞之性，甘同屈子沈湘，爲國犧牲。頷聯，生不逢時，無聖君賢相以興南明，死葬北邙山梅花嶺。腹聯，嶺上碧血丹心，梅花、泥土爲之芬芳。末，然則，可法受知於左光斗，二位忠貞之士，遭遇如此不幸，地下有知而遇，必相向留都（南

89 左光斗（一五七五—一六二五），生平見明史，卷二百四十四，列傳第一三二，頁十一，楊漣傳亦同此卷，頁一，藝文印書館。

京）而哭！一表可法忠貞，一斥南明君臣之昏庸！忠雅堂詩集尚有：得史閣部遺像，並家書真迹三首（詩集，卷十，頁四），其一云：迹

誰爲保圖繪？公久分形骸；
身不歸柴市，神猶墮藁街。
遺容亡國棄，賸墨野夫懷；
可惜梅花嶺，無人裒此埋。

其二云：

守祀無兒託，偕亡倚婦賢；
危軀成獨立，正氣本孤懸。
瞰珮難同畫，精靈許比肩；
請看家信字，血淚故斑然。

其三云：

代重雲臺像，公堅馬革心；

孤忠前世事，殘局再生任。
晝日身猶在，傳來感亦深；
虛堂駐靈爽，從此謝銷沈。

爲心餘二十九歲居北京作。時爲正月十四日（見文集卷十跋四，史道鄰閣部遺像家書卷子跋）。又：**恭和御題史忠正**（可法）**遺像詩題**（詩集，卷二十三，頁七）：

生氣自天題處見，嶺梅新帶墨花芳；
忠褒異代綸兼綍，像出危時綱失綱。
王彥章猶傳一行，小朝廷略比同光；
神兵壓地長城壞，却笑孤臣尚守揚。

爲心餘五十歲南昌作。此詩因「恭和御題」詩，略有貶抑可法。又，**梅花嶺謁史忠正祠墓**（詩集，卷二十四，頁四）：

十六年心事，重來一拜中；
天令存畫像，聖爲表孤忠。
遺墨牆碑勒，宸題寶碣礱；

梅花含笑處，不與舊時同。

爲心餘五十四歲揚州作。詩中表彰史可法「孤忠」。而梅花嶺祠建於乾隆三十七年（一七七二）壬辰（據揚州畫舫錄卷三），心餘玉成之功頗多。

又：烏江項王廟（詩集，卷三，頁七）：

喑嗚獨滅虎狼秦，絕世英雄自有眞；
俎上肯貽天下笑？座中惟覺沛公親。
等閒割地分強敵，慷慨將頭贈故人；
如此殺身猶灑落，憐他功狗與功臣。

此心餘二十八歲過烏江縣（安徽）作。據史記項羽本紀載：「項籍者，下相人也，字羽。初起時，年二十四。……項氏世世爲楚將，封於項，故姓項氏。……（項羽）圍王離，與秦軍遇，九戰，絕其甬道，大破之，殺蘇角，虜王離。……及楚擊秦，諸將皆從壁上觀。楚戰士無不一以當十，楚兵呼聲動天，諸侯軍無不人人惴恐。於是已破秦軍，項羽召見諸侯將，入轅門，無不膝行而前，莫敢仰視。……沛公旦日從百餘騎來見項王，至鴻門。……項王、項伯東嚮坐，亞父南嚮坐。亞父者，范增也。沛公北嚮坐，張良西嚮侍。范增數目項王，舉所佩玉玦以示之者三，項王默然不應。……沛公已出，項王使都尉陳平召沛公。沛公曰：今者出，未辭也，爲之奈何？樊噲曰：大行不顧細謹，大禮不辭小讓。如今人方爲刀俎，我爲魚肉，何辭爲？於是遂去。……項王欲自王，先王諸將相，……乃分天下，立諸將爲侯王。……故立沛公爲漢王，王巴、蜀、漢中，都南鄭。……項王軍壁垓下，兵少食盡，漢軍及諸侯兵圍之數重，夜聞漢軍四面皆楚歌。……項王乃欲東渡烏江……顧見漢騎司馬呂馬童，曰：若非吾故人乎？馬童面之，指王翳曰：此項王也。項王乃曰：吾聞漢購我頭千金，邑萬戶，吾爲若德，乃自刎而死。王翳取其頭，餘騎相蹂踐爭項王，相殺者數十人。最其後，郎中騎楊喜，騎司馬呂馬童，郎中呂勝、楊武各得其一體，五人共會其體，皆是，故分其地爲五」[90]。本詩就項王滅秦，在鴻門宴上不忍殺沛公，且封之爲漢王。後，烏江自刎，頭贈故人呂馬童，同情漢之「功狗」，有功漢朝統一，如此灑落殺身者，未之有也。

又：范大夫祠二首（詩集，卷十五，頁三），**其一云：**

籌國謀眞遠，知幾去獨先；
自看湖水月，不受介山烟。
姓氏埋猶變，身軀鑄豈堅？
功臣是何物？藏骨必祁連。

---

[90] 史記，項羽本紀第七，頁一，藝文印書館。

其二云：

伏臘思遺澤，靈威走越巫；
清風被湖渚，古廟立城隅。
才大都無戀，功高不受誅；
恐彰君父惡，豈但爲全軀？

此心餘四十二歲嘉興作。范大夫祠，在嘉興秀水縣。有關范蠡事蹟，史記越王句踐世家載：「范蠡事越王句踐，既苦身戮力，與句踐深謀二十餘年，竟滅吳，報會稽之恥，北渡兵於淮，以臨齊、晉，號令中國，以尊周室，句踐以霸，而范蠡稱上將軍。還反國、范蠡以爲大名之下，難以久居，且句踐爲人可與同患，難與處安，爲書辭句踐……乃裝其輕寶珠玉，自與其私徒屬乘舟浮海以行，終不反。於是句踐表會稽山以爲范蠡奉邑。范蠡浮海出齊，變姓名，自謂鴟夷子皮，耕於海畔，苦身戮力，父子治產，居無幾何，致產數千萬。齊人聞其賢，以爲相。范蠡喟然嘆曰：居家則致千金，居官則至卿相，此布衣之極也，久受尊名，不祥。乃歸相印，盡散其財，以分與知友鄉黨，而懷其重寶，閒行以去，止于陶。……自謂陶朱公」[91]。本詩第一首，言范蠡鎭撫國家、親附百姓，與復越國功業。然，句踐只可同患難，不可同安樂，是以功成去越，封之於會稽，亦勝於介

[91] 史記，卷四十一，越王句踐世家第十一，頁十，藝文印書館。

子推之死於綿（介）山。後，范蠡變易姓名爲鴟夷子皮、陶朱公，止於濟陰定陶，否則「飛鳥盡，良弓藏；狡兔死，走狗烹」，所謂「功臣」者，不過如此！第二首，就其祠，清風遺威，被澤千古，思范蠡才大無戀，功高得全，英明睿智，非常人所及。末，「恐彰君父惡，豈但爲全軀」，則范大夫獨具隻眼，爲心餘道破。

又：岳鄂王墓（詩集，卷十五，頁三）：

宰相持和議，朝廷本厭兵；
天收名將盡，人歎國讐輕。
黨惡危時盛，精忠死後明；
無成閱歷數，感憤不須嗚。

此亦心餘四十二歲過岳鄂王墓作。岳鄂王墓，即岳飛墓，在棲霞嶺下。岳飛在宋寧宗嘉定中追封鄂王。據宋史本傳：「岳飛，字鵬舉，相州湯陰人。……少負氣節，沈厚寡言，家貧力學，尤好左氏春秋，孫吳兵法。……金兵累敗，兀朮等皆令老少北去，正中興之機。飛進軍朱僊鎮，距汴京四十五里，與兀朮對壘而陣，遣驍將以背嵬騎五百奮擊，大破之，兀朮遁還北京。……父老百姓爭挽車、牽牛，載糗糧以餽義軍，頂盆焚香，迎候者充滿道路。自燕以南，金號令不行，兀朮欲簽軍以抗飛，河北無一人從者。……飛大喜，語其下曰：直抵黃龍府，與諸君痛飲爾。方指日渡河，而檜欲畫淮以北棄之……一旦奉十二金字牌，飛憤惋泣下，東向再拜曰：十年之力，廢於一旦。飛班師，民遮馬慟哭。訴曰：我等戴香盆，運糧草以迎官軍，金人悉知之，相公去，我輩無噍類矣，飛亦悲泣」[92]。本詩分析當時政治環境，有以秦檜爲主的主和派，有以岳飛爲主的主戰派。頷聯，諷刺，尤其「人歎國讐輕」。腹聯，昏庸政黨，危害朝政；亦就當時環境言。「精忠」須「死」後「明」，刺。末，以「歷數」，「不須嗚」慰人，有推諉之意。蓋讀其本傳，臣民同表「還我河山」之熱血，怎可「感憤不須嗚」？亦刺。

又：嚴先生祠（詩集，卷十九，頁十二）：

世降布衣尊，荒祠萬仞存；
漁翁古巢許，天子漢兒孫。
賜爵寧知己？占星或感恩；
紛紛建武事，故舊那須論。

此心餘四十七歲紹興作。嚴先生，指嚴光，據後漢書逸民列傳云：「嚴光，字子陵，一名遵，會稽餘姚人也。少有高名，與光武同遊學。及光武即位，光乃變名姓，隱身不見，帝思其賢，乃令

---

[92] 宋史，卷三百六十五，列傳一百二十四，頁一至十七，藝文印書館。

以物色訪之。後齊國上言，有一男子，披羊裘釣澤中，帝疑其光，乃備安車玄纁，遣使聘之。……（帝）幸其館，光臥不起，帝即其臥所，撫光腹曰：咄咄子陵，不可相助爲理邪？光又眠不應。良久，乃張目熟視曰：昔唐堯著德，巢父洗耳，士故有志，何至相迫乎？……乃耕於富春山，後人名其釣處爲嚴陵瀨焉」[93]。又，范仲淹桐廬郡嚴先生祠堂記云：「先生漢光武之故人也，相尙以道。及帝握赤符，乘六龍，得聖人之時，臣妾億兆，天下孰加焉，惟先生以節高之。……光武之器，包乎天地之外，微先生不能成光武之大，微光武豈能遂先生之高哉」[94]。本詩言天子之尊，折節故人，嚴光卻以巢父，許由自比。然則，嚴光之欲報光武之恩，成其大德，如文正公所言。

又：謁張睢陽廟（詩集，卷二，頁十六）：

金吾謝表字淋漓，主辱當臣致命時；
餘事讀書能熟誦，傷心出陣尚裁詩。
生平博雅于嵩見，死後勳勞李翰知；
三十六人多少恨，一聲南八是男兒。

---

93 後漢書，卷八十三，逸民列傳第七十三，嚴光本傳，頁五，藝文印書館。

94 范仲淹著范文正公集，卷七，頁一，商務四部叢刊正編。

爲心餘二十七歲南昌作。又，讀荊公集二首（詩集，卷十三，頁十二），其一云：

事業施行與志違，當時得失咎何歸？
更張治國求強富，錯誤隨人著刺譏。
立法至今難盡改，存心復古豈全非？
終身刻苦無知己，文字誰參意旨微。

其二云：

定林酣睡半山游，豈是江南隱逸流？
學術偶偏誰曲諒，功名難遂自懷憂。
得君許用匡時策，言利非同爲己謀；
商鞅宏羊何足貴？由來賢者繫春秋。

爲心餘四十一歲舟行南昌途中作。又，鍾馗（詩集，卷十八，頁十九）：

科名前進士，狀貌故將軍；
至性偏憐妹，孤臣敢怨君。

　　腹空能納鬼，心死不言文；
　　誰托終南侶，多年捷徑分。

爲心餘四十四歲南京作。又，禹廟（詩集，卷十九，頁九）：

　　山河不改一碑存，尚有神雅集廟門；
　　萬水朝宗才力大，九州陳列帝王尊。
　　桑田己見沈江海，姒姓依然認子孫；
　　贏得游人看窆石，年年風雨長苔痕。

爲心餘四十歲紹興作。又，婁妃墓（詩集，卷二十六，頁十三）：

　　賢婦言多苦，樵人不肯聽；
　　遺坵一坏在，秋艸幾回青。
　　弔古心原共，尋詩騎偶停；
　　水仙旂獵獵，日暮自揚靈。

爲心餘五十九歲南昌作。以上等等皆讚美律作。

第三目　社會寫實

心餘社會寫實律作如年豐二首（詩集，卷十二，頁五），其一云：

河流千里下，迎我讀書聲；
課子求先業，浮家屏俗營。
年豐聞戒少，天暖放船輕；
岸闊宜新麥，居人競晚畊。

其二云：

地僻雞豚賤，汀迴斥堠孤；
棗梨充市集，隄壩立薪芻。
抱布來田婦，攤錢醉狗屠；
何當水風急，知向閘門呼。

此心餘四十歲南歸作。第一首言河流千里，天暖放船；浮家屏俗，課子讀書；年豐而晚耕。第二首，地僻斥堠少，棗梨、雞豚充於市集。田婦抱布，狗屠攤錢（攤賭，博戲）；水風急，而隄壩呼。田家之樂溢於紙上。

又，中田二首（詩集，卷二十三，頁二），其一云：

萬壑千巖裏，人家古義門；
安閒到雞犬，禮讓及兒孫。
地失嗁飢苦，寒知挾纊恩；
天邊德星聚，今在魯連邨。

其二云：

樂歲收遺秉，凶年有宿粻；
社名通德里，家立廣仁莊。
廩繫三農望，邨排仲子倉；
豚蹏祀田祖，處處祝豐穰。

此心餘五十三歲江西新城作。第一首，言千巖萬壑人家，安閒、禮讓、無飢寒之苦。第二首，在通德里廣仁莊，樂歲凶年皆有餘糧，雖持豚蹄以穰田，所持狹、所欲多，斯見民樂。寫農村豐盛景象。

至於三家律作，前賢以甌北律作之佳者，在於貫穿經史，「才大氣雄」[95]，而王夢樓以八音論詩，謂「藏園如戰鼓，隨園如琵琶」[96]。由以上作品分析，雖未必盡然，大體略近。而心餘吐屬清雅，非袁、趙所及。

[95] 吳嵩梁著，石溪舫詩話，卷一，頁七，「趙翼」條。收在杜松柏編清詩話訪佚初編，新文豐出版社。

[96] 參王建生著，趙甌北研究，頁六〇二，學生書局。

第五章　蔣心餘文學述評——絕句

絕句詩，**詩體明辯**云：

原於樂府五言，如白頭吟、出塞曲、桃葉歌、歡聞歌、長干曲、團扇郎等篇。七言則如挾瑟歌、烏栖曲等篇。下及六代，述作漸繁，唐初穩順聲勢，定爲絕句，絕之爲言截也，即律詩而截之也。故凡後兩句對者，是截前四句；前兩句對者，是截後四句；全篇皆對者，是截中四句；皆不對者，是截首尾四句。❶

王夫之薑齋詩話云：

五言絕句，自五言古詩來。七言絕句，自歌行來。此二體本在律詩之前，律詩從此出，演令充暢耳。❷

---

❶ 徐曾師著詩體明辯，卷十三，頁一，廣文書局。

❷ 王夫之著薑齋詩話，卷下，頁九，收在丁福保編清詩話，藝文印書館。

有關絕句起源，詩體明辯以爲「原於樂府五言」、王夫之以爲「五言古詩」、「歌行」。近人有樂府「搗取」說、「連」「絕」對稱說，絕句多元說❸等等，紛說頗多。

從廣義上講，「樂府」、「古詩」是絕句詩的源流。嚴格的說，絕句既然有聲律、押韻、句法上的限制，源頭只能追溯到南朝聲律、駢偶興起後。五言四句（七絕較遲）形式整齊的格律詩，才能發展唐代五絕的新體詩❹。至於絕句是否「截取」律詩一半？當有此作，亦非有截取律作者。

絕句詩作法，在詩法家數云：

絕句之法，要婉曲回環，刪蕪就簡，句絕而意不絕。多以第三句爲主，而第四句發之。……大抵起承二句固難，然不過平宜敍起爲佳，從容承之爲是。至如宛轉變化，工夫全在第三句，若于此轉變得好，則第四句如順流之舟矣。❺

可知絕句詩要婉曲回環，句絕而意不絕，重點則在「第三句」。

心餘絕句詩可分：一般交遊、詠物、題畫、寫景、抒情、紀事等類說明。

❸ 孫楷第主樂府「搗取」說；羅根澤主「連」「絕」對稱說；方師師鐸主絕句多元說。見方師師鐸絕句多元說，該文發表於東海中文學報，第九期，頁一，民國七十九年七月東海大學中文系出版。

❹ 謝崧著詩詞指要，五，絕律詩的關係，頁三〇，已有此說。源流文化事業出版。

❺ 楊載著詩法家數，頁八，「絕句」條，何文煥編訂歷代詩話，藝文印書館本。

第一節 一般交遊

心餘一般酬酢絕句詩含：簡寄、尋訪、惠貺、慶賀、次韻、題詩等。分述如下：

第一目 簡寄、尋訪

簡寄詩如：張素村（紹渠）由鉅鹿移守保定却寄三首（詩集，卷三，頁十七），其一云：

鹿引雙轅未許扳，柏人應鑄使君顏；
由他京兆誇頭地，自領中原刺史班。

其二云：

五馬驕分御史驄，雙旌婀娜勸春農；
平疇綠到清官店，太守依稀似盛融。

其三云：

鉅鹿曾尋豫讓橋，蠡吾幾度覓荊高；
而今俠氣渾銷却，磨鏡門邊賣寶刀。

此心餘二十九歲濟南作。素村與心餘同邑，又爲次子知節岳丈，二人關係頗密。鉅鹿，屬直隸順德府；保定府，治清苑。本詩第一首，言素村由鉅鹿（柏人，地名，堯山縣❻）移守保定府，足以誇羨。第二首云素村居官清正（定縣附近有清風店），春風得意。第三首，豫讓在鉅鹿，荊軻、高漸離在蠡吾（保定道，蠡縣東），昔日俠士不再，然尙磨寶刀，有俠客之遺風。

尋訪之作如：**童墨林秀才攜畫梅相訪，不值，書以奉酬五首**（詩集，卷十七，頁十），其一云：

偶乘籃筍探春光，底事歸來鼻觀香；
尋到龍山花不見，那知疎影壓書堂。
寫梅人定似梅清，修到寒芳合幾生；
誰道新交不如故？一枝相贈倍多情。

其二云：

---

❻ 此據劉君任編中國地名大辭典，頁（辰，五六），文海出版社。

其三云：

平生愛畫更憐才，未見幽人却見梅；
料想黃樓吹笛夜，羽衣曾伴鶴飛來。（自註：君歸自彭城，故云。）

其四云：

東風纔到暗香知，不似年年春信遲；
二樹飄零鳳岡死，讓君管領向南枝。

其五云：

圖書雞犬一青篷，香滿歸航玉幾叢；
怪道詩人似氷雪，兩童君畫在舟中。（自註：先是芥帆以二樹畫梅見貽。）

此心餘四十三歲浙江紹興作。第一首言心餘偶乘竹轎探春，至龍山相訪不値，歸來撲鼻梅香（指童畫）。二首言寫梅之人，如梅高古性格，愈冷愈芬芳；二人雖是新交，即以畫梅相贈，不輸故人。三首，雖未相遇，卻見梅枝，梅枝言其性格，天冷不變。末借東坡黃樓及赤壁事、點出彭城。

四首，梅花（暗香）先報一枝春，然則，童鈺（二樹，一七二一～一七八二）衰頹，劉鳴玉（字鳳岡，山陰人，見文集卷四，傳二，赴卅七詩人小傳）已故，惟墨林可絲其畫梅之風。五首，己之生活清淡，墨林香滿歸帆，此又言怪道詩人，心似氷雪堅，手中有二樹，和自己梅畫，可謂盛載而歸。詩由來訪，言墨林性格、神仙生活，承繼梅畫遺鉢，至於滿載而歸，一氣而成。

第二目　惠貺、慶賀

惠貺詩如：家（蔣）作梅（㭹）編修幼女玉媛十齡初度，書扇贈之四首，時七月九日（詩集，卷四，頁九），其一云：

新裁錦帨挂文疏，小立紅毹學拜初；
恰似雛鳳依老鳳，向翁腰帶覓銀魚。

其二云：

夫人禮法具薇音，短髮梳完代綰簪；
乞得天孫長命縷，小樓前夜學穿針。

其三云：

風裁林下本來清，學繡摹書見性靈；
娩婉宜聽慈母教，孔家兒子正趨庭。（自註：玉媛字曲阜孔氏）

其四云：

端正生來謹笑言，碧梧翠竹共娟娟；
前身可記蓬萊事？小別西池已十年。

此心餘三十歲北京作。作梅（紼）爲蔣溥長子，官編修。第一首言小女蔣玉媛新裁錦帨，立紅毹（地毯）學拜，如雛鳳依老鳳，但知腰間覓作梅銀魚（佩飾，五品以上）。先就詩中人物關係點染。第二首，稱揚作梅夫人，爲小女梳髮綰簪，並乞得百索辟鬼，盼如織女織布。第三首，言玉媛心本性靈、性情婉轉，字曲阜孔氏，則必終身幸運。第四首，言玉媛舉止端正，謹於言笑，稟性優雅，疑仙女下凡。詩不甚佳。

慶賀作品如：**喜錢慈伯得舉三首**（詩集，卷十八，頁九），**其一云**：

八斗才華萬斛愁，庾公蕭瑟宋牆秋；

憐渠歸妹愆期久，喜到今年說上頭。

其二云：

京闈記我列星文，註徧題名不見君；
豈料還鄉七年後，挽弓來壓射潮軍。

其三云：

風吹姓字過江來，累我全家笑口開；
還就鐙花一占卜，明年佳兆動春雷。

此心餘四十四歲紹興作。錢慈伯（世錫）爲籜石子，有八斗才華，然居江南，哀時運之不濟，以夫妻喻君臣，欲爲臣妾⑦愆延久，今年（乾隆三十三）始得舉，略有大器晚成之感。第二首，慈伯大

⑦ 周易，下，夬傳第五，頁十五，「歸妹」（兌上震下）云：「征凶，无攸利」。王弼注云：「妹者，少女之稱也，兌爲少陰，震爲長陽，少陰而承長陽，說以動，嫁妹之象也」。又，咸傳第四，「遯」（艮下乾上），「九三」云：「畜臣妾、吉」。（商務四部叢刊正編）。

名，久傳京師，功名則末，豈料作者返鄉七年乃得舉，令人興奮。第三首，風傳得舉，心餘全家舉慶，盼明年更上層樓。就「得舉」言慈伯才運，末以冀盼層樓，其體咸宜。

第三目　次韻

心餘次韻作品如：次韻黃崑圃先生重宴鹿鳴三首（詩集，卷三，頁一），其一云：

斜街秋老又張筵，綠鬢宮花憶往年；
只有銀蟾能記取，畫檐重照舊時仙。

其二云：

題名昔上五雲邊，歸杖平泉又十年；
試問朱衣頭點日，者番兄弟甚因緣？

其三云：

鸞掖文章老斲輪，舊聞日下又增新；

三朝掌政分明記，說與當筵問禮人。

此心餘二十六歲南昌作。心餘仕錢陳羣（典鄉試）處。第一首言崑圃（叔琳）重宴瓊林。第二首，言崑圃為康熙辛未探花❽，名滿京師，今歸杖林泉十年矣。第三首，言崑圃為文壇宿老，歷康熙、雍正、乾隆三朝，碩果僅存之「魯靈光」。就崑圃前事，次第鋪述。

第四目　題　詩

絕句題詩如：題沈壽雨秀才詩卷二首（詩集，卷四，頁十五），其一云：

棧豆原非老驥心，苦將詞賦學陳琳；
江山只益閒歌咏，不助詩人一餅金。

其二云：

❽張惟驤輯明清巍科姓氏錄，卷下，頁六，康熙三十年辛未科：會元、張瑗。狀元，戴有祺。榜眼，吳昺。探花，黃叔琳。傳臚，楊中訥。（收在周駿富輯清朝鼎甲徵信錄等三種，明文書局）

頭白誰憐瘦沈貧，歸裝眞負太湖春；
休言不第輸年少，我亦東風失意人。

此心餘三十一歲南昌作。第一首，老驥伏櫪，志在千里；沈氏原非戀棧豆（馬房豆料），不堪用之才，有所待也。而其學陳琳詞賦，爲軍國書檄，可治曹操頭風，文才可知。末，江山有助詩歌創作，無助於「酸秀才」貧寒，就其詩卷，現實環境言，妥切。第二首，頭白而貧，且歸太湖，功名不如意可想。第三句，轉語，不第不一定就輸年少，蓋己亦曾落第人（此時心餘尚未成進士），慰人慰己兩宜。

又：題何孺人遺像二首（詩集，卷七，頁五），**其一云：**

鳳有高梧玉有芽，勝地徐淑配秦嘉；
如何忽略從軍影，一卷韜鈐一鏌鋣。

其二云：

遺挂蠨蛸網細塵，鰥魚纔現宰官身；
行邊目斷桃花馬，去看秦雲似美人。

此心餘三十四歲北京作。第一首，先以鳳棲梧桐、玉有芽表，興孺人之美德，有此美德，雖獨居，勝比徐淑配秦嘉（嘉至上郡，淑病不能從，二人以詩贈答，嘉死，淑毀形，哀慟卒）。三句，轉至何孺人夫壻從軍，一手握用兵之書（六韜，王鈐篇），一手持莫邪寶劍❾，見其勤於政事。第二首，夫壻宰官不久，家中「伊威在室，蠨蛸在戶」矣！昔日目斷桃花馬（毛色名），紅粉青蛾映秦雲之情景不再。皆就題目何孺人遺像點染。

又：題少司農裘漫士先生舊照九首（詩集，卷九，頁三），舉其中第一首云：

馨膳南陔愛日長，家人和樂母康強；
朝衫肩袖鑪烟暈，半漬飴香半乳香。

第二首云：

尚食攜歸佐壽杯，分甘眞喜眾孫來；

---

❾ 鏌鋣，應作鏌鋣，或作莫邪。說文解字「鏌」字云：「鏌釾也，從金莫聲」。說文繫傳云：「鏌邪，大戟也。……臣鍇曰：又劍名。」段注則云：「應劭，司馬貞，顏師古，皆主劒說，非許意」。（引自丁福保編說文解字詁林，十四，上，頁六三一八，商務印書館）主劍之說，爲後起。然則「鋣」、「邪」，無作「鋣」字者。

願摹彩鳳將雛意，常博高堂笑口開。

第三首云：

采衣繡褓慶繩繩，瓜瓞披圖信有徵；
子抱童孫孫抱子，卅年添寫到雲仍。

第八首云：

遷喬要擇木千尋，全樹眞教借上林；
臺首廿年交稷契，出山應慰在山心。

第九首云：

蒼顏比較益沖和，歲歲堂堂展卷過；
料得歸尋釣游處，當時新柳十圍多。

此心餘三十八歲北京作。第一首言裘漫士（曰修），家人和樂母康強。第二首言衆孫來分壽酒。第三首，子抱童孫孫抱子，綿綿瓜瓞景象。第八、第九，則言喬遷擇友。詩從平常生活寫起，具親和力。

他如：董恒巖太守芝龕記題詞五首（詩集，卷三，頁八），其一云：

降旗獵獵走蟲沙，不見宗耶與岳耶；
畫出美人名馬像，寶刀如雪滾桃花。

其二云：

督師袞袞少長城，養賊寧南死負君；
可惜官家相見晚，中原誰似女將軍？

其三云：

豈有摩崖片石傳？讓人開國畫凌烟；
紅顏不具封侯骨，老向蓮華證上仙。

其四云：

滕王閣下騎如雲，巾幗眞宜贈領軍；
曾向空江弔蓮舫，怒濤嗚咽不堪聞。

其五云：

空勞詞賦動江關，下第仍從塞雁還；
棖觸平生忠孝淚，一聲牙板一潺湲。

爲心餘二十八歲北京作。恒巖（榕）芝龕記爲秦良玉、沈雲英二女將作傳。本詩有婉曲之意。**又舉：汪魚亭為亡友趙山南**（由儀）**作芙蓉雜劇題詞四首**（詩集，卷十，頁十三），**取其三云：**

同物偏慳會面緣，記從滕閣望歸船；
我登科日君垂死，還住人間十六年。

其四云：

夢作閻羅事已非，恐勞詞客再霑衣；

橫江我有將軍板，待拍驚濤十丈飛。

爲心餘三十九歲北京作。趙山南與心餘皆爲「江右四才子」。本詩餘哀不盡。又如：**題吳蓮洋遺像三首**（詩集，卷二十五，頁三），**其一云**：

隱居中條南，埋骨華山東；
留此卷中影，是爲河上公。

其二云：

鄉人鍥遺編，又復藏畫像；
後生對前賢，相與觀所尚。

其三云：

欲鞭坐下石，化作桃花魚；
游戲崑崙水，一笑翻禹書。

爲心餘五十五歲北京作。吳蓮洋（雯）居中條山奉母，本詩有推賢之意。以上等等是。

第二節　詠物詩

心餘詠物絕句，分鳥類、獸類，及器用等方面，分述如下：

第一目　鳥獸

心餘絕句詠鳥類，如：白燕（詩集，卷十四，頁十七）：

粉臆罷霑紅雨片，素心來伴玉堂人；
煩君海上傳消息，冰雪依然一病身。

此心餘四十二歲南京作。詩詠白燕罷霑紅雨，來與玉堂高貴人伴；「粉」、「紅」、「素」、「玉」，顏色藻麗。第三句，言燕由海上飛至江南，明顧清白燕詩：「海國年年傍社歸，春來爭訝羽毛飛」⑩，儲巏有：「歸來海國幾陰晴」⑪。末，言白燕飛至江南倦態，亦喻己，不即不離⑫。然，

---

⑩ 御定佩文齋詠物詩選，五，卷四百三十八，頁十一，商務文淵閣四庫全書。

⑪ 同註⑩，「白燕次希大韻」詩。

⑫ 巴師玄廬著禪骨詩心集，十，談比體詩云：「比體詩通常以甲喻乙，要能不即不離」（頁二〇〇，東大圖書公司）。

似有語病，蓋「白燕」爲祥瑞之兆，人貴白燕生貴女，心餘本詩末句略有疵病矣。

又：瓜洲見鸕鷀（詩集，卷二十一，頁十三）：

盡日銜魚却忍飢，萬鱗爭避怨鸕鷀；
扁舟宿食恩難報，那計潭空力盡時。

此心餘四十九歲揚州作。鸕鷀，嘴頭曲如鈎，食魚⑬。唐杜荀鶴鸕鷀云：「一般毛羽結群飛，雨岸烟汀好景時；深水有魚銜得出，看來卻是鷺鷥飢」⑭，描繪食魚習性。三四言外有諷刺意。

獸類如馬逸（詩集，卷十二，頁一）：

靷絕踶奔勢亦危，據鞍騰伏未斜欹；
勞他動色誇腰腳，那識書生是健兒。

此心餘四十歲作。馬靷（東胸革帶）踶奔，健兒據鞍騰伏。即元袁桷有子昂逸馬圖云：「神駿飄飄

---

⑬ 此據爾雅，（郭璞注），下，釋鳥第十七，頁十一，商務四部叢刊正編，原作「鷧鷀」。懿

⑭ 御定佩文齋詠物詩選，卷四百五十九，頁二，商務文淵閣四庫全書。

得自閒，天池飛躍下塵寰」⓯之意。本詩末句「健兒」是「書生」，筆有力。忠雅堂詩集又有：

柳陰雙馬圖（卷十一，頁七），**其一云**：

俯首雙韉沒巷泥，疲騾瘦蹇仰天嘶；
何人解惜馳驅苦，別寫偷閒八馬蹄。

其二云：

駿骨泥塗豈易求？金繩細細作籠頭；
不知芻草相羣者，可願銅街附八騶？

爲心餘四十歲北京作。詩言馬之辛苦，未爲人知，而「駿骨泥塗」等句，有意外意。

第二目 器用

詠器物作品如：**楊太真雙魚鏡七首**（詩集，卷二，頁九），**其一云**：

⓯ 同註⓮，卷四百五，頁二十六。

流影何時照比肩？玉魚雙印唾花圓；
如何鈿擘釵分後，不見新粧亦可憐。

其二云：

黃裙一半土花斑，消受羅衣繫玉環；
不信梨花墳上月，也隨金筦到人間。

其三云：

山鬼烟寒指廢祠，香囊錦韈問誰知？
惟應白髮宮人見，會照華清浴起時。

其四云：

千秋金鑑錄何輕？鼙鼓漁陽動地驚；
爭似阿房星數點，嬋娟小膽太分明。

其五云：

霓裳曲散醉難勝，金錯斜欹動水菱；
較可昭儀春殿裏，照人秘戲一重氷。

其六云：

翠匣收藏只念奴，而今紙閣伴羅敷；
不知水殿承恩夜，許照蛾眉淡掃無？

其七云：

一別形匳值幾緡？長安風雪賣酸辛；
三郎畢竟郎當甚，不及街頭磨鏡人。

此心餘二十五歲南昌作。楊太眞、楊玉環，生平見唐書后妃本傳⑯。本詩就玄宗與貴妃恩愛，及

⑯ 新唐書，卷七十六，列傳第一，后妃上，頁二十六起，楊貴妃本傳，藝文印書館。

安祿山反，貴妃死馬嵬驛事點染。主要取才白居易長恨歌⑰。第一首，追敘雙魚鏡曾照昔日玄宗與玉環，後，貴妃死馬嵬，天人分隔，臨邛道士至海上仙山，見太眞⑱，轉達明皇思念之忱，太眞即「鈿合金釵寄將去」，「釵留一股合一扇，釵擘黃金合分鈿」，以示不忘舊情。第二首，太眞仙逝後，「梨花一枝春帶雨」，唯雙魚鏡可照「黃裙土花」、「羅衣玉環」之陳迹！第三首，「馬嵬坡下泥土中，不見玉顏空死處」，貴妃死馬嵬驛，玄宗自蜀道過其所，「密遣中使者，具棺槨它葬，啓瘞，故香囊猶在，中人以獻，帝視之、悽感流涕。命工貌妃於別殿，朝夕往，必爲梗欷」⑲。長恨歌云：「梨園弟子白髮新，椒房阿監青娥老」，與昔日「春寒賜浴華清池，溫泉水滑洗凝脂」之浪漫情景，不可同日語。第四首，安祿山蒙玄宗擢升節度使，兼平盧、范陽、河東三鎮，寵信有加，不料爲貴妃舉兵謀反，「漁陽鼙鼓動地來，驚破霓裳羽衣曲，九重城闕烟塵生」，令人膽寒。第五首，長恨歌云：「春從春遊夜專夜」，「玉樓宴罷醉和春」；杜甫哀江頭云：「昭陽殿裏第一人，同輦隨君侍君側」，而後「明眸皓齒今何在，血污遊魂歸不得」，「人生有情淚沾臆，江水江花豈終極」⑳，死生哀樂之間，唯鏡知之。第六首，長恨歌有「七月七日長生殿，夜半無人私語時；在天願作比翼鳥，在地願爲連理枝」，昔日「水殿雲廊別置春」的歡

---

⑰ 見白居易白氏長慶集，卷十二，頁十七，長恨歌，商務四部叢刊正編。

⑱ 唐書，楊貴妃本傳（頁二十六），曰「太眞」，白居易長恨歌則作「玉眞」（卷十二，頁十九），今從唐書。

⑲ 同註⑯，頁二十九。

⑳ 杜甫哀江頭，見分類集注杜工部詩，卷三，頁九，商務四部叢刊正編。

樂，今剩翠匣，爲念奴（天寶名倡）收藏，貴妃亦唯紙閣相伴矣！第七首，長安爲大唐國都，因貴妃，「姊妹弟兄皆列土」，導至唐朝衰亡。而三郎（玄宗小名），荒於酒色，頽唐郎當；不及街頭磨鏡人，雖以磨鏡爲生，生活正常，不亂朝綱。譏諷明皇與貴妃之情愛也。

第三節　題畫詩

心餘題畫絕句可分：一般酬酢、花果、畜獸、人物、閒適等，分述如下：

第一目　一般酬酢

心餘題畫酬酢如：趙千里畫三首（詩集，卷二，頁十五），其一云：

樓臺寸寸出朱殷，青粉牆低露遠山；
莫道瓊宮無主者，卷簾人在綠窗間。

其二云：

移來仙館鏡當中，夾水疎櫺一抹紅；

惟有荷香遮不斷，夜來消得過橋風。

其三云：

華榱藻井絕塵埃，北斗闌干面面開；
大似南朝王謝宅，黃昏不見燕飛來。

此心餘二十六歲南昌作。第一首，丹紅樓臺，青粉低牆，人在綠窗間。畫中主題，人物清晰。第二首，移來仙館，疏窗映紅，荷香不斷，夜橋消暑，人間勝景。第三首，華榱藻井，北斗闌干，如王謝宅第，即使夕陽斜照，堂前燕子，亦不「飛入尋常百姓家」，言華屋興隆，亦言「畫」景，不同實景。

又：題王石谷畫冊十二首（詩集，卷二十二，頁一），其一云：

柴桑手植柳陰成，未許漁郎問姓名；
不與秦人書甲子，桃花年命自長生。

其二云：

亂泉聲裏白雲閒，步屧何時到此間？
記得觀音門外路，兩邊樓閣靠青山。

其三云：

銷夏灣頭日乍長，曾看翠蓋擁紅粧；
不知誰伴鴛鴦宿？生受南窗枕簟涼。

其四云：

孤亭危坐意蕭然，千尺松濤響亂泉；
可惜隆中臥龍子，肯將丞相換神仙？

其五云：

不寫晴山寫雨山，似呵明鏡照烟鬟；
人間萬象糢糊好，風馬雲車便往還。

其六云：

界畫坡陀練一條，那須芳艸上裙腰；
如何絕妙秋林外，不見谿翁挂酒瓢。

其七云：

人影蕭蕭竹影寒，悠然杖履共平安；
澄溪見底游魚避，不用臨淵斬釣竿。

其八云：

棧道中懸旅客身，山蹲虎豹水翻輪；
可憐行路難如此，猶有攀蘿附葛人。

其九云：

一桁闌干枕瀫文，疎櫺淡淡下斜曛；

主人身是忘機叟，鳥自尋枝鴨自羣。

其十云：

水曲山眉處處同，幽人茅屋澗西東；
憐他紫閣丹墀客，夢裡冰銜改放翁。

其十一云：

蘆花頭白樹顏酡，秋到江湖水不波；
怕看雲霄鴻雁影，當時兄弟已無多。

其十二云：

五十功名笑荷薪，皮皴肉死走嶙峋；
北風卷雪關門坐，還讓燃糠挂網人。

此心餘五十歲揚州主安定書院作。王翬，字石谷，號耕煙，江南常熟人。清史稿本傳云：「太倉王鑑遊虞山，見其畫，大驚異，索見，時年甫冠。載歸，謁王時敏，館之西田，盡出唐以後名蹟，俾坐臥其中，時敏復挈之遊江南北，盡得觀收藏家秘本。如是垂二十年，學遂成。康熙中詔徵，以布衣供奉內廷。繪南巡圖，集海內能手，逡巡莫敢下筆，翬口講指授，咫尺千里，令衆分繪而總其成。圖成，聖祖稱善，欲授官，固辭，厚賜歸。……翬論畫曰：以元人筆墨，運宋人丘壑，而澤以唐人氣韻，乃爲大成」㉑。又，秦祖永評其畫云：「王石谷翬，天分人功，俱臻絕頂；南北兩宗，自古相爲枘鑿格不相入，一一鎔鑄毫端，獨開門戶，眞畫聖也」㉒。本詩第一首，言畫冊之美如淵明桃花源所述，先世避秦亂居此，武陵捕魚人緣溪而至，乃「不知有漢，無論魏晉」㉓。第二首，觀音閣外，山泉、白雲，令人神怡。第三首，翠蓋紅粧之地，可以銷夏簟涼。第四首，孤亭危坐，松濤響泉，此石谷固辭官職原因，所謂「丹青不知老將至，富貴於我如浮雲」。第五首，聖祖賜書「山水清暉」，自號「清暉主人」，今則不寫「晴山」寫「雨山」，與號相反，蓋取「人間萬象模糊好」，所謂由「智」轉「糊塗」矣！第六首，芳艸坡陀，絕妙秋林，卻未見著人。第七首，人影蕭蕭竹影寒，臨淵見溪底游魚避，水之澄澈可知。第八首，旅行棧道而行路難。第九首，畫冊主人（夏賓，主書院司訓）是忘機叟，自得其樂。第十首，石谷茅屋澗西東，不愛紫閣愛林泉，清閒如放翁。第十一首，蘆花頭白，雲霄鴻雁，江湖水波，各有其美。第十二首，

㉑ 清史稿，卷五百四，列傳二百九十一，藝術三，王翬本傳，頁一三九〇四，鼎文書局。

㉒ 秦祖永著桐陰論畫，首卷，頁一，文光圖書公司。

㉓ 見陶潛著陶淵明集（宋李公煥箋注），卷五，頁一，桃花源記，商務四部叢刊正編。

言己五十功名，不如石谷掛冠不仕，歸隱林泉。

又：題東坡天際烏雲帖墨蹟，即和冊中九首，原韻為覃溪學士作（詩集，補遺，下，頁八），其一云：

老友夢中詩惝怳，官齋壁上字分明；
美人居士風流盡，青眼紅粧一種情。

其二云：

銀泥印簇冰蠶尾，寒具油存玉笋尖；
轉遍風輪經七佛，八層公案者回添。（自註：冊內有虞集，柯九思、張雨、倪瓚、馬治、陳詢、董其昌七人題識。）

其三云：

遞主蓉城亦可驚，前身俱躡凰皇翎；
残縑且各留文字，碑石憑他劫火經。

其四云：

縞衣偷換舞衫紅，淪謫飄零恨略同；
難得護花賢太守，一幡斜壓滿潮風。

其五云：

六橋多少落花塵，誰肯偷閒惜好春？
消受杭姬十分慧，後先唐宋四詩人。（自註：樂天、君謨、述古、東坡皆爲杭守。）

其六云：

風光已換鬥茶天，鐙火猶存載酒船；
明月易低人易散，看他遺墨當嬋娟。

其七云：

笙歌誰見紫髯翁？罷遣愁眉唱國風；

莫買雕籠閉鸚鵡，斷腸多在有情中。

其八云：

定香橋畔已銷魂，瑞慶堂前莫再論；
兩到翁家眞怪事，青氊藏過蠹魚痕。（自註：冊先在翁深原家。）

其九云：

那須石上掃苔花？眞本蘭亭未足誇；
持比平山醉翁帖，竹西應唱浪淘沙。（自註：時以此冊寄揚州鍥石。）

爲心餘五十四歲北京作。東坡天際烏雲帖墨蹟，先在翁深原，後爲翁方綱持有。除心餘題款外，翁方綱（復初齋詩集卷十七），姚鼐（惜抱軒詩集卷二），皆有題詩。本詩亦屬題作。

第二目　花果、畜獸

花果題畫絕句如：題壁間畫花木四首（詩集，卷九，頁十八），其一云：

兩行叢桂倚娑羅，秋色平分夜氣和；
不似人間梅嶺樹，得春濃處得花多。（自註：丹桂）

其二云：

陽和端借化工迴，桃李無言接葉開；
松柏頹唐生子少，任他蘿蔦寄枝來。（自註：松柏）

其三云：

將開欲落最愁人，遮護頻類洛水神；
忽放瑤池雙菡萏，就中狂煞采蓮身。（自註：並蒂蓮）

其四云：

禁舞山香佛力堅，驅除靈麝賴神鞭；
如何迦葉含微笑，只在拈花手指邊。（自註：佛手柑）

此心餘三十八歲北京作。第一首，桂，分菌桂、牡桂、丹桂三種。范成大有眞瑞堂前丹桂云：「血色凡花太俗生，花工新意染秋英；袍紅太重鞓紅淺，畫不能摹句寫成」㉔。又，張新有丹桂詩：「金風飄處識天香，清影分明載魂光；莫向高枝輕易折，須知紅是狀元郎」㉕。詠丹桂之香麗。本詩第一首前半，兩行丹桂，平分秋氣，就壁畫，及桂之生長時令言。後半，與梅相比，各有不同。第二首，松柏孤生勁特，左九嬪松柏賦云：「稟天然之貞勁，經嚴冬而不零，雖凝霜而挺幹，近青春而秀榮」㉖，是以松柏亦爲貞節完人之象徵。特就松柏不同於桃李，春風比豔，言其貞勁無倚，蘿蔦因附以生。第三首，「其華菡萏，其實蓮」，並蒂蓮，古書多載其祥瑞㉗，邵雍有並蒂蓮云：「漢室嬋娟雙姊妹，天台縹緲兩神仙；當時儘有風流過，謫向人間作瑞蓮」㉘即是。本詩三、四句著力。第四首，佛手柑，形如人手之集合，詩就「佛手」兩字著眼。

又：連枝圖三首（詩集，卷十五，頁十二），**其一云：**

四海相知一子由，西風吹淚古藤州；

㉔ 范成大著石湖詩集，卷二十一，頁八，商務四部叢刊正編。
㉕ 引自古今圖書集成，草木典，卷二百四十三，桂部，五五〇冊之三一葉，鼎文書局。
㉖ 同㉕，卷二百三，柏部，五四七冊之三十九葉。
㉗ 參古今圖書集成，卷九十八，蓮部，五三九冊之三二葉起，蓮部紀事，鼎文書局。
㉘ 同註㉗，卷九十六，蓮部，五三九冊之二二葉。

人生至性無生死，寫到騈枝欲白頭。

其二云：

封肉寧酬返哺恩，行同曾閔舊知聞；
看雲憶弟人何處？黃葉郇南孝子墳。

其三云：

怕聽萁豆說同根，嘉樹垂柯出剪痕；
請綴繁英添合蒂，一花中抱兩詩魂。

此心餘四十二歲紹興作。第一首以蘇轍（子由）與東坡兄弟之情「與君世世爲兄弟，更結人間未了因」喻。第二首言上以孝取人，則孝子割股以侍親（語出蘇軾），並以曾子、閔子騫孝行相喻，友於兄弟之情可知。第三首以曹子建七步詩言兄弟連理相煎事爲戒，美合蒂花添繽紛。有寄託。

獸類如：射鹿圖（詩集，卷十三，頁十八）：

讀書射獵過生平，攬鏡披圖亦可驚；

乞我黃虀三斗血，爲君重唱少年行。

此心餘四十二歲南昌作。雖言「讀書射獵過生平」，實以射鹿豪邁爲傲也。

第三目　人　物

心餘題人物畫絕句如：題趙松雪仕女圖二首（詩集，卷九，頁十八），其一云：

雙頰紅潮絕世姿，笑從鴛鏡看蛾眉；
如何誤觸金如意，暗裏偷尋獺髓醫。

其二云：

初試重帷五蘊湯，羅衣暗卸解明璫；
海棠簾低窺新浴，纔信昭儀透體香。

此心餘三十八歲北京作。第一首，前半由美女之紅頰、姿態、鴛鏡、蛾眉說，後半，以孫和舞水精如意，誤（悞）傷鄧夫人頰，血流污袴……太醫合藥，醫曰得白獺髓，雜玉與琥珀屑，當滅此痕㉙事，言仕女之愛美。第二首，言仕女之爲五蘊（色、受、想、行、識）六慾之海，新浴時，「海棠春醉儘紅嫣」，透體芬香矣！

又：題彭芝庭大司馬蘭陔永慕圖二首（詩集，卷十一，頁十三），其一云：

至孝曾于畫卷傳，生徒久廢蓼莪篇；
不須更補笙詩句，每到花時一泫然。

其二云：

神仙骨格鳳鸞姿，元髮朱顏似昔時；
此是清門祥瑞艸，國香叢畔又生枝。

此心餘四十歲北京作。蘭陔，孝子親養，所謂「循彼南陔，言采其蘭」。第一首，生徒久廢吟詩經蓼莪，痛不終養。其實孝子可由書畫傳久，何須補詩經小雅笙辭般以盡其義。每歲花開，思親情出，泫然而泣，此永慕親情之意。第二首，前半言其親神仙骨格，玄髮朱顏；後半以南陔采蘭，

㉙ 參王嘉撰拾遺記，卷八，頁六，收在新興書局出版筆記大觀，三編。

以盡孝道也。

又：題報恩圖二首（詩集，卷十三，頁四），其一云：

銜環久已笑微禽，此物寧酬長者心？
更恐瑤環無處覓，可憐人怕受恩深。

其二云：

沙場結草頗神奇，鬼解酬恩或有之；
若使昇平無戰馬，老人心事見何時？

此心餘四十一歲南京作。第一首，以楊寶救西王母黃雀，雀銜白環四枚與寶事，微禽知報恩。三句，報恩亦有難處，且「受恩終被人穿鼻」，故四句云：「可憐人怕受恩深」。第二首，就魏顆父（魏武子）嬖妾之父，死後戰場結草報恩，使魏顆打敗秦師㉚事，此鬼能酬恩。三句，反問有力，則四句云：「老人心事見何時」，無戰爭，酬恩心事難了，有趣。

㉚ 事見春秋經傳集解，宣公傳十五年，卷十一，頁十二，秋七月，商務四部叢刊正編。

第四目 閒適

心餘閒適題畫絕句如：題姚白河聽雨圖（詩集，卷七，頁十六）：

懷鄉感遇悵離羣，醞釀新愁到幾分？
可惜華堂箏笛耳，秋聲如此不曾聞。

此心餘三十五歲北京作。詩由懷鄉感遇，而愁悵，三句轉華堂高屋，箏笛之聲亦不及雨聲之叩人心弦。

又：蔡葛山（新）司寇觀海圖二首（詩集，卷八，頁五），其一云：

拂袖蓬瀛許暫還，無煩海客話神山；
惟將報答春暉意，寫入君恩似海間。

其二云：

蠻舶商艟閂羽翰，收帆針路賀安瀾；

天吳對捧珊瑚樹，暫乞先生理釣竿。

此心餘三十六歲北京作。第一首，由蓬萊、瀛州等仙山言圖，並以報皇恩浩蕩。第二首，由南方商船穿梭神山間，海中多珍寶，並乞先生垂釣爲樂耳。

又如：自題觀河面皺圖四首（詩集，卷二十五，頁十二），其一云：

一條衣帶碧粼粼，卅載川塗劇苦辛；
却笑東坡同水手，此生何止略知津？

其二云：

阻風中酒慣銷魂，指點蒼茫記纜痕；
那及家鄉釣游處，桃花紅過第三邨。

其三云：

旅困相如久倦游，秋來定買潞河舟；

江湖不少魚羹飯，歸臥藏園綠隱樓。

其四云：

聽雨孤篷少日身，中年須髮漸如銀；
烟霞骨相山林臉，不是乘風破浪人。

此心餘四十七歲北京作。由川塗之險，而思家、旅困、嗟年老而仕途不順。洪北江評心餘詩云：「蔣編修士銓詩，如劍俠入道，猶餘殺機」㉛，以題畫絕句言，所論確是。

第四節　寫景詩

心餘寫景絕句分：登臨、征行、遊覽三類，茲分述如下：

第一目　登臨

㉛ 洪亮吉著北江詩話，卷一，頁四至頁五，廣文書局古今詩話叢編本。

登臨絕句作品如：極目二首（詩集，卷十三，頁十二），其一云：

江山奇勝總偏安，天塹茫茫固守難；
史冊事隨春夢過，皖公青入酒杯看。

其二云：

雙姑秀色接金焦，磯石攔江露一椒；
萬壑千巖苦收束，讓他中抗海門潮。

此心餘四十一歲行舟經安慶（安徽省）作。第一首，極目南疆，歷朝南北對峙，卒難保守；往事春夢，只得對皖公山（安徽潛山西，皖伯所封，最高為天柱山），飲酒酣歌。第二首，金山、焦山在鎮江（江蘇），大小孤山在江西，則極目所至，長江沿岸青山相連，至於金焦、燕子磯等，巉巖峭壁，中流砥柱，令人心曠神怡。

又：晚望郡城鐙火（詩集，卷十六，頁十）：

市火船鐙閃亂螢，暮雲拖墨夜冥冥；

卻疑身在層霄上，俯視人間有列星。

此心餘四十三歲在浙江紹興天鏡樓作。頭上暮雲冥冥，郡城市火亂螢，三句，轉，疑身置層霄，俯視人間列星。詩好而景不足稱之。

第二目　征行

征行絕句如：夜過吳江（詩集，卷二，頁二）

平望鎮前寒月明，三更四處棹歌聲；
吳兒解弄江南水，夜半垂虹橋下行。

此心餘二十三歲舟過吳江（江蘇省）作。平望鎮，屬蘇州府。垂虹橋在吳江縣東。（均見於大清一統志）。夜半寒月，虹橋棹歌，就詩題描摹景物。

又：渡江二首（詩集，卷十二，頁九），其一云：

兩朵金焦八度看，乘風破浪此心闌；

迴舟敢避江神笑，來借漁磯著釣竿。

其二云：

南北東西意渺茫，欲從江左買溪堂；
如何纔見鍾山影，便覺并州是故鄉。

此心餘四十歲由揚州渡江往南京作。第一首，作者赴京考試，落第，中書官告假等等，來來往往至金山，焦山已八度看，此後爲巖磯釣翁矣！第二首，起句，情景雙關，南渡盼見鍾山，或如賈島感慕鄉里，「却望并州是故鄉」㉜，情滿於紙。

又：池州道中（詩集，卷二十四，頁三）：

家人都向畫中移，門外看江遶綠陂；
不但蓮花開九朵，遠山橫處盡蛾眉。

㉜ 見賈島著賈浪仙長江集，卷九，頁七，渡桑乾詩：「客舍并州已十霜，歸心日夜憶咸陽；無端更渡桑乾水，却望并州是故鄉」。（商務四部叢刊正編）

此心餘五十四歲北上途中，舟經池州作。池州，安徽貴池縣，東有九華山，遠處黃山三十六峯有蓮花峯。本詩先就家人乘舟池州道中，門外春水青山，遠處九華、蓮花諸峯，更令人神怡。此即王國維所謂「無我之境」㉝。

第三目　遊覽

遊覽絕句如：盧溝橋二首（詩集，卷十一，頁十五），其一云：

桑欲乾時水濁渾，銀濤一線玉龍奔；
驚風疾卷花如雪，想見當年萬馬屯。

其二云：

垂虹千尺駕靈鼉，回首金元往事過；
設險天然成帶礪，百靈于此護山河。

㉝ 王國維著人間詞話，卷上，頁一云：「有我之境，以我觀物，故物皆著我之色彩；無我之境，以物觀物，故不知何者爲我，何者爲物」。（台灣開明書店）

此心餘四十歲過盧溝橋（北京市郊）作。第一首，桑乾河，即今盧溝河，俗名渾河，詩中首就其名稱，實景言，「銀濤一線玉龍奔」，言渾河水勢，典雅有氣勢。三句，此地風強花卷，令人想起金元頻年征戰，戰鼓鼙鼙。第二首，先就橋之形勢，垂虹千尺，美極，上有靈鼉（鼉龍，刻石橋上），河水湍急，金世宗大定命建石橋，成帶設險，鼉龍以護疆矣。由景物而興史事聯想。

又：瓜州（詩集，卷十二，頁八）：

蟹舍漁莊碧玉環，茅簷青露隔江山；
渡河而後征裘減，劃斷踁寒是此間。

此亦心餘四十歲在揚州，將渡瓜州作。瓜州爲長江沙磧，狀如瓜字，故名。本詩首就周遭景物言江南風光。三四句，轉以此地爲南北氣候分界，就「瓜」（分）字義言。

又：桃葉渡（詩集，卷十四，頁十五）：

偶攜雙楫渡春江，祓禊湔裙水較香；
莫寫桃花摹艷影，衍波重展十三行。

此心餘四十二歲南京作。桃葉渡，在南京，秦淮與青溪合流處。王獻之桃葉詞云：桃葉復桃葉，渡江不用檝；但渡無所苦，我自迎接汝。㉞本詩言偶至桃葉渡春游，水香可祓禊（祓除不祥）洗裙。三四句轉至豔情，不必如崔護作「人面桃花相映紅」詩，亦不必如王獻之妾桃根、桃葉，臨渡作團扇歌相互酬答，卻如獻之之重展玉版十三行矣。

第五節　抒情詩

心餘抒情絕句詩分：傷感、雜感、諷刺等類，分述如下：

第一目　傷　感

歎息傷感如：卜居四首（詩集，卷十三，頁一），其一云：

半窗紅雪一樓書，廿載辛勤有此廬；
不肯被他猿鶴笑，移家來就北山居。

㉞ 見於晉書卷二十二，五行志，上，頁二十二。（總頁三四〇），藝文印書館本。

其二云：

鍾山眞作我家山，揀得行窩靜掩關；
洗去六朝金粉氣，展開屏幛畫烟鬟。

其三云：

簷端十廟古壇壝，屋後臺城壞殿基；
讓與爭墩兩安石，家門只傍蔣侯祠。

其四云：

寓公庭院四時春，釀酒栽花媚我親；
藏過頭銜署新號，雞鳴埭下老詩人。

此心餘四十歲十二月時，卜居南京作。第一首，窗外紅梅，故云「半窗紅雪一樓書」。二十年來辛苦，得此絳雪樓，移家來此北山（即鍾山或稱蔣山）讀書。第二首，續前，以鍾山爲家，洗去六朝金粉，爲官俗氣，浸潤於山水圖畫。第三首，卜居之地，爲十廟（祀帝王功臣，見顧亭林詩集卷二）附近，屋後壞殿，有謝、王兩安石石墩㉟，家門傍立蔣子文祠（孫權時封蔣侯、鍾山廟祀）耳。第四首，庭院四季如春，釀酒栽花以盡孝親，並改「藏園」以爲號，作一詩人。抒己仕途不得意情懷，甘於讀書隱逸矣！

又：濁酒（詩集，卷二十一，頁十二），其一云：

楓葉嬌如紅粉面，蘆花衰似白頭人；
一杯濁酒秋江上，消遣浮生物外身。

其二云：

水雲鄉裏稻粱寬，可念人歌蜀道難；
消受江南冬日暖，雪山西去不勝寒。

㉟ 兩安石爭石墩事，見瞿佑著歸田詩話，卷上，頁十，「謝公墩」條云：「王荊公詠謝公墩云：我名公字偶相同，我屋公墩在眼中；公去我來墩屬我，不應墩姓尚隨公。或謂荊公好與人爭，在朝則與諸公爭新法，在野則與謝公爭墩，亦善謔也。」（收在丁福保編續歷代詩話，藝文印書館）。又，上述「十廟」，顧亭林詩集卷二，十廟詩註云：「南京雞鳴山下有帝王功臣十廟，後人但謂之十廟」（顧亭林詩集彙註，頁四〇八，學海出版社）。

此心餘四十九歲南京作。第一首，楓紅蘆白，濁酒秋江，以爲浮生遣情。第二首，江南歌詩水雲，冬暖而稻粱多，可爲眷戀，不似西去蜀道難，雪山不勝寒。由此襯出范仲淹所謂：「濁酒一杯家萬里，燕然未勒歸無計，羌管悠悠霜滿地，人不寐，將軍白髮征夫淚」㊱，邊塞之苦，嗟老之情，婉轉其中。

又：感歎（詩集，卷二十四，頁三）：

留人畫舫三分月，送客春帆五兩風；
烏鵲南飛多感歎，大江東去幾英雄？

此心餘五十四歲由江西出門至金陵道中作。首云畫舫可見「三分明月夜」，月甚明而船欲行，故送客檣尾候風㊲已揚帆。有如昔日曹孟德短歌行云：「月明星稀，烏鵲南飛；繞樹三匝，何枝可依」㊳，羈旅漂泊之歎！順此長江東逝水，記憶東坡念奴嬌：「大江東去浪淘盡，千古風流人物」，

㊱ 全宋詞，第一冊，范仲淹，頁十一，漁家傲（秋思）云：「塞下秋來風景異，衡陽雁去無留意，四面邊聲連角起，千嶂裏，長煙落日孤城閉。　濁酒一杯家萬里，燕然未勒歸無計，羌管悠悠霜滿地，人不寐，將軍白髮征夫淚」。（中央輿地出版社）

㊲ 五兩，雞羽作，繫船檣尾以候風之方向。庾信著庾子山集，卷六，頁二，和江中賈客云：「五兩開船頭，長橋飛新浦；懸知岸上人，遙振江中鼓」。（商務四部叢刊正編）

㊳ 逯欽立輯校先秦漢魏晉南北朝詩，魏詩，卷一，頁三四九，學海出版社。

「一時多少豪傑」㊴，古往英雄，今在何處？「英雄暮年」之感歎。

又：悵惘二首（詩集，卷二十四，頁九），其一云：

老樹思吾曲檻中，家人懷我小池東；
初生孫與新荷葉，不識天涯有阿翁。

其二云：

自古遭逢不易酬，身微敢乞主恩優？
當官檐子如山重，未上肩時已白頭。

此亦心餘五十四歲舟過臨清北上途中作。第一首，趣味在家人與老樹爲舊相識，故懷思。初生孫與新生荷葉，則了無關掛。第二首，當官者要酬「主人恩」，但自己「身微」，怎敢「乞恩優」？此外，得「先天下之憂而憂」，責任重，所以「未上肩時頭已白」。詩言君恩，親情之難酬也。

㊴ 蘇軾著東坡詞，頁八十五，收在欽定四庫全書，集部，詞曲類，商務印書館。

第二目　雜感

雜感絕句如：感憶二首（詩集，卷十五，頁七一），其一云：

半輪孤月掛危闌，市語人聲下界歡；
夫子呻吟殘燭底，病妻猶自祝平安。

其二云：

淚痕承睫送征人，悽惻難忘病裏身；
欲遣雙魚問消息，江河橫隔幾重津。

此心餘四十二歲紹興天鏡樓作。第一首，上有孤月，下有人歡，各適其性；己與病妻，殘燭呻吟，形影可憐。第二首，有病纏身，江河重隔，書信難以往返。寫羈旅、貧病之苦。

又：李園高詠樓銷夏十二首（詩集，卷二十，頁八），其一云：

仙侶同舟趁曉移，簾紋生怕漾朝曦；

入林枕簟息息具，撥棹笙歌緩緩隨。

其二云：

酒旗低卷綠荷香，柳嶼花汀互掩藏；
魚引游人戲蓮葉，四圍穿到鏡中央。

其三云：

月榭風亭轉側空，昔人高詠有誰同？
闌邊擁出千枝翠，樹杪飛來一繖紅。

其四云：

芙蓉臉際美人多，十二金釵值幾何？
若化鴛鴦眠到老，不須惆悵賦微波。

其五云：

偷聲減字泛清商，花氣迷離水氣涼；
卻把游船暗留住，隔牆吹過粉痕香。

其六云：

陂陀展放地寬閒，踈處全虛密處刪；
獨讓斯園稱秀野，隔江移貯兩烟鬟。

其七云：

隨意披襟坐綠苔，藕絲衫子碧筩杯；
桃笙展處都無定，蟬曳殘聲客往來。

其八云：

夕陽簫鼓幾船歸，涼月初生夜氣微；
要看空庭橫荇藻，不教蘿薜挂絺衣。

其九云：

星毬五色湧光明，千步廊開不夜城；
一桁驪珠三百顆，勝他林杪挂銅鉦。

其十云：

那須畫燭轉銀釭，密綴高懸百寶窗；
一葉一花鐙一朵，影從波底各成雙。

其十一云：

半夜移鐙上畫船，殘星明滅尚分懸；
一聲長笛穿橋過，吹散垂楊萬縷烟。

其十二云：

日較城中一倍長，幾人消遣好年光；

明朝寫入生綃裏，還帶蓮花隔夜香。

此心餘四十八歲揚州作。李園，爲李朝旭別墅，乾隆賜名爲高詠（見揚州畫舫錄，卷十五）。第一首，移舟園林，棹歌緩隨。二首，高詠樓旗低卷、綠荷香，四周柳嶼、花汀，魚戲蓮葉，遊人隨之而行，種種怡情景象。三首，樓名高詠，李白有「登舟望秋月，空憶謝將軍」，「余亦能高詠，斯人不可聞」㊵詩句，作者登樓，所見翠樹紅花，雖有「月榭風亭轉側空」之感，在精神上，卻與李白「千古一相接」。四首，見芙蓉思美人，美人頭上金釵值幾何？（白居易詩有：「鍾乳三千兩，金釵十二行」），總有色衰愛弛之憂。然則，不如鴛鴦之無知，永浴愛河，不必如曹子建賦洛神也。五首，偷聲，減字㊶以製新曲，花氣迷離水氣涼，隔牆傳來脂粉香。六首，高詠樓位在陂陀寬閒地，園林秀野，疎密合宜。七首，隨意披襟而坐，天籟（蟬聲），人籟（桃笙）處處飄。八首，涼月初生，空庭橫荇藻，別有一番滋味。九首，星毬（球）如驪珠光明，廊開不夜，美盡在其中。十首，畫燭銀釭，百寶窗懸，燈花燈蕖，影波雙雙。十一首，畫舫移燈，殘星明滅，笛聲穿橋，餘音嫋嫋。十二首，晝有日，夜有燈，故云「日較城中一倍長」，將此歡樂，譜爲新歌，蓮（人）與花，

㊵ 楊齊賢集註、蕭士贇補註分類補註李太白詩，卷二十二，頁二十一，夜泊牛渚懷古云：「牛渚西江夜，青天無片雲；登舟望秋月，空憶謝將軍。余亦能高詠，斯人不可聞；明朝挂帆席，楓葉落紛紛」。（商務四部叢刊正編）

㊶ 偷聲：唐宋詞曲中的一種體例。唐絕句配樂時，爲使字句合於節拍音律，或使音調婉轉動聽，故多用和聲、散聲或偷聲等方法。偷聲即在一句之內偷去一字。減字，亦唐宋詞曲中的一種體例，即將原調減去若干字，以改變原來句型，稱爲減字。（以上參曾永義主編中國古典文學辭典，頁四一〇，及頁四九九，正中書局）

皆永生難忘。

又：棖觸（詩集，卷二十四，頁四）：

蕭牆簞豆每操戈，富貴人家等逝波；
不及池陽風俗厚，五松南北義門多。（自註：宋青陽方綱七百口，八世同居，銅陵余起千三百口，鍾鏜十一世、阮鍾儁十一世皆同居，而汪與成百八十口同死建炎之難，海內希有也。）

此心餘五十四歲舟過貴池作。有感於貴池（安徽），風俗淳厚，義門甚多，而一般人家家貧則細故亦成仇，富貴則過眼即空爲可歎也。

第三目 諷刺

諷刺絕句如：山塘曲三首（詩集，卷二十二，頁七），其一云：

舞榭歌樓處處春，溫柔鄉裏醉橫陳；
生來國俗躭游冶，曾擲金錢看美人。

其二云：

九曲珠闌七里塘，四時花月護鴛鴦；
如何軟玉溫香國，尚有梁鴻對孟光。

此心餘四十九歲蘇州作。山塘，水名，在江蘇吳縣。此諷吳王夫差與越女西施情事㊷。第一首，歌舞爛熳，醉在溫柔，至於國俗游冶，擲金看美人，國家社會淫靡至極。第二首，吳縣西靈巖山，夫差於此築館娃宮、響屧廊，九曲珠玉闌干、七里塘築㊸，鴛鴦相戲，花月春風，不意如此「軟玉溫香」國中，尚有梁、孟齊眉夫妻。超然拔俗，其火宅中之青蓮也。

又：康山艸堂觀劇（詩集，補遺，下，頁六）：

㊷ 後漢趙曄撰吳越春秋，下，勾踐陰謀外傳第九，頁三十九云：「十二年，越王謂大夫文種曰：孤聞，吳王淫而好色，惑亂沉湎，不領政事，因此而謀，可乎？種曰：可破。夫吳王淫而好色，宰嚭佞以曳心，往獻美女，其必受之。惟王選擇美女二人而進之。越王曰：善！乃使相者國中，得苧蘿山鬻薪之女，曰西施，鄭旦，飾以羅穀（縠？），教以容步，習於土城，臨於都巷，三年學服而獻於吳。」（商務四部叢刊正編）

㊸ 據漢袁康撰越絕書，卷三，頁十云：「胥門外有九曲路，闔廬造以遊姑胥之臺」；卷八，頁七十五云：「勾踐已滅吳，使吳人築吳塘，東西千步，名辟首，後因以爲名曰塘」。（商務四部叢刊正編）

綺筵重聽四絃秋，一夜尊前盡白頭；

何必官久（場？）皆失意，歡場各有淚難收。

此心餘五十四歲在揚州康山艸堂作。康山艸堂，在江蘇江都縣，明康海燕客彈琵琶處，有董其昌題字，爲江鶴亭宅。心餘在此觀演其四絃秋也。四絃秋，心餘九種曲之一，以白居易琵琶行爲本事，自序云：「人生仕宦升沈，固由數命，若劉夢得、柳子厚、元微之輩，戾由自取，豈得與江州貶謫同日而語哉」。本詩由觀劇、劇如人生，一夜似了。「何必官久（場？）皆失意」，三句獨具隻眼，一慰「官久（場？）」者，一驚「不安官久（場？）」者。四句，「人生」不過歡場「戲劇」而已，各有辛酸，「人」「劇」兩收。

第六節　紀事詩

心餘紀事詩，主要在於詠史。

詠史絕句如：**金陵雜詠**（詩集，卷二，頁五）：

豈有君臣說中興？滿城花月唱春鐙；

風流略似清談後，秋艸茫茫十一陵。

此心餘二十四歲南京作。春燈謎，阮大鋮所著戲曲。本詩諷南明歌舞、清談，馬士英、阮大鋮朋比為奸，招權納賄，所謂「職方賤如狗，都督滿街走」，吳梅村有詩云：「江南昔未亂，閭左稱阜康；馬阮作相公，行事偏猖狂。高鎮爭揚州，左兵來武昌」44，終使南明覆滅。梅村詩紀實，本詩兼刺。

又：平原君（詩集，卷十一，頁二十二）：

躄者先求殺美人，李同毛遂乃呈身；
諸君食客知多少，却要如姬助却秦。

此心餘四十歲趙州（河北省）作。詩據史記平原君傳，言其謝躄以妾45，見信於士，乃使毛遂自薦

---

44 吳偉業者梅村家藏藁，卷一，頁十，遇南廂園叟感賦八十韻，上海涵芬樓董氏新刊足本。及王建生著吳梅村研究，頁一二六，曾文出版社。

45 史記，卷七十六，平原君本傳，頁一云：「平原君趙勝者，趙之諸公子也。……平原君家，樓臨民家，民家有躄者，槃散行汲，平原君美人居樓上，臨見大笑之。明日，躄者至平原君門請曰：臣聞君之喜士，士不遠千里而至者，以君能貴士而賤妾也，臣不幸有罷癃之病，而君之後宮，臨而笑臣，臣願得笑臣者頭。平原笑應曰諾。躄者去，平原君笑曰，觀此豎子，乃欲以一笑之故殺吾美人，不亦甚乎？終不殺。居歲餘，賓客門下舍人，稍稍引去者過半，平原君怪之曰：勝所以待君者，未嘗敢失禮，而去者何多也？門下一人前對曰：以君之不殺笑躄者，以君為愛色而賤士，士即去耳。於是平原君乃斬笑躄者」。（藝文印書館）

㊻，李同（談）獻策退秦㊼也。末則諷刺。太史公評云：平原君，翩翩濁世之佳公子也，然未睹大體㊽。而史記索隱述贊云：翩翩公子，天下奇器。笑姬從戮，義士增氣㊾。角度不同，所論亦異。

又：題荊公集後三首（詩集，卷十三，頁十三），**其一云：**

力肩家國任非輕，宰相何堪氣不平？
若使虛懷能悔過，當時君子自無爭。

其二云：

㊻ 同註㊺，頁二云：「秦之圍邯鄲，趙使平原君求救，合從於楚，約與食客門下有勇力文武備具者二十人偕。平原君曰：使文能取勝，則善矣。文不能取勝，則歃血於華屋之下，必得定從而還。士不外索，取於食客門下足矣。得十九人，餘無可取者，無以滿二十人。門下有毛遂者前，自贊於平原君。」

㊼ 同註㊺，頁四云：「秦急圍邯鄲，邯鄲急，且降，平原君甚患之。邯鄲傳舍吏子李同（史記正義云：名談，太史公諱改）說平原君曰：君不憂趙亡邪？平原君曰：趙亡則勝爲虜，何爲不憂乎？李同曰：邯鄲之民，炊骨易子而食，可謂急矣，而君之後宮以百數，婢妾被綺縠，餘粱肉，而民褐衣不完，糟糠不厭。民困兵盡，或剡木爲矛矢，而君器物鍾磬自若。使秦破趙，君安得有此？使趙得全，君何患無有？今君誠能令夫人以下編於士卒之閒，分功而作，家之所有盡散以饗士，士方其危苦之時，易德耳。於是平原君從之，得敢死之士三千人。李同遂與三千人赴秦軍，秦軍爲之卻三十里。

㊽ 同註㊺，本傳末。

㊾ 同註㊽。

許國知人事本難，豺狼反噬可心寒；
憐他一代斯文友，說到功名白眼看。

其三云：

千鈞筆力氣嶙峋，一代文章侍從臣；
却怪當時枚卜錯，從來相業恕庸人。

此亦心餘四十一歲舟返江西途中作。王安石（封荊國公）爲了「富國強兵」[50]的理想，執行新法[51]，爲保守派反對，屢遭人詬病，甚至罷相，宋史本傳論曰：「朱熹嘗論安石文章節行高一世，而尤以道德經濟爲己任，被遇神宗，致位宰相。世方仰其有爲，庶幾復見二帝三王之盛，而安石乃汲汲以財利兵革爲先務，引用兇（凶）邪，排擯忠直，躁迫強戾，使天下之人囂然喪其樂生之心，卒

[50] 王安石上仁宗皇帝言事書云：「先王之時，士之所學者，文武之道也，士之才有可以爲公卿丈夫，有可以爲士，其才之大小宜不宜則有矣。至於武事，則隨才之大小，未有不學者也，……射者武事之尤大而威天下守國之具也。……自古治世，未嘗以不足爲天下之公患也，患在治財無其道耳。」（臨川先生文集，卷三十九，頁三，商務四部叢刊正編）。又，本文爲嘉祐三年王安石年三十八作（見蔡元鳳王荊公年譜考略，頁九七，洪氏出版社）

[51] 新法如：農田、水利、青苗、均輸、保甲、免役、市易、保馬、方田。見宋史王安石本傳（卷三百二十七，頁四，藝文印書館）

之羣姦嗣虐，流毒四海，至於崇寧宣和之際，而禍亂極矣。此天下之公言也。昔神宗欲命相，問韓琦曰：安石何如？對曰：安石爲翰林學士則有餘，處輔弼之地則不可。神宗不聽，遂相安石。嗚呼，此雖宋氏之不幸，亦安石之不幸也」52。此段議論代表一般人對安石一生評論，及其詩文，亦往往以「人」「成見」而論53，實失公允。本詩第一首，言安石身爲宰相，應有容人度量，責其不能虛懷待人。第二首，言其用人不當，「豺狼反噬」，雖實情，語句苛。第三首，稱其文章「千鈞筆力」，不稱「相」職，與本傳評論同。

又如：五人墓（詩集，卷二，頁三）：

斷首猶能作鬼雄，精靈白日走悲風；
要離碧血專諸骨，義士相望恨略同。

此心餘二十三歲蘇州作。五人墓，在蘇州虎岳塘；五人者，顏佩韋、楊念如、馬杰、沈楊、周文元。天啓間，逆閹魏忠賢，矯旨逮周順昌，五人公憤倡衆，擊緹騎至死，因被戮，士民哀之，殮

---

52 宋史，卷三百二十七，列傳第八十六，本傳，頁十三，藝文印書館。
53 參王建生著趙甌北研究，第七章，趙甌北的文學批評，第十節，王安石，頁七一一起，學生書局。

葬白堤之旁，吳默題曰五人之墓，楊廷樞表爲義風千古[54]。本詩就五人生平事蹟點染，褒其義行。

又：再過四女祠三首（詩集，卷三，頁七），其一云：

燃竹曾經讀舊碑，枯槐猶記影垂垂；
牆陰斷碣分明在，愁絕犍牛礪角時。

其二云：

門影空堤尚可尋，畫衣泥剝蘇苔侵；
漢時明月經天在，留得荒祠姊妹心。

其三云：

[54] 李銘皖等修，馮桂芬等纂，蘇州府志，卷四十九，頁四十七，五人之墓條，成文出版社。王漁洋有「五人墓」云：「流連虎阜遊，宛轉山塘路；石門映迴波，英靈此中聚。滿壇松桂陰，落日青楓樹；生傍伍胥潮，死近要離墓。千秋忠介墳，鬼雄誓相赴；酹酒拂蒼碑，寒鴉自來去。」（收在林佶編漁洋山人精華錄，卷一，頁十六，商務四部叢刊正編）

別鶴離鸞總未知，凱風眞可愧男兒；

曹娥心跡同千古，不得才人絕妙詞。

此心餘二十八歲再過四女祠作。四女祠，在山東恩縣西北。漢時傅長四女，因無兒弟，四女守貞養親，共植一槐。忠雅堂詩集卷十二頁五，四女祠云：「四女能爲養，雙親並享年；遺槐明不嫁，拔宅笑成仙。地志傳貞孝，鄉祠潔豆籩；憐他貝州士，應廢凱風篇」。褒揚四女貞孝。本詩由舊碑、枯槐，而尋漢時傅長四女，言其曹娥貞烈心跡，使男兒羞愧。

又：露筋祠二首（詩集，卷十二，頁八），**其一云：**

朔雪炎（尖？）風閃畫旗，淒然一死嫂寧知？

此心堪共夷齊語，三腹東廊老米碑。

其二云：

香骨憑誰瘞腐餘，貞魂曾否在空虛？

蟲聲尚作驚雷響，願乞靈風一掃除。

此心餘四十歲經露筋祠作。露筋祠，在江蘇省高郵縣南。隨園隨筆「露筋祠五解」云：「俗傳，女子不宿人家，爲蚊嚙死，至露其筋，此一說，不見經傳，而題詩者以訛傳訛久矣。江德藻北道記云：鹿過邵伯埭，一夕爲蚊所食，見筋，故名鹿筋，又一說也。三餘編云，露筋乃爐金之訛，晉時有友二人，于此開爐冶金，分財忿爭，一人置金路上，竟去，後人義之，以其金爲立祠，又一說也。查愼行詩云：舊是鹿筋梁，何年祀女郎。注云：鹿筋梁古地名，又一說也。是齋日記云，後五代時，楊行密有將名路金，戰死于此，故立廟祀之，又一說也」[55]。可知有關「露筋祠」，說法紛紜，心餘就俗傳嫂挽女投宿，而女不從，乃露坐草中，爲蚊嚙，至於死，其貞烈如此，亦美此女子（或曰鄭荷花，又曰蕭氏，又曰全節娥）。

又：表忠觀三首（詩集，卷十五，頁十二），其一云：

龍蛇走壁勢從橫，石鏡冠裳氣尚生；
不是當時妙音院，綠楊鶯語尚關情。

其二云：

---

[55] 袁枚著隨園隨筆，卷十一，頁十，隨園三十六種。

自知骨相輸劉季，聊以功名比竇融；
一笑歸排衣錦宴，效他臺上醉歌風。

其三云：

雄才大節古無雙，氣壓江湖百怪降；
食客三千州十四，勝佗稱帝海南邦。

此心餘四十二歲杭州作。表忠觀，在浙江杭縣湧金門外，爲吳越國王錢氏墳廟，及其父、祖、夫人、子孫之墳，以龍山廢佛祠妙因院者爲觀。東坡錢氏表忠觀碑云：武肅王鏐，以鄉兵破走黃巢，後以八都兵討劉漢宏，其孫忠獻王仁佐，破李景兵取福州，仁佐之弟忠懿王俶，又大出兵攻景，以迎周世宗之師，三世四王，與五代相終始。㊺本詩第一首，言表忠觀位龍山，爲當時妙因院改建，若非改建此觀，今爲歌舞鶯啼之地，反詰有力。二首，錢氏功業雖不及河東劉氏（百戰守死），然勝於漢之竇融（以河西歸漢）。三首，褒讚錢氏功業，句句精警、有力。

又：中州愍烈記題詞四首（詩集，卷四，頁九），其一云：

㊺ 參經進東坡文集事略，卷五十五，頁四起。商務四部叢刊正編。

法曲依然繼國風，不隨鐙月唱玲瓏；
苦將杜宇三更血，染出氍毹一丈紅。

其二云：

一轉紅牆半畝祠，歌手斯也哭于斯；
魚扉晝閉香烟直，不許斜風卷畫旗。

其三云：

冷雲寒日土三堆，爭把冬青繞墓栽；
不用兒孫澆麥飯，清明時節長官來。

其四云：

斯文如女有正色，此語前賢已道之；
安肯輕提南董筆，替人兒女訴相思。

爲心餘三十歲北京作。中州愍烈記爲周韻亭（乾隆十二年舉人，心餘同年）作。又，**楊奮武談臨清殺賊事有贈三首**（詩集，卷二十四，頁七），**其一云**：

手提二十七頭顱，丞相曾誇好丈夫；
三尺昆吾萬人敵，將軍終佩玉麟符。

其二云：

短刀巷戰逐游魂，襟上臨清舊血痕；
三十男兒能殺賊，越公華胄尚書孫。

其三云：

通城一炬武功成，譚虎猶令回座驚；
可有袁宏記遺事？運租船外月分明。

爲心餘五十四歲山東安山（東平縣）附近作。詩就楊奮武忠義、貞烈事蹟點染。

王建生 著

蔣心餘研究

下冊

臺灣學生書局印行

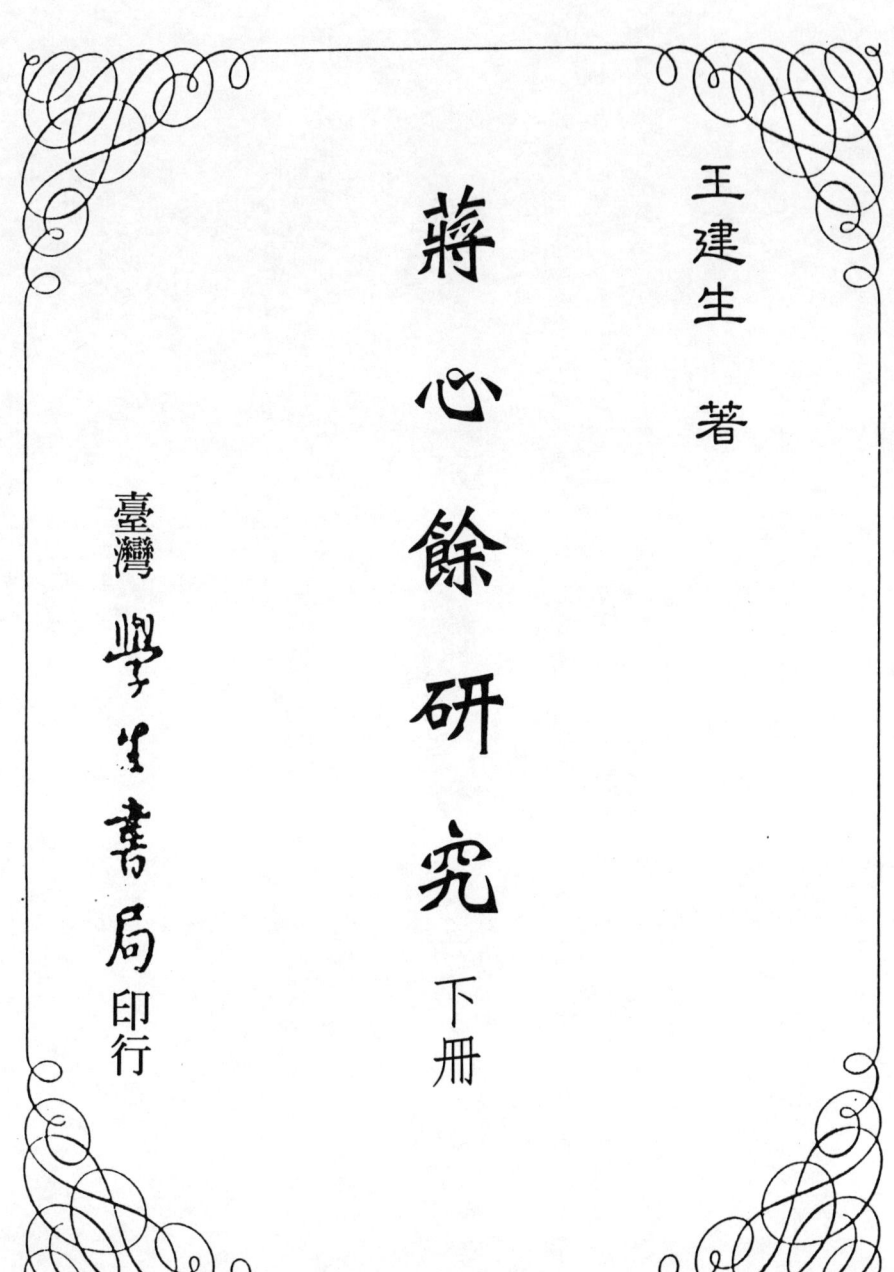

第六章　蔣心餘文學述評—詞

「詞」是唐代新興的文體，蕭師云：

詞爲中國文學中最精美之型式，蓋其體型之精約，風格之繁腴，句法之錯綜，音律之嚴細，均爲他種文體所不及。❶

而「詞」的起源，歷來異說紛紛，莫衷一是❷。其實，先從它的名稱（詞，長短句、詩餘、樂府、給予最好的詮釋。

---

❶ 蕭師幹侯（繼宗）著實用詞譜，前言，頁四六起，中華叢書委員會印行。

❷ 歷來有關詞的起源，約可歸納成：⑴源於三百篇（詩經）者，如丁澎著藥園詩話有「三百篇爲詞祖」條（該書不見傳本，引自徐釚撰詞苑叢談，頁一，仁愛書局）。⑵源於三代兩漢詩歌者，如汪森（晉賢）詞綜序所謂：古詩變而爲近體，而五七絕句，傳于伶官樂部，長短句無所依，不得不更爲詞。（詞綜，朱彝尊輯，三十八卷，中華四部備要本）。⑶源於六朝樂府者，紀昀四庫全書總目，卷一百九十八，集部，詞曲類，頁一，提要云：「三百篇變而古詩，古詩變而近體，近體變而爲詞，……究厥淵源，實亦樂府之餘音」。（藝文印書館）。又，江順詒纂輯詞學集成云：「此體製（案指：梁武帝江南弄，沈約六憶詩）似詞，乃樂府之變格，……蓋詩與詞本同一源。」（卷一頁

（續次頁）

樂章、琴趣、歌曲、樵歌、別調等）❸，包含：形式上（長短句），文體上（詩餘、別調），音樂上（樂章、琴趣、樂府等）諸多意義。換言之，要追溯詞的起源，則須留意音樂、文體、形式上的演變。

---

❷ 六，收在唐圭璋主編詞話叢編，廣文書局）。⑷源於隋朝者，如王灼碧雞漫志云：「隋以來今之所謂曲子者漸興，至唐稍盛，……古歌變爲古樂府，古樂府變爲今曲子，其本一也。」（卷一頁一，唐圭璋詞話叢書，廣文書局）。又，唐圭璋論「詞的起源」亦順王灼之意。（該文：歷代詞學研究述略，頁八一二，收在唐圭璋著詞學論叢，宏業書局印行）。⑸源於唐朝者，如宋翔鳳樂府餘叢云：「謂之詩餘，以詞起於唐人絕句，如太白之清平調，即以被之樂府，太白憶秦娥，菩薩蠻皆絕句之變格，爲小令之權輿。」（頁四，收在唐圭璋編詞話叢編，七，廣文書局）。（又案：李白菩薩蠻、憶秦娥，俞平伯考訂非李白所作。見於今傳李太白詞的眞僞問題，頁四六九，收在俞平伯著俞平伯詩詞曲論著，長安出版社）。又，張惠言詞選序云：「詞者，蓋出於唐之詩人，採樂府之音，以製新律，因係其詞」（張惠言著茗柯文，二編，卷上，頁二十六，商務四部叢刊正編）。又，沈修云：「詞興於唐，成於南唐，大昌於兩宋」（彊村叢書序，頁四，收在朱祖謀校輯彊村叢書，㈠，廣文書局）。又，胡適詞的起源云：「依現有的證據看來，我們很難知道有多少詞調是盛唐教坊的舊物，我們只知道憶江南、天仙子、菩薩蠻、傾盃樂等調是九世紀中葉製作的。」（收在胡適著胡適文存，第三集，頁六五〇，遠東圖書公司）。又，葉嘉瑩云：「爲什麼叫做詞呢？其實只是歌詞的意思……詞是配合這些新興的音樂的歌曲來歌唱的詞」（收在唐宋詞十七譜，頁五，桂冠圖書公司）。

❸ 詞集名稱如：珠玉詞（晏殊）、六一詞（歐陽修），以「詞」爲名。又，秦觀淮海居士長短句，辛棄疾稼軒長短句，以「長短句」爲名。又，范仲淹范文正公詩餘，許棐梅屋詩餘，以「詩餘」爲名。又，蘇軾東坡樂府，王沂孫碧山樂府，以「樂府」爲名。又，柳永樂章集，洪适盤洲樂章，以「樂章」爲名。又，歐陽修醉翁琴趣外篇，黃庭堅山谷琴趣，以「琴趣」爲名。又，王安石臨川先生歌曲，姜夔白石道人歌曲，以「歌曲」爲名。又，朱敦儒樵歌，以「樵歌」爲名，又，劉克莊後村別調，以「別調」爲名。可知，詞的異名甚多。可參龍沐勛詞體之演進，收在龍沐勛主編詞學季刊，第一卷，頁四起部分，學生書局出版。又，可參四庫全書總目，卷一百九十八，詞曲類，藝文印書館。

從音樂上說。「詞」（歌詞），屬音樂文學，沈括夢溪筆談云：「自唐天寶十三載，始詔法曲與胡部合奏，自此樂奏全失古法，以先王之樂爲雅樂，前世新聲爲清樂，合胡部者爲宴樂」❹。所言先王之樂爲「雅樂」（相對於俗樂），大多淪散消亡；前世新聲之「清樂」（如漢武帝之郊祀歌等），永嘉後，散落江左，與江南之吳歌，西曲合爲清商樂❺；而「合胡部者謂之宴樂」，即舊唐書音樂志云：「自開元以來，歌者雜用胡夷、里巷之曲」❻，宴（燕）樂所用曲子詞，胡部音樂，融在華夏曲中。任半塘教坊記箋訂云：「自隋以後，漢、魏、六朝所存之音樂，統稱曰『清商樂』，簡稱『清樂』，隋文帝認爲『華夏正聲』。唐玄宗變之，略滲胡音，而盛稱『法曲』。白居易傳曰：『法曲雖以失雅音，蓋諸夏之聲也，故歷朝行焉。』」❼，實含中外音樂交融的宴樂與清商樂二類言。雅樂淪亡後，清商以琴瑟爲主，猶有師承，然不爲時俗所重，宴（燕）樂雖分九部，除清商外，全以龜茲琵琶爲主，可見西域音樂之盛行❽。琵琶是絃樂器，共二十八調，音律多變化，

---

❹ 沈括著夢溪筆談，卷五，頁三〇，商務印書館。

❺ 郭茂倩樂府詩集，卷四十四，頁一，清商曲辭云：「清商樂，一曰清樂，清樂者，九代之遺音，其始即相和三調是也。……自晉朝播遷，其音分散……南朝文物，號爲最盛，民謠國俗，亦世有新聲。……及江南吳歌、荊楚西聲，總謂之清商樂」。（商務四部叢刊正編）。

❻ 劉昫撰舊唐書，卷三十，志第十，音樂三，頁一，藝文印書館。又，有關沈括所言「雅樂」、「清樂」、「宴樂」消長情形，葉嘉瑩著唐宋詞名家論集，論詞之起源，（亦收在繆鉞、葉嘉瑩合撰靈谿詞說，皆國文天地雜誌社出版）；張夢機著詞律探原，第二章第二節，詞體產生之音樂背景，頁六一起，文史哲出版社。所論甚詳，可參考。

❼ 崔令欽撰教坊記，任半塘箋訂，頁六〇，宏業書局。

❽ （續次頁）

可製作新樂曲。唐朝教坊（宮内設内教坊，兩京各設外教坊），可將樂曲變成詞調；「教坊曲」，唐人稱爲「豔曲」、「豔歌」；詞體盛行後，作品不再合樂，此「要眇宜修」的文體，即爲「詞」。

根據任半塘的說法，唐人伎藝，著詞（酒令中所用之歌辭），如傾杯樂、回波樂、拋毬樂等等十餘名，皆短調，又專屬酒令之用，已說明宋以後所謂「令調」或「小令」者，乃緣酒令之「令」而來。❾

次從文學的發展說。中國文學的發展，往往根源於民間，後爲君主、貴族所好、提倡，蔚成風氣，乃至極盛。詞「自開元以來，歌者雜用胡夷、里巷之曲」（舊唐書），不論胡夷，是外來樂曲，里巷是民間流行樂曲（崔令欽教坊記錄三百二十四，雜曲二百七十八，大曲四十六），當時流行華、胡交雜之新曲。詞體所繫之樂曲，既爲君主（如太宗、玄宗❿等），貴族⓫所提倡，「詞」逐漸盛於全國。

---

❽ 可參梅應運著詞調與大曲，頁十一至十二，十部伎樂器比較表，新亞研究所出版。又，該書頁十六，引唐書輿服志云：「開元來，太常樂尚胡曲，貴人御饌盡貢胡食，士女皆衣胡服。」頁十七，引元稹法曲詩云：「女爲胡服學胡妝，伎進胡音務胡樂。胡音胡騎與胡妝，五十年來競紛泊」。引王建涼州行：「城頭山雞鳴角角，洛陽家家學胡樂」。可知胡樂、胡文化風靡一時。

❾ 任半塘箋訂教坊記，弁言，頁十四，宏業書局。

❿ 歐陽修等撰新唐書，卷二十一，禮樂志，頁十三云：「（太宗時）内宴詔長孫無忌製傾盃曲，魏徵製樂社樂曲，虞世南製英雄樂曲。帝之破竇建德也，乘馬名黃驄驃，……命樂工製黃驄疊曲，四曲皆宮調也」。（藝文印書館）。又，劉昫撰舊唐書，卷二十八，志第九，音樂一，頁十四云：「玄宗又於聽政之暇，教太常樂工子弟三百人爲絲竹之戲，音響齊發，有一聲誤，玄宗必覺而正之，號爲皇帝弟子，又云梨園弟子。……玄宗又製新曲四十餘，又新製樂譜。」（藝文印書館）。

⓫ 如李賀、李益、元微之、武元衡等人詩，樂工以賂求取之，被之管弦。又如集異記載王昌齡、高適、王之渙三人旗亭畫壁事。王灼碧雞漫志，卷一，頁四，（廣文書局）言之甚詳。

且文學作品求新求變，詩經而楚辭，漢以後，五言大行，七言繼起，至於有唐詩學全盛，在此盛唐時期，詩亦由盛漸衰，燕樂之起，固然流於輕薄（豔曲），然爲浪漫文人所好，何況所言男女私情，出自天性，令人稱心快意。如溫庭筠「偷眼暗形相」（南鄉子），韋莊「陌上誰家年少足風流」（思帝鄉），以至張泌「蘭麝細香聞喘息」（浣溪沙），大膽風流，非「溫柔敦厚」、「婉轉含蓄」之詩可至者。

再從形式上說。詞淵源於近體詩。最初的時候，所謂詞（亦稱爲曲），除配樂外，它的體製是和詩完全相同（如李白清平調，劉禹錫紇那曲）。然，由詩漸變而爲「標準的詞」，須具備：全篇固定的字數，長短句、律化的平仄⑫，此與近體律紀、雜言古風、古樂府不同。

像劉長卿的謫仙怨：「晴川落日初低。惆悵孤舟解攜。鳥向平蕪遠近，人隨流水東西。白雲千里萬里，明月前溪後溪。獨恨長沙謫去，江潭春草萋萋。」原是一首六言律詩，因爲中間空一格（過片），儼然是一首詞。皇甫松的怨回紇：「白首南朝女，愁聽異域歌。收兵頡利國，飲馬胡蘆河，毳布腥膻久，穹廬歲月多。雕窠城上宿，吹笛淚滂沱。」簡直是一首五言律。由此看來，像怨回紇、謫仙怨、清平調、紇那曲一類似詩非詩的詞，是詩和詞的轉捩點。至於像張志和、張九齡的漁父，韋應物的調笑，長短句的詞已著胚胎。而中唐漸盛，王建有宮中調笑，劉禹錫有憶江南、瀟湘神。白居易有花非花、憶江南、長相思等等作品⑬。

⑫ 參王力著詩詞曲作法，第三章詞，頁五〇八，宏業書局。

⑬ 同註⑫，頁五一四至五一五。

綜合上述：形式、文學發展、音樂三者，詩至盛唐盛極，詞亦胚胎於此。早期詩人所作近體詩，樂工譜爲樂歌，詩詞不分。中唐以後，詩人漸感詩體之外，應有與詩不同的詩體，且所作律絕近體，與琵琶爲主之宴樂不協，而樂工「樂曲」音調和諧，體製新穎，乃依其節拍，創作抒情浪漫之「歌詞」。到了溫庭筠大量創作（有握蘭、金荃等集），詩和詞有明顯的區分。

復就詞學流變言。

晚唐五代，一以西蜀（趙崇祚編花間集，含溫庭筠、韋莊、牛嶠等人，作綺歌豔曲）爲中心。一以南唐爲主；南唐馮延己，開北宋一代風氣⑭；後主李煜，在開寶八年亡國後，沉痛悽涼，如「剪不斷，理還亂」（相見歡），「故國不堪回首月明中」（虞美人），「無限江山，別時容易見時難」（浪淘沙），有強烈的感染性。

北宋初期，如晏殊，歐陽修等，承五代以來詞風，即便歐陽修是位正人君子，亦多豔詞⑮。

---

⑭ 王國維著人間詞話，卷上，頁十云：「馮正中詞雖不失五代風格，而堂廡特大，開北宋一代風氣，與中後二主皆在花間範圍之外。」（台灣開明書店）。

⑮ 歐陽修豔詞，如六一詞載「長相思」：「深花枝，淺花枝，深淺花枝相並時，花枝難似伊。　玉如肌，柳如眉，愛著鵝黃金縷衣，啼粧更爲誰」（頁五）；「生查子」：「去年元夜時，花市燈如畫，月到柳梢頭，人約黃昏後。　今年元夜時，月與燈依舊，不見去年人，淚滿春衫袖」（頁八）；又，「玉樓春」：「尊前擬把歸期說，未語春容先慘咽。人生自是有情癡，此恨不關風與月。　離歌且莫翻新闋，一曲能教腸寸結，直須看盡洛城花，始共春風容易別」（頁二十二）。（以上文淵閣四庫全書本）。又如全宋詞載歐陽修「卜算子」：「極得醉中眠，迤邐翻成病。莫是前生負你來，今世裏、教孤冷。　言約全無定，是誰先薄倖，不慣孤眠慣成雙，奈奴子，心腸硬。」（頁一五三）。又，「憶秦娥」：「十五六，脫羅裳，長恁黛眉蹙，紅玉暖，入人懷，春困熟。　展香裀，帳前明畫燭。眼波長，斜浸鬢雲綠，看不足，苦殘宵，更漏促。（頁一五五）。（以上中央輿地出版社）。皆屬豔詞。

柳永、秦觀揚其波。柳七創長調，用俚俗之語寫側豔新詞，至於「有井水處，即能歌柳詞」；秦少游詞多婉約，小詞輕柔，慢詞多鋪敘。而蘇軾以詩爲詞，分離詞的音樂性，使詞有獨立文學生命，擴大題材，風格「橫放傑出」；如念奴嬌（赤壁懷古。大江東去浪淘盡……），氣勢浩大。江城子（乙卯正月二十日夜記夢。十年生死兩茫茫，……）悼念王弗，至性至情。定風波（莫聽穿林打葉聲，……）老生之詞，生發不絕。而黃庭堅，豪放高曠似東坡，風流旖旎類柳永。周邦彥精通音律，提舉大晟府，要求協律，嚴密法度，使詞體定型。沈義父樂府指迷云：「作詞當以清眞爲主，蓋清眞最爲知音」，「下字運意皆有法度」⑯。而後，南北宋之交，有女詞人李清照，早期與夫婿趙明誠生活溫馨，南渡，明誠死建康，倉皇避亂，憂患孤寂，所謂「物是人非事事休，欲語淚先流」（武陵春），「冷冷清清，悽悽慘慘戚戚」（聲聲慢），是爲悽苦心境返照矣。

南渡後，可考詞人至少二百人以上⑰。當時詞人，或有鑒於國勢險惡，詞風放達頹廢者，如：朱敦儒、范成大，作品清淡蕭疏，樂天知命。又，憂憤詞人，如陸游，「胡未滅，鬢先秋，淚空

---

⑯ 沈義父著樂府指迷，頁一，收在唐圭璋編詞話叢編，廣文書局。

⑰ 南宋詞人，據黃昇中興以來絕妙詞選（始康伯可，終洪叔璵，四部叢刊本），有八十八人；周密絕妙好詞（查爲仁、厲鶚箋，始張孝祥，終于仇遠），有一百三十二家；合許不下二百家。又，沈辰垣、王奕清御選歷代詩餘（北宋部分一三八人；南宋部分，卷一〇四，有李綱等五十六人；卷一〇五，有朱熹等六十一人；卷一〇六，有陸游等九十人；卷一〇七，有周密等一八二人），有三百九十九人。（以上皆採文淵閣四庫全書本）。又，唐圭璋兩宋詞人占籍考，（收在詞學論叢，頁五七六，宏業書局），共收兩宋詞人八七一人。胡雲翼著中國詞學史（百三十一，經世出版社）云：「詞到了南宋，發展得更有勁了，有專集流傳下來的詞人，至少有一百五十家以上」。可見盛況。

流。此生誰料，心在天山，身老滄洲」（訴衷情）。

愛國詞人岳飛滿江紅，「駕長車，踏破賀蘭山缺」，「壯志飢餐胡虜肉，笑談渴飲匈奴血」，何等氣概。集大成者爲辛棄疾，魄力之大，豪壯有過於東坡者⑱。他如姜夔詞，如「野雲孤飛，去留無迹」⑲。而史達祖、吳文英、周密等，精於造句，多作詠物。

兩宋以後，詞學中衰，金元之間，元好問爲有名。元代北詞登場，歌詞之法遂廢。有明一代，詞家不顯於世，詩文以臺閣諛詞爲主，中葉王、李之學盛行，狂易成風。白雨齋詞話云：「明代無工詞者，差強人意，不過一陳人中而已」⑳。若必多舉，如劉基、高啓、陳子龍而已矣。

詞至清代，可謂極盛㉑。其始沿明季餘習，浮麗纖巧，以花草爲宗。如吳偉業、曹溶、王士禎等是。繼則朱彝尊獨取南宋，主姜夔、張炎等。而陳維崧尚才氣，宗蘇、辛，朱爲浙西派先導，陳開派陽羨。至厲鶚，工於寄託，浙派盛於康、雍、乾三朝。嘉慶間，張惠言、周濟，以周

---

⑱ 陳廷焯白雨齋詞話，卷一頁四云：「蘇、辛並稱，兩人絕不相似。魄力之大，蘇不如辛；氣體之高，辛不逮蘇。」又，卷八頁七云：「稼軒求勝於東坡，豪壯或過之，而遜其清超，遜其忠厚。」（皆收在唐圭璋編詞話叢編，廣文書局）。

⑲ 張炎著詞源，卷下，「清空」條，頁四，廣文書局詞話叢編本。

⑳ 同註⑱，卷一頁一。

㉑ 楊家駱編清詞別集百三十四種，卷首，清代詞學之攝影（孟廉泉筆記）云：「各地詞家的統計，現在尚未成功，現在所查得的人共計是四千八百五十餘人（其中江蘇二〇〇九，浙江一二四八，安徽二〇〇，江西七一）……綜合清朝詞人約六千，恐怕還不止，來比較元、明兩代，固然多的多，即宋朝爲詞學全盛時期，也不及此數」（頁三～頁五，鼎文書局）。

邦彥爲依歸，樹立「常州派」。而折衷其間，自成一家者，前有納蘭性德，宗李後主；後有蔣春霖，盡掃葛籐，獨標風雅。以後詞家如王鵬運、鄭文焯、朱祖謀、王國維等，此其大要也。㉒

心餘處雍、乾之際，所作銅絃詞，以性情爲主，取法蘇辛，自成風格，可分成：一般應酬、詠物、寫景、言情、紀事、諧謔等類說明。

第一節 一般應酬

心餘應酬詞作，含：投贈、簡寄、慶賀、次韻、疊韻、題詞、宴飲等項。

第一目 投贈、簡寄、酬答

投贈如：「金縷曲」、春郊送客圖送陳望之歸商邱（銅絃詞，卷上，頁十七），其一云：

海內無多友。聚離蹤，黃金臺畔，一桮殘酒。南北東西廿年路。別緒千回禁受。君去

㉒ 有關詞學流變，撰者頗多。如：王易撰詞曲史（廣文書局）。吳梅著詞學通論（商務印書館）。胡雲翼著中國詞史（附詞學概要，經氏出版社）。薛礪若著宋詞通論（台灣開明書店）。盧冀野編詞曲研究（台灣中華書局）。賀光中撰論清詞（鼎文書局）。

矣，吾能歸否？明日懷人何處最。記離亭，半樹初黃柳。一展卷，一回首。君能使筆如揮帚。諒斯人，天非無意。勛名終有。卿相之榮等閒耳。何事方爲不朽？莫但學，鄒枚賦手。愛惜年華開萬卷。笑塵容，碌碌隨人後。任餘子，曳履走。

其二云：

我亦悲歌士。憶當時、青雲結客，黃沙射雉。三十行年豪氣盡，川上低徊流水。看徧了、江山如此。圓缺陰晴今古共，共達人心、那不如灰死。知我者，二三子。已曾三食神仙字。笑飢蟫、逡巡雪案。消磨敗紙。不斷車雷喧客枕。欲借杜家聾耳。更無奈，別人燕市。滿目風烟兄弟感。夕陽中、長揖分行止。都付與，畫圖裏。

「金縷曲」又名：賀新郎、賀新涼、乳燕飛、貂裘換酒，風敲竹㉓。心餘詞多長調，任意舖述。第二闋有「三十行年」、及「三食神仙」，句，知作者三十歲北京第三次落第作。第一闋，先就作者與望之（淮，貞慧曾孫）所在地黃金臺（河北大興，燕昭王爲郭隗築）言，則昭王之如此重賢才，托興甚遠。此刻，二人一栖殘酒，聚散在即，而望之將歸商邱，己則歸期未卜，別緒縈繞千回！如

㉓ 據萬樹著詞律（卷二十，頁一，廣文書局索引本），康熙御製詞譜（卷三十六，頁二十二，洪氏出版社），蕭師幹侯著實用詞譜（頁二一二，中華叢書委員會）。

柳永：「多情自古傷離別，更那堪、冷落清秋節，今宵酒醒何處？楊柳岸、曉風殘月」（雨霖鈴），一展卷，一回首，一淒咽。過片，頌揚望之之才「使筆如掃帚」，欲得卿相之榮不過等閒工夫！大丈夫當揚名後世，不止如鄒陽、枚乘能賦，且學其不苟行事（吳王劉濞有異志，即去之）。愛惜年華，讀萬卷書，心中自有主見，不必隨人之後矣。第二闋，二人同爲悲歌失路之人。憶昔三十豪壯，與望之邊地相晤，志氣相投。今已矣，川上流水，逝者如斯，江山亦如往昔。月圓月缺，人之興衰禍福，今古皆同，達人能識窮通，安命如死灰，知我心者，不過二三子。過片，已如三食神仙書之蟊（酉陽雜俎之蠹魚三食），埋首經典，功名無著。今則笑孫康映雪讀書，把歲月消磨於敗紙而已！世俗爲名爭利，借杜家（少陵之子宗武，以詩示阮兵曹事）詩名，以爲捷徑罷了。作者與望之燕市相別，（與第一闋相映），共感悽悽，夕陽中長揖拜別，將此「漸行漸遠」惆悵情懷，都付與圖畫（春郊送客圖）中。此調創自蘇軾，心餘本之㉔，而別情沉鬱婉轉。

又：「賀新涼」：送家恒軒相公侍從東巡（銅絃詞，卷上，頁二十）：

㉔ 趙舜著蔣士銓研究，頁一二〇五（收在師大國文研究所集刊，第二十號）云：「南北東西廿年路」，「廿字」（據詞律）應叶平始合。又，「卿相之榮等閒耳」，「等」自應叶平聲。又，「任餘子」，「任」字應叶平，「餘」字叶仄云云。案：此調創自蘇軾，東坡賀新郎（見龍沐勛校箋東坡樂府，卷三，頁五，商務印書館。又見於丁紹儀聽秋聲館詞話，卷十一，頁二，廣文書局詞話叢編本。），所指該處（「手弄生綃白團扇」、「穠豔一枝細看取」、「共粉淚」）平仄爲心餘所本。後人取稼軒長短句爲準（龍榆生說，見所編唐宋詞定律，頁一四四，華正書局），而以東坡所用詞平仄，「皆係偶然，不可從也」（見萬樹詞律，杜文瀾等校刊，卷二十，頁二，廣文書局）。

帝命三公從。擁朱輪、曲江風度。天然端重。問俗省方行紫塞。香案邊旁陪奉。更樂事、還同萬眾。吁咈都俞人未識。掌絲綸、帷幄推姚宋。帳殿月，外蕃共。　屬車塵裏攜雛鳳（自註：時季子實夫隨侍）。似終童、短衣繡韤，雕鞍飛控。拂袖御烟春藹藹，到處河冰回凍。聽曉角、霜天初弄。佳氣陪京雲爛漫。看龍蟠、虎踞知天縱。拜手上、岡陵頌。

蔣恒軒（溥，廷錫子），曾任職軍機處行走，太子少保，東閣大學士等要職，爲乾隆皇帝寵愛㉕。本詩爲心餘三十歲北京作。前片，言恆軒從皇帝出巡，擁朱輪華轂，如張曲江（九齡）端重風儀。至紫塞雁門，沿途百姓擺香案迎接，萬衆同呼。一般人雖不識恆軒，然其掌理天子詔命（絲綸），如唐玄宗時姚崇、宋璟相繼爲賢相，在內運籌帷幄，外與皇帝東巡，外蕃相共。過片，言恆軒帶季子實夫，似漢之終軍，短衣繡韤，神采奕奕。北地春日冰凍，霜天曉角，冷冷清清。然隨皇帝出巡，不久即將回到龍蟠虎踞，卿雲爛漫京都，書此詞呈上爲頌也。情感往復回環。

㉕ 清史稿，卷二百八十九，列傳七十六，頁一〇二五二，蔣溥本傳云：「字質甫。雍正七年，賜舉人。八年，進士，改庶吉士，直南書房，襲世職。……（乾隆）十年，授吏部侍郎，軍機處行走。十三年，擢戶部尚書，命專治部事。十五年，加太子少保。……二十四年，授東閣大學士，兼領戶部。二十六年溥病，上親臨視。及卒，復親臨奠。」（鼎文書局本）。

又：「賀新涼」：送吳蓀圃舍人返南昌（銅絃詞，卷上，頁二十四），其一云：

不是蘆中士。莫便歎、士之不遇，悲歌如此。初日年華未三十。驗取朱顏鏡裏。騎款段、暫辭燕市。草制綸扉須健筆。掞天庭、讓汝才清綺。上林樹、此枝美。　與君今世生同地。況又是、十年同舉，同心兄弟。小作升沈添悵惘，僕亦因愁幾死。纔浣卻、衫襟前淚。此事春風渾不管。記劉郎、前度傷心只。君且臥、紫薇底。

其二云：

鵲語人歸了。恰正是、高堂日永，紅樓春小。慈竹連枝添古翠，籠定椿華萱艸。共對著、芝蘭微笑。游子捧觴同上壽。願銜書、歲歲來青鳥。兒去寫、鳳銜詔。　明年買定沙棠櫂。自結束、鏡匳鍼管，詩筒茶竈。花月春江同泛泛，手訂和鳴新稿。纔疊起、相思儂懊。轉憶秋衾黃葉館。愛人呼、小宋聲音好。試訴與、可煩惱。

其三云：

側帽隨秋去。消受者、曉烟山店，夕陽紅樹。犬吠孤郵鐙一點，於此解鞍而住。是馬食、僮眠之處。料得主人清夢少。問東鄰、誰唱黃河句？盼不上，紙窗曙。　蕭蕭林莽雅無數。畫一幅、秋山行旅，亂愁堆絮。豈必飛騰感遲滯？對此本無歡趣。算一帶、荒原古戍。有我征魂拋擲下，倩歸人、尋著同他語。十年淚、雨奔注。

吳璟（蓀圃），與心餘鄉試同年，後出知象州（廣西、象），永康州（廣西、同正）。本詞爲心餘三十三歲北京作。第一闋，先以伍子胥爲楚平王追殺逃吳事，非如此、便不可歎士不遇，「起句好，難得」㉖。次言心餘與蓀圃相遇時，年未三十，鏡中朱顏可驗，此時暫辭燕都，總有一天，光耀天庭，爲上林苑待詔奇才。此寬慰語。過片，倒敍兩人關係，「生同地」、「十年同舉」、「同心兄弟」；況且，二人仕途不順，惆悵又是相同。心餘「因愁幾死」，更愁。末，賦別拭淚，蓀圃且臥紫薇（百日紅，雙關）底。沈祥龍論詞隨筆云：「詞不宜過於設色，亦不宜過於白描；設色則無骨，白描則無采」㉗，此首近之。第二闋，鵲語時，人歸了，正是高堂日長，紅樓小春，翠竹、萱艸、芝蘭，處處繽紛，舉杯上壽，自有天子傳詔，不須煩惱。下片，己（作者）決心明年南返（沙棠木，產昆崙），過詩茶閒適生活，花月春江，手訂新婚詩稿，多麼美好。此刻，我卻相思懊惱，有如「燕支黃葉落，妾望自登臺」（李白、秋思）惆悵。蓀圃如小宋（宋祁），與兄同舉，聲名好，傾訴衷情，亦可除煩惱。憧憬未來，此時則相思煎熬。第三闋，言蓀圃如北史獨孤信，側帽

㉖ 陸輔之撰詞旨，上，頁二云：「對句好可得，起句好難得」。（廣文書局詞話叢編本）。
㉗ 沈祥龍著論詞隨筆，頁四，廣文書局詞話叢編本。

風流，令人羨慕㉘；只有曉烟山店，夕陽紅樹，犬吠孤鐙等自然美景，能與相配。至於歇脚處，不知東鄰可有如王昌齡、高適、王之渙等詩人，旗亭小飲、賭唱故事（然則涼州詞，「黃河遠上白雲間」、「羌笛何須怨楊柳」，春光不到邊地，君恩難及僻里矣！）恐至天明，難有此會。則蓀圃大名，難求知音。下片，蕭蕭林莽，烏鴉無數，好一幅秋山行旅圖，只有亂愁堆絮，燕都多苦之慨。遠望歸路，荒原古戍，我亦思歸久矣，征途，或許蓀圃與己之魂魄相遇，十年之情，必可盡情傾訴！所謂「詞之言情，貴得其眞」㉙，是矣！

又：「百字令」：送徐蓋藎山宰永川（銅絃詞，卷下，頁十三），其一云：

冰銜墨綬，是蝸蚴領賜、聖恩除與。天念文翁富儒術，教種錦城花去。詩闢蠶叢，名題劍閣，官是神仙侶。川分巴字，懸門清澈如許。　好趁江水平安，樓船穩便，迎到康寧母（自註叶）。仕女搴帷父老拜。想見壺漿盈路。酒酌郫筒，魚烹丙穴，再試斑衣舞。尊前上壽，南陔笙曲全補。

㉘ 李延壽撰北史，卷六十一，列傳第四十九，獨孤信本傳，頁八云：「信美風度，雅有奇謀大略。……又，信在秦州，嘗因獵日暮，馳馬入城，其帽微側，詰旦，咸慕信而側帽焉。其爲隣境、及士庶所重如此」。（藝文印書館）。

㉙ 同㉗，頁三。

其二云：

生才之地，有相如賦艸，子雲奇字。仙吏放衙還講學，人拜南州夫子。郭繞桑麻，堂陳琴瑟，風俗歸淳美。從容爲政，平生學可行已。　可惜十上公車，兩登薦剡，纔飲巴江水。疇昔風流盛文藻，白裕烏巾名士。劍拂衡湘，氣呑雲夢，笑奪曹劉壘。登臨回首，莫提少年心事。

其三云：

兩牀絲竹，比南樓老子、興復不淺。胸次依稀海天闊，彼此低回青眼。十五年情，三千里路，室邇人非遠。范張雞黍、家庭眞意瀰滿。　此去灩澦波長。峨眉月冷，別緒何由遣？夢入渝州猿嘯苦，惆悵思君不見。兄上新銜，弟還初服，出處交相勉。宦成可待，十年歸未爲晚。

百字令，異名甚多，如念奴嬌，大江東去等是㉚。本詞爲心餘四十一歲南昌作。第三闋云「弟還

㉚ 舒夢蘭輯、韓楚原重編白香詞譜，八七「念奴嬌」（頁九四）條云：「本調異名最夥，以調都百字，故又名百字令，百字謠。以東坡詠赤壁有「大江東去」及「還酹江月」句，故又名大江東去，酹江月，赤壁詞。更有大江西去曲、壺中天、無俗念、淮甸春、湘月、大江乘等名，不暇徧考。」（世界書局本）

初服」，知作者已辭官。第一闋，上片，言徐蓋山（文弱）受聖恩，宰四川永川，如漢景帝末文翁守蜀，興文教，乃天之意。且教百姓種芙蓉如錦城㉛。自古蜀主蠶叢開國，教民蠶桑，李白蜀道難云：「蜀道之難難於上青天，蠶叢及魚鳧，開國何茫然」，可知蜀地險峻，盆地四面高山，自成天險，而川分巴字，民風淳樸，官清似神仙。下片，趁江水安流，樓船穩便，迎接康寧母親共享天倫。而永川百姓，搴帷父老拜，壺漿盈路以迎蓋山上任。郫筒當酒壺，有丙穴（在四川城口縣）嘉魚可烹，再試舞衣，尊前上壽，以爲孝子相戒養也。由別情轉至人倫教化。第二闋，上片，稱揚蜀地人才輩出，如司馬相如、揚雄等皆千古奇才，而蓋山在此仙境爲吏，公餘之暇，講堂教學，比之徐穉（孺子）。永川桑麻繞廓，琴瑟和鳴，風俗淳美，則蓋山可遂平生所學。下片，昔日意氣盛發，「劍拂衡湘，氣吞雲夢，笑奪曹劉壘」，雖經推薦，在此巴蜀，亦得傳誦其文藻，少年事、不必重提矣。第三闋，蓋山如庾亮，據胡牀觀月詠宴，興復不淺㉜，胸次開闊，並能青白眼。十五年交情，別後三千里路，盼能如張劭爲范式殺雞炊黍，久不變情。下片，此去灩澦波長，如柳永「念去去、千里煙波，暮靄沉沉楚天闊」（雨霖鈴），蜀月清冷，別緒縈繞，亦如歐陽修「別

㉛ 王奕清奉旨校刊御選歷代詩話，卷一百十三，詞話，引溫叟詞話云：「蜀主孟泉，令羅城上盡種芙蓉，盛開四十里，語左右曰：古以蜀爲錦城，今觀之，眞錦城也。嘗夜同花蕊夫人避暑摩訶池上，作玉樓春詞……」（頁三，廣文書局詞話叢編本）。

㉜ 劉義慶世說新語，卷下之上，頁四云：「庾太尉在武昌，秋夜氣佳景清，使吏殷浩、王胡之之徒，登南樓理詠，音調始遒，聞函道中有屐聲甚厲，定是庾公，俄而率左右十許人步來，諸賢欲起避之，公徐云：諸君少住，老子於此處，興復不淺。因便據胡牀，與諸人詠謔竟坐，甚得任樂。」（商務四部叢刊正編）

後不知君遠近，觸目淒涼多少悶」（玉樓春）矣！夢入渝州（巴縣），啼猿嘯苦；而兒爲新貴，相互勉力。但盼仕宦有成，十年歸、未爲晚。本詞有柳三變風味。

又如「賀新涼」：送汪劍潭學正歸揚州（銅絃詞，卷下，頁二十三）：

所事俱停妥。挂帆天、澄江如鏡，好風移舵。略現烏紗紅袖影，才異鴟夷一舸。有篷底、比肩人坐。笑對明妝琴瑟，畫秋山，兩筆青斜嚲。小姑髻，並鬖髿。心情比較來時可。到慈闈、文宛一對，金萱一朵。卻趁春來郎及第，鏡裏芙蓉阿儺。要一品、朱衣雙裹。只合移家紅軟住，待賢妻、問漏卿卿我。曳魚珮，向青瑣。

本闋當爲心餘五十三歲南昌作。兩人相識於揚州。上片，澄江如鏡，萬事已備，所欠好風亦已移舵，劍潭（端光，由安徽至江都），「烏紗紅袖」，官樣氣派，雖異於范蠡（鴟夷子皮）之才，而其浪漫生活，篷底美人理琴瑟、畫秋山，比肩笑坐，差可比擬。過片，劍潭歸至揚州，拜見慈母、文鴛、金萱作伴，趁春來及第，移家高門，只待與妻相依相偎也。

又：「滿江紅」：送程十七判官入都（銅絃詞，卷上，頁九），其一云：

短後之衣，學新婦、車中閉置。閒管領、魚龍角觝，莫非王事。鐙市畫廊圍綺閣，天街仙樂飄檐翠。有迦陵、小部奏鈞天，霓裳隊。　豪俠客，誰能似？詞賦手，難爲繼。況兼人才調，聽明絕世。天下英雄君與操，夢中蝴蝶官如戲。歲星耶、流落又人間，神仙吏。

其二云：

馬鐸郎當，南浦上、雁聲淒絕。誰與唱、窮秋一路，曉風殘月。畫壁重尋叙腳字，黃河怒卷龍門雪。憶官齋、吹徹玉笙寒，新婚別（自註：北涯方納姬，故戲之）。　英雄概，剛腸熱。兒女態，柔腸折。負綢繆小印，臂痕親齧。取瑟而歌公莫舞，以儒爲戲吾眞拙。把離愁、拋擲與江山，都休說。

又：「邁陂塘」：舟次寄別棣可、玉亭（銅絃詞，卷上，頁二十四），其一：

怪西風、聚來鴻影，又將兄弟吹散。自從雞黍登堂後，心在壽萱花畔。雅頭粲，縱不解風詩、解捧留賓案。從容一飯。有無限清言，霏霏玉屑，斜日照簾蒜。　依依處、別緒幾多零亂。津頭自上青翰。故鄉難住他鄉遠，底事雁行分斷？江南岸、和病婦慈親，思念增長歎。一條河漢。把天上星光，人間山色，隔作幾般看。

其二云：

想綺窗、琴邊書畔，離懷一樣相憶。添得鐵樓幾多話，目斷江天無極。捫胸臆，既相識如斯、不若休相識。親闈難即。但計算征途，丁寧母弟，前路愼眠食。留不住，慚愧石尤無力。去帆千片如織。秋江正可遲遲去，爭奈銅鉦催逼。緇塵域。歎釵珮衣冠、知己都難得。老天催抑。教北客來南，南人往北，又不插雙翼。

爲心餘三十二歲離開南昌北上之作。又：「金縷曲」：揖別圖送方郡丞之任粵西（銅絃詞，卷下，頁六）：

何處相思水？挂林邊、山城一角，伏波巖底。插筍牙檣分岸泊，漠漠汀唇沙觜。是送客、之圖如此。作郡幾人從此去，翦寒波、直到灕江尾。潞河景，頗相似。方干風度思量起。記曾見、南昌香令，愷之堂裏。十二年來人事改，感逝傷離而已。問司馬、鬢絲餘幾？榕樹門東支手版，憶長安、夢繞零陵矣。題畫者、共悲喜。

本詞爲心餘與方郡丞相識十二年之後，故云「十二年來人事改」，時方赴廣西任職。以上等等皆投贈之作。

簡寄之作如，「念奴嬌」：病中柬友人牡丹宴集（銅絃詞，卷上，頁二十五）：

燕支如雪，正清明天氣、催花風緊。百寶闌邊結束了，飛燕新妝嬌靚。膩臉朝酣，畫衣香染，卷起千堆錦。謫仙猶在，酒邊肯教人醒。　笑我斗帳垂烟，綠窗孤負了，箇儂春寢。國色當筵想花神，也念相如多病。庭院深深，有酒客尋芳，漫嫌官冷。斜陽來看，滿身都是花影。

爲心餘三十四歲北京作。時作者「病中」。上片，言清明時候，風吹如雪花，闌邊百寶景物妝束了，牡丹花開，如當年楊貴妃的美，李白以飛燕新妝相比㉝，細臉朝酣，彩衣染香，如卷起千堆錦鍛，光輝燦爛。似乎李白詩人亦在，可爲此吟詠。下片，笑自己小帳烟繞，孤負春日綠窗宿寢，雖有牡丹國色筵席，可惜如相如般多病。庭院深深，友人尋得花香相伴，在斜陽裏，滿身花影，莫再嫌官場冷淡。末，慰人慰己。本首略嫌力弱㉞。

酬答如：「浪淘沙」：答玉亭（銅絃詞，卷上，頁二十六），其一：

愁味比秋濃，雨滴疏桐。來書似有淚痕封，夢裏癡人爭盼醒，醒也悤悤。　聚散已

㉝ 李白清平調，其二云：「一枝紅豔露凝香，雲雨巫山枉斷腸；借問漢宮誰得似，可憐飛燕倚新粧」（見分類補注李太白詩，卷五，頁十九，商務四部叢刊正編）。

㉞ 陳廷焯白雨齋詞話，卷四，頁七云：「蔣心餘詞，氣粗力弱，每有支撐不來處，匪獨不及迦陵，亦去板橋，甚遠」（廣文書局詞話叢編本）。本首特就「力弱」處言。

朦朧。目斷賓鴻。酸酸楚楚付西風。諸想不生諸病減，心莫玲瓏。

其二：

潦草一年年，人似蠶眠。玉堂清冷興蕭然。解憶江湖飄泊苦，我亦嗁鵑。　塗抹衍波箋。短咏長篇。欲將身化嶺南船。送爾仙山樓閣上，揮手雲烟。

浪淘沙，一名賣花聲，過龍門、曲入冥、浪濤沙。分爲三體㉟，自南唐後，以李後主一體最爲盛行。然此調因兩結四字，與七字句接，遂覺萎弱㊱。本詞爲心餘三十四歲北京作。詩集卷七頁五有答玉亭詩，當爲同時作。第一闋，雨滴疏桐、愁比秋長，來書帶淚，情牽難捨，夢盼醒，醒忽忽。下片，聚散渺遠，目斷鴻雁，心中一番酸楚。或許諸事不想，可減幾分相思。第二闋，人生草草，年年空過，玉堂蕭索，有如蠶眠，我亦如啼鵑思歸矣。下片，回書短詠長篇，情思款款，欲化嶺南樓船，送君海上蓬萊，揮手雲霧烟嵐。情意深，文氣弱耳。

㉟ 萬樹詞律（卷一頁十三），云有：單調皇甫松體，二十八字；雙調有南唐李後主體，五十四字；宋祁體，亦五十四字。徐本立纂詞律拾遺（卷二頁四五三），又補杜安世二體，雙調，五十五字。（皆廣文書局本）

㊱ 此據蕭師幹侯（繼宗）實用詞譜，頁六二，（九二）浪淘沙，中華叢書委員會。

第二目　慶賀

慶賀之作如：「賀新涼」：賀友人納姬（銅絃詞，卷下，頁四）：

本是多情者。百樣爲、無情懊惱，有情牽惹。小社尋春多少恨，所事心纔輸下。容易到、好天良夜。恰是東坡嘗荔日，絳紗中、白玉膚斜亞。任鸚鵡，隔簾罵。　讀書倦後填詞罷。從此把、零愁碎苦，盡情辭謝。更有甚于眉嫵事，不但遠山新畫。須趁取、綠窗清暇，再玩愆期歸妹象，算今年、居士應同嫁。綠衣汁，向他借。

本闋應爲心餘官翰林時作。上片言心餘友人，「本是多情者」，爲情牽惹懊惱，而好天良夜，小社尋春只添恨。此刻納姬，如東坡四月十一日初食荔支：「海山仙人絳羅襦，紅紗中單白玉膚；不須更待妃子笑，風骨自是傾城姝」㊲。荔支比楊妃，「紅紗中單白玉膚」，任讓夫人嫉妬，使隔簾鸚鵡學罵。下片，讀書倦後填詞，迎娶美人後，樂甚風流眉嫵，亦得消憂除苦。上片由景而美人，下片言納姬之樂，相互連貫。

又：「水調歌頭」：壽徐丈（銅絃詞，卷下，頁五）：

㊲ 見王十朋纂集註分類東坡詩，卷十，頁十八，商務四部叢刊正編。

蚤作文中子，晚號石徂徠。閒數江東名士、弟子盡鄒枚。堂上六經諸子，杖底千巖萬壑，窗對澱湖開。梁孟笑偕老，兩拜告身來。　探龍湫，觀禹穴，問天台。更看廣陵潮勢、八月走奔雷。傳說種花仙吏，仍是趨庭學士，九載舞衣陪。宦成奉親去，雙舉介眉杯。

水調歌頭，創自隋唐，吳夢窗曰江南好，姜白石名曰花犯念奴，「歌頭」者，乃首章之一解也㊳。本闋亦當心餘居北京，官翰林後作。上片，言徐丈早歲如王通（文中子）上太平策，有救國之志，晚年如石介（徂徠）篤學有志、性行剛正，教化江東，弟子有鄒陽、枚乘之名士。授課六經諸子，課餘千巖萬壑遊，讀書閱歷兼顧。家居澱湖（江蘇崑山），夫妻如梁鴻、孟光舉案齊眉。下片，所遊龍湫（江西豐城，一說天台雁蕩）、觀禹穴（浙江會稽）、探天台，看揚州潮水、八月奔雷，極盡山川之樂，又如仙吏種花、趨庭學士，侍奉親長、平安快樂，忠孝兼備。句中文中子「文」字、閒數「數」字、江東「東」字、廣陵「陵」字、宦成「成」字，皆與萬樹詞律平仄相反。

又：「金縷曲」：翟耕野七十初度（銅絃詞，卷下，頁六）：

古處饒風雅。魯靈光、巋然一老，琴谿儒者。羅隱詩名彭澤品，文學更兼游夏。騎馬

㊳ 舒夢蘭輯、韓楚原重編白香詞譜，頁三二，引海錄碎事，世界書局。

到、廣文階下。每句濠梁羡魚樂，拂朝衣、一笑歸田也。築耕墅，結耆社。　平生游迹方笻把。到名山、捫蘿剔蘚，斷碑全寫。太白散金三十萬，元振堯夫之亞。隱德種、荃蘭梧檟。一鳳摩霄一栖竹，燦春筵、疊進長生斝。宮袍彩、御香惹。

本詞亦當心餘居北京、入官翰林後作。以魯靈光巋然獨存，壽翟耕墅（思晅）老成碩德而僅存者；以子游、子夏言其文藝學術成就。而性情豪邁如太白，羅隱詩名、淵明靖節人品。默默行善，有如荃蘭，王者之德。至於全國名山，皆遍遊也。以此慶賀耕墅長生，人生無憾。張炎詞源云：「難莫難於壽詞。倘盡言富貴、則塵俗；盡言功名、則諛佞；盡言神仙、則迂闊虛誕；當總此三者而爲之，無俗忌之辭，不失其壽，可也」[39]，本首或近之。

第二目　次韻、疊韻

詞以自然爲好，有關和韻、疊韻，詞源云：「詞不宜強和人韻，若倡者之曲韻寬平，庶可賡歌；倘韻險又爲人所先，則必牽強賡和，句意安能融貫，徒費苦思，未見有全章妥溜者」[40]。又，

[39] 張炎著詞源，卷下，頁九，廣文書局詞話叢編本。
[40] 同註[39]。

謝章鋌賭棋山莊集，詞話云：「和韻、疊韻，因難見巧，偶爲之便可，否則，恐有未造詞先造韻之嫌，且恐失卻佳興」㊶。可知此類詞作之吃力不討好也。心餘次韻詞作如：「蛺戀花」：吟鄉入使院受業於檜門先生凡廿四日，鐙窗對榻，朝夕與俱，八月初三夕，留二詞別予，明日，將出應秋試也，次韻答之（銅絃詞，卷上，頁十三），其一云：

雲路千金爭一刻。喜近秋中，黃作眉間色。底事暫離離未得。此情惟有孤鐙識。
雲錦江花豪彩織。徑寸明珠，照破秋霄黑。六月淹留因爾息。明年和爾聯風翼。

其二云：

莫數寒宵銀漏刻。秋是愁天，夜是愁人色。聚散無端誰禁得，相關豈若休相識？
滿耳西風鳴促織。莫（暮）氣深沉，星月皆昏黑。眼底征鞍何日息？不如烏鵲身生翼。

蛺（蝶）戀花，商調曲，又有：一籮金、黃金縷、鵲踏枝、鳳棲梧、卷珠簾、魚水同歡、明月生南浦等名。本闋爲心餘二十九歲八月，在山東濟南作。第一闋，先言秋試，別情依依，「黃作眉間色」，佳兆。「明珠」「照破秋霄黑」，考試當遇識者，盼明年與「爾聯風翼」，共登榜上。

㊶ 謝章鋌著賭棋山莊集，詞話一，頁五，廣文書局詞話叢編本。

第二闋，寒宵漏移、秋夜愁人，暮氣沉沉，蟋蟀入我牀下，有如十月光景。而星月昏黑，長歎人生飄泊，不知何時止息矣！（曹操短歌行云：月明星稀，烏鵲南飛；繞樹三匝，何枝可依？）矧情至於別離，哀感自至。

又：「賀新涼」：次汪劍潭韻題管平原梅花（銅絃詞，卷下，頁二十四）：

獨立空山影。認夫君、頽唐風致，峭寒心性。長劍高冠布衣叟，洗盡人間金粉。似老樹、著花齊整。四世三公好枝葉，讓先生、破屋眠欹枕。調羹信，漫催警。　雪欺霜壓能安穩。抱孤芳，儘教人看，儘教人咏。蚤放遲開隨氣候，爭甚南山北嶺。合伴我，堂東玉茗。檀板金尊歌翠羽，好些時，忘記冰天冷。不用寫、探春艇。

本闋心餘或作於汪劍潭未離南昌，蓋下片有「合伴我，堂東玉茗」句，時五十三歲。上片，就梅花「獨立空山」、「峭寒心性」言，又有屈原「高余冠之岌岌兮，長余佩之陸離」（離騷句，平原，暗指屈原字）個性，及「洗盡人間金粉」之純潔。雖「似老樹」，然著花整齊，好枝好葉，使人安恬，「夫君」、「四世三公」皆就管平原夫婿家世言。「讓先生」，言其德，則破屋眠欹枕。下片，言梅「雪欺霜壓能安穩」，不畏冰雪，且「教人看」、「教人咏」，此梅圖置堂東、與玉茗花（心餘宅內種）伴我，兼有金尊歌舞，斯則忘記天寒。此純就梅花圖點染，有味外味。

心餘疊韻詞作如：**「賀新涼」：疊韻留別紀心齋、戴匏齋**（銅絃詞，卷下，頁九）：

聽罷蘭臺鼓。信從來、銷魂惟別，黯然難語。説禮敦詩周旋久，夢繞兩公堂户。把人物、恆沙量數。只有惺惺解憐惜，是斯文、未喪天公許。識字矣、者般苦。　落紅已葬燕支土。算楊花、飄茵入溷，年年誰主？猿鶴形骸麋鹿性，未可久居亭墅。況臣是，孤生寒窶。哀哀諸公登臺省，看明時，無闕須人補。不才者，義當去。

爲心餘四十歲北京作。上片，蘭臺（紀復亨心齋，官鴻臚寺卿；戴文燈匏齋，官禮部員外郎）鼓罷，方領悟江文通「黯然銷魂者惟別而已矣」之意。心餘與心齋、匏齋二位，樂禮義敦詩書久，夢相縈迴。繼看古往今來人物如恆河無量之沙，能惺惺相憐者，惟二位，而天亦未喪斯文矣。下片，暮春北地，楊花飄蕩，已如猿鶴、麋鹿之野性，況天生寒傖，未可久居京華，將與列位臺省諸公道別矣。暗言己之不如意也。張炎云：「簸弄風月，陶寫性情，詞婉於詩」，又「景中帶情，而存騷雅」㊷，本詞言情近乎。

又：「沁園春」：疊韻留別紀心齋戴匏齋（銅絃詞，卷下，頁九）：

翰林主人、御史大夫，文章有靈。只風騷跌宕，隨時自得，神仙游戲，與物無爭，紙閣蘆簾，錦衾角枕，梁孟偏旁著豔情。房櫳悄，在琴邊酒畔，仍是書生。　鏡中遠

㊷ 同註㊴，賦情，頁七。

遠山橫。又何取偎寒軟玉屏。但填成小令，凭肩指授，歌來綺語，逐字丁寧。燕貼香懷，蘭窺好夢，蚤誕嬌兒授六經。敲詩夜，恐聰明小婢，還昵康成。

沁園，取自竇憲「沁水公主園田」。沁園春調，由蘇軾以詩句法入詞的嘗試，亦名壽星明。本闋與前首亦爲心餘四十歲北京作。上片，心餘與翰林主人、御史大夫二位道別，正所謂「世路無窮，勞生有限」，「往事千端」（東坡詞）矣。心中如國風離騷、抒懷跌宕之情，隨時自得，如神仙游戲。別後新婚，「角枕粲、錦衾爛」，梁鴻、孟光齊眉豔情，琴邊酒畔樂趣，自是人生享受。過片，妻妾鏡中畫眉，依寒偎暖；閒情填作小令，歌詠綺語，燕入香懷，與蘭夢好，何處非樂？且早生嬌兒，授以六經。或許推敲詩句時，聰明婢女，親昵鄭玄經傳，則書香片片。不作別離之苦，卻言家居之樂，此又一番技巧。

又：「賀新涼」：再疊韻柬心齋匏齋（銅絃詞，卷下，頁十）：

水鳥愁鐘鼓。問如何、猩猩鸚鵡，皆能言語。燕子顛當誰高下？一樣傍人門戶。孤雁把、更籌細數。蜂蜜蠶絲因何事？轉香丸，只有蜣蜋許。蟬吸露，太清苦。百蟲壥戶爭銜土。費商量、虎威狐假，鵲巢鳩主。蝴蜨飛飛迷香國，心死那家園墅。脫毛羽、號寒艱窶。不若蜉蝣衣裳美，海茫茫，精衛思填補。一聲鶴，渺然去。

又，「沁園春」：再疊韻柬心齋匏齋（銅絃詞，卷下，頁十）：

手斂薑芽。豈有霜毫，驅馳百靈。算鳴機組織，佳人暗解，投壺揖讓，君子閒爭。笑絕冠纓，悲橫蠟淚，悱惻纏綿共此情。誰堪語？只寒山拾得，可話無生。　華堂霧鎖烟橫。看孔雀文章列畫屏。是檐花爭笑，儘教春重，塔鈴無語，只要風寧。口莫談天，書休謁鬼，戲注孫陽相馬經。蕭蕭路，賸江關詞賦，愁煞蘭成。

二闋皆爲心餘四十歲北京作。以上等等是。陳廷焯白雨齋詞話云：「迴文、集句、疊韻之類，皆詞中下乘，有志於古者，斷不可以此眩奇；一染其習，終身不可語於大雅矣。若友朋唱和，各言性情，各出機杼可也，亦不必以疊韻爲能事」㊸，言之稍過。心餘疊韻、次韻，大抵友朋唱和，各出性情耳。

第四目　題　詞

心餘題詞詞作分：題小照、題畫、題詩詞卷子等等，玆分述如下。

先言題小照。如：「念奴嬌」：李鳳山忘機圖小影（銅絃詞，卷上，頁四）：

㊸ 陳廷焯著白雲齋詞話，卷五，頁十四，廣文書局詞話叢編本。

波平如許，記不起、涼月空江何處？抱膝船脣天澹淹，不見一枝柔艣。半臂生寒，好秋難臥，孤坐和誰語？宦情如水，此時忘卻今古。　幾人明鏡當頭？肯來消受者，雁沙鷗嶼。恰憶歸舟酒醒對，蟬鬢添衣吟苦（自註：予戊辰下策有歸舟酒醒圖）。點點江山，十年腳底，燕趙秦吳楚。滿船涼月，問君載向何所？

爲心餘二十六、七歲南昌作。上片，涼月空江，天淡波平，畫中人船頭從容抱膝，悠然自得。秋意蕭索，半臂生寒，孤坐無人語，而仕宦浮沉如水，一去不回，人生渺如滄海一粟，此時忘卻今古。先言景物空靈而忘機。下片，人能了然心境，肯消受此江山之福否？昔日下第（心餘二十四歲時），作歸舟酒醒圖，白鬢添苦，不如李鳳山之忘機也。瞬已十年，江山點點，遊遍燕趙秦吳楚地，世事不過爾爾。鳳山先生所畫滿船涼月，然則情歸何處耶？由仕宦而遊歷，而忘機，以寫李鳳山小影。

又：「水調歌頭」：鄱陽徐衡友小照（銅絃詞，卷上，頁八）：

名宦幾人了？揮手弄潺湲。百道跳珠噴雪，聲在翠筠間。試問曳裾趨走，何以科頭箕踞，落得半生閒。作達古來少，爭笑老夫頑。　官似夢，鬚如戟，鬢先斑。不記吹臺梁苑，屋後有青山。拋去朝衫手版，攜取隱囊冰簟，常侍熱全刪。古調勿復操，羣響滿前灣。

本闋亦為心餘二十六、七歲或在南昌，或在鄱陽作。由「名宦」能有幾人心胸闊達說，衡友（璣，號陶村）辭官後，「揮手弄潺湲」者。見瀑布百道流水跳珠，聲在翠竹間。試問曳長裾、寄食王侯之門，趨炎附勢，那似「科頭箕踞長松下」，落得半生閒樂趣。古來達人少，爭笑隱逸者性頑。下片，官似夢，鬚如戟，而使之老，鬢已斑矣。不記梁王吹臺（在河南開封，上有列仙吹臺，北有牧澤，梁王增築），屋後青山。但抛去朝衫，散髮扁舟，攜取隱囊冰簟，聽取前灣天籟。就水流翠筠、宏達心胸而言徐衡友也。

又，「大酺」：題葉秋塍小照（銅絃詞，卷上，頁二十一）：

有田不歸，如江水，東坡亦可憐者。邨邨啼布穀，正留犂風起，僧衣全畫。雨片如烟，鞭聲若鼓，淺瀫輕浮秧馬。踏芳塍宛轉，似丈人荷篠，樊遲學稼。把齊民要術，豳風雜詠，共老農話。　秋成看穲稏。脱青蓑、泥飲瓜棚下。更打疊、稚子候門，山妻釀酒，騎牛小結雞豚社。約投閒他日，共築箇、溪南茅舍。將桑柘、從新寫。歸田錄罷，頹然美睡籧篨，聽他香稻輕打。（自註：右畫春疇）

「大酺」，取自史記，天下歡樂、大飲酒之義㊹，唐教坊曲有大酺樂，宋詞借舊曲名倚新聲也。

㊹ 史記，卷六，秦始皇本紀，二十五年，頁九云：「五月，天下大酺」。正義云：「天下歡樂，大飲酒也。秦既平韓、趙、魏、燕、楚五國，故天下大酺也」（藝文印書館本）。亦參閱汝賢纂述詞牌彙釋，頁三四，台北市龍泉街新臨五號之一號二樓二〇三室發行。

本闋及下面幾闋題葉秋塍小照，或爲三十一歲南昌作。上片，先言東坡取陶淵明歸去來兮辭，寫「稍遍」詞，及歸去來集字詩，以爲有田當歸耕。次言春景，邨邨布穀啼，雨片如烟，正待犂田，鞭牛聲起，淺水浮秧馬（農具，田家蒔秧所用），田疇美好無限。而已似子路遇丈人荷篠，被責備成「四體不勤，五穀不分」，亦如樊遲請學稼，正把賈思勰齊民要術翻讀，以爲耕農民事，雜詠詩經豳風，述后稷公劉之化，言稼穡勤勞之事。下片，「轉頭穲稏秋風黃」，秋成看稻（穲稏），脫去青蓑，瓜棚泥飲，稚子打疊收拾、候門，山妻釀酒，騎牛結社，投閒相約，共話桑柘，如歐陽修撰寫歸田錄，記憶朝廷舊事，頹然而臥，聽取香稻輕打。沈祥龍、論詞隨筆云：「詞以自然爲尙，自然者不雕琢、不假借、不著色相、不落言詮也」，又云：「寫景貴淡遠有神，勿墮而奇險」㊺，本闋一片自然。心餘「題葉秋塍小照」尚有「十二時」詞（銅絃詞，卷上，頁二十一）：

六花堆上黃茅屋，顯出風神清皎。有玉樹、瓊枝圍繞。端不讓戴安道。蹇背銜寒，船脣忍凍，冰雪年年飽。倘相過、不厭狂奴，願作飛鴻，一試去來泥爪。　算百歲，浮名艸艸，低唱淺斟差好。糝徑縈簾，隨車逐馬，放眼成縹緲。賴遮藏闕陷，兒童何必多掃。　觸熱者、本堪絕倒。不龜手藥難討。竹挺高風，梅刪俗豔，便是山翁照。問如何不樂，潘郎鬢點華了。（自註：右畫雪窗）

㊺ 見沈祥龍著論詞隨筆，頁四及頁五，廣文書局詞話叢編本。又，心餘本闋「大酺」詞，句中「有田」田字，「東坡」坡字，「丈人」丈字，「山妻」妻字，「美睡」睡字，「香稻」稻字，皆與詞律平仄不合。

「題葉秋塍小照」，又有「邁陂塘」（銅絃詞，卷上，頁二十一），其一云：

看斯人、嶔崎歷落，不應寂寞如此。我爲壯夫君白首，相見紫薇花底。三年矣，但訴說平生、大抵勞薪耳。故鄉千里，到月白風清，酒闌鐙灺，夢斷一竿水。風濤闊，幾許躁鱗頳尾，浮沈畢竟何止？烟波著個忘機叟，鷗鷺同生懽喜。魚不餌，想得失拋空、老作天隨子。憑誰呼起？把兩鬢風塵，卅年心事，都共釣綸委。

其二云：

挂秋旻、布帆無恙，何堪相送南浦。鯉魚風起人歸也，吹動一城砧杵。津頭鼓，報水宿郵籤、紅到青楓樹。畫中延佇，問拍拍鳧鷖，船梢可肯，添我捉魚艕？思往事，曾把江山閒數，孤篷聽徧寒雨。而今尚作臨淵羡，敢與樵兄爲伍。心自語，且暫借魚蓑，笑學鐙前舞。蘆花深處，坐薛瀫湖邊，輸他征雁，共汝宿平楚。（自註：右畫垂綸二首）

等等。蕙風詞話云：「凡題詠詠作，遺詞當有分寸」㊻，題秋塍小照諸作，進退之間得宜。

㊻ 況周頤著蕙風詞話，卷五，頁二十一，世界書局詞學叢書本。

又，「臺城路」：題某小照（銅絃詞，卷上，頁二十二）：

人生失意尋常耳，那得全無飄泊。習靜緣慳，買山貲少，孤負江南邱壑。亂愁拋卻。將客裏閒身，畫中安著。琴意詩情，低徊猶可慰蕭索。　及時聊且行樂。看魚龍舞罷，海天空闊，須鬢蒼蒼，江山浩浩，容易蹉跎芒屩。考槃何處（託？）。我亦似匏瓜，偶然懸縛。聽到松風，便消魂林薄。

詞律云：「齊天樂，一百二字，又名臺城路，五福降中天，如此江山」㊼。「齊天」二字，恆用比壽；入宋，譜入樂章而爲曲名。本闋心餘或作於三十一、二歲南昌作。上片，「人生失意」本「尋常」開始，「飄泊」是自然事、既是「飄泊」，行止無定，「習靜」則「緣少（慳）」，想「買山」，又「缺錢（貲少）」，孤負江南山水美景。且拋去亂愁，羈旅閒身，作畫小照安著，並以詩、琴相伴，聊慰蕭索。下片，忽轉「及時行樂」，以慰無聊，興頭一起，看魚龍海天起舞。然，己之鬚鬢蒼蒼，江山浩渺，時光蹉跎，亦如「匏瓜徒懸」、「井渫莫食」。每聽林薄松風，徒自消魂耳。由失意、飄泊、及時行樂、暫且消憂，然鬢髮已白，徒歎匏瓜自懸，心中惆悵，由此慰人慰己。所謂「詞」是「意內言外」（張惠言說），本闋以小照寄情，言心中不如意。

㊼ 萬樹著詞律，卷十七，頁三三五，廣文書局本。

又，「水調歌頭」：崑山徐芝山小照（銅絃詞，卷上，頁二十五）：

東海不復見，世德重清門。絕代流風餘韻、披拂見遺芬。喬木廣留嘉蔭，叢桂濃堆別業，秋色正平分。倚樹讀書者，金粟是夫君。　淮海氣，書畫手，宰官身。合向木樨花畔、添寫月中人。妾本芙蓉豔豔，郎似紫薇冉冉，黃色到眉痕。衣上暗香襲，底用換鑪熏。

本闋心餘或三十四歲北京作。先用對句，東海（崑山，在江蘇、近東海）不復見此重德、書香門弟家世，頌揚其先祖流芳遺韻至今。所居喬木廣蔭、別墅叢桂，美不勝收，平分秋色風光。芝山倚桂（花黃似金，小如粟）讀書，如倚夫君。下片，芝山任宰官，詞如秦觀（淮海）婉約，兼擅書畫。如此應合丹桂、添寫月中人，並云「妾本芙蓉花，君爲百日紅（紫薇）」，以爲全景。事好眉黃，衣自襲香，不須鑪熏矣！由祖先遺德芬芳，所居美境，再言芝山本領，但求花好月圓，以成全景。

又：「摸魚兒」：張松坪荷淨納涼小照（銅絃詞，卷下，頁八）：

認田田、東西南北，碧波魚戲蓮葉。藕花亭子新涼後，一桁闌干斜摺。人影貼。唱水殿風來、香與鷗波接。暮雲千疊。想十里平山，二分明月，中有笛聲擫。　緇塵海，那見采芳菱艓。漫等手板支頰。畫樓若許人同倚，三尺碧筩應挾。冰簟闊。指明鏡中央、小夢鴛鴦愜。銀河難涉。只百頃風潭，千章夏木，都借畫屏攝。

摸魚兒，「摸魚」，即捕魚，爲宋代俚語，又稱「摸魚子」。晁無咎詞有「買陂塘，旋栽楊柳」爲起句，又稱「買陂塘」㊽、「陂塘柳」㊾。本闋爲心餘三十九歲北京作。顧光旭響泉集清溪樂府卷下、有「暗香題張五松坪編修荷靜納涼時小照」，應爲同時作。上片，引樂府詩：「江南可採蓮，蓮葉何田田，魚戲蓮葉間，魚戲蓮葉東，魚戲蓮葉西，魚戲蓮葉南，魚戲蓮葉北」㊿，言魚戲碧波蓮葉之美。天氣初涼，藕花亭子，浮橋闌干，人影相映，清新出塵。此時可詠「芙蓉不及美人妝，水殿風來珠翠香」㉛，風吹香氣、鷗波不斷，暮雲重重，正如辛棄疾所云「新恨雲山千疊」。試取張祜「十里長街市井連，月明橋上看神仙」，徐凝「天下三分明月夜，二分無賴是揚州」㉜，則松坪（垣，陝西人）寄居揚州，如處仙境。下片，凡塵污染，那覓「藻花裝小艓（舟）」，

㊽ 白香詞譜（頁九七，世界書局），以爲「買」、「邁」音諧，又作「邁陂塘」。萬樹詞律（卷十九，頁三八七，廣文書局），以「買作邁，試問陂塘如何邁法？何不通至此？」極辨作「邁陂塘」之非。又，心餘本闋，「一桁」之「桁」字，「千疊」之「千」字，采芳之「采」字、「明鏡」之「明」字，「難涉」兩字，平仄皆與詞律相反。

㊾ 沈雄撰古今詞話，卷下，頁二一，引「柳塘詞話曰：宋季高節多有作摸魚子，買陂塘、旋栽楊柳爲起句者。元時程鉅夫、盧摯亦多和之，故又名陂塘柳。」（廣文書局詞話叢編本）

㊿ 見郭茂倩編樂府詩集，卷二十六，頁九，商務四部叢刊正編。

㉛ 王昌齡西宮秋怨詩云：「芙蓉不及美人妝，水殿風來珠翠香；誰分含啼掩秋扇，空懸明月待君王」。（收在全唐詩，卷一百四十三，頁一四四五，明倫出版社）。

㉜ 張祜縱遊淮南詩，見全唐詩，卷五一一，頁五八四六；徐凝憶揚州詩，見全唐詩，卷四七四，頁五三七七。明倫出版社本。

詩情畫意之地。而貴居畫樓，若許人同倚，閒看廣闊冰簟，則如東坡「碧筩時作象鼻彎，白酒微帶荷心苦」詩句，湧出心頭。明鏡波中，見鴛鴦小夢，雖自知難渡銀河，然在荷淨閒遊美景，如杜甫所云「百頃風潭上，千章夏木清」53，全在畫屏中矣。此就前人詩詞點染「荷淨」、「小照」。

又，「賀新涼」：會稽令舒澹齋小照（銅絃詞，卷下，頁十四）：

涼意芳塘轉。渾不辨、姚山稽水，有斯池館。仙吏退公銷夏處，綠沁玉壺冰盌。儘蓮葉、田田鋪滿。待取紅妝扶翠蓋，柳腰肢，更比詩人嬾。寄此意、共香遠。　高情琴酒原疏散。是才子、風流為政，鶯花勾管。畫卷詩匳清供好，裦有蘭亭眞卷。不用覓、支頤手版。面面蓬萊圍几席，把荷花、勸引歌喉緩。加幾個，玉臺伴。

本闋或為心餘四十二歲紹興戢山書院作。上片，不似餘姚、會稽山水，此地池館芳塘，如仙吏所居，綠野濛濛。次，引王昌齡「一片冰心在玉壺」詩句，言澹齋居浙，清廉心境，亦言景物之美，情景兩得。池館蓮葉田田，菱潭落日，綠水紅妝，繁香翠蓋，令人陶醉。次，著「人人道，柳腰身」，嬾畫蛾眉美人，美人美景，斯為仙境。下片，舒澹齋（希忠，會稽令）以琴酒怡情，是風流

53 見分門集註杜工部詩，卷十，頁四，商務四部叢刊正編。杜甫原作，陪鄭廣文遊何將軍山林詩：「百頃風潭上，千章夏木清；卑枝低結子，接葉暗巢鶯。鮮鯽銀絲膾，香芹碧澗羹；翻疑柂樓底，晚飯越中行」。

才子爲政典範。鶯花、管弦、畫卷、詩囊，袖中更藏蘭亭眞稿（王羲之在會稽寫蘭亭詩集序，此見蘭亭眞相，故云眞卷），莫等「薄晚支頤坐」（白居易語），尋尋覓覓。多少蓬萊酒館，美女如李白詩：「若耶溪傍采蓮女，笑隔荷華共人語」，多情婀娜。且引歌喉，唱幾回豔情歌曲，則澹齋神仙浪漫生活，人人羡慕。

又，「燭影搖紅」：胡孝廉剪燭雙書小照（銅絃詞，卷下，頁二十）：

池館涼生，晚風吹月黃昏乍。誰拋小鏡貼鷗波？肩影羅衫亞。兩朵珊瑚筆架，對沈吟，玉纖齊下。雙聲疊韻，鸞鳳和鳴，倩他描畫。

越國江山，潞河烟景都無價。蓮花莊子且安居，過了今年夏。明歲曲江宴罷。彩豪簪、釵梁同挂。天街歸後，御燭光搖，細君歡迓。

燭影搖紅，據詞譜云：宋吳曾能改齋漫錄，王都尉詵有憶故人詞，徽宗喜其詞意，猶以不豐容宛轉爲恨，乃令大晟樂府，別撰腔，周邦彥增益其詞，而以首句爲名。一名：憶故人，歸去曲，玉耳墜金環，秋色橫空[54]。然，此調實憶故人雙疊耳[55]。本闋或心餘四十九、五十歲於揚州作。上

[54] 康熙帝御製詞譜，卷七，頁九，「燭影搖紅」條，洪氏出版社。

[55] 見蕭師幹侯（繼宗）著實用詞譜，頁一三二，（一八二）燭影搖紅，中華叢書委員會。

片，池館晚風送涼，漸黃昏，月上柳梢。窗外，鷗貼波飛，暫抛小鏡，且著「羅衫恣風引，輕帶任情搖」（吳均詩），抒浪漫情懷。面對兩朵「筆硯珊瑚架」，依雙聲疊韻，纖手玉筆，譜作鸞鳳和鳴曲。下片，居越國江山，遙想家在潞河烟景無價。江南，四面環水，荷花盛開，子（胡孝廉）且安居，過了今年夏，明年榮登進士，宴會曲江，「風搖裙珮，日照釵梁」（李百藥詩），彩豪簪上，得意非比。北京歸後，常憶御燭光搖，細數君王歡心，斯爲可樂。

又，「邁陂塘」：蔡瞻亭御小照（銅絃詞，卷下，頁八）：

寫風懷、分司御史，依依射鴨闌曲，熏鑪侍女桐陰下，添染朝衫新綠。珠幾斛，買翠鈿成雙、暖老須燕玉。畫中看足。道舞扇歌裙，不曾眞箇，新註小名錄。　人生事，大抵烟雲斷續，但須舉酒相屬。嬌兒解覓金魚珮，還乞老夫詩讀。香莽熟。待舌本迴甘、清味徐徐復。多情杜牧。休再發狂言，驚迴紅粉，笑轉紫雲目。

本闋或心餘三十九歲北京作。詩集卷十頁九有「蔡瞻亭（觀瀾）侍御以十年前不寐舊作屬和，時侍御……」應爲同時作。又，「百字令」：周虎木小照（銅絃詞，卷下，頁二十）：

燕居而坐，是力田孝弟，明經才子。九命文章憎蚤達，廿載三冬文史。四韻敲槊，萬言倚馬，捷敏誰能似？登樓入幕，書生聊復如此。　但須紅袖添香，綠衣司硯，何物誇金紫？聞道更番吟錦瑟，贏得佳人畫裏。媚矣三姝，豔哉三婦，粲者皆子美。唐書再撰，大臣將薦君起。

本闋或爲心餘四十三歲以後，浙江紹興作。又，「**金縷曲**」：**題陳玉池小照**（銅絃詞，卷下，頁二十二）：

溟涬空無際，有人受、白玻璃界，最初之氣，展放槎牙玉龍影，凍蕊疏疏纔試。只數點、心含天地。不管百花何日綻，在雪中、未問調羹事。約鴻爪，共游戲。　揚州官閣蕭然寄。任喧闐、淮南鐘鼓，竹西歌吹。夢繞林家三萬樹，香沁冷魂皆醉。爛嚼也，冰融珠碎。便欲身居水精域，講孤高、兀傲皆無謂。誰解寫、箇中意？

或爲心餘三十八歲以後在揚州作。陳玉池鴻賓，爲心餘友鴻寶弟。又，「**雙雙燕**」：**定郎小影為金棕亭作**（銅絃詞，卷下，頁二十一）：

忽然縈繞。似飛絮沾泥，落花依草。凭肩握手，著處粉圍香嫋。又浴向清華沼。學睡醒、鴛鴦偎靠。恁般匿笑迴身，背面教郎看飽。　誰遣離情相攪。要鏡裏藏春，雪中留爪。丹青現影，長貯春雲容貌。十七年來何處？怕也似，徐娘已老。賺將詞客癡魂，展卷一齊銷了。

本闋或爲心餘四十九歲主揚州安定書院作。金棕亭（兆燕）國子先生集，棕亭詞鈔，卷四，有「雙雙燕」「蔣清容補題定郎像頗有悟語次韻奉答」，爲同時作。以上等等皆題小照之詞，辭則婉麗。

次言題畫。

如「賀新涼」：**王穀原舍人青谿邀笛圖，圖為送人入蜀而作，圖中坐小亭吹笛者商寶意太守也**（銅絃詞，卷上，頁十六）：

秋在臺城路。聽吳娘、小樓低唱，蕭蕭暮雨。畫裏簾波丁字水，每憶垂楊一樹。逐落葉、隨風飄舞。南北東西行萬里，對河山、飄泊猶如故。誰耐寫、別人處。　能詩司馬吾家住（自註：寶意官西江時，假館舍間，家雨笠兄因得受業。及予自上黨歸，而司馬行矣。）。記泥牆、釵痕墨瀋，昔年曾護。不道河樓留雪爪，又惹賓鴻相訴。邀笛奏、王郎新譜。我或前身據牀客，踏荒煙、曾表桓公墓。歷寒食，又三度。（自註：桓尹墓在南昌城南，久湮水田中。庚午春，予訪得其處，作記付南昌令顧瓚園立碑表之。）

此心餘二十九歲北京作，與王穀原相會。王穀原（又曾，浙江秀水人）。商寶意（盤，會稽人）。上片，先言題畫時、地。秋尚在南京，小樓淺斟，聽「吳娘暮雨蕭蕭曲」（白居易詩）。畫裏「越障遠分丁字水」（杜牧詩），因憶及垂楊，隨風飄舞逐落葉，畫中送人入蜀，東西南北萬里飄泊，誰能寫黯然別情。下片，詩人寶意曾館余（心餘）舍，亦如東坡云：「人生到處知何似，應似飛鴻踏雪泥；泥上偶然留指爪，鴻飛那復計東西」（和子由澠池懷舊池），泥牆尚留鴻爪，人已散去。穀原作青谿邀笛圖、王郎酒酣新歌，不知己之前身是否庾信，能據胡牀登樓吟詠題詞。因憶桓尹墓，久湮水田中，作記付南昌令顧瓚園、立碑表之，不知三過寒暑矣。作此詞，或差強人意。詞意尙婉轉，亦即「意餘於辭」[56]也。

又，「賀新涼」：陳其年洗桐圖、康熙庚申夏周履坦畫（銅絃詞，卷上，頁十七）：

一丈清涼界。倚高梧、解衣盤薄，髯其堪愛。七十年來無此客，餘韻流風猶在。問何處、桐陰不改。名士從來多似鯽，讓詞人、消受雙鬟拜。可容我、取而代。　文章烟月思高會。好年華、青尊紅燭，歌容舞態。太白東坡渾未死，得此人生差快。彈指耳、時乎難再。及見古人圖畫裏，動無端、生不同時慨。口欲語、意先敗。

本闋心餘三十歲北京作。洗桐圖爲周履坦（道，吳人）繪，陳淮（其年維崧裔孫）所藏。上片，就圖畫言，一丈梧桐下，有鬚髯、解衣盤薄之人，閒倚梧桐。周履坦康熙庚申（一六八〇）作畫，至今七十年來，無此瀟灑名士，未改魏晉流風。而古來名士雖多如過江之鯽，仍令人欣羡。下片，文章烟月思高會，盼藝文合一，青杯紅燭，載歌載舞，人生樂亦無窮；似昔日太白東坡、豪情曠達。趁好年華及時行樂，否則，鼎鼎百年不過彈指，難以再得。因見畫中人物風流瀟灑，恨生不與同

[56] 沈祥龍著論詞隨筆，頁三云：「詞當意餘於辭，不可辭餘於意」。（廣文書局詞話叢編本）

時耳。就畫中名士點染，亦知心餘之崇拜其年（迦陵，淮父），承繼其雄勁之風。並非力弱。

又，「臺城路」：諸申之鏡湖嬉春圖（銅絃詞，卷上，頁十八）：

江山如此無情甚，水與春愁俱滿。深悔當時，踟躕陌上，卻任花開緩緩。東風不管，將一丈游絲，等閒吹斷。若道緣慳，悤悤怎做踏春伴？人生此恨難遣。賸垂楊一樹，雨疏烟嬾。碧漢星移，銀橋鵲去，比並天河還遠。料他憔悴。也似爾年來，鬢絲新換。贏得思量，向懊儂船慢。

「臺城路」，「齊天樂」別名。諸申之（重光，餘姚人）。本闋亦爲心餘三十歲北京作。上片，「江山如此無情甚」，就鏡湖（鑑湖，紹興縣南）景物起興，以領上闋。春水滿、愁亦隨之。由景生愁。蓋昔日田陌、草薰花開滿園，東風吹斷游絲，可以嬉春，只惜緣慳，難伴春遊。下片，與申之恨別，如歐陽修詞：「垂陽紫陌洛城東，總是當時攜手處」，「聚散苦悤悤，此恨無窮」㊼。今則雨疏烟嬾，銀河星轉，時過境移。料申之憔悴，似己之鬢絲添白，多憐多想，如「換你心爲我心」。然，只贏得船慢懊惱而已。吳衡照蓮子居詞話云：「言情之詞，必藉景色映托，迺具深宛流美之

㊼ 歐陽修浪淘沙云：「把酒祝東風，且共從容，垂楊紫陌洛城東，總是當時攜手處，遊遍芳叢。　聚散苦悤悤，此恨無窮，今年花勝去年紅，可惜明年花更好，知與誰同。」（見歐陽修著六一詞，頁三十一，商務文淵閣四庫全書）。

致」58。心餘此闋雖爲題畫之作，藉景映托，亦有深宛流美之意。又，心餘另有與此同題「洞仙歌」詞（銅絃詞，卷上，頁十八）：「春衣初試，暎湖光脈脈。記得羅衫一痕碧。正魚龍曼衍，鶯燕紛紜，原不合，悄向衆中憐惜。　已令君識面，又不關情，此境迷離信難覓。誰遣杏花媒？啾使遊蜂，勾引去、尋春油壁。不埋怨、湖山惹相思，反畫出湖山，教人思憶」59。亦由景中托情。

又，「水龍吟」：春江歸釣圖爲王蕪邨太守（銅絃詞，卷下，頁七）：

何人翦取吳淞？拖藍脫寫春江本。山眉翠展，漿牙花皺，木蘭安穩。風響菰蒲，波鳴罌盎，遠天無盡。念少年游泳，釣牀漁具，觸惹處，便難忍。　回首故園櫻筍。被東風、水鄉牽引。綠楊堤外，錫簫粥鼓，清明天近。碧澗香芹，銀刀鮮鯽，夢歸無準。問當時、漁弟樵兄，且未許，先生隱。

「水龍吟」，又名龍吟曲、小樓連苑、海天闊處、莊椿歲60。王蕪村（祖庚，江蘇松江人）。本闋爲

58 吳衡照著蓮子居詞話，卷二頁一～二，廣文書局詞話叢編本。

59 依詞律，本闋下片「已令」，「令」字；「不埋怨」，「埋」字，平仄皆相反。

60 據萬樹著詞律，卷十六，頁三二三，廣文書局。又，心餘本闋上片，「觸惹處」，與詞律「無人會」（辛棄疾詞）「平平仄」不同。以下解釋詞牌皆以詞律爲主，不贅。

心餘三十七歲北京作。金德瑛詩存亦有題蕉村春江歸釣圖。上片，先取蕉村生長地云，何人翦取吳淞為春江歸釣圖本。續言圖中風景，遠處山眉翠綠，近處江上木蘭舟過，波鳴罌瓶，水天無盡，視界渺渺。因思少年游泳、垂釣，觸憶往事，歡樂難再。下片，回首三月東風，吹拂水鄉故園櫻桃筍子，綠楊堤外，笛（錫簫，賣餳者所吹之笛）與木魚（粥鼓）聲不斷，知清明近矣。春天山澗香芹，刀切鮮鯽，觸目江南美味，好夢難圓，歸期無準。畫作歸釣，蕉村實應效忠國命，是漁樵弟兄未許其隱也。詞意頗圓融。心餘另首與此同題，「摸魚兒」詞（銅絃詞，卷下，頁七）云：接平泉、玻璃萬頃，舊開丞相花墅。角巾曾詠澄江練，滌淨執經堂戶。春申浦。記芳草裙腰，曬徧斜陽罟。昔游佳處。但一著低回，水邊林際，歷歷盡堪數。　曲江宴，忽漫綰人簪組。朱輪來往公府。冰銜小署詩人字，臣本張谿漁父。教畫取。畫葉葉蜻蛉，疑乃搖輕艣。待持竿縷。把卅載忘機，臨淵心事，細向惠施語。

又，「添字漁家傲」：程筠榭柘谿漁父圖（銅絃詞，卷下，頁二十），其一云：

門前百頃魚鰕國。老屋三間，收取風潭色。小作栖遲非隱客。誰拋得，五湖一片揚州白。　笑聽漁歌紗帽側。雨笠烟蓑，不是閒標格。赤壁襟懷風月笛。勞筋息，傍人漫認天隨宅。

其二云：

畫船簫鼓江南路。冉冉涼烟，恰引乘鸞霧。壁月瓊枝聯玉樹。歸來去，鴛鴦一對隨鷗鷺。　桑柘陰陰簾影護，畫裏人家，可便完婚娶。寫向經綃題好句。雲水暮，花源那計漁郎誤。

「漁家傲」，流行於北宋年間歌曲，有作「十二月鼓子詞」（上承唐人曲子的十二時歌），調始於晏殊，詞中有「神仙一曲漁家傲」61，取「漁家傲」三字作調名，六十二字。在前後片第二句各添二字，攤破作四字一句、五字一句，爲「添字漁家傲」。本闋爲心餘四十八、九歲揚州爲程筠榭（名世，江蘇江都人，有恩純堂集）圖作。金兆燕國子先生集卷四亦有「摸魚兒」，題程筠榭柘谿漁父圖。第一闋上片，先就圖繪說。門前百頃水國，老屋三間，可收取風光潭色，作者程筠榭不過在此栖止，圖外更有五湖揚州，誰抛得繁華風光。下片，笑聽漁歌，雨笠烟蓑，東坡赤壁賦，以人不過渺滄海之一粟，黃庭堅詩云：「赤壁風月笛，玉堂雲霧窓」62，草堂雲霧風月，使人筋骨休息，則野人幽棲，如天隨（陸龜蒙號，隱居松江甫里）舊宅，樂亦無窮。第二闋，上片，江南畫舫，

---

61 晏殊漁家傲云：「畫鼓聲中昏又曉，時光只解催人老。求得淺歡風日好。齊揭調，神仙一曲漁家傲。　綠水悠悠天杳杳，浮生豈得長年少。莫惜醉來開口笑。須信道，人間萬事何時了」。（收在全宋詞，頁一〇〇，中央輿地出版）。

62 見黃庭堅著山谷詩內集，（任淵等注），卷五，頁五（總頁三五八），「子瞻詩句妙一世，乃云效庭堅體……」云：「我詩如曹鄶，淺陋不成邦；公如大國楚，吞五湖三江。赤壁風月笛，玉堂雲霧窻；句法提一律，堅城受我降。……」（學海出版社）

傳來簫鼓棹歌，遠處冉冉涼烟，恰引乘鸞，天上璧月玉枝相聯，如此美景，且隨鷗鷺，鴛鴦歸去。下片，桑柘陰陰連青雲，畫裏人家，足衣食、完婚娶。輕綃題好詩，說是柘溪雲水地，如淵明桃花源，只待有心人，不許武陵漁人誤入。就圖中美景點染。

又，「四字令」：高館疏桐為王梅軒作（銅絃詞，卷下，頁二十三），其一：

修篁翠排，疏桐翠揩，滿檐天樂飛來，是琴材笛材。珍珠迸階，玻璃溜苔，白雲滿地皚皚，聽泉聲暗迴。

其二：

凭軒憶誰？凭闌待誰？幽人雅擅臨池，是羲之獻之。香絲鬢絲，簾絲釣絲，此間少住些兒，看山泉出時。

本闋高館疏桐圖爲王梅軒（登錄，河北任邱人）作。亦是題畫酬酢。

再言題詩詞卷子。

如：「賀新涼」，吳門噇水後題張吟薌詞卷（銅絃詞，卷上，頁二十）：

三爵陶然矣。君魃把、驪珠一串、納吾懷裏。醉墮寒江光滿抱，險被靈胥攫視。誰撒下、珊瑚網起？一十三行眞本在，衍波紋，皺了桃花紙。衣篝炙，自料理。　挑鐙細讀烏闌字。爲師友，行歌坐泣，纏綿若此。小雅離騷存別派，幻出情仙俠鬼。便仙鬼、也須愁死。雲錦爲裳心作翦，淺人看、但解呼才子。吾不語、悶而已。

本闋爲心餘三十歲揚州作。張吟薌約遊虎丘，失足胥門萬年橋下。上片，先就己之吳門墮水，言張吟薌（塤）猝然把驪龍之珠詞卷，納吾懷裏；己在三杯黃湯下肚樂陶陶，醉墮寒江，波光片片，險被濤神（靈胥，本指胥門萬年橋，此兼言濤神，伍子胥也）攫去，不知誰撒下珊瑚網救起。而十三行眞本詞卷尚在，在盈溢衍波中，只皺了桃花紙，詞卷經過熏衣竹籠火烤，已恢復舊日。下片，挑鐙細讀烏絲欄字，知吟薌處於師友間，作品行歌坐泣，本於眞情，句句纏綿，小雅、離騷、「怨誹不亂」、「好色不淫」外，可立別派。差役情仙俠鬼，便是仙鬼，也難與相比。其辭如「天孫爲織雲錦裳」飄逸美豔，抒以胸懷，淺人以爲才子而已，非得其心，是使吾悶耳。由上片言事，至於下片美吟薌詞卷，即唐圭璋先生所謂「上虛下實」[63]之法。

---

[63] 唐圭璋著詞學論叢，頁八三八，論詞之作法，有：「上景下情」（頁八五七起），「上情下景」、「上今下昔」、「上昔下今」、「上外下內」、「上去下來」、「上晝下夜」、「上問下答」、「上虛下實」、「上、下相連」、「上、下不連」、「上、下相反」等方法。（宏業書局本）

又，「賀新涼」，袁子才前輩郵駢句數百言訂交，題詞奉報（銅絃詞，卷上，頁二十）：

記向秦淮水。問何人、小樓吹笛，勸人愁死。雨皺嵐皴多偃蹇，我與蔣山相似。白下柳、又添顦顇。卻到江山奇絕處，遇雙鬟、都唱袁才子。情至者，竟如此！　羅衫團扇傳名字。比風流、淮南書記，蘇州刺史。常聽東華故人說，腸斷江南花底。何苦較、天都人世。樓閣虛無平等看，謫塵寰，終是神仙耳。花落恨，莫提起。

本闋爲心餘三十一歲南昌作。時告假南歸。心餘與子才相交事，前多言之。又袁子才與蔣苕生書云：「昔柯亭之竹，非呈響於蔡邕；鹿盧之劍，豈矜奇於秦女。……客歲稅駕廣陵，見足下壁上詩，烟墨猶溼，素塵將掩。僕手拂口吟，色然心駭。絃歌應節，流水可以移情；同堂異鄉，停雲因而增慨。字尾書苕生二字，嘻，江上丈人，澤邊漁父，伊可懷也。……愛而不見，於今三年。幸安亭公子，紆轡白下，道足下居洪都之地，爲舍人之官，其才藻耀，其人玉立，然後知足下國之良也，民之秀也。欽遲者方望若歲，馳譽者久癲若雷，雖然九州大矣，人才衆矣，僕蠖伏江表，足下鳳鳴神都。僕知君，君寧知僕哉。……」64，訂交駢句全文五百多字，言子才見心餘題壁詩，仰慕之至。心餘題此「賀新涼」詞以報。上片，由秦淮小樓吹笛起興，「類離鯤之孤鳴，起嫠婦

64 袁枚著小倉山房外集，卷四，與蔣苕生書，頁三起，隨園三十六種本。

之哀泣」，已與蔣山相似，「雨皺嵐皴多偃蹇」。至金陵，龍盤虎踞奇絕處，所遇雙鬟，都唱袁才子詩篇，至性至情。下片，「羅衫團扇傳名字」，子才風流堪比杜牧（爲牛僧孺淮南節度使掌書記）、韋應物（蘇州），終是神仙，謫塵寰，天（子才）、人（心餘）何苦相提相較。極力褒美子才。英雄愛英雄，人才惜人才，古來莫不如此。又，心餘另首「百字令」，袁子才前輩郵駢句數百言訂交，題詞奉報（銅絃詞，卷上，頁二十一）云：「才人爲政，羨宦成三十，居然不朽。五聽參觀如善射，轉側皆能入彀。游戲奇情，循良小傳，千里傳人口。西清餘子，旁觀且袖雙手。　底事拋擲西湖，勾留南國，展放林端牖。六代青山橫淺黛，都作袁家新婦。酒客清豪，名姬窈窕，小令歌紅豆。香名豔福，幾人兼此消受。」此就子才仕宦政績，千里傳人口；去家錢塘，至金陵增闢隨園，酒客名姬，香名豔福，令人羨慕。

又，「金縷曲」，題王介子先生尺牘卷子後（銅絃詞，卷下，頁五），**三闋之一**：

念舊情無奈。追數到、徐陳應劉，一時俱在。慰喻綢繆文采麗，字字琅玕金薤。述往事、時乎難再。傾海并山爲酒肉，過屠門、想見當初快。離索感，詎能耐。　河山隔斷微塵界。誰得似，雲龍鹿豕，友羣無礙。別遠會稀何處夢？風雨雞鳴如晦。三復矣、唏噓而慨。青眼弟兄頭半白，二十年，古誼推前輩。讀此者，共生愛。

本闋應爲心餘三十三歲後作。以建安七子推譽王介子（太岳），下片敍別後相思，風雨如晦，雞鳴不已。

又，「疏影」，題吳仲圭竹譜不全卷子為張晴谿作（銅絃詞，卷下，頁二十四）：

疏枝嫩葉，放烟梢數寸，襹褷鸞羽。半幅霜縑，幾叢寒碧，知被誰家割去？一樣篔簹憐偃蹇，算仍仗、坡翁記取。認至正、己丑之年，畫日將逢端午。 想見湖州老友，偷彈斑竹上，淚痕如許。遺墨流傳，古意蕭疏，中有夜風涼雨。得酒枯腸芒角出，馬遠殘山難補，賸裹陽、半個人兒，愁煞梅花庵主。

本闋爲心餘五十四歲後作。「疏影」由姜夔詠梅65、張炎詠荷葉66，至心餘爲張晴谿（模，順天宛平人）題吳仲圭（鎮，元嘉興人，號梅花道人）竹譜詠竹，間以東坡篔簹谷詩，文湖州（同，字與可，出守湖州故名）斑竹畫。而此不全卷子，即使馬致遠才情，亦難彌合（其秋思曲，撥不斷有「青山正補牆頭缺」句）。褒美竹譜，不免殘缺之憾。

---

65 姜夔著白石道人歌曲，卷四頁四，暗香詞，小序云：「辛亥之冬，予載雪詣西湖（江蘇吳縣），止既月，援簡索句，且徵新聲，作此兩曲，石湖（范成大別業在其地，因自號石湖居士）把玩不已，使工妓隸習之，音節諧婉，乃名之曰暗香、疏影」。（商務文淵閣四庫全書）

66 張炎著山中白雲詞，卷六頁一，云：「疏影、暗香，姜白石爲梅著語，因易之曰紅情、綠意，以荷花、荷葉詠之」。（商務文淵閣四庫全書）。知長炎以暗香詠荷花，更名紅情；疏影詠荷葉，名綠意。

第五目　宴飲

心餘宴飲酬酢，如：「賀新涼」偕吳蓀圃舍人西郊踏青飲譚振之書齋（銅絃詞，卷下，頁三）：

花信風猶淺。有詩人、隔城先折，尋芳小東。東閣仙郎初下直，拉取春愁同遣。恰烟柳、麴塵初碾。行到仙源流水外，吠劉郎、忽有桃花犬。似雪夜、剡谿轉。　草堂負郭經帷卷。愛康成、聰明弟子、鳳雛聲囀。留客盤餐兼味列，供給寧嫌市遠。是眞意、觥籌繾綣。人海中間尋舊雨，儘當前、放取金尊滿。還料理、踏青眼。

吳蓀圃（璟），江西南昌人，與心餘鄉試同年，所謂「十年同舉，同心兄弟」。本闋爲心餘三十三歲後北京作。上片，風傳淡淡花信，隔城蓀圃已遣尋芳小柬，共飲譚振之書齋，比如梁何遜，開東閣招賓友賞梅，十分雅趣，可消春愁。野地烟柳，如桑葉始生，行至桃花源，引人入勝，如東漢劉晨與阮肇（剡人），採藥入天台，下山見二女，留置半年，歸時，子孫已七世矣。下片，書齋負郭，振之子弟如馬融弟子鄭玄（康成）聰明賢達，博通經典，成書甚多。主人能盡情誼，觥籌繾綣，人海中難得舊交，愛惜尊前，歸亦整理所見。褒讚得宜，進退適中。

又，「賀新涼」，陪撵石先生小飲顧晴沙侍御宅（銅絃詞，卷下，頁九）：

三落鼕鼕鼓。記今宵、十年師友，翦鐙而語。酒映須眉人歡喜，那更三星在户。薄醉也、平生堪數。廉讓泉清曾共飲，古之人，默默心相許。荼與薺，孰甘苦？ 茫茫何處吾鄉土？念江南，鶯花風月，可成賓主。介母萊妻同此願，促買半山荒墅。偕隱者、久安貧窶。仕宦人生須自量，再因循，可有絲毫補？難道是，悤悤去。

錢擇石（載，浙江秀水人），顧晴沙（光旭，無錫人）。本闋爲心餘三十九歲作。時心餘準備卜居南京。上片，五月末六月中，錢、顧、作者三人，飲顧宅翦燭談心，十年師友，杯酒須眉。此夕薄醉，堪數平生，多少曾飲廉讓之泉水，甘苦何知，爲我輩相許。下片，望眼仕宦之人，如我酒醉茫茫。此刻心念江南，鶯花風月，母親、妻子（介母，言介子推不言祿，與母隱居綿山；萊妻言老萊子妻諫夫出仕）促買南京（半山，王安石故宅，由上元縣東門至蔣山）附近荒墅，以偕隱者，久安於貧陋生活矣。仕宦人須自量，違己因循，於私於公，皆無補於事矣，此怱怱去職之故也。詞中有感於去職、仕宦之艱。

心餘又有「沁園春」詞，與此同題者，（銅絃詞，卷下，頁九），云：「歸與歸與，鍾山之英，草堂之靈。看阜屬蔣侯，小姑相倚，墩乃謝傅，介甫何爭？一片江山，六朝金粉，著我其間亦有情。無名氏，是南州孺子，東郭先生。 有時醉筆縱橫。定題徧江南溼翠屏。喜雞犬圖書，扁舟安穩，孺人稚子，壽母康寧。畫裏攜家，花時載酒，吳越風光次第經。緇塵裏，問驢車辛苦，名宦誰成。」皆辭官後，將卜居金陵之作。「醉筆縱橫」、「定題徧江南溼翠屏」，頗爲豪放。

又，「瑣窗寒」、雪朝遲、孫翰庭、徐蓋山、朱震江小飲（銅絃詞，卷上，頁四）：

滴粉搓酥，柳棉飛處，亂縈簾影。檐瓦層皴，似較昨宵寒緊。想先生、夢嘯蘇門，放衙猶擁黃紬寢。歎丞眞負汝，十八年來，一官酸冷。　哀哀，讓多少、都尉通侯，浪登臺省。悲歌何益？萬事不如狂飲。爲羣公、掃逕敲冰，滿爐柮榾煎濃茗。望詩人，乘輿而來，莫使求羊等。

又，與此同題，「萬年歡」（銅絃詞，卷上，頁四）云：

十笏荒齋，有淮南鼙鼓，謝家絲竹。煨芋醃葅，差勝朱門粱肉。隨意持螯行炙，聽攪耳、箏琶繁促。不須管、蠟淚如山，雪花堆過茅屋。　誰稱兔罝馬牧？縱諸君有恨，未多於僕。鳳泊鸞飄，那似浮屠三宿。萬事不過如是，屐幾兩，江山滿目。行樂耳，美酒羊羔，何須笑彼麤俗？

皆爲心餘二十五歲以後住南昌作。詞中所言，十八年來，「一官酸冷」，所居「十笏荒齋」，所食「煨芋醃葅」，「隨意持螯行炙」，是以「萬事不如狂飲」，「行樂耳」，亦不必如蔣詡與羊仲、求仲（漢，高士）來往。道出仕宦辛酸。另有「賀新涼」，朱震江席上醉歌（銅絃詞，卷上，頁二十六）云：「醉也看吾舌。儘人呼，說詩匡鼎，冠纓索絕。犀筋鸞刀行酒處，玉版銀絲紛切。算不若、春郊射獵。耳後弓弦餓鴟叫，解花韝、坐飲黃麞血。吹短竹，石俱裂。　偶然各問箜篌妾。游戲耳、人才好色，都無磨折。同是倪迂書畫壻，姊妹桃根桃葉。笑兒女、英雄雙接。殢酒休歌三婦豔。唱烏烏，且擊純鉤鐵。誰讓爾，朱家俠。」爲心餘三十四歲北京作。

心餘詞最爲後人稱道的是：「賀新涼」，南昌判官程十七北涯浮香精舍小飲、酒闌、口占雜紀四首，（銅絃詞，卷上，頁五）[67]，其一：

瀟灑房櫳底。展文茵、紅氍一片，秋光如水。殘月曉風多少恨。我輩鍾情而已。問低唱、淺斟何似？忍把浮名輕換了，鈍詞鋒、不過吳蒙耳。敢浪犯，將軍壘。（自註：北涯方校予新詞院本）官齋十笏堆圖史。拓軒窗、招人來坐，米家船裏。錦袋緋魚腰手版，別駕風流如此。歎海內、幾人知己。虛擲年華無寸益，戴儒冠，不合稱才子。擊碎也，烏皮几。

其二：

名宦何堪數？讓先生、風裙月扇，歌兒舞女。達者爲官游戲耳，續了袁家新譜。（自註：北涯有後西樓塡詞）誰唱得、屯田樂府？非我佳人應莫解，向花間、自點檀匡鼓。奏

[67] 陳廷焯白雨齋詞話，卷四，頁七云：「銅絃詞，惟浮香舍小飲四章，廿八歲初度兩章，爲全集完善之作。雖不免於叫囂精神，卻團聚意境，又極沉痛，可以步武板橋。」（廣文書局詞話叢編本）。

絕調、可千古。　秋宵想見文心苦。列名姬、共持椽燭，箏琶兩部。忍凍揮豪辭半臂，明月西樓纔午。儘一串、珠喉吞吐。越霰吳霜篷背飽，奈年來，王事都靡盬。藉竿木，尚能舞。

其三：

帳冷香銷夜。斷腸吟、生平一事，最傷心者。記得琉璃爲硯匣，新詠玉臺頻借。春去矣，小樓花謝。誦偈朝雲曾現影，怨東風、兩次吹蘭麝。看燕燕，香泥惹。（自註：北涯姬人趙蘭徵能詩，亡後廿餘日，八月十三夜，夫人將產。北涯時共友人露坐庭卮，見姬魂冉冉外來，入夫人臥內，遂生子，七日而殤。姬復見夢曰：本非樂生者，聊歸視家人耳。）　判官自判氤氳且。白尚書、歌塡長恨，再生緣也（自註：北涯爲姬作再生緣樂府）。世味從來皆嚼蠟。情緒偏同啖蔗。夢斷了，浮香精舍。君語如斯吾怕聽，便英雄、淚也如鉛瀉。兒女恨、那堪寫！

其四：

燭灺銅盤矣。挂絺衣、幾枝蘿薜、晚風吹起。猿笛雁聲拉雜，一帶天河斜指。論甲子、丈夫強仕。不信東方編貝穩，笑昌黎、早落期期齒。（自註：北涯年未五十，齒脫幾半）渾未免，聊復耳。　飢驅我亦愁無底。揖諸侯、人呼上客，自稱狂士。十載黃齏酸到骨，嚼出宮商角徵。豈年少、甘爲蕩子。大噱仰天天也悶，肯登堂，浪進先生履。淪落感，竟如此！

此皆爲心餘二十七歲南昌作。第一闋，先由瀟灑浮香精舍佈置，秋天景物寫起，「殘月曉風多少恨」，略如白衣卿相柳永，「未遂風雲便，爭不恣狂蕩」、「忍把浮名，換了淺斟低唱」（鶴沖天）之心境。不過，心餘自以爲「鈍詞鋒」、「吳下阿蒙（呂蒙）耳」，（自嫌），不敢與爭。過片，北涯所住官齋小，圖書滿地，因拓軒窗，招人來往，有米芾流風，善摹古本，只歎海內少知己，虛擲年華，又戴儒冠，是位不合稱才子。第二闋，名宦雖多，心餘自以不及程北涯（尚贄，桐鄉人，善音律）如袁子才風流，所作如柳屯田（永）樂府，非知己佳人莫解。過片，秋夜秉燭作詩，有名姬、箏琶爲伴，忍凍揮毫，見午夜明月淒清，思及吳越間奔波，「越霰吳霜篷背飽」、「王事靡盬」、「憂心孔疚」，心境冰冷可知，藉得竿木舞以消憂。第三闋，北涯姬人趙蘭徵產子而夭，帳冷香銷夜，最傷心，怨東風吹散蘭麝。過片，北涯爲姬作再生緣樂府，情同香山長恨。世味如嚼蠟，而情愛偏向啖蔗，便英雄遇此事，也淚如鉛瀉，夢斷精舍。末闋，猿笛雁聲，天河斜指，大夫何必強仕。東方朔傳云：「齒若編貝」，笑北涯如韓昌黎之早落齒牙。過片，心餘飢驅愁無底，自稱狂士，人呼上客，實則「十載冷齏酸到骨」，沈痛之至。嚼出人間各種高低音調。少年飄泊，笑天亦無知我者，二人在此共述淪落。團聚心境，字字淒苦、沈痛。

第二節　詠物詞

詞原於詩，唐五代早期詞作，詠物者少。至於北宋，詞漸詩化，亦得風人比興之旨❻❽，作者漸多，如：蘇軾❻❾、周邦彥等。南渡以後，蔣敦復云：「（姜）白石、（范）石湖咏梅，暗指南北議和事，及碧山（王沂孫）、草牕（周密）、玉潛（唐珏）、仁近（仇遠），諸遺民樂府補遺中，龍涎香、白蓮、蓴、蟹、蟬諸咏，皆寓其家國無窮之感，非區區賦物而已」❼⓪，言之稍過，然大體如是。若「史邦卿（達祖）之詠燕，劉龍洲（過）之詠指足，縱工摹繪，已落言詮」❼❶。

然則，詩難於詠物，詞為尤難。**張炎云：**

---

❻❽ 蔣敦復著芬陀利室詞話，卷三，頁八云：「詞原于詩，即小小咏物，亦貴得風人比興之旨。」（廣文書局詞話叢編本）。即此意。

❻❾ 葉嘉瑩著唐宋詞名家論集，論詠物詞之發展及王沂孫之詠物詞，頁四二六云：「到了北宋之世，詠物詞才逐漸得到發展，……在蘇軾的三百多首詞中，則分明標題為詠物的作品，竟有將近三十首之多，……關於此一現象之形成的因素，則第一可以說是由於蘇軾將詞『詩化』了的結果，遂使本來不具含詠物之性質的詞體，也由於『詩化』而產生了詠物的作品。其次則也因為在蘇軾的周圍，更曾經形成了一個如同建安時代的文學寫作的集團，因此蘇詞中之有較多的詠物詞的出現，便自然還有其社交性的因素。」（國文天地雜誌社出版）。

❼⓪ 同註❻❽。

❼❶ 此見謝章鋌著賭棋山莊集，詞話二，頁七，廣文書局詞話叢編本。

體認稍眞，則拘而不暢，模寫差遠，則晦而不明。要須收縱聯密，用事合題，一段意思，全在結句，斯爲絕妙。[72]

又，吳衡照蓮子居詞話云：

詠物如畫家寫意，要得生動之趣，方爲逸品。[73]

可知，詠物之作，以意爲主，由題外設想。收縱聯密，須有寄託。

心餘詠物詞可分：詠植物、詠日常用具、文具等。

詠植物如：「**蜨戀花**」、**桂樹詞**（銅絃詞，卷上，頁二十五）：

長安何處天香滿？絕好園亭，不是淮南館。獨坐圓蒲無箇伴，陌頭花謝人歸緩。

月榭風亭閒領管，賭墅羊曇，歲歲成疏嬾。讀卷拋書尋茗椀。倩誰偎得桃笙暖？

---

[72] 張炎著詞源，卷下，「詠物」條，頁五，廣文書局詞話叢編本。

[73] 吳衡照著蓮子居詞話，卷四，頁六，廣文書局詞話叢編本。

爲心餘三十四歲北京作。上片，引庾信詩「何必淮南館，淹留攀桂枝」，天香雲外飄，獨坐圓草之屋，陌頭花謝，人卻遲遲未歸。過片，閒居月榭風亭，試想謝安圍碁，賭金陵別墅、乞與外甥羊曇事（見晉書謝安本傳），興衰事不過如此。讀書飲茶，以渡春秋，漸成嬾散矣。由園亭飄桂，引至閒渡歲月之愁。

詠日常用具如：「瑣窗寒」、吳杉亭舍人席上分詠氈帷（銅絃詞，卷上，頁二十七）：

> 冷氣難侵，寒威自遠，一層遮定。森嚴堂户，終日帖然平正，笑銀鉤動搖，讓他壓住狂飆勁。配冰天雪窖，褐衣毳幕，者番相稱。 休令，孫康暎。儘簾額窗楣，霰飄霜凝。湘紈蜀錦，媿爾麄疏情性。翦青茸、懸來小門，主人疑是王子敬。鎮朝昏、不卷茶烟，香篆收藏併。

本闋爲心餘三十四歲北京。與吳杉亭寬，（別字二匏，安徽人，時爲中書舍人。詩集卷八頁十一有吳二匏（寬）舍人贈方氏墨……。）席上作。由帷（門帘）功能，在於「冷氣難侵、寒威自遠」；氈子功用，「森嚴堂戶，終日帖然平正」說起。「冰天雪窖」，則氈帳雙收。過片，帳子可以不許孫康映雪讀書，尤其湘紈蜀錦，隔離霜霰。且翦青茸爲氈，以鎭朝暮，實爲日常所貴也。此單就題意吟詠，亦有趣。

心餘詠文具如：「滿江紅」、壬午京兆闈中詠物（銅絃詞，卷上，頁二十八），詠藍筆云：

毛穎先生，新除授、蔚藍天使。青眼內、生平不識，楊朱墨氏。翠壁閒題應滅迹，綠天徧寫難尋字。草新詩、待借碧紗籠、添螺子。黛眉恨，何關爾？青衫淚，多由此。判升沉、一句辛苦，三年悲喜。疏密圈來方入彀，縱橫抹去非知己。比盧公、老臉坐中書，操生死。

本闋與下同題，詠薦條，號簿，落卷箱，供給單等皆心餘三十八歲順天鄉試闈充同考官作。本詞上片先引韓愈毛穎傳，自言襄試握藍筆，如趙甌北藍筆詩云：「欣賞情同青眼客」（詩鈔，七律一）。又以唐王播寓食揚州寺，寺僧厭怠，因題詩壁上，後，王出鎮是邦，向所題句，盡以碧紗籠之故事，言考生中有出身貧困之賢者。過片，以婦女喻考生，是否爲考官欣賞、或如白居易貶謫、淚濕青衫（琵琶行），則考官十日批閱卷子，定其三年辛勤，一生升沉矣。卷子圈多爲佳，抹去爲劣，藍筆如坐中書官，操人生死。此等詠物之作，大抵搬弄典實，耍嘴皮而已。

又，同詞調，同題，詠薦條（卷頁同右）**云：**

判姓分銜，縱五尺，二分寬窄。雕鏤出，一行細字，堪陪玉尺。左右分陳監試案，收藏不到司衡席。認經房，卷面印分明，存稽覈。天人界，鴻溝畫。雲霄路，函關隔。發軍符、好風吹送，幾行飛翮。半喜猶爭文字命，終身已注師生籍。抱遺珠、借慰老儒心，嗟何益。

「薦條」，指推薦條，上寫所薦之職位、姓名，其形制「縱五尺，二分寬」，趙甌北云：「三寸冰銜鏤刻工，卷端鈐與薦書同」（詩鈔，七律一），分列監試案上，經房卷面印分明，作爲稽覈用。過片，由此薦引，錄取與否，天人分界，如畫鴻溝，尤其仕宦途中，有函谷關口相阻，盼薦條如軍符，好風吹送，以渡關山，若抱遺珠，亦尚慰老儒之心。皆就薦條功用吟詠。

又，同詞調，同題，詠號簿（同右卷頁）云：

束筍投來，展素冊，分行羅布。指星宿、三垣列舍，各依躔度。面貌難猜鬷蔑醜，姓名那識顏標誤。待指摩、老眼認參軍，如遮霧。　白圭玷，青蠅污，兼金屑，黃沙淤。自披尋、斜斜整整，蟲魚夾注。愛者兼存題品字，棄之還載瑕疵句。此文昌、祿籍更分明，堪憑據。

上片，送來幾束試卷，分行羅佈，人才如天上三垣（太微、紫微、天市）二十八宿運行，各有安處，此從好處說。趙甌北號簿云：「不論工拙總須開，一例登收待別裁；先後就編魚入貫，妍媸未判鬼投胎」（詩鈔，七律一），則兼好壞。考生中，或面醜如鬷蔑（春秋時鄭大夫，字然明，貌醜而賢），或姓名如顏標（唐鄭薰主試，誤以顏眞卿後，取標爲狀元，爲舉子所嘲），或取俳優官員，無由判斷，各憑運氣。過片，不論白圭有瑕、讒言污辱、考官於淤泥揀金。至於被棄之卷，還載瑕疵句。亦無聊之作。

又，同詞調，同題，詠落卷箱（同右，頁二十九）云：

經笥便便，知不等，巾箱儲蘊。歎燕石、豐年難售，匧中重韞。趙括殘兵同一泣，田橫義士都相殉。待求他、藥籠貯黃楊，偏逢閏。 冬烘冊、陳年券。魚豕字、尖叉韻。向此中、沉淪苦海，地天俱悶。躍冶豈無干鏌寶？藏鋒偶作鉛刀鈍。祝他年、拔宅共飛昇，休長困。

清代考試，定制慮有屈才，主考應搜閱各房未薦之落卷。雍正元年順天榜後，命大學士王頊齡同南書房翰林撿閱落卷中二人，是年會試覆檢如前，中落卷七十八人，二年中七十七年，乾隆元年中三十八人⑭。可知，試卷而入「落卷箱」者，實有不幸者。心餘本闋上片，言經箱便便，內有不等人材。落卷者，自歎如宋之愚人，得燕石，人以爲瓦甓，己則以爲天寶，藏之愈固。又如趙括將兵，以爲天莫之能當，而爲秦國白起大破且殺之。再如田橫投高祖途中，羞愧自殺，亡海島五百餘人，甘同相殉。眞如趙甌北所云：「沉命法嚴難自訴」。命同黃楊，遇閏反退。過片，冬烘冊子，陳年卷子，魚豕之誤、尖叉字爲韻，共沈「落卷箱」。雖有藏鋒之劍，成爲鉛刀矣！此後天地同悶，盼他年，一舉驚人，全家成仙，不必久困科場。全省就不幸淪「落卷箱」士子抱屈，未轉爲祝福。

⑭ 參商衍鎏著清代科舉考試述錄，第二章，頁七十三，河洛圖書出版社。

又，同詞調，同題，詠供給單（同右卷頁）云：

比並堂餐，計日進，紅箋一紙。十八品、盤中餖飣，米鹽羊豕。魚鈌寧生馮鋏歎，蔬多恰稱樊遲鄙。大官廚、日費萬千錢，如斯耳。　饕餮客，心何喜？瞢騰僕，飽欲死。尋思到、小人有母，尚無甘旨。減食聊存啜菽念，斷葷竊養齋居志。笑先生、果腹不多時，瓜期矣。

供給單，紅箋一紙，各種餖飣小餅，米塩羊豕魚蔬全包，日費萬千錢。過片，饕餮貪婪客，如此花錢，何喜之有？不過飽食瞢騰不清之僕而已。尋思母親尚無甘旨，不禁憂從中來，減食聊存啜菽飲水之孝，斷葷以養澹泊之志。末，擬人寫法，笑作者果腹之日不多，不過瓜代之期。上片，引馮諼彈鋏唱歌，曹劌論戰（左傳莊公以肉食者者鄙，心餘以樊遲鄙，恐誤），以增趣味。然大體無聊之作。

第三節　題畫詞

題畫詞，由北宋吳師孟、蘇軾、秦觀，以詞為詩後，漸盛。作家如：周純、張元幹、高觀國、吳文英、劉辰翁、周密、張炎[75]等等，尤以張炎作品最多。至清代，若：陸世儀、顧景星、何采、

[75] （請見次頁）

朱彝尊、趙執信、邊壽民、王又曾、王昶⑯等等，題畫詞已成風氣。心餘題畫詞頗多，內容分成：人物、懷人、生活休閒、園林、舟行、山水、禽鳥、自題小照等等。

---

⑮ 壁上作畫，一九七六年春，山東省嘉祥縣英山腳下發現的隋代開皇四年（五八四年）一座壁畫墓，其中便有純山水題材的畫屏，即是以水墨畫成，然後敷色渲染（見山東畫報，一九八二、一期），墓中壁畫有一幅天象圖，其中桂樹用落茄點，比畫史所載米芾的「落茄點」早創六百多年。……文人畫這些畫也許正來自民間畫工的啓示（見陳傳席著六朝畫論研究，頁二九七，台灣學生書局）。又據全宋詞所載，有題畫作品之作家如，全宋詞冊一的：吳師孟、臨江仙（題清溪圖，頁二〇九）；蘇軾、蘇幕遮（詠選仙圖，頁三〇一）；秦觀、釵頭鳳（題二喬觀書圖，頁四七七）；仲殊、點絳脣（題雪中梅，頁五四四），減字木蘭花（李公麟山陰圖，頁五五一）；晁補之、滿庭芳（用東坡韻題自畫蓮社圖，頁五六四）。全宋詞冊二的：周純、驀山溪（墨梅，頁六九九），滿庭霜（墨梅，頁六九九），菩薩蠻（題梅扇，頁七〇〇）；蔡伸、踏莎行（題團扇，頁一〇一九）；張元幹，念奴嬌（題徐明叔海月吟笛圖，頁一〇七五），漁家傲（題玄眞子圖，頁一〇九〇）。全宋詞冊三的：趙彥端、浣溪沙（題扇，頁一四五〇）；陸游、桃源憶故人（其五，題華山圖，頁一五九三）；呂勝己、好事近（和人題渭川釣魚圖韻，頁一七六一）。全宋詞冊四的：韓淲、浣溪沙（題美人畫卷，頁二二四一）；高觀國、昭君怨（題春波獨載圖，頁二三五二），杏花天（題杏花春禽扇面挂軸，頁二三五三），思佳客（題太眞出浴圖）；吳文英、蝶戀花（題華山道女扇，頁二八九三）……等等（中央輿地出版社本）。

⑯ 試取全清詞鈔（河洛圖書出版社）觀之，如：陸世儀、卜算子（題楊柳美人圖，頁二十四）；顧景星、柳梢青（題邊庭夜宴圖，頁三十三）；何采、山花子（題畫梅花，頁五十四）；朱彝尊、邁陂塘（題其年塡詞圖，頁二二二），笛家（題趙子固畫水墨水仙，頁二二三）；趙執信、蝶戀花（題畫扇贈別蕊枝，頁二三二）；邊壽民、轉應曲（自題蘆雁畫幅，頁四五一）；王又曾、齊天樂（題歙縣江雲碶杏花影裏塡詞圖……，頁四八〇）；王昶、洞仙歌（自題小照，頁四八一），好事近（題張柳洲侍御羅浮夢畫冊，頁四八一）等等。

第一目　人物

心餘題畫之作，有關人物方面，如：「百字令」、蔡文姬擘阮圖（銅絃詞，卷上，頁二），其一：

畫中人面，坐胡牀摘阮、雙雛侍側。貂帽蠻靴垂辮髮，絕代春風顏色。旃帳魂孤，兜離語異，獵騎如雲黑。閼氏年少，此時應也頭白。　當日一樣還朝，羌兒泪洒，不若蘇通國。留取餘生埋衛冢，蓬首翻求國賊。虎士如林，龍驤滿廐，都尉何恩德？那堪再誤，胡笳不用多拍。

其二云：

賜書能記，論才華，豈媿中郎之女。不放龍門成謗史，留得班昭何取。一種傷心，幾番隱恨，詩在誰憐汝？桃花廟側，試拉息嬀同語。　可惜今古佳人，泰山一死，天不尋常許。我過明妃青冢畔，著帽黃沙如雨。霜壓盤鵰，風吹病馬，出塞悲行旅。虧他銀甲，邊聲細細彈與。

此爲心餘二十幾歲南昌作。據後漢書董祀妻傳云：「陳留董祀妻者，同郡蔡邕之女也，名琰，字文姬。博學有才辯，又妙於音律。適河東衛仲道，夫亡，無子，歸寧於家。興平（漢獻帝年號，一九四—）中，天下喪亂，文姬爲胡騎所獲，沒於南匈奴左賢王。在胡中十二年，生二子。曹操素與邕善，痛其無嗣，乃遣使者以金璧贖之，而重嫁於祀。祀爲屯田都尉，犯法當死，文姬詣曹操，請之時、公卿名士及遠方使驛、坐者滿堂，操謂賓客曰：蔡伯喈女在外，今爲諸君見之。及文姬進，蓬首徒行，叩頭請罪，音辭清辯，旨甚酸哀，衆皆改容……操感其言，……操因問曰：聞夫人家先多墳籍，猶能憶識之不？文姬曰：昔亡父賜書四千許卷，流離塗炭，罔有存者，今所誦憶，裁四百餘篇耳。操曰：今當使十吏就夫人寫之。文姬曰：妾聞男女之別，禮不親授。乞給紙筆，眞草唯命，於是繕書送之，文無遺誤，後感傷亂離，追懷悲憤，作詩二章。其辭曰：漢季失權柄，董卓亂天常；志欲圖篡弒，先害諸賢良。……」⑰。心餘特就蔡文姬生平遭遇舖寫，末以楚文王滅息、得息夫人（嬀），夫人不共楚王言；王昭君（嬙）遠嫁匈奴，出塞悲旅，以喻文姬，則心中之苦不言而知。

又，「解連環」、麻姑圖（銅絃詞，卷上，頁四）：

乍離蓬島。約風裳幾褶，羽衣縹緲。負筠籃、半臂香肩，縱力不勝嬌，肯拋瑤草？塞外歸來，又一度、滄桑枯槁。綰臙支小髻，辮髮新盤，内粧偏好。破費工夫多少？看明金錯繡，一天風調。算不比、畫裏眞眞，倚三尺生綃，許人低叫。我憶餘杭，問花釀、幾人沽了。拚忍受、王遠仙鞭，一親長爪。

⑰ 范曄撰後漢書，卷八十四，列傳第七十四，董祀妻，頁十三，藝文印書館王先謙集解本。

本闋約爲心餘二十五、六歲南昌作。解連環，語出莊子：「今日適越而昔來，連環可解也」（天下篇）。此調始於柳永，原名望梅，後周邦彥詞有「縱妙手、能解連環」更名「解連環」。又，神仙傳、麻姑云：漢孝桓帝時、神仙王遠、字方平、降於蔡經家。……麻姑至，蔡經亦擧家見之，是好女子，年十八九許。於頂中作髻，餘髮垂至腰，其衣有文章而非錦綺，光綵耀目，不可名狀。……麻姑自云，持接以來，已見東海三爲桑田，向到蓬萊水淺，淺于往者，會時略半也，豈將復還爲陵陸乎？……。又，麻姑鳥爪，蔡經見之，心中念言，背大癢時，得此爪以爬背當佳。方平已知經心中所念，即使人牽經鞭之，謂曰：麻姑神人也，汝何思謂爪可以爬背耶[78]？心餘本詞就神仙傳所云麻姑事說解。

又，「賀新涼」，宗芥帆惜花起蚤圖（銅絃詞，卷下，頁十五）：

春色濃于酒。好園林、曦輪未起，曙光纔透。萬物之初朝氣在，況值羣芳如繡。喚起起、畫樓開牖。不待雞鳴吟戒旦，試仙郎、滴露搓酥手。現一對，花間友。

生香豔豔交花叉。免春愁、鏡中眉黛，陌頭楊柳。恰趁曉妝勻膩臉，珠蕊笑開檀口。儘讓與、閒時消受。他日官人頻問夜，整朝衣、侍史熏香候。花殿瑣，數聲漏。

---

[78] 葛洪著神仙傳，卷七，麻姑，頁十八，收在新興書局出版筆記小說大觀，四編。

本詞爲心餘四十三歲以後紹興蕺山書院作。宗芥帆（聖垣，會稽人），詩集卷十七頁八有兩閒人圖爲宗芥帆、童二樹作。知心餘與芥帆相識於乾隆三十二年（心餘四十三歲）。詞意就春之晨，如：園林、曙光、朝氣、羣芳香豔等點染；及於曉妝、朝衣等事。

又，「探春慢」、同老圖（銅絃詞，卷下，頁二十一）：

桐帽棕鞋，谿翁園叟，六枝靈壽藤穩。臨水登山，尋花踏月，鶴鹿銜芝相引。共說昇平事，同看徧、晚菘朝槿。喜無雜姓幽栖，敢說一家肥遯。　正德年間諸老，算比並前賢，後先招隱。宗法家規，衣冠禮讓，伯仲兒孫相準。耆舊黃山錄，羨遺韻、風流未盡。入畫鬚眉，儘人摹作眞本。

探春慢，原名「探春」，詠初春風景，或詠梅花，故名。又，「同老」聚會，唐、白居易居洛，與高年者八人遊，稱九老會。宗神宗元豐五年，文潞公（彥博）守洛，與司馬光等十三人爲耆英會[79]。以後，李昉罷相後，欲繼白居易九老會，蜀寇起而罷[80]。有清，吳偉業有「畫中九友歌」[81]，

---

[79] 見沈括著夢溪筆談，卷九，頁六十，商務印書館本。

[80] 見洪邁著容齋隨筆，四筆，卷十二，至道九老，頁七五八，大立出版社。

[81] 見吳偉業著梅村家藏藁，卷十一頁四，商務四部叢刊。又，商務印書館出版吳湖帆收藏之吳梅村畫中九友畫箋。

心餘約四十九歲揚州塡此詞，接踵其後。

第二目　別友、懷人

別友如：「醉蓬萊」、秋江別友圖（銅絃詞，卷上，頁十五）：

向空濛無際，一片江山，艣聲難住。飄泊何爲？與年光來去。去國心情，送人滋味，記銷魂何處。對此茫茫，最無聊賴，一園秋樹。　我似垂楊，管人離別，不堪回憶，瀟湘如許。乍醒三眠，又身隨風絮。鬢上塵堆，襟邊酒暈，歎朱顏非故。我欲無言，仗他哀雁，替人分訴。

醉蓬萊，爲柳永所作宮詞。心餘本詞爲三十歲南昌作。由秋江起興，去國心情，送人滋味，令人銷魂黯然！下片，已若垂楊，專管送別，身如飛絮，往者不堪回憶。歎年光去來，朱顏已改，天上鴻雁、哀哀之音，如分訴作者心情。詞中情景交融。

懷人如「邁陂塘」、鍾叔梧秋水懷人圖（銅絃詞，卷上，頁二十二）：

劃人間，東西南北，無情最是秋水。水與秋光較深淺，不敵相思無底。愁欲死。怨海內知音，不合相知耳。離懷若此。誰耐得星星，夕陽紅樹，幾箇雁聲裏？　記前歲，同在京華懷爾。爾懷又復相似。自北而南魂黯黯，我是畫中汀沚。三千里。待隨著檣烏，轉擲風帆尾。慰君何以？願橫鏟遙山，塡平巨浸，縮地共歡喜。

本闋爲心餘三十二歲南昌作。邁陂塘即摸魚兒。上片，秋水分隔人之東西南北，故曰最是無情，只有別愁無底，在夕陽雁聲中，愁欲死。下片，在京華兩地相思，黯然銷魂。心中渴望，如檣烏盼棲汀沚，果能鏟平遙山，塡平大水，如費長房有縮地之術，則爲大歡喜，不必相思苦。由秋水起興，就圖點染，旨在懷人。

第三目　生活休閒

題畫作品，有關生活休閒者，如：「賀新涼」、藕塘銷夏圖（銅絃詞，卷上，頁三）：

不記來時路。認分明，風亭月榭，此中堪住。擎出龍宮珠一串，幾點露盤涼雨。秋到了，兩行疏樹。一桁簾波湘水碧，約新涼、小伴知何處？無一點、人間暑。　紅妝翠袖眞容與。好園林、清虛樓閣，臥游應許。只有清風生畫壁，莫使客餐寒具。高唱也、名花解語。明月欲來香在水，聽新蟬、送下斜暉去。試共把、荷錢數。

本闋約在心餘二十五、六歲南昌作。先由秋景「風亭月榭」，擎出疏樹露盤、龍珠涼雨。過片，藕塘四周，園林樓閣，夕陽新蟬，聲色俱佳，其中紅妝翠袖，清風拂圖，足以銷夏矣。

又，「百字令」，家（蔣）戟門員外蓮塘銷夏圖（銅絃詞，卷上，頁十八）：

水精之域，現如來一丈，青蓮花界。嬾角簪裙河朔飲，水枕風船俱在。公子風標，麗人顏色，恰與仙郎對，十分消受，世間殘暑無奈。　轉憶僕射陂前，綠楊千縷，淺瀫如羅帶。展放天機雲錦段，擁出紅粧翠蓋。廿載飄蓬、更番觸熱、閑置車箱隘。清涼如許、船唇著我差快。

其二：

古來銷夏，有玉簫金管，木蘭之枻。柳嶼花汀隨處有，只有閒人難得。麴院三秋，鑑湖五月，越女無雙白。婀娜碧玉，不妨添寫身側。　君有鷗鷺奇姿，神仙逸氣，新注金門籍。那得科頭箕踞坐，不向瀛洲太液。粉署含香，黃扉直夜，同是東華客。何年買棹，弟兄花裏浮拍。

心餘三十歲應蔣溥之聘，因與其子戟門（賜棨）交往，本詞作於此時。第一闋，先就蓮塘水域、風吹帆船，蓮塘中鷺（公子風標）、荷（麗人顏色），正如畫中人仙骨。過片，陂前綠楊千縷，圍住紅粧翠蓋，如許清涼，小船著我，快哉如大王之雄風。銷夏之意自在其中。第二闋，「五月鑑湖」，言作者所在時與地，越女肌膚若冰雪、婀娜碧玉，令人欲置側室。過片，戟門先生如鷗鷺英姿、神仙逸氣、待詔金馬門之才，那有不仕閒坐之時？所居官署含香，同僚皆同爲仙人，而不知何年，買棹與弟兄共樂。由銷夏轉至戟門才華，相與之樂。

又，「酹江月」，題歸舟醉吟圖（銅絃詞，卷下，頁二），**其一云：**

載書一艇，似乘興而來，興盡而返。回憶出門西向笑，此意頓成疏懶。徧友時賢，細參世味，兩鬢緇塵滿。長卿倦矣，雲山是爾歸伴。　去年燕市相逢，九門風雪，酒罷眠孤館。折到旗亭烟外柳，小別也堪腸斷。初日年華，謫仙標格，天未容蕭散。冷吟閒醉，放君暫作嵇阮。

其二云：

布帆無恙，是獨往獨來、不同飄泊。越鳥尋巢歸翼健，送喜聲傳乾鵲。辟蠹香濃，浮蛆甕滿，竟把虛舟縛。無心出岫，依然去臥巖壑。　憶我當日歸舟，也曾畫取，白舫青油幕。不道十年成罪案，人罵樊川輕薄。事等烟雲，君攜圖史，檢點波濤惡。時來風送，明年還到京雒。

本詞爲心餘落第作歸舟酒醒圖（二十四歲）後十年，故云「也曾畫取」，「不道十年成罪案」，知約作於三十四歲時。第一闋，心餘自言載書去來，憶昔日出門滿懷希望、求賢訪友、及細參世味、已成疎懶，今兩鬢多塵、仕途已倦，歸伴雲山。過片，二人（與作畫者）去年北京相逢，正值大風雪，酒罷孤眠，旗亭烟柳，少別斷腸。畫者不過初日年紀、青春年華，有李白謫仙之才，不合於時，暫作嵇（康）、阮（籍）醉吟。第二闋，乘舟獨來獨往，二人此刻同臥巖壑，看雲無心出岫，不同飄泊。已如越鳥尋巢，盼友人有喜事相傳。過片，憶當日落第（乾隆十三年）歸舟，曾畫歸舟酒醒圖，已十年矣。從前種種如杜牧輕薄，不過春夢雲烟，盼明年回京，謹愼前程耳。由歸舟、醉吟，而勗勉。

又，「水調歌頭」，自題歸舟安穩圖（銅絃詞，卷下，頁十一）：

緩緩弄春水，未是急流中。舟比退飛六鷁，那要滿帆風。畫裏谿山不改，鏡裏須眉可笑，骨相老詩翁。瀟灑一官足，磊落半生窮。　母康寧，妻婉娩，子童蒙。去揀江山佳處，小築百花叢。醒則奉觴上壽，醉則關門熟睡，舊事海天空。勿以悠悠說，亂我讀書胸。

本闋心餘三十九歲歸舟作。由春水緩緩起興，雖未遇急流，而舟如遇疾風退飛（六鷁退飛，語出春秋）。所畫歸舟安穩圖，谿山依舊，而鏡裏鬚眉不同往昔，命定爲詩翁矣。是以一官而足、半生窮困。

過片，母親康寧、妻順子幼，此差強人意，揀個好山水，築屋百花叢，奉觴上壽盡孝道，醉則關門熟睡，仕宦官場，置之腦後，專力於讀書。歸舟之安穩，而天倫之安穩，以至終身務求讀書也。此詞自寫胸懷，故不須矜才使事，氣體自然，與前舉各詞不可同日語也。

又，「清平樂」、三郎尋芳圖（銅絃詞，卷下，頁十四）：

尋芳載酒。詞客年年有。一片江城歸畫手。認取連蹊花柳。　去尋桃葉桃根。草綠裙腰幾痕？遙指第三郎子，者番眞個銷魂。

本闋爲心餘三十九歲南歸後作。上片，江城花柳、由畫家點染。詞客則年年載酒尋芳。過片，尋找秦淮、晉王獻之送妾桃葉桃根所在，綠羅裙處憐芳草，遠處第三村酒店買醉，者番眞個銷魂。就圖繪之意解說。

又，「百字令」、豆棚閒話圖（銅絃詞，卷下，頁十六）：

居吾語汝，啓雕龍炙輠、談天之口。跂腳支頤還袒臂，雜坐東西前後。吐舌伸頭，聳肩側耳，共拍盧胡手。古手名姓，子虛亡是烏有。　試看忽鼓忽歌，妄言妄聽，椎魯皆良友。怕問三家邨學者，六四括囊无咎。蕉扇驅蚊，竹衫收汗，星挂疏疏柳，先生倦矣，豆花聊以爲壽。

本闋爲心餘五十四歲以後北京作。金兆燕國子先生集卷一有洞仙歌題豆棚閒話圖，應爲同時作。首就圖中人物，言者如鄒衍之談天文，鄒奭之雕藻龍文，及淳于髡不盡之智。雜坐四周之人，儀態有舉腳、支頤、袒臂；動作則吐舌伸頭、聳肩側耳，共拍手、掩口盧胡而笑，不知所談無有之人。過片，言者忽鼓忽歌，聽者爲樸鈍良民，此三家村學者，皆能如易經坤卦六四，謹密其口而不害（无咎）。至於星挂疏柳、蕉扇驅蚊，先生倦矣，如此一幅可愛豆棚閒話圖，願以豆花爲先生壽。有趣。恣肆。

又，「齊天樂」、水榭話舊圖（銅絃詞，卷下，頁十七）：

蒹葭水落闌干下，曾照老翁清影。水宿非舟，陸居非屋，贏得三椽篷艇。諸公臺省，讓野鶴孤雲，烟霞簿領。書局隨身，夗（鴛）央（鴦）湖上是箕潁。　當時出岫歸林。怕獻嘲騰笑，終焉此境。古鐵舟園，小長蘆屋，轉眼憑他兼併。兒孫追省。守處士蝸廬，百年何幸。換以華堂，問先生可肯？

由詩經秦風「蒹葭蒼蒼」、「在水一方」，水落闌干下，言水上之樹（臺上有屋者），有三椽篷艇相隨，公等皆任高官（杜詩：諸公袞袞登臺省），讓我輩如野鶴孤雲，管領烟霞，鴛鴦湖上亦即爲隱士所居（許由耕於箕山之下，潁水之陽）矣。過片，見雲出岫歸林，舟、園、廬屋，爲處士所有，並以爲終身。末，「換以華屋」二句，反詰，故作宕詞。

又，「百字令」、汪怡齋林於小憩圖（銅絃詞，卷下，頁十三）：

十年前影，是碧梧翠竹，鸞停鵠峙。歲月遷移人事改，今有鬑鬑須矣。綵服隨兄，壽觴娛母，重啓尚書邸。賜書千卷，孝廉之樂何似？　記得同住仙源，杏壇春永，愛看趨庭鯉。文石幽篁身左右，遂寫冰顏于此。忠孝承家，文章報國，磊落佳公子。不宜宴坐，鶴書將詔君起。

本詞或心餘四十一歲左右作。言此圖是汪氏十年前影，今已鬑鬑鬚；下片追憶同住生活，忠孝傳家，文章報國，令人敬佩，由小憩圖引起種種追憶，並期盼「詔君起」。

又，「氐州第一」（一名熙州摘遍）、紅衣釣師圖（銅絃詞，卷下，頁十六）：

清渭通淮，富春采石，無聊蹤跡相似。曳玉腰金，賜緋衣錦，畢竟干卿甚事？戒衣花一朵，裝點漁郎風致。滿袖丹砂，仙人狡獪，者般游戲。　倒影綠波紅欲墜。算落豔、浮英相餌。竿拂珊瑚，身騎赤鯉，鏡展新荷芰。向蓮舟、呼太乙，共點點，霜楓同醉。孤鶩驚飛，應錯認，晚霞飄至。

本闋約心餘五十四歲北京作。詞句字字叩緊題面點染。

第四目　屋舍、舟行

屋舍如：「解連環」、王穀原比部丁辛老屋圖（銅絃詞，卷上，頁二十三）：

寂然如此。問誰守庚申，誰論甲子？聽門外、轂走驚雷，料爽塏難求，且居廛市。共燕分巢，何用擇、干支戊己。把槿籬艸屋，移畫城西，一角山底。　退食閉門而已。但掃葉聽蟬，可除多累。待成名宦何年？歎朔雪炎風，拋棄流水。萬卷三間，容俯仰、閒身足矣。甲辰雌、只愁老我、軟紅堆裏。

此爲心餘三十二歲南昌作。時王又曾（穀原）遊南昌，心餘多與往來。詞由畫中老屋，位城西山底，寂寂然，木槿藩籬，不知天朝甲子，與廛市車轂驚雷大異其趣。過片，居此掃葉聽蟬，不必趨炎附雪、拋棄流水之悲。書有萬卷、茅屋三間，容俯仰、足矣。末，「只愁老我」，依戀軟紅車塵，自己反問，以增趣味。

舟行如：「金縷曲」、申楷林桃葉渡江圖（銅絃詞，卷下，頁六），其一：

芳草如裙帶。那更有、春江如鏡，遠山如黛。花月低迷石城艇，名士美人俱載。是當日、狂奴故態。司馬多情親折證，看朝雲、坡老眞無奈。欣髯處，可憐太。　詩情畫意憑誰解？道箇儂、傾城顏色，廣陵人在。翦燭推篷寒自忍，裘已爲卿而賣。奉半臂、笑招郎背。今夜三星光豔豔，護夗(鴛)央(鴦)，不許秋河界。夢中語、醒還愛。

其二(同右，頁七)：

兩槳春風動。不隄防、夫人愛惜，比郎尤重。翡翠窗前初識字，自取周南低誦。向大婦、邊旁隨從。鸞侶中年常比翼，又新添、一朵桐花鳳。引玉燕、入香夢。　迴思江上蘭橈送。莫(暮)雲邊、塔鈴低語，晚風輕控。君去桓伊邀笛步，橫竹定然三弄。料不要、桃根相共。試繪洗兒長卷子，索同人、玉果犀錢奉。當再乞、畫師宋。

爲心餘三十七歲北京作。甌北集卷九(起辛巳至癸未)頁四有題申榿林桃葉渡江圖，應爲同時作。第一闋，春江邊景物，芳草如帶，遠山含黛，小艇上美人名士，如司馬相如與卓文君、蘇軾與王朝雲，深情款款。過片，無奈廣陵(揚州)分別，女士傾城之貌、忍寒賣裘，以半臂(今之長背心。用宋祁宴內寵於錦江，偶微寒，命取半臂，諸婢各送一枚，凡十餘枚，祁恐厚薄之嫌，不敢服)，以示愛意。渡江如銀河分隔，令人惆悵。第二闋，風動槳划，女士之愛，自小誦讀詩經周南開始，中年比翼雙宿，花朵上五色靈禽桐花鳳，引玉燕入香夢。過片，分別，思緒迴旋，畫舫輕搖，在彼暮雲深處，晚風徐來，似聞塔鈴之語。此去，如桓伊（字叔夏，晉譙國銍人）之遇王徽之，為之踞床吹笛三調，以酬知音。而王獻之曾作桃葉詞：「但渡無所苦，我自迎接汝」，心有靈犀，渡江不待櫓矣。後日，乞宋畫師（迪？），繪洗兒長卷，使觀者散錢、下果子，共同慶賀。由渡江分離之苦，轉至後日相會之歡。

第五目　山　水

題山水畫詞作如：「虞美人」、謝蒼崖松下問雲圖（銅絃詞，卷上，頁十二）：

人生只在浮雲裏，過眼皆彈指。喬松偃蹇臥蒼龍，閱盡浮雲，老樹與山翁。
也知此意無人會，問也無人對。不如放眼向青天。立盡松陰，我與我周旋。

本闋約為心餘二十八、九歲作。謝蒼崖（逢泰，南昌人）。上片言人生不過浮雲，不如喬松，閱盡多少人間歲月。畫中偃蹇之姿，如臥蒼龍，令人讚賞。過片，由上片所著山翁，立松蔭下，亦知人生苦短之無奈，遂放眼問青天矣。「我與我周旋」，用莊子意。松樹，為山水畫一部分，此圖僅就「松下問雲」，感慨人生。

又，「水調歌頭」，楊默堂侍御江湖聽雨圖（銅絃詞，卷下，頁一），其一：

夢醒篛篷底，一點一聲秋。密密疏疏淅淅，聽徧不勝愁。數朵濕山如黛，兩岸蘆花似雪，白了旅人頭。誰識繡衣客？轉憶綠蘋洲。　是僧樓、是羅帳，是扁舟。觸惹平生心事，仕宦苦沉浮。忽見魚生牀下，又聽鼃鳴竈底，難得喚晴鳩。檐溜灑空下，多半作浮漚。

其二：

何處乞漁艇？應怪雁聲遲。多少青山紅樹，誰唱去來詞。想到平岡古木，夢落橫塘小岸，各自有相思。莫笑伯時嬾，公尚在京師。　水粼粼，石齒齒，艸離離。人生轉境堪念、悵惘概如斯。只好臥游藪澤，便是燕居清曠，眞箇欲何之？烟水接天闊，讓與白鷗嬉。

本詞爲心餘三十三歲以後作。楊默堂（方立，江西瑞金人），或爲楊在乾隆二十三年巡視南漕後相識。第一闋，密密疏疏淅淅雨聲、驚醒舟裏夢中人，此用倒敘法。因引起「不勝愁」，歎白了人頭。誰識得默堂侍御？轉憶畫景（綠蘋洲）。過片，用蔣捷虞美人，「少年聽雨歌樓上，紅燭昏羅帳」，風流韻事多；「壯年聽雨客舟中，江闊雲低，斷雁叫西風」，過飄零生活；晚年「聽雨僧廬下，鬢已星星也」，孤冷。心餘言：是僧樓、是羅帳、是扁舟，知其嘗遍少年風流、壯年飄零，晚年孤冷人生三階段。是以「觸惹平生心事」相呼應。而「仕宦沉浮」，尤爲所苦。轉眼前，蛙鳴與山中鳩喚晴（切雨）「難得」（切江湖）。末，簷溜在室外，舟中聽之似簷溜，而實則化作浮漚，切江湖（泡浪）。第二闋，由秋雁南飛，興乞艇歸去之思。「多少青山綠樹」，言湖旁景物；而故鄉古木、橫塘，皆引企念。此景得爲李公麟（號龍眼山人）歸隱、懶散，非如作者楊默堂（方立）眷戀紅塵，留居京師。過片，圖中水，草、石，引起鄉情，人生堪愁，烟水天闊，不知何所之矣。末句，「讓與白鷗嬉」，就圖中景，亦無奈如何之情。

又，「百字令」、程仁山夢雲圖（銅絃詞，卷下，頁八）：

虛無縹緲，是因何結想？珊珊來矣。彩霧香雲留不住，留下語言文字。昨夜星辰，仙山樓閣，主者非耶是。女三爲粲，姓名歷歷堪指。　只恐詠到無題，寓言十九，別有閒情旨。小雅離騷何所謂？香艸美人而已。澤畔明珠，舟中玉杵，信否憐才子。士嗟不遇，夢中聊索知己。

此或心餘三十九歲北京作。先從「雲」「夢」，就圖中意象「虛無飄緲」言，猶如星辰中，「仙風樓閣」，歷歷在目。過片，只恐詠到無題，難寄心意，又如莊子「寓言十九」（寓言篇云：寓言十九，重言十七），託之他人，別有閒情。古典名著詩經小雅、楚辭離騷，不過香草美人，而所畫澤畔有明珠、舟有玉杵，勝之矣！士歎不遇（心餘意指二人），聊索知己言之而已矣！

又，「百字令」、吳江秋色圖（銅絃詞，卷下，頁十）：

一帆婀娜，引孝廉歸舫、半江秋水。下第情懷初領略，未可悲歌難已。健翮方搏、霜蹄小蹶，況有陳平美。豈長貧賤？西清正要才子。　且去將母吴門，尋親白岳，一洗淮陰恥。惡少年來相問訊，當日餓夫如是。家傍垂虹，窗橫笠澤，小住爲佳耳。扁舟散髮，春來我亦行矣。

由「春來我亦行」，知此當爲心餘將南歸之作。先言吳之江帆，下第心情相彷，準備「一洗淮陰（韓信封淮陰侯）恥」（指胯下之辱），盼來日至宮廷（西清，宮禁燕閒之地，南書房亦稱）上任，今歸吳，不過小住耳。

第六目　禽鳥、植物

題禽鳥詞如：「蝶戀花」、引鶴圖（銅絃詞，卷下，頁二十三）：

妾意君情花遠近。轉眼胎禽，卻被松枝引。再訪玉眞雲路隱。人間祇有情難盡。　鬢影衣香留畫本。寫自何年，色韻都相準。打鴨隨雅天最忍。柔腸莫被相思損。

由鶴（胎禽）棲松枝，思及仙人難訪，所謂「再到天台訪玉眞，青苔白石已成塵」，而人間情則難盡。過片，圖繪色韻尙存，且留相思，與前面「妾意君情」呼應，盼以雙好之意。

題詠植物詞如：「摸魚兒」、宋愨庭觀察杏花春雨圖（銅絃詞，卷上，頁二十六）：

別燕雲、軟紅塵土，板輿一兩輕御。夢魂先到江南岸，畫取尚書詞句。紅幾樹。待小建、花坊碎錦親題署。黃鶯相遇。認舊日使君，朱陳邨裏，乍暖勸農路。　燕支塢，坐領滿身香露。壽觴歡進無數。醉來可憶長安陌？二月街頭賣處。將母去。至樂在、田園此事教人妒。好春遮護。索半臂偎寒，紅妝舉燭，續撰遂初賦。

本闋爲心餘三十四歲北京作。首先作者自言將駕輕車，離開軟紅塵土之北京，而夢魂已先到江南，看紅杏枝頭春意鬧。待他日建園林，花與黃鶯共舞，「尚書詞句」（切宋姓及杏花），則蔣、宋二家，如「朱陳兩村，世世爲婚姻」。過片，居燕支（脂）塢，滿身香露，飲壽酒無數，醉意長安。人生至樂在田園，共敍天倫，更有好春遮護，偎紅依翠，半臂偎寒（用宋祁事）。繼孫綽之後，作遂初賦[82]，以爲杏花春雨之樂。

---

[82] 遂初賦，文章名，有二：一爲前漢、劉歆作。是時朝政已多失，歆以議論見排，志意不得，遂作斯賦，以數往事，而寄己意。其二爲晉、孫綽作。晉書，卷五十六，頁十九，孫綽本傳云：「綽，字興公，博學善屬文，少與高陽許詢俱有高尚之志，居于會稽。游放山水十有餘年，乃作遂初賦。」（注引遂初賦敍曰：余少慕老莊之道，仰其風流久矣……經始東山，建五畝之宅，帶長阜，倚茂林。……又引世說新語輕詆篇注曰：綽賦遂初，陳止足之道。」（藝文印書館本）

又，「玲瓏四犯」、題落花圖為友人悼亡姬（銅絃詞，卷下，頁二）：

滿地燕支，是無情有恨，不堪多數。春色三分，已作二分塵土。回首燕掠鶯捎，消受到、五更風雨。想綠窗、病眼啼妝，千片淚痕如許。隔簾誰唱山香舞。可憐人、亂紅辭樹。柳綿榆莢愁多少？同作香泥辛苦。彷彿倩女離魂，又似荀郎淒楚。待來春花放、三生石上重語。

玲瓏四犯，九十九字，大石調，創自周邦彥。上片，就落花言，五更風雨，滿地燕支落紅，無情有恨，如東坡水龍吟云：「春色三分，二分塵土，一分流水。細看來，不是楊花點點，是離人淚」。想綠窗歌姬，病眼啼妝，千片淚痕。過片，悼友人亡姬。可憐人、在亂紅狼藉中辭去，與柳綿榆莢、同化香泥，如倩女離魂、爲情而死；又似荀粲以身慰婦（病熱）而亡（見世說惑溺篇），剩得淒楚，只等來生緣（李源與圓觀來生再會故事）。

其他題畫詞作如：「百字令」（銅絃詞，卷上，頁十），其一：

碧沼紅闌，似西園雅集、玉山偕隱。拂面涼陰垂地綠，微漏幾條天影。萬卷奇書，一枝翠蓋，贏得荷筩飲。衣冠灑落，人間殘暑消盡。試問高柳誰栽？樹猶如此，多少琅邪恨。河朔風流今已矣，畫裏須眉無準。月榭飛觴，露臺角伎，醉擁紅妝寢。酒闌人散，不知留得何景？

其二：

紗巾挂壁，向南窗高臥，那知寒暑？夢與古人相伯仲，嘲戲何妨爾汝。說鬼談天，讀書論劍，我意都無取。捫圖大噱，此中誰箇堪語？　不妨落佩欹冠，解飲醇醪，亦足稱豪舉。觸熱可憐牛馬儈，爭買名園花墅。巢燕纔飛，秋風又起，那得閒居處？人生行樂，古今大抵如許。

約爲心餘二十七、八歲作。又，「賀新涼」（銅絃詞，卷上，頁二十七）云：

小榭圍香雪。是詩人、是花是月，一般清絕。半畝玻璃侵疏影，掩映水中蟾魄。消受者、玉壺冰潔。不倩梅花爲眷屬，有彈箏、小婢箜篌妾。春意蚤、暈紅頰。　一枝橫竹聲嗚咽。算不比、落梅風裏，江城五月。誰焙鵝笙誰擫管？把闌干輕拍。與鄧尉、孤山無涉。忍著清寒辭半臂，愛梅心、定不因人熱。持此意、向花說。

以上心餘作品，皆未言題何人、何畫也[83]。

---

[83] 心餘銅絃詞題畫詞作，考之楊家駱編書畫錄（含：趙蘭坡所藏書畫目錄，……墨緣彙觀等）（世界書局）；楊家駱編明清人題跋（含：董華亭書畫錄，……清儀閣雜詠等）（世界書局）；梁廷枏撰藤花亭書畫跋（學海出版社）；陶樑撰紅豆樹館書畫記（廣文書局）；福開森編歷代著錄畫目（台灣中華書局）等等書，皆未見登錄心餘所題詞之畫作也。

第七目　題小照、題詩文卷

題小照，如「金縷曲」、金棕亭秋江擁櫂小照（銅絃詞，卷下，頁七）：

展卷嗟行旅。寫牢愁、碧波千里，一枝柔艣。不繫虛舟天浩渺。飄泊何年纔住？算中酒、阻風情緒。十五年來淮海客，扣舷聲、中有傷心語。青篷下、聽寒雨。　天涯兄弟離心苦。記當時、謝家山館，對君淒楚。得喪紛紜眞偶爾，相見鬢絲如許。數點雁、兩行秋樹。不用重尋石城艇，遣繁憂、只此堪憑據。載一鶴，渡江去。

本闋爲心餘三十七歲北京作。錢大昕潛研堂詩集卷四，有金鍾越秋江擁櫂圖，王又曾丁辛老屋集卷十二有買陂塘題金棕亭秋江擁櫂圖，皆爲同時所作。本詞上片，就圖中所見，碧波千里、一枝柔艣，引起秋天行旅之愁，如東坡所云：「身如不繫之舟」（自題金山畫像）矣。十五年來飄泊淮海，不知何年始可安身，扣舷、聽雨，惟悲而已。過片，記當時謝家山館，兄弟分離，淒楚不已，其實，人生得喪不過偶爾，何必計較太多，以後相見，增添鬢絲如許之多，但願此圖能遣繁憂、如載一鶴、渡江而去。本闋就圖中景物點染，並就失意飄泊，分離淒苦之情敍述。末，勉以如鶴展翼而去。

題詩文卷冊如：「金縷曲」、吳門張秀才傳詩、年少有雋才、游濟南、受知於金檜門先生、明日以四雨莊吟卷質之先生，予誦而愛之，題二詞於後（銅絃詞，卷上，頁十三），其一：

十幅澄江練。裊香絲、文心一縷，驚才絕豔。出水芙蕖生夢穎，丰致嫣然初見。恰又似，朝霞舒卷。張緒風流標格好。比垂楊、一樹靈和殿。眼灼灼，更如電。　思騎黃鶴尋仙眷。訴喁喁，鐙前才子，淚痕清泫。（自註：皆用卷中語）。怪底風人俱善感，各帶一分哀怨。記當日、春蠶絲纏。翦彩裁雲工綺語，把鶯花、金粉思量徧。成往事，說來倦。

其二：

愁向歡場起。易銷魂、才人結習，大都如是。只覺江山多寂寞，無處教人歡喜。抱斯意、吾儕應爾。抑鬱無端同故態，更飄零、知遇俱相似。共回首、雁聲裏。　閒情十載拋流水。念家山、暮雲回合，自傷羈滯。麗句清詞刊落盡，柳絮今沾泥滓。有錦瑟、吟編曾燬。（自註：予年十七前有無題詩四百餘首，辛酉秋一夕，忽有所悟，取而盡焚之，今不爲情語者十二年）。尚憶孱軀癡絕日，病琅邪、幾爲多情死。同調者、那堪比？

金縷曲，此調因宋葉夢得賀新郎詞有「誰爲我唱金縷。」句而名。張詩傳即張塤，與心餘皆受知於金檜門。此題吟薌（塤）詩稿，蓋心餘二十九歲在山東濟南金檜門幕中也。第一闋，上片言其文才絕豔，如出水芙蓉，天然可愛；亦如朝霞舒卷、自然生動。且目光如電、詩出性靈。下片，吟薌雖有道家思想，情則眷眷，如李商隱之「春蠶到死絲方盡」（無題詩）。把鶯花、金粉、裁翦成綺麗之語。第二闋，江文通別賦云：黯然銷魂者惟別而已。此就吟薌即將離去言。但覺吟薌飄零抑鬱、江山寂寞。下片，離家十載、念家山、自傷羈滯，見吟薌詩稿、思及昔日亦曾作情語，幾爲多情死，憂已憐張。此即二人共同之情結也。後來，心餘無治豔之詞，多雄奇之氣。

又，「賀新涼」、題盧竹圃詞本後（銅絃詞，卷下，頁二十一），**其一**：

公子年華妙。寫烏闌、清詞麗句、者般精到。小劫滄桑一番過，只許方平微笑。纔數徧、亂山殘照。廿四橋邊重徙倚，玉簫聲、不似當時調。江滾滾、發長嘯。　淋漓醉墨多憑吊。怕聽他、牀邊蟻鬭，枕邊驢叫。記我扁舟尋噩夢，紅杏枝頭曾鬧。恨不倚、郎君烏帽。文字因緣遲廿載，但惺惺、相惜還相勞。請釋憾、莫終拗。

其二：

去飲餘杭酒。似文簫、彩鸞夫婦，雲中攜手。家具而今無長物，並少圖書雞狗。是萬象、皆空之後。憂患仳倆生水火，轉靈丹、鍊到功夫九。藥成矣，漫迴首。　斷橋殘雪蘇隄柳。定新居、水光山色，好安門牖。稺子孺人共歡喜，慈母頻開笑口。便永久、康寧長壽。題徧西湖僧寺壁，看明年、柳汁霑衣袖。陳平壻、困非久。

本詞當爲心餘中晚年居揚州作。第一闋，言竹圃雖年少，有姜白石之風84，清詞麗句，十分精到。下片，作品淋漓醉盡，語出性情，亦有宋祁「紅杏枝頭春意鬧」（玉樓春）之才，悔交游之晚。第二闋，心餘作客餘杭，曾受盧竹圃（謨，見曾子）夫婦招待，夫妻身無長物，惟性靈與熱誠（靈丹）耳。過片，取眼前景，「斷橋殘雪蘇隄柳」，水光山色之地定居，享受天倫之美，竹圃不久當出人頭地矣。

又，「賀新涼」、饒上舍韜明篆印小冊（銅絃詞，卷上，頁十九）：

咄咄眞堪怪。習彫鏤、文人餘事。如斯狡獪。切玉昆刀君才似，不管銅章魚佩。執寸鐵、腕如風快。造化鑴鑱天欲泣，刻琳琅、字字垂金韰。力豈佀，透紙背？　靜觀雲鳥蟲魚態。說文爲、古之小學，而今皆廢。卻使壯夫工篆刻，秦漢風規猶在。在何震、文彭而外。不入明誠金石錄，志名家、賴古堂應載。爾生晚，亦無奈。

此或心餘三十歲北京作。言饒韜明工篆刻，爲文人餘事，卻使「壯夫」而爲，暗有生不遇時之意。此外，心餘自題空谷香傳奇等詞作，留待下章說明。

84 姜夔著白石道人歌曲，卷四，頁二，揚州慢云：「二十四橋仍在，波心蕩，冷月無聲。」（商務文淵閣四庫全書本）。又，白石過虹橋云：「自作新詞韻最嬌，小紅低唱我吹簫」。

第四節 寫景詞

詞由詩遞變，受詩影響深，尤其詞詩化後，舉凡詩所能表現的題材，詞亦多爲，「寫景」不過其中之一。心餘寫景詞如：「滿江紅」、渡黃河（銅絃詞，卷上，頁一）：

混混黃流，秋九月、狂瀾初落。背夕照、揚舲東去，扁舟如雀。千尺射波浮日彩，一溝洪水圍天腳。破烟雲、兩朵北邙山，青如昨。　䲞聲軋、潛蛟愕（鰐？）。帆影側，游鱗躍。笑當年割據，今朝城郭。數折源通星宿遠，一層冰繞崑崙弱。把英雄、事業問前朝、消河洛。

本闋爲心餘二十歲早年作。隨父母由山西，河南而渡黃河也。上片，九月黃河、狂瀾初落，言時言景。乘船東去，背夕陽、金波千尺、大水浩渺、遠處烟雲，唯見北邙山（在河南洛陽）青。過片，近處游魚，所見城郭，幾經滄桑矣。昔人英雄事業，今又安在？先敍景，而生感慨。

又，「酹江月」、望廬山（銅絃詞，卷上，頁二），其一：

推篷一笑，喜十年、重見廬山面目。問訊匡君無恙否？五老須眉如夙。日照香爐、雲生鶴觀，雪挂康王谷。銀河倒卷，青天亂灑飛瀑。　我欲左拍徐凝、右攜李渤，共跨先生鹿。小載玉淵潭上酒，料理百錢青竹。松下吟詩，雲中倚劍，坐看黃冠局。掉頭一問，山靈可有緣不？

其二：

夢中曾到，向東林結社，西林拄笏。大石橋邊呼慧遠，不畏虎聲騰谷。鹿洞芝肥，麝囊花紫，醉倚芙蓉簇。白雲留我，蓮花峯下同宿。　醒後遊迹俱非，衣鶉馬狗，仍逐窮途哭。十載天涯幾兩屐，踏遍太行千曲。投筆歸來，布帆無恙，穩泛潯江綠。青山相對，形容偃蹇如僕。

本詞亦爲心餘二十歲，由九江入鄱陽湖，遠望廬山之作。第一闋，十年分別（心餘在十一歲—雍正十三年乙卯，一七三五—曾赴山西，故云），重見廬山，不知匡君（古匡俗、結廬于此山，故稱廬山）安否？而五老峯（匡廬之首，自下望之，勢如相依而立，自上觀之，相距甚遠，不聯屬。又如五雲翩然欲飛[85]。）須眉如昔。如李白詩云：「日照香爐生紫煙，遙看瀑布挂前川；飛流直下三千尺，疑是銀河落半天」（望廬山瀑布水），此地飛瀑之美可想。而雪掛康王谷[86]，如銀河倒卷、青天飛瀑。過片，左拍徐凝

---

[85] 引自古今圖書集成，山川典，卷一百三十七，廬山部，第一九四冊之一五葉，鼎文書局。

[86] 據古今圖書集成引云：「康王者、楚懷王之子熊繹也。秦滅六國時，王避難於谷中、王翦追之急，天忽大風雷雨，翦人馬不能前、得脫。遂隱谷中不出。」（卷一百三十九，廬山部，第一九四冊之二六葉，鼎文書局）。

（嘗居盧山）、右攜李渤（唐洛陽人，與兄涉隱居白鹿洞），共跨所養白鹿，因名白鹿洞。潭上酌酒、小舟泛湖、松下吟詩、雲中倚劍，何等風情、何等豪邁。如道士坐看世局，惟不知山靈肯否？本闋有蘇、辛風味。第二闋，夢中曾到此，慧遠法師白蓮社在東林結社、西林法師慧永隱不出山。昔日行遠石橋邊呼慧遠、不畏虎聲。而鹿洞多靈芝、麝香花紫、醉可倚芙蓉花簇，不知白雲肯否留我，同宿蓮花峯下。過片，醒後遊迹不同，只有敝衣羸馬，有如王勃所云：「阮籍猖狂、（豈）效窮途之哭」（滕王閣餞別序），十載分離、踏遍太行山路、今黯然歸來，與青山相對、形容憔悴矣。雖有隱居盧山之想，實則見景傷情也。

又，「念奴嬌」、曹州尋芳紀游（銅絃詞，卷上，頁十二），其一（何氏園）：

芳郊如掌，逐香風，穿過縱橫林薄。幾處花畦春爛漫，豔錦紅氍爭拓。地列雲霞，客俱蜂蝶，不減秦宮活。餘脂賸馥，憑他燕子偷掠。　可惜香霧沾衣，濃陰拂面，好處無亭閣。詰曲深廊交古翠，那借松毛編縛。佳日來稀，東鄰見慣，歲歲開還落。何郎舊識，漫題凡鳥相謔。

其二（官園）：

閒閒十畝，看花如菘韭，吏如鶯燕。夕露朝霞供採摘，買斷綠愁紅怨。老樹維駒，殘葩炙肉，雜沓笙歌宴。芳叢鶴蓋，一年幾度相見。　獨有偃地虬松，孤樘（撐？）傲骨，橫臥如人倦。剔蘚捫苔無醉墨，我向壁閒尋徧。譜繼揚州，種分京雒，也算河陽縣。城中萬戶，豈無高士庭院？

其三（郭氏園）：

離奇夭矯，借怪樹爲門、天然主賓。中有喬松前代物，閱歷幾何人壽。碧蓋盤空，枯筋穴地，白雨蒼皮溜。樹猶如此，主人門第應舊。　怎奈屋少樓臺，地無邱壑，拳石差堪漱。幺鳥爭含紅雨墜，萬點朱櫻如豆。露井尋詩，平臺啜茗，香染荀家袖。斜陽歸去，鬱然回首深秀。

本闋爲心餘二十九歲在曹州（隨金檜門）作。曹州，山東曹縣。第一闋，先就春天「林園」說，所謂「縱橫林薄」、「花畦爛漫」，如豔錦紅氍，地列雲霞。此時，賓客遂爲「蜂蝶」採花矣。過片，就「何氏」言，有「詰曲深廊」，卻「無亭閣」；有園林好景，「佳日」來觀者卻「稀」；似乎只有「何郎」舊識，漫題凡鳥以爲戲謔。第二闋，十畝花園，官吏成「鶯燕」，勞來送往，朝夕「採摘」，有趣。只剩老樹殘花，雜沓的笙歌宴相伴。過片，在一片狼藉中，惟有「偃地虬松」、「孤樘（撐）傲骨」，不同凡衆。心餘是以向壁閒尋尋覓覓，有無作畫、題詩者，遍尋不著。難道此處無有高人來過？何以稱「官園」？末句反詰。第三闋，以樹爲門，既「離奇」、又天然矯美。中有前代喬松，「碧蓋盤空，枯筋穿地，更有白雨蒼皮溜」(極盡松之美感)，然則，如此老松閱歷，主人又復如何？過片，怎奈屋少樓臺，地無邱壑，少變化、美中不足。其他如拳之石，幺鳥爭鳴，景緻堪佳，是以，天井尋詩、平臺啜茗、頓時感覺如荀彧(令君)至，香氣歇。觀罷，斜陽下歸去，回首但見林園鬱鬱蒼蒼矣。末富神韻。

又，**「蘇幕遮」、大明湖泛月**(銅絃詞，卷上，頁十四)：

畫船游，明月路。古歷亭虛，面面朱闌護。百頃明湖三萬戶。如此良宵，一點漁鐙度。棹開時，香過處。說道周遭，荷葉青無數。卻被蘆花全隔住。泛徧湖灣，不見些兒露。

蘇幕遮，一名鬢雲鬆令、蘇摩遮。原指西域婦女飾，後爲弧樂之飾，唐教坊作戲，即以名曲。大明湖，在山東歷城縣。本闋爲心餘二十九歲遊大明湖作。上片，寫靜態。百頃大明湖，月下畫船遊，只見亭邊朱闌相護。下片，泛湖遊灣，船開荷香過，荷葉青青，卻爲蘆花間隔住。

又，**「解連環」、燕子磯獨眺**(銅絃詞，卷下，頁一)：

江流日夜。問六朝人物、爾何爲者？三百年、龍戰元黃，但歌舞荒淫，風流儒雅。醉夢興亡、又節次欺人孤寡。放千尋鐵鎖，一片降帆，妝點圖畫。　幾處殺人盈野。算偏安纔過，幾王成霸。說天塹、虎踞龍蟠，被風月鶯花，幾番誤也。眼底蒼茫，賸燕燕、于飛上下。訴當年、故國山圍、空城潮打。

燕子磯，在南京市北、觀音山上。上片，由謝朓詩「大江流日夜」，引起「客心悲未央」，暗指作者本闋旨意。接言，金陵（南京）雖古帝王州，而六朝興亡，多少英雄豪傑安在？三百年來，群龍爭戰，只有六朝金粉，藉風流儒雅之名，行歌舞荒淫之實。杜牧詩：「千里鶯啼綠映紅，水村山郭酒旗風；南朝四百八十寺，多少樓臺煙雨中」（江南春），應是最好寫照。醉夢興亡、弱主孤臣、一片降帆，悲之不已。過片，南朝偏安以後，「爭地以戰，殺人盈野」，在此割據稱霸者，不知凡幾。說此地是「天塹」、「虎踞龍蟠」，帝王所在，欲爲鶯鶯燕燕、風流韻事所誤。作者筆鋒轉至眼前景，燕子磯下，眼底蒼茫，剩下飛上飛下燕子，訴說當年興亡，如劉禹錫詩「山圍故國周遭在，潮打空城寂寞回」而已。心餘本詞不就燕子磯的丹崖翠壁、俯瞰大江之美寫，卻就金陵懷古，借「燕子」訴說興亡，現實與幻想交織，說出作者滄桑之感，有如周邦彥「西河」（金陵）[87]詞作。

[87] 周邦彥「西河」（金陵）云：「佳麗地，南朝盛事誰記。山圍故國遶清江，髻鬟對起。怒濤寂寞打孤城，風檣遙度天際。　斷崖樹，猶倒倚。莫愁艇子曾繫，空餘舊跡鬱蒼蒼，霧沉半壘。夜深月過女牆來，賞心東望淮水。　酒旗戲鼓甚處市。想依稀、王謝鄰里。燕子不知何世。入尋常，巷陌人家，相對如說興亡，斜陽裏。」（全宋詞，二，頁六一二，中央輿地出版社）。

又，「虞美人」、八月廿五日遊城南千佛山（銅絃詞，卷上，頁十五），其一：

歷山耕者知何處，田畔山如故。女牆如帶指城中，別露平疇尖翠兩三峯。　依山鑿佛人爭拜，生怕金身壞。不知是佛是山靈。都說城南、山似佛頭青。

其二：

虛空臺殿皆朝北，簾卷鸞旌色。天生翠壁作屛風，安放仙山樓閣御牀中。　渟泓龍井甘如乳，不識人間暑。寒天石佛未能燒。卻讓田家、山後結團茅。

其三：

城中仰看山容好，山上看城小。半城斜日二分秋，別有一分秋色在僧樓。　城南車馬山前路，幾許來還去。高人難得住山緣。卻似鵲華、相望不相連。

爲心餘二十九歲遊濟南千佛山作。詞就千佛山、依山鑿佛、臺殿朝北、城中看山、山上看城等美景，及遊人絡繹情形描繪。

第五節　言情詞

詩詞無不言情，詞則能表達較纖細的情感。心餘言情詞作如：「念奴嬌」、泊黃州二十初度（銅絃詞，卷上，頁一）：

落帆江口，是太行歸客、懸弧之日。逝水年華驚廿載，兩字功名難必。白眼談詩、黃衫說劍，已是飄零極。人生加冠、一身如此堪惜。　且向橋上觀瀾，磯頭艤棹、蠟我登臨屐。拂拭泥金題畫扇，點染江山陳跡。斗麪誰炊，瓣香自爇，酹酒坡公席。黃花落矣，莫辭盡醉今夕。

本闋爲心餘二十歲生日（十月二十八日）黃州作。先言太行山讀書歸來，經黃州（湖北黃岡），不覺年已二十（男子生日爲懸弧令旦）。歎逝水年華、功名未就，如青白眼談詩、劍客說劍而已。如此堪憐。過片，暫時橋上觀瀾、磯頭遠眺，拂拭泥金扇面，點染江山。思及東坡亦曾貶謫於此，念奴嬌詞云：「人間如夢，一尊還酹江月」，愁何以堪。今生日炊麪，自爇花瓣，酹酒東坡，以爲千古知音，且醉今夕。有豪氣。

又，「水龍吟」、題戈二齋壁（銅絃詞，卷上，頁三）：

相逢同飲亡何，酒酣情淚飄如霰。茂陵詞客，秦川公子，惟君其彥。臺上呼鷹，河東飲馬，隴頭磨劍。數年少豪游，唯吾與汝，記得潼關四扇。　舊恨新愁難遣。誤才人、烏闌黃絹。一寒至此，婦人醇酒，斯言誠善。僕本恨人，君眞佳士，奈何貧賤。莫辭痛飲，人心不似，大都如面。

水龍吟，一名豐年瑞，龍吟曲、莊椿歲等。釋名云：「吟，嚴也，其聲本出於憂愁，故其聲嚴肅，使人聽之悽嘆也。」❽❽又，本詞約心餘二十五、六歲南昌作。上片，相逢同飲、心緒無可如何、只酒酣灑淚而已！二齋家在川陝，有司馬相如才華，胸懷豪邁、奔放之氣，從少時起，只我二人豪游。過片，才人失意、舊恨新愁難遣，得藉婦人醇酒銷憂耳。我不遇時，是抱恨之人。二齋兄是良士，卻何以貧賤？此刻痛飲莫辭。人心不同，各如其面，知音共飲，能有幾回？訴說己之失意，兼及二齋，共傷淪落矣！心餘另有「念奴嬌」、題戈二齋壁（銅絃詞，卷上，頁三）：「官街斜日向城南，訪汝棗花堂裏。紫鳳天吳團繡褉，親見小茶簾底。問我誰何，楊梅孔雀，戲答前言耳。紫關畫掩，文簫四壁如此。　那須寫韻吳孃，鍼神綵線，牕馥黏圖史。潑悶漫勞沽酒，但爛嚼殘絨而已。眉嫵風流，一般疏嬾，貪病何年始。人生失意，琅邪當爲情死。」

又，「滿宮花」、言愁（銅絃詞，卷上，頁五）：

❽❽ 劉熙撰釋名，釋樂器第二十二，頁五十一，商務四部叢刊正編。

態嬌癡，人獨自。長帶一分愁意。尋思著甚比量愁，沒個和愁相似。　不解愁從何處至？覺道眼前都是。同行同坐總難銷，只好與愁同睡。

「滿宮花」，一名滿宮春、瑞宮春。詞譜云：「調見花間集，尹鶚賦宮怨詞，有滿地禁花誰掃句，取以爲名」89。本詞心餘約二十五、六歲作。上下片皆就愁字打轉。心餘另首「蝶戀花」、言愁（卷頁同上）云：「雨雨風風愁不止。月下鐙前，愁又從新起。天許有情人不死，不應更遣愁如此。暫時撇去仍來矣。纔遶天涯，又到人心裏。我愛人愁愁愛你。一人一個愁相倚。」言愁之愁人，則心中愁苦多、而無處排遣。

又，「長亭怨慢」、箇儂（銅絃詞，卷上，頁八）：

畫檐上，蟾鉤皎潔。也似揚州，二分明月。玉臂清輝、卷簾同坐、半窗雪。憑肩私語、無那箇儂癡絕。問河畔雙星，可眞箇、年年歡喜離別。　笑多情誤我，耐盡鐙花磨折。循牆對影，算名士、傾城相悅。縱然教、四角生輪，銷不去、天涯雙轍。且看你、晚風吹鬢，閒愁休說。

89 見清康熙帝御製詞譜，(一)，卷八，頁七，洪氏出版社本。又，蕭師幹侯評點校注花間集，頁四七三，尹鶚「滿宮花」校校記云：「誰」字各体作「慵」，依歷代詩餘改。（學生書局）。今據此改作「誰」字。

長亭怨慢，姜夔自度中呂宮曲。箇儂，猶言此人。本闋亦約心餘二十五、六歲作。上片，屋檐上，月光皎潔，似揚州佔天下二分明月，在玉臂清輝夜裏，癡絕之人，想捲簾同坐、推窗憑肩私語。自問：難道銀河畔、牛郎、織女，年年歡喜離別。過片，簾內之人，鐙前折磨、多情誤身，即便美人名士相悅，縱使車輪生四角（陸龜蒙詩：但願雙車輪，一夜生四角），也銷不去、天涯車轍。何況別後渺然！晚風吹鬢，何止閒愁之苦！就「長亭」「怨」「慢」（長）四字點染，相思別愁。

又，「水調歌頭」、沈維涓太守度上感事（銅絃詞，卷上，頁八）：

對酒不能飲，看鬢欲成絲。眼中咄咄怪事、誰可合時宜？幾許弓蛇薏苡，一片白衣蒼狗，大概盡如斯。耳熱勿擊筑，劫急且圍棋。　牧豬奴、屠狗儈、販繒兒。黥徒伎倆止此、恩怨爲嘻嘻。兔狡竟遭人畢，蠶巧那堪自縛，斷送老頭皮。奮袂爲公舞，爛醉莫須辭。

本闋爲心餘二十六歲南昌作。與沈維涓（瀾）對酒卻不能飲，看彼鬢欲成絲，慨滄桑、歎歲月之蹉跎。眼中咄咄，人事浮沉，顚倒上下，盡皆怪事，又有誰是合事宜者？人間眞假、是非，風雲變化，瞬間消逝。耳酣不必學高漸離擊筑，倒是可以學阮蘭（爲開封令）劫賊來時仍躭樂於圍棋上之「劫急」（事見水經、淮水注）。過片，賭徒（牧豬奴，衛青爲牧羊奴）呀！屠狗的樊噲，販繒的灌嬰，「刑而王」的黥布，多少恩恩怨怨，如鳥之嘻嘻，隨風飄散。狡兔三窟，不免遭人算計；從政有如巧蠶吐絲，終於自縛；亦斷送老命（「斷送老頭皮」，語出侯鯖錄、楊朴事）。且舉袂爲公舞，舉杯爲公酌，不爛醉、不歸。言興衰、禍福之無奈、無常，只得舉杯消愁，順其自然而已。維涓太守因事繫獄，心餘此作有感憤、慰藉之意。

又，「齊天樂」、壬申下禮部第出京宿良鄉（銅絃詞，卷上，頁十一）：

來時盡說長安樂，出門西向而笑。半入雲霄，半飄塵海，半在秋原殘照。欹斜烏帽。對於月啼蛄，影形相弔。此味辛酸，古人先我已嘗到。　風雲何限屠釣。歎行年廿八，已非英妙。數折桑乾，一條虹彩，車騎喧喧淨鬧。不如歸好。共烏鵲南飛，聽他低叫。飽喫黃粱，擁衾眠一覺。

由詞句「歎行年廿八」，知心餘二十八歲於良鄉（河北省）作。上片，先說來北京（長安）時，充滿希望、憧憬，是以「出門」「而笑」。考完試，自己感覺「半入雲霄」、「半飄塵海」、「半在秋原殘照」，「欹斜烏帽」，忐忑不安。落第，「冷月啼蛄」、「影形相弔」，心中何等辛酸。過片，細數年已廿八，卻「數折桑乾」，眞是「不如歸好」。與「烏鵲南飛」，雖「無枝可棲」，總可「聽他低叫」。喫飽了，還可「擁衾眠一覺」。本闋作者表達落弟時消極、慨歎、悽愴心情。

又，「賀新涼」、廿八歲初度日感懷時客青州（銅絃詞，卷上，頁十一），其一：

仰屋和誰語？計年華、人生不過、數十寒暑。轉憶四齡初識字，指點眞勞慈母。授經傳、咿唔辛苦，母意孳孳兒欲臥，翦寒鐙、掩泣心酸楚。教跽聽、麗譙鼓。十齡騎馬隨吾父。歷中原、東西南北、乾坤如許。天下河山看大半，弱冠幡然歸去。風折我、中庭椿樹。血漬麻衣初脫了，舊青衫、又染京華土。敗翎折、墜齊魯。

其二：

愁似形隨影。苦飄零、身如槁木，心如廢井。塵海迷漫無處著，常作風前斷梗。觸往事、幾番追省。十載中鈎呑不下，趁波濤、忍住喉間鯁。嘔不出、漸成癭。眼前一片饃黏（糊？）境。黑甜中、癡人戀夢，達人求醒。閱盡因緣皆幻泡，纔覺有身非幸。況哀樂、勞生分領。歷亂游蜂鑽故紙，溺腥羶、醉飽憐公等。草頭露、但俄頃。

青州，在山東益都。此承上（齊天樂，壬申下禮部第出京宿良鄉）作。心餘二十八歲落第禮闈，出京、過青州。第一闋，上片，「仰屋和誰語？」一切苦盡在其中。細思量，人生不過數十寒暑，今近三十，去其半數，而功名未立，情何以堪？轉憶孩提，四齡初識字，母親親授經傳，課己讀書，翦寒燈、渡寂寞，多少辛酸日子。過片，十歲隨父遊歷中原，東西南北勞奔波，河山大半看盡，讀書太行。弱冠返家。後（心餘時二十四歲）父親幡然歸去，如中庭樹折，無有倚恃，哭的死去活來。今（廿八歲）麻衣方除，參加禮部試，又折翎而歸，客青州，眞悲哉！此二十八歲自傳。第二闋，落第愁、如影隨形，身如槁木、孤苦飄零，心如廢井。塵海迷漫，如斷帆之船，無處著身。十載來，奮志功名，不眠不休，此日情景，忍呑喉間魚鯁，呑之不下，漸成瘿瘤，難治矣。過片，淚如泉湧，眼前一片饃黏。閱盡世間，如夢如電，復如泡影，纔覺「吾所以有大患者，爲吾有身」（道德經語）。己之愁結未解，人生苦樂二境，均已分別領略。功名富貴，有如游蜂鑽紙，諸公還沈溺於此，亦不過酒醉腥羶而已！人生如草頭露水，俄頃即化，何必執著此什麼。本詞因考試落第，客居異地，思及父母恩情，慟先君逝世，心境悽苦，至性至情。然則昔人於科舉制度下，功名得失不能去懷，甚於今人，蓋仕宦爲唯一捷徑耳。

又，「城頭月」、中秋雨夜書家信後（銅絃詞，卷上，頁十四），其一：

他鄉見月能淒楚。天氣偏如許。一院蟲音，一聲更鼓，一陣黃昏雨。　孤鐙照影無人語。默把中秋數。荏苒華年，更番離別，九載天涯度。

其二：

清宵定置高堂酒。料得栖當手。弱婦扶持，雛孫宛轉，怎及兒將母？　遙憐扶杖依南斗。明歲兒歸否？窮達難知，團欒最樂，悔煞長安走。

其三：

去年拜月深閨裏。憶我風檐底，一片清輝，三條畫燭，遠盼泥金喜。千里。月上天如水。姑鬢成絲，兒膚勝雪，瘦影中間倚。　今年憶我愁

「城頭月」，前後段同。此調與少年遊字同句，但係仄韻，以馬天驥有「城頭月色明如晝」句也。本詞爲心餘二十九歲山東濟南作。第一闋，在異鄉，黃昏雨後、聽蟲音、更鼓聲，見中秋月而心淒楚。過片，只孤鐙相伴，荏苒年華，更番別離已九載矣。第二闋，中秋清宵，料想母親在家中高堂置酒，雖有弱婦扶持，幼孫嬉戲，又豈能及子之侍母。過片，想功名，窮達難知，眼前只覺得家人團欒最樂，眞悔參加京城科考。第三闋，去年中秋、深閨拜見，室內三條畫燭，戶外一片清輝，樂不自勝。過片，今年家人憶我千里，一樣月涼如水，此時母親兩鬢已成絲，而孩子則肌膚勝雪，依倚其中者，唯一瘦影伶俜之賢妻而已。此三闋繼前作，客居異地，中秋懷念家人、心境悽冷。抒寫骨肉眞情，從胸中流出。

又，「水調歌頭」、舟次感成（銅絃詞，卷上，頁十九）：

偶爲共命鳥，都是可憐蟲。淚與秋河相似，點點注天東。十載樓中新婦，九載天涯夫壻。首已似飛蓬。年光愁病裏，心緒別離中。　詠春蠶、疑夏雁、泣秋蛩。幾見珠

圍翠繞、含笑坐東風？聞道十分消瘦，爲我兩番磨折，辛苦念梁鴻。誰知千里夜、各
對一鐙紅。

本闋爲心餘三十歲南歸時作。舟中有感於別婦。上片，與妻爲「共命鳥」，婚後，「實爲可憐蟲」，衣食堪慮，功名似幻。只有淚如秋河，不停東注。念十年夫妻，九載分離，料其在家中、「首如飛蓬」矣。心在別離，卻在「病」「愁」中渡日。過片，剛剛分開，初詠春蠶，夏日則疑夫壻未回，至秋，難以忍受，與蟋蟀同泣矣？只有夢中彷彿見。妻爲家室折磨，聞已消瘦，想起東漢梁鴻，娶妻孟光，妻爲人賃舂，舉案齊眉，享受溫馨。已則千里外，失功名、傷淪落，兩地各對一鐙紅。淒清、悲苦。而夫妻相愛之情，盡在其中矣。

又，「醜奴兒令」、三十二歲初度泊濟寧州（銅絃詞，卷上，頁二十四），其一：

年光得得悤悤去，二十黃州，三十蘇州，懶去重登太白樓。　青山黃閣傳何事？半
爲閒愁。半爲忙愁。聽雨江湖易白頭。

其二：

膝前長跪慚潘令，感上心來。悲上心來。那得高堂笑口開？　停舟沽酒團欒飲，婦

拔荊釵。妹拔金釵。周澤今朝卻是齋。

醜奴兒令，一名採桑子、羅敷媚。本詞作於心餘三十二歲生日（十月二十八日），攜家入京，舟泊濟寧（山東）。中云年光忽忽，二十湖北黃州，三十江蘇蘇州，今泊濟寧，東西奔走，身世飄泊，悲從中來，停舟，以婦人荊釵、金釵典當沽酒，以爲團欒之飲，亦苦亦樂。

又，「滿江紅」、平臺讀書（銅絃詞，卷下，頁一）：

伏几昏昏，卻又是，困人天氣。寧耐著、飛花庭院，落紅鋪砌。藥鼎聲微窗轉日，茶烟風軟簾垂地。抱新愁、扶病幾登臺，無情思。　隄上柳，鵝黃膩。隄下磵，魚鱗細。掩映出、芳塍宛轉，荷鉏人至。學稼難耕歸去土，浮家悔識飢來字。聽錫簫、社鼓一聲聲，春如是。

此或心餘三十歲北京作。在平臺讀書，困人天氣、飛花、落紅鋪砌；轉至心緒落寞，抱病、新愁，苦不堪言（無情思）。過片，隄上柳黃，隄下魚細，見荷鋤人愧己之無用，聽簫鼓聲感春之淒清。本闋由情而景，而情景交融，有李清照念奴嬌（蕭條庭院，又斜風細雨，重門須閉。……）餘意。清初以來，詞人多模倣，如仿東坡、稼軒、白石、夢窗等等，心餘此類作品，緣於性情，抒寫悽愴，足爲取式。

第六節　紀事、戲詠詞

詞以紀事，如蜀主王衍醉妝詞（者邊走，那邊走，只是尋花柳。……）。李後主玉樓春（晚妝初了明肌雪，春殿嬪娥魚貫列，鳳簫吹斷水雲間……）敍宮中縱情遊樂；歸國，臨行有詞：「三十年餘家國，數千里地山河，……最是倉皇辭廟日，教坊猶奏別離歌，揮淚對宮娥」，紀其悲慟。而周邦彥少年遊「并刀如水，吳鹽勝雪……」雖非詠徽宋與李師師情事（王國維清眞先生遺事辨之甚詳），亦紀尋常狎邪。可知，由來有自。

心餘紀事詞如：「**虞美人**」，**丙子九月廿六日晝室登舟北行紀事**（銅絃詞，卷上，頁二十三），

其一：

宦游且自浮家去。浮到何時住？親闈甥館兩船分（自註：時妹倩、饒四拱北秀才初婚，偕往）。明鏡香匳，各向小窗陳。　團欒笑語鐙前共。相對猶疑夢。出城纔覺一身輕。展放勞筋，百事暫消停。

其二：

衰親弱婦多勞苦。清瘦都如許。今朝安穩謝塵緣。問餽相循，不許再牽連。　秋光空闊天涵水。放眼同歡喜。全家移向畫圖中。領略江山，不願滿帆風。

丙子，心餘三十二歲，由題知爲該歲九月廿六日作。第一闋，全家（含妹、妹夫）浮遊（由南昌往北京），爲了求官，不知合時方有眉目？過片，團欒呵笑，鐙前共歡，相對疑夢中。出城後，百事忘憂，始覺一身輕。第二闋，母親體弱，妻子勞苦，都消瘦如許，內心實在愧疚。今朝此去，如謝塵緣。過片，放眼江山，秋光空闊天涵水，全家移置圖畫中，要盡情欣賞山水，反不希望順風滿帆，舟行太速。

又，「賀新涼」、明餘杭知縣府谷蘇公（萬元）**殉節哀詞**（銅絃詞，卷下，頁二），**其一**：

寇至無人抗。歎孤城、丸泥失守，誰當屏幛？舊令歸田遺一老，肯復去先民望。露白刃、與公相向。亂世之人爲賊好，勸先生、冠改黃巾樣。得富貴、且無恙。　公怒眦裂聲何壯。看微臣、此時心目、海天空曠。願脫齒牙爲劍戟，一罵豕蛇都喪。賊顧曰，是眞倔強。爾不我從須賂耳，奈窮官、壁立無封藏。但斫此，好頭項。

其二：

利刃環而下。血淋漓、浩然之氣，與刃相射。賊技如斯堪一唾，公乃憑虛而駕。看府谷、荒城斗大。中有孤魂垂白練，照河山、不許秦關夜。萇弘恨，豈能化？　鄉官義烈南雷亞。惜當時、寸權尺土，一無憑藉。過客哀歌還擊缶，淚湧渭橋清灞。公有後、士之良者。作使尋公遺愛去，向餘杭、酹酒公祠舍。述祖德、定悲咤。（自註：公裔孫遇龍、壬申進士，龍泉令）。

餘杭縣志云：「蘇某（失名），陝西府谷人，崇禎間由餘杭令致政。家居，寇入室，脅公，公不從，爲賊所害。其孫龍泉令遇龍，出西江裘少宰門」[90]。遇龍爲乾隆十七年進士，十八年（一七五三），至京，與心餘相晤。文集卷三，傳一、十五有杭州府餘杭縣知縣，蘇公傳，與本詞同時作。時心餘二十九歲。第一闋，寇至，而餘杭令蘇公守孤城，賊露白刃以逼。「亂世爲賊好」、「冠改黃巾樣」、可「得富貴」、且「無恙」，反諷時事。過片，蘇令伸張正義，罵賊，以齒牙爲利戟，罵的連豕蛇都喪膽，已雖窮官，忠貞不二，願以項上頭相抵。第二闋，賊果然下利刃，血淋漓，一股浩然之氣與刀相射。從此，陝西府谷荒城，有孤魂如白練垂下，照耀山河，爲不夜城。有如周靈王時萇弘（周人以爲媚諂而殺之，流血成石）之化爲石，以示堅貞。過片，蘇公雖只地方卿官，義烈則如南霽雲、雷萬春（與張巡同死睢陽）者流。手無寸鐵、尺土憑藉，終以殉節，使過客爲悽然。天憐忠貞，使其有後，裔孫遇龍爲龍泉令，向餘杭、尋蘇公遺愛、述其祖德、令人敬仰。名曰哀詞，實紀蘇令萬元殉節，表彰忠貞之義，扶持名教。

又，「**酹江月**」、**宛平查氏崇禎甲申紀烈詞應恂叔太守**（銅絃詞，卷下，頁十二）：

---

[90] 張吉安等修，朱文藻等纂（浙江省）餘杭縣志，收在成文出版社出版中國方志叢書，華中地方，第五六號。又所引在餘杭縣志，卷二十，職官表，下，該志，崇禎十七年，頁二十六（總頁二七五），云：「蘇，失名，增」。則心餘此作可補該志之不足。

清門娣姒，周蚤寡、行年四十有四。張姒年纔三十六，有妾廉姬廿歲。三女隨肩，筆牀硯匣，聽講周南旨。瑣窗鐙火，幽閒貞靜如此。　更有蚤寡之姑，適于黃者，攜女歸相倚。女亦聰明分硯席，蕙性蘭心無二。孟慕神仙，仲矜義烈，笑問黃家妹。妹云毋泥，得時皆可爲耳。

又，「金縷曲」、宛平查氏崇禎甲申紀烈詞應恂叔太守（卷頁同右）：

城破身難辱。周夫人、中堂危坐，放聲而哭。查氏家應隨國滅，三世同居此屋。列坐者、齊聲相屬。張母黃姑明大義，歎廉姬、有母能兼勗。誓殉此，一巢覆。　登堂三女嚴裝束。翦香雲、藏之羅袖，年俱十六。小妹垂髫齡十二，就義心情尤篤。也不必、珍珠淚匊。未死身迴情轉迫，向梁間、舉首如飛鵠。死易耳，瞑吾目。

又，「玲瓏四犯」、宛平查氏崇禎甲申紀烈詞應恂叔太守（卷頁同右）：

巷戰無人，賸雕梁一桁，九條羅帕。再拜皇天，以次從容齊挂。賊至仰視而驚，似聽得、精靈交罵。但呑聲、胠篋奔逃，不敢臨風呼咤。　廉姬小妹還魂亞。妾爲泥、妹婚而寡。殘軀兩兩登耄耋，鬼伯當時同赦。再生已證無生，死者無殊生者。算清明風雨，又到甲申年也。

又，「邁陂塘」、宛平查氏崇禎甲申紀烈詞應恂叔太守：

古今人、貞心烈性，捐生大抵如許。狗彘紛紛草閒活，何必同年而語？休悉數。到地覆天翻、殺魄難枚舉。青燐如雨。指太僕街頭，阜成門内，死算得其所。　尋榆岱，馬鬣纍纍相聚。還如堂列賓主。珊然環珮靈旗閃，點點神光來去。聲激楚。聽鬼唱秋墳、痛彼離離黍。廉姬季女。踏雨朵慈雲，生天稍後，來趁九蓮炬。

此心餘乾隆二十九年甲申（一七六四），應查禮（恂叔）作，距明崇禎十七年甲申（一六四四）國變，一百二十年。此四闋皆就同一題「宛平查氏崇禎甲申紀烈」。查氏諸妾甲申國變，周年四十四，張三十六，廉姬廿歲，皆幽閒貞靜。又有早寡之姑適于黃姓，携三女來歸，且蘭心蕙質，仲矜義烈。城破，衆妾及適黃氏姑、女，體認覆巢無完卵，再拜皇天，從容就義。末闋，引吳梅村（偉業）「賀新郎」，病中有感云：「萬事催華髮。論龔生、天年竟夭，高名難沒。吾病難將醫藥治。耿耿心中熱血。待灑向、西風殘月。剖卻心肝今置地，問華陀、解我腸中結。追往恨、倍悽咽。故人慷慨多奇節。爲當年、沉吟不斷，草閒偷活。艾灸眉頭瓜噴鼻，今日須難訣絕。早患苦、重來千疊。脫屣妻孥非易事，竟一錢，不值何須說。人世事，幾完缺」㉑，相較，則梅村之忍辱偷生、屈仕二姓，不如烈女之完節。

㉑ 吳偉業著梅村家藏藁，卷二十二頁七，上海涵芬樓董氏新刊足本，收在張元濟等輯之四部叢刊初編。

又，「沁園春」、題吳方甸刺史汴京紀游（銅絃詞，卷下，頁十九），其一：

比事屬詞，敦厚溫柔，春秋國風。是司馬游梁，年華正富，虞卿解印，著作彌工，艮嶽烟雲，樊樓鐙火，"一代興亡在此中。遺聞瑣，便箴縫錦衲，網綴魚蟲。敲來幾點晨鐘。更勘斷森嚴審異同。歎東京鼎盛，歡場易散，中原事去，夢境全空。兀朮觀圖，婆留索地，天使吳山易汴宮。一杯酒，又一聲長笛，才子英雄。

其二：

百六十年，人物風光，天中勝區。看金明池上，秋涼洗馬，玉津園裏，日落啼烏。廣武興悲，夷門隕涕，七十侯生尚在無？傷心處，比學陽官（宮？）闕，一樣荒蕪。幾番搔首踟躕。便寫向旗亭補說郛。似阮公講學，淹留尉氏，班生作賦，歎美東都。譋語丁寧，叢談細碎，入手皆成一串珠。誰更要，寫開元遺事，南宋新書。

本詞爲心餘四十六歲以後浙江紹興作。第一闋，稱揚吳璜（方甸）有司馬相如之才，年華富、著作工；繼室汴京（開封）文物鼎盛一時，古今如夢，往事成空。第二闋，北宋一百六十年（九六〇—一一二六，共一百六十六），開封人物、風光極盛。金明池、玉津園，項王與漢軍駐守的廣武，戰國侯嬴（爲信陵君所重）任夷門監者，往昔勝蹟，一樣荒蕪。古今興衰，令人踟躕，而阮籍（魏、尉氏人）

講學、班固賦美東都（實詠洛陽），瑣事叢談，入於方甸紀游，皆成串串珍珠，則唐之開元，南宋史事，後人當補新編，以爲應和，此增美方甸作品。

至於戲詠之作，如「沁園春」，北方有蟲名哥哥者，戲詠（銅絃詞，卷下，頁十四），其一：

蟲爾來前，爾雅重箋，爲伊釋名。想公會夫人，汝爲齊女，晉留重耳，誰是申生？孤竹餐薇，荊蠻采藥，鴻雁關河弟喚兄。嗟予季，似乘舟衛壽，字字傷情。　卑栖愛擇田荆。應花萼樓中第幾聲？比苦竹叢邊，行兮不得，秋風原上，急也曾經。餅怨婆焦，婦稱姑惡，蜂蟻綱常友愛幷。嘈嘈處，有鬩于牆者，驀地心驚。

其二：

聒聒哥哥，南北之人，語音不同。似蟬翼流嘶，未登月令，莎雞振羽，不入豳風。腹乃皤然，背尤盎爾，長腳還堪比相公。馬頭上，有半鞍明月，聲在其中。　秋來紫豆花叢。挂紙閣蘆簾鐵馬東。向壺腹藏身，請君入甕，瓜瓤作餉，爲爾開籠。蟋蟀窺牀，斯螽動股，借亂軍聲十二峯。拋殘體，任蟻穿雞啄，化作沙蟲。

釋其名，以史事、語音附會；並以其形體生活、所居點染，以爲「戲詠」之意。

第七章 蔣心餘文學述評——藏園九種曲

王國維宋元戲曲史云：

蒙古滅金，而科目之廢，垂八十年，爲自有科目來未有之事。故文章之士，非刀筆吏無以進身；則雜劇家之多爲掾史，固自不足怪也。沈德符萬歷野獲編（卷二十五），及臧懋循元曲選序，均謂蒙古時代，曾以詞曲取士，其說固誕妄不足道。余則謂元初之廢科目，卻爲雜劇發達之因。蓋自唐宋以來，士之競於科目者，已非一朝一夕之事，一旦廢之，彼其才力無所用，而一於詞曲發之。且金時科目之學，最爲淺陋。（觀劉祁歸潛志卷七八九數卷可知）。此種人士，一旦失所業，固不能爲學術上之事。而高文典冊，又非其所素習也。適雜劇之新體出，遂多從事於此；而又有一二天才出於其間，充其才力，而元劇之作，遂爲千古獨絕之文字。然則由雜劇家之時代爵里，以推元劇創造之時代，及其發達之原因，如上所推論，固非想像之說也。❶

---

❶ 王國維著宋元戲曲史，頁九十八，商務印書館。又，天虛我生序曲海總目提要（頁一，收在黃文暘撰，董康纂輯曲（續次頁）

王國維先生以為散曲(新詩)、戲曲(雜劇、傳奇)之所以興盛，在於文人之失所業。今人孟瑤先生，以為興起原因，除文人的失所業外，尚有：音樂的繁興、文學的刺激、統治者的好尚、都市的興起、口語文學的發達等因素❷，言之甚詳。

明代王世貞云：「曲者，詞之變」❸，吳梅云：「樂府亡而詞興、詞亡而曲作」❹。然則，「詞」「曲」有何異同？

從「同」的角度說，曲的宮調，本於詞；曲的牌調，大部分沿用於詞；曲的體裁，也多根據詞❺。至於「不同」？王力云：「一、詞的字句有一定；曲的字數沒有一定，甚至有些曲調裏，增句也是可以的。二、詞韻大致依照詩韻；曲韻則另立韻部。三、詞有平上去入四聲；北曲則入聲被取消了，歸入平上去三聲」❻。此從語言角度論說。從文學上說，詞曲之風格不同：詞主柔、

❶ 海總目提要，新興書局)云：「傳奇雜劇之所以盛於金元者，則以外夷入主。士大夫習於荒淫，家絃户誦，幾不自念亡國之耻。於是有心者，因勢利導，作逢場之戲，為救世之針，……匹夫匹婦，知有所責，十手十目，毫不能逃，中國之不亡於元，未始非其功也。」言之成理。

❷ 孟瑤著中國戲曲史，頁一五九起，傳記文學社出版。

❸ 王世貞著王氏曲藻，序，頁八一，收在任中敏編新曲苑，台灣中華書局。

❹ 吳梅著中國戲曲概論，卷上，頁一，學海出版社。

❺ 盧冀野編詞曲研究，第五章，從詞到曲底轉變，頁八六云：(一)，曲的宮調牌名多根據詞的。……曲的調名，與詞相同的頗多。……曲的體裁也多根據詞的。可分三種：確是一體而曲自詞變化出來的，如尋常散詞變成曲的小令；詞中成套的，變成曲中套數，詞的犯調成為北曲的帶過曲，南曲的集曲；詞的聯章變為曲的重頭。還有雖不是一體而極相當的，如詞的「大遍」，與曲的「套數」；詞的「摘遍」，與曲的「摘調」。(台灣中華書局)。

❻ 王力著詩詞曲作法，第四章，曲，頁七〇六，宏業書局。

曲偏剛；詞靜而歛，曲動而放；詞縱故深，曲橫故廣。又，詞、曲雖同為口語體，詞之雅化甚早，白話詞反成別體；曲之雅化較遲，仍以白話為正格也❼。

至於元曲之流變。北曲雜劇，以大都為中心，主要集子為「元曲選」❽，著名的作家如：關漢卿（現存劇作十八種，著名的如「感天動地竇娥冤」）、馬致遠（現存七種，著名的如「破幽夢孤雁漢宮秋」）、白樸（現存三種，著名的如「唐明皇秋夜梧桐雨」）、王實甫（現存三種，著名的如「崔鶯鶯待月西廂記」）、鄭光祖（現存八種，著名的如「迷青瑣倩女離魂」）、喬吉（現存三種，著名的如「玉簫女兩世姻緣」）。

明初，元之北曲漸衰微，南曲承之興起，重文句，典故。主要集子是六十種曲❾。傳奇作家以：王世貞（有鳴鳳記）、梁辰魚（有浣紗記）、沈璟（有義俠記等）、湯顯祖（有玉茗堂四夢—還魂記、紫釵記、南柯夢、邯鄲夢等等）。明代雜劇則吸取元之北曲而稍加變更，主要作家有朱權（寧獻王）、朱有燉（周憲王）、馮惟敏、徐渭等人。

有清戲曲作家，前後約二百餘人，重要作家，明末清初期有：吳偉業（有秣陵春）、袁于令（原名韞玉，有西樓記）、李漁（有風箏誤、慎鸞交、奈何天等十種曲）、尤侗（有黑白衛、讀離騷等雜劇五種）。康熙期有：洪昇（有長生殿）、孔尚任（有桃花扇）、萬樹（雜劇有珊瑚珠等，傳奇有風流棒等）。雍正乾隆

❼ 參俞平伯著論詩詞曲雜著，詞曲同異淺說，頁六九六，長安出版社。

❽ 元曲選，元雜刻選本。又名元人百種曲，明臧懋循（字晉叔）編纂。約刊行於明萬曆四十三年前後。坊間有正文書局本。

❾ 六十種曲，全名為汲古閣六十種曲，明毛晉（字子晉，號閱世道人）編纂。「汲古閣」是毛晉之父毛清專用之書齋，子晉嗣父癖，多搜藏古物圖書，翻刻舊籍，「六十種曲」為汲古閣刻書之一種。今有臺灣開明書店本。

期有：夏綸（傳奇六種，教忠教孝，如無瑕璧）、楊潮觀（號笠湖，有吟風閣傳奇）、及蔣士銓。以後漸式微，知名的如陳烺（叔明）、黃憲清（韻珊）而已。

心餘兼工南北曲，學湯顯祖作風，。今所著錄雜劇有：一片石、四絃秋、采石磯、第二碑、西江祝嘏、廬山會。傳奇方面有：冬青樹、空谷香、香祖樓、桂林霜、雪中人、臨川夢、採樵圖⑩。以上合刊一片石、第二碑、四絃秋（皆雜劇），空谷香、桂林霜、雪中人、香祖樓、臨川夢、

⑩ 李調元雨村曲話云：「士銓曲爲近時第一，以腹有詩書，故隨手拈來，無不蘊藉。……未幾病痺，右手不能書，今已南歸矣！然聞其疾中，尚有左手所撰十五種曲，未刊云」（收在北京中國戲劇出版社出版中國古典戲曲論著集成，第八冊，頁二七）。案「十五種曲」，據莊一拂編著古典戲曲存目彙考，卷八，中編雜劇，頁七三九；及卷十一，下編傳奇，頁一三二八著錄，（木鐸出版社）共十三種。除藏園九種曲，采石磯、西江祝嘏、有今樂考證著錄（案：清姚燮著今樂考證，著錄十，頁一（總頁四九五，古亭書屋）國朝院本著錄蔣士銓作品有：香祖樓、空谷香、臨川夢、桂林霜、冬青樹、雪中人六種。）；廬山會、採樵圖則未見著錄。另有「二曲」，不知爲何？又，據朱湘著蔣士銓云：「蔣氏總共作曲一十五種：「一片石」（二十七歲春夏之交作），「康衢樂」、「忉利天」、「長生籙」、「昇平瑞」（以上四種二十七歲爲江西紳民遙祝皇太后壽而作），「空谷香」（三十歲十月作），「桂林霜」一名「賜衣記」（四十七歲五月作），「四絃秋」一名「青衫泪」（四十八歲九月作），「雪中人」（四十九歲十二月作），「香祖樓」一名「轉情關」（五十歲二月作），「臨川夢」（五十歲三月作），「第二碑」又名「後一片石」（五十二歲八月作），「冬青樹」（五十七歲八月作），「采石磯」（五十七歲八月作？），「採樵圖雜劇」（五十七歲作）；通行的只有九種，叫做「藏園九種曲」。（九種書名很不一致：有清容外集藏園九種曲、紅雪樓九種曲、蔣氏九種曲、香祖樓九種曲、蔣定甫九種曲、紅雪樓九種塡詞、九種傳奇八種名稱。）九種外的四種「萬壽賀劇」以及「采石磯」、「採樵圖」我都沒有見過，不知到底還有流行的本子沒有？李調元在他的「雨村曲話」中說，蔣氏五十八歲病痺，右手不能書後，「聞其疾中尚有左手撰十五種曲未刊」，這我看不可靠。（收在郁達夫主編中

（續次頁）

冬青樹（皆傳奇）名曰藏園九種曲，又稱紅雪樓九種曲，或蔣氏九種曲。

今就此九種曲分雜劇、傳奇兩類敘述。

第一節　一片石雜劇

第一目　本事

此劇記明朝寧王朱宸濠妃婁氏之事，明武宗正德十四年，寧王謀叛，諫之不聽，寧王敗，妃於樵舍投水死⑪。爲南昌人私葬，至有清二百年來，無有志者。乾隆辛未（一七五一），心餘爲南

---

⑩ 國文學研究，下冊，頁四七四，清流出版社。）由莊一拂、朱湘所言，疑「西江祝嘏」含：「康衢樂」、「忉利天」、「長生籙」、「昇平瑞」四雜劇。如此合得十六種。

⑪ 據谷應泰明史紀事本末，卷四十九，「江彬奸佞」條，頁五〇四云：「（武宗正德）十四年六月，寧王宸濠反。」（三民書局）。又，明史，卷一百十七，諸王二，寧王權，頁十八（總頁一三六〇），武宗正德十四年，「七月壬辰朔，宸濠出江西，留其黨宜春王拱滌、內官萬銳等守城，自帥舟師蔽江下，攻安慶。汀贛巡撫僉都御史王守仁聞變，與吉安知府伍文定等檄，諸郡兵先後至。……文定帥士卒殊死鬬，擒斬二千餘級，宸濠乃退保樵舍。明日，官軍以火攻之，宸濠大敗，諸妃嬪皆赴水死，將士焚溺死者三萬餘人。……初，宸濠謀逆，其妃婁氏嘗諫，乃敗，歎曰：昔紂用婦言亡，我以不用婦言亡，悔何及。」（藝文印書館本）。又，據明武宗實訓，卷二，「討叛」條，（武宗十四年七月丁巳）（頁十八）云：「丁巳，以宸濠反，削其封爵，屬籍，詔告天下」。（中央研究院歷史語言研究所校印）。

昌縣志總纂，聽聞城外隆興觀側有婁妃墓，已廢，告于江西布政使彭青原，彭氏急遣吏訪得其處，遂立碑表識之⑫。作者以此雜劇記其始末。

「一片石」屬雜劇，心餘銅絃詞「賀新涼」有「自題一片石傳奇」（卷上，頁三）：

蝶是莊生化。絕冠纓、仰天而笑，閒愁休挂。大抵人生行樂耳，檀板何妨輕打。窮與達、漫漫長夜。獃（騃）女癡兒歡笑煞，歎何戡、已老秋娘嫁。須富貴、何時也。

十年騎瘦連錢馬。經幾多、浮雲變態、悲歌嫚罵。南郭東方游戲慣，粉墨誰眞誰假。弔華屋、荒邱聊且。不見古人何足恨，只文詞、伎倆斯其下。我本是，傷心者。

心餘以「傳奇」代替「雜劇」，是因此戲曲取材於明代宸濠妃妻氏之事，戲曲文學作爲一種敘事性文學，在本質上與小說相通，故借傳奇以爲名⑬。詞中之意，以人生若莊子夢蝶，忽實忽幻，應及時行樂，管他窮通，子女好歹。更不須騎連錢馬，經名營利。可以如南郭處士、東方曼倩，滑稽之談，作諷喻之事，寄託人之禍福興衰，以盡文人之職耳。本詞亦錄在書後，並有徐燾和詞。

本雜劇分四齣。第一齣夢樓、第二齣訪墓、第三齣祭碑、第四齣宴閣。

⑫ 據蔣士銓著一片石，自序，頁一，收在藝文印書館叢書集成續編，紅雪樓九種曲，後引九種曲皆據此本，不贅。又，彭氏，指彭家屏，有墓碑記（亦收在一片石前頁）。彭家屏，字樂君，河南夏邑人，清史稿列傳一百二十五。

⑬ 據蔣士銓一片石自序乃稱「一片石雜劇」（頁二，版本同註⑫）。

第一齣　夢樓

敍述小生薛天目偶至江西隆興觀遊，登酒樓喝酒、遠眺江邊，引起對古跡之憑弔。慨歎婁妃之才智節烈、宸濠之亂、苦諫於前，宸濠不聽，終爲王陽明所平。婁妃則自沈於江。陽明先生雖欲收殮遺骸，究無知者。薛生乃作題壁詩云：

如雪奔濤戰血腥，練花堆裏葬湘靈；
春泥不得埋香骨，愁煞西山一帶青。
王氣欃槍黯不開，一時皆讓婦人才；
風吹蘭麝都成土，誰踏玻璃上塚來。

婁妃感其誠，因托夢告之：「廢壠只在咫尺，足下有心，當爲過訪」。薛生醒後問酒保，訪求不遇，乃告之於籛方伯繼鏗，求他派人查訪。

第二齣　訪墓

籛方伯得薛生之說，以爲攸關風化，乃遣儒官訪覓，不得。後因避雨入王陽明先生祠，巧遇姓鍾秀才（本姓婁，婁妃爲十三代祖姑），得知婁妃墓在德勝門外，新建、上饒兩漕倉界墻之中，僅留碑趺、埋存竈側。尋訪途中，儒官爲趕煞之士撞倒，因言及家裏廚房邊，有一座古墓，昨夜忽然作起響來，家中老小發昏，故請二箇道士、祈禳趕煞。於是儒官與衆同看究竟。

第三齣　祭碑

儒（學）官奉籛司之命到朱氏民宅旁樹碑，碑立，吩囑老婦日後須潔淨，好好護持，並稟告籛司。籛司亦親臨酹酒奠祭。時有鍾姓生員入跪，稟述其爲婁妃後裔，避禍改姓，感謝大人表揚幽隱，敬備瓣香，求以私祭。而薛生亦得知籛司訪得婁妃墓址，一逕酹酒拜祭。

第四齣　宴閣

土地公「終日忙忙碌碌，迎送過往神祇」，如此「逢迎折磨」，頗有怨言。土地婆則言「夫貴妻榮」，熱衷於命婦。繼述西山吳彩鸞、建昌麻姑二仙同赴滕王閣看龍舟，土地神因領法旨。而婁妃則欲會二仙時，請麻姑撰墓志，吳彩鸞妙筆書冊，藏於幽壙，他日流傳而不朽。後述婁妃偕二仙往省其墓、新碑，並囑土地神爲之照管，後各還山。

第二目　評論

據李笠翁曲話⓮，詞曲當重：結構第一、詞采第二、音律第三、賓白第四、科諢第五、格局第六。今就此析論心餘一片石雜劇。

就結構言。

一片石雜劇之「主腦」（主題，本意），在於「片石（墓碑）青天照」，表彰婁妃苦諫宸濠造反，不聽，自沈於江的節義情操。此「風化攸關」的創作動機，即笠翁所謂「凡作傳世之文者，必先有可以傳世之心，而後鬼神效靈，予以生花之筆，撰爲倒峽之詞，使人人讚美，百世流芳；傳非文字之傳，一念之正氣使傳也」⑮。而此種思想，亦是明清以來傳奇忠奸鬥爭的主題模式⑯。文中頭緒少，有虛有實（麻姑等仙、土地神屬虛；婁妃、宸濠等屬實）。又如第二齣訪墓，儒官避雨入王陽明先生祠云：「我想宸濠之亂，婁妃苦諫於前，先生智擒於後，竭忠全節，實可同揆。乃先生千秋廟食，賢妃抔土無存，豈非恨事」（頁十），照映前後，密合無痕。

笠翁以詞采爲第二，以爲：貴顯淺、重機趣、戒浮泛、忌塡塞。準此以論心餘一片石，無論生、丑、淨、旦、末諸腳色賓白，大都合宜。如第二齣訪墓，中淨云：「哇！狗才！這等放肆」（頁十三）。又，丑云：「放你的屁，我們是布政司親口分付尋墳的」（頁十四）。言語生動。即笠

---

⑭ 李漁著笠翁曲話，廣文書局（筆記三編）本，下引文皆據此。又，大陸（北京），中國戲劇出版社，中國古典戲曲論著集成，七，收有李漁著閒情偶寄。

⑮ 笠翁曲話，見註⑭，結構第一，戒諷刺，頁八，又案：笠翁言「戒諷刺」，旨在強調「創作動機」，是以起首言：「武人之刀，文人之筆，皆殺人之具也；刀能殺人，人盡知之；筆能殺人，人則未盡知也」（頁六）。又，「凡作傳奇者，先要滌去此種肺腸，務存忠厚之心，勿爲殘毒之事；以之報恩則可，以之報怨則不可；以之勸善懲惡則可，以之欺善作惡則不可」。

⑯ 據郭英德著明清文人傳奇研究，第二章明清文人傳奇的時代主題云：「在明清文人傳奇中，大多數歷史劇和時事劇都呈現出忠奸鬥爭的主題模式」，而且，「忠奸作爲主題思想因素，還滲透到其他題材的文人傳奇作品中，構成情節與人物的政治歷史背景」（頁三十六至三十七，文津出版社）。

翁所謂「言語本之談巷議，事則取其直說明言」，「全無一毫書本氣也」。至如，生作憑欄介：「咳！一望蒼茫，幾番興廢，南唐王業已失偏安，明代藩封猶張逆焰，好不增人憑弔也呵。」（第一齣夢樓，頁二）。又，中淨云：「自家乃一箇復設訓導便是。讀破萬卷時文，做了半生學究」（第二齣訪墓，頁六）。言詞略酸腐，亦合其身分耳。而土地公言己「奔走逢迎受折磨」，土地婆則云「夫貴妻榮」，（第四齣宴閣），二人神情對比，富於機趣。

笠翁所言音律有九款，重要者如：「凜遵曲譜、魚模當分、廉監宜避、拗句難好、合韻易重、少塡入韻，別解務頭⑰等等。而心餘九種曲前人既已正譜⑱，今不贅言。

⑰ 笠翁曲話，「別解務頭」條云：「曲中有務頭，猶棋中有眼，有此則活，無此則死。進不可戰，退不可守者，無眼之棋，死棋也。看不動情，唱不發調者，無務頭之曲，死曲也。一曲有一曲之務頭，一句有一句之務頭；字不聱牙，音不泛調。一曲中得此一句，即使全曲皆靈；一句中得此一二字，則使全句皆健者，務頭也」（頁五三，廣文書局本）。吳梅著顧曲麈談云：「務頭者，曲中平上去三音聯串之處也」。（頁七九至八十，廣文書局）。王季烈著螾廬曲談云：「北詞廣正譜所註上去不可移易之處，與南曲譜所注某某二字上去妙，某某二字去上妙，凡此皆用『務頭』之處」。（收在王季烈著集成曲譜，聲集，螾廬曲談，論作曲，頁四十五，民國二十年，上海商務印書館）。又，羅忼烈著詞曲論稿，有「說務頭」（頁二八〇，中華書局香港分局），以「務頭」爲「采頭」，論之頗詳。忼

⑱ 據藝文印書館影印紅雪樓九種曲：一片石有眞州吳承緒芬餘正譜，華亭王興吾宗之評定；桂林霜有鳳翔楊迎鶴松軒正譜，大興張三禮椿山評文；四絃秋有鶴亭居士正譜，夢樓居士題評；雪中人有泰安李士珠寶巖正譜，秀水錢世錫百泉評點；臨川夢有長白明新春岩正譜，秀水錢世錫百泉評校；香祖樓有新城種木山人訂譜，天都兩峯外史評文；第二碑有見亭外史正譜，蒼厓老人評校。空谷香、冬青樹有趙舜音律上之分析（見所著蔣士銓研究，收在師大國文研究所集刊第二十號，頁七四，及頁一二三）。

笠翁以賓白爲第四，言聲務鏗鏘，語求肖似，文貴精潔，實取尖新等等。科諢第五，在於戒淫褻，忌俗惡，重關係，貴自然，並云科諢止爲發笑，宜雅中帶俗，俗中見雅，妙在水到渠成。第六爲佈局，云：家門（開場數語）、冲場（第二折）、出腳色（不宜太遲），小收煞、大收煞（收場），知心餘一片石有團圓之趣，無包括之痕。

綜合說來，一片石本一篇文字，即可記宸濠妃婁氏之事，作者以四齣成劇，不令單調無味，可稱才筆[19]。朱湘云：「全曲不過四齣，喜劇部份倒佔去了一大半，這種現象是蔣氏以後的曲子所無的；並且第二齣中，對於「豁免七釐半」這種豆大的皇家恩典加以嘲笑，在當時雍正死不多久高壓的專制政策還沒有銷歇的那種時候，這種大膽的公開譏笑，眞能算是一種破天荒的舉動」[20]。所說大略是。唯所引「中淨」之言，「淨」爲反派人物主角[21]，言語舉止自然有「反派」、「諷喻」之義。

第二節　第二碑雜劇

---

[19] 青木正兒已有此說。見其所著支那近世戲曲史，第十二章，頁六四〇起，蔣士銓の「藏園九種曲」，弘文堂刊。又，（王吉廬譯），上冊，第十一章崑曲餘勢時代之戲曲，頁四一〇，台灣商務印書館。

[20] 朱湘著蔣士銓，收在宋元明清戲曲研究論叢，第四集，頁二十，香港大東圖書公司發行。

[21] 參曾永義編中國古典文學辭典，頁四三八，正中書局。

第一目 本事

第二碑，又名後一片石。心餘在辛未（二十七歲）時作一片石，事隔二十餘年續作後一片石，爲了使「前」「後」一片石戲劇性相連，是先介紹此雜劇。

心餘在第二碑自序云：「婁妃墓在新建、上饒兩倉間，埋沒貧家竈側有年矣。乾隆辛未春，予訪得之，告青原方伯，時移藩滇南。且戒裝，不得廓清塋域。僅立碑表識而去，歷今二十六載。予每寓書有司，乞擇官地一區，徙此破屋以妥妃靈無有應者。乙未冬，漢陽阮見亭茂才過訪，執手如平生，叩以故。則於傳抄中，心折予所撰一片石舊詞。蓋十餘稔每以不及訂交爲憾。予乃傾倒見亭者不能已。見亭時往處南省舅氏太守翕堂吳公。匆遽特甚。明年，上特擢太守江西鹽道，即權方伯篆。見亭從焉。予怦然動。遂舉妃墓事，屬告方伯，亦姑妄語之云耳。明日，聞方伯偕令尹伍君往視，即賞墓戶遷屋之貲，又給金屬令尹，修葺如式，伍君亦捐俸。購墓門外民居，俾坼去，於是兆域夷曠，馬鬣隆起，新坊翼然以崇。嗚呼！妃之幽宅，至茲而奠矣」㉒，王均序言：「宸濠雖叛，妃則始以歌諷、繼以泣諫，終以死殉，其忠也，義也，烈也，不相掩也」㉓。即心餘表彰貞烈之義。

本雜劇分：賡韻、留香、上塚、尋詩、題坊、書表等六齣，茲分述如下：

㉒ 蔣士銓著第二碑，頁四，藝文印書館叢書集成續編，原刻影印紅雪樓九種曲。

㉓ 同註㉒，頁一。

第一齣　賡韻

此述阮劍彩（字斗墟）懷才不遇，因舅氏季公以贛州太守陞江西布政使，有書相告，故來入幕。行至江西，過滕王閣，在臨江酒樓飲盃，偶觀牆上薛天目弔婁妃題詩，追問之下，以當初秀才訪得婁妃之墓，及立碑祭奠之事相告，阮遂欲省婁妃之墓，適二位鍾姓（本上饒婁氏，因前代宸濠之亂，改姓鍾）秀才，祭奠婁妃墓來飲於此，阮與言談，得知事情根由，二位因知阮劍彩為文士，即請阮和牆二詩，其一云：

香骨寧霑濁浪腥，水仙來往自揚靈；
朱顏畢竟歸黃土，中有神燈一點青。

其二云：

豕圈雞塒未徙開，今人才異古人才；
誰能柳下申前禁，應有金蠶出墓來。

後，阮遂邀二人偕往省墓。

第二齣　留香

此言婁妃省墓，觀墓頹敗荒穢，昔日所作秧歌，尚留人口，悲從中來，斥責寧王不是。正此際，彩鸞仙子遣婢邀婁妃至西山洞天賞阮斗壚詩，並感謝阮之發心請命、修葺墳墓。婢在墓嗅出爐中香氣，妃言上帝憐其忠貞，特賜御爐奇品，令其藏於塚內，以辟諸穢。而墓旁小戶未遷，以至屈於污穢，此身後餘劫，今喜劫數將盡。

第三齣　上　塚

洪州新建知縣伍行先，爲新藩臺季延陵（號丹山）所召，季氏因聽外甥阮秀才之言，謂德勝門外，有婁妃古墓，急須清理，特傳伍宰商議，意欲相偕出城訪墓。季至，即賞墓戶移居銀子（墓戶家貧，不能另覓房屋），墓戶並云：每風清月白之夜，便有異香滿院，細細尋覓，發現墓碑下，氤氳一縷，漸放出來，怕賢妃見怪，是以寬限數日，即便搬去。而季氏且捐俸，囑伍宰鳩工構石；伍則分付墓門外房屋居民，到衙門領銀，並立即開工構築。

第四齣　尋　詩

此述薛天目已脫朝衫，重遊北蘭寺，憩息於隆興觀塘柳樹下面石磴，回想少時，泊舟此處，酒樓題詩，因而訪出婁妃舊墓，屈指已二十餘年，歎詩人漸老。此刻，阮劍彩正爲舅氏藩司鳩工督造婁妃墓，特地出來驗看工程，是與薛氏相識，而阮則心儀其題壁詩已久，相識恨晚，相偕訪墓。閒行過酒樓，頓起雜感。後至墓臺，學中廣文先生知新藩臺正修造婁妃墓，已與門斗至焉。如此，亦與薛、阮相遇。後，薛邀阮至酒樓賞讀新詩，並邀工程完備，二人同往祭奠，且薛氏將此事本末另譜新詞以爲記載。

第五齣　題坊

述新建令伍君奉藩憲之命，將婁妃墓修葺完竣，季藩司率衆祭奠，且題坊榜，手書婁賢妃墓，墨彩神光，照耀行省。適有婁氏後裔鍾姓生員，蒙恩叩謝，並以前朝官給地劵執照二紙呈覽，益信之。並喜令尹能克承先志，以其祖父忠襄公討平宸濠後，保全朱氏無辜者無數，今恰爲令尹完成大事。而阮生亦至，有補和薛太史滿江紅詞：「畫戟朱旗。是方伯、重尋荒墓。把一片、桃源雞犬，量移他處。築就佳城青塚塞、排開華表香溪渡。倚江雲，坊闕手親題，無差誤。　燈火暗，烏啼樹；環珮響，風吹雨。指裙腰芳艸，一彎斜露。掛劍人呼吳季札、巡河曲唱丁都護、畫中樵、魂魄可歸來，江邊路。」以示慶賀。

第六齣　書表

婁妃自言蒙籛公表復遺邱，又感季公廓清塋域，感激不已。今上帝特敕昭明太子爲其編排墓表，使其忠貞流芳百世。婁妃於是請吳彩鸞仙子代書，恰好麻姑亦至，以法術擲倉內米、化爲各種微妙花，散向墓上，使桃杏梅梨齊放。婁妃墓至此而奠。

第二目　評論

在心餘第二碑自序提到，此劇是紀念阮龍光（見亭），他很佩服心餘「一片石」舊詞，每以不及訂交爲憾。又聽心餘說，「當日錢公移藩倉卒，只立一碑表識而去，其墓旁一二居民，未能令其遷徙，庖湢污穢之事，至今不免」，「若得一二賢有司，量給遷移之費，廓清塋域，先靈方妥」（見第一齣）。於是他使舅氏吳山鳳（江西藩臺）提出，吳氏即「賞墓戶遷屋之貲。又給金屬令尹，修葺如式」，伍君「亦捐俸」。

從結構上說（分：賡韻、留香、上塚、尋詩、題坊、書表），步步爲營，架構完整。詞采亦豐富。但此作畢竟是心餘五十二歲作品，比起「一片石」內容、樂觀、銳氣要少許多。如「關心爲甚來，弔古偏能耐，故國山圍，潮打空城在。咳！此地，徐穉之墳，澹臺之墓，皆破碎蓬蒿中無人料理」（第二齣）。又如：「狂歌醉吟，獨自首頻搔；無人共語，閑行狎漁樵。青衫半曳，也如君年少。今日呵，便酒樓依舊，怕向欄杆重靠；還恐那守墓神鴉，認不出前度詩人有二毛」（第四齣）。也許這種蒼涼之感，正表現作者的身世。

賓白本如說話，隨口出之，貴自然。如（小生）：我阮斗墟，他日倘有尺寸之權，當以此爲急務。（第一齣）。表現失意書生，尚持自負之心，以興教化爲政的理念。然，全曲「尖新」、「生趣」方面，不如「一片石」。至於斜諢，頗能戒淫褻，忌俗惡，使雅俗同賞。

格局方面，由阮之不遇，入幕舅氏季公，觀薛天目題壁詩，因得訪婁妃墓，蒙上帝賜婁妃御爐奇品。新藩臺季公上任，聽阮之言，清理婁妃墓，而薛天目重遊，憩息隆興觀，與阮相遇。婁妃墓修葺後，季公題坊，上帝並命昭明太子編排墓表，使忠貞流芳百世。由此知本曲人物簡單，結構緊密也。

第三節　四絃秋雜劇

第一目　本事

據心餘自序云：「壬辰（乾隆三十七年，一七七二）晚秋，鶴亭主人邀袁春圃（鑑）觀察、金棕亭（兆燕）教授，及予，宴于秋聲之館。竹石蕭瑟，酒半，鶴亭偶舉白傳琵琶行，謂向有青衫記院本。以香山素狎此妓，乃於江州送客時，仍歸於司馬，踐成前約，命意敷詞，庸劣可鄙。同人以予粗知聲韻，相屬別撰一劇。當付伶人演習，用洗前陋，予唯唯。明日，仍翦劃詩中本義，分篇列目，更雜引唐書元和九年十年時政，乃香山年譜自序，排組成章，每夕挑燈填詞一齣，五日而畢」㉔。可知心餘創作四絃秋動機，在於馬致遠之「青衫泪」錯誤隨處皆是㉕。則心餘此本「翦劃

㉔ 蔣士銓著四絃秋，頁一，藝文印書館叢書集成續編，原刻影印紅雪樓九種曲，下引四絃秋原文同此，不贅。

㉕ 據朱湘說法，（青衫泪）事實的錯誤隨處皆是。事實的錯誤最可笑的要算將白居易的謫官，移到國君的不好說的文才上去，如果這是當眞，那麼遷謫是理由充分的了，又何自而來青衫「泪」呢？看到後面，原來「青衫泪」的作者以爲「江州司馬千行泪」，是爲了重逢舊相好的琵琶妓而起的哪！元曲的思想淺陋，這便是一個例子。……還有一可笑的錯誤，便是「琵琶行」中明明說茶客到浮梁去買茶，而「青衫泪」中竟說茶客是「浮梁人氏」！……馬氏的「青衫泪」還有一種大謬誤，這是精神上的：即本故事是悲劇的，而「青衫泪」竟使男主要人物無謂的滑稽起來了。……（見朱湘著蔣士銓，同註⑳，頁二十四）。又，馬致遠撰青衫泪，見於臧晉叔編元曲選，下冊，頁八八三，正文書局。（續次頁）

詩（琵琶行）中本義」、「更雜引唐書元和九年時政」、及「香山年譜自序」，可知其忠於原事矣。

此劇分：茶別、改官、秋夢、送客四齣。

第一齣　茶　別（商人重利輕別離、前月浮梁買茶去）

述琵琶妓花退紅（本長安名妓），嫁與夫壻吳名世，販茶爲主，不解溫存。新茶將出，打算去做買賣，花退紅惋留之。以爲中年人，應多養息，「周旋暮雨朝雲，領受曉風殘月」。適有茶客烏子虛自京都南下相訪，述及王承宗、張伯靜、吳元濟等謀反，朝廷四路用兵，花之弟被選入軍伍，隨李元帥出征。又，花之姨娘與曹、穆兩師父，年老先後去世，京師彈琵琶者已無舊人。花驚聞此，不禁悲傷悽愴。且烏並邀吳往浮梁販茶，花只得怨己之命薄，痛不可抑，愁抱琵琶，以淚洗面。

第二齣　改　官（我從去年辭帝京，謫居臥病潯陽城）

㉕ 又，Arthur Waley所著Yuan Mei（袁枚）（Lundon. George Allen and Unwin LTD.），頁七三，提到蔣士銓四絃秋云：" Probably his best known play is Four String at Autumn, written in 1772." " The play it may be mentioned in parenthesis was written at the suggestion of some friends with whom in the late autumn of 1772 Chiang Shih-ch'uan discussed previon play on the subject. It is interesting that one of these friends was Yuan mei's brothor, Yuan chien "（袁鑒）不知何據？

宰相武元衡五鼓上朝，被人刺死，百官恟懼，聖上震驚，而左贊善白居易上奏捕賊，以雪國恥。韋（貫之）、張（宏靖）二相，以居易坊官多事，甚爲可惡。加上平日與白不合者，乘機參劾，說白母看花墮井而死，白反作賞花、新井二詩，大不孝。遂貶江州刺史。後，王涯學士上奏，言白所犯情重，不應理郡，故改貶司馬，時已四十四齡矣。其實白母墮井，給事薛存誠知之甚詳。薛爲居易比隣，知白母素有心疾，因貧苦憂憤發狂，曾持葦刀自刎，得救不死。後，失腳斃于井中。薛乃向中書裴相極力辨明，方免嚴譴。薛以白受無妄之災，遽遭遠謫，出京赴郡之際，特來拜送。在道中得知刺賊張晏等十八人，乃反賊王承宗所遣者，斯時人皆知白之賢名而被貶。

第三齣　秋　夢（夜深忽夢少年事，夢啼粧泪紅闌干）

述花退紅送吳郎浮梁買茶去後，音信杳然。此時秋氣感人，守住空船，忽夢少年情事。夢中與姨娘、尋花問柳的狎客，曹、穆二師父、及弟弟帶劍飛行等。醒來，新愁舊愁，齊上心頭，淚珠如流。

第四齣　送　客（座中泣下誰最多，江州司馬青衫濕）

述白居易改任江州，不覺一載，於潯陽江頭送二友北上，江口送客之際，友人言及王承宗等擾亂漸息，朝中李逢吉拜門下侍郎同平章事，傾害朝士，令人扼腕。忽聞錚錚琵琶之聲，居易便遣僕查看，知爲花退紅所彈。於是喚僕請之過船彈唱。花以其年少居長安平康，第一所烟花錦寨，第一面風月牙牌。當時，「錦纏頭，一笑千金買」，「甚秋娘，妬的心兒壞」；而後「弟走從阿姨死」，盛衰之情，訴之絃音，慢撚輕挑，絃絃掩抑，說盡心中無限事。居易聽來，引起無限哀感，不禁泫然泣下，放聲大慟。二客於此拜辭居易，花亦移船而去。居易並於次日將此事譜作琵琶行，以爲「天涯淪落人」同悲！

第二目 評論

心餘四絃秋雜劇評價高，後人選本往往取材㉖，甚至遠傳日本㉗。

本劇分四齣，結構簡單、精悍。就主題言，傷白居易殿中論事抗直干怒，遭讒謫之不公；與花退紅嫁個寡情郎重利棄家，天涯傷淪落，作者亦傷己之仕宦浮沉，所謂借別人酒杯澆胸中壘塊耳！而本劇頭緒少，情節發展清晰。密針線，如：（丑）：成德軍反了王承宗，黔中反了張伯靖，蔡州反了吳元濟，朝廷四路用兵，令弟選入軍伍，隨李元帥出兵去了。（第一齣）。眞所謂「弟走從軍阿姨死」，串入無痕。

㉖ 如吳梅選錄曲選，頁三十七至四十二，台灣商務印書館。

㉗ 日本文學博士久保得二譯有四絃秋。並「自題新譯四絃秋」十首。如其一：「舞榭歌場歲月悠，青春情事費尋搜；人生榮悴傷心極，綺夢醒來忽白頭」。其二云：「年年趁利向天涯，眞個狂夫不憶家；鳳枕鸞衾孤負久，一船載月傍蘆花」。其三：「中朝鈎黨事皆非，畢竟危言易觸機；聞道潯陽風浪惡，金雞放赦幾時歸」……。收在久保得二著支那戲曲研究，昭和三年弘道館發行，頁六五五至六五六。

詞采方面，有自然機趣如元曲者，如：〔北黃鍾〕〔醉花陰〕，酒陣歌場盡拋捨，舊裙衫香消蘭麝。嫁了箇多財壻、寡情爺。便做道恩愛差些，休得要恁離別。〔放琵琶桌上坐介〕兔絲固無情，隨風任傾倒，以色事他人，能得幾時好。春風爾來爲阿誰，蝴蝶忽然滿芳草。妾身花退紅，本是長安名妓。……聞他又要出門，咳！天長岸濶，草長鶯啼，只好守著琵琶過活也呵。則這答江水九条斜，準備著淚珠兒一樣瀉。（第一齣）。又，〔北出隊子〕深感你把相思除赦，這纔是美夫妻著疼熱。〔斟酒介〕看一看陌頭楊柳把郎遮，想一想我本將心托明月，難道是露水姻緣舊狎邪。（第一齣）。皆一味白描，自成異彩。又有鋪述清豔絕倫者，如：〔北水仙子〕歎歎歎歎幽意賒，枉枉枉枉了俺一片柔情難襯貼。恨恨恨恨採茶人掐斷春芽，把把把把一縷茶烟吹折，待待待待要消人渴吻熱，轉轉轉轉丟却自己風生雨腋。……（第一齣）。㉘

賓白方面，往往於自然中兼取尖新之意。如：〔末〕娘子不必過慮，倘然殺賊立功回來，做個大大的官也未可知。〔小旦〕咳！便做到未央宮將軍能奏捷，輪不到小兜凌烟圖寫。（第一齣）。此正是「死是戰士死，功是將軍功」之意。又，〔末〕娘子，買賣事大，顧你不得，休留滯，休拉扯，休饒舌，可不道從來重利輕離別。（第一齣）。此急於好利之語也。

㉘ 顧敦鍒先生著明清戲曲的特色（收在存萃學社編集宋元明清戲曲研究論叢，香港大東圖書公司印行），頁三三八，提到明清戲曲的特色，大概可分六點，(1)傳奇的產生，(2)南詞的盛行，(3)局度的自由，(4)音律的嚴密，(5)排場的工緻，(6)文筆的妍麗，其中第六點文筆的妍麗，引心餘四絃秋折桂令：「住平康十字南街。下馬陵邊，貼翠門開。十三齡五色衣裁。試舞宜春，掌上飛來。第一所煙花錦寨，第一面風月牙牌。颭鴉鬟紫燕橫釵，蹴羅裙金縷兜鞋。這朵雲不借風行，這枝花不倩人栽。」（第四齣）。

又，〔生冠帶引儀從上〕潯陽江頭夜送客，楓葉荻花秋瑟瑟，苦竹黃蘆繞宅生，住近湓江地低濕。下官白居易，去歲改任江州，不覺一載，公餘退食，與夫人楊氏，賦詩飲酒，令樊素，小蠻兩婢，清歌遣日，而且黃花滿逕，不須陶令折腰，翠黛撲人，常與匡君攜手，甚覺地絕煩囂，心生歡喜。（第四齣）。符合居易此刻身份。所謂君子失志，猶能自守，表現十分自然。

第四節　空谷香傳奇

第一目　本事

據心餘自序云：「海寧姚氏爲南昌令尹顧君瓚園賢姬，事令尹十有四載。乾隆庚午（一七五〇）冬誕一子，甫及晬而姬死，時年二十有九、予往弔之，令尹瘠而慟，同人竊有笑之者，令尹獨留予飲繐帳側，語姬生平事最詳，凡三易燭，而令君色沮聲咽，予亦泫然不能去。夫姬以弱女子未嘗學問，一絲既聘，能爲令尹數數死之，其志卒不見奪，雖烈丈夫可也。方欲爲姬作小傳，越日，晤方伯王宗之先生，語及之，先生曰：吁！姬其可傳也已。天下事有可風者，與爲俗儒潦倒傳誦，曷若播之愚賤耳目間，尙足觀感勸懲，冀裨風教。予唯唯。……甲戌（一七五四）乞假還，寒舟孑然，行迴飆涸渚中，歷碌如旋牀。疏櫺四閉，一榻自欹，乃度事勢、揣聲容，譜爲空谷香傳奇，凡三十篇。日有所得，即就隙光中縱筆書之，脫稿後，擊唾壺而歌，聲情颯颯，與風濤相蕩激，此身若有所憑者。回視同舟之客，皆唏噓泣數行下。噫嘻！姬之貞魂烈性，感人遂至如此夫？」㉙。

張三禮序空谷香亦云：「余謂海內如顧姚之事者，不知凡幾，不遇茗生，莫傳姓氏。今觀三十首，菀結纏綿，淋漓透豁，意則草蛇灰線，文則叠矩重規，語則白日青天，聲則晨鐘暮鼓，吾不知出于仙佛之炎炎皇皇耶，出于兒女子之喁喁于于淒淒楚楚耶，抑出于茗生之諄諄懇懇借存提命耶，問之茗生，不知也。茗生曰：吾甫搦管時，若有不能遏抑者，洋洋浩浩，奔注筆端，乃一決而出焉，吾固不知孰爲仙佛，孰爲兒女子，而遂成空谷香之三十首矣。予曰：此有關風教之文也」㉚。

可知心餘空谷香傳奇，有感於姚姬之貞魂烈性，播之愚賤耳目間，可以觀感勸懲，有關風教。實則，心餘所作傳奇，除臨川夢外，多以扶植綱紀爲主，開首從生旦著想，收場假託神隍作結。此後作家，多想沿襲㉛。

㉙ 蔣士銓著空谷香，序，頁一，收在藝文印書館叢書集成續編紅雪樓九種曲，下引空谷香同此，不贅。

㉚ 同註㉙，心餘自序前。

㉛ 此參朱尚文著蔣士銓藏園九種曲，載於大陸雜誌第二十一卷第三期，收在大陸雜誌語文叢書，第一輯第五冊，頁二六七，唯朱先生用語頗苛薄，如云「歌場乃多腐套」，「此後作家，多相沿襲，流毒不淺」。實則，郭英德云：「開場數語，包括通篇」的慣例相沿成習，直到乾隆蔣士銓的劇作才有所改變。蔣士銓從「命由天定」的宿命論出發，往往在他的傳奇的第一齣安排一個神仙出場的場面，預先說明全劇主人公的因緣與命運。如空谷香第一齣香生，演衆花仙受召至西天華嚴佛會，唯幽蘭仙遲到二十九刻，遂被罰謫人世二十九年，托生爲主人公姚夢蘭。……從戲劇結構藝術技巧來說，蔣士銓的創新把傳奇開場單純的說明斜述組織到戲裏去，作爲戲的序幕，實在是一種有意義的嘗試。（見郭英德著明清文人傳奇研究，頁二一一，文津出版社）。郭先生之說較洽。

本傳奇分三十齣：香生、賢餞、閨愁、絲引、利遷、譁樓、飲刃、移官、誓佛、辭幕、閧殘、店縊、買棹、護蘭、殺艙、懷香、勸訟、虎窮、旅婚、散疫、佛醫、賢聚、報選、心夢、麟祥、病俠、佛召、香銷、賓輓、香圓，茲分述如下：

第一齣 香生

首用北中呂、粉蝶兒南北合套開場，創新體例。劇中以上界爲背景，花神領百花侍史，向西天赴華嚴佛會，羣芳俱入供養，只有幽蘭仙史遲到二十九刻，本欲遣罡風，將他吹墮地獄，虧了藥師佛捧鉢護持，代乞如來，薄加譴罰，使他謫生人世二十九年，經受種種磨折，若果貞心不改，勁節無虧，仍當解脫生天。高文照於此齣末評云：「花有根元玉有芽，此是全部空谷香托始，種種勁節，向此植根，種種因緣，從此枝葉」㉜。

第二齣 賢餞

述顧孝威（字瓚園），浙西錢唐人，妻王氏。顧年近三十，新中進士，還鄉待選授職，失志（未入詞林）等待中，故人成君美任大名（河北省）兵備道，疊柬相招爲伊課子，心想選期尚早，株守無聊，遂應成之聘。又，顧之同年魯學連新選桐廬（浙江）令尹，泊船六和塔下，未遑往拜，遂遣家僮紅絲，往饋酒食。顧妻因離別在即，規其留意時務，使得他時設施，不無資益。並云伉儷

㉜ 同註㉙，高東井文照題評。下文所引同，不贅。

已逾半載，熊羆之夢杳然，勸顧納妾續嗣。臨行，顧妻爲夫壻餞行，並囑紅絲爲主小心留意納妾。高文照云：「此傳顧郎也，傳顧郎，因傳顧家大婦也。然必如此作色揣稱，躊躇滿志而出者，蓋爲蘭娘傳顧郎，不得草草，爲蘭娘傳顧家大婦，尤不得草草」，正是此意。

第三齣　閨愁

首敘小旦姚夢蘭，年方十六，海寧人，因降生之夕，父親曾夢幽蘭一枝，以爲小字。然先父數困場屋，感憤早世，母親改適，帶過孫門。繼父孫虎跟隨仕宦，僦屋棲身，展轉任職濟南知府。中途無節婦人趙氏，原許張三，天火燒窮，惟利是遷，爲李四所奪，側寫夢蘭志氣。後以瞽婦雌鐵嘴言夢蘭「富貴不足動其心，死生不足奪其志」個性，後當有十餘年珠圍翠繞之福（簇袍鶯），然則，俗婦趨炎富貴無恥，爲夢蘭所輕，（琥珀猫兒墜），所謂仙骨也。高文照云：「首折蘭娘前身也，此方是眞正化身出世，寫前身處，已種下許多愁恨，故墮落人間，寫化身處，尚帶有幾分仙骨」。

第四齣　絲引

首述顧孝威與僕紅絲，在大名兵備道成君美署中作客，紅絲念主人中年尙無子息，且孺人幾次力勸買妾自隨。紅絲乃往濟南府與大舅孫虎談夢蘭婚事，而孫虎欲百金財禮，兵備道成君美已許代備聘金，故一言即合，遂會顧氏。紅絲與孫虎至大名兵備道署中，由顧、孫二人互交盟證（婚帖、定情小箋）。末，言孫虎準備送女過門，顧則報妻喜訊。

第五齣　利遷

首介紹浪蕩子吳賴：「詩書是我的冤孽，聖賢是我的讐人，酒色是我的生涯，銀錢是我的性命，紙牌骰子雙陸，是我的燕翼貽謀，盲詞小說春圖，是我家的藏書秘本，……」簡直是地痞流氓。由於父親吳良是山東太爺，更可作威作福。於是傳喚孫虎，先挾以威（大板子一根，粗麻繩一條），後誘以利（二百兩紋銀），欲致其女夢蘭爲妾。孫虎「青竹篦，眞可駭，雪花銀，實堪愛」，屈服於吳賴威利，以爲顧氏定情箋「暫備小星之列」，爲可議之處，反口欲顧娶其女爲「正室」方得罷休；並托言中風，要女兒來見一面，使吳賴得肆淫慾。

第六齣　譁樓

述吳賴喚家人準備迎娶夢蘭場面，並借吳賴妾云：「我看大爺一味貪花戀酒，暴戾非常，這兩個姨娘，尚且不願同他過活，何苦又坑陷人家的好兒女喲！」言吳賴言行粗暴，貪酒好美色！又，（丑念介）：娘增歲月爺增壽，妻滿乾坤妾滿門。（丑又念介）：有天無日。又，（小生）：晚生新合一瓶妙藥，少助高興。皆諷刺吳賴縱情慾海生活。

第七齣　飲刃

夢蘭慶幸自己許聘錢塘顧家作妾，有終焉之志。忽憶前日女鐵嘴指示，近日有大難臨身，不免惶恐。不久，吳賴派僕張氏，言其繼父中風，須見女兒一面，令他迎接。夢蘭不疑有詐。等進了吳府，知繼父得吳家二百兩銀子，應他人吳賴妾。夢蘭知爲騙局後，假託回家娶隨身物，等到家後，時機一來，鋼刀一割，自刎跌地，差點逼出人命，眞正堅貞飮刃。高文照云：「惟智故能烈，非烈不成智」，正此意。

第八齣　移官

述魯學連因迴避，由桐廬移官江都，於杭州泊岸之際，與本爲吉水縣正堂，今調官新吳的年姪尹其明相遇，因談廬陵節義、維揚（江都）敗壞風俗；及尹臨行，將友人所贈素心蘭一盆轉送魯氏清賞。末，述魯氏差僕至顧孝威家，向顧孺人請安，並將素心蘭轉贈。

第九齣　誓佛

話說夢蘭「一死如歸」，怎奈「孽障未除」，苟延殘喘。半月來頸上傷痕初好，勉強起來，然爹爹疾聲厲色，心中難安。且被吳賴逐出，以此遷怒夢蘭，視同讐敵。因歎人間苦海。乃向藥師佛前誓願，守住堅貞，爲顧氏結髮，否則，辰孤宿寡，姻緣簿一筆勾消。這番話被繼父孫虎竊聽得，以爲夢蘭志不可奪，「不如捨了老顧」，但仔細想，這樣送去，「太便宜了些」，「不如寄封信與紅絲叫他到濟寧州來交代」，「刁難他幾兩銀子，有何不可」。

第十齣　辭幕

顧孝威爲嗣續，欲與紅絲共往濟寧，迎娶夢蘭，辭去大名兵備道成君美之幕，成爲其設筵送行、拜別。

第十一齣　開餞

先立解芬（浙江人，原在直隸總督李徐州任總管，憑樣借勢，好酒貪花，撒銀錢如土塊。因主人死了，同事散了，搭船回去），爲後事解決紛爭。中述顧孝威與夢蘭相見，而孫虎悔婚，將婚帖奪而碎之，失去憑證。紅絲與孫虎在店中大打出手，孫虎打倒紅絲，並言：比方說我這個女兒，若肯與人做小，難道值不得五七百銀子，爲甚百兩聘財，遠迢迢的送來與你。（大勝樂）。眞是太無廉耻，心肝變作刀和劍。末，顧氏與紅絲打算次日回大名，請成君美處置。

第十二齣　店縊

孫虎悔婚後，另投店住宿，直說：「有趣，有趣，那個書獃，被我一陣胡鬧，弄得他無法可施，兼且把婚書扯碎，口說無憑，如今帶這個丫頭回去，不怕沒有買主」，將夢蘭視爲搖錢樹。而夢蘭見孫虎「歹意已定」，越覺悲酸，既已見顧君，抱死無憾，死念復起。趁著夜半，見店中馬槽，解下腰帕投繯。四更風滅燈，孫虎醒來，摸不著女兒，急呼有鬼；吵醒店主，取燈找尋，得以解救。店主疑孫虎行徑惡劣，將其綑綁，痛打一頓，等夢蘭醒來，再問根由。夢蘭醒後，恨死生不由自主，並說顧君婚配，及種種遭遇，店主乃差僕押孫虎送夢蘭歸於顧君。

第十三齣　買棹

孫虎被挾持，送女到濟寧客棧，二位店僕本不放心孫虎，孫乃跪地發誓以取信，獨會顧君，又以「信孺人不過爲由」，要求顧君僱船一同回去，才送女過門。末，解芬因船家言之無信，二人扭打，與顧君等一行人相遇，隨而同赴杭州。

第十四齣　護蘭

首言顧妻王氏，前日桐廬令尹魯公調任揚州，過杭州，送素心蘭一盆，甚爲珍愛，盛讚其「空山枝葉，湘靈風味，一種幽人情致，芳心孤潔，貞操自稟難移」（梁州新郎），親自澆灌，即「護蘭」題之意。後述王氏獲夫婿顧君書信，「曾聘下一個姨娘，就是紅絲的內姪女」，眞是「釵笄，不用媒，赤繩相繫是一線紅絲」。

第十五齣　殺艙

一行人僱船往揚州途中，至梁王閘，孫虎又悔婚，說夢蘭是「空門中的八字，如何做得好人家妻小」，欲回濟寧，將夢蘭投入尼庵，顧君頓生憤怒，怒氣塡膺，與孫虎打鬥，顧踢孫虎跌地，孫遂入後艙取刀斫顧，顧踢刀落，夢蘭拾取，擲水中。孫虎復撲顧，被顧踢倒昏臥於地。後，解芬與顧共商，暫依孫虎，轉船回濟寧，而解芬則告孫虎，濟寧之不可行，於是，顧君又囑船家南下，折騰半天。

第十六齣　懷香

此承第一齣香生來。言蘭仙降生人世，不覺十有六年，衆仙乃有相思之情（懷香），感慨夢蘭九死一生，受盡無窮苦楚。末，以老旦口中，暗示夢蘭人間尙有十四年，乃可回天界團聚。

第十七齣　勸訟

船泊揚州，孫虎上岸僱船準備明早渡江他去。顧君趁此探訪夢蘭心志，夢蘭想起孫虎奸謀不測、反覆無常，心志已決，更勸顧君鳴之於官。解芬亦催顧去。顧乃急步江都縣門訴訟，適遇魯學連居縣署，二人談及近況，並得知孫虎展轉游移，意圖夢蘭別嫁之事。是令顧草寫一呈詞，以憑提審立案。且先喚紅絲前來對質，立鎖孫虎聽審。

第十八齣　虎窮

紅絲、孫虎至衙審訊。紅絲道出爲主人顧君說親、及孫虎賣女爲妾、反覆無定等情事始末。而孫虎在衙中，初乃強詞，說顧君倚著進士聲勢、平白串同謀佔少女，否認悔婚。及身上搜出顧君定情箋，及收出銀錢賬，內載收顧姓財禮紋銀一百兩，孫虎始認罪，用頭號板子重砍四十，並遞解回鄉。而顧君與夢蘭於是夜七夕成婚。

第十九齣　旅婚

顧君與夢蘭，感謝魯學連竭力立持正義，終成眷屬，於七夕成親，賃樓居住。顧君心生歡喜，夢蘭則思及前事，悲從中來。細問之下，夢蘭將孫虎貪太守之子，勢重金多，哄她入衙；及濟寧旅店自縊等情事告知，顧君始知夢蘭之貞烈。高文照云：「此齣仙才逸思，全似玉茗主人，前半似冥誓，後半似幽媾，無論設想、措詞，迥非凡豔。即賓白之妙，亦復咄咄逼人，古今人不相及，其信然耶！玉茗是寫豔情，此是寫苦節，歡場易好，愁苦難工，恐尚未可同年語也」。確然。

第二十齣　散　疫

述瘟部都天大元帥，奉上帝旨意，散布瘟疫。於是瘟神等乃將瘟丹散在河流井水之內，使飲者傳染，再約風伯雨師，收攝一切冷濕不正之氣，蒸向人身上去。以懲人間邪穢。末，一片穢濁中，忽有異香冲起，原來謫下蘭仙，寄居水曲，該有數日疾厄。正所謂一波剛平一波起，文貴曲折波瀾也。

第二十一齣　佛　醫

述顧君與夢蘭婚後，剛過三宿，揚州瘟疫，遂成感染。夢蘭一病垂危，只得登舟速離此地。後，得藥師佛化身醫生所救。此爲一文細過場。

第二十二齣　賢　聚

顧君與夢蘭安然歸家，三星交映，妻妾相惜。顧妻且告夫壻，昔日魯學連過此，所贈素心蘭，今轉贈夢蘭，以花是前生。（人花同命）

第二十三齣　報選

述顧君選授南昌縣正堂。

第二十四齣　心夢

夢蘭隨夫壻任職豫章十有餘載，身懷六甲，習靜粧樓，在夜闌人靜，惝怳夢中，見父親死後爲土神，母親姚氏爲孫虎淩辱，其父特來解救。中述吳良，死了良心，喪了廉耻，死後報應。末，夢蘭如見前身，與仙女遊戲碧霄。及藥師佛奉上天勅旨，送石麟與蘭仙爲子。高文照云：「將一切過去、未來、現在，歡喜、煩惱、因緣，總以一夢了之，作者直欲普天下讀此編人，覺有情如睡夢覺耳。」

第二十五齣　麟祥

述夢蘭誕生一子，各上司俱差人道賀。中間穿插雌鐵嘴算新生兒，及夢蘭命運。

第二十六齣　病俠

述奉新縣（在江西）令尹其明，在任上取少用多，十數年虧空至千金。上司訪聞、命其補繳，尹求助於顧君，事爲病中夢蘭知悉，曉以「義重黃金賤」之意，慨捐十四年來所有之釵飾、金釵等，正是「病俠」之義。

第二十七齣　佛召

述夢蘭廿九年華，天譴初完，塵緣已盡，藥師佛奉如來勅旨，具儀從接引歸眞。

第二十八齣　香銷

夢蘭一病難痊，顧君夫婦爲她發願延生，對夢蘭來講，生有何樂？何必挽留。想起孩兒，有乳娘餵食。拜謝顧君夫婦寬容，只盼幼年所繡的藥師佛像，能繼續供養，爾後，天樂悠揚，蘭香飄渺，隨之而去。高文照云：「玉茗寫離魂，筆筆留戀，此則筆筆解脫，自成一家」。是。

第二十九齣　賓輓

夢蘭仙逝，衆賓友，如解芬（江西縣丞）、成君美（按察使）、魯學連（南昌太守）、卜先生、尹其明（奉新縣令）同來弔唁，尤其尹其明得其千金之贈，方解彼厄，哭拜不起。中亦夾敘夢蘭脫衣釵送孫虎盤費，以報養恩事。末，以枯蘭一本，此花全落，人琴俱亡，人花相映。且此花生於南昌署中，展轉相遺，仍歸此署，眞是大奇。

第三十齣　香圓

述蘭仙歸眞，仙史相迎、相賀。並解答：降生、長養、締緣、飲刃、自經、合巹、生育、染疫諸般苦惱，亦層層收拾凡間種種境界也。

第二目 評論

空谷香傳奇，心餘在銅絃詞中，曾多次提及，在銅絃詞卷上，頁九，有「水調歌頭」、「華胥引」、「臺城路」三闋，同以「爲南昌尹顧瓚園悼亡姬姚氏，姚爲舊家子、幼歷患難瀕死而生者三、性烈而俠，言行皆可傳，予爲譜空谷香傳奇弔之。又如「滿江紅」、自題空谷香傳奇（銅絃詞，卷上，頁十九）：

十載塡詞，悔俱被、粉黏脂涴。纔悟出、文之至者，不煩堆垛。譎諫旁嘲惟自哂，眞情本色憑誰和。待招他、天下恨人魂，歸來些。　淳悶語，眞無那，顚倒事，何堪唾？談笑把、賢愚肝肺，豪端穿過。誤處從君張眼顧，悲哉讓我橫肱臥。料知音，各有淚痕雙，誰先墮？

又，「賀新涼」、書空谷香後（同右，頁十九）：

女子如斯也。自低回、一聲檀板、數行泣下。幾許花叢懶回顧，儘著流鶯輕罵。只聽說、文君新寡。明鏡無情春又老、歎紅顏、一例愆期嫁。三五豔、易凋謝。　倦摹潘陸抄揚馬。腆認說、文章華國，何關風化？呼吸商聲秋氣滿，節義幾人肩者？渴睡漢、酒闌鐙灺。三十功名塵與土，古之人，先我將愁寫。公等語，大都詐。

又，「青玉案」、自題空谷香院本（同右，頁二十七）：

幽蘭偶現嬋娟影。把苦趣、都承領。歷歷摧殘多少境。尋常姻眷，幾番生死，劫滿天纔肯。　珠圍翠繞須臾頃。廿九年華塵夢醒。只恐香名隨骨冷。商聲譜就，三貞九烈，淑女當思省。

知心餘將夢蘭一生二十九年，幾番生死劫，用眞情、本色譜成空谷香，揚其貞烈，關係風教。心餘完成後，曾就正於袁枚，子才云：「別無佳句，止空谷香中：『儘由他恁地聰明，也猜不透天情性』二語，差可人意」，然則，子才是詩人，非曲客，不知曲之所長㉝。

從結構上說，空谷香分三十齣，有如同鈎連，前後貫穿，大筆起收。高文照云：「三十首驚天動地，鏤心鉥腎之文，關攝鈎連，如瑣子骨節無一閒詞剩字，才大者心細如此。從起筆至收筆，純用中鋒，尤見腕力千鈞，非常神勇，眞奇構也」，評之甚當。日人青木正兒云：「此劇結構關目甚佳，惻惻動人。此作成時，同舟之客聽作者唱之而泣下云云，蓋非誇張之言也」㉞。

㉝ 任訥撰曲譜，卷二，頁四十一，收在任中敏編散曲叢刊，台灣中華書局。
㉞ 日本青木正兒著支那近世戲曲史，頁六四六，弘文堂刊行。台灣商務印書館有王吉盧譯中國近世戲曲史，頁四一二。

再從詞采、賓白、秋諢等角度，試摘下面數曲：

第三齣　閨　愁

〔琥珀猫兒墜〕蓮腮雲鬢也直得做夫人。他說你要做偏房，不要著急，只要命好，管他則甚，我在卜家做了一世大老婆，有何好處？如今有官府人家討我做妾，也不必轎子來扛，我就跑了去。

第六齣　諢　樓

〔生出聯介〕門下寫得一幅喜聯奉賀，〔丑展開、末牽介〕〔丑念介〕娘增歲月爺增壽，妻滿乾坤妾滿門。通煞哉，妙極。〔末〕晚生寫了一個喜匾。〔丑又念介〕有天無日。

不僅文解顯淺、機趣，又符合角色身分。

第七齣　飲　刃

〔江頭送別〕窮命運限煞人如之奈何，好世界逼得奴沒個騰挪，是蒼天不肯容人，活教奴怎樣逃躲。

又：

〔蠻牌令〕一個纖纖脖，混把珮刀戳，不成交頸鳥險做沒頭鵝。

第十二齣 店縊

〔園林好〕可憐宵人聲絕無，如年夜鼾齁暗呼，竄空梁來回饑鼠。燈明滅、影形孤、房寂寞、夢魂虛。

〔三更介〕夜色已半，此時不作一個了訣，更得何時。

〔嘉慶子〕聽一聲聲譙樓催命鼓，打的我海濶天空膽氣麄。原來今夜方纔是我的確死期。還記得黃泉前路，刀頭血、未糢糊，胸頭氣、倍喑嗚。

皆十分淒惻、悲慘也。

李調元雨村曲話云：「鉛山編修蔣心餘士銓曲，爲近時第一。以腹中有詩書，故隨手拈來，無不蘊藉，不似笠翁輩一味優伶俳語也。……以所著空谷香、冬青樹、香祖樓、雪中人四本見貽。余曾有『空谷香中人遠去』之句，蓋懷心餘也」㉟。知空谷香之受人推崇。綜合說，空谷香結構緊，人物描繪周到，尤其男主角顧孝威（本名錫鬯，南昌知縣），溫厚中帶有書生正義感，女主角姚夢蘭，在坎坷的命運中，仍存著俠義、仁道的精神，繼父孫虎的無賴等等，文中還包括對科舉的諷刺，（古來大學問的人，尚且奸貪萬惡，靠我抄寫時文的人，幹得甚事，且自幼破蒙，先生說道，學生用功讀書，將來好中舉人進士，做了官，好買田造屋，娶妾養戲。在第二十四齣，心夢），與儒林外史的痛罵科舉，前後輝映。

㉟ 李調元著雨村曲話，頁二七，收在北京中國戲劇出版社，中國古典戲曲論著集成，八。

由此說來，空谷香應是九種曲的代表作了。

第五節　桂林霜傳奇

第一目　本　事

據心餘自序云：「國初三孽子（指吳三桂、耿仲明、尚可喜）、跳梁諸臣，死者纍纍，然目炬脣鋒，赫然史冊，即釵笄角丱同任國殤者，亦難歷數，顧皆慷慨捐生，雖難而未極其至也。若文毅半載空衙，四年土室，凍骸餓殍，縱橫階戺間，虎倀雉媒，魆沙魚餌，日陳左右，而屹然不動，卒至噀血常山，旋飆柴市，偕四十口藁葬尸陀。嗚呼，可謂極其難者矣。長夏病瘧，百事俱廢，輒採其事，塡詞一篇，積兩旬，成桂林霜院本」㊱。又，張三禮序云：「國初三孽，鼎沸其間，殉保障而死職守，與夫合門同盡者，如繁星閃爍霄漢，汗簡昭垂，藏諸冊府，海內閭閻之人弗知也。若似茫茫古今，只此岳鵬舉、楊椒山輩，數公撐持宇宙而已，不亦隘乎。苕生太史氣和而性烈，每與談史事，目光射人，唏噓壯激聲，錚錚不可謁，齷齪之士輒避去，予弗敢厭也。今夏太史病瘧兩旬，既愈，出新詞一帙，笑謂曰：此痁語也，盍覽之，予讀于乙夜，乃知爲馬文毅合家殉廣

㊱ 蔣士銓著桂林霜，序，頁一，收在藝文印書館叢書集成續編紅雪樓九種曲，下引同，不贅。

西之難而作，揆勢揣聲，如見其人，如聞其語，以至性寫奇人，故宜如是。予咏嘆之餘，嗚咽不能卒讀，而家人僮婢咸倚壁拭涕，不勝悲哽，其所感又何摯歟！然特觀之紙上，誦之燈前耳。假使優孟寫生、聲容曲肖，其感後懲創之、有裨于風教也、又可知矣」㊲。

劇中情節，據開場「提綱」云：「粵西開府是伏波之後忠臣孝子，恰適將軍通逆寇，門外亂兵如蟻，兩遣兒孫四周年月半作飢寒鬼，滇南孽到，中丞罵賊而死。闔門三十餘人，同心殉節，藁葬荒涼寺，公子投京朝命下，萬里屍骸歸矣，草帖猶存，賜衣再錫，廟建雙忠，祀爲人臣者，可能一一如此」。

綜合說，清初吳三桂據雲南，廣西將軍孫延齡與之勾結，百計誘迫馬雄鎮投降，雄鎮不從，遂遇害，其眷屬（含兩幼子）婢僕等三十餘人皆殉難。乾隆辛卯（一七七一），心餘棲于越州，適與馬雄鎮之次孫宏壎相識，乃出其扶風譜系，蔣遂作桂林霜傳奇，表彰馬雄鎮闔門死節之忠義也。

本傳奇（一名賜衣記），分卷上十二齣，卷下十二齣，共二十四。第一齣家祭、第二齣粵氛、第三齣出撫、第四齣幕議、第五齣平寇、第六齣閨誡、第七齣叛噬、第八齣告變、第九齣脅降、第十齣遣遁、第十一齣投轅、第十二齣再遣。（以上卷上）。第十三齣幽禁、第十四齣釋帖、第十五齣誅叛、第十六齣移帳、第十七齣完忠、第十八齣烈殉、第十九齣客窴、第二十齣私葬、第二十一齣議邮、第二十二齣歸骸、第二十三齣立祠、第二十四齣靈合。（以上卷下）。

㊲ 同註㊱。

第一齣　家　祭

先述馬雄鎮身世（字坦公，漢軍鑲紅旗人，世居山左登州，始祖英公，作尉關東，遂入遼籍。先曾祖、先祖皆高才特識，先父潤甫公，歷官兵部尚書、出任兩江總督。原配張氏早逝，繼配李氏，誕生二子：世濟、世永。庶出二子：世洪、世泰。長媳董氏，生下孫兒國楨）。接著，馬氏率家人祭祖，立誓忠孝節義，不與賊俱生。

第二齣　粤　氛

述右江王莫扶化、左江王楊其清，與國師（方外）商議，以爲孫延齡庸懦、不諳韜略，又與都統王永年、孟一茂等意見不合，疎於防守，正好趁機攻破桂林，以成大事（圖謀江山）。

第三齣　出　撫

述馬雄鎮受皇上恩寵，授廣西巡撫，並賜御衣一襲，用昭寵信，即日星馳赴任，家人則擇吉啓行。

第四齣　幕　議

述四幕客（李子燮、朱昉、孫成、陳文煥），主賓投契，追隨馬雄鎮守西粤，政令更新、規模整飭、治績卓著。並言吳三桂坐擁雄藩，將來必倡大亂。而四客立誓參贊靖難。中有相士述及馬雄鎮四十四歲遭奇禍。

第五齣 平寇

述都統王永年與副都統孟一茂，奉撫軍馬公之令，出剿莫、楊二賊。時左江、右江白蓮教徒，擾亂廣西已久。兩軍交戰，妖僧伏誅，二賊生擒，乃向撫院報捷。

第六齣 閨誡

先由馬雄鎮媳婦、馬世濟妻董氏說自幼習詩書，喜談節義。後述馬家上下和洽承歡。繼言婆婆夢見祖姑趙太夫人，在天聰辛酉，遼陽兵變，趙太夫人全家殉難一事。婆婆、媳婦等，皆以臨死不差、生死自然相勉。尋，吳三桂反，聖旨復用孫延齡爲將軍，而孫將軍與王、孟兩都統有仇隙，此來必圖報復，種下禍因。

第七齣 叛噬

述孫延齡（定南王孔有德女壻）遣人私下降吳三桂，殺害王永年、孟一茂二都統，及各營將帥等，並斬首示衆，王、孟二將則大罵而死。

第八齣 告變

由於孫延齡私通逆賊，兵圍巡撫衙門，而馬雄鎮手無寸權、身無一劍，打算一死報效國家。自懸欲死，爲諸老道所救。馬雄鎮醒來，遂忍死、立草一疏，遣僕賀徵、連夜踰牆出城、星馳到京。並命僕諸應兆另鑄巡撫關防，輕落賊手。

第九齣 脅降

述孫延基奉將軍之命，將雲南頒到之衣冠，及兩廣總督敕書一道，送與馬雄鎮，勸他歸順，不從，孫延基即令其巡撫敕印，交付帶去。

第十齣 遣遁

述馬雄鎮前派賀徵上奏，月餘不見督提兩處來援，便又草書一疏，命大兒世濟潛出赴闕，以請救兵。並遣僕楊啓祥與世濟，改裝星士，穴牆而出，同赴京師。

第十一齣 投轅

述馬世濟同楊啓祥改裝星士模樣，從地道連夜遁出，千辛萬苦，九死一生，歷遍廣西、湖南，深林密箐，以後逃至江西省會南昌府城。逕入巡撫衙門，請巡撫董衛國馳援，董以鞭弭莫及，難以救應。惟差飛騎、星馳中奏。馬、楊二人按程前去，等待恩旨。

第十二齣 再遣

述馬雄鎮志在必死，不忍宗支殄滅，託付李子燮領八歲次子、朱昉領九歲長孫，承差唐守道、唐正發二人護隨，並攜奏本赴京。所謂：九歲孫、八歲郎，富貴孩童，誰更知疼養。

第十三齣　幽　禁

孫延齡得知馬雄鎮先於四月差公子逃出衙門、往京師上本，六月廿一日，朝廷已命陳洪明爲廣西巡撫，並差員外阿蘭泰、筆帖式、朱藍布出京接引。又於六月中託幕客二人，藏了本章，將次子長孫一同逃去，也到京師，看來斷無歸順之意。惟其反形尙未昭彰，不便遽行殺害。故在七月二十一日，命孫延基領兵徑入撫院衙門，押其全家遷居土室。馬雄鎭認爲自己不能爲朝廷荷戈，轉爲封疆貽禍，欲拔劍自刎，一卒奪劍，墮四指，不得死，乃幽居土室。

第十四齣　釋　帖

述馬雄鎭全家自甲寅七月，被孫賊幽囚土室已四載，在這期間，雄鎭集漢晉而下各家草書碑版，字彙體例，別類分門，題曰彙草辨疑。妾顧氏，于添香調瑟之餘，逐字細旁加訓。末云，此四年中，馬氏骨肉奴婢，以飢寒死者已十九人。

第十五齣　誅　叛

述吳三桂命長孫吳世倧收取廣西，密誅叛逆孫延齡。孫延齡見馬雄鎭百折不回，亦悔當年囚馬氏一家大小之孟浪。然，終爲吳世倧所綁，全家屠戮。吳一面派人於土室中迎取馬撫院全家，分別款待，勸其歸順。

第十六齣　移　帳

述馬雄鎭知半壁金湯又歸賊(吳世綜)手，即命外委易友亮擕聖上所賜御衣，趁亂逃出，求官員代奏，繳交皇上。至吳世綜差官請移，馬隨命過府罵賊，家人侯機待亡，所謂：「活著做愁人恨人，倒不如死去入風輪火輪。」諸老道、馬雲皐等奴僕九人，則隨馬侯機而取義，「含笑的頭顱，同在地上滾」。

第十七齣　完忠

述吳世綜奉吳三桂令，潔治巵酒，爲馬雄鎭親上三邊總制印綬，雄鎭即時痛罵逆賊，以爲「爾祖乃敗軍庸將，亡國大夫……」，在〔北雁兒落帶德勝令〕，「報父書，甘爲忤逆兒，受王封，那識存亡義。結皇親、貪他灩灩杯，戀君王，不若圓圓妓。呀！三截人，四體帶毛皮，兩朝官，一味無廉耻。試看俺讀詩書的馬坦公，不似你學狗彘的吳三桂」。眞是淋漓痛快。吳世綜無奈，命押雄鎭至烏金鋪，並挾持兩幼子，令其歸順，雄鎭大罵賊，賊立殺其二子，雄鎭拭淚，奪二子首級，劈面打中吳賊，由是亦被害。「四隻眼、看爺不閉，兩顆頭、擊賊雙提，小身材，忠臣賢裔，小性命，童年厲鬼。」一脈忠臣。僕見主人受刑，力拼擊賊，八人齊受刑，諸老道亦罵賊死，計十二死屍。

第十八齣　烈殉

述馬家得知雄鎭十二人被害後，馬夫人領著媳婦、女兒、侍妾及奴婢們，共二十六口，同日盡節。馬妻李氏臨節云：「全受全歸，得以從祖姑趙太夫人，含笑九泉矣！」忠貞烈婦。吳賊千總見馬家合門盡節，一面報知元帥，一面將各屍焚化，送入城北廣福寺。

第十九齣　客竄

述馬雄鎮幕客陳文煥、特攜馬著草帖十二帙，與孫成趁亂逃離囚禁四年的土室，受風霜、變姓名，躲藏於破廟。意欲將主人殉難情節，稟呈滅寇將軍兼廣西巡撫傅宏烈，求爲代奏。此時，平樂進士袁景星不受吳賊僞職，逃至城北廣福寺，陳、孫二人得知，便共商議，方好奔梧州見傅將軍。適賊命人擡馬家屍骨埋於寺後菜園，陳、孫二客不禁淒然拜祭。

第二十齣　私葬

述吳三桂麾下先鋒趙天元於奉命巡哨至村落，至烏金鋪，見馬雄鎮及二幼兒等十二具遺骸，不顧軍令之禁，即命村民擡至廣福寺埋葬，與昔日馬夫人所領女兒奴婢同盡者共三十八口忠魂，暗中使令相合。各屍骸依尊卑掩埋，且立碑碣明其身、留於後。

第二十一齣　議卹

東閣大學士與吏部、禮部、兵部三尙書議卹馬雄鎮忠烈死事，凡三上奏，聖意以酬庸太輕，仍命改議。後，又奉上諭，馬雄鎮抗詞罵賊，精忠報國，著贈太子少保兵部尙書予諡文毅，加祭二次，照例立碑，工部給與碑價，廕一子，入監讀書，其子馬世濟，著補授光祿寺卿。雄鎮之妻李氏、世濟之妻董氏，俱著各照本夫品級，給與應得封典，而幕客李子燮、朱昉俱以知縣錄用，承差楊啓祥、唐守道、唐正發各授守備。幕客孫成、以同知錄用，陳文煥以正八品府經歷縣丞員缺錄用，奉旨著該部從優再議。平樂進士袁景星冒險來歸，呈明雄鎮合門死難，從優議敍。惟惜雄鎮姬妾子女，及婢僕等三十五人，同一死亡之苦，殺身無別，因格於成例，不能邀朝廷之恩，是功令中之缺典。

第二十二齣　歸骸

先述外委易友諒，亂平後，欲將守護三年之御衣往京師呈繳。次述馬世濟乞假歸骸，經烏金鋪、頓時傾盆淚萬行，至廣福寺，老僧述及昔日房、李二軍官，和趙天元送來遺骸事。而易友諒得悉馬世濟南來，即携御衣之寺，交與世濟，世濟此時從友諒口中，知在四年土室中，陸續死亡之十九人骸骨，世濟並回答友諒所問孫、陳、李、朱等師爺不見土室中事。然後奉靈啓行，墳開，忽湧三條香氣。由蕪湖到名宦祠，到南京扶風書院，趕期赴京，即扶柩往玉泉山黑塔村祖塋安葬。

第二十三齣　立祠

述楊啓祥、唐守道、唐正發皆邀恩賞武職，易友諒收龍衣有功，同爲廣西撫標四營守備。因廣西士民思念馬、傅二公之忠烈，請建雙忠祠，撫臺郝大人題奏奉准，因委楊、唐等四人督工營造，完工即設祭奠，撫臺奉有密旨，往梧州公幹，轉委孫、李、朱、陳當年馬公四位幕客祭奠。亦述及馬巡撫敕印、御衣，由馬世濟奏繳，皇上以御衣賜世濟。先前告變之賀徵，馬世濟賞其莊田，撥他在黑塔村守墓，永不入府承直。

第二十四齣 靈合

上帝念合門盡節之人，陽世不能盡邀卹典，乃一一分封，是將馬家死難三十八口，及傅宏烈將軍一一封賜。另，雲貴楚粵四省，連年因三逆之亂，死事忠臣，亦得上天褒賜，並在凌霄寶殿會合，大開褒忠宴；各家眷屬，得俱牒西王母，向瑤池設旌節大宴享用。

第二目 評論

就內容說，桂林霜敍述馬雄鎮全家三十八口死節，教忠教孝，悲壯事蹟，足以感人。然，二十四齣中，以結構言，失之冗長，尤其殉節始末，長而少味。㊳

就詞采、賓白等方面說，如第十二齣「再遣」段中：

〔淨老道負貼旦貼旦打老道上〕我不去，我不去。〔淨〕阿呀，打壞了。〔外〕老道這等可惡，快放下小相公來，小郎你爲何打他。〔貼〕他要我去尋爹爹，我只要媽媽，不要爹爹的。〔外〕原來如此。老道該打，待我幫你，再打兩下。〔打淨介〕〔淨倒地介〕哎喲，一發打壞了。〔貼〕朱先生是好人。〔外〕小郎，你可曉得老道，爲何

㊳ 青木正兒已有此說，見所著支那近世戲曲史，頁六四九，弘文堂刊行。

不欺負二叔，專欺負你。〔貼〕我不曉得。〔外〕爺爺是二叔叔的爹爹，老道怕爺爺，不敢欺負他。只因你爹爹出去了，故爾欺你。〔貼哭介〕我的爹爹那里去了。〔外〕你爹爹在我家下，我今夜帶你去。明日早上你便扯了他回來打老道，可好麼？〔貼〕你家在那里？〔外〕就在外面街上。〔貼〕我母親說，爹爹在京中呢。〔外〕這是哄你的，你若同我出去，包你今夜相見。〔貼喜介〕如此就去。〔外〕你方纔說只要媽媽，不要爹爹，怎麼此刻又改變了。〔貼〕老道欺負我沒爹爹，所以我要去扯他來。……

賓白清楚、流暢、動人。又，第十七齣「完忠」段中：

〔北沽美酒帶太平令〕聽嬌兒宛轉啼，聽嬌兒宛轉啼，嘆赤子兩無知。顧不得骨肉恩情說慘悽。吳世倧，你敢將此等伎倆來挾制我，你那吳三桂捨得父親，難道我馬雄鎭捨不得兒子。〔二旦跌哭生踢開介〕守君臣大義，下毒手，任伊爲。……

忠義凜然，此眞育不可奪之節也，亦忠逆之判然矣。又，第十八齣「烈殉」段中：

〔前腔〕收場直恁麼，結局纔眞箇。婆婆，事已至此，不必悲傷。妾年二十有七，自同受困以來，于茲四載，夫子偕逃，杳無消息，幼男弱女，飢寒而死，媳婦所以隱忍偷生者，因公婆尚在，或者萬一得出水火，今無望矣，願速相從地下，就此拜別。

不同心口，曲盡堅貞之情。可知，在賓白、詞采及齣目等方面，皆心餘所擅。

心餘在本曲自序中云：「他日，客有過予者曰：『讀君空谷香，如飲吾越醞，雖極清冽，猶醇醴也。此文（指桂林霜）則北地燒春，其辣逾甚，豈五齊之法未辨耶？』……予辴然曰：『枚皋飛書，相如典冊，辛毗寒木，劉逖春華，夫固各有其筆也，冬日飲湯，夏日飲水，甘酒毋痰，燒春宰涷，所宜有間焉。子酒家南董也，予痁語耳。』」由是言之，桂林霜比空谷香作風更悲壯、悽厲。

第六節 雪中人傳奇

第一目 本事

雪中人，寫鐵丐吳六奇事。據心餘自序云：「癸巳（一七七三）臘日，與錢百泉（世錫）孝廉，圍爐飲護春堂中，檐雪如毳。百泉偶舉鐵丐事，談笑甚樂，僦予塡新詞寫其狀，百泉既去，除夜兀坐，意有所觸，遂構局成篇，竟夕成一首，天已達曙，人事雜遝，小暇即書之，越八日而稿脫矣。嗚呼！一取與求索間，皆丐也，得其所與者，輒忘其丐，丐其所與者，旋爭豔其得丐也，與也得也，有相圓而見相賸以成者焉，蓬垢藍縷，特丐之外著者耳。然丐而能鐵，較之韋而丐者，不差勝乎。於是作鐵丐傳，使凡丐者以鐵自勉焉。雪且失其寒也已」㊴。

在鐵丐傳中云：「鐵丐，姓吳，名六奇，觀察道夫之孫也。世居潮州。……明末大亂，……行乞吳越間。每僵臥雪中，以杖畫字作判牒狀，無寒餓之色，人皆稱爲鐵丐。海寧孝廉查培繼，字伊璜，性通脫，才華豐艷，目空流俗。歲暮苦雪，獨酌濷甚，步至門，見丐，心異之。呼入，飲以酒，丐立盡數觥，查益喜。乃發醅對飲，丐盡三十餘盌，查解衣贈之去。明年，查遊武林，遇丐於放鶴亭，袒跣如昔，問所贈衣，曰：春暮無用，已付酒家矣。查奇其言，問讀書識字否？曰不，爾何丐？查心動，熏沐而衣履之，叩姓氏里居。復痛飲日夕，歷月餘，贈貲斧遣歸」㊵。知鐵丐爲磊落之人。

本傳奇之情節，在「提綱」有：〔西江月〕酒肉堆中打盹，笙歌隊裏酣眠，雪中臥者臉朝天，欲把陽春睡轉。乞丐醉辭湖寺，將軍笑倚樓船，羅浮開合好雲煙，一對郎君俊眼。

本傳奇共分十六齣：弄香、眠雪、角酒、占茶、聯獅、放鶴、請纓、飛緙、挂弓、傳檄、脫網、營巢、賞石、移雲、花交、蝶聚，茲分述如下。

第一齣　弄香

㊴ 蔣士銓著雪中人，自序，頁一，收在藝文印書館叢書集成續編紅雪樓九種曲。下引同，不贅。
㊵ 同註㊴，在心餘自序後。

述查培繼（字伊璜，浙江海寧人，中鄉科），有感明末天啓（一六二一），崇禎年間，流寇鴟張，飢民魚爛，沉淪於亂世，遂絕意功名。夫人幽嫻典雅、妙通音律，夫妻琴瑟相得。

第二齣　眠雪

述嶺南吳六奇，世家子弟，略涉詩書，性躭盧雉，而家業漂蕩，曾充驛卒，奔走關河，是以閩廣山川形勢，瞭如指掌，思想人生，不能爲公侯，寧爲乞丐，不必看官人顏色。因其力可扛鼎，氣可擎天，骨硬如鐵，人稱「鐵丐」。次述鄔友，在潮州賭場，結連三十人爲兄弟，與吳六奇拜爲兄弟，値天下大亂，衆兄弟各據山谿，起兵刦掠，故派人尋吳回，共圖享樂。然人各有志，吳執意不去。且勸其兄弟不可仿效亂民行逕。末，以豪家及僕口中譏笑乞丐，爲吳所制。

第三齣　角　酒

述吳六奇羞於乞討，三日忍饑，某雪日，避雪於查培繼門前，適培繼散步前廳外，見而奇之，遂請入廳飲酒，查家奴僕大惑不解，吳亦不辭。頃盡數觥，並取兩堯肩大嚼。又見吳身寒，解狐裘贈之去，吳不謝而行，眞所謂：「韓湘子結交了個李鐵拐」。

第四齣　占　茶

先述廣東公王廟，最怕咒罵，凡有所求，百般辱罵，即刻顯靈，是以山盜、海賊在攻圍刦掠之前，必來廟中獻茶，以占休咎。次述時有山賊東、西兩廳子都統（原吳六奇結拜兄弟），及海賊蛋戶、蛋家兩頭目，來廟中獻茶占休咎，在廟中神總惡罵之下，果顯靈示告，各賊拜謝揚長而去。

第五齣　聯　獅

述一羣儒士，受湖州莊員外厚幣，延請至家修書，結伴同往。路過于忠肅公（謙）廟，以求夢靈驗，而吳六奇亦食宿於此。不滿衆儒士謬論史事，被六奇趕出。惟六奇回頭一想，于忠肅公廟食千秋，已則落拓，故特求忠肅公示夢兆。夢中，于忠肅公令守門二獅子鬥六奇，六奇倒地，獅坐背上，六奇翻身仰臥，又一獅坐胸上，六奇猛然驚醒。於是向廟中和尚求教，仍不得解。末，僧取笑六奇有好大力氣（可舉千把斤重錘），不去當兵，倒來討飯，眞是天生討飯胚。

第六齣　放　鶴

述查培繼訪西湖，作寓長明寺，而後上孤山，喚僕携帶前日所買二白鶴，登上放之。下山回程，適遇吳六奇，正歎息南宋幾個小人接踵而起，葬送江山。二人相見對酌、痛飲暢談，知吳爲海內奇傑，培繼遂取衣帽、靴襪，及百金相贈。勸其天下亂時，應立功名取富貴。吳拜謝而去。所謂「放了二隻眞鶴，又放了一隻假鶴」。

第七齣　請　纓

朝廷派經略兩廣大將軍至嶺南平定盜賊，軍至梅關，過嶺時，六奇於擋路求見。自稱學貫六韜，謀兼七子，列山河于掌上，不須聚米以談兵，納戈甲于胸中，或可彈琴而却敵。蒙元帥賞識。

六奇並言：願借一旅之師，游劄三十道，先往馳諭，散給羣豪，使近者迎降，遠者響應。大將軍知六奇具奇才，遂令吳領水陸馬步精兵三千人，爲副總兵，作先鋒，立即拔營而去。

第八齣　飛䌷

湖州撫院衙門官差，手持令箭捉拿查培繼。因莊廷鉞私修史概一書，莊將培繼列入纂修之人（實爲參校），皆成逆黨而株連。

第九齣　挂弓

吳六奇兵統水師，熙朝挂印，傳奏凱將官回來，齎有御賜玉帶、補服。袍中繡有兩獅子，即昔年西湖求夢壓其腹背者。夢兆應驗矣。於是游劄三十，傳諭各峒故交爲盜賊擁兵者，勸之歸順。並命王金勦滅土寇林參賓、彭仕炳等；命楊將軍領兵勦殺巨寇鍾凌秀、葉阿婆等；己則領兵往鷺門南澳銅山一帶殺賊。兵威所至，海賊盡降。計焚海賊水營二十四寨、生擒賊將一三五四人……。師至筆架山摩厓紀功，並將鐵胎弓掛在大樹而去。

第十齣　傳檄

吳六奇傳檄諭衆歸順，檄至，諸寨紛紛投誠，有降書三十道。搜勦蛋賊已盡，因陞任水陸提督。六奇閱邸報，知查培繼蒙冤下獄，即修書與感恩之本飛馳入奏。且發僕銀三千兩，持以「查官人」名義送其夫人作家用，並覓工匠整修查宅，令僕不可說破。

第十一齣　脫網

先述湖州撫院覆審莊廷鉞私修史概一書事。培繼僕見主人久久未出場，疑被杖死，昏倒在地。後，見培繼被釋出獄，吳六奇命僕張千、培繼一出獄，即請登舟接至吳府。船上設備豪華，服務殷勤，使培繼大惑不知何人指使？僕但以埋名隱姓相答，益發奇異，疑在夢中。

第十二齣　營巢

吳六奇使僕李萬到查培繼家，向查夫人說明查老爺已為軍門釋放，並持銀三千兩交付夫人日用，且喚各工匠擇吉期營造門第，夫人甚為疑惑，問之來使，托以嶺南富翁薛忠仁，與培繼到江西遊覽匡廬之勝。夫人終究團霧。

第十三齣　賞石

轉回吳六奇派差接查登舟這面。此船到廣州，吳率各路總兵等部衆郊迎十里，以謝查先生知遇之恩，六奇並以游劄三十道，招降各寨、盡殺羣蠻，蒙聖恩陞授兩廣水陸提督事告知。又恐風影招搖，是以一路含糊，幸勿見罪。次述六奇命家樂歌舞盛筵禮遇。移席至園中，有一二丈嶙峋、英州所產靈石，為培繼讚賞，題名綯雲，吳遂暗發千夫備海船，運往查府，移至其園安置。

第十四齣　移雲

述查府這邊。六奇所派李萬至查府，改造屋宇園亭完備。適趙發奉命運送「縐雲」石山至，抬在後園安置。趙、李二差，遂將六奇原爲鐵丐、雪中蒙培繼以酒相待，贈綈袍等等情事告知，查府家人疑雲始解。

第十五齣　花交

查夫人感吳六奇之高誼，將此事本末譜爲新曲數篇，被以管弦，間以舞節，親教侍妾學習，分：第一段眠雪歌、第二段飛觴舞、第三段放鶴歌、第四段誇海舞、第五段脫網歌、第六段移山舞。侍查培繼回來，以爲侑觴之樂。

第十六齣　蝶聚

述培繼逼留吳邸、消受豪華萬種，已逾一載。因辭吳歸，臨行，吳又以三千金餽贐。查回至家門，因門第改換宏壯，甚覺迷離。後至園中，有五色蝴蝶飛舞，乃吳使李萬臨行前將百十箇蠶繭放在樹林內所化，此羅浮仙蝶，雌雄不離。又赫然發現「縐雲」靈石置於園中，越發驚訝，後，夫人所置十二金釵歌舞以結。

第二目　評　論

從內容上說，「鐵丐」吳六奇受遇於查培繼，而爲水陸提督；培繼蒙冤入獄，爲六奇所救，並以不止萬金之數回報，極富曲折變化的「傳奇」性❹¹。

就結構上說，主題明顯、頭緒不多，分十六齣敍述，算是緊湊。在第十一齣「脫網」，吳六奇差使引查培繼至廣州府邸，「悶殺」培繼。十二齣「營巢」，以薛忠仁名義託贈三千金及修葺宅第，亦使家人「悶殺」，皆極具趣味。

從詞采、賓白、科諢等方面說，如第二齣「眠雪」段：

〔正宮過曲〕〔錦纏道〕戰羣龍，剪殘鱗，逐梨花墮空。天地大包容，把閻浮茫茫遮蓋無踪。則待學避冰山無言夏蟲，翻做了印霜泥有跡秋鴻。我想爲人在世，得一知己，死可不恨。俺吳六奇寄身宇內，直恁孤淒也。獨自弔英雄，幾時得皇天心動，煎煎熱血湧，算只有剛腸難凍，對殘杯冷炙氣如虹。

所謂英雄失路之悲，念天地之悠悠矣。又，第四齣「占茶」段：

〔普賢歌〕鍊成妖術哄南蠻，罵得邪神不耐煩，買水靠貪官，分贓謝法壇，最喜婆娘濕又乾。俺乃廣東公王廟中，一個神總是也。……這些強盜，總以捉人爲先，捉得富家男女，名曰沉香，

❹¹ 拙曾撰「文學的波動說」，以爲文學作品須曲折變化。（原刊東海文藝季刊二十四期，頁一起，東海大學出版，後收入王建生著建生文藝散論，桂冠圖書公司出版）。

貧者曰柴賊，勒金取贖，若過期不來贖去，即將閨女美貌的，收爲婢妾，婦人年少的，收爲乾濕奶婆，其餘割剝皮肉爲脯，把骨殖拋棄猪圈牛欄內，任憑作踐。

把強盜行徑說的格外清楚。又如第七齣「請纓」段：

〔駐馬聽〕……〔淨〕山賊惟永安新會之盜最強，大都阻峭憑深，綱落羣峒，與海賊相爲表裏，然皆朝廷赤子，總因有司失職，民不聊生，不得已竊土弄兵，及至誅捕無能，但爲苟且招安之計，賊以受撫愚有司，有司即以姑息欺朝廷，果得忠誠任事之臣，力圖靖亂，勦撫兼行，諸蠻可傳檄而定也。……

吳六奇分析山賊海賊之流佈，極精極微；又以朝廷、賊民不同情狀，語言之間亦有分寸。

第七節　香祖樓傳奇

第一目　本事

據心餘自序云：「或謂藏園主人曰：子題愍烈記云：安肯輕提南董筆，替人兒女寫相思，今乃成轉情關一編，豈非破綺語之戒，涉欲海之波，踐情塵之跡耶？主人听然而笑曰：否否。風雅首於二南，其閨房式好之詞，巾幗懷人之什，長言而嗟歎之，何爲者，蓋得乎性情之正者也。惟然，故冠於三百之篇。或曰：敢問香祖樓，情何以正？主人曰：曾氏得繇斯之正者也，李氏得小星之正者也，仲子得關雎之正者也。發乎情，止乎禮義，聖人弗以爲非焉，豈兒女相思之謂耶？或曰：敢問兒女相思則何苦？主人曰：才色所觸、情欲相維，不待父母媒妁之言，意耦神搆，自行其志，是淫奔之萌蘖也，君子惡焉。或曰：然則茲編仍南董之筆歟？主人曰：知言哉。于是以情關正其疆界，使言情者弗敢私越焉。」㊷。以董狐直筆疆界性情之正與淫奔，其動機亦深遠矣。

又，陳守詒後序云：「生百感于茫茫，轉成爲恨，情能終局。歡娛皆係前塵，恨少收場，苦惱多由宿業。嗟乎！補情天之缺，采石焉求；塡恨海之坑，寃禽罔訴。乃有文章大手，挽恨水之奔濤，肯將詞賦餘波，潤情田之槁壤。婆心隱躍，假風月以寓雷霆，苦口瀾翻，藉褒彈而爲棒喝。寄詠詞于莊論，無非指點迷津，寫名理于清言，不異商量正學。此香祖樓一編之所由作也。……嗟乎！舞衫歌扇，大半宣淫，檀板金樽，無非行樂。說理者落于腐障，掩耳思逃，醒世者墮入狐禪，游談惹厭。惟本忠孝節義之旨趣，發爲布帛菽粟之詞章。……」㊸以忠孝節義爲本之旨甚明。

至於劇中情節，在第一齣前面「楔子」（情網）、「沁園春」云：「天上人間，蘭蕙三枝，情關一重。在去來因裏，結成眷屬；牽連網內，漏出沙蟲。以福完全，以緣離合，與盡悲來頃刻中。

郎和妾，迸兩行愁淚，哭煞西風。憐他衮衮羣公，向宦海奔馳苦建功。有許多縈絆，難忘兒女；許多傷感，斷送英雄。夢境團圓，天門證果，轉透情關萬法空。知音者，聽滿堂絲竹，

㊷ 蔣士銓著香祖樓，自序，頁一，收在藝文印書館叢書集成續編紅雪樓九種曲。下引同，不贅。
㊸ 同註㊷，在心餘自序後。

點點晨鐘」。寫仲約禮妾李若蘭一生哀婉故事。

全劇分上卷：轉情、蘭因、蚓配、蟻封、蘭怨、釋蚓、憐蘭、發稟、嫁蘭、錄功、觴芰、蚓悔、蘭啼、烏陣、緣終、恨始。下卷有：守情、哭柬、移蘭、撻蚓、投賊、刼商、射蟻、懷驛、窺營、獻馘、訪葉、殉情、埋蚓、緘恨、樓圓、情轉等三十二齣。茲分述如下：

第一齣　轉情

述欲界天中帝釋與元配悅意夫人，典領情關，總持色界，因照得花鬘天幽蘭院內，有一層公案。即紫梗具男根陳夢良，白梗具女根者李判官，兩花風露之下，佇立凝盼，以此因緣當落塵世，結三月伉儷之歡。所謂風情即爲害本，愛戀便是禍胎。是以紫蘭當生於河南永城仲家，黃蘭生於曾氏，爲紫蘭正妻，素蘭李判官生於松江李氏，隨母改適非人，作紫蘭之妾。又遣雌雄蚯蚓、螞蟻、蝨子受生塵世，以害素蘭。然後帝釋與夫人同倚關樓、觀望大千世界。

第二齣　蘭因

述仲文（字約禮，河南永城人），早登上第，觀政於兵部三年，乞假還里一載，夫婦琴瑟甚歡。約禮於園中，新造一樓，落成後，與夫人一同登賞。適永城縣正堂裴畹送蘭花一盆（蘭花三朵：中央紫心、左邊黃心、右邊略小素心），蘭爲衆香之祖，因名此爲香祖樓。

第三齣　蚓配

述銀匠李蚓(混號兩頭蛇,福建人),在永城開傾銷兌換銀店,瞞上買下,般般作弊,改錠銀兩(將黑鉛廣錫灌在裏面,換出銀心)。今娶松江寡婦邱氏,一女名若蘭,亦隨母就養。時李蚓店中各位兄弟齊來道喜,衆人吃吃唱唱,十分痛快。末,仲府高駕聞李銀匠娶親,特來相賀。

第四齣　蟻封

馬義擁衆,麾下頭領王㧑,江養分掌蟻、蝨兩軍;硯北夫人蚌氏,足智多謀,又善韜略,曾傳授王、江等六花陣法。此等勤於練兵,聚衆跳梁,揭竿謀反。末,馬義忽聞蘭花遍放、香飄十里,乃移營前山。

第五齣　蘭怨

若蘭歎身世飄零,同於飛絮,但覺無情有恨。又以繼父貪險,來往市井,多狗黨狐群之輩,將來必遭奇禍。如此終日憂怨覆巢。又,夢中見紫衣少年,攜個佳人,在小樓上,見面相笑,不解何故。而仲府高駕送來蘭花供其玩賞。尋,李蚓盜換傾銷元寶(攙銀注鉛)事發,官府派人拘捕。適高駕來訪,李蚓夫婦跪地求救,高遂語李,極口抵賴,全不知情,且多出些銀子,買通夥計,不要攀扯,衆口爲他洗明。高駕自回府上,求約禮致意縣官,辨明冤枉。

第六齣　釋蚓

述永城旱蝗相繼、千麥未登,百姓紛紛餓死。宰官裴畹(字樹芳,錢唐人)上書散賑,尙未批回,正憂虞之際（發粟犯科條），適接約禮書信，約定明日，祖父發心平糶，將所存貯米穀數萬石賑災，等待有司放賑。順此提及隣家李蚓、娶婦在家數日，傾寶作弊時，不曾往店，弊案李全然不知，實係夥計所爲。裴因以釋李還。

第七齣　憐　蘭

約禮經理賑饑，夫人曾氏獨坐香祖樓，瑤琴遣愁，適李蚓率家人前來叩謝。曾氏與若蘭一見如故，相談甚契，特爲夫壻安排相隨，若蘭亦願意。

第八齣　發　廩

天時亢旱、瘟疫流行、民不聊生，高駕奉老主人（約禮父親）之命，發粟賑濟，約計四十倉米穀，並設立藥局，製造各樣丸散施捨。病故者、領票到棺木店中領棺埋葬。半月間，活著十餘萬，死者七八千，功德無量，人民感激不已。

第九齣　嫁　蘭

約禮夫人曾氏，自從見了若蘭後，依依有情，乃遣高駕前去說合，爲夫壻側室。而李蚓定要千金財禮，曾氏乃暗向母家移撥，待若蘭到來，出其不意，令約禮迷離。約禮散賑歸來，夫人故意言語相戲，云夫壻夢中說出李若蘭，有人買李若蘭相贈等等情事，十分逗趣。

第十齣　錄功

帝釋奉上帝敕旨，命考人間功罪，大凡：有情者，為忠臣仁人義士，無情者為亂臣賊子。帝釋將唐宋以來，一班欺君誤國、貪財壞法之人，及不仁不義、寡廉鮮耻之徒，一一判罪。後，永城縣城隍奏呈，謂仲元修者，發粟救饑，施棺掩骨，功德頗大，謹開事實清冊呈報。帝釋嘉其善，遂令賞善判官，將此冊收藏天府，奏明上帝，使後人添增功名、福祿。

第十一齣　觴芰

六月十九日，觀音大士聖誕，約禮妻曾氏往紫竹庵拜佛求讖，若蘭只怕薄命妾，福過生災。因謂約禮：在家時，每聽得繼父與母親言，繼父在她身上，總是不懷好意。約禮以為有恩於李蚓，自視門第高，庇一愛寵，應無大礙，寬慰若蘭。而曾氏求神賜子，見白鸚哥折翅，以為不祥，若蘭為之淒然。後，約禮夫婦淺酌賞夏，以百字令聯吟並頭蓮。末，三人往香祖樓聽曾氏彈琴。

第十二齣　蚓悔

李蚓豪賭，聘禮銀子千兩，三月精空，因與妻商量，以若蘭賣身無憑，欲強約禮立若蘭為正室，否則，索銀五千兩始罷休；若兩者皆不依，則往縣中，甚至進京都察院告他一狀，倚官謀佔、壓良為賤。遂招高駕說明此意，高雖氣忿，然無可奈何，只好回府轉告。

第十三齣　蘭啼

約禮妻妾三人在樓上賞秋蘭之際，忽聞高駕回稟李蚓一派狂言，若蘭痛煞暈倒。曾氏以李蚓欲女爲正室，嫡庶生端，已願讓與；約禮則知李蚓所要者錢，喚高駕再與他千金，並要他寫下文契，永斷葛藤。

第十四齣　烏陣

鎮守福建總兵官扈蕃，春間奉命，移鎮閩中，不料海賊馬義聚衆，據險跳梁，又以馬妻蚌氏，善於用兵，習知紀律，爲恐塗炭之憂，故謹按陰陽五行，運用奇門遁甲，自造一烏雲陣，八面以擾，必擒巨寇，以戢黎民。

第十五齣　緣終

述約禮雖再與李蚓千金，惟李不受，公然告狀。裴畹以約禮無立文契，官斷無憑，亦無可奈何。遂與約禮言，惟歸其女。所謂：天下明白人，見事須透，割愛貴勇。否則李蚓訟之京官，恐連其尊大人副憲公亦受累。若蘭聽至此，昏倒於地。眞是：上天下地無閒土，藏這朵斷腸花。

第十六齣　恨始

若蘭千聲長嘆萬咨嗟，別離約禮夫婦，以一年爲期，萬望約禮想一妙法，百計營救，否則不惜輕生，絕不別抱琵琶，玷君帷薄。而李蚓以告狀得勝，詐了官銀三百兩，在家候高駕送女還，「叫他還了夫人又送銅，樂煞樂煞」。

第十六齣　卷下、楔子

善判官典情天紀載之職，任仙官首領之司，閱河南永城縣城隍司，呈遞月報冊一本，記李蚓反噬仲文，以致將若蘭離異，此時已帶往福建。遂傳福建功曹，命其將牒文發往福建都城隍處、加意護衛李判官（若蘭），毋得怠慢，直至落葉庵中，吾神另有處置。

第十七齣　守　情

李蚓夫婦帶若蘭回居閩地後，逼女改嫁，若蘭兩次上吊，幸均爲隔壁魚媽媽所救。魚媽媽趁李蚓夫婦燒香還願時，往問若蘭就裏，若蘭則正思念那日與約禮夫婦賞荷聯句，並追和一闋。魚媽媽隨之而至。且得知若蘭嫁於河南仲家。魚媽媽兒子小雁兒，在永城經商，一年來往兩遍，若蘭遂以書信一封，及所和賞荷詞交付魚媽媽，託其子帶與仲郎。

第十八齣　哭　柬

別後一年，約禮寂寞無聊，在家思念若蘭，忽接二書，一爲京報，述海盜鴟張、總兵扈蕃發兵誅討，特陞裴畹爲兵備道一職（約禮父親推薦），告假之員，限日赴京供職。另一書爲若蘭手柬，約禮閱後，大哭昏暈，隨再和一闋，眞是慘慘悽悽，夫人見後，亦掩面痛哭。由於撫軍官差已到，催促約禮赴京，不得已匆匆上任。

第十九齣　移　蘭

李蚓以三百金賣若蘭為扈將軍（蕃）之妾，扈見若蘭蓬頭舊衣、泪臉愁容，必有苦處。於是若蘭稟明繼父忘恩負義，並強令其改嫁種種惡行，此時且願一死，以保清白。扈始知若蘭為仲文友人之妾，如此節烈，令人敬佩，遂令婢女小心侍候，不許怠慢。

第二十齣　撻蚓

裴畹蒙約禮父親副憲公保薦，特授福建兵備道，扈將軍托裴派差將若蘭歸於仲約禮。裴命捕快捉提李蚓，而李蚓事前探知送女之差為琴壽夫婦，因以一百兩銀子賄之，約定暗中交若蘭於己。陞堂後，裴力責李蚓罪過，並取頭號板子，重砍四十，令琴壽夫婦送若蘭歸河南永城，琴壽得賄後，逕找李蚓商議。

第二十一齣　投賊

李蚓賄差還女後，逢海賊招納工匠，製造軍裝，李便携家投賊。床下大王見若蘭可人，欲不懷好意，正巧其妻至，馬義心中慌亂，推說故以若蘭贈妻蟬氏。若蘭改名氷清，巧言已婚定王家，年成欠佳，暫投麾下，服侍蟬氏。若蘭因暫得安棲。

第二十二齣　刼商

高駕以李蚓事，愈思愈愧，為此離開主人。至開封，向親友借貲經商，沿路經營，不知不覺來到福建。路中巧遇琴壽，遂結伴而行，不幸為馬大王手下步兵所刼，琴壽被殺，高駕被虜回寨，吊在樹下，待明早發落，高駕正愴惶、哀吟之際，李若蘭忽然聽聞哭聲，隱隱有「高駕」二字，爲此悄悄出來，二人相認後，若蘭若以改名氷清，高駕亦化名爲賈莊，並以表叔姪相稱，爲賊妻所赦。並以高駕爲內知寨。

第二十三齣　射蟻

扈蕃領兵與馬義轉戰，引馬義至九曲珠山，斬死二將，而裴畹伏兵，萬弩齊發，射中馬義，二卒將其擡回寨中。

第二十四齣　懷驛

仲約禮受任福建巡按，假以節鉞，兼拜征蠻副兵馬元帥，星馳赴任，夜至三十里舖驛。驛丞、督撫、司道手揭、兵備道裴爺等皆差官迎接。約禮在驛中，想若蘭相隔不過三十里，而輾轉思念至於天明。

第二十五齣　窺營

高駕得知仲約禮率軍勦賊，遂以細作爲由，偷出賊寨，往官營窺探。得向約禮說明身在賊營，遇到若蘭等等情事，並議定酒中放迷藥爲內應，安排若蘭至落葉庵等。

第二十六齣　獻馘

仲約禮提兵夜刼賊寨，時賊王馬義夫婦爲高駕酒中迷藥所迷，並斬得兩首級獻約禮，且送若蘭至落葉庵。而約禮與裴、扈二將合力盡殲賊兵。高駕亦趁機將李蚓夫婦綑綁，撥兵管押，聽候發落。

第二十七齣　訪葉

若蘭自居落葉庵後，忽患重病，呻吟竟夕，神氣薄弱。約禮則軍務稍完，獨自微行，與若蘭相會。兩人相見，若蘭訴說別後種種苦境，及腸斷魂消之情。後因各官俱到候約禮飲宴，約禮不得不辭若蘭，約定明日相會。

第二十八齣　殉情

先述李判官謫貶人間，塵刼已滿，帝釋派絕情使者以「情恨」旗，引他歸天。次述約禮於清早差高駕，及鼓吹輿從迎若蘭，惟若蘭此時奄奄一息，說鬼說神。遺命請約禮埋其遺體於落葉庵後荷花池畔，並將香祖樓中那枝枯了的素心蘭，供奉在靈前。言罷，隨絕情使者歸天。

第二十九齣　埋蚓

約禮往庵祭奠若蘭墳墓，返營後，裴畹設宴招飲，斯時，約禮以李蚓夫婦惡貫盈滿，即將二人押到市井通衢，挖一丈深坑，塩水十擔灌滿，一齊推下活埋。

第三十齣　緘恨

約禮妻曾氏正念夫之際，忽接約禮來書，得知約禮已蕩平海賊，隨巡按各府去，惟後述及若蘭之死，曾氏爲之哭暈悽絕。然，仔細思量後，若蘭能急早解脫，未爲不幸。

第三十一齣　樓圓

約禮入朝謝恩，回府拜見高堂，暫息勞筋，遣人往迎夫人至京，並得閱邸報，述其尊翁晉秩正卿爲禮部尙書。己因討賊有功，陞補副都御史，扈藩陞授水陸軍門提督，裴畹陞授本省布政使，高駕亦能平賊建功，補授京營守備。後約禮因鞍馬疲勞，稍寐片時，夢回香祖樓與若蘭相見，若蘭忽生忽死，恍惚不定。後，亂兵殺入府中，因以夢醒。尋，妻曾氏已到，更換吉服，夫婦往拜高堂慶賀。

第三十二齣　情轉

帝釋註銷向日華鬘天幽蘭院之公案，並令絕情使者引素蘭回首，聯情使者引紫蘭黃蘭二仙之夢魂來到。勸諭二仙：天身既轉，人欲自多，人生眷屬，皆是偶然。且使二仙與素蘭小宴，依然送兩夢魂歸第。並藉悅意夫人等仙傳語，世人迷於追逐聲色臭味，錦繡珠玉，實兩不相干，應各修禮讓，息放蕩之心，斷怠荒之欲，乃能齊金石，體固嵩衡耳。

第二目　評論

心餘銅絃詞，「水調歌頭」有：自題轉情關院本（卷下，頁十五）云：

萬縷亂愁緒，一塊大疑團。任爾風輪旋轉，難破此重關。賢聖幾多苦趣，仙佛幾多惡劫，舊案怕尋看，細想不能語，老淚濕闌干。收白眼、持翠管、寫烏闌。偶譜斷腸情事，舉一例千端。不管周郎顧曲，誰道醉翁嗜酒，作者意漫漫。一切有情物，如是可參觀。

情關難破，何止於賢聖仙佛！是此本與空谷香有些彷彿。羅聘論文一則云：「甚矣香祖樓之難于下筆也。前有空谷香之夢蘭，而若蘭何以異焉？夢蘭與若蘭同一淑女也，孫虎李蚓同一繼父也，吳公子扈將軍同一樊籠也，紅絲高駕同一介紹也，成君美裴畹同一故人也，小婦同一短命也，大婦同一賢媛也，使各爲小傳，且難免雷同瓜李之嫌，況又別撰三十二篇，洋洋灑灑之文，必將襲馬爲班、本駒成祁，安能別貢于邕、判優于敖也乎。……按蘭譜，蘭之紫者黃者白者，皆有姓名也，害蘭者蚓爲蟻也，駕高則免焉。而又護之以風幡，培之于九畹，自能展其媚而揚其芬也。于是布子分野、立經陳緯，製局謀篇，穿插掩映，將複轉離，欲粘反脫，試合兩劇而參觀之，微特不相侵犯，且各極其變化，推移之妙。……玉茗先生寫杜女離魂若彼矣，作者偏不畏其難，而一再攖其鋒，犯其壘，弗以爲苦，寫夢蘭之死則達也，寫俞娃之死則戀也，寫若蘭之死則恨也，皆非若麗娘之死于情欲之感。而立言之旨，動關風化、較彼導欲宣淫之作，又何其婉而多風，嚴而有體也」44。羅聘之意，前有空谷香，則香祖樓難作，蓋人物、情節皆相彷彿，然仔細究論，無論構造、製局、謀篇、故事發展，各極變化。

心餘戲曲傳奇，上承玉茗堂（湯顯祖），羅聘所言杜麗娘（牡丹亭中女主人）死于情欲，不如本傳奇更具教化作用，是對的。不過，站在劇曲本身，杜麗娘「生者可以死，死可以生」的情，像厲風和狂濤一樣，可以衝破專制主義的樊籠和堤防45，是個性的解放，從藝術的觀點是相當可貴的。

從結構方面講，本曲分三十二齣，稍繁多，然首尾相貫如環，頭緒少，是以故事發展頗為緊湊。

從詞采、賓白、科諢等方面說，曲中哀婉、悽惻之情過於空谷香，如第五齣，「蘭怨」段：

奴家小字若蘭，本係松江人氏，母親改適李門，將奴帶來隨養，寄寓永城地面。咳！身同飛絮，未知落溷飄茵，人比幽花，但覺無情有恨。奴看繼父手藝低微，心腸貪險，來往市井胥役之流，多是狗黨狐羣之輩，將來必遭奇禍。〔悲介〕桃僵難代，巢覆可憂，奴家不能奮飛，徒然困守，如何是了也。

44 收在蔣士銓著香祖樓，心餘自序後，同註42。

45 參張庚、郭漢城著中國戲曲通史，第二冊，頁二～九三，丹青圖書有限公司。

又，第十六齣「恨始」段：

〔五般宜〕你爲我兩日中迴腸九折，我爲你一霎裡寸腸百結，從今後各灑泪成血。千想萬想向誰言說，奴身似葉，郎心似鐵，只不過一刻的留連，不容奴將袖扯。

又，

〔黑麻令〕從今後愁疊恨疊，怎支持風斜雨斜，整一片雲遮霧遮，我和你恁地迷奚，畢竟是醒耶夢耶！

皆杜宇啼血，不忍卒讀。又，第二十八齣「殉情」段：

〔仙呂入雙調〕〔風雲會四朝元〕形容堪訝，這龐兒可是咱，端詳一會，細看眞假。心與口難問答。老師父，這鏡兒裡面是誰？〔老旦〕喲，這是你的容顏，怎麼問起別箇來。〔小旦〕嘍，這就是奴家麼？〔悲介〕記當時恁樣，記當時恁樣，眉上春山，臉際嬌花，百寶催粧，千金迎嫁，怎顏色黃成蠟，他身子瘦如麻，不信香肌，一歲全銷化，虧郎認不差，將人尚兜搭，依然戀我，悽悽楚楚，恁般情話。

又，

〔前腔〕霜袍銀甲，傍搜如夜叉，有如神光一片，四圍遮亞，展旗尖、明向咱。嗯，想是我的大限已完了。〔老旦〕青天白日，不要只管亂說。〔小旦〕老師父，我說的正經話，你如何知道，咳！天哪，難道我與仲郎緣分，就是這等一面了麼。〔汨介〕嗄，便是夫人，連這一面都不能勾了。漫思量聚處，漫思量聚處，說甚大婦前行，小婦隨他，徐淑秦嘉，逐層丟下死得無收煞，嗏他把恨字手中拏，待遣暗裏無常，打散鴛鴦鴨。算來活在世間，本無留戀，只不合再與仲郎相見耳。才將恨葅加，忙將恨苗掐，誰歌長恨，悲悲哽哽，寫來如畫。

看來字字皆是血，不止酸鼻而已！

第八節　臨川夢傳奇

第一目　本　事

心餘自序云：「客謂予曰，湯臨川，詞人也歟？予曰：何以知之？曰：讀四夢之曲故知之。予听然而笑曰：然則子固歌者也，何足知臨川，客慍曰：非詞人，豈學人乎？予曰：明史及玉茗堂全集非僻書，子曾見之歟？曰：未也㊻。予曰：然則子固歌者也，又烏知學人。乃取明史列傳，及玉茗堂集，約略示之，客慙而退，嗚呼！臨川一生大節，不邇權貴，遞為執政所抑，一官潦倒，里居二十年，白首事親，哀毀而卒，是忠孝完人也。……乃雜採各書，及玉茗堂集中所載種種情事，譜為臨川夢一劇，摹繪先生人格，現身場上，庶幾痴人不以先生為詞人也歟」。可知心餘之作臨川夢，有感於湯顯祖一生大節，乃忠孝完人。

臨川夢所載玉茗先生傳云：「湯顯祖，字義仍，一字若士，江西臨川人。生嘉靖二十九年庚戌，有文在手，年二十一，舉於鄉，忤陳繼儒，遂以媒蘗下第。萬曆五年，再赴會試，張居正欲其子及第，羅致海內名士以張之。延顯祖及沈楙學，顯祖謝弗往，楙學乃與居正子嗣修偕及第。顯祖歸六年，迨居正歿之明年癸未，始成進士。與時宰張四維申時行之子為同年，二相招致之，又不往。除南京太常博士，久之，稍遷祠部。朝右慕其才，將徵為吏部郎，上書辭免。十九年閏三月，以彗星變，詔責諫官欺蔽，大開言路，顯祖抗疏，論劾政府，信私人，陰扼臺諫，語伉直數千言，謫徐聞典史，至任日，立貴生書院講學，士習頓移，陞遂昌知縣，滅虎放囚，誠信及物，翕然稱循吏。二十六年戊戌，投劾歸，不復出，辛丑外計，追論議黜之，李維禎為監司，力爭曰：此君高尚久矣，不應考法，主計者曰：正欲成其高耳，竟削籍，里居二十餘年，父母喪時，顯祖已六十七齡，明年以哀毀卒，遺命以麻衣草屨斂。顯祖志意激昂，風節遒勁，平生以天下為己任，

㊻ 按張廷玉等奉敕修明史，卷二百三十，列傳第一百一十八，頁七（總頁二五一四），有湯顯祖本傳（藝文印書館）。
又，錢南揚標點湯顯祖戲曲集，上海古籍出版社。

因執政所抑，遂窮老而歿，天下惜之。……論文以本朝宋濂爲宗，李夢陽，王世貞氣焰雖盛，皆斥之爲僞體。當霧雺充塞之時，能排擊歷下者，只顯祖與歸有光二人而已。所居玉茗堂，文史狼藉，雞塒豕圈，雜沓庭戶，蕭閒詠歌，俯仰自得，胸中魁壘發爲詞曲。所著四夢，雖流連風懷，感激物態。要於洗蕩情塵，銷歸烏有，作達觀空，亦可悲乎。」此其一生大要。

其情節發展，在「提綱」「蝶戀花」云：「氣節如山搖不動，玉茗堂中，說透癡人夢。鐵板銅絃隨手弄，婁江有箇人知重。喚做詞人心骨痛，史冊彈文，後世誰能誦，醒眼觀場當自訟，古來才大難爲用。」

本曲卷上有：拒戈、隱奸、譜夢、想夢、改夢、星變、抗疏、哼叛、送尉、殉夢。卷下分：宦成、遺跛、續夢、雙噬、寄曲、訪夢、集夢、花慶、說夢、了夢等二十齣，茲分述如下：

第一齣　拒戈

先述湯顯祖身世，年二十一得舉，好友四人：帥機、李三才、李化龍、梅國禎。今爲萬曆五年，惟國禎與己尚困公車，欲重赴會議，是日，顯祖約同李道甫、梅國禎二人小飲，而丞相張居正欲使其子登第，派人求顯祖相助，由於宰相之子不便奪大魁，打算狀元與顯祖、探花與沈楙學、榜眼則置其兒嗣修。沈非常感激，拜謝提攜，顯祖則立拒之，來使忿忿而去。顯祖有鑑於前次會試罵了陳眉公，以至太倉見抑，今又得罪丞相，是以絕意是科考試。

第二齣　隱　奸

述陳繼儒（別號眉公），爲山林隱士，藉漁樵而哄卿相，沽名釣譽，攀附權貴，傾陷正人，借清議，把持朝局。陳曾在太倉王家，顯祖云：山人爲何不在山中，卻在宰相門下。羞辱陳。陳則今日一句，明日一句，終把太倉激怒，阻止顯祖登第。今又有毛文龍求作壽文，陳索一萬銀子，爲文龍所拒，陳遂懷怨必報，準備斬他首級。

第三齣　譜夢

述顯祖自丁丑拒絕權門，歸家六載，不復入京會試，以眼中認定富貴一時、名節千古。惟塡詞作曲遣興，抒寫心中，因撰成牡丹亭傳奇。後，得梅國禎來書，告以今年六月權相已死，明年癸未會試，不可遲誤，特邀顯祖年底束裝到京相聚。末言沈狀元已病故，己則趕到揚州度歲。

第四齣　想夢

述婁江俞二姑，年十七，耽讀牡丹亭，感其文字、情絲結網，恨淚成河，嬉怒笑罵皆是微詞。因喚養娘托東鄰張元長、許子洽尋訪作者湯顯祖爲誰。昨日二姑又在曲本中、用細字批注、幽思苦韻、比原文沈痛。不覺夢出劇中人物柳夢梅、杜麗娘等之幻影。後，張元長告訴養娘，訪得顯祖不止才人，亦名節之士，今年參加會試、新中進士，二姑不禁對顯祖起愛慕之意。

第五齣　改夢

顯祖自癸未登第後，除授南京太常博士，忽忽五載。去年八月遷授南京祠部十事。今取向時唐人霍小玉傳所作之紫簫記院本。草稿未定，傳鈔已遍，友人勸其完成，趁新秋多暇，因以刪改。適同鄉好友帥機，官南京膳部郎中相訪，顯祖遂以新改成之紫釵記送之，帥機謂顯祖曰：選君李維禎有書相寄，欲徵之為吏部郎，託我致意。顯祖云不宜北地有五件：車馬勞頓、老親去不得；弟失偶、亡妻遺下兩子，惟其是依；俸錢四萬、每年所用不下七萬，入不敷出；身體瘦弱，寢食失時則病，恐乞假太頻；雪高水厚，食炕餐煤，土風不宜是也。遂托帥機挽拒。

第六齣　星　變

上天營室、東壁、婁宿、胃宿四星官，見下界在萬曆十九年三月間，君王年幼、宰輔弄權、黜陟不明、賢奸雜進，是令天慧星、在室壁胃婁之次，特帚橫空示儆。

第七齣　抗　疏

顯祖於萬曆十九年閏三月二十五日接獲邸報，欣知皇上以上天星變，切責科道，因大開言路。今天下臣工，皆得論列時事，顯祖雖以外官，敬草一疏，論劾輔臣科道。以為：萬曆皇帝二十年中，前十年之政，張居正剛而多欲……後十年之政，申時行柔而多欲……令申時行急因星警，痛自改悔，無負厚恩。此不負食祿輸忠之義也。

第八齣　哱　叛

韃靼遺種哱承恩（父親哱拜為寧夏都指揮），承襲副將之職，任已四載。平日受巡撫党馨之氣，仇大恨深。乃唆使先鋒劉東暘、許朝二人，統兵反叛，攻入帥府，將巡撫党馨，副使道石繼芳殺害。並趁此攻掠河西，哱則往慶王府劫掠。斯時，平鹵堡參將蕭如薰與夫人，鑑於河西一帶已陷四十七堡，賊兵勢如破竹，賊將土文秀連日攻打利害，怕人心不固，即以釵環衣物，盡散軍士。并傳諭三軍，無心固守者，不妨散去，而其夫婦誓與此堡共存亡，由是軍心大定。至於慶王府，慶王被賊劫去，府中大亂，正妃娘娘與世子暫躲土窖，等賊兵去，娘娘已死，只世子存活矣。

第九齣　送尉

顯祖因星變求言，抗論時事，貶爲廣東雷州徐聞縣典史。任職幾年，陞授浙江遂昌縣令。此時，有諸生求教，云：人之所貴，在於仁孝之心。問以文章，則謂漢宋文章，各極其趣，當朝以宋景濂爲宗。告以送行父老，約束子孫做好人；勸婦父、孝順公婆、尊敬丈夫；教海邊蛋戶。尊敬長官，向化守業等等，人人皆依依惜情。

第十齣　殉夢

述俞二姑讀牡丹亭，感念顯祖，形容消瘦，一病不起。所謂人生所貴，貴在相知，得一知己，死可不恨。因囑咐死後，托張、許二相公，將手批曲本，寄與顯祖。

第十一齣　宦成

顯祖自徐聞典史陞任遂昌縣令後，政簡人和，官民相愛，豪強改過，獄訟漸稀。去年除夕，將獄中各犯釋放回家，度歲三日，皆如期歸返。又傳西鄉許多老虎，並咬傷獵戶兒子，因求救縣令。顯祖乃寫公文，移牒城隍，盼飭陰兵，以佐獵人擒獲。後，果有神兵相助，獵人因得射虎掩埋。

第十二齣　遺　跛

梅國禎與顯祖同爲萬曆十一年進士，梅由固安縣令歷官浙江邊御史，因哱承恩等賊叛亂，屢抗王師，朝廷命國禎爲監軍討賊。由於寧夏城地形低下，因與李總戎議用水攻，使全城盡爲澤國，然憫憐城中百姓。正愁苦之際，忽遇一賣油拐子李登，依李之計，古來名將成功，善于用間。因令李離間，分持劄付三道，密書二封，游說哱承恩，但能暗殺劉東暘、許朝，便保全其富貴；另語劉、許二人，能密謀哱氏父子，願代請封侯，使三人內鬨。

第十三齣　續　夢

顯祖宰遂昌，盡心爲政，喜民和事理，只是年來宦情益淡。想起昔日讀書窮苦之時，說到出將入相，今見官場，飽饜濃腥，迫束形勢，心中諸多感慨。因於退公之暇，續撰成新曲二種，一日邯鄲夢，一日南柯夢。

第十四齣　雙　噬

哱承恩聽信賣油拐子李登之言，因周國柱買妾與許朝結怨不解（民間郭坤遺妾，許朝以三十兩銀子欲買之，爲周國柱先聘）。乃聯周定計，哱誅許朝於城南，周戮東暘於城北。得逞後，獻首於監軍梅國禎，賊黨如哱承寵、哱洪大、土文德、何應時等等被擒獲，餘則盡爲殲滅。國禎分命押賊黨入京，並入城安戢百姓、慰勞慶王。

第十五齣　寄曲

由於顯祖宦迹轉遷，張、許二相公有事於四方，故在俞二姑死後二十餘年，養娘始聞知顯祖家居，因搭便船至江西臨川，以二姑手批之牡丹亭一本交顯祖。顯祖有感二姑爲他而死，命將南樓打掃，祀奉俞小姐木主，並命僕往蘇州買田數畝，以爲守墓工食。念養娘老而無依，遂留家中長住。

第十六齣　訪夢

述俞二姑亡魂欲尋訪顯祖於太常寺衛，門神云顯祖久貶徐聞縣尉，二姑亡魂遂往廣東。路經梅嶺，適遇小釋迦（俗姓黎，嶺南保昌人），言顯祖陞浙江作令，今已辭官，若要見他，逕投臨川縣，庭中有極高之玉茗花者，即爲其家居。

第十七齣　集夢

盧生，在邯鄲蒙洞賓先生點化，尸解爲散仙，淳于棼蒙甘露禪師棒喝爲羅漢身，及小仙霍小玉，皆顯祖所作南柯、邯鄲、紫釵三記夢中人（第四夢牡丹亭、杜麗娘還魂事，爲太倉王氏曇陽子作，久證菩提，心已懺悔），共會天上，談論顯祖戲曲。後，三仙被宣往覺華宮，聽天王說夢。

第十八齣　花　慶

顯祖四子均能讀書，尤以長子士蘧，最富才華，惜年僅二十三，卒於南京。思想他三歲識字、五歲能文，未死前夕夢一顯者，說覺華自在王相召。是將長子遺詩賸稿，寫成一冊，題曰覺華編。顯祖正悼念亡兒之際，忽獲故人三書：梅克生（國禎）削平寧夏之亂，陞任僉都御史，而巡撫大同；李化龍歷官遼東巡撫，而川湖總督，又平播州，今擢爲總河；與總漕李道甫會議，奏開泇口淤河，眞經世之才。李三才則遣人迎顯祖入幕，然則老而爲客，已所不能，回書婉謝。乃樂與家人相聚，無憂無慮，觀戲以慶親壽。

第十九齣　說　夢

顯祖長子士蘧死後仍歸天上，在覺華王座前爲掌夢仙官。爲喚醒群迷，打開大夢，故召盧生、淳于棼、霍小玉並俞氏，至天王前聽講。述世間無論功名富貴、權術、青史等等，無非是夢境。後差遣四夢中人，與顯祖夢中之身相聚、周旋，乃召玉茗花神至。士蘧問以父親、兄弟將來，天王告以顯祖慧業文人，一生忠孝，六十七歲送過二親，仍歸天上。其弟開遠，有父風，歷官河南巡撫。

第二十齣　了　夢

玉茗花神傳自在天王命、引睡神攝出顯祖之魂，與四夢中人相會。四夢中人稱許顯神四夢之作，不但使其姓名長存，實有功於名教。末，由玉茗花神迎衆至覺華宮，並安排顯祖父子相見。因此了結四夢之局。

第二目　評論

乾隆間和珅當道，貪婪專擅，聲勢烜赫，諂媚者皆官顯達。惟心餘敦厚耿介，不邇權貴，終以一官潦倒。其才其遇，與顯祖同。尤其二人同爲江西人，心餘私淑其戲曲；則臨川夢之作，實借他人酒杯，以澆心中壘塊㊼。

就其結構說，日人青木正兒云：「出與湯顯祖之哼承恩叛變三齣（第八、第十二、第十四），全無意義。又如關於俞二娘（姑）事，於顯祖之全生涯中，究不過一種插話而已，而其關目誇張之爲五齣，（第四、第十、第十五、第十六、第二十），反非所以顯彰此偉大作家者。又如拉來玉茗堂四夢中人物而發關目（第四、第十七、第十九），即吳梅氏所謂『無中生有』者，此雖亦爲一法可許，然劇中情蹟，在於即湯顯祖傳，按其微細年月極現實以結構之，出此類非現實之關目，極不調和，

㊼ 國立中山大學徐信義教授，在民國八十二年十一月二十日中山大學系所舉辦的清代學術研討會，曾發表「蔣士銓臨川夢對湯顯祖牡丹亭主題的體會」，該論文集來不及登載，徐教授文，抽印本寫頁五四七云：「蔣士銓仰慕江西先賢湯顯祖的品節，撰寫臨川夢來表彰他，……他以爲湯氏作牡丹亭是湯氏自況，蔣氏作臨川夢其實也是自況。」實則其他前賢及清稗類鈔（徐珂）等已有此說。

且以此破壞全劇之調子也」㊽。所評大致公允。惟所云「劇中情蹟，在於即以湯顯祖傳，按其微細年月極現實以結構之」，此過於重寫實之論，戲曲中雜以神話，以增其文學趣味，不必如歷史傳記，考訂史實而傳其生平也。

就人物言，作者描繪顯相剛正、耿介、廉潔等性格，然就文學家豪放性格方面，卻有不足，也許在傳統思想下，作者比較少有豪放的聯想。

綜合詞采、人物、及結構說。吳梅先生云：「余謂傳奇中情詞贈答，數見不鮮，其能掃盡窬牆窺穴之陋習。而出以正大者，惟藏園而已。臨川四夢，紫釵還魂，皆少年筆，邯鄲南柯則不作綺語，而身亦老大矣。此記將若士一生事蹟，現諸氍毹，已是奇特，且又以四夢中人一一登場，與若士相周旋，更為絕倒」㊾。言心餘此作，具雅正之意。四夢中人與顯祖周旋，則為人物、結構上創新，備為稱讚。

至於詞采、賓白、科諢方面，在第二齣「隱奸」段：

〔淨披巾素鼈蒼髯扮隱士上〕……老夫陳繼儒，字仲醇，別號眉公，……年未三十，焚棄儒冠，自稱高隱。你道這是什麼意思，並非薄卿相而厚漁樵，正欲藉漁樵而哄卿相，騙得他冠裳動色，怎知俺名利雙收。……此中黃金白鏹，不取自來，你道這樣高

㊽ 見青木正兒著支那近世戲曲史，頁六五四，弘文堂刊行。王吉盧譯為中國近世戲曲史，頁四一六，台灣商務印書館。

㊾ 吳梅著霜厓曲跋，卷二，頁二十（總頁六七四），收在任中敏編新曲苑，㈢，台灣中華書局。

人隱士，做得過？做不過？我又想道，單是士大夫敬重，弄錢畢竟有限，因而把飲食衣服器皿，各件東西，設法改造新樣，騙那市井小人，遂致財源滾滾，所以古有東坡之肉，今有眉公之糕，古有李斯狗枷，今有眉公馬桶。〔笑介〕竟弄得海外聞名，朝端推重，由他地方官欽差官，薦舉爭來，自比康齋翁、白沙翁、徵詔不動，而且記私讐，常時傾陷正人，借清議，暗裏把持朝局。

此與儒林外史諷諭「儒林」，有何上下？又，

〔前腔〕風標畢竟不相同，信是當朝相種。那兩箇是誰？〔小淨〕狀元是宣城沈懋學，也是了不得的大才，探花是敝同鄉曾朝節。〔淨〕恭喜鼎甲三人，貴鄉竟有兩箇。

〔小淨〕這也是一定之理。先生不見前朝江西人當國，那一科不是一箇兩箇，最可笑是永樂二、三鼎甲，皆是吉安人，眞正沒天理，如今還算公道呢？

中國科舉，向爲人稱道，讀了這段，科舉爲少數人把持，實令人心寒也。

又如第十齣「殉夢」段：

〔醉太平〕評論，心兒自忖，笑蟲蟲蟻蟻才子佳人，沾泥漬水，低微煞暮雨朝雲。

〔老旦〕如此說，二姑是不曾有病的了。〔小旦〕我怎麼沒病。〔老旦〕請問是什麼

病呢？〔小旦〕含顰。〔普天樂〕眉峰翠壓心頭悶，一點眞愁難藏隱，也非關氣候寒溫，又何辭容顏瘦損，這情靈，由他自輪風輪。〔老旦〕這本牡丹亭，畢竟如何作怪，把你害得如此。〔小旦〕咳，養娘，這是他自寫情懷之作，何曾有什麼杜小姐。若論那柳郎君，不過一個貪名好色之人，雖極力寫他，却是極力罵他呢。〔犯胡兵〕求名看寶無身分，秋風一棍，縱然帽壓宮花，被桃條敲的狠。至于遇鬼開墳，無非可發一笑。〔香遍滿〕甚河東舊族，倚他王叔文，貪著箇鬼嬋娟。畢竟把東床認。〔老旦〕如此說，你爲甚吟哦圈點，不忍釋手哩。〔小旦〕養娘，此中會心，如何與你說的明白。〔瑣窓寒〕歎天王這個湯君，但把文章泣鬼神，讓和戎總制，報信黃門。〔劉潑帽〕憐他代管閻羅印，喜又嗔，把燕和鶯都安頓。咳，世無湯君，生我何爲，世有湯君，我生何樂。〔抱書本哭介〕〔三換頭〕茫茫大千，恁般方寸，憑誰慰藉，只形骸自親。〔老旦〕那湯爺已非年少，聞他兒女成行，即令你得見他，難道可以屈居副室麽。〔小旦笑介〕養娘說出這等痴話來，男女雖則異形，性天豈有分別？人生所貴，相知者此心耳。古人云：得一知己，死可不恨，何必定成眷屬乎。此事何須相溷，這其間只是我不合來塗脂傅粉。我死後，你托張許二相公，將我手批這個曲本，千萬寄與那湯老爺，不可錯誤。〔賀新郎〕怕官人也爲我心傷盡，權當寫文簫韻。〔節節高〕這硃痕共墨痕，漬啼痕，是兒家短命銷魂本，前世因，今生運，好心疼，人遠天涯近。〔哭暈介〕〔老旦〕呀！不好了，二姑醒來，快醒來，我扶你床上睡去。〔小旦醒介〕養娘，咳，我魂銷不盡你漫溫存，不願乞還魂。〔老旦扶下即上〕哎呀！二姑上床即氣絕了，可憐可憐，我一面與他殯殮，一面將此曲本，送與張許二位相公，寄與湯爺去。〔恨介〕咦！活錚錚一個如花似玉的二姑，則被這幾頁破書斷送了，我好恨哪！

此等情節，「化夢還覺，化情歸性」，猶不失顯祖寫牡丹亭本意[50]。賓白、科諢皆如元人本色。

吳梅顧曲麈談云：「世皆以四絃秋爲最佳，余獨取臨川夢，以其無中生有，達觀一切也」[51]。「無中生有」前已言之，指其四夢中人物與顯祖周旋，實爲創新。達觀一切，指人生一切不過夢境。然則曲中婉轉之情，亦不可忽視。

第九節　冬青樹傳奇

第一目　本　事

心餘自序云：「竊觀往代孤忠，當國步已移，尚間關忍死于萬無可爲之時，志存恢復，耿耿丹衷，卒完大節，以結國家數百年養士之局。如吾鄉文、謝兩公者，嗚呼難矣哉。秋夜蕭然，不能成寐，剪燈譜冬青樹院本三十八首，三日而畢，摭拾附會，連綴成文，慷慨歌呼，不自能已。庾信之賦哀江南曰：惟以悲哀爲主，殆或似之。經曰：歲寒然後知松柏，若兩公者，即以爲冬青之樹。」[52]。可知此劇寫南宋覆亡，文天祥、謝枋得殉國事[53]。

---

[50] 朱尚文已有此說。見所著蔣士銓藏園九種曲，頁二七一，收在大陸雜誌語文叢書，第一輯第五冊。

[51] 吳梅著顧曲麈談，頁一八六，廣文書局本。

[52] [53] （請見次頁）

劇中情節，在第一齣「提綱」、「滿江紅」云：半壁江山，比五季朝廷尤小。誰擔荷，中興王業，偏安城堡，立馬吳山詩再詠，鏖兵赤壁風還裊。廟堂中覆局忍尋看，棋輸了。垂簾后，修降表，登庸主，諸孤藐，碎金甌守無參政，戰無招討。謀國夫多難定亂，擎天柱弱終推倒。殉金湯文謝兩孤臣，江西老。」事以文天祥、謝枋得爲經，以趙王孫、汪水雲幕府諸參軍，及一切遺民爲緯，所取材料，除勘獄外，皆本實錄。

全書分卷上、卷下。卷上有：提綱、勤王、畫壁、留營、寫像、急遁、納欵、辭官、賣卜、發陵、收骨、局逃、得朋、疑逐、題驛、航海、私葬、夢報、開府。卷下有：轉戰、厓山、和驛、生祭、抗節、守正、小樓、浩歌、神迓、柴市、却聘、遇婢、餓殉、碎琴、野哭、歸櫬、菴祭、西臺、勘獄等三十八齣。茲分述如下：

第一齣　提綱

以「滿江紅」詞一闋（前錄）云：南宋半壁江山，首都杭州，比五代南京還小，朝中有誰能擔

---

52 蔣士銓著冬青樹，自序，頁一，收在藝文印書館叢書集成續編，原刻景印紅雪樓九種曲，下引冬青樹原文同此，不贅。

53 文天祥生平，見於脫脫等修宋史，卷四百十八，列傳第一百七十七，頁十九，本傳，藝文印書館。謝枋得生平，見於宋史，卷四百二十五，列傳第一百八十四，頁十九（版本同上）。又，文天祥作品，可參文山全集，商務四部叢刊本。謝枋得詩可參吳之振編宋詩鈔，世界書局本。又，王建生著中國詩歌史，宋代詩歌（下），對文天祥、謝枋得詩亦有論述。（原載中國文化月刊第一二九期，頁七六起，東海大學出版）。

荷中興王業、守住偏安之局？金主元亮吳山（在杭縣西南）云：「移兵百萬西湖上，立馬吳山第一峯」，與北宋仁宗皇帝送杭州太守梅摯的詩：「地有吳山美，東南第一州」，引來諸多感慨。三國時，吳周瑜破曹操，赤壁燒兵，而南宋局面呢？元兵在湖北襄陽告急，朝中無人，賈似道日坐葛嶺，起樓閣亭榭，取宮人娼尼有美色者爲妾[54]，忍看國家覆亡！下片，庸君權后（楊、謝皇后）[55]，只會修降表，殘君難撐。守無參政，戰無招討，則武將謀臣，徒尸位素餐而已！終使大宋江山傾倒，江西文天祥、謝枋得兩孤臣，同以殉國，而趙宋王孫向元朝稱臣，令人感歎悽愴。

第二齣 勤 王

江西廬陵文天祥，二十一歲（寶祐四年，一二五六）中進士，廷對第一。例授京職洊歷中外，今官江西安撫使，兼權兵部侍郎，不覺年已四十。無奈兵鋒未靖，所幸高堂健在，地方安寧，天祥與夫人備家樂，舉巵酒，賀母親介壽之際；忽接聖旨云：先帝傾崩，嗣君冲幼，賴文武之臣，起諸路勤王之師。天祥遂散家財，一半賞現在軍卒，一半招募新兵，星夜馳赴臨安。

---

54 見宋史，卷四百七十四，列傳二百三十三，姦臣四，賈似道本傳，藝文印書館。

55 主戰者如韓侂冑被害死。楊皇后、楊次山、史彌遠之流主和，甚至可說是主降派。又，理宗謝皇后、理宗崩、度宗立、咸淳三年（一二六七）尊爲皇太后。度宗崩，瀛國公即位，尊爲太皇太后，太后年老且疾，大臣屢請垂簾同聽政、彊之。（見宋史，卷二百四十三，列傳第二，后妃下，理宗謝皇后本傳，頁二十七～二十八，藝文印書館本）。

第三齣　畫壁

秀安僖王六世孫趙孟頫與管夫人在湖州，看到韶華爛熳，江山清美，乃往天聖寺踏青，兩人並於壁上題瀟湘聽雨聲。此時，聞元兵將至杭州，文天祥領兵勤王。

第四齣　留營

天台杜滸糾合四千人勤王，而北兵駐皐亭山下，見大事已去，城中官紛紛納降。斯時，朝廷拜文天祥爲相，兼樞密使，都督諸路軍馬，奉命前與唆都議和。天祥告唆都，既無取天下之心，當退兵平江，以成兩個舊好。唆都則反勸天祥投降，並使信世昌宴請呂文煥、賈餘慶、劉岊等在留遠亭候天祥，天祥大罵，欲自刎，不遂，被留置敵營中。

第五齣　寫像

江西汪大有（字元量，別號水雲），曾中咸淳進士，見天下多故，棄職隱居，甘作布衣。平日性愛絲桐，出入宮闈，遂爲琴師。今以謝太后懿旨，命與其族子謝畹、覓一畫士進宮，爲太后畫像。

第六齣　急遁

丞相陳宜中，在開慶年間（一二五九—），是太學六君子之一，後爲宰相。想宋代江山，第一次被秦檜斷送，第二次被賈似道斷送，頗多感慨。今見局勢危急，乃棄官逃往永嘉。而蘇劉義、張亮節、張全三人，奉楊、俞二貴妃命，扈從二王出京渡江。

第七齣　納　欵

聞得夏貴不聽統制王順之言，掣去沙武口、沌口二處守兵，又不准他用沙石沈舟防禦，故元兵南下恁快。湖州太守蹇材望，思想六君子中，黃鏞、曾唯都降了，陳宜中做宰相也逃了，傳元兵已打破南門，進到駱駝橋，只好跪道迎降，乃被降爲知州。

第八齣　辭　官

元兵陷都，謝太后將降表，遞去北營，後宮娘娘宮人均被載北上，所謂「長門永巷之苦已過半生，黃河白草之災又逢今世」。臨行前太后以畫像一幀，交與謝畹收藏。

第九齣　賣　卜

謝枋得（字君直），自弋陽失守，官兵潰散，妻子流離，孑然一身，逃到建陽橋亭上賣卜渡日。而謝翱（字皐羽），昨自弋陽歸閩，來此橋亭，遇枋得。枋得向其探問弋陽消息，得知自己守城失利流竄後，其妻爲拒廉帥之辱，自縊死。枋得聞之，悲倒在地。後，翺卜得「師之遯」，枋得知其欲起義兵，惟勸其等待一大人勤王，可提一旅相助，惜畢竟無功。後，以一可匹文天祥玉帶生硯贈翺而去。

第十齣　發　陵

元朝一統中外，總制楊璉眞伽奉旨發掘宋陵，動用番僧領兵數百人，守陵太監羅銑欲止之，重打一百後，被繫入獄。番兵共掘君臣墳墓一百一所，將這些骨殖，雜以牛馬枯骸，搗爛和泥，建造六和浮屠，欲鎭壓臨安王氣。

第十一齣　收　骨

唐珏（字玉潛），年三十二，因賊髡楊璉眞伽，將列聖墳墓，蕩爲坵墟，至斷殘支體而去，不勝憤恨。乃變賣家具，稱貸他人，得金三百金，約里中少年十數輩，每位二十兩，身背簶筐，手提竹篋，趁昏月之際，以牛、豬、羊之骨，帶去換取諸陵之骸，標識分明，而私葬於蘭亭山上。并移取故宮冬青一樹，栽向冢上，以爲表識。

第十二齣　局　逃

文天祥第十二人被覊於鎭江，不能脫去，幸眞州余元慶於此有一舊交，爲北兵管船，許其求批一帖，爲他日進身之約，又白金數十兩，托覓一舟，監押文丞相之王千戶爲沈頤灌醉，天祥等人趁機逃走，途中幾爲喝醉營兵發現，乃以五十兩銀子打發。至甘露寺，先是覓舟無著，天祥欲拔刀自刎，後知船泊於半里外，上船時，又幾爲元兵所獲。

第十三齣　得　朋

文丞相等脫險至眞州，駐守眞州安撫苗再成元帥得報，以禮接。並請至清邊堂商議破敵之計。苗再成告以：先約夏老，提兵出江邊；通泰軍打灣頭，以高郵、淮安、寶應軍打揚子橋；揚州大軍向瓜州；己（苗再成）與刺史趙孟錦，挐舟師直搗鎭江，同日并舉，叫他倉卒不能相救。乃請文丞相扎致兩淮東西制府，一同舉事。

第十四齣　疑　逐

王、陸二都統陪文丞相登城巡視之際，苗再成差人送制府文書與二都統，言丞相乃北兵遣來眞州賺錢者，須緊防之。故兩都統送丞相等出城後關閉，不許丞相入城，並備有船在江口，丞相被疑，無奈，只得往揚州。而余元慶、李茂、吳亮、蕭發四人，各拐銀子百五十兩逃去；呂武、鄒捷下山取水，遇賊兵，給賊所藏三百兩。丞相等夜至古廟而宿，歹人見其行囊甚肥，差爲其所害。

第十五齣　題　驛

北朝總管奉命押送宋家宮女王清惠、陳正淑、黃蕙正、何鳳儀等十七人北上，暫宿驛中一夜。昭儀王清惠感傷不寐，遂題詞書之壁上，盼有知音憐憫飄泊也。

第十六齣　航　海

文天祥自通州得遇曹太監、張少保，始知益王已登大位，改元景元，少保與一船，又得台州薑船三艘，結伴飄洋，來至福州。可惜記室金應，門下二十餘年，授爲承信郎，通州病故，但買一薄棺，安厝雪窖中，他日返骨廬陵。至福州，爲帝所召見，立誓鞠躬盡瘁、收復神京。

第十七齣　私　葬

郎官林景熙見前日唐珏收易諸陵骸骨，已亦爲趙家臣子，焉敢坐視？爲此變賣琴書，助唐改葬。林、唐二人會于蘭亭山下，草莽兩臣哭祭、好不傷心。後至天章寺暫借一宿。

第十八齣　夢　報

唐珏於元宵燈市遨遊，身子困倦，寐於冷靜地方石上。爲一黃衣吏引見王者，謂天帝感其掩覆遺骸，忠義動天，賜與伉儷，三子及良田三頃，溫飽終身。唐並見王使吏以雷電劈楊僧，以昭惡報；命使押西山允澤二髡，入無間地獄，使鐵床炮烙百遍，發生畜道，以顯冥誅。唐珏醒後，忽有役來，謂袁公（俊齋）因感收埋陵骨，是個義士，要與之訂交，且爲作伐，貲以田產。

第十九齣　開　府

文天祥歷經艱辛，艱難航海，得依新主。不料景炎皇帝駕崩，衛王於硇川登極，改元祥興。命天祥開府於延平，又得謝翱率鄉兵數百來投，帳下効力，文、謝二人遂登壇歃血，誓滅封狼。

第二十齣　轉　戰

元經略兵馬大元帥張宏範，曾與文天祥會戰于宮坑，天祥家屬盡爲元兵所獲，送往燕京。兄弟文璧奉母惠州居住，張得知其母死子亡，趁天祥方寸迷亂之際，提兵轉戰於五坡。天祥兵敗被擒，張勸之降，天祥但求一死。

第二十一齣　厓山

金鼓聲喧，旌旗影亂，元兵長驅直下，中原尺土無剩，宋軍矢盡石絕，爲元軍重圍於崖山。楊太后投海死，張世傑、陸秀夫負帝蹈海而亡，趙家基業，盡於此刻。

第二十二齣　和驛

天祥五坡被執北上，至驛中休息，忽見牆上王清惠昭儀題滿江紅詞，下片云：「龍虎散，風雲絕。無恨事，憑誰說。對山河百二，淚沾襟血。驛館夜驚鄉國夢，宮車曉碾關山月。願嫦娥，垂顧肯相容，從圓缺」。因之感觸，乃依和題書壁上，下片云：「彩雲散，香塵滅。銅駝恨，那堪說。想男兒慷慨，嚼穿齦血。回首昭陽離落日，傷心銅雀迎新月。算妾身，不願似天家，金甌缺」。時適汪大有亦羈旅於此，亦依和題作，下片云：「人去後，書應絕，腸斷處，心難說。更那堪杜宇，滿山啼血。事去空流汴京水，愁來不見西湖月。有誰知，海上泣嬋娟，菱花缺」。傷感國破，心有慼慼。天祥、大有二人約爲同心，俟到燕京後，學荊軻、張良之刺暴秦。

第二十三齣　生祭

廬陵王炎午（字梅邊），昔日文天祥起兵時，曾請購淮兵，參錯戎行，惟因父喪母病辭歸。聞丞相被執北上，自念無以爲報，草成生祭之文以哭之。並騰寫數十本，自贛州至南昌，沿途黏貼。冀丞相一見，以示書生志節，氣魄可留天壤。

第二十四齣　抗　節

元相博羅奉命屢勸文天祥降順。天祥云：食祿忠事，爲國捐軀，這都是大丈夫應爲之事，要殺便殺，何必苦苦饒舌。

第二十五齣　守　正

宋太后全氏，同宮眷北來，羈棲民舍，幽獨抱盟心之誓。聞安定夫人陳氏、安康夫人朱氏、兼小姬二人俱自縊。元廷並將首級割下，懸掛所住屋簷。全氏乃與昭儀王清惠祝髮爲尼，庶斷一切葛藤。

第二十六齣　小　樓

江西人張千載、聞文丞相忠貞被執，暗地隨他而來。得知丞相被拘禁兵馬司小樓之上，敬備盤餐酒食勸慰。言談天祥家小姐們，同死亂軍，只夫人北來，不知栖遲何處，因添傷感。

第二十七齣　浩　歌

文丞相被拘土室三年，土室地廣八尺，深可三尋，單扉低小，白間短窄，汙下幽暗。水氣、土氣、日氣、火氣、米氣、人氣、屍氣、惡氣重蒸。天祥居然無恙，以爲浩然之氣勝之，遂作正氣歌。適汪水雲、則堂先生、同奚娘子至訪，水雲並將正氣歌譜爲拘幽操。

第二十八齣　神　迓

文天祥爲應龍托生，今已歷亡國逋臣諸苦，期限已滿，龍神乃引領雨師、風伯前往燕京，會同燕地城隍等神，迎其歸位。仙女們則奉玉旨，引仙樂奏鈞天，排列天仗，迎天祥上昇。

第二十九齣　柴　市

文天祥被幽禁三年，忠貞不屈，就義於柴市。旁列有留夢炎、趙孟頫送來筵席，天祥見南宋大臣，宗室王孫失足，十分悲慟。末，各神迎天祥上天，並立宋少保信國公大丞相文山先生位。

第三十齣　却　聘

謝枋得初返桑梓，奉母終老。不料程文海訪求江南人才，將其姓名列于薦牘，留夢炎又遺書勸駕。今老母壽終正寢，枋得以亡國大夫，不可以圖存。斬衰不入公門，而先朝史嵩之賈似道，皆以奪情見薄于清議，故修書卻聘。

第三十一齣　遇　婢

文天祥嗣子文陞北來尋訪母親下落，宿店。巧遇小婢綠荷，得知母親與兩妹被虜，留置東宮。後爲道姑、終日誦經。旋，母親隨公主下嫁駙馬高唐王，居大同路之豐州棲眞觀內；其妹柳小姐從公主下嫁趙王，在沙靖州；環小姐從公主下嫁岐王，在西寧州。

第三十二齣　餓殉

謝枋得絕食七日，亦殉國。末，唐朝征高麗戰死軍士埋在憫忠寺的鬼，共扶枋得起來，要他做爲該寺寺主。

第三十三齣　碎琴

汪水雲北游十餘年，歷盡悲涼苦楚，乞恩南歸，得以黃冠歸里。聞得南宋宮人王清惠等皆出家于尼庵道院，在梁家園置酒餞行。衆人愁懷淒楚，有贈水雲詩云：寄語林和靖，梅花莫更開；黃金臺下客，應是不歸來。水雲先生有奉和詩云：愁到濃時酒自斟，挑燈看劍淚痕深；黃金臺愧少知己，碧玉調將空好音。萬葉秋風孤館夢，一燈夜雨故人心，庭前昨夜梧桐語，勁氣蕭蕭入短襟。水雲並爲衆人鼓琴一曲，以酬折柳贈別之情，隨後碎琴以行。

第三十四齣　野哭

王炎午（梅邊）在江西遍貼生祭丞相文，至於燕京。欣見丞相大節已完，正散步時，遇到昔日照管丞相飲食的張千載，張在柴市收拾丞相齒髮，二人遂入留（夢炎）丞相「萬柳堂」中哭拜，斯時，留夢炎、趙孟頫亦至，衆人乃設酒席致奠。

第三十五齣　歸櫬

廬陵縣父老，說文丞相舊府門前冷水潭，有一黑龍，能興風雨。前日傳說丞相死燕京，風雨聲中，似見黑龍歸沼。丞相弟文璧，奉太夫人靈柩，自廣東惠州回來，張千載由燕京收得丞相齒髮至，並以丞相玉帶生硯歸還文璧而去。

第三十六齣　菴祭

全太后祝髮茅菴云，謝畹將昔日宮中所畫謝太后像，送來添水炷香。又，文丞相妻歐陽氏，駙馬念其為忠臣眷屬，放出外間居住。在九月十九日觀音大士誕辰，歐陽氏前往頂禮，得與全太后、王昭儀相見於菴中。全太后則感慨養士四百年，只得文、謝兩忠臣耳！尋，文陞亦至，母子慶相逢，即便買舟南歸。

第三十七齣　西臺

中官羅銑，看守皇陵，被楊髡拘縶，遇赦放還，於七里瀧邊、釣臺下賣酒度日，時王炎午、張千載二人來飲，三人重提舊事，先言唐珏、林景熙以豬羊骨殖換去眞骨事，繼而惜謝枋得屍棄荒野，無人收拾，後知謝公子定之，亦負其父遺骸，歸葬弋陽。未幾，謝翺亦至，四人遂乘渡向西臺一遊，看見文、謝兩公，靈旗法駕，逍遙過去。

第三十八齣　勘獄

文天祥生領台階，死持風憲，奉上帝勅旨，與謝文節同勘南宋以來奸相，將黃潛善、汪伯彥罰往餓鬼獄；秦檜永繫泥黎地獄；韓侂胄罰往無間地獄[56]；史彌遠押入黑暗地獄；丁大全押入惡狗獄；賈似道押入酆都，使他遍歷地獄諸苦；每年蟋蟀唱時，日夜鞭鐵鞭一百，晚來呑鐵丸五十，俟蟋蟀收聲爲止，永著爲例。獄畢，天神奉帝勅旨，陞文天祥爲都天總憲，謝枋得爲九天司命星君。

第二目　評論

心餘此作本於正史，在忠雅堂詩集中，卷十六（丁亥，四十三歲）頁四，有「書宋史宰相傳後四首」；卷十八（戊子，四十四歲）頁一，有「題文信國遺像」；卷二十一（癸巳，四十九歲）頁七，有「眞州懷古二首」；卷二十五（庚子，五十六歲），有「文信國琴」等詩；在文集中，卷十，跋五，有「跋文信國畫像」；同卷，議二十八，有「重修儀徵文信國祠諸賢配享議」；可知心餘對於一代忠貞、豪傑，欽佩萬分，是以將多年積蘊心中史事譜成此曲。

張塤序冬青樹云：「以文山、疊山爲經，以趙王孫、汪水雲幕府諸參軍，及一切遺民爲

---

56 心餘此判韓侂胄入無間地獄似有不公，韓侂胄「主戰」，與「主降派」（如楊皇后、史彌遠、道學黨徒趙汝愚、朱熹等）立場不同，修宋史多爲道學黨徒，是以見斥。（參王建生著趙甌北研究，頁七三二～七三三，學生書局）。

緯。采擬既廣，感激亦切，振筆而書，褒貶各見，此良史之三長，略具於此。而韻如鐵鑄，文成花粲，此先生老境之文如此。……此書成，首以眎予，予考文山坐臥小樓，三年足不履地，此見正史，而有不足信者。指南後錄，有五月十七夜大雨歌，築房子歌，七月二日大雨歌，諸詩咸道狴犴之苦，沮洳溼毒，自兵馬司移官籍監，稍爽塏，旋還所司，械項縶足麥逑丁并收公棋奕筆墨書卷，則所謂小樓者，絕無其地，先生塡詞曰：天涯靜度如年日，樓中頻和少陵詩，此蓋沿於正史也。此書除勘獄一劇，餘皆實錄」㊼。本曲譜南宋末年事，張塤所考，除小樓、勘獄外，餘爲實錄，是。吳梅顧曲麈談云：「冬青樹，譜南宋末年時事，未免手忙腳亂，以較桃花扇，不啻虎賁中郎矣」㊽。此就結構言，略感散漫，蓋心餘「三日而成此書」，結構不免曼衍。而張塤云「韻如鐵鑄，文成花粲，此先生老境之文」，就詞采言，則文采風華、非少年可學。

本曲如第二十一齣「厓山」後：

〔大過過曲〕〔念奴嬌序〕蒼茫萬里，駕龍舟漂泊斷梗難停，誰掣鯨魚，帆迴處，六鼇捧舵前征。〔旦〕老身楊后，時丁末造，手挾孤兒，中華無處安身，海上聊開行在，張陸二卿。〔淨〕臣世傑。〔小生〕臣秀夫在。〔旦〕看來大數難逃，不如早些引決罷。〔淨小生〕請聖母且自寬懷，臣等誓不負國。〔旦〕思省，潮打空城，山圍故國，中原尺土已無剩。〔淨小生〕

㊼ 同註㊾。

㊽ 吳梅著顧曲麈談，頁一八六，廣文書局。

惟願取安瀾棒日重見昇平。

讀來神情悲涼。又，第二十三齣「生祭」段：

〔中呂過曲〕〔駐馬聽〕創格文章義正詞嚴考辨詳，那丞相之死，豈待他人勸解，已辦從容就義，慷慨捐軀，永遠流芳。〔老旦〕我欲將此文謄寫數十本，自贛州至南昌水驛山墻，沿途粘貼，幸冀丞相一見，庶幾不負此心耳。以見我書生志節不尋常，要他孤臣氣魄留天壤，日月爭光。精靈一點、依舊無恙。

言詞頗爲雄肆悲壯。再如第二十九齣「柴市」段：

〔北黃鐘〕〔醉花陰〕三載淹留事才了，展愁眉仰天而笑。眼睜睜天柱折、地維搖，舊江山互解冰銷，問安身那家好，急煎煎盼到今朝，剛得向轉邊頭一掉。〔雜〕丞相爺前面就是柴市了。

神情悽慘。又：

〔四門子〕呀！倘若你眞心幫助人家趙，可憐他基業飄飄。也不合厓山雷電將他鬧，做海底月空撈，打殺他元帥驕，殛死他將士梟，却不保全了宮闈命幾條。到今日鼓亂敲，鏡四招，怒轟轟何關緊要。〔淨〕丞相有甚麼遺言，告訴下官，少刻代你奏上。〔生大笑介〕你怎知俺的就裏來。

〔水仙子〕呀呀呀，呀你舌苦饒，俺俺俺，俺與你那皇爺有甚瓜和葛。囑囑囑，囑付你宵旰勤勞。切切切，切莫要荒淫無道。休休休，休似那前車覆轍撬，庶庶庶，庶不致依然送掉，那那那，那裏有萬歲千秋神器牢。算算算，算唐虞到此多移調。但但但，但能勾承天眷便永宗祧。

〔雜〕時刻已到，請丞相爺歸天罷。〔生大笑介〕俺文天祥死得好明白也。

〔尾煞〕幸不到灰囊撲面排墻倒，須知俺萬苦千辛才領這一刀，休笑俺箇送頭顱的文少保。

情詞十分悲壯。

至於寫景如：第十二齣「局逃」段：

〔仙呂入雙調〕星光漸稀、人影橫沙地，雞聲未啼、馬陣聯征騎，冷霧淒迷、愁雲陰翳、生怕驚鳥空墜。

寫丞相等十二人星光下夜逃，十分淒迷。又如：第十四齣「疑逐」段：

〔黃龍袞〕龕留剎落身、龕留剎落身、壁畫銷金粉、香爐蔓草薰，紙錢灰黑炊烟冷、僧道無踪、鐘魚皆損、靈旗爛、飢蝠飛、蛛絲引。

描寫破廟情形，正如「破國」，景中寓情。又如第二十四齣「野哭」段：

〔仙呂過曲〕〔皀羅袍〕荒草斜陽如故，趁楓林落葉，來到城隅，半堤衰柳影蕭踈，一行新雁聲淒楚。

由景（萬柳堂，這是留承相的別業）中託諷。

由此看來，就詞采、賓白、科諢等方面言，冬青樹實一佳篇[59]，正如張塤言「老境之文」。綜合心餘雜劇傳奇，梁廷柟云：「蔣心餘太史（士銓）九種曲，吐屬清婉，自是詩人本色。不以矜才使氣爲能，故近數十作者，亦無以尙之。其至離奇變幻者，莫如臨川夢，竟使若士先生身入夢境，與四夢中人一一相見。請君入甕，想入非非；娓娓清言，猶餘技也。桂林霜、一片石、第二碑、冬青樹四種，皆有功名教之言。忠魂、烈魄、一入腕中，覺滿紙颯颯，尙餘生氣。香祖樓、空谷香兩種，於同中見異，最難下筆。蓋夢蘭與淑蘭皆淑女也，孫虎與李蚓皆繼父也…

---

59 錢南揚編註、胡倫清校訂元明清曲選，下編，頁二五五，選錄冬青樹中「柴市」段。（正中書局）。又，蔣瑞藻編撰小說考證引曲欄閑話認爲蔣心餘藏園九種曲，爲乾隆一大著作，尤以冬青樹爲最。（頁四〇九，上海商務印書館）。

……乃合觀兩劇，非惟不犯重複，且各極其錯綜變化之妙，故稱神技。四絃秋因青衫記之陋，特創新編，順次成章，不加渲染，而情詞悽切，言足感人，幾令讀者盡如江州司馬之淚濕青衫也。雪中人一劇，寫吳六奇，頰上添毫，栩栩欲活，以花交折結束通部，更見匠心獨巧。……乾隆十六年，恭逢皇太后萬壽，江西紳民遠祝純嘏雜劇四種，亦心餘手編。第一種曰康衢樂，第二種曰忉利天，第三種曰長生籙，第四種曰昇平瑞。徵引宏富，巧切絕倫，倘使登之明堂，定爲承平雅奏，不僅里巷風謠已也」[60]。

又，楊恩壽云：「藏園九種，爲乾隆時一大著作，專以性靈爲宗。具史官才學識之長，兼畫家皴瘦透之妙，洋洋灑灑，筆無停機。乍讀之，幾疑發洩無餘，似少餘味；究竟無語不鍊，無意不新，無調不諧，無韻不響。虎步龍驤，仍復周規折矩，非奡西、笠翁所敢望其肩背。其詩之盛唐乎！」[61]。

又，吳梅云：「藏園九種曲，爲鉛山蔣士銓撰，前人推許備至。世皆以四絃秋爲最佳，余獨取臨川夢，以其無中生有、達觀一切也。香祖樓、空谷香，言情之作亦佳。惟冬青樹，譜南宋末年時事，未免手忙腳亂」[62]。

又，任中敏云：「蔣心餘忠雅堂集，附南曲十套，北曲一套，除第一套中秋對月以外，餘皆

---

[60] 梁廷枏著曲話，頁二七二，收在北京中國戲劇出版社出版的中國古典戲曲論著集成，第八冊。

[61] 楊恩壽著詞餘叢話，收在北京中國戲劇出版社出版之中國古典戲曲論著集成，第九冊。

[62] 吳梅著顧曲麈談，頁一八六，廣文書局。

題圖之作，文字使事屬辭，全傷板重，按諸伯子所云：既無淡妝素服之姿，又少柳顫花搖之趣，更乏珠落玉盤之響。……夫曲之所長，九種中誠具之，若十套之內則難言矣。無他，失機趣耳。且心餘於散曲體格，亦多未究，十套南曲中，成套者實祇半耳」63

揆諸前賢所論，心餘雜劇傳奇，以九種曲爲代表。結構以臨川夢第一，雪中人亦佳。四絃秋能創新編，情詞悽切。桂林霜、一片石、第二碑、冬青樹皆有功於名教。香祖樓、空谷香，言情佳，且能擺脫「猥褻」的毛病。至於散曲體格、音律，略有差池，不失爲乾隆第一大曲家。清代中葉以後，實以心餘造詣最高最大，影響後代最深。

63 任中敏著曲譜，卷二，忠雅堂曲，頁四十一至四十二，收在任中敏輯散曲叢刊，台灣中華書局。

第八章　蔣心餘文學述評—古文

歷朝作品，如嚴可均校輯全上古三代秦漢三國六朝文，含：全上古三代文十六卷、全秦文一卷、全漢文六十三卷、全後漢文一百六卷、全三國文七十五卷、全晉文百六十七卷、全宋文六十四卷、全齊文二十六卷、全梁文七十四卷、全陳文十六卷、全後魏文六十卷、全北齊文十卷、全後周文二十四卷、全隋文三十六卷、先唐文一卷，……大凡全上古三代秦漢三國六朝文，作者三四九六，合七四六卷❶。在全唐文，共一千卷，撰文者三千四十二人❷，呂祖謙編宋文鑑一百五十卷❸，蘇天爵元文類七十卷❹，薛熙編明文在一百卷❺，王文濡編清文匯，甲集八十卷、乙、丙、丁合一百二十卷，名媛文苑三十卷，共二百三十卷❻，此見歷朝作品（亦合詩賦等）流傳大要。大致說，以唐爲多、清、漢、宋等朝，作品亦豐。

---

❶ 見嚴可均校輯全上古三代秦漢三國六朝文，宏業書局。
❷ 欽定全唐文，匯文書局，見序文。
❸ 呂祖謙編宋文鑑，臺灣商務印書館文淵閣四庫全書本。
❹ 蘇天爵編元文類，上海商務印書館。
❺ 薛熙編明文在，上海商務印書館。又，程敏正編明文衡九十八卷，臺灣商務印書館文淵閣四庫全書本。
❻ 王文濡編清文匯，世界書局。

至於古文的發展，從先秦哲理性與歷史性散文，兩漢有史傳體及文士之文，兩晉趨於駢儷，重聲（音律）、色（辭藻），唐代復古運動、至北宋歐陽修領導而成，唐宋八大家，使載儒家之道的文學達到極盛。明代前後七子，「文必秦漢」，偏好模擬，至唐順之、歸有光等而有清新之作。公安三袁，受王陽明、李贄思想影響，文學上承蘇（軾）、黃（庭堅），開晚明小品，以性靈、本色爲宗。有清侯方域等，襲唐宋八大家，後桐城踵繼者，方苞、劉大櫆、姚鼐爲三大家，主「言有物」、「言有序」，天下翕然成風。而惲敬倡陽湖一派，別樹一旗。乾嘉年間，鄭燮、袁枚、蔣士銓等主性情、性靈，影響亦深。大體說，清代文學仍以桐城爲主。❼

心餘古文見於忠雅堂文集，作品以「文體類別」相從，就其作品分成：論、策、序、記、傳、墓誌銘、墓表、書、及祭文等說明。

第一節　論、策

第一目　論

論，含今日所謂議論文、說明文。古文辭類纂作「論辨」類，並云：「原於古之諸子」❽，

---

❼ 參王建生著中國散文史，東海大學中文學報第九期，頁三十三至九六，東海大學中文系出版。

❽ 姚鼐編古文辭類纂，（王文濡評註），序目，頁一，台灣中華書局。

吳訥文章辨體序說云：「按韻書：論者，議也。梁昭明文選所載，論有二體，一曰史論……二曰論」❾。劉勰文心雕龍「論說」云：「論者，倫也；倫理無爽，則聖意不墜。……故其義貴圓通，辭忌枝碎，必使心與理合，彌縫莫見其隙；辭共心密，敵人不知所乘，斯其要也」❿。簡要的說，「論」是發表自己底主張，「辨」是辯駁對方的理論，論說文「彌縫莫見其隙」、「敵人不知所乘」是「能立」；駁斥對方是「能破」。因此論理要圓通，文辭要有條理，不可曼衍。

忠雅堂文集（以下省稱文集⓫），有關「論」的作品只有三篇：二氏論、養生論、忍論。

先就二氏論（文集，卷一，論，頁一起）**說**。先摘取重點原文：

> 井田不能勝其養、而惰遊者眾、學校不能勝其教，而邪僻者生，於是二氏興焉。二氏者、所以出全力爲天下國家、分其教養於萬一者也。……向使無二氏以收此什伯，庸眾將迫於餓寒、共爲盜賊，而凶逆姦宄之徒遍山澤，掌獄訟者，竭蹶不能理。此二氏有消納惰游邪僻之功。且其說以勸善爲宗，無犯上作亂神奇鬼怪之事，故歷世而不能滅。士之詭者、取孔孟之旨，演爲經偈、使聖人平正顯明之理，隱於繁複譎奧之詞，

❾ 吳訥著文章辨體序說（與徐師曾文體明辨序說合刊），頁四三，長安出版社。

❿ 劉勰著文心雕龍，卷四，論說第十八，頁七至八，商務四部叢刊本。「倫理無爽」，原作「倫理有無」，今從范文瀾註本從太平御覽改（明倫出版社）。

⓫ 蔣士銓著忠雅堂集，清嘉慶三年揚州重刊本，中央研究院藏。以下引用此書省稱文集，版本同此，不贅。

而變其面目，遂令庸耳俗目、驚疑敬畏，若二氏之學，出於孔孟之上，何其愚也。佛之說曰空、曰悟，即吾儒克復之旨也。但遏欲存理、有實在工夫，循序漸進，或利而行之，或勉強而行之，佛變其說曰空，語較直截，而蹈虛蠟等便焉，或學而知之、或用而知之，佛變其說曰悟，悟者、雖愚必明也，空者、雖柔必強也。豈孔孟之外，別有宗門耶？梵夾中神奇變化、與其宗旨矛盾者極多、其尤可嗤者，則曰能敬佛者則福之、褻佛者則禍之。能廣施資財供佛、則歷世皆蒙佛佑；苟吝而慢焉，即墮落衆生、入于地獄，然則所謂佛者，乃一貪財好佞、恩怨分明、狹隘之人也。……佛之教曰：離絕貪嗔癡愛，則七情泯矣。無眼耳鼻舌意想行識，則聲色臭味、果報因緣、皆不知也。而黃金布地、七寶瓔珞、琉璃珠貝、燃燈造塔、塗香浴蜜、何取焉？敬則福之、侮則禍之，其喜怒又何悻悻也？然則無佛乎？曰：有之，是西夷之存理遏欲人也，其教人曰空，空則無可欲也。曰悟，悟則使其迷溺於私欲者，返而入於理境也。西方之人、未讀孔孟之書，迷昧者多，無學問啓其聰明、故便趺坐冥心、靜極生慧、即困而知之者。……至天堂地獄、福順禍逆、捨身結緣諸說，皆其不肖門徒、借誇詐以誘人貨財者也，佛固不知也。……老莊之旨，亦上以達觀離俗，不牽世網爲宗，其養生吐納之教，亦止求却病葆生耳，並無飛昇天上、步虛海外之說，或藉御風訪道爲寓言，秦皇漢武，遂躭迷溺，愚哉！佛曰示寂、仙曰尸解、其死一也，死而有靈，亦不過一聰明正直之神耳。吾儒死而爲神者，不可勝數，何必二氏？孔孟教人，修其天爵、祿在其中，不曰讀五經者則富貴壽考，否則貧賤夭折；尊儒者即登之天堂，慢儒者即墮於地獄。修列聖廟宇，能以珠玉金銀、香花燈燭供養者，則孔孟喜而陰佑之，否則怒而誅殛之。試以此較，則二氏之徒，可以掩面卻走矣。曰：「然則聖帝明王、何以不滅其教」？曰：「其說以勸善爲旨，其力可以少佐國家教養之遺，故與之安焉。苟神其報應因果威福幻誕之說，是惑世誣民之邪教也，不滅何待？」於是崇二氏者默然而退。

心餘此論，就佛教說：㈠中國井田制度、學校教育有所不及，故有佛道。㈡佛教曰空、曰悟之說，實即儒家克己復禮，及學、困而知之，不過空、悟之義較爲清楚而已！而佛教所言黃金布地、七寶瓔珞等，與曰空相背！㈢敬佛爲福、褻之爲禍，此見佛之心量狹隘；天堂地獄，爲不肖之徒、藉以誘人財貨。就道教說，㈠老莊主達觀、養生吐納、在於卻病葆生，存理遏欲，天理渾然，虛靈不昧。㈡佛曰示寂、仙曰尸解，其死一也，死而有靈、不過一聰明正直之神，不必如秦皇、漢武，迷溺海外仙道。然則此論與韓愈原道篇⑫相似。從實用角度（教育、養生）立言，不過心餘承認佛道「以勸善爲旨，其力可以少佐國家教養之遺，故與之安焉」，韓愈則「不塞不流，不止不行，人其人，火其書，廬其居」。柳宗元則以爲「浮圖誠有不可斥者，往往與易、論語合」，「退之所罪者，其跡也」，「退之忿其外而遺其中，是知石而不知韞玉也」⑬，心餘對於佛道的

---

⑫ 原道篇見於李漢編、昌黎先生集，（朱文公校），卷十一，頁一，商務四部叢刊正編。

⑬ 見童宗說等增廣註釋音辯唐柳先生集，卷廿五，送僧浩初序，頁七，總頁一二七，商務四部叢刊正編。

觀念與退之雖不至於「忿其外而遺其中」、「知石而不知韞玉」，實有偏差。蓋佛教是宗教，天堂地獄之說，以爲宣揚教義之工具⑭。佛非產中土，但輸入中國後，影響大、尤其哲學思想、影響深遠⑮。換言之，佛教在中國、不止「勸善」而已！道家主無爲自然，對人生、國家皆有積極意義⑯，亦不止逃避社會現實。而道教，係一宗教，有鍊丹養生、飛昇天上之說，皆宗教迷信部

---

⑭ 熊十力著讀經示要，卷二，頁八六云：「佛氏更以宗教之力，與死生之感，震盪眾生之情感，而使之不得不從其教。」（廣文書局本）

⑮ 熊十力讀經示要，卷二，頁一〇六云：「中國人受佛教之影響，實亦多害而少利。一、秦漢以後、郡縣之局。中國人已漸趨頑固與惰廢。魏晉老莊思想之興，不僅爲反東京名教而已，實亦環境使然。重以胡禍之烈，而中國人一致皈命法王。……二、中國人本淡於宗教信仰，……及佛教思想輸入，中國多數人，一方有幾分迷信，一方又難起眞信。……余嘗謂佛法在中國，殊少好影響。」（廣文書局）。此言佛教在中國之弊害。然，梁啓超在論中國學術思想變遷之大勢，第四節、中國佛學之特色及其偉人云：「美哉我中國，不受外學則已，苟受矣，則必能發揮光大，而自現一種特色，吾於算學見之，吾於佛學見之。……中國之佛學，其特色有四：（第一）、自唐以後、印度無佛學，其傳皆在中國。……（第二）、諸國所傳佛學皆小乘，惟中國獨傳大乘。……（第三）、中國之諸宗派，多由中國自創、非襲印度之唾餘者。……（第四）、中國之佛學、以宗教而兼有哲學之長。……」（收在台灣中華書局出版飲冰室文集，第三冊，頁七二起）。又，在論佛教與群治之關係云：「一、佛教之信仰乃智信而非迷信。……二、佛教之信仰乃兼善而非獨善。……三、佛教之信仰乃入世而非厭世。……四、佛教之信仰乃無量而非有限。……五、佛教之信仰乃平等而非差別。……六、佛教之信仰乃自力而非他力。……」（同上，第四冊，頁四五起）。

⑯ 熊十力讀經示要云：「今世侵略主義之國家、其領袖與人民，當以老子思想，爲對症下藥。」（卷二，頁七一，廣文書局）。

分。至於佛老曰空、曰悟⑰，實與孔子學、困知之，克復之旨無關係⑱。袁枚在其文集（卷二十），佛者九流之一家論，認爲「韓子闢佛太迂，白傅佞佛太愚，折衷者其北朝高謙之乎。」「周孔復生」、「必不去九流而何獨去佛」，意思較佳。

次談養生論（文集，卷一，論四）云：

死而不亡者堯舜也，善養其生者孔孟也，而莊周之說爲苟焉。苟者何？其說蓋曰：眞性裂而善惡立，名與刑乃因之。人當剗心去知、與萬物混同，無譽無毀，使利害不能及，斯保身全生，養親盡年，克順性命之情。……以神爲生之主。嗚呼！蓋異端之言，而未達夫聖人之道者也。聖人之道不死，道不死，而聖人長生，然則欲求長生者，盍以孔孟爲師乎？孔子曰：「正其心、誠其意、居易以俟命」。孟子曰：「存其心、養其性，行法以俟命」。其愼于九思、凜乎三戒、與夫擴其四端、承乎三聖者，皆欲牖

---

⑰（慧能）六祖壇經般若品第二云：「菩提般若之智，世人本自有之，只緣心迷、不能自悟。須假大善知識。當知愚人智人，佛性本無差別，只緣迷悟不同（註云：迷則佛是眾生，悟則眾生是佛。）」（六祖壇經箋，頁三二，瑞成書局）。又，巴師玄廬（壺天）著禪骨詩心集云：「大乘始教中一個三論宗是講『空』的，一個法相宗是講『有』的，三論宗主要是講『性空』，一切的東西沒有一個永恆不變的本質，因此是『畢竟空』。法相宗則是講『有』的，萬事萬物爲什麼會有呢？都是由於『眾緣和合』的關係，『緣起』就是講眾緣和合而有。」（佛教「緣起性空」的宇宙觀，頁九六，東大圖書公司）。則「悟」、「空」觀念非國有。

⑱熊十力讀經示要云：「宋明諸師於老莊，本非完全排斥，但亦不肯虛懷深究。每以老與佛、並斥爲異端。或云二氏，而於佛氏，則斥絕尤嚴。此乃諸儒所以自畫。」（卷二，頁八五，廣文書局）。不知心餘是否襲舊說而斥二氏？

民覺世、節性、防淫，使人異於禽獸。……夫孔孟所守者、堯舜之道，故曰言忠信、行篤敬，曰明德、新民，止于至善，俾求自盡其性，斯人與物之性無不盡，參贊位育之功，可傳於萬世。於是孟子反復發明仁義之旨，曰安宅、曰正路、曰廣居、曰正位、曰大道，其致力則始于事親、守身，極之充，無欲害人之心，無穿窬之念，乃能存平旦之發、葆赤子之心，以全其至大至剛之氣。……自異端出、而好生畏死之說興、于是守其虛靜寂滅之教，服氣練神、熊經鳥伸，竊倖苟活於世，其死者，則謂尸解而蟬蛻，又設爲伏羲襲氣母、黃帝得上昇、王喬爭年，羨門比壽之論，惑世而自誣，蓋其貪莫大焉。夫所欲有甚於生者，故不爲苟得也，所惡有甚於死者，故患有所不避也。惟人得秀靈而生、智與賢者有裁成輔相之任，使皆匿于空山，鍵户絕物，求獨延其無用之歲年，是亦木石鹿豕而已矣。而況乎其不能不死也哉！吾故曰死而不亡者堯舜也，善養其生者孔孟也。嵇生著養生之論、所謂守之以一、養之以和、吾不知其果能修性以保神、安心以全身，而終於不死歟？信夫！莊周之說苟矣哉！

心餘本論，承繼上篇，斥二氏，推衍儒家精神，以堯舜孔孟之道爲主。所謂言忠信、行篤敬、明德、新民、止于至善，孟子以安宅、正路、廣居、正位、大道，發明仁義之旨，始於事親、守身也。離婁下云：「養生者，不足以當大事，惟送死，可以當大事」⑲。知養生在孟子思想中，乃

⑲ 焦循焦琥撰孟子正義，卷八，離婁下，頁三二九，世界書局新編諸子集成。

「不足以當大事」。然，二氏重養生，維摩結經佛國品：「悉已清靜，永離蓋纏」，妙法蓮華經序品：「或有菩薩說寂滅法」。老子講「自然」、「清靜」、「無爲」，莊子有養生主篇，並云「文惠君曰：善哉，吾聞庖丁之言，得養生焉」⑳。以後末流，更求服氣食丹，言伏羲襲氣母、黃帝得上昇、王喬爭年、羨門比壽㉑等，不過絕物求存，如木石鹿豕而已！從正面意義講，心餘此論實含積極、用世之義，落實仁義，畢竟較清靜、無爲更富人生之意義。

再次，忍論（文集，論六）：

忍生於情，情之極者，忍亦極焉。然而忍也者，是情之變境也，情之不得已者也，情之不幸者也。何以言之？天於萬物之情深矣。萬物不能體天之曲用其情，恒恣欲以逞其智，智熾而惡生、惡積而死氣伏焉。嗚呼！天竭其性、惟恐萬物不生，而萬物共趨於死，以爲樂。天于是赫然震怒，變愛而爲惡，易生而爲殺，乃以水旱疾疫小殺之；不悛，震地決河以殺之；又不悛，而後使盜賊兵火大殺而屠滅之。嗚呼！天以其忍者至再三，而後用其忍焉，則其忍恒極。萬物至此不能知天之不忍，而但知天之忍，豈知天固曲用其生之愛之情，至此而已竭耶！然則萬物之死於其智也，而天且日用其愚，

⑳ 郭慶藩莊子集釋，養生主第三，頁五八，版本同註⑲。

㉑ 此見於班固漢書，卷二十五，郊祀志，頁十二，（藝文印書館、王先謙補注本）。張君房撰雲笈七籤，卷二，頁十六，頁二十五，商務四部叢刊正編。及嵇康著嵇中散集，卷三，養生論，頁三～六，商務四部叢刊正編。

是天之不幸也。然則欲逃於忍者，當無負其不忍，斯足以全物命而順天情、亦天之幸也。

此言：忍是不得已之情、情之不幸者，萬物不能體天之情深，恒恣欲以逞其智，以至惡生、死氣伏焉；萬物則共趨於死，使天震怒、變愛爲惡、由生轉殺，是有水旱疾疫、震地決河，以至盜賊兵災。天以其忍之者再三、而後用其不得已之情，萬物不知、且趨死于智，哀哉。當無負天之不忍。此就天人立論，人不可偏好其智，使天震怒、轉生爲殺也。此可爲執政者、全體國民思想之參考！文筆雅健。

第二目　策

策，說文云：「馬箠也」，段玉裁云：「經傳多假策爲冊」㉒。又，冊字，說文云：「符命也，諸侯進受於王者也，象其札一長一短、中有二編之形」㉓。鄭注書金縢云：「冊，謂簡書也」。後以策爲謀之意，凡錄政化得失顯而問之，謂之對策。考之於史，實始漢之晁錯㉔。姚鼐將此歸

㉒ 見段玉裁註、說文解字，五篇上，頁十五，總頁一九八，藝文印書館本。

㉓ 同註㉒，頁八六。

㉔ 據吳訥文章辨體序說，頁三七，長安出版社。

之於奏議類。然，就其內容，旨在說明道理，故歸之於論說也。

心餘此類，只「**樂律策**」（文集，卷一，策一）一篇，云：

聲音之道，與政相通。王者功成作樂，則必辨析宮商、考定律呂，以格天人而和上下，秦漢以後，儒者不解於聲求樂，專任器術，人自爲說、紛更謬戾，而古樂以亡。夫律管所設，一稟人聲，並無一定之數，生乎其間。惟西京備數之家，以爲數起乎律，即借此律器遍推之，爲歷度量衡四事之準，而徑一圍三之說生焉。此但約略律數，全非樂理，故漢志謂之律本，而非樂本，所謂樂本，即律呂生聲，旋宮轉調之法，是皆出于自然、無容牽合。觀史漢以製管，備數載入律書、律歷志，而以九歌六詩，依永和聲之本，則爲樂書、禮樂志可驗也。律本之訛，自徑一圍三始之。其後牛弘、辛彥之、鄭譯、何妥疑管與度量不合，於是李照以縱黍累算，皆不合乎度量。……朱子鐘律篇多本於蔡元定，而律呂新書雜取先儒之說以成，然于聲音之道亦未大合。蓋其所據者，惟劉歆條奏一篇。其說本以爲備數既得，可以爲律度量衡之用，非謂數能立律，不得即以算術之術，分配求聲也。此由京房本焦氏卦氣，造六十律以誤後人。前明韓邦奇祖而用之，無一可通，總由不辨律歷、律呂本爲兩書耳！且古之司歷典樂、各有專官，其理相通，而爲用各異。至於製器尺寸，無取舊說，試截竹而均穴之，鎔銅而均範之，皆各成其聲，各諧其律，如後世雲鑼水盞，形質不甚殊，而擊拊之，甚音互異，此亦器物自然之響，有合人聲。故一古鐵也，而以爲蕤賓，一枯桐敗竹也，而裁爲琴笛，然則定鐘律者，但當以聲求尺度，不當以尺度求聲也。

心餘策論樂律，蓋由論語八佾：「子謂韶，盡美矣，又盡善也；謂武，盡善矣，未盡善也」㉕。在衛靈公篇：「顏淵問爲邦，子曰：行夏之時……樂則韶舞。放鄭聲，遠佞人；鄭聲淫，佞人殆」㉖。又，禮記、樂記云：「治世之音安以樂，其政和；亂世之音怨以怒，其政乖；亡國之音哀以思，其民困；聲音之道與政通矣」㉗。皆言音樂與政通。是以王者須辨宮商、考律呂，以爲爲政之本。秦漢以後，儒者不解於聲，古樂因之淪亡。西京（漢）以下，有徑一圍三（直徑一，周圍三，詳見於隋書律曆志），爲律本，非出於自然之音的樂本。古代國子者，皆學歌九德、誦六詩、習六舞、五聲八音之和㉘。非以算術求聲。而京房以下，至明代韓邦奇㉙，至於康熙律呂正義㉚，御製律呂正

㉕ 論語正義（劉寶楠、劉恭冕撰），卷四、八佾第三，頁七三，世界書局新編諸子集成本。

㉖ 同註㉕，卷十八，頁三三七。

㉗ 禮記（鄭氏註），樂記第十九，頁六，總頁一二，商務四部叢刊正編。

㉘ 漢書（王先謙補註），卷二十二，禮樂志第二，頁九，藝文印書館本。

㉙ 紀昀撰欽定四庫全書總目，卷三十八，樂類，頁十五，「苑洛志樂」二十卷，提要云：「明韓邦奇撰，邦奇有易學啓蒙，意見已著錄，是書首取律呂新書（宋蔡元定撰）爲之直解，凡二卷。」又，總目，卷三十九，頁七，韓邦奇撰有「樂律舉要」。（藝文印書館本）。

㉚ 四庫全書總目，卷三十八，頁二十三，「御定律呂正義」五卷，提要云：「康熙五十二年，聖祖仁皇帝御定律歷淵源之第三部分也，凡分三編，上編二卷，曰正律、審音，以發明黃鍾起數……下篇二卷，曰和聲定樂，以明八音制器之要，……續編一卷，曰協均度曲，則取波爾都哈兒國人徐日升、及臺大里呀國人德里格所講聲律節奏，證以經史所載、律呂宮調之法……」（藝文印書館本）。

義後編㉛，不知律歷、律呂爲兩書㉜。則製樂器者，當以聲求尺度，不可以尺度求聲。由此疏通，心餘此「策論」，在於勸皇上，不可以「御製律呂正義」不正確之樂書，封殺音樂，宜徵求民間音樂家參與，使聲音合於自然，合於全國人之需要耳。然，爲「避免觸皇帝逆鱗」，文中未及「律呂正義」。

第二節　序

文心雕龍論說篇云：「詳觀論體，條流多品；陳政，則與議說合契；釋經，則與傳注參體；辨史，則與贊評齊行；銓文，則與敍引共紀。故議者宜言：說者說語；傳者轉師；注者主解；贊者明意；評者平理；序者次事；引者胤辭；八名區分，一揆宗論」㉝。文心雕龍不列「序跋」、

㉛ 四庫全書總目，卷三十八，頁二十六，「御製律呂正義後編」一百二十卷，乾隆十一年奉敕撰，提要云：「分十類、曰祭祀樂、曰朝會樂、曰宴饗樂、曰導引樂、曰行幸樂、……曰樂器考，……曰樂制考溯……曰樂章考、……曰度量權衡考，……曰樂問……」。（藝文印書館）

㉜ 四庫全書總目提要，卷三十八，頁二十七，「御製律呂正義後編」，紀昀云：「御製律呂正義，殫窮理數之蘊妙，契聲氣之元者，至是而被諸金石、形諸歌頌，一一徵實用焉」。（藝文印書館）。又，陳萬鼐著清史樂志之研究，頁三三云：「清史樂志內容，有百分之九十依託於『律呂正義』各編，當時館臣如此作法，既可避免觸皇帝逆鱗，而遭不測之禍，還可以表示奉行祖制惟謹，正因爲如此，便不能發揮個人撰志理想，故取捨難免有不當及割裂的地方。……（頁四一）。讀宋史樂志，感覺宋代有音樂家，讀清史樂志，則其中沒有音樂家」（國立故宮博物院編輯之故宮叢刊）

㉝ 劉勰著文心雕龍，卷四，頁七，商務四部叢刊正編。

「注疏」兩類，所述「議」、「說」，當入「論說」；「傳」、「注」當入「注疏」；「贊」、「評」偏於史論；「序」、「引」宜入「序跋」，不應統統歸於「論說」。

在古文辭類纂「序跋」類云：「序跋類者，昔前聖作易，孔子為作繫辭、說卦、文言、序卦、雜卦之傳。以推論本原，廣大其義，詩書皆有序，而儀禮篇後有記，皆儒者所為，其餘諸子，或自序其意，或弟子作之，莊子天下篇，荀子末篇皆是也」㉞。「序」的原義在「推論本原、廣大其義」，「序卦」說六十四卦的次序，故有「序」稱，序之名始於此。詩、書皆有序，古書自序皆在書末，史記太史公自序即是。而「跋」尾，為足後之義。

心餘序跋類作品在文集卷一、卷二。卷一有：倪文貞公全集序、鄒匪石先生遺集序、金檜門先生遺詩後序、邊隨園遺集序……等等；卷二有學實政錄序、四書翼註論文序、杜詩詳註集成序……等等。除前文已經論述者（如空谷香、一片石等填詞自序）外，主要在於詩、文集序，歸納其義，㈠推論本源（作序動機）、㈡擴大、申論其義（詩文論），分別說明如下：

第一目　推論本源（言作序動機）

此部分旨在說明作序動機，如倪文貞公全集序（文集，卷一，序一、二）：

㉞ 姚鼐編撰古文辭類纂，（王文濡評註），序目，頁二，台灣中華書局。又，「贈序類」云：「老子曰：君子贈人以言。……唐初贈人，始以序名，作者亦眾，至於昌黎，乃得古人之意，其文冠絕前後作者」。亦屬「序」文之一種。

學以明道、文以載道、士以達道、死以殉道。道也者，德業、文章、功名、氣節之所由出也。吾讀倪文貞公全集，有感焉。……明末紹興，具宰相才者二人，一劉公念臺、一倪公鴻寶。……倪公出處分明，死生昭晰，中間籌畫設施，謀國如家，憂時若病，豈逐境因時而能猝辦耶？亦道力堅定，故能歷試而不窮，至死而不變，公之文章，即公之德業也，公之氣節，即公之功名也。公生平推服念臺，猶念臺之推服公也，是皆學道有得之人，故能明道、載道、達道，以殉於道也。

稱揚倪文貞公（鴻寶）以道爲本，謀國憂時，至死不變，其文章即其德業，此由「道」字貫穿全文。

又如：**鄒匪石先生遺集序**（文集，卷一，序一、三）：

公剛介直方，以天下爲己任。每歷一官，輙殫厥思慮，求稱職守，毅然孤立，與惡璫奸黨、誓不兩立。及出任封疆、籌邊決戰、弗遺餘力。賞罰嚴明，膚功迭奏，而海氛蠻瘴爲之蕩滅者，披其章奏可攷也。若投荒遠戍，猶建梵林通道之謀，被謗閒居、不忘納誨勸忠之義。尺牘纍纍，可細按已。至於學道守身、樂天知命、止水浮雲、心意俱遠，又於說經論史、及吟風弄月諸篇，如聞謦欬焉。

言鄒匪石剛介正直個性，以天下爲己任。求稱職守，與惡奸黨誓不兩立，出任封疆、海氛蠻瘴爲之蕩滅。被謗閒居，不忘納誨勸忠，樂天知命。就其個性、任職、人生觀，言匪石「遺集」本意。

又，趙雲松觀察詩集序（文集，卷一，序一，九），評趙翼詩云：

……君詩鑱刻萬物，接以藻繢，而行乎自然，他人艱苦弗能達其一二者，君洒然出之爲有餘，徵事發議，兀槀雄辯。躋之漢唐名賢，即不可知；媲于國朝竹垞、初白諸老中，當據一席。蓋才氣識力、足以舉之，又得山川、江海、風雲、戎馬助之，以發其奇也，豈偶然哉！夫炎炎爰爰，皆不足以喻道。惟讀書閱世，更事既多，得行其志，有補于時者，其言爲可傳。……㉟

稱揚甌北詩得以才氣識力，又有江山之助，足以發其奇者。且讀書閱世，行其志、補于時，則其言可傳，不渝可知。又，何鶴年遺集序（文集，卷一，序一、十二）云：

鶴年詩鞭辟刻削、不襲古人一字，凡世俗詩人肺腑中物，無錙銖犯其筆端。廉悍儁傑，生面獨開，雜之唐宋人集中，雖智者莫辨，非作者亦不知君詩之逈異乎時人所爲也。

稱揚何鶴年詩之高古，異於時人，亦序詩集本意。又如：越州七子詩序（文集，卷一，序一、二十四）

㉟ 心餘此文與趙翼著甌北全集、甌北集，所錄蔣士銓序文有異。心餘此文，云「君（趙翼）年未五十」，而甌北集所載心餘序文，則云：「乾隆四十二年丁酉二月」作，則趙翼年五十一。

云：

七子生同郡邑，道義相尚、性情不必同、師承不必同、抑塞磊砢不必同；而其含咀英華，發揮靈秘，訂同心之好，成一家之言，固無異趣也。

七子同生越州、同好於詩，以成一家之言，序本意也。又：四書翼註論文序（文集，卷二，序二、四）：

（惕菴）先生此書，大率以貫穿理道、通達體用爲主，徵引考證，說一經而諸經畢見于內，萬殊一本。以之修己，則爲復性之書，以之治人，則爲經邦之譜。非道理爛熟，不能左右逢源，曉暢豐滿如是。究其功施，豈但羽翼朱註，爲一方學者津逮乎？

此亦就四書翼註論文內容要旨以言。

第二目　擴大、申論其義

此部分就所述本意，加以擴大、申論。如：金檜門先生遺詩後序（文集，卷一，序一、五）：

（金檜門）先生之言曰：「予四十後，始刻意篇什、手錄漢魏唐宋人詩數本，薈萃研究、貫穿裁擇者且十載。於是豁然領悟古人詩法，知所取舍。大約墨守者多泥而窒，詭遇者則肆而野。自古作者本諸性識、發爲文章，類皆自開生面、各不相襲。變化神明於規矩之間，使天下後世玩其謳吟，可以知其襟懷、品詣之所在，人與言乃因之而不朽。其斤斤於皮相派別者，未嘗不雄視一時，迨聲勢既盡、羽翼漸衰，不待攻擊而自歸澌滅，亦可哀已。」今按先生詩，自賡颺贈答、以及體物言情諸什、無不掃除窠臼，結構性眞，頓挫淋漓，直達所見。出入韓杜蘇黃間，譬諸名將用兵，旌旗壁壘、自立一軍，而紀律森嚴，皆暗合乎孫吳衛霍之法。世有知者，定當心折也。

先言檜門學詩經過、領悟作詩之法，在於發自性識，各不相襲，自能開生面，此亦申論詩之意義。繼言檜門詩，直達所見，頓挫淋漓，暗合法度，此序其遺詩之本意也。

又：邊隨園遺集序（文集，卷一，序一、七）：

今讀先生之詩，而後知所得者深，其取舍之殊乎流俗也。夫詩上通乎道德、下止乎禮義。放其言之文、君子以興，循其道之序，聖人以成。此非半山之言歟？自俗說尚摹擬襲取之術，但求工於聲律字句間，而昧其詠歌之本，性情日媮，粉飾益僞，界畫時代，割據宗門，不知古人外異中同，猶之書家肥瘦好醜雖殊、而筆鋒腕力則一也，甚至榮辱撓其外，得喪戕其內，雖極于妍麗，歐公所謂草木榮華之飄風、鳥獸好音之過耳，極心力之勞，遲速之間，同歸泯滅，是可嘆也。

言詩本于性情、通于道德禮義；與世俗摹擬襲取、界劃時代、割據宗門，專務聲律字句者不同。一言邊隨園詩，一以申論詩之旨義。

又：鍾叔梧秀才詩序（文集，卷一，序一、十七）云：

古今人各有性情，其所以藉見于天下後世者，于詩爲最著。性情之薄者、無以自見，唯務規模格調、摭拾藻繪，以巧文其卑陋庸鄙之眞。當勢力強盛，未嘗不竊一時名譽，迨無可畏忌之時，而後人公論，卒難誣罔，然當時蠅附蟻聚之徒，崇之惟恐不至，亦何愚也。唐宋諸賢不必相襲，寓目即書，直達所見，其人品學術，隱然躍躍于其間，所謂忠孝義烈之心、溫柔敦厚之旨則一焉，曩與同學二三子論詩、首戒蹈襲，唯務多讀書以養其氣，于古人經邦致治之略，咸孜孜焉，共求其故，取李杜韓歐蘇黃諸集、熟讀深思之，不自逆他日所作何似。及有所作、則不復記諸賢篇什，庶幾所作者皆我之詩。……叔梧鍾君，爲吾母太安人羣從兄弟之子，髫齡通十三經，先子愛知于督學檜門金先生。……凡登臨、行役、感遇、懷古之作，卓然直攄胸臆，無所牽制，而沈雄超逸，泉湧風發不可測。……

心餘此處申論「詩」義，言古今人「各有性情」，有「我」，「直攄胸臆」，與袁枚「性靈說」，「提筆先須問性情」、「性情以外本無詩」、「作詩不可以無我」、「性情得其眞，歌詩乃雍雍」、等意思相合。然，袁枚尚強調「空」（不滯）、「靈」巧、機「靈」等義；心餘則重「忠孝義烈」、

「溫柔敦厚」，本於儒家思想。心餘爲儒家之詩，子才爲文學家之詩，此小異。而鍾叔梧秀才詩，正合儒家思想。

又：胡秀才蔄麓詩序（文集，卷一，序一、十九）云：

乙酉（乾隆三十年，心餘四十一歲）始得讀蔄麓詩若干卷、或奇逸縱恣、或幽峭深遠，如風發泉源、水流花開，蓋能變化古人詩法，而獨抒其性眞之所至。故其微言大義，感發乎忠孝，激昂乎古今。……康節云：近世詩人、窮蹙則職于怨懟，榮達則專于淫佚，身之休戚發于喜怒，時之否泰，出于愛惡，殊不以天下大義爲言，大率溺于情好也。……詩之爲用，微之可以格鬼神而享天祖，顯之可以移風俗而厚人倫，雅頌得所，人心和平，則天地之道通焉。若斤斤與前賢論宗門、守繩墨、較工拙、聲聲病，雖極盡能巧，而其中無物焉，是亦苟作而已。

言胡蔄麓秀才詩，獨抒其眞性情。不同於流俗，窮蹙則怨懟，榮達則淫佚。並言詩之功用，可以移風俗、厚人倫，通天地之道。亦申論儒家思想爲本之詩義也。

又，阮見亭詩序（文集，卷一，序一、二十一）云：

漢陽阮君見亭茂才，爲澄江大司空曾孫，楚中推名彥，能守家學，歷落嶔崎，困場屋二十年，乃借詩詞發其鬱塞磊砢之氣。入幕登樓，遊跡最廣，北征一集，尤悲涼慨慷，得燕趙遺音。……夫操楚聲者，或墨守公安、意（竟？）陵，苟知其失而救之，又墮歷下籬廁間，皆非也。佛以諸惡趣爲地獄，鐘（鍾？）、譚、王、李，皆惡趣也。能別開生面，仍不出古人法度，斯可成佛而生天矣。

稱揚阮見亭家世、家學。並言楚中文壇，或尚公安、竟陵，或尚王（世貞）、李（攀龍）之擬古，皆惡趣。能別開生面，有自己風格而不逾法度，方爲成佛生天。並評明代文壇。其中公安主「獨抒性靈」，重視鄙俗之「小說民歌」，不合乎傳統「典雅」法度，是爲心餘所斥。

又，沈生擬古樂府序（文集，卷一，序一、二十三）云：

沿襲句調、中無指趣，如歷下、弇州畢生優孟者，是苟作也。固陵沈子皆金，少年負儁才，博聞多識，汲古有得，偶擬古樂府一卷，題曰應絃集，來質于予。予初以爲王李之徒也，及誦而按之，意義所托，各存比興，冶事鑄詞，心手入妙。以是知皆金之借古題以抒興會者，蓋取法于老杜諸賢、而非效尤七子也。夫辭必己出、意必自陳，文章所著、流品傳焉。苟執唐宋之說，強爲低昂、互相詆誚、是皆不能自立之士所恃以張皇欺世者、虛車無物、勢盡名滅、殊可憫惻，豈但樂府云乎哉！

言沈生（皆金榮錯）擬古樂府，非王（世貞）、李（夢陽）之擬古主義，乃取法老杜諸賢、各存比興、辭必己出者。與不能自立之士大異其趣。亦兼評擬古之惡風、倡導眞性情、「辭必己出」。

由是得知，心餘詩主辭必己出，貴在溫柔敦厚、忠孝之情。

第三節　記

記，指紀事之文。

吳訥著文章辨體序說云：「竊嘗考之，記之名，始於戴記學記等篇。記之文，文選弗載。後之作者，固以韓退之畫記、柳子厚山水諸記爲體之正。然觀韓之燕喜亭記，亦微載議論於中。至柳之記新堂、鐵爐步，則議論之辭多矣。迨至歐蘇而後，始專有以論議爲記者，宜乎后山諸老以是爲言也」㊱。知記之名，雖起戴記、學記，文以韓、柳爲正，以後專尚議論，實爲變體。

在古文辭類纂，「記」，屬「雜記」，姚氏云：「雜記類者，亦碑文之屬。碑主於稱頌功德，記則所紀大小事殊，取義各異。故有作序與銘詩，全用碑文體者，又有爲紀事而不以刻石者。柳子厚紀事小文，或謂之序，然實記之類也」㊲。曾國藩經史百家雜鈔「敘記類」云：「所以記事者，經如書之武成、金縢、顧命，左傳記大戰、記會盟、乃全編，皆記事之書」㊳。左傳是編年史，入敘記。尚書武成等篇，亦屬「哀祭」、碑文體。柳宗元山水遊記，雖不以刻石，亦屬「雜

㊱ 吳訥著文章辨體序說，頁四二，長安出版社。

㊲ 王文濡校註古文辭類纂，序目，頁十一，台灣中華書局。

㊳ 曾國藩纂經史百家雜鈔，序例，頁一，大東書局。

記」範圍。

心餘此類作品在忠雅堂文集卷二。**如鳴機夜課圖記**（文集，卷二，記一）云：

吾母姓鍾氏，名令嘉，字守箴，出南昌名族，行九。幼與諸兄從先外祖滋生公讀書，十八歲歸先府君。時府君年四十餘，任俠好客，樂施與，……銓四齡，母日授四子書數句。……至六齡，始令執筆學書。……庚戌（心餘六歲），外祖母病且篤，母侍之，凡湯藥飲食，必親嘗之而後進，歷四十晝夜無倦容。……銓九齡，母授以禮記、周易、毛詩，皆成誦。……十歲，父歸。越一載，復攜母及銓，偕遊燕、趙、秦、魏、齊、梁、吳、楚間。……又十載歸，卜居於鄱陽。銓年且二十。明年娶婦張氏，母女視之，訓以紡績織紝事，一如教兒時。銓年二十有二年，未嘗去母前。……明年丁卯，食廩餼。……明年落第，九月歸。十二月，先府君即世；母哭瀕死者十餘次。自爲文祭之，凡百餘言，朴婉沈痛，聞者無親疎老幼，皆嗚咽失聲。……己巳（心餘二十五歲），有南昌老畫師遊番（鄱）陽，八十餘，白髮垂耳，能圖人狀貌，銓延之爲母寫小像。

先敍母親姓氏，家世後，即以心餘年紀爲經，紀其母親大大小小事情，有如編年紀事文。

又，奉新令董宏毅崇祀名宦記（文集，卷二，記五）：

董參軍名法熹，漢軍鑲紅旗人，以州同發江西試用，補某府經歷。乾隆乙亥，予在南昌酒座識之。翼日來訪，答之。翼日又來，曰：「與君爲兄弟可乎？」予唯唯否否。翼日又來，予厭苦之。率爾曰：「寡恩哉！江西人。」予愕然詰之。對曰：「先曾祖諱宏毅，宰奉新，金聲桓亂，極捍圉之功，殺賊無算，城社以完。而奉新志乘逸之，寡恩哉！江西人。」予愕然曰：「邑乘輯於何代？」曰：「不知也。」予曰：「嘻！野哉！西江志多出勝國，近奉制府檄，以次編輯，志不前知，何憾焉？」董出軍牒功冊井井。予曰：「某爲先公作傳，必有報。」翼日見方伯，陳其事。方伯曰：「此應祀名宦者，奉新始開志局，當馳君傳往諭之。」閱數日，主志局者馳書於予曰：「邑人兒時皆知董公功，後縣署火，官書盡焚，無可考。今方以此爲首務，得君傳，即首列名宦，且請祀矣。逾旬，見方伯，喜曰：「奉新請祀董公，已特疏入告。」越三月、奉新人具頭銜車馬、來迎法熹曰：「部檄已下，得旨崇祀，迓參軍送主入祠。」法熹距踊三百去。閱兩旬歸，云饗而榮。予笑曰：「寡恩哉！江西人。」董泥首而退。

據文中，乾隆二十年乙亥，心餘三十一歲在南昌與董法熹（宏毅曾孫）相識。言其曾祖宏毅宰奉新時，殺賊平亂，邑乘不載，心餘乃傳之，且請其祀。李祖陶評云：「其事高誼，其文高格，淵源自公、穀、檀弓」[39]是也。

又，檜門金先生畫像記（文集，卷二，記八）云：

---

[39] 李祖陶撰忠雅堂文集錄（收在國朝文錄），卷一頁廿二，道光十九年瑞州府鳳儀書院刊本，中央研究院藏。

公諱德瑛，字汝白，號慕齋，晚號檜門，徽州休寧人，爲正希先生從曾孫。以仁和籍補弟子員、中雍正丙午順天鄉試，考授中書舍人，乾隆元年成進士，廷對第一，授修撰。……公性孝友，遇先忌日及公生辰，輒愴然竟日。公配汪夫人多疾，爲公納側室馬孺人。夫人下世時，公年纔三十有三耳。既貴後，不更置姬侍。公寡嗜欲，好讀書，一燈萬卷，丹黃爛如，朗爽平直，恬于仕進。內廷供奉、垂三十年，以漸而見用。與人無爭，嘗面折人，無怨之者，蓋知公率眞無他意也。公故以文學受上知，使節所歷，民物痌瘝，輒愷切入告，皆得旨施行。上以是知公不欺，至屢以元年狀元稱之。公幼受業于秦龍光、王罕皆、王虛舟三先生之門，學殖深厚，熟于經史。所爲古今文，簡鍊有法，然不苟作。四十餘始邃于詩，出入杜韓蘇黃間。……公愛才之誠，發于天性，扶植孤寒、延譽汲引、不啻口出，然未嘗使之知，以樹恩德。六十後，間涉獵內典。公心故清靜、空齋獨處，口吟手披，每至午夜，一二老友門人過之，杯酒談諧，娓娓不倦，知公內足而天全也，故如此。士銓年二十二，始受知于公，首拔補弟子員，明年食餼，遂舉于鄉，歷十載丁丑，公主禮闈，銓復受知成進士。凡期許教誨，無聚散遠近，十有七年如一日。生死骨肉之感，誠不知其何故也。公既歿，乃屬沈生圖公像，藏于家，歲時伏臘，瓣香觴酒，侍公如平生。不特永存謦欬之思、且將示我子若孫，俾共識先人知遇、不忘所自也。

敍述檜門孝友、寡欲、忠貞、正直，爲皇上稱揚，詩文出入杜韓蘇黃、獎掖後進、扶植孤寒。作者（心餘）亦受其知遇、提拔，因以爲先人圖繪而祭。文不必如歐陽修王彥章畫像記，表其「忠」㊵，而廣集檜門一生諸賢德、比配聖賢，後人聖哲畫像㊶類之。

又，歸舟安穩圖記（文集，卷二，記十）：

圖曰「歸舟」、志去也，曰「安穩」，風水寧也。居士有母、有婦、有三子、生理全也。舟中有琴書、有酒樽茶竈、有童婢雞犬，自奉粗足也。岸樹著花，春波淡蕩，游鱗不驚，汀鷗相戲，生趣洽而機心忘也，慈顏和悅、坐中央者、太安人也。衣淺碧、側坐陪侍者，居士之婦也。倚太安人膝、憑舷而嘻者，三兒知讓也。小案橫陳，丱角坐對讀書者，大兒知廉，二兒知節也。執卷欹坐、臨流若有所思者，居士也。太安人春秋五十有八，居士行年三十有九，婦少居士二歲，知讓甫六齡，知節長于弟三齡，少于兄亦三齡也。乾隆癸未十二月朔、某自記。

心餘就歸舟安穩圖中：母親（年五十八）坐中央，太太（年三十七）側坐陪侍，三小兒，或倚母親者

㊵ 儲同人評王彥章畫像記云：「前提智勇字，忠字乃一篇骨子。篇中非表其智勇，即表其忠。而末尤歸重忠字上」。（收在明，唐順之，應德甫原選，日本，川西潛士龍編次，片小勒子葉纂評，唐宋八大家文格纂評，卷二，頁三十二，新文豐出版公司）。

㊶ 曾國藩有「聖哲畫像記」，收在所著曾文正公詩文集，文集，卷二，頁八，商務四部叢刊正編。

三兒知讓（年六）、或坐對讀書者、大兒知廉（年十二）、二兒知節（年九）。又有僮婢、及雞犬、琴臺、酒樽等等。而已（心餘）執卷欹坐、見岸樹著花、春波淡蕩，其樂融融。敍景則美、敍情則安穩。文與圖繪合一。

又，遊記（文集，卷二，記十五）云：

雍正十三年、十一齡始遊，由楚、豫而晉，歷攬太行、王屋之勝。二十歸里，遊赤壁。二十一遊鵝湖峯頂石井及觀音石，二十二遊匡廬，及饒贛諸山，登鬱孤之臺、陟南安東山之顚，二十四遊康郎山、謁忠臣廟，捫古槐、弔江洲八角石。二十七遊西湖，陟虎邱、靈巖、金山、焦山，嘗中泠泉及惠山第二泉品味，北遊平山堂、歷濟南大明湖、鵲、華、錦屏諸山。年四十，遊白門、棲霞諸勝。明年遊焦山。五十六携廉、讓二子再遊廬阜。其表桓伊墓、婁妃墓，及揚州梅花嶺史閣部衣冠墓、則遊屐所至，不負古人也。

心餘一生足蹤，遍歷名山大澤、及各地名勝古蹟，詩集已言之，今以年相繫，以爲「遊記」實錄。

第四節　傳、行狀

文心雕龍史傳篇云：「傳者，轉也。轉受經旨，以授於後，實聖文之羽翮，記籍之冠冕也」

㊷。又，書記篇云：「狀者，貌也，禮（一作體）貌本原，取其事實。先賢表謚，並有行狀，狀之大者也」㊸。以爲「傳」是「轉受經旨」，實則經傳之傳，在於「解經」，非「傳狀」，言人之生平事蹟。

姚鼐古文辭類纂「傳狀」類，序云：「雖原於史氏，而義不同。劉先生（大櫆）云：古之爲達官名人傳者，史官職之。文士作傳，凡爲圬者、種樹之流而已。其人既稍顯，即不當爲之傳，爲之行狀，上史氏已」㊹。史記、漢書、後漢書、三國志作傳，以個人私意立傳，史官爲「達官名人」立傳，是唐代官修史書以後義例。文士作傳，如圬者王承福傳、種樹部橐駝傳，社會地位低微，是以「其人既稍顯」，不當作「傳」，應爲「行狀」。不過，要在史書裏立傳，談何容易！是以後世文人爲傳者愈多。

心餘「傳狀」作品頗富，尤其「傳」類，見於文集卷三、卷四、卷五。分述如下：

第一目　傳

心餘「傳」類作品，如**馬文毅公傳**（文集，卷三，傳一、七）：

㊷ 劉勰著文心雕龍，卷四，頁一，商務四部叢刊正編。

㊸ 同註㊷，卷五，書記第二十五，頁十二。

㊹ 王文濡校註古文辭類纂，序，頁八，台灣中華書局。

馬雄鎮，字錫蕃、號坦公，漢軍鑲紅旗人。曾祖重德、以貢除遼陽都司訓導，遷江南太平通判，攝蕪湖、當塗令，皆有異政、民爭畫其像。……天啓辛酉，遼有兵禍、公率民捍城甚力。妻趙氏，因訛言遽驅女孫入井，領家人四十餘口同日死。父鳴佩，字潤甫，從龍入關，……垂老致仕，生一子，即雄鎮也。公以大臣子選用，起家工部，歷官清要。康熙九年、出撫廣西、削平諸劇盜、惠政淪浹。十三年，吳三桂反，將軍孫延齡私與通，挾夙恨、遽斬都統孟一茂等三十餘人，勒兵出城，遣甲士圍撫署，以僞命遺公衣裳脅降。是時巡撫尚未設標兵，公束手無策、易朝服自經，家人急救之，不死。乃遣僕賀徵齎疏，遁入京師告變。尋又遣承差楊啓祥引長子世濟遁，繼則托幕客李子燮、朱昉及承差唐守道、唐正發，挾次子世永、孫國楨遁。延齡瞰得之，乃迫公遷土室，公拔刀自剄，賊兵奪刀，落兵四指。公又不得死，遂全家被囚者歷四載，延齡百折之，不少屈。然延齡亦以此感悔觀望，不遽赴滇逆，實公持守功也。十六年，三桂遣其孫世琮收兩粵，斬延齡，百計誘公降。且置盛筵示敬禮，公怒罵益甚，賊不能堪。十月十二日押公至烏金舖，使人執公兩幼子相挾制，公詈不絕口，賊乃殺二子。公奪兩頭擊賊，遂被害，時年四十有四。老僕諸應兆等九人見公死，交口躍罵，賊駢戮之。時眷屬尚羈別室，聞公變，長媳董氏先投繯、繩絕仆地，觸首面俱碎，復上掛死，時年二十有七。公妾顧氏、劉氏，女二姐、五姐，世濟妾苗氏，以次縊。夫人李氏坐觀之，使各就衾殮，然後北向九叩，從容自挂，時年三十有九。其僕婢十八人，皆殉焉。守兵二人感且涕，私記各屍，焚而瘞于廣福寺後，公與二子等屍、暴露四十餘日，賊將趙天元過其側，見公展兩臂枕兩兒尸，下馬再拜，亦殮葬寺側。……

就馬雄鎭文毅公全家完忠殉烈、大義凜然，所謂精忠貫日月精神，於傳中歷歷可見。

又，**杭州府餘杭縣知縣蘇公傳**（文集，卷三，傳一、十五）：

公諱萬元，字澤我，由萬歷年明經考授杭州府經歷。以在官廉能，擢知餘杭縣事，懷宗朝予告在籍。適土賊高有才據邑城，賊彼郝某率眾劫公使從。公大罵之，賊知公不可屈，乃縶以索貲，公笑曰：「吾廉吏耳，未嘗作賊殃民，安得貲？即有，亦安能媚賊耶？」賊怒，大索堂室間，掘地至三尺許，無所獲，乃交刺公，仆於地，瞠目曰：「賊技止此耳！」言畢，氣絕。城中方亂，公子呈書年未冠，經營數晝夜，具柳棺爲殮。視公目不少瞑，顏色凜凜然，若將起立者，遂葬于家門北。……

蘇萬元先生生於明末亂世，知餘杭，官廉能，無尺寸之柄以禦城，卻能捨生取義，顏色凜凜然也。

又，**寶意先生傳**（文集，卷三，傳一、三十一）：

公諱盤，字蒼羽，號寶意，姓商氏，其先汴人也。世居嵊縣之繼錦鄉。……公游心典籍，樹骨風騷，馳騁百家，弋獵四庫，著質園詩，幾及萬篇。官跡所歷，方幅殆遍，凡冠裳禮讓、戎馬戰爭之區，風月鶯花、般樂嬉遊之地，以及蠻鄉瘴海、鬼國神皐、奇詭荒怪之境，莫不遐矚曠覽，傾液漱潤、一發于詩。蓋取卷軸精華璀璨，洋溢于呼吸吐納中，遂併古人諸長，使靈源匯心，錦機納手。故能清新無窮，垂老不竭，爲一代有數作者。至在事有方，人思其政、縱容馴致，不尚刻深，是以士女昌逸、閭井謳謠。公以此得與庶僚賓從，迴翔文酒于江山清宴之間，以視束隘迫蹙于簿書筐篋中者，翛然自遠。公好賢愛士，天性眞摯，見人擅才藻，若己有之。壇坫風流，俊彥景附，而舞衫歌扇，乞公醉墨霑溉者，輒滿其志。嗚呼！豪矣。公詩初倣樊南、既而出入杜韓元白蘇陸間，樂府歌行、尤瓌麗縱恣、跌宕自喜。交友遍海內，最善者：嚴遂成、袁枚、王又曾、萬光泰、程晉芳……

前言商盤仕宦三十年。然不廢觴詠，文才豔發，成就一代之才。本文末引到溉云：「有大才而無貴仕」、于公則何憾焉。可以詩文著作傳之其後乎！袁枚祭商寶意太守文云：「嗚呼！一部天星，文昌幾座？四海儒冠，文人幾個？」（小倉山房文集，卷十四）是也。

又，入祀昭忠祠鑑南吳公傳（文集，卷三，傳一、三十六）：

吳璜字方旬，號鑑南，浙江山陰人。曾祖諱濬哲、康熙壬子舉人，官內閣中書，佐大司馬留村公平廈門軍功加二級，晉封賜一品廕。祖諱棖，由歲貢生宰玉山、安肅兩縣。考諱㷍文，世稱樸庭先生，國子監生，有文不遇，爲時推重，別有傳。生二子，公其長也。母商氏，爲元江府知府諱盤之妹。公生具宿慧、能承家學，乾隆己卯舉京兆鄉試，庚辰成進士，除户部雲南司主事。己丑出知湖南澧州，至河南尉氏，父卒于塗，貧不能歸。時知衛輝府朱政、爲公同榜進士，延公掌書院。服闋，獨扶父柩歸里，與母合窆于型塘先域。癸巳再謁選，益空乏，三月揀發四川，馳入衛輝，仍寄孥于政。去至西安，貲斧竭，中丞畢公沅，贈金三十鎰，乃得行。四月十二日抵成都，金又竭，拮据得十鎰，買鞍馬。五月十七日，詣登春軍營，山水惡劣，積雪不融，盛暑挾纊，猶有寒色。大將軍某素失將士心，六月二日，賊圍登春急、初十之夕，木果木一軍潰，大將軍死。明夕，總督冲圍得出，登春一軍亦瓦解。公偕妻叔周輔鈞，馳至崇德山梁，賊鎗中輔鈞騎，突逸不能止，返顧公爲礮石飛擊，人馬墜溪河中，同墜者四千餘人，時年四十七。事聞，得贈加道銜，入祀昭忠祠。子安祖方十齡，得廕如公秩。同時死兵禍爲予友者，則有：南昌彭同知元瑋、大興孫知縣維龍、陽湖王主事日杏、松江趙主事文喆……

吳鑑南母親爲商盤（見前文）之妹，爲官清廉、服闋，獨扶柩歸里，全忠全孝。木果木之戰，隨「失將士心」的溫福將軍陣亡㊺。入祀昭忠祠。文以年爲經，以事爲緯。

又，劉孝子傳（文集，卷三，傳一、四十一）云

劉鎰字兼萬，豐城課瑞人。父維珍，卒時，鎰甫三齡。母鄒氏、年十八，矢志撫孤，事姑余氏極勞瘁。鎰稍長，即能盡孝養。祖母病卒，鎰廬墓三年，遇雷風輒跽墓前曰：

「鎰在此，勿怖！」有古孝子風。父棺厝象鼻山。乾隆壬戌，山水暴發，壞廬舍，鎰半夜馳救，棺已漂泛，鎰抱棺順流數十里，至白馬寨觸筏始止。鎰躬耕養母，母久臥病，思鮮魚，鎰踏雪遠求之。歸遇虎人立，鎰叱曰：「爾食我、母不食魚耶？」虎搖尾去。鄰火將及母寢，鎰自外歸，突烈燄中，以重衾負母出。母故毋恙，而鎰頭面焦灼幾斃，其瘢可數也。母彌留日，以廬墓為戒。鎰枕塊三年，泣不輟。懸兩世像於堂，出告反面，享祀維謹。乾隆己巳，為母請旌、得旨建坊。待遺腹弟思銘極友愛，延師教之，得入庠序。鎰存心仁惠，凡母所憐恤者，竭力濟之。平民以未卒儒業為歉。子三人，長映魁，補邑庠生。丙戌，鎰年六十一，學校具孝行請旌，鎰拜命之日，尚為孺子泣云。太史氏曰：苟世無人倫之變，則盡瘁天屬者，皆庸行也，孝也云乎哉？自眞性日漓，遂加能子者以孝名，國家至立法以旌之，是傷能子者之難也，不亦痛乎？劉鎰未嘗讀書，天性徑流，實兼各史所載孝行，章之愧薄俗、宜矣。然而非鎰心也。

㊺ 此處心餘言，「木果木」之戰，同死的友人，松江趙主事文哲，在甌北詩鈔，五言律二，頁二十三，趙翼有「家（趙）璞函（文哲字）主政云：「獻賦登華省（自註：欽試取中書），從戎死戰場（自註：殉木果木之戰）；與余同氏族，愛爾好篇章。滇帳言千縷（自註：在滇從軍、與余同帳），黔郵淚數行（自註：君隨溫將軍入蜀，過余威寧官舍，握別），豈知成永訣，目斷蜀山蒼」（湛貽堂本）。又，據清史稿，卷三百二十六，列傳第一百十三，頁一〇八八二，溫福本傳云：「諸降番以師久頓不進，遂蠢起應之。先攻底木達，天弼死之，次劫糧臺，潛襲木果木。溫福不嚴備山後要隘，賊突薄大營，奪礮局，斷汲道。時大營兵尚萬餘，運糧役數千，爭避入大營，溫福堅閉壘門不納，轟而潰，聲如壞堤，於是軍心益震。賊四面蹂入，溫福中槍死，各卡兵望風潰散」（鼎文書局本）。則心餘言溫福「素失將士心」，實情也。

嗚呼！鎰固以必如是，庶幾能子也歟？

敍述劉鎰孝行，不論「水」、「火」相侵相害，皆以孝爲本，並爲母請旌、得旨建坊，待遺腹弟亦極友愛，足爲孝行楷模。李祖陶云：「敍述極潔、議論極深」㊻，此心餘正教化之心也。

又，龔一足傳（文集，卷四，傳二、七）：

龔夔，字一足，別字四指，南昌中洲人。事母至孝、性狷介，寡嗜好。善摘書史奇險語、及莊老淮南書作經義，以是困童子試，五十年不售。善行草書，常與八大山人遊。然書必鍵戶，不多作，人爭重之。生平不苟取，交好或有厚遺，亦不謝。歲授徒得金，悉封遺母氏，私篋蕭然也。尤不喜近俗人，在酒座、輒閉目連舉數觥，喉中隱然作聲去，益不諧於時。終身不娶妻，言及婦人則大笑，或以絕祀責，乃愀然曰：「死以兄子繼足矣。」六十餘，授徒某家。夜忽起，聚詩文爲薪，煮苦茗啜之，趺坐木榻上，泣誦蓼莪詩凡數遍，遂歿。

這篇較富傳奇性。言龔一足孝行，寡嗜好，喜作奇險語，困於場屋，與世俗不合。事殊人異、行文較易。此承韓退之圬者王承福傳、柳子厚種樹郭橐駝傳，及東坡方山子傳是也。

㊻ 同註㊴，卷一，頁二十三。

又，熊節母章氏傳（文集，卷四，傳二、四十二）：

熊紹鳳、南昌人，寄籍鉛山。妻章氏、南昌施家窰人，十六于歸，以孝謹勤儉稱。生五子二女。夫染疫，氏夜禱天，乞以身代。夫亡，氏年二十有九，家壁立，氏忍饑勵節，不受人豆羹尺布之惠。鄰有韓媼，勸氏改適，氏泣曰：「吾有五子，如五粒胡椒，苟無一粒辣者，吾赴廟灣頭清流死耳！」媼悚然退。年七十九，及見兒孫成立，始卒。子五：熙棟、熙榜、熙桂、熙楨、熙材。熙材子枚、乾隆庚寅，由拔貢生鄉舉第一，辛卯成進士，官刑部主事、本年覃恩加一級，貤贈氏爲太宜人。太史氏曰：椒之爲德也，薰林烈薄，辭其芬辛，驅寒辟邪，薑桂同性，母取以喻其子，操實侔焉。五十年中，遂盈升匊。然則詩人詠蕃衍而美碩大者，豈無謂哉！嗚呼！廟灣水接龐、羅，節婦之洲，固隱然其在望歟？

敍述一位平凡的婦人、熊節母章氏，以孝謹勤儉著稱，夫亡，年僅十九，家壁立；不受人尺豆之惠、守節自誓，以爲有五子，如五粒胡椒，必有一粒辣者，年七十九，見兒孫成立，始卒。章氏培養兒孫成器，全在堅定信念，「五胡椒，必有一粒辣者」，與太史氏之贊詞，薑桂與椒同性同德、十分妥切。

又，汊澗林氏兩節母傳（文集，卷五，傳三、五）：

泗州林氏居汊澗者，稱封素舊族。式九公諱中桓，髫年補博士弟子，娶本州李氏，篤伉儷。逾冠，未舉子，李出百金曰：「姑望生孫，而吾不姙，君攜此渡江，擇蓬門閨秀納之來。」公欣然謝之，詣白下。」白下朱某、起家武弁，國初以破六合賊軍功，歷官至總兵，世居江寧城北。公子廷蘭有賢女，年十九、通書禮。式九公聞而慕之，蹇脩者詭詞說廷蘭，遂具六禮迎娶，初未知公有室也。彌月，將挾以歸，廷蘭往送女至六合，事頗泄，廷蘭及僕媵皆怒，公旁皇遽檐走，達旦，計無所出，女尚未及覺，而李已熟知在白下事。姑何孺人蹴額甚，李曰：「天也！姑勿慮！」及行李入門後，李令婢執紅毹出頭廳、請廷蘭見，曰：「公女事吾夫，吾即公女也，願以父呼之。」再拜而入，觀者皆愕眙歎美，而廷蘭狂喜出望外。既而何孺人率新婦廟見，李淡粧在東房。何曰：「此吾兒前室也。」朱睇之，欣然拜，李亦拜，侍媵怒、睨掖之，朱罵曰：「天也！奴何所知」！李於是以妹呼朱，而朱執妾禮甚謹。兩賢合志，同居六十年無忤色，江南北傳其事爲美談者，蓋千里云。既而朱產子大愚，五齡殤。旋生女，即熊中丞學鵬夫人也。兩賢母事老姑，曲盡孝養，持家政綱紀凜然，待下寬嚴有法、每事必稟於李，李復再三相讓而後施行，閨中雍穆之氣，藹然祥和。嫉妒之家，每引以爲愧。式九公筮仕，官戶部主事，李願家居侍老姑，于是朱相從如京師，時年二十又四也。凡官邸祭祀，賓客中饋之職，朱躬任勞瘁無所苦。越數年、公以疾去官，卒于道。朱時年二十九，挾五齡弱女，冒雨雪出入艱險，扶櫬越二千里，備歷危苦，得平安歸葬先隴，其志節才具類如此。及李卒、朱年將八十矣，手製斬衰服、族人勸阻、曰：「欲以庶自居耶？」朱憤曰：「物無兩大。嫡之待我厚矣，吾義當持服，敢廢禮相抗乎？」竟服之。朱賦性仁慈，稟質壯盛、戚黨待以舉火者數十百家。六十外三詣京師就壻養，蓋熊公仕已貴顯也。乾隆己卯，年躋八十一，時嗣孫師官北城兵馬，朱欣然攜孫婦、曾孫等再北征，居一歲歸。逾四載，以壽終於家，哭聲遍鄉里，蓋矢志完節者，五十有七年矣。嗚呼！是可傳也。太史氏曰：史載趙衰兩妻，趙姬能下叔隗。鄧攸兩妻，牛蔚之女，能下李評事女，皆無嫡庶之分，而有尹、邢之愛，簡策流芳，何其美歟！今觀李母之賢明，朱母之退讓，孰謂古今人不相及耶？林公歿時、李年過三十、朱纔二十九耳。同逾八十，而全其節操。嗚呼！朝廷旌恤之典具在，賢子孫其可使母泯然于沒世乎？嗚呼！可以興，可以觀矣。

案朱氏嗣孫林師，與心餘爲親家。又，劉向列女傳，分列母儀、有虞二妃等；賢明、周宣姜后等；貞順、召南申女等；節義、魯孝義保等㊼……。本文云林氏兩節母傳，可續列女傳中矣。

又，貞禮熊賢婦傳略（文集，卷五，傳二、四十二）**云**：

熊賢婦者，世居昌邑山，父朝朗，母胡氏。婦生于乾隆戊辰，幼許字賴命鍾。賴爲南昌舊族，居進賢門外。命鍾祖父本素封，好施與，能急人患難，鄉鄰倚之數十年，呼

㊼ 見劉向撰古列女傳，卷一起，商務四部叢刊正編。

爲善人而不名，縣官書其名於旌善之亭，然以此家日落，所居故廣廈，乃至割裂質錢自贍。命鍾既失怙恃，孤苦益甚。債家瓜剖其廬，各食所稅，僅容命鍾寢處，既而不能舉火，日揶揄市中求簞豆。命鍾少于婦四齡。乾隆甲午、賢婦年二十有七，父母亦相繼歿，兄某，以賴貧薄，謀改字，賢婦哭而屢爭之，知兄志不可奪，乃投繯、不得死。自沉、又不得死，左右防護日謹。九月事聞于賴，賴之鄰里羣起而謀於市曰：「鄉人豈無蒙惠于賴氏者哉！忍坐視善人之裔，死于饑寒，終失賢匹乎？」于是出刀布衣冠者、粟帛牲醴者踵相餽。明日，輿人自荷彩輿，樂人爭具鼓吹，歡躍奔赴，父老等排闥，捉命鍾熏沐之，闐然往迎新婦而歸，觀者塞途，嘖嘖嘆美，輿人且道呼曰：「吾車得載貞女，簾幕皆香矣。」既成、諸債家感婦之賢，使命鍾收屋稅供饔飧，由是夫婦築竈舉炊、無復寒餓。明年七月生子，名之文，四鄰聞啼聲，皆往摩其頂曰：「是賢婦之兒，善人之昆，他日必大其門也。」予適奉太安人喪歸，敝廬與賴屋相望，艸土中日聞說賢婦事，乃嘆曰：「婦可謂知禮而能貞者也。」杖而起，大書「貞禮」二字榜其門，爰臚其事爲傳略，仰冀司風教者旌之，借礪頹俗云。論曰：廉耻喪而人盡夫也，談節烈者或反唇而譏焉。善慶之門，女無再婚，蓋有陰相之者矣。予聞命鍾曾祖世論妻胡氏，以苦節得旌，今歷三世。而婦以守禮，承厥先芬，感乎眾志，卒賦于歸，謂之未學可乎？予昔總裁南昌縣志，每撰忠節之傳，必焚香再拜，而後爲之。茲忝列史官，發潛德以植人倫，非其職與？嗚呼！可以興矣。

言能賢婦少許字賴命鍾、而賴家常急人之難，失怙恃。兄以賴貧薄、欲其改字，乃投繯、自沉，皆不得死。後，爲賴之鄰里得知，謀報前德、出刀布粟帛相贈，由是無復寒餓。文章由鄉鄰烘染。作者末云：「予昔總裁南昌縣志，每撰忠節之傳，必焚香再拜，而後爲之，玆忝列史官，發潛德以植人倫」，則心餘之發善揚貞，令人敬仰。

第二目　行狀

忠雅堂文集，「行狀」只二篇：先府君行狀，左都御史檜門金公行狀。今取**先府君行狀**（文集，卷七，行狀一）云：

府君姓蔣氏，諱某，字非磷，號適園。先世居長興，代有顯者。……府君生而穎異，言家事侃侃如成人。七齡隨叔祖恭伯公遊進賢門外之法雲堂，入扉，有捕卒四五十人坐廡下，言「前夕某寺頭陀爲盜殺，寺離此不數武，今求賊處不得，奈何？」時諸僧方諷咒，府君私指謂叔祖曰：「殺人者、座上老僧也。」捕卒駭，叔祖呵曰：「童子勿妄言。」對曰：「吾視其面溫而栗，視其行步徐而趾錯，視其芒履新浴而赬，且停聲陰顧者三，以此知之，非妄也。」捕卒察之以爲然，執箠之，盡得其詞，遂牽去。……（以下第一章已錄者略）……府君館朱氏者兩歲，每以廢學自傷。年十八，發奮經傳，晝夜咿唔，倦欲臥，引長爪交刺指甲中，痛復讀，血痕隱蝕十指間，人不能解也。……

……先是，代州有大獄，囚三百人，經十二鞫，三年不能折，于是中丞召州牧聽其訟，期以十日必獄成。牧恐，檢其牒積五尺，衆詞如沸羹，府君一晝夜覽無餘，得肯綮，乃區別其曲直輕重，書細字數十行于寸牘，授牧曰：「治絲而棼、惡能理？執此牘分鞫之，可終日定也。」牧坐城隍祠詳聽，觀者如堵，牧視牘爲斷制，移晷四十刻，兩造具備，出大辟者、減死者、釋無辜者。以七人置大辟，以二十人流九邊，罰鍰而榜箠者三十三人，蓋歸者二百四十人。獄成而孚，觀者大悅，由是岢嵐州牧有能名。……

……閱兩載，府君決疑獄者凡十有七案。……州人韓君善醫，高尚寡交，獨與府君善。庚寅十一月望夕，漏下數十刻，童子叩户急，曰：「主人暴疾，勢且死，請公入視之。」府君入，見牧雙眼張若炬，汗浹頭面，齒格格齘欲碎，夫人泣曰：「子弟奴僕無一在，妾不敢復避君，使君奄奄，惟君憫焉！」府君曰：「勿恐，有良醫，非親往不可致。」令童子以火行，府君自廨署出，踏氷雪、蹶復起，至韓君門，數十叩無應者，急緣木立之垣，躍幾折脛，負痛走入呼，一室驚起，告之，韓君曰：「噫！子能以死救人，某安得爲故態？」乃偕入視其疾，曰：「危甚，藥必瞑眩始瘳，顧誰爲主者？」。夫人曰：「蔣公是賴，何問爲？」府君曰：「使君無恙足矣！」既得藥，府君先飲，三咽然後進。俄頃，使君顛于牀，力盡臥，雞鳴瞿然。曰：「吁！諸君何入我臥內？」夫人語之，相視而悲，由是州牧得不死。……九月，(府君)抵南昌，入門，慨然曰：「吾客四方十六載，今行年四十有三矣。吾母八十三歲，尚及見我歸，樂何如之！」歷階堂有棺，蓋先王母于是年四月二十八日已殂矣，府君絕而復甦，曰：「母戒我勿戀戀所之，若此，恨終天矣！」寢苫凷棺側者三年。戚黨中凡有困乏者，惟府君是問，散千金無德容焉。雍正元年癸卯，服闋，乃卜兆于鉛山之九都，擇窆于仲冬之七日，十月二十有四日，吾母鍾孺人來歸，三宿，發王母柩于舟，盡室行。舟發三里，阻惡風，泊四夕不得去。南昌離鉛山七百餘里，多高灘，行人常踰旬始達。十一月朔，府君屈指定期僅六日，乃號哭船頭，慘聲震江岸，泊者皆灑淚而悲。晡風息，府君泣血拜長年，長年感、掉舟晝夜行大雪中，手腳皸瘃無怨言。初六抵鉛山，聞者皆疑有神助。翼日葬乃還。……雍正乙巳，吾母鍾孺人年二十，十月二十有八日，生不孝士銓。先一夕夜將子，天大雨，及寅，雷轟然震者三，而不孝生矣。旦日皎皎出，府君乃名不孝曰雷鳴。……七年己酉，太守有疑獄莫能折，訟者號于礎曰：「有蔣公在，吾冤雪久矣！」太守怪而問之，具知府君來澤久，乃延入，欲賓之。府君曰：「我爲佟公來，他何知焉？」太守曰：「館我，必脫佟公」。府君曰：「佟公脫、無不可。」乃留，乙夜折其獄。太守出令曰：「有能爲佟使君入貲者，聽。」于是負刀布內官者日百人，三日五千金足，佟公遂出獄，府君復質衣裘贐其歸，乃行。……明年乙卯，……十月，府君束裝還，二十八日，至黃州，雪，泊赤壁下，士銓以是日生，于是置酒于舟，爲士銓行冠禮，夜半寒甚，士銓奉觴請于府君曰：「漢四科取士，明習法令居其一，唐有律學，宋試律令有明法科，兒生二十年矣，未聞命，敢請。」府君喟然曰：「吁！今而後，吾其得死所哉！夫立法明刑，所以救衰亂之起，非以爲治也。故古之聽獄者，皆求人之生，今也反是。鄭昌有言：『鬻棺者欲歲疫，非惡人而殺之，利在人之死也』。我以名法遊天下三十年，每治官書，必惻然求其生，而失之死者或猶未免，造物故顚倒，而待我殊厚，故行年且七十，猶擁輕裘對妻子，否則道路死耳，何有汝焉？汝他日苟用於世，但能熟玩呂刑、以郅都十三人爲戒，常存哀矜誠懇之心，行乎五聽三宥間，汝有後矣。嚴公傳衣，吾其抱空山而埋之。」士銓退識之，不敢忘。……士銓以春秋領鄉薦，私懼府君年，不欲以公車往。府君恚曰：「甫得進步，即欲然自足，惛矣！苟衰我，我猶及見汝歸也。」……自士銓之北旋也，每夕輒命酒中堂，令吾母及不孝夫婦坐于前；而誨不孝以入世勤苦，且述生平得意語及抱恨事，夜漏下恆數十刻方寢。十二月初八日，有寒疾，夕顧吾母笑曰：「吾生兒時，行年且五十，莫不謂吾不及見兒成立。今兒已得婦，行將抱孫矣。人生盛衰，誠何足論！」于是索筆書几上、微吟曰：「五十生兒猶未晚，黃金散盡雪盈頭，生平恨事知多少？老子而今不解愁。」又曰：「匹馬行邊作客豪，燈前嬾看殺人刀；此身落得無牽挂，世上功名付汝曹。」擲筆而臥，嗚呼，孰知即絕筆也。……

歐陽修瀧岡阡表云：「汝父爲吏，嘗夜燭治官書，屢廢而歎，吾（歐陽修母親）問之，則曰：此死獄也，我求其生不得爾。吾曰：生可求乎？曰：求其生而不得，則死者與我皆無恨也，矧求而有得邪，以其有得，則知不求而死者有恨也。夫常求其生、猶失之死，而世常求其死也！」㊽。張孝先評其文云：「以文章傳其（父）令德，垂諸百世而不朽如公者、有幾人哉。述父之孝與仁，即一二事而想見其生平，所以享爲善之報也」㊾。而心餘此文，亦以言父親仁、孝、忠、勇、明、智，崇父之德，廣於文忠公。李祖陶云：「嶔崎磊落、文如其人，竟體累萬言，而實無一語可以增減，眞老手擅長之作」㊿，此就文章言耳。

第五節　墓誌銘、墓表、碑、銘

古文辭類纂「碑誌類」云：「其體本於詩，歌頌功德，其用施於金石。周之時有石鼓刻文，秦刻石於巡狩所經過，漢人作碑文，又加以序。序之體，蓋秦刻琅邪具之矣。茅順甫譏韓文公碑序異史遷，此非知音。金石之文，自與史家異體，如（韓）文公作文，豈必以效司馬氏爲工耶。誌者，識也，或立石墓上，或埋之壙中，古人皆曰誌，爲之銘者，所以識之之辭也。然恐人觀之不詳，故又爲序，世或以石立墓上，曰碑、曰表、埋乃曰誌」51。可知，姚氏所謂「碑誌」，泛指一切刻石之文，而以刻於金石、歌功頌德文爲碑的正體，故云：「其體本於詩，歌頌功德，其用施於金石」。墓誌雖亦刻石，有別於「碑」，故列於下編。（碑誌類上編爲：刻石文、銘、頌、碑；下編爲墓誌銘、墓表）。

---

48 歐陽修著歐陽文忠公集，卷二十五，頁九，（總頁二〇六），商務四部叢刊正編。
49 張伯行選唐宋八大家文鈔，頁一三七，上海商務印書館。
50 同註39，卷二，頁二十二。
51 王文濡校註古文辭類纂，序目，頁九，台灣中華書局。

徐師曾文體明辨序說「墓誌銘」云：「誌者，記也，銘者，名也。古之人有德善功烈可名於世，歿則後人爲之鑄器以銘，而俾傳於無窮，若蔡中郎（名邕）集所載朱公叔（名穆）鼎銘是已。至漢，杜子夏始勒文埋墓側，遂有墓誌，後人因之。蓋於葬時述其人世系、名字、爵里、行治、壽年、卒葬年月、與其子孫之大略，勒石加蓋，埋於壙前三尺之地，以爲異時陵谷變遷之防，而謂之誌銘；其用意深遠，而於古意無害也。迨夫末流，乃有假手文士，以謂可以信今傳後，而潤飾太過者，亦往往有之，則其文雖同，而意斯異矣。然使正人秉筆，必不肯徇人以情也」[52]。則墓誌銘、在於名有德善功烈者，述其世系、名字、爵里等等，埋于壙前三尺之地，防陵谷變遷，以「實」爲主；後人假手文士，以爲可傳於後代，因此文飾過多，失其「實」矣。

徐曾師云「墓表」：「自東漢始，安帝元初元年立謁者景君墓表，厥後因之。其文體與碑碣同，有官無官皆可用，非若碑碣之有等級限制也。以其樹於神道，故又稱神道表。其爲文有正有變，錄而辯之。又取阡表、殯表、靈表，以附於篇，則遡流而窮源也。蓋阡，墓道也；殯者，未葬之稱；靈者，始死之稱；自靈而殯，自殯而墓，自墓而阡也。近世用墓表，故以墓表括之」[53]。則墓表不分等級皆可立也。

所謂「碑」，文心雕龍、誄碑篇云：「碑者，埤也。上古帝皇，始號封禪，樹石埤岳，故曰碑也。周穆紀跡于弇山之石，亦碑之意也。又宗廟有碑，樹之兩楹，事正（止？）麗牲，未勒勳績，

---

[52] 徐曾師著文體明辨序說，頁一四八，長安出版社。

[53] 同註[52]，頁一五一。

而庸器漸缺，故後代用碑，以石代金，同乎不朽，自廟徂墳，猶封墓也。自後漢以來，碑碣雲起，才鋒所斷，莫高蔡邕。觀楊賜之碑，骨鯁訓典，陳郭二文，句無擇言，周乎衆碑，莫非精允。其叙事也該而要，其綴采也雅而澤，清詞轉而不窮，巧義出而卓立，察其爲才，自然而至矣，孔融所創，有慕伯喈，張陳兩文，辨給足采，亦其亞也。……夫屬碑之體，資乎史才，其序則傳，其文則銘，標序盛德，必見清風之華，昭紀鴻懿，必見峻偉之烈，此碑之制也」54。則知，碑本古帝皇、始號封禪，樹石埤岳。後漢以來，碑作雲起，以蔡邕最爲知著。其叙事該要，其綴采雅潔，標序盛德、昭紀鴻懿。

至於「銘」，文心雕龍、銘箴篇又云：「銘者，名也，觀器必也正名，審用貴乎盛德，蓋臧武仲之論銘也，曰天子令德，諸侯計功，大夫稱伐，夏鑄九牧之金鼎，周勒肅愼之楛矢，令德之事也。呂望銘功於昆吾，仲山鏤績於庸器，……至於始皇勒岳，政暴而文澤，亦有疏通之美焉。蔡邕銘思，獨冠古今，……夫箴誦於官，銘題於器，名目雖異，而警戒實同。箴全禦過，故文質確切，銘兼褒讚，故體貴弘潤，其取事也必覈以辨，其摛文也必簡而深，此其大要也」55。則銘兼褒讚，貴乎盛德，體貴弘潤，取事必覈以辨也。

今就心餘此類作品分述之。

---

54 劉勰著文心雕龍，卷三，誄碑第十二，頁四，商務四部叢刊正編。

55 同54，銘箴第十一，頁一。

第一目　墓誌銘

忠雅堂文集墓誌銘亦多，分見於卷五、卷六。王文濡編清文匯選心餘作品八篇，墓誌銘有三㊻，知心餘此類作品甚佳。如：**明榮祿大夫湖南路正總兵官彝山周公墓誌銘**（文集，卷五，墓誌銘一、二）：

明總戎彝山周山歿七十有九年，公曾孫少司馬海山公，視浙學已三載，捧家傳屬門下蔣士銓撰公墓誌，再拜而謹觀之，不敢辭。按狀，公諱茹茶，字自飴，號彝山，別號丹井。先世居楚之營道縣，仕元，爵萬户。公之祖隱姓名，稱伏三郎者，爲濂溪先生八世孫。明初徙居蜀之涪州相公堡。……生誠所公，以父勳錄用，官神樞四營副將，娶豐城聶氏，封一品太夫人，即總戎公考妣。生子三，總戎公其季也。公五齡而孤，既長，淹貫經史，習韜鈐，具文武才略。後以功臣子奉命帥師討賊，終天啓之代，數立戰功。明末甲申、北京陷，蜀有姚黃之寇，張獻忠復入川，三路犯涪，里兒羣噪，夜半撼公扉，欲推戴弄兵，公叱去之。師相王春石，公鄉人也，故重公，適以聘公入幕府，因仗劍往從，至綦江，奉檄佐鎮將賈聯登，恢復各路。明年渡江津，永、榮、銅、壁等十餘縣尋復，捷屢上，爲忌者中沮，乃駐師。時誠所以公以家避亂桐梓，公詣軍門，請以兵馬屬營弁楊某，自往省親，旋以病不能返，部卒乃殺楊而散。公方欲

㊻ 王文濡編清文匯（國朝文匯），乙集，卷二十八，頁八起，世界書局。

收合餘眾，會重慶陷，遂走江津謁忠國王公，因入幕。時糧饋久絕，人心洶洶，公勸移師鎮安就食，徐規進取，忠國善其議。公于是率兵前驅，所過無犯，有弁犯法當斬，公爲諫止。忠國怒曰：「奴替若死耶？」公厲聲曰：「某死，則無敢言之人；若死則無敢戰之將。」遂得釋。軍中厲禁兵弁藏煙草者，主帥坐騈戮。有販客匿煙貨擔中，公偵知、急遣僕夜往屏除，旦鞫之無實，盡釋去。既而遵義、重慶、成都等處，以次收復，皆公功，朝命於是拜公湖南正總兵。未幾忠國死，僞秦王某將叛，欲羅致公，公逆窺其隱，力拒之，乃以終養解官去。辛卯、壬辰，父母相繼卒。康熙初，挈家返涪。乙巳，迎柩于桐梓歸葬，而功名之念隳矣。……銘曰：崇文定蜀，閭井不驚，曹彬帥師，善良弗刑。公兼有之，完節與名。桓桓將帥，久乘富貴，功名不終，禍積爲祟。公殷鑒之，角巾而退。不嗜殺人，其後則昌。忠孝之門，節義文章。振振繩繩，偉哉侍郎。塚象祁連，巴山並峙。公偕赤松，時一涖止。七十九年，泐銘爲史。

先言周彝山名諱、家世等等，繼言其文武才略，投筆從戎未嘗殺一不辜、全活不算，老死邱園，困窮不悔，不爲叛將所羅，可謂忠節。末以銘文贊之。此就實（按狀）言之，與文飾太過者不同。

又，暘山熊公墓誌銘（文集，卷五，墓誌銘一、三十四）：

按狀：公諱熙材，字亮臣，號暘山，姓熊氏，其先南昌人。始祖諱本，宋慶曆間進士，官近侍、知制誥。……紹鳳公，即公考也，公行五，有兄四人，貤贈公以服賈，遷河口，遂爲鉛山人，贅章氏。貤贈公以貧瘁早世，公妣辛太宜人（生案：見文集，卷四，熊節母章氏傳），時年二十有九，礪苦節、或以改志勸，太宜人泣曰：「吾子如椒五粒，苟無一辣者，當赴廟灣頭自沉矣。」公時十齡，跪母前號哭，觀者驚沮去。公天性孝友，既長，棄書爲養母計；家稍潤，凡母命賙卹，輒欣然解槖，以是母志恒適。七十外得羸疾，公日夕侍左右，禱天請代、至七十九始卒。而公爲兒孫追述苦節，終其身作孺子泣。伯兄熙棟，垂老喪子，公爲娶繼室，生子朝鋼，越八歲，母卒。明年，父卒，未幾，烱亦卒。仲兄熙榜早卒，遺孤朝煌，公爲婚配，而煌又卒。公撫煌子憲邦如其父。公與叔兄熙桂、季兄熙楨，并力支拄數十年，家以起，而兩兄相繼卒。伯姊適廣豐章氏，偕老及八旬，公每走百里省視。仲姊適黃氏，早寡，公育其孤雛于家，且爲授室。而外祖章氏及婦翁陳氏，俱無嗣，公兼治兩家邱壠，歲時展視不替。嗚呼！死生哀痛之間，使偶歷之不能堪，而公於骨肉戚鄙中，纍纍然矜恤扶持，不遺餘力，雖古人篤于風義者何尚焉？……銘曰：書稱孝友是爲政，人倫扶植成獨行。惟桑與梓恭以敬，集義所生善則慶。天因而篤熾斯盛，過者式之德可鏡，詩咏椒聊此其應。

從日常生活瑣事，言能暘山孝友、高義、慷慨、仁惠諸德，雖古人不及。皆就事實論，此墓誌銘之正體（變體則因敘事而加議論），精神則承繼歸熙甫！

又，廣東廣州府海防同知犀文魏公墓誌銘（文集，卷六，墓誌銘二、九）：

公諱綰，字帝臣，號犀文，姓魏氏，先世由陝西榆林衛皇甫川遷正定。……公生七歲，喪母；十三歲，喪父。父病，封臂肉以進。居父母喪，皆能盡哀禮如成人，以孝聞於鄉。公讀書持躬、以明道立德爲學，嘗積石床褥下，藉警酣臥，苦志如此。爲文無詭氣，有法度，見賞於其鄉先生王公士俊。旋補博士弟子員，即登賢書，時康熙庚子歲也。一應禮部試，不第，遂講學平遠，求濂洛關閩之旨。後學習兵部，至雍正十年，試用廣東知縣，令增城者三載，令南海者八載。……公歷任二十有六年，所至皆有聲，爲其民者，皆能尸祝之，公之政不能備書。其在增城也，曾放囚歸視其母，三日如約至；其在南海也，修建學校、教育士子，文風駸駸然。……嗚呼！幼以孝事其親、長以道德教其鄉人，及其仕也，誠信神明，加之以敏，至則愛之如不能盡，去則挽之如不可及，立身有本末，居官有體用，如公者，豈非賢大夫也哉！吾又聞公性豪宕，以俸錢仁九族，不少吝，客死者皆力返其喪。故其歿也，無親疏皆哭之慟。夫位不稱德者有後，以是知公祚之興，正未有艾也。……銘曰：孝能事親、學足善人，而其政復宜于民，公苟不信，囚胡以歸？公苟不誠，虎胡以纍？才足大用於世，而官止於斯。海南之人，恨不得而葬之。平越之山何厜㕒，還神於天，藏骨于土，隆然覆夏屋者，是爲東粵循吏魏大夫之墓。

敍述魏犀文（其子大文，爲心餘同榜進士）孝順、苦志讀書、爲廣東知縣、增城令、南海令，皆有政聲，並以德教感人，而放囚歸視其母，靈感似自唐太宗[57]。恨「才足大用於世，而官止於斯」！文中兼議論。

又，贈文林郎孝子吟臺蕭公墓誌銘（文集，卷六，墓誌銘二、十四）：

公諱御龍，字乘六，號吟臺，姓蕭氏，浙江檇李人。曾祖侍峯公遷錢塘，卜宅西湖，過者指爲高士之廬。子會嘉公有智略，務施與，惠周鄉邑。孫二：長某，字潛起，次即公也。公天性孝友，稟奇慧，凡觀書不再讀，淹博能文，潛起公不善治生，家日落，食指數十人，公毅然請廢書任家督，乃負米鬻絲，操奇贏，走各郡，數年復其產。會嘉公故豪俠，曩約二十人，醵錢爲會，凡濟喪葬者、額四十千，嫁者減十千，娶者減其半，慶祝者再減其半，清波門外周四十里，恃以緩急舉火者數百户，行之若干年。天竺、靈隱、集慶三寺，比邱六十餘房，屢爲豪猾侵侮，會嘉公出強力捍禦，淨土得安，市井頑梗，薰公之德，至今以訟爲戒。歿時，哭而送葬者數千人，偕配周、金、田三氏、合窆于龍門山。公考卒年五十有九，當疾亟日，公廢食寢不離側，每晨犯曉

57 司馬光奉勑編集資治通鑑，卷一百九十四，唐紀十，太宗貞觀六年，十二月條（頁五，總頁一八六四）云：「辛未，帝親錄繫囚，見應死者，閔之，縱使歸家，期以來秋來就死，仍敕天下死囚」（商務四部叢刊正編）。歐陽修有縱囚論抨之，云「唐太宗之六年，錄大辟囚三百餘人，縱使還家，約其自歸以就死，是以君子之難能，期小人之尤者以必能也……」（歐陽文忠公集，卷十八，頁十五，總頁一六三，商務四部叢刊正編）。

入城，購人蔆，閱五旬以爲常，然不可救。乃豫絡左臂作痛楚狀，或問之，以創發對，夜分跪禱祖宗前，刲臂肉，刃鈍，斷三筋，昏絕于地，頃蘇，糝土傅之，晨襍蔆藥以進，考飮之曰：「大佳，吾疾當有間。」時九月之望也。……初公事兄如父，撫兄子二人，教養婚娶竭其力。公年四十餘，始生子五人，然衣食恒嗇于兩兄。公荷家計三十年，兄卒後，兩兄子謀析產，且盡據其豐美者，公謂長子立選：「兒意云何」，對曰：「父讓之以成友愛，兒輩敢競乎？」公大悅，乃取荒山數嶂、旁舍數楹，至是全家啜粥矣。公瀟洒沖淡、學有本原，以內重外輕，勿求利達爲庭訓，平居以善惡報應、警惕諸子。歿之日，端坐而瞑。……銘曰：中興而家復兮，學成可棄也。斷筋而刲肉兮，臂糜弗廢也。戴星而納麓兮，虎眈則避也。讓產而受福兮，同穴斯瘞也。牛眠而龍伏兮，厥後有熾也。惟孝而大其族兮，茲阡當永峙也。

本文爲乾隆三十七年壬辰，蕭吟臺子立選試用江西知縣，即心餘四十八歲以後，應立選之請作。言蕭吟臺天性孝友，淹博能文、家日落，乃負米鬻絲。父會嘉公豪俠之士，常周濟他人，亦曾捍禦淨土，歿時，送者千人。父病時，吟臺割臂斷筋；父病逝，吟臺慟絕，臂創崩裂。而讓產受福、學有本原，由內而外，勿求利達，皆有高義之風也。

又，劉孝子墓誌銘（文集，卷六，墓誌銘二、二十二）：

豐城課瑞鄉有劉孝子，遠近盛傳其行誼，最著者三事。乾隆壬戌暴漲，裂山蕩田廬，時父棺厝象鼻山，孝子半夜奔救，棺已漂泛，乃抱棺浮數十里，至白馬寨，止于筏間。母病久，思鮮魚，孝子踏雪遠求之，歸途虎且噉孝子，孝子叱曰：「爾食我，魚將誰食？」虎搖尾去。無何，鄰火及母寢，孝子突烈焰中，以重衾負母出，孝子頭面焦灼，母不知也。或曰：孝子三齡失怙，母年十八，撫之克盡孝養。祖母病卒，孝子廬墓三年，遇雷雨則跪墓前曰：「孫在此，勿怖！」母卒時，戒勿更廬墓，乃懸兩世畫像于堂，出入皆告之。凡母所矜卹者，皆竭力以濟。待遺腹弟思銘極友愛，遂與長子映魁先後入邑庠。乙巳母節得旌，丙戌孝子亦得旌，時年六十又一。孝子名鎰，字兼萬，父維珍，母鄒氏。予既爲孝子傳，映魁復請銘其墓，許之，乃銘曰：蔡順哭火，廉范抱棺，父母軀骸得子安，龍光出土射斗墟，孝子之墓，亦如是歟！

前有劉孝子傳（文集，卷三，傳一、四十一），此有劉孝子墓誌銘，皆就劉孝子生平孝行而言，本文尤雅潔。

第二目　墓　表

忠雅堂文集「墓表」，在卷七，只二篇：工部尚書熊公蔚懷先生墓表，贈編修來勄秦公墓表。

今取工部尚書熊公蔚懷先生墓表（文集，卷七，墓表一）：

大司空蔚懷熊公，以康熙丙戌仲冬之望歿於家，明年冬、天子諭葬於寶林山先隴之域。越六十又一年，公仲子太史滌齋先生捧家傳，命某爲文表公墓。……考諱馮前，壬午舉人，俱以公貴，贈通議大夫。妣劉氏，累贈淑人。生子二，公其長也。生七齡，值我朝定鼎，里兒數爲亂，公從親負弟，出入林莽中無所恐。歷五年而孤，十六入鄉學，明年受室。既而祖妣及妣皆歿，公居喪如禮。讀書李閬園宗伯別墅，才譽日熾。癸卯、甲辰中科第，改庶吉士，散館授浙江道御史，巡北城，尋督河東鹽政，掌京畿、河南各道印，疏凡數十上，皆得施行。歷十二年戊午、擢太僕少卿，典江南鄉試、絕賄託，嚴考校，所拔皆寒畯老宿，時論翕然，稱爲「先生榜」。……特起太常卿，歷大廷尉、副憲，升工部右侍郎，再晉司空。己卯以重脽乞休，章數上，得允。賜御書「怡情泉石」額，乃僑居金陵。兩次迎鑾，皆得溫旨，疊賜宸翰有差。公在臺諫，以言論爲利濟者最廣！南昌浮糧三倍他郡，公援袁、瑞二郡例，奏免之。赴禮部試者，例以正月十日爲限，公請展期，士無遺棄者。又以刑部照律擬罪，事同例異、請歸畫一。他如議督臣駐防，酌選江南大都守令，注銷叩閽積案、以及嚴赦後濫禁，緝五城姦宄，展墾荒限期，皆可法可久，天下賴之。御試臺臣、以河工議銓法疏，拔公第一；爲上所信重如此。……平生清節自持，登第日，敝裘革帶，臥逆旅土炕中，報捷者持一氈而去。及官卿貳，續娶李夫人，葛帳繭衾，蕭然一室，京師命婦，恆引以爲愧。歸田後、不置田宅，教子孫謙抑恭敬，愼擇交遊，故能保世而滋大。公諱一瀟，字蔚懷，……夫興朝名世之臣，每生於末季，使歷喪亂、飢寒，備知生民疾苦，而後加諸上位，以竟其用。……詩曰：「既受帝祉，施於孫子。」凡求福於聖世者，可以觀感而興起矣。謹拜手而表之。

依熊滌齋（本）家傳，述其先世熊一瀟仁孝、清廉，備受生民之苦，居上位，而利濟國家；善知人、興教育、愼交遊，令人敬仰，是能福祐子孫，以此文表彰其功德也。

第三目 碑

忠雅堂文集卷八，「碑」有兩篇：劉氏重建五忠碑，重修鉛山縣城隍廟碑。今取重修鉛山縣城隍廟碑（文集，卷八，碑四）云：

上帝命聖人君天下、代天子民，天子命百官分職佐理，使民各安其生，而無饑寒盜賊之害，則陰操其水火、旱潦、灾祲、夭厲之權者，豈無列職以分承上天之命？夫官之親民者，莫過于令，則一邑祀典所奉城隍之神，亦無兆庶感通爲至近。民有顯德，官或遺之，而神必錫以福，民有隱慝，官莫察之，而神必降以殃。即官之惠迪從逆，勞瘁曠尸，民或昧之，唯神得陰鑒陳於上帝，而賞罰隨之。是親民之神，其職較切、其責較嚴，而其權亦綦重焉。按說文：城以盛民也，城池之無水者曰隍，蓋城與隍，乃民所以借衛者，一邑之神、名號是憑，其義爲可通。吾邑界閩越之間，土地沃衍，風俗淳柔。人之秀良者，讀書循謹，無跅弛之爲，樸訥者、安于畊鑿，無桀驁之習。山川清美，材木竹箭，蓊然交蔭凷壑中。伏臘蜡祭，俎豆報禮，誠敬無忒，神茲土者，其彰癉予奪，較他邑自多簡逸，其亦顧而樂之乎？廟在東郊，建于洪武三年，時代屢遷、興廢相嬗，規模之宏隘，且數數易其制。乾隆壬午之夏，邑侯率士庶重新之，門若干楹，堂殿兩廡若干楹，雖氣象崇廣，遜于前代所記，而神之嚴威儼恪，洋洋乎肅然于昭格之間者，古今如一焉。明年冬落成，越二載，乙酉七月，邑人礱石屬予記。……爰作迎神、送神之曲、附于記。

神吾父母兮棲于幽宮，赤子奠居兮靈宇攸崇。靈旗來兮鼓逢逢，蹐神堂兮父老雍雍。神歆悅兮實能容，保我黎民兮神其有終。（右迎神）

神職茲土兮送何之？饗祀成禮兮吾民退而。神駕周巡兮民無怨咨，法令弗及者神力是施。曰城曰隍義可思，神吾父母兮聽此詞。（右送神）

本文重修鉛山縣城隍廟碑落成作。說文「碑」云：豎石也。徐鍇繫傳云：「古宗廟立碑以繫牲耳，非石也，後人因於其上紀功德，則此從石碑字，秦以來製也」。王筠句讀云：「宮中之碑，識日景也，廟中之碑，以麗牲也，墓所之碑，以下棺也」58。蓋牲入廟繫著中庭碑，後人因於其上紀功德耳。後人更分爲三類。心餘言城隍之神與民爲近，能知民之正邪、顯隱之德，爲親民之神，

58 以上所引，見丁福保編說文解字詁林，九下，石部，頁四一八八，次面，至頁四一八九，台灣商務印書館。

有如邑令。鉛山土地沃衍、風俗淳柔，山川清美，政簡清逸，民之精誠必感通之，而神必爲衛民。末附迎神、送神二曲，雍容典雅，此「碑」之「正體」乎！

第四目 銘

銘者，名也，名其器物以自警。心餘作品如：**自銘硯**（文集，卷八，銘一）：

草制耶？草檄耶？雕蟲篆刻耶？靜處以默耶？玉耶？石耶？誰盡爾力耶？天其爾惜耶？

或草制、或草檄、或篆刻，皆以硯爲本。玉製？石製？則材料不同。末，「誰盡爾力」？天其惜之？自反、自省而自驚也。

又，自銘硯（文集，卷八，銘二）：

石可朽，文則壽，地靈所結爲我有，留伴玉堂揮翰手。

「石可朽、文則壽」，由石製之硯、筆之以美文、吐我所結靈氣，可以久壽，勝於石。是足留伴玉堂揮翰成文。

又，自題喻義齋銘（文集，卷八，銘三）：

銘曰：以義爲質，可幾信成。浩氣大勇，集義所生。君子小人，義利分界。毫釐千里，胡可弗戒？象山講學，深切於是。小廉弗謹，何所不至。好利一念，極且殺身。放利多怨，固窮自貧。窮不能固，富將益貪。身敗名裂，噬利孔甘。自私近利，即與義悖。造次顛沛，未可與離。守之則安，喻之則好。懷哉管寧，可與入道。吾銘吾齋，匪以責人。目觸心警，吾恥庶存。

銘文分辨義利，而獨存義字，並名其齋。

又，守鏡齋銘贈周宜亭刺史（文集，卷八，銘四）：

惟誠則明，心目如鏡。物來自照，隨事可應。弗誠則欺，弗誠則疑。疑則自亂，欺則自危。澄波千頃，何所不容。靜虛若鑑，既過則空。恃明斯昏，懼蒙斯朗。以理拂拭，以義涵養。理義弗交，遇物皆蔽。人將鏡我，我則多悔。責人貴薄，責躬貴厚。彼當如是，未可訾詬。世路嶮巇，我履如夷。人情反覆，我性弗漓。或出或處，息息守之。從政涉世，無咎庶幾。

心目如鏡，有誠則明，明理、靜虛、涵義、厚人、薄己，皆誠之分義，以此相戒警，庶幾無咎。

又，銘兒子知廉硯（文集，卷八，銘五）：

此吾家世守之田也，汝力耕之，當逢年也。愼汝用，毋獲汝愆也。

以傳家硯勉兒子知廉力耕。

又，求生齋銘（文集，卷八，銘六）：

謂剛易折，謂柔可全。剛近木強，柔近老奸。柔不老奸，剛不木強。鎭靜從容，勿露直方。平肝養性，世無良藥。身如已死，命或可活。身何以死？七情不生。命何以活？百事不爭。掃除意惡，禁絕口過。終夜安眠，半日靜坐。死内求生，枯中轉榮。由勉而安，凜凜斯銘。

銘文言剛柔並濟，鎭靜從容，掃除意惡，百事不爭，則可求生，以此自惕。

第六節　書

文心雕龍、書記篇云：「書者，舒也。舒布其言，陳之簡牘，取象於史（夬？），貴在明決而已。三代政暇，文翰頗疎。春秋聘繁，書介彌盛，繞朝贈士會以策，子家與趙宣以書，……漢來筆札，辭氣紛紜，觀史遷之報任安，東方朔之難公孫，揚惲之酬會宗，子雲之答劉歆，志氣槃桓，各含殊采，並杼軸乎尺素，抑揚乎寸心」59。以書在「舒布其言」、「貴在明決」。吳訥文章辨體序說云「昔臣僚敷奏，朋舊往復，皆總曰書。近世臣僚上言，名爲表奏，惟朋舊之間，則曰書而已」[60]。實則漢以來，書由表奏，漸趨於朋舊書信矣。言爲「心聲」，書爲「心畫」，是以言語貴在「抑揚寸心」，行款格式有其尺度焉。

心餘此類作品，如：**移某中丞書**（文集，卷八，書四）：

某謹白執事閣下：鉛山彊界，惟西鄉最廓，地與閩接，都鄙村鎮若干，去縣八九十里，阻以疊巘、攀陟艱難。其間流丐，聚處數百人，實閩匪逋逃藪。丐有長，朔望踞坐郵亭，諸丐班列羅拜，春令維謹。長有號，或曰銅金剛、或曰鐵羅漢。捕蒯練總，畏眾且強，又貪厭餌，無能制。初二、十六兩日，曰打米之期，是日居家者，闢外門扃鑰，中户列米甕于庭，以老病一人司給發。丐連臂升堂，列坐如上客，持杖擊几席屏壁，呼曰：「米來，米來」！老病者按甕注之，請益者再，乃去；或拂之，則破壁碎屏几，譁而後去。田間婦女獨行者失去，不知所往。居人有婚喪事，丐自擬賓客登堂，醉飽求索無饜，而有喪之家，禍尤烈。受弔之先榜于門，曰：「某日受丐弔」。是日，客皆避匿，丐執魁執瓣香、紙鏹，率其黨魚貫入，既拜，孝子皆答拜。長筵廣席，肴酳畢陳，顏酡腹果後，索布、索錢、索餕餘，鬨不能休。主家倦于施，則群起挺擊，所

---

[59] 劉勰著文心雕龍，卷五，書記第二十五，頁十（總頁二十九），商務四部叢刊正編。

[60] 吳訥著文章辨體序說，頁四一，長安出版社。

觸霤粉，且攫木主出，擲溷厠中。又圍前後户，雖強者不能奪門出。或從樓垣縋而逸，歷八九十里，號于官，官曰細事也，置不理。或飭捕蒯練總逮之，不得已，擇丐之庸下者，縛一二人來。吏與役向主家索錢，不可計數，而後官予杖二三十釋去，主家從此不能安枕。以此甘受丐蹂躪，不願見官。于是丐日横，鄉人益屏息，官且樂鄉人之無事也。噫嘻！此太平之世也，使水旱頻仍，譁而倡亂者，非此輩而何？然奚以至于此極？則西鄉距城且百里，無官彈壓，是以不知忌憚。計惟移縣丞分駐于湖坊街，而西鄉之民與丐，皆有所隸。夫丞，乃敝邑冗官也，無衙署，僦民屋而居，無職守，倚印官批發，而取錙銖以自活。名曰佐宰，擅受則獲罪，名曰粮廳，收漕弗與聞，是冗官也。……竊謂朝廷設官，所以安民戢亂也。亂不戢，則民不安，既亂而戢之，弗若豫防，以泯其安民之跡。夫今之有司，汲汲皇皇，日以簿書爲政。徵輸之不虧也，命盜案之苟完也，郵驛之未誤也，水旱之苟可彌縫也，上官之求索可以供給也，則曰「吾官不曠矣，吾政有異矣！」上官亦「曰此才吏也，此能吏也！」至爲民謀教養、籌利害、計安危者，無有也。今觀執事設施則異是，相度繁簡，綢繆風雨，屢告得允，民之福也。故不以多口爲嫌，直攄一邑所關甚鉅者以告，惟執事審擇施行。……

前半言鉛山西鄉與閩交會之區，其間流丐（無宿者）數百，經常乞米破壁搶奪婦女。婚喪時，流丐自擬賓客醉飽，而喪家爲禍尤烈，索布索錢等，甚至群起挺擊，官方置之不理。或能縛其一、二，而索錢無度，是以人民甘受蹂躪。流丐有長，「諸丐班列羅拜」，長有號，或曰「銅金剛」、

「鐵羅漢」等，無能制之。台灣早期乞丐亦多，為禍雖不及鉛山流丐，亦令人頭痛，尤其乞丐頭，「可以向每個乞食寮的乞丐征收十六文會費。假如租給乞丐床用時，據說一個月要交八十文錢，乞丐頭的收入相當豐富，每個人都有幾千圓（約合現在幾百萬元）的財產。例如艋舺頂寮的乞丐頭黃俊，他的財產之多可向人放高利貸」[61]。乞丐有錢可向人放高利貸，其「錢勢」可想。心餘本文末段，敘述縣丞為冗官，就當時實情言。又，據最後所附自記，此為作者四十六歲左右，上呈江西巡撫海明，作品則為二十幾年前寫。

又，劄衢州金華兩太守（文集，卷八，書八）：

某白：某昨從義橋登舟，歷富陽、桐廬、江流平吉，抵蘭谿，則客舟疊泊、喧呼擾攘，商賈舟人，皆裂眦切齒，其間有一二人踞坐岸頭，作指使狀，又有數人，操小艇攔截客舟，聲言上司將到，拿船當差，奪客貨拋棄滿岸，或荷其櫓槳而去。某驚問舟人，對曰：「此借稱拿差，索買路錢也，踞坐岸上者，縣官奴也。怒罵搶奪于舟中者，船埠牙人也。」「將到之上司何人？」曰：「無有也。終年拿差道路之官、月或二三也。」須臾，貨之拋集岸上者，仍入舟矣。」「曷以故？」曰：「錢足矣！揚帆去矣。」

[61] 日本、片岡巖著臺灣風俗誌（陳金田譯），頁一五二，大立出版社。又，該書云臺灣的乞食（即乞丐）種類（頁一五〇起）有：打響鼓、抽鐵仔、跳寶、搖錢樹、其狗蹈對、破額乞食、王鐵環、擋胸乞食、打七響乞食、無藝乞食等。

「官曷以不禁？」曰：「官不知也，奴之來此者，惟叩首乞馬頭差者此也。」「盍弗拿吾舟？」曰：「公官也。」過嚴州、衢州、龍游皆然，江湖如此，某惄焉而懼。王道蕩蕩，鬼魆肆行，征索困扼行旅，是于榷關外，私踞津梁，互征船稅，使商民望此數處，如畏途鬼國，屏息出錢，忿恨怨苦之聲，與波瀾相咽，豈非執事所宜省察者乎？其如何禁戒杜絕，使官奴船牙，不能蒙蔽其官？商民船户，何以能伸其枉？是在具濟世安民之略者，施行良法，某不敢饒舌，謹具目擊情狀以告。

作者過富陽、桐廬、蘭谿等嚴州、衢州一帶，眼見商賈舟人，皆裂眦切齒，蓋官奴、船牙，拿船當差，以索買路錢，而官竟不知，是以告訴兩太守，見心餘關心社會。

又，上督漕楊公書（文集，卷八，書九）：

某再拜，謹白。旗人董法熹，乃奉新令名宦董太毅曾孫，黃公廷桂之女弟夫也。官江西經歷、使于秦，客死咸陽。秦人以其棺附艨艟泛漢江下，而達于淮，寄城外三茅菴六年矣。其繼妻歸依父某，僑居高唐州，其妾已嫁。妾之二子，行乞還京師，長者十五齡，得食養育兵糧。某昔與董相識，其子昨日來謁，具前狀以告，且慟其親無歸骨日，某惻焉。計此棺惟糧艘可帶入京，特此懇公施恩，令弁往三茅菴，瞰此棺存否，如尚在厝，乞飭官附載而北，某當具肻迎往瘞彼先隴，與前妻黃氏合葬，以完我殯之誼。伏惟省察。

言奉新令董法熹客死于秦，秦人附艨艟（戰船）、令寄其棺于淮之三茅菴。家人散去。昔與董舊識，其子告之心餘，痛親無歸骨之日，是書盼督漕楊公、糧艘之便、附載以北，則具賫迎往瘗彼先隴與前妻合葬。心餘仁心善行，出自肺腑。

又，與寧台道潘蘭谷觀察書（恂）（文集，卷八，書十）：

某頓首。元旦次夕，偕椿山太守往杭州，燈下偶論蕭山富家池海防，若得建石堤三十里，則數邑田廬，萬年安奠、然計帑十萬，恐大憲難于入告，某慨然久之。次日抵院署，愷切爲中丞告曰：「公午夜而寢，聞雞則興、食不甘味、臥不解衣，汲汲簿書間，忠矣！勤矣！然大臣職在安人，臨事之審，弗若先事之圖也。蕭山富家池土堤千百丈，向距海數十里，今海水侵蝕，沙岸偪堤只數里，風潮披猖，一坦伽短垣，苟嚙而踰之，越州數邑殆矣，與爲情恤于他時，曷若預防於今日？聖天子關念民生，海塘歲費若干，公誠以此奏，必得所請。苟獲施行，則首禁院司胥吏，留難把持，使下官得伸其氣，以盡其區畫，此功寧在三江一閘之下哉？中丞曰：「諾。借帑有例，分年帶征，明日索地圖觀之，便可酌辨。」既而問太守，如前對！特以觀察掌三郡海防，待公籌畫而定，今歷三月矣，不知所議云何也？茲更有啓者，昨聞此都老成人言，三江應宿閘石腳鬆弛，圻罅如裂繒，雖兩板層蔽，而奔瀾激箭，透漏洩噴縷縷焉，及此不重加修建，他日之禍烈矣！某問：「顧誰知其故，而能任此者？」僉曰：「有劉叟景木，向時曾任小修之役，彼有圖有說，工料器具有程式，其人公正愼密，家又小康，其智慮與此閘溶溶然，今八衺矣，及此無任之者，異日有司雖有美意，恐無良法耳。然則計費若干、需時若干?咸曰：「閘叟言，金計二萬，時歷二年，可矣。」「奈何兩年?」曰：「漲與冰皆不可，水始涸可也。」「涸則奈何?」曰：「先爲月堤以護厥，半成而易之，功乃舉。」……某年四十六年矣！不能爲天子守吏，竊尺寸之柄，以瘁其躬，然此拳拳利濟之心，不能與慕富貴之懷同歸淨盡，殆愚者喜於自用之過也。時不可失，人生數十寒暑，食人之祿，爲民具瞻，惟執事審之。

末云：「某年四十六」，知心餘四十六歲主紹興蕺山書院時作。書上潘蘭谷（恂，安徽桐城人，時任寧紹台道）。李阻陶云：「此更爲地方計圖久遠，一紙書，實爲一郡民命所繫，有再書，究竟言之亦佳，且云局外迂生，何關痌瘝，猥以食越人之粟已五年矣，則視越人如一家焉，蓋掌蕺山教時所遺也」62。則心餘以天地萬物爲一體、仁民濟物之心，此處亦可見。

又，札署方伯吳公翥堂觀察（山鳳）（文集，卷八，書十四）：

僕奉先太安人柩舟行，離省垣六十里，酷熱甚，泊趙家圍水曲，就樹陰小憩。時豆棚中鄉人雜坐，語無倫次，其老人嗟歎聲尤苦，僕傾聽之。壯者曰：「久雨壞圩，天災也，而人禍隨之」。至此老者曰：「田以圩爲郭，郭崩則水入而據之，有田者切膚之

62 李祖陶纂忠雅堂文錄（收在國朝文錄），卷二，頁二十六，中央研究院藏本。

痛也。苟可施畚鍤，則完築恐後，功令督責奚取焉？今每值圩壞，則大吏委官督築，所委者皆瑣瑣下僚，苟求錙銖，不知政體之人，至則令爪牙鎖拏田主，迫促于水中修築，隨築隨崩，既莫救已淹之稻，復加毒受害之人。于是出差役之錢，出買鬆之錢，苟違之，則鋃鐺滿室，婦女逃竄，布帛、菽粟、雞犬、瓜壺一空，是隸卒而盜賊也。于是撤屋以館之，醵錢以養之，使逍遙乎河上，醉飽于田家，或五六旬十旬，坐待水退圩成而去。其饕者，朝饔夕飧，雞豚魚酒，橫索無饜，至兩月之久。如某户因供給委員而鬻田破家者，上官不知也。究之圩壞則田主必修，水退則諸圩共築，農以田爲命，豈有坐視其圩之壞，甘心委產於巨浸者乎？甚至讎家乘隙行賄傾陷，弊害叢生，不可思議。是委員查圩督修之害，斷宜永爲裁禁也。」壯者又曰：「此害未已，七八月，撫、建運糧船又至矣，奈何！奈何！」老者則默塞而泣焉。僕疑而問之，老者曰：「撫、建、饒、廣、西郡所屬各縣漕米，例于七八九月，用小船運至省城。水次道經水鄉，塗毒非常，而撫、建之船，最爲獰惡。至則百餘舟排列水濱，操舟之子，羣登岸肆虐，或強買硬奪，橫行廛市，既而取雞犬，摘園蔬，白晝蹂躪，了無忌憚。又于昏夜，設機穽樹旁沙曲，縛狗而烹食之，小兒或陷其中，索贖乃放還。偶訟于官，則每船出一二金使費，闃然了事。是以年來，但聞撫建漕米船至，市閉户扃，如避亂賊者然，此害不在壞圩委員之下也。僕聞而懼焉。……

首言「奉太安人柩舟行」，知爲心餘五十一歲到南昌後作。文中言修築圩壞之委員，皆瑣瑣下僚，鎖拏田主、加害其家，隸卒而爲盜賊。而撫、建之船，登岸肆虐，白晝橫行硬奪，昏夜設機穽，縛狗烹食，得人則索贖乃還。此輩之人，何止毒蛇猛獸之爲害！心餘關心於民者如此，而其正義之言如此。他如：札邑宰紫岑梁公（世際）（文集，卷八，書十六）云：「吾邑南鄉十八都之黃柏坂界內民田，約計六千餘畝，……每當秋旱，則細流竭而禾苗槁，賦斯匱焉。……汪洋之水，專灌十七都田畝，餘流側滙大河而去。而黃柏坡之六千畝，乃劃于彊外，獨受向隅之歎。……水利不均之害，莫甚于此」。心餘關心地方水利大害，爲民請願，爲眞正儒者，與純粹「文人」，只知塡塞辭藻，大有逕庭之異。

第七節　祭文

古文辭類纂「哀祭」類云：「哀祭類者，詩有頌，風有黃鳥，二子乘舟，皆其原也。楚人之辭至工，後世惟退之、介甫而已」[63]。此就其源流說。而祭文，爲祭奠親友之辭，「必使情往會悲，文來引泣，乃爲貴耳」（文心語）。其辭有散、有韻；韻語中，又有散文、四言、六言、雜言、騷體、儷體之不同。

忠雅堂文集「祭文」在卷九，如**祭熊滌齋先生文**（文集，卷九，祭文三）：

---

63 姚鼐撰古文辭類纂（王文濡評註），序目，頁十四，台灣中華書局。

長庚在世，八十六年。耀于斗墟，潛于越天。福備考終，敬厚養隆。開府潭潭，禮尊太公。乘雲返眞，湖山變色。哀榮是兼，典型頓失。公之家世，冠冕南州。代擁朱輪，驤聯八騶。天挺司空，爲邦國牖。諫行言聽，可法可久。德盛業宏，俾昌厥後。繼美象賢，公毓其厚。公冠登瀛，朗朗玉山。照耀詞林，文章馬班。……公之襟度，汪汪千頃。百怪莫擾，萬象俱靜。恭寬接物，亦淡亦永。來坐春風，矜躁胥屏。吐納包容，善機油油。終始吉祥，雲行水流。石城青溪，抱公花墅。江左才人，皆爲納屨。放鶴探梅，寓公賓主。清福高懷，惟天所興。……資忠于孝，視膳趨庭。百辟承歡，是敬是聽。安輿畫舫，妙舞清歌。湖光藹然，山容盡和。徜徉其間，翛然清遠。暇日花前，手不釋卷。公明六經，尤邃于易。手注義爻，蠅頭盈帙。經世之學，皆貽後昆。公享遐齡，靈光獨存。科第重週，瓊林再宴。勝事流傳，藝林皆遍。主眷賢臣，寵錫其親。十賚駢蕃，榮媲蒲輪。方祝期頤，歲星忽返。哀動通城，奔馳莫挽。某叨拂拭，杖履追隨。謹潔牲醴，公其享而。

滌齋卒於乾隆三十五年，知心餘四十六歲紹興蕺山書院時作。文中盛讚滌齋先生顯赫之家世、德業、功業，千頃度量、吐納江左，子孫惟忠惟孝，功業隆盛，學明六經，經世致用、再宴瓊林、爲主所眷，備極哀榮。

又，同李敬躋、趙大經、公祭都御史金公檜門先生文（文集，卷九，祭文五）：

公之取士也，垂三十年，受公之知者，什伯萬千。公適館授餐，教誨扶植，恩禮固結，始終莫解者，先後蓋三人焉。記公有言：「經才篤實，躋孝而賢，銓介而褊急，氣質稍偏。夫固各有所取也，小子勉旃。」嗚呼痛哉！銓于二子、受知最前。經則十載矣，躋朝夕從公者，歲亦五遷。公來豫章，銓羈太行。甫冠而歸，應試于鄉。童子二千人，一軍盡張。銓姓名不稱于里黨，公乃拔冠于膠庠。從公使槎，日待公旁。啓發憤悱，如蟄遇春而昭蘇，雛羽試風而翱翔。修身立志之矩，問學考道之方，磨礲砥礪，日昃不遑，困則公賙之，疾則公憂之。聞銓之遇也，公喜動于顏色；及見其厄也，則恚發于鬚眉。延譽于後，乃不啻口出：授經于側，又每多戒詞。窺公用心之苦，豈不欲銓學成名立，以異乎庸眾。詎料浮沉潦倒，僅竊一科一第，略無表著于當時。及公得二子也，其愛惜培扶、銓皆得而見。而銓從遊函丈也，凡嘯歌于匡廬、章貢，溯洄于明湖、鵲華者，二子皆不得而知。……公出幼子，以經爲師。經故師公，刻苦下帷。戇直粗疎，公不以爲罪；艱難鈍拙，公不以爲非。於戲！遊公門者、十年以來，或躍或騫。經獨三困于京兆之試，抑塞困頓，爲公所憐，頭銜坎坷，將就一氈。經母老矣，僦居市廛、賴公解推，寒餓苟全。秋氣悲哉！吾心慨然。公老持節，出入輔畿，從而遊者，維經與躋。公曰：「昔銓從我于使車之後，觴詠留連。江山品題，緬歲月之遷流，感通塞之不齊。」蓋公愛才之誠，發于天性也如此。經等亦惝恍而低迷。躋憶丁丑，始登公堂。叩躋家世，盖嗚咽不能成語，公益黯淡而神傷。我父我母，老病相望，間二萬里，我羈于京，歲一出塞、省親徼荒。此人子痛心刻骨所不可已者，公乃惆悵惻隱而弗忘！既作歌詩，詠歎其事，復爲授不饋臚，秣馬裹糧，相送砂磧、搔首徬徨、凝睇禱祝、歸來其雙。蓋爲躋謀慮者、無所不至，而躋卒獨返而淚淋浪。微公厚意扶持，則躋偃蹇于燕市也，豈復能從二子一服其心喪。嗚乎！凡三士之遭逢，皆出公之古誼。非樹恩于私門，蓋相期于道義，緬儒林于東漢，庶公師而我弟。……於戲！公之名位狀元，亞相，公之壽考，耆年甲子。生爲宗師，歿騎箕尾。天下知之，後世傳之，誠不待吾儕之私紀。其所紀者，蓋傷知遇之難期，而結繫憂于生死。公或鑒之，相從可矣。

本文爲心餘三十八歲（乾隆二十七年）祭恩師金德瑛檜門作，近蘇軾之祭歐陽文忠公文。沈德潛評東坡文云：「朝無君子，斯文失傳，爲天下慟也，叙兩世見知於公，哭其私也」64。所同者，東坡與三子之仕宦邅屯，而師生相知、眷顧學生情誼有勝於己出；所不同者，東坡祭文，爲兩世而哭，本文則同李敬躋、趙大經哭也。而言語之錯綜、文字忽斷忽連，爲其不易處。

又，同年祭田伯庸檢討文（文集，卷九，祭文七）：

嗚呼菊坡！理不可測，天不可知。……君廣顙修眉，玉立長身，如昂昂千里之駒，睒睒巖下之電。碧梧翠竹、挺勁而疎秀；高松瘦鶴，夭矯而翩翩。咸曰：「此退齋先生

64 沈德潛選唐宋八大家讀本，卷二十四，頁十四，石印本，東海大學圖書館藏。

之子，陽城相公之孫也。」君讀書中秘，焚膏繼晷。學習國書，粲啓玉齒，琅然清圓，瀾翻瓶水。默會神解，息深出亹。玉局校書，弗訛魚豕。落落自好，不隨不詭。凡五覲龍顏，上輒有曰：「爾爲田某之子耶？」而君曰：「唯唯」，人以此歎清門之世澤，足昌厥後；而期許君之名位福量，爲不可畫而止。詎料不轉瞬焉，君病且死。嗚呼！是尚得謂可知者天，而可測者理耶？聞君十三喪母，克盡禮哀，苫凷毀瘠，異于常孩。孰鞠育之，孰顧復之？惟祖母郭太夫人是保是懷。遜志勤學，遂舉茂才。遂登賢書，計車是偕！遂登金門，上玉堂。蓋天未嘗一日阨之也，而天豈無意于君者哉！君早喪厥妃，再婚于勵，僦屋湫隘，刻苦相對。典琴賣衣，米鹽弗繼。敝車羸馬，寓扉深閉。豈出門無可告者歟？而君倔強之氣，兀傲偃仰，甘窮餓而弗悔。遂鬻故宰相之居，而貧與病乃相因而至。……嗚呼菊坡！爾目豈瞑？嗚呼菊坡，公子也、翰林也。其生也，若孤寒貧賤之士；其死也，妻子遠離、親戚鮮助，蓋不異窮人客死逆旅也。嗚呼菊坡，爾目豈瞑？君之去來，孰得而窺？成佛生天，渺茫希夷。君之祖母，或因君益頹乎？君之父，或且就衰乎？君婦或殉身而同歸乎？菊坡其有知無知乎？又安能已吾黨之悲乎？嗚呼！與君爲同年友六載矣。君貧、弗能救；及其死也，具斯簞豆，君其憒焉吐棄耶、抑亦坦然而受、愧與痛俱，惟君鑒宥。

田君卒於乾隆二十七年十二月二十八日，本文此時作。又，文集卷六有翰林院檢討伯庸田君墓誌銘。文中云田伯庸，高松瘦鶴、夭矯翩翻，清門之世澤、福量不可止盡。何況孝順、勤學，登金門、上玉堂，而室如懸磬、刻苦渡日，乃至典琴賣米、鬻故宰相之居，貧病相因而至，竟死逆旅、於其祖母、父親、婦女、有何交待？悲哉。雖係同年，情比兄弟而有餘乎！

又，祭林承政文（文集，卷九，祭文十一）：

嗚呼！長君二齡，識君蓋十四載矣，聯姻好者，則十有二年。君淹貫經史、博通典籍，而雅慕神仙，或衣逢掖，或拖組綬，落落然游戲乎大千。以君不得志而相惜者，咸欝勃慨歎，君志實不存焉。其席豐潤也，困跋涉也，官繁劇而嬰束縛也，若皆與境相忘者。君顏色常悴然，偶與談孔孟馬鄭之書，旁及二氏百家，與夫兵農禮樂、象數名物之學，又娓娓出之，若泉之有源，或持劍握槊，技擊進退，則大力奇勇，……是君之涵養、蘊蓄，吾莫得而窺厥本末。所可見者，仁義孝友、流于至性者，君獨克全其天。嗚呼！斯人竟中壽而歿也，夫復何言！……君侍吾母且半載，而省視勞苦、有如一日。吾婦與子，病瀕於死者屢矣，咸賴君調護之而無失。此古人風義，君纔萬千之一也。迨新婦歸寧、我往送之。君如病鶴，襹褷翅垂。髭鬚上指、森森戟支。聞根已斷，右手木胝。以筆代舌，萬言不疲，凡我有叩，答之無遺。其于聖賢理道之旨，尤洞達而周知。惟稱述乎幽冥果報，歷歷如繪也，俾吾信而勿疑。嗚呼！君之前身後世，我不得而悉，若現在行義之勇，勸善之誠，兼廣濟而博施，苟有天堂、佛國及方壺、蓬萊也，則捨君而屬之誰？愴君之居父喪也，尫羸苫凷、日一溢米、形氣俱敗、年四十而孺子泣，蓋三年無間于朝夕，古之所謂純孝者，君疾從斯而益殆矣。……

心餘曾於乾隆三十二年赴林家，推知本文當在四十三歲後作。文中單就「君侍吾母且半載，而省視勞苦，有如一日。吾婦與子，病瀕於死者屢矣，咸賴君調護之而無失」，高古之誼，非一般親家可比。而其行義之勇，勸善之誠，廣濟博施，宜居蓬萊。

又，祭外祖滋生公暨妣李孺人文（文集，卷九，祭文十六）：

嗚呼！生我父母、育我翁嫗；我已丈夫，翁嫗何處？翁子九人，母當其季。愛加弱息，昆無異視。母年逾笄，媒者紛至。紈袴市井，羣口稱利。翁曰里兒，是豈我壻？擇壻實難，姑以待字。是時我父，齒越強仕。壯遊來歸，內憂初既。廿載天涯，不告不娶。豈無斧柯？實養親志。后土皇天，共聞是言。翁曰孝哉！斯人信賢。吾女克孝，禮法不愆。不字云何？克配是焉。乃破俗議，獨行其意。豎子何知？老夫克慰。牽犬買匳，布裙椎髻。持踵登車，翁歡嫗涕。儒者昏嫁，亘古若斯。君子則知，小人則疑。我生甫晬，父車北馳。母年二十，饘粥罔依。泛宅依翁，餘水之湄。諸舅視母，如未嫁時。翁嫗鞠我，含孫之飴。一筋之甘，一臠之肥，飼我膝間，惟恐我啼。我笑啞啞，嫗忘其悲。我腹便便，翁忘其飢。我生三齡，母訓兒字。鏤竹爲絲，象字形勢。點畫波磔，攢簇布置。朝夕教兒，我能默識。四齡五齡，母授書史。母明句讀，翁訓大義。舅摯我手，引筆著紙。行立坐食，誨我幼儀。拜跪周還，俾中矩規。翁嫗而下，悉爲我師。簷月帷燈，教我誦詩。兒頑母撻，翁來抱持。誘之循循，戒母忽笞。……母侍湯藥，左右拄支。四十晝夜，精力不衰。豈曰能勞？鬼神鑒茲。壬子六月，嫗與世辭。七十云亡，壽亦庶幾。翁悼嫗亡，顧女孰依？母慟嫗亡，念壻未歸。我哭嫗亡，報恩無期。屬纊容顏，盖棺縞綦。心鑄日繡，今尚可思。一齡父出，九齡父返。爲翁奉觴，爲嫗設奠。悲歡襍陳，風雨皆感。父泣未已，翁云勿哀。婦子無恙，足慰汝懷。父曰古人，五十富貴。壻生多蹇，致用已晦。國士之知，豈曰無媿？何以報翁，願翁百歲。俾我黃口，成翁之志。携我母子，載之北遊。拜翁膝前，血泪蔽眸。喑嗚欲語，若魚中鈎。惟憂用老，腸結別愁。翁年八十，豈堪此憂？太歲在卯，爰買去艘。浮漢涉汝，遂入盖州。五月解鞍，歸夢與隨。母曰念翁，翁心可知。十月訃來，道翁已逝。母恨終天，我頭蹌地。淹留十年，甲子南濟。朝涉黃河，夕遊淮泗。白雲南飛，母心況瘁。松楸在壟，宰木相拱。翁嫗同穴，式安式永。過墓興哀，君子之塚。泪滴墳土，母心實痛。……飲水思源，敢忘翁德？開屯養蒙，不遺餘力。培之使生，扶之使直。譬諸萌芽，不折不夭。從毫末中，養到合抱。又閱十載，三躓禮闈。拓落三旬，不能奮飛。待詔公車，乃入綸扉。一官淹留，珥筆紫薇。小人有母，祿養可資。乞假于朝，君相許之。嚴風朔雪，撥棹來歸。才小運慳，負翁厚期。行將奉母，盡室北去。乃偕婦子，來酹翁墓。翁飲醇酒，我覆其杯。我陳清醴，翁不舉巵。嫗食嘉餚，我奪其箸。我陳犧牲，嫗不來飫。雖不我飲，雖不我食，如見如聞，如侍其側。……

文云「小人有母，祿養可資。乞假于朝，君相許之」；「行將奉母，盡室北去」，知心餘乾隆二十年（三十一歲）官中書時作。言外祖鍾志順破除俗議，擇壻（心餘父親）以賢以孝。心餘生時，父親北馳，母則饘粥無依，外祖含飴弄孫，乃鞠之、育之，以笑以嘻。母親教心餘點畫波磔、句讀，外祖則言以大義，諸舅則教心餘寫字、詩書、禮儀，啓蒙之學，外家實賴之。祖母病危，母親服侍湯藥，不眠不休、四十晝夜，終以七十亡。外祖年八十，而五月父親北遊拜別，外祖乃血泪蔽眸、喑嗚欲語，十月訃來，霹靂晴天。末，心餘感于三躓禮闈，拓落三旬，後雖及第，一官淹留，然仕宦沉浮，前程茫茫。乃乞歸奉養母親，在北去之前，偕婦子前來酹墓。嗚呼哀哉，悲不盡矣。

第八節　略論蔣、袁、趙三家古文

心餘古文，如前面七節所述，主性情，貴溫柔敦厚，發揚忠孝節義。

袁枚古文，袁穀芳云，兼有「理學」、「經濟」、「辭章」[65]，杭世駿云：「記敍用歛筆，論辯用縱筆，敍事或歛或縱，相題爲之，而大槩超超空行，總不落一凡字」[66]。而心餘稱揚子才「棄官抱典墳，胎息元氣，藏精神，靜觀物，……吐吞我文之法，……庶幾成吾一家言」[67]。然則，袁枚之「碑志」，確有「徇情」「阿墓」[68]者，不如心餘之取「實」。子才古文如：祭妹文：

[65] 袁枚著小倉山房文集，袁穀芳，後序，頁一，隨園三十六種本。
[66] 同註[65]，杭世駿序（在袁穀芳序之前），頁一。
[67] 同註[65]，蔣士銓，讀隨園文題辭，台灣中華書局本亦收。忠雅堂文集則未見。
[68] 見彭紹升著二林居集，卷四，頁六，與袁子才先輩論小倉山房文集，光緒辛巳季春月刊。

嗚呼！汝生于浙而葬于斯，離吾鄉七百里矣；當時雖觭夢幻想，寧知此爲歸骨所耶！汝以一念之貞，遇人仳離，致孤危託落；雖命之所存，天實爲之；然而累汝至此者，未嘗非予之過也。予幼從先生受經，汝差肩而坐，愛聽古人節義事，一旦長成，遽躬蹈之。嗚呼！使汝不識詩書，或未必艱貞若是。余捉蟋蟀，汝奮臂出其間，歲寒蟲僵、同臨其穴，今予殮汝、葬汝，而當日之情形憬然赴目。予九歲、憩書齋，汝梳雙髻，披單縑來，溫緇衣一章，適先生奓戶入，聞兩童子音琅琅然，不覺莞爾，連呼則則，此七月望日事也，汝在九原，當分明記之。予弱冠粵行，汝掎裳悲慟。逾三年，予披宮錦還家，汝從東廂扶案出，一家瞠視而笑，不記語從何起；大概說長安登科，函使報信遲早云爾。凡此瑣瑣，雖爲陳迹，然我一日未死，則一日不能忘。……前年予病，汝終宵刺探，減一分則喜，增一分則憂，後雖小差，猶尚殗殜，無所娛遣，汝來牀前爲說稗官野史、可喜可愕之事，聊資一懽。嗚呼！今而後，吾將再病，教從何處呼汝耶？汝之疾也，予信醫言無害，遠弔揚州，汝又慮戚吾心，阻人走報。及至綿惙已極，阿嬭問望兄歸否，強應曰諾已，予先一日夢汝來訣，心知不祥，飛舟渡江，果予以未時還家，而汝以辰時氣絕，四支猶溫，一目未瞑，蓋猶忍死待予也。嗚呼！痛哉！早知訣汝，則予豈肯遠遊，亦尚有幾許心中言，要汝知聞，共汝籌畫也。而今已矣，除吾死外，當無見期。吾又不知何日死、可以見汝，而死後之有知無知，與得見不得見，又卒難明也。然則抱此無涯之憾，天乎！人乎，而竟已乎！……汝死我葬，我死誰埋？汝倘有靈，可能告我。嗚呼！身前既不可想，身後又不可知，哭汝既不聞汝言，奠汝又不見汝食，紙灰飛揚，朔風野大，阿兄歸矣，猶屢屢回望汝也，嗚呼哀哉！嗚呼哀哉！[69]

字字是血、是淚，通篇情意刺骨、無限悽愴，與韓文公之祭十二郎文同爲不朽之作。

又如：答沈大宗伯論詩書：

先生誚浙詩，謂沿宋習敗唐風者，自樊榭爲厲階。枚，浙人也，亦雅憎浙詩。樊榭短於七古，凡集中此體，數典而已，索索然寡眞氣；先生非之甚當。然其近體清妙，于近今少偶。先生詩論粹然，尚復何說，然鄙意有未盡同者，敢質之左右。嘗謂詩有工拙、而無今古。自葛天氏之歌至今日，皆有工有拙，未必古人皆工，今人皆拙，即三百篇中，頗有未工不必學者，不徒漢晉唐宋也。今人詩有極工極宜學者，亦不徒漢晉唐宋也。然格律莫備於古，學者宗師，自有淵源。至於性情遭際，人人有我在焉，不必貌古人而襲之，畏古人而拘之也。今之鶯花，豈古之鶯花乎？然而不得謂今無鶯花也。今之絲竹，豈古之絲竹乎？然而不得謂今無絲竹也。天籟一日不斷，則人籟一日不絕。孟子曰：「今之樂猶古之樂」。樂即詩也。唐人學漢魏變漢魏，宋學唐變唐，其變也、非有心於變也、乃不得不變也，使不變，則不足以爲唐，不足以爲宋也。子

[69] 同註[65]，卷十四，頁三。

孫之貌，莫不本於祖父，然變而美者有之，變而醜者有之，若必禁其不變，則雖造物有所不能。先生許唐人之變漢魏，而獨不許宋人之變唐，惑也。且先生亦知唐人之自變其詩，與宋人無與乎。初盛一變，中晚再變，至皮陸二家已浸淫乎宋氏矣。風會所趨、聰明所極、有不期其然而然者。故枚嘗謂變堯舜者湯武也，然學堯舜者莫善於湯武，莫不善於燕噲，變唐詩者宋元也，然學唐詩者，莫善於宋元，莫不善於明七子。何也？當變而變，其相傳者心也，當變而不變，其拘守者迹也。鸚鵡能言，而不能得其所以言，夫非以迹乎哉！大抵古之人先讀書而後作詩，後之人先立門戶而後作詩，唐宋分界之說，宋元無有，明初亦無有，成宏（弘）後始有之，其時議禮講學，皆立門戶，以爲名高。七子狃於此習，遂皮傅盛唐，搤掔自矜，殊爲寡識；然而牧齋之排之，則又已甚。何也？七子未嘗無佳詩，即公安、竟陵亦然，使掩姓氏，偶舉其詞，未必牧齋不嘉與。又或使七子湮沉無名，則牧齋必搜訪而存之無疑也。惟其有意於摩壘奪幟，乃不暇平心公論，此亦門戶之見。先生不喜樊榭詩，而選則存之，所見過牧齋遠矣。至所云：「詩貴溫柔」、「不可說盡」，又「必關係人倫日用」，此數語有褒衣大袑氣象，僕口不敢非先生，而心不敢是先生。何也？孔子之言，戴經不足據也，惟論語爲足據。子曰：「可以興，可以羣」，此指含畜（蓄）者言之，如柏舟、中谷是也；曰：「可以觀、可以怨」，此指說盡者言之，如「豔妻煽方處，投畀豺虎」之類是也；曰：「邇之事父，遠之事君」，此詩之有關係者也；曰：「多識於鳥獸草木之名」，此詩之無關係者也。僕讀詩常折衷於孔子，故持論不得不小異於先生，計必不以爲僭。[70]

子才與沈德潛論詩書，以爲：㈠浙詩（又叫隱謎派，厲樊榭等倡[71]），固索索然寡眞氣，然厲樊榭之近體清妙，宜就詩論詩，不可因其詩論而廢其詩。㈡詩有工拙而無今古，性情遭際，人人有我在焉，是詩貴「有我」之「眞性情」，不可貌古人而襲之。㈢不論唐宋詩，皆襲前代而變化者，明代前後七子，專取模擬，此不善學詩者，然七子未嘗無佳詩。㈣古人先讀書後作詩，後人則先立門戶而作詩，此有意摩壘奪幟，（所謂黨同伐異），是以不暇平心公論。㈤「詩貴溫柔，不可說盡」，詩「必關係人倫日用」，子才不以爲然，蓋詩有含蓄者、有直率者；有關係人倫日用，有無關係人倫日用者。子才此論，頗能表示性靈說與格調說（沈德潛所倡，主格調，倡溫柔敦厚、關係人倫日用）不同。亦與主詩貴性情之心餘小異（心餘詩亦倡溫柔敦厚、倡節義）[72]。當然，性靈的好處，可以表現「空靈」、「機靈」、「眞性情」，然其末流，易成粗糙情感的陳述，缺乏閎深婉約（不可說盡）的美感，也缺乏社會現實的內涵。

---

[70] 同註[65]，卷十七，頁四。

[71] 浙詩，浙派所寫的詩，又叫隱謎派，由於他們都是浙江人，勢力又局限於浙江一帶，因以爲名。袁枚說：「吾鄉有浙派，好用替代字，蓋始於宋人，而成於厲樊榭」（隨園詩話卷九，頁十四）。其詩專趨宋人生僻一路。清初浙人朱彝尊與北方王漁洋抗顏，同時查愼行亦師法蘇陸，後人學其生硬處，逐漸形成浙派。

[72] 所以袁枚在隨園詩話說：「蔣苕生與余互相推許，惟論詩不合者。余不喜黃山谷而喜楊誠齋，蔣不喜楊而喜黃，可謂和而不同」。（卷八，頁十三）

袁枚古文又如：牡丹說：

冬月，山之叟，擔一牡丹，高可隱人，枝柯鄂韡，蕊蘂蘂以百數。主人異目視之，爲損重貲，慮他處無足當是花者。庭之正中，舊有數本，移其位讓焉，冪錦張燭，客來，指以自負。亡何花開，薄若蟬翼，較前大不如。怒而移之山，再移之牆，立枯死。主人慚其故花，且嫌庭之空也，歸其原，數日亦死。客過而尤之曰：「子獨不見夫善相花者乎？宜山者山，宜庭者庭，遷而移之；在冬非春，故人與花常兩全也。子既貌取以爲良，一不當，暴摧折之；移非其時，花之怨以死也，誠宜。夫天下之荊棘藜刺下牡丹百倍者，子不能盡怒而遷之也。牡丹之來也，未嘗自言曰：『宜重吾價，宜置吾庭，直黜汝舊以讓吾新？』一月之間，忽予忽奪，皆子一人之爲，不自怒而怒花，過矣！庭之故花，未必果奇，子之仍復其處，以其猶奇於新也。當其時，新者雖來，舊者不讓；較其開孰勝而後移焉，則俱不死。就移焉而不急復故花之位，則其一死，其一不死。子亟亟焉物性之不知，土宜之不辨，喜而左之，怒而右之，主人之喜怒無常，花之性命盡矣。然則子之病，病乎；其已尊而物賤也。性果而識暗也，自恃而不謀諸人也，他日子之庭其無花哉！」主人不能答，請具研削牘，記之以自警焉。[73]

---

[73] 同註[65]，卷二十二，頁一。

就栽種牡丹花說，「宜山者山，宜庭者庭，遷而移之，在冬非春」，則人花兩全。不可隨主人喜怒，「怒而移之山，再移之牆」，「嫌庭之空也，歸其原」，忽予忽奪，暴摧折之，焉有不死之理。以此轉至執政，順應民情，不可忽予忽奪。本文來自莊子、柳子厚寓言體。此類心餘、甌北所缺。

至於甌北古文，分見於皇朝武功紀盛、陔餘叢考、二十二史劄記等書。皇朝武功紀盛，專紀乾隆十全武功，爲史書。陔餘叢考，尚考據。二十二史劄記，固爲史學名著，文章偏於「史論」。後人多推崇其史學貢獻⑭。今就「古文」角度，試舉一二，如：陔餘叢考「文人相輕」云：

> 世之士者，尊古而卑今也。貴鵠賤雞，鵠遠而雞近也。揚子雲作法言，張伯松不肯觀，以同時也。使子雲在伯松前，伯松必以爲金匱矣。劉勰文心雕龍云：韓非儲說始出，相如子虛賦初成，秦皇、漢武恨不同時。既同時矣，則韓囚而馬輕，豈非同時則賤哉。

---

⑭ 參杜維運教授著趙翼傳，序，注，時報出版公司。及王建生著趙甌北研究，第九章，綜論，頁八三六。又，有關甌北詩文，大陸許多學者以爲是頌清的，是以羅織甌北罪狀，如蘭州大學歷史系張孟倫，說趙翼做了清朝「政治戰線和思想戰線上的忠實服務者」。（見張著中國史學史論叢，一九八〇年九月出版，蘭州大學歷史系。）又，羊春秋云趙翼「采取『頌聖』的手段，企圖達到免禍的目的」（見羊著歷代論詩絕句選，一九八一年出版，湖南）。而杜維運教授則以爲其詩文，「甌北並不是一味頌清的，頌清可能爲其手段，刺清乃其眞精神所寄」。（見所著頌清與刺清——趙甌北的徬徨，收在陶希聖先生九秩榮慶論文集，陶希聖先生九秩榮慶祝壽論文集編輯委員會，頁六二三，民國七十七年四月三十日）。

此皆同時見輕，因世情之所不免，然猶非彼此相忘而相軋也。劉勰文云：班固、傅毅，文在伯仲，而固嗤毅，謂下筆不能自休；及陳思論才，亦深排孔璋，故魏文稱文人相輕，非虛談也。[75]

甌北歸納古來「文人相輕」例證，知魏文稱文人相輕，乃人之常情。

甌北古文，**又如「齊梁之君多才學」**云：

創業之君，兼擅才學，曹魏父子，固已曠絕百代，其次則齊梁二朝，亦不可及也。齊高帝雖不以才學名，然少爲諸生，（劉瓛傳論）從雷次宗受業，治禮及左氏春秋。（本紀）爲領軍時，與謝超宗共屬文，愛超宗才翰。（超宗傳）即位後，見武陵王曄效謝康樂體詩，訓之曰：「康樂放蕩，作體不辨首尾。安仁、士衡，深可宗尚，顏延之抑其次也。」是帝之深於詩文也。……臨川王映能左右書。（映傳）鄱陽王鏘好文章，桂陽王鑠好名理，人稱爲鄱、桂。（鏘傳）江夏王鋒五歲學鳳尾諾，一學即工，十歲能屬文，武帝謂其書爲第一。明帝輔政，翦除高、武子孫，鋒作修柏賦以寓意。（鋒傳）此其子之多才學也。文惠太子臨國學，與王儉講禮記「毋不敬」，周易乾震之義。（文惠傳）竟陵王子良招致學士，鈔五經百家，爲四部要略千卷。（子良傳）晉安王子懋撰春秋例苑三十

75 趙翼著陔餘叢考，卷四十，頁八，湛貽堂本。

卷。（子懋傳）隨郡王子隆能文，武帝曰：「此我家東阿也」。（子隆傳）此其孫之多才學也，而諸孫中尤以豫章王嶷之諸子爲最。……簡文遭侯景之逼，葬其后，使子範作哀冊文，詞極工惋，帝曰：「此段莊陵，萬事零落，惟哀冊尚有典型。」子顯著鴻序賦，沈約見之，極爲傾倒。又採衆家後漢書，考正同異，……其子愷亦工詩，於宣猷堂與諸名人餞謝嘏出守，賦詩用十五劇韻，獨先就，又極工。（子顯傳）子顯弟子雲有文藻，弱冠撰晉書，年二十六，書成百餘卷。……至蕭梁父子間，尤爲獨擅千古。武帝少而篤學，洞達儒玄，雖萬機多務，猶卷不輟手。造制旨孝經義、周易講疏，……共二百餘卷。……天性睿敏，下筆成章，千賦百詩，直疏便就，諸文集又一百（二十）卷。並撰金策三十卷，兼長釋義，製涅槃、大品、淨名、三慧諸經義，又復數百卷。歷觀古帝王，藝能博學，罕或有焉。（武本紀）昭明太子三歲受孝經、論語，五歲遍讀五經。及長，讀書數行並下，過目皆憶。每遊宴祖餞，賦詩則十數韻，或作劇韻，皆屬思便成，無所點易。著文集二十卷，古今典誥文言爲正序十卷，五言詩之善者爲文章英華二十卷，文選三十卷。（本傳）簡文帝六歲便能屬文，既長，九流百氏，經目必記，篇章詞賦，操筆立成，博綜儒書，善言玄理。自序其詩云：「余七歲有詩癖，長弗倦也。」史論謂其傷於輕豔，當時號曰宮體。所著昭明太子傳五卷，諸王傳三十卷，禮大義二十卷，老子義二十卷，莊子義二十卷，長春義記一百卷，法寶連璧三百卷。（本紀）元帝好學，博極羣書，才辨敏速，冠絕一時。著孝德傳三十卷，忠臣傳三十卷，……文集五十卷。（本紀）南康王績，七歲有人洸改官文書者，即能察出。……武陵王紀少勤

學，有文才，屬詞不好輕華，甚有骨氣。……[76]

皆就齊梁之君多才學者舉例說明，證論鑿鑿，此史家之文也。別於文學家（袁枚）之文，亦別於主溫柔敦厚、關係風紀之文學家（蔣士銓）之文。

---

[76] 趙翼著二十二史劄記，卷十二，頁一，藝文印書館據廣雅書局史學叢書本影印。

第九章　蔣心餘文學述評——駢文

兩馬並駕叫駢，兩人在一起叫偶；駢體文是用平行的兩句話，兩兩配對，由篇首直到篇末❶。要言之，駢文分三體：㈠六朝末期以前以雙行意念行文者，是爲雛形之駢文，亦即廣義之駢文，㈡六朝末期以後嚴守：對偶精工、用典繁夥、辭藻華麗、聲律諧美、句法靈動五種原則者，是爲定型之駢文，一曰標準之駢文，通稱四六文，亦即狹義之駢文，㈢自中唐陸贄以後，以散行氣勢運偶句者，是爲別裁之駢文，一曰變體之駢文，通稱散文化之駢文，亦即白描之駢文❷。

阮元序孫梅所著四六叢話云：「懿夫人文大著，肇始六經。典墳邱索，無非體要之辭，禮樂詩書，悉著立誠之訓。……是惟楚國多才，靈均特起。賦繼孫卿之後，詞開宋玉之先。隱耀深華，驚采絕豔。故聖經賢傳，六藝於此分途，文苑詞林，萬世咸歸圍範矣。洎夫賈生枚叔，竝轡漢初，相如子雲，聯鑣西蜀。中興以後，文雅尤多。孟堅季長之倫，平子敬通之輩，綜兩京文賦諸家，莫不洞穴經史，鑽研六書，耀采騰文，駢音麗字，故雕蟲繡帨，擬經者雖改脩塗，月露風雲，變本者妄執笑柄也。建安七子，才調輩興，二祖陳王，亦儲盛藻。握徑寸之靈珠，享千金於荊玉。

❶ 可參王力著古代漢語，駢體文的構成（上），頁二九五，泰順書局。

❷ 參張仁青著駢文學，第四章駢文構成之要件，頁九四，文史哲出版社。

至於三張、二陸、太沖、景純之徒，派雖弱於當塗，音尙聞夫正始焉。文通希範，并具才思。彥升休文，肇開聲韻。輕重二和，擬諸金石，短長之節，雜以咸韶。蓋時會使然，故元音盡泄也。孝穆振采於江南，子山遷聲於河北。昭明勒選，六代範此規模，彥和著書，千古傳茲科律。迄於陳隋，極傷靡敝，天監大業之間，亦斯文升降之會哉。唐初四傑，竝駕一時，式江薛之靡音，追庾徐之健筆。若夫燕許之宏裁，常楊之巨製；會昌一品之集，元白長慶之編；莫不竝掞龍文，聯登鳳閣。至於宣公翰苑之集，篤摯曲暢，國事賴之，又加一等矣。義山飛卿以繁縟相高，柯古昭諫以新博領異，駢儷之文，斯稱極致。趙宋初造，鼎臣大年，猶沿唐舊，歐蘇王宋，始脫恆蹊，以氣行則機杼大變，驅成語則光景一新。然而衣辭錦繡，布帛傷其無華，工謝雕幾，簴業呈其樸鑿。南渡以還，浮溪首倡，野處西山，亦稱名集。渭南北海，竝號高文，雖新格別成，而古意寖失」❸。依所述，駢體文由楚辭發端以來，漢有賈誼、枚乘、司馬相如、揚雄、班固、馬融（季長）、張衡、馮衍（敬通）；曹魏父子、建安七子；以下有三張、二陸、左思、郭璞、江淹、邱遲（希範）、任昉（彥升）、沈約（休文）、徐陵、庾信、昭明太子蕭統、劉勰，初唐王、楊、盧、駱四傑，而張說（張燕公）、蘇頲（許國公）、李德裕（會昌一品集）、元稹、白居易、陸贄、李商隱、溫庭筠、段成式（柯古）、羅隱（昭諫）；宋初楊億（大年）等唱西崑，歐陽修、蘇軾、王安石、二宋（庠、祁）革新之，南渡後，汪藻（浮溪集）爲首，陸游、綦崇禮（北海集），亦稱高文，此宋代以前駢文演變之大勢也。

---

❸ 孫梅著四六叢話，阮元，後序，頁一，世界書局。

元人尚武賤文，明朝經義取士，律賦八股，割裂文句，所用書啓表聯，多門面習套，無作家風韻。

清初駢文復興，作者如陸圻（麗京）、吳綺（園次）、陳維崧、胡天游、杭世駿等。乾隆全盛，如袁枚、洪亮吉、汪中、吳錫麟、孔廣森、蔣心餘、曾燠等。嘉道以後，駢文漸衰❹。

至於駢文要訣，心餘以爲「氣靜機圓」、「詞勻色稱」、「圓活」、「典雅」、「動宕遒逸」、「隸事之法，以虛活反側爲主」，須有「眼光識見」❺。

今就心餘駢文，評選四六法海，分別論之：

第一節 駢文述評

心餘駢文，在忠雅堂文集卷十一、十二，分成：賦、書、雜著。先說

第一目 賦、表、告詞等

❹ 可參陳耀南著清代駢文通義，頁三四起，台灣學生書局，及金秬香著駢文概論，頁一二九起，台灣商務印書館。

❺ 王志堅編四六法海，蔣士銓評選，頁一至二，上海文瑞樓印。又，廣文書局本駢體文淺說（作者佚名），頁四起云：駢文之作法，一曰辨體，二曰命意，三曰謀篇，四曰分章，五曰用事，六曰翦裁，七曰藻麗，八曰聲律，九曰鍊字，十曰風骨。

孫梅四六叢話云：「左陸以下，漸趨整鍊，齊梁而降，益事妍華，古賦一變而為駢賦」❻。

六朝賦除用韻與漢代古賦相同外，尚求駢偶、用典。

心餘作品如：**側理紙賦**（文集，卷十一，賦五）：

緬貢紙之著名，記拾遺于南國。比龍綃之獻於滄溟，若筩布之來於賨僰。既因物以殊稱，亦變形而異式。其質非藉於麻縷絲絮，其胎乃鄰于罟罾網罭。擘之則循環無端，象蒼昊之團圞；捫之則縝密以栗，倣璇璣之轉側。……傅于漢文時代，尉陀定當書掩罪之詞；及夫賜于晉武年間，張華遂用寫博物之志。其工乃取于海苔，其價更珍于魚子。桑根魚網，何論左伯與蔡侯？雲葉濤箋，不數段公同薛氏。……惟聖主萬幾清暇，宸翰流香，六體精微，龍縑浮露。偶得二紙于琅函；遂寵長歌于毫素。一藏一用，合動靜之樞機；卷之舒之，法張弛于文武。他日再開秘笈，摹蘭亭初本，如奇耦之毗連；此時並襲瑤緘，副典冊高文，若陰陽之相互。煥卿雲五色，御筆揮來；騰寶氣千尋，墨花飛虡。底用梁園分給，相看瑞雪以塗鴉；當有神物護持，奚取香芸而辟蠹？帋得九重賡唱，遂成天府之珍藏；事為三館編摩，即是詞林之掌故。

拾遺記云：「海苔紙，晉南越所貢，以苔為之，名側理紙，後人言陟釐，武帝賜張華萬番」❼。

❻ 孫梅著四六叢話，卷四，頁六一，世界書局。

先就側理紙性質，其理縱橫斜側，虛柔爲體、渾然堅潔、細繹其紋、銀練斜緬，張華因以寫博物志。比蔡倫、左子邑、段成式、薛濤所造之紙尤勝。末歎無詩以紀，盼受皇帝降寵、爲藏爲用。筆法有如曹子建洛神賦（仿自蔡伯喈篆勢）。

又如：仁壽鏡賦（文集，卷十一，賦七）：

日月所照，天下歸仁；虛靜有容，寰中皆壽。鑒萬物以至明，納群生於在宥。聖天子以禮義爲器，器則求新；以虛誠鑑人，人維求舊。……或辟邪於山谷，或禱雨于水濱。或燭寢于孟蜀，或照膽于強秦。或化鵲而翔孤羽，或剖鯉而隱雙鱗。是不過物之異者，示神奇于譎幻；豈足方地之靈者；占祥瑞于嶙峋。我皇上登民於壽，育物以仁……

唐史翽有「仁壽鏡賦」，序云：「天寶初，有獻書闕下者，言巴蜀之間有石鏡，見於巖之半，仁壽之字昭然可觀，僕深奇之，因而爲賦」❽。心餘此作即本於史翽。文由「仁」「壽」二字起，中述唐代蜀都發現仁壽鏡，末又歸之「仁」「壽」，推極于皇上。

又如：江漢朝宗賦以予乘四載隨山刊木爲韻（文集，卷十一，賦十一）：

❼ 引自古今圖書集成，字學典，第一百五十二卷，第六五四冊之二八葉，第二面，鼎文書局。

❽ 見於古今圖書集成，考工典，下，第二百二十六卷，鏡部，第七九八冊之四四葉，鼎文書局。

王道正而百川理，元圭錫而洚水除。臣作司空，敢忘咨爾；帝爲藝祖，迺曰警予。快支祁之就伏，奠陽鳥之攸居。下流治則臣浸有所注，兩界分則地脉有所舒。其潛瀿者條分而縷析；其委輸者支解而節疏。……江出岷山，經青衣、會汶洛巴涪而與漢始合；漢出鮒嵎，經嶓冢、會褒沔文直，而與江作朋。……其間包山、洞庭之廣潤，峩眉玉壘之崚嶒。綠染鴨頭，湘女凌波而微步；紋開巴字，琴高控鯉而上升。曲唱襄陽，銅鞮自踏；氣呑雲夢，鐵鎖誰縆。遙指巫峽黃牛，鼓聲初打；試看瞿唐白馬，潮勢難乘。爲中江、爲北江，似閃條條之銀電；配牛宿、配女宿，如挂雙雙之玉繩。……或曰宗者尊也，如群后之拱軒羲、五嶽之崇泰岱。兒孫羅拜，崑崙是列岫之宗；躔舍周環，星海亦上天之載。……皇上盛德同春，……經綸條理，庶政咸熙；兼容並包、無思不服。聖主高深之量，皇風已邁乎唐虞；小臣淺陋之詞，賦艸眞慚于郭木。

唐代樊陽源，元朝黃師郯、李原同皆有「江漢朝宗賦」❾，作者頗多。心餘承古人餘意而作，亦以此光大皇清萬流朝宗之意。

說到表，明之意。標者事緒，使之明白告乎上。三代以前，謂之敷奏，秦改曰表，漢因之。漢晉尚散文，唐宋以後多四六❿。

❾ 同註❽，山川典下，第二〇四冊之一〇葉。

❿ 參吳訥文章辨體序說，頁三七，長安出版社。

心餘作品如：**賀受哈薩克回部內欵表**代（文集，卷十一，表一）：

欽惟皇上，神筭無方；睿謀先覺。陽舒陰慘，不言而四時成；文德武功，有作而萬物覩。規雄圖于轂內，制兵要于事先。風偃雕題，化流窮髮。仁恩翔洽，有血氣莫不尊親；智勇遐宣，曁朔南咸訖聲教。定伊犂于指顧，震肅九圍；收各部于遐荒，歡呼萬國。穹廬落燼，未驚楚幕之烏；同甲揚灰，不唳淮山之鶴。箝口之馬，僨車而縶者千蹄；剺面之人，與尸爲俘者萬指。角羸耳濕，盡獲其牛羊；山積雲屯，大收其車乘。棄甲遍野，降旗載途。莫不威若迅雷；勢如破竹。協人謀之允若，驗靈貺于昭然矣。惟茲西哈薩克者，聚族類于要荒，古未傳其臣服；寄生存於絕域，志不紀其方隅。今以一旅之招；竟效三軍之順。望下風而羅拜，誓輸款關獻賮之誠；頌我后其來蘇，願服食土踐毛之化。遐藩已傳檄而定，膚功無折箭之勞。皆由我皇上，天威遠震，聖德旁敷。乃收萬國于咸寧，益慶王師之不戰。恢茲疆索，陋前古之規模；載以簡編，彰聖人之神武。蓋咸賓之世，六合爲家；有道之長，四夷是守。懷生無不遂之性，率土承有截之風。敕以授降之期；爰行大閱之典。覿兵耀德，使知聖主之仁威；帖耳輸心，彌凜軍容之震肅。從此革心革面，坐井者呈身無敢跳梁；請貢請封，集庭者稽首有如崩角。臣等仰承聖武；罔測神功。兩階瞻干羽之輝；萬里慶籓籬之固。挽天河而洗甲，慚無閫外之才，對宣室而借箸，莫贊禁中之略。頌歌無盡；忭蹈非常。爲此合詞，恭申賀悃。

乾隆二十二年，哈薩克回部內附，心餘（官翰林庶吉士，時翰林院掌院學士爲滿人介福，漢人蔣溥）代撰賀表，恭申賀悃、敷契清庭，光大其武功也。當時另有人撰哈薩克投誠賀摺⑪。

又如：代謝賜篆書盛京賦表（文集，卷十一，表三）：

月日、臣恭接到聖慈頒賜、清漢篆文盛京賦各幾本。……欽惟我皇上，聖教誕敷；皇謨丕顯。萬國仰觀文之化；群言會殊俗之歸。……作述之聖在一人，寶守相傳于萬世。六體八法，妙合元功；轉注諧聲，悉存古意。配以國書篆籀，玉筋雙懸；佐之漢體龜魚，琅函媲美。在天成象，既日麗而星輝；因物賦形，復鸞翔而鵠峙。緘同合璧，不徒留禹碣于岣嶁；珍若聯珠，豈止垂周書于石鼓？于以頒諸秘殿，等膺圖籍，如持蒲穀躬桓；試將鏤以金泥，作鎮封疆，不啻嵩衡華岱。臣備員轉進，叨賜恩榮。覩禾垂九穗之文，欲切豐年景瑞；仰龍起千秋之地，心馳遼海雲帆矣。臣所有感激微忱，理合具摺，恭謝天恩。伏祈睿鑑，臣無任拜舞欣榮之至。

此亦代謝表文。文頗簡潔精緻，不尚繁冗也。

---

⑪ 哈薩克汗阿布賴投誠賀摺，作者闕名，收在王傳懿著駢體南鍼，卷一，頁二十九，云：「爲恭賀天威遠播絕域輸誠事，乾隆二十二年十月十六日，臣准禮部劄到哈薩克汗阿布賴向化歸誠，永爲臣僕……廟謨遠著，震雷霆不震之區，帝澤宏敷，濡雨露不濡之地，惟茲哈薩克者，地居西極，古號大宛，開闢之所不臣，王會之所未載，爰畏威而懷德，遂重譯以獻琛，鑿齒名王，奉表而稱臣。……」（新文豐出版公司）。

又如：進江西省祝嘏詩文表代（文集，卷十一，表四）：

……欽惟皇帝陛下，尊親之至，立賢無方。皇誠合聖敬以覃敷，永自天而申命；文德偕武功而並懋，歌復旦于光華。展禮南宮，傾堯樽而上壽；奉觴北極，奉舜樂以承歡。集四海之共球；開九天之閶闔。體慈闈之至意，法聖祖之殊恩。異數掄才，遐齡薦祉。一歲舉春秋之試；九州添甲乙之科。巽命既已頒申，坤儀自膺多福。臣等同安覆載，共切尊親。敢陳土音；上祈天眷。千百國食德飲和，瞻依聖善之聲，薄海遙傳萬里；十三郡衢謳巷詠，歌舞太平之象，西江特著一隅。或懷魏闕之楓香，葵俱向日；或樹邱園之萱草，花盡含春。緬庠序其安敦，載筆操觚，皆得國風之正；察閭閻之質樸，倚筇騎竹，各隨天籟是鳴。臣心固因言以宣；民諺亦順帝之則。敢希風于作者，實愛日于佳時。同抒介壽之誠，幸際右文之盛。合侯鯖芳饌，百珍殊味，可堪羅薦天廚；繅園客蠶絲，五色成文，或足上登璇室。挹風雲於廬岳，帝座非遙，浴日月於潯江，長安實近。體聖人達孝之忱，將赤子報恩之隱。朝天未及，難效鳧趨；擊壤相從，共欣雀躍。伏願孝思維則，萬壽無疆，則萬紀千齡，比户獻華封之祝；三多五福，長春慶燕喜之詩。虔將卷帙，肅用裝潢。恭紀徽音，敬呈御覽。

此亦代進祝嘏詩文表，時皇太后六旬壽誕，心餘（二十七歲）代江西布政使王興吾作。傳江西省民歌舞太平心聲，以尊謝皇太后皇上之鴻恩也。

其他告詞、看語駢作：**喻嘉言先生改葬告詞**（文集，卷十一，告詞一）：

嗚呼先生！學足以達三才，智足以周萬物。躬丁末造，蜚聲傳鄉貢之文；運際興朝，祝髮却徵車之聘。爰放情于江海；甘取逸于邱樊。豈同樵者在山，不媿達人養素。吳門變姓，鴟夷子即陶朱；茂苑懸壺，秦越人原扁鵲。合誠神幾乃爲聖；通天地人之謂醫。得拯者各遂其生；飲藥者皆神其術。名高和、緩，何辭居伯仲之間；世統軒、岐，不當在弟子之列。寓我意而行舊法，論尚友而師古人。示生死之平反，本蕭曹之法律。書成不朽，數盡則仙，金身入彌勒之龕，含貞體固；素旐壓彭蠡之浪，藏壑舟完。既歸常熟，遺骸暫寄靖安蕭寺，盜環者斃；請禱者生。既而移祀會城，棲神淨域，寺名百福，靈庇千人。昔逢飢疫之年；尤感痌瘝之切。鬚燃夜月，如聞歎息之聲；手畫爐灰，遂活眾生之命。嗚呼！仁人不死，此心耿耿于蒼黎；大德好生，其力昭昭于化育。曩者聚徒卜葬，瘞公于孺子墳邊；累土成坵，樹表在純陽觀側。雖藏身之固，豈有憾于烏鳶？而相塚之疎，恐轉親乎螻蟻。骨肉復歸于土，坎深或及于泉，神仙固委其形，蟬蛻當存其宅。某昔萌改葬之志，曾輸負土之誠。忽忽十年，硜硜此念。但荒郊渺渺，翁仲無靈；廣野茫茫，山川不語。心傷一誤，奚堪錯鑄十州？目斷九原，竊比丹成八轉。但神燈貯漆，佳城留待沈彬；芳草眠牛，美穴原歸陶侃。公靈不泯，自知一定之區；愚意無憑，莫辨四方之向。伏乞顯提撕于夢寐，切指示其方隅。周益公三斗珍珠，勿施隱語；徐夫人一林柏樹，可應天讒。惟著則明，既安且吉。清明改火，便堪舍舊以圖新；紫陌招魂，應許長歌而當哭。從此墓門草長，盡變靈蓍；碣畔芝生，都成上葯。嗟乎！人之葬聖，同玆北面之心；公鑒其忱，乞賜南車之指。惟期無隱，幸宥不文。謹告。

又如：**看語代**（文集，卷十一，看語一）：

看得詹王氏者，生自蓬門，歸于寒族。詩書未習，氷心賦自秉彜；氷蘖力持，介節成于本性。十有五齡而出閣，歷奇苦而若甘；三十一歲而沉江，濯清漣而自潔。狂夫心喪，欲棄耦以分飛；烈婦志堅，獨守身而不浼。三雛已鬻其二，泪海風酸；七月之朔越三，河流秋冷。屍衣密紉，泪疑針線之痕；塚樹長春，恨結泉臺之草。既芳徽爲共信；復輿論之僉同。例得題旌；理宜表著。幽魂不瞑，洵無忝于綱常；大節能完，實可維于風化。

又如：**告老樹文**（文集，卷十一，樹文一）：

嘉樹在庭，無忘封植；良材得地，當受栽培。故繁枝廣蔭，不宜加以斧斤；豐草長林，正可滋其掩覆。惟爾老樹，棲我荒園。植自何年？種于誰手？等青松之千尺；豈惡竹之萬竿？宅更數主而長存，身歷四時而不改。體貞斯壽，物久必靈。中能有容，則蛇蟲或來栖托；神其不爽，則風雨爲之式憑。當其奠我新居；或欲戕伊生理。特排衆議，用保喬柯。既非當户之芝蘭，不等牽衣之荆棘。盡我性以盡物性，相安于無事之天；全爾生以樂衆生，各葆其不凋之命。從此清陰永茂，吉翠日新。毋作妖以驚擾家人，毋藪惡以包藏怪物。我無爾害，爾無我虞。我以爾爲嘉賓，敬主者敢輕其使？爾以吾爲賢主，愛屋者當及其烏。或孺稚嬉遊于旁，或童婢褻污其下。在空洞十圍之腹，定用包含；使寬閒一畝之宮，長資樾蔭。固所願也，不亦宜乎？

或寓言諧趣、或關係風化、或情韻鏗鏘，皆曉明典雅，非盡數典爲工也。

第二目 書、啓

書者，舒也，舒布其言而陳之簡牘。啓，開也，開陳其意也，皆屬書記。

心餘作品如：**上陳太僕勾山先生書**（文集，卷十二，書一）：

竊某甕牖迂生，鴛湖下士。捧過鯉庭中之袂，廿載聞詩；誦歸舟圖内之詞，五年藏壁。望雲衢而企慕，小子踟躕；念卿月之迴翔，先生辛苦。傳經禁闥，兼操三館丹鉛；待漏宮端，飽受五更風雪。幾載松楸入夢，陳情邀上命之俞；一時簪佩臨岐，祖帳想東都之盛。攜琴載鶴，深藏官長氷銜；弄月吟風，仍棹詩翁畫舫。深蒙主眷，敢言達者之歸田；遠慰臣心，更敕舍人而佐郡。篷背濕吳山之翠，不同錯認杭州；耳邊來越女之歌，眞喜身還梓里。堂開晝錦，巷比鳴珂。達官群奉其頭銜，外吏共投其手版。士爭典謁，幸復親師道之尊；地忽光華，共笑指文星之近。鹿門上塚，依然孺子之心；鳳帋焚黃，此是上卿之孝。偶過僧寺，紗籠自和詩題；再到湖亭，襟袂重添酒暈。放六橋之櫂，驚看蘇軾何來；飲五柳之居，遮莫陶潛誤認。何處追尋耆舊，醉曳宮袍；今年暫作神仙，戲留玉珮。但平生蕭瑟，自憐陽羨無田；況舊宅荒蕪，空說潁州最樂。戀厚恩而赴闕，行敢夷猶；尋初服以安居，談何容易？借籌去住，人共低徊；屈指程期，公當悵惘。某六載飄零，一身貧病。小人有母，甘旨不充；故里無家，田園罔托。愧腐儒之謀食，倣學究之治生。留連越國江山，管領鑑湖風月。誦經採蕺，慰季女之朝飢；把酒論文，露狂奴之故態。此座是明公几席，貂續眞慚；其人多長者門墻，衣傳故在。述大賢教澤，餘馨留一瓣香中；景前輩風流，逸韻在十圍紗外。公非賀監，可重築鏡水前遊；古有右軍，應再寫蘭亭眞本。某瞻依雖切，趨謁尚愆。恐干觸熱之嫌，兼抱採薪之疾。一江似帶，三伏如蒸。乞寬侍側之期，敢布由衷之語。

此書旨在緩期謁見，敷陳明白，辭意誠懇。時心餘四十五歲，主紹興蕺山書院。

又如，覆會稽王太守書（文集，卷十二，書五）：

溯洄久切，瞻企無由。敬惟閣下望崇藝苑，名列御屏。賢聲懋著于南都，文譽久蜚于上國。名流出守，仙官合任蓬山；儒者臨民，老手眞宜劇郡。某浮沉館閣，四十無聞；轉徙江湖，扁舟不繫。奉親尋樂，偶停笛步之舟；養疾閒居，遂採攝山之葯。近挹棠陰遺愛，六人尚説神君；每逢仙吏清談，群彥咸推將伯。某慕蘭亭勝蹟，未獲從遊；景内史風流，方思買櫂。乃荷瑤函下賁，聘幣遙頒。誦君子之詞，心儀如玉；應經師之召，顏厚他山。矧接前賢芳躅，恐爲弩末貽譏；幸登大雅之堂，可冀公餘承教。餘容面陳，弗備。

據書中言，爲心餘將至紹興作。旨在謝王太守（鳴，紹興知府）餽遺、容後登堂面謝耳。言語進退謙和、身分合於尺度。

又，丁丑春秋同門公宴啓（文集，卷十二，書六）：

共治麟經，幸偕雁譜。古來簪盍，固分溯其支流；守我師承，當各親其派別。絳帷雙設，譬花舒兩萼，原是同枝；白雪齊歌，雖音吐殊宮，却非異曲。事則以文會友，象爲同人于門。而况星符廿八，尾方退舍，而井即移躔；因而卦衍十三，離取重名，而夬徵合契。夫飲食宴樂，君子毋辭；而風虎雲龍，古人最重。交稱投分，義取斷金。共醵朱提，用沽綠釀。擬弟兄之交酌，紅牋傳寫，何殊牒注金蘭；倣賓主之互酬，白墮同傾，竊比盟開盤敦。日後東西南北，定深離索之情；尊前縞紵壎篪，宜篤飲醇之誼。謹啓。

丁丑（指乾隆二十二年）春秋同門，如龍虎榜，花舒兩萼，原是同枝，誼同金蘭，當篤飲樂之。

第二節　評選四六法海

四六法海爲明代王志堅所撰⑫，以爲「魏晉以來，始有四六之文」（序），對駢體文有較明確的意義。而心餘自評選，釐爲八卷，蔣超伯敘云：「鉛山家（蔣）心餘先生，以詩雄乾隆間，世知其深于詩，罕知其邃于文者，今雲樵世叔出是編，乃知先生不但深于詩、又且邃于文也」⑬。方濬師亦云心餘評選四六法海，「剝膚存液，崇實黜華，將以辨正體裁，豈僅沈酣藻麗淵淵乎！蓋精而益精，善而益善矣」⑭。

評選四六法海，卷一含沈約以來勅、詔、冊文等等二十家、二十五篇作品，卷二含庾信以來賀新樂表等等二十六家、四十四篇，卷三含梁昭明太子謝勅賚地圖啓等等十七家、五十四篇，卷四含魏文帝與吳質書以來等等三十家、五十篇，卷五含鮑照河清頌以來等等十八家、二十一篇，卷六含鄭亞李德裕會昌一品制集序以來等等十五家、三十一篇，卷七含王巾頭陀寺碑文以來等等

⑫ 王志堅，字弱生，字淑士，亦字聞修，崑山人，萬歷庚戌（三十八年）進士，官至湖廣提學僉事。志堅少與李流芳同學，生平見於明史，卷二百八十八，列傳第一百七十六，頁十六，藝文印書館本。
⑬ 蔣士銓撰評選四六法海，蔣超伯序，頁一，上海文瑞樓印。以下言評選四六法海皆據此本，不贅。
⑭ 同註⑬，方濬師序。

八家、十三篇，卷八含庾信周故大將軍豳國公墓銘以來等等十九家、二十八篇。四六佳篇、搜羅略備，所遺者十之二三耳（心餘語）。今舉其評選文說之。

沈約、梁武帝與謝朏勑（評選四六法海，卷一，頁一）：

吾以菲德，屬當期運。鑒與吾賢，思隆治道。而明不遠燭，所蔽者多。實寄賢能，匡其寡闇。嘗謂山林之志，上所宜弘。激貪厲薄，義等為政。自居元首，臨對百司。雖復執文經武，各脩厥職。群才競爽，以致和美。而鎮風靜俗，變教論道，自非箕潁高人，莫膺茲寄。是用虛心側席，屬想清塵，不得不屈茲獨往，同此濡足。便望釋蘿襲衮，出野登朝。必不以湯有慚德，武未盡善，不降其身，不屈其志。使璧帛虛往，蒲輪空歸。傾首東路，望兼立表。義軒邈矣，古今殊事。不獲總駕崆峒，依風問道。今方復引領雲臺，虛已宣室。紆賢之愧，載結寢興。

謝朏、字敬冲，莊之子，建武（四九四—）中，與何佾並徵、不至，梁武（五〇二）初再徵，又不至，嗣梁武帝遣王果敦譬朏，朏謀於何佾，佾紿曰：興王之世，安可久處？朏遂出，以此頗失衆望。此勑對敬冲推許備至。心餘評此文：夾敘夾議、曲折頓挫、生氣盤旋、許多意思，數行盡之，便覺遒宕可喜⑮。劉勰云「勅（勑）者，正也」、「戒敕為文，實詔之切者」（詔策），為天子命詞，文

⑮ 同註⑬，頁一，心餘評選，以下不贅。

貴典雅。沈約原爲南齊竟陵八友之一，迨梁武踐阼，猶有此捉刀之作。⑯則南朝遞嬗，尚屬漢族，後人或謂謝朓遁節不全，略嫌苛責。

又，徐陵、冊陳公九錫文（評選四六法海，卷一，詔文，頁三）：

大哉乾元，資日月以貞觀；至哉坤元，憑山川以載物。故惟天爲大，陟配者欽明，惟王建國，翼輔者齊聖。……（文長省略）……今命使持節兼太尉王通、授相國印綬、陳公璽紱，使持節兼司空王瑒，授陳公茅土金獸符，第一至第五，左竹使符，第一至第十，相國秩踰三鉉，任總百司，位絕朝班。禮由事華，其以相國總百揆，除錄尚書之號，上所假節侍中貂蟬，中書監印章，中外都督太傅印綬，義興公印策，其鎮衛大將軍揚州牧如故，又加公九錫，其敬聽後命。以公禮爲楨榦，律等御策，四維皆舉，八柄有章。是用錫公，大輅戎輅各一，玄牡二駟。以公賤寶崇穀，疏爵待農，室富京坻，民知榮辱，是用錫公袞冕之服，赤舄副焉。以公調理陰陽，燮諧風雅，三靈允降，萬國同和。是用錫公軒孫之樂，六佾之舞。以公宣導王猷，弘闡風教，光景所照，鞮象必通，是用錫公朱戶以居。以公抑揚清濁，褒德進賢，髦士盈朝，幽人虛谷，是用錫公納陛以登。以公巋然廊廟，爲世鎔範，折衝四表，臨御八荒，是用錫公武賁之士三百人。以公執茲明罰，期在刑措，象恭無赦，干紀必誅，是用錫公斧鉞各一。以公

⑯參謝鴻軒教授著駢文衡論，(一)，頁一九三，廣文書局。

英猷遠量，跨厲嵩溟，抱一車書，括囊寰宇。是用錫公彤弓一，彤矢百，玈弓十，玈矢千。以公天經地義，貫徹幽明，春露秋霜，允恭粢盛，是用錫公秬鬯一卣，圭瓚副焉。陳國置丞相以下，一遵舊式，往欽哉！其恭循朕命，克相皇天，弘建邦家，允興洪業，以光我高祖之休命。

禮有九錫：一曰車馬、二曰衣服、三曰樂則、四曰朱戶、五曰納陛、六曰虎賁、七曰弓矢、八曰鈇鉞、九曰秬鬯，以勸善扶不能。昭明文選有潘元茂（勖）冊魏公（曹操）九錫文，此則繼之。陳高祖霸先于梁敬帝太平二年（五五七），封十郡為陳公、備九錫之禮⑰。孫梅四六叢話云：「陳徐僕射陵，文變舊體，多有新意，九錫尤美，為一代文宗」⑱。心餘評本文云：「如此大篇，妙在氣體淵雅、語義勻稱，既無逗湊粗厲之患，復絕駑駘驤服之嫌，遒勁式讓子山，而雍容揖讓氣象可與接踵，後雖四傑，不能繼之，何況餘子」。誠知言者。

又，江藻、建炎三年十一月三日德音（評選四六法海，卷一，德音，頁一）

門下、禦敵者莫如自治，動民者當以至誠。朕自纘丕圖，即罹多故。昧綏懷之遠略，貽播越之深憂。雖眷我中原，漢祚必期於再復；而迫於強敵，商人幾至於五遷。茲緣

---

⑰ 事見陳書，卷一，本紀第一，高祖上，頁十五，藝文印書館本。又，徐陵冊陳公九錫文，並載於高祖本傳。

⑱ 孫梅著四六叢話，卷十七，書，頁三一七，世界書局本。

仗衛之行，尤歷江山之阻。老弱扶携於道路，饑疲蒙犯於風霜。經從或苦於繹騷，程頓不無於煩費。所幸天人協相，川陸無虞。俶治古之時巡，即奧區而安處。言念連年之紛擾，坐令率土之流離。鄉閭遭焚劫之烖，財力困供輸之役。肆夙宵而軫慮，如氷炭之交懷。嗟汝何辜，由吾不德。故每畏天而警戒，誓專克己以焦勞。欲睦鄰休戰，則卑辭屈體以請和；欲省費恤民，則貶食損衣而從儉。苟可坐銷於氛祲，殆將無愛於髮膚。……

詩經大雅、皇矣云：「維此王季，帝度其心，貊其德音」，「德音」原指上帝大其聲譽，因指文王聲譽隆盛。後世因謂王言曰德音。至唐宋，除詔敕外，別有德音一體，猶恩詔也。北宋靖康之難終結，南宋高宗即位南京，三月有苗傅劉正彥之亂。十月癸未，至杭州。此制在其中，所謂茲緣仗衛之行，尤歷江山之阻者也。心餘評云：「國家艱難之際，得一詔令，足以悚動人心！所關係不小」。紀昀四庫全書總目提要云：「統觀所作，大抵以儷語爲最工，其代言之文，如隆祐太后手書，建炎德音諸篇，皆明白洞達，曲當情事」⑲，曲當情事，其文雅切，足動人心矣。

又，蘇軾、謝量移汝州表（評選四六法海，卷二，頁二十九）：

稍從內遷，示不終棄。罪已甘於萬死，恩實出於再生。祇服訓辭，惟知感涕。中謝伏

⑲ 紀昀著四庫全書總目提要，卷一百五十六，集部，別集類九，頁十四，藝文印書館本。

念臣向者名過其實，食浮於人。兄弟竝竊於賢科，衣冠或以爲盛事。旋從冊府，出領郡符。既無片善可紀於絲毫，而以重罪當膏於斧鉞。雖蒙恩貸，有愧平生。隻影自憐，命寄江湖之上；驚魂未定，夢遊縲紲之中。憔悴非人，章狂失志。妻孥之所竊笑，親友至於絕交。疾病連年，人皆相傳爲已死；飢寒併日，臣亦自厭其餘生。豈謂草芥之賤微，尚煩朝廷之紀錄。開其恫悔，許以甄收。此蓋伏遇皇帝陛下，湯德日新，堯仁天覆。建原廟以安祖考，正六宮而脩典刑。百廢俱興，多士爰集。彈冠結綬，共欣千載之逢；掩面向隅，不忍一夫之泣。故推涓滴，以及焦枯。顧效死之無門，殺身何益；更(?)欲呼天而自列，尚口乃窮。徒有此心，期於異日。

東坡謫居黃州⑳，神宗憐其才，乃遷汝州團練副使，東坡上此表謝恩。遇赦改近安置日量移。表爲表明其事，出於臣下之辭，與章奏疏上言上書等同體。心餘評其文云：「專就一面說去，唐賢烘託陪襯比興之法，六朝隱顯離合斷續之道，毫無存者，然沈雄之氣，高出宋代諸公」。余案：本文東坡由肺腑流出，如「隻影自憐，命寄江湖之上；驚魂未定，夢遊縲絏之中。憔悴非人，章狂失志。妻孥之所竊笑，親友至於絕交」，皆實情，不必借典故、比興以爲高。

又、沈約、修竹彈甘蕉文（評選四六法海，卷二，狀，彈事，頁三十二）：

⑳ 可參王建生著東坡傳，收在中國文化月刊一三五期，頁四六～四七，東海大學出版。

渭川長兼淇園貞幹臣修竹稽首。臣聞芟荑蘊崇，農夫之善法；無使滋蔓，剪惡之良圖。未有蠹苗害稼，不加窮伐者也。切尋蘇臺前甘蕉一叢，宿漸雲露，荏苒歲月。……切尋甘蕉出自藥草，本無芬馥之香，柯條之任。非有松柏後凋之心，蓋闕葵藿傾陽之識。憑藉慶會，稽絕倫等。而得人之譽靡即，稱平之聲寂寞。遂使言謝之草，忘憂之用莫施；無絕之芳，當門之弊斯在。妨賢敗政，孰過於此？而不除戮，憲章安用？請以見事，徙根翦葉，斥出臺外，庶懲彼將來，謝此眾屈。

任昉有彈劉整范縝文，沈約有彈王源文。本文有如韓愈毛穎傳。心餘曰：「雖未盡思、雅有古意，存之」。

又，庾信、謝滕王集序啓（評選四六法海，卷三，啓，頁七）：

……殿下雄才蓋代，逸氣橫雲。濟北顏淵，關西孔子。譬其毫翰，則風雨爭飛；論其文采，則魚龍百變。蒲桃繞館，新開碣石之宮；修竹夾池，始作睢陽之苑。琉璃泛酒，鸚鵡承杯。鳳穴歌聲，鸞林舞曲。況復行雲逐雨，廻雪隨風。湖陽之尉，既成爲善之因；春陵之侯，便是銷憂之地。某本乏材用，無多述作。加以建鄴陽九，劣免儒硎；江陵百六，幾從士隴。至如殘編落簡，並入塵埃；赤軸青箱，多從灰燼。比年痾恙彌留，光陰視息。桑榆已逼，蒲柳方衰。不無秋氣之悲，實有窮途之恨。是以精采瞀亂，頗同宋玉；言辭蹇吃，更甚揚雄！一吟一詠，其可知矣。……伏願聖躬，與時納豫。

南陽寶雉，幸足觀瞻；酈縣菊泉，差能延壽。伏遲至鄴可期，從梁有日。同杞子之盟會，必欲瞻仰風塵；共薛侯而來朝，謹當逢迎冠蓋。魚腸尺素，鳳足數行。書此謝辭，終知不盡。

滕王，名逌，（即宇文逌），周文帝第十三子，少好經史，後爲隋文帝所害，所著文集，頗行於世。啓，爲通問之辭。心餘評本文云：「姿態橫生，丰神欲絕」，此取其精神言。就實質言，本文頌揚滕王才華，風流倜儻。已爲蒲柳方衰，有窮途之恨。所謂終餐周粟、未效秦庭，雖符「麥秀」之思，究慚「采薇」之操也㉑。

又，李商隱、獻河東公啓（評選四六法海，卷三，頁二十八）：

商隱啓。伏奉手筆，猥賜奏署。某少而孱懦，長則艱屯。有志爲文，無資就學。雖雜賦八首，或庶於馬遷；而讀書五車，遠慙於惠子。契濶湖嶺，淒涼路岐。罕遇心知，多逢皮相。昔魯人以仲尼爲佞，淮陰以韓信爲怯。聖哲且猶如此，尋常安能免矣。是以良背却行，求（冰?）心自處；羅含蘭菊，仲蔚蓬蒿。……若某者，又安可炫露短材，叨塵記室。鹽車款段，徒逢伯樂而鳴；土鼓迂疎，恐致文侯之臥。承命知忝，撫懷自驚。終無喻蜀之能，但誓依劉之願。

㉑ 參陳沆撰詩比興箋，卷二，庾信詩箋，頁五十五，廣文書局。

河東公（指柳仲郢，字諭蒙，世爲河東望族），爲東川節度使，辟商隱爲記室，以此文謝之。文中自言「讀書五車，遠慙於惠子」，蓋一般「罕遇心知，多逢皮相」，是以魯人以孔子爲佞，淮陰以韓信爲怯；如「冰心自處」、「（張）仲蔚（隱身不仕）、（所處）蓬蒿（沒人）」，今遇河東公擢拔，如鹽車駑馬，「徒逢伯樂而鳴」而已！使事雖繁，却能感人。心餘評云：「筆致尚清，皆無雜響」者。

又，丘遲、與陳伯之書（評選四六法海，卷四，書，頁七）：

……尋君去就之際，非有他故，直以不能內審諸己，外受流言，沉迷猖獗，以至於此。聖朝赦罪責功，棄瑕錄用。推赤心於天下，安反側於萬物。此將軍之所知，不假僕一二談也。朱鮪喋血於友于，張繡剚刃於愛子。漢主不以爲疑，魏君待之若舊。況將軍無昔人之罪，而勳重於當世。夫迷途知返，往哲是與；不遠而復，先典攸高。主上屈法申恩，吞舟是漏；將軍松柏不翦，親戚安居。高臺未傾，愛妾尚在，悠悠爾心，亦何可言！今功臣名將，雁行有序。佩紫懷黃，讚帷幄之謀；乘軺建節，奉疆埸之任。並刑馬作誓，傳之子孫。將軍獨靦顏借命，驅馳氈裘之長，寧不哀哉！夫以慕容超之強，身送東市；姚泓之盛，面縛西都。故知霜露所均，不育異類；姬漢舊邦，無取雜種。北虜僭盜中原，多歷年所；惡積禍盈，理至燋爛。況僞孽昏狡，自相夷戮；部落携離，酋豪猜貳。方當繫頸蠻邸，懸首藁街。而將軍魚游於沸鼎之中，燕巢于飛幕之上。不亦惑乎？暮春三月，江南草長，雜花生樹，群鶯亂飛。見故國之旗鼓，感生平於疇日。撫弦登陴，豈不愴恨！所以廉公之思趙將，吳子之泣西河，人之情也。將軍獨無情哉？想早勵良規，自求多福。當今皇帝盛明，天下安樂。……

據南史丘遲本傳：「（梁武帝）天監四年（五〇五），中軍將軍臨川王宏，北侵魏，以爲諮議參軍，領記室。時陳伯之在北，與魏軍來拒，遲以書喻之，伯之遂降」㉒。文中，先斥責陳伯之離開梁、投靠魏，是因「內不能審諸己，外受流言，沈迷猖獗，以至於此」，言其忘恩負義。而梁朝如漢，朱鮪殺了光武兄長，還招降他；亦有曹操宏量，張繡殺了曹操愛子，歸降後，待之如舊。「主上屈法申恩，呑舟是漏」，寬宏度量也。梁朝「功臣名將，雁行有序」；北魏宣武「僞孽昏狡，自相夷戮」，兩相比較，梁明而魏暗。何況「暮春三月，江南草長」，「廉公之思趙將，吳子之泣西河」，以趙王思復得廉頗（時去趙居梁），吳起之泣西河，不見用於故國魏王！與陳伯之故國之情。婉轉、淋漓，是以陳伯之得書而降。心餘云：「須玩其離合、斷續之法，勿徒炫其藻績」，言文中曲折婉轉之情，可使頑石點頭。

㉒ 李延壽撰南史，卷七十二，列傳第六十二，丘遲本傳，頁三，藝文印書館本。本傳又云：「遲，字希範，八歲便屬文，（父）靈鞠常謂「氣骨似我」。……梁武帝平建鄴，引爲驃騎主薄，甚被禮遇。……」。又，陳伯之，見南史，卷六十一，列傳第五十一，頁一：「陳伯之，濟陰睢陵人也，年十三四，好著獺皮冠、帶刺刀、候鄰里稻熟、輒偷刈之。……（後，降梁爲江州刺史，投魏爲平南將軍光祿大夫曲江縣侯），天監四年，詔太尉臨川王（蕭）宏北侵，宏命記室丘遲私與之書，曰（即本文）……」。（藝文印書館）

又，吳均、與朱（宋？）**元思書**（評選四六法海，卷四，書，頁十八）㉓：

風煙俱靜，天山共色，從流飄蕩，任意東西。自富陽至稠（桐？）廬，一百許里，奇山異水，天下獨絕。水皆縹碧，千丈見底，游魚細石，直視無礙。急湍甚箭，猛浪若奔。夾嶂（一作岸）高山，皆生寒樹。負勢競上，互相軒邈；爭高直指，千百成峰。泉水激石，泠泠作響。好鳥相鳴，嚶嚶成韻。蟬則千轉不窮，猿則百叫無絕。鳶飛戾天者，望峰息心；經綸世務者，窺谷忘反。橫柯上蔽，在晝猶昏；疎條交映，有時見日。

吳均文體清拔㉔，本文敘富陽至桐廬景色，急湍猛浪、高山寒樹、橫柯上蔽等等美景，皆如畫境。此爲晚明小品文所本。心餘評云：「妙在筆底有閒韻」，亦可。然其尺幅有千里之勢，天籟繚繞而不絕，非常人可至。

又，徐陵、與李那書（評選四六法海，卷四，頁二十六）：

㉓「與宋元思書」，評選四六法海，「宋」作「朱」字。黎經誥六朝文絜箋注云：「宋」一作「朱」、非，案：宋元思，字玉山，劉峻有與宋玉山元思書。（黎經誥箋注、許槤評選六朝文絜箋注，卷七，頁十二，新興書局本）

㉔南史吳均本傳（同註㉒），卷七十二，頁十七云：「吳均，字叔庠，吳興故鄣人也。家世寒賤，至均好學，有俊才，沈約嘗見均文，頗相稱賞。梁天監初，柳惲爲吳興，召補主簿，日引與賦詩，均文體清拔有古氣，好事者或斆，謂爲吳均體」。

……自古文人，皆爲詞賦。未有登茲舊閣，歎此幽宮。標句清新，發言哀斷。豈止悲聞帝瑟，泣望羊碑。一詠歌梁之言，便掩盈懷之淚。至如披文相質，意致縱橫。才壯風雲，義深淵海。方今二乘斯悟，同免化城；六道知歸，皆踰火宅。宜陽之作，特會幽衿。所覩黃絹之詞，彌懷白雲之頌。但恨耆闍遠嶽，擅特高峰。開士羅浮，康公懸溜。不獲銘茲雅頌，耀彼幽巖。循環省覽，用忘饑渴。握之不置，恆如趙璧；翫之不足，同於玉枕。京師長者，好事才人，爭造蓬門，請觀高製。……

胡孝轅云，那周人爵里無考。其重陽閣詩云：「銜悲向玉關，垂淚上瑤臺；舞閣懸新網，歌梁積故埃。紫庭生綠草，丹墀生碧苔；金扉晝常掩，珠簾夜暗開。方池含水思，芳樹結風哀；行雨歸將絕，朝雲去不廻。獨有西陵上，松聲薄暮來。」書所云一詠歌梁之言是也。閣周明帝所建，武成二年落成。文中頌揚李那詩作，「標句清新，發言哀斷，豈止悲聞帝瑟，泣望羊碑，一詠歌梁之言，便掩盈懷淚」，與己之「栖遲茂陵之下，臥病漳水之濱」心境相合也。心餘評云：「比任沈爲諧今，視王楊爲近古，文質之間，升降之漸，學者所宜究心也」。

又，孔稚珪、北山移文（評選四六法海，卷五，移文，頁七）：

鍾山之英，草堂之靈。馳煙驛路，勒移山庭。夫以耿介拔俗之標，瀟灑出塵之想。度白雪以方潔，干青雲而直上。吾方知之矣。若其亭亭物表，皎皎霞外。芥千金而不盼，屣萬乘其如脫。聞鳳吹於洛浦，値薪歌於延瀨。……至其紐金章，綰墨綬；跨屬城之雄，冠百里之首。張英風於海甸，馳妙譽於浙右。道帙長擯，法筵久埋。敲扑諠嚻犯其慮，牒訴倥偬壯其懷。琴歌既斷，酒賦無續。常綢繆於結課，每紛綸于折獄。籠張、趙於往圖，架卓、魯於前錄。希蹤三輔豪，馳聲九州牧。使其高霞孤映，明月獨舉。……今乃促裝下邑，浪拽上京。雖情投於魏闕，或假步於山扃。豈可使芳杜厚顏，薜荔蒙恥。碧嶺再辱，丹崖重滓。塵遊躅於蕙路，汙淥池以洗耳。宜扃岫幌，掩雲關，斂輕霧，藏鳴湍。截來轅於谷口，杜妄轡於郊端。於是叢條瞋膽，疊嶺怒魄。或飛柯以折輪，乍低枝而埽迹。請迴俗士駕，爲君謝逋客。

北山，即鍾山（今名紫金山）。移文，劉勰云：「移者，易也。移風易俗，今往而民隨者也」，「劉歆之移太常，辭剛而義辨，文移之首也」㉕。移文爲官府文書之一，以「移風易俗」爲目的，宜剛正。孔稚圭，本傳云其不樂世務，門庭之內，草萊不剪㉖。文中言南齊周顒（字彥倫，汝南人），本「雋俗之士，既文既博，亦玄亦史」，精通文哲，隱于鍾山。後應詔爲海鹽令，「張英風於海甸，馳妙譽於浙右」，「籠張（敞）、趙（廣）於往圖，架卓（茂）、魯（恭）於前錄」，盼駕凌前

㉕ 劉勰著文心雕龍，卷四，檄移第二十，頁十四，商務四部叢刊正編。

㉖ 蕭子顯撰南齊書，卷四十八，列傳第二十九，孔稚珪本傳云：「字德璋，會稽山陰人也。……少學涉有美譽，太守王僧虔見而重之，引爲主薄，……稚珪風韻清疎，好文詠，飲酒七八斗……草萊不剪，中有蛙鳴，或問之曰，欲爲陳蕃乎？稚圭笑曰：我以此當兩部鼓吹，何必期效仲舉（陳蕃）？」（藝文印書館）

賢。秩滿入南京，欲過鍾山，而「南岳獻嘲，北隴騰笑，列壑爭譏，攢峰竦誚」，衆峯爲之譏笑，甚至「叢條瞋膽，疊韻怒魄」，草木含怒，而「飛柯以折輪，乍低枝而掃迹」，以此文將周顒掃地出去了。心餘評云：「酌文質之中，窮古今之變，駢文斷推第一」。極力頌揚。

又，駱賓王、代徐敬業傳檄天下文（評選四六法海，卷五，檄，頁二十一）：

僞臨朝武氏者，人非和順，地實寒微。昔充太宗下陳，曾以更衣入侍。洎乎晚節，穢亂春宮。密隱先帝之私，陰圖後房之嬖。入見門嫉，蛾眉不肯讓人；掩袖工讒，狐媚偏能惑主。踐元后於翬翟，陷吾君於聚麀。加以虺蜴爲心，豺狼成性。近狎邪僻，殘害忠良。殺姊屠兄，弒君酖母。人神之所同嫉，天地之所不容。猶復包藏禍心，竊窺神器。……敬業皇唐舊臣，公侯冢倩。奉先君之成業，荷本朝之舊恩。宋微子之興悲，良有以也；袁君山之流涕，豈徒然哉！是用氣憤風雲，志安社稷。因天下之失望，順宇宙之推心。爰舉義旗，誓清妖孽。南連百越，北盡三河。鐵騎成群，玉軸相接。海陵紅粟，倉儲之積靡窮；江浦黃旗，匡復之功何遠？邊聲動而北風起，劍氣衝而南斗平。喑嗚則山岳崩頹，叱吒則風雲變色。以茲制敵，何敵不摧？以此圖功，何功不克？

……

劉勰云：「檄者，皦也，宣露於外，皦然明白也」㉗，實軍書之義。高宗時，政由武氏，駱賓王數諷諫，爲當時所忌，繫獄後遇赦，除臨海縣丞，而徐敬業坐事貶柳州司馬。武后僭位，徐敬業、唐之奇、杜求仁、駱賓王等起兵討之，賓王爲府屬，傳檄天下。文中責武氏之罪，「人神之所同嫉，天地之所不容，猶復包藏禍心，竊窺神器」，敬業「皇唐舊臣」，「奉先君之成業，荷本朝之厚恩」，如宋微子之興悲。而兵威之盛，「南連百越，北盡三河，鐵騎成群，玉軸相接……」，末則勵內外諸臣共起匡復，「言猶在耳，忠豈忘心，一杯之土未乾，六尺之孤安在？……凡諸爵賞，同指山河」。武后得此檄，讀至「一杯之土未乾，六尺之孤安在」，曰：宰相安得失此人。然則，徐敬業起義，陳嶽論曰：妄希金陵王氣，是眞爲叛逆，不敗何待㉘！心餘評本文云：「此文殊未盡致，淺學亟稱之，陋矣！」能破除俗見。

又，徐陵、玉臺新詠集序（評選四六法海，卷五，詩集序，頁三十八）：

凌雲概日，由余之所未窺；萬戶千門，張衡之所曾賦。周王壁臺之上，漢帝金屋之中。玉樹以珊瑚作枝，珠簾以瑇瑁爲押。其中有麗人焉。其人也，五陵豪族，充選掖庭。四姓良家，馳名永巷。亦有潁川新市，河間觀津。本號嬌娥，曾名巧笑。楚王宮內，

㉗ 同註㉕，頁十三。

㉘ 司馬光編資治通鑑，卷第二百三，則天順聖皇后上之上，光宅元年（西元六八四），頁十三，有：「魏思溫說李（徐）敬業曰：明公以匡復爲辭，四面響應矣。薛璋曰：金陵有王氣，且大江天險，足以爲固，不如先取常潤爲定霸之基，然後北向以圖中原，進無不利，退有所歸，此良策也。……（頁十六）陳嶽論曰：敬業苟能用魏思溫之策，直指河洛，專以匡復爲事，縱軍敗身戮，亦忠義在焉，而妄希金陵王氣，是眞爲叛逆，不敗何待！」（商務四部叢刊正編）

無不推其細腰；魏國佳人，俱言訝其纖手。閱詩明禮，非直東鄰之自媒；婉約風流，無異西施之被教。弟兄協律，自小學歌；少長河陽，由來能舞。琵琶新曲，無待石崇；箜篌雜引，非關曹植。傳鼓瑟於楊家，得吹簫於秦女。……但往世名篇，當今巧製。分諸麟閣，散在鴻都。不藉篇章，無由披覽。於是然脂暝寫，弄筆晨書。選錄豔歌，凡爲十卷。曾無參於雅頌，亦靡濫於風人。涇渭之間，若斯而已也。麗以金箱，裝之寶軸。三臺妙迹，亦龍伸蠖屈之書；五色花牋，皆河北膠東之紙。高樓紅粉，仍定魯魚之文；辟惡生香，聊防羽陵之蠹。雪飛六甲，高擅玉函；鴻烈仙方，長推丹枕。至如青牛帳裏，餘曲既終；朱鳥窗前，新粧已竟。方當開茲縹帙，散此緗編。永對玩於書帷，長循環於纖手。……

梁簡文帝爲太子，好作豔詩，傷於輕靡，時號「宮體」，並令徐陵撰玉臺集，以大其體。序從「凌雲概日，由余之所未窺，萬戶千門，張衡之所曾賦」，華美的宮殿說起。有「四姓良家」美女，有「潁川新市，河間觀津」佳麗，或叫嬌娥、或叫巧笑。這些美女，「反插金蓮，橫抽寶樹，南都石黛，最發雙娥；北地燕支，偏開兩靨」，可說是「傾國傾城」。然在宮中，「優游少託，寂寞多閑」，乃屬意於新詩，作者於是「然脂暝寫」，「選錄豔歌」十卷。心餘評云：「佛祖統紀，載陵嘗聽智者講經，因立五願，一、臨終正念，二、不墜三塗，三、人中托生，四、童眞出家，五、不墜流俗之僧。……孝穆於生死自在乃爾，作此一序，不慮犯綺語戒耶？因而推求之，如宋之韓魏公、范文正、張忠定、司馬溫公、王荊公，皆鐵心石腸人，而皆有豔詞，乃知彭澤閒情（賦），不足爲瑕也。」心餘此說，特就傳統「文以明道」、「文以載道」說，實則人本有眞性情、眞性感，爲「道」所掩，非「眞文」也！是以抒寫男女情感緣情作品、有其價值，不應抹殺。有「豔詞」乃自然之事。當然，作品太多，「豔」而爲「煽」情，易有流弊。

又，王勃、上巳浮江宴序（評選四六法海，卷六，宴集序，頁十三）：

……若乃尋曲渚，歷迴溪。榜謳齊引，漁歌互起。飛沙濺石，湍流百勢；翠嶮丹崖，岡巒萬色。亦有銀鈎犯浪，掛頳翼於文竿；瓊轄乘波，耀錦鱗於畫網。鍾期在聽，玄雲白雪之琴；阮籍同歸，紫桂蒼梧之酌。既而遊盤興遠，景促時淹。野日照晴，山煙送晚。方披襟朗詠，餞斜光於碧岫之前；散髮高吟，對明月於青溪之下。客懷既暢，遊思遄征。視泉石而如歸，佇雲霞而有自。昔周川故事，初傳曲洛之杯；江甸名流，始命山陰之筆。盍遵清轍，共抒幽襟！俾後之視今，亦猶今之視昔。一言均賦、六韻齊疏。誰知後來者難，輒以先成爲次。

古人三月上巳，有祓禊的風俗，唐風承襲已久，所謂「上巳曲江濱，喧於市朝路」（劉篤詩句）。文中描繪浮江宴集，風月山水、沙石漁浪，清新自然。末亦取王羲之蘭亭詩集序「後之視今，亦猶今之視昔」，以抒幽襟。文字清新自然。心餘云：「清新處自堪采擷，滑易處斷不可學」。

又，王勃、秋日登洪府滕王閣餞別序（評選四六法海，卷六，贈別序，頁二十一）：㉙

㉙（見次頁）

豫章故郡，洪都新府。星分翼軫，地接衡廬。襟三江而帶五湖，控蠻荊而引甌越。物華天寶，龍光射牛斗之墟；人傑地靈，徐孺下陳蕃之榻。雄州霧列，俊采星馳。臺隍枕夷夏之交，賓主盡東南之美。都督閻公之雅望，棨戟遙臨；宇文新州之懿範，襜帷暫駐。十旬休假，勝友如雲；千里逢迎，高朋滿座。騰蛟起鳳，孟學士之詞宗；紫電青霜，王將軍之武庫。家君作宰，路出名區；童子何知，躬逢勝餞。……臨別贈言，幸承恩於偉餞；登高作賦，是所望於群公。敢竭鄙懷，恭疏短引。一言均賦，四韻俱成。請灑潘江，各傾陸海云爾。

本文爲王勃二十六歲作㉚。滕王，名元嬰，高祖最少子，初爲金州刺史，驕縱失度，高宗以書切責之，遷洪州都督。時王勃隨父福畤參與滕王閣之宴，原本閣都督命其壻作序以夸客，遍請客莫敢當，至勃慨然不辭，以爲天才。文中敘述洪州地勢人才、時序、滕王閣形勢、景物，轉而身世之感，安貧知命，謝閻公厚遇等等，皆能生動表達作者眞感情。心餘評云：「清華婉麗，秀逸圓勻，子安之序，推此第一」，此就其文辭言，是也。而文中言貧且樂、窮益堅、不墜青雲之志、

㉙本文題目，明崇禎間張燮編的初唐四子集本的王子安集，作「滕王閣詩序」，據屈萬里先生考證，應依照文苑英華作「秋日登洪府滕王閣餞別序」（「滕王閣序」的兩個問題，收在大陸雜誌，第十六卷，第九期，頁二）。則心餘評選四六法海，雖據明王志堅書，並無擅自臆改、訛誤也。又，清、陳均編唐駢體文鈔，（世界書局本），收上巳浮江宴序，未收此篇，不知何故？

㉚同註㉙，依屈萬里之說，見「滕王閣序的兩個問題」，頁五。

報國之心者，實忠臣孝子之心。不止「英思壯采，如泉之涌」（王益吾語，唐宋文舉要）而已。

又，王巾、頭陀寺碑文（評選四六法海，卷七，碑文，頁一）：

……頭陀寺者，沙門釋慧宗之所立也。南則大川浩汗，雲霞之所沃蕩；北則層峰削成，日月之所迴薄。西眺城邑，百雉紆餘；東望平皋，千里超忽。信楚都之勝地也。宗法師行潔珪璧，擁錫來游。以爲宅生者緣，業空則緣廢；存軀者惑，理勝則惑亡。遂欲捨百齡於中身，殉肌膚於猛鷙，班荆蔭松者久之。宋大明五年，始立方丈茅茨，以庇經象。後軍長史江夏內史會稽孔府君諱覬，爲之薙草開林，置經行之室。安西將軍郢州刺史江安伯濟陽蔡使君諱興宗，復爲崇基表刹，立禪誦之堂焉。以法師景行大迦葉，故以頭陀爲稱首。後有僧勤法師貞節苦心，求仁養志、纂修堂宇，未就而沒，高軌難追，藏舟易遠。……法師釋曇珍，業行淳修，理懷淵遠；今屈知寺任，永奉神居。夫民勞事功，既鏤文於鐘鼎；言時稱代，亦樹碑於宗廟。世彌積而功宣，身逾遠而名卲。敢寓言於彫篆，庶髣髴乎眾妙。辭曰：質判玄黃，氣分清濁。涉器千名，含靈萬簇。淳源上派，澆風下黷。愛流成海，情塵爲岳。皇矣能仁，撫期命世。乃睠中土，聿來迦衛。奄有大千，遂荒三界。般鑒四門，幽求六歲。亦既成德，妙盡無爲。帝獻方石，天開淥池。祥河輟水，寶樹低枝。通莊九折，安步三危。川靜波澄，龍翔雲起。耆山廣運，給園多士。金粟來儀，文殊戾止。應乾動寂，順民終始。法本不然，今則無滅。象正雖闌，希夷未缺。於昭有齊，式揚洪烈。釋網更維，玄津重枻。惟此名區，禪慧攸託。倚據崇巖，臨睨通壑。……

王巾，字簡棲，臨沂人。梵語頭陀，此云精進，大迦葉於諸弟子中，頭陀第一。心餘云：「作空門文字，須曾於宗教留心始得」，「觀其所作，雖不可謂門外漢，然亦僅入門而已」。又云：「有雕刻極工緻處，有樸直不可學處，讀者當分別觀之」，洵爲知者。

又，顏延之、陶徵士誄（評選四六法海，卷八，誄，頁三十六）：

有晉徵士尋陽陶淵明，南嶽之幽居者也。弱不好弄，長實素心。學非稱師，文取指達。在眾不失其寡，處言逾見其默。少而貧苦，居無僕妾。井臼不任，藜菽不給。母老子幼，就養勤匱。遠惟田生致親之誼，追悟毛子捧檄之懷。初辭州府三命，後爲彭澤令。道不偶物，棄官從好。遂乃解體世紛，結志區外。定跡深棲，於是乎遠。灌畦鬻蔬，爲供魚菽之祭；織絇（𦆽）緯蕭，以充糧粒之費。心好異書，性樂酒德。簡棄煩促，就成省曠。殆所謂國爵屏貴，家人忘貧者歟？有詔徵著作郎，稱疾不到，春秋若干，元嘉四年（四二七）月日卒於尋陽縣之某里。近識悲悼，遠士傷情。冥默福應，嗚呼淑貞。……宜謚曰靖節徵士，其詞曰：物尚特生，人固介立。豈伊時遘，曷亦世及。嗟乎若士，望古遙集。韜此洪族，蔑彼名級。睦親之行，至自非敦。然諾之信，重於布言。廉深簡潔，貞夷粹溫。和而能峻，博而不煩。依世尚同，詭詞則異。有一於此，兩非默置。豈若夫子，因心違事。畏榮好古，薄身厚志。世霸虛禮，州壤推風。孝惟義養，道必懷邦。人之秉彝，不隘不恭。爵同下士，祿等上農。度量難鈞，進退可限。長卿棄官，稚賓自免。子之悟之，何悟之辨。賦詩歸來，高蹈獨善。……嗚呼哀哉！仁焉而終，智焉而斃。黔婁既沒，展禽亦逝。其在先生，同塵往世。旌此靖節，如彼康惠。嗚呼哀哉！

陶徵士，陶潛。誄，累也，累其德行而稱之。淵明云「少時壯且厲，撫劍獨行游」（擬古），「猛志溢四海，騫翮思遠翥」（雜詩），早歲具豪邁之氣。二、三十歲間，見司馬道子，和其子元顯柄國，招權納賄，政界混濁，後來桓玄、劉裕相繼爭權，社會風氣敗壞，乃辭官、賦歸去來兮。蕭統云淵明「貞志不休，安道苦節，不以躬耕爲恥，不以無財爲病，自非大賢篤志，與道汙隆，孰能如此乎」[31]。本文言淵明「長實素心」、「居無僕妾」、「母老子幼，就養勤匱」、「道不偶物，棄官從好」、「徵著作郎，稱疾不到」，是誄其「仁焉」、「智焉」之德。蓋顏延之爲始安郡，道經尋陽，常飲淵明舍，自晨達昏，及淵明卒，而爲之誄。心餘評云：「妙在筆外有閒致」。然則，亦寄哀思之情也。

心餘深於駢文。而清人所輯，如曾燠的國朝駢體正宗[32]、張鳴珂的國朝駢體正宗續編[33]、吳

---

[31] 見于箋注陶淵明集，梁昭明太子統撰序，商務四部叢刊本。又前引淵明詩，在此本陶淵明集，卷四，雜詩十二首，其五；擬古詩，其八。

[32] 曾燠編、姚燮評點、張壽榮眉評、國（清）朝駢體正宗評本、花雨樓校本，世界書局出版。

[33] 張鳴珂輯國朝駢體續編，世界書局。

山尊選八家四六文㉞，乃至民國王文濡編清代駢文評註讀本㉟，均未見選錄。國朝駢體正宗選袁枚十二首，八家四六文，袁枚爲八家之一（在卷七）。王文濡駢文讀本收袁枚作品於第二冊，何以未收蔣文？主要的原因，一來心餘作品多捉刀（代作），往往不爲人知；二來心餘以九種曲、詩文出名，駢體之名即爲所掩。

㉞ 吳山尊選、許貞幹補注八家四六文注，文史哲出版社。
㉟ 王文濡編清代駢文評注讀本，鼎文書局。

第十章　綜論

一

綜合前述，心餘生長江西鉛山石盤渡。父堅，天生異稟，性情忠厚仁愛，有折獄之智；母親鍾氏，知書達禮，教導心餘識字、讀書，與歐陽修母親以荻畫地教導歐陽修，前後輝映。心餘十一歲，隨父母遊齊魯燕趙等地，歷覽太行、王屋之勝，並居王鏜家十年。又，從十五歲學詩，與楊垕、汪軔、趙由儀並稱「江西四子」。二十一歲，與妻張氏（時十九歲）結褵，二十二歲受知於金德瑛（檜門），以「孤鳳凰」譽之。二十三歲食餼，而後由鉛山出發，往遊廣信、三峽澗、廬山、栖賢寺、開先瀑布等地。二十四歲，春闈落第，乃遊梅花嶺、弔史閣部、過燕子磯、書宏濟寺壁（六年後，袁枚路過此，受其賞識，二人因此定交）。返家後，十二月，父堅逝世，母親自爲祭文，悲慟萬分，心餘的「哀詞」、「成主告詞」、「引發告詞」、「窆坎告詞」等，紀其始末，悽愴悲慟，讀者酸鼻。

二十六歲，受南昌知縣聘爲「南昌縣志總纂」，並爲令尹顧瓚園（錫鬯）姬作空谷香傳奇。二十七歲，作一片石雜劇。二十八歲，遷居南昌，試禮部落第。由河北、山東南下，拜謁金檜門、因此認識張吟鄉。二十九歲，遊趵突泉、龍洞山、佛峪、千佛山等地。三十歲，與趙翼同參加會識而相識，可惜兩人皆落第。後，同住汪由敦處，與饒學曙、秦大士等人交遊，而心餘與甌北同考授中書舍人，充內閣中書。冬，乞假返南昌，譜空谷香傳奇，同舟之人爲之唏噓泣下。

三十一歲，居南昌，返鉛山詣先壠，祭父墓。三十二歲，往返南昌、鉛山之間。九月，舉家北上，經南昌、滕王閣，出彭澤、高郵、淮陰、嶧縣。至南陽，遇潰河，悽悽慘慘；經賀縣，橋斷車覆，幾死。

三十三歲，中二甲十二名進士。朝考，冠其列，可知其學問淵博，爲內閣翰林院、庶吉士。三十四歲，入翰林。三十五歲，續留北京，與張舟（廉船）、甌北相交頗篤。三十六歲，散館，授編修。三十七歲，四子知斗病亡，祖母以下莫不悲慟欲絕。三十八歲，高宗南巡，心餘有恭和御製詩，八月，與甌北均爲鄉試同考官。三十九歲，有感於才高性剛，爲人所忌，打算「養親」南歸。買宅雞鳴山。四十歲，將辭京，爲母親預開六秩壽慶，四月二十日出都。由盧溝橋、樂毅故里、保定、趙州、天津、山東東昌、清江浦、高郵、爪洲，卜居金陵，名其樓曰「紅雪樓」。

四十一歲，在南京與子才爲隣，通家往來，其樂融融。後，與子才同遊棲霞，與尹似村等看梅小飲，文人雅集，傳爲盛事。三月，贖南昌老屋。至南昌，遇飢荒，有「飢民歎」等詩以寄慨。至鉛山，省視祖妣之墓。馳返金陵，勞苦奔波，所謂「罷官已同鵲繞枝，爲客更似魚失水」，最好的心情寫照。本來，尹繼善要聘心餘爲鍾山書院院長，殊不知學院亦有忌害者，預定的事，頓成幻影。以韓愈、蘇軾「磨蝎爲身宮」、「平生多得謗譽」自喻。後，與長子知廉往無錫、嘉興，再至杭州、西湖等地，皆有詩以紀。浙江巡撫聘心餘主蕺山書院，心餘乃攜知廉往任，而知廉年幼，不服水土，乃病，加上母子懸念，逐使知廉返南京。心餘雖留在紹興，心掛金陵家人，夢魂牽繫，教學一年，禁不住相思之苦，由杭歸。

四十三歲，心餘奉母命，舉家赴會稽，居天鏡樓。在蕺山書院，心餘有「揭蕺山講堂壁」，教導學生爲人爲學之道。十月二十八日，心餘生日，卻在病中渡過。「忽忽行年四十三」，「此生窮困由天授」，心多悽愴。十二月，偕三子遊蘭亭。四十四歲，離開紹興，送行者如劉豹君、任處泉等，子弟六七人，「號泣相夾餔」，乃往西湖陪母親欣賞西湖風光，暫居杭州，主講崇文書院，有「訓士」七則，秉持儒家聖賢之志，民胞物與精神。

在杭待了六十七天，又返蕺山，以「楚弓楚得」、「藺相如完璧歸趙」相喻。六月，由於天氣太熱，心餘病瘧，痊癒後至「吳山觀禱雨」、「菉竹亭晚眺」。後別蕺山，回金陵過生日，「啜菽家貧累母慈」，有志不伸的感覺。冬，心餘患肺熱。

四十六歲，主講蕺山書院。元旦次夕，偕張椿山太守往杭州，相與論及蕭山富家池海防。三月，上書「與寧紹台道潘蘭谷觀察書」，蘭谷觀察感其懇摯，遂赴吳中考察。此年甌北接任廣州知府，有寄心餘詩，並以「十家詩話」（即甌北詩話）相贈，心餘亦有詩相贈。四十七歲，尚在蕺山書院。後至杭州，與子才相晤，後返蕺山，撰桂林霜傳奇。立秋，又至杭州，與王文治相會，乃往蘇州、丹徒。

四十八歲，心餘主講蕺山已五年。兩淮鹽運使聘爲安定書院講席，舉家遷揚州。在揚州，有「田園主人畫治春詩社圖」，與會者，除心餘外，有王文治、魯贊元、袁鑒、紀昀、王昶、趙文哲等人，盛極一時。六月，心餘偕妻子往南京，登棲霞，避暑湖上，後返揚州。在秋聲館，有題壁詩十首。又作四絃秋雜劇。冬，洪亮吉秀才訪心餘於安定書院，因兩世棺木未舉，卻囊空如洗，心餘助之歸。

四十九歲，心餘至湖上看芍藥，到焦山、至眞州（儀眞）懷古，返揚州康山草堂。後，還金陵，感舊宅之蕭瑟。十二月，著雪中人傳奇。此年，心餘題畫詩多，如題羅兩峯鬼趣圖。羅鬼趣圖，題詠者多。如袁枚、姚鼐、錢大昕等等，造成一時轟動。

五十歲，心餘五十初度詩云：「半生春夢人如此」、「一事無成由宿命」、「菽水承歡亦可憐」、「五十行年一杯酒，暗中垂涕感茲辰」。自苦、自憐、自歎。三月，完成臨川夢傳奇。寒食日，完成香祖樓傳奇。十一月，三位孫女：阿寶、阿鸞、阿賓病逝，慘絕人寰！

五十一歲，心餘母親鍾太夫人卒於揚州，銜哀誌慟，慈音遺容，如見如杳。於是，扶太安人之櫬，登舟，行歷千五百里至家。次年，丁憂在家。六月十八日，葬太安人於沙土園之新阡，與其父幽宅衡宇相望。八月，著第二碑雜劇，以婁妃墓事爲題材。

五十三歲，心餘居南昌。年老返鄉，謀生計拙、貧病絕糧，可說是當時窘狀最佳寫照。後，心餘至撫州（江西、臨川），在蕭公渡覆舟。湯韡齋太守、危踐堂司訓、適時派人救援接引，得以脫困安神。後心餘往南豐、子知節避喧泰寺。秋，返南昌，作藏園二十四詠，後，知廉隨心餘返鉛山，攜眷遊積翠巖、石井庵，由於旅途勞累，生一場病，輾轉反側，心中一片孤寂。季冬，回南昌。値得一提的是，本年知廉拔恩貢。

五十四歲，由於天子垂詢，心餘往北京供職。所謂「側聞天子語，許以名士優；感激再出山，宦海如沈浮」。二月，抵揚州，至梅花嶺謁史忠正祠墓，康山草堂觀演四絃秋，旅途跋涉，身體衰病。入京，宿李寶幢（汪度）處。錢擇石、彭衣春、朱石君等皆來垂問。秋末，病後遣知廉、知讓南歸。感傷母親逝世，晚掛朝衫。後，妻子北上相逢，執手相看淚眼。心餘官運不佳，有類甌北，甌北五十五歲補官途中，兩臂忽患風痺，自言「人笑暮年重出仕，天將衰疾教休官」。心餘留京不久又生病，自云「病與妻孥共，貧增故舊憐」，在貧病交錯的日子，萌生退意。又，心餘與翁方綱、程晉芳、周厚轅、吳錫麒、張塤、及洪亮吉、黃景仁等，在八月共結詩社。

五十六歲，三月，心餘與翁方綱、程晉芳、張塤等人，集載軒寓齋，分詠瓶中海棠。秋，知讓召試，欽取第一，賜舉人。十二月十九日，翁方綱招集心餘等十一人，瞻拜蘇軾遺像。五十七歲，心餘在京，充國史館修纂，開國方略，並作懷人詩四十八首，後懷人詩十九首，續懷人詩十九首，人老倦勤，思歸田園。八月，心餘撰冬青樹院本。

五十八歲，乾隆皇帝召見，保送御史用，然中風病臥，右手不能書，作罷。甌北有詩存問，蓋二人同病相憐也。次年，心餘招翁方綱飲，方綱不赴，以詩謝。未幾，心餘辭京，方綱送行，有云：「無官一身輕」、「心安病骨瘳」，直如淵明之賦歸去。返鄉後，心餘曾省婁妃墓，遊北蘭寺等。

六十歲，心餘閒居耰鋤，觀賞花木，或讀書自遣、涉獵四庫，自稱老儒。子才遊江西，路過探望心餘，見其半體枯竭，聞子才至，乃蹶然而起。此時心餘雖右手廢，左手尚可書。六十一歲，二月二十一日，心餘卒於南昌。歿時大雷電繞屋，與誕生時同，葬於鉛山七都董家塢。有知廉等八子、一女，立中等孫九、孫女三。

心餘仕宦不如意，如韓愈、蘇軾，身坐磨蝎宮，屢遭口謗，一生只得糊口奔波。是以掌教山陰、揚州，轉徙飄泊。五十四重出，供職京師，身老體衰，立功已晚。然其詩、詞、雜劇、傳奇、古文、駢文等，名重當時，立言千秋，非一般俗儒、群小所可仰望。研究心餘，推及袁、趙，在於汲取前人智慧精髓、光大我國文化。

二

在交遊方面。袁、蔣、趙爲乾隆三大家❶。心餘之與子才、子才之與甌北、甌北之與心餘交往厚，與唐之李白、杜甫友好，毫不遜色，特闢專章說明。心餘其他友人分江西，如：趙由儀、楊垕、汪軔、吳璟、袁守定、裘日修、謝啓崑等等。江蘇如：蔣熊昌、洪亮吉、劉綸、黃景仁、顧光旭、畢沅、彭啓豐、彭紹升、張塤、王鳴盛、趙文哲、王祖庚、王昶、王文治、秦大士、龔孫枝、程晉芳、秦黌、汪端光、及揚州八怪中的鄭燮、羅聘等等，幾乎囊括乾隆期的江蘇文豪。浙江如：陳兆崙、錢陳群、錢載、錢世錫、王又曾、劉文蔚、商盤、吳瀇、宗聖垣、盧文弨、諸重光、金德瑛、戴文燈、高文照等等。福建如陳時若，兩廣如陳宏謀、胡德琳，雲南如李敬躋、李翊，安徽如汪由敦、金兆燕，山西如劉秉恬，陝西如張坦、王杰，山東如韓夢周，河南如陳淮，

❶ 錢鍾書談藝錄，頁一六二，「袁蔣趙三家之議論風格交誼」條云：「三家之說，乃隨園一人搗鬼，甌北尚將計就計，以爲標榜之資。」（明倫出版社）。然則，Chinese literature by Chen Shou-Yi，介紹清初詩人，只：錢謙益、吳偉業、王士禎、朱彝尊、查愼行、袁枚等人，不及心餘、甌北。（頁五三六至五四七，一九七八，台北新月圖書有限公司發行）。未知何故？

河北如黃叔琳、查禮、吳肇元、朱珪、翁方綱、董榕、邊連寶、紀昀等等，滿洲如尹繼善、佟國瓏等等，知心餘之友朋，大部分爲乾嘉期大文學家。

三

心餘詩作，以古詩第一、律詩居次，類如袁、趙。其古詩應酬作品，以實事爲主，博采曲實，詞藻巨麗，波瀾宏濶，不以「捃摭套語以塞責」，和韻、聯句之作，屬「聲華情實中，不露本來面目」。

心餘詠物古詩，形式、內容多變化、有寄托，辭尙典雅。而甌北詠物，或說理、或考據、鋪張而成，有寄托者少。子才此類作品，時多諧趣。

題畫詩，在明示畫意。心餘題畫，有酬酢者、有寫景者、有寫物者，甚而兼及當時風土，涵蓋範圍廣。寫景詩，登臨以紀實爲本，兼有感懷；征行有悽愴之意，不失性情之正；遊覽詩最佳，氣勢滂礴、情感環迴。袁、趙此類詩，性質往往相同。

心餘感懷詩，或感人、事、或雜感，至于詠懷，皆直抒性情。尤其以詩論史，稱揚文天祥、史閣部、黃烈婦、李貞女等等，表彰忠義節烈，不遺餘力，所謂得「性情之正」。

敘事詩，取材社會現實，如饑民歎、後饑民歎、禁砂錢、京師樂府詞等等，敘述饑民流離失所、窮人困苦生活、京師種種怪異現象，一一達之於詩，令人怵目驚心。

大體說，三家皆以古風第一。子才意到筆注，筆所未到意無窮，雜以「神仙龍虎」嬉笑，忽起忽滅；甌北結構變化、大筆淋漓，出于自然；心餘能取人之長、之精，棄其所短，氣勢萬鈞，扶持名教，詩中往往兼含儒家忠孝思想❷。

四

就律詩言，心餘酬酢，本於性情，合於節度。其詠物律作，託足甚高，立言必雅、讚頌風烈。子才則樹骨高華，賦林雄鶩，然傷曼衍。甌北詠物，或工切渾脫，或譬喻巧妙。題畫律作，就人物、山水、景物點染，結構完整，自由出入于格局。寫景律作，起伏變化，或由直尋，含儒家民胞物與精神、忠孝之道，溫柔敦厚。抒情律作，偶亦流露「羈人畏寒」、「匏瓜徒繫」不得已之情。懷人諸作，兼頌友人之德，不失雅正。紀事律作，詠史、讚美，往往宣揚忠貞節烈，而社會寫實律作，關心田家百姓。袁、趙此類作品似無心餘工雅矣。

五

就絕句言。心餘交遊絕句，能切合身份，然亦有不佳者，前已言之。詠物，或寓情、或譏諷

❷ 歐陽功甫與羅秋甫書謂：袁、蔣、趙才力甚富，不屑鍊以就法，故多淺直俚諢之病，不能及古，而見喜於流俗。（收在楊鍾義撰集雪橋詩話餘集，卷八，頁十三，總頁六〇九九至六一〇〇，鼎文書局）。所指「淺直俚諢」，表彰忠孝，部分爲救王世禎末流「空、僻、靡」之病（見朱湘、蔣士銓）。

者多。題畫絕句，就圖中人物、花果、畜獸點染，兼含儒家思想。寫景詩，或情滿于紙，或有味外味。抒情絕句，有嗟歎、有雜感、有諷刺。子才、甌北絕句多道性情。紀事絕句，本於實事，言語有時失之以苛，至於表彰忠孝節義，爲其所長。而甌北就現實取材，內容有趣。子才能反覆議論，常有定見。然則心餘、甌北年老嗟貧絕句，時亦有之。

六

就詞說。銅絃詞題材廣、多長調，遠取蘇辛，近學陳迦陵，以勁筆硬語、多奇傑之氣❸。一般酬酢，遣詞有分寸、感情往復回環，亦有力弱之作。偶有次韻、疊韻之作，難免於俗。心餘詠物詞，隨題吟詠，典實豐富，如畫家寫意，有生動之趣。然亦有無聊之作。題畫詞，或寫人物，曲折婉轉，寄慨人生，或言別友，歎年光往來，少別斷腸，或豆棚閒話、或水榭話舊、或圖山水、引起鄉愁，皆能曲盡其情。如自題歸舟安穩圖，不矜才使事，氣體自然，難以相比。

寫景詞，或情由景生、或言滄桑，言情有羈旅愁苦、異鄉情切、下第出京、百感交集、音韻淒楚，不同於模倣者。

紀事詞，紀載生平旅遊行踪，或發揚忠貞節烈，扶持名教，應可補入史編。

---

❸ 可參嚴迪昌著清詞史，頁三五二起，江蘇古籍出版社。

七

紅雪樓九種曲，更是獨步乾隆時期。雜劇有三：

一片石，敘明武宗時，寧王朱宸豪妃婁氏之事，寧王反，諫之不聽，寧王敗，投水死，此攸關「風化」事，爲其創作動機，雖只四齣，不令單調。

第二碑，一名後一片石，使前戲相連。步步經營，架構完整，詞采亦富。

四絃秋，其創作動機在於馬致遠之「青衫泪」錯誤，心餘此劇結構簡單、精悍，後人評價高。內容言：白居易朝中抗直、遭讒謫之不公，與商婦花退紅嫁寡情郎，共傷淪落，借別人酒杯澆胸中壘塊。

傳奇有六。

空谷香傳奇，爲南昌令顧瓚園姬姚氏，一絲既聘，能爲令尹數死之，志不見奪，表揚其節烈。雖有三十齣，結構如勾連，前後貫穿。

桂林霜傳奇，敘述馬雄鎮全家三十八口死節，教忠教孝，悲壯事蹟，足以感人。二十四齣中，結構稍爲冗長。

雪中人傳奇，敘述鐵丐吳六奇，受恩於查培繼，培繼蒙冤入獄，爲六奇所救，極富曲折變化。

香祖樓傳奇，與空谷香傳奇之人物、情節相彷彿，然其結構、製局亦各極其變。

臨川夢傳奇，言湯顯祖才華出衆、不遡權貴，終以一官僚倒，而清朝和珅當道，貪婪專權，心餘敦厚耿介，同於顯祖，此亦有所影射。

冬青樹傳奇，譜宋朝末年事，以文天祥、謝枋得爲經，以趙王孫、汪水雲，一切遺民爲緯，大體爲實錄，表揚文、謝忠貞，然結構稍曼衍。此心餘老境之文。

觀心餘九種曲，吐屬清婉，不以矜才使能，臨川夢結構變化多，雪中人亦奇，四絃秋能創新編，餘則有功於名教矣。

八

就古文說。心餘論、策，思想以儒家爲主。詩序、文集序，能明作品創作動機，往往兼及作詩方法、詩派源流及文學理論。記，敘述眞實。傳狀、墓誌，爲朋友故交、同鄉同年，有詳盡、有簡賅，或敘其生平、或表彰忠孝節烈，取義皆實。而上書太守、觀察，關心民生疾苦，令人敬佩。祭文，情由中出，讀來引泣，知心餘之篤於情。

綜言其古文，雖因人事而異，大抵以溫柔敦厚，表彰忠孝節義爲主。子才兼含理學、經濟、辭章，方面廣，碑誌則有「阿墓」之作。甌北古文，史論爲多，文理清晰，論證精當。

九

心餘駢文，或賦或表，中書、庶吉士時作多，因此姓名不顯。書、啓等，辭意明白，進退合於身份。至於書院訓士，以義爲主，辭則平淺，旨在教導。

心餘評選四六法海，本於王志堅作，就歷朝精美駢文選錄，心餘評選之，眼光專注、能發人所未見，偶有不同見解，或人言人殊，然知心餘之深於駢儷也。

然則有清以來，收集心餘駢作者少，取材子才駢文者多，何故？蓋心餘駢作本少，且多捉刀代作，遂不爲人所留意。且心餘以詩、古文、九種曲知名，駢體諸作，因少人留意，而子才得名早，文名極盛，駢作有六朝風格，所作多，此不同所在。

十

由此看來，心餘仕宦困躓，然其文學成就，尤其詩，與子才、甌北鼎立，號稱乾隆三大家；其九種曲，獨步於乾隆期，而與子才性靈說，爲「當時立藥石，亦足資後世之改錯」（錢氏語）；甌北二十二史劄記，聲名直追孔子、司馬遷，同垂千古。心餘作品，根植於儒家文化，含忠孝仁德等思想，文字雅正，更是後代學者之典範。

參考書目

一、經部

	作者	書名	出版
1.		詩經（毛詩）	商務四部叢刊正編
2.		尚書	商務四部叢刊正編
3.		易經	商務四部叢刊正編
4.		禮記（鄭氏注）	商務四部叢刊正編
5.		周禮（鄭氏注）	商務四部叢刊正編
6.	（杜預）	春秋經傳集解	商務四部叢刊正編
7.		爾雅	商務四部叢刊正編
8.	（劉寶楠、劉恭冕）	論語正義	世界書局
9.	（焦循、焦琥）	孟子正義	世界書局
10.	熊十力	讀經示要	廣文書局
11.	屈萬里	詩經釋義	中國文化大學出版

二、目錄、索引、語言文字、考證等

1. 紀　昀　四庫全書總目提要　藝文印書館
2. 張之洞答問、范希增補注　書目答問補正　新興書局
3. 黃文暘撰、董康纂輯　曲海總目提要　新興書局
4. 聯合報文化基金會　中國歷代詩文別集聯合書目　聯經出版社
5. 楊家駱　三十三種清代傳記綜合引得　鼎文書局
6. 楊家駱　清人別集千種碑傳文引得　中國文化學院、中國學術史研究所、續修四庫全書編纂處印行
7. 清代文集篇目分類索引　國風出版社
8. 周駿富　清代傳記叢刊索引　明文書局
9. 王德毅　清人別名字號索引　中文出版社（新文豐出版社經銷）
10. 楊廷福、楊同甫　清人室名別稱字號索引　文史哲出版社
11. 謝正光編著、王德毅校訂　明遺民傳記資料索引　新文豐出版社
12. 王建生　隨園詩話人名索引　自用本

13. 王建生　小倉山房詩集篇目索引　自用本
14. 王建生　隨園詩話所提及清代人物索引　自用本
15. 王建生　甌北集篇目索引　自用本
16. 王建生　忠雅堂詩集篇目索引　自用本
17. 王建生　忠雅堂文集篇目索引　自用本
18. 蔡元鳳　王荊公年譜考略　洪氏出版社
19. 姜亮夫　歷代名人年里碑傳總表　商務印書館
20. 胡文楷　歷代婦女著作考　鼎文書局
21. 羅錦堂　中國戲曲總目彙編　萬有圖書公司
22. 福開森　歷代著錄畫目　台灣中華書局
23. 許　愼（段玉裁注）　說文解字　藝文印書館
24. （郭璞注）　爾雅　商務四部叢刊正編
25. 劉　熙　釋名　商務四部叢刊正編
26. 康熙間勅撰　佩文韻府　商務印書館
27. 張氏重刊　宋本廣韻　廣文書局（澤存堂本）
28. 宋人重修　大廣益會玉篇　新興書局
29. 張玉書等總閱、凌紹雲等纂修、高樹藩重修　康熙字典　啓業書局

30. 丁福保　說文解字詁林　商務印書館
31. (日)諸橋轍次　大漢和辭典　株式會社、大修館書店
32. 佛學書局編輯部　實用佛學辭典　佛教出版社
33. 曾永義　中國古典文學大辭典　正中書局
34. 王　力　古漢語通論　泰順書局
35. 康熙御製　詞譜　洪氏出版社
36. 萬　樹　詞律　廣文書局(索引本)
37. 舒夢蘭輯、韓楚原重編　白香詞譜　世界書局
38. 蕭師幹侯(繼宗)　實用詞譜　中華叢書委員會
39. 張夢機　詞律探原　文史哲出版社
40. 龍榆生　唐宋詞定律　華正書局
41. 姚　燮　今樂考證　古亭書局
42. 任中敏　曲譜　中華書局(收在任中敏輯散曲叢刊)
43. 莊一拂　古典戲曲存目彙考　木鐸出版社
44. 劉君任　中國地名大辭典　文海出版社
45. (日)青山定雄　中國歷代地名要覽　洪氏出版社

46. 國立中央圖書館　台灣公藏普通本線裝書目人名索引　國立中央圖書館

三、叢書、百科全書

1. 　太平御覽　明倫出版社
2. 陳夢雷　古今圖書集成　鼎文書局
3. 崑崗等續修　清會典　商務印書館
4. 朱祖謀校輯　彊村叢書　廣文書局
5. 　大不列顛百科全書　丹青圖書公司

四、史部

1. 司馬遷　史記　藝文印書館據乾隆武英殿本影印
2. 班固　漢書（王先謙補注）　藝文印書館據乾隆武英殿本影印
3. 范曄　後漢書（王先謙集解）　藝文印書館影印乙卯王氏校

		刊本
4.陳　壽	三國志（裴松之注、盧弼集解）	藝文印書館本
5.房玄齡	晉書（吳士鑑　劉承幹同注）	藝文印書館京師刊本
6.蕭子顯	南齊書	藝文印書館據乾隆四年校刊影印
7.李延壽	南史	藝文印書館據乾隆武英殿本影印
8.李延壽	北史	藝文印書館據乾隆武英殿本影印
9.劉　昫	舊唐書	藝文印書館據乾隆武英殿本影印
10.宋　祁、歐陽修	唐書	藝文印書館據乾隆武英殿本影印
11.歐陽修	五代史記	藝文印書館據乾隆武英殿本影印
12.脫　脫	宋史	藝文印書館據乾隆武英殿本影印
13.張廷玉	明史	藝文印書館據乾隆武英殿本

影印
14. 趙爾巽　清史稿　鼎文書局
15. 清國史館　清史列傳　明文書局
16. 連　橫　台灣通史　台灣省政府文獻委員會
17. 林熊祥　台灣省通志稿　台灣省政府文獻委員會
18. 鮑彪校注、吳師道重校　戰國策　商務四部叢刊正編
19. 司馬光奉勑編　資治通鑑　商務四部叢刊正編
20. 趙　翼　二十二史劄記　藝文印書館據廣雅書局本影印
21. 趙　曄　吳越春秋　商務四部叢刊正編
22. 袁　康　越絕書　商務四部叢刊正編
23. 劉錦藻奉勑撰　清朝續文獻通考　商務印書館
24. 谷應泰　明史記事本末　三民書局
25. 明武宗寶訓　中央研究院史語所校印
26. 國史館　清史稿校注　國史館出版
27. 高宗純皇帝實錄　台灣華文書局
28. 莊吉發　清高宗十全武功研究　國立故宮博物院
29. 鄧之誠　清詩紀事初編　鼎文書局

30. 蕭一山　清代通史　商務印書館

31. 商衍鎏　清代科舉考試述錄　河洛圖書公司

五、傳記、年譜部分

1. 李　桓　國朝耆獻類徵　明文書局（周駿富主編清代傳記叢刊）

2. 錢儀吉　碑傳集　明文書局

3. 繆荃孫　續碑傳集　明文書局

4. （上海師範大學圖書館）　清代碑傳全集　上海古籍出版社

5. 葉恭綽　清代學者象傳　文海出版社

6. 張惟驤　清代毗陵名人小傳　鼎文書局

7. 嚴懋功　清代徵獻類編　世界書局

8. 張維屏　國朝詩人徵略初編　明文書局

9. 鄭方坤　清代詩人小傳　廣文書局

10. 李元度　清朝先正事略　上海文瑞樓發行

11. 錢維城等　明清歷科進士題名碑錄　華文書局

12. 張維驤輯　明清巍科姓名錄　明文書局

13. 韓愈資料彙編 學海出版社
14. 黃　鉞 畫友錄 藝文印書館（收在美術叢書）
15. 竇　鎮 國朝書畫家筆錄 明文書局
16. 馮金伯 墨香居畫識 明文書局
17. 魯一同 右軍年譜 世界書局（收在楊家駱主編清人書學論著）
18. 姚名達 朱筠年譜 上海商務印書館
19. 黃逸之 清黃仲則先生景仁年譜 台灣商務印書館
20. 錢儀吉、錢志澄 增訂清錢文端公陳群年譜 台灣商務印書館
21. 呂培等 洪北江先生年譜（收在洪北江詩文集） 商務四部叢刊正編（年譜亦有廣文書局本）
22. 林逸編 清洪北江先生亮吉年編 台灣商務印書館

六子部

1. （郭慶藩） 莊子集釋 世界書局
2. 王　充 論衡 商務四部叢刊正編
3. 張君房 雲笈七籤 商務四部叢刊正編

4. 六祖壇經箋註　瑞成書局

七、集部

1. 楚辭（洪興祖補注）　商務四部叢刊正編
2. （李公煥）箋注淵明集　商務四部叢刊正編
3. 江淹　江文通文集　商務四部叢刊正編
4. 嵇康　嵇中散集　商務四部叢刊正編
5. 陸機　陸士衡文集　商務四部叢刊正編
6. 陳子昂　陳伯玉文集　商務四部叢刊正編
7. 王勃　王子安集　商務四部叢刊正編
8. 張說　張說之文集　商務四部叢刊正編
9. 楊齊賢集注、蕭士贇補注　分類補注李太白詩　商務四部叢刊正編
10. （宋刊本）分門集注杜工部詩　商務四部叢刊正編
11. 王維　王右丞集　商務四部叢刊正編
12. 孟浩然　孟浩然詩集　明萬曆四年顧道洪校刊本
13. 朱文公校昌黎先生集　商務四部叢刊正編
14. 童宗說等增廣註釋音辯　商務四部叢刊正編

唐柳先生集

15. 劉禹錫　劉夢得文集　商務四部叢刊正編

16. 白居易　白氏長慶集　商務四部叢刊正編

17. 盧　仝　玉川子詩集　商務四部叢刊正編

18. 李商隱　李義山文集　商務四部叢刊正編

19. 賈　島　賈浪仙長江集　商務四部叢刊正編

20. 陸龜蒙　甫里文集　商務四部叢刊正編

21. 皮日休　皮子文集　商務四部叢刊正編

22. 歐陽修　歐陽文忠公集　商務四部叢刊正編

23. 范仲淹　范文正公集　商務四部叢刊正編

24. 王安石　臨川先生文集　商務四部叢刊正編

25. （郎曄編）蘇軾　經進東坡文集事略　商務四部叢刊正編

26. 蘇　軾　蘇東坡全集　世界書局

27. 王十明　增刊校正王狀元集註分類東坡詩　商務四部叢刊正編

28. 王文誥、馮應榴輯注　蘇軾詩集　學海出版社

29. 孔凡禮點校　蘇軾文集　大陸、北京、中華書局

30. 蘇　轍　欒城後集　商務四部叢刊正編

31. 范成大　石湖詩集　商務四部叢刊正編

32. 文天祥 文山先生全集 商務四部叢刊正編
33. 元好問（張德輝類次） 遺山先生文集 商務四部叢刊正編
34. 王若虛 滹南遺老集 商務四部叢刊正編
35. 歸有光 震川先生集 商務四部叢刊正編
36. 袁宏道 袁中郎先生全集 道光九年梨雲館類定
37. 晏　殊 珠玉集 商務四庫全書
38. 歐陽修 六一詞 商務四庫全書
39. 蘇　軾 東坡詞 商務四庫全書
40. 蘇　軾 東坡樂府 商務四庫全書
41. 龍沐勛校箋 東坡樂府 台灣商務印書館
42. 秦　觀 淮海居士長短句 商務四庫全書
43. 辛棄疾 稼軒長短句 商務四庫全書
44. 范仲淹 范文正公詩集 （收在朱祖謀編彊村叢書，廣文書局）
45. 許　棐 梅屋詩餘 （全宋詞本，中央輿地出版社）
46. 王沂孫 碧山樂府 （見於黃虞稷撰千頃堂書目，第六冊，卷三十三，廣文書局）
47. 柳　永 樂章集 商務四庫全書

48. 洪　适　盤洲樂章　(收在彊村叢書,廣文書局)

49. 黃庭堅　山谷琴趣　(收在彊村叢書,廣文書局)

50. 王安石　臨川先生歌曲　(收在彊村叢書,廣文書局)

51. 姜　夔　白石道人歌曲　商務四庫全書

52. 劉克莊　後村別調　(收在毛晉編宋六十名家詞,商務印書館)

53. 張　炎　山中白雲詞　商務四庫全書

54. 顧炎武　顧亭林詩集彙注　學海出版社

55. 蔣士銓
(1)忠雅堂詩集(含銅絃詞)　甲、中央研究院藏重刊本　乙、舊學山房藏本(東海大學藏)
(2)忠雅堂文集　中央研究院藏清嘉慶三年重刊本
(3)紅雪樓九種曲　藝文印書館原刻景印叢書集成續編
(4)評選四六法海(王志堅原著,蔣士銓評選)　上海文瑞樓印

56. 鍾令嘉(心餘母親)　柴車倦游集(收在蔡殿齊編國朝閨閣　國立台灣大學圖書館藏

詩鈔）

57.袁　枚

(1)小倉山房詩集　隨園三十六種本（該本詳見第二章註釋①）

台灣中華書局

(2)小倉山房文集　隨園三十六種

台灣中華書局

(3)隨園五種（含：袁枚小倉山房尺牘，隨園隨筆，袁祖志隨園瑣記，三妹合稿，女弟子詩選）　廣文書局

(4)袁枚全集（王志英主編）　江蘇古籍出版社

58.趙　翼　甌北全集（含：皇朝武功紀盛四卷、簷曝雜記六卷、甌北詩鈔、甌北年譜、甌北詩話十二卷、甌北集五十三卷）　嘉慶湛貽堂本

59.吳偉業　梅村家藏藁　商務四部叢刊正編

60.汪由敦　松泉集　商務四庫全書

61.王士禎（漁洋）　漁洋山人精華錄　商務四部叢刊正編

62.陳其年　迦陵文集　商務四部叢刊正編

63.清高宗　高宗御製詩文十全集　藝文印書館百部叢書集成

64. 尹繼善 尹文端公詩集 清刊本
65. 金德瑛 詩存 乾隆間心如堂刊本
66. 裘日修 裘文達公文集 同治十一年補刊本
67. 王　昶 春融堂集 嘉慶十二至十三塾南書舍刊本
68. 鄭　燮 鄭板橋全集 台灣時代書局
69. 錢大昕 潛研堂詩 商務四部叢刊正編
70. 舒　位 瓶水齋詩 藝文印書館百部叢書集成
71. 張問陶 船山詩草 同治十三年味經堂重刊本
72. 翁方綱 蘇齋叢書 上海博古齋影印
73. 翁方綱 復初齋文集 文海出版社
74. 翁方綱 復初齋詩集 國立台灣大學藏本
75. 王文治 夢樓詩集 學海出版社
76. 洪亮吉 洪北江詩文集 商務四部叢刊正編
77. 姚　鼐 惜抱軒文集 商務四部叢刊正編
78. 黃景仁 兩當軒全集 光緒二年家塾校梓
79. 盧文弨 抱經堂文集 藝文印書館百部叢書集成
80. 朱　珪 知足齋文集 藝文印書館百部叢書集成
81. 張惠言 茗柯文 商務四部叢刊正編

82. 周錫溥	安溪齋詩文集	光緒八年壬子三月養知書屋刊
83. 彭元瑞	思餘堂輯稿	彭邦疇編校，道光十七年刊本
84. 謝啓昆	晉甎酬唱詩	清刊本
85. 謝啓昆	樹經堂詩集	嘉慶間刊本
86. 顧光旭	響泉集	乾隆乙未刊
87. 王又曾	丁辛老屋集	清光緒二十二年刊本
88. 陳兆崙	紫竹山房文集	乾隆間刊本
89. 張雲璈	簡松草堂詩集	道光間刊本
90. 金兆燕	國子先生全集(含棕亭詩鈔，棕亭詞鈔)	道光十七年贈雲軒刊本
91. 查禮	銅鼓書堂遺藁	乾隆間刊本
92. 程晉芳	勉行堂詩集	嘉慶二十三年至二十五年自刊本
93. 羅有高	尊聞居士集	光緒七年韓氏刊本
94. 曾國藩	曾文正公詩文集	商務四部叢刊正編
95. 梁啓超	飲冰室文集	台灣中華書局
96. 胡適	胡適文存	遠東圖書公司
97. 俞平伯	俞平伯詩詞曲論著	長安出版社
98. 唐圭璋	詞學論叢	宏業書局

99. 王叔岷　鍾嶸詩品箋證稿　中央研究院中國文哲研究所
100. 葉嘉瑩　唐宋詞十七講　桂冠圖書公司
101. 蕭師幹侯（繼宗）　孟浩然詩說　商務印書館
102. 杜維運　趙翼傳　時報出版社
103. 嚴　明　洪亮吉評傳　文津出版社
104. 黃葆樹等　黃仲則研究資料　上海古籍出版社
105. 宋如珊　翁方綱詩學之研究　文津出版社
106. 王建生　袁枚的文學批評　民國六十二年東海大學碩士論文
107. 王建生　鄭板橋研究　曾文出版社
108. 王建生　吳梅村研究　曾文出版社
109. 王建生　趙甌北研究（上、下）　台灣學生書局

八、文學理論、文學批評

1. 劉勰　文心雕龍　商務四部叢刊正編
2. 劉勰　文心雕龍（范文瀾注）　明倫出版社
3. 胡仔　苕溪漁隱叢話　長安出版社

4. 方回　瀛奎律髓　商務四庫全書
5. 吳訥　文章辯體序說
　 徐師曾　文體明辨序說　長安出版社
6. 徐師曾　詩體明辯　廣文書局
7. 譚友夏鑑定
　 游子六纂輯　增訂詩法入門　新文豐出版公司
8. 陳沆　詩比興箋　廣文書局
9. 鍾嶸　詩品　藝文印書館歷代詩話本
10. 葛立方　韻語陽秋　藝文印書館歷代詩話本
11. 嚴羽　滄浪詩話　藝文印書館歷代詩話本
12. 楊載　詩法家數　藝文印書館歷代詩話本
13. 歐陽修　六一詩話（收在歐陽文忠公全集）　商務四部叢刊正編
14. 吳沆　環溪詩話　廣文書局（古今詩話叢編）
15. 袁枚　隨園詩話　隨園三十六種本（另參廣文書局及漢京文化事業本）
16. 趙翼　甌北詩話　湛貽堂本
17. 黃徹　䂬溪詩話　藝文印書館續歷代詩話本
18. 楊愼　升菴詩話　藝文印書館續歷代詩話本

19. 王世貞　藝苑卮言　藝文印書館續歷代詩話本

20. 瞿　佑　歸田詩話　藝文印書館續歷代詩話本

21. 李東陽　懷麓堂詩話　藝文印書館續歷代詩話本

22. 王世貞　王氏曲藻　中華書局（收在任中敏編新曲苑）

23. 王夫之　薑齋詩話　藝文印書館清詩話本

24. 吳喬答　萬季埜詩問　藝文印書館清詩話本

25. 王士禎答、郎廷槐問　師友詩傳錄　藝文印書館清詩話本

26. 宋　犖　漫堂說詩　藝文印書館清詩話本

27. 沈德潛　說詩晬語　藝文印書館清詩話本

28. 薛　雪　一瓢詩話　藝文印書館清詩話本

29. 錢木菴　唐音審體　藝文印書館清詩話本

30. 黃子雲　野鴻詩的　藝文印書館清詩話本

31. 錢　泳　履園譚詩　藝文印書館清詩話本

32. 吳雷發　說詩菅蒯　藝文印書館清詩話本

33. 馬　位　秋窗隨筆　藝文印書館清詩話本

34. 李重華　貞一齋詩說　藝文印書館清詩話本

35. 洪亮吉　北江詩話　廣文書局

36. 吳嵩梁 石溪舫詩話 新文豐出版社
37. 陶元藻 全浙詩話 廣文書局
38. 郭麐 靈芬館詩話 新文豐出版社
39. 楊鍾羲 雪橋詩話 鼎文書局
40. 吳紹澯纂訂 聲調譜說 新文豐出版社
41. 方東樹 昭昧詹言 廣文書局
42. 謝崧 詩詞指要 源流出版社
43. 臺靜農 百種詩話類編 藝文印書館
44. 巴師玄廬（壺天） 禪骨詩心集 東大圖書公司
45. 梅應運 詞調與大曲 新亞研究所
46. 錢鍾書 談藝錄 明倫出版社
47. 繆鉞、葉嘉瑩 靈谿詞說 國文天地雜誌社
48. 鄭樹森編 現象與文學批評 東大圖書公司
49. 王國瓔 中國山水詩研究 聯經出版社
50. 俞平伯 論詩詞曲雜著 長安出版社
51. 羅忼烈 詞曲論稿 中華書局
52. 盧冀野 詞曲研究 台灣中華書局
53. 王 灼 碧雞漫志 廣文書局詞話叢編本

54. 張　炎　詞源　廣文書局詞話叢編本
55. 沈義父　樂府指迷　廣文書局詞話叢編本
56. 陸輔之　詞旨　廣文書局詞話叢編本
57. 沈　雄　古今詞話　廣文書局詞話叢編本
58. 王奕清奉旨校刊　御選歷代詩話　廣文書局詞話叢編本
59. 吳衡照　蓮子居詞話　廣文書局詞話叢編本
60. 宋翔鳳　樂府餘論　廣文書局詞話叢編本
61. 江順詒　詞學集成　廣文書局詞話叢編本
62. 謝章鋌　賭棊山莊集　廣文書局詞話叢編本
63. 蔣敦復　芬陀利室詞話　廣文書局詞話叢編本
64. 陳廷焯　白雨齋詞話　廣文書局詞話叢編本
65. 沈祥龍　論詞隨筆　廣文書局詞話叢編本
66. 王國維　人間詞話　台灣開明書店
67. 況周頤　蕙風詞話　世界書局詞學叢書
68. 徐　釚　詞苑叢談　仁愛書局
69. 唐圭璋　詞學論叢　宏業書局
70. 李　漁　笠翁曲話　廣文書局
北京中國戲劇出版社（收在

71.李　漁　閒情偶記　中國古典戲曲論著集成，東海大學藏）
72.李調元　雨村曲話　北京中國戲劇出版社（收在中國古典戲曲論著集成，東海大學藏）
73.梁廷枏　曲話　北京中國戲劇出版社（收在中國古典戲曲論著集成，東海大學藏）
74.楊恩壽　詞餘叢話　北京中國戲劇出版社（收在中國古典戲曲論著集成，東海大學藏）
75.吳　梅　顧曲塵談　廣文書局
76.王季烈　螾廬曲談　上海商務印書館（收在集成曲譜）
77.郭英德　明清文人傳奇研究　文津出版社
78.孫　梅　四六叢話　世界書局
79.謝鴻軒　駢文衡論　廣文書局
80.秦祖永　桐陰論叢　文光圖書公司

81. 陳傳席　六朝畫論研究　學生書局
82. 王　力　詩詞曲作法　宏業書局
83. M.H.艾布拉姆斯　鏡與燈（張照進等譯）　北京大學出版

九、詩詞曲文選、文學史、畫史等

1. 蕭　統　昭明文選（六臣註）　商務四部叢刊正編
2. 郭茂倩　樂府詩集　商務四部叢刊正編
3. 清聖祖御製　全唐詩　明倫出版社
4. 丁福保　全漢三國晉南北朝詩　藝文印書館
5. 吳之振　宋詩鈔　世界書局
6. 逯欽立輯校　先秦漢魏晉南北朝詩　學海出版社
7. 朱彝尊　詞綜　中華書局四部備要本
8. 王　昶　湖海詩傳　同治四年亦西齋藏版
9. 王　昶　湖海文傳　道光十九年經訓堂藏版
10. 徐世昌　清詩匯（晚清簃詩匯）　世界書局
11. 嚴懋功　清代館選分韻彙編　世界書局
12. 全清詩鈔　河洛圖書公司

13. 周敦忠　清三家詩鈔　掃葉山房藏本
14. 郭則澐　十朝詩乘　學生書局
15. 清、陳邦彥奉敕　御定歷代題畫詩類　商務四庫全書
16. 陳丕華　題畫寶笈　中華書局
17. 歷代題畫詩鈔　中華書畫出版社
18. 張玉書、汪霖奉敕　御定佩文齋詠物詩選　商務四庫全書
19. 汪淵集句、蕭師幹侯（繼宗）評定　麝塵蓮寸集　聯經出版社
20. 毛晉　宋六十名家詞　商務印書館
21. 黃昇　中興以來絕妙詞選　商務四部叢刊正編
22. 沈辰垣、王奕清　御選歷代詩餘　商務四庫全書
23. 全宋詞　中央輿地出版
24. 楊家駱主編　全清詞　鼎文書局
25. 唐圭璋　詞話叢編　廣文書局
26. 賀光中　論清詞　鼎文書局
27. 吳梅　詞學通論　商務印書館
28. 王易　詞曲史　廣文書局
29. 楊家駱　清詞別集百三十四種　鼎文書局

30. 胡雲翼　中國詞學史　經世出版社
31. 薛礪若　宋詞通論　台灣開明書店
32. 嚴迪昌　清詞史　江蘇古籍出版社
33. 毛　晉　六十種曲　台灣開明書店
34. 臧懋循　元曲選　正文書局
35. 吳　梅　曲選　台灣商務印書館
36. 吳　梅　中國戲曲概論　學海出版社
37. 錢南揚編注、胡倫清校訂　元明清曲選　正中書局
38. 王國維　宋元戲曲史　商務印書館
39. 孟　瑤　中國戲曲史　傳記文學出版社
40. 張庚、郭漢城　中國戲曲通史　丹青出版社
41. 嚴可均　全上古三代秦漢六朝文　宏業書局
42. 欽定全唐文　匯文書局
43. 呂祖謙　宋文鑑　商務四庫全書
44. 蘇天爵　元文類　上海商務印書館
45. 薛　熙　明文在　上海商務印書館
46. 程敏正　明文衡　商務四庫全書
47. 王文濡　清文匯　世界書局

48. 姚　鼐（王文濡校註）　古文辭類纂　台灣中華書局
49. 曾國藩　經史百家雜鈔　大東書局
50. 李祖陶評點　國朝文錄（忠雅堂文錄）　瑞州府鳳儀書院刊本、中央研究院藏
51. 張伯行　唐宋八大家文鈔　上海商務印書館
52. 沈德潛　唐宋八大家讀本　石印本
53. 王文濡編　清代駢文讀本　鼎文書局
54. 袁　枚　袁文箋正　道光戊子春雙門底、啓智書局重鐫
55. 陳　均編　唐駢體文鈔　世界書局
56. 曾燠編、姚燮評點、張壽榮眉評　國（清）朝駢體正宗評本　世界書局（花雨樓本）
57. 張鳴珂　國朝駢體續編　世界書局
58. 黎經誥箋注、許槤評選　六朝文絜箋注　新興書局
59. 吳山尊選、許貞幹補注　八家四六文注　文史哲出版社
60. 吳錫麒　有正味齋駢體文（王廣業箋、葉聯芬注）　上海會文堂書局
61. 王傳懿　駢體南鍼　新文豐出版社

62.陳耀南　清代駢文通義　台灣學生書局
63.張仁青　駢文學　文史哲出版社
64.（作者佚名）　駢體文淺說　廣文書局
65.楊家駱　明清人題跋　世界書局
66.梁廷枏　藤花亭書畫跋　學海出版社
67.陶　樑　紅豆樹館書畫記　廣文書局
68.李濬之　清畫家畫史　明文書局
69.中國美術全集編輯委員會　王樹村主編（繪畫編）　中國美術全集編輯委員會
70.中國美術全集編輯委員會（沈鵬主編）　中國美術全集　錦繡出版社
71.顧麟文　揚州八家史料　上海人民美術出版社
72.楊仁愷　中國美術全集　錦繡出版社
73.　黃山谷松風閣墨跡　興學出版社
74.　快雪堂法帖　興學出版社
75.國立故宮博物院　故宮法書　中華民國故宮博物院

十、雜記、地理、尺牘、小說等

1. 劉義慶　世說新語　商務四部叢刊正編
2. 沈　括　夢溪筆談　商務印書館
3. 洪　邁　容齋隨筆　大立出版社
4. 宋應星　天工開物　商務印書館
5. 周　密　武林舊事　新興書局（筆記小說大觀本）
6. 宗　懍（王毓榮校注）　荊楚歲時記　文津出版社
7. 湯雲孫輯　東坡志林　商務印書館叢書集成（另有新興書局筆記小說大觀本）
8. 顧炎武　日知錄　唯一書業中心
9. 錢　詠　履園叢話　大立出版社
10. 袁　枚　隨園隨筆　隨園三十六種本
11. 趙　翼　陔餘叢考　湛貽堂本
12. 梁章鉅　試律叢話　廣文書局
13. 錢鍾書　管錐篇　蘭馨室書齋
14. 沈既濟　枕中記（收在唐人小說）　世一書局

15.王　嘉　拾遺記　新興書局筆記小說大觀、三編
16.蒲松齡　聊齋誌異　中國聯合書局
17.李　斗　揚州畫舫錄　世界書局
18.董嗣杲　西湖百詠（收在西湖資料六種）　文海出版社（收在沈雲龍主編中國名山勝蹟志叢刊）
19.　西湖楹帖新集（收在西湖資料六種）　文海出版社（同右）
20.滿洲六十七　番社采風圖考　大通書局
21.黃叔璥　臺灣使槎錄　大通書局
22.袁祖志　隨園瑣記　廣文書局（收在隨園五種）
23.劉　向　說苑　商務四部叢刊正編
24.劉　向　古列女傳　商務四部叢刊正編
25.葛　洪　神仙傳　新興書局筆記小說、四編
26.陳邦彥等奉敕編　御定歷代題畫詩類　商務四庫全書
27.陳丕華　題畫寶笈　中華書局
28.馬宗霍　書林藻鑑　世界書局（收在楊家駱主編近人書學論著）
29.范叔寒　中國的對聯　台灣省政府新聞處
30.將門文物出版社　巧聯絕對　將門文物出版有限公司

31. 崔令欽　教坊記　宏業書局
32. 陳萬鼐　清史樂志之研究　國立故宮博物院
33. 蘇東坡　大眾書局（名家墨跡精選）
34. 赤壁賦　大眾書局（名家墨跡精選）
35. 祭黃幾道文　大眾書局（名家墨跡精選）
36. 洞庭春色賦　大眾書局（名家墨跡精選）
37. 中山松醪賦　大眾書局（名家墨跡精選）
38. 與夢得秘校札　大眾書局（名家墨跡精選）
39. 李太白仙詩卷　大眾書局（名家墨跡精選）
40. 黃州寒食卷　大眾書局（名家墨跡精選）
41. 蘇文忠天際烏雲帖眞蹟　華正書局
42. 蘇東坡歸去來辭　湘江出版社
43. 張廷珩等修、華祝三等纂　鉛山縣志　中央研究院藏同治十二年刊本
44. 趙之謙　江西通志　台灣華文書局
45. 趙之謙　江西通志　欽定四庫全書
46. 陳紀麟等修、劉于潯等纂　南昌縣志　成文出版社影印同治九年刊本
47. 張吉安等修、朱文藻等纂　餘杭縣志　成文出版社
48. 胡祥翰　西湖新志　民國十年鉛印本

49. 田汝成　西湖遊覽志餘　木鐸出版社

50. 葛寅亮　金陵梵剎志　廣文書局

51. 李銘堯等修、馮桂芬等纂　蘇州府志　成文出版社

52. 周邨　江蘇風物志　明文書局

53. 王贈芳等修、成瓘等纂　濟南府志　學生書局影印道光廿年刊本

54. 顧詒祿　虎邱山志　文海出版社

55. 吳雲　焦山志　文海出版社

56. 范咸　重修臺灣府志　大通書局

57. 嘉慶重修　大清一統志　大通書局

58. 清代一統志　國防研究院、中華大典編印，乾隆廿五年鐫製銅版

59. 李賢等　大明一統志　文海出版社

60. 顧祖禹　讀史方輿紀要　新興書局

61. 邵伯溫　聞見前錄（收在筆記小說大觀十五編）　新興書局

62. 邵　博　聞見後錄（收在筆記小說大觀十五編）　新興書局

63. 劉　鶚　老殘遊記　聯經出版社

64. 吳　修　昭代名人尺牘小傳正續編　立德出版設影印光緒戊申上海集古齋石印本

65. 蔣瑞藻　小說考證　上海商務印書館
66. 徐　珂　清稗類鈔　上海商務印書館

十、雜誌、期刊、報紙或其他學術論文

1. 王叔岷　鍾嶸詩品概論　中央研究院中國文哲研究集刊創刊號
2. 詹松濤　蔣心餘先生年譜　京滬周刊廿四期（中央研究院藏）
3. 朱　湘　蔣士銓　香港大東圖書公司發行（宋元明戲曲研究論叢）
4. 朱　湘　蔣士銓　清流出版社（收在郁達夫主編中國文學研究）
5. 顧敦鍒　明清戲曲的特色　香港大東圖書公司（宋元明戲曲研究論叢）
6. 趙　舜　蔣士銓研究　師大國文研究所集刊第廿號
7. 朱尚文　蔣士銓藏園九種曲　大陸雜誌廿一卷三期

8. 莊吉發　清代江西人口流動與秘密會黨的發展　大陸雜誌七十六卷一期

9. 杜維運　頌清與刺清——趙甌北的彷徨　收在陶希聖九秩榮慶論文集

10. 龍沐勛　詞體的演進　學生書局（詞學季刊）

11. 方師師鐸　絕句多元說　東海大學中文學報第九期、東海大學中文系出版

12. 王建生　談文學的波動說　東海文藝季刊廿四期、東海大學出版

13. 王建生　漢代詩歌與民歌　中國文化月刊一二二期、東海大學出版

14. 王建生　魏晉南北朝詩歌　中國文化月刊一二三期、東海大學出版

15. 王建生　唐代詩歌　中國文化月刊一二四期、東海大學出版

16. 王建生　東坡傳　中國文化月刊一三五期、東海大學出版

17. 王建生　歐陽修傳　中國文化月刊一三八期、東海大學出版

18. 王建生　中國散文史　東海大學中文學報第九期、東海大學中文系出版

19. 中央社　中央日報（及聯合報）　民國七十五年三月五日

20. 徐信義　蔣士銓臨川夢對湯顯祖牡丹亭主題的體會　八十二年十一月廿日國立中山大學中文系所編清代學術研討會論文集（來不及收在該論文集，抽印本從五三五頁起）

十三 外文書籍

(一) 日文

1. 竹添光鴻　左傳會箋　廣文出版社
2. 青木正兒　支那近世戲曲史　弘文堂刊本
3. 久保得二　支那戲曲研究　昭和二年弘道館發行
4. 日本川西潛士龍編次、明唐順之原選、片小勒子葉纂評　唐宋八大家文格纂評　新文豐出版社
5. 片岡巖　台灣風俗誌（陳金田譯）　大立出版社
6. 鈴木作太郎　台灣之蕃族研究　台灣史籍刊行會發行

(二) 英文

1. Arther W. Hummel　Emicent Chinese of the Ch'ing period (1644–1912)　United States Goverment Printing Office, Washington, 1943
2. Arther Waley　Yuan Mei, eighteenth century chinese poet　Lonclon George Allen and Unwin LTD.
3. Ch'en Shou-yi　Chinese Literature　台北新月圖書有限公司
4. Wong Yuk (王煜)　The Religious Inclinations of Ching kao-tsung 清高宗 and three Foremost poets during His Reign: Yuan Mei 袁枚, Chiang Shih-ch'uan 蔣士銓, and Chao I 趙翼, Chinese culture V01 XXXII No.4 December, 1991　The China Academy, The Institute for Advanced Chinese Studies Hwa Kang Yang MingShan, Taiwan, China

國家圖書館出版品預行編目資料

蔣心餘研究
／王建生著. --初版. --臺北市：
臺灣學生，民85
面： 公分
ISBN 957-15-0790-3（一套：精裝）
ISBN 957-15-0791-1（一套：平裝）

1.（清）蔣士銓 - 作品集 - 評論

847.4　　85011310

蔣心餘研究（上、中、下冊）

著作者：王建生
出版者：臺灣學生書局
發行人：丁文治
發行所：臺灣學生書局
臺北市和平東路一段一九八號
郵政劃撥帳號〇〇〇二四六六八號
電話：三六三四一五六
傳眞：三六三六三三四
本書局登記證字號：行政院新聞局局版臺業字第一一〇〇號
印刷所：常新印刷有限公司
地址：板橋市翠華街八巷一三號
電話：九五二四二一九

定價 精裝新台幣一三〇〇元
平裝新台幣一一〇〇元

中華民國八十五年十月初版

84704

ISBN 957-15-0790-3（精裝）
ISBN 957-15-0791-1（平裝）

臺灣學生書局出版

中國文學研究叢刊

①詩經比較研究與欣賞	裴普賢著
②中國古典文學論叢	薛順雄著
③詩經名著評介	趙制陽著
④詩經評釋（二冊）	朱守亮著
⑤中國文學論著譯叢（二冊）	王秋桂編
⑥宋南渡詞人	黃文吉著
⑦范成大研究	張劍霞著
⑧文學批評論集	張健著
⑨詞曲選注	王熙元等編著
⑩敦煌兒童文學	雷僑雲著
⑪清代詩學初探	吳宏一著
⑫陶謝詩之比較	沈振奇著
⑬文氣論研究	朱榮智著
⑭詩史本色與妙悟	龔鵬程著
⑮明代傳奇之劇場及其藝術	王安祈著
⑯漢魏六朝賦家論略	何沛雄著
⑰古典文學散論	王熙元著
⑱晚清古典戲劇的歷史意義	陳芳著
⑲趙甌北研究（二冊）	王建生著
⑳中國兒童文學研究	雷僑雲著
㉑中國文學的本源	王更生著
㉒中國文學的世界	前野直彬著 龔霓馨譯
㉓唐末五代散文研究	呂武志著
㉔元白新樂府研究	廖美雲著
㉕五四文學與文化變遷	中國古典文學研究會主編

㉖南宋詩人論	胡　明　著
㉗唐詩的傳承——明代復古詩論研究	陳國球　著
㉘中外比較文學研究　第一冊（上、下）	李達三 劉介民　主編
㉙文學與社會	中國古典文學研究會主編
㉚中國現代文學新貌	陳炳良　編
㉛中國古典文學研究在蘇聯	俄・李福清　著 田大長　譯
㉜李商隱詩箋釋方法論	顏崑陽　著
㉝中國古代文體學	褚斌杰　著
㉞韓柳文新探	胡楚生　著
㉟唐代社會與元白文學集團關係之研究	馬銘浩　著
㊱文轍（二冊）	饒宗頤　著
㊲二十世紀中國文學	中國古典文學研究會主編
㊳牡丹亭研究	楊振良　著
㊴中國戲劇史	魏子雲　著
㊵中外比較文學研究　第二冊	李達三 劉介民　主編
㊶中國近代詩歌史	馬亞中　著
㊷近代曲學二家研究——吳梅・王季烈	蔡孟珍　著
㊸金元詞史	黃兆漢　著
㊹中國歷代詩經學	林葉連　著
㊺徐霞客及其遊記研究	方麗娜　著
㊻杜牧散文研究	呂武志　著
㊼民間文學與元雜劇	譚達先　著
㊽文學與佛學關係	中國古典文學研究會主編
㊾兩宋題畫詩論	李　栖　著
㊿王十朋及其詩	鄭定國　著

⑤①文學與傳播的關係	中國古典文學研究會主編
⑤②中國民間文學	高　國　藩　著
⑤③清人雜劇論略	曾　影　靖　著 黃　兆　漢校訂
⑤④唐伎研究	廖　美　雲　著
⑤⑤孔子詩學研究	文　幸　福　著
⑤⑥昭明文選學術論考	游　志　誠　著
⑤⑦六朝情境美學綜論	鄭　毓　瑜　著
⑤⑧詩經論文	林　葉　連　著
⑤⑨傣族敘事詩研究	鹿　憶　鹿　著
⑥⓪蔣心餘研究	王　建　生　著

㊿51文學與傳播的關係	中國古典文學研究會主編
52中國民間文學	高國藩著
53清人雜劇論略	曾影靖著 黃兆漢校訂
54唐伎研究	廖美雲著
55孔子詩學研究	文幸福著
56昭明文選學術論考	游志誠著
57六朝情境美學綜論	鄭毓瑜著
58詩經論文	林葉連著
59傣族敘事詩研究	鹿憶鹿著
60蔣心餘研究	王建生著